国家出版基金项目
NATIONAL PUBLICATION FOUNDATION

曹道衡文集

袁行霈题

曹道衡文集 卷九

中古文学史料丛考

曹道衡 沈玉成 著

中州古籍出版社
·郑州·

本卷说明

《中古文学史料丛考》是曹道衡、沈玉成两位先生合力编纂而成的一部文献著作。从一九八四年始，两位先生相互切磋、精诚协作，花费了八年之功，于一九九二年完成这部史料集成，至二零零三年方正式出版。

本书主要涵盖了中古作家们的生平事迹、生卒年、作品写作年代以及对前人成说的商榷，文思细密。其参考史料，涉及二十四史，又囊括了中古文学史中几十部公认的重要史籍，当然也不乏清人和近人的研究成果，考无巨细，证有所出。不过，因各篇编纂年代不一，难免有前后征引文献、用词歧异的现象，本次编选文集时，对涉及人物生卒年考证失误或史料明显错讹处进行了订正，原则上仍保留原作的写作风格。特此说明。

中州古籍出版社
2017年12月

自 序

　　相对于唐诗、宋词、元杂剧和明清小说的显赫,汉魏六朝文学比较不大受人注意。对这段文学的研究,也用不着什么孤本秘笈以及珍贵文物,如遗文诰命之类。我们曾经不止一次地表示,有限的材料就在面前摆着,能从中做出多少成绩,决定的因素是勤奋和识力。勤奋是死功夫,可以力强而致;至于识力,那就和天分、眼界等多种因素有关。同样是《晋书》、《宋书》的记载,一般人读过而漫不经心,等到看到陈寅恪先生利用这些平常的材料而做出的精辟结论,才恍然大悟,顿生如梦方醒之感。我们的各种条件都在中人以下,加上年富力强之际白白浪费了许多时光,对于前辈大学者,只能徒兴高山仰止之叹,唯一能追偿这遗憾的办法就是勤以补拙。

　　一九八四年接受了《中国文学家大辞典》先秦至隋这一部分条目的编写任务以后,由于作家数量比唐以后要少得多,所以我们商量,每一条都自己动手而不再假手于人。在撰写辞条的过程中,我们要求自己尽可能对原始材料搜集得齐备一些,以便让条目中的说明叙述建立在相对牢固的基础上,而不是直抄史传。殊不知一经动手,问题却层见叠出,这就逼得我们不能不对材料做必要的比较鉴别,陷进了为某些学者嗤鄙的考证圈子而不能自拔。从工作开始到现在,前后八年,其间虽然穿插过别的工作,但我们的主要精力则始终没有离开这些颇为烦琐的考证。中华书局慨允出版,这本《中古文学史料丛考》才能奉献于学术界,以求得学者专家的教正。

工作中所使用的史料首先是二十四史中的有关部分;其次是中古文学史中十几部公认的重要史料,如《华阳国志》、《世说新语》、《文心雕龙》、《诗品》、《玉台新咏》、《水经注》、《洛阳伽蓝记》、《文选》李善注、《建康实录》、《六朝事迹编类》,直至唐、宋所辑类书和《道藏》中的《真诰》等等;再次就是清人和近人的研究成果,包括专著、年谱、新编别集和论文。当然,必不可少的还有作家自己的作品,这方面的材料,严可均和丁福保、逯钦立的三部"全文"、"全诗"大体上已一网打尽。关于从《汉书》到《隋书》十三部正史,两《汉书》、《三国志》、《晋书》都有前人所作的注释,南北史部分有李清的《南北史合注》而无由得见,中华书局的校点本则都是一流专家的成果。但是不论注释或者校点,工作的着眼点和我们据材料以作考证是有所不同的。考证作家生平,有如财务工作中的查账。一本清清楚楚的账目,要是把原始单据和其他材料比照核对,就可能出现毛病。史传中的记载,孤立地看,是不大容易看出问题来的,只有核对才能发现抵牾之处。在做了一番查账式的核对以后,前四史由于可资参照的材料不多,所以问题不大;自《晋书》而下,都有程度不等的讹误,其中尤以《晋书》、《梁书》、《陈书》为甚。究其原因,可能是唐修《晋书》成于众手,虽有不少旧本《晋书》可供采择,但史臣做得不大认真;姚察父子修《梁书》和《陈书》,已历经侯景之乱、江陵焚书和陈朝灭亡三次动乱,原始档案散失自是常理,再加上有意的避讳和无意的错记,以及传抄刊刻中的常见现象,问题之多就是可以理解的了。

这本《丛考》的内容并无事先限定的范围,大体上说,已经写成的条目包括了下列几个方面:

一、作家生平事迹。有的作家史籍无传,或虽有传而所记简略、含混甚至讹误,就参稽他传或他书,以作拾遗补正。例如边让,《后汉书·文苑》有传而较疏略,现据《魏志》注和《文选》注等试作考订,就感到范晔所记其被杀之年并不可靠。干宝,《晋书》有传,但在《世说新语》、《文选》注、《建康实录》等书中可以辑补出一些有用的材料。写作"朔风动秋草,边马有归心"的王赞,也有赖于《初学记》、《文选》注等而知其生平大略。刘孝绰几起几落,生平颇多周折,乃试加排比,写成《刘孝绰年表》。李谔请正文体,是文学史和文学批评史上都要提到的一件公案,本传中所记时间却含混不清,现据《隋书·食货志》所提供的线索考定在开皇十一或十二年。关于陆法言的生平,则从《切韵序》中可以钩沉一二。

二、作家生卒年。杨修被杀的原因和时间,陈寿所记都不甚明白,也许是有所忌避的缘故。据《魏志》裴注所记,可以定为建安二十四年冬季。其年岁,则据《后汉书·杨彪传》章怀注定为四十五岁,署为杨彪夫人袁氏与曹操夫人书中的"始立之年"肯定不可靠,由此而可断此书为拟作。郦道元的生年,以段熙仲先生皇兴三年(469)之说为可信,我们据《水经注·巨洋水》注的内证补充申明了段说,又据《周书·赵肃传》考定了郦道元为河南尹的时间。庾信的卒年,《周书》不记,《北史》仅言其卒于开皇元年(581),但从《和刘仪同臻》这首诗和刘臻的卒年,可以进一步推定在开皇元年十月以后。至于梁、陈作家的生卒年,史籍所记问题很多,甚至出现过弟弟的生年早于乃兄的情况。除了上述"查账式"的核算以外,还幸好有一篇梁元帝的《法宝联璧序》为后人提供了不少作家的生年资料。凡是其他记载与之矛盾的,我们一般都信从序中标明的年岁。但即使类似这样的第一手资料也并非全可信赖,曹丕《典论·自叙》自记年岁和沈约《宋书·自序》记其祖沈林子的年岁就不准确,未知是记忆的错位还是传抄刊刻的讹误。《法宝联璧序》中也间有这种情况，所以在使用中我们还是参照其他材料做了验证。

三、作品的写作年代。像《典论》的最终成书，我们同意张可礼先生的意见而用《奸谗》中的内证做了补充。乐府《塘上行》、《玉台新咏》和《乐府诗集》均署甄后作，从诗的内容细加品味，当是出于附会。《赠白马王彪》的诗序，据内容来考察，则是曹植自己编集时所作的补记。江淹的《望荆山》，据其《自序传》，知其曾任巴陵王刘休若右常侍，而休若于泰始初年为雍州刺史，因此此诗当作于襄阳，时在泰始二三年间。《颜氏家训》的成书年代，史无明文，但据《终制》可以定在开皇十年（590）或十一年。谢灵运《撰征赋》、《谢封康乐侯表》，杨勇先生以为赋中的"仲冬就行"当作"仲秋"，郝立权先生以为表中的"康乐侯"当作"康乐公"，则显然证据不足，而这两字之差，又牵涉到作品的写作年代和对内容的理解。逯钦立先生定《秋怀诗》的作者是谢灵运而非谢惠连，无视于《诗品》的明文记载，则主要是对诗中"少小婴忧患"含义的误解。缪钺先生《颜延之年谱》中以为《祭屈原文》中的"维有宋五年"之"五"当作"三"，则是泥定颜延之和谢灵运外出为太守必在同一年，致使思考方法流于一时的偏执。

四、对前人成说提出的商榷。上面提到的一些问题，不少是在参阅已有成果的基础上所提出的不同意见。我们尊重前人的研究结论，然而智者千虑，即在大学者如钱大昕、陈寅恪、余嘉锡，他们的判断偶尔也不无可商之处。例如陈寅恪先生曾经怀疑"竹林七贤"的名称是由于东晋僧徒比附内典而产生的，就恐有求索过深之嫌。徐幹和葛洪的卒年，我们也未敢苟同余嘉锡先生的意见。至于姜亮夫先生的《张华年谱》、《陆平原年谱》和陆侃如先生的《中古文学系年》，筚路蓝缕，功不可没，尤其是陆先生的《系年》，提供的资料更为丰富，然前者为少作，后者为未完稿，因之本书中所提出的商榷讨论就要稍稍多一些。又如关于卢思道的卒年，倪其心兄曾有专文论述，开始我们同意他的意见，但后来仔细推敲，觉得还有可商之处，因而又提出了不同意见。学术上不同意见的出现本来是极正常的现象，但在五十年代后期到"文革"期间，人们一听到"批评"、"辩论"就仿佛是风雨前的隐隐雷声；及至"文革"以后，批评又被一些人看作变相的帽子、棍子，即"极左遗风"，所以理直气壮地反唇相讥，而失去了应有的心平气和。这两种心态都属于不正常现实的感染与后遗。我们也并不能与世隔绝，在对前辈或友人提出一些不同看法的时候，常常惴惴不安，唯恐招来各种议论。现在是应该结束这种状态的时候了。同时也顺便表明，我们在本书中所做的是"面"上的工作，问题如此之多，学力如此之浅，出现错误必不可免，只是轻重大小而已。基于这点自知之明，任何对本书的尖锐批评，也许会使我们汗颜无地，但最终必然归为诚挚的感谢。批评击中要害，自然是良师益友；不中要害，至少也说明批评者读过这本烦琐而乏味的书。

五、杂记杂论。本书是和《中国文学家大辞典》相配合的一部书，主要在于说明交代条目中所做结论的依据。在写作的过程中，也偶有若干与条目关系不大的一得之见，比如像释何晏被曹丕呼为"假子"，从贾充与李夫人联句的可靠性而涉及联句，从夏侯湛骚体诗而论述这种介乎诗、赋之间的文体，崔浩之死不止是因为国史案，而是标志政治、文化、民族等各种矛盾的爆发点，温子昇之死魏收以为"事故之际，好预其间"并不确切，等等。敝帚自珍，也收入以一并就正于学者专家。

这一段文学史料过去并没有得到认真的清理，为了完成辞典编写的任务，我们做了以上一些工作。明眼人可以一目了然，收入的这些条目既不够深入，而且杂乱无章，不成系统。其所以采用笔记这一体裁，坦率地说，主要就是为它们寻找一件合适的外衣以期遮丑，而决不敢希踪前人的酌蠡知海,因小明大。文字使用浅近文言,也有不得已的苦衷。因为这类考据、校勘式的小东西,多数是原始材料的串连,在文体和习惯用语(诸如"范《书》"、"善注")上已形成了近于围棋术语中所谓"定式"。试看有些史籍的校记使用语体文,不知为什么总使人泛起高邮王氏父子穿上西服的联想。同时,使用本书的同行,对这样的文字大约只会指出某处不通、某处欠妥,而绝不会发生不易读的障碍。

使用这种体裁,对问题考论详略可以比较灵活随意。几位南朝大作家和北朝作家的有关问题,我们过去多少有一些积累,因而就写得多一点,也算是对自己的看法做一次清理;而像陶渊明这样的大诗人,前人做出的考证一时已很难突破,所以只好一带而过。有的问题,像《头责子羽》的作者张敏的生平行事、王羲之的生卒年,余嘉锡先生已经说得清清楚楚;荀勖《中经》和汲冢书的情况,朱希祖先生也早已考出了来龙去脉,我们就直接抄录引用,小做补充。这种情况在笔记体中是"合法"的,抄得好还可以受到赞赏,如邓之诚先生的《骨董琐记》。当然,我们不敢以此自比,更何况大量直引的成果只是有限的几条。

在撰写本书的同时,又交叉进行《南北朝文学史》的撰写。我们深深感到,对史料的钩稽清理确实有助于对文学史上某些现象的阐述。这条道理,过去也经常挂在口头上,写在文章里,可是通过近十年的实践,才真正有了切肤之痛和惬心之乐。随便举一个例子,刘跃进君据《南齐书》中周颙与何胤的交往和《抄成实论序》考出了周颙卒于永明八年至十一年间,而我们却是在阅读他的博士论文初稿时才了解到这一有力的结论,《南北朝文学史》中已经来不及利用而一仍旧说,致使对"四声论"兴起的说明不能完全准确。这样的小问题,有的学者会不屑一顾,而对我们来说则始终是耿耿于怀的遗憾。过去常常提到的"史论结合",不经过亲身的实践,确实是难以真正体会其中甘苦的。许逸民兄不久前跟我们说过一句善意的笑话:"不是逼着你们搞辞典、考证,你们的文学史写不到这个水平。"水平究竟多高还是多低,自有读者评说,我们只有惶恐,但逸民兄这句话却是我们的共同体会。

最后要特别提到的是张忱石兄的劳绩,他所编制的《南朝五史人名索引》和《北朝四史人名索引》给了我们极大的方便。如果没有这两种索引,我们的工作至少会推迟一两年,同时还会出现更多的错误。在电脑还没有普及以前,索引是研究工作的基石之一,可惜的是,现在甘于从事这一工作如张忱石兄者为数太少了。中华书局编辑部顾青、赵又新、聂丽娟同志辛勤地为本书做编辑加工,本所张奇慧、邢静同志和九三学社李书同志帮助我们校录整理,谨此一并致衷心的谢意。

曹道衡

沈玉成

一九九二年十一月于文学研究所

目 录

卷一 汉魏 …… 1

司马迁生卒年/1

桓谭生卒年/2

王充称班固"必记汉事"/4

傅毅生卒年试测/5

边让事迹与《后汉书》记事之误/6

蔡邕"远迹吴会往来依太山羊氏"解/8

蔡邕徙五原与吕强上疏/9

蔡邕年岁及徙五原年月/10

祢衡骂曹/12

祢衡入许在建安元、二年间/13

祢衡被杀年月/13

邯郸淳善书/15

邯郸淳《汉鸿胪陈纪碑》/16

邯郸淳与《曹娥碑》/16

邯郸淳为临菑侯文学/18

杨修事迹/19

杨修卒年、年岁/21
王象年岁/22
严可均《徐淑传》辨/23
应劭事迹/26
应劭年岁拟测/31
应劭字仲远一字仲瑗/31
卫觊卒年及建安初仕历/32
曹操出征多携妻子/33
曹丕纳甄氏/34
曹丕《柳赋》作年/35
曹丕生年与《典论·自叙》记年之误/36
曹丕《典论》最终成于黄初间/37
曹丕南皮之游/38
甄皇后《塘上行》/39
曹植建安二十五年就国在鄄城/40
曹植"东临沧海"当在建安十二年/42
曹植《赠白马王彪》诗序/43
曹植从曹操西征在建安十六年/44
孔融子女/45
徐幹行女、仲雍哀辞非必作于同时/46
徐幹为临菑侯文学志疑/47
无名氏《中论序》"历载五六"/48
阮瑀入曹操幕/50
阮瑀《为曹公作书与孙权》、《与韩遂书》/51
路粹、阮瑀年岁及从学蔡邕/53
应玚早年漂泊与曹植《送应氏》诗/54

陈琳作品/56

陈琳籍贯、年岁/58

陈琳《为袁绍檄豫州》/59

刘桢《赠五官中郎将》诗/61

刘桢籍贯、输作及年岁/63

王粲至荆州在初平三年/65

王粲《初征赋》作年/67

王粲作《荆州文学记官志》/67

王粲等《神女赋》写巫山神女/68

王粲《咏史》/69

徐幹卒年当从《中论序》/70

王朗早年仕历/72

潘勖《策魏公九锡文》/73

缪袭《挽歌》五臣注有脱文/74

傅巽/75

王昶年岁/76

任嘏/77

苏林事迹/77

刘劭/78

韦诞论建安文士/79

何晏年岁与"假子"/80

阮籍之卒/82

《晋书·阮籍传》记事含混/82

嵇康被杀原由及年月/83

嵇康为曹操曾孙女婿/84

吴质为朝歌长、元城令/85

吴质为曹丕夺嫡谋主与《世语》所记失实/87

吴质生年、年岁、籍贯/88

繁钦年岁/88

繁钦《与魏文帝笺》作年/90

丁仪兄弟生年及其党附曹植/92

夏侯惠生卒年/94

《诗品》有二应璩/94

应璩仕历/95

傅嘏远何晏、夏侯玄而善钟会/96

桓范郡望及《世要论》/98

程晓/98

《全三国文》钟会小传误记/99

《毌丘俭传》记年与本纪差异/100

杜恕年岁/100

顾谭生卒年/101

严畯生卒年/102

张纮卒年、年岁/102

郤正生年/103

卷二 两晋 ………………………………… 105

竹林七贤/105

张华仕历/106

《晋书》记"司空张华"/108

张华《鹪鹩赋》作年/109

陈寿《三国志》成于太康中/111

《华阳国志》记陈寿事辨/111

《华阳国志》记王睿事/112

傅玄撰作庙堂乐府/114

《史通》误书傅玄在魏官司隶校尉/114

傅玄转司隶校尉及卒年/115

《晋书·傅咸传》吴注质疑/116

成公绥入仕年与《司马懿诔》/117

程咸仕历/118

应亨《四王冠诗》/119

嵇喜事迹/120

嵇绍生卒年/122

《晋书·嵇绍传》误字/123

《晋书》记嵇含事商榷/123

陆喜入晋后曾官扬州/124

《晋书》叙陆云为周浚从事失次/124

欧阳建事迹、年岁/125

石崇三事/126

石崇入仕年/128

《全晋文》误辑石崇诗/128

刘伶、刘灵/129

羊祜籍贯/129

阎缵卒年/130

杜预为司马氏婿/131

周处年岁及自新事/132

潘尼赠潘岳诗、作潘岳碑/133

陆机《赠顾交阯公真》李善注/134

陆机《为顾彦先赠妇》诗/136

陆机赠顾秘诗及《晋书》记事淆乱/137

陆机、陆云兄弟赠答诗十首/138

陆机为著作郎年月与议《晋书》限断/141

司马彪年岁与《赠山涛诗》/142

张翰出处/143

庾敳卿王衍/144

何劭/144

《晋书·江统传》记事失次/145

《全晋文》卢播小传/146

应贞撰定新礼/146

贾充与李夫人联句/147

裴秀事迹/148

孙楚生年志疑/149

余嘉锡所考张敏行事/150

《晋书》记卢钦事错失/152

何桢仕历与《晋书》误字/153

《晋书·刘琨传》误字/154

刘琨辞司空不许/155

温峤过江进刘琨《劝进表》/155

阮瞻生卒年与"三语掾"/156

曹摅《赠石崇诗》为金谷集作/157

荀勖年岁及长任中书监/158

荀勖《中经》与汲冢书/159

《晋书·挚虞传》记"太庙初建"有误/160

挚虞为秘书监/161

束晳生卒年拟测/162

枣据《登楼赋》/162

枣据仕历/163

李密生卒、入洛之年/164

夏侯湛骚体诗/165

潘岳为司空、太尉掾/168

潘岳曾居天陵东山/169

潘岳为贾谧《晋书》限断辞在元康八年/170

潘岳与贾谧"二十四友"/171

张载《剑阁铭》作年及《七哀诗》佚句/174

张协为成都王颖征北从事中郎/175

左思父名熹/176

《三都赋》作年/176

鲁褒、成公绥《钱神论》/178

王济尝为太原大中正/179

王济卒年及两为侍中之年/180

《晋书·葛洪传》误叙《抱朴子》成书年代/181

葛洪卒年、年岁/183

杨方/184

王赞/185

华谭年岁/186

顾恺之卒年、佚文/187

江逌生卒年及《晋书》脱文/188

王鉴同名/189

袁准《袁子》/190

温峤、王导等受顾命事《通鉴》有脱文/190

杜夷年岁两说/191

刘惔、刘恢为二人/192
曹毗《晋江左宗庙歌》、《杜兰香传》/195
干宝事迹/196
干宝《百志诗》/198
干宝撰《搜神记》表/198
《晋书·虞喜传》舛误/199
孙盛为陶侃参军/199
孙盛生卒年与《晋阳秋》/200
孙惠卒于元帝初/201
《晋书·孙绰传》有误/202
孙绰仕历/203
裴启《语林》/204
梅陶行事/205
郗超为中书郎/206
刘琨《胡姬年十五》/207
郭璞为尚书郎在太兴四年/207
李充好玄谈/208
李充家世/210
李充出为剡令/211
袁宏仕历/211
谢万卒年/213
谢万北征与谢安/213
谢尚曾为宣城内史/215
庾阐生卒入仕年及逸句/215
王珣事迹辨正/216
许询年岁/218

枣嵩言行不一/221

王廙《孔子十弟子图赞》/222

王胡之为褚裒长史/222

王胡之为南平太守/223

王胡之生卒年/224

《晋书·殷浩传》标点之失/225

殷浩卒年辨/226

《晋书·殷浩传》记"建元初"不当/227

《晋书·天文志》记殷浩事舛乱/228

王羲之诸子/228

王羲之生卒年/229

王徽之仕历/231

王献之与郗氏离婚/232

王献之卒年、年岁/235

王凝之/235

戴逵年岁/236

释《世说新语·轻诋》褚裒、孙绰事/237

谢道韫名、年岁及诗/239

谢混事迹及年岁/240

习凿齿为衡阳太守及其卒年/242

桓玄为义兴太守仅旬日/244

陶渊明《于王抚军座送客》/246

陶渊明《问来使》诗考辨/247

陶渊明卒于元嘉四年十一月/249

《陶渊明小传》事迹均甄采旧说/249

陶渊明尝为刘裕参军旁证/250

陶渊明《孟府君传》/251
晋、宋间有二道猷/251

卷三 宋齐 ……………………………………………………… 253

宋文帝立儒、玄、文、史四馆/253
宋文帝议立刘宏/254
宋文帝爱文义/254
沈约《宋书·自叙》记沈林子年岁误字/255
王韶之著作/256
徐广/257
谢瞻仕历/258
谢瞻行第及年岁/260
谢瞻《王抚军庾西阳集别》诗/261
谢瞻《九日从宋公戏马台集送孔令诗》/262
谢晦入仕及入刘裕幕/263
谢晦在江陵深结王华、到彦之/264
谢晦从刘裕北伐/265
傅亮入仕年及两值西省/266
傅亮兄弟为郗超所赏/267
傅亮、王韶之所作诏诰/267
谢灵运逸诗/268
释谢灵运《还旧园作见颜范二中书》/269
《建康实录》中有关谢灵运事迹/270
谢灵运袭爵及入仕/272
谢灵运与庐陵王义真/273
谢灵运《与庐陵王义真笺》与义真被杀年月/275

《宋书·谢灵运传》误记/276

谢灵运《答中书诗》/277

谢灵运《撰征赋》、《谢封康乐侯表》写作时间/278

谢灵运与谢惠连/279

谢灵运撰《四部目录》及《晋书》/280

谢灵运"谋逆"辨/281

谢灵运杀桂兴免官/283

《秋怀诗》作者非谢灵运/284

殷景仁与谢灵运/285

颜延之《庭诰》/286

颜延之《和谢监灵运诗》、《夏夜呈从兄散骑车长沙》、《为皇太子侍宴饯衡阳南平二王应诏诗》/287

《宋书·颜延之传》疑有脱误/288

颜延之诗评语/288

颜延之元嘉间仕历/289

颜延之早年仕历与《北使洛》诗李善注误字/291

颜延之为始安太守在景平二年/293

颜竣生年、年岁及为丹阳尹/295

王微《叙画》/297

鲍照《谢秣陵令表》/297

鲍照《请假启》二首/298

鲍照《侍宴覆舟山》诗/298

鲍照《中兴歌》十首/299

鲍照《谢解禁止表》/300

吴丕绩《鲍照年谱》叙事/300

鲍照《转常侍上疏》/301

鲍照《皇孙诞育上表》/302

鲍照《野鹅赋》与《谢随恩被原疏》/302

鲍照《和傅大农与僚故别》诗/303

鲍照《采菱歌》试测/304

鲍照《瓜步山楬文》与《谢永安令解禁止启》/305

鲍照为永安令/306

鲍照《和王丞》诗/306

鲍照《通世子自解启》与《临川王服竟还田里》/307

鲍照与何长瑜、陆展等/308

鲍照《芜城赋》/309

鲍照祖籍/310

鲍照《日落望江赠荀丞》/311

鲍照《登翻车岘》诗/312

鲍照《石帆铭》/313

鲍照入始兴王刘濬幕时间/314

鲍照《为柳令让骠骑表》/314

鲍照《征北世子诞育上表》/315

陈沆论《拟行路难·中庭五株桃》/316

陈沆论《拟行路难·对案不能食》/317

鲍照行年/318

鲍照《代出自蓟北门行》/319

"鲍谢"并称/319

鲍照《岐阳守风》/320

鲍照《见卖玉器者》诗/321

鲍照多病/323

鲍照《赠故人马子乔》第六首/323

"张使君"与鲍照连句/324

鲍照诗中"言外之意"/325

"荀丞"为荀万秋志疑/325

鲍照《吴兴黄浦亭庾中郎别》/326

鲍照《游思赋》与《登大雷岸与妹书》/327

鲍照《学陶彭泽体》诗/328

鲍照《送盛侍郎饯候亭》诗/328

殷淡撰郊庙歌辞/329

江邃《文释》/330

颜测/331

颜师伯善逢迎/332

乌衣之游/332

谢惠连《雪赋》/333

《宋书·谢惠连传》误书/333

谢惠连体/334

谢惠连年岁/335

李孝伯访问谢庄/335

谢庄尚宋文帝女/336

谢庄元嘉间仕历/337

谢庄《殷贵妃诔》/338

王微《咏赋》公案/339

王微卒年、年岁/340

殷景仁为太尉行参军与陶诗《与殷晋安别》/341

殷淳女为刘劭妃及《资治通鉴》误文/342

殷铁为殷景仁小字/342

刘义庆幕中文士/343

刘义庆出镇豫州及南兖州/345

何长瑜集/345

陆展仕历掇拾/346

宋立国子学及范泰为祭酒/347

范泰佞佛/348

范泰为天门太守及《晋书》误字/349

范晔《后汉书》志与谢俨/350

范晔丁母忧及"四子"/351

范晔谋逆/352

陆凯赠范晔诗/354

裴松之《三国志注》成书之速/355

裴松之卒年及补撰《宋书》/356

孔宁子/357

孔琳之善书/357

张畅卒年及入仕年/358

张辩行第及生卒年/358

《南史·徐爰传》误书/359

《宋书·何尚之传》志疑/360

何偃为吏部尚书/361

何承天生卒年/362

何承天为著作郎撰国史/363

何承天著作及标点本之误/364

袁淑仕历/365

刘铄尝授右军将军/366

刘铄诗/366

刘铄献赤鹦鹉/367

周朗/368

宋明帝以饮食无度卒/369

宋明帝著作/369

宋明帝好围棋及《通鉴》胡注之误/371

华林都亭曲水联句效柏梁体诗/371

《宋书》记刘宏仕历误字/372

丘渊之著作/373

《诗品》记区惠恭事序次有误/374

吴迈远族诛/375

释慧琳/376

苏宝生/378

毛伯成/379

王僧达入仕年/379

王僧达被诬谋逆/380

《宋书·沈演之传》志疑/381

沈勃善弈/383

法显西行时间及生卒年/384

袁粲好文学尚玄谈/385

《宋书·礼志》记袁粲事衍字/386

汤惠休事迹/387

萧道成、萧赜生年试测/388

帛道猷诗时代考/390

丘渊之《文章灵》/391

卞铄与卞录/392

《别王丞僧孺诗》作者/393

刘祥"历骠骑、中军二府"/393

刘祥生卒年试测 /394

谢超宗诞纵致祸 /394

《南史·谢超宗传》记超宗子才卿事 /395

谢超宗行年 /395

《南齐书·谢超宗传》为文惠太子讳 /396

谢超宗忤刘康事志疑 /397

刘善明出仕年岁 /397

《南齐书·崔祖思传》有误 /398

褚渊妻名号 /399

张绪卒年与何胤为国子祭酒时间 /400

王僧祐为王俭从兄 /400

王俭为尚书右仆射 /401

王俭嫡母东阳公主与刘劭之乱 /402

《南齐书·王俭传》衍文 /403

王俭早年事迹 /403

袁粲诗佚句 /405

陆澄为御史中丞时间 /405

褚渊为卫军及江斆尚公主 /406

袁彖劾谢超宗 /407

卞彬事迹杂考 /407

贾渊父祖年岁 /408

丘巨源籍贯 /409

袁炳生平 /410

檀超卒年推测 /411

丘灵鞠生卒年试测 /411

丘灵鞠行年 /412

萧子懋作《春秋例苑》/413

刘瓛为安陆王国常侍/413

王巾、王屮/414

王寂卒年/415

王延之宋时事迹/415

王融《和南海王殿下咏秋胡妻诗》/417

《南齐书·王融传论》/417

王融《上书请给虏书》/418

王融《下狱答辞》/418

王融称字/419

王融之死与萧子良/420

孔觊、孔颛/421

《梁书·江革传》记谢朓事/422

江祏与谢朓之死/422

谢朓自荆州还都时间及《辞随王子隆笺》/423

《谢朓诗歌系年》书后/424

谢朓婚宦时间/426

谢朓《酬德赋》/428

谢朓《和王著作八公山诗》/429

谢朓《思归赋》及《治宅》诗/430

谢朓《冬绪羁怀示萧谘议虞田曹刘江二常侍诗》/431

谢朓为随王镇西功曹转文学/432

谢朓《新亭渚别范零陵诗》/433

谢朓与永明末政局/434

谢朓《暂使下都夜发新林至京邑赠西府同僚诗》/435

《南史·谢朓传》志疑/438

谢朓《为鄱阳王让表》/439

周颙与永明体/439

周颙早年仕历/440

周颙劝何点蔬食/441

周颙为始兴王前军谘议/441

释智林《致周颙书》写作时间/442

《续高僧传》所记周颙事迹/443

周颙卒年/444

严可均记释智林事有误/445

顾欢卒年与传文记事之误/446

顾欢事迹考/447

张融《门律》与《门律自序》/448

张融与何点互讥/449

《南齐书·张融传》、《南史·张融传》叙事次序多误/450

张融见李彪时间/452

孔稚珪为平西长史南郡太守时间/452

孔稚珪父子之为人/453

孔稚珪《白马篇》志疑/454

孔稚珪《北山移文》/455

刘瑱生年之推测/456

《南史·刘瑱传》不可信/456

刘绘仕历/457

《先秦汉魏晋南北朝诗》次序/459

《南齐书·刘绘传》记豫章王与文惠太子有隙/459

刘绘与钟嵘《诗品》/460

虞羲生平考/460

虞羲《咏霍将军北伐》诗 /462

虞羲《与萧令王仆射书为袁彖求谥》/462

《望廨前水竹诗》作者 /463

顾恩生平 /463

王晏早年仕历 /464

徐孝嗣早年经历 /465

陆慧晓为尚书殿中郎时间 /466

谢瀹为太子中舍人 /467

王思远为司徒左长史 /467

刘暄为南阳国常侍 /468

江祏生年 /469

江祀为南郡王常侍 /469

萧颖胄卒于中兴元年十一月 /470

于瑶之 /470

虞愿为廷尉 /471

《南齐书·朱谦之传》志疑 /472

裴昭明行年试测 /473

刘怀慰为桂阳王征北参军 /474

陆厥作品写作时间 /475

王逡之事迹及行年 /475

萧贲卒年 /477

卷四 梁 陈 ………………………………… 478

范云仕历 /478

《西洲曲》作者 /480

萧山江淹故居 /481

江淹贬建安吴兴令原因/482

江淹《渡西塞望江上诸山》/482

江淹《游黄蘖山》/483

江淹为中书侍郎时间/484

谢朓、江淹为宣城太守时间/486

江淹《刘仆射东山集》、《刘仆射东山集学骚》/487

江淹《奏记诣南徐州新安王》/489

江淹《哀千里赋》写作时间/490

江淹《水上神女赋》/491

江淹《效阮公诗》/491

江淹《恨赋》、《别赋》创作年代/492

虞炎事迹/494

今本《江文通集》考辨/495

《谈薮》记何逊、吴均得罪事志疑/496

江淹诗赋学鲍照/497

江淹《望荆山诗》/499

江淹永明中仕历/502

江淹与丘灵鞠/503

江淹与袁炳/503

任昉号"五经笥"/504

任昉永明、天监间仕历/505

任昉、二到"山泽游"不当在天监二年/505

任昉书《萧融墓志》/506

"龙门之游"与"兰台聚"/506

丘迟《侍宴乐游苑送张徐州应诏诗》辨/507

丘迟仕历/509

沈约《宋书》撰成时间/511

《梁书·沈约传》误字/512

《全梁文》沈约文下误注/512

沈约受知蔡兴宗及入为尚书度支郎/513

沈约为东阳太守/514

沈约曾官太子右卫率/515

《沈约传》有脱文/516

沈约《登北固楼诗》/516

范缜生卒年/517

范缜《神灭论》作年/518

周舍著述/519

陆杲仕历/520

《法宝联璧》与陆罩/521

陆倕《以诗代书别后寄赠》诗考/522

刘勰卒年/523

诸葛颖籍贯/527

范岫事迹/527

何点"作《齐书》已竟"志疑/528

《梁书·何点传》、《梁书·何胤传》记年错乱/529

伏曼容《贪泉铭》/529

《华林遍略》/530

何佟之仕历/531

何攸之、何佟之/531

丘仲孚卒年、仕历/532

柳忱、柳恽兄弟四人为侍中刺史/533

柳忱官右仆射及其卒年/533

柳憕仕历、年岁/534

刘昭集注《后汉书》卷数/535

何逊联句中之刘绮/536

何逊为水部郎/537

何逊《咏早梅》辨/538

何逊《赠江长史别》诗考/539

《何逊传》"州举秀才"补释/540

何逊《答丘长史》诗臆测/541

何逊生卒年考补遗/543

《梁书·侯景传》记伏挺使魏为谢挺使魏之误/544

吴均《齐春秋》/545

刘霁生卒年/547

王僧孺免官原由/547

王僧孺年岁/548

高爽生卒年拟测/549

江洪、虞骞/551

江从简年岁、官位/552

裴子野佚文/553

裴子野《宋略》非全据沈约书/553

《南史·张缵传》误抄《梁书》/554

刘峻仕历/555

刘峻生年辨/556

徐勉年岁志疑/557

《南史》、《隋书》记徐勉事有误/558

徐勉为尚书仆射/558

徐摛生年及年岁/559

《梁书·王规传》脱讹/560

徐悱、刘令娴/560

《文镜秘府论》记刘孝绰等撰集《文选》/561

《梁书·刘孝绰传》志疑/562

刘孝绰年表/563

刘孝绰《元广州景仲座见故姬》诗/570

刘孝绰与到氏兄弟交恶/571

刘孝绰受贿被劾/573

刘孝仪出使东魏/574

刘孝胜、刘孝先/574

刘孝胜《升天行》/575

刘孝威卒年/575

刘孝威生年、年岁/576

刘孺仕历/576

刘孺字孝稚/577

刘孺年岁当从《梁书》/577

《南史》记罗研事混乱/578

阮孝绪著作/579

僧旻卒年志疑/581

刘潜仕历/581

刘潜名字及年岁/582

刘苞卒年/583

《梁书·刘杳传》夺字及刘杳撰著志疑/583

《梁书·刘杳传》记年岁有误/585

刘遵年岁、仕历/586

刘遵生年/586

刘显仕历/587

《南史·刘显传》采野史无稽/588

《梁书·刘显传》记事错乱/588

钟嵘生卒年及《诗品》成书时间试测/589

陶弘景年岁/591

陶弘景归隐/592

陶弘景《题所居壁》诗辨/593

陶弘景《华阳颂》为五言诗/594

江革生年、年岁/594

江蒨为司徒东阁祭酒仅十日/596

张缵为萧、梁双重外戚/596

庾仲容生平简表/597

《殷芸小说》与殷芸事迹/599

刘峻《广绝交论》、《重答刘秣陵沼书》/601

《梁书·褚翔传》志疑/602

萧子云仕历与生卒年/604

萧子范生卒年/605

萧子范仕历/606

萧子晖生卒年/607

萧子显《南齐书》撰成于天监中期/608

《梁书·萧子显传》卒年有误/608

庾黔娄、庾於陵生卒年/609

庾肩吾劫后行踪及生卒年/610

庾肩吾仕历/612

周兴嗣年岁试测/613

《庾肩吾集》为庾信编定/613

庾曼倩年岁拟测/614

萧秀年岁/615

萧统《春日宴晋熙王》诗/615

昭明太子东宫文士/616

昭明十学士/616

《昭明太子集》曾两次编定/618

萧综卒年、年岁及卒因/618

萧综《听钟鸣》、《悲落叶》/619

萧纶逸句与《梁书》记事脱误/620

萧纲、侯景同年生/622

萧纲字世讚/622

宫体诗形成于萧纲入东宫前/623

《南史·梁武帝诸子传》记萧纪仕历夺字/624

《梁书·武陵王纪传》错讹颠倒/625

萧绎焚书/626

萧绎绘事/627

萧绎、萧纪为太守、京尹/628

袁昂事迹掇拾/629

《梁书·顾协传》误字/630

伏挺行事/631

伏曼容仕历/632

臧严仕历与《梁书》记事之误/633

何思澄卒年、仕历/634

王瞻事迹/635

释法云与《三洲歌》/636

萧方等著作/637

《梁书·萧琛传》载"《汉书》真本"/639

萧琛生卒年与使魏/640

萧渊藻入蜀年月/642

萧纪扬州刺史任期/642

张充与王俭书及其出为吴郡/643

王暕丁忧夺情/644

王泰生卒年/645

江伯瑶/646

宗夬仕历/646

何佟之卒年/647

何胤为侍中当在永明七年/647

何子朗生卒年/648

到溉事迹/649

《梁书·到洽传》、《梁书·张率传》文字有异/652

《梁书·裴子野传》、《南史·裴子野传》记事之误/652

《梁书·裴子野传》叙事含混/652

袁峻二事/653

萧恺生卒年/654

萧介卒年志疑/654

萧晔卒年/655

《南史》记萧元简事错乱/656

萧几生卒年及文集/657

萧渊藻仕历本传与《武帝纪》歧异三处/657

褚澐生年/659

陆云公行事/659

朱异《田饮引》/660

朱异籍贯/661

朱异讲《中庸义》达四年/661

诸葛璩年岁拟测/662

谢徵入仕之早/662

许懋早孤及行年/663

谢举生年与《梁书》叙事之疏/664

谢举三为吏尚在中大通二年/664

王训生年、仕历/665

张缵卒年与《王皇后哀册文》/666

张绾生卒年、仕历/667

王籍生卒年、仕历/667

张缅著作/669

王筠《和新渝侯巡城口号》/669

王筠诗九首笺释/670

刘之遴仕历及其卒因/671

《梁书·刘之遴传》有误/672

《在淮阳赋诗》作者即侯景臣王伟/674

纪少瑜生卒年拟测/675

虞㻛/675

颜协诗文/676

《梁书》记谢几卿仕历有阙/677

王暕字思晦/677

王斌/678

谢绰《宋拾遗》/679

《梁书》记著作书名疏略歧异/679

王琰生卒年试测/680

《南齐书·王融传》记谢惠宣官职/681

王融早孤/681

《梁书》记王曼颖事误/682

王曼颖不应卒于天监十七年前/682

《梁书》、《陈书》记年代多疏误/683

沈炯集卷数/684

沈炯为飞书所谤/684

《王僧辩答贞阳侯书》作者/685

沈炯卒年/685

沈炯《归魂赋》/686

阴铿为镇南府司马时间/686

阴铿祖先定居南平/687

阴智伯与梁武帝为邻/687

阴铿生平事迹/688

阴铿在梁事迹考/689

《同庾信答林法师诗》作者/690

周弘让陈初事迹/691

周弘让生卒年/691

徐陵《在北齐与杨仆射书》及徐摛卒年/692

徐陵诗多作于梁时/693

徐陵聘周时间/693

徐孝克诗/694

释灵裕集志疑/694

徐孝克对策时间/695

谢贞诗逸句/695

谢贞南返始末/696

庾持与陈文帝有旧交/696

庾持在梁仕历/697

许懋、许亨世系/698

许亨为"安东王行参军"/699

许亨卒年/699

刘师知生年推测/700

杜之伟为陈霸先记室/700

何之元行年/701

《陈书·阮卓传》有误/701

阮卓父卒于江州/702

《陈书·沈不害传》志疑/703

孔奂为太子中庶子/704

毛喜出仕时间/704

毛喜入关迎陈宣帝家属/705

傅䋙生卒年/705

张讥为陆德明师/706

马枢事迹/706

王励在梁事迹/707

萧允事迹/709

《陈书·颜晃传》有误/709

颜晃与杜龛/710

谢嘏为建安太守时间/710

司马暠享年/711

张种梁末事迹/711

萧引依欧阳颁地点/712

顾野王《上呈〈玉篇〉启》/713

《陈书·顾野王传》叙官职/714

顾越天嘉中仕历/714

顾越事迹/715

《南史·顾越传》志疑/716

顾越与沈炯等为文会/716

陆琰举秀才时间/717

《陈书·蔡景历传》有误/717

陆山才归陈及刊吴昌门诗写作时间/717

《陈书·文学·陆瑜传》有误/718

陆从典生卒年考/719

《陈书·江德藻传》志疑/720

江德藻为云麾临海王长史考/720

江德藻早年仕历考/721

赵知礼祖籍/722

虞荔见梁衡阳王元简事/722

虞寄入闽/723

陈昭事迹/723

陈昭生平/724

何胥生平/724

陈暄生卒年及事迹/725

陈后主叔宝诗写作时间/726

沈后为皇太子妃时间/727

沈婺华行年/728

江总生年/729

江总《梁故度支尚书陆君诔》/730

江总《修心赋》/731

江总世系/731

江总《别袁昌州》二首/732

江总《摄山栖霞寺山房夜坐简徐祭酒周尚书并同游群彦》诗/733

江总《赠洗马袁朗别》诗/733

江总《借刘太常〈说文〉》诗/734

江总《赠贺左丞萧舍人》诗/735

江总《遇长安使寄裴尚书》/736

《秋日游昆明池》诗及江总南归/737

姚察早年仕历/738

萧贲生平/739

萧贲时代/739

贺力牧时代之推测/740

伏知道籍贯及生平/741

卷五 北朝隋 ………………………………………… 742

崔宏行年考/742

卫操种族试测/743

卫操生卒年/743

邓渊卒年/744

崔逞卒年/744

胡叟生卒年试测/745

《魏书·赵逸传》志疑/745

《魏书·索敞传》志疑/746

索敞生卒年拟测/746

宗敞、宗钦为兄弟/747

《魏书·赵逸传》志疑/747

王度诗与王度生平 /748

《晋书·隐逸传》叙事不清 /748

《统万城铭》作者 /749

宗钦行年考 /750

崔浩撰《赋集》 /750

崔浩、高允作史 /751

崔浩行年推测 /751

崔浩《易》注 /752

崔浩被杀原因 /753

高允父祖卒年 /755

高允为中书博士 /756

高允诗文写作年代 /757

元飑行年 /758

袁翻《思归赋》 /758

祖莹行年考 /759

萧综卒年及年寿 /760

韩显宗《燕志》 /761

北魏李彪引阮籍诗 /761

常爽年代推测 /762

常景生平 /762

《汭颂》写作时间 /763

刘献之生卒年考 /763

裴敬宪、邢臧时代 /764

裴伯茂生卒年 /764

《魏书·文成文明皇后冯氏传》志疑 /765

李平籍贯 /766

甄琛行年考/766

高谅卒年/767

高祐籍贯/767

《杨白花》作者/767

元恭行年/768

李骞行年及《释情赋》写作时间/768

元晖业行年/769

贾岱宗《大狗赋》/769

太山羊氏籍贯/771

高谦之卒年考/772

元飏《问松林》与王肃《悲平城》/773

郦道元生年/773

郭祚、郦道元"石井赋诗"时间/774

郦道元为河南尹/775

李骞《赠亲友诗》/776

温子昇见知于常景/777

温子昇之死/778

程骏论《老》、《易》/779

袁跃卒年/779

元顺行年/780

裴敬宪生平试测/780

卢元明梦王由事/781

邢劭之名闻于江左/781

邢劭在青州/782

邢劭早年事迹/783

邢劭、魏收争胜/783

邢劭《冬夜酬魏少傅直史馆》诗/784

邢劭《齐韦道逊晚春宴》诗/785

邢臧、王晞游处/785

王克南归/786

王褒《和殷廷尉岁暮》/787

王褒《送观宁侯葬》/787

王褒《别王都官》/788

王褒《送刘中书葬》/788

王褒《送别裴仪同》/789

庾信丁母忧时间/789

庾信《将命至邺酬祖正员》/790

庾信卒年/791

苏亮行年/791

刘祥作《王箴》/792

宇文神举诗/792

李昶诗/793

李昶作《明堂赋》/793

《隋书·经籍志》与隋人文集/794

卢思道生卒年试考/795

卢思道被征至长安时间/798

卢思道《赠别司马幼之南聘》/798

卢思道《赠刘仪同西聘》/799

宗懔在荆州仕历、逸诗/799

孙万寿卒年/800

孙万寿《早发扬州还望乡邑诗》志疑/801

孙万寿与唐人诗/801

孙万寿、王胄与"周记室"/802

孙万寿《答杨世子诗》/803

孙万寿事迹/804

颜之推卒年及《颜氏家训》成书年代/805

诸葛颖生卒年/806

诸葛颖仕梁及奔齐时间/806

鲍几生卒年拟测/807

贺若弼未尝仕北齐/808

李谔卒年及请正文体时间之推测/809

李孝贞行年推测/810

魏澹《魏书》与张大素《魏书》/811

魏澹《魏书》成书年代及其卒年/812

李德林举秀才/813

李德林生卒年/813

《隋书·李德林传》有误/814

李德林《从驾巡幸诗》/815

郑公超《送庾羽骑抱》诗为隋时作/815

虞绰生卒年考/817

王胄诗与其生平事迹/817

王胄《燕歌行》/818

元行恭姓名及事迹/819

《隋书·鲍宏传》志疑/819

鲍几、鲍泉、鲍宏生年推测/820

隋初有两柳䜣/821

王劭生卒年/822

《隋书》与《史通》论王劭/822

徐仪生年/824

庾自直生平/824

明克让事迹/825

《隋书·陆爽传》及陆法言生活时代/825

杜台卿行年/827

杜台卿遗著/827

刘善经《四声指归》/828

刘斌《和许给事伤牛尚书(弘)》诗及刘氏身世/828

萧该《文选音义》/829

刘炫生卒年/829

何妥为西域人之旁证/830

《何妥集》散佚时间/831

何妥祖籍之争论/831

何妥生卒年及《隋书·何妥传》衍文/832

崔赜与《区宇图志》/834

崔赜被责时间/835

虞世基《在南接北使诗》/836

杨素、薛道衡、虞世基《出塞》诗/836

虞世基行年推测/836

虞世基《秋日赠王中舍诗》/838

裴矩生卒年/839

《隋书·潘徽传》记事有误/840

潘徽与《江都集礼》/840

潘徽《韵纂序》著述年代/841

于仲文生卒年/842

房彦谦生卒年/842

尹式事迹/843

《和孔侍郎观太常奏新乐》诗作者/844

柳䛒仕梁为元帝官属/844

柳䛒生卒年/844

刘臻举秀才及刘显卒年/845

弘执恭事迹考/846

侯白生平及《旌异记》/846

唐初诗人孔绍安等创作年代当在隋代/847

郑世翼与崔信明/848

李密卒年/849

李密《淮阳感秋》诗异文/849

孔德绍事迹考/850

杜正玄、杜正藏事迹/851

杜正玄、杜正藏兄弟名及籍贯/852

薛德音当入唐/853

乐昌公主破镜事志疑/853

后 记 855

卷一　汉　魏

司马迁生卒年

司马迁生年有二说：一说谓生于景帝中元五年（前145），创其说者为王国维，而郑鹤声、程金造等从之；一说谓生于武帝建元六年（前135），创其说者为日人桑原骘藏，而郭沫若、吴汝煜等从之。自五十年代以来，二说争议不下。近年论文以程金造、吴汝煜二先生之文论证最详。

程金造先生《从〈史记〉三家注商榷司马迁的生年》据《史记·太史公自序》"五年而当太初元年"句下《史记正义》（以下简称《正义》）："按迁年四十二岁。"以此上推，司马迁当生于景帝中元五年。又以为《史记索隐》（以下简称《索隐》）引《博物志》："太史令茂陵显武里大夫司马迁，年二十八。三年六月乙卯除六百石。"语"二"字为"三"字之误。其佐证为《游侠列传》中有"吾视郭解"云云，郭解卒时，依景帝中元五年说，司马迁已十九岁，而依建元六年说方九岁，无观察能力。其次，据《史记》所载，司马迁交游有朱建。朱建以元朔六年（前123）使匈奴死。设司马迁生于景帝中元五年，此时年已十八，以之问掌故当近情理。若生于建元六年，则年仅八九岁，实无可能。

程先生又谓《博物志》"二十八"为"三十八"之误,可能较大。而《正义》年"四十二"为"三十二"之误,可能较小。

吴汝煜先生《论司马迁的生年及与此有关的几个问题》则主建元六年说。吴文以为"四"为"三"之误,亦颇可能。例举《史记》及三家注中"三"字误作"四"之例,又论《正义》于年代颇多错误。吴先生又据顾颉刚先生说,以《游侠列传》、《樊郦滕灌列传》、《郦生列传》皆追记其父司马谈语,故主张建元六年说。然究竟《索隐》、《正义》中何为误字,难确考,故仍当二说并存。

司马迁卒年,殊难确考。诸家研究著作,多以为卒于武帝末。程金造先生《司马迁卒年之商榷》一文,则以为当在昭帝时。盖据司马迁所与交游者,若贾嘉、李陵等皆至昭帝世。又引《史记》中有称武帝例甚多。程先生以为武帝后期说乃受卫宏影响。以卫宏曾言司马迁为武帝所怒,下狱死也。然卫氏自是臆说,但司马迁究卒于何年殊难确知,李陵、贾嘉年寿与司马迁非一事。史无明文,阙疑可也。

桓谭生卒年

桓谭生年,刘汝霖先生《汉晋学术编年》定为汉成帝阳朔二年(前23)。陆侃如先生《中古文学系年》及新版《辞源》从之。按:刘说盖据《太平御览》(以下简称《御览》)卷二一五引《新论》"余年十七为奉车郎中",《北堂书钞》(以下简称《书钞》)卷一〇二引《新论》"予少时为奉车郎,孝成帝幸甘泉宫"云云。其意以为桓谭为奉车郎中之年,即成帝祠甘泉河东之年,是年谭年十七。刘氏又设成帝祠甘泉河东之年即绥和二年(前7)。由此上推,谭当生于阳朔二年。然刘说实不足信,盖桓谭为奉车郎中,未必仅一年,或某年为奉车郎中,其明年或后年随成帝至甘泉河东,亦有可能,以"年十七"与"少时"不能等同也。又检《汉书·成帝纪》,成帝祠甘泉河东凡四次:永始四年(前13)、元延二年(前11)、元延四年(前9)、绥和二年(前7),恶知谭之从行,不在前三次而必在绥和乎？刘盖以谭卒年为建武中元元年(56),若元延四年或其前谭已从行,则年逾八十,与《后汉书》本传"年七十余"之言抵牾。然据《书钞》卷五五引《新论》云:"昔余在孝成帝时为乐府令,凡所典领倡优伎乐,盖有千人之多也。"据此,谭在成帝世不特为奉车郎中,且为乐府令矣。若从刘说,谭出仕之年,即成帝死年。且成帝于绥和二年正月至甘泉,三月至河东,归长安即死。谭既从至甘泉河东,即无任乐府令时间。陆侃如先生从刘说,乃云"乐府令"为"典乐大夫"之误。然谭自言成帝时为乐府令,王莽时为典乐大夫。自成帝至王莽,中间间隔十余年。谭自述经历,不应误差若此。且"孝成帝"三字,殊难为"王莽"或"王翁"之误。据《汉书·百官公卿表》,乐府令,属少府,盖掌宫廷俗乐之官。据《汉书·王莽传》,莽改汉大鸿胪为典乐,而每卿置大夫三人。典乐大夫即典乐(大鸿胪)下属之大夫耳。职掌不同,不得混淆。

桓谭卒年,亦多争议。昔侯康尝以为议灵台与立灵台不必在一年,实有理。刘汝霖以为立灵台在建武中元元年,遂以为议灵台与谭卒年皆在是年。王先谦以为谭仕光武朝不过十许年,以建武十三年云安已并入庐江,无复云安郡丞。陆侃如先生曾驳王说。按王说有推测成分,然陆说亦系假设。然以桓谭生年当早于初朔二年计之,桓谭卒于建武中元元年,当过八十,与《后汉书》异,刘说亦不足据。

王充称班固"必记汉事"

《后汉书·班固传》李贤注引谢承《后汉书》曰:"固年十三,王充见之,拊其背谓彪曰:'此儿必记汉事。'"清沈钦韩曰:"充著《论衡》,数称班固。其《案书篇》云:'今尚书郎班固。'其《对作篇》自言于建初(76~84)初,奏记郡守。则充为掾,固已为郎,名辈在先,岂得云充呼固小儿乎?谢书多虚诬,充其乡里先辈,务欲矜夸,不自知乖谬也。"按,建初是章帝年号,其时距班固十三岁即光武建武二十年(44)已三十余载。盖人之仕宦穷达,各各不同。以三十余年后仕历论王充当日不得称班固曰"此儿",恐难服人之口。虽然,谢承书确有不可信从处。据《论衡·自纪篇》:"建武三年(27),充生。"又据《后汉书·班固传》,固以窦宪败,捕系狱中,死时年六十,袁宏《后汉纪》(以下简称袁《纪》)卷十三系于和帝永元四年(92),与《后汉书》所记同,是班固当生于建武八年(32),王充长于班固才五岁。据《后汉书·王充传》,充以班彪为师,则充之与固,兄弟行耳,岂有仅长五岁而遽呼师之子为"儿"理?陆侃如先生驳沈说曰:"其实充本年二十八岁,较固长十五年。对着四十二岁的老师,赞叹十三岁的世兄,似乎没有什么不合理。"(《中古文学系年》第六十七页)按:陆说非,据《自纪篇》,王充是年年十八,非二十八。谢承谓班固"必记汉事",似《汉书》之作,全出班固,是又大不然。固之作《汉书》,不过继其父业耳。《后汉书·班彪传》:"彪乃继采前史遗事,傍贯异闻作《后传》数十篇。"《后汉纪》卷十三所记同,又议司马迁之作,"皆推之于谈",而谓《汉书》之作,"彪经始《汉书》,略以举矣",讥固没其父之功也。盖彪之续《史记》,不特范晔《后汉书》(以下简称范《书》)、袁《纪》,即

《史通·古今正史》亦言之，且明谓六十五篇。班彪之作，即王充亦知之。《论衡·佚文篇》曰："班叔皮续《太史公书》，载乡里人以为恶戒。""叔皮不为恩挠。"然则纵使王充早识班固之史才，亦当言可继父业，不能谓"记汉事"，否则又置彪作于何地？故沈钦韩之疑谢承，虽有语病，而实有见地。陆侃如先生驳之，似非。

傅毅生卒年试测

《后汉书·文苑·傅毅传》不载傅毅卒年及享年之数，但知其历东汉明帝、章帝及和帝三世。本传又谓"毅早卒"，然据本传曰"永平(58~75)中，于平陵习章句，因作《迪志诗》"云云；又曰："及(窦)宪迁大将军，复以毅为司马。"今考《后汉书·和帝纪》，窦宪为大将军在永元元年(89)九月。上推至明帝死年永平十八年(75)，已十四年。合本传记载观之，设其习章句时，在永平之末，当二十左右，则其享年数当在三十四五以上。然以本传全文及其他史料观之，则尚不止其数。盖《迪志诗》有"在兹弱冠，靡所庶立"语。此诗虽不知何年作，要当永平时已逾二十。然本传又谓"毅以显宗(明帝)求贤不笃，士多隐处，故作《七激》以为讽"，此作当在毅入仕之后。又《世说新语·文学》(以下简称《世说》)注引《牟子》："汉明帝夜梦神人，身有日光。明日，博问群臣通人。傅毅对曰：'臣闻天竺道者号曰佛，轻举能飞，身有日光，殆将其神也。'"又《魏书·释老志》："后(汉)孝明帝夜梦金人，项有日光，飞行殿庭，乃访群臣，傅毅始以佛对。"明帝夜梦是果可信否，可置勿论，然牟融、魏收金以为傅毅入仕在明帝世。检《后汉纪》卷十，附记明帝问佛事于楚王英谋反事后，故系于永平十三年(70)；然前文谓八年(65)时，帝与楚王英诏已有"尚浮屠之仁祠"语(《后汉书·楚王英传》同)。可见傅毅对明帝论佛事,当在永平八年之前。疑傅毅"学章句"及作《迪志诗》不久即已出仕,其时年弱冠,时在永平之初,其生年当在光武帝建武中叶十六年(40)左右,卒年在和帝永元元年以后,永元四年(92)窦宪被诛之前,享年五十左右。陆侃如先生《中古文学系年》曰"毅卒年无考,可假定在公元九〇年(指永元二年),时约五十余岁"(见第一一六页)。其假定傅毅卒年颇近理,然谓年五十余,似微有语病,盖亦可能不足五十也。唯年过四十将及五十,似不得谓为"早卒"。按《后汉书》本传原文云:

> 永元元年,车骑将军窦宪,复请毅为主记室,崔骃为主簿。及宪迁大将军,复以毅为司马,班固为中护军。宪府文章之盛,冠于当世。毅早卒。

今按班固以窦宪诛后,为人所告,下狱死;崔骃以直谏为宪所疏。唯毅以早卒,未遇不祥,非谓享年不永也。《后汉书》文事或有误夺,未必范晔本文叙事欠清楚。

边让事迹与《后汉书》记事之误

边让以《章华赋》见称于文学史,然《后汉书·文苑传》记其行事,颇嫌疏略。今稍事钩稽如下。《魏志·崔琰传》裴注引《续汉书》记孔融年十六,以私纳张俭下狱,名震远近,"与平原陶丘洪、陈留边让,并以俊秀为后进冠盖。融持论经理不及让等,而逸才宏博过之。司徒大将军辟举高第,累迁北军中候、虎贲中郎将、北海相,时年三十八"。是边、孔年岁当相去不远,且于入何进幕前已有交往。《后汉书·郭太传》记,汝南谢甄"与陈留边让并善谈论,俱有盛名,每共候林宗,未尝不连日达夜。林宗谓门人曰:'二子英才有余,而并不入道,惜乎!'"郭太以灵帝建宁二年(169)卒,孔融以桓帝永兴元年(153)生,即令郭太论边让"英才有余"事在谢世前未几,而让已有"盛名",其年必当长于孔融。让又尝见袁阆,举止失措,事见《世说·言语》,注引《文士传》言何进召为令史云云,即惠栋《后汉书补注》所引《文士传》所出。

本传载让之卒,云:"初平中,王室大乱。让去官还家。恃才气,不屈曹操,多轻侮之言。建安中,其乡人有构让于操,操告郡就杀之。"按,《魏志·武帝纪》裴注引《曹瞒传》云:"及在兖州,陈留边让言议颇侵太祖,太祖杀让,族其家。"操领兖州牧在初平三年,边让去官还浚仪,正属兖州所辖。建安中,操已在许下,时地均不相当,故本传言乡人构于曹操云云,似合情理。然《文选》卷四四录陈琳《为袁绍檄豫州》叙此事云,绍表奏操"领兖州刺史,被以虎文,奖蹙威柄,冀获秦师一克之报,而操遂承资跋扈,肆行凶忒,割剥元元,残贤害善。故九江太守边让,英才俊伟,天下知名,直言正色,论不阿谄,身首被枭悬之诛,妻孥受灰灭之咎。自是士林愤痛,民怨弥重,一夫奋臂,举州同声,故躬破于徐方,地夺于吕布,彷徨东裔,蹈拒无所"。"躬破于徐方",指初平四年操攻陶谦不利;"地夺于吕布",指兴平元年为吕布败于濮阳。是则边让被杀非在建安间,而在初平三年或四年(192或193),得年四十余岁。范《书》所记当有误。

蔡邕"远迹吴会往来依太山羊氏"解

《后汉书·蔡邕传》记邕以五原赦还本郡,为王智所潛,见恶宦官,"虑卒不免,乃亡命江海,远迹吴会。往来依太山羊氏,积十二年",在吴颇多轶事,如"焦尾琴"、"黄绢幼妇"之属。然寻其遗文,自光和三年至中平六年间碑诔哀吊,有光和七年《太尉桥玄碑》、《司徒袁公夫人马氏碑》,中平二年《太尉刘宽碑》、《太尉杨赐碑》,三年《陈寔碑》,四年《仪郎胡夫人哀赞》等,碑主皆朝中达官贵人。如依本传描画,亡命远迹吴会,安得张扬若此?邕于碑志固一代作手,设其隐遁养晦,朝中大老亦不得遣使远赴千里外,搜而出之,令其握管挥毫也。窃以为邕惧而远走,如今人所谓"避风头"者,事当有之,及积时既久,怨毒已稍缓解,加之名高当世,复得有力者关说庇护,邕乃"往来"于陈留、吴会间,本传著此二字,自非泛语。

太山羊氏,何焯《义门读书记·后汉书》云:"羊祜为蔡邕外孙,盖以婚姻依之。"惠栋《后汉书补注》云:"《邕集》:太山羊陟与邕季父卫尉质对门九族。欧阳《尚书》:九族,妻族二。对门九族,乃妻族也。故邕上书云'与陟姻家,岂敢申助私党'。是羊、蔡世为婚媾,不特叔子一人也。"按,羊陟见范书《党锢列传》。党事起,免官禁锢,邕亡命时,陟已卒于太山原籍,与邕在吴会不相关涉。《晋书·羊皇后传》:"景献羊皇后讳徽瑜,泰山南城人。父道,上党太守;后母陈留蔡氏,汉左中郎将邕之女也。"《羊祜传》记祜前母为孔融女,生发;生母蔡氏则生承、祜。按,羊道事迹散见《三国志》。《吴志·三嗣主传》裴注引《襄阳记》,羊道汉末已有"人物之鉴",在武昌;《吴主五子传》记孙休临终,上疏称"羊道辩捷,有专对之材";孙和、孙霸弟兄不睦,

"督军使者羊道上疏"云云，其时已在孙权赤乌末年（249左右）。极而言之，道其时为七十余岁，则当生于灵帝熹平间（175左右）。邕于灵帝光和三年（180）至中平六年（189）在吴会，其时羊道尚幼，且其原配为孔融之女，以此知蔡邕之依羊氏，盖以世为姻亲，而其女为羊道继室，则邕身后之事不言可知，蔡邕除蔡琰而外至少尚有一女。

又，中华标点本于"积十二年"下加逗号，"在吴"下加句号，至此为一段，下文另起。按，"在吴"当属下"吴人有烧桐以爨者，邕闻火烈之声"。若加标点，既与"往来"不协，且不合古文规范，文心文理，两皆乖谬。

蔡邕徙五原与吕强上疏

《后汉书·宦者传》记吕强上疏言事："又闻前召议郎蔡邕对问于金商门，而令中常侍曹节、王甫等以诏书喻旨。邕不敢怀道迷国，而切言极对，毁刺贵臣，讥呵竖宦。陛下不密其言，至令宣露，群邪项领，膏唇拭舌，竞欲咀嚼，造作飞条。陛下回受诽谤，致邕刑罪，室家徙放，老幼流离，岂不负忠臣哉！今群臣皆以邕为戒，上畏不测之难，下惧剑客之害，臣知朝廷不复得闻忠言矣。"末言"宜征邕更授任"。按，《蔡邕传》已明记邕入狱，议弃市，"中常侍吕强愍邕无罪，请之，帝亦更思其章，有诏减死一等，与家属髡钳徙朔方"，是吕强此疏，盖再次言之。然疏中"又闻前召议郎蔡邕"云云，一似乍闻此事而列入疏中以为所陈诸事之一，与《蔡邕传》所记便不相照应。《资治通鉴》（以下简称《通鉴》）系此疏于光和二年四月，未知所据。设令无误，则其时适当邕离京之后，阳球使刺客于道中刺邕之事已泄，邕及妻子尚在道途或甫抵五原。《通鉴》引疏系节文，此句作"又前召议郎蔡邕",便觉文理顺适。颇疑《后汉书》"闻"字为愆。

蔡邕年岁及徙五原年月

《后汉书·蔡邕传》记邕以初平三年死于狱中,年六十一。钱大昭《后汉书辨疑》卷九据光和元年邕上书自辩称"臣年四十有六,孤特一身",推得邕卒年六十。说是。范《书》号称矜慎,然疏漏亦非鲜见,赵翼《廿二史札记》有专条论及。他如陈寔卒年当在中平三年(见《蔡邕碑文》)、此传"年六十一"及下文所论"十二年",皆可证赵氏之说。

邕于灵帝光和初徙五原。据本传,光和元年,"妖异数见,人相惊扰。其年七月,诏召邕与光禄大夫杨赐、谏议大夫马日䃅、议郎张华、太史令单飏诣金商门,引入崇德殿,使中常侍曹节、王甫就问灾异及消改变故所宜施行。邕悉心以对,事在《五行》、《天文志》"。又特诏问,邕奏对言妇人干政,小人在位,曹节窃听,宣语左右,于是与邕有隙者侧目思报,飞章劾邕。诏下尚书,召邕诘状,邕上书自陈言"今年七月,召诣金商门,问以灾异",则此自陈必在七月后,不尔,当言"本月"。邕因是下狱,议弃市。中常侍吕强愍其无罪,请之。诏减死一等,徙朔方。按,《续汉书·五行志四》载本年六月北宫东庭见虹霓,《杨赐传》载诏问祸福,邕以直言得罪,本传章怀注引邕集"光和元年,都官从事张恕,以辛卯诏书,收邕送洛阳诏狱",皆足证邕下狱在本年,时令则当为秋日。其徙朔方五原,则已在本年岁尾或次年年头。据《续汉书·律历志下》章怀注引邕在五原上书云,"今年七月九日,匈奴始攻郡盐池县。其时鲜卑连犯云中、五原,一月之中,烽火不绝"。本传记"邕前在东观,与卢植、韩说等撰补《后汉记》,会遭事流离,不及得成,因上书自陈,奏其所著'十意',分别首目,连置章左。帝嘉其才高,会明年大赦,乃宥邕还本郡。邕自徙及归,凡九月焉",所言"上书"自陈,自即为此书。本传"因上书自陈,奏其所著'十意'"下章怀注引《邕别传》"因上书自陈曰'臣既到徙所'"云云,即《律历志》注引节文。是邕上此书在光和二年七月后可无疑义,本传云"会明年大赦",则已是光和三年(180)。据《灵帝纪》,光和二年四月,大赦;三年正月,大赦。邕于光和二年七月后上书,五原至洛阳相隔近二千里,来往需时,则遇赦乃光和三年正月之大赦也。以自徙及归九月计之,则其被徙抵五原,当在光和二年四五月间。诸家多以始徙在光和元年,遇赦在二年,说未确。

又,本传记邕返本郡,"亡命江海,远迹吴会。往来依太山羊氏,积十二年,在吴";《魏志·董卓传》裴注引张璠《后汉纪》作"亡命海滨,往来依太山羊氏,积十年"。按,邕以中平六年(189)被迫应董卓之召入京,光和三年至是年适为十年,本传所记"十二年"与前徙五原之年自相抵牾,当从《后汉纪》。

邕在五原上书又云"(臣)召拜郎中,受诏诣东观著作,遂与群儒并拜议郎,沐浴恩泽,承答圣问,前后六年",据本传,邕以"建宁三年(170)辟司徒桥玄府,玄甚敬待之。出补河平(钱大昕、沈钦韩以为当作"平阿")长。召拜郎中,校书东观。迁议郎。邕以经籍去圣久远,文学多谬,俗儒穿凿,疑误后学"。熹平四年,乃奏求正定六经文字。以光和二年上推六年,拜议郎当在熹平三年;如不计光和二年,则当在熹平二年。然邕文今存《车驾上原陵记》,自述建宁五年正月犹为司徒掾,之后出为平阿长,又校书东观,需历时日。建宁五年即熹平元年,定熹平三年拜议郎,或较合理。

邕博学多才艺,书艺琴技,后人习知。《历代名画记》卷四又载其能绘事:"灵帝召邕画赤泉侯五代将相于省,兼命为赞及书。邕书画与赞皆擅名于代,时称三美(原注:见《东观汉记》并孙畅之述画。有《讲学图》、《小列女图》传于代)。"按,此条中州古籍出版社校注本失辑。

祢衡骂曹

祢衡入许,唯善孔融、杨修。融数称述于曹操。《后汉书·祢衡传》记"操欲见之,而衡素相轻疾,自称狂病,不肯往,而数有恣言。操怀忿,而以其才名,不欲杀之。闻衡善击鼓,乃召为鼓史",而后遂有击鼓、骂曹之事。击鼓时日,《后汉书·祢衡传》章怀注引《文士传》记作"八月朝",《魏志·荀彧传》注引张衡《文士传》、《世说新语·言语》注引《文士传》同;《世说新语·言语》本文则记作"正月半试鼓"。《世说新语》多据传闻,自当从《文士传》。《文士传》,晋张骘撰,诸书引用,或作"张隐",或作"张鄢",说见《三国志集注·曹休传》。《魏志》注引,即有"骘"、"隐"、"衡"等异文,自属传抄之讹。张衡早于祢衡近一百年,安得记其行事,中华排印本失校显然。裴注、章怀注引《文士传》又记:"至十月朝,融先见太祖,说衡欲求见。至日宴,衡著布单衣,疏巾履,坐太祖营门外。以杖捶地,数骂太祖。"操不能忍,乃令押衡送刘表。按,八月、十月均一年中事。据《魏志·武帝纪》,建安二年春操征张绣还许,九月征吕布,十月屠彭城。四年四月,破射犬,还军敖仓;八月,进军黎阳。据此,则惟建安二年八月、十月操均在许,祢衡击鼓、骂曹必此年事。

祢衡入许在建安元、二年间

《后汉书·祢衡传》载,衡"兴平中,避难荆州。建安初,来游许下。始达颍川,乃阴怀一刺,既而无所之适,至于刺字漫灭。是时许都新建,贤士大夫四方来集"。《魏志·荀彧传》注引《平原祢衡传》云衡"建安初,自荆州北游许都",《世说新语·言语》注引《典略》云"以建安初北游,或勖其诣京师贵游者,衡怀一刺,遂至漫灭,竟无所诣"。按,献帝初平、兴平间,值董卓、李傕之乱,两京遭劫,文士多避难荆州,前于衡者已有王粲、邯郸淳等。建安元年八月(《魏志·武帝纪》作九月,此从《后汉书》),曹操挟帝迁许,道路搔迁,至十月而朝政初定。时衡在荆州闻讯游许,当在是年末或次年初。

祢衡被杀年月

《后汉书·祢衡传》记衡为黄祖所杀,时年二十六。《三国志集解·荀彧传》引姚振宗曰"祢死当在建安六年"。按,说非。衡传录孔融表云"窃见处士平原祢衡,年二十四,字正平"云云,表作于建安二年,已无疑问,则衡之被杀,自在建安四年。其被杀因由,具见本传。《太平御览》卷八三三引《祢衡别传》记其事远较本传为详:"十月朝,黄祖在艨冲舟上,宾客皆会。作黍臛,既至,先设衡前。衡得便饱食,初不顾左右。既毕,复搏弄以戏。时江夏有张伯云,亦在座,调之曰:'礼教云何而食此?'正平不答,弄黍如故。祖曰:'处士不当答之也。'衡谓祖曰:'君子宁闻车前马屁!'祖呵之。衡回视祖骂曰:

'死锻锡公!'祖大怒,令五伯将出欲杖之,而骂不止,遂令绞杀。黄射来救,无所复及,凄怆流涕曰:'此有异才,曹操及刘荆州不杀,大人奈何杀之?'祖曰:'人骂汝父作锻锡公,奈何不杀?'"据此知衡之被杀,当在是年十月。《通鉴》卷六三载,建安四年十一月,孙策攻刘勋,勋求救于黄祖,祖遣其子射助勋,大败,射遁走。此事自当在艨冲宴宾、洋洋得意之后,于祢衡被杀年月亦为旁证。衡在江夏作《鹦鹉赋》。据陆游《入蜀记》卷五载,武昌江中鹦鹉洲即衡被杀处。

　　《后汉书》本传称衡与孔融交往,"衡始弱冠,而融已五十",而所录荐表则明言衡年二十四,而以孔融卒年推之,时已五十六。缪荃孙《孔北海年谱》以范《书》举成数言之,是。余嘉锡辑《殷芸小说》卷四谓"祢正平年少与孔文举作尔汝交,时衡未满二十,而融已五十余也",《世说新语·言语》注引《文士传》记年岁同,均是夸饰。

　　《抱朴子》有《弹祢》篇,记祢衡诸事,颇似小说家言,《三国演义》似曾据此取资再加点染。其记衡在荆楚事,虽甚夸饰而较详,录以备参:"表欲作书与孙权讨逆。(权)于时已全据江东,带甲百万,欲结辅车之援,与共拒中国。使诸文士立草,尽思而不得表意,乃示衡。衡省之曰:'但欲使孙左右持刀儿视之者,此可用尔。傥令张子布见此,大辱人也。'即摧坏投地。表怅然有怪色,谓衡曰:'为子不中芸锄乎?惜之也。'衡索纸笔,便更书之。众所作有十余通,衡凡一历视之,而已暗记。书之毕,以还表,表以还主。或有录所作之本也,以比校之,无一字错,乃各大惊。表乃请衡更作。衡即作成,手不停辍。表甚以为佳而施用焉。衡骄傲转甚,一州人士,莫不憎恚。而表亦不复堪,欲杀之。或谏以为曹公名为严酷,犹能容忍。衡少有虚名,若一朝杀之,则天下游士,莫复拟足于荆楚者也。表遂遣之。衡走到夏口,依将军黄祖。祖待以上宾。祖大儿黄射,与衡偕行,过人墓下,俱读碑铭,一过而去。久之,射曰:'前所视碑文大佳,恨不写也。'衡曰:

'卿存其名耳,我一览尚记之。'即为暗书之。末有一字,石缺乃不分明,衡与半字曰:'疑此当作某字,恐不审也。'"

《水经注·江水》记故曲陵县后乃沙羡县,"昔魏将黄祖所守,遣董袭、凌统攻而擒之,祢衡亦遇害于此"。按,沙羡即夏口,今武汉市。

邯郸淳善书

邯郸淳善书。《魏志·王粲传》引《魏略》,谓淳"又善《仓》、《雅》虫篆,许氏《字指》"。《管宁传》记"胡昭善史书,与钟繇、邯郸淳、卫觊、韦诞并有名"。卫恒《四体书势》论古文,谓"魏初传古文者,出于邯郸淳。恒祖敬侯写淳《尚书》,后以示淳,而淳不别。至正始中,立《三字石经》转失淳法";论篆书,谓"汉建初中,扶风曹喜,少异于(李)斯,而亦称善。邯郸淳师焉,略究其妙。韦诞师淳,而不及也";论隶书,谓"(梁)鹄宜为大字,邯郸淳宜为小字,鹄谓淳得次仲法"。《魏书·江式传》载式于延昌三年上表云:"魏初博士清河张揖著《埤仓》、《广雅》、《古今字诂》,究诸埤广,缀拾遗漏,增长事类,抑亦于文为益者。然其《字诂》,方之许慎篇,古今体用,或得或失矣。陈留邯郸淳亦与揖同时,博古开艺,特善《仓》、《雅》,许氏《字指》,八体六书精究闲理,有名于揖,以书教诸皇子。又建《三字石经》于汉碑之西,其文蔚炳,三体复宣。"江式表仅言魏立《三体石经》而未言邯郸淳书,后世博学如何焯、姚范皆以淳之年岁驳之,何粗疏乃尔!卫恒已明言《正始石经》转失淳法,其非淳所书,不言自明。朱彝尊《经义考》卷二八八已论及此事,新版《辞源》于《三体石经》条下犹言《正始石经》为淳所书,当改正。

邯郸淳《汉鸿胪陈纪碑》

《古文苑》卷一九录邯郸淳《汉鸿胪陈纪碑》，碑文云"会车驾幸许，拜大鸿胪"，"建安四年六月卒"，"天子愍焉，使者吊祭，郡卿以下，临丧会葬。有子曰群，追惟《蓼莪》罔极之恩，乃与邦彦硕老，咨所以计功称伐，铭赞之义，遂树斯石，用监于后"。《魏志·王粲传》注引《魏略》云："荆州内附，太祖素闻其名，召与相见，甚敬异之。"按，建安元年，献帝迁许，陈纪自平原之许，拜大鸿胪，《后汉书》本传所记与碑文合。《后汉书·祢衡传》记，"许都新建，贤士大夫四方来集"，至四年陈纪卒，在许之文士即有孔融、卫觊、繁钦、路粹等，孔、卫尤称大手笔。陈纪名士高官，陈群亦早著于时，立碑撰文，焉用远至荆州以求邯郸淳？且其时刘表阳奉献帝，阴与袁绍相结，自保江汉，坐以观变，淳如尚在荆州，恐亦不得为作陈纪碑文。以是颇疑淳于建安初即由荆州入许，《魏略》所记或有疏误。拙作《建安文学系年》、陆侃如先生《中古文学系年》皆从《魏略》，系淳入许于建安十三年，或未安。然上说亦乏确证，姑录之俟续考。

邯郸淳与《曹娥碑》

曹娥投江殉父，事见《后汉书·列女传》，《曹娥碑》以人而传，又以"黄绢幼妇"而传。碑之作者，《列女传》仅言"元嘉元年，县长度尚改葬娥于江南道傍，为立碑焉"，章怀注引《会稽典录》："上虞长度尚弟子邯郸淳，字子礼。时甫弱冠，而有异才。尚先使魏朗作《曹娥碑》，文成未出，会朗见尚，尚与之饮宴，而子礼方至督酒。尚问朗碑文成未，朗辞不才，因试使子礼为之，操笔而成，无所点定。朗嗟叹不暇，遂毁其草。其后蔡邕又题八字曰：'黄绢幼妇，外孙齑臼。'"《世说·捷悟》注引《会稽典录》，文字几全异："孝女曹娥者，上虞人。父盱，能抚节按歌，婆娑乐神。汉安二年，迎伍君神，泝涛而上，为水所淹，不得其尸。娥年十四，号慕思盱，乃投瓜于江，祝其父尸曰：'父在此，瓜当沉。'旬有七日，瓜偶沉，遂自投于江而死。县长度尚悲怜其义，为之改葬，命其弟子邯郸子礼为之作碑。"《艺文类聚》（以下简称《类聚》）卷四引《会稽典录》则未及立碑事。《水经注·渐江水》记："（浦阳）江之道南有《曹娥碑》。娥父盱，迎涛溺死。娥时年十四，哀父尸不得，乃号踊江介，因解衣投水，祝曰：'若值父尸，衣当沉；若不值，衣当浮。'裁落便沉，娥遂于沉处赴水而死。县令度尚使外甥邯郸子礼为碑文，以彰孝烈。"

按，章怀注、《世说》注引《会稽典录》，侧重不同。章怀以本事已见传文，遂略不录，此固注家之通例；孝标乃注《曹娥碑》"黄绢幼妇"事，故须列举本事。《会稽典录》二十四卷（《晋书》本传作二〇篇），晋虞预撰，宋以后佚。《水经注》解衣投水云云，亦见《列女传》章怀注引项原《列女传》，《隋书·经籍志》（以下简称《隋志》）录作《列女后传》。作者项原，无考，然据《隋志》诸《列女传》排列次序，项原在缪袭后、皇甫谧前，当为魏末晋初人，时代早于虞预。章怀、孝标于立碑事未引《列女后传》，当是项原未及此事。所可异者，《世说》注、《水经注》皆记碑文撰者为邯郸子礼，不言子礼名淳。按《魏志·王粲传》注引《魏略》云："淳一名竺，字子叔。"卢弼注谓《御览》卷八一八作"元淑"、《法书要录》作"子淑"、范《书》章怀注作"子礼"，以为皆传写之异。然《魏略》又记"黄初初，以淳为博士、给事中，淳作《投壶赋》千余言奏之，文帝以为工，赐帛千匹"，而据《列女传》及传王羲之书《曹娥碑》碑文,均言撰碑乃桓帝元嘉元年事,下及黄初之初已达七十年。设邯郸子礼即为邯郸淳,撰碑时年方弱冠,则撰《投壶赋》时年已九十,颇悖情理。卢弼亦疑而志之,谓《典录》不足信。窃以为不足信者不在子礼撰碑,而在子礼名淳。《世说》注、《水经注》皆仅言子礼而不记名淳,即是一证。"邯郸淳字子礼"一语,若非虞预误记,当即章怀误添。上列辩证,发自汪中《旧学蓄疑》,傅璇琮氏继而详论之,见《中古文学丛考》,文载《古代文学研究集》(中国文联出版公司版)。

淳生卒年已不可确考。建安十六年后曾为五官将文学,同为文学官属,刘桢、吴质、应玚等年均在三四十岁上下,淳纵为前辈,亦不应为皤然老叟。《魏志》本文、裴注记邯郸淳,《王粲传》以之与繁钦、路粹、杨修、丁仪等齐列,盖言其文章;《王肃传》注引《魏略》,以之与董遇、贾洪、薛夏、隗禧、苏林等并称,乃着眼儒学;《管宁传》、《刘劭传》以之与胡昭、钟繇、卫觊、韦诞比肩,则美其书法,似均与年辈无涉。卫恒《四体书势》记其祖卫觊写淳所书《尚书》,而淳不能辨;江式表谓淳与张揖同时。觊以明帝太和中卒,揖于太和六年尝进《古今字诂》(汤球辑本,引王隐《晋书》),准此,淳或生于汉桓、灵间,卒于魏文帝、明帝世。

邯郸淳为临菑侯文学

《魏志·王粲传》注引《魏略》记邯郸淳见曹植情状,为文学史上著名故事:"时五官将博延英儒,亦宿闻淳名,因启淳欲使在文学官属中。会临菑侯植亦求淳,太祖遣淳诣植。植初得淳,甚喜,延入坐,不先与谈。时天暑热,植因呼常从取水,自澡讫,傅粉。遂科头拍袒,胡舞五椎锻，跳丸击剑，诵俳优小说数千言讫，谓淳曰：'邯郸生何如邪？'……及暮，淳归，对其所知叹植之材，谓之天人。于时世子未立，太祖俄有意于植，而淳屡称植材，由是五官将颇不悦。及黄初初，以淳为博士、给事中。"《太平广记》（以下简称《广记》）卷二〇九引王僧虔《名书录》云，"陈留邯郸淳为魏临菑侯文学"，与《魏略》言"文学官属"合。陆侃如《中古文学系年》系此事于建安二十一年，张可礼《三曹年谱》则系于十九年。按，陆说近是。陆、张皆引邯郸淳《答赠诗》为证，诗见《艺文类聚》卷三一，《文选》卷二七谢朓《晚登三山还望京邑》善注引作"邯郸湛（当作"淳"）《赠伍处玄诗》"。诗云："我受上命，来随临菑。与君子处，曾未盈期。见召本朝，驾言趣期。群子重离，首命于时。饯我路隅，赠我嘉辞。既受德音，敢不答之。余惟薄德，既局且鄙。见养贤侯，于今四祀。既庇西伯，永誓没齿。今也被命，义在不俟。瞻恋我侯，又慕君子。"又云："圣主受命，千载一遇。攀龙附凤，必在初举。"伍处玄无考，然全诗所言明白可见：一、淳之入曹植府，盖"受上命"，与"太祖遣淳诣植"相合，此记实亦以自白。二、在曹植府为属官凡四年。三、其时曹丕已受禅代汉，然为时未久。建安二十五年正月，曹操卒；二月，曹植及诸弟即离邺就国，植之临菑；十月，曹丕代汉，改元黄初；十二月，自许昌迁都洛阳。其间揖让、改制、封官、迁都，自不暇顾及邯郸淳辈文士。且洛阳、临菑相去千里，淳在临菑未及期年，应召入洛，当已在黄初二年初。由此上推四年，淳为临菑侯文学在建安二十二年。

杨修事迹

杨修聪慧早熟，汉献帝初平三年即作《司空荀爽述赞》，其时年仅十八。《后汉书·杨彪传》载,"为丞相曹操主簿,用事曹氏";《魏志·陈思王植传》裴注引《典略》载修"谦恭才博,建安中,举孝廉,除郎中,丞相请署仓曹属主簿。是时军国多事,修总知内外,事皆称意"。修累世高官,出汉末著名望族,其举孝廉盖反掌事,至迟当在建安初。裴注又引《世语》曰:"修年二十五,以名公子有才能,为太祖所器。"以其卒年逆推,为曹操主簿当在建安四年。《世说·捷悟》记:"魏武征袁本初,治装,余有数十斛竹片,咸长数寸,众云并不堪用,正令烧除。太祖思所以用之,谓可为竹椑楯而未显其言,驰使问主簿杨德祖。应声答之,与帝心同。众伏其辩悟。"据《魏志·武帝纪》、《通鉴》卷五四,建安二年、四年均有曹操征袁术事,此当在四年,与"二十五岁"合。"丞相"、"太祖"皆属后人记事,不言自明。陆侃如先生《中古文学系年》亦系此事于四年,然谓"主簿"乃"郎中"之误,说可商。至《典略》云修"谦恭才博",实则露才扬己,好行小慧,与"谦恭"适如南辕北辙。

杨修今存作品,多可考知年代。《许昌宫赋》作于建安初。建安元年九月始迁都许昌,宗庙社稷制度初立。作为新宫,须费时日,或在建安三年前后竣工。《神女赋》作于建安十三年,时操大军南征,杨修随行,在江陵作,说参《王粲等〈神女赋〉写巫山神女》条。《出征赋》有"嗟夫吴之小夷","公命临菑,守于邺都"语,作于建安十九年七月,事见《魏志·武帝纪》、《陈思王植传》。《与临菑侯笺》作于建安二十一年,据曹植《与杨德祖书》中"仆少好词赋,迄至于今二十有五年矣"可知。《孔雀赋》序言"魏王园中有孔雀,久在池沼,与众鸟同列。其初至也,甚见奇伟,而今行者莫视。临菑侯感世人之待士,亦咸如此,故兴志而作赋,并见命及"。植赋已佚,玩序中之语,当作于建安二十二年曹植失宠之后。

《全晋文》录傅玄《七谟序》,列论"七"体及汉、魏作者,《类聚》

卷五七引《文章流别论》,有"傅子集古今'七'篇而论品之,署曰《七林》"之说,此序无妨视为节略。序云:"自大魏英贤迭作,有陈王《七启》、王氏《七释》、杨氏《七训》、刘氏《七华》、从父侍中《七诲》。"王粲、刘劭、傅巽诸作见存佚文,唯杨氏《七训》未见,列杨氏于王粲、刘劭间疑即杨修,所作已亡,无只字。

杨修卒年、年岁

杨修事迹,散见《后汉书·杨彪传》、《魏志·陈思王植传》、《世说·捷悟》。《杨彪传》不记修卒年。《陈思王植传》记建安二十二年,"增植邑五千,并前万户。植尝乘车行驰道中,开司马门出。太祖大怒,公车令坐死。由是重诸侯科禁,而植宠日衰。太祖既虑终始之变,以杨修颇有才策而又袁氏之甥也,于是以罪诛修。植益内不自安"。陈寿此下接叙二十四年欲遣植救曹仁,植醉不能受命,"于是悔而罢之"。据传文叙事序次,杨修被杀似在二十二年或二十三年。裴注引《典略》曰:"植后以骄纵见疏,而植故连缀修不止,修亦不敢自绝。至二十四年秋,公以修前后漏泄言教,交关诸侯,乃收杀之。修临死,谓故人曰:'我固自以死之晚也。'其意以为坐曹植也。修死后百余日而太祖薨。"按,《魏志》本文含混,得《典略》所记乃明。救曹仁事在是年七月,植宠见衰在二十二年,然操于立嗣事尚在犹豫,至二十四年七月其意乃决,诛杨修遂为势所必至。其秋至二十五年正月操病卒,适为百余日,《典略》可信。

杨修年岁,《杨彪传》章怀注引《续汉书》:"人有白修与临菑侯曹植饮醉共载,从司马门出,谤讪鄢陵侯章。太祖闻之大怒,故遂收杀之,时年四十五矣。"《全后汉文》录《古文苑》所收杨彪《答曹公书》、彪妻袁氏《答曹公夫人卞氏书》。操杀杨修，与杨彪书以慰之，并赐财物颇丰，彪报书言修"宽玩自稽，将违法制，相子之行，莫若其父，恒虑小儿，必致倾败"云云，袁氏书言"小儿违越，分应至此。怜其始立之年，毕命埃土"云云。据袁氏书，则杨修被杀时年仅三十。而《陈思王植传》注引《世语》言"修年二十五，以名公子有才能，为太祖所器。与丁仪兄弟皆欲以植为嗣"，"故修遂以交构赐死"，卢弼《三国志集解·陈思王植传》据此云修"死时年未三十可信"，侯康《后汉书补注续》说略同。按，说非。《后汉书·祢衡传》、《魏志·荀彧传》裴注皆言衡建安初在许昌，惟善孔融、杨修，有"大儿孔文举，小儿杨德祖"语；《艺文类聚》卷四七录修《司空荀爽述赞》，爽卒于初平三年，如修三十被杀，建安初为六七岁，初平三年则仅三岁，均于情理为悖。又，《世说新语》记杨修四事，固多传闻不可信如"黄绢幼妇"者，然记曹操征袁绍，主簿杨修以竹片可为竹楔楯事，或有所据，事亦在建安初，可旁证杨修被杀时年三十之非。曹操与杨彪书，除《古文苑》外复见于《北堂书钞》、《初学记》，彪及袁氏答书见《古文苑》，《古文苑》盖据《殷芸小说》（周楞伽辑注本卷四），而《殷芸小说》又无"始立"之语。窃疑袁氏书或出后世好事者拟作。至《世语》记修年二十五为曹操所器，与下文显系二事分别言之。二十五岁为入曹幕之年而非与丁仪等党同附植之年。说参《杨修事迹》条。

王象年岁

王象事迹，略见《魏志·杨俊传》及裴注引《魏略》。《杨俊传》记，俊以兵乱起，自河内避乱京、密山间（京、密皆县名，地在今河南郑州、新密间）。是时司马懿年十六七，与俊相遇，俊目为非常之人。懿于齐王芳嘉平三年(251)卒,年七十三,十六七岁正建安元年前后。传接叙俊转避地并州,"本郡王象,少孤特,为人仆隶,年十七八,见使牧羊而私读书,因被棰楚。俊嘉其才质,即赎象著家,聘娶立屋,然后与别"。又《常林传》载,林避地上党,并州刺史高幹表为骑都尉,辞不受。"后刺史梁习荐州界名士林及杨俊、王凌、王象、荀纬,太祖皆以为县长"。曹操征高幹在建安十一年(206),据《梁习传》,"并土新附,习以别部司马领并州刺史",其推荐贤才,操以之为县长,当皆是此年事。王象由仆隶而厕身"名士",自非一、二载间所得一蹴而就。杨俊赎象并为娶妻诸事,时限已无从确考,然假令其自仆隶至名士约需五年以上,至建安十一年已年近三十,或有理。《杨俊传》裴注记黄初三年(222),曹丕收杀杨俊,象救之不能济,"遂发病死"。玩文义,王象与杨俊之死相距未几,或在黄初四年。若是,则象卒年四十五岁左右。

严可均《徐淑传》辨

秦嘉、徐淑赠答,世称名篇。范《书》于二人不著一字(《徐璆传》有徐淑,璆父),嘉、淑之名,始见于《幽明录》,继见于《诗品》《玉台新咏》,其后文献,续有记载,然非片玉碎金,即是因袭稗贩。严可均《铁桥漫稿》卷七有《后汉秦嘉妻徐淑传》并序,钩稽拼合,可资参考,录之如下,并为辨证:"嘉字士会,后汉桓帝时人,官黄门郎。〔一〕……陇西秦嘉妻者,同郡徐氏女也。名淑。有才章,适嘉。嘉仕郡,淑居下县,有疾。嘉举上计掾〔二〕,将行,以车迎淑为别,而与淑书曰:'不能养志,当给郡使,随俗顺时,僶俛当去,知所苦故尔。未有瘳损,想念悒悒,劳心无已。当涉远路,趋走风尘,非志所慕,惨惨少乐。又计往还，将弥时节，念发同怨，意有迟迟，欲暂相见，有所属托。今遣车往，想必自力。'淑答书曰：'知屈珪璋，应奉藏使，策名王府，观国之光，虽失高素皓然之业，亦是仲尼执鞭之操也。自初承问，心愿东还，迫疾惟宜，抱叹而已。（下略）'嘉重报淑书曰：'车还空反，甚失所望。兼叙远别，恨恨之情，顾有怅然。（下略）'淑又报嘉书曰：'既惠音令，兼赐诸物，厚顾殷勤，出于非望。（下略）'嘉遂行，入洛，寻除黄门郎〔三〕。居数年，病卒于津乡亭〔四〕。初，淑生一女，无子，及嘉奉使，淑乞子而养之。寻守寡，时犹丰少，兄弟将嫁之，誓而不许，为书与兄弟曰：'盖闻君子导人以德，矫俗以礼，是以烈士有不移之志，贞女无回二之行。淑虽妇人，窃慕杀身成义，死而后已。凤遘祸罚，丧其所天，男弱未冠，女幼未笄，是以僶俛求生，将欲长育二子，上承祖宗之嗣，下继祖祢之礼，然后觐于黄泉，永无惭色。仁兄德弟，既不能厉高节于弱志，发明德于暗昧，许我他人，逼我于上，乃命官人，讼之简书。夫智者不可恶以事，仁者不可胁以死，晏婴不以白刃临颈改正直之词，梁寡不以毁形之痛忘执节之义。高山景行，岂不思齐！计兄弟不能匡我以道，博我以文，虽曰既学，吾谓之未也。'（原注：《御览》四百四十一引杜预《女记》）淑竟毁形不嫁，哀恸伤生（原注：刘知几《史通》）。亡后，子还所生。朝廷通儒移其乡邑，录淑所养子还继秦氏之祀（原注：《通典》六十九，晋咸和五年散骑侍郎贺侨妻于氏上表。可均按：于氏表云还继秦氏之祀，下云异姓尚不为嫌，是淑所养子，异姓子也）〔五〕。淑所著诗文，有集一卷（原注：《隋志》，梁有妇人后汉黄门郎秦嘉妻徐淑集一卷，亡。《唐志》不著录。嘉字士会，见《北堂书钞》原本一百三十六"组履"注）。"

辨证：一、刘义庆《幽明录》佚文："陇西秦嘉，字士会，俊秀之士。妇曰徐淑，亦以才美流誉。"（见鲁迅《古小说钩沉》）《玉台新咏》录秦嘉《赠妇诗》序同，严传文末引出处作《北堂书钞》，不当。二、《玉台新咏》作"郡上掾",《诗品》作"汉上计秦嘉"。逯钦立《先秦汉魏晋南北朝诗》秦嘉《赠妇诗》题下据丁福保考证按云,"纪容舒《玉台新咏考异》改上掾为上计",并云:"计,宋刻作掾。"《西溪丛话》引此文,注掾一作计。案汉法,岁终郡国各遣吏上计。郑玄注《周礼》"岁终则令群吏致事"句谓若今上计是也。其所遣之吏亦谓之上计。《后汉书·赵壹传》:光和元年,举郡上计;《晋书·宣帝纪》:建安六年,郡举上计掾。钟嵘《诗品》直题汉上计秦嘉。嘉及其妻往来书亦并称为郡诣京师,则作计为是,宋刻误也。冯氏《诗纪》又因汉有上郡,遂倒其文为上郡掾,更误中之误矣。按,说均是。严氏改作"上计掾"盖据此。纪容舒《玉台新咏考异》径改作"上计",亦可通,惟"掾"、"计"二字不易讹误,校文当云"郡"下夺"计"字较安。三、除黄门郎事,所据为《隋志》所载"后汉黄门郎秦嘉妻徐淑集一卷"。王根林氏《秦嘉徐淑考》(文载《文史》第二十五辑)引《后汉书·杨秉传》:"时郡国计吏多留拜为郎,秉上言三署见郎七百余人,帑藏空虚,浮食者众,而不良守相,欲因国为池,浇濯衅秽,宜绝横拜,以塞觊觎之端。自此终桓帝世,计吏无复留拜者。"定秦嘉除黄门郎至迟不得过桓帝延熹六年。此说是。但文中又据钱大昭《补续汉书艺文志》正徐淑有集,则似未细检《隋志》。四、居数年,病卒于津乡亭,亦见上引《幽明录》:"桓帝时,嘉为曹掾,赴洛。淑归宁于家,昼卧,流涕覆面,嫂怪问之,云:'适见嘉自说:往津乡亭病亡,二客俱留,一客守丧,一客赍书还,日中当至。'举家大惊,书至,其事如梦。"去其怪诞,所记或当有据。五、严氏所言淑生一女,无子,乞子而养之,所据即《御览》卷四四一引杜预《女记》。然《女记》云"二寡妇者,淑也,昺也",安知其即为徐淑?书中明言"长育二子,上奉祖宗之嗣",是此淑有二子,盖女子例不得称子,更不能奉祖宗之嗣。"子还所生"云云则据下文引晋成帝时贺侨妻于氏表文。按,表言"所疑十事",其八云:"汉代秦嘉早亡,其妻徐淑乞子而养之。淑亡后,子还所生。朝廷通儒移其乡邑,录淑所养子还继秦氏之祀。异姓尚不为嫌,况兄弟之子?"乞子而养以续嗣,得一而足,不当有二,严氏所据,上下扞格。若《女记》之淑为徐淑,而于氏表文所引又系实事,则"二子"之"二"必误;若《女记》所录不误,则于氏表文所引徐淑故事必出道路传闻。要之,一书一表如矛之与盾,严氏并合而未能自圆其说。又,二人赠答诗及往来书函缠绵若此,计尚在青春年少。嘉入京未久而卒,其年或尚不足三十。秦嘉诗云"伤我与尔身,少小罹茕独",似二人皆自幼失怙。

应劭事迹

应劭生平,范《书》本传所记殊嫌简略。吴树平氏《〈风俗通义〉杂考》钩稽史籍及《风俗通义》本文,考订颇可信从。后又得夏鼐先生商榷而益完善。今略据吴、夏二家之说,间参己意,为列简表如下:
应劭,字仲远,一字仲瑗。汝南南顿人。祖彬,武陵太守。父奉,武陵太守、从事中郎、司隶校尉,《后汉书》有传。
汉灵帝建宁间,举孝廉。
  本传:"少笃学,博览多闻。灵帝时举孝廉。"
熹平初(172前后),为尚书郎。
  《续汉书·五行志五》:"熹平二年六月,洛阳民讹言虎贲寺东壁中有黄人,形容须眉良是。观者数万,省内悉出,道路断绝。"刘昭注:"应劭时为郎。《风俗通义》曰:'劭故往视之,何在其有人也?走漏污处,腻赭流瀘,壁有他剥数寸曲折耳。'"按,尚书郎习称郎。《续汉书·百官志三》刘昭注引蔡质《汉仪》曰:"尚书郎初从三署诣台试,初上台称守尚书郎,中岁满称尚书郎,三年称侍郎。"孝廉入仕为郎,东汉时已成惯例。劭以灵帝时举孝廉,熹平二年六月前已为尚书郎,则其举孝廉或在灵帝初即建宁间。陆侃如先生《中古文学系年》定劭举孝廉在熹平五年,说恐未安。

熹平五年(176)前后,为汝南郡主簿。

《吴志·张昭传》:"(昭)弱冠察孝廉,不就,与(王)朗共论旧君讳事,州里才士陈琳等皆称善之。"裴注:"时汝南主簿应劭议宜为旧君讳,论者皆互有异同,事在《风俗通义》。"按,今本《风俗通义》已佚此议。张昭生于桓帝永寿二年,弱冠为熹平四年,系昭论旧君讳事于此年前后,当无大谬。是则劭之为汝南主簿,盖尚书郎秩满外任。劭本汝南南顿人。

熹平末(178),为萧令。

《风俗通义·正失》记,"予为萧令,周旋谒辞故司空宣伯应",与论袁贺字元服之由。按,宣伯应,名酆。据《桓帝纪》、《灵帝纪》,延熹九年十二月由光禄勋迁司空,建宁元年四月免。章怀注:"酆字伯应,封东阳亭侯。"称"故司空",自在宣酆免官谢世后,劭又有"明公既为乡里"之语,可见其时酆致仕居家。萧县不属汝南,章怀注所云当是其籍贯。颜师古《汉书叙例》列举注家,有应劭,仕历为"后汉萧令、御史、营令、泰山太守"。然自御史至太守,本传皆有年月可考,且前后衔接,说见下,故以劭为萧令系于此前后。

光和三年(180)前后,为太尉刘宽僚属。

《太尉刘宽碑》碑阴书"故吏南顿应劭仲瑗",是劭尝为刘宽僚属。据《刘宽传》、《灵帝纪》,宽为太尉前后凡二次,一在熹平五年七月至六年十月,其时劭正在汝南主簿任;一在光和二年五月至四年六月,传云"在职三年",盖并首尾计之。劭为刘宽僚属或在此时。

光和七年(中平元年,184),为太尉邓盛议曹掾。

《后汉书·五行志五》:"灵帝光和中,洛阳男子夜龙以弓箭射北阙,吏收考问。"刘昭注引《风俗通义》,有"劭时为太尉议曹掾,白公邓盛",议夜龙之罪。据《灵帝纪》,盛为太尉在中平元年四月至二年五月,光和七年十二月,改元中平。夏鼐先生《风俗通义小考》以为续志作"光和"所据乃原始记录,而改元后又无光和七年,故改作"光和中";范《书》本纪依年月重行排列,故有中平元年而无光和七年。其说至确。颇疑应劭在太尉府为时在五年以上,府主虽有更易而其为掾也如故。

中平二年(185),在太尉府,议募鲜卑兵事。

本传:"中平二年,汉阳贼边章、韩遂与羌胡为寇,东侵三辅,时遣车骑将军皇甫嵩西讨之。嵩请发乌桓三千人。北军中候邹靖上言乌桓众弱,宜开募鲜卑。"事下四府,大将军掾韩卓议可,应劭驳之以为不可,百官大会朝堂,皆从劭议。严可均《全后汉文》卷三三录劭《驳韩卓募兵鲜卑议》,下注出处为"《后汉书·应劭传》,又略见《艺文类聚》卷六六引《汉名臣奏》",又录劭《鲜卑胡市议》,下注出处为"《艺文类聚》卷六五引《汉名臣奏》"。按,《鲜卑胡市议》盖《驳韩卓募兵鲜卑议》节文,且仅见于《类聚》卷六五,卷六六则无《汉名臣奏》,严氏误分为二。陆侃如先生《中古文学系年》复据严氏误录分系二文于熹平五年、中平二年,又误。《汉名臣奏》首言"太尉属应劭等议",与本传"事下四府"合。四府,指大将军、太尉、司徒、司空四府,见《质帝纪》章怀注。故其时应劭犹在太尉府。

中平三年(186),举高第,迁御史。

本传:"三年,举高第,再迁。"劭在太尉府既久,议募鲜卑兵事复为朝士赞同,宜其计吏举高第也。据颜师古《叙录》,所迁当是御史。

中平四年或五年(187、188),辟车骑将军何苗掾。

本传:"辟车骑将军何苗掾。"据《灵帝纪》,中平四年三月,"河南尹何苗讨荥阳贼,破之。拜苗为车骑将军"。六年八月,"何进部曲将吴匡与车骑将军何苗战于朱雀阙下,苗败,斩之"。苗,进弟。是应劭为车骑掾必在此时。

中平五年或六年(188、189),为营陵令。

《意林》引《风俗通义》:"俗云:五月到官,至死(原误作"免")不迁。今年有茂才除萧令,五月到官,破日入舍,视事五月,四府所表,迁武陵令。余为营陵令,正触太岁,主簿令余东北上,余不从。在事五月,迁太山守。"

中平六年(189),为泰山太守。举一孝廉,旬月之间杀之。

本传。《魏书·邴原传》裴注引《邴原别传》:孔融曰:"往者应仲远为泰山太守,举一孝廉,旬月间而杀之。"

初平二年(191),破黄巾。撰《风俗通义》。

本传。吴树平氏《〈风俗通义〉杂考》定此书写作始于兴平元年前,成于兴平元年后。说是。

兴平元年(194),劭遣兵迎曹嵩。嵩为陶谦所杀,劭弃郡奔冀州袁绍。

本传:"兴平元年,前太尉曹嵩及子德从琅邪入太山,劭遣兵迎之,未到,而徐州牧陶谦素怨嵩子操数击之,乃使轻骑追嵩、德,并杀之于郡界。劭畏操诛,弃郡奔冀州牧袁绍。"《通鉴》卷六〇系此事于初平四年六月:"前太尉曹嵩避难在琅邪,其子操令泰山太守应劭迎之。嵩辎重百余两,陶谦别将守阴平,士卒利嵩财宝,掩袭嵩于华、费间,杀之,并少子德。秋,操引兵击谦,攻拔十余城。"其所据为《魏志·武帝纪》所载初平四年秋,"徐州牧陶谦与(阙宣)共举兵,取泰山华、费,略任城。秋,太祖征陶谦,下十余城,谦守城不敢出","兴平元年春,太祖自徐州还。初,太祖父嵩去官后还谯,董卓之乱,避难琅邪,为陶谦所害,故太祖志在复仇东伐"。拙作《建安文学系年》从《通鉴》,误。陆侃如先生《中古文学系年》举《风俗通义·正失》"余以空伪承乏东岳,忝素六载"为证,系于兴平元年,是。《魏志》倒因为果,陶谦之杀曹嵩,盖以曹操攻徐州而积怨,而非杀曹嵩而后曹操攻徐州也。应劭以中平六年为泰山守,史有明文,至是年而恰为六年。范晔改陈寿之误,温公又据陈寿而颠倒之。然应劭自记年限,当无可疑。

建安元年(196),奏上《汉仪》、《驳议》(《隋》志作《汉朝议驳》)。

本传。

建安二年(197),诏拜为袁绍军谋校尉。著《汉官礼仪故事》。

本传。

建安九年(204)前,卒。著述甚富。弟珣子玚、璩,为建安间著名文人。

《魏志·武帝纪》裴注引《世语》:"后太祖定冀州,劭时已死。"本传:"初,父奉为司隶时,并下诸官府郡国,各上前人像赞,劭乃连缀其名,录为《状人纪》。又论当时行事,著《中汉辑序》。撰《风俗通义》,以辩物类名号,释时俗嫌疑。文虽不典,后世服其洽闻。凡所著述百三十六篇。又集解《汉书》,皆传于时。"《魏志·王粲传》注引《续汉书》:"劭又著《中汉辑叙》、《汉官仪》及《礼仪故事》,凡十一种,百三十六卷。"《隋书·经籍志》:"《汉官》五卷,应劭注。"按,除上述外,侯康《补后汉书艺文志》、章宗源《隋书经籍志考证》、姚振宗《后汉艺文志》、《三国艺文志》等,于应劭著作均有考辨。

应劭年岁拟测

《后汉书·应劭传》未记劭生卒年,仅据《魏志·武帝纪》裴注知其卒于建安九年前。至其年岁,史传无一字著及,仅《应劭传》记其父奉为司隶时,"并下诸官府郡国,各上前人像赞,劭乃连缀其名,录为《状人纪》",可资探索。据《应奉传》,"延熹中,武陵蛮复寇乱荆州",冯绲与应奉破之,奉乃勤设方略,绲推功于奉,荐为司隶校尉;党事起,引退。武陵蛮攻荆州凡二次,即桓帝延熹三年(160)十二月、五年十月。此言"复寇乱",当是五年事,盖此次事变,声势甚大,冯绲讨之,假公卿以下奉,事见《桓帝纪》。以此知应奉为司隶校尉当在桓帝延熹五、六年间至灵帝建宁二年(169)党人案前,在任凡六七年。其时应劭随父在司隶,且能作《状人纪》,或当年过二十。则其生年或在顺帝末,至建安九年前卒,得年六十左右。

应劭字仲远一字仲瑗

《后汉书·应劭传》记劭字仲远,李贤注云:"谢承《书》、《应氏谱》并云'字仲远',《续汉书·文士传》作'仲援',《汉官仪》又作'仲瑗',未知孰是。"颜师古《汉书叙例》列举诸注家,有"应劭,字仲瑗(自注:一字仲援,一字仲远)"。吴树平氏《〈风俗通义〉杂考》(文载《文史》第七辑)据《后汉书集解》引惠栋说,谓《太尉刘宽碑》碑阴有"故吏南顿应劭仲瑗"八字。《水经注》卷二东阿县下,《文心雕龙·议对》引应劭均作"仲瑗",故以为当从。夏鼐先生《〈风俗通义〉

小考》(文载《文史》第十辑)讨论之,谓汉人名、字恒意义相关,"《后汉书》中种劭字子将,'将'有'长久'的意思,《楚辞·哀时命》'哀余寿之弗将'。又有许劭字申甫,'申'有'伸长'的意思。应劭字仲远,'远'字有'久远'的意思,可以相比类"。并谓劭有弟珣字季瑜,劭以仲瑗为字,昆仲排行,于义亦通,或初字仲远,后改仲瑗。按,夏说近理。惟文中"种"、"许"二字误例,不知手民何以致误至此。《尔雅·释诂》:"劭,勉也。"《说文》训同。又,潘岳《河阳县作》"令名患不劭",善注:"《小雅》曰:劭,美也。"是则劭有二义。应劭字仲远,南朝宋元凶劭字休远,盖义取勉以任重道远;三国魏刘劭字孔才,北齐邢劭字子才,盖义取其才之美,语本《法言·修身》"公仪子、董仲舒之才之劭也"。二义皆与玉器之属无涉。夏说盖言而有据,仲远、仲瑗无妨并存。《晋书·王隐传》记王隐语"应仲远作《风俗通》",则西晋人亦以为当是"仲远"也。

卫觊卒年及建安初仕历

卫觊为汉、魏间散文家、书法家,《魏志》本传言建安二十五年自魏邺城还汉朝,"劝赞禅代之义,为文诰之诏",盖曹丕代汉佐命之臣。其诸诰表碑文,严可均辑录、考订甚备。本传未记卒年、年岁,据《晋书·卫瓘传》"父觊,魏尚书。瓘年十岁丧父"语,以瓘于晋惠帝永平元年(291)被杀时年六十二逆推,觊当卒于魏明帝太和三年(229)。陆侃如先生据觊《汉金城太守殷华碑》殷华卒于光和元年(178),推定其时觊当年过二十,与孔融、曹操为同辈,说是。光和二年,又为弘农太守樊毅作《西岳华山亭碑》,其时或已入仕,在弘农。其后仕历,本传云:"太祖辟为司空掾属,除茂陵令、尚书郎。太祖征袁绍,而刘表为绍援，关中诸将又中立。益州牧刘璋与表有隙，觊以治书侍御史使益州，令璋下兵以缀表军。"《通鉴》卷六三记建安四年八月，"曹操使治书侍御史河东卫觊镇抚关中"，可为明确断限。辟为司空掾属，当在建安二年或三年，旋即为茂陵令、尚书郎（陆刁误"尚书郎"为"中书令"，凡两见）。

曹操出征多携妻子

　　曹操征战半生，多携妻、子随军。曹丕《感离赋序》："建安十六年，上西征，余居守，老母诸弟皆从。"《魏志·后妃传》裴注引《魏书》："二十一年，太祖东征，武宣皇后、文帝及明帝、东乡公主皆从。"皆其证。其有关涉丕、植兄弟者，诸家年谱、论著多已论及，今综合诸说，间参已意，简述如下：

建安二年，征张绣，曹丕从。据曹丕《典论·自叙》。

建安五年，与袁绍战于官渡，曹丕从。据曹丕《柳赋序》。

建安八年，征袁绍，曹丕从。据《魏志·武帝纪》，八年夏四月，"进军邺。五月还许，留贾信屯黎阳"。《艺文类聚》卷五九录曹丕《黎阳作诗》，"朝发邺城，夕宿韩陵"，"殷殷其雷，蒙蒙其雨"，"经历万岁林，行行到黎阳"。

建安十年，征冀州平袁绍，曹丕从。据《魏志·后妃传》、《典论·自叙》。

建安十二年，征乌桓，曹丕、曹植从。据曹丕《观沧海赋》，曹植《求自试表》"东临沧海"。

建安十三年，征刘表、孙权，十四年在谯，复征孙权，曹丕、曹植从。据曹丕《述征赋》、《浮淮赋序》，曹植《求自试表》"南极赤岸"。

建安十六年，征马超，曹植从，曹丕守邺。据曹丕《离离赋序》，曹植《离思赋》《述行赋》《三良诗》。

建安十七年十月，征孙权，曹丕、曹植从。据曹丕《临涡赋序》。

建安十九年七月，征孙权，曹丕从，曹植守邺。据《魏志·陈思王植传》载，植留守邺，操戒之，则丕从征可知。

建安十九年十二月，征张鲁，军抵孟津，曹丕守孟津，曹植在邺。据《魏书·钟繇传》《王粲传》裴注引《魏略》，曹丕《与钟大理书》，曹植《与吴季重书》。

建安二十一年十月，征孙权，曹丕从，曹植或在孟津。据《魏志·后妃传》裴注引《魏书》。曹植《王仲宣诔》"丧柩既臻，将及魏京"，臻，至也。据文义，似植既未随军而又不在邺。

曹丕纳甄氏

《魏志·后妃传》记甄氏先嫁袁熙，"及冀州平，文帝纳后于邺，有宠"。文字洁净，昔人所谓史笔。裴松之注引《魏略》，记述稍详，云："熙出在幽州，后留侍姑。及邺城破，绍妻及后共坐室堂上。文帝入绍舍，见绍妻及后，后怖，以头伏姑膝上，绍妻两手自搏。文帝谓曰：'刘夫人云何如此？令新妇举头。'姑乃捧后令仰，文帝就视，见其颜色非凡，称叹之。太祖闻其意，遂为迎取。"所记亦雍容典雅，颇若一见钟情，纳采迎亲皆合礼仪。注又引《世语》，所记则稍近真："太祖下邺，文帝先入袁尚府。有妇人披发垢面，垂涕立绍妻刘后。文帝问之，刘答是熙妻。顾揽发髻，以巾拭面，姿貌绝伦。既过，刘谓后'不忧死矣'。遂见纳，有宠。"夫大军攻克城池，将帅入官府，士卒据民宅，以妇女为军实，各按等差，此古时战争之常情，《左传》定公四年传所谓"吴入郢，以班处宫"者也。曹丕之入袁府，亦复如是。甄氏披发垢面，自毁其容，亦弱女子自防之一道，即近廿八国联军及日军入侵时仍多见之。丕妃货好色，《典论·内诫》佚文云："上定冀州，屯邺，舍绍之第。余亲涉其庭，登其堂，游其阁，寝其房，栋宇未堕，陛除自若。"与"顾揽发髻，以巾拭面"参观，不啻自供。"见纳"云云，"用强"之饰语耳。《后汉书·孔融传》载，"曹操攻屠邺城，袁氏妇子多见侵略，而操子丕私纳袁熙妻甄氏。融乃与操书，称'武王伐纣，以妲己赐周公'"。范晔宋人，固无庸复为曹氏讳，"屠"、"私纳"，盖得其实。参以《魏志·武帝纪》载操"慰劳绍妻，还其家入宝物"，《后汉书·袁绍传》载操"全尚母妻子，还其财宝"，则曹军入邺后之劫掠奸淫，从可知矣。《世说新语·惑溺》载："曹公之屠邺也，令疾召甄。左右白：'五官中郎已将去。'公曰：'今年破贼正为奴。'"小说传闻，纵空穴之风，亦似其来有自。观其破张绣，纳绣叔张济妻，或可类比焉。

又，孔融"武王"、"周公"兄弟之比，与曹操、曹丕父子身份不合。然曹丕《黎阳作》云，"在昔周武，爰暨公旦，载主而征，救民涂炭"，用典相同。岂融书所据即为丕诗欤？

曹丕《柳赋》作年

《艺文类聚》卷八九录曹丕《柳赋》云："昔建安五年，上与袁绍战于官渡，时余始植斯柳。自彼迄今，十有五载矣。感物伤怀，乃作斯赋。"陆侃如先生《中古文学系年》据"昔建安五年，上与袁绍战于官渡。是时余始植斯柳，自彼迄今十有五载矣"，以为赋作于建安十九年，云："王粲、陈琳均有《柳赋》，但下年丕在孟津，粲、琳随操西征，故系于本年。"按，说可商。据《魏志·武帝纪》，操于十九年十二月率大军至孟津，二十年三月西征张鲁。丕留驻孟津，诸家无异说。然官渡之战时邺城尚为袁氏所据，曹丕焉得在彼处植柳？且赋又有"在余年之二七，植斯柳乎中庭。始围寸而高尺，今连拱而九成。嗟日月之逝迈，忽橐橐以遄征。昔周游而处此，今倏忽而弗形"。正为久别重见而兴感，亦犹桓温之"木犹如此，人何以堪"也。故知此树正植于孟津。王粲《柳赋》云："昔我君之定武，改天届而徂征。元子从而抚军，植嘉木于兹庭。历春秋以逾纪，行复出于斯乡。"官渡战时，袁氏据河之东、北，曹氏据河之西、南，洛阳、孟津当属曹军后方，丕其时驻此植柳。建安二十年二、三月间，作此赋。王粲、陈琳、应场、繁钦同作。杀青甫就，诸文士即随操西征，丕则留守。

曹丕生年与《典论·自叙》记年之误

《魏志》诸帝纪皆书卒年、年岁，惟《文帝纪》特书曹丕生年，云"中平四年冬，生于谯"。《典论·自叙》记董卓迁献帝于长安："余时年五岁，上以四方扰乱，教余学射，六岁而知射。又教余骑马，八岁而知骑射矣。以时之多难，故每征余常从。建安初，上南征荆州，至宛，张绣降，旬日而反。亡兄孝廉子修、从兄安民遇害。时余年十岁，乘马得脱。"据《魏志·武帝纪》，曹操征张绣一在建安二年，一在三年，曹昂（子修）、曹安民战死，乃二年正月事，以丕生于中平四年计之，其时年十一。《自叙》历言五岁、六岁、八岁，此十岁自不得谓为举成数，当属记忆之误或传抄中夺去"一"字。

或以陈寿书记年疏误例之，疑《文帝纪》所书"四年"当作"五年"。按，《明帝纪》、《管辂传》所书年岁皆有误，裴注已加驳正。惟

《文帝纪》中生年与卒年、年岁相推,皆合符券。又丕《柳赋》言建安五年,与袁绍战于官渡,"在余年之二七,植斯柳乎中庭",建安五年正十四岁,亦合。《水经注》卷二三《阴沟水》:"城东有曹太祖旧宅,所在负郭对廛,侧隍临水。《魏书》曰:太祖作议郎,告疾归乡里,筑室城外,春夏习读书传,秋冬射猎,以自娱乐。文帝以汉中平四年生于此。"此《魏书》显非陈寿书,《武纪》无此数语而见裴注引十五年十二月己亥令(《让县自明本志令》),而所记丕以中平四年生亦与《文帝纪》合。故知《文帝纪》所书生卒年不误而《典论·自叙》有误。

曹丕《典论》最终成于黄初间

曹丕《典论》,论者皆以为非一时之作。《魏志·文帝纪》注引《魏书》云:"文帝初在东宫,疫疠大起,时人凋伤,帝深感叹,与素所敬者大理王朗书曰:'生有七尺之形,死唯一棺之土,唯立德扬名,可以不朽,其次莫如著篇籍。疫疠数起,士人凋落,余独何人,能全其寿?'故论撰所著《典论》、诗赋,盖百余篇,集诸儒于肃成门内,讲论大义,侃侃无倦。"严可均以"故论撰所著"以下数句并为《与王朗书》原文,可商。"侃侃"本《论语》"与下大夫言,侃侃如也",丕纵贵为太子,亦不至以夫子自比,是当为史臣之颂辞。《全三国文》卷三〇录卞兰《赞述太子赋》序云:"窃见所作《典论》及诸赋颂,逸句烂然,沉思泉涌,华藻云浮,听之忘味,奉读无倦。"序又云"今相钟繇,大理王朗"咸归太子巍巍之美。按,疫疠盛行,在建安二十二年冬至次年春,钟繇为相国在建安二十一年八月至二十四年九月,是则《典论》辑集命名,当在建安二十三四年。

张可礼氏《三曹年谱》以《典论》基本成书于建安二十二年冬大

疫后不久，成书后不断有所删补，举《典论》五条，证为作于建安二十四年以后之文，说是。兹复为补二证。《奸谗》论袁绍、刘表宠少子而败亡事，虽云直斥佞邪之离间，锋芒所向，端在乃弟乃父。此文必作于曹操卒后，至此时而谨厚之妆始可全卸；不然，以操之雄骜，设见其文，废太子如反掌耳。《内诫》所述袁术内宠相妒，袁绍大妇杀妾事，既为废杀甄后立言援据，又与"群臣不等奏事太后"一诏相呼相应。亦当作于黄初元年后。

曹丕南皮之游

《魏志·王粲传》裴注记建安二十年，曹丕驻孟津，与吴质书云："每念昔日南皮之游，诚不可忘。既妙思六经，逍遥百氏，弹棋间设，终以博弈，高谈娱心，哀筝顺耳。驰骛北场，旅食南馆。浮甘瓜于清泉，沉朱李于寒水。皦日既没，继以朗月，同乘并载，以游后园，舆轮徐动，宾从无声，清风夜起，悲笳微吟，乐往哀来，凄然伤怀。"及建安二十五年，曹操卒，曹丕为魏王，又与质书曰："南皮之游，存者三人。烈祖龙飞，或将或侯。"其书文情并茂，于此游念念不能去心，其事则在建安十年。

南皮属冀州。《魏书·袁绍传》载，建安九年，曹操围邺，进讨袁谭。谭乃拔平原，走保南皮。十年正月，攻拔之，冀州平。操自起兵以来，无日不与戎马为伍，至是一统河北，乃得身心两适；丕时年十九岁，始纳甄夫人，亦发轫之初，风华正茂。于时夏日，四美二难具并，因有南皮之盛会也。曹氏文人集团，"怜风月，狎池苑，述恩荣，叙酣宴，慷慨以任气，磊落以使才"（《文心雕龙·明诗》），当以此会为滥觞焉。其时同游者，除吴质外，明文可见者有书中所记阮瑀，裴注所记曹真、曹休,此二人与吴质即"存者"。刘桢、徐幹、应场、杨修、繁钦,早在幕中,陈琳于上年归顺,似均应与会。孔融曾作书讥纳甄氏,当亦在从征之列。建安七子,除王粲尚在荆州外,已悉集兹国。自此而后至陈琳等染疫逝去,十余年间,建安文坛,遂形全盛。

卢弼《三国志集解》于《与吴质书》"南皮之游"下引《太平寰宇记》卷六五云:"《魏志》:文帝为五官中郎将,射雉于南皮,即此。宴友台,在县东二十五里,魏文帝为五官中郎将,与吴质(弼按,'质'字疑'季'字之误)重游南皮,筑此台宴友,故名焉。"按,《太平寰宇记》说恐附会。丕于建安十六年正月为五官中郎将,至二十年驻孟津四年间,频繁忙碌于从征、驻守,远赴离邺城五百里外之南皮射雉,纵有豪兴,亦未必有余暇也。"与吴质重游",卢氏疑作"与吴季重游",是。《太平寰宇记》之说,疑本《典论·自叙》所记"建安十年,始定冀州。涉貊贡良弓,燕代献名马。时岁之暮春,句芒司节,和风扇物,弓燥手柔,草浅兽肥,与族兄子丹,猎于邺西终日,手获獐鹿九,雉兔三十"诸语,然此言邺西,与南皮无涉。

甄皇后《塘上行》

相和歌辞《塘上行》,一作《蒲生》,《宋书·乐志三》题作魏武帝辞,《玉台新咏》卷二则题"甄皇氏乐府"。《乐府诗集》卷三五此诗题解引《邺都故事》:"魏文帝甄皇后,中山无极人。袁绍据邺,与中子熙娶后为妻。后太祖破绍,文帝时为太子,遂以后为夫人。后为郭皇后所谮,文帝赐死后宫,临终为诗曰:'蒲生我池中,绿叶何离离。岂无兼葭艾,与君生别离。莫以贤豪故,弃捐素所爱。莫以麻枲贱,弃捐菅与蒯。莫以鱼肉贱,弃捐葱与薤。'"又引《歌录》:"《塘上行》,古辞。或云甄皇后造。"又引《乐府解题》:"前志云晋乐奏魏武帝《蒲生》篇,而诸集录皆言其辞文帝甄后所作,叹以谗诉见弃,犹幸得新好不遗故恶焉。若晋陆机'江蓠生幽渚',言妇人衰老失宠,行于塘上而为此歌,与古辞同意。"按,弃妇题材,素为文人所喜;作者主名,亦最易混淆。如传为司马相如《长门赋》、卓文君《白头吟》,或出后人拟作,或为乐府古辞,几成定说。曹操诗作全为乐府,然皆沉雄浑健,无一字及于男女之情,《塘上行》题材、风格与之相去绝远,可决为非此老所作。许学夷《诗源辩体》卷四云:"甄后乐府五言《塘上行》,情思缠绵,从肺腑中流出,与文君《白头吟》媲美。或以为孟德作,何耶?"朱乾《乐府正义》卷七以《塘上行》为甄后所作,"《蒲生》篇并无'塘上'字,知非《塘上》本辞。而或以魏武帝所作者。凡魏武乐府诸诗,皆借题寓意,于己必有所为,而《蒲生》篇则但为弃妇之辞,与魏武无当也。知非魏武作也"。二氏说皆有理,然犹均以为甄后作。按,《魏志·甄皇后传》及裴注皆未言甄后能文,麻枲菅蒯之比,亦不似班姬"齐纨"、"团扇"于凄怨中有富贵之气,故颇疑此诗或出无名氏而为后人比附于甄后。《邺都故事》作者不详,其所记前半全据《魏志》,"临终为诗"云云,尤与诗意不合。以无确证,且免煞风景之诮,姑仍旧说。又,甄后长于魏文五岁,黄初元年,年已三十九岁,色衰见弃于贪婪儇薄之夫,此固常事,非尽出郭后之谮。

曹植建安二十五年就国在鄄城

建安二十五年正月,曹操卒于洛阳,《魏志·陈思王植传》载,丕即王位,"植与诸侯并就国",黄初二年,改封鄄城侯。赵幼文氏《曹植集校注》据植《上九尾狐表》疑植于黄初元年即受封鄄城。说有理。表云："黄初元年十一月二十三日于鄄城县北,见众狐数十首在后,大狐在中央,长七八尺……斯诚圣王德政和气所应也。"丕于是年十月代汉,植有《庆受禅表》《魏德论》,照例文章,亦兼颂圣而冀免祸,此表亦其类也。表中"圣王"似当作"圣皇"。据此可见其时植已在鄄城。若以此为孤证单文,请复举植《请祭先王表》以为旁证。表云"自计违远以来,有逾旬日垂竟。夏节方到,臣悲伤有心","巨欲祭先王于北河之上"。"计先王崩来,未能半岁。臣实欲告敬,且欲复尽哀"。丕不许,答诏云:"得月二十八日表,知侯推情,欲祭先王于河上,览省上下,悲伤感切,将欲遣礼,以纾侯恭敬之意。会博士鹿优等奏礼如此,故写以下。开国承家,顾迫礼制。惟侯存心,与吾同之。"按,据《二十史朔闰表》,是年夏节在五月初四或初五,植既以不敢自专而拜表,必得答诏然后能定,故亦必计表诏往来之日应在六七日内,否则即失时效。鄄城至邺,可二百里,驿马往来,数日可办;临菑至邺,约七百里,不能必在七日内得答诏也。至表中所谓"北河",鄄城、临菑皆在河之南岸,不足以为是此非彼之据。又,植《迁都赋序》云:"余初封平原,转出临菑,中命鄄城,遂徙雍丘,改邑浚仪,而末将适于东阿。号则六易,居实三迁。"三迁,赵幼文氏以为鄄城、雍丘、浚仪,徐公持氏则以为临菑、鄄城、雍丘(见《曹植生平八考》,文载《文史》第十辑)。徐氏列举数证,发人至多,惟以上述途程计之,赵说似较近情。序所谓"转出临菑,中命鄄城",岂于赴临菑道中而改命鄄城欤?或先令其于鄄城暂住,而于次年下诏改封欤?史无确证,志以存疑。

曹植"东临沧海"当在建安十二年

曹植《求自试表》:"臣昔从先武皇帝,南极赤岸,东临沧海,西望玉门,北出玄塞,伏见所以行师用兵之势,可谓神妙也。""东临沧海"在何时,其说有四:一、朱珔《文选集释》卷二十:"案《魏志》,兴平元年,太祖征陶谦,拔王城,遂略地至东海,此所谓东临也。"二、梁章钜《三国志旁证》卷一四引林畅园曰:"植所述从征,本传俱不载。按《魏武纪》建安二年东征吕布,植方六岁,未必能从。十二年北征乌丸,十四年南征刘表,十六年西征马超,十九年南征孙权,时植年二十二,太祖命守邺。所云东临沧海,疑破袁谭在建安十年也。"按,征吕布在建安三年九月,时植七岁;征刘表在十三年;十九年征孙权,植二十三岁。梁氏皆误记。陆侃如先生《中古文学系年》引赵一清说,同林氏。三、赵幼文氏《曹植集校注》卷三《求自试表》注:"建安十一年八月,曹操征管承,时植已十五岁,或从军行。曹操《步出夏门行》:'东临碣石,以观沧海。'沧海,即今之渤海,曹植此句,盖指征管承之役,非谓略地至东海也。"四、余冠英先生《汉魏六朝诗选》,曹操《观沧海》诗注谓建安十二年操征乌桓,九月班师经碣石山,乃作此诗。徐公持氏《曹植诗歌的写作年代问题》(文载《文史》第六辑)据余说定曹植东临沧海亦在此时,《泰山梁甫吟》为同时之作。

按,以上四说,朱说谓在兴平元年,梁章钜已驳之。赵说谓建安十一年征管承所作,然《魏志·武帝纪》云:"秋八月,公东征海贼管承,至淳于,遣乐进、李典击破之,承走入海岛。"淳于在今山东半岛安丘东北,距渤海尚有百里。操命乐进等击管承,是其未尝抵海滨也;即令其抵海滨,亦为"北临沧海"而非"东临"。鄙论或同胶柱鼓瑟,然亦未始即为强辞。陆说疑在十年破袁谭时，未可非，然操于是年十二月入平原，次年正月攻破南皮，亦未见至海滨之说。盖攻破南皮，冀州已定，而袁尚遁走乌桓，操之进击乌桓又非本年事，毋庸再涉滨海之地。徐说以曹植从征东临沧海，作《泰山梁甫吟》，与曹操《观沧海》作于同时，说较妥。《武帝纪》建安十二年记操北征乌桓，"夏五月，至无终（今河北蓟县）。秋七月，大水，傍海道不通，田畴请为乡导，公从之。引军出卢龙塞。……九月，公引兵自柳城（今辽宁朝阳南）还"。既云傍海道因大水不通，改出卢龙，则傍海道乃为正道，返兵必由此。碣石究在何处，诸家考据纷纭，说参高步瀛《文选李注义疏·两京赋》注。要之，《观沧海》一诗作于征乌桓返邺途中，与时令、地理及作者当时心情皆合。连系而及，曹植从征抵海当亦在此时，与"北出玄塞"为同年事。

又，曹丕有《沧海赋》，疑是役丕亦从征。

曹植《赠白马王彪》诗序

曹植《赠白马王彪》七首，前有序，云："黄初四年正月，白马王、任城王与余俱朝京师，会节气。到洛阳，任城王薨。至七月，与白马王还国。后有司以二王归藩，道路宜异宿止，意毒恨之。盖以大别在数日，是用自剖，与王辞焉，愤而成篇。"丁晏《曹集全评》引杭世骏《三国志补注》，谓彪以黄初七年徙封白马，植诗序宜称吴王；又引洪亮吉谓植序不误而彪传或误。丁氏按而不断，殊得存疑之道。按，《魏志·楚王彪传》记彪以建安二十一年封寿春矣，黄初二年封汝阳公，三年封弋阳王，其年徙封吴王，五年改封寿春县，七年徙封白马，次序历然，不当有误。然诗序及《魏志》裴注引《魏氏春秋》皆作"白马王",曹植、孙盛岂能误记? 今玩诗序语气,盖释当时情状及叙作诗因由,设赠曹彪诗并附此序,显属赘疣,身当其事者固无需辞费也。此序当为植编定《前录》时所补作。其时已在明帝时,明帝以生母甄后赐死,久久未立,至文帝病笃乃得为太子,嗣位,于乃父不能无所耿耿,于诸叔父亦随之稍有宽假,故植诗中"鸱枭鸣衡轭"诸语已可公之于世,复补作一序以自诠真相,亦顺理成章之举。今传此序从《文选》李善注录出,善注明记"集曰",则以上推想,或不悖理。至《魏氏春秋》所记,所据当亦为此序,又未及细核,故亦率尔记作"白马王"。

曹植从曹操西征在建安十六年

《魏志·武帝纪》载,建安十六年秋七月,操西征。曹丕《感离赋序》:"建安十六年,上西征,余居守。老母诸弟皆从,不胜思慕,乃作赋。"曹植《离思赋序》:"建安十六年,大军西讨马超,太子留监国,植时从焉。意有忆恋,遂作《离思赋》云。"是行也,从者尚有丁仪、王粲、阮瑀、徐干、繁钦。曹植除《离思赋》外,尚有《赠丁仪王粲》诗、《三良》诗,王粲有《征思赋》、《咏史诗》、《吊夷齐文》,阮瑀有《咏史诗》、《吊伯夷》,徐干有《西征赋》,时、地、情状均与此次西征相合,诸家无异说。然赵幼文氏《曹植集校注》附录三《曹植年表》载,建安二十年三月,操西征张鲁,植从行,"作《赠丁仪王粲》诗、《三良》、《述行赋》"。尤可怪者,赵氏于《三良》诗注后按语引朱绪曾《曹集考异》"此诗乃建安二十年从征张鲁至关中,过秦穆公墓,与王粲同作"说,复又驳之:"案朱说此诗为建安二十年作,或当稍后,盖曹操征张鲁之役,曹植并未从行(原注:黄节诗注援《文选》魏文帝《与钟大理书》,论证精详),不得'与王粲同作'。"以矛攻盾,或匆遽中未暇细核所致。按,建安二十年征张鲁,曹丕守孟津,曹植在邺,丕有《与钟大理书》,厚颜索玉玦,书云"令舍弟子建因荀仲茂转言鄙旨"、"邺骑既到"可证,曹植《与吴季重书》亦可证(说参《吴质为朝歌长、元城令》条)。赵注既以为是年"曹植并未从行",而集中又编列于建安二十年;且王粲、阮瑀《咏史》所咏皆三良,又何以不得"与王粲同作"? 以不得其解,姑为质疑如上。

孔融子女

孔融生平行事,具见《后汉书》本传及《魏志·崔琰传》裴注,缪荃孙、俞绍初氏复有年谱钩稽,皆可信据。至其子女,《晋书·羊祜传》载,"祜,蔡邕外孙,景献皇后同产弟"。又载,"祜前母,孔融女,生兄发,官至都督淮北护军。初,发与祜同母兄篯俱得病,祜母度不能两存,乃专心养发,故得济,而篯竟死"。《景献羊皇后传》载,"父道,上党太守;后母陈留蔡氏,汉左中郎将邕之女也"。

按,羊祜生于魏文帝黄初二年(221),羊皇后生于汉献帝建安十九年(214),其母于归,当距建安十九年不远。蔡邕以初平三年(192)下狱死,年六十,蔡琰亦以是时被虏入南匈奴,而被虏时前夫卫仲道已卒,则至少亦年近二十。设令邕之幼女于建安十年(205)左右及笄适羊氏,数年而生子发,又数年而生羊皇后,当近情理。若是,则生年下距蔡邕之死仅一二年,与蔡琰相去近二十岁,蔡邕时年五十八九,其为庶出可知也。献帝建安元年(196),孔融妻子为袁谭所虏,其后未见有归还之说,是孔氏未在被虏之列,以此知羊道之续娶孔氏必在此之前。说参《蔡邕"远迹吴会往来依太山羊氏"解》条。孔融生于桓帝元嘉三年(153),上下相推,其女或生于灵帝建宁、熹平间,于献帝初远嫁,时羊道约十六岁。孔氏生一子发,未久即亡故。羊道旋即续娶蔡氏,蔡氏生子承。玩《羊祜传》"专心养发"语气,其时发似尚属孩提。

《后汉书·孔融传》记融被收,女年七岁,男年九岁。《世说·言语》则云其子大者九岁,小者八岁,注引《魏氏春秋》同。《魏志·崔琰传》注引《世语》作"融二子皆龆龀"。裴松之注以《世语》所记二子奕棋不起为"好奇情多,而不知言之伤理",《世说》注引裴松之语赞成其说。然不论事之有无,融被收时子女(或二子)尚幼,则诸书无异辞。若是,则此子女与适羊道之女又相去二十余岁,证之妻子为袁谭所虏,是此子女盖融于建安初续弦所出。

徐幹行女、仲雍哀辞非必作于同时

俞绍初氏《建安七子集》附录《建安七子佚文存目考》于徐幹下有《仲雍哀辞》、《行女哀辞》,其说云:"《太平御览》卷五九六引挚虞《文章流别论》:'建安中,文帝、临菑侯各失稚子,命徐幹、刘桢等为之哀辞。'又《文心雕龙·哀吊篇》:'建安哀辞,惟伟长差善,《行女》一篇,时有恻怛。'按,幹之《行女哀辞》当曹氏兄弟各失稚子时奉命而作。考《艺文类聚》卷三四引曹植《行女哀辞序》云:'行女生于季秋而终于首夏。'又引其《仲雍哀辞序》云:'曹喈字仲雍,魏太子之中子也,三月生而五月亡。'知曹植稚子行女与曹丕稚子仲雍均于同时亡殁,与《文章流别论》所言相合。然则幹必另有《仲雍哀辞》无疑。刘桢与幹同时,亦当有此二哀辞。"《建安七子年谱》复系此事于建安二十年。

拙作《建安文学系年》引及《文心雕龙》"《行女》一篇"之论,惟未见《御览》所引《文章流别论》。俞氏抉出，甚见用力之勤。惟窃有疑者：其一，挚虞所记，重在说明"哀辞"，"各失稚子"者，哀辞之缘起，非必同时丧其稚子。曹植两"哀辞"序，各记行女、仲雍殇逝之月，而无同年之迹象可寻。其二，序称"魏太子"，明其事在建安二十二年十月之后，仲雍之殇，当在二十三四年五月。然其时徐、刘已卒，与挚虞所记又相矛盾。其三，序称仲雍为丕中子，即次子。据《魏志·武文世王公传》，曹丕有九男，即曹叡至曹俨，然不记曹喈仲雍之名，盖以其早殇而未受封号也。史传记帝王诸子例以其母于后宫之地位相次，丕诸子除曹叡外，生年、年岁均不可知。传中所记诸王，受封最早者为元城哀王礼、邯郸怀王邕，均在黄初二年，设其时二人为总角孩童，其生年至晚亦在建安二十年前后。仲雍未记所出，然序云"中子"，则其年仅次于曹叡；生二月而殇，其余诸子尚未出生可知。以此约略计之，不晚于建安十七八年，当不悖于情理。

然上述其二、其三又相矛盾。如以"魏太子"为记实，则仲雍之年少于哀王礼、怀王邕，不得谓"中子"；如以"中子"为记实，其时曹丕尚未受封太子。其可以调和矛盾之唯一理由，则为"太子"二字为曹植自编《前录》时追改，或哀辞之序直为编集时所后加。要之，不论上述疑点做何解释，似均可反证徐幹、刘桢于建安二十年同作行女、仲雍两哀辞之说为可商。

徐幹为临菑侯文学志疑

《晋书·郑袤传》载，"魏武初封诸子为侯，精选宾友，袤与徐幹俱为临菑侯文学"，疑所记有误。一、《魏志·王粲传》所载诸文士仕历，简而实明，复有裴注为之补益。其记应玚历丕、植兄弟属官，即云

"转为平原侯庶子,后为五官将文学"。如徐幹亦先后在丕、植兄弟府,陈寿、裴松之何以均略而不书?二、《郑袤传》云"魏武初封诸子为侯,精选宾友",所记与《魏志·邢颙传》"太祖诸子高选官属"合。植于建安十六年封平原侯,十九年改封临菑侯,徐幹如为临菑侯文学,则与"初封"显相凿枘。三、徐幹"从戎征行,历载五六,疾稍沉笃,不堪王事,潜身穷巷",其潜身之时似不得晚于建安十八年。又按,史书典籍所载曹植封号,时多舛讹,植前后受封平原、临菑、安乡、鄄城侯,雍丘、浚仪、东阿、陈王,卒谥思,后人习书临菑、东阿、陈思,而又不甚计其时限。设令徐幹确曾在植府为文学,亦当是平原侯文学而不及至临菑侯时。

无名氏《中论序》"历载五六"

徐幹生平行事,除《魏书·王粲传》及裴注引《先贤行状》寥寥数语外,最足依据者自为无名氏《中论序》。《王粲传》记,"幹为司空军谋祭酒掾属,五官将文学",以此知其出仕至迟在建安十三年六月曹操为丞相前。《中论序》作者曾"数侍坐"于幹,又"自顾才志,不如远矣",是其人与幹,谊在师友间,所记自属可信。序云董卓作乱,"君避地海表。自归旧都,州郡牧守礼命踧踖,连武欲致之",幹绝迹山谷,潜伏延年,"会上公拨乱,王路始辟,遂力疾应命,从戎征行"。按,曹植《与杨德祖书》言"伟长擅名于青土",谢灵运《拟魏太子邺中集序·徐幹》云"伊昔家临菑,提携弄齐瑟。置酒饮胶东,淹留憩高密",徐幹又有《齐都赋》,皆足证其早岁居在齐旧都临菑,曾以避乱而至海滨。高密在今胶州湾西北百里,当即所谓"海表"也。建安九年前,青州为袁绍长子袁谭所据,见《魏志·袁绍传》。"上公拨乱,正路始辟",当指建安九年后曹操荡平袁氏,一统中原华北。幹之人仕归曹为军谋祭酒,事或在建安十一二年。谢诗谓"夸年迫忧栗,末涂幸休明",可旁证徐幹出仕较晚。

幹少无宦情,恬澹自足,加之体弱多病,故《中论序》云"从戎征行,历载五六,疾稍沉笃,不堪王事,潜身穷巷,顺志保真"。"从戎征行",始自十三年南征刘表、孙权之役,幹有《序征赋》,虽属残文,犹可窥见所记事、时与赤壁之役合。"历载五六",为考证徐幹仕历关键,然诸家多不及之。按,两数连书,自先秦至汉魏,或表乘积,或指约数。前者如"女乐二八"(《左传》襄公十一年)、"属车九九"(张衡《东京赋》)、"汉三七之建安"(陈琳《神女赋》);后者如"冠者五六人,童子六七人"(《论语·先进》),"请东人之能与夫二三有司言者"(《左传》文公十三年),"年十七八"(《魏志·杨俊传》)。此处"五六"自非三十而为约数。设以建安十三年从征为昉始,则建安十八年左右即已疾作家居。

建安十六年,曹丕受封五官将,徐幹为五官将文学在此时。是年,与刘桢有诗赠答。刘桢赠徐幹诗云:"仰视白日光,皦皦高且悬。兼烛八紘内,物类无颇偏。我独抱深感,不得与比焉。"颇似被刑输作时语,何焯《义门读书记·文选》、方东树《昭昧詹言》卷二并有此说;徐幹答诗有"虽路在咫尺,难涉如九关"之语,亦可为证。是年又从曹操西征,有《西征赋》,云:"过京邑以释驾,观帝居之旧制。伊吾侪之挺力,获载笔而从师。无嘉谋以云补,徒荷禄而蒙私。并小人之所幸,虽身安而心违。庶区宇之今定,入告成乎后皇。登明堂而饮至,铭功烈乎帝裳。"自是平马超、降杨秋后返师长安所作。是则徐幹疾转沉笃,不堪王事,必在是年之后,以"从戎征行,历载五六"计之,自建安十三年下推,其在十八年乎?其后以上艾长,以疾不行,自在十八年之后。请参《徐幹为临菑侯文学志疑》、《徐幹行女、仲雍哀辞非必作于同时》条。

阮瑀入曹操幕

建安七子中除孔融于建安十三年被杀外，以阮瑀为早卒。其早年事迹，仅知其从学蔡邕，他已莫得稽考。瑀归曹操之年，《魏志·王粲传》载作建安中，"都护曹洪欲使掌书记，瑀终不为屈。太祖并以琳、瑀为司空军谋祭酒，管记室"。裴注引《文士传》曰："太祖雅闻瑀名，辟之，不应，连见逼促，乃逃入山中。太祖使人焚山，得瑀送至，召入。太祖时征长安，大延宾客，怒瑀不与语，使就技人列。瑀善解音，能鼓琴，遂抚弦而歌。因造歌曲曰：'奕奕天门开，大魏应期运。青盖巡九州，在东西人怨。士为知己死，女为悦者玩。恩义苟敷畅，他人焉能乱？'为曲既捷，音声殊妙，当时冠坐。太祖大悦。"裴松之按云："鱼氏《典略》、挚虞《文章志》并云瑀建安初，辞疾避疫，不为曹洪屈。得太祖召，即投杖而起，不得有逃入山中，焚之乃出之事也。"

按，《文士传》盖取介子推、祢衡故事夸饰点染，至魏国之建，瑀已亡故，作歌事荒诞不辨可知。《王粲传》谓"都护曹洪"欲使掌书记，曹洪为都护之年不可确知，然大致当在赤壁战后，其时瑀早已入曹幕。裴松之按语据《典略》、《文章志》谓瑀入幕在建安初，可信。《典略》所记，略见《御览》卷二四九，云："以才自护。曹洪闻其有才，欲使报答书记。瑀不肯，榜笞瑀，瑀终不屈。洪以语曹公，公知其无病，使人呼瑀。瑀乃惶怖，诣门。公见之，谓曰：'卿不肯为洪，且为我作之。'瑀曰：'诺。'遂为记室。"于情理为近似。曹丕《与吴质书》记南皮之游从与有阮瑀。此游在建安十年破袁氏后，说参《曹丕南皮之游》条。裴注又引《典略》云："太祖初征荆州，使瑀作书与刘备。及征马超，又使瑀作书与韩遂。此二书今具存。"操征荆州，一在建安八年,一在十三年。初征,指八年事。阮瑀致刘备书存二句:"披怀解带,投分记意。"见《文选》卷二〇潘岳《金谷集作》善注引。是瑀之入幕当在是年前。又,《御览》卷六〇〇引《金楼子》云,"刘备叛走,曹操使阮瑀为书与备"。自董承谋泄,备先依袁绍,后依刘表,羽翼未丰,依违不定,"披怀解带"云云,动之以情,犹冀其复返乎?疑此书即是此时作而非初征荆州时所作。若然,则建安五年前阮瑀已入曹幕。

瑀于建安十二年从曹操征乌丸,议立齐桓公祠,说见俞绍初《建安七子年谱》。

阮瑀《为曹公作书与孙权》、《与韩遂书》

《文选》卷四二录阮瑀《为曹公作书与孙权》,言"离绝以来,于今三年",且谓赤壁之役,系出佞人所构,刘备所扇,"常思除弃小事,更申前好,二族俱荣,流祚后嗣,以明雅素中诚之效。抱怀数年,未得散意"。赤壁之役在建安十三年,则此书当作于十六年。陆侃如先生《中古文学系年》以之为十五年事,恐系并十三年计之。然两军相遇,已在十二月,或不宜视为一年也。是年,操大军西征,至次年正月返邺。设此书作于西征前,则是恐孙权乘虚袭其后,乃致修好之意,且以离间孙、刘。设作于西征后,则西陲已定而思东土,先作此书,恩威兼示,令其入附;权不之从,遂有十月东征之役。赵铭《琴鹤山房遗稿》卷五《书文选后》谓此文为赝作,曰:"文云'若能内取子布,外言刘备,以效赤心,用复前好,则江表之任长以相付'。子布者,张昭也。昭虽有重名,非魏所惮。赤壁之役,劝权迎操。权尝使攻九江之当涂,不利而退。昭非魏惮,岂得与刘备比也。又云'闻荆扬诸将,并得降者,皆言交州为君所执;豫章距命,不承执事',善注引《吴志》,以交州为孙辅,豫章为刘繇。孙辅被系在建安五年,刘繇为笮融所破,病卒,孙策过豫章而载其丧,在建安四年,而瑀书叙赤壁江陵之战,则在建安十四年后,安得尚有刘繇？注其疏。然考吴豫章太守,前为孙贲,后为孙邻,父子在郡,垂三十年,并无距命事,而孙辅之罢交州,亦未尝见杀。其他刘表、孙权所置之交州刺史,若赖恭、步骘、吕岱,均无见杀事,此以见其非也。"按,所驳善注刘繇事疏失,是。梁章钜《文选旁证》卷三五引孙志祖说同。然操以昭、备并比,用语虽同而用心则异。《吴志·张昭传》言昭"容貌矜严,有威风。权常曰:'孤与张公言,不敢妄也。'举邦惮之"。裴注引《典略》云"吴中称谓之仲父"。陈寿评曰,张昭"以严见惮,以高见外"。是权之与昭,固有不协,一则以惧,一则以赖。瑀代操作书为此等语,盖非深悉内情者不办,后人伪作无由出此。权若从而舍之,在吴已损邦基国本;若明其诈讹而不舍,则操"漫天要价"之目的已达,观下文"若怜子布,愿言俱存","但禽刘备,亦足为效",可益明其机心曲意也。又,赵言豫章无拒命事,交州刺史亦未尝其杀,辞若甚辩。然豫章拒命,或史籍失载;孙辅见杀,则传闻有误。《吴志·孙辅传》载,辅"遣使与曹公相闻,事觉,权幽系之,数岁卒"。《文选》录陈琳《檄吴将校部曲文》亦有"孙辅,兄也,而权杀之"数语。善注引《典略》曰:"辅恐权不能守江东,因权出行东冶,乃遣人赍书呼曹公。行人以告,权乃还,伪若不知,与张昭共见辅。权谓辅曰:'兄厌乐耶,何为呼他人？'辅云无是。权投书与昭,以示辅,辅惭无辞。乃悉斩辅亲近,徙辅置东吴。"幽囚而卒,斩其亲近,事与见杀,其间不盈咫尺,传闻之误,又奚足怪,矧书又明言闻之荆扬诸将乎？

《魏志·王粲传》记操使阮瑀作书于韩遂,裴注引《典略》曰:"时太祖适近出,瑀随从,因于马上具草,书成呈之。太祖揽笔欲有所定,而竟不能增损。"《武帝纪》载操与韩遂相见于阵前,"公与遂父同岁孝廉,又与遂同时侪辈,于是交马语移时,不及军事,但说京都旧故,拊手欢笑。既罢,超等问遂:'公何言?'遂曰:'无所言也。'超等疑之。他日,公又与遂书,多所点窜,如遂改定者;超等愈疑遂"。按,阮瑀所作书已全佚,《典略》谓操欲有所定而卒无所增损,《武帝纪》云"多所点窜",若相矛盾,或有前后二书。

路粹、阮瑀年岁及从学蔡邕

《魏志·王粲传》裴注引《典略》曰:"粹字文蔚,少学于蔡邕。初平中,随车驾至三辅。"传又叙阮瑀曰:"瑀少受学于蔡邕。"《御览》卷三八五引《文士传》曰:"瑀少有俊才,应机捷丽,就蔡邕学。(邕)叹曰:'童子奇眉,朗朗无双。'"粹、瑀得年均不详,无由确知其从学蔡邕之年。陆侃如先生《中古文学系年》测其在献帝初平元年(190)左右,从而测二人生年为灵帝建宁三年(170)左右。说似可商。按,蔡邕远迹吴会,为董卓所征在中平六年,次年即初平元年拜左中郎将,从献帝迁都长安,又二年而为王允所杀。此三年中,历署祭酒,补侍御史,转持书御史,迁尚书,又迁巴郡太守,复留为侍中,极为董卓所重,亦屡为董卓谋划。《魏志·王粲传》称邕在长安"贵重朝廷,常车骑填巷,宾客盈坐",不仅无暇设帐受徒,即讨论艺文亦已难能,粹、瑀之从学不应在此时。

路粹以建安二十年被杀。《后汉书·文苑·祢衡传》录孔融荐衡表云:"昔贾谊求试属国,诡系单于;终军欲以长缨,牵致劲越。弱冠慷慨,前世美之。近日路粹、严象,亦用异才擢拜台郎,衡宜与为比。"祢衡时年二十四,融表列举古人、今人为比,似路粹、严象亦属少年才俊。然《魏志·荀彧传》裴注引《三辅决录》，明记象建安五年被李术所杀，年三十八，孔融荐表作于建安二年，则严象时年三十五，路粹如长于严象，与孔融原意益不相符，故以其时路粹年不及三十，或近事实。阮瑀卒于建安十七年，曹丕《寡妇赋序》云："陈留阮元瑜，早亡，每感存其遗孤，未尝不怆然伤心。"王粲《寡妇赋》云："提孤孩兮出户，与之步兮东厢。""欲引刃以自裁，顾弱子而复停。"阮瑀"早亡"，卒时其子尚为孩提，而瑀又以建安初即入曹幕，上下推之，逝去时或四十余岁。

蔡邕于灵帝光和、中平间往来陈留、吴会（说参《蔡邕"远迹吴会往来依太山羊氏"解》条），设路粹、阮瑀其时以郡人而先后从学，或近情理。据上述，光和间路粹年十余岁，中平间阮瑀年十岁左右，皆与"少"、"童子"相合。

应场早年漂泊与曹植《送应氏》诗

应场事迹，《魏志》及裴注皆语焉不详，所可知者，仅《王粲传》"场、桢各被太祖辟为丞相掾属。场转为平原侯庶子，后为五官将文学"，《陈思王植传》注引《典略》所录《与杨德祖书》中"德琏发迹于大魏"二事而已。《文选》卷二〇录场《侍五官中郎将建章台集》云："朝雁鸣云中，音响一何哀！问子游何乡？戢翼正徘徊。言我寒门来，将就衡阳栖。往春翔北土，今冬客南淮。远行蒙霜雪，毛羽日摧颓。"谢灵运《拟魏太子邺中集·应场（并序）》，不啻为场此诗注释："汝颍之士，流离世故，颇有飘薄之叹。嗷嗷云中雁，举翮自委羽。求凉弱水湄，违寒长沙渚。顾我梁川时，缓步集颍许。一旦逢世难，沦薄恒羁旅。天下昔未定，托身早得所。官渡厕一卒，乌林预艰阻。晚节值众贤,会同庇天宇。"应诗以雁自比,谢诗复为补出时限,"一旦逢世难"当指初平间董卓之乱,而乱前已曾漂沦南北。应氏世为官宦,玚父珣,事迹不详,何以致玚早岁漂泊,亦无所稽索矣。而设令玚于初平中已浪迹在外,其年至早亦近二十,则其生年或在灵帝建宁中(170左右),略与刘桢相当而长于其弟璩可二十年。"官渡厕一卒,乌林预艰阻",则应玚曾预建安五年官渡之战与十三年赤壁之战,其入曹操幕当在建安初,盖即所谓"天下昔未定,托身早得所"、"德琏发迹于大魏"也。玚伯父劭,兴平间以忤曹操而往依袁绍,不知官渡战时尚在人世否。建安九年曹操平冀州,十年攻乌丸,应玚皆预其役,说参俞绍初氏《建安七子年谱》。

曹植有《送应氏》二首,见《文选》卷二〇。刘良注云:"送应璩、玚兄弟。时董卓迁献帝于西京,洛阳被烧,故多言荒芜之事。"按,董卓迁献帝于长安,正应璩出生之年,曹植则后此二年始生,吕延祚《进五臣集注文选表》大言"征载籍述作之由",若此等处,真同痴人说梦耳。按,曹植此诗作于建安十六年随操西征途中,近代学者多无异说,盖自植成人至建安二十五年,其足迹及于东都者仅此一次。植诗其一云:"步登北邙坂,遥望洛阳山。洛阳何寂寞,宫室尽烧焚。"其二云:"愿得展嬿婉,我友之朔方。亲昵并集送,置酒此河阳。中馈岂独薄,宾饮不尽觞。爱至望苦深,岂不愧中肠?山川阻且远,别促会日长。愿为比翼鸟,施翮起高翔。"观"爱至望苦深"二语,颇疑应氏兄弟因公于役,植欲阻之而不能,因而有愧,复以"别促会日长"慰之。朱绪曾《曹集考异》据《王粲传》"玚转为平原侯庶子,后为五官将文学",以此诗"我友之朔方"当指赴邺就五官将文学。俞绍初氏同其说。说亦近情。惟既属赴官,植诗似不当作"愧中肠"之语。姑并存之。

应玚由曹植属官而转入曹丕府之年已无从稽索,陆侃如先生《中古文学系年》拟定为建安二十一年，且以《侍五官中郎将建章台集》诗亦为此时之作，乏的据。至《西狩赋》之作，陆说以为当在二十年平陇右时，则似未见《古文苑》卷七王粲《羽猎赋》下章樵注引《文章流别论》所记本事："建安中，魏文帝从武帝出猎，赋，命陈琳、王粲、应玚、刘桢并作。琳为《武猎》，粲为《羽猎》，玚为《西狩》，桢为《大阅》，凡此各有所长，粲其最也。"

陈琳作品

《吴志·张纮传》裴注引《吴书》曰："纮见楠榴枕，爱其文，为作赋。陈琳在北见之，以示人曰：'此吾乡里张子纲所作也。'后纮见陈琳作《武库赋》、《应机论》，与琳书，深叹美之。"按，《全后汉文》拼合《类聚》、《初学记》、《御览》等类书，《建安七子集》复从而补之，居然可观。《抱扑子·钧世》、《类聚》题作《武军》，《初学记》题作《武库》。赋文云"赫赫哉，烈烈矣，于此武军"，"百校罗峙，千部列陈，弥方城，掩平原。于是启明戒旦，长庚告昏，火烈具举，鼓角并震，千徒丛唱，亿夫求和"，则作"军"者是，形近而讹为"库"。又，赋序云"回天军于易水之阳，以讨瓒焉"，据《魏志·公孙瓒传》，瓒与袁绍自建安初争战，袁绍连结刘虞合力攻瓒，瓒军数败，走还易京固守。绍遣将攻之，连年不能拔。建安四年，绍令陈琳作伪书（见瓒传裴注引《献帝春秋》），因攻破易京。《水经注·易水》记易京在易城西四五里，后赵石虎令二万人废坏之。楼基尚存，犹高一匹余。故瓒书云："袁氏之攻，状若鬼神，冲梯舞于楼上，鼓角鸣于地中。"所记与《后汉书》、《魏志》状瓒楼之固相合；"冲梯"云云，又与《武军赋》"飞梯、云冲、神钩"之具相应。是《武军赋》之作，必在建安三年或四年，且证其时陈琳必随军北征。严可均《全后汉文》卷九二于陈琳《鹦鹉赋》后按语云："张溥本有《为袁绍上汉帝书》、《与公孙瓒书》、《拜乌丸三王为单于版文》。此三篇出琳手，容或有之，但无实证，今编入袁绍文。"陈琳此次随军且作伪书，则严氏所列三篇中《与公孙瓒书》一篇出自琳手，宜属当然。

琳作《武军赋》竟，似曾遭物议。《应讥》中主客论辩，固循汉赋虚设答问模式，亦兼记实而复为袁绍作辩士也。中华排印本，"讥"作"机"，失校。《武军》、《应讥》二文皆作于建安三年至五年官渡之役间，当无疑问。

《檄吴将校部曲文》，自来为《选》学中疑案之一。檄文首称"尚书令彧告江东诸将校部曲"，彧卒于建安十七年，而文中所铺陈之讨马超、征张鲁诸役皆在建安十七年后。选学家因多疑为齐、梁间文士所拟作。赵铭《琴鹤山房遗稿》卷五并论檄文言五道、善注仅四道，又将谁欺云云。张云璈《选学胶言》说略同。梁章钜《文选旁证》卷三六引姜皋说，疑"荀彧"当作"荀攸"。然荀攸卒于建安十九年，此檄明系二十一年征吴时所作，姜氏因又疑"十九"为"二十一"之误，虽力图弥缝而终难圆通。文士拟作，本如书家临帖，亦师法古人之一途，陆机、谢灵运、江淹等大家拟作，数量甚多，固晋、宋以来风气。此檄文如为拟作，当不应晚于刘宋。若出齐、梁文士手，选楼学士岂尽目盲耳聋者乎？

《为曹洪与魏太子书》亦为录入《文选》名篇。善注解题引《陈琳集》："琳为曹洪与文帝。"又引《文帝集序》："上平定汉中，族父都护还书与余，盛称彼方土地形势，观其辞，如陈琳所叙为也。""如"，胡克家《考异》谓当作"知"。此自是建安二十年西征张鲁时所作。顾书有"自竭老夫之思"者语，一若洪所自为。钱锺书先生《管锥编》三册六八条论曰："陈琳《为曹洪与魏太子书》。按，显然代笔，而首则申称,'亦欲令陈琳作报,琳顷多事,不能得为。念欲远以为欢,故自竭老夫之思';结又扬言:'故颇奋文辞,异于他日,怪乃轻其家丘,谓为倩人,是何言欤!'欲盖弥彰,文之俳也。用意如萤焰蜂针,寓于尾句,'犹恐未信丘言,必大噱也';言凡此皆所以资嗢噱。明知人之不己信,而故使人睹己之作张致以求取信;明知人识己语之不诚,而仍阳示以修词立诚;己虽弄巧而人不为愚,则适成己之拙而愈形人之智;于是诳非见欺,诈适贡谄,莫逆相视,同声一笑。"《选》学家论此文者非一,无若钱说之鞭辟入里者。又,善注言书中"盛称彼方土地形势",而此书于此不著一字,可见琳为洪所作与丕书非一,善注用以解题,虽非张冠李戴,亦为移彼就此。

《大荒赋》,《全后汉文》仅据《初学记》卷二〇辑得二句,此赋为陈琳名作,陆云《与兄平原书》云:"陈琳《大荒》甚极,自云作必过之,想终能自果耳。"又云:"间视《大荒传》,欲作《大荒赋》,既自难工,又是大赋,恐交自困绝异。"云间陆士龙论文,除低首乃兄,有目无余子之概,然其手不逮目,《大荒赋》或竟未着一字。俞绍初《建安七子集》据宋人吴棫《韵补》辑得琳《大荒赋》佚文六十六句,又引《韵补书目》云陈琳"在建安诸子中字学最深,《大荒赋》几三千言,用韵极奇古,尤为难知"。此篇据俞氏所辑,犹不及十二,然已稍可测知全豹,厥功非鲜浅也。

陈琳籍贯、年岁

陈琳籍贯,《典论·论文》云"广陵陈琳孔璋",《魏志·王粲传》云"广陵陈琳字孔璋",然广陵为郡名而未详其县邑。按,《魏志·臧洪传》载,袁绍围东郡太守臧洪于东武阳,历年不下,"绍令洪邑人陈琳书与洪"云云，《后汉书·臧洪传》、《通鉴》卷六一所记并同。据洪传，洪为广陵射阳人，则陈琳自亦为射阳人。

陈琳年岁，史无明文。陆侃如先生《中古文学系年》以为略长于徐幹，当生于汉桓帝延熹三年（160）左右，说近是而无据。傅璇琮氏《陈琳的籍贯、生年及佚文考索》举《吴志·张昭传》推得陈琳生年当不晚于延熹三年。《张昭传》载，昭"少好学，善隶书，从白侯子安受《左氏春秋》，博览众书，与琅邪赵昱、东海王朗俱发名友善。弱冠察孝廉，不就，与朗共论旧君讳事，州里才士陈琳等皆称善之"，陈琳之年岁似不得少于张昭。昭生于汉桓帝永寿二年（156），可大致推得陈琳生年。按，傅说可信，复可为举一证。《魏志·臧洪传》录洪报陈琳书，言"感故友之周旋"，亦当是年辈相近之语。《后汉书·臧洪传》载，洪年十五，以父功拜童子郎。其所谓"父功"，即其父臧旻讨平许昭，事在熹平三年或四年，其时洪年十五，则当生于延熹三年左右，可与陆、傅之说符合。文献不足，辗转推算，终期于不离大体。据此，则建安二十二年染疫卒，时年或已过六十。

又，此条写成，得见俞绍初氏《建安七子年谱》（见《建安七子集》）考陈琳生年，举臧洪年岁为证，所见略同。

陈琳《为袁绍檄豫州》

《文选》卷四四录陈琳《为袁绍檄豫州》，《魏志·袁绍传》注、《后汉书·袁绍传》均引录而稍有节删。文中历数曹操恶迹，利如霜刃，历来被视为名作。然《文选》所标题目及所注本事均可疑，爰申之如下。

胡刻本《文选》善注："《魏志》曰：琳避难冀州，袁本初使典文章，作此檄以告刘备,言曹公失德,不堪依附,宜归本初也。后绍败,琳归曹公。曹公曰:'卿昔为本初移书,但可罪状孤而已,恶恶止其身,何乃上及父祖邪?'琳谢罪曰:'矢在弦上,不可不发。'曹公爱其才而不责之。"《四部丛刊》影宋本六臣注则以之为李周翰注,并有"善曰《魏志》曰,同翰注"一语。胡克家《文选考异》:"袁本此一节注,与所载五臣翰注略同。其'善曰'下作'《魏志》曰:琳避难冀州,袁绍使典文章。袁氏败,琳归太祖。太祖曰:"卿昔为本初移书,但可罪状孤而已。恶恶止其身,何乃上及祖父邪?"琳谢罪,太祖爱其才而不咎'六十一字,是也。茶陵本云:'善同翰注。'此承其误,为并善于五臣耳。"梁章钜《文选旁证》卷三六引顾千里曰:"此一节注,尤本承六臣本之误,以五臣为李也。六臣本作'《魏志》曰……'六十一字,当改正。"胡克家《考异》或以为既出顾千里手,故梁氏直引顾说。

袁刻本无"作此檄以告刘备……"二十一字,《后汉书·袁绍传》、《魏志·袁绍传》注引此文,文字与胡刻本注大同而无"告刘备"语,陈寿《魏志》裴注引《魏氏春秋》同。胡克家覆宋本此二十一字当是李周翰语而阑入善注。

按,此檄除《文选》外,他书所录均无"檄豫州"及文首"左将军领豫州刺史郡国相守"句。《后汉书》云"宣檄曰";《魏志》注云"《魏氏春秋》载绍檄州郡文曰";即《文选》题下善注亦云"《魏氏春秋》曰:'袁绍伐许,乃檄州郡。'"《通鉴》卷六三记建安五年正月,袁绍议攻许,田丰"强谏忤绍,绍以为沮众,械系之。于是移檄州郡,数操罪恶。二月,进军黎阳"。是诸史皆以陈琳檄为移檄诸州郡而非檄豫州一州者。檄文有"操师震慑,晨夜逋遁,屯据敖仓,阻河为固"诸语,《魏志·武帝纪》系操军官渡于四年十二月,此檄之作在次年正月,《通鉴》所记不误。其时刘备与董承等谋诛曹操,会袁术从下邳北过,操遣备要击,屯沛,五年正月,董承谋泄被杀,操东击刘备,破之,备败走青州,复往依袁绍,《通鉴》载"绍闻备至,去邺二百里迎之"。自操之征备,备亡至青州,转奔邺,其间周折,固非一月之内所可了事。袁、刘相见,当在正月之后,即陈琳檄文之后。陈琳作檄,曹、刘业已兵刃相见,无须招之而已在归袁途中。《文选》注显与当时情事不合。要之,《文选》标题与注文皆有罅漏,赵琴士《读书偶记》亦强作解人是已。说参拙著《中古文学丛考》(载《古代文学研究集》,中国文联出版公司版)。

又,首句"郡国相守",五臣本作"郡相国守"。张铣注:"相国、谓侯王相国也。守,郡守也。"按,郡国连称,当时惯例。《续汉书·百官五》:"豫州部郡国六,冀州部九,兖州部八……凡九一八。其二十七王国相,其七十一郡太守","景帝时,吴、楚七国恃其国大,遂以作乱,几危汉室。及其诛灭,景帝惩之,遂令诸王不得治民,令内史主治民,改丞相曰相……至汉成帝省内史治民,更令相治民,太傅但曰傅"。《汉书·百官公卿表上》所记略同。"相国"之名,仅见于西汉初,《史记》有萧、曹"相国世家",其后即不再沿用,至建安十三年,曹操始复为丞相。"郡国相守",亦可作"郡国守相",为诸郡守、国相之连称、习称。五臣作"郡相国守",不可通,铣注又强为之解,益背史实。

刘桢《赠五官中郎将》诗

诗凡四首,见《文选》卷二三,皆是建安十六年后所作。《昔我从元后》一首,当作于二十一年操进爵魏王之后。《沧浪诗话》以刘桢称"元后"与王粲称"圣君",心无汉帝,谓难逃《春秋》诛心,此宋人语,固不足怪。全诗追忆南征饮宴情状。按,操南征凡五次,即建安八年八月、十三年七月征刘表,十二月与孙权战于赤壁;十七年十月、十九年七月、二十一年十月征孙权。此诗所记为十三年至十四年事。诗云"整驾至南乡",善注引《诗》"维汝荆楚,居国南乡",谓"征刘表也"。说是。桢《遂志赋》云"梢吴夷于东隅,擎叛臣乎南荆",即记此役,亦可证其从行。赤壁战败,操于十四年三月引军至谯,"过彼丰沛都"记还军至谯事。操在谯整军修武,七月入淮,军合肥,十二月复还谯,旋即返邺。诗言"四节相推斥,季冬风且凉",又极言酣宴情状,当是追记此年十二月在谯事。去年冬正值大战,不得有此豪兴。此役从行者有曹丕、徐幹、应场、繁钦等,在荆州复得王粲,"众宾会广坐",建安文士一时俱集,亦盛会也。曹丕有《于谯作》,一若与桢诗为酬唱,可参观。

"余婴沉痼疾",吴淇《六朝选诗定论》卷六云:"旧注以为文帝视疾去后奉赠之诗,细玩之,乃答赠之诗也。先是,公幹于夏月出居漳滨养疾。冬十月,文帝将有西行,遂来视疾,兼以别之也。临别,文帝期以明春即还相见,迄秋未归。文帝有诗赠,故公幹赋此诗以答之而追叙其本末。"其说明白而未可全据,以四首为四章,云前后一气贯注,显然牵强。一题之中有诗不止一首,非必同时所作,王粲《从军》、阮籍《咏怀》、陶渊明《饮酒》皆其例。此四首中,一、四首咏宴饮,"明镫熺炎光"、"华灯散炎辉"语出一辙;二、三首则述别离,然"四节相推斥"语又与第一首全同。如作于一时,何意窘辞穷如此? 如非一时之作,则重复语意尚不至过于明显。曹丕在建安十六年至二十二年刘桢之卒年期间,未尝随操西征,吴淇"将有西行"之说又不可从,此当是南征。十月南征,一在十七年十月,一在二十一年,丕于二十一年未见从征,诗中所记自是十七年事。"追问何时会,要我以阳春。望慕结不解,贻尔新诗文","尔"即"我",代拟曹丕之言耳。丕于次年四月返邺,亦与"阳春"合。颇疑其时恰在刑竟被释署吏之后,为平原侯庶子之前。

刘桢籍贯、输作及年岁

《典论·论文》言"东平刘桢公幹",《魏志·王粲传》亦言"东平刘桢"。《文选》卷四二录曹植《与杨德祖书》善注云"公幹,东平宁阳人",卢弼《三国志集解》于"刘桢"下注"东平宁阳人",说皆本《后汉书·文苑·刘梁传》:"刘梁,字曼山,一名岑。东平宁阳人也。……孙桢,亦以文才知名。"《王粲传》注引《文士传》则云:"桢父名梁,字曼山,一名恭。"《刘梁传》不载卒年、年岁,仅言"光和(178~184)中病卒",据此不足推知与刘桢为祖孙抑为父子。一名"岑"或"恭",以字曼山观之,疑作"岑"者是,"恭"当是形近之误。

桢早慧。《御览》卷三八五引《文士传》云:"刘桢字公幹,少以才学知名。年八九岁,能诵《论语》、诗、论及篇赋数万言。警悟辩捷,所问应声而答,当其辞气锋烈,莫有折者。"《魏志·王粲传》记刘桢事仅一句:"桢以不敬被刑,刑竟署吏。"注引《文士传》曰:"太子尝请诸文学,酒酣坐欢,命夫人甄氏出拜。坐中众人咸伏,而桢独平视。太祖闻之,乃收桢,减死输作。"《水经注·谷水》、《太平御览》卷四六四引《文士传》所记略同,惟"输作"后又记:"使磨石。武帝尝辇至尚方,观作者,见桢故环('环',一作'匡',一作'拒',一作'抠'。疑是'匡'字。朱熹《论语集注》:'匡,正也。')坐正色,磨石不仰。武帝问曰:'石何如?'桢因得喻己自理,跪对曰:'石出自荆山玄岩之下,外有五色之章,内含卞氏之珍,磨之不加莹,雕之不增文,禀气坚贞,受兹自然,顾理枉屈,纡绕独不得申。'武帝顾左右,大笑,即日还宫,赦桢复署吏(《水经注》作'复为文学')。"《世说·言语》记:"刘公幹以失敬罹罪。文帝问曰:'卿何以不谨于文宪?'桢答曰:'臣诚庸短,亦由陛下纲目不疏。'"注引《典略》所记略同《文士传》。按，"武帝"、"陛下"、"太子"之称自是后人追拟，不足辨。刘桢得罪之年，诸家据"诸文学"而定于建安十六年正月曹丕为五官将、置官属时。说是，然乏的证。据《后汉书·刘梁传》章怀注引《魏志》，载桢"为司空军谋祭酒，五官郎将文学"，曹操于建安元年为司空，十三年罢三公，操又为丞相，是刘桢为司空军谋祭酒在十三年前，为五官郎将文学自在十六年正月后。又据《魏志·王粲传》注引《魏略》，"五官将为世子，质与刘桢等并在坐席。桢坐谴之际，质出为朝歌长，后迁元城令"，质出为朝歌长事在十六年，说参《吴质为朝歌长、元城令》条。是桢之得罪、得释必在十六年七月前，盖七月曹操西征马超，十七年正月始还邺城。《艺文类聚》卷三七载桢《处士国文甫碑》，文甫卒于建安十七年四月，如桢尚在输作，自不得作碑文。张可礼氏《三曹年谱》于建安十八年系"曹操出猎，曹丕从，作《校猎赋》，命陈琳、王粲、应场、刘桢并作"，举《古文苑》卷七章樵注引挚虞《文章流别论》为证，说是，可旁证刘桢输作磨石为时不久即被释。俞绍初氏《建安七子年谱》说同。《水经注》引《文士传》言被释后"复为文学"，当是再为曹丕文学而后转曹植庶子。

《魏志·邢颙传》载，操诸子高选官属，以颙为"平原侯植家丞"。颙与植不合，庶子刘桢上书谏植，有"采庶子之春华，忘家丞之秋实，为上招谤，其罪不小"诸语，《晋书·元四王传》载刁协奏云"昔魏临菑侯以邢颙为家丞，刘桢为庶子"，皆可证刘桢曾为平原侯庶子。植封平原侯事在建安十六年正月，盖与丕之受封同时。刑颙入府为家丞，当在此时。建安十九年，植徙临菑侯。《邢颙传》叙事，前称平原侯，后称临菑侯，史笔谨严，非杂史、小说之比。《晋书》记刁协奏称"临菑侯家丞"，或率意信笔，或植转临菑侯后桢仍为庶子，然其入曹植府自在十九年前。上书谏植诸语，颇与"辞气锋烈"之性格不合，或亦余悸未消欤?

桢年岁不可确考。俞绍初氏《建安七子年谱》据谢灵运《拟魏太子邺中集诗》拟刘桢云"贫居晏里闾,少小长东平,河兖当冲要,沦飘薄许京",谓桢之归操在建安元年后。又据桢《遂志赋》"幸遇明后,因志东倾,披此丰草,乃命小生。生之小矣,何兹云当? 牧马于路,役车低昂。怆恨恻切,我独西行"诸语,断初平三年操东征入兖,有招刘桢来归之事。古人二十以下称"小",时桢约十八岁,以年小未就,建安元年后乃入许。按,俞氏考桢经历,是,惟年岁可商。小生,据《汉书·朱云传》注,乃"后学新进",非必实指年岁。《后汉书·黄香传》载香于和帝永元六年后上书请辞东郡太守,有"臣江淮孤贱,愚蒙小生"语,而计其时香已年过三十。曹植《与杨德祖书》称"公幹振藻于海隅",则桢归操前已知名青、徐。《全后汉文》录桢《鲁都赋》,当是归操前在东平时期所作,规模《两京》、《二都》,似非弱冠少年所能措手。故桢之入许,或已年近三十。《魏志·方技·周宣传》记,"东平刘桢梦蛇生四足,穴居门中,使宣占之。宣曰:'此为国梦,非君家之事也。当杀女子而作贼者。'顷之,女贼郑姜,遂俱夷讨"。"女贼郑姜"用郑庄公母姜氏典,所指虽隐晦不明,要不出董贵人与伏后二事。操杀董贵人在建安五年,夷三族,与张宣所语更近。然则桢之入许,当在建安元年后、五年前,卒年或过五十。

王粲至荆州在初平三年

《魏志·王粲传》记粲"年十七,司徒辟,诏除黄门侍郎。以西京扰乱,皆不就,乃之荆州依刘表"。按,《文选》卷二三录粲《赠士孙文始》诗,云"天降丧乱,靡国不夷。我暨我友,自彼京师。宗守荡失,越用遁违。迁于荆楚，在漳之湄"。善注引《三辅决录》注曰（"注"上原有"赵岐"二字，误衍）："士孙孺子名萌，字文始。少有才学，年十五能属文。初，董卓诛也，父瑞知王允必败，京师不可居，乃命萌将家属至荆州依刘表。去无几，果为李傕等所杀。"李傕杀王允事在初平三年。《三辅决录》注言此事首尾，原由悉具，自非无据。而是时王粲年十六，本传云"十七"，误记。说参俞绍初氏《王粲集》附《王粲年谱》。缪钺先生《王粲年谱》、陆侃如先生《中古文学系年》皆泥年十七之说，系此于初平四年，或未审。

粲在荆州，刘表尝欲妻以女。《魏志·钟会传》注引《博物记》："初，王粲与族兄凯俱避地荆州。刘表欲以女妻粲，而嫌其形陋而用率，以凯有风貌，乃以妻凯。"本传则谓："表以粲貌寝而体弱通悦，不甚重也。"按，粲在荆州，曾为刘表作《荆州文学记官志》、《与袁谭、袁尚书》等，然粲才志俱高，不能快心满意，故《登楼赋》有不遇之叹，其后归曹操，于表又有不任俊杰之讥，宜其然也。

上引《赠士孙文始》诗，当作于建安二年。《后汉书·王允传》记士孙瑞以王允专讨董卓之劳，故归功不侯，以是"获免于难"，即免于初平三年之变，与上引《三辅决录》所记可相参照。传又记"兴平二年，从驾东归，为乱兵所杀"，《献帝纪》同。《魏书·董卓传》注引《三辅决录》注云，"天子都许，追论瑞功，封子萌澹津亭侯。萌字文始，亦有才学，与王粲善。临当就国，粲作诗以赠萌，萌有答，在粲集中"。《后汉书·董卓传》章怀注、《文选》此诗题下善注所引并同。按，《后汉书·王允传》亦记迁都于许、帝思允忠节、改葬，封其孙黑为安乐亭侯。是士孙萌与王黑当同时受封。献帝迁许，宗庙社稷制度始立，在建安元年九月后，追封王允、士孙瑞，泽及后人，至早亦在此年冬，士孙萌离荆州就国则在次年即建安二年。

王粲《初征赋》作年

《典论·论文》谓王粲《初征赋》、《登楼赋》，张、蔡不能过。《初征赋》见《艺文类聚》卷五九，今存十八句："违世难以迴折兮，超遥集于蛮楚。逢屯否而底滞兮，忽长幼以羁旅。赖皇华之茂功，清四海之疆宇。超南荆之北境，践周豫之末畿。野萧条而骋望，路周达而平夷。春风穆其和畅兮，庶卉焕以敷蕤。行中国之旧壤，实吾愿之所依。当短景之炎阳，犯隆暑之赫曦。薰风温温以增热，体烨烨其若焚。"全文虽不可见，然所写乃自荆楚北返中原，似无疑问。按，建安十三年十月，曹操入荆州；十二月，战于赤壁，大败。十四年三月，军至谯；七月，自涡入淮，出肥水，军合肥；十二月，军还谯。十五年春而有《求贤令》，则其时已还邺城。王粲与曹植有《浮淮赋》，自是作于十四年七月水军入淮之时。《初征赋》所记时令为夏日，又为曹操平定荆襄之后，自南返北，其时当为十四年春夏之际，故赋言"春风"，又言"隆暑"。粲北返未几，即又匆匆至谯，不然则无由而作《浮淮赋》。粲北返原由，已不可知，然《初征赋》作年当在此时。"征"，盖《诗》"而月斯征"、"骁骁征夫"之征，而非征伐之征，此赋盖亦班彪《北征赋》、潘岳《西征赋》类也。《类聚》以此赋入《武部·征伐》，与曹植《西征赋》、陈琳《武军赋》等同列，恐失当。

王粲作《荆州文学记官志》

王粲在荆州，作《荆州文学记官志》，云刘表"命五业从事宋衷新作文学，延朋徒焉。宣德音以赞之，降嘉礼以劝之，五载之间，道化大行"。《后汉书·刘表传》云，建安三年，长沙太守张羡叛表，表遣兵攻围，破之。于是开土遂广，南接五岭，北据汉川，地方数千里，带甲十余万。表招诱有方，威怀兼洽，"关西、兖、豫学士归者盖有千数，表安慰赈赡，皆得资金。遂起立学校，博求儒术，綦毋闿、宋忠等撰立《五经》章句，谓之'后定'"。然《魏志·桓阶传》记阶说张羡叛表在袁绍与曹操相拒于官渡时，则又是在建安四年冬至五年十月间。《通鉴》卷六二从《后汉书》，《考异》曰："羡拒表在官渡前也。"《全上古三代秦汉三国六朝文》录《刘镇南碑》记献帝命刘表督交、扬、益三州，"交州殊远，王涂未夷，夷民归附，大小受命"，"武功既亢，广开雍泮"，"乃令诸儒改定《五经》章句"。《魏志·刘表传》记："长沙太守张羡叛表，表围之连年不下。羡病死，长沙复立其子怿。表遂攻并怿，南收零、桂，北据汉川，地方数千里，带甲十余万。"注引《英雄记》曰："州界群寇既尽，表乃开立学官，博求儒士，使綦毋闿、宋忠等撰定《五经》章句，谓之'后定'。"比较诸说，刘表立学当在平定长沙之后，时在建安五年前后，正袁、曹相拒官渡时，王粲《荆州文学记官志》言"五载之间，道化大行"，志或作于建安十年左右。

王粲等《神女赋》写巫山神女

《艺文类聚》卷七九录陈琳、王粲、杨修《神女赋》。《魏志·王粲传》载，建安十三年九月，曹操平荆州，"置酒汉滨，粲奉觞贺曰：'方今袁绍起河北，仗大众，志兼天下，然好贤而不能用，故奇士去之。刘表雍容荆楚，坐观时变，自以为西伯可规。士之避乱荆州者，皆海内之俊杰也。表不知所任，故国危而无辅。明公定冀州之日，下车即缮其甲卒,收其豪杰而用之,以横行于天下。及平江汉,引其贤俊而置之列位,使海内回心,望风而愿治,文武并用,英雄毕力,此三王之举也。'"《通鉴》卷六五《考异》曰:"《粲传》曰:太祖置酒汉滨,粲奉觞贺云云。按,操恐刘备据江陵,至襄阳即过,日行三百里,引用名士,皆至江陵后所为,不得更置酒汉滨,恐误。"

前尝以《神女赋》为赋汉皋神女事,而以《考异》之说为非。今细辨之,所赋盖巫山神女,众文士之会乃在荆州,《考异》之说是。陈琳赋曰:"仪营魄于仿佛,托嘉梦以通精。"杨修赋曰"余执义而潜厉,乃感梦而通灵。"所用皆宋玉《神女赋》事,江陵则正属"云梦之浦"也。《考异》所据,见《蜀志·先主传》:"曹公以江陵有军实,恐先主据之,乃释辎重,轻军到襄阳。闻先主已过,曹公将精骑五千急追之,一日一夜行三百余里,及于当阳之长坂。"又《魏志·武帝纪》:"公过军江陵,下令荆州吏民与之更始,乃论荆州服从之功,侯者十五人,以刘表大将文聘为江夏太守,使统本兵,引用荆州名士韩嵩、邓义等。"《刘表传》所记略同。操大军南征,不血刃而定荆襄。及入荆州,安抚部署,悉已粗定;志得意满,乃置酒高会,诸文士铺采摛文,不歌而颂,皆题中应有之义。疑"汉滨"当是"江滨",粲贺辞有"及平江汉"之语,若仅在襄阳,似不得言江。

王粲《咏史》

王粲《咏史》,咏三良殉葬事,盖建安十六年从曹操西征时过三良墓作,晚近学者,均无异说。同时之作今存有曹植《三良诗》、阮瑀《咏史》之一。皎然《诗式》卷二《三良诗》条:"陈王诗曰'秦穆先下世,三臣皆自残',王粲云'秦穆杀三良,惜哉空尔为'。盖以陈王徙国、任城被害已后,常有忧生之虑,故其词婉娩,存讥谏也。王粲显责穆公,正言其过,存直谏也。二诗体格高逸,才藻相邻。至如'临穴呼苍天,泪下如绠縻',斯乃迥出情表,未知陈王将何以敌?"按,曹植徙国、曹彰被害,王粲早已谢世,焉得于地下为二王鸣不平乎?张溥《王侍中集题辞》:"孟德阴贼,喜杀贤士,仲宣《咏史》,托讽《黄鸟》,披文下涕,几秦风矣。"吴淇《六朝选诗定论》卷六评曰:"为此诗,盖亦见魏武猜忌贤良,恩未受而诛已加,使如秦穆之待三良,恩深于前,死要于后,不犹夫徒诛己耶?"按,粲之于操,有知遇之恩,报效尽心,《从军诗》之颂圣言志,颇为道学君子所非,安得而讥孟德阴贼乎?且此诗立意遣辞,与曹植之作曲异工同,岂以人子而亦讥若父乎?甚矣说诗之不易而考据之不可尽废也。

徐幹卒年当从《中论序》

《魏志·王粲传》载,王粲以建安二十二年春,"道病卒",徐幹、陈琳、应玚、刘桢"二十二年卒。文帝书与元城令吴质曰:'昔年疾疫,亲故多离其灾,徐、陈、应、刘,一时俱逝。'"《文选》卷四二录文帝此书,善注引《典略》云:"二十二年,魏大疫,诸人多死,故太子与质书。"自来学者,于徐幹诸人卒年多从此说。钱大昕《疑年录》非之,谓幹"生建宁四年辛亥,卒建安二十三年戊戌"。余嘉锡先生《疑年录志疑》驳之,其说云:"无名氏《中论序》曰:'年四十八。建安二十三年春二月遭厉疾,大命殒颓。'钱氏此条,盖本于此。考《后汉书·献帝纪》曰:'二十二年,是岁大疫。'《后汉纪》卷三〇同。《续汉书·五行志》亦曰:'献帝建安二十二年,大疫。'《御览》卷七四二引曹植《说疫气》曰:'建安二十二年,疠气流行,家家有僵尸之痛,室室有号泣之哀,或阖门而殪,或覆族而丧。'伟长既以疫卒。必在是年无疑,《中论序》传写误耳。"拙作《建安文学史料系年》亦从余氏说。后王依民君见告,《魏志·武帝纪》建安二十三年注引《魏书》载曹操令曰"去冬天降疫疠",是疫疠之作,在二十二年冬,《中论序》所记徐幹卒年不误。按,王说是也。传抄刊刻,"二"之与"三"极易相混致误,而"春"则必不能误。裴注系曹操此令于建安二十三年夏四月,所据亦当是《魏略》。疠疫之降在二十二年,无异说,然陈寿记徐幹等以是年卒,所据已不可知,或亦是《与吴质书》与《典略》。惟魏文仅言"一时俱逝"而未言年月,《典略》仅记大疫而未言季节。今据《武帝纪》注,乃知在冬令,而自冬至春绵延数月,庶可与"大疫"之名相符。诸人染疾、谢世,亦有先后,徐幹以二十三年二月卒,正合情理。若以"三"为"二"之误,其时疫尚未起,自不得"一时俱逝"。王君诚启余者也。复可为举二证。其一,魏文与吴质书《文选》所录凡二通,一作《与朝歌令吴质书》,一作《与吴质书》后书即《王粲传》所记,时吴质为元城令。《王粲传》注引《魏略》亦录此二书,但明记"二十三年,太子又与质书"云云,即吴质在元城时。书言"昔年疾疫"、"徐、陈、应、刘,一时俱逝",似徐幹等均卒于二十二年,不然,此书作于二十三年五月,徐幹卒于二月,焉得言"昔年"?然此"二十三年"恰为"二十四年"之误,说参《吴质为朝歌长、元城令》条。《中论序》作者与徐幹似谊兼师友,鱼豢亦魏人,然于徐幹生平事迹,所知决无《中论序》作者为详确。其二,《魏志·文帝纪》注引《魏书》曰:"帝初在东宫,疫疠大起,时人凋伤。"魏文以建安二十二年十月立为魏太子,事见《武帝纪》,则疫疠之起决在是年冬,而徐幹之卒又决在次年二月。陆侃如先生《中古文学系年》已拈出曹操二十三年令,且据《隋志》于徐幹、应玚、刘桢文集均题"太子文学",谓诸人之逝似"已在曹丕为太子后",然复以《中论序》"二十三"为"二十二"之误,又以"冬"与"春二月"不合,未详孰是。盖亦泥定二十二年而自陷于矛盾也。

王朗早年仕历

《三国志·魏志·王朗传》载,朗以太和二年卒,不记年岁。按,《吴志·张昭传》载昭"与琅邪赵昱、东海王朗俱发名友善。弱冠察孝廉,不就,与朗共论旧君讳事。州里才士陈琳等皆称善之"。是数人年齿当相近。张昭以桓帝永寿二年(156)生,王朗生年或亦在此前后。朗传云,朗"以通经拜郎中,除菑丘长。师太尉杨赐。赐薨,弃官行服。举孝廉,辟公府,不应。徐州刺史陶谦察朗茂才。时汉帝在长安,关东兵起,朗为谦治中",与别驾赵昱等说谦奉使长安。献帝嘉其意,以谦为安东将军,朗为会稽太守。据《魏志·臧洪传》,洪与赵昱、刘繇、王朗同时补县长。洪于灵帝末弃官还家,其时尚未任满,则其之任至晚当在光和末、中平初(184左右);杨赐以中平二年(185)卒,朗弃官行服,为菑丘长时仅一年左右。又据《魏志·陶谦传》,谦先参车骑将军张温军事,西讨韩遂;会徐州黄巾起,以谦为徐州刺史。核《后汉书·灵帝纪》《通鉴》,讨韩遂在中平四年,徐州黄巾复起在中平五年(188),与下文"汉帝在长安"正可相接。裴注于此下引《朗家传》云朗居会稽四年。孙策以兴平二年渡江略地,《吴志·贺齐传》又明记"建安元年,孙策临(会稽)郡,察齐孝廉,时王朗奔东冶",以此逆推四年,则朗之为会稽太守在初平三年或四年(192、193)。《通鉴》卷六○系献帝以陶谦为徐州牧加安东将军、朗为会稽太守事在初平四年夏,当有据。陆侃如先生《中古文学系年》系在三年,或未检《通鉴》。朗归曹操后仕历,陆书考索甚详,可从。

潘勖《策魏公九锡文》

潘勖,《魏志·王粲传》谓"河南人",《魏志·武帝纪》建安十八年裴注谓"陈留中牟人",《晋书·潘岳传》记为"荥阳中牟人",《世说·政事》注引《文士传》云"(潘)尼,荥阳人,祖最(勖),尚书左丞"。是勖为中牟人可无疑义,中牟在汉属陈留,在晋则属荥阳。

勖于建安十八年五月作《册魏公九锡文》,何焯誉为大手笔。《御览》卷五九三引《殷洪小说》:"魏国初建,潘勖字元茂,为策命文。自汉武已来未有此制,勖乃依商周宪章、唐虞辞义,温雅与典诰同风,于时朝士皆莫能措一字。勖亡后,王仲宣擅名于当时,时人见此策,或疑是仲宣所为,论者纷纷。及晋王为太傅,腊日大会宾客,勖子蒲时亦在焉。宣王谓之曰:'尊君作封魏君策,高妙信不可及,吾曾闻仲宣亦以为不如。'朝廷之士乃知勖作也。"余嘉锡先生以"殷洪"为"殷灌蔬"之脱讹,说是。按,"蒲"当作"满",形近而误。勖、粲之卒,相距不足二年,而粲亦不必待勖之亡而擅名当时,小说传闻,不足深究。又按,九锡之称,始见《汉书·王莽传》陈崇表文"是故成王之于周公也,度百里之限,越九锡之检",《公羊传·庄元年》何休注具释九锡之义。始加九锡,见诸事实者为王莽。自是后世权臣皆以加九锡为篡位之阶,操受之夷然,司马懿父子则一让再让,心态不同,颇可玩味。

缪袭《挽歌》五臣注有脱文

缪袭，《诗品》录入下品，题"晋侍中缪袭"，或本校改作"魏侍中缪袭"，似不合校勘通例。按，此条合六人为一，标作"晋中书张载诗，晋司隶傅玄诗，晋太仆傅咸诗，晋侍中缪袭诗，晋散骑常侍夏侯湛诗"，诸晋人中不容插入魏人；评语云"孟阳诗，乃远惭厥弟，而近超两傅。长虞父子，繁富可嘉。孝冲虽曰后进，见重安仁。熙伯《挽歌》，唯以造哀耳"，除夏侯外，次序与标题亦合，以是知盖出钟氏误记，且并"孝若"亦误记为"孝冲"。

《挽歌诗》今存，见《文选》卷二八。五臣翰注云："《魏志》云：缪袭，字熙伯。东海人。有才学，多所叙述。官至尚书、光禄勋。故为悲歌以寄其情。后广之为《薤露》、《蒿里》，歌以送丧也。至李延年分为二等，《薤露》送王公贵人，《蒿里》送士大夫庶人，使挽柩者歌之，因呼为挽歌也。"按，"故为悲歌以寄其情"上有脱文，不然，既背史实，又与上文义不连贯，五臣虽不学，当不至是。何焯《义门读书记》卷四七评此诗"词极峭促，亦淡以悲"，又云："谯周《法训》曰：挽歌者，高帝召田横，至尸乡，自杀。从者不敢哭而不胜哀，故为此歌。按，五百人不难自杀，乃至不敢哭耶？周奈何以小人之腹量君子。《风俗通义》言：汉末时，京师宾婚嘉会皆作魁櫑，酒酣之后，续以挽歌。又《后汉书·周举传》，永和六年三月上巳日，大将军梁商大会宾客，宴于洛水，酣饮极欢，及酒阑唱罢，继以《薤露》之歌，坐中闻者，皆为掩涕。盖汉末尤尚之，故魏武父子皆有此作，论其出拔，莫过陈思王。首录熙伯，拘限本词也。"录以备参。又，此诗《先秦汉魏晋南北朝诗》失收。

傅巽

　　唐初类书,多录傅巽《槐树赋》、《蚊赋》、《七诲》等。顾其事迹散见《魏志》,因撮抄如后。

　　《刘表传》注引《傅子》曰:"巽字公悌,瑰伟博达,有知人鉴。辟公府,拜尚书郎。后客荆州,以说刘琮之功,赐爵关内侯。文帝时为侍中,太和中卒。巽在荆州,目庞统为半英雄,证裴潜终以清行显。统遂附刘备,见待次于诸葛亮,潜位至尚书令,并有名德。及在魏朝,魏讽以才智闻,巽谓之必反,卒如其言。巽弟子嘏,别有传。"按,傅氏为北地泥阳人,见嘏传。巽辟公府、拜郎,事或在灵帝末,以董卓乱而避地荆州也。设之荆州时年二十余,则卒年当过六十。《刘表传》载巽说刘琮归操,列举三弗当,范晔《后汉书·刘表传》此处全同《魏志》。琮之决计降曹,巽与王粲皆与有力,操乃酬二人以关内侯。巽于曹氏,亦感恩戴德,建安十九年操为魏公,受九锡,劝进列名者有"关内侯王粲、傅巽";建安二十五年劝曹丕受禅,列名者又有"散骑常侍傅巽"。《苏则传》载:"初,则及临菑侯植闻魏氏代汉,皆发服悲哭。文帝闻植如此,而不闻则也。帝在洛阳,尝从容言曰:'吾应天而禅,而闻有哭者,何也?'则谓为见问,须髯悉张,欲正论以对。侍中傅巽掐则曰:'不谓卿也。'于是乃止。"裴注引《魏略》记此云:"则在金城,闻汉帝禅位,以为崩也,乃发丧。后闻其在,自以不审,意颇默然。临菑侯植自伤失先帝意,亦怨激而哭。其后文帝出游,追恨临菑,顾谓左右曰:'人心不同。当我登大位之时,天下有哭者。'时从臣知帝此言有为而发也,而则以为为己,欲下马谢。侍中傅巽目之,乃悟。"二书记载,大同小异,而《魏略》近情矣。

王昶年岁

王昶年岁,《魏志》本传不载,仅言其甘露四年(259)卒。《朱建平传》言建平相王昶有蹉跌,然未记年岁。本传又云昶"少与同郡王凌俱知名,凌年长,昶兄事之"。王凌以嘉平三年(251)谋立白马王彪,为司马懿所擒,饮药死。据《魏志·王凌传》裴注引《魏略》,凌自杀前,有"行年八十,声名并灭"之语,以之逆推,当生于汉灵帝建宁五年(172)左右。凌传又载,凌为王允之侄,李傕、郭汜杀王允(初平二年,191),"凌及兄晨时皆年少,逾城得脱,亡命归乡里",其时年方弱冠,亦与"年少"合。凌、昶皆太原人,昶传云少与同郡王凌俱知名,凌长于昶而昶兄事之,年岁当不至相去过远。设以少于凌十岁左右计,则昶当生于灵帝光和五年(182)左右。昶传载魏高贵乡公甘露二年(257),诸葛诞反,昶率兵据夹石以逼江陵。其时曹魏宿将多过七十,司马懿征王凌之役,懿年七十三,凌年八十,王昶以望八老翁,亲临征战,亦非仅有。昶子浑,《晋书》有传,中华标点本记"浑沉雅有器量。袭父爵京陵侯,辟大将军曹爽掾。爽诛,随例免",曹爽之诛在王昶卒前,浑安得袭爵?以是"京陵侯"下当作句号,"曹爽掾"下当作逗号。浑袭爵,自为昶长子。据浑传,浑卒于晋惠帝元康七年(297),年七十五,则其生年为魏文帝黄初四年(223)。而以昶生于光和五年计之,年过四十得子,无乃太晚?如以王昶生年移后至灵帝末(189左右),则又与本传所云少与王凌齐名云云不协。文献有阙,矛盾迭见,存疑可耳。

任嘏

《隋志》子部道家类录《任子道德论》十卷,题"魏河东太守任嘏撰"。按,任嘏事迹见《魏志·王昶传》裴注引《嘏别传》。王昶《戒子书》教诸子以仁义守慎,举徐幹、刘桢、任嘏三人为例,其评任嘏云:"乐安任昭先,淳粹履道,内敏外恕,推逊恭让,处不避污,怯而义勇,在朝忘身,吾友之善之,愿儿子遵之。"是嘏与昶年辈当相近。《后汉书·郑玄传》记郑玄赏任嘏于童幼,称其有道德。章怀注:"嘏字昭光,魏黄门侍郎也。"按,昭、光义近,嘏训大、福,与昭光似无涉。王昶书本文、裴注引《嘏别传》、《世说·言语》注均作"昭先",传云"世为著姓",与昭先义协。章怀注作"光",或是转写之误。

苏林事迹

苏林为曹魏名儒,然其事迹,《魏志》所书极为简略,仅一见于《王粲传》,言其与韦诞等"著文赋,颇传于世",二见于《高堂隆传》,言"景初中,帝以苏林、秦静等并老,恐无能传业者",诏选郎、吏三十人从散骑常侍苏林等受四经三礼。今复抄撮裴注及他书所录如后。

《王粲传》注引《魏略》曰:"林字孝友,博学,多通古今字指,凡诸书传文间危疑,林皆释之。建安中,为五官将文学,甚见礼待。黄初中,为博士、给事中。文帝作《典论》所称苏林者是也。以老归第,国家每遣人就问之,数加赐遗。年八十余,卒。"《文帝纪》注引《献帝传》记建安二十五年禅代事,"给事中、博士苏林、董巴等"奏请曹丕受禅。《王肃传》注引《魏略》记当时以董遇、贾洪、邯郸淳、隗禧、苏林、乐详等七人为儒宗。颜师古《汉书叙例》云："苏林，字孝友。陈留外黄人。魏给事中领秘书监，散骑常侍，永安卫尉，太中大夫。黄初中迁博士，封安成亭侯。"按，师古谓"黄初中迁博士"，而据裴注引《献帝传》，"给事中，博士苏林"凡二见，且具记上表月日，其有文献可证，当无疑。故林之迁博士当在建安二十五年（延康元年）而非黄初。《魏略》言"黄初中为博士、给事中"而不作"迁博士"，不误。师古叙录似嫌未确。又，太中大夫，秩千石，无员。则苏林或以太中大夫致仕，其卒似已在正始间。

刘劭

刘劭，——作邵、卲。《四库全书总目》子部《人物志》下作"卲"，云："别本或作刘劭，或作刘邵。此书末有宋庠跋云：'据今官书，《魏志》作勉劭之劭，从力。他本或从邑者，晋邑之名。案字书，此二训外别无他释，然俱不协孔才之义。《说文》则为卲，音同上，但召旁从卩耳，训高也。李舟《切韵》训美也。高、美又与孔才义符。扬子《法言》曰周公之才之卲是也。'所辨精核，今从之。"按，"邵"字误，甚明。惟"卲"、"劭"二字，殊难确断。李善注《文选》潘岳诗"令名患不劭"引《小雅》已释为美，所谓除勉劭外别无他释，亦未必尽然。宋庠跋引扬子《法言》"周公之才之卲"，当作"公仪子、董仲舒之才之卲"，见《修身》，想是读《论语》过熟，信笔而误。《法言·重黎》"言皆不足卲也"、《孝至》"年弥高而德弥卲"，李轨亦皆训作美。宋庠所见本作"卲"，然后世成语皆书年高德劭。"卲"、"劭"本形近，汉代以下，传抄刊刻混淆已久，今所见前人训释，所释究为从"卩"之"卲"抑为从

"力"之"劲",亦难确断,正不必强为之说、强为之辨也。说参见《应劭字仲远一字仲瑗》条。

刘劭作《许都赋》、《洛都赋》,《魏志》本传谓"时外兴军旅,内营宫室,劭作二赋,皆讽谏焉"。按,《明帝纪》载太和六年九月,治许昌宫,十二月行还许昌宫;青龙三年大治洛阳宫。是二赋之作未必在一时。

刘劭《人物志》三卷,今存。《四库全书总目》云:'书凡十二篇,首尾完具,晁公武《读书志》作十六篇,疑传写之误。其书主于论辨人才,以外见之符,验内藏之器,分别流品,研析疑似,故《隋志》以下皆著录于名家。然所言究悉物情,而精核近理,视尹文之说兼陈黄老申韩,公孙龙之说惟析坚白同异者,迥乎不同。盖其学虽近乎名家,其理则弗乖于儒者也。"录之备参。

韦诞论建安文士

韦诞事迹,陆侃如先生《中古文学系年》所考甚详,可从。可补可商者皆一事。《魏志·王粲传》裴松之于路粹下注引鱼豢曰:"寻省往者,鲁连、邹阳之徒,援譬引类,以解缔结,诚彼时文辞之俊也。今览王、繁、阮、陈路诸人前后文旨,亦何昔不若哉!其所以不论者,时世异耳。余又窃怪其不甚见用,以问大鸿胪卿韦仲将。仲将云:'仲宣伤于肥戆,休伯都无格检,元瑜病于体弱,孔璋实自粗疏,文蔚性颇忿鸷,如是彼为,非徒以脂烛自煎糜也。其不高蹈,盖有由矣。然君子不责备于一人,譬之朱漆,虽无桢幹,其为光泽亦壮观也。'"按,韦诞历论诸文士,语为批评史中重要资料。高蹈,非隐居之谓,而谓蹈于高位。然王粲见信于曹操,官侍中;吴质为曹丕谋主,都督河北诸军事,所论又不尽实。鱼豢记其官职作大鸿胪,《王粲传》韦诞下裴注引《文章叙录》未及之。据《续汉书·百官志》大鸿胪中二千石;光禄大夫比二千石,无员。是诞于晚年盖官大鸿胪,而以光禄大夫致仕也。其致仕之年,陆书定于嘉平二年,即病卒前一年。按,《法书要录》卷八张怀瓘《书断》记诞以嘉平五年卒,年七十五;《艺文类聚》卷二六录诞(原误作"铤")《叙志赋》自云"念余年之冉冉,忽一过其如驰。微奇功以佐时,徒旷官其何为。匪逊让之足殉,信神气之稍衰。将诉诚于明后,乞骸骨而告归"。冉冉,用《离骚》"老冉冉其将至"语。玩赋意,明言旷官无功,实则宦途不甚得意。如其时年已七十四,似不应再作此等语。

何晏年岁与"假子"

《魏志·曹爽传附何晏传》记晏为何进孙,母尹氏。裴注引《魏略》曰:"太祖为司空时纳晏母,并收养晏。其时秦宜禄儿阿苏亦随母在公家,并见宠如公子。苏即朗也。"《世说·夙惠》注引《魏略》,"太祖"上有"晏父早亡"四字,"秦宜禄"下夺"儿"字,"苏"误作"鳔"。《四库提要》等据《论语集解序》邢昺疏谓何进子即何咸。按何进于灵帝中平六年(189)被杀于洛阳,何咸亦当死于乱中。曹操于建安元年(196)八月抵洛阳迎献帝,迁许,十一月为司空,意其纳尹氏于洛阳,时在"为司空"前三月,然无关大体也。设何晏即生于中平六年,则其时年七岁。《世说·夙惠》云:"何晏七岁,明惠若神,魏武奇爱之。因晏在宫内,欲以为子。晏乃画地令方,自处其中。人问其故,答曰:'何氏之庐也。'魏武知之,即遣还。"又,《御览》卷三八五、三九三引《何晏别传》:"晏时小养魏宫,七八岁便慧心大悟,众无愚智,莫不贵异之。""晏小时,武帝雅奇之,欲以为子。每挟将游观,命与诸子长幼相次。晏微觉,于是坐则专席,止则独立。或问其故,答曰:'礼,异族不相贯坐位。'"所记或有夸饰,且"遣还"云云,亦与本传"长于宫省"不合,然足证何晏归曹操时已非怀抱中孩童,不然,纵其早慧,亦不能自辨其非曹氏也。上述推测如不误,则晏之年齿当亚于曹丕而长于曹植,与曹彰或相上下。晏以齐王芳正始十年(249)被杀,时年约六十。

晏妇金乡公主,本传裴注引《魏末传》谓即晏同母妹,又从而驳之。《三国志集解·明帝纪》青龙元年注云:"杜夫人生沛穆王林,又生金乡公主。何晏母尹氏亦为魏武所纳,魏武妻晏以金乡公主。魏武谓秦朗为假子,魏文亦呼何晏为假子,二人皆随母在公宫,情事相同,辗转讹传,故世误以金乡公主为晏同母妹也。"其说是。又按,"假子"之称,即后世所谓"义子"、"干儿",本无褒贬,仅明其非亲出而已。《魏志·明帝纪》裴注引《魏氏春秋》记曹操甚爱秦朗,言"世有人爱假子如孤者乎",颇有自得之意;《任城王彰传》裴注引《魏略》,操谓刘备"长使假子拒汝公乎?待呼我黄须儿来令击之",意在讥备无亲生子可以拒敌,而己则有曹彰也。至《何晏传》裴注引《魏略》,谓曹丕憎晏,"每不呼其姓字,常谓之为假子",盖以元子之尊而鄙晏,其轻薄处正在晏非假子而以假子呼之。《汉书·王尊传》记"美阳女子告假子不孝",则假子之名且见于文牒矣。

晏生平事迹,仕历,《三国志集解·明帝纪》、《曹爽传》有考,可参。

阮籍之卒

《晋书·阮籍传》记籍卒于景元四年(263)冬。按,籍至性过人,而饮酒放诞,起居不节。《世说新语·任诞》及注引《晋纪》记,其母亡故,籍"呕血数升,废顿久之"。则其亏损虚弱,已非一日。景元四年十月,司马昭辞九锡,公卿劝进,使籍为之辞。籍虽老调重弹,伪作沉醉,奈使者催逼立待,无所逃遁。援笔书版,其衷心郁怫,当不待言。旋嵇康被杀,惨怛怒愤,如堤之决,宜其不能胜矣。籍之致死,与此二事当相关不可分。

《晋书·阮籍传》记事含混

《晋书·阮籍传》记,"太尉蒋济闻其有隽才而辟之",籍就吏,"后谢病归。复为尚书郎,少时,又以病免。及曹爽辅政,召为参军。籍因以疾辞,屏于田里。岁余而爽诛,时人服其远识。宣帝为太傅,命籍为从事中郎"。按,蒋济为太尉事在正始三年(242),其时曹爽与司马懿夹辅幼主。而传言"及",一似辅政在籍辞太尉掾属,病免尚书郎之后。爽召籍为参军,"因以疾辞",就任与否,亦含混不可知。《魏志·王粲传》注引《魏氏春秋》云:"太尉蒋济闻而辟之。后为尚书郎,曹爽参军,以疾归田里。"虽简而明。又,"宣帝为太傅",语病亦同,盖司马懿为太傅在明帝景初三年(239)齐王芳始即位时。《王粲传》注云"爽诛,太傅及大将军乃以为从事中郎",庶无歧义。

嵇康被杀原由及年月

嵇康被杀始末,史籍记载,史家考辨,颇见纷纭,而大体已归一致。戴明扬氏《嵇康集》中《附录·事迹》详为列举,《附录·吕安集》复加考订,周振甫先生《嵇康为什么被杀》(见《学林漫录》初集)从而分析,皆可参阅。约而言之,归结数端:一、吕巽淫弟妇而反陷其弟安不孝。康与安友善,此为被收、被杀之口实。二、《文选》卷四三所录赵至《与嵇茂齐书》,李善于《嵇绍集》、干宝《晋纪》之异说两存之,李周翰以为当从干宝作吕安《与嵇康书》。李周翰说是。三、康为曹氏之婿及其《与山巨源绝交书》"非汤武而薄周孔",是为远因;轻钟会而致会谮以欲助毌丘俭反,是为近因;吕安一书,"顾影中原,愤气云踊,哀物悼世,激情风烈"云云,是为物证。

康被杀之年,唐修《晋书》本传仅言时年四十而不记年月。《魏志·王粲传》云:"景元中,坐事诛。"裴注云:"臣松之案:本传云康以景元中坐事诛,而干宝、孙盛、习凿齿诸书,皆云正元二年司马文王反自乐嘉,杀嵇康、吕安。盖缘《世语》云康欲举兵应毌丘俭,故谓破俭便应杀康也。其实不然。山涛为选官,欲举康自代,康书告绝,事之明审者也。案涛《行状》,涛始以景元二年除吏部郎耳。景元与正元相较七八年,以涛《行状》检之,如本传为审。又《钟会传》亦云会作司隶校尉时诛康。会作司隶,景元中也。干宝云吕安兄巽善于钟会,巽为相国掾,俱有宠于司马文王,故遂抵安罪。寻文王以景元四年钟、邓平蜀后始授相国位,若巽为相国掾时陷安,焉得以破毌丘俭年杀嵇、吕,此又干宝之疏谬,自相违伐也。"《通鉴》卷七八系康被杀于景元三年,亦误。陆侃如先生《中古文学系年》据裴注及《晋书·忠义·嵇绍传》载绍"十岁而孤",以为康被杀在与山涛书后两年即景元四年之末,说是,可从。李剑国先生《嵇康卒年新考》(文载《南开学报》1985年第3期)据《与山巨源绝交书》"前年从河东还"语,以书当作于景元三年而被杀于五年,说可商。嵇康避祸河东,景元初事寝返洛,山涛拟以康自代,代己为赵国相也。下文"间闻足下迁",始为山涛自吏部郎迁散骑常侍。是《绝交书》仍作于景元二年。

嵇、阮未及入晋而其传见于《晋书》,《魏志·王粲传》仅寥寥数十字,事当与晋初议立晋史断限有关。时贾谧议以为宜断泰始为断,荀畯等谓宜以魏正始开元,王瓒等谓宜以嘉平起年。王戎、张华等皆从谧议,遂以此为据。见《晋书·贾谧传》。其后十八家《晋书》多以此断限,然亦未能一统,如干宝《晋纪》即始自宣帝。唐修《晋书》多以臧荣绪《晋书》为蓝本,收入嵇、阮,亦以断限不同故耳。

嵇康为曹操曾孙女婿

嵇康未尝入晋而唐修《晋书》为之立传,学人多非之。嵇,旧读奚。《魏志·王粲传》注引虞预《晋书》云:"康家本姓奚,会稽人。先自会稽迁于谯之铚县,改为嵇氏,取稽字之上,山以为姓,盖以志其本也。"《世说新语·德行》注引王隐《晋书》:"嵇本姓奚,其先避怨徙上虞,移谯国铚县。以出自会稽,取国一支,音同本奚焉。"方以智《通雅》有考。

传云康"与魏宗室婚,拜中散大夫"。《世说新语》同上注引《文章叙录》:"康以魏长乐亭主婿迁郎中,拜中散大夫。"据《魏志·武世王公传》记"(沛王)林薨,子纬嗣"下裴注引《嵇氏谱》云"嵇康妻,林子之女也",则康为曹操曾孙女婿。《文选》卷一六《恨赋》善注引王隐《晋书》云"嵇康妻,魏武帝孙穆王林女也",所引或有讹误。《魏志·武文世王公传》明记"武帝二十五子","杜夫人生沛穆王林",王隐书或作"魏武帝子穆王林孙女也",传钞之异耳。曹林年岁不可确知,大要不早于曹植。曹操广纳妾媵,当在建安元年后。是则曹林至早当生于建安初,与嵇康相去不足三十岁。嵇康《与山巨源绝交书》自言"女年十三,男年八岁",书作于被杀前二年(261),年三十八。以此逆推,康娶妇或迟至二十二三岁(245左右),时曹林年约五十。古人早婚早育,其时曹林如已有及笄之孙女,亦不悖情理。

吴质为朝歌长、元城令

吴质事迹,除本传外所见者仅《魏志·王粲传》注引《魏略》、《魏志·陈思王传》、《吴志·胡综传》。曹丕、曹植有与吴质书,吴质有答曹植书,均见《魏略》并《文选》卷四二。

《魏略》云:"及河北平定,五官将为世子,质与刘桢等并在坐席。桢坐谴之际,质出为朝歌长,后迁元城令。其后大军西征,太子南在孟津小城,与质书。"曹丕以建安十六年为五官中郎将,二十四年为太子,然与吴质书则在二十四年前,故此二称谓均不足为考定之依据。丕与吴质书今存者凡二首,《文选》题作《与朝歌令吴质书》、《与吴质书》。前书题下善注引《典略》云:"质为朝歌长,大军西征,太子南在孟津小城,与质书。"按,《魏志·武帝纪》,操于建安二十年三月西征张鲁,十二月自南郑还邺。孟津临黄河,武王伐纣盟诸侯于此,乃河南、陕西往来要冲。初平元年诸军共讨董卓,屯兵酸枣,不图进取,操为诸军帅谋,使勃海引河内之众临孟津,《蒿里行》所谓"初期会盟(孟)津,乃心在咸阳",用典而兼记实也。征西之役,盖亦由邺而南,先至孟津,而后西上。《魏志·后妃传》裴注引《魏书》云,建安十六年七月,太祖征关中,武宣皇后从,留孟津。此次西征,亦复如是。十九年十二月至孟津,次年三月由孟津西行,留曹丕驻守。丕书云"元瑜长逝,化为异物","今遣骑到邺,故使枉道相过"。朝歌在邺城西南,孟津至邺,朝歌非必经之所,故曰"枉道"。由此知此书作于建安二十年五月十八,无疑义。时吴质为朝歌长,旋即迁元城,说详下。

质在朝歌凡四年,《文选》卷四二录曹植《与吴季重书》、吴质《答东阿王书》。书题均选楼学士所拟,姑置勿论。操之西征,丕在孟津,植则留邺。吴质至邺,与曹植小叙,复返朝歌,与植书函往返,质书有"质四年虽无德与民,式歌且舞"之语,可证其时在朝歌已四年。李善于曹植书下引《典略》曰:"质出为朝歌长,临菑侯与质书。"与植、质两书叙事记时,显然不合,注误。是则吴质之出为朝歌长,当在建安十六年。质到官,有《在元城与魏太子笺》,见《文选》卷四十。善注引《魏略》曰:"质迁元城令,之官,过邺辞太子。到县与太子笺。"书亦有"前蒙延纳,侍宴终日"语,时丕在孟津,吴质之元城,若非先至孟津谒曹丕,必为曹丕曾返邺城,二者必居其一。

《魏志·王粲传》注引《魏略》,记二十三年,太子又与质书曰"岁月易得,别来行复四年。三年不见,《东山》犹叹其远,况乃过之"诸语,又记"昔年疾疫,亲故多离其灾,徐陈应刘,一时俱逝"。设以《典略》所记可信,则自吴质在朝歌至此书之"二月三日",其间仅二年又半,焉得"别来行复四年"?以此知质迁元城必在二十年五月后不久,而《魏略》所记又误,"三"盖当作"四"。《文选》卷四十录吴质答笺云"二月八日庚寅,臣质言。奉读手命,追亡虑存,恩哀之隆,形于文墨",显系答二月三日来书所叙"徐陈应刘,一时俱逝"。查《二十史朔闰表》,建安二十四年癸未朔,八日恰为庚寅。《文选》所录吴质与曹丕笺二首,此笺时间在后而列之于前,或昭明、李善皆以为在朝歌作,疏失甚明。

上说本傅璇琮氏,请参《中古文学丛考》,文载《三代文学研究集》(中国文联出版公司版)。

吴质为曹丕夺嫡谋主与《世语》所记失实

吴质为曹丕夺嫡谋主,厥功之伟,差与良、平之于汉高相若。质所进奇谋,可考者凡二事。《魏志·王粲传》裴注引《世语》曰:"魏王尝出征,世子及临菑侯植并送路侧。植称述功德,发言有章,左右属目,王亦悦焉。世子怅然自失。吴质耳曰:'王当行,流涕可也。'及辞,世子泣而拜,王及左右咸歔欷。于是皆以植辞多华而诚心不及也。"《陈思王植传》裴注引又《世语》曰:"(杨修)与丁仪兄弟皆欲以植为嗣,太子患之,以车载废簏,内朝歌长吴质与谋。修以白太祖,未及推验。太子惧告质。质曰:'何患?明日复以簏受绢车内以惑之,修必复重白。重白必推而无验,则彼受罪矣。'世子从之,修果白而无人,太祖由是疑焉。"按,吴质以建安十六年出为朝歌长,二十年迁元城令,二十年至二十四年间与曹丕未尝相见,说见《吴质为朝歌长、元城令》条。《世语》亦明记"朝歌长吴质",且藏于废簏中入府,意必是自朝歌密召至邺而不令操知,故诡秘若是。据植传,植宠见衰在建安二十二年后。建安二十年至二十二年,乃阋墙火并最烈之际,吴质不为调入邺而由朝歌东迁元城,自非曹丕本意而为操之防范。雄才大略如操者,既深恶僚属阿党比周,于立嗣大计更不容旁人置喙。吴质目朝歌入邺与丕密谋,虽推而无验,操之"疑焉"不独在杨修,亦当兼及吴质,非此不足以释曹丕、吴质相距百余里而四年不见之因由也。

丕、植兄弟相争,或当防自赤壁战后。其时三分之势既定,操乃致力于整顿内务。建安十六年,丕、植兄弟各受官封,置僚属,而嗣子未定,夺嫡之争乃日趋激烈。然核曹氏父子三人行事,自建安九年平冀州之役至二十二年立嫡,操出征,不携丕即携植,不得有丕、植兄弟"并送路侧"之事,说参《曹操出征多携妻子》条。《王粲传》注引《世语》所记吴质之谋,虽切中事理,丝丝入扣,奈无用武之机,当亦出传闻失实。何焯《义门读书记》卷二六评此事云"鄙妄,不足信",以想当然代考据,纵其言中,亦不足法。

吴质生年、年岁、籍贯

吴质卒年,史有明文。《魏志·王粲传》裴注引《世语》谓质于魏明帝太和四年入为侍中,其年卒。至其生年,《文选》卷四十录其《答魏太子笺》云"今质年四十二矣",笺作于建安二十四年(说参《吴质为朝歌长、元城令》条),逆推知其生于汉灵帝熹平七年,得年五十三。

《魏志》记吴质为济阴人。《晋书·景献羊皇后传》记:"景怀皇后崩,景帝更娶镇北将军濮阳吴质女,见黜。"按《续汉书·郡国志》,濮阳属东郡,不属济阴;《晋书·地理志》记,兖州有濮阳国、济阴郡。濮阳、济阴,相去百余里,然未可混而为一,疑当从陈寿。

繁钦年岁

《魏志·杜袭传》载,袭,"颍川定陵人也。曾祖父安,祖父根,著名前世。袭避乱荆州,刘表待以宾礼。同郡繁钦数见奇于表,袭喻之曰:'吾所以与子俱来者,徒欲龙蟠幽薮,待时凤翔。岂谓刘牧当为拨乱之主,而规长者委身哉!子若见能不已,非吾徒也。吾其与子绝矣。'钦慨然曰:'请敬受命。'"又《赵俨传》:"赵俨,字伯然,颍川阳翟人也。避乱荆州,与杜袭、繁钦通财同计,合为一家。太祖始迎献帝都许,俨谓钦曰:'曹镇东应期命世,必能匡济华夏,吾知归矣。'建安二年,年二十七,遂扶持老弱诣太祖。"据此可知,钦与袭、俨同为颍川人,其投刘表当与王粲等同时前后。袭称钦"长者",似其时已非而立之年;称"吾徒",则二人又为同辈,年齿似不应相去过远。复以赵俨之年岁参之,繁钦投刘表时即初平、兴平间或正三十余岁。约略计之,其年岁或略少于曹操。

又,《文选》录钦《与魏文帝笺》善注引《文章志》:"繁钦,字休伯,颍川人,少以文辩知名。以豫州从事稍迁至丞相主簿,病卒。"据上引,钦与杜袭、赵俨交好若此,而杜、赵又于建安初弃袁投曹,繁钦投曹当后于建安二年。《文选》卷二三录王粲《赠文叔良》,善注:"干宝《搜神记》曰:文颖,字叔良,南阳人。《繁钦集》又云:为荆州从事文叔良作移零陵文。"按,今本《搜神记》卷一五误作"叔云"。《汉书叙例》曰:"文颖,字叔良,南阳人。后汉末荆州从事,魏建安中为甘陵府丞。(按,"魏"字疑衍)。"此移今存残文三句,见《御览》卷三三六。《后汉书·刘表传》载,建安三年,长沙太守张羡率零陵、桂阳三郡畔表,表遣兵围攻,破之。是所遣者乃文颖,繁钦为作移檄。则钦之投曹,又当在建安三年之后。拙作《建安文学系年》以繁钦至许都为在建安二年,误。

又按,《全后汉文》辑录钦《述(《史记·鲁世家》、《集解》作"遂")行赋》残句"茫茫河滨,实多沙尘","涉洙泗而饮马兮,耻少长之龂龂",《避地赋》残句"朝余发乎泗州,夕余宿乎留乡",则繁钦尝由河南行,涉洙泗,至留乡(地在今邳县南,滨泗水),"龂龂"本《史记·鲁世家》太史公曰:"余闻孔子称曰'甚矣鲁道之衰也,洙泗之间断断如也'。"所言似为汉末动乱事。其时繁钦或在青州,避乱南下,因此作二赋。以无他证,聊作悬测。

繁钦《与魏文帝笺》作年

《文选》卷四〇录繁钦《与魏文帝笺》:"正月八日壬寅,领主簿钦死罪死罪。近屡奉笺,不足自宣。顷诸鼓吹,广求异妓,时都尉薛访车子,年始十四,能喉啭引声,与箫同音。白上呈见,果如其言。即日故共观试,乃知天壤之所生,诚有自然之妙物也。潜气内转,哀音外激,大不抗越,细不幽散,声悲旧箫,曲美常均。及与黄门鼓吹温胡,迭唱迭和,喉所发音,无不响应,曲折沉浮,寻变入节。自初呈试,中间二旬。……窃惟圣体,兼爱好奇,是以因笺,先白委曲。伏想御闻,必含余欢。冀事速讫,旋侍光尘,寓目阶庭,与听斯调,宴喜之乐,盖亦无量。"善注引《文帝集序》云:"上西征,余守谯。繁钦从。时薛访车子能喉转,与箫同音。钦笺还与余而盛叹之,虽过其实,而其文甚丽。"按,操之西征,与谯不相关涉,无需留守。自赤壁战后,操西征一在建安十六年七月,次年正月还;一在十九年十二月,二十一年二月还。十九年之役,丕驻孟津;十六年之役,丕留守邺,《感离赋》"建安十六年,上西征,余居守"可证。又,《艺文类聚》卷四三录繁钦此笺,又录魏文帝答曰:"披书欢笑,不能自胜,奇才妙伎,何其善也。顷守土(汪绍楹校谓当作'守宫士',是)孙世,有女曰琐,年始九岁,梦与神通。寤而悲吟,哀声激切。涉历六载,于今十五。近者督将具以状闻。是日(严可均据《御览》补'戊午,饯于北园'六字)博延众贤,遂奏名倡。曲极数弹,欢情未逞。乃令从官,引内世女。须臾而至,厥状甚美,素颜玄发,皓齿丹唇。详而问之,云善歌舞。于是提袂徐进,扬蛾微眺,芳声清激,逸足横集,然后循容饰妆,改曲变度,斯可谓声协钟石,气应风律。……固非车子喉啭长吟所能逮也。吾练色知声,雅应此选,谨卜良日,纳之闲房。"此书显系答繁钦进车子笺而作。据钦笺,车子能作悲笳之音,声调激越,属阳刚亮亢之气。钦得之于征西途中,车子之曲或有类于今日之"西北风"。曹丕之不赏此男而赏彼女,除音乐趣味殊异而外,亦以男仅有声,女则兼色乜。据丕书"是日戊午,饯于北园",可知是书作于建安十七年正月二十五日,北园在邺城,当时诗文中屡见,此尤为其时曹丕在邺不在谯之明证。钦上年从操西征,本年正月从谯还邺,笺作于正月八日壬寅,有"冀事速讫,旋侍光尘"之语,当尚在归途而未抵邺。今存繁钦文有《建章凤阙赋》。十六年西征,七月出兵,九月渡渭,破马超,入长安;十月,兵发长安,十二月还,又至长安。二十年西征,操三月至陈仓,后在汉中前后凡十阅月,其间未见驻长安。故《建章凤阙赋》当是十六年之作,可旁证繁钦从军西征、作书与曹丕必在十六、十七年间。复据《二十史朔闰表》,建安十七年正月九日为壬寅,"九"字隶书,漫漶易误为"八",此"八日"当为传抄之误。陆侃如先生《中古文学系年》据善注引丕"余守谯"而不辨上述各端,遂不可解。又,王粲《从军诗》"一由我圣君",刘桢《赠五官中郎将》"昔我从元后",作于曹操自为魏公之后,犹致宋长白、何义门之讥,以为拟于不伦;繁钦此笺早于王、刘之作而称"圣体",无乃太早。然其时汉室名存实亡,献帝禅位诏云"尺土非复汉有,一夫岂复联民",繁钦之笺,亦今所谓"既成事实"耳。昔人诛心之责,不足当知人论世之训。

丁仪兄弟生年及其党附曹植

　　《魏志·陈思王植传》裴注引《魏略》曰："丁仪,字正礼,沛郡人也。父冲,宿与太祖亲善,时随乘舆。见国家未定,乃与太祖书曰:'足下平生常喟然有匡佐之志,今其时矣。'是时张杨适还河内,太祖得其书,乃引军迎天子东诣许,以冲为司隶校尉。"据《张杨传》,张杨还河内时在兴平二年,《武帝纪》载操将迎献帝,劝行其事者乃荀彧、程昱,或是冲未几即以酗酒死,故不书。《魏略》接叙冲"后数来过诸将饮",酗酒而死。操德之,"闻仪为令士,虽未见,欲以爱女妻之。以问五官将"。丕以仪貌寝,眇一目,乃阻止其事。按,"五官将"当是追书,然操欲许婚而询丕,其时丕必已成年,至早亦当在建安十年(205)左右。丁仪之年岁当略同于丕,则仪之生,其在灵帝中平间(186 左右)乎?陆侃如先生《中古文学系年》拟测为灵帝建宁三年(170)左右,于情不合。仪弟廙,亦与曹植亲善。裴注引《文士传》曰:"廙少有才姿,博学洽闻。初辟公府,建安中为黄门侍郎。"建安十年前后,蔡琰自南匈奴返,廙有《蔡伯喈女赋》。按上述拟测,丁仪其时约二十岁左右,丁廙其时已能作赋,年岁似仅略少于兄。

　　《魏略》又记操"寻辟仪为掾,到与论议,嘉其才朗,曰:'丁掾,好士也。即使其两目盲,尚当与女,何况但眇?是吾儿误我。'时仪亦恨不得尚公主,而与临菑侯亲善,数称其奇才"。仪之遭际,颇与王粲在荆州同。以操之明察忌刻,仪见宠若是,意其智略必有过人者,且必善揣摩而不似杨修之露才扬己。仪既不得于曹丕,乃倾全力以拥曹植,廙亦同声一气,除上引《魏氏春秋》、《文士传》所记,《陈思王植传》、《邢颙传》、《卫臻传》皆具载其事。《魏志》又屡记丁仪潜害朝士，一若其为谗人宵小。曹丕立嫡获胜，曹植且几不免，丁仪兄弟被目为蟊贼，更无足怪。观《魏志》所记仪倾害之崔琰、毛玠、桓阶，皆主立曹丕，徐奕、何夔，事由不详，而蛛丝马迹，亦似与此有关，则所谓"间"、"害"之实，从可知也。《陈思王植传》记操卒，丕即王位，"诛丁仪、丁廙并其男口"，急不可耐，怨毒之深甚矣！

《王粲传》记七子竟，接叙"自颍川邯郸淳、繁钦、陈留路粹、沛国丁仪、丁廙、弘农杨修、河内荀纬等，亦有文采，而不在此七人之例"。曹植有《赠丁仪》、《又赠丁仪王粲》、《赠丁翼（按，当作廙）》，《文选》录植"赠答"五首，此即占其三。又《文选》又录曹植《与杨德祖书》云："昔丁敬礼尝作小文，使仆润饰之。仆自以才不过若人，辞不为也。敬礼谓仆：'卿何所疑难？文之佳恶，吾自得之，后世谁相知定吾文者邪？'吾常叹此达言，以为美谈。"植高自标置，独于丁氏兄弟拳拳若此，纵觉同偏好，意二人文采亦必有可观。《全后汉文》录"丁廙妻《寡妇赋》"，严可均注："《文选》注作丁仪妻，《初学记》作丁仪，无妻字。"又题下注："案，寡妇者，阮元瑜之妻，见魏文帝《寡妇赋序》，言命王粲等并作之，此篇盖亦当时应教者。"按《初学记》卷二八引作"丁仪妇赋"，严引有误，惟其说有理。《初学记》"仪"下或夺去"寡"字。丁氏兄弟之妻未见以能文名，此必当为丁廙或丁仪。

《赠丁仪》见《文选》卷二四，善注云："集云'与都亭侯丁翼'今云仪，误也。"《文选》及李善皆以丁廙为丁翼。按《广韵》，廙，训恭也，敬也，丁廙字敬礼，义正相合，故疑作"翼"者形近而误。又，廙封都亭侯，则其兄仪亦必封侯。又，《隋志》录"后汉尚书丁仪集一卷"，则仪官尚书，《魏志》及裴注皆未及之。

夏侯惠生卒年

夏侯惠，《魏志·夏侯渊》传裴注引《文章叙录》云"年三十七卒"，不记卒年。按，据《夏侯渊传》及裴注，渊子行第可知者为长子衡，次子霸（仲权），三子称（叔权），四子威（季权），五子荣（幼权）。惠、和虽未明书行第，当为第六、七子，盖裴注固明言"第五子荣"也。荣年十三，逢建安二十四年汉中之败，殁于军中。则其时惠或十岁左右。推其生年约在汉献帝建安十四年（209）左右，卒年约在魏齐王芳正始六年（245）左右，当无大误。陆侃如先生《中古文学系年》说同，惟拟测之生卒年则与此异。

《诗品》有二应璩

《诗品》卷中有"魏侍中应璩"，谓其"祖袭魏文，善为古语"，卷下又有"魏仓曹属阮瑀、晋顿丘太守欧阳建、晋文学应璩、晋中书令嵇含、晋河南太守阮侃、晋侍中嵇绍、晋黄门枣据"，七人合为一条，其误显然，故当代学者纷为之说。许文雨《诗品讲疏》云："案，(应璩)已见中卷，此与阮、嵇连类而及，因为陶潜所师承，故载之。"陈延杰《诗品注》云："晋无应璩，恐是应贞之讹。"吕德申《钟嵘诗品校释》径改作"魏文学应场"，校云："'应场'，考索本原作'应璩'，据吟窗本、格致本改。应璩已见中品。'魏文学'，考索本误作'晋文学'。应场卒于建安二十二年（217）。萃编本作'魏文学应场'。其他各本同考索本。"按，钟嵘所论时见精警，然所记时代官职则颇多讹误，此亦一例。

许氏以为连类而及，说难圆列。是书致力于分别品级，岂容一人而兼列二品？钟记室殆不至瞆瞆若此。陈氏疑作"应贞"，然据《晋书·文苑传》，应贞又未尝为文学。吕氏据《吟窗杂录》本、《格致丛书》本、《诗法萃编》本等径改，固有据依，然钟书体例，"一品之中，略以世代先后为定，不以优劣为诠次"，则一条之中更不得自破其例也。且此条评语谓"元瑜、坚石七君诗"云云，则标题次序亦无淆乱，不得以晋人中插入魏人归咎于钞手刻工。要之，此"应璩"必误，然何以致误，已难究诘。此条下"晋中书张载、晋司隶傅玄、晋太仆傅咸、晋侍中缪袭、晋散骑常侍夏侯湛"，缪袭未及入晋，明系钟嵘误记，或本经改作"魏侍中"，亦似未安。

应璩仕历

应璩，据《魏志·朱建平传》，谓朱建平于五官将曹丕座，相应璩年六十二，后六十三卒。《王粲传》裴注引《文章叙录》谓璩卒于魏齐王芳嘉平四年（252），则逆推知其生于汉献帝初平元年（190），少于其兄玚约二十岁。其父珣，劭弟，字季瑜，官司空掾，亦见《王粲传》裴注引华峤《汉书》。以应劭年岁大略推之，珣于建安初年不足五十，则司空掾者，其曹操之官属乎？应玚之漂泊南北后入操幕，或与珣有关。

璩早知名，曹丕为五官将在建安十六年（211）至二十二年（217）六年间，璩厕身诸宾客，年仅二十余。《百一诗》有"问我何功德，三入承明庐"句，善注云"璩初为侍郎，又为常侍，又为侍中，故云三入"。璩之入侍当在曹丕代汉后，为侍郎当在黄初之初。《魏志·刘馥传》记馥子靖黄初中出为河南尹，"散骑常侍应璩书与"云云，裴注引《文章叙录》亦云璩,"文、明帝世,历官散骑常侍",是迁散骑当在黄初后期事。

《文选》除录璩《百一诗》一首外,复录其与满炳(公琰)等书四首。"书"类所录除曹丕三首、曹植二首外,余皆一首,而应璩竟达四首之多,足证《文章叙录》"善为书记"之论。《与从弟君苗君胄书》、《与侍郎曹长思书》,悲贫嗟贱,虽文人常态,亦可窥其仕途中不甚得意。后书有"王肃以宿德显授,何曾以后进见拔"语,按,璩长于王肃六岁,长于何曾十岁,二人于明帝中官位与应璩相埒而宠信过之,盖皆托庇门荫。应氏虽亦累叶清显,璩父珣则默默以终。散骑常侍至晋以后始为显职,在魏则为闲曹。应璩仕宦十余年,犹一官萧索,其兴归欤之叹或在此时,及齐王芳世,迁侍中,曹爽长史,声势已不同于前,似不应再作此等语。或据《朱建平传》璩六十一岁见白狗,自知将死,急游观田里,饮宴自娱,定其与从弟书在此时。然书中自言"思乐汶上,每发于寤寐",令从弟留意郊牧之田,"广开土宇,吾将老焉",与垂死前心境甚无涉也。

傅嘏远何晏、夏侯玄而善钟会

傅嘏,《魏志》本传谓"字兰若",《世说新语·赏誉》记裴楷之言曰:"见傅兰硕,江(《晋书·裴楷传》作'汪',是)廧靡所不有。"是"兰若"亦作"兰硕",音近也。严可均《全三国文》傅嘏小传云其一字昭先,未详所出,待考。

嘏为曹魏玄学家,党附司马氏,倡才性同之说。《世说新语·赏誉》记:"何晏、邓飏、夏侯玄并求傅嘏交,而嘏终不许。诸人乃因荀粲说合之。"何、夏侯皆魏之懿亲宗室,何之年辈且长于傅,傅嘏于时名位未显，何至折节下交？以是前人颇有致疑。余嘉锡先生《世说新语笺疏》据《魏志·荀彧传》裴注引何劭所为《荀粲传》记"粲与嘏善，夏侯玄亦亲"驳之，以为何劭与傅嘏通家世好，所记必确凿可据。其说通达，移录备参。余氏之言曰："观其载荀粲评论夏侯玄与傅嘏之言，一则曰'子等'，再则曰'子等'，是必三人觌面之所谈也。夫促膝抵掌，相与论心，其交情之密可知。"又曰："盖玄与嘏最初皆欲立功于国，已而各行其志，嘏为司马氏之死党，而玄则司马师之仇敌也。二人之交，遂始合而终睽。抑或玄败之后，嘏始讳之，劭为此言以自解免。"

《魏志》本传称"嘏常论才性同异，钟会集而论之"。所论盖即《四本论》。裴注引《傅子》"司隶校尉钟会年甚少，嘏以明智交会"，按云："《傅子》前云嘏了夏侯之必败，不与之交，而此云与钟会善。愚以为夏侯玄以名重致患，衅由外至；钟会以利功取败，祸自己出。然则夏侯之危兆难睹，而钟氏之败形易照也。嘏若了夏侯之必危，而不见钟会之将败，则为识有所蔽，难以言通；若皆知其不终，而情有彼此，是为厚薄由于爱憎，奚预于成败哉！"按，裴氏为良史之才，而议论则多迂腐。才性异同，名为玄学，实则政论，各为当涂典午，昭然若揭。钟会厕身政界，即投身司马氏，"典知密事"，"颇豫政谋"（《钟会传》及裴注），傅嘏与之勾结交好，又奚足怪！傅嘏主才性之同，钟会莅事增华，皆所以为司马氏政权张目耳。此所谓同利为朋，无涉于知人之明。钟会有异志，平蜀后作乱，其距傅嘏之卒已近十年，而二人交好，则为钟会受知司马师之际，故傅玄书之而不讳也。

桓范郡望及《世要论》

桓范事迹,《魏志》附见《曹爽传》,裴注引《魏略》记其生平,仅言"世为冠族"而未明记郡望,后文则有曹爽以范为"乡里老宿"一语,则范乃沛人。按《后汉书·桓谭传》记谭"沛国相人",《桓荣传》记荣"沛郡龙亢人"。荣传论曰:"伏氏自东西京相袭为名儒,以取爵位。中兴而桓氏尤盛,自荣至典,世宗其道,父子兄弟代作帝师,受其业者皆至卿相,显乎当世。"是范或亦桓荣之后乎?又,范撰《世要论》,《隋志》记作十二卷,《梁志》作二十卷,《旧唐志》作一十卷,《新唐志》作十二卷。《玉函山房辑佚丛书》、严可均《全上古三代秦汉三国六朝文》均有辑文。严氏于辑文题下注云:各书征引,或称《政要论》,或称桓范《新书》,或称桓范《世论》,或称桓公《世论》,或称《桓子》,或称"魏桓范",或称"桓范论",或称桓范《要集》,互证之,知是一书。宋时不著录,《群书治要》载有《政要论》十四篇。据各书征引,补改阙讹,定为一卷。其篇目可见者,有《为君难》、《臣不易》、《政务》、《节欲》等。姚振宗《隋书经籍志考证》谓:"宋全刻本《意林》第六卷有《世要论》四条,严、马二家皆未及见。"

程晓

程晓《隋志》署作"魏汝南太守"。《魏志·程昱传》仅言其"迁汝南太守,年四十余,薨",未记入晋。严可均《全三国文》程晓小传下注:"按,《类聚》卷四(按,"四"当作"五")有晋程晓诗。或晋受禅后其人尚在,或别是一人也。俟考。"《诗记》卷一七程晓小传云,晓,《古文苑》作晋人。

按,晓为程昱之孙。昱以黄初中卒,年八十,晓于昱生前已封列侯,其时当过二十。以年四十余核之,程晓之卒或在魏、晋之际乎?《初学记》卷四录晓《伏日诗》,卷二一录《与傅玄书》,皆在"事对"中,不署朝代。然《伏日诗》列潘岳《怀县诗》前,则此程晓应早于潘岳。《类聚》卷五录《伏日诗》署作"晋程晓",卷二三引《女典篇》、卷三一录《赠傅休奕》又署作"魏程晓"。诸书所记,浑乱殊甚。程晓入晋与否,已难遽定,然一时似不当有二程晓,又皆为名流,或非"别是一人"。

《全三国文》钟会小传误记

严可均《全三国文》卷二五钟会小传云:"会字士季,繇少子。正始中为秘书郎。迁尚书、中书侍郎。高贵乡公即位,赐爵关内侯,拜卫将军,迁黄门侍郎,封东武亭侯。"按,会未尝为卫将军,《魏志·钟会传》"毌丘俭作乱,大将军司马景王东征,会从,典知密事,卫将军司马文王为大军后继",严氏以"卫将军"属上而致误。《晋书·文帝纪》固明书"及景帝疾笃,帝自京都省疾,拜卫将军"也。又,尚书、中书侍郎为二官,中华标点本于"尚书"下脱去顿号。《夏侯玄传》、《李丰传》"散骑、黄门侍郎",《桓范传》裴注引《魏略》"明帝时为中领军、尚书",《蒋济传》"丞相主簿、西曹属",标点误同《钟会传》。

《毌丘俭传》记年与本纪差异

《魏志·三少帝纪》载，正始"七年春二月，幽州刺史毌丘俭讨高句骊，夏五月，讨涉貊，皆破之"。《毌丘俭传》载，"正始中，俭以高句骊侵叛，督诸军步骑万人出玄菟，从诸道讨之"。高句骊王位宫破走，俭引军还。"六年，复征之，宫遂奔买沟。俭遣玄菟太守王颀追之，过沃沮千有余里，至肃慎氏南界，刻石纪功，刊丸都之山，铭不耐之城"。《通鉴》以此二役皆并于正始七年，叙事似嫌含混。《魏志·东夷传》载，"正始三年，(位)宫寇西安平。其五年，为幽州刺史毌丘俭所破。语在俭传"。是俭"从诸道讨之"，事在正始五年。"复征之"，本传与本纪所记有六年、七年之异，卢弼《三国志集解·东夷传》于五年为"毌丘俭所破"下引本传、本纪之异，云："盖用兵数年，此传记其始，《齐王纪》记其终也"说似有理而难圆通。"征"、"讨"盖言"行动"而非"结果"，若如卢说，则本纪当年作"春二月，幽州刺史毌丘俭破高句骊"。纪、传扞格，按常理当从纪。

又，传言"为平原侯文学"，卢弼云："《明帝纪》，黄初三年为平原王。俭为平原王文学，故下文有'以东宫之旧，甚见亲待'之语，非曹植所封之平原侯也。此传'侯'字当为'王'字之误。"说是。

杜恕年岁

《魏志·杜恕传》载恕于齐王芳嘉平四年（252）卒于徙所，不记年岁。裴注引《杜氏新书》答宋权书自称"年已五十二，不见废弃"。

据传及注文，恕为幽州，与征北将军程喜共屯一城而未尝折节事喜，喜乃讽司马宋权示恕以微意，恕答书云云。嘉平元年，喜因借故表劾，论死，以父功免为庶人，徙章武。是所谓年五十二者，似即在嘉平元年。按，恕入仕在明帝太和中，传称其"在朝八年"，"出为弘农太守，数岁转赵相"；注引《魏略》又记孟康代恕在"正始中"。设恕以太和末（233）入仕，八年而出为弘农，则已在正始之初（240）。又数年，转赵相，"以疾去官，起家为河东太守，岁余，迁淮北都督护军，复以疾去"，"顷之，拜御史中丞"，"复出为幽州刺史"，其间至少已历八九载。故疑其答宋权书作于嘉平元年（正始十年）或稍前。

杜恕在嘉平元年为五十二岁，其生年当在汉献帝建安三年（198）。裴注又引《杜氏新书》记恕与李丰总角相善，则二人年岁相近。《李丰传》注引《魏略》记丰"始为白衣时，年十七八，在邺下名为清白，识别人物，海内翕然，莫不注意"。其时尚在汉季，未至黄初之时。

顾谭生卒年

《吴志·顾雍传附孙谭传》载，顾雍卒数月，拜谭太常，代雍平尚书事。是时鲁王孙霸有盛宠，谭上疏请明嫡庶之端，以是得罪于霸。又以芍陂之役，其弟顾承与张休俱受上赏，而全琮群子受下赏，至是为全琮父子所构，坐徙交州。按，据雍传，雍卒于赤乌六年（243），《建康实录》卷二《太祖下》更明记卒于十一月。是谭迁太常在七年春，其被徙亦在此年，其卒在九年（246）。以年四十二逆推，当生于汉献帝建安十年（205）。传又言谭"弱冠与诸葛恪等为太子四友"，《诸葛恪传》载恪"弱冠拜骑都尉，与顾谭、张休等侍太子登讲论道艺，并为宾友"。孙权称帝,立太子在吴黄武元年(222),时恪年二十,谭年十八,皆得言弱冠也。

严畯生卒年

《吴志·严畯传》载,畯孙权称帝后为卫尉。其友刘颖不就征,颖弟略为零陵太守,卒官,"颖往赴丧,权知其诈病,急驿收录。畯亦驰语颖,使还谢权。权怒废畯,而颖得免罪。久之,以畯为尚书令,后卒"。裴注引《吴书》曰:"畯时年七十八。"但传不记卒年,因亦无由推得其生年。按,刘颖、刘略均无可考。《孙登传》载太子孙登以赤乌四年(241)卒,临终上疏,荐诸葛瑾、步骘、严畯等公忠为国,可令陈上便宜云云,是其时严畯尚在。又,《张昭传》载畯与昭子承、诸葛瑾、步骘相友善,《步骘传》裴注引《吴书》载建安五年孙权为讨虏将军,"召骘为书记",裴注引《吴书》曰:"岁余,骘以疾免,与琅邪诸葛瑾、彭城严畯俱游吴中,并著声名,为当时英俊。"是畯与张承诸人年岁当大体相近。步骘以赤乌十一年卒,年岁不详。诸葛瑾以赤乌四年卒(当在孙登卒后),年六十八;张承以赤乌七年卒,年六十七。则严畯在赤乌初或亦年六十余,其卒或早于孙权数年,其生或在灵帝熹平间(172~178)。

张纮卒年、年岁

《吴志·张纮传》记纮建计宜出都秣陵,"令还吴迎家,道病卒",年六十。卢弼《三国志集解》云:"权于建安十六年徙治秣陵,纮还吴迎家,道病卒,当卒于是年。《通鉴》编入魏太和三年,即吴黄龙元年,误也。《隋志》'后汉讨虏长史张纮集一卷'则其官止于孙权为讨虏将军之时,不及权称尊号之时也。《通鉴》因《孙权传》黄龙元年有迁都建业之文,遂误以为纮卒于是年也。"姚振宗《隋书经籍志考证》说同。按,《建康实录》卷二《太祖下》明记黄武八年(即黄龙元年,229)十一月,"右长史张纮卒,遗令戒子孙无为不善",又云"帝都秣陵,辞还东迎家。道病卒。年六十一"。说同《通鉴》。许嵩撰《建康实录》,东吴史料,除陈寿书外,复有韦昭《吴书》、《吴录》。其记孙权徙治、定都,即较陈寿为详明。如事在建安十六年(211),陈寿、许嵩皆当言"迁治"而不当云"出都"也。故纮之卒年当从许嵩说在黄武八年十一月,年六十一。《通鉴》记为太和三年(即黄武八年)九月,盖据权九月迁建业书之。至"年六十一",《吴志》或传抄中夺去"一"字。《吴志·张纮传》于建安十四年记纮谏复征合肥后,至黄武八年二十年间,仅书"建计宜出都秣陵"一事,且遍检《吴志》,所记张纮事迹,亦未见有建安十四年后事,不知何故。《建康实录》则记建安二十三年孙权亲乘马射虎,"长史张纮执辔谏"一事。射虎事亦见陈寿书《吴主传》,未书张纮谏,《张昭传》又记权"常乘马射虎,昭变色而谏"云云。然不论其为张昭、张纮,许嵩以张纮卒于建安十六年后,当属有据。

郤正生年

蜀汉之"纯文士",今可知者仅郤正一人。据《蜀志》本传,正父揖,为孟达营都督,随达降魏,为中书令史。"正本名纂,少以父死母嫁,单茕只立,而安贫好学,博览坟籍。弱冠,能属文,入为秘书吏",

"自在内职,与宦人黄皓比屋周旋,经三十年"。按,孟达降魏事在延康元年(220),却揖当是单身入魏,不及携妻子。却正当是入蜀后续娶所出,生年上限不得过是年。正与黄皓比屋周旋经三十年,皓弄权直至蜀亡,则三十年前为后主建兴十一年(233)左右。据传,其时却正始过弱冠,则其生年当在建安十八年(213)左右。

卷二 两晋

竹林七贤

"竹林七贤"之名,自来无疑为出于好事比附。陈寅恪先生《陶渊明思想与清谈之关系》(见《金明馆丛稿》初编)、《魏晋南北朝史讲演录》(万绳楠整理,黄山书社)独标新说,以为先有"七贤"而后有"竹林",盖出东晋初僧徒取天竺"竹林"之名加于"七贤"之上,遂成"竹林七贤"。寅恪先生学际天人,此说亦新奇可喜。然其论据,则有可商。其一,《世说·伤逝》记王戎经黄公酒垆下过,顾谓后车客:"吾昔与嵇叔夜、阮嗣宗共酣饮于此垆,竹林之游亦预其末。自嵇生夭、阮公亡以来,便为时所羁绁。今日视此虽近,邈若山河。"刘注引《竹林七贤论》曰:"俗传若此。颍川庾爰之尝以问其伯文康。文康云:'中朝所不闻,江左忽有此论,皆好事者为之耳。'"据此,《讲演录》以为黄公酒垆,竹林之游皆出好事者比附。按,《竹林七贤论》,晋戴逵撰,见《隋志》。"好事者为之"云云,盖指黄公酒垆而非竹林之游。不然,逵立论洋洋二卷,题作"竹林",岂非自供所据不实?余嘉锡先生《世说新语笺疏》释此条引《淮南子》,曹植、吴质诗"黄垆"语,云:"疑王戎追念嵇、阮云亡,生死永隔,故有黄垆之叹。传者不解其义,遂附会为黄公酒垆耳。"说极精。陆机《与弟清河云诗》"眷此黄垆,譬之毙宅",亦为一证。其二,《世说·文学》记袁宏作《名士传》成,谢安笑曰:"宏以夏侯太初、何平叔、王辅嗣为正始名士,阮嗣宗、嵇叔夜、山巨源、向子期、刘伯伦、阮仲容、王濬冲为竹林名士,裴叔则、乐彦辅、王夷甫、庾子嵩、王安期、阮千里、卫叔宝、谢幼舆为中朝名士。"据此,《讲演录》又以为正始、竹林、中朝名士之分,盖得之于谢安,而安又"特作狡狯",初不料袁宏著之于书也。按,刘注此文,在"作《名士传》成"下,盖释《名士传》体例,与谢安"狡狯"了无干涉。安之"狡狯"当是与宏在桓温幕中共语中朝,兴之所至,绘色绘声,添枝加叶,非正始等三期之分,袁宏信之而笔录,遂致谢安一笑。文义昭然,不容强彼就我。

"竹林七贤"之名,始见于《魏志·王粲传》裴注、《文选·五君咏》善注引《魏氏春秋》。孙盛世称良史,年长于谢安,过江时年十岁,生年为惠帝永宁二年(302)。其时王戎尚在,虽不及共语,然于魏晋旧事,所知所见必甚繁富,其记"竹林七贤",所据自非谢安之"狡狯"也。又,袁宏《名士传》,《隋志》不载,《晋书》本传记作《竹林名士传》三卷,疑非,当从《世说》注。

张华仕历

《晋书·张华传》载,"郡守鲜于嗣荐华为太常博士。卢钦言之于文帝,转河南尹丞,未拜,除佐著作郎。顷之,迁长史,兼中书郎,朝议表奏,多见施用,遂即真"。姜亮夫、陆侃如先生俱以华入仕为博士在魏高贵乡公正元二年(255)或稍前。华以是年荐成公绥于太常,当是身已入仕,汲引友人与之同列。《御览》卷六三二引《文士传》,有

《荐成公绥书》，有"窃见处士东郡成公绥，年二十五，字子安，体珪璋之质，资不器之量，知虑深明"等语，据成公绥年岁核之，当在此年。吴士鉴《晋书斠注》本引此文作"年三十五"，误。绥三十五岁为泰始元年，已入仕，不得复言处士。说参《成公绥入仕年与〈司马懿诔〉》条。

"顷之，迁长史，兼中书郎"，本传不记年月。《晋书斠注》于此下注："《书钞》卷五七《晋赞》曰：'大驾征钟会，兼中书郎，奏议众文，多所施行，久而即真。'《类聚》卷五八、《御览》卷五九七《张华别传》曰：'华兼中书侍郎，从行，掌军中书疏表檄，文帝善之。'劳格校勘记曰：'史字疑衍。'"按，《晋赞》、《别传》所记参差。据《晋赞》，华兼中书郎在征钟会时；据《别传》则在征钟会前。劳格校云"史"字疑衍，意谓华未尝为长史而系佐著作郎长兼中书郎，说颇有理。盖所谓长史，不记府主官号，自当为司马昭大将军或晋公长史。其时昭心在篡夺，路人皆知。所置长史，必为其至亲至信之人。据《贾充传》，司马昭长史为贾充，与裴秀、王沈、羊祜、荀勖皆为腹心而未及张华。张华入洛为官仅数年，当不得居此机要之职。《晋书·职官志》："中书侍郎，魏黄初初，中书既置监、令，又置通事郎，次黄门郎。黄门郎已署，事过通事乃署名。已署，奏以入，为帝省读，书可。及晋，改曰中书侍郎，员四人。中书侍郎盖此始也。"《晋赞》、《别传》记张华兼中书侍郎时尚在魏世，书晋官名，或沿晋时习称。相因而至《晋书》，遂亦书中书郎矣。

华真除中书郎，本传于兼中书郎下云"遂即真。晋受禅，拜黄门侍郎，封关内侯"，所记明白。《晋赞》云"久而即真"，疑非是。姜亮夫先生《张华年谱》系此事于武帝泰始元年（265），而系拜黄门侍郎于三年，说云："华于晋受禅时言拜黄门侍郎，恐有误。华于武帝非有旧恩，文帝于西征之次年即辞世，武帝受禅，不容无所晋，惟《晋武纪》

于九卿下仅言'其余增封进爵各有差,文武普增位二等'云云,则华之即真,当以此时为宜。""《书钞》卷五八引王隐《晋书》:泰始三年,诏称张华:'张华为黄门侍郎,博览图籍,四海之内,若指诸掌。'按,本传言晋受禅拜黄门侍郎,在受禅大封之时,其实华于武帝并无亲故,自当试以群官,则即真为中书侍郎,乃受禅时晋阶,而黄门之选,以王隐说为允,故从之。"姜说既云"华于武帝非有旧恩",复言"武帝受禅,不容无所晋","旧恩"与"晋职"关系若何?既云"不容无所晋",而华"即真",又言"其实华于武帝并无亲故,自当试以群官",则"即真"为进职乎,抑试验乎,此又所不解者也。而姜说泥定拜黄门侍郎在泰始三年,则又误解王隐书。"诏称张华"者,下诏褒之也。其时华为黄门侍郎,非必授黄门侍郎即在此年。言考据者,忌先入之见,忌以偏概全,不然则易致固哉高叟之讥矣。

《晋书》本传记华拜黄门侍郎"数岁,拜中书令"。陆侃如先生从万斯同《晋将相大臣年表》,以为起泰始七年,终咸宁五年;姜亮夫先生以为起泰始六年,终咸宁五年,皆近是。《乐志上》记泰始五年使黄门侍郎张华造乐歌诗,可证迁中书令在五年后。其以冯统之潽为太常,又以太庙屋栋折免官,姜、陆二书均定为太康六年、八年。说是,可从。

《晋书》记"司空张华"

《宋书·礼志三》记"太康元年九月庚寅,尚书令卫瓘、尚书左仆射山涛、右仆射魏舒、尚书刘寔、司空张华等"奏请封禅,《晋书·礼志下》所记同。姜亮夫先生《张华年谱》曰:"按,华拜司空,在惠帝元康六年,此时仍为尚书也。《宋志》作司空者,修史者之误。又《晋志》

于第二议亦题司空张华,则其误盖久始于晋世矣。"钱大昕氏《廿二史考异》卷二〇云:"按武帝太康元年,华未为司空,其时司空则齐王攸也。且司空上公,不当列于尚书之后,盖后人妄改。"按,南朝诸史书官名、诸传部分多见混乱,纪、志则少有错误。盖诸传所据庞杂,而纪、志则必据官方档案。即以张华言,《陆机传》记机兄弟于太康末入洛,"造太常张华",不误;《薛兼传》记兼"初入洛,司空张华见而奇之,曰:'皆南金也。'""皆",盖指兼与纪瞻、顾荣等,兼等入洛时华尚未进司空。《陈寿传》记"司空张华爱其才",举为孝廉;《李密传》记密祖母刘氏卒,乃入洛,"司空张华问之曰"云云,皆是泰始间事。《左思传》记思作《三都赋》,司空张华见而叹曰"班、张之流也",亦当是太康间事。此数传言"司空张华",盖史官信笔致误。《晋书·礼志》"司空张华"之误,已见《宋书·礼志》。《宋书·礼志》所据为何承天、徐爰旧志,是其误已久,当如姜说。钱氏谓后人妄改,偶疏。

张华《鹪鹩赋》作年

张华《鹪鹩赋》之作,唐修《晋书·张华传》记华"初未知名,著《鹪鹩赋》以自寄。其词曰……陈留阮籍见之,叹曰:'王佐之才也。'由是声名始著。郡守鲜于嗣荐华为太常博士"。《文选》卷一三《鹪鹩赋》善注引臧荣绪《晋书》曰:"张华,字茂先,范阳人也。少好文义,博览坟典。为太常博士,转兼中书郎。虽洒处云阁,慨然有感,作《鹪鹩赋》。"《类聚》卷五六引王隐《晋书》曰:"张华,字茂先。阮籍见华《鹪鹩赋》,以为王佐之才。中书郎成公绥,亦推华文义胜己。"唐修《晋书》所记与臧、王二书异。姜亮夫先生《张华年谱》赞成前说,云臧、王所记"与上传阮籍见之一段不合,复与荐成公绥事实相戾,故不取"。陆侃如先生《中古文学系年》赞成后说,云赋中牢骚不似二十左右之人所有,成公绥为中书郎在景元中,不当在嘉平初。

按,陆说是,复可申之如下。姜说所谓"与上传阮籍见之一段不合",阮籍卒于景元四年(263),张赋如作于景元二三年,何不合之有?"与荐成公绥事实相戾",义更不明。张华荐成公绥于太常,事在正元二年(255),亦无相戾处也。设如唐修《晋书》所记,反有不合、相戾处。《鹪鹩赋》申上足自适、柔弱恬退之旨,观其"将以上方不足而下比有余"语,当是入仕以后,目睹司马氏所为种种,进则多虞,退则不愿,故求全自保,静以观变耳。若在入仕以前,固一心干竞,不容作此等语也。姜既云"《鹪鹩赋》之思想感情,盖纯乎老、庄恬退自安之志",又云张华以妻父刘放既没,"提撕中顿,遂有《鹪鹩》之赋,以自寄意",何自相矛盾乃尔。又,据唐修《晋书》,张华范阳方城(今河北固安)人,其仕为太常博士出郡守鲜于嗣之荐,按姜说,作赋在入仕之前,是尚在方城也。以一未知名之少年文士,赋作竟远隔千里而为阮籍所赏,由是声名始著,又由是而登仕,亦颇乖于常情。窃以为华之"初未知名"当是未为洛中士大夫所知,及其作《鹪鹩赋》,为阮籍所推,遂知名于洛下耳。唐修《晋书》或以行文便利而叙此事于入洛前。《成公绥传》记绥"历秘书郎,转丞,迁中书郎。每与(张)华受诏并为赋诗,又与贾充等参定法律",仕历在入晋后,而制定法律则在魏咸熙时。

于甲、乙二说中先认定甲说为是,复以乙说与甲说之异为不合、相戾,并以此而证乙说之非,或即常言所谓"不合逻辑"乎?

陈寿《三国志》成于太康中

中华书局标点本《三国志·出版说明》以陈寿《三国志》成书年代"不能确定",然试加稽索,或可得其大略。《华阳国志·后贤志·陈寿传》云:"吴平后,寿乃鸠合三国史,著魏、吴、蜀三书六十五篇,号《三国志》。"《晋书·陈寿传》云:"夏侯湛时著《魏书》,见寿所作,便坏己书而罢。"按,太康元年夏侯湛为侍郎,陈寿兼侍郎、著作,见《晋书·礼志中》,说参《夏侯湛骚体诗》条。湛传记其旋出为野王令,居邑累年,"除中书侍郎,出补南阳相。迁太子仆,未就命而武帝崩。惠帝即位,以为散骑常侍。元康初,卒"。是寿撰《三国志》当始自太康元年以后,至迟成书于太康末。至本传所记索米于丁氏子、诸葛亮髡其父因不立传或评论不当,前人多辩其无,不赘。

《华阳国志》记陈寿事辨

《华阳国志》蜀中人物传,多有《后汉书》,旧本《晋书》所未详者,裴松之以后学者,颇甄采引用。然此书之成已在东晋中,时蜀汉李氏父子已与江左王朝对峙攻伐,晋室所存档案史料,常璩已无法得见,故所记未尽可信,于《后贤志》为尤然。其《陈寿传》云:"(继母卒)数岁,除太子中庶子。太子傅从后,再兼散骑常侍。惠帝谓司空张华曰:'寿才宜真,不足久兼也。'华表欲登九卿,会受诛,忠贤排摈,寿遂卒洛下。"张华于永康元年(300)四月被害,则寿之病卒至早亦在此年。而唐修《晋书》明书"元康七年(297)病卒。年六十五"。任乃强氏考云:"二者孰是,尚当详考。"按,《晋书》记寿卒后,范頵等上书言"故治书侍御史陈寿作《三国志》","愿垂采录","于是诏下河南尹、洛阳令就家写其书"。诏写其书云云,与《书钞》卷一〇四,《类聚》卷五八引王隐书同,寿之卒年所据当亦为王隐书。頵表书寿之结衔作"故治书侍御史",与《晋书》本传记"起为太子中庶子,未拜"合,若如《华阳国志》,则当书"故太子中庶子"。二者相较,《晋书》近实。又,《华阳国志》记惠帝语张华云云,惠帝愚骏,岂足以赏寿之史才而作是语乎?

任氏又云《晋书》记"沉滞者累年"为非,"寿与李宓、寿良、王崇等同时入洛,则非'沉滞累年'也。寿长史与文章,非有史才。议论褒贬,每触时忌,频遭诬毁当有之。其文为张华所赏,应亦不至长时沉滞"。按,寿遭谮于黄皓,绝非无中生有。其与李密同时入洛,密于泰始三年上《陈情事表》,服阕入都,不当在泰始七年前。《晋书·何攀传》记攀为梁、益二州中正,"巴西陈寿、阎义、犍为费立皆西州名士,并被乡闾所谤,清议十余年。攀申明曲直,咸免冤滥"。自蜀后主末至泰始七年,历载十余,《晋书》所记不误。

《华阳国志》记王濬事

《华阳国志·大同志》所记王濬在益州事甚详,吴士鉴尽以采入《晋书斠注》。其所记王濬事迹,与《晋书》参差者有二。王濬为益州刺史,《晋书·武帝纪》以为泰始八年(272)事,《通鉴》同;《华阳国志》则以为十年事。《通鉴考异》曰:"按王濬请伐吴表云:'臣作船七年,日有朽败。'濬再为益州刺史,方受诏作船。咸宁五年(279),下诏伐吴,借使濬以其年上表,则再为益州亦在泰始九年之前矣。今从

《晋纪》为定。"按,濬为益州刺史,据本传,张弘杀刺史皇甫晏,乃以濬为益州刺史,时当在泰始八年,本纪所载、《考异》所考可从。惟传所记"重拜益州刺史"《华阳国志》记在咸宁四年,"寻以谣言拜濬为龙骧将军,监梁、益诸军事",《华阳国志》记在咸宁五年。《通鉴考异》又驳之,以为事在羊祜卒前,不可据。

按,《考异》之说有据而似稍泥,《羊祜传》记咸宁初,祜以伐吴必借上流之势,"又时吴有童谣曰:'阿童复阿童,衔刀浮渡江。不畏岸上兽,但畏水中龙。'祜闻之曰:'此必水军有功,但当思应其名者耳。'会益州刺史王濬征为大司农,祜知其可任,濬又小字阿童,因表留濬监益州诸军事,加龙骧将军,密令修舟楫,为顺流之计"。此本传所谓"寻以谣言拜濬为龙骧将军,监梁、益诸军事"也。《羊祜传》所据为臧荣绪《晋书》,见《九家旧晋书辑本》引《书钞》。《晋书·五行志中》亦记此谣,云在"孙皓天纪中"。吴天纪元年为晋咸宁三年,羊祜卒于咸宁四年十一月,伐吴诏在五年十一月,王濬自成都发兵,本传记作太康元年正月,《华阳国志》记作咸宁五年十二月,祜以咸宁四年表留濬再任益州刺史,是年临终前表奏濬为龙骧将军,四、五年之交诏授,《华阳国志》记作五年,亦未为"不可据"也。《通鉴》系再任益州在泰始八年,"寻加龙骧将军",盖未深考。

又,濬于蜀修舟舰以备伐吴,本传记在"重拜益州刺史,武帝谋伐吴"后。武帝伐吴之计在泰始五年前已决,乃授羊祜为荆州,事见《羊祜传》。证以"七年"之说,造舟舰当在濬始为益州时。本传所记不确。

傅玄撰作庙堂乐府

傅玄精通音乐,观乎遗文,有《琴赋》、《琵琶赋》、《筝赋》、《筑赋》、《节赋》,从可知矣。晋初庙堂乐府,多出其手。《宋书·乐志》载,"晋武泰始五年,尚书奏使太仆傅玄、中书监荀勖、黄门侍郎张华各造正旦行礼及王公上寿酒食举乐歌诗";"爰逮晋氏,泰始之初,傅玄作晋郊庙歌诗三十二篇";"傅玄有迎神送神歌辞",当可窥知大略。今《乐府诗集》所存玄庙堂乐章凡五十九首,《先秦汉魏晋南北朝诗》复据《初学记》补辑二篇,数量之多,为唐以前诗人之冠。

《史通》误书傅玄在魏官司隶校尉

《晋书·傅玄传》载,玄"父幹,魏扶风太守"。《魏志·武帝纪》建安十九年七月"公征孙权"下注引《九州春秋》记参军傅幹谏,操不听。注又记"幹字彦材,北地人,终于丞相仓曹属。有子曰玄",官职与《晋书》异。

《晋书》记玄在魏仕历云:"郡上计吏,再举孝廉,太尉辟,皆不就。州举秀才,除郎中,与东海缪施俱以时誉选入著作,撰集《魏书》。后参安东、卫军军事,转温令,再迁弘农太守,领典农校尉。……五等建,封鹑觚男。武帝为晋王,以玄为散骑常侍。"据《文帝纪》,魏末咸熙元年(264)七月,始建五等爵,是玄受封为男在此年。至撰集《魏书》,据《史通·正史》载,始自黄初,太和中,累载不成,又命"侍中卫诞、应璩,秘书监王沈,大将军从事中郎阮籍,司徒右长史孙该,司隶校尉傅玄等复共撰定",其后王沈独就其业。刘氏所记司隶校尉为玄入晋以后之最终官职,《文选》卷二九《杂诗》善注引臧荣绪《晋书》亦云玄"州举秀才,稍迁至司隶校尉,卒",文虽节删,然司隶校尉为其最终官职则与唐修《晋书》同。疑刘氏所书不确,或为"典农校尉"之误。

玄在魏附司马氏。《晋书·烈女·杜有道妻严氏传》记严氏名宪,少适杜氏,十八而寡。女辨,有淑德,傅玄求为继室,宪许之。"时玄与何晏、邓飏不睦,晏等每欲害之,时人莫肯共婚。及宪许玄,内外以为忧惧。或曰:'何、邓执权,必为玄害,亦由(按,当作"犹")排山压卵,以汤沃雪耳,奈何与之为亲?'宪曰:'尔知其一,不知其他。晏等骄侈,必当自败。司马太傅,兽睡耳。吾恐卵破雪销,行自有在。'遂与玄为婚。晏等寻亦为宣帝所诛"。按,此必正始间事,时玄年三十左右。"兽睡"即"虎睡",史臣避讳改。

傅玄转司隶校尉及卒年

傅玄入晋后仕历,《晋书》本传所记甚明。武帝为晋王,以玄为散骑常侍,事在咸熙二年(265)八月。是年十二月,魏主禅立,晋武帝即位,改元泰始。传言"俄迁侍中",事当在泰始三年九月后,《武帝纪》是年"九月乙未,散骑常侍皇甫陶、傅玄领谏官,上书谏诤"可证。迁侍中后又以与皇甫陶争论喧哗,坐免官,四年即起为御史中丞,盖免官不过数月。

陆侃如先生《中古文学系年》咸宁元年(275)载"傅玄转司隶校尉",所据为万斯同《晋将相大臣年表》。按,《晋书》本传记泰始五年(269),迁太仆,接叙"转司隶校尉"而不记年月。万、陆恐无确据。

《晋书》又记献皇后卒，设丧位。傅玄以争位责谒者，骂尚书，坐免官。按景献羊皇后以咸宁四年六月卒，七月葬，玄免官必在六、七月间。传言寻卒于家，《通鉴》系于是年十二月。然《考异》曰："玄传曰：五年，迁太仆，转司隶。景献后崩在四年，玄传误也。"按，"五年"连上文"泰始四年"，其为泰始五年不言自明，下距羊皇后之卒尚有十年。温公误泰始、咸宁为一，读书不细，致有千虑之失。劳格《读书杂志》亦以《考异》为误。

玄子咸，《晋书》记"咸宁初，袭父爵"。咸宁共六年，玄于咸宁四年卒，咸之袭爵焉得谓"咸宁初"，此又记事之疏。

《晋书·傅咸传》吴注质疑

《晋书·傅咸传》记咸于"咸宁初，袭父爵，拜太子洗马，累迁尚书右丞。出为冀州刺史，继母杜氏不肯随咸之官，自表解职。三旬之间，迁司徒左长史"。吴士鉴《晋书斠注》云："《文选·赠何劭王济诗》注，王隐《晋书》曰：'举孝廉，拜太子洗马。'案，本传脱'举孝廉'三字。《类聚》一百、《御览》十一傅咸自叙曰：'泰始九年，自春不雨，涉夏节，圣皇劳虑，分使祈祷。余以太子洗马兼司徒，莅事三朝，雨大降，退作《喜雨赋》。'《御览》二百四十六傅咸《申怀赋序》曰：'余自无施，谬为众论所许，补太子洗马，才不称职，意常惘然。'案，咸自叙云'泰始九年以太子洗马兼司徒'，此作'咸宁初'，误也。传叙迁司徒左长史又在为冀州刺史之后，亦误。惟玄卒于泰始五年以后，咸之袭爵，或在咸宁之初，疑本传叙为太子洗马误在袭爵之后也。又《类聚》五十四引咸《明意赋》云'侍御史傅咸，奉诏治狱'，本传亦失载为侍御史。"

按，吴说可据复可商，请分述之：

一、本传脱去"举孝廉，为侍御史"，是。

二、所引《喜雨赋》序有删节。"圣皇劳虑"下，《类聚》作"分使祈祷，遍于群臣。余以太子洗马兼司徒请雨，百辟苾事，三朝而大雨降"。按，"司徒"下当有阙文，盖咸为司徒属官，而非司徒，一望可决，而属官又有长史、祭酒、令史、主簿等等非一，泰始九年，咸兼司徒属官，焉得必为左长史？本传所记未必误，或是于咸宁五年前又入司徒府为左长史。陆侃如先生谓"兼"或是"佐"字之误，可为一解。

三、传载咸袭爵在咸宁初，吴士鉴谓玄卒于泰始五年，并误，参《傅玄转司隶校尉及卒年》条。

成公绥入仕年与《司马懿诔》

《晋书·文苑·成公绥传》载，"张华雅重绥，每见其文，叹伏以为绝伦。荐之太常，征为博士"。《御览》卷六三二引《文士传》录华《荐成公绥书》。有"窃见处士东郡成公绥，年二十五，字子安，体珪璋之质，资不器之量"等语。《晋书斠注》引此文作"年三十五"，恐是误本。《晋书·刑法志》载，司马昭为晋王，令贾充定法令，"令与太傅郑冲、司徒荀𫖮、中书监荀勖、中军将军羊祜、中护军王业、廷尉杜友、守河南尹杜预、散骑侍郎裴楷、颍川太守周雄、齐相郭颀、骑都尉成公绥（按，当补荀辉）、尚书郎柳轨及吏部令史荣邵等十四人典其事"。《贾充传》所记同。司马昭为晋王在魏末咸熙元年（264）三月，时成公绥年三十三。若年三十五始为张华所荐，则不得称"处士"，故知吴氏所见本作"年三十五"为非。绥入仕为太常博士当在魏高贵乡公正元二年（255）。又绥传记其仕历过简，博士后即言"历秘书郎、转丞,迁中书郎",不记骑都尉。《宋书·乐志》记泰始五年(269)中书郎成公绥,《晋书·乐志》同,是绥为中书郎不得晚于是年。陆侃如先生《中古文学系年》以之为魏末景元四年(263)事,则恐过早。

《类聚》卷四五录"晋成公绥《魏相国舞阳宣文侯司马公诔》"。舞阳侯为司马懿,嘉平三年(251)九月卒,追赠相国、郡公,弟孚表陈,辞郡公,谥文,后改谥宣文(《宣帝纪》作"文宣",当是转写之误。《文帝纪》、《礼志》均作"宣文")。诔称"舞阳宣文侯"。然其时绥年仅二十一,尚未入仕,且《文选》卷一八《啸赋》翰注引臧荣绪《晋书》曰,"时人以其贫贱,不重其文"。嘉平中朝政已归司马懿,其卒也安得以一未曾入仕、出身贫贱、年仅弱冠之人为诔?疑莫能明,录之候教。

又,《御览》卷一八五引《临海记》曰:"章安县南门有赤兰桥,世传成公绥作县,此桥上制厅〔事〕。"《晋书斠注》云:"本传失载。为章安令当在荐征博士之后。"《隋书·经籍志》录其集署作"晋著作郎成公绥",本传亦失载,当是其最后官职。著作郎品位稍高于中书郎,其迁转当在泰始五年后。

程咸仕历

程咸,《晋书》无传。汤球《九家旧晋书辑本》辑王隐《晋书》,据《御览》卷三六一、九八四及《书钞》(按,见卷五八)辑得两条:"程咸,字延休(原注:《书钞》引作'延祚'),魏郡武安人也。其母夜梦白头公授之以药,曰:'服此,当生贵子也。'生咸,好学有才,为钟毓主记。毓弟会问有可语吏否,毓乃称咸。""泰始十年诏曰:黄门郎程咸,博学洽通,文藻清敏,其以为散骑常侍。"按,程咸在魏,又尝为何曾主簿。《魏志·何夔传》注引干宝《晋纪》,记何曾于高贵乡公正元中(254~

256)为司隶校尉,使主簿程咸议女嫁不从坐父罪,《晋书·刑法志》所记同。钟毓卒于元帝景元四年(263),咸为其书记或在入何曾府前。又,《晋书·郑袤传》载,"高贵乡公议立明堂辟雍,精选博士,袤举刘毅、刘寔、程咸、庾峻,后并至公辅大位"。是程咸以何曾主簿而授博士,《魏志·三少帝纪》载高贵乡公甘露元年(256),帝幸太学,与诸儒议论经典,"博士庾峻对曰"云云,则程咸等授博士当在此年或稍前。入晋,据上引泰始十年(274)诏,之前为黄门郎,是年迁散骑常侍。《贾充传》载,吴平,"帝遣侍中程咸犒劳",是咸迁侍中,又必在平吴前即咸宁间(275~280)。严可均、逯钦立书程咸小传并言"入晋,历黄门郎、散骑常侍、左通直郎、累迁至侍中",左通直郎未知所据。

应亨《四王冠诗》

应亨有集二卷,今仅存《四王冠诗》一首。《初学记》卷一四录此诗,有序曰:"永平四年,外弟王景系兄弟四人并冠,故贻之诗。"《北堂书钞》卷八四首句作"永平年四月","兄弟四人"作"长世从世彻世母地蒋公"十字。严氏《全晋文》谓"永平元年三月改元元康,此必有误"。逯氏《先秦汉魏晋南北朝诗》按云:"晋惠帝永平元年三月即改元康,此(《书钞》)云永平年四月,仍有讹误。《通典》五六载王堪冠礼仪云,永平元年正月戊子冠,中外四孙设一席于东厢,引冠者以长幼次于席,南面东上。宾宗人立于西厢,东面南上。堪立于东轩,陈元服于席上云。据此,王堪为冠者之一。又王堪之字曰世胄,《书钞》引席文有世彻、世从、世母之人。世母乃世胄之脱误。可证此诗为王景系、王世胄等加冠作。予文四月为正月之讹。"

按,逯说甚新。惟《书钞》引文错讹不可读。然以诗序"永平四年"核之《通典》,亨诗记四王加冠,其中当有王堪。永平纪元不足七十日而改元康,意王堪兄弟四人一时并冠事为当时盛典,故应亨为诗记之,《通典》亦特加记录也。堪宗世胄,见《世说新语·赏誉》"谢胡儿作著作郎,尝作《王堪传》"下注引《晋诸公赞》。《晋书》不立堪传,据《荀勖传附荀组传》、《王接传》、《孝怀帝纪》知堪于永康元年(300)为赵王伦左司马,永兴元年(304)为尚书令,永嘉间为车骑将军,四年(310),与石勒战,死之。所记与《世说》注引《晋赞》合。以堪仕历约之,永平元年(291)加冠亦合,诗称"令弟",则其时应亨已年过二十。

东汉明帝、西晋惠帝、北魏宣武帝下迄五代前蜀王建各朝均有永平年号。《初学记》卷一四误以此诗之永平属汉明帝,《诗纪》卷四承其误,以此诗为汉诗。刘大杰先生《中国文学发展史》且以为五言之祖,近人著述多沿刘说。周子来氏《应亨的〈赠四王冠诗〉不是最早的五言诗》已辨其误,文见《文学遗产》一九八九年第二期。

嵇喜事迹

《嵇康集》录《兄秀才公穆入军赠诗十九首》,各家分合,颇有不同,戴明扬氏《嵇康集校注》论证甚详。公穆,据《文选》卷二四《赠秀才入军》李善注:"集云:兄秀才公穆入军赠诗。刘义庆《集林》曰:嵇喜,字公穆,举秀才。"五臣张铣注曰:"康之从弟秀才入军,赠以此诗,不知其名。"按,善注所引有据,铣注云从弟,不知所出。《魏志·王粲传》注引《嵇氏谱》:"(康)兄喜,字公穆,晋扬州刺史。"《世说新语·简傲》载吕安讥喜为凡鸟,注引《晋百官名》:"嵇喜,字公穆,历扬州刺史,康兄也。阮籍遭丧,往吊之。籍能为青白眼,见凡俗之士,以白眼对之。及喜往,籍不哭,见其白眼,喜不怿而退。康闻之,乃赍酒挟琴而造之。遂相与善。"又引干宝《晋纪》曰:"安尝从康,或遇其行,康兄喜拭席而待之,弗顾,独坐车中。"皆可证秀才即喜,而喜字公穆。

嵇康为司马氏所杀,兄喜、子绍皆仕晋为显官。喜官至刺史,然《晋书》无传,事迹散见。据《文六王传》,齐王攸居父丧,哀毁过礼,"司马嵇喜谏"。司马昭卒于魏咸熙二年(晋泰始元年,265),则其时嵇喜在齐王攸府为司马可知,《北堂书钞》卷六八引《嵇喜集》:"晋武为抚军,妙选官属,以喜为功曹。"事当在此前数年。《武帝纪》泰始十年(274)九月,"吴将孙遵、李承帅众寇江夏,太守嵇喜击破之",或是由齐王司马而外放太守。《贺循传》载,循会稽山阴人。少婴家难(按,其父劭为孙皓所杀),流放海隅,吴平,还本郡,"刺史嵇喜举秀才,除阳羡令,以宽惠为本,不求课最。后为武康令……久不进序。著作郎陆机上疏荐循"云云。会稽晋时属扬州,此言刺史,自是扬州刺史。按,陆机为著作郎,事在惠帝永平二、三年(292、293)。晋制,地方官任期以六年为限(见《晋书·范宁传》《南史·恩倖·吕文显传》),"久不进序",当是已届六年。由此上推,循之任阳羡令,当在太康八年(287)前数年。而《武帝纪》又载,大康三年九月,"吴故将莞恭、帛奉举兵反,攻害建邺令,遂围扬州,徐州刺史嵇喜讨平之"。然则嵇喜历二州刺史,何者在前?《嵇含传》记含"祖喜,徐州刺史",一若喜终于徐州任。然前引《嵇氏谱》、《晋百官名》皆言喜为扬州刺史,《文选》录嵇康《忧愤诗》"母兄鞠育"句下善注引《嵇氏谱》,与陈寿注引略同,惟末句作"历徐、扬州刺史,太仆、宗正卿",则为徐州在扬州前。复按贺循吴平还本郡,又为国相丁乂五官掾,其间尚须时日,嵇喜举之,其在太康四年前后乎?意喜以徐州刺史讨平莞恭等,遂因之迁镇扬州,于理亦颇顺适也。

李善注引《嵇氏谱》载喜由扬州刺史迁太仆、宗正卿,《嵇康传》载"兄喜,有当世才,历太仆、宗正"。《御览》卷四〇五引王隐《晋书》:"(康)兄嵇喜,为太仆厩驺。冯陵知其英俊,待以宾友之礼,以状表上。"冯陵,不详。据所记,嵇喜尝为太仆属官,其时当在武帝泰始中。及历任二州刺史,已年近七十,又以其尝在太仆署,及迁太仆卿、宗正卿等闲贵之官耳。《隋志》录其集正记作"晋中正嵇喜"。喜生卒年皆不可考,嵇康生于魏文帝黄初四年(223),喜之生年或在建安末。

嵇绍生卒年

嵇绍为嵇康子。康《与山巨源绝交书》云:"女年十三,男年八岁,未及成人,况复多病。"善注引王隐《晋书》曰:"绍字延祖,十岁而孤。"唐修《晋书》本传所记同。嵇康以魏元帝景元四年(263)被杀,则绍之生年为齐王芳嘉平六年(254),《惠帝纪》、《成都王颖传》记其以永兴元年(304)死于乱军,得年五十一岁。

《艺文类聚》卷四八引晋裴希声《侍中嵇侯碑》曰:"太安之初,权臣擅命。皇舆亲征,次于荡阴。六军奔攻,兵交御辇。绍俨然端冕,正色以扞锋刃,遂殒命于御侧。"或以为据此碑"太安之初",足以证唐修《晋书》之误,说见《晋书斠注》引吴镐《汉魏六朝墓志金石例》。吴士鉴未加辨正。按,此或误解碑文之义。"太安之初",乃"权臣擅命"之时,亦即齐王冏、成都王颖、何间王颙讨平赵王伦后专擅朝政之时,而非嵇绍死节之时。是年,颙、颖又废杀冏。永兴元年,东海王越等挟惠帝北征成都王颖,败绩于荡阴,嵇绍死之。《晋书》、《通鉴》不误。陈寅恪先生《陶渊明之思想与清谈之关系》(见《金明馆丛稿》初编)亦云碑中所记年月或有讹误,未知确指,或亦与吴氏所据相同而未加详察欤?

《晋书·嵇绍传》误字

《晋书·嵇绍传》载,绍为徐州刺史,遇都督石崇以道,"以长子丧去职。元康初,为给事黄门侍郎",不附贾谧。"及谧诛,绍时在省,以不阿比凶族,封弋阳子"。按,石崇出为都督青徐军事在元康六年,见其《金谷诗序》。元康共九年,绍六年尚在徐州,任入当在六年或七年,焉得谓之"初"?当作"元康中"。贾谧诛在永康元年(300),时绍为黄门侍郎已历三年左右,未迁,故云在省(中书省)也。

《晋书》记嵇含事商榷

《晋书·嵇含传》载,惠帝初,含为"齐王冏辟为征西参军,袭爵武昌乡侯。长沙王乂召为骠骑记室督、尚书郎"。据《齐王冏传》,赵王伦废贾后,出冏为平东将军,假节,镇许昌。伦篡位,迁镇东大将军。《惠帝纪》亦载平伦后诏曰"镇东大将军齐王冏、征北大将军成都王颖、征西大将军河间王颙"匡救国难云云。是冏未尝为征西,含被冏辟为"征西参军"必误,疑当作"镇东",或是为河间王颙辟为征西参军。

又,含字君道,《抱朴子·自叙》作"居道"。

陆喜入晋后曾官扬州

《晋书·陆喜传》载,喜字仲恭。《吴志·陆瑁传》云:"子喜,亦涉文籍,好人伦。孙皓时为选曹尚书。"注引《吴录》云:"喜字文仲,瑁第二子也。入晋,为散骑常侍。"汤球《九家旧晋书辑本》辑王隐《晋书》:"陆喜,字文仲。仕吴,稍至屯卫(按,当作'骑')校尉。既名族,有德行声誉,好学有才思。"喜为陆机、陆云从父,《陆云集》有《晋故散骑常侍陆府君诔》,云:"惟太康五年夏四月丙申,晋故散骑常侍吴郡陆君卒。"此陆君即陆喜。诔又云,"爰莅扬邑,作尹名邦","征辇屡振,干戈未戢。乃秉雄戟,征戎东邑。四牡徂征,威德以立。爰守会稽,青绂既袭"。《通鉴》卷八一记太康元年平吴后,"吴之旧望,随才擢叙";太康二年周浚讨平吴民之未服者。陆喜以吴下望族、吏部尚书,吴平后即任扬州地方官,作守会稽,复为新朝爪牙,以吴治吴,固其宜矣。约于太康四、五年间征入为散骑常侍,旋卒。《晋书》本传记太康中,下诏曰"伪尚书陆喜等十五人,南士归称,并以贞洁不容皓朝"云云之后,即书"乃以喜为散骑常侍",所记与陆云诔文不合,且"太康中"亦宜作"太康初"。

《晋书》叙陆云为周浚从事失次

《晋书·陆云传》载陆机、陆云兄弟入洛,诣张华;又于张华座会荀隐,有"云间陆士龙"、"日下荀鸣鹤"之语。此下接叙"刺史周浚召为从事,谓人曰:'陆士龙当今之颜子也。'"据《周浚传》,浚为扬州刺史,随王浑伐吴。吴平之明年,移镇秣陵。"时吴初平,屡有逃亡者,频讨平之。宾礼故老,搜求俊乂,甚有威德,吴人悦服"。又《陆喜传》载,太康中下诏征岡士,以喜为散骑常侍。喜以太康五年卒,此诏或亦在太康二三年。周浚生平仅于此时一任刺史,则陆云之入浚幕亦在太康初也。《晋书》本传叙于入洛之后,失次。《世说·赏誉》注引《陆云别传》言"年十八,刺史周浚命为主簿"。以太康二年计之,云时年二十,年十八时浚尚未过江平吴,虽所记不确,但可旁证入周浚幕不得过迟。

欧阳建事迹、年岁

《晋书·欧阳建传》附《石崇传》,称建勃海人。《世说·仇隙》注引《晋阳秋》、《文选》卷二三《关中诗》张铣注引王隐《晋书》同。《晋书斠注》引《太平寰宇记》卷六五则作勃海重合人。

传所记建生平极简略,仅云:"辟公府,历山阳令、尚书郎、冯翊太守,甚得时誉。"按曹摅《赠欧阳建诗》云:"嗟我良友,惟彦之选。弱冠参戎,既立南面。或踊而升,蔚焕其变。岂徒虚声,考绩畿甸。""弱冠参戎",言建辟公府事;"既立南面"、"考绩畿甸",言出为山阳令。《诗·商颂·玄鸟》:"邦畿千里,惟民所止。"山阳在洛阳西北不足二百里,自得谓之畿甸,故摅诗又言"乃命仆夫,北临其县"。摅《思友人》"怀我欧阳子",亦指欧阳建无疑。摅诗当作于自临淄入为尚书郎时,确切年月,已难详考。摅传载其入为尚书郎,转洛阳令,病免,复为洛阳令。《江统传》载元康九年(299)十二月,废愍怀太子,时摅为洛阳令,自是"复为",以此上推,摅为尚书郎或在元康初。如无大误,其时欧阳建为而立之年,卒年当在四十左右。《晋书》记"年三十余",恐不甚确。建以三十岁出为山阳令,元康六年(296)已为冯翊太守,计为令之初、历尚书郎至冯翊太守,其间至少当历五六年,至永康元年(300)被杀,已届不惑之年。

  石崇被收前,尝与潘岳、欧阳建等交通淮南王允、齐王冏,密谋诛赵王伦。《晋阳秋》、王隐《晋书》、唐修《晋书·石崇传》所记均同。唐修《晋书·潘岳传》又云孙秀与潘岳有隙,"遂诬岳及石崇,欧阳建谋奉淮南王允、齐王冏为乱",一若并无其事而出秀之构陷,颇可怪。又《文选》张铣注引王隐《晋书》云:"赵王伦之为征西,挠乱关中,建每匡政,不从。私欲迎楚王伟(按,当作'玮')立之,由是有隙。石崇劝淮南王,使诛伦,未行。事觉,伦收崇,建及母妻,无少长皆斩。"按,善注作"建每匡政,不从私欲,由是有隙",无"迎楚王伟立之"六字,是。据《惠帝纪》,元康元年(291)九月,"以赵王伦为征西大将军,都督雍、梁二州诸军事",六年五月征还。伦为征西,时玮已被杀,且都督关中位尊权重,亦非区区太守所得"迎立",于文理为不通,纵六臣荒陋,当不至此,其为传抄窜入无疑。《晋阳秋》所记同善注。

  《惠帝纪》载,元康六年五月,匈奴度元攻北地,"冯翊太守欧阳建与度元战,建败绩。征征西大将军赵王伦为车骑将军",《隋志》录建集结衔作"顿丘太守",意建迁顿丘亦在败绩后。建为贾谧"二十四友"之一,其时当在洛阳,或为罢官投散,不然,《隋志》结衔不当作"顿丘太守"。

石崇三事

  《晋书·石崇传》记,惠帝元康初,崇以不得于杨骏,出为荆州刺史,后征入为太仆,"出为征虏将军,假节,监徐州诸军事","至镇,与徐州刺史高诞争酒相侮,为军司所奏,免官"。然《嵇绍传》载绍为徐州刺史,"时石崇为都督,性虽骄暴,而绍将之以道,崇甚亲敬之。后以长子丧去职",以此知崇与高诞争酒相侮,当在嵇绍去职后。又传记崇在南中得鸲鹆雏,以与王恺,"为司隶校尉傅祗所纠",据祗传,祗任司隶校尉在元康元年(291)春夏间,前后仅数月,崇之被劾在此时。至入为太仆,或当在元康三年(293)左右。又,《魏志·武文世王公传》注云曹嘉"元康中与石崇俱为国子博士",时当在为太仆前。陆侃如先生《中古文学系年》以崇为博士历时不久,故本传略之,当是。《世说·汰侈》记"石崇每与王敦入学戏",敦谓崇似子贡,子贡之富以货殖,石崇之富以劫夺,敦语盖寓讥嘲也。每与敦入学戏,自在任国子博士时。

崇金谷之集,为西晋文人聚会赋诗规模最大者,至东晋而有王羲之兰亭之会。羲之传载"或以潘岳《金谷诗序》方其文,羲之比于石崇,闻而甚喜"云云,可见石崇此会亦一时之胜事。

崇以豪富称,《世说·汰侈》屡记其事。史学家多以崇在荆州劫掠而致富。然其与王恺争富,《世说》、《晋书》皆记晋武助恺,则崇在任荆州前已成豪富。而传又言其父苞临终分财物与诸子,独不及崇云云。赀财巨万,其来安自?《晋书·食货志》载,"世祖武皇帝太康元年,既平孙皓,纳百万而罄三吴之资,接千年而总西蜀之用","于是王君夫(恺)、武子(济)、石崇等更相夸尚,舆服鼎俎之盛,连衡帝室",王济、石崇皆预平吴之役,吴人数十年生聚所积,多入此辈私室,不言可喻。

石崇入仕年

《文选》卷四五录石崇《思归引序》,云:"余少有大志,夸迈流俗。弱冠登朝,历位二十五年。五十以事去官,晚节更乐放逸笃好林薮,遂肥遁于河阳别业。"善注引臧荣绪《晋书》曰:"崇早有智慧,年二十余,为修武令。"唐修《晋书》所记同。《思归引序》作于罢徐州、为卫尉之间,可无疑义。以年五十计之,时为元康八年(298)。上推二十五年,则应为泰始九年或十年(273、274)。崇父苞卒于泰始八年,如服阕入仕为令,则至早当在泰始十年,与自序所记历位二十五年之数可以相合。时石崇年二十六。

《全晋文》误辑石崇诗

石崇有《思归叹》,又有《思归引》,《思归叹》见《类聚》卷二八,开首即云"登城隅兮临长江",是在荆州所作可知。诗为骚体,故《全晋文》、《诗纪》并收。《思归引》见《类聚》卷四二,《乐府诗集》卷五八录入"琴曲歌辞",前有序,见《文选》卷四五。《全晋文》误拼《思归引序》与《思归叹》为一篇,序言在洛阳罢官而归河阳,诗云临长江而极望无涯,文与诗如风马牛之不相及。逯钦立《先秦汉魏晋南北朝诗》不误。

刘伶、刘灵

刘伶,亦作"刘灵"。《晋书斠注》引《廿二史考异》、《交翠轩笔记》、《文苑英华辨证》等考之甚详,以为"伶"从"令"卢,"令"、"灵"古字通用。刘伶字伯伦,本取伶伦之义,而字无妨通作"灵"也。按,诸家举证已详,复可为补数例:《华阳国志·序志》作"鳖灵",《后汉书·张衡传》作"鳖令";《淮南子·说山》作"伏苓",《史记·龟策列传》作"伏灵";《史记·匈奴列传》作"丁灵";《汉书·匈奴传》作"丁零",《苏武传》作"丁令"。然专名例不通假,"鳖灵"传闻异字,"丁灵"译名不同,刘伶之"伶"则仍宜作"伶"。

羊祜籍贯

《晋书·羊祜传》载,祜泰山南城人。吴士鉴《晋书斠注》云:"《地理志上》泰山郡有南武城县,宋《州郡志》云南城令汉晋(按,当作'后汉、晋')属泰山,是晋之南城,承汉旧县,《地理志》误衍一'武'字。"说是。中华标点本据钱大昕《廿二史考异》云《景献羊皇后传》、《惠羊皇后传》、《羊祜传》、《宋书·羊欣传》、《羊元保传》及宋、齐、隋地志皆称"南城",径删"武"字。吴士鉴又云:"《元和郡县图志》十一新泰下云,晋武帝泰始中镇南将军羊祜,此县人也。《太康地志》云,泰始中镇南将军羊祜表改为新泰,故又称为新泰人耳。《世说·言语篇》注引《晋诸公赞》作羊祜太山平阳人。《地理志》新泰故曰平阳。《晋赞》从旧名作平阳,《元和志》从新名作新泰,皆与本传异。传作南城人，以其所封之郡而言。然此郡以泰山郡之五县分置，不得两郡并举，且不久即废，故地志不载。"按，《羊祜传》载祜在荆州，"诏以泰山之南武阳、牟、南城、梁父、平阳五县为南城郡，封祜为南城侯，置相，与郡公同"，祜固让，许之。泰山郡辖县十一，分五县置南城郡，当是以人设郡，酬其功耳。祜既固让，事亦寝，郡名南城，明羊氏为南城人，传记作"南城人"，当是，非如吴说"以其所封之郡而言"。《全晋文》卷七〇录李兴《成侯羊公碑》亦作"南城人"可证。羊氏汉世为巨族。《后汉书》记羊续为太山平阳人，羊陟为太山梁父人，羊道、羊祜一支当是南城人。

又，《晋书·武帝纪》载咸宁四年十一月，"辛卯，以尚书杜预都督荆州诸军事。征南大将军羊祜卒"。其与李兴碑文记祜于十一月庚寅卒于京邑正相符合。

阎缵卒年

阎缵，《晋书·愍怀太子传》、《周处传》同作"阎缵"。《五行志上》、《杨骏传》、《隋书·经籍志》作"阎纂"。按，"缵"、"纂"古通，义皆为继，故缵字续伯。然人名例不通假，此又《晋书》疏失一例。

本传记惠帝中，贾谧诛，立皇太孙，缵上书云云，"朝廷善其忠烈，擢为汉中太守。赵王伦死，既葬，缵以车轹其冢。时张华兄子景后徙汉中，缵又表宜还。缵不护细行，而慷慨好大节。卒于官，时年五十九"。按，诛贾谧在永康元年（300）四月，立皇太孙在五月。传以"上书"与擢汉中太守连书，行文方便故也。盖赵王伦之诛，在次年五月，若其时已之任汉中，岂得车轹其冢乎？故缵之出，当在永宁元年五六月后。《隋书》录"陇西太守《阎纂集》二卷"，则缵或由汉中转陇西。

据《晋书·范宁传》载,晋制地方官任期六年,则缵之卒或在永嘉间,姑拟测为永嘉三年(309)左右,未知有当否。

杜预为司马氏婿

《晋书·杜预传》载:"初,其父与宣帝不相能,遂以幽死,故预久不得调。文帝嗣立,预尚帝妹高陆公主,起家拜尚书郎,袭祖爵丰乐亭侯。在职四年,转参相府军事。钟会伐蜀,以预为镇西长史。"预祖畿,父恕,《魏志》有传。《杜恕传》记恕所在务存大体,论议亢直,不得当世之和,故屡在外任。出为幽州刺史,至官未期,与征北将军程喜不相能,喜于嘉平元年(249)借细故奏劾之,下廷尉当死,以父畿勤事水死,免官徙章武。四年,卒于徙所。裴注引《杜氏新书》记程喜欲恕折节从己,讽司马宋权示之以微意,恕答权书,有"若令下官事无大小,咨而后行,则非上司弹绳之意;若咨而不从,又非上下相顺之宜"诸语,喜于是深文劾恕。《世说·方正》"杜预之荆州"条余嘉锡先生笺疏云,《魏志》不言恕与司马懿不相能,裴注引《杜氏新书》亦不言司马懿,盖恕之得罪,实出懿意。杜氏子孙不欲言其祖与司马氏不协,故讳之耳。说似近理。然《杜氏新书》不知何人所作,《魏志》注凡八引之,皆见《杜畿传》、《杜恕传》。《隋志》子部道家类有《杜氏幽求新书》二十卷,杜夷撰,未知是否即是《杜氏新书》。夷庐江人,与京兆杜氏无涉。是余氏论断"杜氏子孙",亦乏的证。裴松之作注,所据史料远过于唐初修史时,亦无庸为司马、杜氏两家讳。而裴于此事不加按语辨正,反引《杜氏新书》补充史文,是亦以陈寿所记为得实。若如《晋书》所记杜恕得罪于司马懿,罢官徙死,杜预于父死三年服阕后即婚于司马氏,其时正倡言孝道,世仇而成姻亲,颇难索解。

杜预生于黄初三年(222),婚于司马氏,年已三十四五岁。《魏志·杜恕传》记"甘露二年(257),河东乐详年九十余,上书讼畿之遗绩,朝廷感焉。诏封恕子预为丰乐亭侯,邑百户"。其时杜预或已为司马昭妹夫,故乐详乃以耄耋之年上书,顺水推舟,利人利己。然预娶妻之年若是之晚,纵为罪人之子,亦事属罕见。个中原委,已难尽悉。

传言"在职四年,转参相府军事",设以甘露四年入昭幕计,其时昭尚伪辞相国不受,当书作大将军。传又记"泰始中,守河南尹"。按,《刑法志》载司马昭令贾充诸人定律令,中有"守河南尹杜预",志所记与定刑律诸人结衔均为泰始三年十月前事,说参《荀勖年岁及长任中书监》条。是杜预守河南尹亦必在此前,陆侃如先生《中古文学系年》定在泰始四年,失当。

周处年岁及自新事

周处之卒,据《平西将军孝侯周处碑》记,"元康九年,旧疾增加,奄捐馆舍,春秋六十有二"。碑题作陆机撰,今尚存宜兴,系唐人重树,前人多指为伪撰,严可均、劳格、吴士鉴等均有辨,不赘。碑云处以疾卒。而《晋书·惠帝纪》、《周处传》明记为元康七年与齐万年战,败绩死,《吴志·周鲂传》注引虞预《晋书》、《书钞》卷一一八引王隐《晋书》、《世说·自新》注引《晋阳秋》,所记同唐修《晋书》,潘岳《关中诗》、阎缵上诗,皆言其徇师全节,其为战死无疑,碑文所云,纵有所据,亦不可信。惟所记年岁,他处不载,姑从之可耳。至"除三害"事,刺虎容或有之,斩蛟则皆可知为附会,以千余年来传为美谈,相从成典,遂致今人记处行事,竟不得废之。至寻二陆事,劳格《读书杂志·晋书校勘记》已具加辨析,谓《世说》所云尽属谬妄。说有理,可据从。拙作《〈陆机集〉志疑》复略申鄙见,并以姜亮夫先生《陆平原年谱》"处与机兄弟厚,机为之碑"为误说举证商榷,文载《文史》第二十六辑。陆侃如先生《中古文学系年》于咸宁三年下仍记"陆云举贤良,勉用处",引劳说而驳之,云据《世说·自新》所记,处盖"自吴寻二陆","似二陆在建邺,故吴亡前还吴否并不成问题。本传谓处弱冠不修细行,但见云而叹蹉跎,可见励志为学当在中年,不必以机、云生晚为疑"。说更误。陆云年十三,即分领抗兵,至吴亡前未尝在建邺。说参《陆机·陆云兄弟赠答诗十首》条。

潘尼赠潘岳诗、作潘岳碑

潘岳、潘尼,时号"两潘",究其实际,亦如陆氏机、云之未能敌体抗手也。顾叔侄间情好甚笃,今见潘尼赠潘岳诗凡三首。《赠司空掾安仁》四言十章,作于岳始应辟为掾时。首章云:"桓桓上宰,穆穆四门。投纶沧海,结纲昆仑。迅翼争赴,游鳞竞奔。"对晋武登极,三公三司竞相罗致人才以为掾属,此诗正指荀颉辟岳为掾事。末章云"岐路多怀,赋诗赠行",可证其时潘尼与潘岳同在琅玡。《文选》卷九录潘岳《射雉赋》,善注曰:"《射雉赋序》曰:'余徙家于琅玡,其俗实善射。聊以讲肄之余暇,而习媒翳之事,遂乐而赋之也。'"以是知潘岳立辟入都前居琅玡。尼传记其父满,平原内史,"尼少有清才,与岳俱以文章见知","初应州辟,后以父老,辞位致养"。潘氏原籍荥阳中牟,潘岳父芘为琅玡内史,是为赋序所云"徙家"之由。尼诗言岳"杂采故乡,扬辉蓬宇",复言"伊余鄙夫,秩卑才朽。温温恭人,恂恂善秀。坐则接茵,行则携手。义惟诸父,好同朋友"。"故乡"云云,或其时潘尼亦移家琅琊;"好同朋友"云云,则叔侄年岁相若。潘岳弱冠应辟入洛。尼之赠诗十章已颇见圆熟,拟测为叔侄同龄或侄少长于叔,当无大谬。尼传载永嘉中洛阳将没,"携家属东出成皋,欲还乡里。道遇贼,不得前,病卒于坞壁,年六十余"。永嘉四年(310)冬,刘曜逼京师,潘尼携家东返,如以次年病卒,则得年约六十五六岁,可与本传相合。

潘岳被害后,孙秀旋败。潘尼有《给事黄门侍郎潘君之碑》云:"君遇孙秀之难,阖门受祸,故门主感覆醢以增恸,乃树碑以记事。"文见《水经注·洛水》,《全晋文》失注出处。《文选》卷四六《王文宪集序》善注引潘尼《潘岳碣》云:"君深达治体,垂化三宰。"此碣当即《水经注》所记之碑。三宰,盖言河阳、怀县、长安。

陆机《赠顾交阯公真》李善注

陆机有《赠顾交阯公真》,《文选》卷二四选录。《先秦汉魏晋南北朝诗》据《御览》录秘《答陆机诗》残句四。按,秘,《晋书》无传,事迹散见《惠帝纪》、《陶璜传》、《周玘传》、《贺循传》。善注于陆机诗题下引《晋百官名》曰:"交州刺史顾秘,字公真。"

《晋书·陶璜传》云,璜为交阯刺史,"在南三十年,威恩著于殊俗。及卒,举州号哭,如丧慈亲。朝廷乃以员外散骑常侍吾彦代璜。彦卒,又以员外散骑常侍顾秘代彦。秘卒,州人逼秘子参领州事。参寻卒,参弟寿求领州,州人不听,固求之,遂领州"。据《吴书·三嗣主传》,孙皓建衡元年(晋泰始五年,269),遣苍梧太守陶璜等击交阯,次年,破之,擒杀晋所置守将。《晋书·武帝纪》记在泰始七年。自兹伊始,陶璜即都督交州诸军事,为交州牧。《晋书》本传记,吴平,璜得孙皓手书敕降,武帝语复其本职。本传未记卒年,仅言"在南三十年",设以泰始五年起算,三十年当为惠帝元康八年(298)。

吾彦,吴人,《晋书》有传。吴亡归晋,历金城太守、敦煌太守、雁门太守、顺阳王内史、员外散骑常侍。彦传云陶璜卒,以彦为交州刺史:"重饷陆机兄弟,机将受之,云曰:'彦本微贱,为先公所拔,而答诏不善,安可受之?'机乃止,因此每毁之。"长沙孝廉尹虞谏,机等意解,毁言渐息。尹虞,曾为始兴太守,起兵讨杜弢,战败,事见《晋书·列女传》。杜弢起兵反晋,事在怀帝永嘉五年(311),计元康中尚未入仕,故称"孝廉"。设吾彦于元康八年继陶璜刺交州,"在镇二十余年",已下及东晋,顾秘又继吾彦,陆机作诗以赠,其事当入干宝《搜神记》,唐初史臣亦鬼之董狐矣。

本事淆乱,端在李善之注。诗题明言"顾交阯",盖顾秘出为郡守。诗言"发迹翼藩后,改授抚南裔",善曰:"藩言,吴王也。"又引《顾氏谱》曰:"秘为吴王郎中令。"陆机兄弟于元辰中为吴王晏郎中令,与顾秘同官且俱为南士,秘外出为交阯太守,陆机赠诗送别。李周翰于善注"交州刺史"下曰,"士衡思之,故赠此诗",于此诗结语"惆怅瞻飞驾"视而不见,益同痴人说梦。魏、晋两代交阯为郡,交州为州,脱令顾秘其时出刺,诗题当书"赠顾交州"。

《晋书》纪、传皆未言出守交阯事。据纪、传,仅知惠帝太安二年(303)二月,张昌反;七月,昌遣石冰攻扬州;十一月,前吴兴内史(或作太守)顾秘被推都督扬州诸军事。是顾秘由交阯迁吴兴,太安二年已罢官家居,以平石冰功起复,迁员外散骑常侍。永嘉乱后,吾彦卒,乃继以顾秘。

陆机《为顾彦先赠妇》诗

陆机有《为顾彦先赠妇》诗二首，见录于《文选》卷二四。善于题下注云："五言。集云：'为令彦先作。'今云顾彦先，误也。且此上篇赠妇，下篇答，而俱云赠妇，又误也。"《玉台新咏》卷三亦录此二首，诗题同。逯钦立先生《先秦汉魏晋南北朝诗》引善注作"集云：'为令彦先作。'"复据此按云："'为令彦先'当是'为令文彦先'之误。《陆士龙集》有《答大将军祭酒顾令文诗》，又有《与张光禄书》云'顾令文彦先每宣陆眷弥泰之惠'，即指此二人。又陆士龙亦有为顾彦先赠妇之作，题作《为顾彦先赠妇往返》四首。称往返则知有赠妇，有妇答，题旨明备。《文选》此目盖有删节处，'赠妇'下应有'往返'二字。"说新巧可喜。论《文选》题下阙去"往返"二字，尤确。《玉台新咏》卷三录此四诗即有"往返"二字，同《陆士龙集》。

然细辨逯说，则犹有疑焉。顾令文其人，已难详考。机集有《赠顾令文为宜春令诗》四言一首，言"亹亹明哲，在彼鸿族"，要亦顾彦先（荣）族人，吴中大姓。逯氏所据善注"令彦先"，胡克家复宋尤袤本作"全彦先"，且《考异》不出校，可见袁本、茶陵本亦作"全"，逯氏所据为影宋六臣本，作"令彦先"，盖形近而误。代人夫妇作诗，起自曹丕《代刘勋妻王氏杂诗》，其后西晋南朝，文人作为此体者其数甚夥，可作专题考论，兹不赘。惟一题代两人赠妇，于理不可通，且未见同类之例。逯氏按语云当是为令文、彦先二人作，而诗题又作《为顾彦先赠妇》，引陆云诗为旁证，诗题中亦无令文其人。

姜亮夫先生《陆平原年谱》辨此诗云："第一首末韵云'愿假归鸿翼，翻飞浙江汜'，则赠者必浙江人无疑，彦先吴人，非浙人，不得附会,按,全彦先当即仕吴为右大司(按,'司'下脱'马'字)左军师之全琮后人,琮为吴郡钱塘人,《三国志·吴志》十五有传,故诗言浙江汜也。全彦先当亦南人,先后入洛仕晋之士。"又云:"《士龙集》亦有《为顾彦先赠妇》四首,第一首云'我在三川阳,子居五湖阴',则妇亦不在吴而在钱塘也。则又兄弟同作,有如课诗,彼此互证,不为顾作明矣。"按,姜氏据二陆诗内证,可信,益可明善注不误。《玉台新咏》诗题或承《文选》而误。惟姜氏于此前引善注作:"《五言集》:'为全彦先作。'今云顾彦先,误也。"善注于各诗题下均注明"五言"、"四言",与下"集"字了不相涉。姜氏论辩全彦先,其言甚辩,而竟误书《五言集》,其亦察秋毫之末而不见舆薪之类欤?

陆机赠顾秘诗及《晋书》记事淆乱

陆机《有赠顾交阯公真》,《文选》卷二四选录。《先秦汉魏晋南北朝诗》据《御览》录秘《答陆机诗》残句四。按,秘,《晋书》无传,善注于题下引《晋百官名》曰:"交州刺史顾秘,字公真。"机诗云:"发迹翼藩后,改授抚南裔。"注引《顾氏谱》曰:"秘为吴王郎中令。"按,《晋书·陶璜传》记,璜于交州有善政,使合浦珠还。璜卒,吾彦继之;彦卒,"以员外散骑常侍顾秘代彦"。陶璜至交阯,据《武帝纪》、《陶璜传》,时在泰始四年(268)。璜传言璜"在南三十年,恩威著于殊俗。及卒,举州号哭",是吾彦之代陶璜,已在元康七年(297)左右。而彦传记"会交州刺史陶璜卒,以彦为南中都督、交州刺史,重饷陆机兄弟",陆云以"彦本微贱,为先公所拔,而答诏不善",劝机拒之。彦传又记"在镇二十余年,恩威宣著,南州宁静"。自元康七年下推二十余年,至早已及东晋,如其时顾秘代吾彦为刺史,陆机兄弟已被杀十五年，安得赠诗？《晋书》记事，淆乱有如此者。以《晋书》核之陆机诗，自当以机诗为据。秘、机同在淮南为吴王郎中令，或同为吴王所荐，机入为尚书中兵郎，秘入为员外散骑常侍，约在元康末出为交州。

顾秘行事，除上述外，《晋书》所记亦复含混。《周玘传》载，太安二年（303）五月，张昌反，昌部石冰攻扬州，略有扬土：玘"潜结前南平内史王矩，共推吴兴太守顾秘都督扬州九郡军事，及江东人士同起义兵，斩冰所置吴兴太守区山及诸长史"。"吴兴太守顾秘"，《惠帝纪》作"前吴兴内史"，"太守"、"内史"本易互称，"前"者，区山已逐走顾秘之谓，可证其前秘为吴兴太守。按陆机诗推之，自是从交阯返吴，以边荒刺史改官大郡吴兴太守，非左迁也。《陶璜传》载顾秘代吾彦，"秘卒，州人逼秘子参领州事。参寻卒，参弟寿求领州，州人不听，固求之，遂领州"，寿寻为州人所擒，付其母，令鸩杀之。据《顾众传》，"秘卒，州人立众兄寿为刺史，为州人所害。众往交州迎丧，值杜弢之乱，崎岖六年乃还。秘曾莅吴兴，吴兴义故以众经离寇难，共遗钱二百万，一无所受"。杜弢事在怀帝永嘉五年（311）至愍帝建兴二年（314），则顾秘之卒其在永嘉初（308左右）乎？然秘既于陆机被杀之年已在吴兴，何以其妻子滞留交州？在吴兴与石冰战，后数年当卒于吴兴或原籍吴郡（顾氏为吴郡大族），交州刺史一职，又何以父死子继，兄终弟及？皆疑莫能明。

陆机、陆云兄弟赠答诗十首

陆机有《与弟清河云诗》十首，《陆云集》有《答兄弟平原诗》十首，《文馆词林》卷一五二并收之。宋刻《陆士龙文集》题作《答兄平原》，前附《兄平原赠》。清河、平原，皆被杀前不久之官职，诗题为后人追加无疑。机诗写作时间,郝立权先生《陆士衡诗注》以为"必作于太康二年"。姜亮夫先生《陆平原年谱》系于元康六年,谓"此诗盖作于将返上京,送弟先行之时无疑"。按,郝说是,姜说非,而姜氏误解诗义,强为周纳,遂牵一发而动全身。

陆机诗前有序,云:"余弱年凤孤,与弟士龙,衔恤袤庭。续会逼王命,墨绖即戎,时并紫发,悼心告别。渐历八载,家邦颠覆,凡厥同生,凋落殆半。收迹之日,感物兴哀,而士龙又先在西,时迫,当祖载二昆,不容逍遥,衔痛东徂,遗情西慕,故作是诗,以寄其哀苦焉。"据《吴志·陆抗传》,吴孙皓凤凰三年(晋泰始十年,274),抗于荆州病卒,"子晏嗣,及弟景、玄、机、云分领抗兵"。时机年十四,云年十三,故云"墨绖即戎,时并紫发"。兄弟五人分领抗兵,晏、景、机当在荆州,玄、云当在故里,机诗所谓"昔我西征,扼腕川湄",云诗所谓"昔予言旷,泛舟东川,衔忧告辞,挥泪海滨"也。吴天纪四年(晋太康元年,280),王濬自蜀率水军东下,晏时为夷道监(辖今湖北宜都),景时为中夏督(辖今湖北江陵西一带),皆首当其冲,是年二月军破被杀。据《晋书·惠帝纪》,三月,吴平;五月,"吴之旧望,随才擢叙。孙氏大将战亡之家徙于寿阳"。寿阳,晋初名寿春,避讳改,在今安徽寿县。新朝君主,惧亡国之臣伺机变乱,自植根之土徙而之它,历朝多见。平蜀后即徙诸葛亮、蒋琬、费祎等子孙入中畿,事见《蜀志·诸葛亮传》、《晋书·文立传》、《华阳国志·大同志》。吴平,陆氏全家自在被徙之列,《晋书·陆机传》、《陆云传》讳不载耳。机诗序所谓"在西"、"西慕",诗"企伫朔路,言欢尔归",云诗所谓"予昆乃播,爰集朔土",皆指寿阳。寿阳位在吴郡西北,今安徽寿县,故可言"西"、"朔"。"西",《文馆词林》作"四"属下读。此亦不了"匹"字之义,形误或妄改。

晏、景战死,晋帝示以宽惠,抚绥吴人,机扶柩还乡,其时当在一统大局已定之后，即郝氏所定太康二年（281）。自抗之卒，兄弟分手，至此时恰为八年。玩诗意，似机已扶柩返抵吴中旧宅，拟葬二兄于先人墓侧，作书示云，令其速归，"昔我斯逝，兄弟孔备；今我来思，或凋或疚"，"迫彼窀穸，载驱东路；继其桑梓，肆力丘墓"，皆可为证。云诗当在东归途中及初抵吴郡所作，其时"友生"、"凋俊"，"高门降衡，修庭树蓬"，亡国之民，宜其敢怨而不敢怒。

姜氏不考，谓诗序"去家八年"，为自太康十年入洛至元康六年；"同生凋落"为近一二年间事；云得归省丘墓，而机则以王事未得南去，故痛心疾首而言之也。职此，姜氏又谓"士龙在西"、"衔痛东徂"两语"颇费解，且所关至钜"。费解而强为之解，谓兄弟同被尚书郎之命，征入洛，"清河当与三弟耽（按，云排行第五，不得有'三弟'）先行，而机以警悟，为吴王所重，所事必较繁剧，行期容在云后，则'士龙又先在西'之'在'，当为'去'或'往'字之误"。强彼就我，所论与原诗如风马牛。又，太康十年系机、云入洛，言"云有笑疾……缞绖上船，于水中顾见其影，因大笑落水，人救获免"，所据即为《晋书》本传及机诗序"墨绖即戎"语。按，《晋书》记此事上有"先是"二字。如姜说，机、云入洛，上距父丧已十六载，而其母尚在，机《思亲赋》可证，焉得"墨绖"？且"墨绖"用《左传》僖三十三年晋襄公殽之战事，故下言"即戎"，与应召赴洛又如南辕北辙。至机诗言"今也将老"，云诗言"日薄桑榆"，自是诗人夸饰之辞，与"昔并垂发"对言也。

又，陆机兄弟太康十年自吴入洛，或二年后又自寿春徙返旧里，书缺有间，录之备考。

陆机为著作郎年月与议《晋书》限断

姜亮夫先生《陆平原年谱》于元康三年下系云："《书钞》五十七、《御览》二百三十四引王隐《晋书》曰：'陆机以文学为秘书监（按，"监"下不当逗，原标点如此），虞濬所请，为著作郎，议《晋书》限断。'此事何年，史无明文。机《本传》仅于累迁太子洗马下著'著作郎'三字，在为吴王郎中令前。机为吴王郎中令，在四年，则补著作，不得迟于四年也。"又云元康二年诏以著作改隶秘书，《晋书·职官志》、《史通·史官篇》皆言著作郎掌国史，"则王隐所言秘书监请机为著作郎议《晋书》限断，皆事实也。其为元康二、三年间事，至无可疑，故次此"。然陆机《吊魏武帝文》明言"元康八年，机始以台郎出补著作"，姜氏于元康八年下复系机出补著作郎，云："按《晋书》机《本传》不载此事。臧荣绪《晋书》云：'入为尚书中兵郎，转殿中郎，又为著作郎。'此与虞濬辟为著作郎，当为两事。按，机《吊魏武帝文》序云：'元康八年，机始以台郎出补著作。'则补著作于本年审矣。又机《答张士然诗》云：'絷身跻秘阁，秘阁峻且玄。'则机之宫著作郎，一再得之自证。又按，尚书郎属尚书省，而著作郎则惠帝元康二年以后，即属秘书省，余详前。"

按，姜说甚不可解。一、王隐书记陆机"以文学为秘书监虞濬所请为著作郎"，亦见《初学记》卷一二，可见引文无误。虞濬之名不见唐修《晋书》，其为秘书监在何时，更不可知，安得必在元康二、三年间？二、臧书记陆机为著作郎，在尚书中兵郎、殿中郎之后，文见《文选》卷三七《谢平原内史表》善注引，全文作："太熙末，太傅杨骏辟机为祭酒。骏诛，征为太子洗马。吴王出镇淮南，以机为郎中令，迁尚书中兵郎,转殿中郎,又为著作郎。"善注引书,时有节删,惟此仕历则与机自序合,亦与《御览》卷二一五引机《谢吴王表》合,可证其无误。三、寻姜氏致误之由,盖在泥定唐修《晋书·陆机传》"骏诛,累迁太子洗马、著作郎"于吴王郎中令之前。机之自述、臧书均言为著作郎在殿中郎之后,唐修《晋书》误置著作郎于吴王郎中之前,中华标点本校记已明言其误。姜氏不察,遂立两为著作郎之说,而弥缝未能无迹。机自序言"始以台郎出补著作郎","始"而非"再"非"复",亦可证姜说之"至无可疑"之为可疑。

又,《晋书》限断为当日修史立例大事,或谓宜自正始起年,或谓宜自嘉平昉史,惠帝时,朝议始定,以泰始开元。陆机之议,今尚存片断,见《初学记》卷二一:"三祖实终为臣,故书为臣之事,不可如传,此实录之谓也;而名同帝王,故自帝王之籍,不可以不称纪,则追王之义。"按,"如传"上疑夺"不"字。《史通·本纪》:"陆机《晋书》,列纪三祖,直序其史,竟不编年。年既不编,何纪之有?"子玄史家论史,条疏抽论,体例定于一己,搜剔近乎苛求,岂未尝见陆机此议乎?机亡国之臣,得预此"敏感问题",岂能无所顾虑?故其言调和矛盾,煞费周章。唐修《晋书》于三祖本纪编年而用曹魏正朔,循名责实,据实正名,强揉二难,遂尔不伦不类。《隋志》载陆机有《晋纪》四卷,两《唐志》皆作《晋帝纪》,似当从《唐志》。

司马彪年岁与《赠山涛诗》

司马彪有《赠山涛诗》,见录《文选》卷二四。张铣注曰:"初,山涛为吏部侍郎而绍统未仕,故赠以此诗,欲涛荐也。"山涛为吏部郎在魏元帝景元二年(261)前后,彪诗以梧桐自比,言大匠不顾,乐师不录,冀涛援手。据彪传,彪虽为宗室而不得于其父,本应嗣爵而出继,实废之也。"初拜骑都尉,泰始中,为秘书郎,转丞"。此诗如铣说,当作于出仕前。传记彪惠帝末(305前后)卒,年六十余,设取中为六十五岁,则当生于魏正始元年(240),山涛为吏部郎时,彪年弱冠,以宗室之尊不得一官,其怨叹也固宜。彪之入仕当亦在此时。《御览》卷四八六录彪《与山巨源书》云:"根枝失据,托命此别。告求矜愍,许见赈恤。穷人易感,悲喜兼怀。承命之后,情过挟纩。"可证山涛见诗后曾为之尽力。

张翰出处

《晋书·张翰传》,所记全据《世说》。翰入洛与贺循俱,循之入洛为陆机所荐。据《贺循传》,循于平吴后还本郡会稽,刺史嵇喜举秀才,除阳羡令,转太康令,久不升迁。"著作郎陆机上疏荐循","久之,召补太子舍人"。按,嵇喜以太康三年(282)为扬州刺史,陆机以元康八年(298)为著作郎,贺循历官二县前后竟达十余年,其亦西晋不重南士之证也。循传言陆机丧荐后久之补太子舍人,接叙赵王伦篡位,转侍御史,是贺循、张翰入洛恐皆在元康九年,其时乱征未明,故南士尚有入洛者。及次年赵王伦废贾后,杀张华、裴𫖮,而八王之乱作矣。

翰传又记翰为齐王冏大司马东曹掾,时为永宁元年(301)六月后事。二年十二月,冏被杀。翰见秋风起而思莼鲈,赋归当在二年八九月间。翰自入洛至返吴,其间不过三年。莼鲈之思,后人传为美谈,以为晋人达性任真之例,实则见机避祸而托之于风雅耳。

庾敳卿王衍

《世说·方正》载,王衍不与庾敳交,庾卿之不置,王曰:"君不得为尔。"庾曰:"卿自君我,我自卿卿。我自用我法,卿自用卿法。"《晋书·庾敳传》采入,几不易一字。然敳传云"太尉王衍雅重之",《王澄传》亦云衍"尤重(王)澄及王敦、庾敳,尝为天下人士目曰:'阿平(王澄)第一,子嵩(庾敳)第二,处仲(王敦)第三。'"澄传所记与《世说·赏誉》"五大将军下"条所记及注引《八王故事》谓王澄、庾敳、王敦、王夷甫(衍)为"四友"正可相合。既云王衍、庾敳为友,又言不与交,不令呼卿,二书皆以矛攻盾,《廿二史札记》卷七《晋书》条谓其"纪传叙事,皆爽洁老劲,迥非《魏》、《宋》二书可比"。亦未必然也。疑所记王衍或是另一王姓大官名士,附会误作王衍。

何劭

《晋书·何劭传》记劭事迹简略,颇与其位望不称。吴士鉴搜遗补阙,复加厘订,庶可无憾。散见于他传可以参阅者,有《卫瓘传》所记瓘为楚王玮所构,子卫恒闻变,以何劭为嫂父,从墙孔中诣之问消息,劭知而不告,恒还家,乃被收遇害;《庾峻传》记峻常侍武帝讲《诗》,中庶子何劭论"风"、"雅"正变之义,峻起难往反,四坐莫能屈之。又汤球辑本王隐《晋书·刘毅传》记毅为司隶校尉时,奏太尉何曾父子等所为狼籍。日食万钱犹言无下箸处,盖其来有自也。又,劳格《晋书校勘记》谓劭子太熙初为中书令,《惠帝纪》作中书监,误。

说是。惟《晋书·杨骏传》记武帝疾笃,杨骏改易公卿,树其心腹。帝召中书监华廙,令何劭作遗诏。是劭之为中书令当在太康末。

劭卒于永宁元年十二月,于公历已为三〇二年。陆侃如先生《中古文学系年》换算作三〇一年,偶疏。

《晋书·江统传》记事失次

《晋书·江统传》载,统"除山阴令。时关陇屡为氐羌所扰,孟观西讨,自擒氐帅齐万年。统深惟四夷乱华,宜杜其萌,乃作《徙戎论》"云云。又载选中郎,"转太子洗马,在东宫累年,甚被亲礼。太子颇阙朝觐,又奢费过度,多诸禁忌,统上书谏曰"云云。按,齐万年反,事在惠帝元康七年(297),孟观平之,在九年正月。《徙戎论》有"方今关中之祸,暴兵二载"诸语,当作于九年正月事平后。愍怀太子以此年十二月被废,然其失德好弄,已非一日。《愍怀太子传》载"洗马江统陈五事以谏之,太子不纳,语在统传中",贾后以失德为口实,欲废之,亦积有年月。江统上书谏五事,当在元康九年前。统传置《徙戎论》于除山阴令时,在谏太子书前,时序不合,一也;山阴令不得上书论"徙戎",二也。其误甚明。《通鉴》卷八三元康九年正月,录《徙戎论》,书"太子洗马陈留江统,以为戎狄乱华,宜早绝其原,乃作《徙戎论》以警朝廷",近是。同年十一月记太子事,节录江统谏书,盖探上言之,非上书时即在此月。

《全晋文》卢播小传

《全晋文》卢播小传云："播，字景宣。陈留人。为本州别驾。元康中迁梁王肜征西长史，进振威将军。后为尚书。有集二卷。"姚振宗《隋书经籍志考证》同其说。按，播字景宣云云，盖据《阮籍集·与晋文王书荐卢播》。书云："伏见鄮州别驾同郡卢播，年三十二，字景宣，少有才秀之异，长怀淑茂之量。……潜心图籍、文学之宗，敷藻载述，良史之表。"《晋书·周处传》记梁王肜命周处攻齐万年，振威将军卢播不救；《宣五王传》同，又记播为肜长史；事皆在惠帝元康六、七年（296、297）。《惠帝纪》载永宁元年（301）齐王冏将何勖、卢播击张泓，大败之。上年赵王伦篡位，以肜为阿衡，齐王冏等起兵讨论，播当又投冏部。按，司马昭以魏高贵乡公正元二年（255）辅政，阮籍以元帝景元四年（263）卒。阮籍荐卢播之年，设取中在甘露中（259 前后），至永宁元年相距达四十余年，其时卢播年已七十余，亲冒锋镝，出入征战。于理未安。故疑是二人同姓名。又，《晋书斠注》于《惠帝纪》引张熷《读史举正》云："《梁王肜传》有卢播事，梁、赵同党，播不应为冏将。"设《惠帝纪》所记卢播未投齐王冏，则赵王伦死后，附逆之臣，更无由得为尚书。

应贞撰定新礼

《魏志·王粲传》注引《文章叙录》："晋武帝为抚军大将军，以（应）贞参军事。晋室践祚，迁太子中庶子、散骑常侍。又以儒学与太尉荀颛撰定新礼,事未施行。"《晋书·应贞传》所记同。然《礼志上》记:"及晋国建,文帝又命荀颛因魏代前事,撰为新礼,参考今古,更其节文,羊祜、仕恺、庚峻、应贞并共刊定,成百六十五篇,奏之。"则又是晋武帝代魏前事。《南齐书·礼志上》记同。《文选·王文宪集序》善注引臧荣绪《晋书》曰:"太尉荀颛,先受太祖敕,述新礼。"则亦以为是司马昭时事。《魏志》,《应贞传》所记不确。

贞《华林园集诗》,本传未记作年。据《文选》卷二〇善于此诗题下注引干宝《晋纪》曰:"泰始四年二月,上幸芳林园(按,齐王芳时避讳改华林,此仍旧名),与群臣宴,赋诗观志。"又孙盛《晋春秋》曰:"散骑常侍应贞诗最美。"本传置此于三年为太子中庶子及迁散骑常侍前,失次。

贾充与李夫人联句

《先秦汉魏晋南北朝诗》据《古诗类苑》、《诗纪》录贾充《与妻李夫人联句》,题下注"一云定情联句"。按,联句之起,其时较晚。汉武柏梁台联句出自伪托,已成定案。建安文士,云集邺下,赋诗赠答,不见联句。两晋金谷之聚,兰亭之会,亦无此体。《世说·言语》载谢安寒雪日内集,与谢道韫等咏雪,《排调》记桓温与殷浩等共作"了语",先师游泽承先生以为事实上已属联句(《柏梁台诗考证》,见《游国恩学术论文集》),说至确,然犹未以联句名也。今所知标名联句一体最早见于《陶渊明集》,至齐永明中始蔚为风气。贾充本非潜心创作之文士,以其与前妻李氏离合悲欢,复有郭槐泥阻其间,其事正诗人吟咏之资,后人拟作,盖亦如苏李诗之类。此诗见《玉台新咏》卷一〇,《古诗类苑》、《诗纪》皆据此而出,逯氏注出处偶失考。

裴秀事迹

裴秀以文学受知于高贵乡公。《晋书·宗室·义阳成王望传》载，"高贵乡公好才爱士，望与裴秀、王沈、钟会并见亲待，数侍宴筵。公性急，秀等居内职，急有召便至"。《王沈传》载，"高贵乡公好学有文才，引沈及裴秀数于东堂讲宴属文，号沈为文籍先生，秀为儒林丈人"。秀初附曹爽、何晏。《魏志·钟会传》注引《王弼传》云正始中何晏用贾充、裴秀为黄门侍郎。爽诛，秀乃改换门庭，党附司马氏，与贾充、王沈、羊祜、荀勖同受司马昭腹心之寄，至时人为之谣曰："贾、裴、王，乱纪纲；王、裴、贾，济天下。"言亡魏而扶晋。事见《贾充传》。秀以曹、何旧党而见亲若是，原委已难尽悉。《魏志·裴潜传》注引《文章叙录》曰："（秀）年二十五，迁黄门侍郎。爽诛，以故吏免。迁卫国相，累迁散骑常侍、尚书仆射令、光禄大夫。咸熙中，晋文王始建五等，命秀典为制度，封广川侯。晋室受禅，进左光禄大夫，改封钜鹿公，迁司空。著《易》及《乐》论，又画《地域图》十八篇，传行于世。《盟会图》及《典治官制》皆未成。"按，校之《晋书》本传，"年二十五"本传未记；"卫国相"本传作"卫将军司马"，按司马昭于司马师疾笃时拜卫将军，疑本传是；又据《文帝纪》，秀拜尚书仆射在咸熙元年（264）定五等爵前，《文章叙录》所记不确。

又，《魏志·郭淮传》注引《晋诸公赞》云，裴秀、贾充皆淮弟配女婿。以是知裴、贾为连襟，而广城君郭槐为郭配之女，郭淮侄女。

孙楚生年志疑

《晋书·孙楚传》记，楚以惠帝元康三年(293)卒，不记年岁。传又记"年四十余，始参镇东军事"。按，镇东将军为石苞。《石苞传》记，"寿春平，拜苞镇东将军，封东光侯、假节。顷之，代王基都督扬州诸军事"，后进位镇东大将军，俄迁骠骑将军。"寿春平"，事在魏高贵乡公甘露三年(258)；晋武帝泰始元年(265)，大封群臣，石苞结衔为骠骑将军。是孙楚入石苞幕，至迟在魏末(264 左右)。楚与王济相善，《魏志·孙资传》记王济为大中正，亲为孙楚品状。据楚传年四十余为石苞参军，极而言之，楚生年不得晚于黄初四年(223)。王济约生于正始末(247)左右，说参《王济卒年及两为侍中之年》条。然《世说》、《晋书》皆引"楚少时欲隐居"，谓济有"漱石枕流"之语，又记楚除妇服，作诗示济，济有"览之凄然，增伉俪之重"语。楚"少时"，济尚为孩提，焉得与语此？济年二十入仕，二人定交，设如陆侃如先生《中古文学系年》所考在泰始六年(270)，其时楚已近五十，古人早衰，其妻亦皤然老妪，即令为忘年之交，王济赞语亦颇不伦。楚传"史臣曰"楚负才诞傲，"丁年沈废"，若按年四十余为参军，数年后免官，亦不当谓之"丁年"。王济之卒，楚已年逾古稀，复于灵前作驴鸣，纵晋人通脱，亦似不类常情。以无确证，《晋书》又所记凿凿，姑存疑焉。

又，楚传记"楚后迁佐著作郎"，《董京传》作"著作郎"。楚所为文，以《为石仲容与孙皓书》最足传诵，本传及《文选》均录之。《荀勖传》载，"时将发使聘吴，并遣当时文士作书与孙皓，帝唯勖所作"。吴士鉴《晋书斠注》谓"盖同时遣勖等赍文王与石苞二书"，理或然欤？

余嘉锡所考张敏行事

张敏以《头责子羽》一文见称于时,文见《世说·排调》注引。敏生平行事,《晋书》不载。余嘉锡先生《世说新语笺疏》考之甚详,移录如下:

《隋志》有晋尚书郎《张敏集》二卷,梁五卷。唐、宋志仍二卷。洪迈《容斋五笔》四曰:"故箧中得旧书一帙,题为《晋代名臣文集》,凡十有四家。所载多不能全。有张敏者,太原人,仕历平南参军、太子舍人、济北长史。其一篇曰《头责子羽》文,极为尖新。古来文士,皆无此作。恐《艺文类聚》、《文苑英华》或有之。惜其泯没不传,谩采之以遗博雅君子。其文九百余言,颇有东方朔《客难》,刘孝标《绝交论》之体。《集仙传》所载《神女成公智琼传》见于《太平广记》,盖敏之作也。"严可均《全晋文》八十曰:"张敏,太原中都人。咸宁中为尚书郎,领秘书监,太康初出为益州刺史。"文廷式《补晋书艺文志》丁部六曰:"《张敏集》,《遂初堂书目》尚著录。是此书南宋犹存。"嘉锡案:张敏仕履,得洪氏、严氏所述而始全。然洪氏未考《世说》,故不知《头责子羽》文具存孝标注中。且云《文苑英华》或有之。夫《英华》上继《文选》,起自梁代,安得有晋人文耶?严氏又未考《五笔》,故所载官职不完。《智琼传》见《广记》六十一,不著姓名。洪氏知为张敏所作者,据《晋代名臣文集》也。严氏仅从《书钞》百二十九采其《神女传》三句,而于此传全篇失收,传中有张华《神女赋序》一篇,《全晋文》五十八张华文中亦未录入,皆千虑之一失也。《文选》五十六《剑阁铭》注引臧荣绪《晋书》曰："张载作《剑阁铭》，益州刺史张敏见而奇之，乃表上其文。世祖遣使镌石记焉。"据今《晋书·张载传》，事在太康初。

按，《容斋五笔》所记，姚振宗《隋书经籍志考证》已引之。据《晋书·羊祜传》、《武帝纪》，吴步阐降，诏祜迎阐，然阐竟为陆抗所擒，祜坐贬平南将军。事在泰始八年（272）十二月。张敏为平南参军当在此时。《武帝纪》、《荀勖传》载，泰始元年，封勖济北郡公，勖固辞，改封侯。太康初诏勖为光禄大夫，开府辟召，张敏为济北长史当在此时。至张敏于太康初出为益州刺史，严氏、余氏皆据《晋书·张载传》所记《剑阁铭》事推得之。然载作《剑阁铭》当在泰始九年，说参《张载〈剑阁铭〉作年及〈七哀诗〉佚句》。若《张载传》所记益州刺史张敏事不误，则敏为平南参军后未几即出为益州。或以参军、刺史，官阶相去较远，一蹴而就，于理未安。实则参军之职可高可低，陆机以著作郎补赵王伦相国参军，赐爵关中侯，旋转中书郎，又入成都王颖幕为司马、参军。又寻《晋书·职官志》，于刺史一官未记品秩，然各州刺史，班位似不一律。《傅咸传》记，咸自尚书右丞出为冀州刺史，未行，解职，三旬而迁司徒左长史。《职官志》记司徒左右长史秩千石，则冀州刺史一官秩不足千石可知。益州、冀州同在边陲，刺史位望大略相当。设张敏以参军而迁益州刺史，又入为济北长史，自非尽悖情理。再，泰始九年作铭，传流至刺史处当又历时日，《张载传》所谓表上刻石，其年月亦不可知。要之，张敏于太康初出为益州，所据仅此，而文献不足，即有所记，或含混或踳驳，精博如余嘉锡先生，亦无从详考也。

《晋书》记卢钦事错失

卢钦世以儒业显于时,《晋书》有传,传云:"魏大将军曹爽辟为掾。……爽诛,免官,后为侍御史,袭父爵大利亭侯,累迁琅邪太守,宣帝为太傅,辟从事中郎。"按,"大利亭侯",钱大昭《三国志辨疑》已疑其误。尤可疑者为入司马懿府为从事中郎事。曹爽受命为大将军在明帝青龙三年(235),次年,太尉司马懿进太傅,并受遗诏辅齐王芳。曹爽诛在嘉平元年(249),其后二年而司马懿卒。据《晋书》行文,嘉平元年诛爽,卢钦坐免,即令于当年起复,"累迁琅邪太守"当亦非一、二年间事。"宣帝为太傅",语尤费解,若事在嘉平元年之后然。又,《山涛传》记:"吴平之后,帝诏天下罢军役,示海内大安,州郡悉去兵,大郡置武吏百人,小郡五十人。帝尝讲武于宣武场,涛时有疾,诏乘步辇从。因与卢钦论用兵之本,以为不宜去州郡武备,其论甚精。"钦卒于咸宁四年,《晋书》本传,《魏志·卢毓传》注引《世语》所记同。其时下距平吴尚有两年,山涛焉得起死人而与论兵?按,此事盖本《世说·识鉴》及注引《竹林七贤论》、《名士传》。《识鉴》本文未记年月,《名士传》言山涛"尝与尚书卢钦言及用兵本意",亦未记年月;惟《竹林七贤论》明书"咸宁中,吴既平"云云。吴士鉴据《武帝纪》临宣武观士阅为咸宁三年辨《山涛传》之非。按,史臣或据《世说》注所引撮合为一,径书"吴平之后",遂致时光倒流而铸错。

又,中华标点本《魏志·徐邈传》:"卢钦著书,称邈曰:'徐公志高行絜,才博气猛。其施之也,高而不狷,絜而不介,博而守约,猛而能宽。圣人以清为难,而徐公之所易也。'或问钦:'徐公当武帝之时,人以为通,自在凉州及还京师,人以为介,何也?'钦答曰:'……'"按

"或问钦","钦答曰"皆自设客主,标点本所标,一若实有或与钦作问答,不妥。

何桢仕历与《晋书》误字

何桢,《隋志》录"晋金紫光禄大夫《何桢集》"五卷。《晋书》无传,致贻"网漏吞舟"(《史通·人物》)之讥。事迹散见,撮抄于下。

《魏志·管宁传》注引《文士传》:"桢字元幹,庐江人。有文学器干,容貌甚伟。历幽州刺史、廷尉。入晋,为尚书、光禄大夫。"《御览》卷五八七引《文士传》记魏明帝青龙元年诏曰:"扬州别驾何桢,有文章才识,使作《许都赋》,成,封上,不得令人见。"此桢生平节略。《晋书·吾彦传》记陆机兄弟以门第自高,尹虞谓机曰:"自古由贱而兴者,乃有帝王,何但公卿。若何元幹、侯孝明、唐儒宗、张义允等,并起自寒微,皆内侍外镇,人无讥者。"知庐江何氏,在晋兴为望族,肇始自桢。《晋书·穆章何皇后传》、《何充传》并记何氏为庐江灊人,后、充均桢玄孙,是桢亦为灊人。

桢之仕历亦有可考者。《御览》卷二三三引虞预《晋书》:"何桢,字元幹,庐江人也。少而好学(此四字汤球据《书钞》补)。为尚书郎,特诏参秘书丞。秘书本有一丞,时尚未转,遂以桢为右丞。右丞之置,自桢始也。"唐修《晋书·职官志》有关秘书丞所记同。《魏志·管宁传》记正始中,"弘农太守何桢"表荐胡昭。别驾为刺史佐官,号"半刺史"。自青龙元年在扬州别驾至正始中迁弘农太守,其间已历十年左右。在弘农,《初学记》卷二〇引虞预《晋书》记:"有扬器生(按,疑有脱误)为县吏,桢一见便待以不臣之礼,遂贡之天(按,疑当作"于")朝。"桢迁幽州刺史,或在正始、嘉平间。《魏志·三少帝纪》注引《魏书》，记嘉平六年（254）司马师废曹芳，与群臣上表于太后，联名者有"永宁卫尉臣桢"，当即何桢，其时已由幽州入为永宁宫卫尉。《晋书·文帝纪》，魏甘露二年（257），司马昭征淮南，"假廷尉何桢节，使淮南，宣尉将士"。此在魏仕历之可知者。魏、晋之际或入晋迁尚书，《吴书·三嗣主传》记孙皓宝鼎元年（晋泰始二年，266），皓遣张俨吊司马昭之丧，注引《吴录》谓"尚书仆射羊祜、尚书何桢并结缟带之好"，是其证。又，《晋书·武帝纪》载泰始八年（272），"监军何桢讨匈奴刘猛，累破之"；《匈奴传》记泰始七年，"单于猛叛，屯孔邪城。武帝遣娄侯何桢持节讨之"。当是匈奴叛，桢于八年往讨，胜之。时已受封娄侯，然不知官职，《礼志》记穆帝纳何后，后为"零娄侯桢之玄孙"，"娄侯"、"零娄侯"为一事而《匈奴传》夺"零"字，抑先封"娄侯"而加封"零娄侯"，待考。

据《隋志》，桢终于金紫光禄大夫。《晋书·职官志》载，金紫光禄大夫品秩第二，仅次于三公，多为加官、致仕礼赠或卒后追赠。《何充传》记充，"魏光禄大夫桢之曾孙也"。桢在魏世未尝授光禄大夫，"魏"字必衍。吴士鉴《晋书斠注》谓当从《文士传》作"晋尚书、光禄大夫"按，《晋书》记晋事、晋职官，不当再出"晋"字，吴说亦可商。

《晋书·刘琨传》误字

《晋书·刘琨传》载，"琨少得俊朗之目，与范阳祖纳俱以雄豪著名"。《祖纳传》记纳"最有操行，能清言，文义可观。性至孝"，纳传盖本王隐书，见《世说·德行》注引。能清言，至孝，与"雄豪"了不相涉，"纳"当作"逖"。《世说·赏誉》注引虞预书云祖逖"豁荡不修仪检，轻财好施"，又引《晋阳秋》云"逖与司空刘琨俱以雄豪著名。年二十四,与琨同辟司州主簿",中夜闻鸡起舞云云,是其证。然《晋书》本传末又言"与范阳祖逖为友",意气相期云云。疑史官修撰所据已误作"祖纳"。不然,似不当重复如此。逖长于琨五岁,是琨以十九岁辟司州主簿,本传失记。

刘琨辞司空不许

《晋书·刘琨传》载,建兴三年,愍帝拜刘琨为司空,都督并幽冀三州诸军事。"琨上表让司空,受都督"。《通鉴》建兴三年二月记同。然琨传后文言元帝太兴三年(传脱"太兴"二字),卢谌等上表理琨之冤,称"故司空";《愍帝纪》建兴四年载石勒围乐平,"司空刘琨遣兵援之";《元帝纪》建武元年六月"司空、并州刺史、广武侯刘琨"等上表劝进,十一月"以司空刘琨为太尉";《卢谌传》载"琨为司空,以谌为主簿",皆是证琨曾为司空,建兴三年之命,辞而不许耳。卢谌等表称"司空"而不称"太尉",或琨以次年春即为段匹磾所拘,五月被害,未及受命故也。《通鉴》始终未见司空之衔,或以《晋书》自相扞格而不书。

温峤过江进刘琨《劝进表》

永嘉之乱,西晋名存实亡。刘琨、段匹磾在北,遣使过江与书劝进。《劝进表》见《文选》卷三七,言"建兴五年三月癸未朔,十八日辛丑",琨、磾顿首死罪上书,以尊位不可久虚,万机不可久旷,遣"左长史、右司马温峤"等奉表劝进。《通鉴》卷九〇亦系此事于建武元年

（建兴五年，317）三月。然《晋书·元帝纪》载于是年六月，劝进者由琨、碑二人增至一百八十人，《建康实录》同《晋书》。意劝进发起为二人，复又广征附和拥戴，积为一百八十人，温峤过江，进表当已至六月，《通鉴》所记据《劝进表》文，《晋书》所记为温峤等上表日期，故尔歧异。峤以进表功，授散骑侍郎，见《晋书·礼志中》。其被辟为王导骠骑长史，当在大兴元年（318），至大兴三年，乃迁太子中庶子，《刘琨传》记三年琨旧属故从事中郎卢谌、太子中庶子温峤等上表理琨之冤，而《礼志中》记是年正月议礼，峤仍为骠骑长史，可证。

　　峤传载明帝即位，拜侍中，综机密文翰，"俄转中书令"。《建康实录·显宗成帝纪》所记同。吴士鉴《晋书斠注》据《书钞》卷五七引《晋阳秋》，有温峤上疏辞中书令，"累辞得止"，因以峤虽拜中书令，实未居是职也。按，《初学记》卷一一所引同，亦有"累辞得止"一语。《文心雕龙·诏策》云："晋氏中兴，惟明帝崇才，以温峤文清，故引入中书。"恐皆仅据诏书。让表固照例文章，然檀道鸾所记凿凿，当可信从。

阮瞻生卒年与"三语掾"

　　《晋书·阮瞻传》记，"东海王越镇许昌，以瞻为记室参军，与王承、谢鲲、邓攸俱在越府"，《王承传》记承仕履同。越于怀帝永嘉元年（307）三月镇许昌，二年八月迁鄄城，三年三月归京师，朝政尽出其门。瞻传记"永嘉中为太子舍人"，或即在三年。传又据《幽明录》记瞻遇鬼，"后岁余，病卒于仓垣"。据《荀晞传》，永嘉五年洛阳陷，"晞与王赞屯仓垣。豫章王端及和郁等东奔晞，晞率群官尊端为皇太子，置行台"，瞻亦当在洛阳失陷后随同出奔，至仓垣。《通鉴》卷八七永嘉五年记晞骄奢苛暴,众心离怨,加以疾疫饥馑,阮瞻或以此卒。传记其年三十,《世说·赏誉》注引《名士传》同。上推生年,当为武帝太康三年(282)。

《名士传》记瞻"夷任而少嗜欲,不修名行,自得于怀。读书不甚研求而识其要"。传载"将无同"三语,识其要也;渴甚而不竞饮水,夷任少嗜欲也,《世说·德行》注引王隐《晋书》谓贵游子弟阮瞻之徒,去巾帻,脱衣服,露丑恶同群兽,不修名行也。《名士传》寥寥数语,足为阮瞻画像。

《世说·文学》记"将无同"为阮修事,提问者为太尉王夷甫,皆与本传异。余嘉锡氏引程炎震云:"《御览》二百九'太尉掾'门及三百九十'言语'门引《王玠别传》载此事均作阮千里,则是瞻非修也。"当从。按,《御览》所引,已见《类聚》卷一九,"太尉王夷甫"作"太尉王君"下又有"太尉善其言,辟之为掾,世号'三语掾'。王君见而嘲之曰'一言可以辟,何假于三'"诸语,"王君"当作"卫玠",涉上而误。既名"三语掾",自当为掾,《晋书》瞻传失记。

曹摅《赠石崇诗》为金谷集作

曹摅有《赠石崇诗》四言四章。首章言"作镇方岳","攻璞荆隅";三章言"美兹高会,凭城临川。峻墉亢阁,层楼辟轩。远望长州,近察重泉。郁郁繁林,荡荡洪源","饮必酃绿,肴则时鲜",盖作于石崇出守荆州前,诗中描写情状,又与潘岳《金谷集作诗》、石崇《金谷集序》中所记类似,当为《金谷集》中一篇,标题乃后人所加。

又,《赠石崇诗》五言,亦当为此时作。

荀勖年岁及长任中书监

《晋书·荀勖传》载，勖以武帝太康十年（289）卒，《武帝纪》同，不书年岁，今存旧本《晋书》佚文，于此亦无可稽考。惟《晋书》本传言勖"年十余岁，能属文。从外祖魏太傅钟繇曰：'此儿当及其曾祖。'"《世说新语·方正》注引虞预《晋书》同。钟繇卒于魏明帝太和四年（230），极而言之，其时荀勖年十二三，则当生于汉献帝建安二十二三年，至太康十年卒，得年在七十二三以上。

荀勖仕历，据本传，司马昭为晋王，以勖为侍中。武帝代魏，"拜中书监，加侍中，领著作"，又《武帝纪》泰始元年，以"侍中荀勖为济北公"。《刑法志》载，司马昭为晋王，令贾充定法律，与事者有"太傅郑冲、司徒荀𫖮、中书监荀勖、中军将军羊祜"等，时在武帝代魏前一年。泰始三年，成，表上。诸人结衔当据表中所列记之。《武帝纪》载此年九月，司空荀𫖮为司徒，是其证。则荀勖官中书监当在此前。

本传又记，"久之，进位光禄大夫"。据《乐志上》"泰始九年，光禄大夫荀勖始作古尺，以调声韵"，《律历志上》"泰始十年，光禄大夫荀勖奏造新度，更铸律吕"，是泰始九年已进光禄大夫。然《律历志上》记泰始九年，勖始作古尺事，十年记勖请定留律事；《礼志中》记太康元年议礼，结衔又均分书"中书监"。以是知勖"进位"光禄大夫后仍兼中书监。中书监为近臣，所谓"凤凰池"也。勖为晋武宠臣，以是长兼而不能离。其去中书，守尚书令，自在太康中，前后凡二十年左右。

勖苟合取容，嫉贤妒能。与阮咸论律，自以为不能及，乃出之为始平太守,见《阮咸传》《乐志上》;张华有台辅之望,勖亦间之于武帝,遂出华为幽州,见《张华传》。

荀勖《中经》与汲冢书

晋武帝时汲冢竹书出土,为古代文献一大发现,差堪与孔壁古文、安阳甲骨、敦煌遗书比肩。历代学者考索研究,最全面、详尽者,厥推朱希祖氏《汲冢书考》。全书所考凡五事,即《汲冢书来历考》、《汲冢书文字考》、《汲冢书篇目考》、《汲冢书校理年月考》、《汲冢书校理人物考》。其年月、人物二考,于拙著颇相关涉,爰撮录要点如后,复就所谓"中经"申以鄙见,以备参酌。

一、出土年月。《晋书·武帝纪》系于咸宁五年(279)十月;卫恒《四体书势》、王隐《晋书·束晳传》记作太康元年(280);《晋书·束晳传》、荀勖《穆天子传序》、太康十年汲令卢无忌《齐太公吕望碑》记作太康二年(281)。朱考引雷学淇《竹书纪年考证》云:"竹书发于咸宁五年十月,明年三月吴平,遂上之。帝纪之说,录其实也。余就官收以后上于帝京时言,故曰太康元年。《束晳传》云二年,或命官校理之岁也。"

二、校理年月。经始于太康二年,迄于永康元年,前后二十年,分为三期:第一期自太康二年至太康八九年,为荀勖、和峤分编时期,《穆天子传》、《竹书纪年》初定本皆写定于此期。第二期,自惠帝永平元年(291)二月至六月为卫恒考证时期,浚以为楚王玮所害中止。第三期,自惠帝元康六年(296)至永康元年(300)为束晳考证写定时期,《竹书纪年》重行改编,汲冢书十六种七十五篇全部告成。

三、校理人物。前后主事有荀勖、和峤、华廙、挚虞、卫恒、华峤、束晳等。

《晋书·荀勖传》载:"及得汲郡冢中古文竹书,诏勖撰次之,以为中经,列在秘书。"《文选》卷四六《王文宪集序》善注引王隐《晋书》:"荀勖,字公曾,领秘书监,与中书令张华依刘向《别录》,整理错乱。又得汲冢竹书,身自撰次,以为中经。"阮孝绪《七录序》:"魏、晋之世,文籍逾广,皆藏在秘书中外三阁。魏秘书郎郑默,删定旧文,时之论者,谓为朱紫有别。晋领秘书监荀勖,因魏《中经》,更著新簿,虽分为十有余卷,而总以四部别之。惠、怀之乱,其书略尽。"《隋志序》所记略同,云:"魏氏代汉,采掇遗亡,藏在秘书中外三阁。魏秘书郎郑默,始制《中经》;(晋)秘书监荀勖,又因《中经》,更著新簿,分为四部,总括群书。……四曰丁部,有诗赋、图赞、汲冢书,大凡四部合二万九千九百四十五卷。"荀勖《上穆天子传序》:"请事平以本简书及所新写,并付秘书缮写,藏之中经,副在三阁。"按,王隐及唐修《晋书》及荀序所言"中经",即中秘书;《七录序》、《隋志序》所言《中经》,盖郑默所定中秘书目录,意其下当尚有"簿"或"录"字,阮孝绪等以骈体行文,故略去耳。荀勖所撰中秘书目录,《隋志》虽作《中经》,亦疑有脱略。《三国志·王肃传》注引作晋武帝《中经簿》,《初学记》卷一二引王隐书作郑默著《魏中经簿》,阮孝绪《古今书最》录作《晋中经簿》,《旧唐书·经籍志》书作《中书簿》,《新唐书·艺文志》作《中经簿》,皆是为证。要之,标点王隐或唐修《晋书·荀勖传》,于"中经"一律加书名号,似欠妥切。

《晋书·挚虞传》记"太庙初建"有误

《晋书·挚虞传》记武帝太康中授虞尚书郎,下叙"时太庙初建,诏普增位一等。后以主者承诏失旨,改除之。虞上表"云云。按,《武帝纪》载,泰始二年秋七月,营太庙。其建成当在稍后数年间。太康元年三月,吴平,孙皓降,五月丁卯,"荐酃渌酒于太庙",竣事必在此前。太康八年,太庙殿陷。虞表中有"前《乙巳赦书》"语,乙巳为太康六年。于此可见"太庙初建"为误记,当是太康八年后重建事。

传又记"元康中,迁吴王友。时荀顗撰《新礼》,使虞讨论得失而后施行。元皇后崩",挚虞与杜预议礼。顗与元皇后均卒于泰始十年,传文叙事置于元康中迁吴王友后,相去近二十年而谓之"时"失次甚明。《礼志上》载议《新礼》事为太康初,较近事实。

挚虞为秘书监

《晋书·挚虞传》载虞于惠帝元康中,迁吴王友,后历秘书监、卫尉卿,从惠帝幸长安。朱希祖《汲冢书考·汲冢书校理人物考》疑虞为秘书监在惠帝永平元年二月复置秘书监官之时,其证为《张华传》"秘书监挚虞撰定官书,皆资华之本以取正",又贾谧在元康末为秘书监,与张华同时被杀,故挚虞为此官当在贾谧前。说可参。《杜预传》记预专心《左传》,"秘书监挚虞"赏之。预卒于太康五年(284)此亦一证也。然列传所记职衔,往往以后为前,未可尽据。《礼志中》记惠帝太安元年(302)三月,皇太孙覠,议礼,散骑常侍谢衡、中书令卞粹、博士蔡克、秘书监挚虞与议。谢衡无考;《惠帝纪》载中书令卞粹于太安二年(303)为长沙王乂所杀;《宣五王传》载永康二年(301)博士陈留蔡克议梁王肜谥,皆可证《礼志》所记职衔为有据,则其时挚虞正任秘书监。如《杜预传》、《张华传》所记不误,秘书监品位高于吴王友,挚虞当于吴王友之后迁转秘书监。吴王晏以太康十年(289)封,虞于太康中以吴王友迁秘书监,至早当在太康五年左右,稍后贾谧即居是职,则又与朱考不合。故疑虞于太康中未尝为此官,《晋书》本传及《礼志》所记可靠,挚虞当于永康元年(300)贾谧被杀后继谧居秘书监,迁卫尉卿,永兴元年(304)冬随惠帝至长安。

据《世说·文学》注引王隐书,虞卒于永嘉五年(311)。

束皙生卒年拟测

《晋书·束皙传》记皙年四十卒,《世说·雅量》注引《文士传》作"三十九岁卒",皆不记年月。按,传载"赵王伦为相国,请为记室。皙辞疾罢归,教授门徒",伦为相国事在惠帝永康元年(300),皙病卒必在此后。又,传记皙少游国学,博士曹志赏之。据志传,志始为博士在咸宁初(275),后迁祭酒。世家子弟入国学,年岁约在十四五至十七八岁,《北齐书·徐之才传》记之才以十三岁入太学,《梁书·许懋传》记懋以十四岁入太学。设束皙于咸宁三年(277)左右入太学,年十五,四十岁卒则在永宁二年(302),其生年则在魏末(263)左右。

枣据《登楼赋》

枣据《登楼赋》,《类聚》卷六三存残篇。陆侃如先生《中古文学系年》以为作于太康元年随贾充南征时,谓枣赋"怀通川之清漳",显系模拟王粲《登楼赋》"挟清漳之通浦",两人南行地望相近。按,说可商。枣赋云:"感斯州之厥域,实帝王之旧疆。挹呼沱之浊河,怀通川之清漳。"荆楚蛮夷之地,不得为"帝王之旧疆"。此不合之一。贾充率军南下,仅及襄阳而止,王粲登楼,在当阳、麦城一带漳水、沮水交汇处,此距襄阳二百里许。此不合之二。若在荆楚,"呼沱之浊河"亦无着落,此不合之三。核之枣据仕履,此赋当为赴幽州途中所作,所登之楼当在邺城一带。漳水有二,一在荆州,一在冀州。后者即刘桢《赠五官中郎将》所谓"窜身清漳滨"也。呼沱河自南而北,入渤海,在邺城与漳水合,以此乃有"浊河"、"清漳"之语。又,赋中"钟仪惨而南音,庄舄感而越声"亦全袭王赋。自仲宣之作出,后人登楼作赋,多以之为模式,孙楚《登楼赋》"聊暇日以娱心",实则厕身赐宴,"谈三坟而咏五典",非假日销忧之比。枣据赋钟仪、庄舄云云,亦泛谓异域殊方,语言不同耳;方之削足适屦,或非过苛。

枣据仕历

枣据家世,《魏志·任峻传》注引《魏武故事》并《文士传》,已可稽索。《魏武故事》引曹操令曰:"(枣)祇子处中,宜加封爵,以祀祇为不朽之事。"祇于屯田中有功,故操下令封其后人。"屯田"之名,亦最早见于此令。《晋书斠注》引《元和姓纂》卷七曰:"枣祇为陈留太守,生赵。赵生据。"《晋书·枣据传》言据父名叔祎,"魏钜鹿太守",则枣赵字叔祎,当是祇次子;处中则为长子,故封爵及之。

《晋书》本传记枣据"弱冠,辟大将军府",《文选》卷二九《杂诗》注引《晋书七志》所记同。司马师、昭兄弟相继为大将军,据于"太康中卒,时年五十余"。太康凡十年,卒于何年,五十有几,已难推断。设太康元年(280)为五十岁,则弱冠为嘉平三年(251),其年司马懿卒,司马师为大将军。师执政四年而卒(255);若枣据在司马昭时被辟,则太康元年为四十六岁,太康中卒年五十余,亦可通。

贾充伐吴,以据为从事中郎。《杂诗》云"吴寇未殄灭,乱象侵边疆。天子命上宰，作蕃于汉阳"，《贾充传》记充"将中军，为诸军节度，以冠军将军杨济为副，南屯襄阳。吴江陵诸守皆降，充乃徙屯项"。《通鉴》晋武帝太康元年载诏令王濬等共平夏口、武昌，顺流直造秣陵；杜预已平江陵，当静镇零、桂，"太尉充移屯项"。胡注："以荆州已定，不复使贾充南屯襄阳，移屯项为诸军节度。"屯项为北返。诗中言"汉阳"，乃汉水之阳。汉水自襄阳西北来，绕经襄阳东流，又转折而南而西，是襄阳亦得谓汉水之阳。

据出为幽州刺史，据本传，在平吴、徙黄门侍郎之后。万斯同《晋方镇年表》系于太康五年，秦锡圭《补晋方镇年表》系于咸宁四年，吴廷燮《晋方镇年表》系于太康三年。陆侃如先生从吴说。按，秦说悖于史实甚明。万、吴二说虽乏的证而与本传所记大体相合。按吴说，贾充于太康元年军还，是年枣据迁黄门侍郎，三年出镇幽州，晋制地方官六年为期，即令不足六年，其入为中庶子亦当在太康七八年际，是其卒已在太康末。逆推其弱冠辟大将军府，或当在司马昭时。如按万说，其任刺史、中庶子至多为五年，两两相较，吴说似较妥。

李密生卒、入洛之年

李密，《晋书》本传云"一名虔"。《华阳国志·后贤志》作"李宓"，任乃强氏校注曰："李宓，宋以前人皆书作密，故裴注（笔者按，见《蜀志·杨戏传》）与《晋书》皆作密。《通鉴》与元丰本《华阳国志》亦作密，嘉泰以后刻本乃皆作宓，似由避与隋、唐李密混，故改之。《晋书》云一名虔，虔盖虙字讹，即古写宓字也。"说是。

上《陈情事表》之年，《晋书》记，"蜀平，泰始初，诏征为太子洗马"，《华阳国志》记作"武帝立太子，征为洗马，诏书累下，郡县相逼"。据《晋书·武帝纪》，泰始三年（267）正月，"立皇子衷为皇太子"，则征为洗马必在此后。密《陈情事表》言："自奉圣朝，沐浴清化。前太守臣逵察臣孝廉，后刺史臣荣举臣秀才。臣以供养无主，辞不赴命。明诏特下，拜臣郎中，寻蒙国恩，除臣洗马。猥以微贱，当侍东宫，非臣殒首所能上报。臣具以表闻，辞不就职。诏书切峻，责臣逋慢，郡县逼迫，催臣上道，州司临门，急于星火。"臣逵、臣荣姓氏不详，更不知其何年任职。惟《华阳国志·大同志》记，魏咸熙元年（264），以袁邵为益州刺史；晋泰始元年（265）春，将征袁邵入，常忌谏以"邵抚恤有方"，不宜改易，司马炎乃听邵留任。泰始四年，王富反，"刺史童策斩之"。意臣荣之任益州刺史，或在泰始二、三年间。举密为秀才，密辞，又诏拜郎中、除洗马，前后相接，则《陈情事表》自言四十四岁，以泰始三年计，逆推其生年当在魏黄初五年（蜀建兴二年，224），任乃强氏推作蜀建兴元年（223），误。至其应召入洛之年，无明文可稽。《华阳国志·王崇传》记崇"与寿良、李宓、陈寿、李骧、杜烈同入京洛"，《晋书·陈寿传》记寿除佐著作郎，出补阳平令（按，当作平阳侯相），泰始十年上所编《诸葛亮集》。集始编于佐著作郎时，约略计之，当在泰始七、八年。李密表言祖母"九十有六"，又疾病常在床蓐，可知上书未久而刘即谢世，密承重守孝，服阕入京，当亦在泰始七、八年间，与陈寿仕履可以相合。密卒年六十四，亦见《华阳国志》。

夏侯湛骚体诗

夏侯湛事迹，除《晋书·本传》所记，《文选》卷五七潘岳《夏侯常侍诔》、卷四七《东方朔画赞》善注引臧荣绪《晋书》、《世说·文学》、

《容止》注、《全晋文》录《山公启事》皆可资稽索。《晋书·礼志中》载太康元年议礼,"黄门侍郎崔谅、荀恽,中书监荀勖,领中书令和峤,侍郎夏侯湛皆如(虞)溥议",是湛为中书侍郎不当晚于此年,陆侃如先生《中古文学系年》系此于太康六年,无据。陆先生又据《离亲咏》、《江上泛歌》,疑湛以尚书郎随贾充征吴,本传偶略。按,说近是而未尽当。《离亲咏》云"剖符兮南荆,辞亲兮遐征。发轫兮皇京,夕臻兮泉亭","剖符"云云,盖出守也,与从征无涉。湛以中书侍郎出补南阳相,南阳属荆州,剖符南荆指此,而事又在太康中平吴后也。至《江上泛歌》"悠悠兮远征,倏倏兮暨南荆。南荆兮临长江,临长江兮讨不庭",所言似伐吴情状,然贾充为伐吴总帅,仅及襄阳而止,距大江尚数百里。若谓诗中描写为想象之辞,则又有"望江之南兮邈目桂林"诸语,分明记实。本传无一语及之,阙疑可耳。

湛今存诗作,堪注意者为骚体九首,严可均、逯钦立书并收之。骚体介诗、赋之间。屈原作品,班固题作赋,而历来又视之为诗。朱熹《楚辞后语》所录,虽真伪杂出,然论其文体,则兼包诗、赋。骚体波扬诗、赋之坛,流转衍变,历代论者,多已注目。然究属二合而一,抑一分为二,至唐人尚未得究竟。试检《类聚》卷三四"哀伤":"魏文帝《寡妇诗》曰:'友人阮元瑜早亡,伤其妻子孤寡,为作此诗。'"又录魏文帝"《寡妇赋》曰:'陈留阮元瑜早亡,每感存其遗孤,未尝不怆然伤心,故作斯赋。'"所录曹丕"诗"、"赋"残文,文体皆为骚体,如无序文,已不得知其为"诗"为"赋"。"诗"、"赋"皆代拟未亡人语气,情韵亦同,稍异者,"诗"中时节为秋令而"赋"中时节为冬日也。《文选》卷一六潘岳《寡妇赋》善注引魏文帝《寡妇赋序》曰:"陈留阮元瑜与余有旧,薄命早亡,故作斯赋,以叙其妻子悲苦之情,命王粲等并作之。"文字与《类聚》所引又有出入。《类聚》同卷即录王粲《寡妇赋》、丁廙妻《寡妇赋》(《初学记》卷二八引作"丁仪妇","妇"上或夺"寡"

字。疑此为丁氏兄弟之一应教之作)。《文选》卷二三《过庐陵王墓下作》善注引曹植《寡妇诗》,或亦为同作,严可均引作《寡妇赋》,抑以之为赋而以李善所引有误字而径改作"赋"欤?

夏侯湛骚体九首,依逯书,为《山路吟》、《江上泛歌》、《离亲咏》、《长夜谣》、《寒苦谣》、《春可乐》、《秋可哀》、《秋夕哀》、《征迈辞》,严书均加收录,不遗一首,盖以为赋之变体。按,此九首除《征迈辞》外均见《类聚》,而《类聚》收录时,分类列次,甚可玩味。《山路吟》、《江上泛歌》,于"诗"、"赋"外别立"吟"、"歌"之目。魏晋南朝,文体辨析、分类愈趋繁杂,然以"吟"、"歌"立目,为挚虞、刘勰诸家分类中所未见,即在《文选》,诗类子目,亦未见标列。《类聚》之所以然,不得已也。《寒苦谣》、《春可乐》、《秋可哀》、《秋夕哀》诸篇,《类聚》收入"赋"类。按此书体例,一体之中所收作品,皆以时代先后为次,然《寒苦谣》却置梁裴子野《寒夜赋》后,《春可乐》置周庾信后,《秋可哀》、《秋夕哀》置梁简文帝、江淹后,前后失次,编者其以此诸篇为"赋"之别体,读者可以自了。《离亲咏》收入"诗"类,置孙绰后,别为列次,同于上列诸篇。至《长夜谣》,按例当入"天部",却列入"人部"、"讴谣"一类。"讴谣"类所收均属民谣,惟此首及湛方生《怀归谣》、沈炯《独酌谣》为文士作品;又"人部"中列"吟"类,《山路吟》又不在此列。此种种均属不伦。

夏侯湛之后,若湛方生、谢庄、沈约等均有杂言骚体,《类聚》收录、归属、立目之不当,皆同上述。湛方生《游园咏》,单列为"咏",致《诗纪》、逯书以之为诗,实则文体全同《归去来兮辞》一类;谢庄《怀园引》,单列为"引"。后人不察或察之而难界定,遂致同一作品而不辨其为文为诗。

潘岳为司空、太尉掾

潘岳生平事迹,以傅璇琮氏《潘岳系年考证》最为详明,文载《文史》第十四辑。

唐修《晋书·潘岳传》载,岳"早辟司空、太尉府",《文选》卷七《籍田赋》善注于"潘安仁"下引臧荣绪《晋书》曰:"(岳)弱冠,辟司空、太尉府。"又于《籍田赋》题下引臧书曰:"泰始四年正月丁亥(按,赋文误作丁未),世祖初籍于千亩,司空掾潘岳作《籍田颂》也。"《西征赋》"纳旌弓于铉台"两句下又引臧书曰:"岳弱冠辟太尉府掾。"古人引书往往节删,同一李善,同一臧书,歧异由此。

陆侃如先生《中古文学系年》于作《籍田赋》下考曰:"岳迁太尉掾,在贾充为太尉时,尚在八九年后,即所谓'栖迟十年',本传误叙于作赋前。汤球辑臧荣绪《晋书》卷十《潘岳传》,移太尉于司徒(按,徒当作空,汤辑不误)之前,亦误。"又定岳于泰始八年入贾充幕,引《闲居赋》"仆少窃乡曲之誉,忝司空、太尉之命。所奉之主,即太宰鲁武公其人"为证,云:"在本年以前,岳'所奉之主'是裴秀。本年充继任司空,岳便成充的僚属。不过,此时岳似尚未为充所赏识。后来与贾氏关系渐密,故作赋时便把裴秀丢开了。"按,岳迁太尉掾,此太尉是否即为贾充,泰始八年以前"所奉之主"是否即为裴秀,皆无明文可稽。本传叙"辟司空、太尉府",盖岳十年间皆为上公僚属,故连书之也。傅璇琮氏所考矜慎,于咸宁四年下云:"其转为太尉掾,未详在何年。"虽然,试拟测之。

据《秋兴赋》"晋十有四年,余春秋三十有二"逆推,岳生于魏齐王芳正始八年(247),弱冠辟司空掾,当在晋武帝泰始二三年,其时荀颛为司空，何曾为太尉。据《武帝纪》三年九月，以义阳王望为太尉，司空荀颛为司徒，继颛者为裴秀。颛迁太尉之年，纪、传均无明文。《义阳王望传》载望以退吴将丁奉有功拜大司马，时为泰始四年事。《职官志》记晋初八公并置，其序为太宰、太傅、太保、太尉、司徒、司空、大司马、大将军，又记"自义阳王望为大司马之后，定令如旧，在三司上"，是望于四年迁大司马，依次当由司徒荀颛补太尉。《郑冲传》记泰始六年诏，其时太尉为荀颛，可作旁证。潘岳之为司空、太尉掾，恐皆在荀颛府。其后贾充即专权势，与荀颛等结党。泰始十年（274）荀颛卒，继之者为陈骞，骞亦贾充之党。咸宁二年（276），骞转大司马，乃以司空贾充为太尉。潘岳自泰始二三年始即在荀颛府，颛迁太尉，又为司空裴秀僚属，作《籍田赋》。泰始七年裴秀卒，岳或于此前后又入荀颛太尉府为掾。其时约二十五岁左右。及贾充为太尉，岳仍在太尉府，为贾氏属官，时已三十岁，不得再谓之"弱冠"矣。至《闲居赋序》标出"所奉之主，即太宰鲁武公其人"，陆说似得其实，惟所"丢开"者不仅裴秀，且有荀颛。岳栖迟府僚，前后凡十二年，贾充在世时亦似未加赏识，乃出为河阳令。及贾谧继而专政，岳谄事之，《闲居赋序》云云，非为悼死者而为谄生人。

潘岳曾居天陵东山

潘岳《河阳县作》二首。见《文选》卷二六。其一云："微身轻蝉翼，弱冠忝嘉招。在疚妨贤路，再升上宰朝。猥荷公叔举，连陪厕王寮。长啸归东山，拥耒耨时苗。……昔倦都邑游，今掌河朔徭。"善注云："岳《天陵诗序》曰：'岳屏居天陵东山下。'"陆侃如先生以为岳于贾充卒后，出令河阳前似曾归耕东山。说是。傅璇琮氏未及此条。

天陵在何处，不详。岳诗首二句与臧荣绪《晋书》、潘尼《赠河阳诗》所记相合。"再升上宰朝"，似指入贾充府事，由荀颛而裴秀而贾充，故谓之"再"。"连陪厕王寮"，言由贾充之荐，得兼虎贲中郎将，寓直散骑省。岳在省，以书阁道谣忤山涛、裴楷等，归天陵东山闲居。此又可与《秋兴赋》"江湖山薮之思"合。其归东山，在作《秋兴赋》后不久。旋或又因贾谧之力而复出为河阳令，其中细节，已不可究诘。然陆说定岳出为河阳令在太康三年（282），似觉稍后。盖其时岳年三十有六，与潘尼赠诗"既立宰三河"不免相去稍远，宜从傅考。

又，岳《天陵诗序》，严可均失辑。

潘岳为贾谧《晋书》限断辞在元康八年

《晋书·潘尼传》载，贾谧二十四友，"岳为其首。谧《晋书》限断，亦岳之辞也"。姜亮夫先生《陆平原年谱》于惠帝元康三年下记云："（机）转著作郎，与于议《晋书》限断。"陆机未尝于元康三年为著作郎，见《陆机为著作郎年月与议〈晋书〉限断》条；潘岳则于元康二年出为长安令，约于元康六年返洛。是议《晋书》限断不得在三年。

《贾谧传》载："（谧）历位散骑常侍、后军将军。广城君薨，去职。丧未终，起为秘书监，掌国史。先是，朝廷议立《晋书》限断，中书监荀勖谓宜以魏正始起年，著作郎王瓒欲引嘉平以下朝臣尽入晋史，于时依违未有所决。惠帝立，更使议之。谧上议，请从泰始为断。于是事下三府，司徒王戎、司空张华、领军将军王衍、侍中乐广、黄门侍郎嵇绍、国子博士谢衡皆从谧议。骑都尉济北侯荀畯、侍中荀藩、黄门侍郎华混以为宜用正始开元，博士荀熙、刁协谓宜嘉平起年。谧重执奏戎、华之议，事遂施行。"按，据所载，事当在元康八年左右，其证有四：

一、《书钞》卷五七引王隐书云："（谧）于元康末为秘书监,兼长史籍事。"元康共九年,姜氏定此事在三年,自不得谓之"元康末"。二、广城君即郭槐。《贾充妻郭槐柩铭》（见《汉魏六朝墓志集释》）明书槐卒于元康六年,其卒,谧以"承重孙"服丧。丧未终起为秘书监,至早亦在元康七年。《文选》卷二四录陆机《答贾长渊（谧）诗》,序云"余昔为太子洗马,贾长渊以散骑常侍侍东宫积年。余出补吴王郎中令,元康六年入为尚书郎,鲁公赠诗一首,作此诗答之云尔",可为旁证。秘书监掌国史,议限断正其职分所在。三、"事下三府",三府指太尉、司徒、司空。王戎以元康七年为司徒,张华以元康六年为司空;据《惠帝纪》,其时太尉为陇西王泰（按,据泰传,当作高密王）。泰于九年六月卒,或八年议限断时已疾病,不与。四、据《书钞》卷五七,陆机为著作郎,亦与此议,机《吊魏武帝文》序云："元康八年,机始以台郎出补著作。"则此议限断事在元康八年甚至九年,固无可疑。

潘岳与贾谧"二十四友"

《晋书·贾谧传》载,谧负其骄宠,奢侈无度:"开阁延宾,海内辐凑,贵游豪戚及浮竞之徒,莫不尽礼事之。或著文章称美谧,以方贾谊。渤海石崇、欧阳建,荥阳潘岳,吴国陆机、陆云,兰陵缪徵,京兆杜斌、挚虞,琅邪诸葛诠（铨）,弘农王粹,襄城杜育,南阳邹捷,齐国左思,清河崔基,沛国刘环,汝南和郁、周恢,安平牵秀,颍川陈眕,太原郭彰,高阳许猛,彭城刘讷,中山刘舆、刘琨皆傅会于谧,号曰'二十四友',其余不得预焉。"《刘琨传》载:"（琨）年二十六,为司隶从事。时征虏将军石崇河南金谷涧中有别庐,冠绝时辈,引致宾客,日以赋诗。琨预其间,文咏颇为当时所许。秘书监贾谧参管朝政,京师人士无不倾心。石崇、欧阳建、陆机、潘岳之徒，并以文才降节事谧。琨兄弟亦在其间，号曰'二十四友'。"《石崇传》载，崇"拜太仆，出为征虏将军，假节，监徐州（按，据崇《金谷诗序》自记作'监青徐'）诸军事"，"免官，复拜卫尉，与潘岳谄事贾谧。谧与之亲善，号曰'二十四友'。广城君每出，崇降车路左，望尘而拜，其卑佞如此"。《潘岳传》载："岳性轻躁，趋世利，与石崇等谄事贾谧，每候其出，与崇辄望尘而拜。构愍怀之文，岳之辞也。谧'二十四友'，岳为其首。"然最早史料，则为惠帝时阎缵一疏，见《阎缵传》，直斥"贾谧小儿，恃宠恣睢，而浅中弱植之徒，更相翕集，故世号'鲁公二十四友'"。所记如此，试分而析之。

一、"二十四友"集团形成时间，姜亮夫先生《陆平原年谱》系于惠帝元康元年，误。以诸主要文人仕履核之，当在元康五、六年间。元康元年，贾后诛杨骏，废太后，始预朝政。谧依仗威福，权倾一时，自当稍历有年。而潘岳以元康二年出为长安令，约五年或六年返洛；陆机以元康四年出为吴王郎中令，六年返洛；石崇于元康初出为荆州刺史，其间一度征入为太仆，旋又出监青、徐军事，约于五年或稍后返洛；欧阳建元康元年尚为冯翊太守。说参有关诸条。《刘琨传》所记时限尤明。琨二十六岁为元康五、年，"二十四友"集团形成，自在此时或稍后。以上诸人尽集洛下，惟在元康五、六年间。《石崇传》于谄事贾谧后复记望广城君之路尘而拜，广城君即贾后母郭槐。《汉魏六朝墓志集释》有《贾充妻郭槐柩铭》记槐卒于元康六年，而是年崇又都督青徐，其望尘而拜自在五、六年间。

二、"二十四友"中，石崇、欧阳建、潘岳、陆机、陆云、牵秀、左思、刘琨等皆以文藻著声于时。余人《晋书斠注》亦多有考，其未及者为：1.杜斌。见《魏志·杜恕传》注引《晋诸公赞》，言其为杜预从兄，亦有才望，为黄门郎，与贾谧同诛。2.诸葛铨，《贾谧传》误作"诸葛诠"。《晋书·后妃·诸葛夫人传》记铨字德林，诸葛夫人兄，官散骑常侍。

《怀帝纪》载永嘉五年"廷尉诸葛铨"与王衍等俱为石勒所杀。3.王粹。《晋书·陆机传》载,成都王颖攻长沙王乂,以陆机为前锋都督,督王粹、牵秀等部二十余万。孙惠劝机让都督于粹。《吴志·陆抗传》注引《机云别传》同。4.崔基。《晋书·阎缵传》记其与潘岳同为杨骏掾属。5.刘环。不详。6.陈眕。惠帝时为右卫将军、左卫将军。太安二年,挟惠帝北伐成都王颖,败绩。明帝中出为都督幽、平二州诸军事、幽州刺史。事迹见《晋书》纪、传。7.郭彰。附《贾充传》,充妻郭槐从弟,贾后专权,"彰豫参权势,物情归附,宾客盈门,世人称为'贾、郭'"。

由此可明,"二十四友"虽多属文人而非以文义相聚,盖同利为朋,趋炎附势耳。后数年,谧被杀,诸"友"颇有从诛者。《刘琨传》所记"文咏"、"以文才降节事谧",要指石、潘、欧阳建辈。左思似非主干;陆机其后亦与谧渐疏,至反戈一击,"豫诛贾谧"(《陆机传》)。

三、《潘岳传》记"二十四友"中岳为其首,近是。《贾谧传》罗列者八,则以石崇、欧阳建为首。崇性残暴,遇下暴者事上多谄;欧阳建其时或罢官赋闲,唯其舅马首是瞻。潘岳则外似恬淡而内实躁进,其时罢长安令,闲居洛阳,思借贾氏以登龙,固亦常情。起为著作郎,迁散骑常侍、黄门侍郎,权操自谧,不言可知。望尘而拜,利获倍蓰。其后潘岳又代谧作诗文,代拟《晋书》限断之议,又为构陷愍怀效犬马之劳,忠心事主,非纯然清客帮闲可比。要之,"二十四友"中,石崇以高位富豪名列其首,潘岳则以文才智略实为之干,如此而已。古来文人,依附大官,干谒贵戚,几成常例。杜子美滞迹长安,姜白石飘零湖海,如无可攀援,皆早作饿殍,尚焉有《杜少陵集》、《白石道人歌曲》哉!潘岳之贻讥后世,盖一则以谄媚过甚,二则以帮闲而兼帮凶,三则以贾氏声名狼藉故也。贾充陋质邀宠,贾谧小有才而借裙带之风青云直上;其家妇女,亦秽声四播。郭槐、贾后,悍妒凶残,尽人皆知;

贾午偷香，后世美之为风流韵事，当日固窃笑为丑迹淫行；郭槐侄女，适王衍，"聚敛无厌，干豫人事"（《世说·规箴》）。潘岳貌美才华，然权欲熏心，乃至不择主而事，亦文人之可悲者也。

张载《剑阁铭》作年及《七哀诗》佚句

张载号一代文宗，其生卒年竟无可考。《文选》卷五六录其《剑阁铭》，善注引臧荣绪《晋书》曰："张载父收，为蜀郡太守。载随父入蜀，作《剑阁铭》。益州刺史张敏见而奇之，乃表上其文。世祖遣使镌石记焉。"唐修《晋书》本传记此作"太康初，至蜀省父，道经剑阁。载以蜀人恃险好乱，因著铭以作诫"云云。按《类聚》卷二七录载《叙行赋》曰："岁大荒之孟夏，余将往乎蜀都。脂轻车而秣马，循路轨以西徂。""大荒"为"大荒落"省称，辞赋音节使然。据《尔雅·释天》，太岁在巳曰大荒落，晋武帝泰始九年癸巳（273），太康六年乙巳（285）皆可当之。载传于《剑阁铭》后又叙"载又为《蒙汜赋》，司隶校尉傅玄见而嗟叹，以车迎之，言谈尽日，为之延誉，遂知名"。《初学记》卷一二引干宝《晋纪》云"太仆傅玄见赋叹息"。按，傅玄为太仆在泰始五年（269），后迁司隶校尉，卒于咸宁四年（278），如《剑阁铭》作于太康六年乙巳，其后又作《蒙汜赋》，咸自不及见之。故此"大荒"当指泰始九年癸巳，亦即《剑阁铭》之作年。臧书不记年月，较唐修《晋书》为确。说参《〈史通〉误书傅玄在魏官司隶校尉》条、傅璇琮氏《左思〈三都赋〉写作年代质疑》）。

载父名收，《文选》善注本、六臣注本引臧书并同。《御览》卷五九〇引王隐书作"牧"，唐修《晋书·王濬传》录濬上书，记平吴时与"军司张牧、汝南相冯统等共入观皓宫"云云。濬平吴前为益州刺史，或于平吴前入蜀省父,时其父收(或牧)为蜀郡太守。意王濬楼船西发益州,或即以载父为军司也。"收"、"牧"形近,不详孰是。

又《文心雕龙·丽辞》谓"孟阳《七哀》云:'汉祖想枌榆,光武思白水。'"此二句佚出《文选》所录《七哀诗》,《先秦汉魏晋南北朝诗》失收。

张协为成都王颖征北从事中郎

张协诗才颖发,《诗品》列入上品,然《晋书》所记生平仕履,殊简略不称,盖名高而官小也。传仅言"辟公府掾,转秘书郎,补华阴令、征北大将军从事中郎,迁中书侍郎。转河间内史"。其唯一有年可稽者为"征北大将军从事中郎"。按,西晋世加征北大将军者,一为卫瓘,见《武帝纪》泰始七年(271),一为成都王颖,见《惠帝纪》、《成都王颖传》,时在永宁元年(301)。张协所事当为成都王颖,其证有二:一、据本传,协为征北从事中郎已在其官场生涯后期。卫瓘为征北大将军,在泰始七年至咸宁四年(278)间。协兄载于太康末入蜀省父,咸宁中始入仕为佐著作郎,协之入仕不当早于此前,太康前不得迁转至征北府。二、《晋书》本传史臣曰有"景阳摛光王府,棣萼相辉"二语,此"王府"自指成都王颖府。其时二陆亦在颖府。以此为基准,上下相推,协仕履年月或可大体得之。至其生卒年,则一如乃兄,无可稽索。然《张亢传》言亢南渡,未及二兄,则载、协其皆卒于西晋之世欤?

左思父名熹

《晋书·左思传》记思父名雍,赵小吏,以能擢授殿中侍御史,《书钞》卷一〇二引王隐《晋书》、《世说·文学》注引《左思别传》所记同,并作"父雍"。《九家旧晋书辑本》据《御览》卷一四五引王隐《晋书·武元杨皇后传》辑入"采侍御史齐国左维女"为修仪云云,又《御览》卷二二七引《曹氏传》曰"左拥起于碎吏"云云,"维"、"拥"皆当作"雍",传写误耳。然《左棻墓志》碑阴记"父熹,字彦雍",以是而知史籍之尽误。《曹氏传》作者不知何人,《世说注》、唐修《晋书》误以字为名,又夺去"彦"字,皆昉自王隐。

《三都赋》作年

《三都赋》成于何时,年来已成聚讼之案。以《晋书·左思传》自相矛盾,论者各执一端,遂致纷扰难解。

一、姜亮夫先生《陆平原年谱》据思传陆机与陆云书讥伧父作《三都赋》欲以复酒瓮事,云:"按左思妹芬以泰始八年入宫,至咸宁时拜修仪。(原注:《晋书》作'八年拜修仪'。按《御览》引《晋起居注》拜修仪在咸宁三年,盖芬以泰始八年以采择入宫,至是拜修仪,《晋书》略言之也。)思因妹贵,移家洛阳,乃诣著作郎张载,访岷、邛之事,自以所见不博,求为秘书郎中(原注:今《晋书》无'中'字,据孙诒让《籀庼述林》补),十年赋乃成,度机入洛时,正思得句便疏之时,十年铸辞,则当成于武、宣(按,'宣'当作'惠')之间,史无成言,可据亭以推之也。与弟云书论之，当是在东宫与弟别之年，忌赋亦即成于此时，则次之于此或稍后，当不甚相远矣。"据此，姜谱系《三都赋》之成于惠帝元康元年(291)。

二、傅璇琮氏《左思〈三都赋〉写作年代质疑》定此赋成于平吴前，即太康元年(280)前，其证有四：1.《御览》引《晋起居注》，书"拜美人左嫔为修仪"，是芬之入宫尚在泰始八年(272)前，《三都赋》构思十年，杀青当在太康元年前。2. 张载入蜀，作《剑阁铭》，据载《叙行赋》"岁大荒之孟夏，会将往乎蜀都"推得入蜀在泰始九年(273)，《晋书》谓"太康初"，不确。左思访张载以岷、邛之事当在灭吴前。3. 皇甫谧序非出伪托，而谧卒于太康三年(282)。4. 据《三都赋》内证，可知其时蜀亡而吴尚存。

按，傅说是。惟《御览》引《晋起居注》当如姜说。盖左芬入宫当在泰始八年，拜美人，至咸宁三年而拜修仪。傅氏列举四说，皆凿然不可移，复为申之如下。

作年纠纷之起，厥在《晋书》本传顾后失前，辞未达意，复在《左思别传》之攻讦诬罔。《晋书》明记陆机兄弟以太康末入洛，皇甫谧以咸宁三年卒，安得皇甫为赋序而陆机又言伧父"欲作《三都赋》"？陆机取以复瓿之说，大可入名言隽语之列，而《世说》及刘注并不载，臧、王二《晋书》佚文亦无一字及此。《陆云集》录云《与兄书》，言及"云谓兄作《二京》，必得无疑，久劝兄兄为耳；又思《三都》，世人已作是语"。云书凡三十五首，有作于邺城者，亦有作于浚仪者，书中舛讹颇多，益以晋人口语，极难尽解。然据此可证陆机入洛，欲作此赋之说非尽向壁虚构。陆云书言"世人已作是语"，是明谓左思赋已成，称"世人"而不名，轻之也。陆云此书，疑作于浚仪令任，其时为入洛后二三年。细玩语意，或陆机见左思赋而鄙之，欲自作，厥弟因微讽之。当时情事虽难详考，傅氏列举诸证，仍不容视而不见。

《世说·文学》注引《左思别传》云:"思为人无吏干而有文才,又颇以椒房自矜,故齐人不重也。"又云:"思造张载问岷、蜀事,交接亦疏。皇甫谧西州高士,挚仲治宿儒知名,非思伦匹。刘渊林、卫伯舆并蚤终,皆不为思赋序注也。凡诸注解,皆思自为,欲重其文,故假时人名姓也。"此厚诬古人,迹近今日之所谓"人身攻击",严可均、吴士鉴、傅璇琮诸氏均加驳论。即以常情言,左思若以椒房自重,安得有《咏史》之不平愤激;若自为序注而假名时人,直所谓授人以柄,下愚不为,左思以"言论准宣尼"自许,焉得出此?

《晋书》本传记陆机嗤左思作赋,事出有因;《左思别传》所记亦未可尽废。其言《三都赋》之成,云:"齐王冏请为记室参军,不起,时为《三都赋》未成也。后数年,疾终。其《三都赋》改定,至终乃上。初,作《蜀都赋》云:'金马电发于高冈,碧鸡振翼而云披。鬼弹飞丸以礌礊,火井腾光以赫曦。'今无'鬼弹',故其赋往往不同。"《御览》卷八八四引《文士传》云:"左思初作《蜀都赋》曰:'鬼弹飞丸以礌砺。'后又改易,无此语。"此则非可向壁虚构者。以此拟测,《三都赋》流传之本,或如李善《文选》注之有初、二、三稿之异。皇甫谧为初稿作序,其后太冲又屡加改定。"齐王冏请为记室参军",本传作"记室督",其时已在惠帝中期。若《别传》所记可信,则一赋自构思至最终定稿,前后竟达三十年,遍观我国文学史,似无可并比者。鄙见如此,大似调和折中,姑申之以俟高明。

鲁褒、成公绥《钱神论》

鲁褒以《钱神论》知名于时,"孔方兄"于后世亦成习语。《全晋文》据《类聚》卷六六、《初学记》卷二七、《晋书》本传、《御览》卷八三六缀合成篇。严氏按云:"此篇《类聚》与《晋书》各有删节,今合钞之,尚非全篇。后幅当有綦毋先生诘责钱神一段,故《御览》有'黄钢中方叩头对'一段也。成公绥亦有《钱神论》,今别载彼集中。"按,成公绥《钱神论》今存十七句,严氏据《御览》卷八三六辑入《全晋文》,而校之鲁论,除"路中纷纷"四句外,文字几全同。如谓出于二人,必无是理,当为《御览》误引。"路中纷纷"四句,类书及《晋书》均未录入,严氏误以为二人作而未及缀合耳。干宝《晋纪·总论》云:"核傅咸之奏、《钱神》之论,而睹宠赂之彰。"咸刚直清简,曾上书言宜禁侈靡之风,然此事不见咸传,咸卒于元康四年。咸奏疏曰援引时人之文,可见当时已流布朝野,故咸乃据以为民情舆论而上奏。以此亦可知《钱神论》之作当在惠帝即位不久,世风汰侈,盖已非一日,非尽惠帝愚騃,贾氏专擅之咎。

王济尝为太原大中正

《世说·言语》注引《文士传》:"孙楚,字子荆,太原中都人也。"又引《晋阳秋》:"楚,骠骑将军资之孙,南阳太守弘之子。乡人王济,豪俊公子。访问弘为乡里品状,济曰:'此人非乡平所能名,吾自状之。'曰:'天才英特,亮拔不群。'"按,大中正为州刺史佐,访问为中正属官。"访问弘",句衍"弘"字。《魏志·刘放传》注引《晋阳秋》,作"访问关求楚品状",《晋书·孙楚传》作"访问铨邑人品状,至楚",皆可证济所状者为孙楚而非其父弘。

陆侃如先生《中古文学系年》泰始六年记"王济迁本州大中正,铨孙楚品状",说恐可商。《晋书·职官志》不列中正,盖例为郡人高门之任职京师者兼任,诠叙品第,多凭门第,谬采虚声。王济与孙楚为忘年交,相狎复又相敬,宜济必欲自加品状矣。《晋书·王济传》不书大中正,或当以为兼官无关宏旨。其兼职之年已不可考。

王济卒年及两为侍中之年

王济卒年,《晋书》本传不记,仅言年四十六,先其父浑卒。据《王浑传》,浑卒于惠帝元康七年(297),年七十五,"长子尚早亡,次子济嗣"。既云先其父而卒,又云嗣其父,二传前后相接而矛盾若此,纵令史臣粗疏,亦不至若是。按济传,济有庶子二人,"卓字文宣,嗣浑爵,拜给事中",疑浑传"济"下有脱文。

济为晋武所遇,两为侍中。《庾纯传》记,纯举贾充出镇关中,因充女为帝纳为太子妃而罢,充欲害纯,以"侍中王济"佑之而免。此泰始八年(272)事。陆侃如先生《中古文学系年》据万斯同《晋将相大臣年表》系济初为侍中在咸宁元年,非是。本传记济二十入仕为郎,丁母忧,起为骁骑将军。设如鄙说济以惠帝元康二年(292)左右卒(见下),其入仕当在武帝泰始二年(266)左右,丁忧服阕,已至泰始四年。《晋书斠注》据《御览》二一九引《山涛启事》,考王济由骁骑迁右卫,又由右卫迁侍中,其仕进虽速,迁侍中亦当在泰始六、七年间。后忤旨迁国子祭酒,数年后复入为侍中。严可均《全晋文》录济《太常郭奕字景议》引《通典》卷一〇四云,太康八年(287)十月,太常上议故太常郭奕为景侯,"侍中王济与羊璞、成粲等议"云云,事当在再为侍中之时。万斯同《晋将相大臣年表》以济复为侍中在太康五年。《华峤传》记"中书监荀勖、令和峤、太常张华、侍中王济"以华峤《汉后书》文质事核,张华于太康六年自幽州征入为太常,济再为侍中在此前。傅咸《赠何劭王济诗》序记"朗陵公何敬祖,咸之从内兄。国子祭酒王武子,咸从姑之外孙也","何公既登侍中,武子俄而亦作"。据《何劭传》吴士鉴注,《书钞》卷五八引《晋起居注》,太康四年诏以劭为侍中,则济再为侍中当在四年或五年。《世说·言语》记:"陆机诣王武子,武子前置数斛羊酪,指以示陆曰:'卿江东何以敌此?'陆云:'有千里莼羹,但未下盐豉耳。'"《陆机传》记此事作机"又尝诣侍中王济",如结衔不误,则太康十年尚为侍中。本传于"入为侍中"下接叙"时浑为仆射",济以从兄佑之毁"出为河南尹",未拜,即坐事免官。据《武帝纪》,王浑为尚书左仆射在武帝太康六年至惠帝永熙元年(290)。济在太康十年尚为侍中,可与浑之仕履相合。济被斥,移第北芒山下,"寻使白衣领太仆。年四十六,先浑卒。追赠骠骑将军",将葬,孙楚哭之甚哀,为作驴鸣。按楚卒于惠帝元康三年(293),则王浑之卒,当在元康元年或二年。济卒,孙楚有《王骠骑诔》,《颜氏家训·文章》引一句,《全晋文》失收。

汉、魏时人颇有好驴鸣者。《后汉书·逸民列传》记戴良母好驴鸣,良常学以娱母;《世说·伤逝》记王粲好驴鸣,既葬,曹丕令赴客皆作驴鸣。二事可并此而三。

又,《华谭传》记华谭于太康中平吴后对策,"博士王济"讥谭为吴楚之人,亡国之余。是济曾官博士。本传记齐王攸出藩,济请留,武帝怒,左迁济为国子祭酒。攸出藩在太康三年,《华谭传》记"博士"或即"祭酒",二而一也。《世说·方正》注引《晋诸公赞》作"被责左迁",未书官名。

《晋书·葛洪传》误叙《抱朴子》成书年代

《晋书·葛洪传》记洪舟至广州,为邓岳所留,居罗浮山炼丹,

"在山积年,优游闲养,著述不辍,其自序曰"云云。《自序》即《抱朴子内篇》自序,全文备载今本《抱朴子》,文字与《晋书》甚多出入,序云"别为此一部,名曰《内篇》,凡二十卷,与《外篇》各起次第也",则明其为《内篇》之序而不兼该《外篇》。《晋书》录作"故予所著子言黄白之事,名曰《内篇》,其余驳难通释,名曰《外篇》,大凡内外一百一十六篇",孙星衍校谓出史家删改。《抱朴子》内、外篇本各单行,隋、两唐、宋诸志归类及所记卷数,纷纭错互,至"一百一十六篇"之数,更不知其来何自。今本《内篇》二十卷、《外篇》五十卷,与《自叙篇》所记相合。

《自叙篇》云"今齿近不惑,素志衰颓",又记或人曰:"昔王充年在耳顺,道穷望绝,惧声名之偕灭,故《自纪》终篇。先生以始立之盛,值乎有道之运,方将解申公之束帛,登穆生之蒲轮,耀藻九五,绝声昆吾,何撼芬芳之不扬,而务老生之彼务?"一言"不惑",一言"始立",则其时适在二者之间。篇中又称元帝为晋王,又言"至建武中乃定。凡著《内篇》二十卷,《外篇》五十卷",明在建武元年(317)元帝称王而未即帝位之时;《审举篇》称江表编于中州,"今太平已近四十年",自太康元年(280)吴平至西晋末,凡三十七年,又符"近四十"之数。以此知《抱朴子》成书在建武元年,时葛洪三十四岁,已无疑义。而《晋书》录其序于咸和中入山之后,一若成于"在山积年"之时。《四库提要》更明言"是编乃其乞为句屚令后,退居罗浮山时所作"。史臣馆臣,记事论评,似并原书亦不一检。不特此也,《晋书》于"自号抱朴子,因以名书"下又记"其余所著碑诔诗赋百卷,移檄章表三十卷,《神仙》、《良吏》、《隐逸》、《集异》等传各十卷,又抄五经、《史》、《汉》、百家之言、方技杂事三百一十卷,《金匮药方》一百卷,《肘后要急方》四卷",除《金匮药方》、《肘后要急方》外,亦并见《自叙》,即建武元年前所作。传言其"著篇章富于班、马",洵非虚美;而于著述时艰，则混乱失次。洪早年虽好神仙方士，亦尝习文事，有武备。及中原沦陷，帝室偏安，栖迟仕途而出尘之想愈坚，在罗浮山著述不辍，皆为医方、遁甲之属，即《隋志》所录《遁甲要用》、《神仙服食药方》等书与传载《金匮药方》也。

葛洪卒年、年岁

《晋书·葛洪传》载洪卒年八十一，未记年月。钱大昕氏《疑年录》云："葛稚川八十一，洪，卒晋咸和。"余嘉锡先生《疑年录稽疑》引《御览》卷三二八引《抱朴子·外篇》晋太康（按，"康"当作"安"）张昌反于荆州，宋道衡"召余为将兵都尉。余年二十一，厌军旅（按，严可均曰：此句有脱字）不得已而就之"，据此推得葛洪生年为武帝太康五年（284），当卒于哀帝兴宁元年（363）。

按，余氏纠《疑年录》之误，是，然犹有疑焉。以太安二年（303）年二十一计，当生于太康四年（283）；卒年八十一，当为哀帝兴宁元年（363）。余氏误算，末节不足道。至关重要者厥在年岁。《晋书》本传载，洪以年老，闻交阯出丹，求为句屚令。至广州，刺史邓岳留不听去，洪乃止罗浮山炼丹。据《成帝纪》、《邓岳传》，岳迁广州刺史在咸和五年（330）平郭默后；咸康二年（336），遣王随击夜郎；五年（339），伐蜀。又据《庾翼传》，咸康六年，庾亮卒，翼代，竭其志能，数年之中，公私充实。"时东土多赋役，百姓乃从海道入广州，刺史邓岳大开鼓铸，诸夷因此铸造兵器"，翼表陈以为不可。约略计之，康帝时（343～344）邓岳尚在广州，前后已历十余年。《葛洪传》云洪"在山积年，优游闲养，著述不辍"，"后忽与岳疏云：'当远行寻师，克期便发。'岳得疏，狼狈往别。而洪坐至日中，兀然若睡而卒，岳至，遂不及见。时年八十一"。设如余氏所推,为兴宁元年,则邓岳镇广州已达三十四年,自击夜郎至此亦已二十七年。岳传于"遣策伐夜郎"下记"加督宁州,进征虏将军,迁平南将军,卒",玩文义,似在世无若是之久。传又记岳卒后,子逸继为刺史、假节。然《庾冰传》记冰子希、蕴等并显贵,"太和中,希为北中郎将,徐兖二州刺史,蕴为广州刺史,并假节",中华标点本校记据张森楷以为"太和"当作"隆和",说是。《哀帝纪》正作隆和元年。是庾蕴为广州刺史,假节,尚在葛洪卒前一年,不仅邓岳早已亡故,邓逸亦已离任或亡故,葛洪此时焉得致书于邓岳?洪卒年八十一,《太平寰宇记》卷一六〇引袁宏《罗浮记》作"六十一"。袁宏与葛洪同时稍晚,"八"、"六"固易互讹,然若从六十一岁之说,则《晋书·葛洪传》所记邓岳事即可冰释。洪盖卒于康帝建元二年(344),上距其南下不足十载,入罗浮山时约五十余岁,亦可与传所记"年老"、"积年"不悖。又,洪笃信炼丹服食,霞举飞升,《抱朴子·内篇》絮絮论之,连简累牍;《山药篇》列举丹砂、黄金、白银、雄黄、石英并诸草药,夸言得自郑君秘授。"服食求神仙,多为药所误",洪入迷不返,颇疑其入山采药,以毒品为金丹,遂尔"尸解"。

洪习神仙方士之术,所从学者"郑君",其从祖之弟子也。《内篇》屡见"郑君"而不名,《晋书》本传作"郑隐",洪《关尹子序》则记为"郑君思远"。

杨方

杨方以《合欢诗》见知后世。《晋书》附《贺循传》,不记年里,仅言"初为郡铃下威仪","内史诸葛恢见而奇之,待以门人之礼",虞喜、虞预为之延誉,送其文于贺循,循报书言"此子开拔有志",遂称之于京师。《御览》卷六三一引《晋中兴书》云,杨方"少好学,有奇才,以门役在阁下。公事之暇,辄读五经,乡邑未之别也。内史诸葛恢闻方学,召为给使,见而异之,谓有殊常之才,即解役散置左右,以门人待",所记详于《晋书》。贺循,会稽山阴人;虞喜兄弟,会稽余姚人。据《晋书》、《御览》,杨方当亦为会稽人。据《诸葛恢传》,恢为会稽内史在西晋末东晋初(316~319),其时虞喜为郡功曹,贺循在建邺为中书令、太常,大兴二年(319)卒。则方之入都,必在大兴二年前。补高梁太守,在郡著《五经钩沉》。《玉海》卷五四引《中兴书目》载方自序云:"晋太宁元年,撰钩经传之沉义,著论难以起滞。"传云"在郡积年……以年老,弃郡归",积年以五六年计,已下及成帝,成帝咸和初,云年老,当已过五十,其生年或在武帝中。《玉台新咏》卷三次杨方于王鉴前,鉴以元帝太兴中卒,年四十一,则杨方卒年晚于王鉴。徐陵恐亦无史料可以确据,故失次。

王讃

王讃以"朔风动秋草,边马有归心"为《诗品》、《宋书·谢灵运传论》所称。《晋书》无传,其生平概略仅可钩稽得之。

《文选》卷二九《杂诗》善注引臧荣绪《晋书》曰:"王讃,字正长,义阳人也。博学有俊才。辟司空掾,历散骑侍郎。卒。"六臣本作"王瓚",《诗品》卷中以"魏尚书何晏、晋冯翊守孙楚、晋著作王讃、晋司徒掾张翰、晋中书令潘尼"为一条,"讃",或本作"赞"。《晋书·李胤传》记胤于太康三年卒,"皇太子命舍人王赞诔之,文义甚美",此"王赞"当即"王讃"。《贾谧传》记武帝中议《晋书》限断,有"著作郎王瓚",未知是与"王讃"为一人而误作二名否。

据善注引臧书，瓒始辟为司空掾，按常理当在太子舍人前，或竟在咸宁中《初学记》卷二八引王瓒《梨颂序》："太康十年，梨树西枝，其条与中枝合，生于玄圃园。皇太子令侍臣作颂。"瓒今存诗有《侍皇太子祖道楚淮南二王诗》，据《楚王玮传》、《武十三王传》，太康十年（289），二王分别之国，则是时瓒尚在东宫。官职是否升迁，不可知。据《晋书·职官志》，太子舍人职比散骑中书等侍郎，而《隋志》录"散骑侍郎《王瓒集》五卷"，则瓒仕途似不甚通达。

《晋书·苟晞传》、《石勒载记》、《通鉴》皆记王瓒事。《通鉴》卷八六怀帝永嘉元年（307）记刘灵寇略赵、魏为王瓒所败，则瓒或于永嘉前已外出为守。《石勒载记》载勒"围陈留太守王瓒于仓垣，为瓒所败，退屯文石津"。《怀帝纪》永嘉四年亦书此事，惟"太守"作"内史"，无异也。《苟晞传》记晞上表言"遣前锋征虏将军王瓒径至项城，使（东海王）越稽首归政"，此永嘉五年（311）初事。《苟晞传》又载"石勒攻阳夏，灭王瓒；驰袭蒙城，执晞，署为司马。月余，乃杀之"，《石勒载记》则书"破王瓒于阳夏，获瓒，以为从事中郎。袭破大将军苟晞于蒙城，执晞，署为左司马"，"苟晞、王瓒谋叛勒，勒害之"。据《怀帝纪》，苟晞没于石勒为五年九月事，则王瓒被杀当在是年冬。

严可均《全晋文》、逯钦立《先秦汉魏晋南北朝诗》王瓒小传均未及拒石勒事，但均记"惠帝中拜侍中"，所据为冯氏《诗纪》。严、逯或未及细按《苟晞传》、《石勒载记》，或以为二人一名，故不记永嘉间事。设瓒入仕时在二十左右，则为石勒所害时约五十余岁。

华谭年岁

《晋书·华谭传》记，谭"祖融，吴左将军，录尚书事。父谞，吴黄门郎。谭期岁而孤"。然《吴志·孙𬘭传》注引《文士传》云:"(华)融子谞,黄门郎,与融并见害。次子谭,以才辩称,晋秘书监。"《三国志集解》以为"次子"当作"谞子",疑是。今所存各家晋史佚文,未见谭父、祖之名,仅《御览》卷二六五言"未期而父殁,母年十八",与《晋书》记同。谞见杀时官黄门郎,妻年十八,而次弟未及周岁,似不符常情;且如《文士传》所记谭为次子,"子谞"前例当有"长"字。然谞、谭皆从"言"旁,亦似兄弟排行之名;母年十八,或是华融之妾。是是非非,若无他证,已难定断。此可不具论。融、谞皆死于孙𬘭、吕据之争,检《三少帝传》,时在太平元年(魏甘露元年,256),则华谭生于此年或上年,可无疑问。谭于晋愍帝建兴中上笺求退,正六十一二岁,故有"年向七十"之语。传言"及王敦作逆,谭疾甚,不能入省,坐免,卒于家",时在元帝永昌元年(322)。以此计之,谭得年六十七八岁。严可均小传云谭以咸宁中为扬州刺史周浚所辟,又言卒年七十余,皆不确。

顾恺之卒年、佚文

顾恺之卒年,《晋书》本传不记,他书亦未见明文。以《晋书》记义熙初为散骑常侍与谢瞻月下长咏事。今之辞书多据此而定其卒年义熙元年(405)或三年(407)。据谢瞻仕历考之,长咏事当在义熙五年后,说参《谢瞻仕历》条。以此,恺之卒年当在义熙六七年,若迟于此,则其年岁又与在桓温幕扞格。

本传记其"所著文集及《启蒙记》行于世"。《隋志》子部小学类录《启蒙记》三卷,题"晋散骑常侍顾恺之撰",盖童子习学之书。《世说·文学》注引顾恺之《晋文章记》,《雅量》注引顾恺之《书赞》,《赏誉》注引顾恺之《画赞》,或均是集中篇名;又,张彦远《历代名画记》卷五录其《论画》、《魏晋胜流画赞》、《云台山记》,严可均书皆失辑。

江逌生卒年及《晋书》脱文

　　《晋书·江逌传》记逌年五十八,不记卒年。据传文文义,当卒于哀帝中。哀帝在位五年(361~365),据《礼志下》,即位后欲高崇生母,太常江逌与议礼,此隆和元年(362)事,次年帝生母即卒于琅玡第。逌传记哀帝以天文失度,欲于太极殿前祭天免咎,使太常集博士草其制,逌谏,上疏称"彼月之蚀,义见诗人,星辰莫同,载于五行"。检《哀帝纪》、《天文志》,兴宁中星变屡见,亦不能定江逌此疏年月。其卒年姑取中为兴宁二年(364)。传载其避苏峻之乱,"翦茅结宇,耽玩载籍",已是成人。设以兴宁二年为五十八岁,苏峻之乱时方过二十,亦为不悖。

　　传又载殷浩以逌为长史,"浩方修复洛阳,经营荒梗,逌为上佐,甚有匡弼之益"。殷浩以永和八年北伐。《殷浩传》载浩潜诱苻健大臣梁安以为内应。"会苻健杀其大臣,健兄子眉自洛阳西奔。浩以为梁安事捷,意苻健已死,请进屯洛阳,修复园陵",至许昌,以谢尚败绩,浩乃返寿阳。《穆帝纪》、《姚襄载记》所记略同;《通鉴》永和九年十月记作"浩自寿春帅众七万北伐,欲进据洛阳,修复园陵",皆未言浩收复洛阳。《江逌传》所记"方修复洛阳"必有脱文,或"方"下夺去"欲"字。中华标点本失校。

王鉴同名

　　晋有同名王鉴者四。一，东晋初王鉴，字茂高，有传，见《晋书》卷七一。二，刘聪尚书令，见《晋书·刘聪载记》，与上王鉴同时。三，秦苻坚部将。《晋书·海西公纪》记其太和六年（371）与桓伊战于寿阳一带。时为东晋中期。四，王导孙。于晋末义熙中历显职，见《晋书·王导传》。王鉴茂高，有文才，《晋书》本传记其生平殊简略，仅言"中兴建，拜驸马都尉、奉朝请，出补永兴令。大将军王敦请为记室参军，未就而卒。时年四十一。文集传于世"。按，王敦于元帝建武元年（317）拜大将军，永昌元年（322）反，明帝太宁二年（324）病卒。详《晋书》语气，敦辟鉴为记室，似在未反时，则鉴之卒或在大兴三、四年（320~321）间。《隋志》录"晋散骑常侍《王鉴集》九卷"，次于王敦、梅陶后，温峤前，当即其人。惟结衔作"散骑常侍"，《晋书》不记，或属追赠而未书也。《晋书·职官志》列奉朝请、三都尉于散骑常侍、侍郎之后，云："元帝为晋王，以参军为奉车都尉，掾属为驸马都尉，行参军舍人为骑都尉，皆奉朝请。后罢奉车、骑二都尉，惟留驸马都尉奉朝请。诸尚公主者刘惔、桓温皆为之。"王鉴初为元帝琅玡国侍郎，正合其例，但不知尚主未也。以鉴仕历，追赠散骑常侍，亦属可能。

　　又，《晋书·怀帝纪》载永嘉六年八月，"阴平都尉董冲逐太守王鉴，以郡叛降于李雄"。此王鉴未知与王茂高为一人否。

袁准《袁子》

袁准,《晋书》附《袁环传》,仅寥寥十余字。赖《魏志·袁涣传》注引《九州记》、《袁氏世纪》所记,乃知其生平大较。严可均《全晋文》小传即据《魏志》注,复于所辑《袁子正论》下辨袁准、袁淮为一人,《袁子正论》、《袁子政论》为一书。按,《世说·文学》载司马昭《九锡文》出阮籍手,"籍时在袁孝尼家,宿醉扶起,书札为之,无所点定",《世说·雅量》又记嵇康临行东市,索琴奏《广陵散》,曲终曰:"袁孝尼尝请学此散,吾靳固不与,《广陵散》于今绝矣!"可知袁与嵇、阮皆交善。《蜀志·诸葛亮传》注凡三引《袁子》曰,裴松之注云"袁孝尼著文立论,甚重诸葛之为人"。其论有云"亮,持本者也,其于应变,则非所长也,故不敢用其短"诸语,袁氏书之成当早于陈寿书,以此知《诸葛亮传论》云"盖应变将略,非其所长欤",《上诸葛亮集表》云"理民之干,优于将略",固非陈寿一己之私见也。

温峤、王导等受顾命事《通鉴》有脱文

《晋书·温峤传》载,明帝疾笃,峤与王导、郗鉴、庾亮等同受顾命。《通鉴》太宁三年(325)记:"秋,七月,辛未,以尚书令郗鉴为车骑将军,都督徐、兖、青三州诸军事,兖州刺史,镇广陵。闰月,以尚书左仆射荀崧为光禄大夫、录尚书事,尚书邓攸为左仆射。……壬午,帝引太宰羕、司徒导、尚书令卞壸、车骑将军郗鉴、护军将军庾亮、领军将军陆晔、丹阳尹温峤,并受遗诏辅太子。"按,此全据《晋书·明帝

纪》，而《晋书》闰月上尚记八月诏，《建康实录》同。此年闰八月，帝卒于戊子。是《通鉴》于"七月"下脱去"八月"记事，遂成闰七月。《晋书·成帝纪》记成帝"太宁三年三月戊辰，立为皇太子。闰月戊子，明帝崩"，"闰"下亦脱去"八"字。《建康实录·显宗成帝纪》所记与《晋书》全同而未脱"八"字。

又，王敦表荐峤为丹阳尹，《通鉴》系此事于太宁二年六月。《建康实录·肃宗明帝纪》系于夏五月戊午，误。五月无戊午，张忱石氏校记谓"戊午及下文丙寅、丁卯、戊辰皆在六月，分别为十八、二十六、二十七、二十八日"，上文"丁巳"为十七日。按，《建康实录》多脱讹，此"丁巳"上当脱"六月"。

杜夷年岁两说

《晋书·杜夷传》载夷于明帝太宁元年（323）卒，年六十六。吴士鉴注："《御览》卷五五五《杜祭酒别传》曰：'君年五十二。当其终亡，安厝先茔，帛布辒车，丧仪俭约，执引者皆三吴令望及北人贤流。'案，夷之卒年，别传与本传大异，未知孰是。"晋人"别传"，据《世说》、《文选》注及唐、宋类书所引佚文计之，为数多达一二百种，多可资以考史，核之旧晋书佚文及唐修《晋书》，亦可相合相补。惟各传作者几悉无可考，与传主之亲疏，叙行事之虚实亦颇难确判。吴氏按而不断，或即由此。唐修《晋书》，疏谬虽多，然于传主之年岁，大率可信，其无前人明文可稽者，宁阙不载。今《杜夷传》所书六十六岁，核以"年四十余，始还乡里"，"惠帝时三察孝廉"，皆可相合。设以《别传》所记"五十二岁"为是，四十余岁已当怀帝时。据汤球辑《晋诸公别传》，《御览》引《杜祭酒别传》凡五处，卷一五七云"桓宣武馆于赤兰桥南，曰延贤里"，杜夷卒时，桓温年仅十二，则所记出自传闻，作者与杜夷关系之疏，可窥一斑。以此，杜夷年岁窃以为当从《晋书》。

《晋书》本传又记夷过江，元帝司马睿时为丞相，教曰："今大义颓替，礼典无宗，朝廷滞义莫能攸正，宜特立儒林祭酒官，以弘其事。处士杜夷，栖情遗远，确然绝俗，才学精博，道行优备，其以夷为祭酒。"《华轶传》亦记永嘉渡江前，轶为江州刺史，置儒林祭酒以弘道训，乃下教曰云云，教文与上引几全同，惟"处士"作"军谘祭酒"。据本传，夷未入华轶幕，永嘉中征辟不就，扬州刺史王敦上疏荐为方正，逼赴洛，夷遁于寿阳，周馥引为参军，辞。馥礼待之。馥败，夷归旧居，旋过江。馥于永嘉五年为司马睿所败，则杜夷过江前似不得再在华轶幕任职。且两教文字几全同，疑《华轶传》所记有误。

刘惔、刘恢为二人

刘惔，东晋大名士，或作"刘恢"。刘惔、刘恢，其为一人二人，说颇纷纭，摘录如下：

《隋志》录"丹阳尹《刘恢集》二卷"。姚振宗《隋书经籍志考证》曰：案，此似刘惔之误也。惔字真长，沛国相人。尚明帝女庐陵公主，历官至丹阳尹。年三十六，卒。《世说》诸篇称刘尹者是也。《晋书》有传。两唐志有《刘惔集》二卷，与此卷数相合。又案，本志是处确有《刘惔集》，亦确有《刘恢集》，因误"惔"为"恢"，遂脱去一条。两唐志于《刘惔集》二卷之外，别有《刘恢集》五卷，是其证也。

吴士鉴《晋书斠注》曰：《世说·德行篇》注引《刘尹别传》作"惔"，沛国萧人，又《赏誉篇》注（引）《宋明帝·文章志》曰："刘恢，字道生，沛国人。"案，本传云"迁丹阳尹"，《隋志》亦云"梁有丹阳尹

《刘恢集》二卷,亡"。本传云"年三十六,卒"。《世说》注引《文章志》亦云"年三十六,卒"。是"刘恢"皆为"刘惔"之讹。惟一字真长,一字道生,或古人亦有两字欤?

余嘉锡先生《世说新语笺疏》于《赏誉》引吴士鉴说,又曰:《刘惔传》云"尚明帝女庐陵公主",而本书《排调篇》"袁羊尝诣刘恢"条云"刘尚晋明帝女",注引《晋阳秋》曰"恢尚庐陵长公主,名南弟",益可证其为一人。《佚存丛书》本《蒙求》"刘恢倾酿"句下李翰自注引《世说》曰:"刘恢,字真长,为丹阳尹。常云:'见何次道,使人欲倾家酿。'"案此事见本篇,作"刘尹云见何次道"云云。而《蒙求》为真长恢,亦可为古本《世说》"恢"、"惔"互出之证。然孝标注书,于一人仕履,例不重叙。真长始末已见《德行篇》"刘尹在郡"条下,而于此又别引《文章志》,则亦未悟其为一人也。本书《言语篇》云"竺法深在简文坐,刘尹问:'道人何以游朱门?'"《高僧传》卷四《竺道潜传》作"沛国刘恢嘲之"云云。《刘惔传》不云"为车骑将军,赠前将军",此可以补史阙。嘉锡又案,《魏志·管辂传》引《晋诸公赞》曰:刘"邠位至太子仆。子粹,字纯嘏、侍中。次宏,字终嘏、太常。次汉,字仲嘏、光禄大夫。……咸,徐州刺史。次耽,晋陵内史。耽子惔,字真长,尹丹阳,为中兴名士也"。所叙惔祖、父名字,与本书《赏誉上篇》"洛中雅雅有三嘏"条及《晋书·刘惔传》并合。惟仲嘏之名,《赏誉上》作"漠",《晋书》作"潢"为异耳。而真长之名则一作"恢",一作"惔",其同官又为丹阳尹。然则"恢"之与"惔"即是一人,无疑也。

刘惔、刘恢,姚说以为二人,吴说、余说以为一人。按,姚说是已。两唐志惔、恢皆有集而卷数不同,必非凿空虚构。惔、恢形近,仕履行事,或惔冠恢戴,或恢冠惔戴,其误当更早于刘孝标。而细核载籍,仍可辨知其为二人。《晋书·庾翼传》记永和元年:"翼卒,未几,部将干瓒、戴羲等作乱,杀将军曹据,翼长史江虨、司马矢焘、将军袁真等共诛之。爰之有翼风,寻为桓温所废。温既废爰之,又以征虏将军刘惔监沔中军事,领义成太守,代方之。而方之、爰之并迁徙于豫章。"据《穆帝纪》,庾翼卒在七月,桓温受命在八月,是干瓒作乱被诛,刘惔为义成太守代庾方之,皆此一月间事。然《世说·赏誉》记庾稚恭(翼)与桓温书,称"刘道生日夕在事,大小殊快"云云,注引《文章志》曰:"刘恢字道生,沛国人。识局明济,有文武才。王濛每称其思理淹通,蕃屏之高选。为车骑司马。年三十六卒。赠前将军。"庾翼追赠车骑将军,此刘恢字道生为其司马,与庾翼与所叙"日夕在事"合。翼卒,荆州动乱,刘恢以司马而监沔中军事,领义成太守,自属顺理。《晋书》记作"刘惔",误,当为"刘恢"。《宋书·刘粹传》记"粹字道冲,沛郡萧人也。祖恢,持节、监河中军事,征虏将军"。是可证《晋书》之误,惟"河中"当是"沔中"耳。若为刘惔,其官衔当记丹阳尹。惔为丹阳尹,名满当时,沈约断不至致误。"征虏"、"车骑"之号皆属刘恢。《刘惔传》记,惔奇桓温之才而知其有不臣之迹,"及温为荆州,惔言于帝(简文帝司马昱,时为抚军大将军辅政)曰:'温不可使居形胜地,其位号常宜抑之。'劝帝自镇上流而己为军司,帝不纳。又请自行,复不听。及温伐蜀,时咸谓未易可制,惟惔以为必克"。若是一人,焉能一身在荆州为司马、监军,复又在建康进言劝抑桓温,又断温之必能克蜀?刘义庆、刘孝标记、注皆不误。《读史举正》谓"永和元年,惔为上成太守,监河中军事,传遗之",所据即为《庾翼传》而不辨其为刘恢事,吴士鉴采入《晋书斠注》,误同。

《世说》记"刘惔"近八十处。称"刘尹"者十之六,称"真长"者十之三,其余或仅举姓而不名,或称"丹阳",除《排调》外,未见直书其名之例。而《排调》所记庐陵公主事又不能属之刘惔。惔、恢同属沛人,且均从"心"而字形极近,颇疑其为兄弟行,尚公主,卒年三十六等,刘宋前或已误传,刘义庆、宋明帝乃承其误。

刘惔为丹阳尹，在永和三年十二月，见《建康实录》。其卒年无明文，本传记其卒后孙绰与褚裒言"人之云亡，邦国殄瘁"，裒卒于永和五年十二月，是惔之卒当亦在永和五年。《初学记》卷一〇录谢万《驸马都尉刘真长诔》四句，万以弱冠辟司徒掾，永和五年正二十岁。刘惔虽尚帝女，卒官于丹阳尹，诔文标题疑是徐坚等后人"驸马"门时所加。

《全晋文》录王羲之《杂帖》有云"闻真长知吴兴，想必如意"语，则刘惔尝为吴兴郡守，本传失记。

曹毗《晋江左宗庙歌》、《杜兰香传》

《宋书·乐志二》录《晋江左宗庙歌十三篇》，标"曹毗造十一首，王珣造二首"。曹毗所作，凡宣、景、文、武、元、明、成、康、穆、哀十帝歌及《四时祠祀歌》。余嘉锡先生《世说新语笺疏》于《文学》"孙兴公道曹辅佐才如白地明光锦"条注谓《文馆词林》"四十九录毗《江左庙歌》十首"，出处及首数均偶疏。《先秦汉魏晋南北朝诗》于晋世"郊庙歌辞"录《晋江左宗庙歌》十三首，作者署"曹毗"，亦误，当署于《歌高祖宣皇帝》等十首下。

《晋书·乐志下》记，永嘉之乱后，伶官乐器皆没于刘、石。江左初立宗庙，未有雅乐。永和十一年，谢尚镇寿阳，采拾乐人，以备太乐，并制石磬，雅乐始颇具。"太元中，破苻坚，又获其乐工杨蜀等，闲习旧乐，于是四厢金石始备焉。乃使曹毗、王珣等增造宗庙歌诗，然郊祀遂不设乐"。上下行文，一若此宗庙歌十三首皆作于太元中。然曹毗十首仅止于哀帝，其后简文、孝武二帝又出王珣手。太元为孝武年号，焉得于此预作宗庙祭歌？曹毗既作十帝祭歌，太元中何以不作简文祭歌？其中原委，不言可喻。盖曹作在海西、简文世，王作则在安帝时也。《晋书·乐志》多本《宋书》，《宋书·乐志一》记"太元中，破苻坚，又获乐工杨蜀等"，与《晋书》全同，下接"宋文帝元嘉九年、太乐令钟宗之更调金石。十四年，治书令史奚纵又改之。语在《律历志》。晋世曹毗、王珣等亦增造宗庙歌诗，然郊祀遂不设乐"，《晋书》删去"宋文帝"以下三十余字，又删去"晋世"，遂成太元中造孝武帝宗庙歌诗之怪事。

曹毗，《晋书·文苑传》有传，然不仅无生卒年及年岁可稽，其生活时代亦不甚了了。所存诗文，亦乏线索可寻。本传仅记蔡谟举为佐著作郎，而谟于元帝时即官侍中，前后二十余年皆显宦，于何时举曹毗，亦难踪迹。《宋书·符瑞下》记，晋成帝咸康八年九月，庐江县出玉鼎，"著作郎曹毗上《玉鼎颂》"，以此为定点，参以《晋书·文苑传》次曹毗于庾阐、李充间，《玉台新咏》次曹毗于李充后，可大体测知毗以咸和间入仕，历成、康、穆、哀、海西公、孝武帝六朝，或卒于太元中。王珣则以永和六年（350）生，隆安五年（401）卒，虽上下相接而毗为父辈。

严氏《全晋文》于曹毗失辑甚多，吴士鉴《晋书斠注》中所辑可补其不足。失辑之重要材料，一为《杜兰香传》，严辑仅得六十余字，畸零破碎，赖吴注始可窥此神女故事梗概。二为吴注据《书钞》卷五八引毗五言诗序、《御览》卷二三七引《晋中兴书》（汤球《九家旧晋书辑本》亦失收），据此，知毗尝为中书、黄门郎、左卫将军。

干宝事迹

干宝事迹，《晋书》本传所记殊简略，今稍事钩稽于下。

《世说·排调》记宝向刘惔叙其《搜神记》,刘曰:"卿可谓鬼之董狐。"《晋书》本传所记或本此。注引何法盛《中兴书》曰:"宝字令升,新蔡人。祖,吴奋武将军。父莹,丹阳丞。宝少以博学才器著称,历散骑常侍。""正",《晋书》作"统",吴士鉴疑为梁人避讳改。余嘉锡先生笺疏引唐无名氏《文选集注》卷六二江淹《拟古诗》注引《豫章记》,谓宝兄名庆。《晋书·华谭传》载,愍帝建兴初(313),琅玡王司马睿命谭为镇东军谘祭酒,"转丞相军谘祭酒,领郡大中正。谭荐干宝、范珧于朝"。按,《干宝传》记宝"以才器召为(佐)著作郎,平杜弢有功,赐爵关内侯",平杜弢事在建兴元年至三年间,主其事者为陶侃。范珧为范逵子,逵于陶侃有恩,后侃以珧为湘东太守。以此观之,干宝当以建兴之初入建邺为官,复预平杜弢事而赐爵。《晋书·华轶传》载,轶在怀帝永嘉中为江州刺史,时洛阳尚未陷,而轶不受司马睿节制,睿遣周访屯彭泽,过姑孰,"著作郎干宝见而问之",访答以当屯寻阳云云。此永嘉五年(311)事,在干宝被荐入建邺前,"著作郎"自是误书。宝初入仕,当为佐著作郎,本传所录王导疏可证,宝传夺"佐"字。立史官事在建武元年(317)十一月,见《建康实录·中宗元皇帝纪》。《书钞》卷五七引何法盛《晋中兴书》于《太原(按,"原"误作"康",司卷又引《太原孙录》不误)孙录》有孙盛"以秘书监领著作,干宝以散骑常侍领著作",此处"领著作"始指著作郎,俗谓之大著作也。王导以明帝太宁元年由司空转司徒,干宝为其司徒右长史,迁散骑常侍领著作郎,或在成帝末。

宝之卒年,《晋书》不记;《建康实录·成帝纪》载咸康二年(336)三月,"散骑常侍干宝卒",惟未知年岁,约略计之,或在五十左右。《晋书·五行志上》记:"司马道子于府园内列肆,使姬人酤鬻,身自贸易。干宝以为贵者失位,降在皂隶之象也。"道子为简文帝子,孝武帝时执政于朝,上去干宝之卒已五十年,《五行志》所记必误。

本传记干宝为新蔡人。新蔡在今河南新蔡县一带，而其祖仕吴，父为丹阳丞，《舆地记胜》卷三记干宝父干莹墓在海盐，则宝或生长于此。余请参拙著《晋代作家六考》，见《中古文学史论文集》。

干宝《百志诗》

《隋志》著录干宝《百志诗》九卷，下注"梁五卷"，入总集类，列昭明《诗苑英华》、徐陵《玉台新咏》后，其后则为《古游仙诗》、《百一诗》、《齐释奠会诗》、《齐宴会诗》等，可推知自《百志诗》以下五种，皆为同类辑录于总集。姚振宗《隋书经籍志考证》谓此书："大抵集古来言志之诗，如张茂先《励志诗》之类，存录百家或百篇，以为是集欤？"说有理，可参。《先秦汉魏晋南北朝诗》据《御览》卷三五六录干宝《百志诗》六句，以为即干宝所作，恐不妥。当作无名氏。

干宝撰《搜神记》表

《初学记》卷二一引干宝表曰："臣前聊欲撰记古今怪异非常之事，会聚散逸，使同一贯，博访知之者，片纸残行，事事各异。"汪绍楹先生校注《搜神记》，录此表，题作《进搜神记表》，注云："原引作'干宝表'，今姑为拟定题目，附于序后。"《晋书斠注》引苏易简《文房四谱》卷四所录干宝表，于"事事各异"下复有"又乏纸笔、或书故纸。诏答云今赐纸二百枚"十七字，则此表乃撰作中缺纸而请赐而奏，非进书也。

《晋书·虞喜传》舛误

《晋书·虞喜传》载："喜少立操行，博学好古。诸葛恢临郡，屈为功曹。察孝廉，州举秀才，司徒辟，皆不就。元帝初镇江左，上疏荐喜。怀帝即位，公车征拜博士，不就。喜邑人贺循为司空，先达贵显，每诣喜，信宿忘归，自云不能测也。"据《诸葛恢传》，"愍帝即位，征用四方贤隽，召恢为尚书郎，元帝以经纬须才，上疏留之，承制调为会稽太守"，据《虞预传》，诸葛恢前任会稽内史者为庾琛、纪瞻，而喜、预又于愍帝初丁母忧，是喜为郡功曹当在建兴三年（315）或四年（316）。元帝以怀帝永嘉元年（307）七月有都督江东、镇建邺之命，九月，抵建邺，见《晋书·怀帝纪》、《通鉴》卷八六，《虞喜传》所叙失次。又，贺循终于太常，司空乃追谥，"贺循为司空"，其误自明。《世说》可称贺司空，史传例不得尔，况直书"为司空"乎？传载咸康初，内史何充上疏荐喜，诏征散骑常侍。《成帝纪》系此事于咸和八年（333）四月；《何充传》记充以咸和四年苏峻乱平后出为东阳太守，仍除会稽内史，荐虞喜，以墓发去郡，征侍中，不拜，除丹阳尹；《建康实录》记作"平苏峻，出为会稽内史，在郡寻征侍中，辞不拜，转丹阳尹"。是何充荐虞喜事当在咸和八年，传又误记。

孙盛为陶侃参军

中华书局标点本《晋书·孙盛传》："以家贫亲老，求为小邑，出补浏阳令。太守陶侃请为参军。庾亮代侃，引为征西主簿，转参军。"

据《陶侃传》，陈敏之乱，侃为江夏太守，加鹰扬将军，时在惠帝末（306或稍后）；后迁龙骧将军、武昌太守，时在怀帝永嘉中（310前后）。《通鉴》卷八八载愍帝建兴元年（313），侃破杜弢，始授荆州刺史。是侃为太守时，孙盛年仅十岁左右，且浏阳属长沙郡，与江夏、武昌无涉。此处当标作"出补浏阳令、太守，陶侃请为参军"，浏阳属长沙郡，疑"太守"上夺去二字，或即是"长沙"。侃以王敦乱平后复为荆州，时在明帝太宁三年（325）；成帝咸和九年（334）卒，庾亮代。孙盛在荆州为陶侃参军，当在此时。

孙盛生卒年与《晋阳秋》

孙盛卒年，《晋书》本传不记，仅言年七十二。《十七史商榷》卷四三《晋书唐人修改诸家尽废》条云孙盛书虽记东晋事，"然就其本传考之，则盛之卒，似桓温尚在"。按，本传云盛父恂（《孙楚传》作"洵"）为颍川太守，"在郡遇贼被害。盛年十岁，避难渡江"，《孙楚传》记，孙统"幼与绰及从弟盛过江"。据《怀帝纪》永嘉五年（311）六月石勒陷洛阳后，"冬十月，勒寇豫州诸郡，至江而还"，恂被害，孙盛弟兄渡江自在此时。以此上下推，其生年当为惠帝永宁二年（302），卒年当在孝武帝宁康元年（373）。桓温亦以是年七月卒，孰先孰后，已无从遽断。

盛久在桓温幕，曾与伐蜀、入关、平洛之役，前后凡十年余。《晋阳秋》不讳枋头之败，招桓温之怒，本传云"写两定本，寄于慕容俊。太元中，孝武帝博求异闻，始于辽东得之，以相考校，多有不同，书遂两存"。钱大昕《廿二史考异》卷二二《孙盛传》条谓"盛以书枋头事件忤桓温，诸子私改之，故与定本多不同，枋头之役在慕容暐时，俊已冘死久矣"。说是。枋头之役在海西公太和四年（369），时俊已死十年，《晋书》之误甚明。所可怪者，前燕慕容氏与东晋为敌国，慕容晔世尤争战频繁，枋头之役，桓温败于慕容垂，声名顿减，孙盛书又何以能寄存于慕容氏？然此事又非虚构，《史通·直书》云"孙盛不平，窃撰辽东之本"，《建康实录·孝武帝纪》记太元十一年"辽东表送孙盛《魏晋春秋》三十卷"，个中原委，已难尽悉。又《全晋文》卷一一辑《古今佛道论衡实录》曰：孙盛子潜，以晋太元十五年上之，诏曰："得上故秘书监所著书，省以慨然。远模前典，宪章在昔，一代之事，辄敕纳之秘阁，以贻于后。"是得辽东藏本后，孙潜又上家藏之本。两相考校，多有不同，乃两存之。《隋志》录《晋阳秋》三十二卷，下注"迄哀帝"，枋头之败在哀帝卒后四年，岂本传谓"诸子遂尔改之"已删却此事而止于哀帝，《隋书》所见即此家藏本欤？

《世说·排调》记："褚季野问孙盛：'卿国史何当成？'孙云：'久应竟，在公无暇，故至今日。'"褚裒卒于永和五年（349），下距枋头之役达二十年。设此事可信，则孙盛撰作前后或近三十年。盛能诗赋，《世说·文学》"武昌孟嘉作庾太尉从事"条注引《孟嘉别传》记风吹嘉帽堕落，嘉不觉，如厕，"桓温令孙盛作文嘲之，著嘉坐，嘉还即答"。嘉如厕之际，盛即成嘲谑之文，敏捷可见。

孙惠卒于元帝初

《晋书·孙惠传》载："元帝遣甘卓讨周馥于寿阳，惠乃率众应卓，馥败走。庐江何锐为安丰太守，惠权留郡境。锐以他事收惠下人推之，惠既非南朝所授，常虑谗间，因此大惧，遂攻杀锐，奔入蛮中。寻病卒。时年四十七。"据《怀帝纪》，永嘉四年（310）十一月，东海王越使裴硕讨周馥，为馥所败，硕"走保东城，请救于琅珢王睿"。《元帝纪》系此事于怀帝被掳前。《周馥传》记裴硕求救于元帝，"帝遣扬威将军甘卓、建威将军郭逸攻馥于寿春，安丰太守孙惠帅众应之"。何锐何时继孙惠为安丰太守，无可稽，下文言"惠既非南朝所授"，或当在司马睿建武元年（317）后。惠有迎驾、讨周馥之功，而代之以何锐，且无地栖身而权留郡舍，其非升转而系倾轧罢官，失宠于元帝，"虑谗间"者，微辞婉语耳。严可均《全晋文》小传直书"元帝初，以擅杀何锐奔入蛮中"，亦是据此推得也。

《晋书·孙绰传》有误

《晋书·孙绰传》曰："绰少以文才垂称，于时文士，绰为其冠。温（峤）、王（导）、郗（鉴）、庾（亮）诸公之薨，必须绰为碑文，然后刊石焉。"按：本传称绰"年五十八，卒"。据《建康实录》卷八，盖卒于简文帝咸安元年（371），则当生于愍帝建兴二年（314）。今检《晋书》，王导、郗鉴皆卒于咸康五年（339），时孙绰年二十六；庾亮卒于咸康六年（340），绰年二十七。此时绰已出仕，且碑文尚有残文见严可均《全晋文》。独温峤碑文未见，今据《晋书》、《建康实录》计之。温峤以咸和四年（329）卒，时绰年方十六。似太年少。且孙绰释褐时间，据《晋书》本传，"除著作佐郎……征西将军庾亮请为参军，补章安令，征拜太学博士，迁尚书郎"。按：庾亮为征西将军，据《晋书·庾亮传》，在陶侃卒后，即咸和九年（334），至庾亮卒时凡七年。其为著作佐郎时间，当在二十左右，至于十六七岁时绰当无官职，焉得为名臣撰碑？《晋书·孙绰传》又谓绰"居于会稽，游放山水，十有余年"。按：绰自为著作佐郎、庾亮参军、历章安令、太学博士、建威长史、右军长史、永嘉太守、散骑常侍领著作郎，至廷尉卿而卒，似无归隐事。至于出仕之年，至迟亦在咸康五年，年二十六。岂有盘桓山水十余年之事？疑《晋书》杂取传说，自相抵牾，未足凭信。

孙绰仕历

《晋书·孙绰传》记其早期仕历，"除著作佐郎，袭爵长乐侯"，"征西将军庾亮请为参军。补章安令，征拜太学博士，迁尚书郎。扬州刺史殷浩以为建威长史"。庾亮以成帝咸和末（334）进号征西，继陶侃督荆州，绰入其幕，当在此时。其出仕为著作佐郎亦在咸和中。《类聚》卷三六录绰《晋聘士徐君墓颂》云"晋南昌相太原县君白汉故聘士徐君之灵"，"乃与友人殷浩等束带灵坟"，殷浩时亦在庾幕，绰为参军盖带南昌相，与浩等同至徐穉坟前所作。《庾翼传》记康帝即位，庾翼欲北伐，"车骑参军孙绰亦致书谏"。据《康帝纪》，建元元年（343）三月，"以中书监庾冰为车骑将军"，绰与庾氏兄弟关系甚密，为车骑参军自在此年。上推其为章安令，或在咸康六年（340）庾亮卒后之任，在县三年而征入为车骑参军。以上二事本传皆失载。《礼志上》记穆帝永和二年（346）七月，议司马氏远祖迁主之礼，"尚书郎孙绰"与议；《穆帝纪》载殷浩为扬州刺史在此年七月，则绰入殷幕为长史或在此年后。《晋书》于此记作"建威长史"，而《穆帝纪》、《殷浩传》均记浩为建武将军，当据改。劳格《读书杂志》卷五《晋书校勘记》已出校，不知中华校点本何以不取。

绰卒于简文帝咸安元年（371），见《建康实录·简文帝纪》。余请参拙著《晋代作家六考》，见《中古文学史论文集》。

裴启《语林》

《语林》作者裴启，《晋书》无传，且不见其名。《世说·文学》："裴郎作《语林》始出，大为远近所传。时流年少，无不传写，各有一通。载王东亭（珣）作，《经王（刘盼遂、余嘉锡以为'王'当作'黄'，声之误也）公酒垆下赋》，甚有才情。"注引《裴氏家传》曰："裴荣，字荣期，河东人。父稚，丰城令。荣期少有风姿才气，好论古今人物。撰《语林》数卷，号曰《裴子》。"孝标又云："檀道鸾谓裴松之以为启作《语林》，荣傥别名启乎？"按，《世说·轻诋》记："庾道季（龢）诧谢公曰：'裴郎云："谢安谓裴郎乃可不恶，何得为复饮酒？"裴郎又云："谢安目支道林，如九方皋之相马，略其玄黄，取其俊逸。"'谢公云：'都无此二语，裴自为此辞耳。'庾意甚不以为好，因陈东亭《经酒垆下赋》。读毕，都不下赏裁，直云：'君乃复作裴氏学？'于此《语林》遂废。今时有者，皆是先写，无复谢语。"注引《续晋阳秋》曰："晋隆和中，河东裴启撰汉魏以来迄于今时言语应对之可称者，谓之《语林》。时人多好其事，文遂流行。后说太傅事不实，而有人于谢公座叙其黄公酒垆，司徒王珣为之赋，谢公加以与王不平，乃云：'君遂复作裴郎学。'自是众咸鄙其事矣。"

按，据上可知：一，裴启，字荣期。盖据《列子》所记古隐士荣启期而取名、字。《世说·文学》"孙兴公作《天台赋》成，以示范荣期"，范荣期名启，与裴启名、字俱同。孝标所见《裴氏家传》"启"作"荣"，当是抄录者涉下"荣期"而误。二，裴启之年当少于谢安、王坦之。哀帝隆和间（362~363）撰成《语林》，其时谢安四十余岁，王坦之三十余岁，称"裴郎"，启或仅二十余岁。三，《文学》"王公酒垆"，此又后人传抄之误。刘孝标明言檀道鸾谓裴松之以为启作《语林》,《轻诋》注引《续晋阳秋》正作"黄公酒垆",若孝标所见时已误作"王",当出注。

梅陶行事

梅陶,《隋志》录有《梅子新论》一卷,入子部儒家类,有集二十卷。《晋书》无传。据《刑法志》、《陶侃传》,知其在元帝建武元年(317)为王敦大将谘议参军,与议肉刑;时荆州刺史陶侃平杜弢,遭王敦之忌,迁侃广州刺史,行前将杀之,梅陶谏,乃免。《陶侃传》又记"尚书梅陶"与曹识书谓"陶公机神明鉴似魏武,忠顺勤劳似孔明";《钟雅传》记明帝崩,国丧未期,尚书梅陶私奏女伎,雅劾之。《御览》卷九二七录陶《鹏鸟赋序》,云:"余既遭王敦之难,遂见忌录,居于武昌。"可知陶于过江后曾为王敦谘议参军,永昌元年(322)王敦自武昌起兵反,入建康,专朝政。及二年后敦败,陶当以旧属免官,以有德于陶侃,为侃荐举起为尚书。《初学记》卷一二、《御览》卷二二六录梅陶《自叙》云:"余居中丞,曾以法鞭皇太子傅。……后皇太子特见延请,赐以请宴礼之,如师。"东晋前期诸帝曾为太子者,有明帝、成帝、穆帝。成帝以太宁元年(325)三月立为太子,时年四岁,闰八月即位;穆帝以建元二年(344)九月立为太子,年二岁,当月即位。则《自叙》所谓太子者必为明帝司马绍。绍以建武二年(318)立为太子,时年十八,梅陶为御史中丞在尚书前,时在元帝大兴中(320左右)。

《世说·方正》"梅颐尝有惠于陶公,后为豫章太守"条,注引《晋诸公赞》曰:"颐字仲真,汝南西平人。"又引《永嘉流人名》曰:"颐,领军司马。颐弟陶,字叔真。"又引邓粲《晋纪》载王敦欲害陶侃事,王隐《晋书》亦同,复有按语云:"二书所叙,则有惠于陶是梅陶,非颐也。"按,孝标之说是也。唐修《晋书》多本臧荣绪书,上引所记梅陶谏王敦杀陶侃事同邓、王一书。《世说》记作"梅颐",当属传闻之误。又,梅颐,或谓即献《尚书》伪孔传之"梅赜","颐"、"赜"形近,前人考校颇有异说,已难判定。

严可均《全晋文》小传:"陶,元帝初为王敦谘议参军,后除(豫)章郡太守。成帝初为尚书,拜光禄大夫。""豫章太守",或是据《世说》而以"梅颐"为"梅陶"。"光禄大夫",所据为《隋志》别集类《梅陶集》结衔。

郗超为中书郎

郗超在桓温幕最见亲信,废海西公,立简文帝,始谋皆出于超。《晋书·郗超传》记其事迹,除桓温枋头之败一节外,几全据《世说》。迁中书侍郎,谢安、王坦之共诣之,日旰未得前。王坦之欲去,谢安曰:"不能为性命忍俄顷?"按,事在简文帝初。《简文帝纪》载帝即位(371)荧惑入太微,帝意恶之。时中书郎郗超在值,帝乃引入,谓曰:"命之修短,本所不计,故当无复前日事邪?"(前日事指废海西公)超乃力言桓温之忠,"以百口保之"。其前一年,温有寿阳之捷,时郗超尚在温幕。温乃入都行废立之事,立简文,授超中书郎,为其耳目,如司马氏之于钟会然。谢安、王坦之其时为侍中,日旰未得见超,可见其专擅之状。桓温欲诛谢安、王坦之,事在此后数年。王或不耐,或惶惧,谢则神智清明,风度详整,故《世说》俱以入《雅量》篇。

郗超卒年,《通鉴》记作太元二年(377)十二月。《晋书》记年四十二;宋本《世说·伤逝》注引《中兴书》同,通行本传刻误作"四十一"。

刘琨《胡姬年十五》

《乐府诗集》卷六三《杂曲歌辞》录刘琨《胡姬年十五》:"虹梁照晓日,渌水泛香莲。如何十五少,含笑酒垆前。花将面自许,人共影相怜。回头堪百万,价重为时年。"《四库全书总目·总集类》"存目"论《广文选》,摘其疵谬,云"《胡姬年十五》一篇,本梁刘琨作,郭茂倩《乐府诗集》可考",然宋刻《乐府诗集》署名正作"晋刘琨","可考"云云,未知从何而考得已。中华书局排印本有校记云:"《诗纪》卷一一:'《乐府》作晋刘琨,《五言律祖》作梁刘琨,然晋未有律体,《律祖》或有考也。'按此必非晋刘琨作。"《先秦汉魏晋南北朝诗》于"晋刘琨"下不录此诗,梁代又不列刘琨其人,乐府中亦遍检不得,不知何故。按,此诗八句,四句属对,"花将"二句且见着意锻炼之迹,而全首失粘,一望可知为永明、天监间作品。《乐府诗集》卷二六录梁刘缓《江南可采莲》,题下有小序云:"古《江南》辞曰'江南可采莲',因以为题云。"《胡姬年十五》或与此同,或竟是赋得《羽林郎》中句也。《梁书》不见刘琨其人;刘宋有刘琨,宗室,未及入齐而卒。《五言律祖》未见,署作梁人,不知所据。

郭璞为尚书郎在太兴四年

《晋书·郭璞传》载:"时元帝初镇建邺,(王)导令璞筮之,遇《咸》之《井》。"以为当受命为帝。按,睿镇建邺在怀帝永嘉元年,其时虽值八王乱后,洛京尚无失陷之象,且璞过江入建邺时,睿镇江东已五六年，不得谓之"初镇"。

《南郊赋》，《书钞》卷五七引《晋中兴书》云璞于太兴元年，奏《南郊赋》。汤球《九家旧晋书辑本》（《丛书集成初编》）误引作"《初学记》卷一一"，当作"卷十三"，且仅赋文而不记"太兴元年"。《晋书》录《南郊赋》后接叙"于时阴阳错缪，而刑狱繁兴，璞上疏，请元帝轻刑罚，疏有'去年十二月二十九日，太白蚀月'之语，疏奏，优诏报之。其后日有黑气，复上疏，有'伏读圣诏，欢惧交战'，'此月四日，日出山六七丈，精光潜昧而色都赤，中有异物大如鸡子，又有青黑之气共相薄击，良久方解'，'计去微臣所陈，未及一月'诸语"。《晋书·天文中》记太兴三年十二月己未，太白入月，在斗，郭璞曰云云，与前疏全同。是前疏作于太兴四年正月，后疏作于二月，当无疑义。传云疏上，顷之迁尚书郎，自当在此年。

李充好玄谈

《世说·文学》注引檀道鸾《续晋阳秋》云："正始中，王弼、何晏好庄、老玄胜之谈，而世遂贵焉。至江左李充尤盛。故郭璞五言始会合道家之言而韵之。（许）询及太原孙绰转相祖尚，又加以三世之辞，而诗、骚之体尽矣。询、绰并为一时文宗，自此作者悉体之。至义熙中，谢混始改。"此为论东晋玄言诗风最早之文献材料。余嘉锡先生《世说新语笺疏》于"至江左李充尤盛"下有长注，移录如下：

  各本"至过江，佛理尤盛"。《文选集注》六十二公孙罗引檀氏《论文章》作"至江左李充尤盛"。又案：《宋书·谢灵运传》曰："在晋中兴，玄风独扇。"《文心雕龙·明诗篇》曰："江左篇制,溺乎玄风。"《诗品序》曰:"永嘉贵黄、老,尚虚谈,爰及江左,微波尚传。"三家之言皆源于檀氏。重规叠矩,千为一谈,不闻有佛理之说,检寻《广弘明集》,支遁始有赞佛咏怀诸诗,慧远遂撰念佛三昧之集。虽在典午之世,却非过江之初,且系释家之外篇,无与诗人之比兴。檀氏安得援此一端,概之当世乎?况下文云郭璞始合道家之言而韵之,若必如今本,是谓景纯合佛理于道家也。郭氏之诗以《游仙》为最著,今存者十余首。道家之言固有之,未尝一字及于佛理也。檀氏安得发此虚言,无的放矢乎?此必原本残阙,宋人肆臆妄填,乖谬不通,所宜亟为改正者矣。李充者,元帝时人,正当渡江之始。《晋书》本传言其诗赋表颂等杂文二百四十首,《隋志》有集二十二卷,是其著作甚富。传又言有《释庄论》上下二篇。《御览》五百九十七引充《起居诫》,自言家奉道法,知其好道家之言。其诗存者,《玉台新咏》三有《嘲友人》一首,叙其夫妇离别之情,颇类陆士衡代顾彦先《赠妇》。《文选》注二十一及五十九各引《武功歌》二句,皆颂扬功德之泛语。《类聚》四及《书钞》百五十五俱引《七月七日诗》,亦不过牛女之常谈,皆不足以见其风致。惟《初学记》十八引充《送许从诗》曰:"来若迅风欢,逝如归云征。离合理之常,聚散安足惊。"颇得老、庄之旨。《选注》二十八引充《九曲歌》曰:"肥骨销灭随尘去",亦似有刍狗万物之意。然存诗过少,此特一鳞片甲耳。至其所以祖述王、何,较西晋诸家为尤甚者,吾不得而见之矣。

余氏所考所论,具见功力,复为续貂申补:一,原文为"至过江佛理尤盛",下文又言孙、许"又加以三世之辞",于文理为不通,余氏校改有理。二,李充尚玄谈,然本传又言"幼好刑名之学,深抑虚浮之士",其《学箴》称"圣教救其末,老庄明其本,本末之涂殊而为教一也",意在兼综儒玄而以玄为本,以时人放诞为"离本"。可见东晋谈玄之士,于前人之任情弛纵已表不满,李充此论特其一例耳。三,《文选》善注引《武功歌》,《先秦汉魏晋南北朝诗》失收。四,余氏谓李充元帝时人,据本传所记仕履,其主要活动当在成、康、穆三世,与郭璞同时,或稍早于孙、许。说参《李充出为剡令》条。五,《九曲歌》残句见《文选》卷二八陆机《挽歌诗》善注引,胡克家本作"李尤《九曲歌》",《考异》未出校,可见袁本、茶陵本同作"李尤"。影宋六臣注本同。余氏引作"李充",所据或为误本。

李充家世

唐修《晋书·李充传》载,充父矩,江州刺史。《魏志·李通传》载,通父秉,注引王隐《晋书》曰"绪子秉,字玄胄,有俊才,为时所贵,官至秦州刺史。秉尝答司马文王问,因以为《家诫》"云云。司马昭称阮嗣宗天下之至慎,亦见于此。秉子重、尚、矩。同上注引《晋诸公赞》曰:"重二弟,尚字茂仲,矩字茂约,永嘉中并典郡。矩至江州刺史。"《世说·德行》注引《魏氏春秋》亦记《家诫》事,"李秉"误作"李康",严可均《全晋文》卷五三已辨之。《世说·言语》注引何法盛《中兴书》云:"李充,字弘度,江夏鄳人也。祖康、父矩,皆有美名。"充初辟丞相掾、记室参军,以贫求剡县,迁大著作、中书郎。误同。《御览》卷七四九引《中兴书》云:"(充)母卫氏,廷尉展之妹也。充少孤,母聪明有训,又善楷书,妙参钟、索,世咸重之。"按,卫氏即世称卫夫人者,卫恒侄女,李矩妻,王羲之尝从之学书。充传云充"善楷书,妙参钟、索,世咸重之",与《御览》所引文字全同。

《晋书》有《李矩传》,此李矩字世迴,平阳人,盖二人而同姓名。

李充出为剡令

《李充传》载充为王导掾属,"征北将军褚裒又引为参军。充以家贫,苦求外出。裒将许之为县,试问之。充曰:'穷猿投林,岂暇择木?'乃除剡县令"。《世说·言语》记此事作殷浩知其家贫,问"君能屈志百里不",乃答"穷猿奔林"云云,遂授剡县。按,王导以成帝咸康五年(339)卒,褚裒以外戚之重,康帝时始为将军刺史,充入其幕,似不得早于此时(343),其间四五年,仕履不明。褚裒以穆帝永和三年(347)授征北大将军,殷浩为扬州刺史在前此一年。或是褚裒问李充,而复属殷浩,乃授剡县。剡县属扬州会稽郡。

《晋书》本传记充于剡令时遭母忧。卫夫人卒于永和五年(349),可以相合。《王羲之传》记会稽有佳山水,名士多居之,"孙绰、李充、许询、支遁等皆以文义冠世,并筑室东土,与羲之同好",时或在永和中。

袁宏仕历

《晋书·袁宏传》载,谢尚镇牛渚,秋夜微服泛江,闻袁宏诵咏史诗,迎之升舟谈论。"尚为安西将军、豫州刺史,引宏参其军事"。既赏之,又引之,甚合情理固不烦言。《文选》卷四七《三国名臣序赞》注引檀道鸾《晋阳秋》曰:"袁宏,字彦伯。陈郡人。为大司马府记室参军,稍迁至吏部郎,出为东阳郡守,卒。"《世说·言语》"袁彦伯为谢安南司马"注引《续晋阳秋》曰:"袁宏,字彦伯。陈郡人。魏郎中令涣六世孙也。祖猷,侍中。父勖,临汝令。宏起家建威参军,安南司马、记室("记室"上当脱"大司马")。"是善注所引节去"安南司马"。《雅量》记"谢安南免吏部尚书还东",注引《晋百官名》曰:"谢奉,字弘道。会稽山阴人。"又引《谢氏谱》曰:"奉祖端,散骑常侍。父凤,丞相主簿。奉历安南将军、广州刺史、吏部尚书。"

《晋书》本传不记袁宏为安南记室事,然《单道开传》记道开升平三年至京师,后至南海入罗浮山,卒。陈郡袁宏为南海太守,见其遗骸如生,乃为之赞云云,特本传失书耳。《晋书·礼志》记谢奉升平五年(361)以吏部尚书与议帝嗣,上引《世说》记其免官,则出为安南将军、广州刺史当在此后,且《世说》称"谢安南",亦当是其最后官职,《谢氏谱》所记或当乙正。

谢尚始为豫州,在康帝、穆帝间(345左右),永和四年进号安西,其辟袁宏或在此稍后,时宏年约三十。穆帝升平元年(357),谢尚卒。其后谢奉为安南将军、广州刺史,宏乃为其司马、南海太守,时约在哀帝中。桓温加大司马,总朝政,在哀帝兴宁元年(363),袁宏入幕,当在此后。《世说·文学》载桓温令宏作《北征赋》,注引《续晋阳秋》曰:"宏从温征鲜卑,故作《北征赋》,宏文之高者。"桓温北伐鲜卑慕容氏,在海西公太和四年(369),绵延近一年而遭枋头之败。此赋作在出征时。

袁宏随温北伐,《世说·轻诋》记其途中与诸僚属登平乘楼,眺瞩中原,慨然曰:"遂使神州陆沉,百年丘墟,王夷甫诸人不得不任其责。"袁宏对以"运自有兴废,岂必诸人之过",温乃取刘表有大牛重千斤不能负重以况袁无经世之用。是其时袁已失宠于桓,《文学》且记其"被责免官",意其后不久即离温入都,《晋书·车胤传》记宏于宁康初已为吏部郎可证。桓温不喜袁宏其人重其文,《九锡文》尚须宏为具草。事见《晋书·王彪之传》、《谢安传》及范弘之表。宏性直强,命其为此等文字,是大违心事。吏部郎多以寒素居之,有过愆且加捶挞,士人多耻为此职。宏居此殆不得已,故急于求出为守。

《隋志》录《集议孝经》一卷,题"晋东阳太守袁敬仲集",又有《正始名士传》三卷,题袁敬仲撰。历来均以为袁宏撰,敬仲为卫宏字,史亘以卫宏为袁宏,故误题。《正始名士传》,诸书引用,或作《竹林名士传》、《名士传》。

谢万卒年

《晋书·谢万传》记,万北征败绩,"废为庶人,后复以为散骑常侍。会卒,时年四十二,因以为赠",然未书年月。万败绩在穆帝升平三年(359)十月,见《穆帝纪》。《类聚》卷四八引《晋中兴书》曰:"谢万,升平五年诏曰:'前西中郎万,才义简亮,宜居献替,其为散骑常侍。'"是万卒于此年,年四十二,逆推其生年为元帝大兴三年(320),与兄谢安同岁,其非一母所出可知。《世说·言语》注引《晋中兴书》曰:"谢万,字万石,太傅安弟也。才气高俊,蚤知名。历吏部郎、西中郎将、豫州刺史、散骑常侍。"万加西中郎将与出为豫州刺史同时,见《穆帝纪》。又,《王羲之传》记羲之优游无事,与吏部郎谢万书,时约在升平中或稍后(357以后)。本传均不记。

谢万北征与谢安

《晋书·谢万传》记,万受任北征,矜豪傲物,兄安深忧之,自队主将帅以下无不慰勉。按所记本《世说·简傲》。然据《谢安传》谢万北征,谢安尚在会稽东山。《世说》记此事,特书"谢公甚器爱万,而审其必败,乃俱行,从容谓万"。《通鉴》卷一〇〇记同《世说》,复补书"万狼狈单归,军士欲因其败而图之,以安故而止"。《世说·规箴》又记:"谢中郎在寿春败,临奔走,犹求玉帖镫。太傅在军。前后初无损益之言,尔日犹云:'当今岂须烦此?'"刘孝标注:"按,万未死之前,安犹未仕,高卧东山,又何肯轻入军旅邪?《世说》此言,迂谬已甚。"

按,上述诸事,互有扞格。《晋书》据《世说》而无"乃俱行"一语,《谢安传》于此亦不著一字,遂致自相乖谬,岂史臣当日亦不能遽定谢安从行未邪?《通鉴》据《世说·简傲》、《晋书》而增"以安故而止",当必另有所据,然与《简傲》所记"当为隐士,故幸而得免"又异。《世说·规箴》言"前后初无损益之言",又与《简傲》记安劝谏语持矛刺盾。刘孝标注云谢安当日尚高卧东山,因斥《世说》记谢安随军为迂谬,自是未见诸家旧《晋书》记谢安从行事。吴士鉴书于《谢万传》"再迁豫州刺史,领淮南太守"下注:"《御览》卷七百一引《俗说》:'谢万作吴兴郡,其兄安时随至郡中。'案,本传不言为吴兴郡,盖史文阙略。"前以吴兴迁豫州,本传不记,然《穆帝纪》书升平三年八月,"安西将军谢奕卒。壬申,以吴兴太守谢万为西中郎将,持节,监司、豫、冀、并四州诸军事,豫州刺史",则又未尝阙略,特官修史书,出自众手,前后不加照应耳。颇疑谢安友于情深,随任吴兴,复自吴兴随任豫州,兼奔兄奕之丧,乃预北伐之役,《世说》、《通鉴》所记不误。

《御览》卷四九二引《晋中兴书》记谢万为尚书令,卒,博士议谥曰襄墨公云云。按,此谢石事,见《晋书》本传,盖传抄之误。

又,此稿写成,得见田余庆先生《东晋门阀政治》,亦有论谢万北征与谢安事,甚精到,可参阅。

谢尚曾为宣城内史

《晋书·顾和传》载,"南中郎将谢尚领宣城内史,收泾令陈干杀之",被纠,以懿亲而事得寝。按,此仕履《谢尚传》失记,仅记其为建武将军江夏相,庾冰卒,迁尚江州刺史。庾翼镇武昌,尚数诣翼谘谋军事。翼于成帝咸康六年(340)庾亮卒后为荆州刺史,时谢尚仍在江夏,故往谘谋也。康帝建元二年(344),诏以尚为南中郎将,"会庾冰薨,复以本号督豫州四郡,领江州刺史"。庾冰卒于建元二年十一月,是谢尚之在宣城,为时当不过一年。

又,《世说·贤媛》载谢道韫鄙薄其夫王凝之,称其母家"一门叔父,则有阿大、中郎;群众兄弟,则有封、胡、遏、末"。张忱石、余嘉锡二氏皆疑"阿大"即谢尚。

庾阐生卒入仕年及逸句

《晋书·庾阐传》记其年五十四,未记卒年,仅知在补零陵太守、以疾征拜给事中之后。出为零陵,吊贾谊,据《晋书》所录吊贾谊文言"中兴二十三载",则其时为成帝咸康五年(339)。《全晋文》录此作"中兴二年三月",其误甚明。《世说·文学》注引《晋中兴书》云:"阐,字仲初,颍川人,太尉亮之族也。少孤,九岁便能属文。迁散骑侍郎,领大著作。为《扬都赋》,邈绝当时。五十四卒。"年岁与《晋书》合。据《晋书》本传,阐父东勇力绝人,武帝时尝与西域人角力。阐少随舅氏过江,永嘉末,其母随子肇在项城,死于石勒之乱,阐不栉沐、不婚宦,绝酒肉垂二十年。则永嘉末尚未婚娶而哀毁备至,其年当未及冠。元帝为晋王(317),辟之,不行,时约二十稍长。若是,其卒年当在穆帝永和中期。

《类聚》卷七二录阐《断酒戒》,其戒酒之由,在于"穷智之害性,任欲之丧真","形情绝于所托,万感无累乎心",与母丧并无关涉。同书卷六四又录其《闲居赋》、《狭室赋》,当亦是入仕前作。阐入仕为太宰西阳王羕掾,《元帝纪》载羕为太宰在永昌元年(322),系受王敦伪命,羕传略言之,仅言"进位太宰"。明帝太宁二年(324),敦平,十月,即以王导领太宰,羕领太尉。是阐入仕当在此二年间,时年三十左右。

阐之《扬都赋》为一时名作,《世说·文学》记庾亮誉为"可三《二京》、四《三都》",谢安则贬为"屋下架屋"。赋佚,严可均氏搜集佚文,已可窥其大略。余嘉锡先生《世说新语笺疏·文学》注云"《真诰·握真辅第一》引有两节二百余字,竟漏未辑入,以此知博闻强记之难也"。余氏治学,博大精深,以此益信。

《升庵诗话》卷一二有《古汉诗逸句》条,录庾阐"元景如映璧,繁星如散锦"两句。按,所录皆不注出处,王粲"探怀授所欢"两句,江伟"羁絷系世网"两句,石崇"迅飙翼华盖"两句,均见《文选》注,逯钦立《先秦汉魏晋南北朝诗》均已收录。庾阐两句,出处不详,逯书亦失收。又,杨慎此条列魏晋间人江伟于诸葛亮、王粲前,盖以之为汉人,误。

王珣事迹辨正

《晋书·王珣传》载,珣"弱冠与陈郡谢玄为桓温掾",转主簿,

"从讨袁真,封东亭侯"。据《海西公纪》,太和四年(369)十月,袁真以寿阳叛,五年二月卒,子瑾立。八月,"桓温击袁瑾于寿阳,败之"。《通鉴》卷一〇二记同。四年十一月,桓温与会稽王昱会于涂中;十二月,桓温城广陵,居之;五年正月,袁真以弟斌交通桓温,杀之。是桓温与袁真未尝有兵事。又,《晋书》所记,见《世说·言语》"宣武移镇南州"条注引《王司徒传》:"大司马桓温辟为主簿,从讨袁真,封交趾望海县东亭侯。"史臣未核,遂直书讨袁真,实则讨袁瑾也。时珣二十二岁。

珣状短小,在温幕与郗超同见宠信,府中有"髯参军,短主簿,能令公喜,能令公怒"之语,见《世说·宠礼》、《晋书·郗超传》。

《世说·文学》记其与论袁宏《北征赋》恨少一句,又记其作《经黄公酒垆下赋》甚有才情。《孝武帝哀策文》亦出其手,当时盖目为大手笔。

本传记珣为给事黄门侍郎。吴士鉴注引《晋起居注》太始元年诏曰"给事黄门侍郎王珣"云云,吴谓太始乃太和之误。按,太和共六年,五年八月珣尚从讨袁氏,是太始当为太元之误。本传又记珣闻谢安卒,"便出京师,诣族弟献之"。献之长珣五岁,本传误书。又云隆安四年,"以疾解职。岁余,卒",一似卒于五年。然《安帝纪》载,四年五月丙寅,王珣卒。传误,当从纪。王珣《伯远帖》,据启功先生考定,陆机《平复帖》外,为晋人法书真迹之仅存者,其《论书绝句》云:"王帖惟余《伯远》真,非摹是写最精神。临窗映日分明见,转折毫芒墨若新。"严辑《全晋文》失收。

许询年岁

许询与孙绰同为东晋玄言诗宗匠。顾《晋书》无询传,《建康实录》卷八《孝宗穆皇帝纪》永和三年十二月"以侍中刘惔为丹阳尹"下有传,云:

> 询字玄度,高阳人。父归,以琅邪太守随中宗过江,迁会稽内史,因家于山阴。询幼冲灵,好泉石,清风朗月,举酒永怀。中宗闻而征为议郎,辞不受职,遂托迹居永兴。肃宗连征司徒掾,不就。乃杖策披裘,隐于永兴西山,凭树构堂,萧然自致,至今此地名为萧山。遂舍永兴、山阴二宅为寺,家财珍异,悉皆是给。既成,启奏孝宗。诏曰:"山阴旧宅为祗洹寺,永兴新居为崇化寺。"询乃于崇化寺造四层塔,物产既罄,犹欠露盘相轮。一朝风雨,相轮等自备。时所访问,乃是剡县飞来。既而,移皋屯之岩,常与沙门支遁及谢安石、王羲之等同游往来,至今皋屯呼为许玄度岩也。

传不书生卒年及年岁。以中宗元帝欲征为议郎一事推之,其时最早亦年近弱冠,上溯其生年,或与王羲之相近(303)。许嵩系其事迹于《穆帝纪》中,其卒或亦在永和中。《全晋文》卷二二录王羲之《杂帖》:"七月告期,痛念玄度,未能阙汝。汝临哭悲恸何可言,言及惋塞。"《世说·规箴》记"王右军与王敬仁、许玄度并善。二人亡后,右军为论议更克"。羲之卒于穆帝升平五年(361)(说参《王羲之生卒年》条),则询卒于此前可知。《世说·言语》又记"刘真长为丹阳尹,许玄度出都就刘宿",《晋书·王羲之传》亦记其事。据上引《建康实录》,当在永和四年(348)前后。盖惔卒不得晚于永和五年,说参《刘惔、刘恢为二人》条。前引王羲之《杂帖》,末署"耶告",自是示儿。询卒于会稽,王帖"未能"下阙字,或是"过哭"、"往吊"之类,则其时当在羲之为护军将军时,即永和七八年。永和九年兰亭之会,据桑世昌《兰亭考》卷一、张淏《云谷杂记》卷一所录诗及人名,俱无许询,盖其时已逝,不然,不当不预此会。《御览》卷一九四引三隐《晋书》曰:"王羲之初度江,会稽有佳山水,名士多居之,与孙绰、许询、谢尚、支遁等宴集于山阴之兰亭。"核唐修《晋书·王羲之传》,《御览》当有节文。即令未加删节,羲之既与孙、许辈交善,兴之所之,宴集兰亭,亦非必永和九年修禊事也。若按上说,则可拟测许询以惠帝末生,穆帝永和七年或八年前卒,得年约近五十。

然《文学》记"许掾年少时,人以比王苟子,许大不平",乃往会稽西寺与王论理决优劣云云。刘注许掾,"询也",苟子,"王修小字也"。余嘉锡先生引程炎震云:"《法书要录》载张怀瑾《书断》云:'王修以升平元年卒,年二十四。'则生于咸和九年甲午,许询年或相若耶?"如此条记载得实,则据《建康实录》所作许询生年之拟测即为空中楼阁。

单文孤证,端须矜慎;入主出奴,更属考据所忌。上述诸条,矛盾显然。《实录》颇多纰漏,《世说》时杂传闻,二书皆有不尽可信之处。然排比审核,《世说》所记许询与王羲之、刘惔、孙绰、谢安诸人交游事凡十数条;《晋书·孙绰传》、《郗愔传》、《谢安传》、《王羲之传》等所记同。晋人通脱,同好往来,非必同辈,然味典籍所记事迹、评骘,诸名士年岁相距不至过远。如许询年岁与王修相若,永和四年出就刘惔处宿时仅十五六岁,与诸名士中最长之王羲之相去三十余岁,显于事理有悖。

孙绰《答许询诗》云:"孔父有言,后生可畏。灼灼许子,挺奇拔萃。方玉比莹,拟兰等蔚。寄怀大匠,仰希遐致。将隆千仞,岂限一匮。"许询赠诗已佚不存,据孙诗所云,许年岁必少于孙,且相去当不止三五岁,或于上述诸名士中为最少。孙绰以晋愍帝建兴二年(314)生,许询生年,其在元帝、明帝间(324)或稍前乎?《文选》卷三一引录江淹《杂体诗》三十首,所拟诸家,列许询于孙绰后,《诗品序》及卷下列次亦为孙绰、许询,皆可为许晚于孙之旁证。《杂体诗》善注引《晋中兴书》曰:"高阳许询,字玄度,寓居会稽。司徒蔡谟辟,不起。"蔡谟为司徒在永和二年至六年,时许询二十余岁,与出都就刘惔宿、谈论为王羲之所讥事可以相合。以此证《建康实录》所记元帝、成帝时征召事为失实,"征司徒掾"当是"孝宗穆帝"时事。《世说·言语》注引《续晋阳秋》云询"总角秀惠,众称神童,长而风情简素。司徒掾辟,不就。蚤卒"。《御览》卷五〇三引《晋中兴书》,记询"山居服食,志求仙道。游会稽临海山,誓不归家,乃与妇书,令改适。后入剡深山。莫知所止,或以为升仙"。据上述,无论"蚤卒"或"誓不归家",皆永和四五年后不就司徒掾、与刘惔共话后事。如据《建安实录》,则其时已四十余岁,蚤卒、令其妇改嫁等皆无着落。设令生于元帝、明帝间,则可合符。

严可均、逯钦立二氏书许询小传均言"咸安中征士",不知所据。咸安为简文帝年号,与《建安实录》所载元帝征为议郎相去竟达五十年。歧异若此,又文献不足,上述鄙见,虽乏的据,亦所以备一说云尔。

枣嵩言行不一

《晋书·枣据传》记据弟嵩,才艺尤美。顾枣嵩事迹散见,今辑录如后。

嵩为王浚女婿,见《王浚传》。惠帝太安二年(303),陆机河桥之败,为成都王颖所杀,弟云并遇难。时枣嵩为颖官属,与江统、蔡克上疏,以为陆机师败加刑,固属有当,然以之为反叛而族诛戮云,则应审谛详慎。事见《陆云传》。《御览》卷五八七引《文士传》云:"棘嵩(按,枣据本姓棘,以避难改)见陆云作《逸民赋》,嵩以为丈夫出身,不为孝子,则为忠臣,必欲建功立策,为国宰辅,遂作《官人赋》以反云之赋。"论辩之而复营救之,嵩与云其为君子之交,然后又助浚为虐,内索贿赂,外结石勒,卒至身死名裂,言之与行,正南辕之与北辙也。《王浚传》记,怀帝永嘉中,石勒入侵,浚谋僭号,切谏者皆为所诛所逐,枣嵩则乘时纳贿,时童谣有"十囊五囊入枣郎"之语。《石勒载记》记,勒伪奉表推浚为天子,亦遗枣嵩书而厚赂之,愍帝建兴二年(314)浚为勒所破,被杀,嵩乃转而奴颜事勒,《裴宪传》所谓"枣嵩等莫不谢罪军门,贡赂交错",昔之所受于勒者乃加利还勒。《慕容皝载记附阳裕传》又记石勒克蓟城,问枣嵩"幽州人士,谁最可者",嵩对以刘翰、阳裕。勒问:"若如君言,王公何以不任?"嵩曰:"王公由不能任,所以为明公擒也。"然嵩纵逢迎备至,仍为勒数其"以贿乱政",被杀。

嵩有《赠荀彦将》四言五章。《晋书》未见荀彦将,《荀勖传》记勖孙绰,字彦舒。据《裴秀传》,绰于王浚承制时在朝,没于石勒,疑"彦舒"或是"彦将"传抄之误。

王廙《孔子十弟子图赞》

王廙得年四十七,见《历代名画记》卷五。原注云:"见《晋书》及何法盛《晋中兴书》。"《晋书》本传及汤球辑《晋中兴书》均未及年岁。其书号江左第一,为王羲之所法。《名画记》录廙画《孔子十弟子图》,赞云:"余兄子羲之幼而岐嶷,必将隆余堂构。今始年十六,学艺之外,书画过目便能,就余请书画法,余画《孔子十弟子图》以励之。嗟尔羲之,可不勖哉!画乃吾自画,书乃吾自书,吾余事虽不足法,而书画固可法,欲汝学书则知积学可以致远,学画可以知师弟子行己之道,又各为汝赞之。"此赞《全晋文》失收。

王胡之为褚裒长史

《晋书·褚裒传》、《康帝纪》载,裒以建元二年(344)为徐、兖二州刺史、镇京口。永和初,征入,将以为扬州,录尚书事。吏部尚书刘遐、裒长史王胡之皆劝裒以大政付会稽王昱,裒从之。裒为康献太后父,妇人临朝,欲以其父总揽朝政,而其时会稽王昱擅权之局已成,胡之之劝,审时度势,可谓明智。《世说·言语》记:"何骠骑亡后,征褚公入。既至石头,王长史、刘尹(惔)同诣褚。褚曰:'真长何以处我?'真长顾王曰:'此子能言。'褚因视王。王曰:'国自有周公。'"注引《晋阳秋》所记同《褚裒传》,《世说》记作刘惔,或当是刘遐。

王胡之为南平太守

　　王胡之事迹，《晋书》附见《王廙传》，所记简略。《世说》及注多记其事。其有关性情者，为《赏誉》注引宋明帝《文章志》云："胡之性简，好达玄言也。"又引《王胡之别传》："胡之治身清约，以风操自居。"《品藻》引《别传》："胡之好谈谐，善属文辞，为当世所重。"其有关生平事迹者，则有《识鉴》记"车胤父作南平郡功曹，太守王胡之避司马无忌之难，置郡于酆阴"事。胡之为南平太守，《晋书》及《世说·言语》注引《王胡之别传》均不记。

　　按，《世说·仇隙》载，"王大将军执司马愍王，夜遣世将载王于车而杀之"，愍王名承，湘州刺史。敦欲反，承不附，乃命王胡之父王廙世将杀之。无忌，丞子。同条复记"王胡之与无忌相遇，胡之请母为胡之作馔，母乃流涕以告"。"无忌惊号，抽刃而出，胡之去之已远"。丞被害在元帝永昌元年（322），时无忌尚幼，未解事。《晋书·宗室传》记，康帝时（343）褚裒以建威将军出镇江州，无忌于饯行时拔刀将手刃胡之兄耆之，未知是一事而误传为二人否。

　　胡之为南平太守，时当在咸康六年以后，余嘉锡先生《世说新语笺疏·识鉴》于"太守王胡之避司马无忌之难"下引程炎震云："无忌尝为南郡太守，盖与胡之同时，故胡之避之。"《晋书·礼志上》永和二年（346）七月，辅国将军谯王司马无忌议礼。《宗室传》记无忌以建元初迁散骑常侍，转御史中丞，出为辅国将军、长沙相，又领江夏相，寻转南郡、河东二郡太守，将军如故，随桓温伐蜀。六年卒。桓温伐蜀在永和二年十一月至三年间，是其守南郡当在此后。如程说，胡之为南平亦在永和三、四年间。然此时胡之以褚裒长史转官吴兴太守。《晋书·沈劲传》记，劲年三十余，"郡将王胡之深异之，乃迁平北将军，司州刺史，将镇洛阳"，上疏言"且臣今西，文武义故，吴兴人最多"云云，是永和五年有司州之命，胡之在吴兴无疑。设胡之转吴兴在永和二年，与为褚裒长史正可相接，则永和间自不得再在南平。程说可商。窃以所谓"避司马无忌之难"，当是同在建康而欲避之，其时约为成帝咸康初，司马无忌已成年，或尚未及冠，母乃告以二家仇隙，致有抽刃相向之事。胡之以是避仇至武昌，入庾亮幕。《世说·容止》记，亮在武昌，"秋夜气佳景清，使吏殷浩、王胡之之徒登南楼理咏"。亮以成帝咸和九年（334）代陶侃为荆州，咸康六年卒，弟翼代。胡之有《赠庾翼诗》八章，味其辞义，似翼正赋闲，则亦为在亮幕时所作。其后亮卒，胡之乃出为南平太守，至咸康末建元初（342、343）而入褚裒幕，再以永和初而转官吴兴。此虽属拟测，或较理顺。

《晋书》记王胡之仕履，言"历郡守，侍中，丹阳尹"，《世说·言语》"王司州至吴兴印渚中看"条注引《王胡之别传》，则作"历吴兴太守，征侍中、丹阳尹、秘书监，并不就"。《别传》所记是，《晋书》当有脱文。

王胡之生卒年

《晋书·王廙传》未记王胡之年岁，仅言石虎死，以胡之为司州刺史，未行而卒。石虎死于穆帝永和五年（349）四月，则胡之卒年亦当为本年或次年。《先秦汉魏晋南北朝诗》小传误书"太和六年"。《世说·赏誉》屡记谢安称目王胡之语，注引《王胡之别传》曰："胡之常遗世务，以高尚为情，与谢安相善也。"其《答谢安诗》有"畴昔宴游，缱绻髫龀。或方童颜，或始角巾"，可见二人年岁相若。谢安以元帝大兴三年（320）生。胡之与司马无忌年岁亦相若，兑参《王胡之为南平太守》条。无忌父被杀在元帝永昌元年（322），无忌以年幼得免，其后又与王胡之交好，则其父被杀时尚不知人事也。故可拟测胡之生年在大兴三年或稍前，卒时年约三十。

《晋书·殷浩传》标点之失

《晋书·殷浩传》中华标点本："三府辟，皆不就。征西将军庾亮引为记室参军。累迁司徒左长史。安西庾翼复请为司马。除侍中、安西军司，并称疾不起，遂屏居墓所，几将十年，于时拟之管葛。"《世说·赏誉》记"殷渊源在墓所几十年"，《识鉴》注引《中兴书》云"浩栖迟积年，累聘不至"。按，《陶侃传》记"时武昌号为多士，殷浩、庾翼等皆为佐吏"，是殷浩被辟入武昌尚在庾亮代陶侃前。《晋书》失记。据《成帝纪》，咸康四年（338）五月，以司徒王导为太傅，六月，改司徒为丞相。五年，王导卒。浩传云累迁司徒左长史，当是咸康四年前后事。其去职当在次年王导卒后。自此下及永和二年（346）拜扬州刺史，并头尾计共八载，庶可言"几将十年"。《庾翼传》云："时殷浩征命无所就，而翼请为司马及军司，并不肯赴。"可见咸康六年庾翼代亮镇武昌，殷浩已辞司徒左长史，屏居墓所。"征命"显指辞司徒左长史后又加征辟而不就，不然则下文"而"字、"并"字皆无着落。如标点本，文义一若殷浩曾任庾翼司马，仅"除侍中、安西军司"不起，与《庾翼传》不合。故传文于"安西庾翼复请为司马"下当标逗号。

《晋书斠注》于"累迁司徒左长史"下注：《晋书校文》四曰："刘孝标《世说注》（《政事篇》）据亮僚属名及《中兴书》谓浩为亮司马，非长史。然则此传长史字亦司马之讹也。"据《庾亮传》，王导卒，征亮为司徒,扬州刺史,录尚书事,亮固辞,许之。是亮未尝为司徒,而《穆帝纪》又明言"以前司徒左长史殷浩为建武将军、扬州刺史",传文不误。

殷浩卒年辨

殷浩于永和十年二月被废,徙东阳信安。《晋书》本传记其口无怨言而终日书空咄咄。甥韩伯随至徙所经岁。"后温将以浩为尚书令。遗书告之,浩欣然许焉。将答书,虑有谬误,开闭者数十,竟达空函,大忤温意,由是遂绝。永和十二年,卒"。《建康实录·哀帝纪》隆和元年:"秋七月,西中郎将袁真进次汝南,运米五万斛以馈洛阳。前中军将军、都督扬豫徐兖青五州诸军事、扬州刺史殷浩卒于东阳之信安。"二书所记卒年相差竟达七载。《晋书·哀帝纪》不载其卒,《通鉴》则于永和十年被废后探下言:"久之,温谓掾郗超曰:'浩有德有言,向为令仆,足以仪刑百揆,朝廷用违其才耳。'将以浩为尚书令,以书告之。浩欣然许焉。将答书,虚有谬误,开闭者十数,竟达空函。温大怒,由是遂绝。"

浩热衷权势,秉国之钧,尚风流而无权略,善清言而乏嘉谋,与桓温相忌相争,势之不敌,若观火然。然浩浮名过实,众望攸归,温虽鄙忌之而又思利用之,遂有以浩为令之议。按,自永和七年(351),尚书令顾和卒后,尚书有仆无令,至哀帝隆和二年(363)始以王述为尚书令,其间空悬达十四年。温欲以浩领之,必有先诀者二,身总朝政而殷又为其笼中物。永和九年,桓温北伐为简文所阻,改由殷浩率众北上,意在以殷抗桓,成对峙之势,而己则以相王之重,调处平衡,用心可谓良苦。殷浩一战而溃,桓温坐收实利,东晋政权始操诸桓温之手。殷浩于永和十年二月被废,桓温即于是月自江陵北伐,逼长安。九月,粮尽返襄阳。次年,温母卒,请丁忧不许。又请移都洛阳,表疏十余上,又不许。十二年自春至秋,姚襄攻洛阳,又为桓温所败。温权威皆固,本传称其"总督内外",虽欲抑之而不可得矣。以此,《晋书》所谓"后"、《实录》所谓"久之",大率为永和十二年后事。殷、桓对抗积年,殷被废后高谈玄理,盖名坛领袖之颜面气势,即今日之所谓"架子"、"派头"一时难于转变也。其欲甘心委质向桓,尚需时日。而此二年中,桓温二次北伐,且未得殷折节改张之"信息",若遽以之为尚书令,不啻引狼守尸。以桓之雄挚,当不出此。

《实录》虽多讹误,然记殷浩卒年可信。上述永和十二年前桓温起用殷浩,盖非其时,一也。《实录》此条于殷浩卒前所记袁真事,亦见《晋书·哀帝纪》,惟晋纪作八月,是年所记他事,大体亦无差异,可证许嵩撰写及后人传抄无误,二也。《晋书》为官修御撰,《实录》设无所据,不当故列异说,三也。总此三证,殷浩卒年当从《实录》。

《晋书》、《实录》皆不记殷浩年岁。以浩为韩伯舅父及《陶侃传》记咸和七年(332)前在陶侃幕约略推之,约生于怀帝永嘉间,得年约五十左右。

《晋书·殷浩传》记"建元初"不当

《晋书·殷浩传》载,"建元初,庾冰兄弟及何充等相继卒",褚衮荐殷浩以为扬州刺史。按,建元为康帝年号,仅二年。二年九月,康帝卒;十一月,庾冰卒。次年改元永和。皇太后摄政,权归会稽王昱。七月,庾翼卒。二年正月,何充卒。浩之为扬州,以代充也。庾冰兄弟相继卒,时已至建元之末,幼主临朝,月余即改元,焉得书"建元初"？若书"建元末"或"永和初"，于事实为近。《建康实录·哀帝纪》升平五年即记作"康帝建元末"，是。

《晋书·天文志》记殷浩事舛乱

《晋书·天文志》舛乱讹误，不可胜数，中华书局校点本据诸家校勘记已列举之，然未尽也。卷一三"穆帝永和"于五年、六年间忽插入"八年，刘显、苻健、慕容俊并僭号。殷浩北伐，败绩，见废"二十字。浩北伐在八年九月，败绩在九年十月，次年被废。此二十字于体例、史实皆不合。其下九年八月记"慕容俊僭号称燕王，攻伐不休"。俊于永和五年称王，八年称帝，此处所记又误。又升平五年五月，记曰："庚戌，月犯建星。占曰：'大臣相谋。'是时，殷浩败绩，卒致迁徙。"时殷浩败绩已八年，谢世已五年，安复用占？此二十二字当在上永和九年下。

王羲之诸子

《晋书·王羲之传》记羲之有七子，知名者五人。玄之早卒，次凝之，后列徽之、操之、献之三传。《全晋文》卷二二录羲之《杂帖》亦云"吾有七儿一女，皆同生。婚娶已毕，惟一小者尚未婚耳"。据《世说·雅量》、《排调》诸篇注，其第四子名肃之，徽之为第五子，操之为第六子，献之为第七子。所不可考者惟第三子。羲之《杂帖》有与郗昙为献之求婚帖，具列祖宗及诸子职官名字，言妻郗鉴女，出"玄之、凝之、肃之、徽之、操之、献之"，亦仅六子。是其第三子之卒当更早于玄之,故不书。帖又言"献之,字子敬,少有清誉,善隶书,咄咄逼人"。

《淳化阁帖》收入王涣之一帖,《全晋文》卷二七,小传谓涣之为羲之第三子。涣之有《兰亭诗》,然王氏作者名"之"而与会者尚有彬之、蕴之等,年里均不详,涣之亦然。《阁帖》所收王涣之帖云:"涣之等白:不审二嫂常患复何如,驰情。伦直等平安。计嫂伦奴已应在道,企迟。适东五日,动静最差。速姑如复小胜,冀遂和耳。犹不宁,余上下故常患反侧,此悉佳。涣之等白。"《全晋文》同卷王献之下又收"操之、献之再拜"一帖,末署"操之等再拜",体例语气悉同,皆家书也。脱令涣之果为第三子,则书中所问"二嫂"即谢道韫。严辑小传未言所据,姑存疑。

王羲之生卒年

《晋书·王羲之传》记羲之年五十九卒,不言年月。唐太宗最喜羲之书,亲为传论,而传文不记卒年,殊乖人君之廑注矣。羲之生卒年,历来之说有二,一本羊欣《笔阵图》,一本张怀瓘《书断》。今之辞书如《辞海》,二说兼收。余嘉锡先生《世说新语笺疏·企羡》于王羲之《临河序》下有辨,移录如后:

《太平广记》二百七引羊欣《笔阵图》曰:"王羲之三十三书《兰亭序》。"宋桑世昌《兰亭考》八引同。嘉锡案:《晋书》羲之本传但云年五十九卒,不著年月。陶弘景《真诰》十六《阐幽微》注云:"逸少为会稽太守,永和十一年去郡,告灵不复仕。至升平五年辛酉岁亡,年五十九。"《真诰》虽不可信,而隐居之注,考证不苟,必有所据。张怀瓘《书断》卷中亦云:"升平五年卒。年五十九。"后来如黄伯思《东观余论》卷下跋《瘗鹤铭》后,谓王逸少以晋惠帝太安二年癸亥岁生,至穆帝升平五年辛酉岁卒,《兰亭考》载李兼《跋》,与伯思同,因以推知右军兰亭之游,年五十有一。大抵皆据《书断》为说也。至钱大昕《疑年录》一独移下十八年,谓生大兴四年辛巳,卒太元四年己卯。且以《东观余论》为误,而不言其何所本。遍检《晋书考异》、《诸史拾遗》及《养新录》诸书,亦并无一言。第以其说推之,则永和九年正得年三十有三,疑即本之羊欣《笔阵图》耳。考本书《汰侈篇》曰:"王右军少时,在周侯末坐,割牛心啖之,于此改观。"本传亦曰:"年十三,尝谒周𫖮,𫖮察而异之。时重牛心炙,坐客未啖,𫖮先割啖羲之,由是始知名。"按,元帝大兴尽四年,改元永昌,周𫖮即以其年四月为王敦所害。若如钱氏之说,则当𫖮之死,右军方在襁褓中,安能与其末坐啖牛心炙邪?盖所谓羊欣《笔阵图》者,本不可信,远不如《真诰》、《书断》之足据也。

余氏《疑年录稽疑》辩证同上,又据郗倍为王羲之妻弟,谓"若右军果生大兴四年(321),则愔长于右军八岁,郗夫人又为其姊(《世说·贤媛篇》'郗夫人谓二弟司空、中郎'云云,司空即愔也。)较之右军不啻十年以长矣。士族之婚姻,似不应如此"。按,余氏之说确不可移,复可为补三证。今存《兰亭诗》,作者有王羲之四子玄之、凝之、肃之、徽之,永和九年徽之仅十岁。《世说·赏誉》记"大将军语右军,'汝是我佳子弟,当不减阮主簿'"。《晋书》本传同。如羲之以大兴四年生,至王敦病死时仅四岁。又张彦远《历代名画记》卷五记羲之卒年、年岁,亦云"升平五年卒,年五十九",或本《书断》之说。然同卷记王廙《孔子十弟子图》赞,有"余兄子羲之幼而岐嶷,必将隆余堂构,今年始十六"诸语,廙以永昌元年(322)卒,按大兴四年说,羲之时仅二岁。是皆可为铁证。

又,羲之出刺江州,《晋书》未记年月,仅言庾亮"临薨上疏,称羲之清贵有鉴裁。迁宁远将军、江州刺史"。庾亮卒于咸康六年(340)王月,据《康帝纪》,咸康八年八月,"以江州刺史王允之为卫将军"。而允之传又记"咸康中,进号西中郎将,假节,寻迁南中郎将、江州刺史",王恬服阕,起为豫章太守,允之欲让江州于恬。恬为王导之子,寻卒于咸和五年七月,恬服阕在咸和七年冬,其时允之在江州当历有时日,以此知庾亮上疏后,羲之出刺江州,当在八年八月后。秦锡圭《补晋方镇表》系羲之在江州于咸康六年,误。

王徽之仕历

王徽之、献之,于兄弟中友爱最笃。徽之为第五子,献之为第七子。据《全晋文》卷二二录王羲之《杂帖》言"吾有七儿一女,皆同生",献之以康帝建元二年(344)生,徽之曾预永和九年(353)兰亭之会,有诗,其时至少已十五六岁,是当生于成帝咸康中(339左右),得年近五十。

《晋书·王徽之传》记其"为大司马桓温参军,蓬首散带,不综府事。又为车骑桓冲骑兵参军。冲问:'卿署何曹?'对曰:'似是马曹。'又问:'管几马?'曰:'不知马,何由知数!'"按,桓温以哀帝兴宁元年(363)加大司马,都督中外诸军事。温传记其"既总督内外,不宜在远",召其入参朝政,旋又止之。温乃城赭圻,移镇姑孰。姑孰即今安徽当涂,与建康相去不过百里。《世说·任诞》记"王子猷出都",在渚下令桓伊吹笛事,"出都"、"下都",《世说》中皆为入都之意,或晋人习语,此条所记当为徽之应辟而由山阴之建康,时年二十余岁。《晋书》复云"为车骑桓冲骑兵参军",桓冲为车骑将军在孝武帝太元元年(376),其间相隔,不容如此之久。《世说·简傲》记此事作"王子猷作桓车骑骑兵参军",盖《世说》记桓冲恒书"车骑"或"桓车骑",《晋书》坐实,非是。据《哀帝纪》、《桓冲传》,冲以兴宁三年(365)为江州刺史,在任凡十三年。王徽之为桓冲参军,当在江州。本传及《简傲》并记徽之语冲"西山朝来致有爽气",西山在豫章西,即王勃《滕王阁诗》"珠帘暮卷西山雨"之西山,可证王徽之时在江州。又,《简傲》记桓冲问几马,徽之答语为"不问马,何由知其数",与下文"未知生,焉知死",均借孔子语而示放达傲诞,《晋书》改作"不知马",几同点金成铁。

《世说·雅量》注引《中兴书》,言王徽之"仕至黄门侍郎",《晋书》本传言"后为黄门侍郎,弃官东归",《世说·排调》记:"郗司空拜北府……王黄门诣郗门拜,云:'应变将略,非其所长。'骤咏之不已。郗仓谓嘉宾曰:'公今日拜,子猷言语殊不逊,深不可容。'……嘉宾曰:'此是陈寿作诸葛评。人以汝家比武侯,复何所言。'"郗愔拜徐州刺史在海西公太和三年(368)。晋世高门子弟,多有参军幕数年即征入为清官者。徽之在桓冲幕以二三年计,正可与为黄门郎上下相接。

王献之与郗氏离婚

《世说·德行》记:"王子敬病笃,道家上章应首过,问子敬由来有何异同得失。子敬云:'不觉有余事,惟忆与郗家离婚。'"注引《王氏谱》曰:"献之娶高平郗昙女,名道茂。后离婚。"又引《献之别传》云:"咸宁中,诏尚余姚公主。"咸宁为晋武帝年号,其误不待言。余嘉锡先生笺证引程炎震云:"新安公主,简文帝女也。见《晋书·孝武文李太后传》,母徐贵人。《初学记》卷一〇引王隐《晋书》曰:'安僖皇后王氏,字神受,太常王献之女,新安公主生,即安帝姑也。'《御览》卷一五二引《中兴书》曰:'新安愍公主道福,简文第三女,徐淑媛所生,适桓济,重适王献之。'献之以选尚主,必是简文即位之后,此咸宁当作咸安。郗昙已前卒十余年,其离婚之故不可知。或者守道不笃如黄子艾耶?宜其饮恨至死矣。"是士鉴引《御览》,亦谓咸宁为咸安之讹,新安之号,或是适献之后改封。

按,离婚之故虽无明文可稽,要皆政治、家族之矛盾使然。王、郗二族,累世婚姻。王廙妻为郗说女,王羲之妻为郗鉴女,王献之妻为郗昙女。昙,鉴次子。郗道茂乃献之表姊。郗鉴与王导、庾亮等并为过江后重臣,鉴卒,郗氏渐趋中衰,谢氏代之而起,王氏则仍执甲族牛耳。鉴长子愔,无所作为;愔子超,为桓温幕中第一亲信,谢安、王坦之皆曲意事之。简文帝咸安二年(372),桓温卒,郗超随之失势,五年后先其父卒。《世说·简傲》记:"王子敬兄弟见郗公(愔),蹑履问讯,甚修外生礼。及嘉宾(超)死,皆著高屐,仪容轻慢。命坐,皆云有事不暇坐。既去,郗公慨然曰:'使嘉宾不死,鼠辈敢尔!'"《晋书·郗超传》所记同。王氏之不礼郗氏,实不始于郗超死后。《世说·贤媛》记:"王右军郗夫人谓二弟司空、中郎曰:'王家见二谢,倾筐倒庋;见汝辈来,平平尔。汝可无烦复往。'"司空、中郎即郗愔、郗昙,二谢指谢安、谢万。据《穆帝纪》,郗昙卒于升平五年(361),羲之亦以是年卒,是二家之隙,种因远早于郗超之卒,特以郗超权势熏灼,仍结秦晋而亲上加亲。此固世族间常态,不足怪。王献之与郗道茂离婚,郗超之卒与王献之兄弟轻慢郗愔,盖仅导火线耳。离婚事当在郗超卒后、郗愔卒前,即孝武帝太元初(376左右)。其后献之即续尚新安公主,生女,为安帝王皇后。安帝以太元七年(382)生,王皇后年岁当相若。

新安公主与桓济离婚,亦当在孝武帝初。孝武帝宁康元年(373)七月,桓温卒。弟冲继领温部。温子熙、济欲谋杀桓冲,谋泄,冲乃徙熙、济于长沙。事见《桓温传》。桓济流放长沙,无异囚徒,势不能再为帝婿,与义熙中谢混被杀,诏令晋陵公主改嫁,事出一辙。此两晋南朝惯例,史籍多见。献之尚主,自不得早于太元元年。吴士鉴、程炎震谓在咸安中,然其时桓温尚在,新安公主无由与桓济离异。吴、程二氏似未详考。

献之与郗道茂被迫离婚,其惨淡亦如焦仲卿夫妇。《淳化阁帖》卷九录王献之诸杂帖有云:"虽奉对积年,可以为尽日之欢,常苦不尽触额(类?)之畅。方欲与姊极当年之乏,以之偕老,岂谓乖别至此!诸怀怅塞实深,当复何由日夕见姊邪?俯仰悲咽,实无已已,惟当绝气耳!"黄伯思《东观余论》上谓当是与郗家帖,张溥《王大令集》直标《别郗氏妻帖》,题辞云:"《别妻》一帖,俯仰呜咽,既笃伉俪,何不为宋大夫之却湖阳乎!"用《后汉书·宋弘传》糟糠之妻不下堂事以责献之。东晋以来高门婚姻,非人君之命所得而及,张氏之论乖谬。要之,献之与郗氏、新安公主与桓济之离异,非为程氏所推想之"守道不笃",故至死犹心中藏之不忘。献之此帖,真情流露,以数十字而极悱恻缠绵,晋帖中可推名作。又,"思恋,无往不慰"一帖,疑亦是与郗氏者。

献之尚主后,似颇遭妒忌。《南史·王藻传》载宋明帝使人为江敩作让婚表,有"真长佯愚以求免,子敬炙足以违祸"语。献之杂帖中言及炙脚事,虽无可详考,其大略可想象得之。

王献之卒年、年岁

《晋书·王献之传》不记献之卒年、年岁。《世说·伤逝》"王子猷、子敬俱病笃"条注云:"献之以泰元十三年卒,年四十五。"《世说新语笺疏》引程炎震云:"《法书要录》九载张怀瓘《书断》曰:'子敬为中书令,太元十一年卒于官,年四十三。族弟珉代居之,至十三年而卒,年三十八。'案所载珉年,与《晋书》合,知所称子敬之年,亦当不误。此注或传写之讹耳。"说是。《历代名画记》卷五所记献之卒年、年岁同。《王珉传》记珉"代王献之为长兼中书令,二人素齐名,世谓献之为'大令',珉为'小令'。太元十三年卒,时年三十八"。《王献之传》记谢安卒,献之上疏议加殊礼"未几,献之遇疾","俄而卒于官",谢安卒于太元十年八月,献之以次年病卒,与传所言"未几"、"俄"皆合。

《全晋文》录献之《进书诀表》言"臣年二十四,隐林下",是其入仕当在海西公太和中。《宋书·羊欣传》记欣年十二,王献之为吴兴太守。欣卒于宋文帝元嘉十九年(442),年七十三。太元六年(381)时十二岁,献之为吴兴,在此前后。

王凝之

王凝之,《晋书》附《王羲之传》,寥寥不足百字。《世说新语·言语》注引《王氏谱》云:"凝之,字叔平,右将军羲之第二子也。历江州刺史、左将军、会稽内史。"琅邪王氏世奉天师道,凝之信之尤笃,孙恩事起，不事兵备，但云请大道，许鬼兵相助，遂被杀。《魏书·司马睿传》记此事详于《晋书》。其为人也似无才学，《世说·贤媛》、《晋书·王凝之妻传》皆记凝之为妻谢道韫所薄，谓"不意天壤之中，乃有王郎"。

《晋书·范宁传》记，宁出为豫章太守，在郡大设庠序，远近至者千余人，以私禄资给众资，此为东晋兴儒学大事之一，传记江州刺史王凝之上言劾宁云"肆其奢浊，所为狼籍"，则王郎之为闺中所鄙，亦良有以矣。宁为豫章约在孝武帝太元十四年（389）后，说见《范泰为天门太守及〈晋书〉误字》条。是则凝之为江州刺史亦在此时。《罗企生传》载企生为豫章人，"刺史王凝之请为别驾。殷仲堪之镇江陵，引为功曹"。殷以太元十七年出镇江陵，亦可证王为江州在此前。又《桓修传》记桓玄、殷仲堪等盟于寻阳，江绩奏桓修交通杨俭期，修免官，寻代王凝之为中护军。检《安帝纪》，事当在隆安二年末。《晋书·王羲之传》未记凝之为中护军，疑在江州刺史后征入为此官，复迁左将军出为会稽，在会稽不足一年即被杀。

王凝之曾预永和九年（353）兰亭之会，有诗，下距隆安三年（399）之卒四十六年，得年当过六十五。

戴逵年岁

《晋书·戴逵传》记，太元二十年，皇太子始出东宫，太子太傅会稽王道子，少傅王雅、詹事王珣又上疏言逵"年在耆老"，"东宫虚德，式延事外，宜加旌命，以参僚侍"，会病卒。《建康实录·孝武帝纪》太元二十年记："是岁，会稽王道子与尚书王珣连上疏荐会稽处士戴逵参侍东宫，会逵病死。"按，王珣于太元十五年为尚书仆射，次年转左,至安帝隆安元年(397)迁令,《晋书》记为"詹事",误。戴逵之卒,当在太元二十年或二十一年(395、396)。

本传不记年岁。《世说·识鉴》记:"戴安道年十余岁,在瓦官寺画。王长史(濛)见之曰:'此童非徒能画,亦终当致名,恨吾老,不见其盛时耳。'"王濛约卒于永和四年(348),年三十九,见逵时不得言老。即或"老"意为"今后年老",戴逵时十余岁,其后"盛时",王濛亦不过五十余岁,安得言:"不见?"《世说》记言记事,观其大体,于细节不必斤斤求之。王濛自叹老不及见,虽有可疑,然见戴逵作画,事当可信。《雅量》注引《晋安帝纪》,言逵少有清操,为刘惔所知。惔卒于永和五年(349),逵有清操而见知,至迟已十余岁,与王濛事可以互证。永和初戴逵十余岁,而逵传记会稽内史谢玄上疏请勿征辟、以全其志,疏有逵"年垂耳顺"之语。谢玄以太元十三年卒于会稽,此疏当为十二、十三年事。时逵或已过五十五岁。以此推之,其生年或在成帝咸和中(332左右),太元二十年已六十余。《礼记·曲礼》言六十曰耆,七十曰老,正可相符。

逵屡征不起。《书钞》卷三三录王徇(珣)启云"国子祭酒戴逵"云云;《隋志》录《竹林七贤论》题"晋太子中庶子戴逵",《老子音》一卷题"晋散骑常侍戴逵"(集部又题"晋征士戴逵")。此皆官方之立场,尔自肥遁不起,我自讨官出衔,亦所谓各行其道也。

释《世说新语·轻诋》褚裒、孙绰事

《世说·轻诋》记:"褚太傅南下,孙长乐于船中视之。言次,及刘真长死。孙流涕,因讽咏曰:'人之云亡,邦国殄瘁。'褚大怒曰:'真长平生,何尝相比数,而卿今日作此面向人!'孙回泣向褚曰:'卿当念我！'时咸笑其才而性鄙。"余嘉锡先生笺疏引程炎震云：

> 《御览》六十六引《语林》曰："褚公游曲阿后湖，狂风忽起，船倾。褚公已醉，乃曰：'此舫人皆无可以招天谴者，唯有孙兴公多尘滓，正当以此厌天欲耳！'便欲捉孙掷水中。孙惧无计，唯大呼曰：'季野！卿念我！'疑即此一事，而此文未全。褚裒曰'真长'云云，亦是常语，孙何为便作哀鸣？知必有恶剧也。临川盖以捉掷水中非佳事，故节取之。又'季野！卿念我'下有注，以季野为彦回字，误，今不取。"又云："曲阿在京口，地亦相合，故是一时事。"嘉锡案：此可见褚裒深恶绰之为人。

按，程说恐非是。据《穆帝纪》、《褚裒传》，褚裒以穆帝永和初为徐、兖二州刺史，镇京口。永和五年七月北伐石虎，败绩，八月退屯广陵，旋还镇京口。而《建康实录》载刘惔以永和三年十二月为丹阳尹，其卒当在四、五年。《世说》记裒"南下"，讳败绩也。时孙绰为扬州刺史殷浩建武长史，于船中视之云云，当是往慰其败。而语及刘惔，引《诗·大雅·瞻印》语，意当是与惔交善，痛其病故，且以美之。《左传》文六年秦穆公以三良殉，"君子曰"即引此二句以为"无善人之谓"。时褚裒以国器自居而战败，羞愤交加，旋即病卒。乍闻此言，疑孙之借刘以讽己，遂致勃然。孙亦自悔失言，乃泣求其谅宥，故作此乞怜语。程氏以永和初在曲阿后湖泛舟事与此为一，不当。褚裒败绩，不数月即病卒，且此时亦决无意兴泛舟游览。孙于船中视之，当是于其南下途中迎候。

孙绰虽自许高尚，然时人以之为有才无行。《世说·品藻》记："孙兴公、许玄度皆一时名流。或重许高情，则鄙孙秽行；或爱孙才藻，而无取于许。"注引《续晋阳秋》："绰虽有文才，而诞纵多秽行，时人鄙之。"《轻诋》记:"孙长乐兄弟就谢公宿,言至款杂。刘夫人在壁后听之,具闻其语。谢公明日还,问:'昨客何似?'刘对曰:'亡兄门未有如此宾客。'谢深有愧色。"同篇记:"孙长乐作王长史诔云:'余与夫子,交非势利。心犹澄水,同此玄味。'王孝伯见曰:'才士不逊,亡祖何至与此人周旋!'"《方正》记:"孙兴公作庾公诔,文多托寄之辞。既成,示庾道恩。庾见,慨然送还之,曰:'先君与君,自不至于此。'"皆所以薄其人也。至其秽行,虽无由详知,《假谲》所记其女僻错顽嚚而以诈妻王虔之,或可见一斑。

谢道韫名、年岁及诗

《世说·言语》注引《妇人集》曰:"谢夫人名道韫,有文才,所著诗、赋、诔、颂传于世。"余嘉锡先生笺疏云:"唐释法琳《辨正论》七云:'谢氏通魂,见亡子而祈福。'(陈)子良注引《晋录》曰:'琅玡王凝之夫人,陈郡谢氏,名韬元,弈女也。清心玄旨,姿才秀远。丧二男,痛甚,六年不开帷幕。'道韫之名,诸书未见。"余氏博雅,功不可没。惟颇疑"元"或是"之"之形误。

王凝之于隆安三年(399)为孙恩所杀,时年已六十五左右,说见《王凝之》条。道韫年岁亦当相若。《晋书·王凝之妻传》记其闻夫及诸子已被杀,"方命婢肩舆抽刃出门。乱兵稍至,手杀数人,乃被虏"。道韫皤然老妪,且出自名门,平素恐不知刀兵为何物,手刃乱兵数人,似谬于情理,传又记自尔蒌居会稽,与太守刘柳谈议。按,据《孙恩传》,王凝之被杀,朝廷以谢琰为会稽太守。安帝隆安四年,琰又被杀。元兴元年(402),孙恩兵败,投海身亡。刘柳为会稽当在此稍后。又《世说·排调》注引《妇人集》载桓玄问王凝之妻谢氏"太傅

（安）东山二十余年，遂复不终，其理云何"，桓玄以元兴元年入建康，篡政；三年事败被杀，然未见有至会稽事。设《妇人集》所记可信，自亦在与刘柳谈议前后。是则道韫终年或过七十。

《类聚》卷七载"王凝之妻谢氏诗曰：'峨峨东岳高，秀极冲青天。岩中间虚宇，寂漠幽以玄。非工复非匠，云构发自然。器象尔何物，遂令我屡迁。逝将宅斯宇，可以尽天年。'"《诗纪》卷四七录入，题作《登山》。谢氏虽琅玡临沂人，自永嘉渡江后，岱宗即不可复见。道韫生于东晋中叶，安得登山或将宅斯宇乎？《类聚》误录作者，后来者亦未加辩证。又，"未若柳絮因风起"等三句，《世说·言语》载之，以为隽语，以答对皆七言，有韵，逯书遂据《诗纪》标《咏雪联句》，实主名宾，亦似可行，然终有杜撰之嫌。谢朗所言"撒盐"，盖当时习俗，所以祛不祥，今东邻日本犹存。

《晋书》又记谢安尝问《毛诗》何句最佳，道韫答《大雅·烝民》"吉甫作诵，穆如清风。仲山甫永怀，以慰其心"四句，安谓有雅人深致。按，《世说·文学》记谢安问子弟《毛诗》何句最佳，谢玄答以《小雅·采薇》"昔我往矣"四句，安则自赏《大雅·抑》"讦谟定命"二句，谓此句偏有雅人深致。窃疑《世说》于此脱道韫答语。盖《晋书》所记此类轶事，多据《世说》，道韫传"遭孙恩之难"前五事，《世说》即载三事。谢安"问《毛诗》何句最佳"，"雅人深致"文字全同道韫传，"讦谟定命"二句，为执政者远图庶事，似与"雅人深致"无涉。或道韫答语在传抄中脱去。

谢混事迹及年岁

谢混于晋末为重要人物，刘裕、刘毅之争，混实阴为刘毅谋主，以此于义熙八年为刘裕所杀。《晋书》本传详载其"禁脔"一事,于其行事则甚简略,仅云"历中书令、中领军、尚书左仆射、领选"。然参诸史传,义熙以来事迹,大体可钩稽得之。《宋书·徐羡之传》:"义旗建,高祖版(羡之)为镇军参军、尚书库部郎、领军司马。与谢混共事,混甚知之。"《世说·黜免》注引《晋安帝纪》:"桓玄败,殷仲文归京师。高帝以其卫从二后,且以大信宣令,引为镇军长史。自以名辈先达,位遇至重,而后来谢混之徒,皆畴昔之所附也。今比肩同列,尝怏然自失。"据《晋书·安帝纪》,元兴三年(404)二月,刘裕起兵反桓玄,行镇军将军,入建康。五月,桓玄于江陵被杀。则徐羡之与谢混共事当在此年。殷仲文趋附桓玄,于义熙三年被杀。其轻视谢混亦当在义熙初,可证在此以前谢混名位不显,或是以中书令而入刘裕幕讨桓玄。及桓玄事平,即迁中领军。《宋书·礼志》义熙二年议礼即书"中领军谢混"可证。又考《晋书·职官志》,中领军为武职,"江左以来,领军不复别领营,总统二卫、骁骑、材官诸营,护军犹别有营也。资重者为领军、护军,资轻者为中领军、中护军"。谢混当时资历尚轻,故官中领军。

谢混与刘毅通款勾结,当亦在此时。《宋书·刘穆之传》载:"义熙三年,扬州刺史王谧薨,高祖次应入辅。刘毅等不欲高祖入,议以中领军谢混为扬州。"以刘穆之之言,刘裕乃身领扬州,自此已伏谢混之杀机。《建康实录·安帝纪》载,"刘裕拜太尉,既拜,朝贤毕集。混后来,衣冠倾纵,有傲慢之容。裕不平,乃谓曰:'谢仆射今日可谓旁若无人。'混对曰:'明公将隆伊周之礼,方使四海开襟,谢混何人,而敢独异乎?'乃以手披发其衿领,悉解散。裕大悦之"。谢混倨傲出之以佯狂,刘裕"大悦"以掩其大怒,至是双方皆已短兵相接。又,义熙五年,谢混正为尚书左仆谢,见《宋书·谢景仁传》。

谢混年岁不可确考,今约略推测。《南史·谢晦传》叙刘裕于彭城大会，谢晦代裕赋诗。"时谢混风华为江左第一，尝与晦俱在武帝前，帝目之曰：'一时顿有两玉人耳。'"彭城之会在义熙十四年，距谢混被杀已六年，《南史》之误甚明。谢晦死于元嘉三年(426)，年三十七。晦初为孟昶中兵参军，昶死，入刘裕幕。《安帝纪》载昶死于义熙六年(410)，时谢晦二十一岁，"两玉人"云云，则谢混之年当亦不至过长；晋孝武帝欲妻以晋陵公主，未遂而卒(396)，其时谢混至长不过十七八岁，下及义熙六年，当在三十左右。参以殷仲文语即正可符合。如此，则混之被杀，仅为三十余岁事，其年岁与瞻、晦等诸犹子相去不远。

又，《宋书·羊欣传》："欣尝诣领军将军谢混，混拂席改服，然后见之。时混族子灵运在坐，退告族兄瞻曰：'望蔡见羊欣，遂易衣改席。'"按，《晋书·谢琰传》记琰以淝水之战有功，封望蔡公。琰三子：肇、峻、混。孙恩破会稽，琰与肇、峻死之，是混袭望蔡公爵而《晋书》未书，《宋书》言望蔡亦仅此一见。

习凿齿为衡阳太守及其卒年

《晋书·习凿齿传》载，凿齿以忤桓温，自温幕出为荥阳太守。《世说·文学》"习凿齿史才不常"条记忤温旨"出为衡阳"，注引《续晋阳秋》云："自州从事岁中三转至治中，后以忤旨，左迁户曹参军，衡阳太守。"《晋书斠注》云："《元和姓纂》十亦作'衡阳'。是时司州非晋所有，本传'荥阳'当是'衡阳'之误。"《世说新语笺疏》引程炎震云："宋本'衡'作'荥'，《晋书·习凿齿传》亦作'荥'，与宋本同。然荥阳属司州，自穆帝末已陷没，至太元间始复。温时不得置守，亦别无侨郡，当作'衡阳'为是。"

按，穆帝永和十二年（356），桓温败姚襄，收复洛阳，荥阳、许昌一带又暂归东晋。升平三年（359），谢万受命伐燕，又战而溃，许昌、颍川、谯、沛诸城相次没于燕（《通鉴》卷一〇〇），是荥阳曾一度复归东晋，置郡设官，吴士鉴、程炎震诸家之说未见周全。《晋书·地理志上》记"永和五年，桓温入洛，复置河南郡，属司州"，温入洛在永和十二年，五年仅议北伐，褚裒率军北上，止于彭城；永和七年段龛以青州、张遇以许昌来降，桓温北伐，次于武昌而上，事见《穆帝纪》。是《地理志》所记"五年"，其误甚明，中华本失校。

据此，习凿齿于永和十二年后出为荥阳，盖属可能。然核以他证，则疑问又生。本传记习以忤温而出，脱令果为荥阳太守，则升平三年荥阳复陷后自不得再返荆州。传载习与温弟秘善，"既罢郡归，与秘书曰吾以去五月三日来达襄阳"云云，亦可为证。习与谢安相识，而稽二人生平行迹，除在荆州外无由得见。谢安至荆州入桓温幕在升平四年（360），则习之出守不得早于是年。永和十二年荥阳置守，其人自非习凿齿。本传之"荥阳"当作"衡阳"。《世说·言语》注引《晋中兴书》记习"迁荥阳太守"，与《文学》篇本文、刘注并异，《隋书·经籍志》、《建康实录》亦记作"荥阳"，是其误由来已久，非始自唐初，"衡"古读"行"，与"荥"同在庚部，音近致误耳。严可均《全晋文》小传作"衡阳"不误。

本传记习为桓温辟为从事，江夏相袁乔深器之，数称其才于温。袁乔尝随温伐蜀，事平，以功封湘西伯，事在永和三年（347），寻卒。是习入温幕当在是年前后。《斠注》引《晋中兴书》谓习在温幕十年，设其出为衡阳在升平四年，则前后已达十三四年，"十年"恐是据成数言之。

习之罢郡归襄阳，时在兴宁二年左右。《高僧传》卷五《道安传》记道安南下襄阳，"时襄阳习凿齿，锋辩天逸，笼罩当时。其先藉安高名,早已致书通好。……及闻安至,即往修造,既坐,称'四海司凿齿'安曰'弥天释道安',时人以为名答"。《晋书》本传记此,作道安"自北至荆州,与凿齿初相见",因有"弥天"、"四海"之对。据汤用彤先生《汉魏两晋南北朝佛教史》考定,道安抵襄阳在兴宁三年(365),次年前后,应桓豁之请至荆州暂住,旋又返襄阳。《弘明集》卷一二载习与道安书(《高僧传》节引),云"兴宁三年四月五日,凿齿稽首和南","弟子闻不终朝而雨六合者,弥天之云也;弘渊源以润八极者,四大之流也。彼直无为降而万物赖其泽,此本无心行而高下蒙其润",是四月间尚未晤面。晤面后习与谢安书,云"来此见释道安,故是远胜,非常道士",其时谢安尚在荆州。故习书所云如此,观"来此"语意,似其时抵襄阳未久,合与桓秘一书互读,习罢郡归襄阳或在兴宁二年五月三日,在衡阳前后约三四年。《晋书》记作荆州见道安,误。

《世说·文学》:"习凿齿史才不常,宣武甚器之,未三十,便用为荆州治中。"习以别驾出为衡阳,则官治中其在升平初(357)乎? 其时年未三十。则其生年大致在成帝咸和中。

习凿齿卒年,本传仅言"寻而襄、邓反正,朝廷欲征凿齿,使典国史,会卒,不果"。据《孝武帝纪》,太元九年(384)四月,赵统伐襄阳,克之,《建康实录》则明记"是月前荥阳太守习凿齿卒"。《先秦汉魏晋南北朝诗》小传作七年,误。言"皇晋宜越魏继汉,不应以魏后为三恪。而身微官卑,无由上达,怀抱愚情,三十余年",此三十余年或指其入仕至临终,与上述拟测可以相合。

桓玄为义兴太守仅旬日

桓玄尝为义兴太守,《晋书》本传记其事于孝武帝太元末,《建康实录》卷九云:"太元十七年九月,除南郡公桓玄义兴太守。"玄年二十三而为太子洗马,时太元十六年(391),则为洗马仅一年即出为义兴。义兴虽为大郡,朝廷以桓温有不臣之迹,以玄为义兴,盖夺其根据而牢笼之。是从玄乃有"父为九州伯,儿为五湖长"之叹,遂不顾威压,弃官返荆州,而朝廷亦莫之奈何。余嘉锡先生《读已见书斋随笔》有《晋书桓玄传》条,考桓玄弃义兴归荆州时日,录之如下:

> 玄弃官归国,不知其时日。《世说新语·言语篇》称"桓玄义兴还后,见司马太傅(道子)。太傅问人:桓温欲作贼如何?玄伏不得起"云云。《魏书·岛夷·桓玄传》言:"玄出为义兴太守,不得志,少时去职。"既曰少时,则玄自到官至去职,必为日无几矣。
> 考释宝唱《比丘尼传》卷一云:"荆州刺史王忱死,烈宗意欲以王恭代之。时桓玄在江陵,知殷仲堪弱才,乃遣使凭妙音尼为堪图州檄。"《孝武纪》:"太元十七年,十月,王忱卒。十一月,以殷仲堪为荆州刺史。"玄以九月出为太守,旋去职还都见道子,而十月已在江陵,则其到义兴任不过十许日耳。玄擅自去官,而道子不问,亦不复用,又从而挫辱之,宜玄之益不自安,切齿于道子矣(见道子传)。《通鉴》卷一百八以为玄先诣道子,后出补义兴太守,亦非也。

余氏又论桓玄之不得志,当出谢安兄弟父子所扼,而其入仕,则出王珣援手,说皆是。按,《世说·德行》注引《玄别传》亦云玄为吴兴,"少时去职",《魏书》所据疑与此同。又《规箴》记:"桓玄欲以谢太傅宅为营,谢混曰:'召伯之仁,犹惠及甘棠;文靖之德,更不保五亩之宅。'玄惭而止。"玄领兵入都,建康之大,岂无一地可驻军焉?欲以谢安宅为营,其意灼然可见,此亦可证成余氏之说。

陶渊明《于王抚军座送客》

逯钦立《陶渊明事迹诗文系年》:"永初二年辛酉(421),陶渊明五十七岁。秋,作《于王抚军座送客诗》。"其说引宋李公焕《笺注》:"此诗永初二年辛酉秋作也。《宋书》:王弘为抚军将军、江州刺史;庾登之为西阳太守(今黄州),被征还;谢瞻为豫章太守(今洪州),将赴郡。王弘送至湓口(今浔阳之湓浦),三人于此,赋诗叙别。是必休元要靖节豫席饯行。故《文选》载谢瞻即席集别诗,首章纪座间四人。"按,李公焕此处文字,盖引《文选·谢宣远〈王抚军庾西阳集别时为豫章太守庾被征还东〉》诗李善注。其言谢瞻"即席集别诗首章",即善注引《集序》曰:"谢还豫章,庾被征还都,王抚军送至湓口南楼作。"不及渊明。故逯先生又引清陶澍云:"案今本《文选》,瞻序仅记三人,无先生名字。岂宋本有之,今本夺去耶?"按:宋本《文选》,今存尤刻善注及六臣注两种,皆仅三人。当时是否有一本作四人者,未敢遽下断语。但《集序》既出善注,当为五臣所经见,而五臣吕良注云:"王弘为抚军将军,后庾被征还,抚军送至盆口,瞻亦将赴豫章,三人于此叙别,故赋是诗。"其说与今本善注合。设李善注果有误脱,岂五臣注亦随之误脱耶?王弘为抚军将军、江州刺史,送往迎来之事未必仅此一举,陶诗似无与宣远诗牵合之必要。且宣远名瞻而陶诗云"瞻夕欣良燕",似亦失礼。李公焕说似巧辩,而究其实则未可信从也。

陶渊明《问来使》诗考辨

《陶渊明集》有《问来使》一诗,论者多疑其非渊明所作,其说诚是。逯钦立先生校注本陶集《例言》云:"《问来使》诗乃宋苏子美诗(参明郎瑛《七修类稿》卷二)。"按:郎瑛疑此诗为苏舜卿作,见《七修类稿》卷二五《陶诗真伪》条,逯先生似有笔误。然郎氏谓苏舜卿作,初不言其根据,其辨此诗不出渊明手,当矣;然谓是苏舜卿作,则大误。盖《问来使》诗之出现,至迟当在五代。宋蔡绦《西清诗话》谓南唐本陶集已有其诗可证也。今《西清诗话》已残,《说郛》(宛委山堂本)及萤雪轩丛书本所存,殊寥寥,且不见此条。然其书在宋时尚存,故吴曾《能改斋漫录》等书,颇引其语。此书论《问来使》事,具见胡仔《苕溪渔隐丛话·前集》卷四,原文曰:

渊明意趣真古,清淡之宗。诗家视渊明,犹孔门视伯夷也。其集屡经诸儒手校,然有《问来使篇》,世盖未见,独南唐与晁文元家二本有之。诗云:"尔从山中来,早晚发天目。我屋南窗下,今生几丛菊。蔷薇叶已抽,秋兰气当馥。归去来山中,山中酒应熟。"李太白《浔阳感秋诗》:"陶令归去来,田家酒应熟。"其取诸此云。

按:此文亦见宋蔡正孙《诗林广记·前集》卷一、何溪汶《竹庄诗话》卷四六,文字略有出入。胡、蔡、何俱宋人,所引略同,当是《西清诗话》原文无疑。蔡绦乃蔡京子,生当北宋末,所见南唐本及晁文元家本陶集已有是诗,何得谓出苏舜卿笔?南唐本在苏舜卿前;即晁文元家本亦北宋本,去苏舜卿甚近,何致以苏诗滥入陶集?况蔡绦当非不学之人,《能改斋漫录》卷一二,记其《西清诗话》"论议专以苏轼、黄庭坚为本",遂被旨"落职勒停"。其事在宣和五年(1123)。吴曾于《漫录》卷十《蔡元长欲为张本》条,疑蔡京令子绦使门下客撰《西清诗话》,亦欲为他日张本耳。然清王士禛《池北偶谈》卷八《蔡赵二相子》条,乃以绦与赵明诚并论,且谓蔡京、赵挺之"不能得之于其子"。绦著书用意姑可勿论,然观《西清诗话》及诸书佚文,则其人颇具功力,要不致误苏舜卿诗为陶渊明作也。

然则《问来使》诗果何代人作耶?窃以为此诗既见南唐本陶集,则为唐五代人作,当可断言。诗中"归去来山中"语,显是后人用陶渊明典,此在唐诗中实数见不鲜。如李白"陶令归去来"及杜甫"先生早赋归去来"(《醉时歌》),高适"转忆陶潜归去来"(《封丘作》)等不胜枚举。盖自隋卢思道《听鸣蝉篇》"归去来,青山下"句后,文人用之已熟。"归去来山中"句,盖取卢思道与李白句意;其"今生几丛菊"句,又采陈江总《于长安归还扬州九月九日行薇山亭赋韵》中"故乡篱下菊,今日几花开"句意。此诗谋篇,似亦有拟王维《杂诗》其二"君自故乡来,应知故乡事。来日绮窗前,寒梅著花未"意。据此,《问来使》作者当在卢、江、王、李之后。

又陶公生平,未尝居天目山;即苏舜卿虽曾游两浙,而久寓苏州,似亦未尝家于天目。故此诗归诸陶苏皆不类。据唐皎然《诗式》卷四云:"大历中,词人多在江外,皇甫冉、严维、张继素、刘长卿、李嘉祐、朱放,窃占青山白云、春风芳草以为己有。吾知诗道初丧,正在于此,何得推过齐梁作者?迄今余波尚寝,后生相效,没溺者多。"皎然之讥皇甫冉、刘长卿辈,其是非亦可置弗论。然据此知江左文风,至唐大历后颇有复起之势。此盖安史乱后,中原扰攘,江南稍承平,文人来此者不少。《问来使》未必是数公所作,然当时慕其风者不少,或有效卢、江、王、李之诗而作。后人不察,误录于陶集中。南唐地处江南,故此诗亦先见于南唐本。至若北方所见陶集,当无此首,故蔡绦谓"世盖未见"。今检沈文倬先生校点《苏舜卿集》,于苏氏今存诗文比勘亦云周备,未见此诗。不知郎瑛何所据而云然?或郎瑛所见《苏舜卿集》尝存此诗耶?然当是滥入,不可据为定论。窃谓逯钦立先生于陶集中删去此诗,可也;第不宜从郎说谓"苏子美作"耳。

陶渊明卒于元嘉四年十一月

陶渊明卒于宋文帝元嘉四年,诸家均无异说。宋王质《栗里谱》于此年下云:"君年六十三。有《自祭文》云:'律中无射。'《拟挽歌诗》云:'严霜九月中,送我出远郊。'当是秒秋下世。"吴仁杰同其说。惟朱熹《通鉴纲目》于是年十一月记"晋征士陶潜卒"。朱自清先生《陶渊明年谱中之问题》录《纲目》所记而云未知何据。按,《建康实录》卷一二记元嘉四年十一月,"散骑常侍陆子真荐豫章雷次宗、寻阳陶潜、南郡刘凝之,并隐者也"。或即朱熹所据。按,渊明以痁疾不治而终。痁疾者,今云虐疾,非急性疾病。九月中尚能作《自祭文》、《拟挽歌诗》,当非奄奄垂逝。卒于十一月,近情理。是月陆子真之荐,当在渊明谢世前。即或在谢世后,以噩耗传抵建康需时,亦非怪事。

《陶渊明小传》事迹均甄采旧说

诗人陶渊明,《晋书》、《宋书》、《南史》均为立传,并颜延之诔,萧统传、《莲社高贤传》，凡六篇；其年谱，据许逸民氏统计，见存者凡十二种，至历代考据、评论，更难数计。其生年事迹，争议颇多，朱自清先生《陶渊明年谱中之问题》梳而理之，已归纳大略。近四十年来，虽续有所考，而疏浚者多，开创者少，如无新证，迄可小休。至鄙见所及，多不能越诸家樊篱，为避烦琐，传中所参据诸家不再逐一交代。至甄别不当，则典守者自不得辞其责焉。

陶渊明尝为刘裕参军旁证

《宋书·隐逸传》、《晋书·隐逸传》皆明记陶渊明"为镇军、建威参军"；集中有《始作镇军参军经曲阿作》诗，《文选》卷二六善注诗题引臧荣绪《晋书》："宋武帝行镇军将军。"事本确然，而自吴仁杰、陶澍以至梁启超诸家，皆曲为辞说，辨"镇军"非刘裕。近人朱自清先生《陶渊明年谱中之问题》、宋云彬先生《陶渊明年谱中的几个问题》已加驳正。按，渊明在浔阳，大官名士，先后折节造访者有颜延之、王弘、檀道济。颜延之耿直不阿，于陶之"和而能峻"，盖有共鸣和声之致；檀道济武人，馈以粱肉，聊示亲附风雅；可注意者则在王弘。弘以甲族冠冕，开国佐命，而殷勤于"溪狗"后人，若非同僚共事，甚难解释。宋传云"义熙末，征著作佐郎，不就。江州刺史王弘欲识之，不能致也"，晋传云"刺史王弘以元熙中临州，甚钦迟之，后自造焉"。《宋书·王弘传》于桓玄克京邑下即记"高祖为镇军，召补谘议参军"。陶、王同时为镇军府参军，不容不识，当从晋传。唐修《晋书》多据臧荣绪书，此处记王弘访渊明一节即较《宋书》颇有增益。说参《谢灵运杀桂兴免官》条。

陶《饮酒诗》之十，"在昔曾远游，直至东海隅"。论者或以为是晋隆安三年在刘牢之军中随军至会稽攻孙恩事，或以为是元兴中自寻阳赴京口入刘裕幕为镇军参军事。按，从征孙恩事，学者多不之信。主其说者取"东海隅"一语，层层推衍，证成己说。实则南朝以前，江流入海，至京口陡然宽阔，时人多以海目之。《世说·言语》："荀中郎（羡）在京口，登北固望海云。"《南齐书·州郡志》："京城因山为垒，望海临江。"梁武帝大同十年，幸京口，太子萧纲从行，作《奉和登北顾楼诗》，有"遥星出海中"语。萧纲又有《海赋》，而检其生平，除京口外未尝东行，此《海赋》亦当作于此时。是可证渊明确曾入刘裕幕，且东行应召，而非裕军西上过寻阳时"附义旗"而起也。

陶渊明《孟府君传》

孟嘉于陶渊明为外王父，陶侃之婿，亦双重姻亲。渊明集中有《晋故征西大将军长史孟府君传》，多叙嘉在桓温幕中事，《世说·识鉴》引嘉别传，《晋书·桓温传》附《孟嘉传》全本之，惟陶传言嘉年五十一，别传、晋传均作五十三，或陶传传抄致误。钱大昕《考异》卷二二云："孟嘉不预温逆谋，非沈充于王敦可比，何故附温传之末？当改入《文苑》。"按陶传仅言孙盛为文嘲孟嘉落帽。嘉清笔作答，"文辞超卓"，然《隋志》不见嘉集，其诗文亦无一字留存，入《文苑传》似亦于例未安。

晋、宋间有二道猷

晋僧帛道猷有《赠竺道壹诗》，见《高僧传·道壹传》。丁福保

《全汉三国晋南北朝诗》、逯钦立《先秦汉魏晋南北朝诗》均已辑入。道壹生活时代当在东晋海西公太和(366~371)以前至安帝隆安(397~401)。道壹之卒在宋武帝刘裕代晋前二十余年。《广记》卷二九四引《述异记》,谓"章安县西有赤城山","晋泰元中,有外国道人白道猷,居于此山"。太元为西纪三七六至三九六年,与此时间相符,亦东晋后期人,赠诗与道壹,亦合情理,又有释道猷,刘宋人,《高僧传》卷八有传,宋后废帝元徽中卒。此道猷乃吴人,与帛道猷非一人。《诗品》有道猷,称"齐人"者,盖元徽在宋末,故误入齐。近有人作鉴赏辞典,误合二人为一,非。

卷三 宋齐

宋文帝立儒、玄、文、史四馆

宋文帝立儒、玄、文、史四馆,历来史家均以为元嘉十五年事,拙作亦尝同此说。今细核之,知不尽然也。《宋书·雷次宗传》:"元嘉十五年,征次宗至京师,开馆于鸡笼山,聚徒教授,置生百余人。会稽朱膺之、颍川庾蔚之并以儒学,监总诸生。时国子学未立,上留心艺术,使丹阳尹何尚之立玄学,太子率更令何承天立史学,司徒参军谢元立文学,凡四学并建。"《南史》同,《通鉴》卷一二三系此于元嘉十五年,云:"帝雅好艺文,使丹阳尹庐江何尚之立玄学,太子率更令何承天立史学,司徒参军谢元立文学,并次宗儒学为四学。"按,何尚之以元嘉十三年为丹阳尹,无扞格。然《宋书·何承天传》明记元嘉七年后为尚书殿中郎,兼左丞,以不为殷景仁所喜,出为衡阳内史。"为州司所纠,被收系狱,值赦免。十六年,除著作佐郎,撰国史。……寻转太子率更令,著作如故"。则元嘉十五年承天或尚在狱中,或遇赦居家,无官职。《雷次宗传》所记简略含混,《南史》、《通鉴》未及细辨,遂因而书之。又,"著作佐郎"衍"佐"字,说参《何承天为著作郎撰国史》条,下引《建康实录》亦可证。《建康实录》卷十二元嘉十五年十月:"是月,立儒学于北郊,延雷次宗修之,辞入宫掖,乃自华林东阁入讲于延年堂。明年,丹阳尹何尚之立玄学,著作郎何承天立史学,司徒参军谢元立文学,各集门徒,多就业者。"文字明白,且著作郎官职亦与《何承天传》合。中华书局标点本《建康实录》据徐钞本改"尚书尹何尚之"为"丹阳尹何尚之",是。又,《何尚之传》载国子学建,尚之领国子祭酒。《何承天传》载,十九年,立国子学,以本官领国子博士。是四馆既立,基础已备,乃进而又立国子学也。

宋文帝议立刘宏

元嘉末,太子刘劭巫蛊事泄,文帝将废劭,召亲信诸臣议之。徐湛之欲立随王诞,江湛欲立南平王铄,文帝欲立建平王宏。议未决而劭之弑逆成。事见《宋书·王僧绰传》。《徐湛之传》亦记此事,云:"二凶巫蛊事发,上欲废劭,赐濬死。而世祖不见宠,故累出外蕃,不得停京辇。南平王铄、建平王宏并为上所爱,而铄妃即(江)湛妹,劝上立之。元嘉末,征铄自寿阳入朝,既至,又失旨。欲立宏,嫌其非次,是以议久不决。"迨至刘劭弑逆,刘骏以荆襄兵力入讨,即皇帝位,终甚世,猜忌凶残,诸弟多被诛。铄、诞有立嫡之议,遭毒手自在意中,宏之得保天年,一则以平劭时尝与孝武通款,二则以早夭。若令存活至大明后期,恐亦不免。

宋文帝爱文义

南朝诸帝多能文,宋文帝实为嚆矢。《宋书》、《南史》、《建康实录》本纪皆称其"博涉经史,善隶书"。《索虏传》载其元嘉二十三年诏曰:"吾少览篇籍,颇爱文义,游玄玩采,未能息卷。"裴子野《宋略·总论》曰:"上(文帝)亦蕴藉义文,思弘儒府。庠序建于国都,四学闻乎家巷。天子乃移跸下辇以从之,束帛宴语以劝之。士莫不敦悦诗书,沐浴礼义。……于是文教既兴,武功亦著。"其于文人,亦颇优借。谢灵运先附刘毅,后附义真,而一旦诛杀徐、傅,即召入建康,日夕引见,赏遇甚厚。灵运诗书皆兼独绝,每文竟,手自写之,文帝称为二宝"(《谢灵运传》)。灵运狂傲恣肆,呈遭谋逆之构,文帝犹不忍即诛。颜延之疏诞激扬,不为义康、刘湛所容,欲黜为远郡,文帝与义康诏,令延之"思愆里闾",然仍命其制袁皇后哀册文,名为思过,实则庇护。范晔于元嘉十六年丁母忧,奔赴不时,且携妓妾自随,"为御史中丞刘损所奏,太祖爱其才,不罪也"(《范晔传》)。晔善琵琶,文帝欲听,屡讽以微旨,"晔伪若不晓,终不肯为上弹。上尝宴饮欢适,谓晔曰:'我欲歌,卿可弹。'晔乃奉旨"(同上)。以人君之尊,启齿直言,即可遂愿,而出之微风托辞,诚难能矣。《南史·范晔传》记孔熙先为逆首,文帝叹曰"使孔熙先年三十犹作散骑侍郎,那不作贼",并以此而责何尚之。至其终杀谢、范、孔,则以事涉谋逆而不得不然。忖度其心,或未尝不痛惜之也。

沈约《宋书·自叙》记沈林子年岁误字

沈林子为刘裕佐命之臣,其事迹见《宋书·自叙》、《南史·沈约传》。《自序》云,刘裕代晋,林子丁母忧,顷之有疾,"永初三年(422),薨。时年四十六"。《南史》不记年岁。按,据《自序》,林子"年十三,遇家祸,时虽逃窜,而哀号昼夜不绝声"。遇家祸,盖指其父穆夫预孙恩之变，隆安三年（399）为刘牢之所破，宗人沈预告发，穆夫遇害，其子渊子、云子、田子、林子、虔子幸免。《自序》又记刘裕克京邑，林子时年十八。刘裕为扬州刺史，林子被辟从事，领建熙令，时年二十一。据《宋书·武帝纪》，刘裕之克京口在元兴三年（404），为扬州刺史在义熙四年（408）。设以林子隆安三年十三岁为基准下推，元兴三年正为十八岁，而义熙四年则为二十二岁而非二十一岁。再下推至永初三年，则为三十六岁而非四十六岁。《十七史商榷》卷六三《沈氏世济其恶》条云"沈约《自序》，缺误甚多"，上述年岁可为一证。林子卒在永初三年，《自序》尚有"高祖寻崩，竟不知也"等语，言之凿凿，自无疑问。而其遭家难时尚值孩童，亦可确信。若是，则卒年"四十六"当是"三十六"之误。上推生年，当是晋孝武帝太元十二年（387）。据《自序》，可知林子长兄渊子生于太元五年（380），三兄田子生于太元八年（383），亦正相合。再推义熙四年，"二十一岁"当作"二十二岁"。

王韶之著作

《宋书·王韶之传》载，韶之父伟之"少有志尚，当世诏命表奏，辄自书写。太元、隆安时事，小大悉撰录之。韶之因此私撰《晋安帝阳秋》。既成，时人谓宜居史职，即除著作佐郎，使续后事，讫义熙九年。善叙事，辞论可观，为后代佳史"。据《荀伯子传》，举荐者盖为徐广，助撰晋史。《隋志》史部录《晋纪》凡八种，作者有陆机、干宝、徐广等，其十卷本题"宋吴兴太守王韶之撰"。是书当如本传所记，据《晋安帝阳秋》续成者。《南史·萧韶传》记萧韶撰侯景之乱史事一卷，至江陵，萧绎取看之，曰："昔王韶之为《隆安记》十卷，说晋末之乱离,今之萧韶亦可为《太清纪》十卷矣。"章宗源《隋书经籍志考证》于王韶之《晋纪》下有按语云:"《世说》注、《初学记》所引并题韶之《晋安帝纪》,新旧《唐志》则称韶之《崇安记》。……今以《初学记·天部》义熙二年彩虹出西方蔽月事,合他书征引,大抵皆安帝事,故题《晋安帝纪》。义熙改元隆安,唐志讳'隆',故作'崇'。"姚振宗因其说。按,《世说》引《晋安帝纪》近三十见,仅题书名而无一处题撰者。《初学记》卷二引作"王韶之《晋安记》"("安"下当夺"帝"字),仅此一见。又"义熙改元隆安"云云,其误更明。隆安在前,义熙在后,"义熙"当作"元兴"。章氏通人,盖粗疏致误耳。据《世说》注引《晋安帝纪》,多似隆安间事,故《晋纪》、《晋安帝纪》、《隆安记》实为一书异名。《隋志》集部又录《晋宋杂诏》八卷,题王韶之撰,疑即据其父抄录之诏命益以宋世诸诰纂集而成。《南史》本传记其又有《孝传》三卷,《隋志》史部录作"《孝子传赞》三卷"。韶之有文集行于世,《隋志》记作"十九卷"。《初学记》又录有《神境记》、《南康记》、《始兴记》三种,皆题作"王韶之"。

本传载韶之家贫,父为乌程令,因居县境,初为卫将军谢琰参军。《晋书·谢琰传》未记琰为卫将军,《安帝纪》隆安二年九月,"遣征虏将军会稽王世子元显、前将军王珣、右将军谢琰讨桓玄等";三年十一月,"遣卫将军谢琰、辅国将军刘牢之"击孙恩。是王韶之入为谢琰府参军当在隆安三年或稍前,颇疑即因孙恩举事而逃入谢琰部下。时年二十。其《隆安记》,萧绎以之与《太清记》并列,或多记孙恩事。

徐广

徐广,《晋书》、《宋书》、《南史》均有传,宋传较详。宋传记"义熙初，高祖使撰《车服仪注》"，晋传作"奉诏撰《车服仪注》"，中华标点本据此及《南史》、《建康实录》、《册府元龟》等径改晋传，是。《宋书·礼志》、《隋书·礼仪志》、《通典》等屡引此书。严可均《全晋文》所辑《答刘嗣问》等五条，显系广《礼论答问》佚文，然未及《车服仪注》。二传又记广"转员外散骑常侍，领著作郎"，事在元年或二年。宋传又记"六年，迁散骑常侍，又领徐州大中正，转正员常侍"，中华标点本校云："'散骑常侍'，《晋书》、《南史》广传作'骁骑将军'。按下又云'转正员常侍'，正员常侍即散骑常侍。则此当从《晋书》、《南史》改作'骁骑将军'为是。"按，宋传之误甚明，所校是。《宋书·礼志三》记作"员外散骑侍郎，领著作郎"，亦误，据传，隆安前广已居散骑侍郎，此处不得言"转"。又《晋书·桓玄传》记玄篡晋，"散骑常侍徐广"据晋典议宜立七庙，此或是玄所授伪职，传故略之欤？

广著作甚富，《隋志》所录有《史记音义》、《晋纪》等六种，其《车服杂注》当即《车服仪注》或《车服注》。又，《宋书·律历志中》记元嘉二十年何承天撰新历，表奏，有"臣亡舅故秘书监徐广，素善其事，有既往《七曜历》，每记其得失"之语，是广又精律法天文。

广年七十四卒，《晋书》、《建康实录·恭帝纪》所记同。《南史》不记卒年，而言"年过八十，犹岁读五经一遍。元嘉二年卒"。如所记，得年当在八十二三以上，则其生年将早于其兄邈，不可据。

谢瞻仕历

《宋书·谢瞻传》载瞻"初为桓伟安西参军，楚台秘书郎。瞻幼孤，叔母刘抚养有恩纪，兄弟事之，同于至亲。刘弟柳为吴郡，将姊俱行。瞻不能违，解职随从，为柳建威长史"。按，桓伟为桓玄兄，元兴元年,桓玄入京,以伟为安西将军、荆州刺史。刘柳出为吴郡,当在元兴三年前后,说参《颜延之早年仕历与〈北使洛〉诗李善注误字》条。是谢瞻在荆州为安西参军当在元兴元年或二年,迨三年即转赴吴郡。刘柳于义熙三年入为尚书右仆射,瞻随同入都。

传载:"寻为高祖镇军、琅琊王大司马参军,转主簿,安成相,中书侍郎,宋国中书、黄门侍郎,相国从事中郎。"据《晋书·安帝纪》,元兴三年三月,王谧推刘裕行镇军将军、徐州刺史。陶澍《陶靖节年谱考异》云:"东晋为镇军将军者,郗愔以后,至裕始复见此号。"据《宋书·武帝纪》,义熙元年三月,诏进刘裕为侍中、车骑将军,裕作态固让。同年十一月,晋安帝重申前令,裕又固让。三年二月,裕还京师,又诣阙陈让,见听。至四年正月,征裕入辅,始受侍中、车骑将军、扬州刺史。逯钦立《陶渊明事迹诗文系年》于义熙元年三月下云:"是月,刘裕迁车骑将军,都督中外诸军事。"似仅据《晋书·安帝纪》而未考《宋书》,遂致疏误。据此,谢瞻入刘裕幕,亦当在义熙三年左右。晋世皇族、宗室封琅琊王者凡十余人,此琅琊王当即司马德文,据《晋书·恭帝纪》,义熙五年,置左右长史、司马、从事中郎四人,谢瞻入琅琊王府当在是年。《文选》卷二五录谢瞻《于安城答灵运》诗,题下善注引谢灵运赠宣远序曰:"从兄宣远,义熙十一年正月作守安城。其年夏,赠以此诗。其年冬,有答。"又《宋书·武帝纪》,义熙十二年十月,刘裕进相国、宋公,置宋国侍中、黄门侍郎;是年五月,裕尚伪为恭顺,奉琅琊王北伐,八月离京。谢瞻当于十一年为安成相,次年即奉召入京再入刘裕幕。时宋国初建,瞻以宋国中书并随同北伐,《经张子房庙诗》即北伐途中所作,《九日从宋公戏马台集送孔令诗》,则作于回师后驻彭城时。本传记其仕历,安成相之后有中书侍郎,惟谢灵运《答中书》一诗当作于义熙八年,在瞻出为安成相之前。据《宋书·百官志》,中书侍郎与郡国相同在五品,本传所记"安成相"或当在"中书侍郎"之后;或先为中书侍郎,出,复入为中书侍郎,而本传略而未记。

《晋书·顾恺之传》载恺之"义熙初,为散骑常侍,与谢瞻连省。夜于月下长咏,瞻每遥赞之,恺之弥自力忘倦。瞻将眠,令人代己,恺之不觉有异,遂申旦而止"。按,此据《世说·文学》注引《续晋阳秋》,惟"令人"作"语捴脚人"。刻画顾、谢气质情性,传神亦正在阿堵中。惟据上述,瞻于义熙初尚在刘裕及琅玡王幕,至义熙十二年由安成相转中书侍郎,当即随同北伐。中书侍郎与散骑常侍或可称"连省",然义熙十二年顾恺之已卒,且《晋书》明言"义熙初",《世说·言语》注引丘渊之《文章录》亦云恺之"义熙初为散骑常侍"。颇疑《谢瞻传》所记仕历有脱文,或"中书侍郎"当在"安成相"上,授职时或在义熙五、六年间。若然,则顾恺之卒年亦在义熙六七年后,不得如《辞源》等书之定为义熙三年也。

谢瞻行第及年岁

《宋书·谢瞻传》载,瞻,"卫将军晦第三兄"。《南史·谢瞻传》则记作"晦次兄也",且于《谢晦传》中明言兄弟五人:绚、瞻、晦、嚼、遁。按,《南史》所记是,《宋书》误,各本失校。

《宋书》记瞻卒于永初二年,时年三十五。《南史》同。逯钦立《先秦汉魏晋南北朝诗》谢瞻小传引《全宋文》云,考瞻卒于永初二年,年三十五。灵运诛于元嘉十年,年四十九,则灵运长于瞻二岁,必有一误。逯氏按云:"灵运生卒年无误,瞻卒年三十五当为三十九之讹。瞻永初年(按,'年'上似脱'二'字)卒,时如为三十九,则长于灵运二岁,元兴元年任桓伟参军为十九岁。如为三十五岁,则元兴元年仅十五岁。以常例衡之,不应是时即为参军也。""三十五"必误。断"五"为"九"之讹,似乏的证,然其说近情,可从。

谢瞻《王抚军庾西阳集别》诗

《文选》卷二〇录谢瞻《王抚军庾西阳集别》诗。尤刻本"别"下有"时为豫章太守,庾被征还东"十一字,胡克家《文选考异》谓"袁本、茶陵本无此十一字,是也。案,此必或记于旁,而尤延之误取之";六臣本亦无此十一字。善注云:"集序曰:谢还豫章,庾被征还都,王抚军送至溢口南楼作。"据《王弘传》及《武帝纪》,义熙十四年六月,弘为尚书仆射,同年迁抚军将军、江州刺史。又据《庾登之传》,登之于义熙十二年北伐以二三其心忤刘裕,大军北进,乃以登之为西阳太守。"入为太子庶子,尚书左丞,出为新安太守"。元熙元年十二月,刘裕"建天子旌旗",已为真天子,长子义符由世子改称太子。次年四月,刘裕入建康,六月即皇帝位,改元永初,乃得以从容封官爵,定礼仪。太子僚属之设亦当在是时。于时庾奉调还都,由西阳沂江而下,道江州访王,谢适由豫章之郡,三人乃得相聚。送别后返任,故集序云"还"。

瞻为豫章太守,本传未记年月,仅言宋台建,为相国从事中郎。弟晦权势日重,还都迎家,宾客辐凑,门巷填咽。瞻其时亦在家,见之惊惧,还彭城,言于刘裕,特乞降黜,"前后屡陈,高祖以瞻为吴兴郡,又自陈请,乃为豫章太守"。按,瞻、晦皆从刘裕北伐,每还都迎家,事必在义熙十四年军还彭城后。而瞻又预是年九日戏马台之会,故其出为豫章当在次年即元熙元年,至迟亦在刘裕代晋之前。《通鉴》卷一一九记永初二年谢瞻卒,云:"及上即位,晦以佐命功,位任益重,瞻愈忧惧。是岁,瞻为豫章太守,遇病不疗。"似谢之出为豫章即在是年,恐嫌含混。

谢瞻《九日从宋公戏马台集送孔令诗》

谢瞻随刘裕北征,于义熙十三年班师,顿彭城。次年九月九日,大会于项羽戏马台,饯孔季恭东归,百僚咸赋诗以述其美,事见《宋书·孔季恭传》。季恭名靖,山阴豪族,据《金楼子·杂记》,刘裕微时即与靖订交,瞻给甚厚,裕之遇靖殊于常理,职是故也。时赋诗者有谢灵运、谢瞻、谢晦、刘义恭、王昙首等。昙首诗已佚,余见存。《文选》卷二〇录谢灵运、谢瞻二诗,李善于瞻诗题下注云:"《宋书·七志》曰:谢瞻,字宣远,东郡人也。幼能属文。宋黄门郎。以弟晦权贵,求为豫章太守,卒。高祖游戏马台,命僚佐赋诗,瞻之所作冠于时。"按,《宋书·七志》显系传抄之误,当作《今书·七志》。《隋志》总论云:"元徽元年,秘书丞王俭又造目录,大凡一万五千七百四卷。俭又别撰《七志》……三曰《文翰志》……但于书名之下,每立一传。"善注所引正与体例相合。胡克家《文选考异》云:"袁本'宋'作'今',茶陵本亦作'宋'。陈云:'注引《今书·七志》处甚多,又证以《王文宪集序》,"宋"字之误无疑。'案,所说是也。"《隋志》史部录此书正作"《今书·七志》,七十卷"。"今书"者,自谢灵运《四部目录》以后之书也。任昉《王文宪集序》云:"元徽初,迁秘书丞。于是采公曾之《中经》,刊弘度之《四部》,依刘歆《七略》,更撰《七志》。"是《七志》之作尚在宋后废帝时,所记谢瞻以弟晦权贵,求为豫章太守,与《宋书》合。瞻诗今存六首,《诗薮·外编二》谓"宣远《子房》、《戏马》,格调高逸,可坦步延之、灵运间"。此诗"巢幕无留燕,遵渚有来鸿",

颂扬得体，尤为人所赏。唐曹邺有《和谢豫章从宋公戏马台送孔令谢病诗》。

《水经·获水注》云："（彭城）大城之内有金城，东北小城，刘公更开广之，皆垒石高四丈，列堑环之。小城西又有一城，是大司马琅玡王所修，因项羽故台经始，即构宫观门阁，惟新厥制。义熙十二年，霖雨骤澍，汳水暴长，城遂崩坏。冠军将军，彭城刘公之子也。登更筑之，悉以砖垒，宏壮坚峻，楼橹赫奕，南北所无。"是戏马台盖为离宫之属，故谢瞻诗云"扬銮戾行宫"，谢灵运诗言"鸣葭戾朱宫"也。然《泗水注》又云"今彭城南有项羽凉马台"，台西南麓上即范增冢，则又不知二谢诗所记究为何地矣。

谢晦入仕及入刘裕幕

《宋书·谢晦传》载："晦初为孟昶建威府中兵参军。昶死，高祖问刘穆之：'孟昶参佐，谁堪入我府？'穆之举晦，即命为太尉参军。"孟昶，《晋书》无传，仅据《宋书·武帝纪》知其事迹鳞爪。刘裕起兵反桓玄，昶为"同谋"二十七人之一，职任长史。又《晋书·安帝纪》载义熙四年，加吏部尚书孟昶为尚书左仆射。六年五月，刘毅师败于卢循，昶惧而自杀。《建康实录·安皇帝》载："昶字彦远，平昌人。为桓宏兖州主簿。刘迈与昶不善，每谮于桓玄。昶惧，乃与刘裕等同谋起义。"累迁丹阳尹、尚书左仆射，封临汝公。据此，则谢晦入刘裕幕当在义熙六年，时年二十一岁。其入孟昶幕，计亦当在桓玄事平之后，或是义熙三年左右。

《谢晦传》载宋文帝元嘉三年，谢晦于荆州起兵，上表云："臣等见任先帝，垂二十载。"又表云："臣等奉事先朝，十有七年。"此"先朝"盖指文帝即位前刘裕、少帝两朝言之，非指晋室也。自义熙六年下及宋文帝入继帝位为十五年，谢晦在孟昶幕中当有两年，其时晋室名存实亡，大权握于刘裕，故并言"奉事先朝，十有七年"、"垂二十载"。

谢晦在江陵深结王华、到彦之

谢晦元嘉元年出为荆州，徐羡之、傅亮在中枢，檀道济在南兖州，互为犄角之势，冀以挟持文帝。《宋书·谢晦传》载，晦"至江陵，深结侍中王华，冀以免祸"。按，晋祚既衰，觊觎神器者幕前为刘裕、刘毅之明争，幕后则为王、谢二族之暗斗。王氏如王弘、王谧、王华、王昙首等皆附刘裕，王谧于刘裕有厚恩，王华、王昙首则力祛文帝之疑，劝其入继大统。《南史·王华传》记王华之言曰："先帝有大功于天下，四海所服。虽嗣主不纲，人望未改。徐羡之中才寒士，傅亮布衣诸生，非有晋宣帝、王大将军之心明矣。畏庐陵严断，将来必不自容。殿下宽睿慈仁，天下所知，已且越次奉迎，冀以见德，悠悠之论，殆必不然。羡之、亮、晦又要檀道济、王弘五人同功，孰肯相让，势必不行。今日就征，万无所虑"。《宋书》则记作"三人势均，莫相推伏，不过欲握权自固，以少主仰待耳。今日就征，万无所虑"。其论鞭辟入里，洞若观火。文帝入京继位，以是深宠信之。谢氏一族，领袖群伦如谢混、谢灵运皆依附刘毅，惟谢晦为刘裕开国顾命之臣，然又与徐、傅专擅过甚，杀义符、义真，惟其既无王敦、桓玄之志力，仅欲自保，惴惴忧惧，乃俯就王华以冀免祸，而王华、昙首兄弟落井下石，《宋书·王昙首传》云"诛徐羡之等，平谢晦，昙首及华之力也"，盖记当时实情。又，晦除厚结王华外，又与到彦之结纳。《南史·到彦之传》记元嘉元年八月，文帝征到彦之为中领军，警卫京师："彦之自襄阳下，谢晦已至镇，虑彦之不过己。彦之至杨口，步往江陵，深布诚款，晦亦厚自结纳。彦之留马及利剑名刀以与晦，晦由此大安。"到氏为寒族，彦之孙溉在梁世犹为何敬容讥其"尚有余臭"，谢晦以甲族冠冕而折节下交，中心惴惴而致然也。而其后兴师西征，前锋即为彦之，与王华如出一辙。

晦在荆州，元嘉元年八月真除抚军将军，三日后正进号卫将军、镇北将军，见《文帝纪》。本传云"寻进号卫将军，加散骑常侍，进封建平郡公，食邑四千户，固让进封"，是以《文帝纪》不载进封事。逯钦立先生《陶渊明事迹诗文系年》于元嘉元年下云"八月，抚军将军谢晦为荆州刺史，进号卫将军，封建平王"，"谢为卫将军、建平王，与四言诗（按，指陶诗《答庞参军》）所谓卫军、大藩者正相吻合"。按，魏晋南朝，异姓封王即为禅位篡位之前奏，谢晦封公，且辞不受，焉得为建平王？不知逯氏何以致误至此。宋世建平王仅二人，即刘宏、景素父子。

谢晦从刘裕北伐

《宋书·谢晦传》载晦深得刘裕爱赏，"从征关洛，内外要任悉委之"。《武帝纪》载永初三年，刘裕疾笃，召太子诫之曰："谢晦数从征伐，颇识机变，若有同异，必此人也。小郄，可以会稽、江州处之。"《建康实录·太祖文皇帝》载元嘉三年，文帝令檀道济、到彦之攻荆州，道济言："臣昔与谢晦同从北征，入关十策，晦有其九，才略明练，殆难与敌。然未尝孤军决胜，恐非所长。"刘裕、檀道济可谓知人，晦盖文人策士，马谡之流，不足以为统帅。刘裕自义熙十二年八月北伐，十三年九月至长安,十四年正月返彭城,至恭帝元熙二年四月始入建康,前后近四年,谢晦皆在刘裕幕。

傅亮入仕年及两值西省

　　傅亮入仕为建威参军,桓谦中军行参军。据《晋书·桓谦传》、《安帝纪》,安帝隆安三年孙恩陷会稽,吴国内史桓谦弃官而遁。隆安五年,《安帝纪》载"冠军将军桓谦",则亮之入桓谦府为中军行参军必在此时,其通籍当在隆安初,其时年已二十四五。

　　《宋书·傅亮传》载亮博涉经史,尤善文辞。义熙元年,以员外散骑侍郎值西省,典掌诰命。后丁母忧。七年,迁散骑侍郎,复代演值西省。"会西讨司马休之,以为太尉从事中郎,掌记室,以太尉参军羊徽为中书郎,代值西省"。据《羊徽传》,徽代亮值西省,事在义熙八年。其时刘裕正西征刘毅,讨司马休之乃十年事也。《宋书》记事远胜《梁书》、《陈书》,然此等含混误倒亦非鲜见。《南史·王韶之传》:"晋帝自孝武以来常居内殿,武官主书于中通呈,以省官一人管诏诰,住西省,因谓之西省郎。傅亮、羊徽相代在职。义熙十一年,宋武帝以韶之博学有文辞,补通直郎,领西省事。"《宋书》阙"在职"至"通直郎"二十二字,中华本据《南史》补。按,谓傅亮、羊徽相代在职不及滕演,文义未安。盖傅、羊仅有"代"无"相",傅、滕则"代"而且"相"。标而出之,或亦洗垢索瘢类耳。

　　又,传记亮母忧服阕,为刘毅抚军记室参军,又补领军司马。入刘毅幕在何年,已不可详究,据仕历、母忧及刘毅于义熙五年正月进卫将军等推之,当在义熙四年。《类聚》卷五四录亮《为刘毅军败自解表》,此盖义熙六年兵败于卢循事。以此,亮在毅幕当与谢灵运同处为《梁书·周舍传》,实则见《徐勉传》所录诫子书,以周、徐合传而致偶疏。

杨慎《升庵诗话》卷一四有《谢灵运逸诗》条,云:"余见《永嘉记》所引断章,诸选不收者,今录于此。"其所录《温州㬊溪诗》四句,今本题作《登永嘉绿嶂山诗》;《登石室饭僧诗》四句,今本题作《石室山诗》,《诗话》亦夺二句;《丹山诗》二句,今本题作《行田登海口盘屿山诗》。诸诗并见《诗纪》,冯惟讷稍晚于杨慎,杨氏所见,冯氏当亦见之。逯氏辑《先秦汉魏晋南北朝诗》未及《升庵诗话》此条,其实尚有异文可资校核也。

李白《劳劳亭歌》"我乘素舸同康乐,朗咏清川飞夜霜",胡震亨谓"清川飞夜霜"疑引谢诗,今谢集无此句。所疑有理,"清川飞夜霜"正大谢风格。

释谢灵运《还旧园作见颜范二中书》

此宋文帝元嘉三年徐、傅被诛后应召入京之作,观"盛明荡氛昏,贞休康屯邅。殊方感成贷,微物豫采甄"等语自明。二中书,李善注谓指颜延之、范泰。近人诸注本同。然据《宋书·颜延之传》,元嘉三年,延之自始安征入为中书侍郎,善注可信。惟范泰为中书侍郎在晋孝武帝太元末,谢于此时自不得书泰三十年前官职。元嘉三年,泰进位侍中、左光禄大夫、国子祭酒,领江夏王师,特进如故,未及中书侍郎,且《广弘明集》卷一五录灵运在永嘉与范泰书,题作《与范光禄》,《谢灵运传》亦云文帝"使光禄大夫范泰与灵运书敦奖之",皆与泰传合。善注未言所据,似不可从。然检《宋书》,又未见元嘉初范姓为中书侍郎者,录以阙疑。《谢灵运传》所记文帝使范泰劝令灵运出仕,盖泰亦为庐陵幕中人,与灵运交善故也。《范泰传》记泰于元嘉二年上表,自言"猥蒙先朝忘丑之眷,复沾庐陵矜顾之末,息晏委质,有兼常欵",此其明证也。

"旧园"指建康旧居,李善不注,以之为不言而喻。张铣不察,注云:"旧园即会稽始宁之园也。"徐、傅见诛前二年,灵运已返始宁,颜延之尚在始安,焉得相见?清人如朱珔《文选集释》仍因张说,不当。

《建康实录》中有关谢灵运事迹

《建康实录》为六朝重要史料,一九八六年中华书局整理排印,校勘详审,学者便之。《实录》中记谢灵运二事,皆见卷一二《太祖文皇帝》。其一在元嘉七年春正月乙未:"孟顗疏康乐侯谢灵运谋反,帝不之罪,迁为临川内史。"其二在元嘉九年八月:"临川内史谢灵运于广州弃市。灵运之居也。雅不治职。前临川内史司马协少子来投义故,灵运舍诸正寝为居,始如酣笑,久而不止,非隐其事,讽主者以黩货劾焉。江州部从事收灵运,乃徙广州,敕于南海行刑。灵运名公孙,少而文章秀逸,声誉流闻,冠耀天下。然轻肆躁扰,不可大任。世以为文与颜延之为江左第一,纵横俊发过之。"

《宋书》记灵运于徐、傅被诛复征入建康,意不平,多称疾不朝值。文帝讽令自解,灵运乃上表陈疾,赐假东归。将行,上书劝伐河北。既归,"游娱宴集,以夜续昼,复为御史中丞傅隆所奏,坐以免官。是岁元嘉五年"。按,孟顗表灵运有异志,灵运诣阙自陈,表云"臣自抱疾归山,于今三载",自五年至七年正为三载,《实录》所记与之合。

杨勇《谢灵运年谱》系此事于元嘉八年,盖以谢之东归返里属元嘉六年而下推三年。其说云:"(元嘉五年),多称疾不朝,肆意游行,又不表闻,上赐假东归。……(六年)三月,东归。"《入东道路诗》曰:"整驾辞金门,命旅惟诘朝。怀居顾归云,指涂诉行飙。属值清明节,荣华感和韶。"此诗结语有"鲁连谢千金,延州权去朝"语,即传中所记自傲情状,诗作于赐假东归时,可无疑义。杨氏系此于元嘉六年,分"赐假东归"与"东归"为两事,《宋书》以"是岁元嘉五年"总结上文,《年谱》置此不顾。盖误解《通鉴》文义,谱于元嘉五年十二月引《通鉴》曰:"灵运乃上表陈疾,上赐假,令还会稽。而灵运游饮自若,为法司所纠,坐免官。'按,《通鉴》于十二月下书云:"秘书监谢灵运,自以名辈才能应参时政;上惟接以文义,每侍宴谈赏而已。王昙首、王华、殷景仁,名位素出灵运下,并见任遇。灵运意甚不平,多称疾不朝直,或出郭游行,且二百里,经旬不归,既无表闻,又不请急。上不欲伤大臣意,讽令自解。灵运乃上表陈疾,上赐假,令还会稽;而灵运游饮自若,为法司所纠,坐免官。"《通鉴》文全节《宋书》,系于是岁之末,显系综上言之,非此一月间事可知。《宋书》言"是岁元嘉五年",《通鉴》系于岁末,书法正同。即令为是岁十二月事,亦当是记"为法司所纠,坐免官"时日而非赐假东归。《宋书》、《通鉴》皆明言灵运还会稽后游饮自若,当局者以为无改悔意,复参劾罢官。还会稽与罢官两事,相隔须时。前者在三月,后者在十二月,亦合情理。总之,皆元嘉五年而非六年事。

谢灵运于元嘉十年被杀,《宋书》、《南史》、《通鉴》均无异说,《实录》独系于元嘉九年八月,似不可从。然此异说,不可不标而出之,以俟续考。至其述致死之由,"始如酣笑"三句不可解,疑有脱误。然"前临川内史司马协少子来投义故","讽主者以黩货劾焉",则又与《宋书》、《南史》异。文中无一字及"谋逆",或亦为扯说之一证也。参《谢灵运"谋逆"辨》条。

谢灵运袭爵及入仕

《宋书·谢灵运传》载："袭封康乐公，食邑二千户。以国公例，除员外散骑侍郎，不就。为琅琊王大司马行参军。"杨勇《谢灵运年谱》系袭爵于晋安帝元兴三年（404），时灵运年二十。按，灵运《初去郡》诗云："牵丝及元兴，解龟在景平。负心二十载，于今废将迎。"李善注"牵丝"为入仕，诗盖离永嘉时所作，时在宋少帝景平元年（423），其之郡则在永初三年（422），集中有《永初三年七月十六日之郡初发都》可证。以景平元年上推二十年，为元兴二年（403），诗人举成数而言，未可拘执，故杨谱定为元兴三年袭爵。

然灵运《辞禄赋》云："解龟纽于城邑，反褐衣于丘窟。判人事于一朝，与世物乎长绝。自牵缀于朱丝，奄二九于斯年。"遣词用语若出一辙而数字有二十与十八之异。用乘积代数字，固修辞之习惯，然亦可径言"二十"，此言"二九"，当为确凿。自景平元年上推十八年为义熙元年（405），又据《晋书·安帝纪》，义熙元年三月，"以琅琊王德文为大司马"，灵运为大司马参军必在是年，此即所谓"牵缀于朱丝"、"牵丝"也。

诗言"牵丝及元兴"，与赋云"牵缀于朱丝"含义不尽同，诗盖指袭爵，除员外散骑侍郎，是当在元兴元年或二年，时灵运年十八。隆安二年冬，桓玄篡帝位，改国号为楚。大乱之际，似无暇及袭爵事。本传言其以国公例除员外散骑侍郎，不就，当是袭爵后复有伪命，故辞而不就也。

《谢灵运传》又载："抚军将军刘毅镇姑孰，以为记室参军。毅镇江陵，又以为卫军从事中郎。"按，《晋书·刘毅传》、《安帝纪》，不载刘毅出镇姑孰之年，《宋书·州郡志》则书"安帝义熙二年，刺史刘毅戍姑孰"，是刘毅为豫州刺史虽在元年五月(见《通鉴》)，出镇姑孰则在次年。《年谱》亦误。汤用彤先生《汉魏两晋南北朝佛教史》第十三章《谢灵运年表》误同。又据《宋书·高祖纪》、《通鉴》，义熙八年四月，荆州刺史刘道规与豫州刺史刘毅互易。十月，毅即兵败自杀。如以谢灵运于义熙二年即至姑孰，则在刘幕前后凡七年。然《宋书》、《南史》、《谢弘微传》所记"乌衣之游"，约当在义熙三至五年间，说参《乌衣之游》条。故知灵运至姑孰入刘毅幕当在义熙四年，盖五年正月毅即进卫将军。在刘幕前后共历四年。拙作《谢灵运评传》(载《中国历代著名文学家评传》第一卷)以谢在刘幕为七年，误。

谢灵运与庐陵王义真

谢灵运于宋武帝永初间与庐陵王义真情款。其后徐羡之、傅亮、谢晦主立少帝义符，乃于永初三年刘裕一度疾笃时以义真为南豫州刺史，谢灵运亦继之外放永嘉。此为灵运在宋世蹉跌机捩，请略加辩证。

义真为刘裕次子。《武三王传》称其"美仪貌"，"聪明爱文义，而轻动无德业"，然特为刘裕所宠，颇似曹操之于曹植。刘裕北征，破长安，一时人心振奋，回军时留义真为雍州刺史，意在为其树威立信，时义真仅十一岁耳。《宋书·武三王传》载其"年十二，从北征大军进长安"，据《武帝纪》，宋军入长安在义熙十三年(417)九月，十二月以义真为雍州将军。义真于少帝景平二年(424)被杀，年十八，逆推之，义熙十三年为十一岁，各本均失校。晋恭帝元熙元年，刘裕进宋王，即以义真为扬州刺史，时年十三。次年，擢司徒。刘裕长子义符，弱而好弄。裕不喜义符而爱义真,尝有废长立幼之意。《南史·宋宗室及诸王传》载:"初,少帝之居东宫,多狎群小。谢晦尝言于武帝曰:'陛下春秋既高,宜思存万代。神器至重,不可使负荷非才。'帝曰:'庐陵何如?'晦曰:'臣请观焉。'晦造义真,义真盛欲与谈,晦不甚答,还曰:'德轻于才,非人主也。'由是出居于外。及羡之等专政,义真愈不悦。"刘裕之意向语及谢晦,义真焉得不知?故《宋书·武三王传》记义真之语曰:"得志之日,以灵运、延之为宰相。"公然以继位自许,少不更事之态可掬也。谢晦与义真同随刘裕北征,历时经年,义真之德轻于才,已不待于永初间观而后知,"观焉"云云,亦虚与委蛇而已。究其实际,义真欲以谢灵运、颜延之为羽翼,如曹植之与杨修、丁仪兄弟然。所谓"未能忘言于悟赏,故与之游",饰辞遁语,无须多辩。谢晦、徐、傅之不拥义真,亦固宜矣。《宋书·谢灵运传》谓灵运"构扇异同,非毁执政",《谢晦传》录晦檄文云"庐陵王构阋有本",盖自徐、傅、谢晦而观之,非尽虚语也。夺嫡争斗,代多有之,义符、义真皆少年贵胄,幕后操纵,厥在大臣。徐、傅辈工于心计,颜、谢则书生文士,虽高自位置,断非敌手。终谢灵运之世,于义真感恩戴德,且屡见于诗文中。

又,《宋书·刘湛传》记义真出为南豫州,湛为长史。义真居父忧,公然于斋内别立厨帐,索食鱼肉珍馐,湛禁之不可。义真已为徐、傅排挤出京,危在旦夕,仍蒙然授人以柄,虽乏人君之度,然其任性纵诞,与谢灵运颇有相合处。谢《庐陵王幕下作》谓"理感心情恸",盖同气相求,有超乎君臣知遇之外者。

谢灵运《与庐陵王义真笺》与义真被杀年月

《宋书·王弘之传》载弘之隐居不仕,于姹宁依岩筑室,谢灵运、颜延之并相钦重。灵运《与庐陵王义真笺》,略云王弘之、孔淳之等江左嘉遁,"殿下爱素好古,常若布衣,每意昔闻,虚想岩穴。若遣一介,有以相存,真可谓千载盛美也"。杨勇《谢灵运年谱》系此笺作于景平二年,云"与隐士王弘之、孔淳之等纵放为娱,有终焉之志","与庐菱王笺"。杨氏之说,其误甚明。

据《宋书·武帝纪》、《少帝纪》,义真于永初三年刘裕得病时出为南豫州刺史,少帝即立,景平二年二月二日废义真为庶人。是月,遣使杀之于新安。然《宋书·武三王传》又载"景平二年六月癸未,羡之等遣使杀义真于徙所"。《通鉴》从六月说。又《徐羡之传》载羡之等废少帝,遣使杀义真于新安,杀帝于吴县。少帝被杀在六月,是《徐羡之传》所记与《武三王传》同,义真被杀亦在六月也。《建康实录·废帝营阳王纪》载此事亦在二月:"丁未,大风,天有五色云,占曰:'天锦有兵。'高丽国遣使贡献。发使诛杀皇弟义真于新安。"文字与《宋书》几全同,惟"丁未"《宋书》作"乙巳",相差二日。《实录》于六月记徐羡之等杀少帝事,即未及义真。《实录》所本为《宋略》,《宋略》成书又晚于沈约《宋史》,似应有据。《南史·宋本纪上》所记亦为二月,《宋宗室及诸王传》仅记"景平二年"而不记月,《徐羡之传》则记元嘉三年正月,"帝以羡之、亮、晦旬月间兵肆酖毒,下诏暴其罪,诛之",则又以为在六月。义真被杀为当时重要史事,文献所记犹抵牾若此。颇疑二月确曾下诏诛义真而为有力者所沮,未果,复于六月追杀之。

不论义真之死在二月或六月，谢灵运此笺绝非作于此年。义真于二年前即为徐、傅排挤，出为南兖州，时谢灵运出为永嘉。迨一年后谢自永嘉返始宁，义真已废为庶人，笺中安得尚称"殿下"？此笺之作，当在永初间，时谢与义真情款，且均怀异志，欲图大业。灵运欲为义真沽名钓誉，搜访遗逸亦其一道。杨氏所谓"有终焉之志"，与灵运当时心情或亦类南辕北辙乎？

《宋书·谢灵运传》误记

《宋书·谢灵运传》载，义熙八年，刘毅被诛，"高祖版为太尉参军。入为秘书丞，坐事免。高祖伐长安，骠骑将军道怜居守，版为咨议参军，转中书侍郎。又为世子中书咨议，黄门侍郎，奉使慰劳高祖于彭城，作《撰征赋》"。道怜，裕之中弟。《宋书·宗室传》载："明年（义熙十一年）讨司马休之，道怜留府监事，甲仗百人入殿。江陵平，以为都督荆、湘、益、秦、宁、梁、雍七州诸军事，骠骑将军，开府仪同三司，领护南蛮校尉，荆州刺史，持节，常侍如故。……高祖平定三秦，方思外略，征道怜还为侍中、都督徐、兖、青三州扬州之晋陵之诸军事，守尚书令，徐、兖二州刺史，持节、将军如故。"是道怜"居守"者，义熙十一年讨司马休之时事也。《宋书·武帝纪》、《南史·武帝纪》、《宋宗室及诸王传》、《通鉴》并同。《通鉴》并记"刘穆之兼右仆射，事无大小，皆决于穆之"。此其一。《武帝纪》又载，义熙十二年八月，裕率众北征，"以世子为中军将军，监太尉留府事。尚书右仆射刘穆之为左仆射，领监军、中军二府军司，入居东府（刘裕官邸，义熙十年建），总摄内外"。是伐长安时居守者乃刘穆之。《宋书·刘穆之传》、《南史·武帝纪》、《通鉴》同。此其二。据此，《谢灵运传》所书"高祖伐长安,骠骑将军道怜居守",其误甚明。按诸上述,此处当作"高祖伐长安,左仆射刘穆之居守",或作"高祖讨司马休之,中军将军刘道怜居守",盖其时道怜尚未进骠骑也。

谢灵运《答中书诗》

谢诗有《答中书》,中书即谢瞻。诗有"琐琐下陪,从公于征,溯江践汉,自徐徂荆"语,顾绍柏《谢灵运集校注》附《谢灵运生平事迹及作品系年》系此诗于义熙八年九月随刘毅抵江陵后,并据《通鉴》卷一一六"毅表求至京口辞墓"释"自徐徂荆"。按,后说是,前说义熙八年九月可商。《通鉴》载义熙八年四月以刘毅代刘道规为荆州,毅往京口辞墓,裕与毅会于倪塘。胡藩说裕因会取之,裕答以"其过未彰,不可自相图也"。《晋书·刘毅传》载,毅镇江州豫章,俄进为荆州刺史,"毅表荆州编户不盈十万,器械索然。广州虽凋残,犹出丹漆之用,请依先准。于是加督交、广二州。毅至江陵,乃辄取江州兵及豫州西府文武万余,留而不遣"。毅为江州在七年四月,八年四月有荆州之命,其时二刘不两立之势已成,毅抵荆州不得晚至九月。且传明言至荆州后又上表请加督交、广,其间亦需时日;"至江陵,多变易守宰,辄割豫州文武、江州兵力万余人以自随",《通鉴》系于九月,意左明刘裕于是月伐毅之由,非谓是月而抵江陵也。顾谱拘于《通鉴》九月"至江陵"三字,而未察上下文义。故《答中书》一诗作于此年无疑问,但非必在九月而当在稍前。惟与谢瞻传所记仕历序次不合,说参《谢瞻仕历》条。

又,顾氏谓此诗"借直东署,密勿游从"事在义熙元年,亦未安。考灵运、瞻等仕历,当在义熙五年前后,说参《谢瞻仕历》、《谢灵运袭爵及入仕》条。

谢灵运《撰征赋》、《谢封康乐侯表》写作时间

《宋书·谢灵运传》录《撰征》、《山居》二赋,其记《撰征赋》云:"高祖伐长安……奉使慰劳高祖于彭城,作《撰征赋》。"杨勇《谢灵运年谱》系此事于义熙十四年,并据《九日从宋公戏马台集送孔令诗》疑赋序"以仲冬就行,分春返命"中"冬"为"秋"之误。叶笑雪《谢灵运传》说同。按,此说不当。赋序明言"以义熙十有二年五月丁酉,敬戒九伐,申命六军","天子感《东山》之劬劳,庆格天之光大,明发兴于鉴寐,使臣遵于原隰。余摄官承乏,谬充殊役,《皇华》愧于先《雅》,靡鉴悴于征人。以仲冬就行,分春反命"。其作于义熙十三年春,殆无疑义。赋末云:"尔乃孟陬发节,雷隐蛰惊","麦萋萋于旄丘,柳依依于高城",节令显然。又云:"嗟我行之弥日,待征迈而言旋。荷庆云之优渥,周双七于此年。……愿关邺之遄清,迟华銮之凯旋。"则预期刘裕于次年即义熙十四年得胜班师。此与《宋书·武帝纪》所载全合。刘裕于十四年正月返彭城,六月,受相国宋公九锡之命,是年秋,灵运授宋国黄门侍郎,乃至彭城之任,值刘裕大会戏马台送孔季恭,因有"送孔令"诗之作。杨氏未加细察,遂改混二次彭城之行为一。

《袭封康乐侯表》,郝昺衡《谢灵运年谱》以表中有"岂臣尪弱,所当忝承"之语而断"侯"当作"公",为晋安帝时袭封康乐公时所作。拙作《中古文学丛考》(《中华文史论丛》一九八一年三辑)承郝说而误。今按郝说未当。尪弱义为虚弱,非必与年幼有关。抑表云"逮至臣身,值遭泰路,日月改晖,荣落代运","是以信陵之贤,简在高祖之心,望诸之道,复获隆汉之封",所言皆易代事。《史记·乐毅列传》

记汉高帝过赵,封乐毅之后为乐君,号华成君;《高祖本纪》载高帝至长安,令给秦始皇、陈涉、魏安厘王、魏公子无忌等守冢二十家、十家、五家不等。乐毅、信陵皆名将,易代受封,正圮谢玄身分。《宋书》本传记"高祖受命,降公爵为侯,食邑五百户",《武帝纪》永初元年六月诏云"晋氏封爵,咸随运改……康乐公可即封县侯,各五百户",皆与表文合。

谢灵运与谢惠连

《宋书·谢灵运传》载灵运与族弟惠连、何长瑜、荀雍、羊璿之以文章赏会,共为山泽之游,时人谓之"四友",时当在元嘉五年春赐假返始宁后至元嘉六年间。盖据《建康实录》,元嘉七年正月,孟𫖮表奏灵运有异志,灵运即诣阙上表,文帝不令东归而以之为临川内史。灵运与惠连诸人相聚游赏,必在五年春至六年冬一年半间。其"共为山泽之游",或竟为傅隆奏劾口实之一。

传云"尝自始宁南山伐木开径,直至临海,从者数百人",《文选》卷二五录《登临海峤初发疆中作与从弟惠连见羊何共和之》,诗有"杪秋寻远山"之句,事应在五年秋。六年春,惠连即入建康,过钱塘江西陵,有《西陵遇风献康乐》诗五章,时在仲春,灵运有答诗《酬从弟惠连》,亦五章。复有《答谢惠连》诗云:"怀人行千里,我劳盈十旬。别时花灼灼,别后叶蓁蓁。"则惠连入京复又有诗寄灵运,灵运答诗,时距仲春之别已三月余。至上年临海之游,惠连何故未能从行,不详。

《宋书·谢灵运传》又载:"灵运去永嘉还始宁,时方明为会稽郡。灵运尝自始宁至会稽造方明,过视惠连,大相知赏。"据《谢方明传》,方明于宋武帝永初三年为丹阳尹(《通鉴》卷一一九记作是年六月),转会稽太守,元嘉三年卒官。灵运罢永嘉在少帝景平二年秋,是年即文帝元嘉元年。是灵运至会稽,知赏惠连当在元嘉二年左右,时惠连年十七。

《诗品》谢惠连条引《谢氏家录》云:"康乐每对惠连,辄得佳语。后在永嘉西堂,思诗竟日不就。寤寐间忽见惠连,即成'池塘生春草'。故尝云:'此语有神助,非我语也。'"《谢方明传附惠连传》载,惠连"幼而聪敏,年十岁,能属文,族兄灵运深相知赏,事在《灵运传》"。所指即上述至会稽见惠连事,然此已在作"池塘生春草"之后。此前永初年间,谢灵运与谢方明同在建康,即便其时二谢相见,惠连受知于灵运,以十二三岁之孩童而令族兄、大诗人寤寐思服,于情理亦似不当。钟氏好记轶事传闻,点缀渲染自无不可,以此考史则宜甄辨也。《南史·谢惠连传》袭《诗品》所记,且于梦得"池塘生春草"一事前记谢灵运语云:"每有篇章,对惠连辄得佳语。"语或有所本,然置于在始宁共为山泽之游时,或更合情理。

又,谢赫《画品》列惠连于"中品中",言"年二十,书画并妙"。

谢灵运撰《四部目录》及《晋书》

《宋书·谢灵运传》载,元嘉三年,灵运被征入京为秘书监,"使整理秘阁书,补足遗阙。又以晋氏一代,自始至终,竟无一家之史,令灵运撰《晋书》,粗立条流,书竟不就"。《隋志》总论:"宋元嘉八年,秘书监谢灵运造《四部目录》,大凡六万四千五百八十二卷。"秘书监掌艺文图籍,造《四部目录》,正其职司。然谢灵运寻迁侍中,并于元嘉五年返家、免官。元嘉七年自驰入建康辩罪,文帝知其见诬,以为临川内史,其间历时几何,已无可考。《四部目录》卷帙之多,即令抄录,亦须年月,断非一二载可以毕功。灵运元嘉三年后在京三载,或竟未竣事;七年后又在京续成之,成于八年。书署秘书监,盖为昉始时官职。成书后例有表进呈,唐初史臣或据此而书"八年"也。

本传言其撰《晋书》,"粗立条流,书竟不就",然《隋志》具载"《晋书》三十六卷,宋临川内史谢灵运撰"。《隋志》史部正史类所载《晋史》凡十种,若并今存诸史列传中所载各体《晋史》,无虑数十种。章宗源《隋书经籍志考证》自《梁书》、《文选》李善注、《初学记》、《御览》等书中辑引谢灵运《晋书》残文,有《序》、《志》、《止足传》等题,而《止足传》等类传,例在全书之末。"粗立条流"即仅有纲目体例,而唐及宋初,其书具在,《隋志》且不注"未成"、"残缺",则《宋书》所记盖不得其实。宋人撰《晋史》,自谢灵运始。《四部目录》可多委僚佐,《晋书》之作,自不得全假手他人。灵运在京,多称疾不朝,行游无度,三年之间而竟两书全功,亦背情理。此二书之撰述,详情已不得知,书此亦以志疑。

谢灵运"谋逆"辨

谢灵运在临川游放不异永嘉,为有司所纠。《宋书》本传云:"司徒遣使随州从事郑望生收灵运,灵运执录望生,兴兵叛逸,遂有逆志,为诗曰:'韩亡子房奋,秦帝鲁连耻。本自江海人,忠义感君子。'追讨禽之,送廷尉治罪。"廷尉以反叛罪论斩,后徙付广州,旋即以赵钦等招供欲于灵运徙广州途中篡取云云,乃于广州弃市。

论者以"忠义感君子"证谢灵运忠于晋室,自不足深辩。灵运于入宋后附庐陵王义真,后为文帝所诏,又以己才"宜参机要","本自江海人"也。在临川遽作诗以韩、秦喻晋、宋,比拟不伦,灼然可见;语言浅露,亦不类谢作,颇疑出当事者伪作以掩人耳目。说参拙著《谢灵运的政治态度和思想性格》。

按,刘宋朝翦戮大臣,往往诬以谋逆,盖非如此不足以致于死地。文帝深沉忌刻,以徐羡之、傅亮、谢晦迎立,得承大统。然君臣皆暗藏鬼胎,君虑臣之挟制,臣虑君之不容。《宋书·谢晦传》记文帝即位,"晦与徐羡之、傅亮谋为自全之计,晦据上流,而檀道济镇广陵,各有强兵以制朝廷;羡之、亮于中秉权,可得持久"。然晦等低估文帝之权谋,及元嘉三年,下诏诛徐、傅,晦仓惶无计,乃掷孤注,出谋逆之下策。究其实际,实君逼臣反也。元嘉十三年诛檀道济,自坏长城,诏有"谢灵运志凶辞丑,不臣显著,纳受邪说,每相容隐","希冀非望","规肆祸心"诸语。道济一介武夫,功业屡建、别无异志,且反戈一击,讨平谢晦,犹不能为文帝所容,矧论恃才傲上如谢灵运乎?"志凶辞丑"或指"韩亡"一诗,亦曾参杀人之故伎。遍检史书,未见二人瓜葛,岂元嘉八年后檀为江州刺史、谢出为临川内史,因之牵连捏合乎?宋孝武帝杀王僧达,杀颜竣,诏诰皆以谋逆为言,《王僧达传》且明言"僧达屡经狂逆,上以其终无悛心,因高阇事陷之",而诏书历叙其"谋逆"之状,言之凿凿。至明帝之杀王景文,且无需罪状借口,仅曰"全卿门户"便足了事。

谢灵运被诬谋逆,先此已有孟𫖮之"表其异志"。灵运诣阙上表自辩,有"夫自古谗谤,圣贤不免,然致谤之来,要有由趣。或轻死重气,结党聚群;或勇冠乡邦,剑客驰逐。未闻俎豆之学,欲为逆节之罪;山栖之事,而构陵上之衅"。《宋书·柳元景传》记元景起自将帅,官居尚书令、丹阳尹,手握大权重兵,前废帝欲戮之,其弟叔仁率壮士欲拒命,元景苦禁之,俯首就死。《南史·王彧传》载宋明帝赐彧

(景文)自尽。或时为江州刺史,门客焦度欢或兖州起兵反,或曰:"知卿至心,若见念者为我百口计。"此非君臣大节之愚忠,力不足也。灵运左迁临川,孑然一身,纵或执录郑望生,亦为惶急无计,无异饮鸩止渴,现代法学之论犯罪,首重犯罪动机,次及犯罪手段,以兹而论,灵运之"谋逆",亦洞若观火矣。参《〈建康实录〉中有关谢灵运事迹》条。

谢灵运杀桂兴免官

　　谢灵运以义熙十三年初春自彭城返建康。《宋书》本传记,"后为相国从事中郎,世子左卫率。坐辄杀门生,免官"。《宋书·王弘传》载,宋国初建,弘迁尚书仆射,领选,彭城太守如故,奏弹谢灵运,有"世子左卫率康乐县公谢灵运,力人桂兴淫其嬖妾,杀兴江涘,弃尸洪流。事发京畿,播闻遐迩"诸语。以是免灵运官。杨勇《谢灵运年谱》、顾绍柏《谢灵运生平事迹及作品系年》均系此事于元熙元年,是。唯《王弘传》明记义熙十四年,弘迁江州刺史,而传又记奏弹谢灵运事于此前,且弹事亦非刺史职分。杨氏于此避而不释,顾氏则详考之,以为灵运曾预十四年戏马台之会,年终又作《彭城宫中直感岁暮》,免官为次年即元熙元年事;刘裕于是年八月移镇寿阳,"这是篡晋的重要步骤。同时,他让度支尚书刘怀慎任徐州刺史,镇彭城。稍后又以次子刘义真为扬州刺史,镇石头。那么,让王弘出任江州刺史大约也在这一时间"。其说近是,惟王弘以元熙元年为江州,与本传不合,顾说尚乏的证。按,王弘为江州,尝与陶渊明相接。《宋书·陶潜传》记"义熙末,征著作佐郎,不就。江州刺史王弘欲识之,不能致也";萧统《陶渊明传》己此事不言年月;《南史·隐逸传》所记同《宋书》。惟《晋书·陶潜传》云："刺史王弘以元熙中临州，甚钦迟之，后自造焉。潜称疾不见，既而语人云：'我性不狎世，因疾守闲，幸非洁志慕声，岂敢以王公纡轸为荣邪？夫谬以不贤，此刘公幹所以招谤君子，其罪不细也。'"唐修《晋书》以臧荣绪《晋书》为重要蓝本，材料来源与沈约《宋书》异，此处记陶渊明语"性不狎世"云云，即为《宋书》、《南史》所无，则所记王弘以元熙中临郡，亦必有据。或是王弘于十四年未有江州之命，迟至次年临郡，或是受命即非十四年，二者必居其一。《晋书·谢玄传》又记玄孙灵运，"永熙中为刘裕世子左卫率"，永熙乃西晋惠帝年号，自是"元熙"之误，中华标点本失校。《晋书》书灵运官世子左卫率，盖为在晋之最后官阶。以《晋书》二证，互参互补，或可确证灵运免官确在元熙元年也。又，《宋书·王准之传》记准之"坐世子右卫率谢灵运杀人不举免官"，"右"当作"左"，中华本又失校，《南史》不误。

《秋怀诗》作者非谢灵运

《文选》卷二三录《秋怀诗》，作者署谢惠连，历代无异辞。《先秦汉魏晋南北朝诗》亦录入谢惠连下，然其按语云："此诗当为灵运所作，盖误入惠连集中。诗丛端谓'少小离（按，"离"当作"婴"，逯氏误书）忧患'，指亲丧大故。据《宋书》，惠连父方明元嘉三年卒，年四十七。惠连元嘉十年卒，年三十七。则方明卒时，惠连年已三十，不得言'少小离忧患'。据《晋书·谢玄传》、《宋书·谢灵运传》，晋太元十三年，祖玄卒，灵运年四岁。灵运父奂又早卒，是灵运孩提丧父，与此'少小离忧患'相合也。又诗言'夷险难预谋，倚伏昧前算'，'颇悦郑生偃，无取白衣宦'，与灵运出处合；'虽好相如达，不同长卿慢'，与灵运性格合,而皆与惠连不侔。然《文选》归之惠连,《诗品》亦称惠连《秋怀》,讹乱已久,故仍编此。"

按,逯说言之未能成理。惠连卒年二十七,《宋书》作"三十七",误,参《谢惠连年岁》条。方明卒时,惠连时年二十。此其一。"少小婴忧患",盖指卢循之变,谢氏颠沛流离。孙恩陷会稽,方明尚未娶妇,遁走东阳,转鄱阳而至建康。惠连生于义熙三年(407),义熙六年卢循攻建康,朝野震动,所谓"忧患",言家难也。惠连《顺东西门行》"及壮齿,遇世直",可作"少小婴忧患"注脚。父母之丧谓之"丁忧"、"丁艰",省称"忧",无称"忧患"者。此其二。"夷险"两句,文人习语;"颇悦郑生偃"两句用《后汉书》郑均事,均偃仰不仕,与谢灵运仕途躁进如南辕北辙,"与灵运出处合",亦远于事理矣。此其三。灵运狂傲,为宋世文人之最,"不同长卿慢",与《谢灵运传》所记亦如圆凿方枘。此其四。钟嵘《诗品》成书,上距灵运、惠连不足百年,其特标"《秋怀》、《捣衣》之作,虽复灵运锐思,亦何以加焉",明言非大谢之作。《文选》录此二诗亦署作"惠连"。时二诗文集尚为完璧,千载而下,安得以悬揣而斥为讹乱?此其五。逯氏之说,新奇而乏实证,故辨之如上。

殷景仁与谢灵运

《宋书·殷景仁传》、《文帝纪》载景仁卒于元嘉一七年十一月,年五十一。以此逆推,当生于晋孝武帝太元十五年,长于谢灵运六岁。其早年仕历,几与谢灵运全同。谢为诗人,殷为政客,传称其"学不为文,敏有思致,口不谈义,深达理体,至于国典朝仪,旧章记注,莫不撰录,识者知其有当世之志也"。文帝世与刘湛同被宠信,相倾轧,而文帝信仗甚笃,不可移夺,其仕途之帆满风顺,世罕其匹。景仁才志,固是致此,然其为王谧女婿,亦为见信于刘裕父子之因。《晋书·王谧传》、《南史·宋本纪上》载,刘裕少时贫贱,时人莫知,惟王谧独赏之,谓裕"卿当为一代英雄"。《魏书·刘裕传》则云裕以樗蒲负刁逵钱三万,王谧代偿,事方得了。谧高门甲族,权望皆重,无论知赏哀怜,于裕盖有恩甚于漂母者。而谢灵运自入仕至被杀,则始终藐视新朝。此二人生平顺逆之所以大异也。元嘉初,灵运征入建康,文帝唯以文义见接,而殷景仁与王华等并为侍中,灵运意不平,此亦不自知之患也。

《南史·王华传附从弟琨传》记孝武帝大明中,刘勔表求东阳郡,琨曰:"永初、景平,惟谢晦、殷景仁为中领军,元嘉有到彦之为人望,才誉勔不及也。"按,《宋书·殷景仁传》明言谢晦事平,景仁代到彦之为中领军;《南史·到彦之传》记江陵平,彦之迁南豫州刺史。则景仁为中领军乃元嘉三年后事,固无可疑。王琨以本朝人言本朝事而错谬若此,亦大可怪。

颜延之《庭诰》

颜延之《庭诰》,亦如嵇康《家诫》,入世而鄙俗,乃发为愤激,出以佯狂,顾又不欲子弟效之也。《宋书》本传云延之罢官,"闲居无事,为《庭诰》之文。今删其繁辞,存其正,著于篇"云云。沈约存正者皆立身处世之语,删却之繁辞,则有论五经及汉、晋五、七言,以李陵众作为依托,今所见古人之论以此为嚆矢。又"挚虞《文论》,足称优洽,《柏梁》以来,继作非一,纂所至七言而已"诸语,游师泽承《柏梁台诗考证》尝据以考定此诗或为黄初、太康间人所依托。沈约主盟文坛,而《宋书》不立"文苑传",仅于《谢灵运传》末议论滔滔,复于江左大家颜延之论诗语以为繁辞不录,此中消息,颇可探究。

《历代名画记》卷四记徐邈云:"颜光禄云魏元阳之射,徐侍中之画是也。"论魏舒、徐邈二语,疑亦是《庭诰》佚文。

颜延之《和谢监灵运诗》、《夏夜呈从兄散骑车长沙》、《为皇太子侍宴饯衡阳南平二王应诏诗》

颜延之《和谢监灵运诗》作于宋文帝元嘉三年,时徐、傅见诛,颜、谢被征。谢入都后有《还旧园见颜范二中书》,颜诗即和谢之作。诗云:"吊屈汀洲浦,谒帝苍山蹊。"李善注:"谓之始安郡也。贾谊有《吊屈原文》。"说是,然稍肤泛。《宋书·颜延之传》载"延之之郡,道经汨潭,为湘州刺史张邵祭屈原文以致其意",其文今存。吊屈云云,当指此。又"去国还故里,幽门树蓬藜。采茨葺茛宇,剪棘开旧畦",正与谢诗"果木有旧行,壤石无远延"等语呼应。李善谓"去国"系"去始安",似未安。始安不得谓"国"。"国"指建康,与"故里"辞异义同。

又,《夏夜呈从兄散骑车长沙》,李善注:"集曰,从兄散骑,字敬宗。车长沙,字仲远。"颜敬宗无可考。车仲远仅见于《颜延之传》,谓延之授永嘉太守,作《五君咏》,刘湛、刘义康以为辞旨不逊,欲黜为远郡,"乃以光禄勋车仲远代之。延之与仲远世素不协,屏居里巷,不豫人间者七载"。"世素不协",焉有赠诗?且史传除避讳外,无书字之例。善所引"集曰"云云,未知所据,录以志疑。

又,《为皇太子侍宴饯衡阳南平二王应诏诗》,衡阳王义季卒于元嘉二十四年,此诗之作必在此前。南平王铄生于元嘉八年,二十二年正月出镇南豫州。据《宋书·文帝纪》，是年六月罢南豫州，又以铄为豫州刺史。七月，义季以南兖州刺史改徐州刺史。《宋书·范晔传》："二十二年九月，征北将军衡阳王义季、右将军南平王铄出镇，上于武帐冈祖道。"盖二王皆授新命，入觐，出都之任，文帝、刘劭视为祖饯，颜诗必作于此时。

《宋书·颜延之传》疑有脱误

《宋书·颜延之传》记延之与刘湛、殷景仁不协，湛言于彭城王义康，致延之罢官家居。传接叙云："晋恭思皇后葬，应须百官。湛之取义熙元年除身，以延之兼侍中。邑吏送札，延之醉，投札于地，曰：'颜延之未能事生，焉能事死！'"按，上文皆叙刘湛，此处忽出"湛之"。湛之盖徐湛之，宋文帝甥，为义康所爱，与刘湛颇相依附。然按史传惯例，设为徐湛之事，则"湛之"前必有"徐"字。颇疑此处夺去"徐"字或衍"之"字。《南史·颜延之传》此处作"皆取义熙元年除身"，《建康实录》卷一二《太祖文皇帝》十三年九月记作"有司求晋遗臣"。

颜延之诗评语

《南史·颜延之传》："延之与陈郡谢灵运俱以辞采齐名，而迟速县绝。文帝尝各敕拟乐府《北上篇》，延之受诏便成，灵运久之乃就。延之尝问鲍照己与灵运优劣，照曰：'谢五言如初发芙蓉，自然可爱；君诗若铺锦列绣，亦雕缋满眼。'"《宋书》不记此语。《建康实录》卷一四《颜延之传》所记与《南史》略同，曰："延之与灵运词采齐，而迟速悬绝。尝俱入,敕拟乐府《北上篇》,延之立成,灵运久之乃就。帝问优劣于鲍照,照曰:'谢五言如初发芙蓉,自然可爱;颜诗如铺锦列绣,亦雕绘满眼。'"《实录》所本为裴子野《宋略》而节改过甚,颇为史家诟病。此处记颜、谢奉敕赋诗,自是宋文帝元嘉三至五年间谢灵运为秘书监时事,其时鲍照尚幼,未化,文帝安得问之。设此"帝"为宋孝武帝,则上下文义又不相贯。《南史》易为"颜延之尝问",当有所据,文义亦顺适。

《诗品》"颜延之"条以此语属汤惠休,文字亦小异,曰:"汤惠休曰:'谢诗如芙蓉出水,颜如错彩镂金("颜"字下疑夺"诗"字)。'颜终身病之。"休、鲍诗风相近,岂休之评语本于鲍,抑钟嵘误鲍为休欤?钟嵘本非良史,《诗品》所记轶事,亦以点缀花草,庶增趣味,无妨大体,正不必胶柱鼓瑟。又,"铺锦列绣"所本为《世说·文学》记孙绰(《诗品》引作谢混)评潘岳语,褒而非贬。《南史》、《实录》皆不言颜闻而恨之,盖齐、梁与晋、宋间文学批评观念已有出入,钟嵘或以今例古耳。

颜延之元嘉间仕历

《宋书·颜延之传》载延之以元嘉三年自始安征还为中书侍郎,寻转太子中庶子,顷之领步兵校尉,又以忤刘湛出为永嘉太守,尚未之任,怨愤而作《五君咏》。当道以其辞旨不逊,欲更黜为远郡。文帝诏令"思愆里间",乃以光禄勋车仲远代之。"延之与仲远世素不协,屏居里巷,不豫人间者七载","刘湛诛,起延之为始兴王濬后军谘议参军,御史中丞"。

《文选》卷二〇录颜延之《应诏宴曲水作诗》、卷四六录《三月三日曲水诗序》李善注并引裴子野《宋略》曰:"文帝元嘉十一年三月丙申,禊饮于东游苑,且祖道江夏王义恭、衡阳王义季,有诏会者咸作诗,诏太子中庶子颜延年作序。"核《二十史朔闰表》,元嘉十一年三月甲午朔,三日为丙申,以是知《宋略》所记不误,则延之永嘉之命,当在此后。

然据《宋书·文帝纪》、《武三王传》,义恭于元嘉九年出镇南兖州,义季亦于此年出镇南徐州,《宋略》所记及"序"所云"二王子迈"等语,似不当在十一年。意者二王当是于九年受命而于十一年出都,或是于十一年春入都述职,旋又返任,时值佳节,禊饮且兼饯别,故命群臣赋诗记盛。广陵、南徐距建康不远,舟行一二日可达,二王同时入都出都,亦殊方便也。查《建康实录》卷一二《太祖文皇帝》:"十一年三月丙申,禊饮于乐游园,且为江夏、衡阳二王来朝,帝有诏会者赋诗,命太子中庶子颜延之为序。"许嵩所据亦当为《宋略》,但明言二王"来朝",即无含混之病。

本传所记,"屏居里巷,不豫人间者七载"辞属夸大。《高僧传》卷三《求那跋陀罗传》记其于元嘉十二年入都,"琅玡颜延之通才硕学,束带造门";本传载元嘉十三年,晋恭思皇后卒,刘湛欲令延之送葬;《宋书·后妃传》载元嘉十七年,文帝袁皇后卒,"诏前永嘉太守颜延之为哀策文",《建康实录》系此于十七年八月,皆足证其未尝不豫人事。

颜延之罢官在元嘉十一年三月后,十七年十月刘湛被杀后起复,七年盖并首尾云之。颜延之与谢灵运同为庐陵王义真所厚,谢于永初三年外放永嘉,颜外放始安。元嘉十一年,正谢灵运被杀后一年,复以颜为永嘉太守,明以示儆,其愤懑当不言可知,于是未之任而有"龙性难训"之语矣。

《宋书·何承天传》载:元嘉"十九年,立国子学,以本官领国子博士。皇太子讲《孝经》，承天与中庶子颜延之同为执经"。《乐志》载，元嘉二十二年，"始设《登哥》，诏御史中丞颜延之造哥诗"。中庶子秩六百石，御史中丞秩一千石，是颜延之在迁御史中丞前曾再官中庶子，本传失载耳。迁国子祭酒、司徒左长史不能早于二十二年，以买田不肯还值免官，事在元嘉二十二年稍后。盖本传接叙"复为秘书监，光禄勋，太常"，《弘明集》卷四录何承天《答颜光禄》两书，承天以元嘉二十四年免官卒，则延之为光禄卿自不得晚于是年，由此可见其免官至复出，为时亦甚短暂。

颜延之卒于孝武帝孝建三年（456）。王僧达有《祭颜光禄文》，作于九月十九日，文中有"秋露未凝，归神太素"之语，延之病卒当在八九月间。

颜延之早年仕历与《北使洛》诗李善注误字

《宋书·颜延之传》载延之早年仕历甚略，仅言："后将军、吴国内史刘柳以为行参军，因转主簿，豫章公世子中军行参军。"《南史·颜延之传》载其每犯权要，"少经为（刘）湛父柳后将军主簿"。所知仅此。刘柳在晋未尝为尚书仆射，《晋书》附《刘乔传》，颇简略。其行事又散见《晋书》、《宋书》，钩稽如下：

一、柳字叔惠，少登清官，历尚书左、右仆射。出为徐、兖、江三州刺史。卒，赠右光禄大夫，开府仪同三司。（本传）

二、谢道韫夫王凝之为孙恩所杀；嫠居会稽，太守刘柳闻其名，请与谈议。（《晋书·王凝之妻传》）按，孙恩破会稽，王凝之死，事在安帝隆安三年（399），见《安帝纪》。孙恩事败被杀，在元兴元年（402）。刘柳为会稽太守当在元兴初。

三、谢瞻幼孤,为叔母刘氏抚养。刘氏弟柳为吴郡,将姊俱行。瞻不能违,解职随从,为柳建威长史。寻为高祖镇军、琅玡王德文大司马参军。(见《宋书·谢瞻传》)按,刘裕为镇军将军,在元兴三年(404)至义熙四年(408)。(见《宋书·武帝纪》并参中华版校记)陶渊明为刘裕镇军参军之年,朱自清《陶渊明年谱中之问题》、逯钦立《陶渊明事迹诗文系年》亦定于元兴三年。是则刘柳之为吴郡太守,当在元兴、义熙间,盖由会稽迁吴郡。

四、沈演之年十二,尚书仆射刘柳见而知之,曰:"此童终为令器。"(见《宋书·沈演之传》)按,据沈演之卒年推之,时为义熙三年(407)。时刘柳当由吴郡入为右仆射,后迁左仆射。

五、其后出为徐州、兖州刺史,年月不详。义熙十一年(415),为江州刺史。《宋书·孟怀玉传》载怀玉于义熙八年迁江州刺史,十一年卒官。《周续之传》载,"高祖之北讨,世子居守,迎续之馆于安乐寺,延入讲《礼》,月余,复还山。江州刺史刘柳荐之高祖"。《刘湛传》载湛父柳卒于江州。《晋书·安帝纪》载,义熙十二年六月,新除尚书令、都乡亭侯刘柳卒。是则刘柳为江州刺史时在义熙十一年至十二年六月。

颜延之早年仕历与刘柳密切相关。综上可知,延之当以义熙初入仕为刘柳行参军。史称柳官吴国内史,又称吴郡太守,据《晋书·地理志》,吴郡下注"故国",《职官志》记王国体制,"改太守为内史"。东晋末吴国情况,不得详考。《王诞传》载诞于义熙七年为吴国内史,《王弘传》载弘于义熙末为吴国内史,刘柳亦当为内史而兼太守,故混称之耳。如以上推测不误,则延之出仕时年甫弱冠。本传云"年三十,犹未婚。妹适东莞刘宪之,穆之子也。穆之既与延之通家,又闻其美,将仕之",后接叙刘柳以为行参军事,一若延之三十而后仕,似乖文理。

豫章公即刘裕，世子即长子义符，据《宋书·五行志》，立于义熙七年。《宋书·隐逸·陶潜传》："颜延之为刘柳后军功曹，在寻阳与潜情款。后为始安郡，经过，日日造潜。"萧统《陶渊明传》同。是则义熙十一二年延之尚在江州。迨十二年六月刘柳卒，乃入豫章公世子府。其与渊明款洽，前后约一年左右。是年八月，刘裕率众北征，十月，克洛阳，授宋公。《颜延之传》云："义熙十二年，高祖北伐，有宋公之授。府遣一使庆殊命，参起居。延之与同府王参军俱奉使至洛阳，道中作诗二首，文辞藻丽，为谢晦、傅亮所赏。"延之于是年冬北行，诗二首即《文选》录入之《北使洛》、《还至梁城作》。李善注引沈约《宋书》，胡克家刻本"二首"误作"一首"；又引"集曰：时年三十二岁"，当为三十三岁，疑皆传抄刊刻之误。

缪钺《颜延之年谱》据《南史·宋本纪》谓刘裕授宋公在十二月二十九日，"则延之奉使庆殊命必不能在十二年十二月中"，"义熙十二年九月，刘裕尚在彭城，如为庆殊命，亦不必至洛阳，故知延之本年冬北使洛，盖别有使命，非为庆刘裕受宋公之命也"，说是，惜似少沔。颜传所言"庆殊命，参起居"，时限含混，然亦明言其使洛阳乃奉刘裕之命，以理测之，其使命当属庆功。

颜延之为始安太守在景平二年

颜延之、谢灵运皆以依附庐陵王义真而外放。《宋书·颜延之传》记："尚书令傅亮自以文义之美，一时莫及，延之负其才辞，不为之下，亮甚疾焉。庐陵王义真颇好辞义，待接甚厚，徐羡之等疑延之为同异，意甚不悦。少帝即位，以为正员郎，兼中书，寻徙员外常侍，出为始安太守。"按：颜、谢固恃才傲世，然其见斥，则不尽出于徐、傅之嫉忌而在党附庐陵王义真,说参《谢灵运与庐陵王义真》条。颜传谓"疑延之为同异",谢传谓"构扇异同",或非尽诬。谢以猖狂见杀,颜则以佯狂全躯,观《庭诰》"日省吾躬,月料吾志,宽默以居,洁静以期"等语自明,其《五君咏·阮步兵》无妨视为夫子自道。

谢以宋武帝永初三年(422)七月出为永嘉,见其诗题;颜以何年出为始安,本传无明文,《通鉴》系于元嘉元年即景平二年,是。《文选》卷六〇录颜延之为张邵作《祭屈原文》:"惟有宋五年月日,湘州刺史吴郡张邵,恭承帝命,建旐旧楚,访怀沙之渊,得捐珮之浦。"本传记为延之之郡,道经旧潭之作,是无疑义。缪钺先生《颜延之年谱》以"五"字为"三"之误,其说云:"谢赴永嘉在永初三年秋,有《永初三年七月十六日之郡初发都诗》可证,则延之之出,似不应迟至两年之后,此一证也。据上文所引《宋书·武帝纪》,张邵于永初三年受命为湘州刺史,延之文为'惟有宋五年月日,湘州刺史吴郡张邵恭承帝命,建旐旧楚',与事实不合,若改'五年'为'三年',则恰相符合。此二证也。"按,缪说未安。《文选》卷五七录颜延之《阳给事诔》,序云"惟永初三年十一月十一日,宋故宁远习马濮阳太守彭城阳君卒","景平之元,朝廷闻而伤之,有诏曰……末臣蒙固,侧闻至训,敢询诸前典,而为之诔"。又《宋书·索虏传》载,阳瓒战死,少帝下诏追赠给事中,"尚书令傅亮议瓒家在彭城,宜即以入台绢一百匹、粟三百斛赐给。文士颜延之为诔焉"。玩其文气,皆非远在千里之外;"侧闻至训",益明其在帝侧也。以是知景平元年延之尚在建康,其出为始安,为张邵作祭文,自是次年事矣。缪谱云"文帝元嘉中,命延之作诔",似无据。祭文云"恭承帝命,建旐旧楚",据《武帝纪》载永初三年二月,"分荆州十郡还立湘州","建旐"盖指"还立",重在指"事"而非指"时"。由上可证《宋书》本传及祭文"有宋五年"不误,颜延之出为始安太守在少帝景平二年。

颜竣生年、年岁及为丹阳尹

颜竣于孝武朝权倾一时，自谓才足于时，自恃恩宠莫比，自命赤心诤谏，遂屡忤孝武，终被赐死。《宋书》本传仅言竟陵王诞反，因此陷之，赐死于狱。《建康实录·孝武帝纪》明记年月，大明三年"夏五月，建城侯颜竣死于狱中"，《南史》、《通鉴》所记更详。《通鉴》卷一二九："及竟陵王诞反，上遂诬竣与诞通谋。五月，收竣付廷尉，先折其足；然后赐死。妻子徙交州，至宫亭湖，复沉其男口。"《魏书·刘裕传》载，"骏淫乱无度，蒸其母路氏，秽污之声，布于瓯越。东扬州刺史颜竣恃旧，每戏弄之，骏惭怒杀竣"。"蒸母"、"戏弄"之说，或过其实，然孝武宫闱之丑，播于天下，竣之谏说或涉及之，犯忌批鳞，否则，纵死亦不当惨酷如此。

《宋书》、《南史》本传均不记颜竣年岁。按，《宋书·颜延之传》记延之年三十犹未婚，其娶妻生子至早在义熙十一二年后。《宋书·颜师伯传》记师伯为颜竣族兄，师伯于前废帝永光元年八月被杀，年四十七，逆推当生于晋末恭帝元熙元年，次年刘裕即篡晋自立。是颜竣之生当在刘裕建宋以后。《宋书》本传记："竣初为太学博士，太子舍人，出为世祖抚军主簿，甚被爱遇，竣亦尽心补益。元嘉中，上不欲诸王各立朋党，将召竣补尚书郎，吏部尚书江湛以为竣在府有称，不宜回改，上乃止。遂随府转安北、镇军、北中郎府主簿。"按，《江湛传》记湛于元嘉二十七年为吏部尚书，而刘骏于二十一年进号抚军，二十二年出镇襄阳，二十五年改安北将军、徐州刺史，二十七年降号镇军。是颜竣随刘骏转安北时，江湛尚未为吏尚，《宋书》所记疏略。《南史》删"吏部尚书"四字，是。文帝以不欲诸王立朋党而将召入颜竣为尚书郎，可见竣在刘骏幕已积年月，其初入骏幕或即在二十二年出镇之时。其时竣以太子舍人转入骏幕，据《宋书·百官志》太子舍人为七品，尚书郎为六品，以博士迁太子舍人，当历时日，故竣释褐为博士不当晚于元嘉二十年。太学立于元嘉十九年，博士官阶虽低，然教导诸生，为人师表，年事过轻不能胜任，计其时颜竣年已二十余。以此上推，竣生于宋武帝永初间，被赐死时年近四十，或无不合。

又，《宋书》本传载，"南郡王义宣、臧质等反，以竣兼领军。义宣、质诸子藏匿建康、秣陵、湖熟、江宁县界，世祖大怒，免丹阳尹褚湛之官，收四县官长，以竣为丹阳尹，加散骑常侍"，《南史》同。义宣、臧质兵败被杀，事在孝建元年六月，是此年竣即继为丹阳尹。《宋书》又记竣于孝建三年加中书令，表让，见许，"复代谢庄为吏部尚书，领太子右卫率，未拜，丁忧。起为右将军，丹阳尹如故"。颜延之卒于是年八月，《通鉴》卷一二八记闰七月戊午，"以尚书左仆射刘遵考为丹阳尹"，九月壬戌，"以丹阳尹刘遵考为尚书右仆射"，是颜竣于闰七月有吏尚之命，未拜而丁忧，刘遵考代为丹阳尹。《建康实录·孝武帝记》：孝建三年九月壬子，"诏颜竣右将军、丹阳尹，竣固辞，表十奏，帝乃许。使中书舍人戴明宝抱竣登车，载之郡舍，赐以布衣一袭"。两相印证，是颜竣丁忧一月而夺情起复，因而固辞。"帝乃许"，"乃"当作"不"，草书形近而误。如许其辞不受命，既与《通鉴》不合，且下文"抱竣登车，载之郡舍"亦不可解。"赐以布衣"，盖欲以代缌麻也。《通鉴》卷一二八记此事正作"不"。《宋书·孝武帝纪》载，大明元年六月，以丹阳尹颜竣为东扬州刺史，《通鉴》同，益可证《建康实录》之误。其时竣以屡有谏争而为孝武不悦，《宋书》本传云："（竣）疑上欲疏之，乃求外出，以占时旨。大明元年，以为东扬州刺史，将军如故。所求既许，便忧惧无计。"次年而有王僧达之狱，又次年遂下狱赐死。

王微《叙画》

《历代名画记》卷六有王微《叙画》一篇,不见清严可均《全上古三代秦汉三国六朝文》。此文首称"辱颜光禄书"云云。按:颜延之为光禄大夫,据《宋书》本传,始于元凶劭弑立之际。是年为元嘉三十年(453)。据《宋书·王微传》,是年即王微卒年。王微卒于何月,史无明文,然《叙画》之作,是否必待王微将卒之际,未可确考。然即使《叙画》作于斯时,而刘劭之弑父自立,诸王及州郡纷纷起兵讨伐,王微当亦知之,岂至以刘劭所任官职称延之哉?然《宋书·颜延之传》颜在元嘉中尝为"光禄勋",岂此文所谓"颜光禄"者,乃谓光禄勋,非光禄大夫之谓乎?

鲍照《谢秣陵令表》

此文称"即日被尚书召,以臣为秣陵令"。又曰:"今便抵召,违离省闼,系恋罔极,不胜下情。"足见是先为太学博士、中书舍人,后为秣陵令。按:虞炎《鲍照集序》云:"孝武初,除海虞令,迁太学博士,兼中书舍人,出为秣陵令。"《宋书·临川武烈王道规传》:"世祖以照为中书舍人。"惟《南史》则云:"文帝以为中书舍人。"虞炎、沈约离鲍照甚近。鲍卒时沈约已逾弱冠,虞炎当亦已出生,鲍为中书舍人时间,当知之甚悉。李延寿,唐人,生于北土,或误抄《宋书》,以"世祖"为文帝也。况《南齐书·幸臣传》曰:"孝武以来,士庶杂选,如东海鲍照,以才学知名。"则萧子显亦以鲍照之任中书舍人在孝武时也。

然此表卒年不可确考,近人吴丕绩《鲍照年谱》、钱仲联先生《鲍照年表》佥以为是孝建三年(456)作,虽无确据,然据虞序推之,似较近理。

鲍照《请假启》二首

《请假启》二篇,当是孝武帝初为中书舍人时作。此文不特自称曰"臣",且第一首有"伏愿天恩,赐垂矜许"语,当上于孝武帝者。第二首云:"天伦同气,实惟一妹,存没永诀。不获计见,封瘗泉壤临送。私怀感恨,情痛兼深。臣母年老,经离忧伤,服麄食淡,羸耗增疾。"云云,足见鲍照母至孝武初尚在。文中谓"天伦同气,实惟一妹",当指鲍令晖无疑。据此鲍令晖是刘宋时人,《诗品》以为南齐,误也。或钟嵘以韩兰英故连类及之。《诗品》又曰:"(鲍)照尝答孝武(宋孝武帝)云:'臣妹才自亚于左芬,臣才不及太冲耳。'兰英绮密,甚有名篇,又善谈笑,齐武(帝)谓韩云:'借使二媛生于上叶,则玉阶之赋、纨素之辞未讵多也。'"据此,鲍令晖自宋时人,韩兰英自入齐时当存。据《南齐书·武穆裴皇后传》,韩于宋孝武帝时"献《中兴赋》",被赏入宫。宋明帝世,用为宫中职僚。"世祖(齐武帝)以为博士,教六宫书学,以其年老多识,呼为'韩公'。"按:永明初上距鲍照卒年不过十七年,使鲍当在亦不过七十上下,鲍令晖又幼于其兄,则令晖与韩兰英之年,殆亦相近耳。

鲍照《侍宴覆舟山》诗

此诗凡两首,各本题下均注有"敕为柳元景作"字。当是柳元景侍宋孝武帝宴，时鲍照为中书舍人亦在座，故奉敕为元景作也。近人吴丕绩《鲍照年谱》云："是(五)月，柳元景为雍州刺史，侍宴覆舟山，奉敕作诗，先生代成二章。"钱仲联先生以其二有"繁霜飞玉闼"之句，断言为秋日作，甚是。然此诗作年不必在元嘉三十年(453)。按元嘉三十年正月，刘劭弑文帝，三月，孝武帝起兵于五洲，五月入建康诛刘劭、刘濬。是时距文帝被弑，不足半年。孝武虽荒淫，断不至丧中大宴，又命臣下为诗。大抵帝王内行多非义而好为饰伪，于丧纪尤不敢越礼。今据各家说，余谓孝武初年，鲍照为中书舍人、秣陵令，未离建康，而柳元景亦未外任，则其写作时间当在孝建中，未必定在元嘉三十年也。

鲍照《中兴歌》十首

此诗据近人吴丕绩《鲍照年谱》云："又案，《宋书·孝武本纪》云，元嘉三十年五月克京城，改新亭为中兴亭，先生《中兴歌》十章当作于是时。"钱仲联先生云："或据《宋书·孝武本纪》元嘉三十年五月，克京城，改新亭为中兴亭，以为歌当作于此时。按：歌中无一语及孝武讨逆事，仍以颂文帝者为近。"按：吴说证据似不足，然《中兴歌》作于孝武帝时，仍较文帝时为近。《南齐书·皇后传》载韩兰英献《中兴赋》，在孝武帝时，则《中兴歌》时间当相距不远。又此诗其九云："襄阳是小地，寿阳非帝城。今日中兴乐，遥冶在上京。""襄阳"、"寿阳"皆乐名。《宋书·乐志》："随王诞在襄阳，造《襄阳乐》；南平穆王为豫州，造《寿阳乐》。"据此则《中兴歌》之作，当在二乐流行之后。据《宋书·文五王·竟陵王诞传》，诞以元嘉二十六年为雍州刺史，次年还都；《宋书·文九王·南平穆王铄传》，铄以元嘉二十二年为南豫州刺史,镇寿阳,二十八年还都。据此《中兴歌》实颂孝武帝,非颂文帝,吴氏以改新亭为中兴亭推知此诗作孝武帝时,不为无理,惟写作时间自元嘉三十年至孝建时均有可能,不必实指为元嘉三十年作耳。

鲍照《谢解禁止表》

此表称"臣言,被宣令解臣禁止",自称曰"臣",而解禁止则以"令",则亦元嘉间上藩王者。钱振伦疑"谨诣拜表以闻"句"'诣'下疑脱'阁'字",盖亦以此为上藩王而非天子之表。刘宋自孝武帝以前,藩王权力甚重,幕僚有过,辄予惩处。《宋书·谢灵运传》载,何长瑜以作诗嘲陆展,失之轻薄。"义庆大怒,白太祖除为广州所统曾城令",实黜之也。《谢随恩被原疏》:"即日被曹宣命,元统内外五刑以下,浩泽荡汰,臣亦预焉。"据此则当时藩王,自有惩罚及赦免之权力。此表疑亦作于临川王义庆幕下。文中称"臣自惟孤贱,盗幸荣级,暗涩大谊,猖狂世礼,奇非阮籍,无保持之助,才愧冯衍,有辖镳之困",似其失在"失礼"。盖临川王颇恶轻薄任诞,失礼而被禁止,亦可能之事。鲍照《转常侍上疏》云"赦其不闲教训",则鲍在临川国,实有失礼被禁之事。则此文之作,亦当在元嘉十六至二十一年间也。

吴丕绩《鲍照年谱》叙事

吴丕绩《鲍照年谱》记事殊多失误,如以何长瑜卒年为元嘉二十年(443),不知《宋书·谢灵运传》云:"及义庆薨,朝士诣第叙哀,何勔谓袁淑曰：'长瑜便可还也。'淑曰：'国新丧宗英。未宜便以流人为念。'庐陵王绍镇寻阳，以长瑜为南中郎行参军，掌书记之任。行及板桥，遇暴风溺死。"据此长瑜之卒，必在二十一年义庆死后。吴氏盖据《武三王·庐陵王绍传》"二十年，出为南中郎将，江州刺史"语，不知庐陵王在江州凡七年，二十年乃出任之时，而任用句长瑜当在其后也。吴《谱》又以《野鹅赋》之作系于元嘉二十一年，不知此赋之作，当在二十年以前。盖二十一年正月即临川王义庆死时，临川王非猝死，则二十一年正月正义庆疾亟之际，其子烨岂得闲暇命照作赋？

鲍照《转常侍上疏》

此文自称曰"臣"，又云"谨诣阁拜疏以闻"，当是元嘉间上于一藩王者。此文云："臣言：即日被中曹板，转臣为左常侍，臣自惟常人，触事无可，谬被拔擢，实为光荣。"据《宋书·百官志》"江左则侍郎次常侍"，故转常侍为升职，文称"谬被拔擢，实为光荣"，职是故也。鲍照有《侍郎报满辞阁疏》，钱仲联先生以为是离始兴王刘濬幕时所作，是也。盖鲍照在始兴王幕，始终为侍郎，无升迁事。至于钱振伦以为鲍照在义庆卒后，曾入衡阳王义季幕，然乏佐证。《见卖玉器者》诸诗，似是以长安、洛阳喻建康，非真如洛也。（当时洛阳实在魏境，鲍照亦无由得至。）鲍照入义季幕事，既是猜测，则断言其转常侍更无佐证。证以《皇孙诞育上表》称"兼郎中令侍郎臣照言"句，当是在临川王幕下时。此文之作，应为元嘉二十年左右，当临川王义庆死前不久。

鲍照《皇孙诞育上表》

此文称"兼郎中令侍郎臣照言",末又谓"谨诣阁上表以闻"。考《宋书·百官志》自汉时改"郎中令"为"光禄勋",而"王国如故";又谓刘宋时藩王之国有"郎中令、中尉、大农为三卿"。"郎中令"高于侍郎。鲍照时为侍郎,兼行郎中令之职。"诣阁上表以闻"之"阁"指刺史官署。以此文自称曰"臣",知当作于元嘉时。文中所谓"皇孙",当即文帝刘义隆之孙,太子劭子也。文中称"伏承东储积庆,皇孙诞育"可证。鲍照在元嘉时,曾入临川王义庆、始兴王刘濬幕。此文作于何时?考鲍照在始兴王幕,至离职时,仍不过侍郎,而鲍又有《转常侍上疏》,当是兼郎中令之后,不久又升任常侍,当在临川王幕下时也。据《临川武烈王道规传》,鲍照入义庆幕,在元嘉十六年秋,而据《二凶传》,刘劭生于文帝即位之年,下推至元嘉二十一年义庆之卒,已逾弱冠。《二凶传》又谓刘劭有四子:"伟之、迪之、彬之,其一未有名",则伟之之生,当可在元嘉二十一年之前。又,宋文帝之生劭,年十七,则刘劭生子,似亦可能在十七岁左右。

此前则称"臣"。可知此文当是元嘉间作。鲍照于元嘉间曾入临川王义庆及始兴王濬幕。此文之作,在义庆幕最为可能,因时间较长,与《野鹅赋》又可相印证也。

鲍照《野鹅赋》与《谢随恩被原疏》

鲍照《野鹅赋序》:"有献野鹅于临川王世子,愍其樊絷,命为之赋。"据此是《野鹅赋》之作当在元嘉十六年秋以后，二十一年正月以前。盖鲍照自十六年秋始入临川王义庆幕，至二十一年正月而义庆薨。此赋盖以禽自比，与祢衡《鹦鹉赋》、张华《鹪鹩赋》及作者《舞鹤赋》同。赋云："惟君匣之珍丽，实妙物之所殷。翔海泽之轻鸥，巢天宿之鸣鹒。鹎程材于枭猛，犟荐体之雕文。既敷容以厚景，亦避翮而排云。虽居物以成偶，终在我以非群。望征云而延恒，顾委翼而自伤。无青雀之衔命，乏赤雁之嘉祥。空秽君之园池，徒惭君之稻粱。愿引身而蔑迹，抱末志而幽藏。"足见鲍照之在临川王幕，颇有不得志之叹，似与同列中有不相能者。证以《谢随恩被原疏》中"繇臣悴贱，可侮可诬，曾参杀人，臣岂无过；寝病幽栖，无援朝列，身孤节卑，易成论砾"诸语，其情可见。《谢随恩被原疏》又谓"然古人有言，杨者易生之木也，一人植之，十人拔之，无生杨矣。何则，植之者难，拔之者易，况臣一植之功不立，众拔之过屡至，同彼风霜，异此贞脆"。此文写作时间，当与《野鹅赋》相距不远。钱振伦注以"元统内外"为刺史所辖地域内外，盖此文是在刺史幕下。文中自称曰"臣"，盖自宋孝武帝时，幕僚于藩王唯称下官。

鲍照《和傅大农与僚故别》诗

按：傅大农当是临川王国属官，"伊昔"四句为追叙当年经历。"浮江"句指元嘉十六年赴江州之行，"登潮"句指初至广陵，"萋萋春草秀，嘤嘤喜候禽"是春日景象。"辰物尽明茂，尊盛独幽沈"，谓正当春日，而临川王义庆卒也。"尊盛"代指义庆，"幽沈"指死也。据《宋书·文帝纪》，临川王义庆以元嘉二十一年薨，傅盖不待服满即离幕也。故云："之子安所适，我方栖旧岑。"据此即比诗作于元嘉二十一年春，临川王卒之初，鲍照离幕之前也。

鲍照《采菱歌》试测

《鲍照集》有《采菱歌》七首。据《乐府诗集》卷五十引《古今乐录》"梁天监十一年冬，武帝改西曲，制《江南上云乐》十四曲，《江南弄》七曲"，其五曰"《采菱断》"。今鲍诗第一首有"箫弄澄湘北，菱歌清汉南"，则此曲本荆襄间流行之西曲也。疑此诗或作于西曲流行之地，因刘宋时西曲尚未流行长江下游也。此七篇据黄晦闻先生云"明远此篇盖感事而作"，极精辟。其所感之事，疑即刘劭、刘濬之密谋。如其三云："暌阔逢暄新，凄怨值妍华；秋心不可荡，春思乱如麻。"黄先生注曰："《玉篇》：'暄，春晚也。'菱秋熟，在水不移，故曰'秋心不可荡'，由秋以溯春，故曰'暌阔'，故曰'春思'。""暌阔"疑即指鲍照之离刘濬幕。鲍照以元嘉二十九年（452）五月离瓜步（见《瓜步山楬文》），其辞幕当在三四月间，即春晚也。"由秋以溯春"，疑即指鲍以是年秋至永安，追忆离幕之事。其五"空抱琴中悲，徒望近关泣"。"近关"据钱振伦、黄晦闻注，用《左传·襄公十四年》卫大夫孙文子得罪献公，"遂行从近关出"典故。"琴中悲"，窃以为用《琴操》，介子推作《士失志操》典（详《乐府诗集》卷五七）。盖假古人以自喻与始兴王刘濬之关系。又其六云："春芳行歇落，是人方未齐。"乃指元嘉之政将衰，而刘濬方怀异志也。此诗盖鲍照在刘濬幕，对刘劭、刘濬之异志已有觉察，故气殊为不同。"沦节"二句，似指有不忠之行，盖指为刘濬属吏也，"天光"以下数句，言孝武明其无辜也。"抃手太平"、"重甄再造"，此皆指朝廷有大变故而言，当指经历二凶之乱而重睹孝武之中兴也。故此二文足证鲍照在元嘉末为永安令刘劭之乱,曾涉嫌禁止,后以无罪而得解。鲍集中又有《梦回乡》一诗,乃思妻之作。鲍照妻先卒,有《伤逝赋》为证。此诗非晚年作,而诗中"白水漫浩浩,高山壮巍巍"二句,非广陵诸地所当言,此皆离建康、京口不远。又非江陵时作,当在永安作也。

鲍照《瓜步山楬文》与《谢永安令解禁止启》

《瓜步山楬文》,钱仲联先生以为作于元嘉二十九年壬辰(452),以文有"岁舍龙纪"语,钱先生合鲍照一生所历辰年逐一排比。以为唯二十九年壬辰为合,其说极是。此文有"鲍子辞吴客楚,指兖归扬"语。按:"辞吴"而又曰"归扬",殊不易解。考《宋书·二凶传》是时始兴王刘濬实在瓜步,鲍照盖从濬在瓜步,寻辞濬幕而为永安令也。"永安"在今湖北随县附近,可以为"客楚"之解释。盖"辞吴"二句,前句言其行旅之目的为自瓜步至永安,故为"辞吴客楚";后句言其当前行程,指兖(广陵)以转建康。盖前此鲍照曾为始兴三侍郎,随刘濬在广陵,其家属亦随往;后以战事,濬解南兖,镇瓜步,鲍照从之至瓜步,及其解职,则先东趋广陵迎眷属而归建康(扬),以为赴任之准备。此文殆可为鲍照曾任永安令之一旁证。鲍照在二十九年为永安令,至明年而有刘劭弑父之事,时鲍方为永安令,以去岁方离始兴王幕,孝武帝平刘劭,不得不涉嫌而遭禁止,几经推敲,实与此案无涉,故得解禁止也。《启》云:"加以沧节雪飙,沈诚款晦,值天光烛幽,神照广察,澡氎从宥,与物更禀,遂晞晒阳春,湔汰秋水,缀冀云条,茸鲜决沼,洗胆明目,抃手太平,重甄再造,含气孰比。"按此文语气与《谢解禁止表》、《谢随恩被原疏》语去而之永安。其七云:"思今怀近忆,望古怀远识;怀古复怀今,长怀无终极。"忧思极深,几同陈子昂"前不见古人,后不见来者。念天地之悠悠,独怆然而涕下"之叹。此种感慨,若以元嘉二十九年作于永安释之,则其用心不难理解。

鲍照为永安令

鲍照曾为永嘉令,见虞炎《鲍照集序》;又曾为永安令,有《谢永安令解禁止启》。近人吴丕绩《鲍照年谱》曰:"又案先生集有《谢永安令解禁止启》一篇,疑虞序所云永嘉者,是永安之误。抑先生又尝为永安令耶?"按:吴氏说实本黄晦闻先生《补注》。窃疑鲍照为永安令与永嘉令,似非一事。今鲍集有《谢永安令解禁止启》,此为永安令之证。鲍集中又有《自砺山东望震泽》、《吴兴黄浦亭庾中郎别》,皆在今苏浙接壤之地,疑即赴永嘉时旅途所经。虞炎《鲍照集序》不过略述所历官职,未必巨细不遗。疑鲍照为永安令在元嘉之末(另有考);为永嘉令则在孝武帝时,时间约为海虞令之后,赴荆州入临海王子顼幕以前。不必据《启》疑虞序也。

鲍照《和王丞》诗

按:王丞,王僧绰也。清吴汝纶以为王僧绰以元嘉二十六年为尚书吏部郎,此诗在元嘉二十六年以前作。缪钺、吴丕绩《鲍照年谱》并以为"《宋书·王僧绰传》,僧绰初为始兴王文学、秘书丞、司徒左长史,太子中庶子,以元嘉二十六年徙尚书吏部郎,故此诗至晚当作于二十五年之前。盖僧绰为始兴王文学时,明远为国侍郎,同在王府,遂相款洽。故僧绰转为秘书丞,有此唱和之作"。钱仲联先生说同。

按：《宋书·王僧绰传》："初为江夏王义恭司徒参军，转始兴王文学、秘书丞、司徒左长史、太子中庶子。元嘉二十六年，徙尚书吏部郎，参掌大选。"僧绰以元嘉三十年（453）被刘劭所杀，年三十一。元嘉二十六年年二十七。鲍照入始兴王幕至迟不得过元嘉二十四年（447）。僧绰历始兴王文学至尚书吏部郎，当有数年，其与鲍照唱和时间，疑为二十四年，因自秘书丞至司徒左长史、太子中庶子，皆不同官职，所历当在一年以上。鲍照之入始兴王幕，当在二十一年义庆既死之后，然是否非至二十四年方入始兴王幕，不可考。然则此诗亦可能为元嘉二十三年至二十四年间作也。

鲍照《通世子自解启》与《临川王服竟还田里》

《通世子自解启》、《重与世子启》及《临川王服竟还田里》诗，皆元嘉二十一年临川王义庆死后，鲍照即将解职还乡时作。《通世子自解启》云"自奉清尘，于兹六祀"。按，自元嘉十六年至二十一年前后合计为六年，不误。然《临川王服竟还田里》诗乃云"舍耒将十龄，还得守场藿"，似鲍照出仕已将十年，与六载不合。近人吴丕绩《鲍照年谱》引吴汝纶以为"岂鲍随临川王不自江州始耶，抑未遇义庆已离田里，诗并数之耶？"吴丕绩则以为十年乃成数，"不必泥，盖'将'字本未满之意"。然缪钺《鲍照年谱》，据《宋书·礼志》，自晋泰始以来，属吏为藩王服丧三月，此诗之作，仍当在元嘉二十一年。其离幕时间据"怆怆秋风生，戚戚寒纬作"，上距入义庆幕方足六岁耳。疑鲍照在入义庆幕前，已为小吏，故《南史》有"卿位尚卑"之辞，使鲍照当时无职，则非"位尚卑"之谈耳。史文不详，姑阙疑。

鲍照与何长瑜、陆展等

近人吴丕绩作《鲍照年谱》,谓:"又《临川义庆传》,太尉袁淑、吴郡陆展、东海何长瑜诸子,并有文辞,为先生同僚,诗句唱和,定复不少。"按:《宋书·谢灵运传》:"(何)长瑜文才之美,亚于惠连,雍、璿之不及也。临川王义庆招集文士,长瑜自国侍郎至平西记室参军。尝于江陵寄书与宗人何勖,以韵语序义庆州府僚佐云:'陆展染鬓发,欲以媚侧室。青青不解久,星星行复出。'如此者五六句,而轻薄少年遂演而广之,凡厥人士,并为题目,皆加剧言苦句,其文流行。义庆大怒,白太祖除为广州所统曾城令。及义庆薨,朝士诣第叙哀,何勖谓袁淑曰:'长瑜便可还也。'淑曰:'国新丧宗英,未宜便以流人为念。'庐陵王绍镇寻阳,以长瑜为南中郎行参军,掌书记之任。行至板桥,遇暴风溺死。"据此陆展、何长瑜在刘义庆幕,当在荆州,是元嘉十六年(439)前。时鲍照尚未入幕。陆展当时尚在幕中否,羌无佐证。至于何长瑜则为曾城令断在元嘉十六年前,无与鲍照相遇理。又《宋书·袁淑传》:"卫军临川王义庆雅好文章,请为谘议参军,顷之,迁司徒左西属,出为宣城太守,入补中书侍郎,以母忧去职。"此司徒左西属或为江夏王义恭。《宋书·武三王传》,义恭以元嘉十六年为司空,明年为司徒。则袁淑在临川王幕,当在十七年前,而鲍照以十六年秋入幕,相遇与否不可知。何能言必与鲍照有唱和。此臆测之辞也。

鲍照《芜城赋》

《芜城赋》历来释者非一。《文选》李周翰注:"宋孝武帝时,临海王子顼镇荆州,明远为其下参军,随至广陵。子顼叛逆,照见广陵故城荒芜,乃汉吴王濞所都,濞亦叛逆,为汉所灭,照以子顼事同于濞,遂感为此赋。"五臣浅陋,颇多妄说。此语几于无伦次。既云"临海王子顼镇荆州",又云鲍照"随至广陵"。宋时荆州治江陵,在建康西,而李周翰乃欲使子顼及鲍照东北至广陵,诚荒谬之极。又谓"子顼叛逆"同于吴王濞,子顼死时年方十一,其出镇之初不过六七岁,而谓已有"叛逆"之心,已属诞妄。况子顼之死,不过附子勋以拒明帝。然当时明帝杀前废帝自立,当时诸镇将帅,多附子勋,以效忠孝武帝,以封建伦常观之,子顼亦不得以"叛逆"称也。故李周翰说,实无可取,而后人多为所误。

清何焯曰:"宋世祖孝建三年,竟陵王诞据广陵反,沈庆之讨平之,命悉诛城内男丁,以女口为军赏,照盖感事而赋。"此说亦有误,盖竟陵王诞之乱,在大明三年(459)而非孝建三年(456)。钱仲联先生据何焯以为吊广陵之残破,而移鲍照作赋时间于大明三四年间。其说以《落日望江赠荀丞》诗,证此时鲍照在江北。其说恐未必然,详《落日望江赠荀丞》条。窃以为大明三年,竟陵王诞起兵,孝武帝命沈庆之平之。此时广陵虽经兵火,未必残破如周隋之际韦孝宽平邺城也。斯时广陵仍为南兖州刺史治所,亦不能残破如赋所云也。况乎孝武帝性猜忌,鲍照作文尚不敢尽其才,乃在当年即赴广陵作赋凭吊,此其自速祸尤之道也。按:广陵自汉迄六朝,城址当有变迁。《文选》李善注云:"登广陵故城",则非刘宋时广陵也。善注当有根据。

盖《文选》之学，李善盖传自曹宪。《旧唐书·儒林·曹宪传》："曹宪，扬州江都人也。仕隋为秘书学士。……贞观中，扬州长史李袭誉表荐之。太宗征为弘文馆学士，以年老不仕，乃遣使就家拜朝散大夫，学者荣之。……年一百五岁卒。所撰《文选音义》，甚为当时所重。初，江淮间为《文选》学者，本之于宪。又有许淹、李善、公孙罗復相继以《文选》教授，由是其学大兴于代。"又云："李善者，扬州江都人。"夫曹宪以贞观中卒，上溯一百五载，则为梁武帝大同间生，其熟知广陵有今城、故城之别，自不待言。李善亦江都人，于乡邦古迹，当亦了然。既为故城，其荒芜如赋中所言，自不足怪。况鲍照之为始兴王侍郎，尝亲至广陵，其可以登故城而兴感，更意料中事。何必拘于竟陵王事乎？舍曹宪、李善确切可信之说，而取李周翰、何焯臆说，恐非确论。至如近人吴丕绩之盲从何焯，系《芜城赋》于孝建三年，则并《宋书》事实亦并忘之矣！

鲍照祖籍

鲍照祖籍本为东海，《宋书》、《南史》皆有明文。唯虞炎《鲍照集序》云为上党人。宋陈振孙《直斋书录解题》以"上党人"为非，盖不知东海鲍氏原出上党。盖自西汉鲍宣迁居上党，遂为上党人，至子永遂为上党人，永子昱为东汉太尉，《后汉书》有传。昱子德迁居东海，遂为东海鲍氏之祖。故东海、上党二说并无矛盾。张志岳先生曾疑上党说，余未敢苟同，见拙作《关于鲍照的家世和籍贯》。鄙见盖本于《元和姓纂》。近读吴丕绩《鲍照年谱》，乃云："又案：《通志·氏族略》鲍氏似姓，不知所出。或云夏禹之后，有鲍叔仕齐，食采于鲍，因以为氏。鲍叔字叔牙，进管仲与齐桓公，遂霸诸侯。……世为齐卿。

或云俟力氏改为鲍，虏姓也，望出上党东海，然则先生乃俟力氏之后也。"按："俟力氏"语，原出《元和姓纂》及《通志·氏族略》，皆有夺字。此即《魏书·官氏志》所谓"俟力伐氏后改为鲍氏"也。姚薇元《北朝胡姓考》云："力与利，发与伐，皆同语异译字。据此，可知俟力伐亦即俟利发之异译，盖蠕蠕俟利发之归魏者，以官为氏也。"（第九十五页）按：姚说极是。"伐"、"发"今皆轻唇音，古人本作重唇音读，故取鲍音也。又北朝胡姓之改为汉姓，皆自孝文帝时始。孝文帝即位于公元471年，当宋明帝泰始七年。其推行汉化，则在太和十年以后，相当于南齐永明四年以后。鲍照卒于泰始二年，下距魏孝文帝之立凡五六年，距俟利发氏改姓鲍，几二十年。俟利氏之自称上党、东海，盖以冒汉人之著姓，与鲍照何涉？亦弗思之甚也。

鲍照《日落望江赠荀丞》

此诗"荀丞"为谁，似难定论。吴汝纶曰："荀伯子及子赤松，均为尚书左丞。伯子元嘉十五年卒，官东阳太守，明远盖尚未出。赤松为元凶所杀，史不言有文学。此荀丞不称左丞，殆别一人。伯子族弟祖，字茂祖，以文艺至中书郎，子万秋，字元宝，亦用才学自显，皆无官丞者。"按：吴汝纶以为非赤松，盖以赤松"史不言有文学"。然诗人所交往者，岂必人人能文？赤松与徐湛之为党，当刘劭构逆之前，赤松当其得意，所谓"君居帝京内，高会日挥金"也。诗中又有"延颈望江阴"句，钱仲联先生以"水南曰阴"释之，谓当时鲍照在江北。按：荀丞若是赤松，则此诗作于元嘉二十八九年际，鲍照正从始兴王刘濬在广陵，处大江之北。然钱先生盖从吴丕绩说，以"荀丞"为荀万秋。吴丕绩曰"《宋书·礼志》有大明三年使尚书左丞荀万秋造五路礼图。四年正月戊辰,尚书左丞奏籍田仪注"等语。则是时万秋为尚书左丞,先生所赠,当即万秋,是诗当亦是时作。(《鲍照年谱》)钱先生采吴说,又云:"本集《月下登楼连句》,连句者有万秋,知照故与万秋有旧。此诗所赠者,当即万秋。"钱先生以为大明三年鲍照作客江北时所作。据此以为《芜城赋》是大明三四年间客江北时作也。然据"延颈望江阴"句,不过证鲍照当时身在江北,不可证其必在广陵。大江以北,其地至广,身在江北,未必定能游广陵。鲍照生长南徐州,与广陵仅一江之隔,而诗云"惟见独飞鸟,千里一扬音;推其感物情,则知游子心";又云"岂念慕群客,咨嗟恋景沈",似思乡之情甚切者。今"荀丞"之为万秋、为赤松当难定;即使是万秋,而《宋书·礼志》亦仅谓万秋于大明三年曾为尚书左丞,未言其莅任及罢免之时,亦难断定此诗必作于大明三四年间也。何况即使大明三至四年,鲍照在江北,亦不足证明其曾至广陵而作赋也。且水南曰阴,其说良是。然"延颈望江阴"一语,究何所指?若指万秋,则万秋在建康,似少以江阴指京城者。诗云:"日落岭云归,延颈望江阴。"则似指鲍照生长之京口一带。若是则鲍照虽不在江之北,而在距家乡稍远,如永嘉诸地,亦可言"延颈望江阴"也。

鲍照《登翻车岘》诗

按:翻车岘有二说,清钱振伦《鲍参军集注》云:"《江乘地记》:'城东四十五里竹里山,王涂所经,甚倾险,行者号为翻车岘。鲍照有《登翻车岘》诗。'"近人吴丕绩《鲍照年谱》云:"《嘉庆一统志·江苏江宁志》云:竹里山,《元和志》在句容县北六十里,涂甚倾险,行者号为翻车岘。山间有长涧,高下深阻。说者云似洛阳金谷。《通志》六朝时京口至建康,皆取道于此。"黄晦闻先生《补注》云:"《续汉·郡国志》:'荆州桂阳郡,桃,有客岭山。'注:'《湘中记》曰:"县南数里有马岭山。"'又'南郡,夷道'注:'《荆州记》曰:"县东南有羊肠山。"'明远将客荆州,山川所感,马岭羊肠,似当指此。"二说似不矛盾,盖翻车岘实在京口至建康间,鲍照不论自广陵、京口之赴建康均必途经此处也。然"羊肠"、"马岭"当即黄先生所云,不过此亦想象荆州地貌,非谓羊肠指太行之羊肠,如钱注《石帆铭》也。余前考《瓜步山楬文》"辞吴客楚,指兖归扬"为元嘉二十九年壬辰(452)离始兴王幕为永安令时,始可与"岁舍龙纪"句合。此首亦可能鲍照携眷自广陵经京口至建康时作。盖永安离荆州治所不远。赴江陵、赴永安,皆荆州。故写作时间殊难确定。

鲍照《石帆铭》

此文钱振伦注曰:"《荆州记》:'武陵舞阳县有石帆山,若数百幅呱。'《宋书·临川王道规传》:'临海王子顼为荆州,照为前军参军,掌书记之任。'此铭当在荆州时作也。"据此则此文当是宋孝武帝大明六年(462)作。然鲍照之至荆州凡两次,一在元嘉二十九年(452)离始兴王刘濬幕为永安令时;一为此次随临海王子顼至荆州。两说似皆可通。然窃疑鲍照之随临海王西上,当未必绕道武陵而观石帆,江陵去武陵亦稍远,在永安之北。检《续汉书·郡国志》王先谦《集解》引谢氏云"在今沅州府城东北沅水北漅中"。沅州即今常德,石帆更在其东北,则明远自建康赴永安,途中枉道一游,亦不无可能。然在荆州为参军时,有事经过,亦非不可能。故当二说并存。

鲍照入始兴王刘濬幕时间

鲍照入始兴王刘濬幕时间，据近人吴丕绩《鲍照年谱》谓在元嘉二十六年（449）；钱仲联先生《鲍照年表》则以为是元嘉二十四年（447）。二说皆属推测。两家皆以为鲍照自元嘉二十一年临川王义庆卒后，曾入衡阳王义季幕。然无确证，至于《见卖玉器者》诸作，似皆以洛阳、长安喻建康，未必真至北土。且据《宋书·符瑞志》河洛俱清在元嘉二十四年二月；《文帝纪》，衡阳王义季以八月薨，则河洛俱清，杜坦以闻时，义季尚在，鲍在义季幕，当在彭城而非建康，未必俟半载之后，方上《河清颂》也。钱先生以为鲍入刘濬幕在二十四年，较吴说稍合情理，然鲍照之入刘濬幕，或更在其前。时濬为扬州刺史，鲍照正在建康，闻河洛清而作《河清颂》，最为近理。据此鲍之入濬幕，或当在二十四年以前。据《二凶传》，刘濬以元嘉十七年（440）为扬州刺史，至二十六年而为南徐、兖二州刺史。虞炎《鲍照集序》谓"（临川）王薨，始兴王濬又引为侍郎"，则鲍之入濬幕，本可在临川王薨后不久。又据缪钺先生说，鲍照为临川王服丧不过三月，则自是年秋以后即可入濬幕，未必于彭城求鲍行踪，并作猜测谓鲍曾入义季幕也。

鲍照《为柳令让骠骑表》

"柳令"，柳元景也。此文写作时间，据钱仲联先生曰："联按：《宋书·孝武纪》云：'（孝建三年十月）丁未，领军将军柳元景加骠骑将军尚书令。'此表为是时作。"按,钱先生言此文写作时间极是,而于《宋书》引文断句似有不妥。柳元景平曾两为骠骑将军之职。第一次即孝建三年(456);第二次据《宋书·柳元景传》:"(大明)六年,进司空、侍中,(尚书)令中正如故,又固让,乃授侍中骠骑将军、南兖州刺史。"柳之为尚书令,据《宋书》本传为大明三年(459)事,孝建三年时,尚未为尚书令,称"柳令"者疑为日后鲍照或虞炎所加。至于大明六年(462)柳再为骠骑将军,虽实是"柳令",而鲍照已随临海王子顼赴荆州,不得代作让表矣。盖据《宋书·孝武纪》,大明六年七月,子顼为荆州,去十一月而以柳为司空,固让,乃授骠骑将军,当在岁末矣。盖据《宋书·孝武纪》原文,中华书局标点本断句为:"丁未,领军将军柳元景加骠骑将军,尚书令建平王宏加中书监。"按:《宋书·建平王宏传》:孝武初年,"臧质为逆,宏以仗士五十人入六门……转尚书令,加散骑常侍,将军如故,给鼓吹一部,寻进号卫将军、中书监,尚书令如故。宏少而多病,大明二年疾动,求解尚书令……"足证尚书令是建平王宏而非柳元景。足证"柳令"为日后追加。

鲍照《征北世子诞育上表》

此表所称"征北",清钱振伦注以为是衡阳王义季;黄晦闻先生补注以为"照曾为始兴侍郎,则此表征北亦可能为始兴"。按,"始兴"即宋文帝子始兴王刘濬。据《宋书·武三王·衡阳王义季传》,义季以元嘉二十四年(447)薨,年三十三。又《二凶·刘濬传》:濬以"元嘉十三年,年八岁,封始兴王"。至元嘉二十四年鲍照入刘濬幕时,年十九,则亦是生子之年。二说似俱可通,然指义季则时间当早,指刘濬则当稍迟。以常理度之,当从黄先生说。盖鲍照入始兴王幕,集中多有证据，实无可疑，至于入义季幕，乃钱氏一己测度之辞，非有实证者也。近人吴丕绩作《鲍照年谱》乃舍黄先生说而从钱说，其用意乃证鲍照入洛为实事，不知鲍照焉能入魏境哉。况乎"我方历上国"，岂鲍以北魏为"上国"焉哉？

陈沆论《拟行路难·中庭五株桃》

鲍照《拟行路难》第八首："中庭五株桃，一株先作花。阳春妖冶二三月，从风簸荡落西家。"陈沆以《宋书·武五王传》当"五株桃"，以为"义真最长而先废，故云'中庭五株桃'一株先着花也"。又以义真以正月被废，徙新安郡，二月遇害于徙所，当诗中"阳春妖冶二三月，从风簸荡落西家"二句。钱仲联先生驳之云："桃先作花，岂得象征王之被废？义真徙新安，谢妃从行，何得言送君出户？正月被废，二月遇害，时节何尝回换？诗云思妇，睹物怀人，只言别离之感，未见悼亡之痛也。"钱先生说极是。陈氏以"五株桃"喻五王，不知宋武帝本七子，少帝时，文帝为宜都王，则桃何必五而非六耶？若以为文帝已立，则少帝亦遇害，仍是六"桃"而非五。又义真被徙新安郡，当今浙江、江西交界处，在建康之南而非西，既悼庐陵，何故言西家而不言"南家"？陈说殊不可通。此诗若为颜延之作，犹有可说。不知鲍照何爱乎庐陵王？陈氏屡道"不能言"，以为鲍照不敢明言之。不知谢灵运有《庐陵王墓下作》，以灵运与义真之相得，尚无"不能言"者，鲍照当时尚未仕，哀之又有何顾忌！陈氏妄逞胸臆，强为之解，适足以误读者耳。

陈沆论《拟行路难·对案不能食》

　　陈沆释诗徒逞臆说,不但穿凿附会,且有武断之弊。如《拟行路难》第六首《对案不能食》,明明贫士失职之叹,而陈沆乃谓"此章至于对案不食,拔剑击柱,其感尤几于五岳起臆,瞋发指冠,而亦不一言,但云弃官愿归而已。无论明远二十之年一命未沾,无官可罢,即使预设之词,亦必语出有为。岂非未涉太行,先闻折坂,未伤高鸟,已坠惊弦者乎?朝暮侧弇,妇子欢聚,岂有傅、谢夷灭之惨,鲸鲵失水之吟。故知世路屯艰,是以望风沮气耳"。按:《拟行路难》断非一时之作。而陈氏必谓"明远二十之年一命未沾,无官可罢"。盖拘于末首"余当二十弱冠辰"一语,必强谓之元嘉元年之作。此首已有"弃置罢官去"语,而陈氏必谓"一命未沾,无官可罢",实武断可笑。陈氏必以《拟行路难》为一整体,不知既是整体,先后当有次序。陈氏释第七首为悼庐陵王义真,而以此诗为悼傅、谢。夫义真为傅、谢所杀,而鲍照两悼之,何多情如此?且傅、谢以元嘉三年被杀,据陈氏云,第七首作于元嘉元年,何以前首较后首反晚二年?且自元嘉元年至三年已历三载,元嘉元年鲍照岂能预知傅、谢将为文帝所"夷灭"哉!是《拟行路难》作于一时之说,不攻自破。况诗明言"安能蹀躞垂羽翼",则鲍照明明欲有为,顾陈氏乃曰:"故知世路屯艰,是以望风沮气耳。"未知陈氏果见《南史》本传所载"大丈夫岂可遂蕴智能"等语否?

鲍照行年

虞炎《鲍照集序》云："宋明帝初，江外拒命。及义嘉败，荆土震扰，江陵人宋景因乱掠城，为景所杀，时年五十余。"虞炎此序作于南齐永明间（483～493），上距鲍照卒年不过一二十年，其言当可据。钱仲联先生作《鲍照年表》，以为鲍照卒年五十三，似可据。近人吴丕绩《鲍照年谱》则以为鲍照卒年六十有二。其说盖本清陈沆《诗比兴笺》。陈氏之说，以鲍照《拟行路难》中第七首指傅亮、徐羡之、谢晦杀宋少帝刘义符及庐陵王义真，立文帝事。吴丕绩以《拟行路难》为一时所作，又据第十八首"余当二十弱冠辰"语，遂以为此诗作于宋文帝元嘉元年（424），遂上推二十年，以为鲍照生于晋安帝义熙元年（405），至宋明帝泰始二年（466）被害，得年六十二。然陈说殊牵强不足据。盖《拟行路难》十八首，未必一时之作。"余当二十弱冠辰"亦不能确指为二十岁。即使第十八首确为鲍照二十岁作，亦不可遽以为第七首亦是年作。盖第七首"但见松柏园"一语，陈氏引《史记·田敬仲完世家》（原作《齐世家》，误）载齐王建"松耶柏耶"故事，遂以为指诸侯王。不知此诗本言"死生变化非常理"，松柏为冢间所常植之木，不过代指丘墓。《古诗十九首·驱车上东门》："白杨何萧萧，松柏夹广路。"《世说·任诞》："张湛好于斋前种松柏；时袁山松出游，每好令左右作挽歌。时人谓'张屋下陈尸，袁道上行殡'。"此皆以松柏为丘墓象征，亦何预诸侯王事？信斯言也，则鲍照《松柏篇》亦悼庐陵王乎？至于第八首"阳春妖冶二三月，从风簸荡落西家"，陈氏以庐陵王以正月被废，二月遇害当之，尤牵强。况鲍照于元嘉被谗，既未仕宦，何苦哀庐陵王乎？陈沆释诗，多属臆测，盖其人与魏源交往颇密,受今文经学影响甚深,此种牵强附会之说,盖本齐、鲁、韩三家诗说,其不足信尤过于《毛序》。吴氏反据此以考鲍照生年,不知其与虞炎序不合。岂南齐人虞炎之说,转不如清后期人陈沆为可信乎?亦不思之甚也。

鲍照《代出自蓟北门行》

鲍照《代出自蓟北门行》有"天子按剑怒,使者遥相望"语,疑亦有感而发。《通鉴》卷一二六云:"上(宋文帝)每命将出师,常授以成律,交战日时,亦待中诏,是以将帅趑趄,莫敢自决,又江南白丁,轻进易退,此其所以败也。""使者遥相望",疑即指此。吴伯其曰:"是当时政令躁急,臣下有不任者,故借此以寓意。言平日无谋虑,边隙一启,曰征骑,曰分兵,皆临时周章,以敌阵之精强故也。天子之怒,固是怒敌,亦是怒将士之灭此朝食。故从战之士,相望于道。当斯时也,虽有李牧辈为将,亦不暇谋矣。死为国殇,何益于国哉?"其说当是,据此则此诗作于元嘉二十七至二十八年(450～451)间宋魏交兵之际。方东树以为"此从军出塞之作",亦不误,然没其剌时之义矣。

"鲍谢"并称

"鲍谢"与"陶谢"为论诗者习用之辞。然言"陶谢"往往以山水田园写景之作而论,故"谢"既可谓谢灵运,亦可谓"谢朓"。如杜甫"陶谢不枝梧"句,言其淯省,则以指谢朓似更胜于指康乐者。至若韩愈《荐士》诗:"逶迤抵晋宋,气象日凋耗;中间数鲍谢,比近最清奥;

齐梁及陈隋,众作等蝉噪。"旧注以为"鲍照谢朓也,或曰谢灵运,盖二谢通称"。夫韩愈论诗,自有其成见,举齐梁以后诗皆轻之,当非我人所可心服者。然此处"鲍谢","谢"必是谢灵运无疑。盖诗上文已明言"晋宋",而下文又轻"齐梁",则所推之"谢",必是谢灵运。盖取康乐、明远之诗,皆饶古气,至谢朓之论诗,以为"好诗圆美流转如弹丸",沈约又有"三易"之说,与"清奥"实难符合。此当独以灵运当之。

鲍照《岐阳守风》

"岐阳"地名,多有异说,或以为在今陕西,然考鲍照经历,似无入陕之事;一说在今浙江,此说创于清方东树,黄晦闻先生驳之。钱仲联先生据《太平寰宇记》卷一四六所引鲍照《岐阳守风》诗中"洲回风正悲,江寒雾未歇"句,证明宋时此诗题原作《阳岐守风》,非"岐阳"也。据此则此诗是随临海王子顼赴荆州时作。按:《世说·任诞》:"桓车骑(冲)在荆州,张玄为侍中,使至江陵,路经阳岐村。"刘注:"村临江,去荆州二百里。"又《栖逸》:"南阳刘驎之,高率善史传,隐于阳岐。于时苻坚临江,荆州刺史桓冲将尽讦谟之益,征为长史,遣人船往迎,赠贶甚厚。驎之闻命便升舟,悉不受,所饷缘道以乞穷乏,比至上明亦尽。一见冲,因陈无用,翛然而退。"可见阳岐濒江,在江陵之东,乃都城建康赴荆州必经之地。故鲍诗有"役人喜先驰,军令申早发"也。地望既明,诗是赴荆州时作自明。又阳岐据《太平寰宇记》在石首,而石帆山在今湖南常德东北,濒江,去石帆山亦近,据此则《石帆铭》亦鲍照晚年赴荆州时作也。

鲍照《见卖玉器者》诗

鲍照《见卖玉器者》诗有"我方历上国,从洛入函辕"句。钱振伦注以为"前《临川王服竟还田里》诗:'顾此谢人群,岂直止商洛。'《遇铜山掘黄精》诗:'空守江海思,岂怀梁郑客。'合之此诗所云,是明远实有游洛之迹。考《宋书·衡阳王义季传》,元嘉二十一年,为都督南兖、徐、兖、青、冀、幽六州诸军事,征北大将军、开府仪同三司、南兖州刺史。二十二年,进督豫之梁郡,迁徐州刺史。二十四年薨于彭城。岂义庆既薨,明远即依义季,故前有《征北世子诞育上表》,既从之梁,旋从之徐,故复有《从过旧宫》之诗,及《河清》作颂,始仕王朝耶?惜史无专传,未能详其仕履耳"(见《鲍参军集注》第382~383页)。按,此说当分别观之。鲍照之从义季,事或有之,然无确据。至于《征北世子诞育上表》之"征北"实为何人?是义季,抑是刘濬殊难确定。盖义季尝为征北大将军,刘濬亦曾为征北将军。以情理而言,鲍入义季幕不过推测而入刘濬幕则为事实。据此则《征北世子诞育上表》未可作入义季幕之证也。至于《从过旧宫》之"旧宫",究在京口抑彭城,则似难定论。《宋书·武帝纪》:"旭孙生混,始过江,居晋陵郡丹徒县之京口里,官至武原令。混生东安太守靖,靖生郡功曹翘,是为皇考。高祖(宋武帝刘裕)以晋哀帝兴宁元年岁次癸亥三月壬寅夜生。"是自刘旭孙至玄孙裕已五世居京口,故辛稼轩有"斜阳草树,寻常巷陌,人道寄奴曾住"之句。则"旧宫"或即刘裕诞生之地,在京口不在彭城也。至若诗中"东秦邦北门"句,似亦可以南徐州当之。盖南徐于东晋南朝,号"北府",其地于吴中实北门也。清钱大昕《廿二史考异·晋书五》:"案,徐兖二州都督,例以北为号,故有北府之称。

如褚裒号征北大将军,荀羡、郗昙号北中郎将,皆卒于镇。范汪号安北将军,以罪免。庾希号北中郎将,以罪诛。郗愔号平北将军,亦以病去官。"是东晋南朝视南徐、南兖为北门,又以吴中为"东秦",盖南朝江东之富胜于鄂杜也。凡此诸例,皆说明鲍照入义季幕及北入彭城之说,实为推测,殊难定论。

　　至于游洛一说,恐不可信。盖纵使鲍照曾入义季幕,则其足迹所至,最远亦不过彭城、梁郡(今商丘),无西至洛阳之理。盖洛阳不在义季督辖之范围,且洛阳自晋宋间已入魏版图。《魏书·地形志》:"洛州,太宗置。"太宗即北魏明元帝,其卒年为宋少帝景平元年(423)。故北魏太武帝谓:"我生头发未燥,便闻河南是我家地也。"(见《宋书·索虏传》)当时洛阳及函谷、镮辕既在魏境,鲍照断无可至之理,亦绝无称之曰"上国"之可能。此言"历上国","从洛入函辕"乃借史为喻,其所谓"上国"当以长安代指建康。此犹谢朓《晚登三山望京邑》所言"灞涘望长安,河阳视京县"。不然,洛阳荒废已久,又安言"灞涘望长安,河阳视京县"? 不然,洛阳荒废已久,又安得"十宝"、"四豪"者哉? 至于《服竟还田里》诗之"岂直止商洛"乃以"商洛"代指四皓,与上句"谢人群"相照应。非真谓游商洛也。《遇铜山掘黄精》诗"空守江海思,岂怀梁郑客"句,"梁郑"亦不过代指天下之"市朝"耳。郑于战国属韩,故梁郑即韩魏,战国时居天下之中。《战国策·秦策》:"今三川、周室,天下之市朝也。"三川之地本属韩魏,故以代指市朝,非真指梁郑,盖此时梁郑旧地亦入于魏,且非义季所统,鲍照亦何得真为"梁郑客"乎?

鲍照多病

鲍照《与伍侍郎别》诗有"漫漫鄢郢途,渺渺淮海迳;子无金石质,吾有犬马病"等句。清吴汝纶曰:"此当在荆州作,伍当赴淮海也。"按:吴说实据"漫漫"二句为言,可备一说,然余窃疑此诗是在江州刘义庆幕时作。元嘉十七年,义庆自江州移镇南兖,其幕下士当有自荆州从至江州者,伍或是荆州人,不能复从至南兖,而返荆州者,鲍作诗送之。"漫漫鄢郢途"言伍侍郎去向,"渺渺淮海迳"自言随从东下也。盖"吾有犬马病",则知鲍照当时体有不适,以《谢赐药启》证之,《启》云:"臣卫躬不谨,养命无术。情沦五难,妙谢九法。飘落先伤,衰疴早及。"盖在义庆幕时,鲍照尝有病而义庆赠以药物。此当作于《与伍侍郎别》同时,盖十七年作也。鲍照又有《松柏篇》,自序称"余患脚上气四十余日。……于危病中见长逝词,恻然酸怀抱。如此重病,弥时不差,呼吸乏喘,举目悲矣!"按:《请假启》其上:"臣所患弥留,病躯沈痼。自近蒙归,频更顿处,日夜间因或数四。委然一弊,瞻景待化"云云。疑与《松柏篇》时间相近。此《请假启》又有"伏愿天慈,赐垂矜许"语,当是为中书舍人时上孝武帝语,故称天慈。钱仲联先生《鲍照年谱》以《请假启》为孝武帝孝建三年(456)左右作,当是。则此文与《松柏篇》当同作于孝建末也。

鲍照《赠故人马子乔》第六首

鲍照《赠故人马子乔》其三《松生陇坂上》一首,与张华《拟古》全同。《诗纪》两载之。按：作张华《拟古》者，见《类聚·松部》。检《类聚》，其诗列傅玄、许询、袁宏之下。张华西晋人，置傅玄后可也，置许询、袁宏两东晋人后则不可，《类聚》编者似失考。今按鲍集在六朝人文集中，最称完整，有宋刊本可据，其卷数与《隋志》相符，当与原本较少出入。又《赠故人马子乔》为六首，今本与宋本同。"松生陇坂上"居第三，今观古人集中误入之诗，往往在若干首之末，如一本《陶渊明集》以江淹所拟为《归田园居》第六首。至于六首中居第三，则附入可能甚小。若无确切旁证，则是诗自当归诸鲍照，不得谬以为张华诗也。

"张使君"与鲍照连句

鲍照有《在荆州与张使君李居士联句》诗。其"张使君"、"李居士"历来不知何人。按："李居士"待考，"张使君"则疑即张永子张岱也。盖"使君"为称太守、刺史之辞。《南史·张裕附岱传》："巴陵王休若为北徐州，未亲政事，以岱为冠军谘议参军，领彭城太守，行府州国事。后临海王为征虏广州，豫章王为车骑扬州，晋安王为征虏南兖州，岱历为三府谘议三王行事。"其中豫章王为车骑扬州、晋安王为征虏南兖州，皆在宋孝武帝大明七年（463），唯临海王子顼据《宋书·孝武十四王传》本传以大明五年为广州刺史，"未之镇，徙荆州刺史"。是张岱曾入临海王子顼幕，与鲍照为同僚也。据此，联句之作，当在大明五至六年间（461~462）也。盖鲍照虽生长南徐州，本为东海郡人，故以"使君"称岱，以岱尝为彭城太守，又主徐州事。《世说·方正》注引《中兴书》曰："温曾为徐州刺史，沛国属徐州，故呼温使君。"鲍虽非彭城人，但太守例可称使君，而张岱又尝主徐州事也。

鲍照诗中"言外之意"

昔人论诗,好求"言外之意",清陈沆《诗比兴笺》最喜穿凿,几无可取。然诗中偶有因感而发,亦所不免,不可一概论也。以鲍照乐府观之,其有涉及时事者亦常有之。如《采菱歌》之刺姞兴王濬;《代苦热行》之刺平交州事功大而赏薄,当非臆测。至如《代陆平原(君子有所思行)》,刘履以为"详夫'天居'、'驰道'等语,盖为时君过奢,不能自谨,特以此规讽之,又不敢指斥,故借多士为言耳"。按:《宋书·何尚之传》:"是岁(元嘉二十三年,即446),造玄武湖,上(文帝)欲于湖中立方丈、蓬莱、瀛洲三神山,尚之固谏乃止。"今读此诗中"筑山拟蓬壶,穿池类溟渤"句,当即指此,是知此诗与《代苦热行》皆作于元嘉二十三年左右。又如《代挽歌》有"彭韩及廉蔺,畴昔已成灰",当指孝武功臣如沈庆之、柳元景辈皆为前废帝所杀,及明帝自立,子勋起兵,终无所成。故吴汝纶以为"彭、韩数句,盖伤废帝被弑,无人讨贼也"。当不误。据此则此诗之作,当在宋明帝泰始初(465~466)在荆州时,吴汝纶又以为《代蒿里行》为"孝武挽歌",以"天道与何人"为明帝之杀废帝而孝武绝统也,故曰"长恨",当亦可信。他如《代放歌行》、《代东武吟》、《代白头吟》等,皆刺时之作,然不必专指一事,故其写作年代,亦未可确考,亦不必强为之解。

"荀丞"为荀万秋志疑

鲍照《日落望江赠荀丞》诗中之"荀丞",注家多以为是荀万秋。

钱仲联先生从《宋书·礼志》证万秋以大明三四年(459~460)为尚书左丞,似最确实有据。唯鲍照集中有《月下登楼连句》,与鲍照连者有王延秀、荀原之、荀中书万秋。此连句诗,鲍照称"鲍博士"。虞炎《集序》云:"孝武初,除海虞令,迁太学博士,兼中书舍人。"钱仲联先生《鲍照年表》以为"迁太学博士,兼中书舍人"在孝建三年(456)。今以《为柳令谢骠骑表》诸文证之,良是。惟连句既与《为柳令谢骠骑表》同作于孝武帝孝建三年,则当时荀万秋官至中书侍郎,故称"中书"。检《宋书·百官志》中书侍郎第五品,尚书丞则为第六品。荀万秋于孝建三年已为五品,不应三年之后,反为六品,岂有故左迁乎?史无明文。以《日落望江》诗观之,荀在当时,似甚得意,所谓"君居帝京内,高会日挥金"也。六朝自有先为中书侍郎后为尚书左丞而非左迁者,江淹是也。然江淹虽以建元、永明间为中书侍郎,至永明中,为骁骑将军,兼尚书左丞。此盖兼职,而骁骑将军据《百官志》在积射将军前,积射将军为第五品,则骁骑当不下于四品。今万秋不闻有骁骑之职,由中书侍郎而为尚书左丞,恐是贬矣。姑存疑。

鲍照《吴兴黄浦亭庾中郎别》

此诗中之"庾中郎"不知何人。闻人倓以为庾悦,时代不符;吴汝纶谓是庾永,实则误张永事为庾永。故钱仲联先生两非之。钱振伦注引唐颜真卿《妙喜寺碑》:"杼山之阳有妙喜寺,寺前有黄浦桥,桥南有黄浦亭,宋鲍照送盛侍郎及庾中郎赋诗之所。其水出黄檗山,故号黄浦。"颜真卿唐人,其言黄浦桥为鲍照赋诗之所,当有据。按:诗云:"旅雁方南过,浮客未西归;已经江海别,复与亲眷违。"又云:"役人多牵滞,顾路惭奋飞。"此皆言行役之事,尤其"未西归"语,似鲍照正东行也。今据虞炎《集序》、《宋书》、《南史》本传,鲍照仕历可以称东行者,唯永嘉太守一事,永嘉在浙东,由建康赴任,可过吴兴。据此则鲍照为永嘉令,似非永安之误,而是既曾为永安,又曾为永嘉。其任永嘉令时间,近人吴丕绩《鲍照年谱》以为是宋孝武帝大明二年(458);钱仲联先生《鲍照年表》采吴说,而曰"姑系本年",或对此有怀疑。衡按:鲍照为永嘉令时间殊难确考,吴说本可备一说,然据颜真卿所云,则此诗与《送盛侍郎饯候亭》为同时作。"盛侍郎"当即盛弘之,宜是离临川王幕时,与吴说又迥异,实难确考。

鲍照《游思赋》与《登大雷岸与妹书》

《游思赋》所叙时节与《登大雷岸与妹书》同,钱仲联先生《鲍照年表》已言之。二文盖同时作也。《游思赋》及《登大雷岸与妹书》所写皆秋日景色,疑鲍照之赴江州,正值元嘉十六年(439)秋日。以此推之,鲍照之见临川王刘义庆贡诗言志大约为是年上半年(约二至四月)。考《宋书·临川王义庆传》,义庆以元嘉元年(424)为丹阳尹,"在京尹九年,出为使持节都督荆雍益宁梁南北秦七州诸军事、平西将军、荆州刺史"。是元嘉九年也。又云"在州八年",当为虚数,则离荆州正元嘉十六年也。《宋书·文帝纪》,元嘉十六年二月以衡阳王义季为荆州,同年四月,以义庆为江州,则义庆之离荆州当在二月前后,其赴江州则最早在四月。南朝藩王离州出镇他州,例须赴建康述职。则十六年二至四月,义庆当在都,鲍照之见义庆,当在此时。至于赴江州时,鲍照似不必随行。义庆之赴江州当在四月任命后不久,其用鲍照为国侍郎,当在建康时。然鲍照受命之后,当须安家,不必随行,故延至七八月间赴江州。《游思赋》云:"使豫章生而可知,夫何异乎丛棘。"则诚如黄晦闻先生所云，即《南史》记贡诗言志时所称"大丈夫"诸语，"特反言之耳"。以此见鲍照用世之志甚锐，允为初入仕途时作也。

鲍照《学陶彭泽体》诗

此诗为现存学陶诗中最早之作。原题"奉和王义兴"，则亦和王僧达之作。钱仲联先生曰："本集《送别王宣城》诗吴挚父（汝纶）注：'僧达再莅宣城，在元嘉二十八年，去任在二十九年。'则僧达为义兴，当自二十九年始，至次年二月，元凶弑逆，世祖入讨时，奔世祖止。此诗有'秋风七八月'语，是二十九年作。"按：鲍照于元嘉二十九年离始兴王幕，不久即赴永安令职。此言"七八月"盖自京口西上，或枉道至宜兴，与僧达告别而作是诗。其诗当与《和王义兴〈七夕〉》诗同时作，故有"七八月"语。《和王义兴〈七夕〉》云："暂交金石心，须臾云雨隔。"既咏牛女，亦以自喻。盖僧达留义兴（今宜兴）而鲍照当西上永安也。《学陶彭泽体》云："保此无倾动，宁复滞风波。"盖有忧患意，与《采菱歌》之"空抱琴中悲，徒望近关泣"；"春芳行歇落，是人方未齐"同一用意。盖刘濬预于刘劭之谋，鲍照知之而不敢明言也。

鲍照《送盛侍郎饯候亭》诗

"盛侍郎"，各家注释均未及之。窃以为即《荆州记》作者盛弘之也。《隋志》云："《荆州记》三卷，宋临川王侍郎盛弘之撰。"此称"盛侍郎"，即临川王侍郎也。鲍照自元嘉十六年（439）入临川王刘义庆幕,至二十一年(444)义庆薨,遂离职返乡。疑盛弘之于临川王薨后,仍留原职以事哀王刘烨,而鲍照则上《通世子自解启》,遂去职。弘之于候亭饯之,鲍乃作诗为别。据此则此诗当作于元嘉二十一年刘义庆卒后,与《通世子自解启》《临川王服竟还田里》同时。

殷淡撰郊庙歌辞

《宋书·殷淳传附弟淡传》,仅三十余字,云"淡字夷远,亦历黄门吏部郎,太子中庶子,领步兵校尉。大明世,以文章见知,为当时才士"。《隋志》未录其有集。《宋书·乐志二》录《章庙乐舞歌辞》十二曲,除《昭德凯容》《宣德凯容》二曲歌辞出自明帝御制,他悉为殷淡所造。《先秦汉魏晋南北朝诗》于《肃咸(中华排印本误作"成")乐》下注"二章,夕牲宾出入奏",于《引牲乐》下注"牲出入奏",《嘉荐乐》下注"荐豆呈毛血奏"。按,《宋书》于录此三由后云:"右夕牲歌辞。"是不当独于《肃咸乐》下注"夕牲"也。其误盖源自《乐府诗集》卷八《郊庙歌辞》所引《宋书·乐志》"夕牲:宾出入奏《肃咸乐》,牲出入奏《引牲乐》,荐豆呈毛血奏《嘉荐乐》"。郭茂倩引《宋书》,于《乐志》各曲之说明合为一段,古人又无标点之法,遂致后人未检《宋书》而以"夕牲宾出入"连读致误。又,中华排印本"皇帝还东壁受福酒奏《嘉时》之乐舞词","时"当作"胙",形近而误。《南齐书·乐志》"皇帝饮福酒,奏《嘉胙》之乐"可证。《乐府诗集》所收亦均作"嘉胙"。

殷淡仕历,可知者尚有《宋书·礼志四》所载大明三年十一月,议庙祀遇雨及举哀可否改期,"殿中郎殷淡"议云云;《乐志一》记"文帝章太后庙未有乐章,孝武帝大明中使尚书左丞殷淡造新歌"云云。据

《百官志》，殿中郎、尚书丞并六品，黄门郎、中庶子并五品，按之常例，淡为本传所记黄门吏部郎等官当在大明三年十一月后。

江邃《文释》

隋僧道骞（或云当作智骞）《楚辞音》残卷，为鸣沙石室遗存，今藏法国巴黎图书馆。自王重民先生照相携归，始大著于世，吉光片羽，《楚辞》学者视之不啻拱璧。其解"鹎鵊"引《文释》云："鹎鵊一名䲭，今谓之伯劳，顺阴气而生，贼害之禽也。王逸以为春鸟，谬矣。……按江之意，秋时有之。"闻一多先生得见此卷，极惊喜，作《敦煌旧钞楚辞音残卷跋》，跋中疑《文释》为《释文》误乙。其后王重民先生《敦煌古籍叙录》引闻先生补正云："比得重民先生来书，称鹎鵊一条当出于江邃《文释》，其书马国翰有辑本，此可补马辑之遗。按重民先生之说最是。余前以《文释》为《释文》之例，臆测无据，合急更正。"王先生之博识，闻先生之从善，皆足使后学心折。惟时至今日，尚有坚守闻先生误倒之说者（见《中国大百科全书·中国文学卷》），是未见闻先生之补正欤，抑别有新见欤，不详。

按，江邃，刘宋文帝时人。《宋书·沈演之传》载，元嘉十二年，东诸郡大水，以演之及尚书祠部郎江邃并兼散骑常侍，巡行拯恤。同传又载："江邃，字玄远，济阳考城人。颇有文义，官至司徒记室参军。撰《文释》，传于世。"《南史·江秉之传》略同，惟"邃"作"邃之"，中华本校记谓当从《宋书》，当是，《南史》或涉秉之而衍"之"字。《宋书·礼志四》载元嘉六年议太庙烝尝仪，有司奏下礼官详判，博士江邃议云云。其生平仕历可知者仅此。《隋志》不录《文释》，惟于总集类谢灵运《诗集》下附《杂诗》七九卷，江邃撰。《文释》属小学类，灼然可见,或未归中秘,以是见遗于目录。

颜测

测,延之次子。《宋书·颜竣》载,文帝尝问延之"卿诸子谁有卿风",对曰:"竣得臣笔,测得臣文,㚟得臣义,跃得臣酒。"《南史·何尚之传》所记同,复有尚之曰"谁得卿狂"数语。测有集十一卷,佚。观延之题目诸子,测必工诗,惟今仅存残句二题,无由窥其风貌矣。颜测生平,《宋书》、《南史》均附见《颜延之传》,仅言以文章见知,《宋书》云"官至江夏王义恭大司徒录事参军,蚤卒",《南史》云"官至江夏王义恭大司马录事参军,以兄贵为忧,先竣卒"。按,二传所记,司徒司马,事涉颜测卒年。据《宋书·孝武帝纪》、《武三王传》,义恭以拥戴有功,于元嘉三十年孝武即位后为太傅,领大司马;孝建三年,孝武疑忌诸王,形迹已露,义恭乃曲意逢迎,自请解扬州刺史,十月,进太宰,领司徒。颜延之卒于孝建三年八月,《宋书》云"蚤卒",按史书体例多指早于其父而卒。颜竣权倾朝野,亦在孝建之世,是颜测之卒,其在孝建中乎?以是《南史》作"大司马录事参军"者为是,《隋志》录测文集十一卷,亦记作"宋大司马录事",可作旁证。又,颜测仕历已难详考,惟《宋书·礼志二》载元嘉二十三年七月议丧礼,太学博士颜测议同顾雅。以颜竣生年推之,测或生于景平、元嘉间,其时或为二十三四岁。说参《颜竣生年、年岁及为丹阳尹》条。

颜师伯善逢迎

《宋书·颜师伯传》称师伯"善于附会,大被知遇",又称其"多纳货贿"。《南史》记其事云:"孝武尝与师伯摴蒱,帝掷得雉,大悦,谓必胜。师伯后得卢,帝失色。师伯遽敛子曰:'几作卢。'尔日,师伯一输百万。仍迁吏部尚书、右军将军。"按,事见《金楼子·杂记》,《南史》几不易一字。惟《金楼子》"百万"作"百金"。《南史》接叙师伯迁吏尚,事与摴蒱或相间隔,史臣连缀成书,或非有意,然读者则足资一噱,此倘亦所谓将本求利,小输大赢者欤?

乌衣之游

《宋书·谢弘微传》载,谢混自负门第才华,少所交纳。"唯与族子灵运、瞻、曜、弘微并以文义赏会。尝共宴处,居在乌衣巷,故谓之'乌衣之游',混五言诗所云'昔为乌衣游,戚戚皆亲侄(《南史》"侄"作"姓")'者也。其外虽复高流时誉,莫敢造门"。按,混之所为,实为树立家族声誉,且寓抗衡王氏之意,事关两族势力消长,兹不详考。其聚会、游赏、论辩、延誉,事在晋安帝义熙前期,与游者除灵运等外尚有谢晦。混于义熙八年被杀,群从中以弘微最幼,生于晋孝武帝太元十七年,传称"瞻等才辞辩富,弘微每以约言服之",是至早亦不得少于十五六岁,即义熙二三年。其时灵运甫袭爵(参《谢灵运袭爵及入仕》条);谢晦在孟昶府任参军,六年即至江州入刘裕幕;谢瞻、谢曜亦均在建康。故拟测"乌衣之游"在义熙三至五年前后,或无大谬。

谢惠连《雪赋》

《宋书·谢惠连传》载惠连元嘉七年通籍为司徒彭城王义康法曹参军。《诗品》卷下"区惠恭"条又记惠连兼记室参军。"是时义康治东府城,城堑中得古冢,为之改葬,使惠连为祭文,留信待成,其文甚美"。信,再宿也。此文经两日而成,成而改葬。文见《文选》卷六〇,署"元嘉七年九月十四日",其序详记古冢方位、形制、随葬品,正可视作现代考古发掘报告不祧之祖。《宋书》接叙"又为《雪赋》,以高丽见奇"。赋中假托邹阳作《白雪之歌》,有"怨年岁之易暮,伤后会之无因。君宁见阶上之白雪,岂鲜耀于阳春"诸语,张溥《谢法曹集》题辞云"盖自康乐失志,知己寂寞,廷尉论刑,目为反叛","小谢虽才,得兄益显"。灵运被廷尉奏论反逆,辜在元嘉九年。十年,大、小谢一时俱殒。观《雪赋》中语,意寄言外,"伤后会之无因"云云,或竟是元嘉九年冬灵运流岭南时作。张氏此论,不离大体。杨勇《谢灵运年谱》云:"考谢氏特多艳发之士,才思飘逸,自有风尚。……《谢方明传》:'方明十岁能属文,为祭文,留信待成,其文甚美。又为《雪赋》,亦以高丽见奇。'"误惠连为其父方明,岂读《谢方明传》未见"子惠连"三字欤? 又,"为祭文,留信待成",删节过甚,遂致文义破碎不可读。

《宋书·谢惠连传》误书

《宋书·谢惠连传》载惠连居父忧,作诗赠其男宠,"坐被徙废塞,不豫荣伍。尚书仆射殷景仁爱其才,因言次白太祖"云云,乃得于元嘉七年通籍为义康法曹参军。按，惠连丁忧在元嘉三年，其诗作流传而为当道所闻，当在四五年间。据《宋书·文帝纪》、《殷景仁传》，元嘉三年，殷景仁代到彦之为中领军，七年三月为领军将军，九年七月为尚书仆射，则《宋书》所书"尚书仆射"当作"中领军"或"领军将军"。《南史》误同。

谢惠连体

梁简文帝萧纲有《戏作谢惠连体十三韵》，"谢惠连体"之名，仅此一见。通篇情态妖娆，声韵流丽。其前四韵云："杂蕊映南庭，庭中光景媚。可怜枝上花，早得春风意。春风复有情，拂幔且开楹。开楹开碧烟，拂幔复垂莲。"陈祚明《采菽堂古诗选》评曰："未见惠连有此体，其诗应不传。要是《西洲曲》之余音，以萦绾见致。"说是。惠连集，据《隋志》所记为六卷，今存三十余首，所佚甚多。惠连少年好色，当不乏写情之作，《诗品》称其"工为绮丽歌谣，风人第一"。今存诗中若《捣衣》、《七月七日夜咏牛女诗》，皆属此类，惟不若简文诗作之冶丽。意拟古之作，亦如习书之背临，要不脱拟作者之风格也。《玉台新咏》卷五录何子朗《学谢体诗》，体格风韵，与萧纲此诗如出一辙，疑所谓"谢体"亦指惠连体。

又，小谢多有与大谢酬和之作。《西陵遇风献康乐》尚存；大谢有《答谢惠连诗》，小谢原作已佚。乐府同题之作有《陇西行》、《鞠歌行》、《顺东西门行》，句式相同，颇疑为同时之作。又《燕歌行》，《乐府诗集》卷三二录大谢两首，辞意极相近似，同押庚韵。一人两诗若是，殊不可解。《类聚》、《诗纪》后诗并作谢惠连，中华本《乐府诗集》据以改正，是。

谢惠连年岁

《宋书·谢惠连传》载惠连以元嘉十年(433)卒,年三十七。《南史》同。中华书局版《宋书》校记云:"'二十七'各本并作'三十七',据《文选·雪赋》注引《宋书》改。按惠连父方明任会稽郡在景平末,以元嘉三年卒官。又《谢灵运传》载元嘉初何长瑜在会稽教惠连读书,则惠连是时当不出二十岁。至元嘉十年,惠连卒,时年当二十七岁,故称'早亡'。"说是。李善注见《文选》卷一三《雪赋》引沈约《宋书》曰:"年二十七,卒。"按《宋书·谢方明传》载方明遭孙恩之变,遁走东阳,转道鄱阳还都,寄居国子学。元兴元年(402),卞范之欲以女妻之,不果。时方明二十三岁。盖以孙恩于隆安三年(399)攻破会稽,王、谢高门被杀者殊夥,一时视为巨变,故方明迟至二十三岁未娶。设惠连年三十七而卒,则当生于隆安元年(397),又与《谢方明传》相悖。以是"校记"、"二十七"之说,可为定论。

附,惠连之名,或出自《论语·微子》逸民"柳下惠、少连",孔子论其人为"不降其志,不辱其身"者。

李孝伯访问谢庄

《宋书·谢庄传》载:"元嘉二十七年,索虏寇彭城。虏遣尚书李孝伯来使,与镇军长史张畅共语。孝伯访问庄及王微,其名声远布如此。"按,元嘉二十七年,即北魏太武帝太平真君十一年,魏太武帝率兵南下,宋文帝遣义恭相拒于彭城。李孝伯与张畅先于城外应对,继则开城纳孝伯。孝伯北方之强,史称其体度恢雅,其与畅答对言辞,张弛有度,《魏书》、《北史》、《通鉴》及《宋书·张畅传》皆详记之,大体无出入,可证为实录。惜均未及谢庄,无由得知此人之评语。

谢庄尚宋文帝女

《宋书·谢庄传》不记谢庄尚主事。《宋书·孝武王皇后传》记宋世诸公主严妒,江湛孙当尚孝武帝女,帝使人作让婚表,云:"自晋氏以来,配尚王姬者,虽累经美胄,亟有名才,至如王敦慑气,桓温敛威,真长佯愚以求免,子敬灸足以违诏,王偃无仲都之质而倮露于北阶,何瑀阙龙工之姿而投躯于深井,谢庄殆自同于蒙叟,殷冲几不免于强钽。彼数人者,非无才意,而势屈于崇贵,事隔于闻览,吞悲茹气,无所逃诉。制勒甚于仆隶,防闲过于婢妾。"钱大昕《廿二史考异》云:"按,《谢庄传》无尚主事,疑以目疾辞,遂停尚主也。"按,钱说可商。表中列举王敦、桓温、刘惔、王献之、王偃、何瑀,其尚主皆史有明文。殷冲,《宋书》附《殷淳传》,仅百余字,未言尚主事,盖略而不记。若是,则谢庄安容例外?且表中明言此八人皆"配尚王姬",又总言之曰"彼数人者","制勒甚于仆隶,防闲过于婢妾"。若如钱氏之说,则谢庄何涉于"制勒"、"防闲"?《谢庄传》未书其尚主,原因已不可究,然以此表推之,尚主事固不容谓之为无。表中所言佯愚、灸足以下诸事亦不见诸人本传,可作逸史读也。

谢庄元嘉间仕历

《宋书·谢庄传》载庄"初为始兴王濬后军法曹行参军；转太子舍人，庐陵王文学，太子洗马，中舍人，庐陵王绍南中郎谘议参军；又转随王诞后军谘议，并领记室"。据《文帝纪》《二凶传》，始兴王濬以元嘉十六年二月为后将军、湘州刺史，同年闰八月为南豫州刺史，十七年十二月为扬州刺史，将军如故，置佐领兵，十九年罢府。一年之中，自建康之湘州，复自湘州之豫州，濬是时年仅十一，颠越播迁，似无必然之理，疑仅授官而未之镇也。十七年置佐领兵，谢庄入仕，当在此时，至迟不当晚于十九年刘濬罢府之后，时年二十左右。庐陵王绍，宋文帝第五子而嗣义真者，元嘉二十年出为南中郎将、江州刺史。谢庄为庐陵王文学自是在刘绍未任江州时。其后为太子洗马，中舍人，复之江州入刘绍府为谘议参军。集中有《游豫章西观洪崖井》诗、《自浔阳至都集道里名为诗》，《水经注·赣水》记豫章西北有散原山，山有洪井，飞流悬注，其深无底，旧说为洪崖先生之井，"又按谢庄诗，庄尝游豫章，观井赋诗，言鸾岗四周有水，谓之鸾陂，似非虚论矣"。足证谢庄曾在江州。又据《文帝纪》，元嘉二十六年七月，"以江州刺史庐陵王绍为南徐州刺史，广陵王诞为雍州刺史"，"十月，广陵王诞改封随郡王"，《沈怀文传》载随王诞出镇襄阳，以怀文为后军主簿，"与谘议参军谢庄共掌辞令"，则谢庄又尝在襄阳。

谢庄离江州，不在二十六年七月刘绍、刘诞徙镇之际，其证有二：一、集中有《侍宴蒜山诗》，据《文帝纪》，二十六年二月，驾幸丹徒，五月返建康，《文选》卷二二录颜延之《车驾幸京口等游蒜山作》善注引"集曰"亦作二十六年。是二十六年春谢庄在建康。二、谢庄《怀园引》云:"去旧国,违旧乡,旧海悠且长。回首瞻东路,延翩向秋方。登楚都、入楚关,楚地萧瑟楚山寒。"盖于秋日发自建康而之楚地,可知当在二十六年秋随刘诞入雍州。此诗作于次年即二十七年春,及至二十八年三月,臧质代刘诞为雍州,五月迁刘诞为广州刺史,谢庄当于此时返建康。

谢庄《殷贵妃诔》

《文选》卷五七录谢庄《宋孝武宣贵妃诔》,庄以是而复见宠于宋孝武。大明五年(461),孝武出行夜还,庄居守,执意须见手敕始开城门,盖效后汉郅恽故事,亦以明己之忠于职守,然孝武非光武,庄弄巧成拙,竟以此失欢,出为广陵太守,旋又入都为江夏王义恭长史。据《宋书》本传,此皆一年中事。传接叙"六年,又为吏部尚书,领国子博士,坐选公车令张奇免官,事在《颜师伯传》。时北中郎将新安王子鸾有盛宠,欲令招引才望,乃使子鸾板庄为长史。府寻进号抚军,仍除长史、临淮太守,未拜,又除吴郡太守。庄多疾,不乐去京师,复除前职"。按,子鸾为殷贵妃所出,爱冠诸子。据《孝武十四王传》,大明五年,迁北中郎将、南徐州刺史,又割吴郡以属之。殷贵妃卒,葬毕,复进号抚军、司徒。又据《殷贵妃诔》,殷氏以大明之年四月卒,诔有"白露凝兮岁将阑"之句,与《南齐书·丘灵鞠传》记灵鞠献挽歌诗"云横广阶暗,霜深高殿寒"(按,此二句《先秦汉魏晋南北朝诗》失收)时令正合,下葬已是深秋。则庄之复除吏部,自当在本年末。

据《南史·后妃传上·殷淑仪传》载,殷为刘义宣女,"义宣败后,帝密取之,宠冠后宫,假姓殷氏"。《宋书·武二王传》讳言其事,仅言"世祖闺庭无礼,与义宣诸女淫乱"。义宣为文帝异母弟,刘宋宫廷中冓,丑行秽事,此其一也。王鸣盛《十七史商榷》卷五九有《殷淑仪》条具论其事。殷氏卒,孝武哀伤备至,群臣挽诗文为其所赏,辄加迁擢,如谢超宗、丘灵鞠,甚者刘德愿与羊志以临墓恸哭得褒,江智渊以议谥不合被衔。谢庄此诔,文情兼备,《殷淑仪传》记"谢庄作哀册文(按,当即诔文)奏之,帝卧览读,起坐流涕,曰:'不谓当今复有此才。'"庄之复除吏部,皆此一诔之功,然竟以"赞轨尧门"句为废帝所忌恨,下狱"使知天下苦剧"。庄素多疾病,故出狱后一年余即病故。又按,据《建康实录》,诔庄下狱在前废帝景和元年九月。时帝发殷贵妃墓,且"诏收吏部尚书谢庄"。

王微《咏赋》公案

钱锺书先生《管锥编》册四页一二八〇论《全宋文》王微云:"宋陈仁子《文选补遗》收宋玉《微咏赋》,明刘节《广文选》沿之;杨慎(杨有仁编《升庵太史全集》卷四七)、胡应麟(《少室山房笔丛》卷二六)、钱希言(《戏瑕》卷一)、周婴(《卮林》卷九)、李茇青(《西云札记》卷三)、俞樾(《茶香室丛钞》卷一二)聚讼不已,或谓确是'宋玉《微咏赋》',或谓乃'宋王微《咏赋》'之讹。严氏此辑于历代相传之篇,虽知其依托附会,仍录存而加按语;本卷及《全三代文》宋玉卷中却未剌取《咏赋》或《微咏赋》,亦只字不道此公案,何哉?"钱氏博极群书而不作断语,矜严阙疑,录之备参。

王微卒年、年岁

《宋书·王微传》载,微"元嘉二十年卒,时年二十九"。孙虨《宋书考论》曰:"以江湛为尚书及下文何偃称长史参勘之,盖元嘉三十年卒也。王僧绰二十八年为侍中,年二十九,亦三十年卒,年三十一。微为其兄,年二十九当作年三十九。"中华书局本从孙说径改两"二"字作"三",是。据《江湛传》,湛为吏部尚书在元嘉二十七年;《何偃传》,偃为始兴王濬长史在二十九年。又,《南史·王微传》未记卒年,然记江湛举微为吏部郎,微不就,"其从弟僧绰宣文帝旨使就职,因留之宿。微妙解天文,知当有大故,独与僧绰仰视,谓曰:'此上不欺人,非智者其孰能免之?'遂辞不就,寻有元凶之变"。解天文而知大故,可置勿论,惟所记僧绰宣旨,则必为二十八年为侍中后事,传又言"寻"有元凶之变,则举吏部郎事或在二十九年欤?要之,微卒于元嘉三十年,年三十九,已无可疑。逯钦立《先秦汉魏晋南北朝诗》小传仍沿《宋书》,当未见《宋书考论》。

又,本传载微年十六,"州举秀才,衡阳王义季右军参军,并不就。起家司徒祭酒,转主簿,始兴王濬后军功曹、记室参军","父忧去官。服阕,除南平王铄右军谘议参军"。按,元嘉六年彭城王义康为司徒,前后凡十一年;十三年九月,刘濬立为始兴王;十七年十二月,南平王铄领石头戍事。是则微起家入仕,当在元嘉十年前后,年十八左右;传又云"微既为始兴王濬府吏,濬数相存慰,微奉答笺书,辄饰以辞采"。按,据《二凶传》濬"元嘉十三年,年八岁,封始兴王",十七年为扬州刺史,二十六年,出为南徐、兖二州刺史。时濬既解存慰,又解"饰以辞采"之答书,当已成年。是王微之入濬幕,或已在元嘉二十年后。

殷景仁为太尉行参军与陶诗《与殷晋安别》

《陶渊明集》有《与殷晋安别》诗，诸家皆以殷晋安为殷景仁。首主其说者为宋吴仁杰《陶靖节先生年谱》，义熙七年，"有《与殷晋安别》诗。其序云：'殷先作晋安南府长史掾，因居浔阳。后作太尉参军，移家东下，作此以赠。'按《宋武帝纪》，此年改授太尉，又按《殷景仁传》，为宋武帝太尉行参军。则所谓殷晋安，即景仁也。先生方避世，而景仁乃就辟，故其诗云：'语默自殊势，亦知当乖分。'又云：'兴言在兹春。'则此诗在春月作"。清陶澍《靖节先生年谱考异》、古直《陶靖节年谱》、朱自清《〈陶渊明年谱〉中之问题》说并同。梁启超《陶渊明年谱》则定于义熙六年，说云："裕以去年九月进太尉，殷为参军，当是本年事。"按，晋安即殷景仁，说是。诗序谓"殷先作晋安南府长史掾"，晋安何指，诸家皆避而不言，考《晋书》，诸王无封晋安者，亦无晋安将军之号，何以官晋安南府长史掾因居浔阳，更无从稽索。《宋书·殷景仁传》不记此事，仅言"初为刘毅后军参军，高祖太尉行参军"。按，据《宋书·武帝纪》，安帝时授刘裕太尉，前后凡三次：一在义熙五年九月，裕固让；二在六年六月，又固辞；三在七年二月、三月，乃受命。《通鉴》卷一一六记，"三月，刘裕始受太尉、中书监。以刘穆之为太尉司马，陈郡殷景仁为行参军"。梁氏既未细阅《宋书》，又未检《通鉴》，致有此误。诸家之说多以刘裕受太尉之年为推断，仅陶澍明言在七年三月而未注出处，盖以《通鉴》为习见之书。

殷淳女为刘劭妃及《资治通鉴》误文

《宋书·殷淳传附弟冲传》:"元凶妃即淳女,而冲在东宫为劭所知遇。劭弑立,以为侍中、护军,迁司隶校尉。"《南史》同。《通鉴》卷一二三记元嘉十五年四月,"纳故黄门侍郎殷淳女为太子劭妃"。淳卒于十一年,因曰"故"。然中华版同书卷一二七记劭弑父,"省扬州,立司隶校尉,以其妃父殷冲为司隶校尉",其误甚明。或以劭妃即淳女事系冲传,其下即叙授司隶校尉事,因而误读,遂致前后矛盾。胡三省于此无注,或是"父"上原有"叔"字而为刊刻时夺去。

殷铁为殷景仁小字

《全上古三代秦汉三国六朝文》殷景仁小传云:"景仁,名铁,以字行。"按,《宋书》、《南史》均不记,严说盖本陶澍《靖节先生年谱考异》。陶谱于义熙七年下云:"诗题下原注云:'景仁名铁。'考《刘湛传》,湛党刘敬文父成,诣殷景仁求郡,敬文谢湛曰:'老父悖耄,遂就殷铁干禄。'又《南史·范泰传》,泰卒,议赠开府,殷景仁曰:'泰素望未重,不可。'王宏(弘)抚棺哭曰:'君生平重殷铁,今以此为报。'刘知几《史通·模拟篇》曰:'凡列姓名,罕兼其字。苟前后互举,则观者自知。'裴子野《宋略》,上书桓玄,则下云敬道;后叙殷铁,则先著景仁。此必殷本名铁,后或以字行耳。"按,陶考盖不了南朝习俗。东晋以来,人多有小字,他人称之以示亲近,《世说》中比比皆是。《通鉴》卷一二二引刘敬文此语,胡注:"铁,殷景仁小字也。"不误。殷铁之称,复见于《宋书·三景文传》。王景文辞扬州刺史,明帝手诏譬之曰:"庶姓作扬州,徐干木、王休元、殷铁并处之不辞。卿清令才望,何愧休元;毗赞中兴,岂谢干木;绸缪相与,何后殷铁邪?"刘宋开国至明帝,历任扬州刺史为徐羡之、王弘、彭城王义康、殷景仁、始兴王濬、庐陵王绍、南谯王义宣、竟陵王诞、江夏王义恭、西阳王子尚、建安王休仁,其中非皇族仅此三人,而《徐羡之传》、《王弘传》不记"干木"、"休元",同于《殷景仁传》之不记"殷铁",盖皆小字也。《通鉴》卷一二四记孔熙先说范晔云,"近者殷铁一言而刘班碎首",卷一二四胡注云:"湛,小字班虎,故称之为班。"殷铁、刘班,并小字相提并论。南朝诸史,凡提及小字,多见于所记之某人言语中,史文直叙,则极少有书小字之例。文帝此诏,于徐、王、殷均书小字,意在示妻兄王景文以亲暱,不拘常礼。

又,南朝人以"铁"命名者甚少,晋谢邈父名铁,见《晋书·谢安传》。

刘义庆幕中文士

《世说》,编撰出自临川王府文士。《南史·宋宗室诸王传》称义庆"性简素,寡嗜欲,爱好文义",《宋书·谢灵运传》称其"招集文士"。其府中文士,可知者有:

张畅。《宋书·张畅传》记畅仕历为江夏王义恭征北记室参军、晋安太守,衡阳王义季安西记室参军、南义阳太守,临川王义庆卫军从事中郎,扬州治中别驾从事史,太子中庶子;刘骏镇彭城,又为安北长史、沛郡太守。据《武三王传》,义恭为征北将军、南兖州刺史在元嘉九年至十七年,义季为安西将军、荆州刺史在元嘉十六至二十一年,临川王义庆进卫将军在元嘉十六年。是则畅之入义庆幕当在元嘉十七年以后,时义庆为南兖州刺史。

何偃。《宋书·何偃传》记偃仕历为中军参军,临川王义庆两府主簿。太子洗马(不拜)。元嘉十九年,除庐陵王友。义庆号平西将军在元嘉九年至十六年,时为荆州刺史。偃或曾随任至江州。

鲍照。《宋书·刘义庆传》附入义庆府,时在江州。

袁淑。《宋书·袁淑传》记淑仕历为衡阳王义季右军主簿,迁太子司马,不拜。卫将军义庆雅好文章,请为谘议参军。则淑入义庆府在元嘉十六年后,时义庆为南兖州刺史。

萧思话。《宋书·萧思话传》记元嘉十四年,"迁使持节,临川王义庆平西长史、南蛮校尉","十六年,衡阳王义季代义庆,又除安西长史"。是萧思话在义庆荆州府前后凡两年。

盛弘之。《隋志》录《荆州记》三卷,署"宋临川王侍郎盛弘之撰"。

何长瑜。《宋书·谢灵运传》记长瑜为义庆平西记室参军,时在江州。

陆展。亦见《谢灵运传》。

此外,辟而不就者尚有羊欣、师觉授。

按,宋世诸王或有爱好文义者,然府中文士,无如齐萧子良、梁萧统兄弟之盛者。究其根源,或在宋文帝聪明猜忌,以义符、义真鹬蚌相争,义真深结谢灵运、颜延之等为殷鉴。故《宋书·颜竣传》曰,"元嘉中,上不欲诸王各立朋党",盖记实也。义庆幕中文士为刘宋之冠,可知者仅如上。至《世说》编定于何时,已无确证。

刘义庆出镇豫州及南兖州

《宋书·宗室传》载义庆于义熙十二年从刘裕北伐,还拜北青州刺史,未之任,徙豫州刺史。刘裕北伐,班师在义熙十三年冬。《南齐书·州郡志》"豫州"记"(义熙)十二年,刘义庆镇寿春,后常为州治",显误。按《宋书·州郡志》记此事为"(义熙)十三年,刺史刘义夫镇寿阳",《武帝纪》十二年正月,"以世子(义庆)为豫州刺史",《南齐书》所记从《宋书》,"二"当作"三",盖传抄之误,中华本失校。《通鉴》则系于义熙十四年正月,是月裕抵彭城,大封诸子侄及功臣,"以南郡公刘义庆为豫州刺史"。以情揆之,《通鉴》所记当较《宋书》确切。

同书又记"义庆在广陵,有疾,而白虹贯城,野麋入府,心甚恶之,固陈求还。太祖许解州,以本号还朝。二十一年,薨于京邑"。《文帝纪》载义庆薨于二十一年正月。《符瑞志》载元嘉二十年七月,"盱眙考城县柞树二株连理,南兖州刺史临川王义庆以闻",是义庆以疾还都,当为二十年七月后事,入京不足半载而卒。

何长瑜集

《隋志》录"平南将军《何长瑜集》八卷,亡"。按,所记官名必误,姚振宗《隋书经籍志考证》仍之未辨。长瑜事迹,分见《宋书·宗室·刘义庆传》及《谢灵运传》中。仅知其为东海人,元嘉初在会稽太守谢方明府教谢惠连读书;元嘉五年灵运辞永嘉守归里,又与惠连、何长瑜等文章赏会,为山泽之游。元嘉九年,临川王义庆镇荆州,招聚文学之士,长瑜与焉,为平西记室参军。以作诗轻薄放广州曾城令。时当在十七年义庆徙镇江州之前。迨庐陵王绍为江州刺史,乃招返以为南中郎行参军,掌书记。是终长瑜之世,均为幕僚县令,与品位甚高之平南将军相隔云泥。颇疑"将军"为"参军"之误,然史又不载刘绍为平南将军事;或长瑜在广州尝入刺史幕为僚佐,然据《宋书·陆徽传》、《刘道锡传》,徽以元嘉十四年至二十一年为广州刺史,继之者为道锡,二人均无平南之号。由是则《隋志》所录长瑜官名何以致误,已疑不能明。

至长瑜卒年,据《谢灵运传》载义庆卒后,何勖谓袁淑宜召还长瑜,淑以义庆新丧不便,未之允。"庐陵王绍镇寻阳,以长瑜为南中郎行参军,掌书记之任。行至板桥,遇暴风溺死",是未及返抵江州而卒。据《武三王传》,绍以元嘉二十年出镇江州,在任七年。义庆卒于元嘉二十一年,则长瑜之返江州溺死,或当在元嘉二十三四年。逯钦立《先秦汉魏晋南北朝诗》系此于元嘉二十年,误。

又,《全上古三代秦汉三国六朝文》录入长瑜"陆展染鬓发"四句,不当。此四句明系五言诗,《谢录运传》亦言"韵语"。

陆展仕历掇拾

《隋志》录"南海太守《陆展集》九卷"。按,陆展,吴人,陆徽弟,《宋书》附于徽传,仅言"弟展,臧质车骑长史、寻阳太守。质败,从诛"。据《宗室·刘义庆传》,义庆招聚文学之士,有袁淑、陆展、何长瑜、鲍照。《谢灵运传》记义庆迁荆州,何长瑜在江陵作诗讽谑"陆展染鬓发,欲以媚侧室"云云,可知陆展于元嘉十七年前当在荆州。《南齐书·陆澄传》载尚书令褚渊奏引前代故事云,宋世"左丞陆展弹建康令丘珍孙"。左丞即尚书左丞。南朝尚书省左右二丞,左丞职兼纠弹,故褚渊所奏引陆展事。以此知展尝为左丞,究在何时,已不可考。大致言之,当在元嘉二十八九年前。据《宋书·自叙》,沈约叙其父璞为淮南太守,"时中书郎缺,尚书令何尚之领吏部(按,据本传及《文帝纪》,时何尚之未领吏部),举璞及谢庄、陆展,事不行"。按,何尚之为尚书令在元嘉二十八年五月,事见《文帝纪》。据《宋书·百官志》,尚书丞为第六品,中书侍郎为第五品。陆展于元嘉二十八九年为何尚之所荐,时当为左丞,左丞至中书侍郎乃升擢也。其事不果,元嘉三十年正月臧质由雍州迁镇江州,开府仪同三司,陆展当即于是时去建康至江州。次年,臧质举兵反,军破被杀,陆展亦以从逆论死。是时何尚之曾上言以为论刑过重,孝武帝不听,事见《何尚之传》。至《隋志》所记"南海太守",则不知所据。

宋立国子学及范泰为祭酒

《宋书·范泰传》载,"高祖受命,拜金紫光禄大夫,加散骑常侍。明年,议建国学,以泰领国子祭酒"。《武帝纪》载,永初三年正月,诏立国学,"选备儒官,弘振国学",诏出傅亮手笔,《类聚》卷三八径题作"宋傅亮立学诏"。《礼志》载,"宋高祖受命,诏有司立学,未就而崩",泰传亦云"时学竟不立"。盖永初二年议立,学未立而先置祭酒,用以筹划。宋武于永初三年正月下诏,三月患病,五月卒。其时以继位事,政局混乱,自无暇以及立学。故景平二年范泰致仕,解祭酒。元嘉三年,复领祭酒,则有名无实,颇类今日所谓荣誉,元嘉二十六年,不学无术如江夏王义恭亦得领此职,益可明矣。职后至元嘉十九年而复立国学,并以何承天为祭酒,见《文帝纪》、《何承天传》。《礼志》云"太祖元嘉二十年,复立国子学,二十七年废",疑误。又,《类聚》卷三八录"宋郑鲜之请立学表",鲜之以元嘉四年卒,疑表亦是在永初中所上。

范泰佞佛

《宋书·范泰传》载泰"暮年事佛甚精,于宅西立祇洹精舍",《南史》同。祇洹精舍之名直搬给孤独长者为佛所建祇园精舍,"洹"、"园"或音译之异。泰父宁亦奉佛,《世说·言语》、《高僧传》卷六《慧持传》皆记其事。故泰早年即皈依佛法。《弘明集》卷一二录泰《论沙门踞食表》云:"臣少信大法,积习善性。"且言亲见先朝旧事沙门不踞云云。《高僧传》多载范泰奉佛事。卷七《慧义传》:"宋永初元年,车骑范泰立祇洹寺。以义德为物宗,固请经始。义以泰清信之至,因为指授仪则。时人以义方身子,泰比须达,故祇洹之称,厥号存焉。"是可为上引《宋书》本传语注解。同上记"宋元嘉初,徐羡之、檀道济等专权朝政,泰有不平之色,尝肆言骂之。羡等深憾,闻者皆忧泰在不测。泰亦虑及于祸,乃问义安身之术。义曰:'忠顺不失,以事其上,故上下能相亲也。何虑之足忧?'因劝泰以果竹园六十亩施寺,以为幽冥之祐。泰从之,终享其福"。此事亦可补《宋书》"徐羡之、傅亮与泰素不平"一语。泰通率任心,直言无忌。《南史·郑鲜之传》记泰尝于众中让诮鲜之"不肖之甚",鲜之其时已官太常、都官尚书,且舍外甥刘毅而附刘裕,极为裕所宠信,范泰之讥,虽乖情实,然可见其不避权贵。《宋书·赵伦之传》记其嘲谑伦之一事,尤见性格。伦之,刘裕舅父,"虽外戚贵盛,而以俭素自处。性野拙,人情世务,多所不解。久居方伯，颇觉富盛。入为护军，资力不称，以为见贬。光禄大夫范泰好戏，谓曰：'司徒公缺，必用汝老奴。我不言汝资地所任，要是外戚高秩次第所至耳。'伦之大喜，每载酒肴诣泰"。《慧义传》所记，意在弘扬三宝，然与史传互读，正可互为印证。范泰事佛精勤，与王弘、谢灵运、颜延之并名重一时，均宗奉竺道生，见《高僧传》卷七《竺道生传》。又尝与僧苞交往，奉之于祇洹寺。僧苞者，北人，鸠摩罗什弟子。在祇洹寺，谢灵运闻风而造，苞谓人曰："灵运才有余而识不足，抑不免其身矣。"事亦见《高僧传》卷七《僧苞传》。

范泰为天门太守及《晋书》误字

《宋书·范泰传》载，"荆州刺史王忱，泰外弟也，请为天门太守"，然不记年月。考《晋书》亦不记王忱为荆州年月，仅《孝武纪》记其卒于太元十七年十月。据《宋书·乐志》："桓石民为荆州，镇上明，民忽歌曰'黄昙子'。曲终又曰：'黄昙英，扬州大佛来上明。'顷之而石民死，王忱为荆州。"《晋书》又不记桓石民卒年，仅据《谢安传》知安于淝水之战后上疏让太保，不许，时在太元九年。安乃"以桓石民为荆州"。《晋书·孝武帝纪》，太元十四年六月，"都督荆、益、宁三州诸军事、荆州刺史桓石虔卒"，而据《桓石虔传》，石虔官豫州刺史，太元十三年卒，以是知《孝武帝纪》之"石虔"乃"石民"之误，各本均失校。太元十四年，桓石民卒，王忱继之为荆州，又以是知范泰为天门太守当在太元十四至十七年间。时其父范宁正为豫章太守，见《晋书·范宁传》。

范晔《后汉书》志与谢俨

范晔撰《后汉书》，今本十志乃刘昭取司马彪书合成之。按，《后汉书·皇后纪下》章怀注引沈约《谢俨传》曰："范晔所撰十志，一皆托俨。搜撰垂毕，遇晔败，悉蜡以覆车。宋文帝令丹阳尹徐湛之就俨寻求，已不复得，一代以为恨。其志今阙。"《册府元龟·国史部·采撰门》引同。按，《宋书》无《谢俨传》，岂章怀所见本有此传邪？今本《宋本》曾有错乱，《张畅传》凡两见，即其一例，或《谢俨传》亦在传钞中脱落乎？谢俨事迹，《宋书》仅见《王景文传》中。明帝末，王景文自陈求解扬州刺史，表有"比十七日晚，得征南参军谢俨口信，云臣使人略夺其婢。臣遣李武之问俨元由，答云使人谬误"。又，《南齐书·刘休传》记休于宋孝武帝时为湘东国常侍，"友人陈郡谢俨同丞相义宣反，休坐匿之，被系尚方七年，孝武崩，乃得出"。刘休匿藏谢俨，被系七年；谢俨预义宣谋逆，以孝武之残忍，反得全躯保命，十八年后官征南参军，亦可异已。范晔始撰《后汉书》在元嘉九年徙宣城后，自其时下迄王景文自陈解扬州表，已垂三十年，计谢俨或已年过六十。《后汉书》各志，范晔未及杀青定稿而被杀，然其委托谢俨搜撰之前，胸中必有成竹。章宗源《隋书经籍志考证》云，范晔十志篇名见于今存《后汉书》者，有《百官志》，见《后妃纪》；《礼乐志》、《舆服志》，见《东平王苍传》；《五行志》、《天文志》，见《蔡邕传》。是除《礼乐志》外，各志名并与续志同。续志有《礼仪》而不及《乐》，范志若成，则东汉乐府诗今所能见者自当多于沈约书中所录也。

《史通·编次》云："旧史以表志之帙介于纪、传之间，降及蔚宗，肇加厘革；沈、魏继作，相与因循。"浦起龙《通释》云："陈氏《直斋书录解题》谓范晔《后汉书》志借旧志注补之,其后纪、传孤行,至本朝孙奭始议合之。今观蔚宗厘革之语,知唐时旧本尚自合行,但附置纪、传后耳,不知何时析去。"刘氏精于史学,十志非范晔所作,不容不知,其言"蔚宗厘革",或有所本。又,《古今正史》云:"宋宣城太守范晔,乃广集学徒,穷览旧籍,删烦补略,作《后汉书》。""广集学徒"一事,《宋书》、《南史》皆不载,意晔撰《后汉书》尚有门人助手为之采集资料,如著作佐郎之于著作郎然。

范晔丁母忧及"四子"

《宋书·范晔传》记元嘉十六年,嫡母亡,"报之以疾,晔不时奔赴,及行,又携妓妾自随,为御史中丞刘损所奏。太祖爱其才,不罪也。服阕,为始兴王濬后军长史,领南下邳太守。及濬为扬州,未亲政事,悉以委晔。寻迁左卫将军、太子詹事"。据《宋书·文帝纪》,始兴王濬以元嘉十六年闰八月自湘州迁镇南豫州,十七年十月彭城王义康解扬州刺史,十二月以刘濬迁镇扬州。《刘道锡传》载,元嘉十八年道锡以退氐人有功,朝议,"右卫将军沈演之、丹阳尹羊玄保,后军长史范晔并谓"云云,知晔迁左卫将军应在元嘉十八年或稍后。《通鉴》卷一二四载,元嘉二十一年二月,"领右卫将军沈演之为中领军,左卫将军范晔为太子詹事",同为升迁而实分轩轾。本传云十六年嫡母卒,下又云其所生母于晔被刑前泣曰,知晔为庶出。然按制,父在嫡母卒,服丧一年;父不在嫡母卒,服丧三年(二年余)。晔嫡母以十六卒,据晔传,晔起为刘濬长史当在濬镇南豫州时,即十七年十二月前,若非夺情,则"十六"有误。晔因母丧不时赴而被劾,且传明言"服阕",颇疑"六"字误。

范晔被刑,《十七史商榷·范蔚宗以谋反诛》条谓"与其四子一弟同死于市"。一弟乃广渊,见《范泰传》,四子,中华本标作"蔼、遥、叔蒌",是为三子。"叔蒌"为一人抑二人,无他证可考。

又,《宋书·州郡志》不记有南下邳。仅有下邳郡,属徐州;又有北下邳郡,云"宋失淮北侨立",则是文帝以后事。南下邳当即下邳,然不属南豫州,南豫州又无下邳之名,或其间州郡治有分合而《宋书》失载,待考。

范晔谋逆

范晔谋逆一案,《宋书》本传言之凿凿,巨细不遗,可拟于《二凶传》记刘劭事,《文五王传》记广陵王诞谋逆无其详明。此盖当时大事,档案文书一应俱全,沈约因得据而书之。《魏书·刘裕传》亦云"太子詹事范晔以家门淫污,为世所薄,与熙先及外生谢综谋杀义隆,立其弟前大将军义康"。然核其细节,疑窦极多。王鸣盛《十七史商榷》卷六一有《范蔚宗以谋反诛》条辩之,略云:孔熙先欲弑帝,迎立义康,此真妄想之事,下愚亦知其必不能成,晔不当与其共谋。且晔尝以饮食细过为义康所逐,而与文帝君臣际遇,掌禁旅,参机密,忽欲操戈相向,非病狂丧心,何乃有此?晔言于上,以义康奸衅已成,将成乱阶,反谓欲探时旨,此皆求其故而不得,从而为之词者。要之,晔乃属知情不举,想系平日恃才傲物,憎疾者多,共相倾陷,《宋书》全据当时锻炼之词书之。陈澧《东塾集》有《申范》一卷,亦力辩范晔无谋反事。近人吕思勉《两晋南北朝史》赞同王说,略云:《宋书》言晔不即首款,及文帝示以所造符檄书疏墨迹,晔乃具陈本末,曰"久欲上闻"云云。其夜,文帝使何尚之视晔,晔曰:"外人传庾尚书(炳之)见憎,计与之无恶。谋逆之事,闻孔熙先说此,轻其小儿,不以经意。今忽受责,方觉为罪。君方以道佐世,使天下无冤。弟就死之后,犹望君照此心也。"夫使符檄书疏皆出于晔,尚何得喋喋咕哇?观其时对何尚之之言,则是谋逆惟闻诸熙先,此外罪状,悉属诬妄矣。史家行文,不能以己意为事实,亦断不能事事附以己意,加之辨正;据所传旧文书之,而其真伪则待后人自辨,固作史之道应尔。

按,王、吕之说大体近之。晔始为知情不举,其后则由首鼠两端而陷于不能自拔,符檄书疏墨迹固不容作伪也。孔熙先令其弟休先所作檄文,称文帝为"大行皇帝",而以弑逆归于赵伯符。时伯符为丹阳尹,委过卸罪,适得其人。以是知《范晔传》所记于二十二年九月为乱弑君事非为诬罔。晔于此案中所处地位近似徐湛之,湛之免祸,固由见机举发于前,然罪魁义康亦仅削籍,盖皆出会稽长公主之力,事见《徐湛之传》及《武二王传》。大狱既兴,势必有当其冲者,徐湛之、臧质、萧思话并释不问,则范晔遂为"贼帅",理固宜然。

晔之陷于绝境,王鸣盛所云憎疾者倾陷,厥为主因。《何尚之传》记刘湛诛,尚之迁吏部尚书。"时左卫将军范晔任参机密,尚之察其意趣异常,白太祖宜出为广州,若在内衅成,不得不加以斧钺,屡诛大臣,有亏皇化。上曰:'始诛刘湛等,方欲超升后进。晔事迹未彰,便豫相黜斥,万方将谓卿等不能容才,以我为信受谗说。但使共知如此,不忧致大变也。'晔后谋反伏诛,上嘉其先见"。其时为元嘉十八年前后,范晔仕途如风帆正满,安有谋逆之意。何尚之所谓"意趣异常",明系忌才构陷。文帝答语,亦委婉其辞,不斥其为诬而云事迹未彰,实则不信。设令确有逆谋实证,又安得轻纵而令其掌禁军、预机密?何尚之虽居吏部尚书而文帝未寄腹心,《徐湛之传》载尚之为尚书令,"而朝事悉归湛之。初,刘湛伏诛,殷景仁卒,太祖委任沈演之、庾炳之、范晔等",《庾炳之传》载尚之屡短炳之于文帝前,言其"诸恶纷纭,过于范晔,所少贼一事耳",其于庾、范之忌恶,从可知矣。前引晔谓尚之"外人传庾尚书见憎"云云,实为乞怜而兼利用矛盾。

《建康实录》卷一二、《通鉴》卷一二四皆记晔谋逆事,且引裴子野曰刘湛、范晔"切志而贪权,务才而徇逆",其论持平,亦显系不以晔为逆首也。《通鉴》所记孔熙先说范晔之辞详于《宋书》,其言之辩,可比于战国策士。至如谓范晔"谗夫侧目,为日久矣,比肩竞逐,庸可遂乎!近者殷铁一言而刘班碎首,彼岂父兄之仇,百世之怨乎?所争不过荣名势利先后之间耳。及其末也,唯恐陷之不深,发之不早,戮及百口,犹曰未厌"诸语,其利如刃,晔又安得而不动魄惊心乎?

陆凯赠范晔诗

《御览》卷九七〇引《荆州记》曰:"陆凯与范晔交善,自江南寄梅花一枝诣长安与晔,并赠花诗曰:'折花逢驿使,寄与陇头人。江南无所有,聊赠一枝春。'"按,所记本事极可疑。晔起家为刘裕相国掾,自当在义熙十四年六月裕受相国宋公九锡命后。前此,即义熙十三年九月,长安为刘裕部王镇恶所克,十二月,裕即班师东返。十四年十月,长安复为赫连勃勃所占。故范晔无由而至长安。陆凯其人,《宋书》不载。《魏书·陆俟传》载俟子馛有六子,琇、凯知名。清唐汝谔《古诗解》以为即此陆凯,且以《荆州记》所载为主客倒易,当为范晔折梅作诗赠陆凯。据《陆俟传》及《宋书·范晔传》核之,俟长于晔仅六岁,晔安得与其孙交善?又设令《宋书》所载范晔仕历不确,晔于义熙十三年已入刘裕幕,且从征长安,然其时陆俟仅二十六岁,理不得有孙。故唐说亦决难成立。

《荆州记》作者盛弘之,《隋志》题作"宋临川王侍郎",则与鲍照同在刘义庆幕中,鲍有《送盛侍郎饯侯亭》诗,当即其人。他无可考。临川王义庆卒于元嘉二十一年,范晔被杀于元嘉二十二年,是盛、范又为同时人。范晔仕途通达,文名极大,其未尝至长安,盛弘之不应不知。《荆州记》早佚,《御览》所引已无从核对。此诗五言四句,委婉含蓄,已是唐人五绝风致,然失粘。当为永明至陈、隋间作品。然别无确证,谨志疑如上。

裴松之《三国志注》成书之速

裴松之于元嘉中受命注《三国志》,六年七月,书成表奏。表有"自就撰集,已垂期月"之语。期月,意谓周年。裴注网罗繁富,注文多于陈寿史文数倍。《廿二史札记》卷六《裴松之三国志注》条谓"松之所引书凡五十余种";《廿二史考异》卷一五则一一列举引用书目,除与史家无涉者,凡一百四十余种;据高秀芳、杨济安《三国志人名索引》附《裴注引书索引》,计达二百余种。注文约略计之,多达六七十万字,成于一年之中,纵有佐吏书手,亦颇难想象。据《宋书·裴松之传》载,元嘉三年,诛徐羡之等后,分遣大使巡行天下,松之被遣使湘州。使反,"转中书侍郎、司冀二州大中正。上使注陈寿《三国志》,松之鸠集传记,增广异闻。既成,奏上"。则松之始撰此注,最早当不过元嘉四年,"期月"容或夸大,然前后至多约两年余,其速与沈约撰《宋书》正同。沈约尚有徐爰等旧本可资,裴注须遍检群书,或讥之为繁芜不纯,是皆隔岸观火类也。

又,裴松之表末署"中书侍郎西乡侯臣裴松之上","西乡侯"之封,《宋书》《南史》并失载。

裴松之卒年及补撰《宋书》

《宋书·裴松之传》载:"十四年致仕,拜中散大夫,寻领国子博士,进太中大夫,博士如故。续何承天国史,未及撰述。二十八年,卒。时年八十。"《南史》亦云:"使续成何承天国史,未及撰述,卒。"《史通·正史》言"后又命裴松之续成国史,松之寻卒",即据此。然《南史·裴子野传》又记松之受诏续修何承天宋史,"未成而卒",意谓已撰而未竣,与其前《裴松之传》所记不合。唐初史臣修《南史》,裴氏曾祖、曾孙两传分据《宋书》、《梁书》本传,子野传所记"未成而卒",盖直抄《梁书》。《梁书》记事本多含混,单行别观,尚不易察其讹误,《南史》作者合祖孙为一传不顾其凿枘,而览者则毋需比照两史即可了了。《文苑英华》卷七五四录裴子野《宋略·总论》,"曾祖宋中大夫西乡侯,以文帝之十二年受诏撰《元嘉起居注》,二十六年,重被绍(诏?)续成何承天《宋书》,其年终于位,书则未遑述作"。《建康实录》卷一四引此文,"十二"作"十三","二十六"作"十六"。"十二"、"十三",已难遽定,然"十六"上夺"二字",则无疑义。盖何承天卒于元嘉二十四年,松之自是二十六年受诏续作。《宋略》明言"未遑述作",益证《宋书》之是,《梁书》之非。至松之卒年亦当据《宋略》,盖"六"字草书,稍有漫漶,即易误作"八"。且二十六年受命,其时松之年已八十,当年而卒,不遑动笔,似更近情。又,据《建康实录》卷一二《太祖文皇帝纪》,裴松之领国子博士在元嘉十九年四月。余嘉锡先生《疑年录稽疑》据《建康实录》误夺"二"字而未检《文苑英华》,遽定元嘉十六年之说为是,似偶疏。

孔宁子

孔宁子，《隋志》录"宋侍中孔宁子集十一卷，并目录，梁十五卷"。《宋书》无传，事迹附《王华传》中，知曾为刘裕太尉参军，时当在晋安帝义熙六年裕受太尉后。逯钦立《先秦汉魏晋南北朝诗》小传云宁子为太尉主簿在"义熙初"，不当。《王华传》于元嘉元年宋文帝入京继位后记："先是，会稽孔宁子为太祖镇西谘议参军，以文义见赏，至是为黄门侍郎，领步兵校尉。"文帝以永初元年八月进号镇西，宁子为谘议参军当在此时。《宋书·褚叔度传》己少帝景平二年，富阳孙氏起兵反，褚淡之率兵镇压，"前镇西谘议参军孔宁子、左光禄大夫孔季恭子山士并在艰中，皆起为将军"，可知宁子在文帝入建康时复出。又据《隋志》，元嘉二年卒前官至侍中。

孔琳之善书

《宋书·孔琳之传》言琳之妙善草隶。《南史·王僧虔传》录僧虔论书云："桓玄自谓右军之流，论者以比孔琳之。"盖谓玄书方右军则不足，比琳之则相亚。《南史·王籍传》记"籍又甚工草书，笔势遒放，盖孔琳之流亚也"，正与僧虔之论合。庾肩吾《书品》以琳之入"中之上"，与羊欣、王僧虔并列，言"孔琳之声高宋氏"。于此皆可见琳之以书法名时。

张畅卒年及入仕年

《宋书》有《张畅传》二,分见卷四六、五九。王鸣盛《十七史商榷》卷六一《宋书为妄人谬补》条已详论之,以为卷四六传乃据《南史》妄补。李慈铭《宋书札记》则以为《宋书·张邵传》本亡,后人杂取《南史》等书补邵传,故并补入畅传。说均有理。卷五九《张畅传》记畅"孝建二年,出为会稽太守。大明元年,卒官。时年五十"。卷四六传及《南史》传记作"孝建二年,出为会稽太守,卒。谥曰宣"。按,畅之卒年当以卷五九为准。《宋书·五行志》记"孝武帝大明中,张畅为会稽郡,妾怀孕,儿于腹中啼,声闻于外。畅寻死",是畅卒于大明元年之证。

畅起家为太守徐佩之主簿。佩之,羡之侄也。《宋书》附《徐羡之传》,记其为宋武所宠,为丹阳尹、吴郡太守。少帝景平初,与王韶之、程道惠等人结党,走诣傅亮,称羡之意欲杀谢晦。则是时尚在建康而未之吴郡。元嘉三年正月,诛徐羡之,佩之免官。其为吴郡太守当在景平二年即元嘉元年前后。畅起家为主簿亦在此时,年十八。

又,畅传记"复起为都官尚书,转侍中,代子淹领太子右卫率",时当在孝建二年,说参《华林都亭曲水联句效柏梁体诗》条。

张辩行第及生卒年

《南齐书·张岱传》载:"岱少与兄太子中舍人寅、新安太守镜、征北将军永、弟广州刺史辨(《宋书》、《南史》作"辩"》),俱知名,谓之'张氏五龙'。"《宋书·张永传》载:"辩弟岱,昇明末,吏部尚书。"岱、辩行第,二史所记不同。《南史·张茂度传》记五子行第作演、镜、永、辩、岱,同《宋书》,唯"寅"作"演"。《南齐书·张岱传》亦记其兄弟五人,"寅、镜名最高,永、辨、岱不及也",序次又同《宋书》,是证前文"弟"字为衍。

《宋书·张永传》记张辩事迹,仅寥寥二十余字。据《宋书·张永传》,可推得永生于晋义熙五年(409)。《南齐书·张岱传》未记卒年,仅言岱自吴兴迁南兖州刺史,未释而卒,年七十一。同书《武帝纪》载永明二年三月,"以吴兴太守张岱为南兖州刺史",六月,"以安陆王子敬为南兖州刺史",岱卒于永明二年(484)三四月间,当无可疑。逆推其生年为晋义熙十一年(415)。是则张辩生年必在二者之间,概略言之,即义熙口期。卒年已难详考。据《高僧传》卷一三《僧瑜传》,辩于孝武帝孝建二年官平南长史。《宋书·五行志》记孝武帝大明三年(459),毛龟见宣城,太守张辩以献;同书《明帝纪》,泰始四年四月,以豫章太守张辩为广州刺史(《建康实录》同)。辩终于大司农,传列于《宋书》,则其卒当在宋末元徽、昇明间,年六十余。

《南史·徐爰传》误书

《南史·徐爰传》载,"元嘉中使著作郎何承天草创国史,孝武初又使奉朝请山谦之、南台御史苏宝生踵成之。孝建六年,又以爰领著作郎,使终其业"。按,孝建仅三年,此处"六年"盖袭《宋书》之文致误。《宋书·徐爰传》于此前记"孝建初,补尚书水部郎,转为殿中郎,兼右丞。孝建三年,索虏寇边,诏问群臣防御之策。爰议曰……"以下接叙撰国史事,"六年,又以爰领著作郎,使终其业",七年,"爰迁游击将军。其年,世祖南巡"。南巡南豫、南兖二州在大明七年,见《孝武帝纪》。《宋书·自叙》亦云:"宝生被诛,大明中,又命著作郎徐爰踵成前作。"《宋书·徐爰传》"六年"上盖脱"大明"二字,李延寿不察,奋笔承上补"孝建"二字,遂铸大错。

爰之国史多为沈约《宋书》所本,赵翼《廿二史札记》卷九《宋书多徐爰旧本》条尝详论之。

《宋书·何尚之传》志疑

《宋书》沈约《自序》记,沈璞以拒北魏功,授淮南太守。"时中书郎缺,尚书令何尚之领吏部,举璞及谢庄、陆展,事不行"。自注:"事见文帝中诏。凡中诏今悉在台,犹法书典书也。"按,此事当在元嘉二十九年之际,说参《谢庄元嘉间仕历》、《陆展仕历掇拾》条。据《宋书·何尚之传》、《文帝纪》,尚之以二十八年五月自左仆射转尚书令,领太子詹事;二十九年致仕,著《退居赋》,作态俨然,诏不许,复摄职,至袁淑乃著《真隐传》以嗤之。其领吏部,本传记作孝武帝初,而其时沈璞已被诛。《自序》记事及自注,当不至有误,是本传失载也。《何偃传》载偃转吏部,"尚之去选未五载,偃复袭其迹,世以为荣"。何偃转吏部在孝建三年八月,颜竣丁忧后,上去元嘉二十九年未及五载,可为承天在文帝末兼领吏部旁证。

传记尚之"家贫。初为临津令。宋武帝领征西将军,补主簿,从征长安"。按,《晋书·安帝纪》、《宋书·武帝纪》均未记刘裕有征西之号,仅记义熙八年克刘毅,次年抵江陵,领镇西将军。晋、宋间,中、镇、抚及四征将军品位相同,其时刘裕已有大将军、太尉、太傅之号,位在四征之上,"征西"或"镇西"者,只以其镇荆州而作锦上添花。

据《武帝纪》,义熙八年,征西将军、荆州刺史刘道规患疾辞归,代之以刘毅,是刘裕克刘毅前不得有征西之号。本纪记事恒确于列传,《何尚之传》之"征西"理当作"镇西",尚之入幕当在义熙九年或稍后。其入仕为临津令,或在义熙五六年间,年已近三十;在建康与谢混游处自更在前。

《宋书》本传又载,尚之女适刘湛子,而尚之与湛不协。"湛欲领丹阳,乃徙尚之为祠部尚书,领国子祭酒。尚之甚不平。湛诛,迁吏部尚书。……国子学建,领国子祭酒。"《南史》直书"徙尚之为祠部尚书,领国子祭酒",无后文。按,宋文帝立国子学在元嘉十九年正月,明见于《文帝纪》、《何承天传》。《建康实录》卷一二《文帝纪》载,元嘉十九年四月,"以何尚之领国子祭酒,中散大夫裴松之、太子率更令何承天领国子博士",是。国子学未立,何来祭酒?《宋书》重言"国子学建,领国子祭酒",则上文"领国子祭酒"五字当涉下而衍。《南史》又从而节删,益背史实。

何偃为吏部尚书

《宋书·何偃传》载,孝武帝即位,偃迁侍中,改领骁骑将军。转吏部尚书。"尚之去选凡五载,偃复袭其迹,世以为荣"。颜竣与偃俱在门下,以文义赏会,相得甚欢,然位次与偃未殊,意稍不悦。"及偃代竣领选,竣愈愤懑,与偃遂有隙"。按,《宋书·礼志三》记孝建二年十一月,有司奏"侍中、祭酒何偃议"云云,则是时偃尚未授选职,而祭酒一官,盖亦循其父尚之旧辙,本传略而未书。颜竣有吏尚之命,事在孝建二年闰七月,寻丁忧,说参《颜竣生年、年岁及为丹阳尹》条。竣既未之任而丁忧,代之者即为何偃,时当在孝建三年八月或稍后。

《刘穆之传附刘瑀传》载，瑀于孝建三年除益州刺史，坐夺人妻为妾，免官。大明二年，为吴兴太守。"侍中何偃尝案云'参伍时望'。瑀大怒曰：'我于时望何参伍之有？'遂与偃绝。及为吏部尚书，意弥愤愤"。此数语一若偃为吏尚在大明二年，叙事颠倒。又"及为吏部尚书"，"及"字下疑夺"偃"字，沈约以能文称，不当含混若此，几令读者误以刘瑀为吏尚。

《何偃传》记颜竣不愤，偃不自安，遂发心悸病，名送上药，备加治疗，得瘳。《刘瑀传》记大明二年，瑀疽发于背，何偃亦发背痈卒，瑀闻之欢跃，亦卒。是偃乃卒于痈疾。

何承天生卒年

《宋书·何承天传》载，元嘉二十四年，"承天迁廷尉，未拜。上欲以为吏部，已受密旨，承天宣漏之，坐免官，卒于家。年七十八"。《南史》同。《建康实录》卷一二载，元嘉二十四年八月，"御史中丞何承天将迁廷尉，且欲为吏部郎，便自举代。既受旨出，为人言之，以编敕得罪，卒于家"。按，"卒于家"，或在当年，或不在当年，殊难确断。《宋书》本传记"隆安四年，南蛮校尉桓伟命为参军"，设以承天元嘉二十四年七十八岁推之，其时为二十一岁。承天幼孤，叔父肸为益阳令，随之官，释褐起家，似不至过早，二十一岁或正其时。据此再推，当生于晋废帝太和五年。

何承天为著作郎撰国史

《宋书·何承天传》载,元嘉十六年,除著作佐郎,撰国史。《南史》同。据《宋书·恩幸·徐爰传》云:"先是,元嘉中,使著作郎何承天草创国史,世祖初,又使奉朝请山谦之、南台御史苏宝生踵成之。"《志序》云:"元嘉中,东海何承天受诏纂《宋书》。"《宋书·自叙》录沈约表云:"宋故著作郎何承天始撰《宋书》,草立纪传,止于武帝功臣,篇牍未广。"爰传及约表俱未明言何承天始创国史于何年,然皆书"著作郎何承天",证以《何承天传》,一若即于元嘉十六年草创。然《宋书》按叙"承天年已老,而诸佐郎并名家年少。颍川荀伯子嘲之,常呼为奶母"。"年少"下中华标点本《宋书》作逗号,《南史》作句号。《南史》是。盖荀伯子卒于元嘉十五年,年六十一,自不在"年少佐郎"之列。《宋书》荀传记伯子自负荫籍,谓天下膏梁,惟王、荀二氏,谢氏且不足数,性又尖刻好嘲戏,呼何承天为奶母,酌蠡知海,足见荀之为人。由此又可知何承天始撰国史必为元嘉十五年前事,《宋书》特记事含混耳。

《徐爰传》、沈约表、《建康实录》卷一二元嘉十二年并题"著作郎何承天",是。《何承天传》衍"佐"字。据何传及《宋书·百官志》,承天以元嘉七年补尚书殿中郎,兼左丞,位五品;出为衡阳内史,位五品;十六年除著作郎,《五行志》元嘉十八年记太子率史令何承天事,率更令与家令、仆并为太子三卿,位五品;十九年以本官领国子博士,博士位六品;迁御史中丞,位四品。著作佐郎品位甚低,在《隋书·百官志》列二班,而著作郎为六班,《宋书·百官志》秘书著作丞、郎位皆五品。是何承天自元嘉七年至二十四年间,官位并在五品、四品间,十六年免官后起复,亦不当为佐郎也。"佐"字盖因下文"诸佐郎"而"衍"。荀伯子嘲之为"奶母",亦以承天年老且非望族,主撰国史为郎,所领诸佐郎年少并出望族,故一若奶母也。

何承天著作及标点本之误

中华书局标点本《宋书·何承天传》载,"先是,《礼论》有八百卷,承天删减并合,以类相从,凡为三百卷,并《前传》、《杂语》、《纂文》、论并传于世。又改定《元嘉历》,语在《律历志》"。校语云:"'杂语'各本并作'杂论',据《南史》改。按《隋书·经籍志》著录何承天所撰《春秋前传》、《春秋前传杂语》、《纂文》。《南史》无'纂文'下之'论'字,有'及文集'三字。此无文集,而云论,或即谓《安边论》。"按,所校失当。《隋志二》"杂史"类录何承天《春秋前传》十卷、《春秋前杂传》九卷,后书两唐志录作《春秋前传杂语》。《隋志》无"前传杂语"之名,唐志所记疑是,《隋志》或为传抄之误,然不得径谓之见《隋志》。又,《纂文》一书,不见《隋志》,校语不知何据。中华标点本《南史·何尚之传》此句作"所《纂文》及文集,并传于世",《宋书》校记省书"所"字,《宋书》校语于"所"字下,"纂文"加书名号,并失当。盖尚之尝纂文为总集,故《南史》云"所纂",义较醒豁,然标点时加书名号,遂不可通。其书至梁时已佚,故《隋志》不载。

《宋书·何承天传》言其儒史百家莫不该览,据《隋志》,承天除《礼论》、《前传》、《杂传》外,复有《分明士制》三卷、《孝经注》一卷、《宋元嘉历》二卷、《历术》二卷、《验日食法》三卷、《刻漏经》一卷、《陆机演连珠注》一卷、文集三十二卷。厥功最巨者,则为律历、天文。《宋书·律历志序》:"天文、五行,自马彪以后,无复记录。何书自黄初之始,徐志肇义熙之元。今以魏接汉,式遵何氏。"又云:"元嘉中,东海何承天受诏纂《宋书》,其志十五篇,以续马彪汉志。其证引该博者,即而因之,亦由班臣、马迁共为一家者也。"《宋书·自叙》:"何承天始撰《宋书》,草立纪传,止于武帝功臣,篇牍未广。其所撰志,唯天文、律历,自此外悉委奉朝请山谦之。"《宋书·律历志中》录承天元嘉二十年表曰:"自昔幼年,颇好历数,耽情注意,迄于白首。臣亡舅故秘书监徐广,素善其事,有既往《七曜历》,每记其得失。自太和至太元之末,四十许年。臣因比岁考校,至今又四十载。故其疏密差会,皆可知也。"由此皆可窥见承天造诣之深,南朝一百七十年中,足与祖冲之相颉颃焉。

袁淑仕历

《宋书·袁淑传》载,"卫军临川王义庆雅好文章,请为谘议参军。顷之,迁司徒左西属。出为宣城太守,入补中书侍郎。以母忧去职,服阕,为太子中庶子。元嘉二十六年,迁尚书吏部郎"。据《宗室·刘义庆传》,谓淑"文冠当时,义庆在江州,请为卫军谘议参军"。义庆于元嘉十六年四月至十七年十月在江州,袁淑入幕必在此时。又据《文帝纪》,十七年一月,彭城王义康被黜江州,江夏王义恭代之为司徒,录尚书事。袁淑本以不为义康、刘湛所喜免官,故司徒左西属之司徒当为义恭。《谢灵运传》载,义庆卒,何勖谓袁淑曰何长瑜"便可还也",淑曰:"国新丧宗英,未宜便以流人为念。"长瑜流徙广州,何勖言于袁淑,可见淑之力足以援手,自是居中书郎时。淑阳以义庆方卒为言,或系何长瑜傲慢疏诞而恶之也。义庆卒于元嘉二十一年正月,袁淑出为宣城太守,当是十八九年间事。《袁淑传》接叙

"以母忧去职,服阕,为太子中庶子。元嘉二十六年,迁尚书吏部郎","其秋,大举北伐",袁在文帝前言愿上封禅书。"出为始兴王征北长史,南东海太守"。则丁忧或在二十二三年。而据《通鉴》卷一二五,记宋文帝欲经略中原,群臣争献策以迎合取宠,"御史中丞袁淑言于上曰:'陛下今当席卷赵、魏,检玉岱宗,臣逢千载之会,愿上封禅书。'"事在是年五月而非秋季。始兴王濬以二十六年十月出为征北将军,开府仪同三司,南徐、兖二州刺史,袁淑为其府长史在此时,《宋书》、《南史》皆记"还为御史中丞",《宋书·徐湛之传》记元嘉二十八年,湛之为御史中丞袁淑奏免官,是《通鉴》所记"御史中丞"为误书。

刘铄尝授右军将军

《宋书·文五王传》载,孝建三年,广陵王诞反于广陵,沈庆之往讨,诞奉表投之城外,有"右军、宣简、爱及武昌,皆以无罪,并遇枉酷"之语,右军指刘铄,宣简指刘宏。然《宋书》、《南史》并失记铄加右将军事。按,《杜骥传》记其兄坦于元嘉中尝官南平王铄右将军司马,《范晔传》记元嘉二十二年九月,"右将军南平王铄出镇",可知至晚自二十二年即加此衔以迄被害,其中刘劭弑立虽加中军将军,盖以伪命而不为孝武帝所沿袭。刘铄仕历中,此为应书而未书者。

刘铄诗

南平王刘铄,《诗品》以之与孝武帝、建平王宏同列一条,入下品,评曰:"孝武诗,雕文织彩,过为精密,为二藩希慕,见称轻巧矣。"按,兄弟三人诗风近似，然谓二藩希慕孝武，似乏的据。据《宋书·文九王传》，铄素不推事孝武，且于元嘉十七年即出镇，其时仅十岁，孝武以元嘉二十一年出镇，亦仅十五岁耳。及二人稍解文事至孝武即位前，十余年未尝聚会唱和，其诗风相近，盖《文心雕龙·时序》所谓"文变染乎世情"耳。《金楼子·说蕃》云："刘休玄少好学，尝为《水仙赋》，当时以为不减《洛神》；《拟古诗》，人以为陆士衡之流。"逯钦立《先秦汉魏晋南北朝诗》于《拟行行重行行》题下注云："《宋书》本传曰：'铄未弱冠，《拟古》三十余首，时人以为亚迹陆机。'"陈延杰《诗品注》于"刘铄"条下亦引"《宋书》曰"云云。按，此数语不见《宋书》，见《南史》。《义门读书记》卷四七《刘休玄拟古诗》云："按，二诗亦惧孝武之猜忍而作。"说非。《拟古》之作在文帝元嘉时，安得惧孝武之猜忍？又，《乐府诗集》录《寿阳乐》八首，注云："《古今乐录》曰：'《寿阳乐》者，宋南平穆王为豫州所作也。旧舞十六人，梁八人。'按其歌辞，盖叙伤别望归之思。"按，《古今乐录》所谓"作"、"制"，多指乐曲，偶亦兼指歌辞（如齐武帝《估客乐》）。《寿阳乐》，作思妇声吻，当是民歌歌辞，典雅婉转，稍异于《子夜歌》、《华山畿》一类，或入乐时曾经刘铄润色。歌辞八首，七首皆为五、三、五句型，惟第六首为三、三、五，疑首句有脱文。

刘铄献赤鹦鹉

《宋书·谢庄传》载，元嘉二十九年，庄除太子中庶子。"时南平王铄献赤鹦鹉，普诏群臣为赋。太子左卫率袁淑文冠当时，作赋毕，赍以示庄"，庄赋亦竟，淑以为不及而隐其作。庄赋今存残文，见《类聚》卷九一、《初学记》卷三十。然《宋书·符瑞下》又记："宋文帝元嘉二十二年，湘州刺史南平王铄献赤鹦鹉。孝武帝大明三年正月丙申，婴皇国献赤、白鹦鹉各一。宋文帝元嘉二十四年十月甲午，扬州刺史始兴王濬献白鹦鹉。"按，《符瑞志》体例以类相从，以年代先后为序，每朝第一条冠朝代名。此处所记以元嘉二条，忽间以大明，且元嘉二十四年前又冠"宋"字，已滋疑惑。刘铄献赤鹦鹉在元嘉二十九年，《谢庄传》所记谢庄、袁淑仕历皆合。设刘铄曾先后二次进献赤鹦鹉，《符瑞志》又何以不记二十九年？据《文帝纪》，二十二年正月辛卯朔，壬辰即正月初二，以湘州刺史刘铄为南豫州，《建康实录》同。是《符瑞志》所记官名亦有误。今本《宋书·符瑞志》阙失甚多，颇疑此处亦有讹误而《谢庄传》所记为确。

周朗

周朗，年仅三十六，官止内史，而《宋书》、《南史》皆为立传，盖奇才畸行，取忤当世，《南史》传论谓朗"始终之节，亦倜傥为尤"，足称公允。《宋书》本传录其《报羊希书》、《上书献谠言》两文，洋洋洒洒，占传文近十之九。《报羊希书》嬉笑怒骂，足使羊生搁笔钳舌；《魏书·刘骏传》则节引其上书，以为切中俗弊。《宋书·沈怀文传》记怀文与周朗、颜竣素善。竣与怀文皆以直言忤孝武帝，朗朗上书，言剀切而辞锋利，宜其以细故而见杀也。又，《萧惠开传》载惠开"转太子舍人，与汝南周朗同官友善，以偏奇相尚"，以周、萧二传及二人年岁推之，惠开以太子舍人转尚书水部郎、始兴王濬征北府主簿，濬加征北之号在元嘉二十六年，则周、萧同官东宫或当在元嘉二十二年前后，时周朗年二十左右。孝武帝孝建元年，萧惠开与何偃不睦，自请解职。其父思话叹曰："儿子不幸与周朗周旋，理应如此。"盖其时周朗亦以上言忤旨而自解去职。又,《南史·袁粲传》记粲大明中与萧惠开、周朗同车行,惠开自照镜曰"无年可仕",朗丸镜良久曰"视死如归",皆有自知之明。按,袁粲、沈怀文、萧惠开、颜峻诸人,并峻异傲岸,故并与周朗气味相投而皆不容于孝武。

宋明帝以饮食无度卒

《宋书·明帝纪》载,明帝在藩及即位之初,聪明好学,和令宽仁,其残忍虐暴则为泰始末事。实则诛杀孝武诸子多在泰始二年,被诛者皆为童稚,《宋书》本纪讳言耳。《南史·宋本纪下》所记较详,记其好饮食无节度,"以蜜渍鱁鮧,一食数升,啖腊肉(《建康实录》作"猪肉炙")常至二百胔"。《南齐书·良政·虞愿传》记此尤详:"帝寝疾,愿常侍医药。帝素能食,尤好逐夷,以银钵盛蜜渍之,一食数钵。谓扬州刺史王景文曰:'此是奇味,卿颇足不?'景文曰:'臣夙好此物,贫素致之甚难。'帝甚悦。食逐夷积多,胸腹痞胀,气将绝。左右启饮数升酢酒,乃消。疾大困,一食计滓犹至三升,水患积久,药不复效。"按,逐夷,晒干之咸鱼肠也。是明帝乃卒于胃疾,或即今日所谓溃疡。

宋明帝著作

《宋书·明帝纪》载,明帝在藩时,撰《江左以来文章志》,又续卫瑾所注《论语》二卷,行于世。按,《隋志》录作"《晋江左文章志》三卷,宋明帝撰",入史部簿录编。是则"江左以来"仅为东晋一朝而未及刘宋。志又载"《论语补阙》二卷，宋明帝补卫瓘阙，亡"，与本纪所云合。姚振宗《隋书经籍志考证》云："宋明帝有《周易义疏》及《泰始泰豫起居注》。"《周易义疏》二十卷，见《隋志》经部，注"宋明帝集群臣讲"，本纪载"才学之士，多蒙引进，参侍文籍，应对左右，于华林园含芳堂讲《周易》，常自临听"，为《隋志》所据。《泰始泰豫起居注》，《隋志》录有"《宋泰始起居注》十九卷，梁二十三卷"，"《宋泰豫起居注》四卷"，复有"《明帝在蕃注》三卷，亡"，并不著撰人，自当出于史臣。今与《周易义疏》同归之宋明帝著作中，显属行文疏失。《隋志》又录《香方》一卷，《赋集》四十卷，《诗集》四十卷，并题"宋明帝撰"。赋、诗二集附谢灵运《赋集》、《诗集》后，疑是明帝命文士续谢灵运所选总集，所录或皆元嘉以后诗文。明帝所作诗文，今仅存《宋书·乐志》、《乐府诗集》所录"郊庙歌辞"《昭德凯容乐》、《宣德凯容乐》二首，"舞曲歌辞"《皇业颂》、《圣祖颂》等十首。裴子野《雕虫论序》曰："宋明帝博好文章，才思朗捷，常读书奏，号称七行俱下。每有祯祥及幸宴集，辄陈诗展义，且以命朝臣。其戎士武夫，则托请不暇，困于课限，或买以应诏焉。于是天下向风，人自藻饰，雕虫之艺，盛于时矣。"于此可窥明帝诗作必富，其文集三十三卷，于刘宋诸帝中篇帙为第一。《廿二史札记》卷一〇有《齐梁之君多才学》条，实则宋世诸帝亦皆重文义。即前废帝年仅十七而被杀，本纪亦称其"自造世祖诔及杂篇章，往往有辞采"。至诸帝诗才，当首推孝武帝，《诗品》录之而不及他帝，正或由此。文风之变，系乎世情时序，人君不得独任其责。裴论锋芒所向，厥在当时，序言宋明帝，乃本托古讽今、此地无银之旧例云尔。

宋明帝好围棋及《通鉴》胡注之误

明帝好围棋,立围棋州郡大小中正,参《沈勃善弈》条。《南齐书·虞愿传》载,明帝"好围棋,去格七八道,物议共欺为第三品。与第一品王抗围棋,依品赌戏。抗饶借帝,曰:'皇帝飞棋,臣抗不能断。'帝终不觉,以为信然,好之愈笃"。《通鉴》卷一三三叙此事,胡三省于王抗语下注云:"围棋之势,联属不断,然后可以胜人。若为人断之,则为所胜。"同卷记王景文与客围棋,奉明帝手敕赐死,"神色不变,方与客思行争劫",胡注云:"棋有行有劫。行者,欲言东而声出于西也;劫者,先有彼我两急之势,彼欲出此,则我劫徙以制之也。"按,胡氏盖不解围棋,强为之说。"飞",斜行也;抗语中与"断"对言;劫,黑白双方于一处互可提一子,一方提子后他方必间隔一手而后可提;行,即今之所谓走棋下子之意。此皆棋中术语,今日仍沿用之。

华林都亭曲水联句效柏梁体诗

《类聚》卷五六录宋孝武帝刘骏与诸王大臣《华林都亭曲水联句效柏梁体诗》,预此会者有"扬州刺史江夏王义恭"、"南徐州刺史竟陵王诞"、"领军将军元景"、"太子右率畅"、"吏部尚书庄"、"侍中偃"、"御史中丞颜师伯"。钩稽《宋书·孝武帝纪》及诸传,可定此诗为孝建二年之作。《孝武帝纪》载,孝建二年"冬十月壬午,太傅江夏王义恭领扬州刺史,骠骑大将军、扬州刺史竟陵王诞为司空、南徐州刺史"。《张畅传》载,畅以孝建二年出为会稽太守。如定此诗作于是年十月，与柳元景、谢庄、何偃、颜师伯诸人仕历亦合。刘诞所联句为"策拙枌乡惭恩望"。枌乡盖用《史记·封禅书》刘邦起兵祷于丰之枌榆社事，借指帝乡，即扬州。若以为指广陵，则此句为迁南兖州时所作，当在次年即大明元年秋，而其时张畅已卒于会稽，谢庄亦改都官尚书，皆相凿枘。其时刘诞已遭孝武疑忌，故以扬州刺史而迁南徐，心中不平而为牢骚，故有"策拙枌乡"之语。诞迁镇，孝武阳示恩宠，冠以司空，复饯之于华林园，联句，以示友于，实则各怀鬼胎，果未几，即图穷匕现而有广陵之乱。

《宋书》记刘宏仕历误字

《宋书·文九王传》载，建平王宏以刘劭弑逆后奉孝武帝命迎太后，"还，加冠军将军，中书监、仆射如故"。中华排印本改"冠军"为"中军"，校云："'中军'各本作'冠军'，据《南史》改。冠军，小号，宏前已为镇军，中镇抚三号比四镇，由镇军加号为中军。资序正合。"按，所据改是。《宋书·孝武帝纪》孝建二年十月记"中军将军建平王宏为尚书令"，《礼志二》记孝建三年三月，"尚书令、中军将军建平王宏"议丧礼，可作旁证。又，《礼志三》载，"孝建二年正月庚寅"议郊礼，"尚书令建平王宏重参议"，谓朱膺之议为允。中华排印本校记云："按是月癸巳朔，无庚寅。"按，刘宏迁尚书令事在二年十月，正月尚为左仆射。诸志所记官号例较详确。《乐志一》记孝建二年十月辛未，"左仆射建平王宏"议郊庙乐舞，此盖迁尚书令之前一日。"二年"当为"三年"传抄之误，三年正月有庚寅。

丘渊之著作

《隋志》录有"宋绛事中丘深之集七卷,梁十五卷"。"深"本作"渊",避唐讳改。其事迹,《宋书》、《南史》均附《顾觊之传》,以《宋书》为稍详:"先是,宋世江东贵达者,会稽孔季恭,季恭子灵符,吴兴丘渊之及琛,吴音不变。渊之字思玄,吴兴乌程人也。太祖从高祖北伐,留彭城,为冠军将军、徐州刺史,渊之为长史。太祖即位,以旧恩历显官,侍中,都官尚书,吴郡太守。卒于太常,追赠光禄大夫。"东晋后士大夫操南音、北音,陈寅恪先生已详言之,此不具论,惟丘氏为南方土著望族,观此而益明。

《隋志》又录《晋义熙以来新集目录》三卷,入"薄录编",不著撰人。《旧唐志》录作"《晋义熙以来杂集目录》,丘深之撰",《新唐志》录作"丘深之《晋义熙以来新集目录》三卷",是作者为丘渊之,《隋志》偶失载耳。《世说》注引丘渊之著作凡六见,《言语》引作《文章录》、《新集录》,《文学》引作《文章叙》,《识鉴》、《宠礼》(二见)引作《文章录》,内容皆名士小传。姚振宗《隋书经籍志考证》据此云:"是丘渊之所撰乃《新集文章叙录》也,亦称《新集录》,亦云《杂集目录》,皆裒诸家文集之目录以为一编,当与后诸家文章志相类入,列之此实不类也。"按,姚考可商。《晋义熙以来新集目录》简称《新集录》则可,称《文章录》则相去过远。丘渊之所撰,当为两种,即《晋义熙以来新(杂)集目录》及《文章录》,前者《隋志》录入而遗撰者,后者当在梁末亡失,故《隋志》搜采未及,并书名而不录,端赖《世说》注而得窥片羽。《晋义熙以来新集目录》盖目录之书,与文章等异,固当列之《七略》、《晋中经》之后,姚说以两书为一,而又泥定《隋志》所录即刘注所引,遂启疑窦而以《隋志》列次为不当。

　　章宗源《隋书经籍志考证》,于《晋义熙以来新集目录》无考,另补《文章录》一书,注"卷亡,丘渊之撰,不著录"。失彼得此,是也。惟章氏又云:"又《世说·德行篇》注嵇康拜中散大夫;《文学篇》注何晏能清言,士多宗之,又云晏著论与圣人同;《巧艺篇》注韦诞有文学,善属辞;《北堂书钞·艺文部》应璩善为书记;《艺文类聚·人部》杜挚与毌丘俭乡里相视,《职官部》应贞为中庶子,并题《文章叙录》,亦不著撰名。"说误。《文章录》与《文章叙录》为二书,前者为丘渊之撰,后者为荀勖撰。《文章叙录》,余嘉锡《世说新语笺疏》引张政烺说,谓即隋志之《杂撰文章家叙录》,两唐志之《新撰文章家叙录》。按,《三国志》裴注、《世说》刘注皆引《文章叙录》。《王粲传》注即三见其文,观其体例,于叙行事中夹引著作,近于"文章志"一类,故章氏不察而合二为一。裴松之与丘渊之同时,《三国志》注成于元嘉六年,必不能引丘渊之所撰书。

　　又,渊之文集《隋志》题官名作给事中。给事中官位低于尚书、太常,或是其结集时之官位。

《诗品》记区惠恭事序次有误

　　《诗品》卷下录"监典事区惠恭"。按,惠恭之名不见《宋书》、《南齐书》,《隋志》亦不载其集,是端赖《诗品》以存也。钟嵘此条所记,皆惠恭轶事,云:"惠恭本胡人,为颜师伯干。颜为诗笔,辄偷定之。后造《独乐赋》,语侵给主,被斥。及大将军修北第,差充作长。"时谢惠连兼记室参军,惠恭作《双枕诗》,谢以之为己作,见赏,谢乃言其真相云云。按,大将军即彭城王义康,谢惠连以元嘉七年(430)入义康幕为法曹参军,元嘉十年卒。义康修治府第,事在七年九月,说参《谢惠连〈雪赋〉》条。惠恭为作长,与谢惠连善,当非虚构。惟元嘉七年颜师伯年仅十二,惠恭焉得在此前为其干吏,偷定其诗笔?师伯终文帝世,历为臧质、刘骏幕僚,亦不得有干吏也。如《诗品》所记属实,则偷定诗笔必在孝武帝时。此二事序次颠倒,且不涉因果。《诗品》所书"被斥"、"及"诸语,或据当时传闻惠恭二事强为缀合而未及细考。

又,义康进位大将军在元嘉十六年,钟氏记遗闻轶事,信笔书之,无关宏旨也。

吴迈远族诛

吴迈远,《玉台新咏》卷四录其乐府四首,《乐府诗集》除《玉台》著录者外,复录《棹歌行》等五首,兼慷慨婉转之致,在宋季可谓挺出。惟《宋书》不载其名,《南史·文学传》附于《檀超传》,记其好自夸而嗤鄙他人,宋明帝闻其诗名,召之,不喜。《诗品》卷下有"齐朝请吴迈远"条,"齐"当作"宋",钟嵘误记。其为奉朝请,即在明帝时乎。《南齐书·丘巨源传》载,宋后废帝元徽初,"桂阳三休范在寻阳,以巨源有笔翰,遣船迎之,饷以钱物。巨源因太祖(萧道成)自启,敕板起巨源使留京都。桂阳事起,使于中书省撰符檄。寻平,除奉朝请"。巨源所望甚奢,不获,乃与袁粲书自陈不平,列论己功,有云:"窃见桂阳贼赏不赦之条凡二十五人,而李恒、钟爽同在此例,战败后出,罪并释然,而吴迈远族诛之。罚则操笔大祸而操戈无害,论以赏科,则武人超越而文人埋没,其四可论也。且迈远置辞,无乃侵慢,民作符檄,肆意詈辱,放笔出手,即就齑粉。若使桂阳得志,民者不辗裂军门,则应腰斩都市,婴孩脯脍,伊可熟念。其五可论也。"臣源书中以迈远与已对应比照，巨源撰符檄而邀末赏，迈远之遭族诛，当是为休范叛逆文书挥翰操笔，似无疑。《宋书·文五王传》所录休范与袁粲、褚渊书，亦当出自迈远之手。《隋志》录有"宋江州从事吴迈远集一卷，残缺。梁八卷"。按，休范以木讷少知而全身于明帝之世，及明帝卒，休范自谓应居宰辅，事不果而结怨愤，乃招引文人勇士，意在起兵发难。丘巨源亦在见招之列，而见机引避，吴迈远之为江州从事，或亦在明帝末、后废帝初。休范出镇江州在泰始六年，其后二年而明帝卒。迈远既不为明帝所赏，又狂傲莫二，其入休范幕，作符檄，固无足怪。

又，姚振宗《隋书经籍志考证》云："《南史》上文附载豫章熊襄事，此云'又有吴迈远者'，明迈远亦是豫章郡人，为本州从事也。"按，姚说可商。《檀超传》附熊襄事，盖以《齐典》类及；附吴迈远事，盖以檀超闻吴自夸语而笑之，未必以豫章人而附熊襄后也。

释慧琳

释慧琳，《宋书》、《南史》均有传，为沙门中所仅见。《宋书》见《夷蛮传》，《南史》见《夷貊传》。琳在释氏为异端，在朝廷为政客，高展貂裘，宾客填咽，至有"黑衣宰相"之称。其所作《均善论》，或称《白黑论》，与顾欢《夷夏论》、范缜《神灭论》同属南朝释门重大公案，驳难之文，具见《弘明集》中。《宋书》、《南史》、《高僧传》记其行事颇多，钩稽如后。

《宋书·武三王传》记庐陵王义真与谢灵运、颜延之、慧琳情款异常，"云得志之日，以灵运、延之为宰相，慧琳为西豫州都督"。及义真被逐，谢、颜外放，未见涉及慧琳。汤用彤先生《汉魏两晋南北朝佛教史》第十六章《竺道生》考谢灵运作《辩宗论》在永嘉时，谢其时有《答

(法)纲(慧)琳二法师书》辩顿悟,其时法纲、慧琳或同在虎丘。说可参。宋文帝入继帝位,慧琳仍以方外士而周旋权贵。《宋书·谢弘微传》载元嘉四年谢曜卒,弟弘微哀戚过礼,服虽除,犹不啖鱼肉。慧琳诣弘微,"弘微与之共食,犹独蔬素",慧琳乃劝以复膳,毋以无益伤生。其时义真一案已平反,慧琳出入豪门,乃得益无挂碍。《高僧传》卷七《慧严传》载,元嘉十二年,宋文帝谓何尚之:"近见颜延之推《达性论》、宗炳《难白黑论》,明佛汪汪,尤为名理,并足开奖人意。若使率土之滨,皆敦此化,则朕坐致太平,夫复何事?"按《宋书》、《南史》琳传皆言文帝见《均善论》(《白黑论》),赏之,慧琳于元嘉中遂参权要。颜、宗二论,均驳辩慧琳之说,而自人君观之,双方均意在致天下太平,故皆奖之而不作左右袒。又据此,《均善论》之作,当在元嘉十年前后,慧琳亦由是而以道人而参权要,遂其永初间未竟之志矣。《通鉴》卷一二〇系慧琳参权要,孔觊叹为黑衣宰相事于元嘉三年诛徐、傅后,其时过早,当是与征谢、颜连类书之。其后复有颜延之诋诃一事。《宋书·颜延之传》记慧琳为文帝赏爱,召见常升独榻,延之因醉上白云:"昔同子参乘,袁丝正色,此三台之坐,岂可使刑余居之?"其事当在元嘉二十二年前后,说参《颜延之元嘉间仕历》条。

慧琳之见宠,复有两事以证之。《宋书·武二王传》载元嘉十七年,义康结党弄权,文帝忌而以为江州刺史。临发,遣慧琳视之,以示抚慰。义康问:"弟子有还理不?"琳答:"恨公不读数百卷书。"盖微讽义康不知满盈招损之理也。又《范晔传》载,晔《和香方序》所言诸药,悉以隐射朝士,"甘松、苏合、安息、郁金、棕多、和罗之属,并被珍于外国,无取于中土",即以比慧琳。此序之作,亦当在元嘉二十年前后。

《高僧传》卷七《道渊传》:"渊弟子慧琳,本姓刘,秦郡人。善诸经及《庄》、《老》,俳谐好语笑,长于制作。故集有十卷。而为性傲诞,颇自矜伐。渊尝诣傅亮,琳先在座。及渊至,琳不为致礼。渊怒之,彰色,亮遂罚琳杖二十。宋世祖雅重琳,引见常升独榻。颜延之每以致讥,帝辄不悦。后著《白黑论》,乖于佛理,衡阳太守何承天与琳比狎,雅相击扬,著《达性论》,并拘滞一方,诋呵释教。颜延之及宗炳《难》《驳》二论,各万余言。琳既自毁其法,被斥交州。"按,慧琳为傅亮所杖,或当是晋末事。若在宋武帝时,正受庐陵宠信,亮不得而杖之;景平、元嘉初,庐陵被放死,琳又不得而诣傅亮也。又,传所记"世祖"当作"太祖",延之自元嘉三十年致仕,孝武帝时已不问世事,三年而卒。证以《宋书》颜传所记斥慧琳事,益可证《高僧传》之说。至慧琳被斥放交州,《宋书》、《南史》均未书,计时或当在文帝身后。

苏宝生

《诗品》卷三有"宋御史苏宝生"条。宝生,一名宝,事迹附《宋书·王僧达传》,仅五十余字,云:"苏宝者,名宝生,本寒门,有文义之美。元嘉中立国子学,为《毛诗》助教,为太祖所知。官至南台侍御史,江宁令。坐知高阇反不即启闻,与阇共伏诛。"《王僧绰传》记孝武帝赐王僧达死,诏有僧达"唇齿高阇,契规苏宝"之语,僧达之预高阇之谋固属冤狱,苏宝生一介文人,陷身必不可成之事,于理似亦有悖,或者竟是因与王僧达过从而株连及之。按,宝生为文士、史学家。《宋书·恩幸·戴明宝传》载董元嗣为刘劭所杀,孝武即位,"使文士苏宝生为之诔焉",则宝生于孝建初似尚居下僚,故不书官职。旋即为南台侍御史,《宋书·恩幸·徐爰传》记何承天于元嘉中草创国史,"世祖初,又使奉朝请山谦之、南台御史苏宝生踵成之"。又,宝生尝与鲍照、徐爰同列,《南齐书·文学·贾渊传》记,孝武世,青州人发古冢,铭曰"青州世子,东海女郎",帝问学士鲍照、徐爰、苏宝生云云。是宝生除工诗善文外,又精熟史事。

毛伯成

《诗品》卷下有"齐参军毛伯成、齐朝请吴迈远、齐朝请许瑶之"条。吕德申《钟嵘〈诗品〉校释》改"齐"为"晋",校云:"'晋参军',考索本'晋'原误作'齐'。各本同。古直《钟记室〈诗品〉笺》:'当云晋参军。'《隋书·经籍志》:'《毛伯成诗》一卷。'注:'伯成,东晋征西参军。'"许文雨《钟嵘〈诗品〉校释》引《世说·言语》:"毛伯成既负其才气,常称:'宁为兰摧玉折,不作萧敷艾荣。'注引《征西寮属名》曰:'毛玄成(按,"成"字误衍),字伯成,颍川人。仕至征西行军参军。'"按,二说均据姚振宗《隋书经籍志考证》,说是。"齐毛伯成"当作"晋毛伯成"。《诗品》中类似讹误尚多,或为钟嵘疏失,或则传抄之误。又,《隋志》毛伯成凡二见。"别集类"录"《毛伯成集》一卷","总集类"录"《毛伯成诗》一卷","征西参军"即为"总集类"下注,"参"误作"将",中华本已改正。"别集类"列《毛伯成诗》于晋集最后,毛或东晋末人。又,《毛伯成诗》不当列"总集类",且一人二集分列两类亦殊费解。疑"诗"上有脱文,或是"征西寮属"之类。

王僧达入仕年

《宋书·王僧达传》载,僧达"少好学,善属文。年未二十,以为始兴王濬后军参军，迁太子舍人"，与兄王锡不协，求出为郡，吏部郎庾炳之以为不当。按，《庾炳之传》记元嘉十七年冬刘湛诛，炳之为吏部郎，"顷之，转侍中，本州大中正"。据《通鉴》卷一二三，炳之为郎在元嘉十七年十二月，转侍中当是元嘉十八九年事。《文帝纪》、《二凶传》载元嘉十七年十二月，以始兴王濬为扬州刺史，"将军如故，置佐领兵"。时濬年仅十二岁（见《尚史·宋宗室及诸王传下》），前此已有湘州、南豫州刺史之命，至是始置佐领兵，然军政诸事一应委之范晔、沈璞（见《通鉴》卷一二三）。僧达之入仕亦当在此时，时仅十八岁，迁太子舍人后求外出，当在元嘉十八年。传又记其丁母忧，"服阕，为宣城太守"，元嘉二十八年，魏军侵江北，僧达求入卫，见许。"贼退，又除宣城太守。顷之，徙任义兴"；《宋书·符瑞志》载，元嘉二十六年四月，"白虎见南琅玡半阳山，二虎随从，太守王僧达以闻"。本三年一任之例，僧达出为宣城当不早于二十五年底，逆推知其丁母忧当在二十三四年。

王僧达被诬谋逆

王僧达以大明二年下狱赐死，《宋书》本传言"僧达屡经狂逆，上以其终无悛心，因高阇事陷之"。僧达猖狂种种，《南史》本传所记较详，其取死关捩，厥在鄙薄路琼之而为路太后所怒。此事屡经史家引用，以为甲族子弟狂傲之证。《南史·王僧达传》："黄门郎路琼之，太后兄庆之孙也。宅与僧达门并。尝盛车服诣僧达，僧达将猎，已改服。琼之就座，僧达了不与语，谓曰：'身昔门下驺人路庆之者，是君何亲？'遂焚琼之所坐床。太后怒，泣涕于帝曰：'我尚在而人陵之，我死后乞食矣？'帝曰：'琼之年少，无事诣王僧达门，见辱乃其宜耳。僧达贵公子,岂可以此加罪乎?'太后又谓帝曰:'我终不与王僧达俱生。'"《宋书》载此事于《后妃·文帝路淑媛传》,但无"终不与王僧达俱生"语,似不当,此盖画龙之睛,不可或缺者也。凉之,"太后兄庆之孙",《宋书》作"太后弟子"。《宋书》是。按,《宋书》见《后妃·路淑媛传》:"大明四年,太后弟子抚军参军琼之上表曰:'先臣故怀安令道庆赋命乖辰,自违明世。敢缘卫戍请名之典,特乞云雨,微垂洒润。'""先臣"自当指亡父。《南史·后妃传上·路太后传》记作:"大明四年,太后弟子抚军参军琼之上表自陈。有司承旨,奏赠琼之父道庆给事中。"是"道庆"即"庆之",路太后弟,琼之父,《南史·王僧达传》书作"兄孙",前后矛盾,误。中华标点本失校。

又,《宋书·羊玄保传》记玄保子戎"与王僧达谤议时政,赐死",孝武帝收僧达下狱诏有"倚结群恶,诬乱视听"之语。僧达自恃门第才华,轻险诞傲,不受驾驭而不为孝武所容,亦在意中。乃至被收下狱,又复作乞怜攀扯,《宋书·颜竣传》载"及王僧达被诛,谓为竣所谗构,临死陈竣前后忿怼,每恨言不见从",孝武杀颜竣,复以此为口实。《通鉴》卷一二八云僧达"五岁七徙,再被弹削。僧达既耻且怨,所上表奏,辞旨抑扬,又好非议朝政,上已积愤怒。路太后兄子尝诣僧达,趋升其榻,僧达令舁弃之。太后大怒,固邀上令必杀僧达",言简而得其实。此处"兄子"、"舁弃"又与《宋书》小异,毋庸细考。

《宋书·沈演之传》志疑

《宋书·沈演之传》载:演之"袭父别爵吉阳县五等侯。郡命主簿,州辟从事史,西曹主簿,举秀才,嘉兴令,有能名"。按,演之父叔任,晋季以从朱龄石伐蜀及刘裕平司马休之,封宁新县男。演之袭其父"别爵"吉阳县侯,传叙叔任事中未详。据《宋书·武帝纪》刘裕代晋,诏"晋氏封爵,咸随运改",至于"德参微管,勋济苍生"如王导、谢安辈,后代亦依例降杀。"其宣力义熙、豫同艰难者,一仍本秩,无所减降"。演之袭爵盖循此诏。叔任卒于义熙十四年,演之入仕在宋世。时已年过二十。传又记其"入为司徒祭酒,南谯王义宣左军主簿,钱唐令,复有政绩。复为司徒主簿,丁母忧。起为武康令,固辞不免,到县百许日,称疾去官。服阕,除司徒左西掾、州治中从事史";元嘉十二年,东部诸郡遭大水,以演之、江邃巡行赈恤。按彭城王义康于元嘉六年为司徒,至十七年始以江夏王义恭代之。九年六月,义康又领扬州刺史。十年正月,竟陵王义宣改南谯王。据此推之,演之丁忧,至早当在十一二年。晋、宋间重三年之丧,司徒主簿位卑夺情,起为武康令,亦所不解。待其服阕,复官,当已在元嘉十四年左右。然其间忽插入元嘉十二年赈恤事。据《五行志四》,"元嘉十二年六月,丹阳、淮南、吴、吴兴、义兴五郡大水,京邑乘船",《刘粹传附刘损传》载损元嘉中为义兴太守,"东土残饥,太祖遣扬州治中沈演之东入赈恤"。《通鉴》卷一二二亦记十二年六月,"扬州诸郡大水"。《南史·刘怀肃传附怀敬传》,记作"元嘉十三年,东土饥,帝遣扬州中从事史沈演之巡行在所",据上引,"三"字当为"二"字之误,又"中"字上夺"治"字,中华标点本均失校。要之,《沈演之传》于此段仕历叙事扞格难通,设令"南谯王"书作"竟陵王",则上下皆顺。此或是沈约疏失,以无确证,志之存疑。

演之于元嘉二十一年迁中领军。今存沈演之文有《嘉禾颂》。元嘉二十四年七月,嘉禾生,"太尉江夏王义恭上表"、"中领军吉阳县侯沈演之奏上《嘉禾颂》",见《宋书·符瑞志下》。中领军掌内军,系君主腹心之寄,而同受宠遇之范晔则迁太子詹事,是文帝于沈、范二人已分轩轾。《文帝纪》载,元嘉二十五年,"领军将军沈演之迁职",

是演之任职凡四年。至所迁何职，本纪不书，核之本传，当是吏部尚书。《通鉴》卷一二五则明记是年九月，"领军将军沈演之为吏部尚书"。

沈勃善弈

沈勃为演之次子，《宋书》附演之传。传载勃兄睦于大明初"与弟西阳王文学勃忿阋不睦，坐徙始兴郡，勃免官禁锢"。名睦而实不睦，可发一笑。西阳王即豫章王子尚，孝武次子，大明五年改封豫章王。皇子文学官非低品，沈勃此职，或非初仕。《南齐书·王谌传》载，宋明帝好围棋，"置围棋州邑，以建安王休仁为围棋州都大中正，谌与太子右率沈勃、尚书水部郎庾珪之、彭城丞王抗四人为小中正，朝请褚思庄、傅楚之为清定访问"。围棋之戏，起自先秦，《类聚》卷七十四录沈约《棋品序》云："汉、魏名贤，高品间出；晋、宋盛士，逸思争流。"然朝廷专设机构，或以此为嚆矢焉。观中正之名，可知意在评定品级。《南史·褚思庄传》记王抗第一品，褚思庄、夏赤松第二品，且记王、褚奉齐武帝命对局，夜以继日，为棋史著名轶话。勃轻薄有小慧，工弈以为上进之阶，亦题中应有之义。孝武时免官禁锢，明帝时复为东宫属官，且品位高于孝武时，未必非善弈之功也。

勃能文，宋明帝泰始中，褚渊为吴兴太守，谓人曰："此郡才士，唯有丘灵鞠及沈勃耳。"《宋书》勃传记勃为右率，加给事中。"时欲北讨，使勃还乡里募人，多受货贿"，明帝怒，徙付梁州。据《明帝纪》，北讨为泰始四年十月事，沈勃还里募兵、被徙，或在此年春、夏间。

法显西行时间及生卒年

《高僧传》卷三《法显传》载,法显"以晋隆安三年(399),与同学慧景、道整、慧应、慧嵬等发自长安,西度流沙"。《佛国记》自叙却言"遂以弘始二年,岁在己亥",与慧景等西行云云。弘始为后秦姚兴年号,弘始二年即晋隆安四年,与《高僧传》载不合。然"岁在己亥"可无疑义。己亥为隆安三年、弘始元年。故《佛国记》"二"字乃"元"字漫漶致误,当从《高僧传》。

法显生卒年,史无明文。《高僧传》云:"后至荆州,卒于辛寺,春秋八十有六。"《出三藏记集》卷一五《法显传》作"八十二"。"二"、"六"形近易误,所据或出一源。陈垣先生《释氏疑年录·江陵辛寺法显》云,《出三藏记集》记法显二十受大戒,以晋隆安三年发长安,"是法显出游时不过二十余,经十六年还都,不过四十,译经数年卒,不过四十五六"。按,"二十受大戒",《高僧传》仅言"及受大戒",而自受戒至西行,二书均未记年月,似出游求法未必即是二十余岁。又,法显自发及返,《佛国记》云"六年到中印,停经六年,还经三年,达青州",则前后凡十五年。汤用彤先生《汉魏两晋南北朝佛教史》考法显返青州应在义熙八年(412),抵建康则在九年。其滞留国外凡十四年。是法显自记,或并首尾而言。《释氏疑年录》之"十六年",则又据在外十五年复于次年入都计之。所云法显"出游时不过二十余",无确证;法显卒年八十二或八十六,史有明文,然又未明记卒年。以常理度之,法显卒于宋初,年八十余,隆安三年出行时已年逾花甲,自难尽历《佛国记》所载种种艰辛。《法显传》记其译经毕,后至荆州,卒于辛寺。《高僧传》卷三《佛驮什传》记什以景平元年(423)至扬州,"先,沙门法显于师子国得《弥沙塞律》梵本,未及翻译而法显迁化",《出三藏记集》卷三记《婆粗富罗律》,谓法显于义熙十四年(418)二月末译迄,则法显西上荆州,或已在刘裕代晋之后,其卒年当在永初间(420~422),则年八十二、八十六之记又生疑窦。

袁粲好文学尚玄谈

袁粲宋室重臣,萧道成"禅代"之势已定不可移,粲犹负隅矢忠,家破身灭,固不待卜。《南齐书·文学·王智深传》载齐明帝命沈约撰《宋书》,拟为粲立传,请示,明帝首肯,粲之事迹始得列于《宋书》,而其时已下诏改葬袁粲、刘秉,时过境迁,无干忌讳已。

粲好文学,尚玄谈,奖掖后进,盖宋季风雅总持。《南齐书·王俭传》记俭专心笃学,袁粲闻其名,言之于宋明帝;《南史·王俭传》且记其言曰"栝柏豫章虽小,已有栋梁气矣",同书《庾杲之传》记王俭自言粲欲用其为长史。《文选》卷四六任昉《王文宪集序》记王俭赠袁粲诗,粲答诗曰:"老夫亦何寄,之子照清襟。"《先秦汉魏晋南北朝诗》失收。《南齐书·谢超宗传》记萧道成为领军,爱超宗才翰,袁粲复荐曰:"超宗开亮迥悟,善可与语。"刘瓛在齐世,人比之东汉杨震,《南齐书·刘瓛传》记其未达时即为袁粲推赏。《梁书·傅昭传》记昭为袁粲主簿,粲使诸子从学;宋明帝卒,粲造哀册文,使定稿。其尚玄谈,《南齐书·王僧虔传》录僧虔诫子书,有"设令袁令(粲)命汝言《易》"之语,可见粲精于《易》学,然似无著作,以不见《隋志》也。《南齐书》、《南史》之《张绪传》记绪清简寡欲,袁粲荐于明帝,目绪有"正始遗风"。《南史·伏曼容传》记曼容善《老》、《易》,尝与袁粲罢朝相会言玄理,时论以为一台二绝。

《宋书》本传记粲清整有风操,"谈客文士,所见不过一两人",《南史·王筠传》记沈约以筠似外祖袁粲,张稷曰"袁公见人辄矜严",唯此不能酷似。此自属实,然观上引诸事,粲之矜严不妄交,意在示己门第清贵,所奖掖者亦大抵为望族,其间固无抵牾也。

《宋书·礼志》记袁粲事衍字

《宋书·礼志二》载,大明十二年十一月,有司奏:"兴平国解称国子袁愍孙母王氏,应除太夫人。检无国子除太夫人例。下礼官议正。"中华书局排印本校记引张森楷云:"大明只八年,无十二年。据上条称大明二年,下条称大明四年,此十二年或是三年之误。"按,张说未确。愍孙即袁粲。据《宋书》、《南史》本传,粲于大明元年封兴平县子,"三年,坐纳山阴民丁彖(《南史》作"承")文货,举为会稽郡孝廉,免官,寻为西阳王子尚抚军长史,又为中庶子,领左军将军,四年出补豫章太守"。免官,复起为抚军长史、出为豫章,皆大明三年一年中事,是十一月兴平国解不得再为粲母请封。"十二年"当衍"十"字。《宋书》诸志记事,每条前必系年号,记一年中数事亦然。以《礼志》言,元嘉十七年元皇后崩,设庐、心丧二事;大明五年闰月,皇太子妃薨议礼三事;大明五年四月设立明堂、五月议明堂祠月二牛;皆明著年号,是其例。此处"大明十二年十一月"当是"二年十一月"。《十七史商榷》有《宋礼志淆乱粗疏》条,不作具论,然此"大明十二年"则明为传抄刊刻之误,非徐爰、沈约之失。

汤惠休事迹

惠休事迹,史籍所记极为简略。《宋书》、《南史》均附《徐湛之传》,寥寥三十余字,云元嘉二十四年,徐湛之出为南兖州刺史,于广陵起风亭、月观,招集文士,"时有沙门释惠休,善属文,辞采绮艳,湛之与之甚厚。世祖命使还俗。本姓汤,位至扬州从事史"。《南史·颜延之传》记延之问鲍照己与谢灵运优劣:"照曰:'谢五言如初发芙蓉,自然可爱;君诗若铺锦列绣,亦雕缋满眼。'延之每薄汤惠休诗,谓人曰:'惠休制作,委巷中歌谣耳,方当误后生。'是时议者以延之、灵运自潘岳、陆机之后,文士莫及,江右称潘、陆,江左称颜、谢焉。"史文论颜、谢优劣,引鲍照语,上下文插入颜延之薄汤惠休数语,颇似节外生枝,文气不贯。《诗品》卷下"齐惠休上人"条云:"惠休淫靡,情过其才,世遂匹之鲍照,恐商、周矣。羊曜璠云:'是颜公忌照之文,故立休、鲍之论。'"延之忌鲍,虽乏的证,然颜、鲍风格相异而相轻,则为情理中事。《南史》插入薄汤惠休数语,盖休、鲍乐府,时人均目为淫艳,延之以薄惠休而实鄙鲍照,亦意在言外。《诗品》卷中颜延之条记谢、颜"芙蓉"、"错采"之论为惠休语,"颜终身病之",以此与《南史》合观,乃可贯通。可注意者,鲍照入建康任始兴王刘濬国侍郎,时在元嘉二十四年至二十九年间,说参本书有关鲍照条。其时惠休亦随徐湛之入建康。羊曜璠于大明三年坐刘诞事被杀,颜延之卒于孝建三年,"休、鲍"之论出,当在元嘉后期,或褒或贬,见仁见智,可置勿论。

《宋书》记"世祖命使还俗",则惠休之还俗、入仕,已在孝武之世,时徐湛之已死于刘劭弑父之变中。《隋志》录"宋宛朐令汤惠休集三卷,梁四卷",似惠休终于县令。州从事史与县令品位大致相当,惟"宛朐"不见《宋书·州郡志》、《隋书·地理志》。《宋书》有朐令,属南东海郡;又有宛陵令,属宣城郡。宛朐不知何属,待查。又,江淹《杂体诗》三十首,末首即拟"休上人"。按,文通《杂体诗》所拟三十家均属已故诗人,序次大体据卒年。东晋末至刘宋诸人,依次为谢混、陶潜、谢灵运、颜延之、谢惠连、王微、袁淑、谢庄、鲍照、汤惠休,除颜延之外,均以卒年为序,是惠休之卒当晚于鲍照。《诗品》题作"齐惠休上人",《隋志》则明记作"宋宛朐令"。《诗品》工于赏鉴而疏于考据,诗人前误题时代职官者或不下十处,惠休此条中尚有"齐道猷上人",实则此道猷为帛道猷,晋人,亦其例也。《隋志》较为谨严,惠休之时代当从《隋志》作宋,其卒年当在宋季。

　　《诗纪》小传云汤惠休字茂远,位至扬州刺史。字茂远之说不见他书,但当有据而非虚构。"扬州刺史"下显脱"从事史"三字,逯钦立《先秦汉魏晋南北朝诗》小传袭之而未核,误同。

萧道成、萧赜生年试测

　　《南史·齐本纪》谓齐武帝萧赜"以宋元嘉二十七年六月己未生于建康县之青溪宫"。中华书局标点本《校记》从张森楷说,以"二"字为衍文删去,是也。按:证以《南齐书·武帝纪》所载遗诏,谓武帝崩年五十四,自称"吾行年六十",皆合。若生于元嘉二十七年,则年仅四十四耳。又据《南齐书·文惠太子传》谓"世祖(武帝)年未弱冠而生太子"。盖文惠太子长懋以永明十一年(493)卒,年三十六,当生于宋孝武帝大明二年(458)。时武帝年十八,故云"未弱冠"。若武帝生于元嘉二十七年(450),则成八岁生子矣,必不可通也。又

《南齐书·豫章王嶷传》,豫章王嶷以永明十年(492)卒,年四十九,当生于元嘉二十二年(445)。若依《南史》衍文,是弟反长于兄六岁,又不可通。逯钦立《先秦汉魏晋南北朝诗》以为元嘉十七年之说亦可疑,以元嘉十七年时,齐高帝萧道成仅十四岁,似生子太早。此说不为无见。然可疑处似不在武帝生年,而在高帝生年。据《南齐书·高帝纪》,齐高帝以宋元嘉四年(427)生;《本纪》又谓崩年五十六,似与生年相符。今考其生平,多有不近理处。盖南北朝人婚嫁,夫年例长于妻,以古者男子三十而婚,女子二十而嫁。至六朝时虽夫未必长于妻十岁,要亦不过年相若或夫稍长耳。以齐高帝父母言,其父萧承之以宋元嘉二十四年(447)卒,年六十四;母陈氏以大明五年(461)卒,年七十三。是夫长于妻五岁也。萧道成妻刘氏纵使与舅姑不同,亦不得反长于道成五岁。今检《南齐书·皇后传》,高昭刘皇后"以宋泰豫元年殂,年五十"。泰豫元年(472)时,齐高帝年四十五,刘氏实长于夫五岁,此乃当时罕见之例。可疑一。《皇后传》又谓:"年十余岁,归太祖(齐高帝)。"史言十余岁,谓其幼耳。然若刘氏长于高帝五岁,岂高帝婚时不及十岁耶?可疑二。齐武帝以元嘉十七年生,是年十四而生子也。可疑三。《南齐书·高帝纪》:"(宋元嘉)十九年,竟陵蛮动,(宋)文帝遣太祖领偏军讨沔北蛮。"是齐高帝年十六已能率兵征战,且受宋帝亲命。以元嘉之盛,乃以童子为将。可疑四。《南史·齐本纪》,郁林王年五岁时,齐高帝方镊白发,而郁林以"太翁"呼之。按,郁林王萧昭业以隆昌元年(494)被杀,年二十二,当生于宋后废帝元徽元年(473)。故五岁而为宋顺帝昇明元年(477)。时齐高帝年方五十一,而四十六岁已为人曾祖。可疑五。今据齐武帝年五十四之说,与《文惠太子传》、《豫章王嶷传》尽合。若从《南史》衍文,则并二传均误。故可疑者,非齐武帝生年,实高帝生年耳。

今检《南齐书·皇后传》,齐高帝母陈太后,以高帝为建康令时卒。《高帝纪》则谓齐高帝为建康令,"新安王子鸾有盛宠,简选僚佐,为北中郎中兵参军,陈太后忧……"按:宋新安王刘子鸾以孝武帝大明五年(461)封,同年为北中郎将。是陈太后之卒,当在大明五至六年(依《皇后传》当更早)。《皇后传》谓陈氏卒年七十三。是齐高帝生时,其母年已三十七八。以理度之,妇人年三十七八初产,亦不足怪。然齐高帝有庶兄二人,即道度、道生是也。窃疑高帝母陈氏既萧承之正妻而久无子,或师汉惠帝张皇后故技,阳为有身,抚高帝以为螟蛉子;甚则虽陈氏所出,而非承之之子,如晋元帝"以牛易马"之比。盖当时风气,亦不以为大忌,如梁豫章王综,皆其例也。特以萧承之为将,当时常在边塞,而陈氏常留建康。(《皇后传》:"宣帝[承之]从任在外,后常留家治事。")其所以谓高帝生子元嘉四年者,盖以元嘉初,承之为济南太守,或三年时尝返建康,故必托言以四年生。其实高帝生年,必在其前。《皇后传》又言"太祖年二岁,乳人乏乳,后梦人以两瓯麻粥与之,觉而乳大出"云云。夫人生二岁,非必乳哺而后可活。且"乳人乏乳",非难另觅,何以生子二岁,初用乳人,至此而又亲为授乳?此殆陈氏故神其事,以示高帝为己出者。殆欲盖而弥彰矣!《皇后传》又谓:"有相者谓后曰:'夫人有贵子而不见也。'后叹曰:'我三儿,谁当应之?'呼太祖小字曰:'正应是汝耳!'"若齐高帝果陈氏亲生嫡出。则所谓"贵子",殆非齐高帝莫属,亦何得有"谁当应之"之疑?总之,齐高帝出生本末,实难确考,中冓之事,疑莫能明。然其生年则断然有误。

帛道猷诗时代考

《高僧传·道壹传》载帛道猷《陵峰采药触兴为诗》一首。按:道猷生平，颇有异说，《高僧传》谓道猷本汉人，俗姓冯。然钟嵘《诗品》谓是胡人，唐白居易《沃洲山禅院记》亦谓西天竺人。据《高僧传》，道猷"与道壹经有讲筵之迕"，且有书致道壹，尝相会于林下。按：《高僧传》谓道壹以晋安帝隆安（397~401）中卒，年七十一。又《广记》卷二九四引《述异记》谓"晋太元中，有外国道人白道猷"，居章安县西赤城山。太元（376~396）为晋孝武年号，与陆安相接。道壹以隆安中卒，在太元中尝与道猷迕，以时代考之，颇合。然则道猷年代亦当在太元、隆安时。白居易谓道猷乃南朝齐人，此钟嵘说也。钟嵘于人物时代常有误，如谓鲍令晖为齐人而令晖实卒于鲍照前，即其一例。近有人谓道猷卒于宋后废帝元徽（473~477）中，不知何据。按：元徽下距宋亡（479）甚近。此说与钟嵘《诗品》说相近。锺氏记年代有误，当亦不致以晋为齐，至于以宋末人入齐，容记忆有误。盖锺氏由齐入梁，书作于梁初，而南齐一代，才二十余年，记忆有误，亦情理中事。余疑东晋南朝本有二帛道猷。与道壹为友，且作诗者，乃晋帛道猷，汉人也；宋齐间或另有一帛道猷，是西天竺人。僧人同名，盖亦有之。如东晋十六国有释道安，为慧远师，而北周时又有一作《讨魔檄》之道安。余此说似近折衷之论，然书阙有间，不得不姑为之说。

丘渊之《文章录》

刘孝标《世说新语注》引丘渊之《文章录》凡四事，又《文学篇》注袁豹事，称"丘渊之《文章叙》"；谢灵运事称"丘渊之《新集录》"。其称"《文章叙》"者，当即《文章录》，或缮写之误也。至于《新集录》，当即《隋志》所谓《晋义熙已来新集目录》。《隋志》虽不著撰人，而《旧唐志》、《新唐志》及《册府元龟》并谓丘深之撰，"深"即"渊"字，避唐讳也。清姚振宗《隋书经籍志考证》已论之甚明。《世说注》引《新集录》，述谢灵运事，宜在此书中。若袁豹、傅亮、卞范之，皆得至元熙或宋初，或可见是书，而孝标以《文章录》称之，不知何故？又伏系之年，似不得至义熙，又何以谓出丘渊之《文章录》？是《新集录》与《文章录》，当非一书。章宗源《隋书经籍志考证》另立丘渊之《文章录》书名，然其意似谓与《文章叙录》是一书，然《文章叙录》书名，在《世说注》中见于《文学篇》者二，见于《德行》、《言语》、《巧艺篇》者各一，所记为嵇康、缪袭、何晏、韦诞事，皆魏时人，与《文章录》之记东晋事不同，疑亦非一书。窃以为孝标于永明中由魏反江左，或误以丘灵鞠《江左文章录序》，此书据《南齐书·丘灵鞠传》谓"起太元讫元熙"。正与《世说注》所引《文章录》所叙时代相符。盖簿录之书，多不著作者名，故渊之《晋义熙已来新集目录》，在《隋志》中无撰著名氏。丘灵鞠书，当为孝标所及见，而渊之、灵鞠皆姓丘，同为吴兴乌程人，遂误灵鞠《江左文章录序》为渊之撰。其称《文章录》而有时称《文章叙》者，正因灵鞠书称《江左文章录序》耳。然据《南齐书·丘灵鞠传》，灵鞠祖名系，灵鞠似不当称伏系名。惟丘系之名，一作"继祖"、一作"系祖"，《宋书》、《南齐书》与《南史》亦各不同。若为"继祖"，则灵鞠称伏系亦何妨？若为"系祖"，则古人有二名不偏讳之说。此虽推测，不妨志以存疑。

卞铄与卞录

《诗品》下有齐端溪令卞录，与王巾、卞彬并列。按卞录生平无考，而《隋志》谓梁有《卞铄集》十六卷，至隋已亡。《南史·文学传》有卞铄，谓"初（袁）仲明与刘融、卞铄俱为袁粲所赏，恒在坐席。粲为丹阳尹,取铄为主簿。好诗赋,多讥刺世人,坐徙巴州"。不言为端溪令,未知铄即䤵否？盖二字均从金,"录"、"乐"音近,疑"䤵"为缮写之误。

《别王丞僧孺诗》作者

此诗作者,有王融、谢朓二说。其风格绝似玄晖,然王、谢二子诗风本近,殊难据以判定。《类聚》卷二十九作"谢朓",似较可据,盖以初唐人书,当有所本。然据《梁书·王僧孺传》,"文惠太子闻其名,召入东宫,直崇明殿,欲拟为宫僚,文惠薨,不果。时,王晏子得(德)元出为晋安郡,以僧孺补郡丞,除候官令"。是"王丞"者,盖谓僧孺为晋安郡丞也。其为郡丞时间,既在文惠太子薨后不久,当即永明十一年春。时朓尚在江陵,未得为僧孺送别。此诗当是王融作。

刘祥"历骠骑、中军二府"

《南齐书·刘祥传》叙刘祥在宋仕历云:"宋世,解褐为巴陵王征西行参军,历骠骑、中军二府,太祖太尉东阁祭酒,骠骑主簿。"按:此言"骠骑主簿",当是萧道成属官,以宋顺帝昇明元年萧为骠骑大将军也。然前云"历骠骑、中军二府"之"骠骑",似非道成,盖史书通例,若指道成,当冠以"太祖"或"齐王"字,如后"太祖太尉东阁祭酒"例。窃以为"历骠骑、中军二府"者,"骠骑"指宋顺帝,顺帝于后废帝元徽四年,尝为骠骑大将军也。"中军"指刘秉,秉以昇明元年七月为尚书令,加中军将军也。至昇明二年八月,萧道成为太尉,始入萧幕。于理为合。此皆元徽末、昇明初事。

刘祥生卒年试测

《南齐书·刘祥传》不载刘祥卒年，唯云卒年三十九。《南史》不言年三十九。然《南史》叙事，例较《南齐书》为略。今按：据《南齐书》，祥解褐为巴陵王征西行参军。巴陵王当即宋巴陵哀王刘休若，以明帝泰始六年（470）为征西将军荆州刺史，七年被害，见《宋书·文九王·巴陵王休若传》。可知祥解褐在泰始六七年间。以当时人出仕年龄多为二十左右，则祥之生年当为宋文帝元嘉十八至二十年（441～443）左右。其卒年当在永明时。据《南齐书》本传，祥得罪时，齐武帝举谢超宗事为戒，则其得罪，当在永明元年以后。徙广州后纵酒，少时卒，其年数不可考，然以年三十九推之，卒年当亦不得过永明七至九年（489～491）。

谢超宗诞纵致祸

谢灵运及孙超宗，俱以恃才骄物，好陵人以招杀生之祸。至超宗子几卿，《南史》本传亦谓"放达不事容仪。性不容非，与物多忤，有乖己者，辄肆意骂之，退无所言"。几卿虽得善终，亦屡见纠于有司，其为人亦不异乃父与曾祖。若灵运谓孟顗："得道应须慧业，丈人生天当在灵运前，成佛必在灵运后。"超宗笑王僧虔、王俭为"落水三公，坠车仆射"；以"不能卖袁、刘得富贵，焉免寒士"对褚渊，皆足以口舌取祸。盖谢氏自谢玄克苻坚于淝水，武功实为南渡以来所罕有；灵运文章,尤冠江左。人才如此,而至超宗时,乃成"悬磬之室"。恐有愤悒不平之气使然。

又谢玄、谢灵运及超宗俱有俊才,而玄子瑛不慧,且早卒;灵运子亦无闻(朱季海《南齐书校议》第八十一页,据《金楼子·杂记篇》,以"凤毛"为当时通语,代指父。宋孝武"凤毛"一语,则借指其祖灵运,非灵运子名凤也),且早卒。近人好言"遗传因子",或有其故,何才与不才相去之远耶?

《南史·谢超宗传》记超宗子才卿事

《南史·谢超宗传》载,超宗死之明年,"超宗门生王永先又告超宗子才卿死罪二十余条。上疑其妄,以才卿付廷尉辩,以不实见原。永先于狱尽之"。按:《南齐书》本传"尽之"作"自尽"。当从《南齐书》。盖永先告才卿事,非狱吏,岂得害才卿。且齐武帝已"见原",虽官长亦不得妄杀才卿,永先何得肆虐?此盖永先自知诬告不实,畏罪自尽耳。况《梁书·谢几卿传》及《南史·谢几卿传》并言"兄才卿早卒",不言被害。《南史》误也。

谢超宗行年

《南齐书》、《南史》之《谢超宗传》,俱谓超宗以永明元年被杀,而不言其卒年若干。以史传所载谢氏事迹推之,则超宗祖灵运以宋文帝元嘉十年被害,卒年四十九。超宗父凤以灵运事徙广州,早卒。以理度之,古人婚娶生子,多在二十左右。纵使灵运得子稍迟,至卒前数年抱孙，亦不为早矣。况凤既早卒，而《南齐书》、《南史》并言"超宗元嘉末得还，与慧休道人来往"，则凤被徙时，超宗已出生。设超宗以元嘉八九年生，则元嘉末得还，与慧休来往，亦可为文字之交。本传又谓"超宗娶张敬儿女为子妇"。超宗子可考者二人：才卿、几卿。才卿早卒，几卿《梁书》有传，至普通七年元帝初为荆州刺史时犹在。自齐永明元年至梁普通七年，凡四十三载，而超宗得罪时，几卿不忍辞诀，投赴江流，居丧尽礼，计其年亦将十七八，故服阕而补国子生。才卿乃几卿之兄，年当长于几卿。所谓张敬儿女，恐即才卿妻。才卿娶张敬儿女，在张敬儿被诛前，以《南齐书》所载文字观之，当是齐高帝建元中事。是超宗死时，才卿已逾弱冠，故王永先得诬以死罪。可知才卿生年，当在宋孝武帝大明中，时超宗年已近三十，盖被徙之家，婚宦或稍迟。以此推之，超宗生年，可逾五十。

《南齐书·谢超宗传》为文惠太子讳

《南齐书·谢超宗传》："以失仪出为南郡王中军司马。超宗怨望，谓人曰：'我今日政应为司驴'，为省司所奏，以怨望免官，禁锢十年。"按：以"司马"为"司驴"，虽属诞妄，何至免官禁锢？盖超宗之言，实不止此。《南史》本传云："以失仪出为南郡王中军司马。人问曰：'承有朝命，定是何府？'超宗怨望，答曰：'不知是司马，为是司驴；既是驴府，政应是司驴。'"南郡王即文惠太子萧长懋，时为武帝太子，斥其官府为"驴府"，实是詈之为驴，故免官禁锢也。萧子显以齐室苗裔，以此为耻，故讳言之也。

谢超宗忤刘康事志疑

《南齐书·谢超宗传》："以直言忤仆射刘康，左迁通直常侍。"《南史》不载此事。按：详本传，此在建安王休仁引为司徒记室之后；萧道成为领军，袁粲为卫将军之前。宋建安王休仁为司徒，乃明帝泰始时事，而萧道成为中领军，据《南齐书·高帝纪》，乃后废帝元徽二年平桂阳王休范之乱后；袁粲为卫军将军，据《南史》本传，在元徽元年。以此知超宗之忤仆射，当在泰始末至元徽初也。然当时尚书仆射无刘康其人。且官至尚书仆射，则例有列传。检《宋书》，唯《明帝纪》谓泰始七年二月，"以前将军刘康为平东将军"一语。次年为泰豫元年，明帝崩，后废帝立，逾年改元元徽。据《宋书·后废帝纪》、《南史·宋本纪》，泰豫元年，明帝崩，后废帝立，以刘秉为尚书左仆射。"康"当是"秉"之误。盖唐人抄本，"康"作"庚"者不少，与"秉"形近。不当别有尚书仆射刘康也。中华标点本及朱季海《南齐书校议》俱未校出。窃疑《宋书·明帝纪》之"前将军刘康"恐亦是"刘秉"之误。盖《宋书·宗室·长沙王道怜附秉传》，谓秉以泰始"五年出为前将军，淮南、宣城二郡太守，不拜"。此距七年以前将军刘秉为平东将军才一年余，且刘康之名亦仅此一见。或亦误"秉"作"康"，志以存疑。

刘善明出仕年岁

《南齐书·刘善明传》："少而静处读书，刺史杜骥闻名候之，辟不相见。年四十,刺史刘道隆辟为治中从事。父怀民谓善明曰:'我已知汝立身,复欲见汝立官也。'善明应辟,仍举秀才。宋孝武见其对策强直,甚异之。"《南史》本传同。按:据《南齐书》本传,善明以齐高帝建元二年(480)卒,年四十九。以此上推,当生于宋文帝元嘉九年(432)。以此推之,则与本传所记出仕前后经历颇相抵牾。检《宋书·杜骥传》,杜骥以宋文帝元嘉十七年(440)出为青、冀二州刺史,二十四年(447)征为左军将军。设骥以被征之年候善明,时善明方十六岁,毋乃太幼。然此犹有可能。至于年四十为刘道隆所辟,则实无此理。盖善明四十之年,当为宋明帝泰始七年(471)。时孝武帝久已死矣。即刘道隆据《宋书·文九王·建安王休仁传》及《刘怀慎附道隆传》亦于泰始初被赐死,断无辟举及赏异之事。检《宋书·刘怀慎附道隆传》,刘道隆"大明中,历黄门侍郎,徐青冀三州刺史"。设《南齐书》本传所谓"年四十"为"三十"之误。则刘道隆举善明之年,当为孝武帝大明五年(461),时刘道隆正为刺史,孝武帝亦可赏其对策。且善明为平原刘氏,虽非高门,以三十释褐,亦正当其时。(按:《南史·谢超宗传》,殷贵妃薨,超宗作诔,孝武帝称其有凤毛。右卫将军刘道隆遂以为真而求观。殷贵妃以大明六年薨。时道隆已在建康,则至迟不得过五年也。)至于年四十方释褐,则不免太迟。故疑"年四十"为"年三十"之误。

《南齐书·崔祖思传》有误

《南齐书·崔祖思传》:"初,州辟主簿,与刺史刘怀珍于尧庙祠神,庙有苏侯像。怀珍曰:'尧圣人,而与杂神为列,欲去之,何如?'祖思曰:'苏峻今日可谓四凶之五也!'怀珍遂令除诸杂神。"《南史·崔祖思传》云:"年十八,为都昌令,随青州刺史垣护之入尧庙,庙有苏侯神偶坐。护之曰:'唐尧圣人而与苏侯神共坐,今欲正之何如?'祖思曰:'使君若清荡此坐,则是尧庙重去四凶。'由是诸杂神并除。"二说不同。按:《南史》虽后出,此文当别有所据,视《南齐书》为翔实。检《南齐书·刘怀珍传》,怀珍以宋明帝泰始三年秋为徐州刺史,未几又为竟陵太守,前此无刺史号。然据《崔祖思传》,祖思议除苏侯神事,在自结于齐高帝前。而据《高帝纪》,齐高帝镇淮阴,在泰始二年。且刘怀珍为徐州,乃戎马仓皇之际,未几去职,亦难有尧庙祠神事。至于《南史》言刺史为垣护之,似近理。《宋书·垣护之传》载,护之以宋孝武帝孝建二年为青、冀二州刺史,镇历城。其时实在祖思自结齐高帝以前,即祖思家在青州,于地点亦近。当从《南史》。

又《南史》言除苏侯神时,祖思年十八。据《宋书·垣护之传》,护之以大明二年(458)征为右卫将军。是除杂神事在孝建二年(455)至大明二年间。祖思此时年十八,则当生于元嘉十五年(438)至十八年(441)间。至齐高帝建元二年(480)卒,得年四十余。

褚渊妻名号

《南齐书·褚渊传》:"尚(宋)文帝女南郡献公主。"《南史》本传同。《南齐书》又载渊卒后,齐武帝诏曰,"渊妻宋故巴西主挻隧暂启,宜赠南康郡公夫人"。此言"巴西主"而不称"南郡"。又王俭《褚渊碑文》则称"选尚余姚公主"。按:武帝诏作于渊下葬时,王俭所作碑文,亦在渊卒后,不称"南郡"而曰"余姚"、"巴西"。疑俭文称"余姚"者,指公主婚时所封,"巴西"则日后所封也。至于"南郡献公主","献"字当属谥号。若公主薨时仍号南郡,则齐武不应以"南郡"

称之,恐有误。今检《宋书·何尚之传》谓孟颛子劭,"尚太祖第十六女南郡公主"。则南郡公主者乃孟劭妻,非褚渊妻也。同为宋文帝女,似不得皆封南郡公主。况渊妻明有"余姚"、"巴西"之号乎?志以存疑。

张绪卒年与何胤为国子祭酒时间

《南齐书·张绪传》谓张绪以齐武帝永明七年为国子祭酒,又谓卒年六十八,而未言绪以何年卒。今按《梁书·何胤传》:"尚书令王俭受诏撰新礼,未就而卒。又使特进张绪续成之。绪又卒,属在司徒竟陵王子良。子良以让胤,乃置学士二十人,佐胤撰录。"据《南齐书·张绪传》:"(永明)七年,竟陵王子良领国子祭酒,世祖敕王晏曰:'吾欲令(《南齐书》作"领"误,从《南史·张绪传》改)司徒辞祭酒,以授张绪,物议以为云何?'子良竟不拜,以绪领国子祭酒。"按:此言永明七年,正王俭卒年也。《南齐书·百官志》云:"(永明)八年,国子博士何胤单为祭酒。"是张绪之卒,当在永明七年五月之后,八年底以前。

王僧祐为王俭从兄

《南齐书·王秀之附僧祐传》:"秀之宗人僧祐,太尉俭从祖兄也。"《南史》则云:"远子僧祐字胤宗,幼聪悟,叔父微抚其首曰:'儿神明意用,当不作率尔人。'雅为从兄俭所重。"中华标点本校记。以为"观下俭到其门候之,则《南齐书》为是"。实则僧祐长于俭甚明。

盖王俭以永明七年(439)卒,年三十八,当生于宋元嘉二十九年(452)。王微则卒于元嘉二十年(443)。僧祐幼时得见王微,则至少长于俭九岁也。

王俭为尚书右仆射

任昉《王文宪集序》云:"齐台初建,以公为尚书右仆射,领吏部,时年二十八。"《南齐书》本传、《南史》本传所载同。按,"齐台建"乃齐高帝萧道成为相国,总百揆封齐公时,即宋顺帝昇明三年三月事。据《南史·宋本纪》,是年正月,"领军将军萧赜加尚书右仆射,进号中军大将军、开府仪同三司"。据此则萧赜(齐武帝)为尚书右仆射才二月左右,齐台建,即为齐公世子去职,似与任昉及《南齐书》、《南史》之《王俭传》无抵牾。然窃疑萧赜官号,乃"尚书仆射"而非"右仆射"。据《南齐书·武帝纪》、《南史·齐本纪》,佥谓武帝为"尚书仆射",无"右"字。《宋书·顺帝纪》则谓昇明三年正月甲辰,"尚书左仆射王延之为安南将军江州刺史",辛亥,"领军将军抚军将军齐王世子加尚书仆射,进号中军大将军开府仪同三司"。史称齐武帝为"齐王世子",盖避违追称,时萧道成尚未封齐公,更无论"齐王世子"。观《顺帝纪》于道成被封前,例称"齐王"可知。至于齐武为尚书仆射,以王延之之改江州刺史可知。若为右仆射,则不必使左仆射外任。正以齐武帝为尚书仆射,故延之出为江州,以左、右仆射之权,集于一人之身,称尚书仆射也。《南史·宋本纪》"右"字疑衍。

王俭嫡母东阳公主与刘劭之乱

《南齐书·王俭传》："丹阳尹袁粲闻其名,言之于明帝,尚阳羡公主,拜驸马都尉。帝以俭嫡母武康公主同太初巫蛊事,不可以为妇姑,欲开冢离葬。俭因人自陈,密以死请,故事不行。"然任昉《王文宪集序》云:"初,宋明帝居蕃,与公母武康公主素不协。及即位,有诏废毁旧茔,投弃棺柩。公以死固请,誓不遵奉,表启酸切,义感人神。太宗闻而悲之,遂无以夺也。"二说不同。据《南齐书》本传,宋明帝此举,似出于封建之"公义";据任昉文,则为出于私愤。其处置之法,亦复不同。本传仅云"离葬",而任文谓欲"投弃棺柩"。检《宋书·二凶传》,俭嫡母东阳公主本元凶劭姊,其应阁婢即王鹦鹉,严道育之为巫蛊,乃由王鹦鹉为东阳公主言之,而公主为白文帝,托云善蚕。严道育自言服食,公主及劭并信之。至于严道育与劭为巫蛊事,《二凶传》初不言公主与其谋。及王鹦鹉嫁沈怀远为妾,及陈天兴为队主事更在公主薨后。至于元凶弑文帝及改元"太初",皆非公主所及见。是所谓公主预巫蛊事,不过明帝泄私愤之借口。故孝武帝平元凶之初,大诛二凶之党,初不贬公主也。此自当以任昉之说为得其实。盖自齐时修史,于宋孝武帝、明帝过恶,颇有所讳。《南齐书·王智深传》:"世祖使太子家令沈约撰《宋书》,拟立《袁粲传》,以审世祖。世祖曰:'袁粲自是宋家忠臣。'约又多载孝明帝(《南史》作'孝武、明帝')诸鄙渎事,上遣左右谓约曰:'孝武事迹不容顿尔。我昔经事宋明帝。卿可思讳恶之义。'于是多所省除。"萧子显作《齐书》,恐亦遵齐武之意而讳之。今检《通鉴》卷一二九《考异》曰:"(孝武)帝既以僧安辱(江)智渊,自是诋之无度,智渊不堪其耻,退而自杀。"今检

《宋书》及《南史》之《江智渊(深)传》,并云智渊以忧卒。此即讳恶之意。《南齐书》作于梁代,然子显为齐武之从子,故改私愤为诛罪,改弃棺为别葬。皆隐恶而已。

《南齐书·王俭传》衍文

《南齐书·王俭传》载,俭永明"二年领国子祭酒、丹阳尹,本官如故。给鼓吹一部。三年,领国子祭酒"。按,《南齐书·武帝纪》载,永明三年正月,诏立国学;《礼志上》所记同。国学未立,先置祭酒,事故有之,然此二年"领国子祭酒"当涉下"三年领国子祭酒"而衍。任昉《王文宪集序》记:"二年,以本官领丹阳尹。……时简穆公薨,以抚养之恩,特深恒慕,表求解职,有诏不许。国学初兴,华夷慕义,经师人表,允兹望实,复以本官领国子祭酒。三年,解丹阳尹,领太子少傅,余悉如故。"简穆公即王僧虔,卒于永明三年。任昉序系领国子祭酒于僧虔死后,亦明以为在三年也。《南史·王俭传》记同任序,谓"永明二年,领丹阳尹。三年,领国子祭酒"。萧子显齐之宗室,不容不知,此必传抄误衍。

王俭早年事迹

王俭出仕及尚主之年,《南齐书》本传未载。任昉《王文宪集序》则谓:"时司徒袁粲,有高世之度,脱落尘俗,见公弱令,便望风推服,叹曰:'衣冠礼乐在是矣!'时粲位亚台司,公年始弱冠,气势不侔,公与之抗礼。"此言"司徒"盖用袁粲死时官职,盖据《宋书·袁粲传》,

粲以后废帝元徽二年始为司徒也。《南齐书·王俭传》谓："丹阳尹袁粲闻其名，言之于明帝，尚阳羡公主，拜驸马都尉。"按：王俭以齐武帝永明七年（489）卒，年三十八。当生于宋文帝元嘉二十五年（448）。俭弱冠之年，当是宋明帝泰始七年（471）。然古人言"弱冠"未必确为二十岁。据《宋书·袁粲传》，粲为丹阳尹乃泰始五年事。其言俭于明帝，亦当为泰始五年事，据《南史》本传，时俭年十八，正婚娶之时。其释褐与尚主，虽未必同时，想时间亦不甚远。（据任昉序，似先释褐而后尚主。）俭释褐为秘书郎，历太子舍人，超迁秘书丞，当在泰始之末。盖俭为太子舍人，当在明帝时，以后废帝死时年十五，史亦不言有子也。至于为秘书丞，求校坟籍，当亦在泰始之末，盖据《宋书·后废帝纪》，俭以元徽元年八月上《七志》三十卷（本传谓"四十卷"），如此巨著，不应当年即成。

王俭撰《七志》及《元徽四部书目》时间，据《南齐书》当是《七志》先成，后作《元徽四部书目》；然据阮孝绪《七录序》谓："俭又依《别录》之体，撰为《七志》。"似《书目》在前，而《七志》在后。近人来新夏《古典目录学浅说》第八十五页，则谓二书同成于元徽元年，其说是也。然《目录》乃四分法，而《七志》是七分法。窃疑俭之作《目录》，即成于元徽元年，故《七录》称"宋元徽元年秘阁四部书目录"。至于《七志》或为俭本人所重。故任昉序言《七志》而不及《书目》。又《宋书·后废帝纪》言俭所上《七志》为三十卷，《南齐书》本传则谓四十卷，至《隋志》则谓是《今书七志》七十卷，据任昉序谓："所撰《古今集记》、《今书七志》，为一家言，不列于集。"则《七志》之作，疑俭尝不断修订，故各书所言卷帙不同。元徽元年所上仅三十卷，四十卷、七十卷，或后订补之数。

王俭丁母忧时间，在元徽元年八月上《七志》之后，史未详言年月。然《南齐书》本传及任昉《序》，并言服阕为司徒右长史。此"司徒"当即袁粲,粲以元徽二年九月领司徒。《南齐书》本传言:"苍梧暴虐,俭忧惧,告袁粲求出。引晋新安主婿王献之为吴兴例,补义兴太守。"疑其母即卒于上《七志》后不久。盖俭虽庶出,而嫡母在元嘉时已卒,故得终三年之丧,以二年又五月计之,当在三年,时后废帝尚在,故有求外出事。至五年而萧道成杀后废帝,立顺帝,改元昇明。俭之"还为黄门郎,转吏部郎",当在昇明元年。

袁粲诗佚句

逯钦立《先秦汉魏晋南北朝诗》录宋袁粲诗,取《南史》本传所载"访迹虽中宇,循寄乃沧州"二句。然粲诗存者,实不止此二句。《文选》任彦升《王文宪集序》谓俭尝赠粲诗,"要以岁暮之期,申以止足之戒"。粲答诗曰:"老夫亦何寄,之子照清襟。"逯氏失收,当补。

陆澄为御史中丞时间

《南齐书·陆澄传》:"仍转刘秉后军长史、东海太守。迁御史中丞。建元元年,骠骑谘议沈宪等坐家奴为劫,子弟被刼,宪等晏然。左丞任遐奏澄不纠,请免澄官。"按:刘秉与袁粲同谋,起兵石头,为齐高帝所杀,事在宋顺帝昇明元年十二月。此言为秉长史,当在宋时。检《宋书·宗室·刘秉传》,秉以明帝泰始五年为后将军,南徐州刺史。陆澄为秉属官,故得兼南东海太守。后废帝即位,秉为郢州,未拜,改为尚书左仆射,而陆澄则仍为南东海太守。《梁书·江淹传》谓建平王景素镇京口,淹为"镇军参军事,领南东海郡丞"。又云:"会南东海太守陆澄丁艰。淹自谓郡丞应行郡事。景素用司马柳世隆。淹固求之。景素大怒，言于选部，黜为建安吴兴令。淹在县三年。昇明初，齐帝辅政，闻其才，召为尚书驾部郎。"按：自顺帝昇明元年上推三年即后废帝元徽二年也。今检《江淹集》，有《敕为朝贤答刘休范书》，是元徽二年桂阳王休范反时，江淹犹在南东海。以此推之，陆澄丁忧与江淹被贬，当在元徽二年。澄之丁忧，自在淹被贬之前。计古人服丧三年，实二年余，则服阕当在元徽四年或昇明元年间。澄服阕后，复仕时间，虽未可知，要亦在宋顺帝昇明间。故至齐高帝建元元年，仍为御史中丞。《南齐书》本传不言丁忧事，遂使时间不明。又，澄因遝劾奏，白衣领职。明年转给事中，秘书监。《南齐书·王俭传》谓齐高帝尝令澄诵《孝经》，则当是转给事中后事。盖"白衣领职"，恐难预此事。《王俭传》以此为建元二年后事，恐在建元二年秋后抑三年也。

褚渊为卫军及江敩尚公主

《南齐书·褚渊传》："顺帝立，改号卫将军，开府仪同三司，侍中如故。"又云："(沈攸之)事平，进中书监、司空，本官如故。"同书《江敩传》："初，湛娶褚秀之女，被遣。褚渊为卫军，重敩为人，先通音意，引为长史，加宁朔将军。从(顺)帝立，随府转司空长史，领临淮太守，将军如故。"按：褚渊为卫军及司空，皆在宋顺帝时，然《褚渊传》与《江敩传》微有不同。盖渊为卫军，在顺帝初立时，为司空则在昇明二年二月，即沈攸之平后事。《褚渊传》似较精确。检《宋书·顺帝纪》，昇明元年七月，顺帝立，唯言沈攸之、萧道成、刘秉、晋熙王燮、南阳王翙、王僧虔、刘韫、王琨等加官事，不及褚渊。然八月则书"卫军长史江斅",是渊已为卫军无疑。盖斅即渊长史也。至于昇明二年,则《宋书·顺帝纪》书'卫将军褚渊为中书监、司空"。《南史·宋本纪》亦以渊为卫将军在昇明元年七月,顺帝初立时;为中书监、司空在二年二月。与《褚渊传》合。

袁彖劾谢超宗

袁彖劾谢超宗文,见《南齐书·谢超宗传》,文中谓超宗"才性无亲,处恩弥戾,遂连扇非端,空生怨怼。恣嚣毒于京辇之门,扬凶悖于卿守之席。此而不翦,国章何寄?此而可贷,孰不可容"。又欲免其官,付廷尉治罪。此非有依违之言也。乃齐武帝以袁为依违而免其官,或彖早有忤武帝事,不故借此免其官耳。非劾奏时尚有为超宗地也。

卞彬事迹杂考

卞彬生卒年,《南齐书》、《南史》本传俱失载。《南史》本传谓齐高帝封齐王,彬言"谁谓宋远,跂予望之","遂大忤旨,因此摈废数年"。据史实,齐高帝封王,已在宋昇明三年,未几即篡宋自立。此时,"摈废数年",当至建元之末。《南齐书》本传谓"太祖闻之,不加罪也。除右军参军"。此盖萧子显为其祖讳,而《南史》当是实录。然卞为右军参军,当犹在齐高帝世,尚不误。至于"家贫,出为南康郡丞",则以摈废数年,又益以"除右军参军"时日,当在永明之初。据《南齐书》、《南史》本传,其《蚤虱赋》似当作于为南康郡丞之时。《蚤虱赋》序有"孙孙息息,三十五岁焉"。设作此赋时为永明初,则当时卞彬已年三十五,则卞之生年当在宋文帝元嘉二十六年(449)左右。至齐东昏侯永元中卒,得年五十余矣。

卞彬所作童谣。《南齐书》本传叙事似有疏误。其云"宋元徽末,四贵辅政,彬谓太祖曰"云云。又言:"时王蕴居父忧,与袁粲同死。"按:《南齐书·高帝纪》叙"四贵"之目,无王蕴,乃袁、褚、刘秉、萧道成也。又袁粲、王蕴以昇明元年十二月死,非元徽时也。《南史》本传改为沈攸之反时,又不称"四贵",较《南齐书》确切。又《南齐书》本传记萧道成闻此,笑曰"彬自作此"。而《南史》谓"高帝不悦";彬作"谁谓宋远"语,《南史》记以"青溪为鸿沟",又言"遂大忤旨",亦与《南齐书》"太祖闻之,不加罪也"异。似亦较清晰,又近实录。《南齐书》盖有所讳。

卞彬《禽兽决录》以羊猪鹅狗比吕文显等,《南齐书》未举人名,仅云"皆指斥贵势"。不如《南史》详明。唯《南史》列吕文度于宋隆之、潘敞之后,而不言吕姓,又《恩幸传》无吕文度,则不如《南齐书》详明。

严可均《全上古三代秦汉三国六朝文·全齐文》卷二一录《禽兽决录》,题为"禽兽决录目",按,《南齐书》、《南史》皆作"目禽兽云","目"字明是动词,非题也。严氏或误据《御览》,然《御览》当亦采自《南齐书》、《南史》,二书俱在,不当疏误。

贾渊父祖年岁

《南齐书·文学·贾渊传》:"祖弼之,晋员外郎。父匪之,骠骑参军。"又云:"晋太元中,朝廷给弼之令史书吏,撰定缮写,藏秘阁及左民曹。渊父及渊三世传学,凡十八州士族谱,合百帙七百余卷,该究精悉,当世莫比。"《南史》略同。按:据《南齐书》本传,渊卒于齐和帝中兴元年(501),年六十二,当生于宋文帝元嘉十七年(440)。上距晋太元末(二十一年,396),凡四十四年。贾弼撰次谱牒时,官给令史书吏,其年当已长,度其子匪之已生。而自太元末至渊之生,凡四十四年,是匪之老而得渊也。然贾氏父祖事,亦见《南史·王僧孺传》,且言弼"所撰十八州一百一十六郡,合七百一十二卷"。又谓"弼子太宰参军匪之",是匪之仕宋,当孝武帝世,为太宰江夏王义恭参军也。此与史实皆符,不可以年岁相去之远而疑之。盖《南史·王僧孺传》别有所据,非仅依《南齐书》而作,故于卷帙之数及匪之官职,皆视《南齐书》为翔实。

丘巨源籍贯

《南齐书·丘巨源传》:"丘巨源,兰陵兰陵人也。宋初土断属丹阳,后属兰陵。"前言"兰陵兰陵",当是西晋时地名。《晋书·地理志》下:"元康元年,分东海,置兰陵郡。"(《南齐书·高帝纪》上亦有"晋元康元年,分东海为兰陵郡"语。)故必为北兰陵。"宋初土断属丹阳"者,盖言丘氏过江后所居,当在今常州西北,与丹阳郡毗邻,其地旧属丹阳郡,遂为丹阳人。"后属兰陵"者,《宋书·州郡志》一云:"文帝元嘉八年,更以江北为南兖州。江南为南徐州,治京口,割扬州之晋陵、兖州之九郡,侨在江南者属焉。故南徐州备有徐兖幽冀青并扬七州郡邑。"然南兰陵初立,丘所居地仍属丹阳,后乃属兰陵。故本传谓"巨源少举丹阳郡孝廉,为宋孝武所知",则宋孝武时,其地犹属丹阳。故云"后属兰陵",当即南兰陵,今常州附近也。

袁炳生平

《南齐书·文学·王智深传》云："先是，陈郡袁炳，字叔明，有文学，亦为袁粲所知。著《晋书》未成，卒。"《南史·文学·丘巨源传附孔广传》云："又时有虞通之、虞龢、司马宪、袁仲明、孙诜等，皆有学行，与广埒名。"中华标点本《校勘记》引张森楷《南史校勘记》云："按下文言仲明撰晋史未成卒，则即《南齐书·王智深传》所附之袁炳叔明也。炳字避唐讳而去，仲、叔未知孰是。"沈、曹按：炳当字叔明。据《江淹集》，有《报袁叔明书》、《袁友人传》等，均谓炳字叔明。《自序传》谓"所与神游者，唯陈留袁叔明而已"。此袁炳当即叔明。盖《袁友人传》言"又撰《晋史》，奇功未遂，不幸卒官"，与《南齐书》全合。据江淹《袁友人传》，则炳尝为"国常侍、员外郎、府功曹、临湘令"诸官，卒年二十八。其为王国常侍，未知何王？其为袁粲所知，当是宋明帝世。至于为府功曹，疑即湘州功曹。江淹有《伤友人赋》云："尔湘水兮深沉，我前山兮眇默。惟音华与书酒，伊楚越兮南北。余结谊兮梁门，复从官兮朱藩。"则炳卒于临湘，时江淹方从景素在南徐州，可见为元徽元年至二年事。炳当为宋人，非齐人。《南齐书》、《南史》偶及之耳。且炳与江淹为莫逆之交，年当相若。江淹入齐之岁，年三十五，炳卒年二十八。设炳卒于元徽初，淹年三十左右，正可为知交，此亦一旁证也。

檀超卒年推测

《南齐书·檀超传》："建元二年，初置史官，以超与骠骑记室江淹掌史职。……超史功未就，卒官。江淹撰戎之，沈不备也。"《南史》本传云："既与物多忤，史功未就，徙交州，于路见杀。"按：《南史》所言"徙交州"及被杀事，《南齐书》不载，当有所讳。今按《江文通集》有《司徒右长史檀超墓志》，是超之被徙，官号未改，且得江淹作墓志，似非以罪见诛。疑当时或为人所陷，后又昭雪，故得归葬而复其官职。书缺有间，疑莫能明。至于檀超之死，当在建元末，永明初之时。盖《南齐书》本传谓初置史官在建元二年，而江淹《自序传》言齐高帝受禅后，为骠骑豫章王记室参军，镇东武令，参掌诏策，并典国史，既非雅好，辞不获命。又言"故自少及长，未尝著书，惟集十卷"。《自序传》作于淹为中书侍郎时，盖在永明之初，以《自序传》已称"高帝"之谥，而据《南齐书·礼志》，永明二年江淹已为骠骑将军。《梁书·江淹传》称淹永明初迁骠骑将军。又言淹撰《齐史》十志。盖《齐史》十志成于永明间。《檀超传》谓江淹续成之。以其时推之，超于王俭驳其史例后，当曾撰述，然不久即被徙，故淹续成之。其卒年当在建元、永明之间。

丘灵鞠生卒年试测

《南齐书·文学·丘灵鞠传》不载灵鞠生卒年及享年之数，然其大致时间尚可测知也。《南齐书》本传："灵鞠少好学，善属文。与上计,仕郡为吏。州辟从事,诣领军沈演之。演之曰:'身昔为州职,诣领军谢晦,宾主坐处,政如今日。卿将来或复如此也。'"按:《宋书·沈演之传》:"(元嘉)二十一年,诏曰:'……演之可中领军……'(范)晔怀逆谋,演之觉其有异,言之太祖,晔寻事发伏诛。迁领国子祭酒,本州大中正,转吏部尚书,领太子右卫率。"范晔谋逆,事在元嘉二十二年(445),则沈演之为中领军,当在元嘉二十一二年,当时丘灵鞠年当二十有余,当生于宋武帝永初至少帝景平(420~423)间或稍后。本传又言:"灵鞠宋世文名甚盛,入齐颇减。……王俭谓人曰:'丘公仕宦不进,才亦退矣。'迁长沙王车骑长史,太中大夫,卒。"据此其卒年或与王俭相近。又《南齐书·长沙王晃传》,晃以永明初为车骑将军,卒于永明八年(490)。又《梁书·文学·丘迟传》,谓迟"及长,州辟从事,举秀才,除太学博士。迁大司马行参军,遭父忧去职"。此所谓及长,当为二十余岁,正永明二年(484)以后。其所谓"大司马行参军"当即齐豫章王萧嶷。据《南齐书·豫章王嶷传》,嶷以永明五年(487)为大司马,灵鞠为其属官也。嶷以永明十年(492)卒,而王俭以永明七年(489)卒。据此灵鞠卒年当在永明五年以后不久,或在永明之末。享年可逾六十,或近七十矣。

丘灵鞠行年

《南齐书·丘灵鞠传》不记其生卒年,亦不详其享年若干。然本传谓灵鞠为南齐长沙王车骑长史,而《梁书·丘迟传》叙丘迟丁父忧时,为大司马行参军。核以《南齐书·王谌传》,灵鞠当卒于齐武帝永明八年(490)左右,另有考。其生年虽不可确考,然本传谓灵鞠尝为郡吏,州辟从事,诣领军沈演之。考演之以元嘉二十一年为中领军,范晔诛后,为国子祭酒,转吏部尚书。见《宋书·沈演之传》。知灵鞠诣演之为元嘉二十一年(444)。以此计之,灵鞠生年当为元嘉初,享年六十余。又灵鞠祖系(一作"继祖")据《宋书》、《南史》之《孝义传》,生当孙恩乱时,官秘书监,则与灵鞠生子元嘉初亦无不合。盖丘氏非望族,官至秘书监,当不为年少,又逾数年而抱孙,不为早矣。

萧子懋作《春秋例苑》

《南齐书·武十七王·晋安王子懋传》云:"(永明)八年,进号镇南将军,撰《春秋例苑》三十卷,奏之。世祖嘉之,敕付秘阁。九年,亲府州事。"按:《隋志》有《春秋左传例苑》十九卷,不著撰人。未知即子懋书否?盖自齐至初唐,中历梁元帝焚书之劫,或烬余为十九卷,亦未可知。然子懋卒于延兴元年(494),年二十三,则奏书时年十九耳。且据本传,至永明九年方亲州府事,则当时为三十卷巨著,恐未必亲撰,或集文人为之,而称其名耳。

刘瓛为安陆王国常侍

《南齐书·刘瓛传》谓瓛尝预丹阳尹袁粲后堂夜集,为粲所赏,粲举瓛为秘书郎,不见用,"除邵陵王郡主簿、安陆王国常侍、安成王抚军行参军"。按:袁粲以宋明帝泰始五年为丹阳尹。《南齐书》记"粲指庭中柳树"云云,正指丹阳尹署也。盖刘瓛六世祖恢,晋时为丹阳尹也。又安成王准(顺帝)以明帝泰始七年为抚军将军,邵陵王友封王及为江州刺史,并为后废帝元徽二年七月事,是年九月顺帝又转车骑将军。今言为邵陵王属官在前,为顺帝属官在后,是瓛于七月至九月凡历三官,且邵陵王时为江州刺史,顺帝在建康,未免匆促太甚。更有甚者,则自邵陵王幕入顺帝幕,中间尚经历"安陆王国常侍"之职。据《宋书·孝武十四王传》,孝武子有安陆王子绥,出为江夏王义恭后,而据《武三王·江夏王义恭传》,子绥于泰始二年被赐死,自此无复"安陆王"其人。即以"安陆王"为"江夏王"之误,以明帝子跻当之(跻亦为义恭后),然以元徽二年七至九月间历三王之幕,恐亦可疑。《南齐书》叙此事殊欠清晰。《南史》则不载为邵陵、安陆二王属官事。虽文从字顺,于情理亦通,然亦未必得其实。总之,瓛此段经历,可谓疑莫能明。

王巾、王屮

《文选》有王简栖《头陀寺碑》,简栖名各本皆作"巾",善注本、六臣本同。何焯《义门读书记》以为当是古文"左"字,则字当作"屮",而胡克家《考异》引陈氏说作"屮",以《说文》"屮"字("草木初生也。"丑列切)当之。何、陈说非同也。按:《隋志》有《法师传》十卷,王巾撰;《高僧传》附王曼颖《致慧皎书》云:"唯释法进所造,王巾有著,意存该综,可擅一家。然进名博而未广,巾体立而不就。"是《隋志》、《僧传》并作"巾"字。《文选》各注既李善、五臣无异文,不应三书二注同误"屮"为"巾"。按:《晋书·王濬传》载范通谓王濬曰"卿旋旆之日,角巾私第"云云。《世说·雅量》载,王导曰:"若其欲来,吾角巾径还乌衣。"角巾,闲居之服也。故王巾字简栖,疑取此意。何、陈二说似乏佐证,未必可从。

王寂卒年

王寂生平附见《南齐书·王僧虔传》，盖僧虔第九子也。史不言寂卒年，唯云建武初欲献《中光颂》及官秘书郎，卒年二十一。逯钦立《先秦汉魏晋南北朝诗》，置寂于谢朓、王思远之后，窃疑非是。盖逯书以卒年为次序，先据史传所载，朓以永元元年（499）遇害，思远以次年（500）卒。今据《第五兄揖到太傅竟陵王属奉诗》，则寂于永明末已能诗；《王僧虔传》又谓"王融败后，宾客多归之"。融败在永明十一年（493），则寂卒年二十一，当在齐明帝建武中也。以此计之，寂之卒年，当在朓、思远前也。

王延之宋时事迹

逯钦立《先秦汉魏晋南北朝诗》以为《古文苑》卷九王延《别萧谘议诗》作者，即宋齐间之王延之，可备一说。玩此诗"霏云承永夜，皓烛骛离轩"句，知为夜别；"如此岁方暄"句，知别时为春夏之际；"江上愁别日"句，又似江畔相送。此与王融、任昉之送梁武帝为随王萧子隆镇西谘议时所作诗相似，疑别有一王延，所送即梁武帝，盖王融诸人皆称梁武为"萧谘议"也。若所送为梁武帝，则当是永明九年春作，而延之卒于永明二年，此诗断非延之作。然若乏旁证，姑从逯说。今读逯氏所为王延之小传，唯述齐高帝建元二年镇江州后事。而延之享年六十四岁，入齐凡六年（建元元年至永明二年）而卒，其在宋经历，似不宜置于勿论。

据《南齐书》本传,延之以永明二年卒,年六十四,则当生于宋武帝永初二年(421)。延之乃琅玡王氏,江左望族,其释褐之年,不当过迟。《南齐书》本传谓延之"少而静默。不交人事,州辟主簿,不就。举秀才,除北中郎法曹行参军,转署外兵,尚书外兵部,司空主簿,并不就。除中军建平王主簿、记室,仍度司空、北中郎二府"。此所言官职,略可考其时间。所谓"北中郎法曹行参军",当是宋竟陵王刘诞属官。《宋书·文五王·竟陵王诞传》:"(元嘉)二十一年,监南兖州诸军事,北中郎将、南兖州刺史。"所谓"司空主簿"乃南郡王刘义宣属官。《宋书·武二王·南郡王义宣传》载,元嘉二十一年,义宣进位司空也。所谓"中军建平王主簿"者,据《宋书·文九王·建平王宏传》,宏以元嘉二十四年为"中护军",疑"中军"乃"中护军"之误。"司空、北中郎二府"者,"司空"盖指南郡王义宣,见前。"北中郎"者指孝武帝刘骏,自魏兵南侵,于元嘉二十八年降号北中郎将也。

《南齐书》本传又谓:"转秘书丞,西阳王抚军谘议、州别驾。寻阳王冠军、安陆王后军司马,加振武将军,出为安远护军武陵内史,不拜。"按:"西阳王"即豫章王子尚,以宋孝武大明二年为抚军将军,五年改封豫章。寻阳王即松滋侯子房,以大明四年为冠军将军。安陆王即安陆王子绥,以大明二年封,后进号后军将军,此皆孝武帝时官职。

本传云:"宋明帝为卫军,延之转为长史,加宣威将军。"据《宋书·明帝纪》,乃前废帝永光元年事。本传谓"建安王休仁征赭圻,转延之为左长史,加宁朔将军"。据《明帝纪》,乃泰始二年事。至于本传谓延之为尚书右仆射,据《宋书·顺帝纪》,乃顺帝昇明元年事。次年改左仆射。三年而出镇江州。至齐建元二年进号镇南将军。其仕历虽不能详知岁月,然犹可知其次第。逯氏似太略。

王融《和南海王殿下咏秋胡妻诗》

此诗凡七章,见《古文苑》及《乐府诗集》。《古文苑》不署作者,疑是。按:《南齐书·武十七王·南海王子罕传》,子罕乃齐武帝第十一子。以建武二年被害,死时年十七。又子罕以永明十年为南兖州刺史。时年十四。镇广陵后,不在建康,至隆昌还都,而融已被害。原诗当作于子罕十四岁前。子罕于齐武诸子中不闻能诗,疑出他人代作而或有人奉教和之也。

《南齐书·王融传论》

《南齐书·王融谢朓传论》谓王融"其贾谊终军之流亚乎!"周一良先生《魏晋南北朝史札记》谓"未免过高估计王融之经世才能"(第二五二至二五三页),此言诚是。窃以为萧子显之誉王融,盖亦有故。子显即齐豫章王嶷之子。当齐武帝大渐之际,融欲立竟陵王子良,未始非忠于齐高帝、武帝也。盖郁林王之不足任事,使子良继位,明帝未必能逞其欲,以灭高武子孙。故范云当时,叹以为"忧国家者唯有王中书耳!"(《通鉴》卷一三八)《南齐书·武帝十七王传附昭胄传》载,子显兄子恪,在明帝时,几遭不测。子显之称王融,疑自伤家世之祸,故颂之不遗余力。《梁书·萧子恪传》载,梁武帝尝谓子恪兄弟云:"且建武屠灭卿门,致卿兄弟涂炭。我起义兵,非惟自雪门耻,亦是为卿兄弟报仇。"盖亦谓此。

王融《上书请给虏书》

《南齐书·王融传》载，北魏尝求书于南齐，朝议欲不许，融独上书请与之。按：《南齐书·武帝纪》及《魏书》、《北史》之《孝文纪》皆不记此事，未知的为何年事。检史籍所载，永明中齐、魏交聘，几无年无有。然《王融传》记此事在王俭"初有仪同之授"后，则当是永明五年（487）以后事。今玩其文意，似是永明五至七年间作。盖文中列举北朝文士若游明根辈，而不及高允。盖允以孝文帝太和十一年卒，正当齐永明五年也。文中又言，"台鼎则丘颓、苟仁端"，"丘颓"当即《北史》之"苟颓"，其人本姓若干，代人也。考《北史·魏本纪》，苟颓以太和十三年（即永明七年）卒。文中不言高允而言苟颓，是高允已卒而苟颓尚健在，可知此文为永明六年左右所作。唯南朝虽不许，然书之流传于北方者，终不可禁。《魏书·崔鸿传》，鸿尝上表魏帝，求常璩所记李氏据蜀事（或非《华阳国志》），欲于边境求索。又《元晖业传》载何逊集入北事。然北人书亦有入南朝者，若《魏书·温子升传》载温子升文为梁武帝所赏；陈陆德明作《经典释文》引杜弼说是也。故知朝议虽不许，而边境之交流，则实不可禁绝也。

王融《下狱答辞》

王融以齐武帝大渐时欲立竟陵王子良，得罪郁林王，郁林立，不久下狱赐死。时郁林初立，尚是永明十一年也。然《南齐书》本传载其《下狱答辞》有"安陆王曲垂眄接"之语。（《南史》同。）又《类聚》

卷七三有《谢安陆王赐银钵启》。然"安陆王"者即《南齐书·宗室传》之安陆昭王萧缅。据《南齐书·宗室传》、《南史·齐宗室传》，并谓缅以永明九年卒谥昭侯。盖缅于建元元年封安陆侯。至齐明帝建武元年始追封安陆王。此自是融卒后之事，非融所及见。沈约作《齐故安陆昭王碑》，虽在明帝时作，故称缅曰"安陆昭王"，然碑文亦明言缅卒后，谥曰昭侯，至明帝"入纂绝业"，始"改赠司徒，因谥为郡王"，与《南齐书》、《南史》合。疑王融答辞，原作"安陆侯"，当融初卒时，以得罪朝廷，恐无敢为编其遗文者。一俟郁林已废，明帝外示宽容，以杀融之责，归诸郁林。故融之家人友朋，得以集其诗文，乃改"安陆侯"为"安陆王"。至其《下狱答辞》，本非一般作品，未必为本集所载，后人传钞，亦从其本集，改"侯"曰"王"。萧子显《南齐书》作于梁时，所见融文，已为后人所改，而《南史》又仍之。

王融称字

《十七史商榷》卷六三有《王融称字》条云："《梁书》柳恽、徐勉二传皆误称王融为王元长。融不合称字，《南史》皆改正。"按，《柳恽传》云："恽立行贞素，以贵公子早有令名，少工篇什。始为诗曰：'亭皋木叶下，陇首秋云飞。'琅邪王元长见而嗟赏，因书斋壁。"《徐勉传》云："琅玡王元长才名甚盛，尝欲与勉相识，每托人召之。勉谓人曰：'王郎名高望促，难可轻敝衣裾。'俄而元长及祸，时人莫不服其机鉴。"又，钟嵘《诗品序》三见王融皆称元长，与他人称名者亦异。寻其原由，或是齐和帝名宝融，齐末梁初人记事多讳"融"字。《梁书》柳、徐二传所记王融事，或据齐末梁初时书面材料，因书作"元长"。王鸣盛所论盖据史家书法而未计习惯使然。钟嵘《诗品》成于天监十二年后，此序之作或在稍前。其称王元长，或亦如民初遗老书"儀"字之缺末笔欤？

王融之死与萧子良

《南齐书·王融传》叙融于齐武帝大渐时，欲立竟陵王子良一事殊感突兀。盖融以一介文士，纵有"江西伧楚数百人"，恶足举大事？且齐武以永明十一年七月崩，而郁林王已于四月立为太孙，名分既定，岂区区一中书侍郎，得擅废立者乎？此当非融一人之意明甚。盖齐武帝在日，明帝未封王，仅称西昌侯，而文惠太子又尝疑其为人。融于永明末，颇见亲重，其招募伧楚，实由武帝及竟陵王子良授意，故其下狱后陈辞，明言"今假犬羊乍扰，纪僧真奉宣先敕，赐语北边动静，令囚草撰符诏。于时即因启闻，希侍銮舆。及司徒宣敕招募，同例非一。实以戎事不小，不敢承教。续蒙军号，赐使招集，衔枚而行，非敢虚扇"。此当非虚造。《通鉴》卷一三八记此事云："会上不豫，诏子良甲仗入延昌殿侍医药，子良以萧衍、范云等皆为帐内军主。"夫梁武帝与范云皆名在"八友"之列，故子良任之，梁武能军，范云则不闻能战，然子良门下，能武者盖寡，故任之耳。子良之任萧、范为军主，盖亦有意于继位。然所任者非人，范云谓"忧国家者惟有王中书耳"，意在窥测梁武帝之意。使梁武欲效忠子良，则范未尝不肯为子良用，然梁武乃以竖子比融，范意遂沮。《梁书·吴均传》记均作齐史，谓梁武是齐明帝佐命，当是实录，致能怒梁武，使其书不传。设使萧范皆同于融，成败诚不可知。《通鉴》又记虞羲、丘国宾语，谓"竟陵才弱，王中书无断，败在眼中矣"。盖子良实有与明帝争权事。殆郁林立而子良寻卒，其为善终与否，亦不可确知。然王融之举，当与子良有关。故融临死叹曰:"我若不为百岁老母,当吐一言。"萧子显谓"融意欲指斥帝在东宫时过失也"。此亦臆测,或融欲言废立之意亦不可知。纵使言郁林在东宫过失,则融非东宫属官,何由知之。当是子良为融言之耳。然融此举,似未尝为士林所斥。其被收时"朋友部曲,参问北寺,相继于道"。沈约《伤王融》谓"途艰行易跌,命舛志难逢",亦惜其有志不酬,未尝以为有罪,盖深知其非苟为行险侥幸者也。萧子显既为齐高帝之后,不欲斥子良,而书又作于梁武,不敢斥梁武帝,故依违其辞,似王融之举,不过一轻躁妄动之小人,然于传论又深惜之,盖有难言之隐也。

孔觊、孔颛

《南史·谢朓传》:"朓好奖人才,会稽孔觊有才笔,未为时知,孔珪尝令草让表以示朓。……""孔觊",各本从"孔颛",中华标点本校记云:"据《宋书》、《南史》本传改。前沈约曰:'孙兴公、孔觊并让记室。'"各本亦误作"孔颛",并改正。按:此孔觊与《宋书》孔颛断非一人。宋孔觊佐晋安王子勋,死于宋明帝初,不容至齐时当为孔稚珪草让表而令谢朓见之。作"孔颛",未为误也。《通鉴》卷一三七"初,太祖以南方钱少,更欲铸钱。建元末,奉朝请孔颛上言"云云。据此则齐初实有一孔颛也。然此孔颛建元末已奉朝请,时谢朓当未及弱冠,与为孔稚珪草让表者恐非一人。此草让表者为"觊"、为"颛"颇难确考。至于沈约所言"孔觊",当是前朝事,不当作"颛"耳。

《梁书·江革传》记谢朓事

《梁书·江革传》:"十六丧母,以孝闻,服阕与观俱诣太学,补国子生,举高第。齐中书郎王融、吏部郎谢朓,雅相钦重,朓尝宿卫,还过候革,时大雪,见革弊絮单席而耽学不倦,嗟叹久之,乃脱所著襦,并手割半毡与革充卧具而去。"按:此传叙王、谢官职有误。王为中书郎时,谢非吏部郎也。谢之为吏部郎在齐明帝建武末永泰初,举发王敬则后,时融死已久,革亦已出仕。又,革举秀才为永明七年,此乃永明六七年间事,时朓为王俭卫军东阁祭酒、太子舍人,非尚书郎,当无备宿卫之事。《南史·江革传》记此事,但言"朓尝行还过候革",不言"宿卫",于理为近。《梁书》记事多误,此一例。

江祏与谢朓之死

《南齐书·谢朓传》:"东昏失德,江祏欲立江夏王宝玄,末更回惑,与弟祀密谓朓曰:'江夏年少轻脱,不堪负荷神器,不可复行废立。始安年长入纂,不乖物望。非以此要富贵,政是求安国家耳。'遥光又遣亲人刘沨密致意于朓,欲以为肺腑。朓自以受恩高宗,非沨所言,不肯答。少日,遥光以朓兼知卫尉事,朓惧见引,即以祏等谋告左兴盛,兴盛不敢发言。祏闻,以告遥光,遥光大怒,乃称敕召朓,仍回车付廷尉,与徐孝嗣、祏、(刘)暄等连名启诛朓。"又《江祏传》:"帝(东昏侯)失德既彰,祏议欲立江夏王宝玄。刘暄初为宝玄郢州行事,执事过刻。……至是不同祏议,欲立建安王宝夤,密谋于遥光。遥光自以年长,属当鼎命,微旨动祐。祐弟祀以少主难保,劝祐立遥光。暄以遥光若立,己失元舅之望,不肯同。故祐迟疑久不决。遥光大怒,遣左右黄昙庆于清溪桥道中刺杀暄,昙庆见暄部伍人多,不敢发。事觉,暄告祐谋,帝处分收祐兄弟。"又《宝室·始安王遥光传》:"遥光既辅政,见少主即位,潜与江祐兄弟谋自树立。"合三传观之,江祐实遥光党羽,其迟疑不决,盖碍于刘暄。然不论祐、暄,与遥光皆有废立意,即徐孝嗣,亦未尝不欲废东昏侯,特以"欲与(沈)文季论世事,文季辄引以他辞,终不得及"。谢朓之告左兴盛,实忠于东昏侯。左兴盛之不发,亦深知东昏之败德,不欲为东昏尽忠。谢朓自以为忠于明帝而不知人心向背,实欲施其卖妇翁之故技,取死固其宜也。

谢朓自荆州还都时间及《辞随王子隆笺》

谢朓自荆州东返时间,《南齐书》及《南史》本传俱失载,唯言"长史王秀之以朓年少相动,密以启闻。世祖敕曰:'侍读虞云自宜恒应侍接,朓可还都。'"是则征朓还都乃齐武帝意,其敕乃永明十一年七月武帝崩以前事。据朓《冬绪羁怀示萧谘议虞田曹刘江二常侍诗》,则永明十年冬,朓在江陵尚未被征也。至于朓发江陵时间,似在十一年之夏,其《暂使下都夜发新林至京邑赠西府同僚诗》当是还都道中作,故《南齐书》本传记朓还都,道中为诗寄西府,曰"常恐鹰隼击"云云,即此诗中语。诗题为"暂使下都",疑发江陵时,尚不知被征之事,至新林方知之耳。此诗有"秋河曙耿耿,寒渚夜苍苍"语,似朓至新林,已在武帝之崩前后。殆朓至建康,则王融立竟陵王子良之谋已败,恐不及与融相见矣。王融之谋,本与子良有密切关系,故融谋既败,除萧衍本附齐明帝外,"竟陵八友"中若沈约旋出为东阳太守,范云为零陵内史，皆以与子良游之故。朓亦在八友之列。故自永明十一年秋还都后，至是年之末，方为新安王中军记室，几有半载无官职，盖据《南齐书·郁林王纪》，谓十一年十一月，立临汝公昭文为新安王。朓为其记室，必在其后。《南齐书》本传记朓之作《辞随王笺》，在为新安王记室之后，恐是隆昌元年初所作。

《南齐书》及《南史》本传又谓"寻以本官兼尚书殿中郎，隆昌初敕朓接北使，朓自以口讷启让"。按：新安王以十一月封，朓之为记室，在其后，"寻以本官兼尚书殿中郎"，至早在永明十一年十二月。至于接北使时间，疑非隆昌初，据《北史·魏本纪》，太和十七年九月，诏员外散骑常侍高聪聘于齐。此即永明十一年，而《南史·齐本纪》谓十一月，魏人来聘。时新安王初封，朓之为记室与否，尚不可知。《北史》又谓十八年"六月己巳，诏兼员外散骑常侍卢昶使于齐"。《南史》则于齐海陵王延兴元年（即太和十八年）八月书"魏人来聘"。是知隆昌初（494）无魏使至齐，当是永明十一年十一月之高聪或延兴元年八月之卢昶也。然高聪之南使，朓官职不明，且未逾年，不得称隆昌。疑是卢昶时，"隆昌"盖"延兴"之误也。谢朓《酬德赋》谓隆昌初，沈约出守东阳时"予窜迹以多悔，块离尤而独处"，当是尚未见信于明帝，故不加任用。是以其接北使，当为卢昶而非高聪。

《谢朓诗歌系年》书后

近年治谢朓诗者，当以《文史》第二十一辑《谢朓诗歌系年》为最笃实可信。此文颇多精见，如以王世子为王敬则子仲雄，以《和江丞北戍琅琊城》为永明九年作，皆不易之论。然亦偶有可商者。如《侍宴华光殿曲水奉敕为皇太子作诗》、《三日侍华光殿曲水宴代人应诏诗》及《三日侍宴曲水代人应诏诗》,《系年》以为皆永明九年赴荆州前作。然永明九年曲水之宴,据王融《曲水诗序》在华林园,此云华光殿。华光殿不知确在华林园中否,待考。顾炎武《历代宅京记》于建康,不记华光殿所在。于长安有华光门,在宫中而非华林园。据沈约诸作,曲水之宴有在凤光殿者,有在林光殿者,盖南朝诸帝曲水之宴盖无岁无之,其地无定处,未可断为一时一地也。玩谢朓三诗,疑作于建武二年春赴宣城前。其《奉敕为皇太子作诗》云"大横将属,会昌已命;国步中徂,宸居膺庆",言明帝代郁林、海陵已。"国步中徂"指郁林失德。《三日侍华光殿曲水宴代人应诏诗》云"中叶遭闵,副内多违"指郁林。"悠悠灵贶,爰有适归;于昭睿后,抚运天飞"指明帝起自宗室,遂践帝位也。据此则"皇太子"者乃东昏侯而非文惠太子。

　　《休沐重还丹阳道中诗》及《游东田诗》,《系年》据《文选》之《游东田诗》李善注,谓朓有宅在东田,故以《游东田诗》为永明十一年作;以《休沐重还丹阳道中诗》为建武二年作,丹阳即东田之宅。按,据《南齐书·文惠太子传》,东田乃文惠太子所起。又《竟陵王子良传》:"文惠太子薨,世祖检行东宫,见太子服御羽仪多过制度,上大怒,以子良与太子善,不启闻,颇加嫌责。"故疑《游东田诗》是永明中为竟陵西邸文士作时。若永明十一年返自荆州,则武帝已崩,大权在明帝手,子良与明帝争权,遂忧惧以卒。朓未必敢凭早昔日东田,以贾祸也。至于《休沐重还丹阳道中诗》,《系年》以为建武二年作,当无可疑。然"丹阳"似非东田宅。据《中国历史地图集》,丹阳郡治在建康城西,南朝丹阳县治则在宣城。《宣城县志》同。此诗言"云端楚山见,林表吴岫微",似是西向而行,东田则在台城东,方向不合。盖六朝士族之治宅,往往非一。谢朓《思归赋》、《治宅诗》皆言构筑新居事。疑朓晚年有宅在新亭附近。"重还丹阳"盖者此。《系年》

以为《和徐都曹出新亭渚》及徐勉《昧旦出新亭渚诗》皆建武二年作。甚是。疑朓当日即自丹阳新宅出游新亭也。

《和王著作八公山诗》，《系年》驳"王著作"为王融之说，极是。然谓是朓在宣城时遥和，恐非。此诗写景诸句，恐非想象。"出没朓楼雉，远近送春目"句，似非亲见者不能作此语。盖八公山在寿春北门外，距城甚近。窃疑建武以后，朓或因事北至寿春，史失载耳。至写作时间，当在后期，《系年》所论甚当。

《阻雪联句遥赠和》，《系年》以为永明八年作，甚是。此诗称江革曰"江秀才革"，盖江革举秀才以后。《梁书·江革传》："弱冠，举南徐州秀才。时豫章胡谐之行州事，王融与谐之书，令荐革，谐之方贡琅邪王泛，便以革代之。"据《南齐书·胡谐之传》，谐之以永明八年奉命代鱼复侯子响，则举革在七年，似近理。其称刘绘曰"刘中书绘"，据《南齐书·刘绘传》，绘以安陆王护军司马转中书郎，掌诏诰，敕助国子祭酒何胤撰治礼仪。按：《梁书·何胤传》："尚书令王俭受诏撰新礼，未就而卒，又使特进张绪续成之，绪又卒，属在司徒竟陵王子良，子良以让胤。"按：王俭以永明七年卒，张绪疑亦以七年卒（见《南齐书·张绪传》）而胤代之。又诗称沈约为沈右率，而据《酬德赋》："惟敦牂之旅岁，实兴齐之二六，奉武运之方昌，睹休风之未淑。龙楼俨而洞开，梁邸焕其重复，君奉笔于帝储，我曳裾于皇穆。"知约为太子右卫率在永明八年。《系年》定此诗为八年，不误。至于疑约于八年已为右卫率，似可举《酬德赋》证之。

谢朓婚宦时间

《谢朓评传》（见《中国历代著名文学家评传》第一卷第五二九

页)据《南史·谢朓传》载,朓子谟,尝娶梁武女,又以为朓卒年三十六,谟之婚在朓卒之前,据此谓朓之娶王敬则女,当在十九岁入仕之前。然朓之入仕,是否年十九,殊不可知,此说谓在齐高帝建元四年(482)。然建元四年实为豫章王嶷初为太尉之时,至朓之为行参军,或在其后,未必与嶷为太尉同时也。故朓入仕之年,疑不可定为十九岁。至其婚娶时间,尤难确考,此说谓"其子结婚如在一六至十八岁,则谢朓结婚应在十九岁'解褐'之前"。检《南史·谢朓传》谓:"朓及殷睿素与梁武以文章相得,帝以大女永兴公主适睿子钧,第二女永世公主适朓子谟。及帝为雍州,二女并暂随母向州。及武帝即位,二主始随内还。"按:《梁书·武帝纪》,梁武以齐明帝永泰元年(498)为雍州刺史。是《南史》所己二女适人时间当在其前,即建武中事。然《梁书·殷钧传》载钧以天监十二年(513)卒,年四十九。又言殷睿卒时,钧年九岁。查睿以永明十一年(493)与王奂同被杀。故知钧之生年为永明二年(484)。设钧以十六岁娶妻,则为永元二年(500)。然是年梁武尚在雍州,未平建康也。梁武入建康乃中兴元年十二月(当为公元502年1月)。其二女抵建康,则至早当在天监元年(502)正月之后。在此之前,二女在雍州,钧、谟在建康,未可成婚。至于二女赴雍州之前,则钧年方十五,娶妻似太早。至于谟之年,虽不可考,然谟之年,似不当长于钧,盖永兴公主是长女,永世是次女。梁武不当使妹婿长于姊婿。故"适"字恐非成婚,而乃许婚。以情理度之,设谟与钧同岁,十六岁亦当是永元二年(500),朓已卒矣。谟正居丧,何谓婚娶?《南史》又谓梁武尝欲以次女"更适张弘策子,弘策卒,又以与王志子谭"。按:弘策以天监元年卒。是则谟与梁武帝女实未行婚礼。以此而推断谢朓婚年及先婚后仕,恐皆非确论。又:《梁书·后妃传》载,永兴、永世二主,乃郗后所生,后以永元元年(499)卒,年三十二,当生于宋明帝泰始四年(468)。设后以十五嫁梁武,十六生永兴,则长于钧一岁,设次年生永世,则永世亦生于永明二年,梁武镇荆州时永世年十五,虽亦可早婚,终觉稍幼,即谓郗后十七即生次女,亦属勉强。

谢朓《酬德赋》

谢朓《酬德赋序》云:"右卫沈侯以冠世伟才,眷予以国士。"此序言及建武二年及四年,显是四年以后作。称"右卫"者,字之误也。《梁书·沈约传》载:"明帝崩,政归冢宰,尚书令徐孝嗣使约撰定遗诏,迁左卫将军。"知此赋作于明帝死后,沈约为左卫将军时。约尝为太子右卫率,人习知此职,故缮写者遂误以"左"为"右"。然太子右卫率例称"右率",不称"右卫",如《和别沈右率诸君诗》是也。序中称"四年,予忝役朱方,又致一首,迫东偏寇乱,良无遐日,其夏还京师,且事宴言,未遑篇章之思"。"忝役朱方",即《南齐书·谢朓传》所谓"出为晋安王镇北谘议,南东海太守,行南徐州事"也。"东偏寇乱",指王敬则起兵事,敬则以永泰元年夏败。朓因卖妇翁得官,为吏部郎。"其夏还京师",当即永泰元年夏。此赋当作于永泰元年秋以后至永元元年初,去朓之死不及一年。

赋中叙朓与沈约过从,颇可补史传之缺。赋云:"惟敦牂之旅岁,实兴齐之二六,奉武运之方昌,睹休风之未淑。龙楼俨而洞开,梁邸焕其重复,君奉笔于帝储,我曳裾于皇穆。""兴齐之二六"指齐兴十二载,即永明八年庚午,故曰"敦牂之旅岁"。"龙楼"指文惠太子萧长懋。"梁邸"由豫章王萧嶷也。《梁书·沈约传》不记沈约为太子右卫率事,而此赋则明言为永明八年,证以九年送别时称"沈右率",盖无可疑者。

赋又云:"譬层栋之将倾,必华榱之先落。翳明离以上宾,属传体于纤萼。周二辉而分崩,挤九鼎于重壑。虽鱼鸟之欲安,骇风川而回薄。微天道之布新,嗟员首其焉托。"斥郁林王之乱政也。其"层栋"、"华榱"之喻,当指随王子隆之遇害,而归罪郁林、海陵,当是曲笔,且以言己被召还建康事。赋言:"予窘迹以多悔,块离尤而独处;君纡组于名邦,贻话言于川渚。"尤堪注意。沈约"纡组名邦",即隆昌元年出为东阳太守事。知隆昌元年,朓曾有"窘迹多悔"、"离尤独处"事。《南齐书·谢朓传》记朓返自荆州,即云为新安王中军记室,于永明十一年秋冬间事,无一字及之。此赋则微露其迹象,知朓尝为"竟陵八友",初则见忌于明帝。其后掌转而附明帝,遂得"事紫泥之密勿,腰青纭而容与",即掌霸府文笔事也。朓之由见疑而被宠,必有不可明言之处。昔人以"轻险"评朓,当是实录。萧子显谓"高宗始业,乃顾玄晖",谓其陈明帝也。或者朓之附明帝,梁武实与有力,故史家隐而不言欤?

谢朓《和王著作八公山诗》

此诗各本题目不同。本集于"王著作"下多一"融"字,《类聚》卷七则作《和王著作登八公山诗》。按:多"融"字者误也。据《南齐书》、《南史》之《王融传》,不闻为著作郎。且此诗言"再远馆娃宫,两去河阳谷",似是朓再次离建康后所作。谢朓初赴荆州,以永明十一年被召还都,至建康时,正齐武帝崩,太孙郁林王立之际,疑融已下狱,不及与朓相见。至于朓之为宣城太守,乃明帝建武中事,融死已久,尤不得共登八公山矣。然此诗作于何年,殊不可考。盖不特王融,即谢朓亦不闻有北游寿春之事。《艺谭》一九八二年第四期葛晓音君《谢朓生平考略》,以此诗为永泰元年作。其说以为琅玡在南徐州境内。八公山在今安徽凤台县南,"近琅玡城",故以为与《和江丞北戍琅玡城》同时作。亦以为此诗非和融之作,不为无见。然以八公山在南琅玡附近,则非也。按:《宋书·州郡志》、《南齐书·州郡志》记南琅玡地甚明,其地当在建康之东,京口之西,晋时治金城,齐永明时徙治白下。据《宋志》,其地治宫城以北,实在建康东北。虽属南徐州,实在建康附近。《文选》徐敬业《古意酬到长史溉登琅玡城诗》李善注引《舆地图》:"梁武改南琅玡为琅玡郡,在润州江宁县西北十八里。"故齐代阅武常在此地,如王融有《从武帝琅邪城讲武应诏诗》,去寿春八公山甚远,不得与八公山定为一时之作。窃以为谢朓此作,时间实难考定。或朓尝登八公山。又王融《江皋曲》有"水源桐柏来"句,或取《书·禹贡》"导淮自桐柏"意,则融或尝至寿春;谢朓《思归赋》有"南眺悠然"之句,或者二人尝至寿春而相唱和,史失载。虽难确证,亦不可忽视。总之此诗写作年代,已无可考。以情理而言,当非和融,然亦难确考。

谢朓《思归赋》及《治宅》诗

谢朓《思归赋》云"纷吾生之游薄,弥一纪而历兹",盖谓出仕至作赋时,约十二年也。朓释褐为齐豫章王嶷太尉行参军。嶷为太尉在建元四年高帝崩、武帝初立时。然朓为行参军,未必即在此年。《艺谭》一九八二年第四期《谢朓生平考略》以为朓以永明二年释褐;《中国历代著名文学家评传·谢朓》则指为建元四年,皆属推测,总之在建元末永明初。以此下推一纪,则在永明末隆昌初。若在建元四年,则十二年;在永明二年则十年余,皆可通。盖"一纪"不过举其成数。斯时也,朓方返自荆州。未有官职,故治宅以俟之。赋言"乃翦山木,不日为功,非轮非奂,去斫去砻,夜索绹而绕绕,昼乘屋而芃芃"云云,明是治宅之事,则《治宅》诗当亦作于此时。盖此时政局方乱,明帝阴有废立意,朓本"竟陵八友"之一,明帝不敢任以要职,朓亦未敢贸然自附。殆明帝废郁林,立海陵而朓遂入霸府,为明帝之党矣。观《思归赋》以若无意禄仕,实不然也。

谢朓《冬绪羁怀示萧谘议虞田曹刘江二常侍诗》

按:此诗乃在江陵与梁武帝共事随王子隆时作。诗言"一听春莺喧,再视秋虹没",则当是永明十年冬作。朓以九年春自建康到江陵,度其溯江而上,至江陵当已春暮或夏初,"一听春莺喧",乃十年之春,"再视秋虹没",则越九年、十年二秋季也。《梁书·武帝纪》云:"累迁随王镇西谘议参军,寻以皇考艰去职。"又云:"及丁文皇帝(即梁武父萧顺之)忧,时为齐随王谘议,随府在荆镇,仿佛奉闻,便投劾星驰,不复寝食,倍道就路,愤风惊浪,不暂停止。"是知萧顺之之卒,在永明十年之后。疑是十一年。盖十年冬,梁武在荆州。《梁书·武帝纪》:"服阕,除太子庶子给事黄门侍郎,入直殿省,顶萧谌等定策勋。"则建武元年十月,已服阕。然自永明十年冬至建武元年十月,不足二年又七十日,史盖讳言之也。《梁书》"寻以"语似误。然此非疏忽,而有隐讳之意。朓此诗可以补史籍之缺。

谢朓为随王镇西功曹转文学

《南齐书·谢朓传》记朓仕历云："解褐豫章王太尉行参军,度随王东中郎府,转王俭卫军东阁祭酒,太子舍人,随王镇西功曹转文学。"《南史》记此殊略,唯言"为齐随王子隆镇西功曹,转文学"。据《南齐书·武帝纪》,随王萧子隆为荆州刺史在永明八年八月。《武十七王传》,亦以子隆为荆州是八年事,且以子隆加"镇西"号在镇荆州同时。然则谢朓之为功曹参军,果在何时。林东海《谢朓评传》(《中国历代著名文学家评传》第一卷第五三三至五三四页)以为子隆为荆州在永明八年,谢朓为镇西功曹在此以前;随王以九年"亲府州事",朓从之赴江陵。葛晓音《谢朓生平考略》(见《艺谭》一九八二年第四期)则以为随王子隆为镇西将军荆州刺史在八年,朓为镇西功曹与此同时;至于朓之赴江陵为从子隆同行,是九年事。按:二说略同,其别则在朓为镇西功曹之时间。林说以为在子隆为荆州前,恐非。盖据《武十七王传》,子隆为镇西将军,与为荆州刺史是同时之事,且子隆赴荆州前,为左卫将军(见《武帝纪》),长兼中书令(见《武十七王传》),不在荆州,似不能有"镇西"之号,朓纵入其幕,亦不能为"镇西功曹"也。二说皆以朓为从子隆赴荆州,恐非。窃以为子隆赴荆州当在八年秋,而朓之赴荆州则在九年春,非从行也,盖王融有《奉辞镇西应教诗》,"镇西"即随王也。诗有"徘徊岁光晚,摇落江树秋"句,明在秋日,与《武帝纪》所载八月正合。至于谢朓赴荆州,则在次年春,融《饯谢文学离夜》有"春江夜明月,还望情如何"句,乃春景。同时作者有刘绘、虞炎、范云、沈约诸人。今观诸作,除刘绘外,皆有春景。即谢朓《和别沈右率诸君诗》,乃答诸人作,有"重树日芬苴,芳洲转如积"句,亦春日作。据《武十七王传》,永明"八年,代鱼复侯子响为使持节都督荆雍梁宁南北秦六州镇西将军荆州刺史,给鼓吹一部。其年始兴王鉴罢益州,进号督益州。九年,亲府州事"。盖至九年子隆"亲府州事"后,如任昉为功曹参军,未就任而改文学,故诸家送别,皆称"谢文学"。又林说谓梁武亦曾作诗送朓,似误。检今存梁武帝诗,无此作。然梁武帝有《答任殿中宗记室王中书别诗》,即为随王镇西谘议参军时作。其诗云"问我去何节,光风正悠悠;兰华时未宴,举袂徒离忧",亦春日景象。王融有《萧谘议西上夜集诗》,即融送别之作。检《梁书·武帝纪》亦谓梁武在齐,"累迁随王镇西谘议参军"。其时间亦在春日,足证子隆于"亲府州事"后,谢朓及梁武帝方至荆州。观梁武帝诗题,相送者乃任昉、宗夫、王融,与诸人送谢,非一事,然其赴荆州,当亦在九年,与谢朓赴荆相去时间不远,亦可为九年赴荆之旁证。

谢朓《新亭渚别范零陵诗》

按:谢朓以永明九年赴荆州,范云尝送别,有《饯谢文学离夜》诗可证。朓以十一年返,至建康时,齐武帝已崩,而当齐武大渐之际,竟陵王子良曾以范云为军主,见《南史·梁本纪》上及《通鉴》卷一三八。据《梁书·范云传》:"子良为司徒,又补记室参军事,寻授通直散骑侍郎,领本州大中正,出为零陵内史。在任洁己,省烦苛,去游费,百姓安之。明帝召还都。"虽不记岁月,然当在隆昌、延兴之际可知。其召回当在明帝既立之后,时朓已自江陵返,尚未为宣城太守时也。

谢朓与永明末政局

《南齐书》与《南史》之《谢朓传》记朓返自荆州事殊略。传中谓朓之被征还都,乃齐武帝意,此明在七月武帝崩之前。计自江陵顺流至建康,当不甚久。即加以使者传命时间,纵使七月召朓,九月前即可返都。然本传所记朓返都官职,显在明年郁林王即位之后。此半载左右,朓在都究有何事,实难确考。以理度之,朓本"竟陵八友"之一,武帝崩后,权归明帝,竟陵王子良失势。明帝本与子良争权,朓之初返,明帝未必信其附己,故迟迟未委以官职,然不久而朓入明帝幕,"掌霸府文笔,又掌中书诏诰",是大见信用也。其间必有故,特文献不足征耳。(见《中国历代著名文学家评传》第一卷第五三七页)谓朓得力于岳父王敬则,以敬则为助明帝者。此说似亦可疑。当王融欲立子良不成,以至郁林之立,史籍亦未见敬则有左右祖事。然据《南齐书·王敬则传》,"高宗辅政,密有废立意,隆昌元年,出敬则为使持节都督会稽东阳临海永嘉新安五郡军事会稽太守,本官如故"。盖武帝崩时,敬则位为司空,且遗诏以"军旅捍卫之事"委诸将帅,而敬则为之首。故明帝出敬则为会稽太守,实夺其兵权,以成篡弑。史言"密有废立意",盖为此也。《南史·梁本纪上》云:"初,皇考之薨,不得志,事见《齐鱼复侯传》。至是,郁林失德,齐明帝作辅,将为废立计,帝欲助齐明,倾齐武之嗣,以雪心耻,齐明亦知之,每与帝谋。时齐明将追随王,恐不从,又以王敬则在会稽,恐为变,以问帝。"《南齐书》及《梁书》讳而不言。此皆可见齐明帝之密谋,敬则实未与闻,何得谓其能荐朓也。然则朓之见信明帝,盖别有因。疑其返都,见子良大势已去,即转而附明帝,故得入霸府。又以子谟与梁武次女婚事,结好梁武，而梁武本附郁帝者也。《南齐书》于隆昌、延兴间事，辄含糊其辞，盖有难言之隐。或朓之附齐明，与梁武颇有关，而史家不敢言耳。

谢朓《暂使下都夜发新林至京邑赠西府同僚诗》

《南齐书·谢朓传》叙朓自荆州返都事殊略，以《冬绪羁怀示萧谘议虞田曹刘江二常侍》观之，其被征还都，当在永明十一年，盖此诗显系十年冬在江陵作也。然朓至建康，究在何时，实可注意。本传言："朓还都道中为诗寄西府曰：'常恐鹰隼击，秋菊委严霜，寄言罻罗者，寥廓已高翔。'"此数句见《暂使下都夜发新林至京邑赠西府同僚诗》。萧子显梁人，引此二句，必当有据。玩诗中"秋河曙耿耿，塞渚夜苍苍"句，知其至都时已是秋日。然齐武帝以是年七月崩，而诗中绝无一语及武帝之死。岂朓返都时，武帝尚健在耶？诚不可知。《谢朓评传》（见《中国历代著名文学家评传》第一卷）、《谢朓生平考略》（见《艺谭》一九八二年第四期）皆主朓以十一年秋返都，其说诚是。唯本传言朓返都"迁新安王中军记室"，此明是武帝死后事。二君于此皆避而不谈，不失审慎。林君评传谓朓返都时，"危机已露出端倪"（《中国历代著名文学家评传》第一卷第五三五页），又谓"就在谢朓还京的这一年，齐武帝死了"（同书第五三六页），似以朓至京时武帝尚在，亦近情理，然此事亦难确证。林说以为朓作《暂使下都》诗时，已预知朝廷将有变故，推测亦近理。窃以为本传谓"王秀之以朓年少相动，密以启闻"一语，其事颇隐晦。据《南齐书·王秀之传》，秀之为镇西长史南郡内史，以秦丕尝致书于秀之，秀之不答，丕以书责之。"至是南郡纲纪启随王子隆请罪丕，丕上书自申，秀之寻征侍中，领游击将军,未拜,仍为辅国将军吴兴太守"。是秀之在荆州历时未久,即征还,而返都未几,即出守吴兴,既非齐武宠臣,在京亦不多时。齐武以此一语,即征朓还,亦难知详情。若谓"罽罗"者即秀之,蒙有猜焉。窃以为朓之被征,当别有故。

盖永明十一年,朝廷内争甚烈,朓当有所知。若其被召详情,则恐亦未悉。至于谢朓与王秀之,似无宿嫌,王有《卧疾叙意诗》,谢有《和王长史卧病诗》,则曾相唱和,亦有交谊。即王秀之启既是"密有启闻",朓远在江陵,何从知其事由秀之?故朓虽作"寄言罽罗者",当在西府诸人中。故至建康后,久不见任职,或朝廷不暇授官,而朓亦不即求官。此与当日朝廷内争,恐有不可分之关系。当朓东归时,正齐武帝大渐,王融被杀时也。融之被杀,论者或议为侥幸求进,恐非笃论。当武帝未崩时,史谓以北魏有南侵之计,故齐朝召募士卒,据王融下诏答辞,为奉萧子良之教,且有武帝敕书。夫齐魏交兵,亦时有之事,未闻前此有召募之举;后明帝时齐魏亦屡战,亦无召募事。然则召募士卒,究为何事?恐非以御魏,而是别有用意。其次则史籍所载,召募之兵,归融率领者,凡"江西伧楚数百人",子良遂板融为宁朔将军军主。融之下狱答辞,虽谓"同例非一",然史籍亦不见他例。本传又谓融"大习骑马","借子良之势,倾意宾客,劳问周款,文武禽习辐凑之",则其有用意亦殊显然。至齐武大渐时,《通鉴》卷一三八谓:"会上不豫,诏子良甲仗入延昌殿侍医药。"《南史·梁本纪上》:"及齐武帝不豫,竟陵王子良以帝及兄懿、王融、刘绘、王思远、顾暠之、范云等为帐内军主。"(《通鉴》仅言梁武及范云。)此事亦可疑。子良以齐武子入侍医药,何须以甲仗入殿?岂宫禁本无宿卫之士?其不可解一也。据《梁书》、《南史》,永明十一年时,梁武帝父顺之初卒。梁武及兄懿,皆俨然在丧服之中。子良甲仗入殿,本是警卫不时,非有兵革之急,何必使二人墨绖从戎?岂齐廷已无一甲胄之士,可充此役,其不可解二也。子良所用军主,除梁武兄弟外,类皆文士,使为军主,缓急岂可指挥若定?其不可解三也。盖子良此举,或奉齐武帝之命,欲以制其政敌,非徒为警卫,然子良奉命之后,因素不习武,所能信用者皆文人,故多任文人为军主耳。其知兵者,唯梁武兄弟,而王融尤敬异梁武,谓"宰制天下,必在此人",故起之苫块之次,任以军旅之事。然梁武兄弟已阴与明帝合谋。故《南史·梁本纪》载,范云谓"忧国家者唯有王中书",而梁武乃斥融为"竖子",萧懿亦同其弟。范云本文士,视梁武兄弟不愿为子良尽力,自不敢动。他人亦皆视梁武向背行事。故子良与融,卒败。《梁书·吴均传》载吴均作《齐春秋》,以梁武为齐明帝佐命,遂触忌讳。此殆直笔,而王融死时,梁武背子良而归明帝恐亦其一端。《南史·王融传》、《通鉴》卷一三八载太学生虞羲丘国宾谓"竟陵(子良)才弱,王中书无断,败在眼中矣"。是知王融之败,子良实预其谋。抑犹有可论者,则《南齐书·王融传》记融之败,"叹曰:'公误我!'"明指子良。又言:"我若不为百岁老母,当吐一言。"萧子显指为郁林失德事,恐非,窃疑此指子良与融,实奉齐武之命为此,故甲仗入殿,乃有诏而然。融所不敢言者在此。

王融之举,既是子良授意,故当时竟陵王八友中范云亦为军主,融既诛,沈约、范云均出守。沈在东阳作《八咏》,颇有忧愤。谢朓若在建康任职,子良或亦必使之预谋,以朓为王敬则婿,敬则为高武旧臣,其举兵时,过武进陵而大哭,其忠于高武不待言。然朓审时度势,不预其谋,盖为自全计。返都后久未任官,恐明帝亦方察其向背。殆知其不与子良同心,始任之耳。至于东返时"罻罗"、"高翔"之言,乃朓自危之辞。至齐武征之返都,未必以朓为有过,或是子良有意欲用之,而朓在江陵,未知内情耳。林说以为日后朓得罪时,尚言其"昔在沇宫,构扇蕃邸"。此恐"欲加之罪,何患无辞"。犹宋文帝杀檀道济,谓通谢灵运;宋孝武杀王僧达,谓通高阇。皆是罗织罪状,非实事也。

《南史·谢朓传》志疑

《南史·谢朓传》:"朓好奖人才,会稽孔觊粗有才笔,未为时知,孔珪尝令草让表以示朓。朓嗟吟良久,手自折简写之。谓珪曰:'士子声名未立,应共奖成,无惜齿牙余论。'其好善如此。"中华标点本校记云:"'孔觊'各本作'孔颛',据《宋书》、《南史》本传改。前沈约曰:'孙兴公、孔觊并让记室。'各本亦误作'孔颛',并改正。"按:此事不见《南齐书》,或《南史》误据传闻,疑莫能明。然《校记》之言,实误,其谓沈约所言孔觊让记室事,当即宋之孔觊,自可改。至于朓所奖之孔颛,实未可与《宋书》之孔觊混为一人。盖宋孔觊助晋安王刘子勋以伐宋明帝者,于宋泰始二年(466)败死。觊死时,谢朓方三岁,孔稚珪方十九岁,何得相托以奖掖之?若"觊"字不误,则《南史》显属附会,不可信。若以《南史》所记为可据,则必是孔颛,与孔觊断非一人。以理度之,李延寿虽好据小说,然谓朓能奖掖宋人,恐不当悖谬至此。当是实有孔颛其人,标点本误以为即《宋书》之孔觊耳。

又《南齐书·刘悛传》载齐高帝建元四年,有奉朝请孔觊,上书论铸钱均货事。严可均辑入《全上古三代秦汉三国六朝文·全齐文》。此孔觊年辈,似亦早于谢朓,然官奉朝请,位不甚高。会稽孔氏门第自难抗衡谢氏,或此孔觊尝求助于朓。余颇疑此"觊"字实"颛"字之误。不然同属会稽孔氏,年代不远,未必有两孔觊也。

谢朓《为鄱阳王让表》

日释空海《文镜秘府论》西卷《文二十八种病》引谢朓《为鄱阳王让(表)》云:"玄天盖高,九重寂以卑听;皎日耆明,三舍回于至感。"此文不见本集,即诸家类书,亦未收入。盖唐以前《谢朓集》已佚,后人辑佚,而此文于中土久已失传,仅存于日本耳。然空海所引,殊非全文,亦不知所让者何官。检《南齐书·高祖十二王传》,鄱阳王萧锵以永明十一年为领军,据《武帝纪》,是正月间事,时谢朓尚在荆州。锵至郁林王隆昌元年,转尚书右仆射,俄又为侍中骠骑将军开府仪同三司。朓作让表,疑在隆昌时。当是让尚书右仆射。至于延兴改元,锵为骠骑,则未几即被害,时朓已入明帝幕,掌霸文笔,未必复能为锵作让表矣。

周颙与永明体

周颙作《四声切韵》,《南齐书》本传不载而《南史》记之。《南齐书》记"永明体"事,于《陆厥传》言及"汝南周颙善识声韵"。《诗品》论声律则云:"齐有王元长者,尝谓余云:'宫商与二仪俱生,自古词人不知之。惟颜宪子乃云律吕音调,而其实大谬。惟见范晔、谢庄颇识之耳。常欲进知音论,未就。'王元长创其首,谢朓、沈约扬其波。三贤或贵公子孙,幼有文辩,于是士流景慕,务为精密,襞积细微,专相凌架,故使文多拘忌,伤其真美。"钟嵘与王融、谢朓相识,所言当得其实。似永明体为融所倡。然后沈约以"八病"定其体,谢朓以善诗而大其声气。今考王融生平，其始仕为晋安王南中郎行参军，而晋安王子懋以永明三年始为南中郎，则融以是年始仕，年方十九也。周颙卒年，不可确考，要当在永明八年以后。《文镜秘府论·天卷·四声论》云："宋末以来，始有四声之目。沈氏乃著其谱论，云起自周颙。"《四声切韵》之作，或当在宋末。王融方取颙说以为诗而沈约和之。约作《宋书》在永明五至六年，正"永明体"初兴之际，故约于《谢灵运传论》详言"浮声"、"切响"。在此前，约作诗似亦不拘平仄。《文镜秘府论·天卷·四声论》云："魏定州刺史甄思伯，一代伟人，以为沈氏《四声谱》不依古典，妄自穿凿，乃取沈君少时文咏犯声处以诘难之。"据此则约早年诗，本不论声律。盖自王融取周颙之说，以倡声律而约和之。约既当时文宗，又作《四声谱》，声气斯宏，故后世皆以四声说为沈约所创。

周颙早年仕历

《南齐书·周颙传》："解褐海陵国侍郎，益州刺史萧惠开赏异颙，携入蜀，为厉锋将军带肥乡成都二县令。"按：宋海陵王刘休茂，以孝武帝孝建二年（455）封，大明二年（458）为雍州刺史，五年四月以罪诛。据《宋书·萧惠开传》，惠开以大明二年"出为海陵王休茂北中郎长史、宁朔将军、襄阳太守，行雍州府事"。又云："还为新安王子鸾冠军长史，行吴郡事。"检《新安王子鸾传》，未载其为冠军，然以行吴郡事考之，当在大明四五年间。故萧惠开之识周颙，当在雍州时，颙释褐之年，为大明二至四年间也。然惠开为益州，在前废帝永光元年（465），去休茂之诛，尚有四年，不知休茂诛后，颙任何职？然此自是史家失记。至于五臣所言海盐令，则断非此时。盖大明五年，孔稚珪方十四岁，至永光(465)时，颙随萧惠开入蜀时，稚珪方十八，似不得作文以讥颙。盖稚珪以后废帝元徽间释褐，以未仕少年作文以诋已仕之人，恐非当时人所得为也。

周颙劝何点蔬食

《全上古三代秦汉三国六朝文·全齐文》卷二〇有周颙《与何点书劝令菜食》。此作"何点"，盖据《南齐书·周颙传》。《南史》及《广弘明集》俱作"何胤"。按：《南史》、《广弘明集》误，严可均从《南齐书》是也。据《梁书》何点以天监三年(504)卒，年六十八，何胤以中大通三年(531)卒，年八十六。据此则点年长于周颙，而胤则幼于颙。《梁书·何胤传》且谓胤"既长"，"纵情诞节，时人未之知也，唯(刘)瓛与汝南周颙深器异之"。今书中屡称"丈人"，点虽长于颙，以"丈人"称之，已觉不甚宜，至于胤则断无此理。故当从《南齐书》。

周颙为始兴王前军谘议

《南齐书·周颙传》："文惠在东宫，颙还正员郎，始兴王前军谘议，直侍殿省，复见赏遇。"按：始兴王即齐始兴简王萧鉴。据《南齐书·高祖十二王·始兴简王鉴传》："永明二年，世祖始以鉴为持节都督益宁二州军事，前将军，益州刺史。"此盖以周颙在宋时尝从萧惠开在益州之故。然颇疑颙未成行，故得"直侍殿省"耳。若随萧鉴入蜀，则不得谓"入侍殿省"矣。据本传谓：颙"转太子仆，兼著作，撰起居注。迁中书郎兼著作如故。常游侍东宫"。《舆服志》记永明初，议王金辂事,称"太子仆周颙"。《文惠太子传》亦言王俭讲《孝经》,"令太子仆周颙撰为义疏"。《顾欢传》亦称"太子仆周颙"。而《梁书·周舍传》称颙官为中书侍郎。是颙于永明初,未赴益州,即为太子仆,后转中书郎,仍游东官。《南齐书》本传似叙事略欠清晰。

释智林《致周颙书》写作时间

智林《致周颙书》见慧皎《高僧传》卷八,与《弘明集》卷二四,亦略见《南齐书·周颙传》。严可均《全上古三代秦汉三国六朝文·全齐文》卷二六所录,盖本《弘明集》,故文字与《高僧传》偶有出入。此书谓周颙《三宗论》"比见往来者,闻作论已成",而以"立异当时,干犯学众",故"制论虽成,定不必出"云云。是颙作《三宗论》成而未公之于世时也。智林书谓:"此义旨趣,似非初开,妙音中绝,六十七载(《南齐书》作'六七十载')。"又云"贫道年二十时,便参得此义"。又云"年少见长安耆老,多云关中高胜,乃旧有此义"。又云"贫道捉麈尾已来,四十余年"。据《高僧传》,智林以永明五年(487)卒,年七十九;则当生于晋安帝义熙五年(409)。智林年二十,则宋文帝元嘉五年(428)也。据此,则自智林卒年上推六十七年,尚在智林年二十以前七年,智林何得闻此义?况此书之作,智林尚在建康,而据《高僧传》,智林乃归高昌后卒,则此书之作,又在卒前数年也。窃以为此言"六十七载"或"六七十载",非指三宗之义绝传,而指鸠摩罗什之死。(学说之亡,本难确定在何年。)盖据《高僧传》卷二《鸠摩罗什传》,罗什卒于义熙五年也。罗什晚年居长安,故智林称"长安耆老"谓"关中高胜","旧有此义"。智林早年曾至长安。故《高僧传》卷八谓智林"负帙长安"也。

若"妙音中绝,六十七载"果指罗什之死,则此书之作,当在宋后废帝元徽四年(476)左右。证以智林自称"执麈尾四十余年",而又谓"年二十时,便参得此义"则作书时智林已六十余,与前说亦合。据此则智林《致周颙书》,当在元徽末,昇明初。而周颙作《三宗论》则在宋后废帝元徽中。故《高僧传》谓智林以宋明帝初至建康,而周颙据《南齐书》本传尚在益州。据《南齐书·萧惠开传》,惠开以泰始四年返建康,颙随之。颙还都后得识智林,或稍需时日,至于谈佛理而相契,则智林"是以相劝,速著纸笔",以至颙著成《三宗论》,又需若干时日。自泰始四年至宋明帝崩凡四年,元徽元年周颙方为剡令,后又为邵陵王刘友南中郎三府参军在江州。《三宗论》之作当在剡或江州时。故智林书称"比见往来者,闻作论已成",明颙不在建康。据《南齐书·周颙传》,颙还建康当在顺帝昇明元年。此与智林书亦合。

《续高僧传》所记周颙事迹

唐释道宣所撰《续高僧传》,记周颙与僧人过从事不少,大抵皆宋末事。其记周颙所交僧徒,有与王融、刘绘、徐孝嗣为友者(如法云),有与颙子舍为友者(如释昙斐),有齐竟陵王子良、始安王遥光敬以师礼者(如释法度)。然昙斐初与颙交,后又与其子游,本亦可通。若竟陵王子良、始安王遥光,本封于齐初,颙师事法度,非不可能。唯谓颙与法云"投莫逆之交"。据《续僧传·法云传》,法云以大通三年(529)卒,年六十三,当生于宋明帝泰始二年(466),至永明初,年止十七八,而颙已至晚年,似尚难与颙为友。然《僧传》叙事,或有疏忽。司卷《僧旻传》谓"琅玡王仲宝、吴人张思光,学冠当时,清贞独绝,并投分请交,申以缟带"。然此传又言旻以大通八年(当即中大通六年,

534)卒,年六十一,则当生于宋明帝泰始六年(570),至永明七年(489)王俭卒时,亦不过二十。此恐僧人夸耀,借俭以自重耳。

周颙卒年

周颙生卒年,《南齐书》及《南史》俱不载。陈寅恪先生作《四声三问》云:"周颙卒年史不记载,据传文推云,当在永明七年五月王俭薨逝以前,永明五年王俭领国子祭酒及太子少傅之后。"(《金明馆丛稿初编》第三三七页)日人铃木虎雄《沈约年谱》据沈约《与约法师书》推测周颙卒于永明六年冬。按:《南齐书·周颙传》:"颙卒官时,会王俭讲《孝经》未毕,举昙济自代,学者荣之。"此数语,似有脱误,"昙济"中华标点本校记据《南齐书·礼志》有国子助教谢昙济。然此语实费解。举"昙济自代"究为王俭举谢昙济自代,抑为周颙举谢自代?(《南齐书·文惠太子传》:"永明三年,于崇正殿讲《孝经》,少傅王俭以摘句令太子仆周颙撰为义疏。")若指王俭,则与周颙何涉?若指周颙,亦当言为义疏未成,故举谢自代。不论何指,"学者荣之"当是学者以谢昙济为荣也。

今按:《孝经》一书,卷帙不多,若提纲挈领举其大旨,则讲论不得甚久;若撰为义疏,汇集诸家之说,恐费时亦甚久。自永明三年至七年五月不及五年,亦有未成之可能。故周颙卒年似难据"会王俭讲《孝经》未毕"一语,以为必在七年五月俭卒之前,以本传文字费解,疑非原貌也。

刘跃进君撰《周颙卒年新探》,实有新见,且合事实。刘君据《南齐书》、《刘绘传》、《陆厥传》皆谓周颙、沈约等人发明四声之论,在"永明末",而永明凡十一年,永明六七年,似尚不能称"末"。刘君又据《周颙传》："文惠太子使颙书玄圃茅斋壁，国子祭酒何胤以倒薤书求就颙换之，颙笑而答曰：'天下有道，丘不与易也。'"足见周颙当何胤为国子祭酒时尝有交往。据《南齐书·张绪传》，王俭卒后，齐武帝以张绪为国子祭酒，绪未几卒。《何胤传》及萧纲《征君何先生墓志》皆言张绪卒后，国子祭酒属在竟陵王子良，而子良以让何胤。是知何胤为国子祭酒在永明七年。以此知永明七年前后，周颙仍健在。刘君又据释僧祐《略成实论记》载，《略成实论》成书于永明八年正月，并"使周颙作论序"，以此知周颙当卒于永明八年以后。

按：刘君之论，实为妥善。今考《梁书·周舍传》："起家齐太学博士，迁后军行参军。""后军"者当指齐南海王萧子罕。《南齐书·武十七王·南海三子罕传》："郁林即位，进号后将军。""郁林即位"，在永明十一年七月以后，则舍为后军行参军，当在此时。其为太学博士，当在此前，其年代虽难确考，要当在永明十年左右。设使周颙卒于永明八年，周舍丁忧服阕，为时当二年余，其为太学博士，恰当十年夏季之后，为国子博士岁余而迁后军行参军，亦迄情理。又《南齐书·周颙传》所谓"举昙济自代"，当亦在永明后期。今据《南齐书·礼志》述及谢昙济事凡两见，一为隆昌元年议明堂以世祖（武帝）配事，一为建武二年世宗文皇帝（文惠太子）祔禫事。按：隆昌元年即建武元年（494），建武二年即公元495年。设周颙以永明八九年举昙济自代，此时昙济为"国子助教"于情理亦合。故周颙卒年，当为永明八年以后，或可至九年。

严可均记释智林事有误

《全上古三代秦汉三国六朝文·全齐文》卷二六述智林生平云：

"智林，高昌人。宋泰始初入京，住灵基寺。齐永明末还本国，卒。"按：智林《致周颙书》云："既衰疴未愈（《高僧传》卷八作"既疴衰未命"），加复旦夕西旋。"似是西还前不久作。智林《致周颙书》当作于永明后期。《高僧传》卷八《智林传》："至宋明之初，敕在所资给，发遣下京，止灵基寺，讲说相续，禀服成群，申明二谛义，有三宗不同。时，汝南周颙又作《三宗论》，既与林意相符，深所欣慰。"玩文意，颙作《三宗论》，当在宋时。然《南齐书·周颙传》叙颙作《三宗论》，在齐文惠太子立，颙为正员郎及始兴王前军谘议之后，即永明二年前后。与《高僧传》略有出入。盖《高僧传》所记，为智林讲说《三宗论》时间，始于宋明时，颙之作或稍后，至元徽、昇明间而智林作书称之。（见《释智林〈致周颙书〉写作时间》条）至于智林卒年，《高僧传》明言为永明五年，且是"辞还高昌"后卒，则此书作于永明前，殆无可疑。严可均乃谓智林以永明末还国，卒，误。

顾欢卒年与传文记事之误

《南齐书·顾欢传》记欢为吴郡盐官人，不记卒年，仅言得年六十四，然知其卒于永明中。传言"永明元年，诏征欢为太学博士"，卒后"世祖诏欢诸子，撰欢《文议》三十卷"。据《梁书·朱异传》，异生于永明五年（487），外祖顾欢谓其非常器云云，则欢之卒年当在永明六年至十一年间。而传又言"欢年二十余，更从豫章雷次宗谘玄儒诸义"，据《宋书·雷次宗传》，次宗卒于宋文帝元嘉二十五年（448），则欢年二十余从学，其生年当在元嘉三四年（426~427），年六十四，卒年不得晚于齐永明七八年（489~490），推为永明七年左右，当合情理。

然《顾欢传》又记其"及长,笃志好学……同郡顾觊之临县,见而异之,遣诸子与游,及孙宪之,并受经句",下即接叙从学于雷次宗,丁母忧。《顾觊之传》载射晦在荆州,以觊之为卫军参军。"王弘辟为扬州主簿。仍为弘卫军参军,盐官令,衡阳王义季右军主簿,尚书都官郎,护军司马",而王弘为司徒、扬州刺史在元嘉三年,五年降卫将军,九年卒。"顾觊之临县"即临盐官,事当在元嘉五六年间,时顾欢尚在襁褓,顾宪之尚未出生,安得从其受经句乎?觊之后于宋大明四年(460)出为吴郡太守,盐官属吴郡,如以"临县"为此时,则顾欢又已三十余岁,与传文前后亦相抵牾。

顾欢事迹考

《南齐书·顾欢传》不言顾欢卒年,唯言卒年六十四。然欢卒后,齐武帝令其子撰欢《文议》三十卷,则其卒于永明间无疑。据《梁书·朱异传》:"异年数岁,外祖顾欢抚之,谓异祖昭之曰:'此儿非常器,当成卿门户。'"异以梁武帝太清三年(549)卒,年六十七,当生于齐武帝永明元年(483)。"年数岁"则殊难确考,要当不足十岁。则欢之卒年,必在永明间。《南齐书》本传又言:"欢年二十余,更从豫章雷次宗谘玄儒诸义。"据《宋书·雷次宗传》,次宗以宋文帝元嘉二十五年卒。设欢以是年问学于次宗,则其生年亦当在元嘉三四年或稍前。使其生于三年(426),则卒年为齐武帝永明七年(489)。

本传云:"同郡顾颛(当作"觊")之临县,见而异之,遣诸子与游,及孙宪之,并受经句。"此事在欢从雷次宗学之前,当是元嘉二十年以前事。然考《宋书·顾觊之传》:"王弘辟为扬州主簿。仍为弘卫军参军,盐官令,衡阳王义季右军主簿。"检《宋书·文帝纪》,弘以宋文帝元嘉五年（428）降为卫将军，以九年为太保，其年卒。又《衡阳王义季传》，义季以元嘉九年为右将军，十六年为安西将军。是顾觊之为盐官令时间，当在元嘉五至九年以后，九至十六年以前。使觊之为盐官令在元嘉九年左右，则欢年尚幼，觊之使诸子与游，似不可能。若在元嘉十五六年，则尚近理。盖欢之生年，或可稍早于元嘉三年，若生于元嘉元年（424）或景平元年（423），则年已十六七岁。然谓"并受经句"，恐不近情。以觊之以宋明帝泰始三年（467）卒，年七十六。当元嘉十五六年，年约五十。《宋书》本传谓觊之五子，其幼者或与欢年相若，甚或稍少，与之游，当无不可，"受经句"则似不可能。至于孙宪之，据《梁书·顾宪之传》，以梁武帝天监八年（509）卒，年七十四，当生于宋文帝元嘉十三年（436）。至元嘉十六年方四岁，何得"受经句"于欢。此事殊可疑。意者史或有脱文，或萧子显行文疏失。以觊之子之幼者，尝于元嘉中与欢游，而宪之日后曾从欢学。疑不能明。甚则萧子显误信传说，记事失实，已难确考。

张融《门律》与《门律自序》

《南齐书·张融传》："永明中遇疾，为《问律自序》。"《南史》同。中华书局标点本据《册府元龟》及《南齐书》、《南史》之《顾欢传》改"问"为"门"，是。唯《门律》与《门律自序》并非一文，亦非同时所作。《门律》今佚，清严可均《全上古三代秦汉三国六朝文·全齐文》卷一五所辑《以〈门律〉致书周颙等诸游生》及《答周颙书并答所问》皆商榷佛理之事。周颙亦有《论难》二篇。据《南齐书·顾欢传》"司徒从事中郎张融作《门律》"云云，即见融《以〈门律〉致书周颙等诸游生》中。此传又谓"以示太子仆周颙，颙难之曰"云云即节引颙《答张融书难〈门律〉》。据《顾欢传》所记张融、周颙官职,皆在永明元年至三年。盖周颙以永明三年为太子仆。据《南齐书·武帝纪》,竟陵王子良以永明二年正月兼司徒。《顾欢传》载欢以永明元年被诏征为国子博士,不就。卒年六十四。盖"欢年二十余,更从豫章雷次宗谘玄儒诸义"。今检《宋书·雷次宗传》,次宗以宋文帝元嘉二十五年(448)卒。则欢之生年当在元嘉初或永初、景平间。次之卒当在永明初。《门律》之作,乃厝颙、顾欢所及见。至于《门律自序》,颇似遗嘱,故《南齐书》本传谓遇疾而作。今按本传,永明八年,张欣时有罪,融请代死,此后为官,屡得升迁,似未必疾甚也。疑《自序》是永明后期所作。

张融与何点互讥

《梁书·何点传》:"既老,又娶鲁国孔嗣女。嗣亦隐者也。点虽婚,亦不与妻相见,筑别室以处之,人莫谕其意也。吴国张融少时免官,而为诗有高尚之言。点答诗曰:'昔闻东都日,不在简书前。'虽戏也,而融久病之。及点后婚,融始为诗赠点曰:'惜哉何居士,薄暮遘荒淫。'点亦病之,而无以释也。"按:此自是文人嬉戏。盖据《梁书》本传,点与融本"莫逆友",当非相轻。按:点卒时年六十八,称"老"、称"薄暮",当在四十以后,正齐初与融等交游之时也。至于张融早年免官之事甚多。然旋即复职。窃疑此所谓免官,在宋明帝泰始时,盖融以大明末为封溪令,还都后不闻官职,后又举秀才。盖闲居之时,作诗有高尚之诗,实鸣其不平耳。

《南齐书·张融传》、《南史·张融传》叙事次序多误

《南齐书·张融传》叙事，时代次序似多疏失。如本传记融出仕时间云：

> 融年弱冠，道士同郡陆修静以白鹭羽麈尾扇遗融，曰："此既异物，以奉异人。"宋孝武闻融有早誉，解褐为新安王北中郎参军。孝武起新安寺，僚佐多儥钱帛。融独儥百钱。帝曰："融殊贫，当序以佳禄。"出为封溪令。

按：融卒于齐明帝建武四年（497），年五十四；当生于宋文帝元嘉二十一年（444）。其"弱冠"之年，应为宋孝武帝大明七年（463）。其解褐之时，当在陆修静赠扇之后。或陆之赠扇与张之释褐同在七年。然据《宋书·孝武十四王·始平王子鸾传》，子鸾以大明五年封新安王，迁北中郎将南徐州刺史。六年，遭母殷贵妃丧。"葬毕，诏子鸾摄职，以本官兼司徒，进号抚军、司徒，给鼓吹一部"。据《通鉴》卷一二九，则葬殷贵妃在六年十月。若张融以二十之年解褐入子鸾幕，当为七年，应是"抚军参军"，而非"北中郎参军"也。盖"弱冠"二字，本为约数，不可拘以为年二十。疑是融十八九时陆修静赠以羽扇，其解褐亦在大明六年十月前，故称"北中郎参军"。然此传叙人释褐事而用约数，不免含混。至《南史·张融传》叙融出仕云：

> 解褐为宋新安王子鸾行参军。王母殷淑仪薨，后四月八日建斋并灌佛，僚佐儥者多至一万，少不减五千，融独注儥百钱。帝

不悦曰："融殊贫,当序以佳禄。"出为封溪令。

按:《南史》叙事似较清晰。玩文义,融之出仕,盖在子鸾母殷贵妃死前。故知融以大明六年出仕。与"北中郎参军"之号合。至于"建斋灌佛",当即"起新安寺"事,在殷妃卒后,自是大明七年事。《南史》谓四月八日,则孝武帝不悦而以融为封溪令,当是大明七年事。按:封溪属交州武平郡,在南朝乃迁谪之地,故云"帝不悦",似亦较《南齐书》清晰。然《南史》记陆修静赠扇事,亦云"弱冠",则似更含混。

《南齐书》本传又云:

泰始五年,明帝取荆郢湘雍四州射手叛者斩亡身,及家长者家口没奚官。元徽初,郢州射手有叛者,融议家人家长罪所不及,亡身刑五年。寻请假奔叔父丧,道中罚干钱敬道鞭杖五十,寄系延陵狱。大明五年制:二品清官行僮干杖,不得出十。为左丞孙缅所奏,免官。寻复位。

《南史》本传不载融议射手事。按:据《南齐书》,议射手事在"元徽初",而"奔叔父丧"又在其后。然张融叔父悦。事迹附见《宋书·张畅(即悦之兄,融之父)传》,悦为宋巴陵王刘休若长史,南郡太守,以宋明帝泰始六年(470),为辅师将军领巴郡太守,元拜卒。时融在建康,闻讯至迟在泰始七年初,其奔丧亦当在七年。越泰豫元年(472)而明帝崩,后废帝立,明年改元元徽。故融奔叔父丧及被孙缅所劾当在前,至复官之位,方议射手事。本传所记,次序颠倒。

本传又云:"为安成王抚军仓曹参军,转南阳王友。融父畅,先为丞相长史。义宣事难,畅为王玄谟所录,将杀之。玄谟子瞻为南阳王前军长史。融启求去官,不许。融家贫愿禄,初与从叔江北将军永书曰云云。"《南史》所载略同，唯"初与"作"乃与"。据此，败致书张永在为南阳王友后事。然检《宋书·明四王·随阳王翙传》，翙以后废帝元徽四年年六岁封南阳王；而《宋书·张永传》，元徽二年宋桂阳王休范之乱，张永屯白下，军溃，"以永旧臣不加罪，止免官削爵。永亦愧叹发病，三年卒"。《南齐书·张融传》载，刘勔战死时，融议后废帝当哭勔。此即休范乱时事。后废帝哭勔之际，永当即免官削爵。至于元徽四年，则永已死矣。本传乃谓融以此时致书张永，且云"政以求丞不得，所以求郡；求郡不得，亦可复求丞"，实无此理。

张融见李彪时间

《南齐书·张融传》："上使融接北使李道固，就席，道固顾之而言曰：'张融是宋彭城长史张畅子不？'融嚬蹙久之，曰：'先君不幸，名达六夷。'"按：道固即李彪字，见《北史·李彪传》。《北史·魏本纪》：孝文帝太和八年，诏假员外散骑常侍李彪使于齐。太和八年，即齐武帝永明二年也。《南史·齐本纪》，永明二年冬十二月，"魏人来聘"，彪之晤融，即此时也。

孔稚珪为平西长史南郡太守时间

《南齐书·孔稚珪传》："建武初，迁冠军将军平西长史南郡太守。"《南史》略同。按：《南齐书·桂阳王昭粲传》："延兴元年，出为使持节都督荆雍益宁梁南北秦七州军事、西中郎将、荆州刺史。明帝立，欲以闻喜公遥欣为荆州，转昭粲为右将军中书令。"又，《宗室·遥欣传》："建武元年，进号西中郎将，封闻喜县公，迁使持节都督荆雍益宁梁南北秦七州军事、右将军、荆州刺史，改封曲江公。……四年，进号平西将军。……永元元年卒。"据此，则其为"平西长史"，乃遥欣属官而非昭粲甚明。然遥欣为平西将军，乃建武四年，此乃建武末而非初年。盖建武仅四年，五年即改为永泰。今按《南齐书·明帝纪》，建武时，齐魏边境征战不绝，而《本传》言"稚珪以虏连岁南侵，征役不息"，上表明帝。其表有"臣谬荷殊恩，奉佐侯岳，敢肆瞽直，伏奏千里"语，明是在荆州作。本传又言"征侍中，不行，留本任"，则建武末必在荆州。按：今存稚珪《祭外兄张长史文》（见《类聚》卷三八），有"学不师古，因心则睿"语。张长史，即张融，官至司徒（竟陵王子良）左长史，以建武四年卒（见《南齐书·张融传》），是建武四年初，稚珪尚未赴荆州，而遥欣之为平西，正在四年。是知稚珪实以四年为平西长史，越次年即永泰元年，又明年为东昏侯永元元年，遥欣卒。本传谓稚珪以永元元年为都官尚书，盖在遥欣卒后，方还都也。故"建武初"实误，当为建武末。盖建武初，遥欣为西中郎将，非平西将军，即稚珪当时在建康也。

孔稚珪父子之为人

《南齐书·孔稚珪传》谓稚珪父灵产"有隐遁之怀，于禹井山立馆，事道精笃"。又言萧道成尝遗以白羽扇、素隐几，谓之曰："君性好古，故遗君古物。"然灵产实非隐遁之士，尝以星文术数为萧道成谋取沈攸之之策，以此擢迁光禄大夫，至"以笼盛灵产上灵台令其占候"。虽涉迷信，亦足证其热衷利禄。稚珪实一刀笔吏，其所精在于刑律。尝奉命劾王融，置诸死地。故建武中颇以此显贵。本传谓稚珪"风韵清疏，好文咏饮酒"，又谓其"不乐世务，居宅盛营山水，凭机独酌，傍无杂事。门庭之内，草莱不翦"云云。今读其《游太平山》、《旦发青林诗》及《褚先生百玉碑》、《玄馆碑》，似皆有高世之志。然观其劾王融，实奉萧鸾之命为之。其《让詹事表》谓"太子霞骞青殿，日光春宫，驾紫谷之英，振洛笙之响。自非器上白云，韵同明月，何以延芳芝苑，插羽琼条"云云。然此太子乃东昏子诵。据《南齐书·东昏侯纪》，东昏为明帝第二子。明帝崩年四十七，则东昏之立不过二十余。其子诵立时不足十岁，而让表乃推崇至于此极，亦见稚珪实乃心在轩冕者。其作《北山移文》，深文周纳，实刀笔吏口吻。至于"虽假容于江皋，乃撄情于好爵"，以言周颙，未知然否，若移以为作者写照，则殊贴切。

孔稚珪《白马篇》志疑

孔稚珪《白马篇》始见《乐府诗集》卷六三，本二首，其二据《文苑英华》卷二〇九，乃隋炀帝作，逯钦立《先秦汉魏晋南北朝诗》已改正。然其一似亦可疑。盖稚珪乃由宋入齐者，其诗风不当如是。今按其诗，几全是对偶，且多用典，不特与鲍照乐府不类，即以沈、谢、王融、江淹诸家论，亦无此体。此诗视吴均之作，亦觉更近梁中叶以后人诗。良以吴均尚清拔有古气，而此诗一似萧纲、萧绎作。疑《乐府诗集》有误。

孔稚珪《北山移文》

　　孔稚珪《北山移文》自《文选》李善注以为"周子"即周颙,历来无异辞。然五臣注乃谓讯颙为海盐令事。然检《南齐书》及《南史》之《周颙传》,皆无为海盐令事。此说当是五臣附会之辞,不足信。推其致误之由,盖以善注于"驰妙誉于浙右"句下,引《字书》曰:"江水东至会稽山阴为浙右。"此注有误。清胡克家《考异》曰:"陈云:'似不当言为浙右,疑有误也。'案:陈所说最是。'右'当作'江'。考《说文·水部》,浙字下与善所引字书文同可证。'右'字必涉正文误改也。"胡氏似以为善注本不误,乃后人妄改。然善注本有数稿,缮写或有误,疑五臣误从误字而强为之说。盖会稽山阴本在浙江之东,乃左而非右。海盐则六朝时属吴郡,实在水之西。玩文义当是谓周仕于海甸(会稽),而其治绩则播于浙水之右,以当时建都金陵,对会稽而言,亦可谓"浙右耳"。非谓官于浙右也。五臣唯不达此旨,故臆称为海盐令。

　　盖孔稚珪乃会稽山阴人。周颙为山阴令,据《南史》本传在建元初。其"还为文惠太子中军录事参军",据《南齐书·文惠太子传》当在建元二年。孔稚珪在建元时,为尚书左丞,以父忧去官,居乡。据《南齐书》本传则齐武帝永明元年王敬则为会稽太守时,孔亦在会稽,则稚珪丁忧还会稽,当在建元末,距周颙去山阴令,不过一年。孔氏为山阴大姓,颙为县令,或有不利于孔氏事,故推珪衔之。至此文之作当在永明初。盖稚珪服阕,为司徒从事中郎,当在永明二年(是年竟陵王子良兼司徒)。《北山移文》之作,当在永明二三年间。清黎经诰《六朝文絮笺注》于"海右"注引善注而未及胡氏《考异》,注虽未取五臣,而其评及之,盖五臣之误,于后世影响颇深耳。

刘瑱生年之推测

刘瑱有《上湘度琵琶矶诗》,盖与兄绘《入琵琶峡望积布矶呈玄晖诗》同时所作。《南齐书》、《南史》俱作"瑱",逯钦立《先秦汉魏晋南北朝诗》作"琐",疑从清刻本,避清世宗讳也。瑱为绘弟,事迹附绘传。绘以齐和帝中兴二年(502)卒,年四十五,当生于宋孝武帝大明二年(458)。瑱幼于绘,然相距不当甚多。盖瑱有妹为齐鄱阳王锵妃。鄱阳王锵以延兴元年被害,年二十六,计与绘同岁。瑱妹为锵妻,年岁相去当不甚远。又瑱先绘卒,而官至吏部郎,《南史》又谓至义兴太守,位亦不卑。以此推之,其年岁去绘当不甚多。

《南史·刘瑱传》不可信

《南史·刘勔附刘瑱传》叙瑱生平殊略,而感言瑱妹为齐鄱阳王萧锵妃,锵为明帝萧鸾所害,其妹追伤成疾。瑱令殷蒨画锵像,自画其宠姬与锵共照镜状。妹见之怒,遂不追念,病亦差。按:此事不见《南齐书》,疑是当时小说家言,《南史》妄取之。盖《南齐书》本传言瑱善画妇人,故附会此说耳。据《南齐书》、《南史》,锵以延兴时(494)被杀,至建武二年(495),刘绘即赴湘州,瑱当从行,故有《上湘度琵琶矶诗》。妇人思念亡夫,岂一画所能释。且古人多姬妾,其妻即甚妒,夫死之后,当不复以此为恚。其说不近情,不足信也。

刘绘仕历

《南齐书·刘绘传》："解褐著作郎，太祖（齐高帝）太尉行参军。"按：绘父勔以元徽二年五月战死，则绘之出仕，当在元徽四年秋以后。其释褐时间当在元徽四年末，或昇明元年初。其为太尉行参军，则在昇明二年二月以后，盖萧道成为太尉在二月也。

《南史·刘绘传》："及豫章王嶷镇江陵，绘为镇西外兵参军，以文义见礼。"按：《南史》叙事，往往节取《南齐书》文字，虽见简洁，然文义似欠清楚。盖豫章王萧嶷曾二度镇荆州。初次在宋顺帝昇明时，二次在齐高帝建元时。据《南齐书》本传："豫章王嶷为江州，以绘为左军主簿。随镇江陵，转镇西外兵曹参军、骠骑主簿。"此显系嶷初镇江陵时事。《南齐书·豫章王文献王传》："上流平后，世祖（齐武帝）自寻阳还，嶷出为使持节都督江州、豫州之新蔡晋熙二郡军事，左将军、江州刺史，常侍如故。给鼓吹一部。以定策功改封永安县公千五百户，仍徙都督荆湘雍益梁宁南北秦八州诸军事，镇西将军、荆州刺史。"检《武帝纪》，武帝以宋顺帝昇明二年为江州，其年征为侍中领军将军。嶷为江州，盖即是年。其为荆州，盖在三年。《刘绘传》称绘在江州为左军主簿，以嶷为左将军也；在荆州为镇西外兵曹参军，以嶷为镇军将军也。《豫章王嶷传》以为齐高帝代宋，嶷迁为侍中尚书令都督扬南徐二州诸军事骠骑大将军开府仪同三司、扬州刺史，则嶷以建元元年征还，绘尚在其幕下，为骠骑主簿。至建元元年九月，嶷又为荆湘二州刺史平西将军（见《南齐书·高帝纪》），则绘未从行，而为司空记室录事，司空即褚渊也。褚渊以建元四年卒。据《南齐书》之《高帝纪》、《褚渊传》，齐高帝尝于建元元年、二年再次命褚渊为司徒,皆固让。然二年之命似终受之。或建元二年后,绘仍为渊属官,史未详载耳。绘为太子洗马,当是武帝立后,为文惠太子之洗马。绘以永明五年复入嶷幕,为大司马谘议领录事。据《南齐书·武帝纪》,永明五年,以嶷为大司马。可知为大司马谘议,在五年以后。绘求外出为南康相更在其后。本传谓自南康征还,为安陆王护军司马。据《武十七王传》,安陆王子敬以永明七年为护军将军。是绘之为南康相,当在七年前、五年后。其为中书郎,则在八年,详《〈谢朓诗歌系年〉书后》条。

刘绘于齐武帝大渐时,尝为竟陵王子良军主,疑已附于明帝。故隆昌时其兄悛有罪,绘请代死,而明帝救之。本传言"高宗辅政,救解之,引为镇军长史,转黄门郎","镇军将军"即明帝萧鸾也。"高宗为骠骑",指明帝以海陵王延兴时为骠骑大将军也。(此即建武元年事。)绘为辅国将军谘议,领录事,典笔翰,及明帝即位,为太子中庶子,太子当即东昏侯。绘为太子中庶子,时间当不甚久。盖其出为宁朔将军抚军长史。"抚军将军"即始安王遥光,时为扬州刺史。本传言:"安陆王宝晊为湘州,以绘为冠军长史、长沙内史行湘州事。"其时宝晊为湘州乃建武元年,时号辅国将军,次年方进号冠军将军,则绘为冠军长史,必在建武元年。其赴湘州,当在谢朓赴宣城之前,有《入琵琶峡望积布矶呈玄晖诗》及朓答诗可证。

刘绘在湘州,与宝晊不协,会母丧去官。计其时间,最迟当在建武三年,越四年至永泰元年服阕,为宁朔将军晋安王征北长史南东海太守行南徐州事。其兄悛以永元元年卒,绘尝以书争其赠官事。及永元二年冬,梁武起兵雍州,朝议以绘为雍州刺史,固让不就,转建安王车骑长史,行府国事。建安王即萧宝寅,永元三年为车骑将军,开府仪同三司。永元三年,即和帝中兴元年也。是年冬,张谡、王珍国等杀东昏侯,绘与其谋,与范云共送东昏侯首于梁武帝。次年,绘卒,年四十五。

《先秦汉魏晋南北朝诗》次序

逯钦立《先秦汉魏晋南北朝诗》，自称"今编次诸家，略以卒年为准"。然细读此书，则殊不然。以南齐一代而论。孔稚珪以东昏侯永元三年卒，张融以建武四年卒，稚珪尝有文祭之。然逯先生以稚珪次融前。又谢朓卒于永元元年，陆厥卒于永元二年，乃次孔稚珪、徐孝嗣后。刘绘弟瑱，《南齐书》、《南史》并言先绘卒，而列绘后。袁彖以隆昌元年卒，乃次于谢朓、刘绘之后。足见逯先生虽立此体例，实未及详加编次。或此书乃未成之稿，不及一一调整耳。

《南齐书·刘绘传》记豫章王与文惠太子有隙

《南史·豫章王嶷传》："嶷薨后，忽见形于沈文季曰：'我未应便死，皇太子加膏中十一种药，使我痛不差，汤中复加药一种，使利不断。吾已诉先帝，先帝许还东邸，当判此事。'因胸中出青纸文书示文季曰：'与卿少旧，因卿呈上。'俄失所在。文季秘而不传，甚惧此事，少时太子薨。"虽涉诞妄，然豫章王与文惠太子间，疑有隙，《南齐书》及《南史》均不载。然《南齐书·刘绘传》云："时豫章王嶷与文惠太子以年秩不同，物论谓宫府有疑。绘苦求外出为南康相。"按：绘久为豫章王僚属，又尝为太子洗马，当熟知此事，其苦求外出，必以豫章王与太子间素不相能。《南史》所载，虽属迷信，要必有因。

刘绘与钟嵘《诗品》

钟嵘《诗品序》曰:"近彭城刘士章,俊赏之士,疾其淆乱,欲为当世诗品,口陈标榜,其文未遂,感而作焉。"据此,则钟嵘作《诗品》,实由刘绘启之。然其论绘诗,似少称许。《诗品》列绘于下品,与王融同论,谓"元长士章,并有盛才,词美英净。至于五言之作,几乎尺有所短,譬应变将略,非武侯所长,未足以贬卧龙"。盖王融诗重声律,好用典,为嵘所不喜,故《诗品》中于融颇致不满。钟嵘所谓"词美英净",实指骈文而言。故昭明编《文选》,取融《曲水诗序》及《策秀才文》。刘绘尝掌诏诰,当亦以骈文名。读绘今存诗,似亦多雕饰,与融为近。嵘之不满绘诗,或此之由。

虞羲生平考

虞羲生平不见《南齐书》及《梁书》。《南史》附见《王僧孺传》云:"司徒竟陵王子良开西邸,招文学,僧孺与太学生虞羲、丘国宾、萧文琰、丘令楷、江洪、刘孝孙并以善辞藻游焉。而僧孺与高平徐夤俱为学林。"又云:"虞羲字士光,会稽余姚人,盛有才藻,卒于晋安王侍郎。"然《南史》所载,与《文选》虞子阳《咏霍将军北伐》诗李善注所言,似有出入。《文选注》云:"《虞羲集序》曰:'羲字子阳,会稽人也。七岁能属文。后始安王引为侍郎,寻兼建安征房府主簿功曹,又兼记室参军事。天监中卒。'"按:《隋志》有"齐前军参军虞羲集九卷。残缺,梁十一卷"。李善所引当是唐初所存九卷本之序,其作者当为南朝梁以前人，其说似是。又钟嵘《诗品》称"梁常侍虞羲"。钟嵘梁人，其说似亦可据，则《文选注》引《虞羲集序》所谓"天监中卒"，当不误。然《选注》与《南史》似相抵牾。清严可均《全上古三代秦汉三国六朝文》以虞羲入齐，其所作小传，亦据《南史》。逯钦立《先秦汉魏晋南北朝诗》则引《文选注》。丁福保《全汉三国晋南北朝诗》兼引《南史》、《选注》，不作结论，似较审慎。检《南齐书·武帝十七王传》，建安王子真无征虏将军之号，而晋安王子懋则以永明四年进号征虏将军，明年又进号后将军。"建安"或"晋安"之误。据《南齐书·宗室传》，始安王即遥光，齐高帝时袭爵。设虞羲于永明四年为始安国侍郎，其年或明年为晋安王子懋主簿功曹，于情理亦通。子懋以海陵王延兴元年被害，不论羲当时已离其幕与否，而次年为建武二年，入明帝子宝义幕，为前军参军，与理亦可通。宝义于建武元年封晋安王，为前将军。寻以废疾，以始安王遥光代之，故虞羲不复为前军参军，而为晋安王侍郎。严可均以为羲以建武元年为前军参军。其说盖本于此，似可据。宝义为晋安王直至齐亡，入梁改封巴陵王，以奉齐后，以天监中薨。《诗品》谓"梁常侍虞羲"，或入梁后羲尝为巴陵王常侍，已难确考。

虞羲生卒年俱无考。据《南史》，则齐永明时（当为永明五年，盖竟陵王以是年开西邸巳）。王僧孺为太学博士，羲为国子生，则羲年似不当长于僧孺。检《梁书·王僧孺传》，僧孺以梁武帝普通三年卒，年五十八。知齐亡之岁，僧孺年三十七。虞羲当时，似不过三十余，故《虞羲集序》谓羲卒于天监中，当亦不误，计其享年，至多亦不过四十余，或不足四十。又《南史》所举与羲同时之江洪、徐夤，皆至梁时尚存。江洪见《梁书·文学传》；徐夤据《南齐书·崔慰祖传》知永元时遥光败后，夤尚健在。以此推之，羲似可至天监时尚在。《南史》谓"卒于晋安王侍郎"，恐误。余昔以"晋安王"为梁简文帝，以调和《南史》、《选注》之误,恐不妥。"晋安王"当即宝义。此种种假设,虽无确证,然以目前材料,恐不过作此推断而已。

虞羲《咏霍将军北伐》诗

虞羲《咏霍将军北伐》一诗,见于《文选》。此诗实关系羲生平仕历。《南齐书·王融传》:"永明末,世祖欲北伐,使毛惠秀画《汉武北伐图》,使融掌其事。"按:霍去病之北伐,实汉武帝伐匈奴之一大盛举。毛惠秀作图,当不遗此事,羲之作诗,或因此图而发。疑羲作诗时即永明末,羲在建康也。据《文选注》,羲为"建安征虏府主簿功曹,又兼记室参军事"。余尝疑"建安"是"晋安"之误,另有考。然据《南齐书·武帝十七王传》,建安王子真,以永明七年为郢州刺史,至废帝隆昌元年入为护军将军。知永明末不在建康。晋安王子懋则以永明六年为湘州刺史,十年入为侍中领右卫将军,十一年为雍州刺史。设余之假设不误,则羲为晋安王子懋记室参军,至迟于十一年子懋为雍州前去职。故永明末,羲在建康,作诗时间在永明十年或十一年初。盖以明帝之猜忌,若羲于是时尚未离子懋幕,则未必于建武元年即任羲为前军参军。设此诗作于永明末,与毛惠秀作图有关,亦可为"建安"是"晋安"之误作一旁证。

虞羲《与萧令王仆射书为袁彖求谥》

虞羲文,今仅存此一篇。萧令,即明帝萧鸾,武帝崩时,遗诏为尚书令,见《南齐书·明帝纪》;王仆射,即王晏,永明十一年为尚书右仆射,郁林即位为左仆射。见《南齐书》本传。虞羲此文盖作于隆昌元年袁彖初卒之时,故云"岱山委岫,昆岳摧锋,四海缙绅,谁不掩泣"。其言"岂非体国之至公",言晏与袁彖有隙,见《南齐书·袁彖传》。此亦可为羲永明末在建康作一旁证。

《望廨前水竹诗》作者

此诗本见《何逊集》,据《诗纪》谓"《拾遗》作顾则心",按:《选诗拾遗》不易得,《四库全书总目》不录,或明时有此书,亦不知作者何据。今据《何逊集》有《与崔录事别兼叙携手诗》,则逊与崔录事交谊甚笃,《逊集》虽残,尚略有旧貌,当可据。《拾遗》之说,若无旁证,似当信从。

顾恖生平

逯钦立《先秦汉魏晋南北朝诗》录顾恖诗一首,其诗亦见《何逊集》,题作《望廨前水竹答崔录事》。此诗究是何作抑顾作,当另考。逯先生谓"恖,扬州主簿,善《易》。恖一作则心,一作测"。按:作"恖"者,见《南史·豫章王嶷传》:"武帝尝问临川王映居家何事乐。映曰:'政使刘瓛讲《礼》,顾恖讲《易》,朱广之讲《庄》《老》,臣与二三诸彦兄弟友生时复击赞,以此为乐。'"作"测"者,据《南齐书·陆澄传》:"扬州主簿顾测以两奴就鲜质钱,鲜死,子晫诬为卖券,澄为中丞,测与书相往反,后又笺与太守萧缅云:'澄欲遂子弟之非,未近义方之训,此趋贩所不为,况缙绅领袖,儒宗胜达乎?'测遂为澄所排抑,世以此少之。"《南史》所记略同。按：陆澄抑顾测事，当在齐高帝建元初，盖《南齐书·陆澄传》谓澄于建元元年为任遐所劾，白衣领职，"明年，转给事中，秘书监，迁吏部"。《陆澄传》所谓太守萧缅，当即齐安陆昭王缅，以齐武帝即位后出为吴郡太守。疑是测事后追憾陆澄。以时代考之，测于永明时尚在，则与为临川王映讲《易》之顾恩，亦可能为一人，然无旁证。《诗品》有齐秀才顾则心，当即恩，言秀才而不言扬州录事，然则恩与测是否一人，尚可存疑。

王晏早年仕历

《南齐书·王晏传》："晏，宋大明末，起家临贺王国常侍，员外郎。巴陵王征北板参军，安成王抚军板刑狱，随府转车骑。晋熙王燮为郢州，晏为安西主簿。世祖为长史，与晏相遇。府转镇西，板晏记室、谘议。"此言为"临贺王国常侍"，当在宋孝武帝大明七年八月，立第十八皇子子产为临贺王之后。其为巴陵王征北参军，盖在宋明帝泰始六年。据《宋书·明帝纪》，巴陵王休若以是年二月为征北大将军，六月进号车骑大将军，七月薨。其为安成王抚军刑狱参军，则在泰始七年六月以后，盖《宋书·顺帝纪》，顺帝即位前，于泰始七年封安成王，拜抚军将军。"随府转车骑"者，谓顺帝以后废帝元徽二年进号车骑将军也。其言"晋熙王燮为郢州"，据《宋书·文九王·晋熙王昶附晋熙王燮传》，燮本明帝第六子，以泰始六年封晋熙王，奉昶后；后废帝元徽元年为郢州刺史，明年进号安西将军，故晏为"安西主簿"。元徽四年，燮又进号镇西将军，故谓王晏"府转镇西"。《南齐书》本传所载，与《宋书》纪传所叙，似无不合。《南史》所记，或别有所据，乃云："仕宋，初为建安国左常侍，稍至车骑，晋熙王燮安西板晏主簿,时齐武帝为长史,与晏相遇。府转镇西,板晏为记室。"中华标点本《校记》引钱大昕《廿二史考异》云:"《齐书》本传云:'宋大明末起家临贺王国常侍,员外郎,巴陵王征北板参军,安成王抚军板刑狱,随府转车骑。'今删去'安成王抚军板刑狱'一语,又改'随府转'为'稍至',亦当以临贺为是。"按:钱说谓"稍至车骑"句"文义难通",是也。盖"车骑"当是车骑将军,若不言安成王、抚军刑狱,则"车骑"二字无着。至于建安王休仁,实未为车骑将军,且"国侍郎"乃王国之官,与朝廷大官之属员不同,纵使休仁为车骑,亦当另有说明,此断然难通。然钱谓王晏初仕,必为临贺国而非建安国,恐亦武断。李延寿误改《南齐书》原文,自误。然此亦是以知延寿尝见《南齐书》,乃不从"临贺"之说而改为"建安",或别有据。以《宋书·文九王·建安王休仁传》考之,在宋大明至泰始间,晏为休仁常侍,亦不无可能。《南齐书》、《南史》或所据不同,文献不足,似可存疑。

徐孝嗣早年经历

《南齐书·徐孝嗣传》:"八岁,袭爵枝江县公,见宋孝武,升阶流涕,迄于就席。帝甚爱之。尚康乐公主。泰始二年,西讨解严,车驾还宫,孝嗣登殿不著袜,为治书御史蔡准所奏,罚金二两。拜驸马都尉,除著作郎,母丧去官。为司空、太尉二府参军,安成三文学。"《南史》本传记孝嗣早年事,但云:"八岁袭爵枝江县公,见宋孝武,升阶流涕,迄于就席。帝甚爱之,尚康乐公主,拜驸马都尉。泰始中,以登殿不著袜,为书侍御史蔡准所奏,罚金二两。"《南史》似即节录《南齐书》文字,然以拜驸马都尉在罚金事前,与《南齐书》异。按:孝嗣父祖,为刘劭所杀,此宋文帝元嘉三十年(453)二月事。'孝嗣在孕得免"。自二月至岁末,尚有十月,则孝嗣以是年生无疑。其八岁乃大明四年(460),时孝嗣之年,自不得娶妻,而孝武长子前废帝死时年十七,当大明四年才十二。康乐公主与前废帝同为王皇后所出。检《南史·后妃传》,康乐公主与王皇后子女中行六,其幼于前废帝至少六岁。大明四年不得逾六岁,当亦非可嫁之年。知"尚康乐公主"语,乃许婚,非成婚也。唯拜驸马都尉,恐是许婚后事,不然,明帝泰始二年车驾还宫时,孝嗣不得预焉,又何得罚金事?然泰始二年,拜著作郎,年方十四,在贵胄中容有此事。其丁母忧,当在泰始四至五年,服阕为泰始六七年间,至泰豫元年出仕。"为司空、太尉二府参军",皆桂阳王休范属官。盖休范以泰豫元年明帝崩时遗诏为司空,元徽元年为太尉也。迨元徽二年五月休范反,孝嗣已为安成王(顺帝)文学。

陆慧晓为尚书殿中郎时间

《南齐书·陆慧晓传》:"太祖辅政,除为尚书殿中郎。邻族来相贺,慧晓举酒曰:'陆慧晓年逾三十,妇父领选,始作尚书郎,卿辈乃复以为庆耶?'"按:钱大昕《廿二史考异》据《南史·陆倕传》,以张岱为慧晓子倕外祖,则妇父为张岱。检《张岱传》,岱以宋后废帝元徽中为吏部尚书,故云"领选"。又《宋书·后废帝纪》,元徽四年,以吏部尚书王僧虔为尚书右仆射。是慧晓为尚书郎当在昇明初。时慧晓盖年三十八矣。

谢瀹为太子中舍人

《南齐书·谢瀹传》:"世祖为中军,引为记室。齐台建,迁太子中舍人。"按:此云"齐台建",当即萧道成封齐公时。然道成为齐公时,萧赜仅称"世子",不当有"太子中舍人"之称。至于宋顺帝死时方十一岁,更不当有"太子"。此"太子"必为萧赜。检《武帝纪》云:"齐国建,为齐公世子,改加侍中、南豫州刺史,给油络车、羽葆鼓吹,增班剑为四十人。以石头为世子宫,官置二率以下,坊省服章,一如东宫。进爵王太子。"是萧道成为齐公时,赜称"世子",疑瀹为"世子中舍人",迨道成称王,赜为王太子,瀹方为"太子中舍人"。萧子显行文求简,故径作"太子中舍人"耳。

王思远为司徒左长史

《南齐书·王思远传》:"出为使持节、都督广交越三州诸军事、宁朔将军、平越中郎将、广州刺史。高宗辅政,不之任,仍迁御史中丞。临海太守沈昭略赃私,思远依事劾奏,高宗及思远从兄晏、昭略叔父文季请止之,思远不从,案事如故。建武中,迁吏部郎。思远以从兄晏为尚书令,不欲并居内台权要之职,上表固让。……上知其意,乃改授司徒左长史。"按:《南齐书·郁林王纪》,隆昌元年六月,"以黄门侍郎王思远为广州刺史"。则思远为御史中丞,在隆昌元年六月以后。其劾沈昭略,当为迁御史中丞后不久。盖当时明帝尚未称帝,可请止劾,而思远不从也。检《沈文季附昭略传》,叙沈昭略事,殊欠清晰，疑有脱误。原文云："永明初，历太尉大司马从事中郎，骠骑司马，黄门郎。南郡王友、学华选，以昭略为友，寻兼左丞。元年，出为临海太守，御史中丞。昭略明帝建武世尝酣酒以自晦，与谢瀹善。"末句中华标点本据《册府元龟》卷八三六删补。原作"尝酒酣与谢瀹善"，文义难通。然此段文义，非止此句。前云"元年"，似当指隆昌元年。盖太尉大司马乃豫章王嶷官号；南郡王则郁林王为太孙前封爵，皆永明时事也。沈昭略既以隆昌元年为临海太守，则是年夏，王思远为御史中丞劾之，当近事实。昭略之酣酒，在建武之初，故《南齐书·谢瀹传》谓"瀹建武之初，专以长酣为事，与刘瑱、沈昭略以觞酌交饮，各至数斗"。此即被沈为王思远劾后所为。又谢朓有《和王中丞闻琴诗》，沈约有《应王中丞思远咏月诗》。盖谢朓自荆州返都在永明十一年秋，沈约以隆昌元年出为东阳太守。据此，谢、沈作诗时，当在隆昌时，思远为御史中丞。至于思远为吏部郎，不就，则似当在海陵王延兴时。据《南齐书·海陵王纪》，延兴元年八月，以尚书左仆射王晏为尚书令，骠骑大将军鄱阳王锵为司徒。九月，诛新除司徒鄱阳王锵。此后即不闻有司徒之职。本传谓是明帝建武时，疑误。盖建武时无司徒，不得有司徒左长史也。《南齐书》本传误以延兴为建武，盖建武元年实即延兴、隆昌，一年而三改元耳。《南史》仍《南齐书》之误，恐失于推敲。

刘暄为南阳国常侍

《南齐书·江祏附刘暄传》："暄字士穆，出身南阳国常侍。"按：检《南齐书》、《南史》，南齐一代无封南阳王者。疑此"南阳王"即宋明帝子随阳王翙，初封南阳，顺帝昇明二年改封随阳。若昇明二年

(478)前暄已出仕,则死时(499)当年近四十左右。暄为齐明帝妻弟。其姊刘皇后,据《南齐书·皇后传》,以建元三年除西昌侯夫人,而《明帝纪》谓明帝以建元元年封西昌侯。此盖封侯在前,妻封夫人在后,非指婚娶时也。盖明帝以宋文帝元嘉二十九年(452)生,古人婚娶,当以二十左右为度,其婚时当在宋泰始末至元徽初。暄稍幼于刘皇后,则昇明二年前为南阳国常侍,亦有可能。《南齐书》似不误,然当言宋"南阳国常侍",则其疑尽释矣。

江祏生年

江祏以东昏侯永元元年(499)被杀,然《南齐书》、《南史》本传俱不言其享年之数,故生年不可确知。然本传谓其"宋末,解褐晋熙国常侍",检《宋书·文九王·晋熙王燮传》,晋西王刘燮,以宋明帝泰始六年(470)封。是祏之解褐,不得早于是年。又本传言祏释褐为宋末,当在明帝崩后。设祏以泰始六年,年弱冠释褐,则卒年四十九。盖古人释褐之年,多在弱冠,况江氏亦士族,大致不离二十左右。本传又谓"少为高宗所亲,恩如兄弟",则当与齐明帝年相仿佛。明帝死时年四十七,祏死时明帝为四十八。计祏以宋末释褐,或稍幼于明帝,当年四十六七耳。

江祀为南郡王常侍

《南齐书·江祏附汇祀传》:"初为南郡王国常侍,历高祖骠骑东阁祭酒。"按:高祖即齐高帝萧道成,以宋顺帝昇明元年为骠骑大将军。然则南郡王当是宋南郡王。然检《宋书》，宋代唯刘义宣封南郡王，以宋孝武帝孝建元年诛死。下距永元元年江祀死，凡四十五年，若祀为南郡王义宣常侍，则年当六十五以上，当不得为江祐弟矣。疑或为"南阳王"之误。南阳王即刘翙，后改封随阳王，宋明帝子也。据《江祐传》，祀兄祐释褐为晋熙国常侍，当在明帝泰始六年，祀释褐当在其后，而翙封南郡王在后废帝元徽三年。似较近。中华标点本及朱季海《南齐书校议》未校出。

萧颖胄卒于中兴元年十一月

《南齐书·和帝纪》及《南史·齐本纪》，并谓萧颖胄以中兴元年十一月壬寅卒。然《南齐书·萧赤斧附颖胄传》则谓十二月壬寅。按：《萧赤斧传》"二"字当为"一"之误。据本传云："梁王围建康城，住在石头，和帝密诏报颖胄凶问，秘不发丧。"而《梁书·武帝纪》，梁武帝以是年十月壬午镇石头，十二月丙寅张谡、王珍国斩东昏。以理而言，中兴元年十二月，当为公元502年之1月，非501年。若十一月，则仍为501年。今考长历，是年十二月实无壬寅，唯十一月有之。是《南齐书》本传误，中华标点本失校。

于瑶之

《南齐书·武十七王·晋安王子懋传》："（子懋）闻鄱阳、随郡二王见杀，欲起兵赴难。母阮氏在都，遣书欲密迎上。阮报其兄于瑶之为计，瑶之驰告高宗。"《南史·齐武帝诸子传》作"阮报同产弟于瑶之为计"。《通鉴》卷一三九作"阮氏报其同母兄于瑶之"。三书不同。阮氏之与瑶之为同产兄弟,当如汉武帝母王太后与田蚡为兄弟。至于阮氏与瑶之孰长?疑莫能明。然三书后文均有于琳之,为瑶之兄。是阮氏之母当初适于氏,后适阮姓。作"同产兄"似近之。故《南齐书》称"兄"耳。

虞愿为廷尉

《南齐书·良政·虞愿传》及《南史·虞愿传》记愿仕历,不及明帝时为廷尉事。然《梁书·傅昭传》及《南史·傅昭传》并言:"司徒建安王休仁闻而悦之,因欲致昭,昭以宋氏多故,遂不注。或有称昭于廷尉虞愿,愿乃遣车迎昭。时愿宗人通之在坐,并当世名流。通之赠昭诗曰:'英妙擅山东,才子倾洛阳;清尘谁能嗣,及尔邈遗芳。'太原王延秀荐昭于丹阳尹袁粲,深为所礼,辟为郡主簿"。按:《梁书》、《南史》言之凿凿,似非无据。考其时间,似当在宋明帝泰始之末,以建安王休仁以泰始六年自杀;袁粲以五年为丹阳尹。则虞愿为廷尉,当在泰始五六年时也。然据本传,愿在明帝世,官中书郎,明帝崩,以待疾久,转正员郎。今检《宋书·百官志》下,中书侍郎为第五品。愿后出为晋平太守,亦五品。至于廷尉,则当是"诸卿尹",为三品。岂愿兼领其职耶?然依本传,其直谏湘宫寺事,已在袁粲为尚书令时,则已届泰始末矣。使愿为廷尉,不当失而不记。盖本传谓愿为廷尉,在宋末。《梁书》实以愿于昇明间官职叙泰始时事,《南史》误仍之。萧子显《南齐书》虽偶有疏误,然大体谨慎可据,姚氏父子记事,疏误实多。

《南齐书·朱谦之传》志疑

《南齐书·孝义·朱谦之传》载谦之母卒,假葬田侧,为族人朱幼方燎火所焚。"永明中,手刃杀幼方,诣狱自系"。别驾孔稚珪、兼记室刘琎、司徒左西掾张融以笺与豫章王嶷救之。"豫章王言之世祖,时吴郡太守王慈、太常张绪、尚书陆澄并表论其事,世祖嘉其义,虑相复报,乃遣谦之随曹虎西行。将发,幼方子恽于津阳门伺杀谦之,谦之之兄选之又刺杀恽,有司以闻。世祖曰:'此皆是义事,不可问。'悉赦之"。按:史传叙朱氏相仇杀事,不载年月。本传言"遣谦之随曹虎西行",检《曹虎传》,虎于永明中西上凡二次,一为永明元年为安成王萧暠司马,赴江州;一为永明八年为镇司随郡王司马、南平内史。然二事皆有不合处。永明元年曹虎西行时,王慈尚未为吴郡太守。《王慈传》:"出为辅国将军、豫章内史,父忧去官。起为建武将军,吴郡太守。"慈乃王僧虔子,僧虔以永明三年卒。纵使丁忧夺情,其为吴郡太守当在五年之后。朱氏钱塘人,当时为吴郡所辖,记太守姓名,当不误。故此断非元年事。至于永明八年曹虎西行,当在永明八年八月,萧子隆以此时为荆州刺史也。然朱谦之杀幼方事,或在七年,盖张绪当王俭卒后为国子祭酒,未几而卒,何胤代之,见《梁书·何胤传》又《百官志》"(永明)八年,国子博士何胤单为祭酒",则绪卒于七年也。时张绪已不为太常,绪为太常,据《南齐书·张绪传》乃永明元年至三年,三年而转太子詹事,唯言领南郡王师及给事中"如故",不及太常。又《陆澄传》,澄以永明元年为度支尚书,后转散骑常侍,秘书监,吴郡中正,光禄大夫。所记张绪、陆澄官职,又似元年事。疑是记事时疏忽,误以元年官职称之。盖王慈为吴郡太守,当预问其事,既为吴郡事,则太守不当有误。疑谦之以七年杀幼方,而张绪等议之。殆八年秋始遣谦之随曹虎西上,而恽又于津阳门杀谦之。至于选之杀恽,亦当在八年。

裴昭明行年试测

《南齐书·良政·裴昭明传》谓昭明以齐和帝中兴二年(502)卒。然《梁书·裴子野传》则谓"起家齐武陵王国左常侍,右军江夏王参军,遭父忧去职。居丧尽礼,每之墓所哭泣处,草为之枯,有白兔驯扰其侧。天监初,尚书仆射范云嘉其行,将表奏之,会云卒,不果"。按:中兴二年三月而梁武帝代齐,改元天监,其明年则天监二年(503)也。范云以是年五月卒。时子野尚未服阕,范云将表奏其孝,未必欲荐之为官。子野居丧尽礼,为范缜所称,其事当不诬。然谓子野为"右军江夏王参军,遭父忧去职",疑误。检《南齐书·明七王·江夏王宝玄传》,宝玄以明帝建武元年为征虏将军,又为西中郎将;永泰元年为前将军;东昏侯立为镇军将军;永元元年为车骑将军。无右军将军之号。且以永元二年为东昏侯所杀。使子野为宝玄参军,父忧去职,则昭明之卒,当在永元二年之前,与《南齐书》不合。《梁书》所记宝玄官职亦与《南齐书·明七王传》抵牾,似不可从。今据《南齐书》本传。《南史》记昭明卒年,从《南齐书》本传;而记子野事,又从《梁书》,不知其抵牾,盖失考也。至于昭明生年,实难确考。然据本传,以宋泰始中为太学博士。时当年逾二十。检《宋书·裴松之传》,松之以元嘉二十九年卒,年八十。使昭明于泰始中议礼时,年二十,则当生于元嘉二十余年。松之七十余抱孙,在古人已甚晚。然河东裴氏在南朝不甚贵盛,昭明为太学博士,未必方逾弱冠,其生年或在元嘉十九年以前,其享年当在五十以上,或可及六十。

刘怀慰为桂阳王征北参军

《南齐书·良政·刘怀慰传》:"父乘民,冀州刺史。怀慰初为桂阳王征北板行参军。乘民死于义嘉事难,怀慰持丧,不食醯酱,冬月不絮衣。"按:同书《刘善明传》:"泰始初,徐州刺史薛安都反,青州刺史沈文秀应之。……伯父弥之诡说文秀求自效……行至下邳,起义背文秀。善明从伯怀恭为北海太守,据郡相应。善明密契收集门宗部曲,得三千人,夜斩关奔北海。族兄乘民又聚众渤海以应朝廷。……以乘民为宁朔将军、冀州刺史。……乘民病卒,仍以善明为绥远将军、冀州刺史。"《宋书·明帝纪》,泰始二年五月,"以宁朔将军刘乘民为冀州刺史"。十二月,"以尚书金部郎刘善明为冀州刺史"。是乘民之卒,在泰始二年冬也。《明帝纪》又谓泰始二年三月,"镇北将军南徐州刺史桂阳王休范总统北讨诸军事";七月,"镇北将军南徐兖二州刺史桂阳王休范进号征北大将军"。疑休范于七月进号后,以怀慰为乘民子,故板为参军。怀慰之莅职与否,实不可知。盖以其年考之,怀慰以齐武帝永明九年(491)卒,年四十五,则当生于宋文帝元嘉二十四年(447),至泰始二年,才十九岁耳。时刘氏宗族,皆在青州,怀慰似未必在建康或广陵,得以赴任也。纵使到任,为时当不久,盖桂阳王以七月为征北大将军;而刘善明以十二月为冀州刺史,则乘民之卒当在其前。计时间亦不过三四月耳。

陆厥作品写作时间

陆厥《奉答内兄希叔诗》五章。《文选》李注引《顾氏家谱》曰："盻字希叔,邵陵王国常侍。"按:邵陵王子贞,齐武帝子,见《南齐书·武十七王传》。子贞于郁林王即位后,"进号征虏将军,还为后将军"。此诗有"春华与秋实,庶子及家臣"之句,盖《三国志·邢颙传》典。比盻为邢颙,而自比刘桢。以厥尝为后军行参军,与盻同事子贞也。据此,则诗当作于郁林王即位之后,建武二年子贞被害之前。唯诗首章有"属叨金马署,又点铜龙门"之句,疑永明中,盻尝事文惠太子,以"铜龙门"之典,当用于东宫,子贞似不宜用,且武帝既崩,在隆昌、延兴之后,更不为切也。

《与沈约书》,疑作于建武初,盖书称约为"沈尚书",据《梁书·沈约传》,约以明帝即位,征为五兵尚书,此前未尝为尚书。至梁武帝平建康后,约为吏部尚书,则厥已卒,不得知矣。故此书当是建武初作。

王逡之事迹及行年

《南齐书·文学·王逡之传》,谓逡之"起家江夏王国常侍,大司马行参军,章安令,累至始安内史。不之官,除山阳王骠骑参军,兼治书御史,安成国郎中,吴令"。玩文义,此皆逡之在宋时仕历。其为江夏王国常侍,当是宋孝武帝时,为江夏王义恭国常侍。以义恭于孝武即位之初,进位太傅,领大司马也。其为章安令,当亦在孝武帝及前废帝时。

为山阳王骠骑参军,当在宋明帝之初,以山阳王即晋平王刘休祐,据《宋书·文九王传》,休祐以明帝初立为骠骑大将军;当泰始初,以山阳荒敝,改封为晋平王。此用"山阳"为号,知在明帝初立时也。"安成国"当即顺帝刘准未立时为安成王。逡之为安成国郎中,当在明帝末,后废帝元徽初时。

逡之为尚书左丞时间似颇久,本传谓宋顺帝昇明末,"右仆射王俭重儒术,逡之以著作郎兼尚书左丞,参定齐国仪礼"。今检《南齐书·舆服志》,"宋昇明三年,锡齐王大辂,戎辂各一"。逡之议其礼,已为左丞。昇明仅三年,故与本传相符。然本传又言:"初,(王)俭撰《古今丧服集记》,逡之难俭十一条。更撰《世行》五卷。转国子博士。国学久废,建元二年,逡之先上表立学,又兼著作,撰《永明起居注》。"似逡之于齐高帝建元二年上表立学之前,已转国子博士,不复为左丞。此似有误。据《南齐书·礼志》下,"皇太子穆妃服,尚书左丞兼著作郎王逡问左仆射王俭"云云。检《后妃传》,穆妃即齐武帝裴皇后,以齐高帝建元三年卒,是建元三年时,逡之尚为尚书左丞也。又《谢超宗传》载永明元年,逡之劾谢超宗、袁彖文,尚称左丞。疑逡之于永明时方去尚书左丞之职。或即本传所谓"转通直常侍,骁骑将军,领博士、著作如故",即其免尚书左丞之时。前此所谓"转国子博士",实为兼职,尚任尚书左丞也。逡之为宁朔将军、南康相、太中大夫,当在永明时。其为光禄大夫,或在永明末。至隆昌时,已为光禄大夫,故《礼志》上载隆昌元年,议明堂事,称"光禄大夫王逡之"。

王逡之于琅玡王氏中,虽不如王弘、王昙首诸人子孙之显贵,要亦士族,出仕时间,当在弱冠左右。其释褐时间在宋孝武帝时,至齐明帝建武二年卒,则其享年当在六十左右。

萧贲卒年

《南史·齐武帝诸子传》叙竟陵王子良孙贲,为梁湘东王法曹参军,以议王所为檄文字得罪被害。此亦见同书《贼臣·侯景传》,虽有出入,而谓贲之死,实由不满元帝坐视建康之危而不救。据《贼臣传》,台城被围,元帝军武成,"有敕班师",中记室参军萧贲谏,元帝不听,因双六之戏,谓"殿下都无下意",元帝遂因事害之。按"有敕班师",据《梁书·武帝纪》,为太清三年三月,景陷宫城,"矫诏遣石城公大款解外援"也。《齐武帝诸子传》所言湘东王为檄文,盖即《梁书·元帝纪》"四月,太子舍人萧歆至江陵,宣密诏,以世祖为侍中假黄钺大都督中外诸军事,司徒;承制,余如故。是月,世祖征兵于湘州"云云。其征兵诸王,必以讨景为口实。所作檄文,当即是时所作。萧贲讥檄文"如体目朝廷,非关序贼",实有刺其不赴急难之意,元帝亦怒其直谏,盖愤已久,故下之狱害之。此盖太清三年四月事。传言以饿卒,则卒时至迟不出五月。

卷四 梁陈

范云仕历

范云入梁二年而卒,生平事迹,多在南齐。《梁书·范云传》:"父抗,为郢府参军。云随父在府,时吴兴沈约、新野庾杲之与抗同府,见而友之。"按,郢府指齐武帝萧赜。《南齐书·武帝纪》载宋元徽四年(476),萧赜为晋熙王刘燮长史,行郢州事。其时萧道成代宋之势已成,主郢州事者实为萧赜。五年,沈攸之围郢,时赜已至寻阳,继任长史为柳世隆。《通鉴》卷一三四载,"攸之获郢府法曹南乡范云,使送书入城",是云在郢府时已为法曹。

范云入齐后事迹,有可考者数事:

一、与任昉相识时间。范云卒后,任昉有《出郡传舍哭范仆射诗》三章,时昉始出为义兴太守。诗有"结欢三十载,生死一交情。携手遁衰孽,接景事休明"之语。以范云卒年(天监二年,503)上推三十年,为宋后废帝元徽元年(473),时任昉仅十五岁,范云二十三岁。昉早慧,年十六即为丹阳尹主薄,时云当尚在建康,以是定交。

二、何逊有《酬范记室云》诗。《范云传》于"转补征北南郡王刑狱参军事,领主簿如故,迁尚书殿中郎"后接书"子良为司徒,又补记室参军事"。据《南齐书·武帝纪》，永明二年正月，以"征北将军竟陵王子良为护军将军兼司徒"，五年（487），"军骑将军竟陵王子良为司徒"。南郡王即文惠太子长懋，建元元年封南郡王，四年为征北将军，南徐州刺史。永明元年长懋立为太子，范云当尚在东宫任职，本传失载。盖传云"子良为司徒，又补记室参军事，寻授通直散骑侍郎"，而《南齐书·魏虏传》记永明十年，"上遣司徒参军萧琛、范云北使"，《通鉴》记十年十二月，"司徒参军萧琛、范云聘于魏"，如以永明二年即授司徒记室参军，"寻授"云云，其间无乃太久。如以永明五年后复入子良府，于理差可，且与何逊年龄可以相合。（参《何逊生卒年考补遗》条）若是，则范云迁通直散骑侍郎当在永明十一年（493）。又，云与萧琛永明九年已出使北魏，见《魏书·萧赜传》，《南齐书》、《通鉴》失记。时南北往来，行人多加散骑常侍、侍郎官衔，云、琛当不例外，则"寻授"者，相对于九年、十年之虚衔已。萧琛亦于使北还为通直散骑侍郎，见《梁书》琛传。

三、范云官散骑侍郎后，出为零陵内史。谢朓有《新亭渚别范零陵云》。按朓《酬德赋序》云，"以建武二年（495），予将南牧（指出为宣城太守）"，则范云为零陵内史不得晚于是年。《谢朓生平考略》（《艺谭》一九八二年第四期）系此诗于永明三年，不当。

四、本传云，出为零陵内史，"明帝召还都，及至，拜散骑侍郎"，在零陵未满任期，故云"召还都"，时当在建武二年前后。何逊《范广州宅联句》，范云有"洛阳城东西，却作经年别。昔去雪如花，今来花似雪"之句。按，此诗作于永元二年（500）春，说详下。则范云出为始兴，当在建武四、五年（497、498）之交，时值冬令或早春。又，《诗纪》题此诗作"别诗"，与内容不合。《先秦汉魏晋南北朝诗》于何逊部分诗题从《何逊集》，于范云部分从《诗纪》，似失考。

五、本传载，范云为始兴内史，"郡中称为神明"。仍迁假节、建武将军、平越中郎将、广州刺史,以被诬"征还下狱,会赦免。永元二年,起为国子博士"。《南齐书·东昏侯纪》:"(永元元年)六月,以始兴内史范云为广州刺史。"何逊有《范广州宅联句》,又有《落日前墟望赠范广州》,范云答诗有"予艺青门东"之句,二诗皆作于春令,则范云为广州刺史不及半年,征还下狱,次年春即赦出家居。是年七月,张谡(《南齐书》作"稷")出为北徐州刺史,访范云不值,范云有诗,据诗意,时尚未起复。(参《丘迟〈侍宴乐游苑送张徐州应诏诗〉辨》条)

梁台建,范云授散骑常侍、吏部尚书。梁武即皇帝位,又封建昌县侯。《文选》卷三八录任昉《为范尚书让吏部封侯第一表》有"以臣为散骑常侍、吏部尚书,封霄城县开国侯"之语,然则三让之余,霄城侯封爵竟未固授也。

《西洲曲》作者

《西洲曲》本乐府古辞,见《乐府诗集》卷七二,为《杂曲歌辞》。其作者本无可考。后人误以为江淹作,盖以通行本《玉台新咏》卷五附有此诗,读者不察,以为《玉台新咏》本有此诗。不知明寒山赵均覆宋刊本,锡山华氏活字本《玉台新咏》均无此诗,断非徐陵原本所有也。清吴兆宜笺注云:"按:杂曲歌词《乐府》作古辞,非江淹诗。明人胡之骥《江淹集汇注》收入'拾遗'中,不作按语,盖不敢判其是否江淹所作。明人或有谓此诗梁武帝所作,亦不足据。"

萧山江淹故居

元赵篑翁《跋江文通集》,全文附见吴丕绩《江淹年谱》。赵氏自称先世避地萧山,因视此地"不啻桑梓也"。"所居之东一里许,曰江寺。盖梁左卫将军文通别业,其子昭玄,舍为浮图。前有梦笔桥,乃后人想像其陈迹为之。文不足征,殆千年矣"。赵氏又谓"毋乃文通为东海郡丞或吴兴令时往来寓耶"?按:赵是元人,时考证之事不明,故跋文至叹考城无文通遗迹,不知江淹自先世过江,已多历年所,济阳远在魏境,何从"知有文通"乎?至于萧山故居,理或有之。然谓是为东海郡丞或吴兴令时所置,殊失考。按:江淹为东海郡丞为时不过岁余(元徽元年春夏至二年秋)。当时所作《报袁叔明书》,乃自称"卒离饥寒之祸";"俯首求衣,敛眉寄食"。盖据《宋书·百官志》郡丞乃八品小官耳,至于吴兴令职位益卑。且建安吴兴,与今浙江吴兴绝远,当在福建浦城。窜逐之身,安得余力置别业哉。此疑入齐之后,位至侍中、中书监、卫尉卿,官阶三品,方得兴修别业。吴谱明知建安吴兴在闽中,竟亦引赵说,以为此别业建于为吴兴令时,云:"若然,先生日夕所游者,萧山其一乎?"不知萧山在今钱塘江畔,不能去浦城甚远,且重山阻隔,何得到此休息?至于江淹子名昭远,亦无考。今可知者,淹子惟二人。艽蚤卒,见《伤爱子赋》;蒍嗣爵,见《梁书》、《南史》本传。

江淹贬建安吴兴令原因

江淹《自序》云:"及(建平)王移镇朱方也,又为镇军参事,领东海郡丞。于是王与不逞之徒,日夜构议。淹知祸机之将发,又赋诗十五首,略明性命之理,因以为讽。王遂不悟,乃凭怒而黜之,为建安吴兴令。"一若以忠言获罪者。至于《梁书》及《南史》本传,又谓"会南东海太守陆澄丁艰,淹自谓郡丞应行郡事。景素用司马柳世隆。淹固求之。景素大怒,言于选部,黜为建安吴兴令"。据此则景素之黜江淹,似不全在谏其谋帝位之事,且曲亦不尽在景素。按:《梁书》、《南史》所记,未必无据。江淹《自序》讳言求代陆澄事,或可有之。虽然,即使固求行郡事,当亦未必黜之当时荒远之地。不过景素以东海郡事为借口耳。《南史》本传云:"桂阳之役,朝廷周章,诏檄久之未就。齐高帝引淹入中书省,先赐酒食,淹素能饮啖,食鹅炙垂尽,进酒数升讫,文诰亦办。"《南史》叙事往往疏于年代,述此事于齐高帝辅政之后,时间舛误,一望可知。然其事当非虚构。江淹当时尝至建康,且为萧道成所引见,赐以酒食,令之作檄。当时景素已怀异志,而萧道成为朝中权要,与江淹交通,则景素之疑江淹乃必然之势。且江淹之为萧作檄,或已自结萧。故自萧道成辅政,即自建安吴兴召回,而委以心腹。其中当有史籍未备之情节焉。

江淹《渡西塞望江上诸山》

此诗作于何时,难于确考。所作时间与"西塞山"地望实有重要关系。余曩作《江淹作品写作年代考》(《艺文志》三辑),据《文选注》引盛弘之《荆州记》及《水经注·江水》以为是今湖北江陵附近之西塞山。若然,则为宋明帝泰始七年至泰豫元年(471~472)从建平王刘景素在荆州所作游览诗也。近人吴丕绩《江淹年谱》则据诗中"南国多异山,杂树共冬荣"句,以为是后废帝元徽三年(475)为建安吴兴令时作。按:余前说拘于"西塞"地名,未顾及"南国"诸句。盖当时人咏荆州诗,不言"南国",亦不见"杂树冬荣"之景。吴说又拘于此诗本文,未顾及当时闽中究竟是否另有"西塞",恐皆有臆测之讥。据《建平王景素传》,景素在为荆州刺史前,曾为吴兴太守及湘州刺史。又《宋书·明帝纪》,泰始五年(469)十二月,"吴兴太守建平王景素为湘州刺史"。此是朝廷任命时间,然景素赴任,当在明年初。自吴兴至湘州,当经建康溯江而上,故江淹有《从冠军行建平王登庐山香炉峰》之作。此诗当在庐山之作后不久。盖自庐山又溯江而西,可至今湖北黄石市,即刘梦得《西塞山怀古》之"西塞",由此更西而南行,即入洞庭至湘州。此行既在岁首,当可见"杂树冬荣"之景。又此地与江州皆在建康之南,江州当时称"南府",故此言"南国"。据《宋书·建平王景素传》,当时景素号冠军将军,与庐山之作合。疑此诗时间当在泰始六年(470)初。

江淹《游黄糵山》

江淹《游黄糵山》诗作于赴建安吴兴途中。余曩为《江淹作品写作年代考》(《艺文志》三辑),系于元徽元年(473),并云:"按:'黄糵山'疑即'黄糵峤'。《宋书·谢方明传》:'孙恩重没会稽,谢琰见害,恩购求方明甚急。方明于上虞载母妹奔东阳,由黄糵峤出鄱阳,附载还都。''黄蘗峤'当在今闽浙赣三省交界处。此诗称'闽云连越边'亦可为证。"按：闽浙交界处，其山峰往往称"峤"。《说文新附》："峤，山锐而高也。"江淹又有《渡泉峤出诸山之顶》诗。盖此地多崇山峻岭，江淹自赤亭渚而西南行，可至浦城，其路当出黄蘗峤。至于谢方明自东阳入赣，原不必经此，而是崎岖山径，以避孙恩之搜缉耳。近人吴丕绩《江淹年谱》云："先生（江淹）集中又有《游黄蘗山》诗一首，征之《方舆胜略》，载黄蘗山凡三：一在江西瑞州府新昌县；一在湖广衡州府蓝山县；一在福州古田县。今先生《游黄蘗山》诗云'长望竟何极，闽云连越边'，则为游福州者无疑。"按：古田在浦城南三百里，以当时交通之不便及江淹生活之困苦，可否远迹此地？又诗中"闽云连越边"句，"闽"、"越"二字分用，自当以闽指今福建境，以"越"指浙东一带。今以地图考之，古田似距今绍兴一带，视浦城为远。设黄蘗峤在三省交界处，似更近"闽云"句地望也。

江淹为中书侍郎时间

江淹《自序》云："（齐高帝）受禅之后，又为骠骑豫章王记室参军，镇东武令，参掌诏册，并典国史。既非雅好，辞不获命。寻迁正员散骑侍郎、中书侍郎。"《梁书》及《南史》本传皆同此说。近人吴丕绩作《江淹年谱》，据误本《南史》，定为宋明帝泰始四年（468），盖是年江淹年二十五，而误本《南史》本传作"后拜中书侍郎，王俭尝谓曰：'卿年二十五，已为中书侍郎，才学如此，何忧不至尚书金紫。所谓富贵卿自取之，但问年寿何如尔。'"此"二十五"盖"三十五"之误。查各本《南史》，皆作"三"。实则王俭"卿年三十五"之言，亦不过举其约数。据《梁书》本传，江淹卒于梁武帝天监四年（505），年六十二。

其生年当是宋文帝元嘉二十一年（444）。其二十五岁为泰始四年（468），三十五岁应为宋顺帝昇明二年（478）。今据《自序》及《梁书》、《南史》，江淹为中书侍郎在齐高帝受禅之后，则必是建元初（479~480）无疑，时年已三十六七矣。一二年之差，本可不计。然吴氏不信《自序》及史传本文，斤斤于"二十五"一语之误字，反以驳《四库提要》"考传中所序官阶，止于中书侍郎，以校史传，正当建元之初"诸语，殊不可解。今按泰始四年时，江淹正在建平王景素幕下。检《宋书·建平王景素传》，景素时正为丹阳尹或吴兴太守。江淹在景素幕下，初不过主簿，纵使升为参军、司马，据《宋书·百官志》亦不过七品，而中书侍郎位在五品，何得兼此二职？此犹以景素为丹阳尹时言之。若景素此时已去吴兴，则江淹不能兼二职尤为明白。再以江淹日后行踪论之。泰始五年，以吴兴太守建平王景素为湘州刺史，江淹从之，故有庐山香炉峰之作。六年以景素为荆州刺史，江淹又从之至荆州。江淹既为中书侍郎，官司有职，何能常随景素以东西耶？且江淹既为中书侍郎，是朝廷之官，景素何能言之选部而黜以为建安吴兴令？故知吴说断不可通。至于《南史》所记王俭之言，实反映当时士人门第与士官之关系。盖三十五为中书侍郎，于高门士族，本不必早。今考王融为中书侍郎，在齐武帝永明中。融卒年二十七，度其时不过二十五上下。谢朓卒年三十六，以齐明帝辅政时为中书郎，在隆昌间，年三十。此盖就王、谢高门而言。至于自称"蓬户桑枢之人，布衣韦带之士"（《诣建平王上书》）之江淹，以三十五岁为中书侍郎，实已为早贵。

盖中书侍郎之职，实掌诏诰，位高权重。故《自序》称"仕，所望不过诸卿二千石"。江淹既为中书侍郎，虽尚不至列卿，已与郡国太守同为五品，故有知足之意。盖次等士人，至此已属不易，非有军功者，其为"尚书金紫"当已白头。故王俭有"但问年寿何如尔"之语。

吴氏不解其历史背景，乃以二十五为"盛年"，疑王俭不当道此。不知"二"既误字，而王俭之言，正可以知当时门第贵贱之别耳。

谢朓、江淹为宣城太守时间

谢朓、江淹皆曾为宣城太守，据史传所载，时间当皆在南齐明帝建武元年（494）左右。唯孰先孰后及莅任时间似无明文。近人吴丕绩作《江淹年谱》以为江淹以齐明帝建武元年"加辅国将军出为宣城太守"；又谓淹以建武四年（497）自宣城"还为黄门侍郎、领步兵校尉"。按：吴氏此说，盖据《梁书·江淹传》："明帝即位，为车骑临海王长史。俄除廷尉卿，加给事中，迁冠军长史，加辅国将军。出为宣城太守，将军如故。在郡四年，还为黄门侍郎、领步兵校尉，寻为秘书监。"然《梁书》所谓"明帝即位"，盖即《南齐书·明帝纪》所谓"建武元年冬十月癸亥，即皇帝位"。明帝即位时，下距明年（建武二年，495）仅三月。此际江淹初为临海王长史，继为廷尉卿，又为冠军长史，然后出为宣城太守。设江淹历此三职，每职在任一月则出为宣城太守时间，亦当在建武二年矣。《梁书》又谓淹"在郡四年"，则淹还都时间当非建武四年，而为永泰元年矣。况乎江淹之为宣城，恐不当在谢朓前。盖《南齐书·谢朓传》明谓"高宗（明帝）辅政，以朓为骠骑谘议，领记室，掌霸府文笔。又掌中书诏诰，除秘书丞，未拜，仍转中书郎。出为宣城太守，以选复为中书郎。建武四年，出为晋安王镇北谘议、南东海太守，行南徐州事"。据此，至少在建武四年之前，谢朓已罢宣城太守职，复为中书郎，然后出为晋安王谘议、南东海太守。如江淹为宣城在谢朓前，则淹之为宣城当在永明末（493）以前，与《梁书·江淹传》所谓"明帝即位"不合。今考《谢朓集》中诸作，朓之为宣城,当在海陵王延兴改元之后(即建武元年七月),明帝即位(十月)之前。故《之宣城郡出新林浦向板桥》有"天际识归舟,云中辨江树"句,似天气当未转寒,或在八九月间。其《宣城郡内登望》云"借问下车日,匪直望舒圆;寒城一以眺,平楚正苍然",知眺莅郡匝月,已见秋冬萧瑟之景。朓又有《冬日晚郡事隙诗》,则射眺在宣城曾历冬季,当即建武元年冬也。谢朓又有《往敬亭路中》联句诗,有"山中芳杜绿,江南莲叶紫"之句,何从事和之,有"新条日向抽,落花纷已萎"句。《祀敬亭山春雨》联句,亦足证至早当为莅任之次年即建武二年(495)春夏之交,谢朓当在宣城。其离宣城时间虽不易确考,然《忝役湘州与宣城吏民别》中有"下车遽暄席,纡服始黔灶"句,知谢朓在宣城似不甚久,疑即建武二年夏日。据此江淹之莅宣城,至早不得在建武二年夏以前。"在郡四年",则在明帝永泰元年(498)。"还为黄门侍郎、领步兵校尉,寻为秘书监"当在永泰末、永元初。至于崔慧景入建康,据《南齐书·东昏侯纪》,在永元二年(500),江淹正为秘书监,在建康。此说与《南齐书》、《梁书》及《谢朓集》均可印证。盖治文学史者,专治一家之作,结论往往易与其他作家生平相抵牾。若能旁及他人生平,合而观之,方可得一可信之结论。

抑尤有言者,则江淹之才尽,或谓在罢宣城之时。余窃以为江淹之作,今存者大抵作于刘宋末,永明以后,似无篇什传世,则江淹才尽,非始于宣城之后。或者正以江淹之莅宣城,恰与谢朓相交替。或好事者以江氏斯时篇什,不足与谢颉颃,故造"才尽"宣城之传说乎!

江淹《刘仆射东山集》、《刘仆射东山集学骚》

二诗当作于宋后废帝元徽元年秋。余曩作《江淹作品写作年代考》(《艺文志》三辑),系二诗于元徽元年至元徽二年间(473~474),似笼统。又以"刘仆射"为"刘秉",亦误。近人吴丕绩《江淹年谱》于宋明帝泰始五年(469)下云:"先生集中有《刘仆射东山集》与《刘仆射东山集学骚》二首。刘盖指刘缅(当作"勔")也。《南齐书·齐高帝本纪》有云:'初,缅高尚其意,托造园宅,名为东山,颇忽世务。'《宋书·刘缅传》亦言泰始五年,'缅经始钟岭之南,以为栖息,聚石蓄水,仿佛丘中朝士爱素者,多往游之'。诸语可证。但缅于泰豫元年太宗崩始加尚书右仆射,中领军如故。至元徽二年,桂阳之役战殁。而先生(按,指江淹)于泰始七年随建平王至荆州,明年随王在南徐州,为镇军参事,领东海郡丞,似与缅无游会之雅。若谓此诗为今岁所作,则刘其时未官仆射,岂先生后冠之欤?抑是诗为泰豫后数年作耶?"(商务版第一三至一四页)吴书余前所未见,其以"刘仆射"为刘勔,良是。然谓刘与江淹"无游会之雅",乃至疑为江淹"后冠之"则非也。此诗盖元徽元年(473)所作。吴先生所引《南齐书·高帝纪》文字有"太祖(齐高帝)谓之曰:'将军以顾命之重,任兼内外,主上(后废帝)春秋未几,诸王并幼冲,上流(按,指荆州刺史沈攸之、江州刺史桂阳王刘休范)声议,遐迩所闻,此是将军艰难之日,而将军深尚从容,废省羽翼,一朝事至,虽悔何追。'"齐高帝此语,分明是明帝既死,后废帝既立后谓刘勔道此。东山之作,当在泰豫元年(472)或元徽元年(473)间。盖刘勔以元徽二年(474)五月战死,而江淹《刘仆射东山集》有"萧萧云色滋,惟爱起长思;乔木啸山曲,征鸟怨水湄"句,《刘仆射东山集学骚》有"含秋一顾","木瑟瑟兮气芬菭,石弋弋兮水成文"诸语,皆写秋景,是二诗不得作于元徽二年也。至于泰豫二年秋,刘勔虽已为仆射,而江淹时随建平王景素在荆州。景素之为南徐州刺史本在泰豫元年闰七月,然元徽元年春,江淹尚从景素游纪南城。(此诗有"再逢绿草合,重见翠云生"句,吴丕绩以为江淹于宋明帝泰始七年(471)秋至荆,"两见春云",当在第三年,其说是。)其从景素至南徐州,当在元徽元年春夏之后。江淹与刘勔雅集,唯元徽元年为可能。吴丕绩疑江淹在南徐州,无参与东山集之可能。然南徐州治京口,去建康甚近。江淹在京口,疑曾赴建康,故刘休范起事,而江淹作《敕为朝贤答刘休范书》,时袁粲、褚渊、刘秉辈皆在建康,未必诸人赴京口令江淹作答书也。江淹又有《伤内弟刘常侍》,有"注歊东郊外,流涕北山坰",则江淹尝为刘乔送葬。按:刘乔为安成王(即顺帝)右常侍,据《宋书·顺帝纪》,顺帝于元徽中为扬州刺史,在建康。江淹又有《灯夜和殷长史》、《赠炼丹法和殷长史》二首。"殷长史"即殷孚,官至顺帝抚军长史,当亦在建康。使江淹在京口无去建康机会,当不能为刘乔送葬及与殷孚唱和。余疑江淹之被黜为建安吴兴令,或与其曾到建康有关。盖当时景素既有叛乱之谋,江淹颇事讽谏,明不同心,而屡到京城,景素不得不疑其有告密之事,故借故贬之,亦情理中事也。

江淹《奏记诣南徐州新安王》

此文有"淹幼乏乡曲之誉,长匮芹藻之德。岂宜忝璞郑氏,献凤楚门哉!愿避职吏,缓其召书"诸语,似是辞谢不就意。然《自序》明言"弱冠,以五经授宋始安刘王子真,略传大义。为南徐州新安王从事"。据此,江淹实曾入刘子鸾幕矣。盖当时入仕官,不论官职大小,均须先作谦让,然后就职。此事在"弱冠"之后,当是宋孝武帝大明七八年间(463~464)事。盖据《宋书·前废帝纪》,永光元年(即明帝泰始元年,465)九月,"抚军将军、南徐州刺史新安王子鸾免为庶人;赐死"。子鸾本殷贵妃所出,特为孝武帝所宠,故前废帝忌之最甚,必杀之而后甘心。至于始安王子真之死,则在明帝既平晋安王子勋之后,已为泰始二年(466)。近人吴丕绩《江淹年谱》以此文系泰始二年下,谓"本集有《奏记诣南徐州新安王》一篇,亦其时所作",不知是年新安王已死。江淹此文当作于大明八年(464)闰五月孝武帝卒以前。

江淹《哀千里赋》写作时间

江淹《哀千里赋》,余昔作《江淹作品写作年代考》(《艺文志》三辑),据赋中内容写秋冬景色,以为与《望荆山》同为泰始三年(467)作。并谓:"赋中又云'及年岁之未晏',虽袭用《离骚》之句,亦说明是作者早年所作。"今读近人吴丕绩《江淹年谱》,则系于泰始七年(471)。盖吴说亦以为与《望荆山》同时所作,唯吴氏以《望荆山》为作于从建平王景素于荆州时也。但《望荆山》非泰始七年作,余论之已详。至于《哀千里赋》,首称"萧萧江阴兮荆山之岑"古之称"江",本不必拘泥为长江。犹《待罪江南思北归赋》之"江",无指长江理。荆山在今湖北南漳西北,正当汉水之阴,与赋合。今读赋中"伊孟冬之初立,出首夏以归来"二句,知此必非至荆州时作。盖建平王景素之赴荆州,据《宋书·明帝纪》,当是泰始七年二月后不久,至迟不得至夏初;其离荆州也,当在泰豫元年(472)秋之后,据《从建平王游纪南城》"再逢绿草合"句观之,或可延至元徽元年(473)春夏间,此与《哀千里赋》时间不合。颇疑江淹以泰始二年举南徐州桂阳王秀才,以是秋去襄阳,抵襄阳已在九月、十月之交,故《望荆山》所写为深秋,而此赋称"孟冬";至泰始三年四月即离巴陵王休若幕,返下游,重入建平王景素幕。赋盖作于归来之际,故赋中"于时鸿雁既鸣,秋光亦穷"诸句,是归途中忆赴襄阳时景色也。

江淹《水上神女赋》

按：此赋用意，似有意于仿曹植《洛神赋》。盖《诗·汉广》之游女，据《韩诗外传》在汉水之滨；《高唐赋》神女在长江三峡；子建《洛神赋》在洛水；此赋则云"南中"，本出拟托，可无定在。

此赋疑作于赴建安吴兴以后，余前作《江淹作品写作年代考》（《艺文志》三辑）以为时代无可确定。今读此赋，觉"江上丈人"乃江淹自拟。"游宦荆吴"、"乃造南中，渡炎洲"，与江淹经历皆合。此种手法，似已启庾信《竹杖赋》、《筇竹杖赋》之先路。赋中所写情节，虽常有仿《洛神赋》处，而瑰丽奇怪之景，恐亦得力于闽中经历。至于"紫茎绕径始参差，红荷绿水才灼烁"二句，亦启梁陈小赋用五、七言句之风。

赋中"嫔杨不足闻知，夔牙焉能委悉"句。明胡之骥注云"未详"。此句实不甚可解。其症结所在，当是"嫔杨"二字。《山海经·大荒西经》曰"开上三嫔于天，得《九辩》与《九歌》以下。此天穆之野"。"杨"疑即"扬"，二字古本同。《易·夬卦》曰"夬扬于王庭"，"嫔于天"与"扬王庭"本有相通处。"嫔杨"当即代指"九辩"、"九歌"，言"九辩"、"九歌"亦不足与此乐比美，与下文"夔"（伯）"牙"相对。未敢以为必是，聊备一说。

江淹《效阮公诗》

江淹《效阮公诗》一五首其九："宵明辉西极，女娃映东海。"《四部丛刊》景邱乌程蒋氏密韵楼藏明覆宋本"女娃作女圭"。密韵楼藏本于诸本中最古，故《四部丛刊》、《四部备要》皆以此为底本。然此本实非尽善。如《邃古篇》诸作，他本所有而此本独缺。此"女娃"二字，文义本通畅。明胡之骥《江文通集汇注》云："《山海经》曰：'赤帝之女女娃，游于东海，溺而死，化为精卫。'"按：此出《北山经》。考《北山经》谓精卫"其状如鸟，文首，白喙，赤足"，故文通有"佳丽多异色，芬葩有奇栗"也。清闻人倓笺注王士禛《古诗选》，所据或同于密韵楼本作"女圭"。闻人不知"圭"乃误字，反以"女"为"如"之误，遂改"女"作"如"，以为是"如圭"二字，以《别赋》"秋月如珪"解之。不知月色皓皓，何"奇采"之有？治古书者当重版本，然善本非处处皆善，会当合众本以校勘之，方可择善而从。

江淹《恨赋》、《别赋》创作年代

江淹《恨赋》、《别赋》，传诵既久，而论者多未道其创作时代。余前作《江淹作品写作年代考》（《艺文志》三辑），颇疑二赋乃黜为建安吴兴令时作，其时间当是宋后废帝元徽二年（474）秋以后；元徽四年（476）建平王景素之败前后作。盖《自序》称"在邑三载"也，盖江淹之作《恨赋》、《别赋》，盖以抒其抑郁不平之气，而情绪真挚，当是平生最不得志时作，此唯在建安吴兴时最足以当之。虽然，此犹以情理度之耳，非有实据足以服人者。今考江淹集中辞赋，若《恨赋》、《青苔赋》、《泣赋》、《待罪江南思北归赋》、《四时赋》诸篇，实为一组，若今所谓组诗者。其中《青苔赋》云："余凿山楹为室，有青苔焉，意之所之，故为是作云。"据江氏《草木颂序》，自称"守职闽中"时所居，"今所凿处，前峻山以蔽日，后幽晦以多阻"，明是闽中所作无疑。此赋末段有云:"若乃崩隍十仞,毁家万年。当其志力雄俊,才图骄坚;锦衣被地,鞍马耀天。淇上相送,江南采莲。妖童出郑,美女生燕。而顿死艳气于一旦,埋玉玦于穷泉。寂兮如何,苔积网罗。视青蘩之杳杳,痛百代兮恨多。故其所诣必感,所感必哀。哀以情起,感以怨来。魂虑断绝,情念徘徊者也。"云云,隐括《恨赋》宗旨,而其中遣词亦颇类于《别赋》。此可知《恨赋》、《别赋》与《青苔赋》实一时之作。至于《泣赋》、《待罪江南思北归赋》、《四时赋》亦皆一时之作。《泣赋》云:"咏河兖之故俗,眷徐扬之遗风。眷徐扬兮阻关梁,咏河兖兮路未央。"按:"河兖"代指陈留考城,乃江淹祖籍;"徐扬"指京口建康,是其出生之地。此赋既云思"河兖"、"徐扬",当是离乡时作,而赋中又谓"默而登高谷,坐景山;倚桐柏,对石泉",是亦在建安吴兴时山居之际所作。《待罪江南思北归赋》之"江南"非指长江以南,乃指闽中。此"江"以地图考之,或即今赣浙二省之衢江,南距浦城不远。盖赋中云"误衔造于远国,出颠沛之远始。去三辅之台殿,辞五都之城市";又云"于是临虹蜺以筑室,凿山楹以为柱";又云:"况北州之贱士,为炎土之流人。"凡此皆可以为作于建安吴兴之证。《四时赋》云"北客长欷,深壁寂思。空床连流,圭窬淹滞。网丝蔽户,青苔绕梁";又云"忆上国之绮树,想金陵之蕙枝";又曰"何尝不梦帝城之阡陌,忆故都之台沼",则此赋亦建安吴兴时作。此数赋皆以写"恨"。钱锺书先生曰:"然则《别赋》乃《恨赋》之附庸而蔚为大国者,而他赋之于《恨赋》,不啻众星之拱北辰也。"(《管锥编》四册一四一一页)今观《青苔赋》等,皆作于建安吴兴,则《恨赋》之著作年代,盖可类推。至于《恨赋》"或有孤臣危涕,孽子坠心。迁客海上,流戍陇阴"诸君,实江淹自况之辞。江淹集中辞赋作于建安吴兴者实甚多,至如《石劫赋》、《空青赋》、《莲华赋》、《赤虹赋》等,盖亦同时作,唯命意不同,故不具论耳。

虞炎事迹

虞炎，《南齐书·文学传》附《陆厥传》后："会稽虞炎，永明中以文学与沈约俱为文惠太子所遇，意眄殊常。官至骁骑将军。"《南史》同。殊简略。按，《南史·齐本纪上》，高帝建元三年（481），"命散骑常侍虞炎等十二人巡行诸州郡，观省风俗"，《南齐书·孝义传》记"太祖即位，遣兼散骑常侍虞炎等十二部使行天下"，是南齐建国之初，炎曾为散骑常侍。《南齐书·礼志》记，明帝建武二年（495），议郊礼，骁骑将军虞炎云云，与本传合。

虞炎有《饯谢文学离夜诗》，《谢宣城诗集》题作"虞别驾饯谢文学"，《古诗纪》题作"虞驾部饯谢文学离夜"。谢朓于随王萧子隆幕中，为随王文学。永明九年（491），萧子隆赴荆州就任刺史，谢朓随行，一时文士纷纷饯别赋诗，除虞炎外，有沈约、范云、王融、刘绘、江孝嗣等，大多为竟陵王西邸文士。《谢宣城诗集》题"别驾"，《古诗纪》题"驾部"，疑作"驾部"者是。驾部为尚书曹郎，别驾则刺史属官，当时竟陵王已不兼领刺史，虞炎或以散骑常侍转驾部而出入东宫西邸，为文惠、竟陵所重。又，虞炎又有《奉和竟陵王经刘瓛墓下诗》，刘瓛卒于永明七年，竟陵、随王、沈约、谢朓、柳恽均有悼诗，于此亦可见虞炎与西邸文士关系之密。

沈约《怀旧诗》，悼伤亡友九人：王融、谢朓、庾杲之、王谌、虞炎、李珪之、韦景猷、刘沨、胡谐之。其《伤虞炎》云："东南既擅美，洛阳复称才。"是虞炎曾出使北魏。按，齐永明十一年，即北魏孝文帝太和十七年（493），魏迁都洛阳。次年，即郁林王隆昌元年（494），二国遣使互聘，齐使中当有虞炎。又按，此九人中，韦景猷无考，李珪之不知卒年,庾杲之、王谌卒于永明九年,胡谐之卒于永明十一年,王融卒于郁林王隆昌元年,谢朓、刘沨卒于东昏侯永元元年(499)。虞炎于明帝建武二年(495)时为骁骑将军,玩沈约此诗诗意,当作于入梁之前,即出为南清河太守不得志之时(500),则虞炎之卒,疑亦在永元元年前后。

虞炎今存诗四首。其《有所思》(一作《玉阶怨》)收入《玉台新咏》卷十(《先秦汉魏晋南北朝诗》误作卷四)。

今本《江文通集》考辨

《江淹集》今有十卷,《梁书》本传不记卷数,唯言"自撰为前后集并《齐史》十志,并行于世"。《隋志》则著录为《江淹集》九卷,梁二十卷,江淹后集十卷。《旧唐志》、《新唐志》并谓前集十卷,后集十卷。据淹《自序传》,已言唯集十卷。《自序传》自称官中书侍郎,又兼称齐高帝为"皇帝"、"高帝",则当是建元末、永明初已编定。据《梁书》本传,"永明初,迁骁骑将军",此前后所作,如《灵丘竹赋》诸篇皆当入后集。唯《冬尽难离和丘长史》一诗,究在前集抑后集,则不可知。盖长史即丘灵鞠,在宋时与江淹已有交往。宋明帝时,灵鞠为尚书三公郎,江淹已有《寄丘三公》诗,言"一诀异东西",当是在荆州时作。此诗在前集无疑。至于《冬尽难离和丘长史》,则或作于建元二年末。据《南齐书·丘灵鞠传》,灵鞠于建元元年为中书郎,明年出为镇南长史、寻阳相。时江淹在建康,灵鞠在寻阳,故云"兹别亦为远,潮澜郁东西"。然《南齐书·丘灵鞠传》记灵鞠后又为长沙王车骑长史,当亦可称"丘长史"。长沙王即齐高帝子萧晃。据《南齐书·长沙王晃传》,萧晃于永明元年为南徐州刺史,入为散骑常侍中书监,《南齐书·武帝纪》记其刺南徐州为元年正月事。《纪》又载二年十月,以桂阳王铄为南徐州刺史,则晃亦当于是年冬入为散骑常侍中书监。晃之入朝,私载数百人仗,以此得罪,几置于法。以豫章王嶷谏,得免。寻加镇军将军丹阳尹,又为侍中护军将军,寻又进号车骑将军。则晃为车骑,至早亦在永明三四年间。据《梁书·江淹传》,淹于永明初"迁骠骑将军掌国史,出为建武将军,庐陵内史,视事三年"。是则永明三四年时,淹不在建康,而在庐陵。灵鞠则当在建康。庐陵之去建康,路途乃不尽东西,且有南北之隔。前为《江淹作品写作年代考》,尝以为作于建元,盖以丘为镇南长史故也。今玩全诗,有"汀皋日惨色,桂暗猿方啼",此景不似建康,而似庐陵。"冀揔岁暮驾,游衍苍山蹊",似是望灵鞠来庐同游。据此"潮澜郁东西"或是拘于用韵,实兼指南北。诗当是永明三四年后作,本在后集。

《谈薮》记何逊、吴均得罪事志疑

《太平广记》卷二四六载梁武帝与诸文士作双声叠韵诗事,谓吴均苦思不得,何逊用曹操典,作"暯苏姑枯卢",梁武不悦,至谓"吴均不均,何逊不逊,宜付廷尉"。此事云出《谈薮》。按:据宋陈振孙《直斋书录解题》,《谈薮》乃北齐阳玠松作,成于隋开皇中,兼载南北八朝事。然阳氏此书,唐以前唯《史通·杂述》尝道及。《隋志》则谓阳氏有《解颐》二卷。清姚振宗《隋书经籍志考证》谓即一书。《旧唐志》、《新唐志》则并不见著录。是此书经唐至宋,其存佚颇难确考。《广记》作于宋初,当时古书存者,犹多于今日。然此书所注出处,各本互异,盖非原编者所注。今其所载故事,是否出于阳书?实颇可疑。按:阳玠松既为北人,由齐入隋,未仕梁朝,似无称庙号高祖之理。日释空海所作《文镜秘府论》载齐、周、隋之文称南朝君主,辄云"齐主"、"梁主",甚或直呼其名。古人称前代帝王而用庙号,乃极推尊之意。此其可疑一也。此文又谓与梁武、何、吴同作者有沈约、刘孝绰、庾肩吾、徐摛等。此数人中,除刘孝绰与沈约相处较久外,徐、庾均未谋面。据《梁书·沈约传》,约以天监十二年(513)闰三月卒,在此前已得罪,因惊致病甚久。至于徐、庾则此时尚随晋安王萧纲(简文帝)在南兖州。是年方随晋安王返建康,其得见沈约与否,尚不可知,遑论同在帝前赋诗。《谈薮》又谓刘孝绰作"梁王常康强"语,夫梁武为天子已十二年,乃以齐末禅位以前封号称之,大不近情。《谈薮》又谓何逊用曹操典得罪,并以"曹瞒"呼操,殊非六朝人口吻。况梁武帝以南齐大臣受禅,行事本与曹操无异。六朝人称曹操例曰"魏武",且多推崇之语。"暝苏姑枯卢"一语,今不知何以出于曹操,然当时人断无以用曹操典为讥刺帝王者。尊刘抑曹之见,大抵起于赵宋以后。用曹操典而指为"不逊",乃至付廷尉,实不可解。吴均作诗不成,更无付廷尉治罪之理。梁武帝虽非贤主,已断不如此之枉法自恣。据《南史·何逊传》,梁武帝称"吴均不均,何逊不逊"乃称扬朱异时道及。《南史》本好采小说,而《何逊传》亦不载付廷尉事。使此段文字真出阳玠松,李延寿当已知其谬而削之不录;甚者,此文出后人虚构,或在李延寿之后方有之耳。要之《广记》本搜集小说家言,且其书杂采众说,所注出处大抵后人妄加,未可据为信史也。

江淹诗赋学鲍照

"江鲍"并称,肇自唐世。至于钟嵘《诗品》论江淹,但言其"诗体总杂,善于模拟",初不言其出于前人某家也。虽然,钟嵘论沈约乃谓其"宪章鲍明远",岂沈诗之学鲍,顾甚于江淹耶？窃有所惑。观夫唐人以"江鲍"并称者,若杜少陵《赠毕四曜》云："同调嗟谁惜,论文笑自知。流传江鲍体,相顾免无儿。"日释遍照金刚《文镜秘府论·集论》云"搴琅玕于江鲍之树",是皆以江鲍为诗家之一体矣。唐人去六朝未远,所见南朝诗必富于今日。杜少陵诗国宗匠,所言必有所据,则江之学鲍,当非虚言。

原夫江鲍之时代,则鲍明远以宋泰始二年卒,时江淹已崭露头角,其《侍始安王石头》、《从征虏始安王道中》可证也。江淹今存创作,多在宋泰始迄齐永明之初,正当颜、谢辞世之后,元晖、元长未兴之际。盖与鲍照同处于文体过渡之际会,作为诗赋,当有其相似处,本不待言。然江淹早年坎坷,其际遇与鲍照不殊,故发为诗文有未必刻意模拟而自然近于鲍者,况乎江淹又长于取法前人者乎？今读江诗,多拟古之作,尤以学阮嗣宗者为多。集中除《杂体三十首》外,又有《效阮公诗》十五首,《学魏文帝》一首。其《学魏文帝》,似少有道及者。《效阮公诗》,清沈德潜乃谓"能脱当时排偶之习,然较之阮公,相去不可数计"(《古诗源》卷一三)。沈氏论江淹学阮,未得神似,盖时代久远,思想、文风皆不能一一近似。虽然,江诗深厚盖亦得力于嗣宗,故钟嵘谓沈约"意浅于江"也。

至于江之学鲍,实颇得其神髓。《南史·吉士赡传》谓吉诵"竖儒守一经,未足识行藏"句,指为鲍诗而实为江作。疑南朝士人已有误江为鲍者矣。今读江淹诸赋,其得力于鲍照者盖多。如《哀千里赋》云"北绕琅玡碣石,南驰九疑桂林",此袭鲍《芜城赋》之"南驰苍梧涨海,北走紫塞雁门"也。《别赋》曰"下有芍药之诗,佳人之歌,桑中卫女,上宫陈娥。春草碧色,春水绿波,送君南浦,伤如之何",即鲍《游思赋》之"晨登南山,望美中阿。露团秋槿,风卷寒萝。凄怆伤心,悲如之何"也。《恨赋》云："若乃骑叠迹,车屯轨；黄尘匝地,歌吹四起。无不烟断火绝,闭骨泉里。"《青苔赋》云:"若乃崩隍十仞,毁冢万年。当其志力雄俊,才图骄坚;锦衣被地,鞍马耀天。淇上相送,江南采莲。妖童出郑,美女生燕。而顿死艳气于一旦,埋玉珑于穷泉。"此皆出鲍《芜城赋》之"若夫藻扃黼帐,歌堂舞阁之基,璇渊碧树,弋林钓渚之馆,吴蔡齐秦之声,鱼龙爵马之玩,皆薰歇烬灭,光沉响绝。东都妙姬,南国丽人,蕙心纨质,玉貌绛唇,莫不埋魂幽石,委骨穷尘,岂忆同辇之愉乐,离宫之苦辛哉"。凡此诸例,有刻意模仿,反不如鲍原句者,如《哀千里赋》二句;有师其意,不师其辞而翻出新意,更胜原作者,若《别赋》数句是也。岂独辞赋,唯诗亦有其例。江淹之《从冠军行建平王登庐山》,实取法于鲍之《登庐山》。其《迁阳亭》、《游黄蘖山》、《渡泉峤出诸山之顶》,亦多聱牙硬语,与鲍之庐山诸作为近。江淹《游黄蘖山》:"禽鸣丹壁上,猿啸青崖间。"即鲍《登庐山望石门》之"鸡鸣清涧中,猿啸白云里"也。江淹又好取鲍名句以入己作,如《赤亭渚》之"水夕潮波黑,日暮精气红",出鲍《游思赋》:"暮气起兮远岸黑,阳精灭兮天际红。"江之《别赋》"暂游万里,少别千年",出鲍《代升天行》:"暂游越万里,少别数千龄。"其得力于鲍处殊多。然风格犹不全同者,江鲍之赋,俱学《楚辞》而鲍则更重汉赋影响,江则多师魏晋(如《江上神女赋》学《洛神赋》、《灯赋》学陆机《羽扇赋》)。故其流丽过于鲍而遒劲古朴不及。鲍诗得力汉乐府及建安刘桢诸人,江则师鲍而兼学阮籍,故遥深含蓄过之,而清刚奇峭不及。盖学鲍而不专于鲍,此江淹所以能自成一家也。

江淹《望荆山》诗

　　江淹《望荆山》诗,历来论者多谓是宋明帝泰始七年(471)在荆州作。盖以江淹曾从宋建平王刘景素赴荆州也。近人吴丕绩《江淹年谱》即系于是年,并云:"又按《望荆山》诗云:'奉谒至江汉,始知楚塞长;南关绕桐柏,西途出鲁阳。'是盖先生初至荆州途中所作也。其下又云'寒郊无留影,秋日悬清光',则先生至彼,已是凉秋。……"按:此诗首称"奉义至江汉,始知楚塞长"。据李善《文选注》:"奉义,犹慕义也。"江淹之入建平王景素幕,实非自荆州始。今检本集,有《到主簿日事诣右军建平王》。据《自序》:"始安(王刘子真)之薨也,建平王刘景素闻风而悦,待以布衣之礼。然少年尝倜傥不俗,或为世士所嫉,遂诬淹以受金者,将及抵罪,乃上书见意而免焉。寻举南徐州桂阳王秀才,对策上第,转巴陵王右常侍,右军建平王主簿。"吴谱以为建平王景素为南兖州刺史,始于泰始二年(466)。江淹始见景素,约当在此前后。及出狱而举秀才,时南徐州刺史为桂阳王刘休范。据《宋书·桂阳王休范传》:"太宗定乱,以为使持节都督南徐、徐、南兖、兖四州诸军事、领镇北将军、南徐州刺史。……泰始五年征为中书监、中军将军、扬州刺史。"据此"举南徐州桂阳王秀才"当在泰始元年至五年(465~469)。然泰始元年时诸将方拥江州刘子勋以与明帝争位,干戈扰攘,似不暇有举秀才事。当在二年以后较有可能。又据《宋书·巴陵哀王休若传》,刘休若以泰始二年"迁雍梁南北秦四州郢州之竟陵随二郡诸军事、领宁蛮校尉、雍州刺史";"四年,迁使持节督湘州诸军事、行湘州刺史"。据此则"转巴陵王右常侍"若在泰始二至四年,则巴陵王休若实在襄阳。今按地图襄阳正当汉水之滨,自汉以来本属荆州。汉末刘表据荆州而居襄阳,故以"江汉"、"楚塞"称襄阳本无不可。故余前作《江淹作品写作年代考》(《艺文志》三辑)已辨此诗非泰始七年作于荆州(江陵)而是泰始三年作于襄阳。

以诗本文而言,"慕义"而至江汉,则若江淹初未识景素者,实与江淹生平不合。"始知楚塞长"句，知江淹是初莅荆襄，今江淹曾为休若右常侍，是尝至襄阳，何得谓至泰始七年，仍是"始知楚塞"之长也？吴谱据本诗以为江淹到荆州，已是泰始七年凉秋。然据《宋书·明帝纪》，朝廷命景素为荆州是泰始六年二月，即使因事迁延，其赴任断不得迟至凉秋。况乎江淹自离巴陵王右常侍职，入景素之幕，似直至黜为建安吴兴令，并未离景素左右。其《从冠军行建平王登庐山香炉峰》诗，盖作于景素自吴兴太守为湘州刺史时（泰始六年初）。其《建平王让右将军荆州刺史表》当作于朝廷任命之初，《建平王拜右卫将军荆州刺史章》在受命之后，二文写作时间相近，皆在泰始七年二月以后。至于《建平王庆明帝疾和礼上表》、《建平王之甫徐州刺史辞阙表》则分别在泰豫元年明帝之死前后。江淹《报袁叔明书》谓"故拂衣于梁齐之馆，抗手于楚赵之门，且十年矣"。自泰始二年（466）至元徽初（473~474），则凡九年，言"且十年矣"，举其成数也。又《被黜为吴兴令辞笺诣建平王》云："窃思伏皂九载，吞录八年。"按"九载"并初识景素而言，"八年"乃指自淹为主簿之日起。自元徽二年（474）上溯八年，正泰始三年（467）。盖自江淹从襄阳返，即再入景素幕于南兖州。据此则江淹之再到荆州，必是随从景素至任无疑。其不得称"奉义"、"奉谒"，又不得在凉秋之月则断断然也。

再以地理言之。据《元和郡县图志》卷二一，襄阳自东晋为南雍州，宋、齐、梁皆为雍州刺史治所。至西魏末，克江陵，以梁雍州刺史萧詧为梁王，都江陵，是为后梁，而改雍州为襄州。其属县有南漳县，"东北至州一百八十里"。此县有荆山，"在县西北八十里"。江淹所望，当即此山。明胡之骥《江文通集汇注》卷三引《汉书》曰："临沮县，荆山在东北也。"此本《汉书·地理志》语。汉时临沮县与襄阳同属南郡。《元和郡县图志》又谓南漳县"本汉临沮县地，按临沮县，今在荆州当阳县西北临沮故城是也。后魏于此置重阳县，隋为南漳县"。足证《元和郡县图志》之"荆山"与《汉书·地理志》同。至于李善《文选注》，虽以为此诗是景素至荆州时作，然其注"西途出鲁阳"句，引盛弘之《荆州记》曰："鲁阳县，其地重险，楚之北塞也。"鲁阳县名，《续汉书·郡国志》属南阳郡，其地即今之河南鲁山县。此地距江陵甚远，去襄樊差近。至于"南关绕桐柏"句，据《元和郡县图志》卷二四，唐州桐柏县云："汉平氏县之东界也，梁于此置义乡县，隋开皇十八年改为桐柏，取山为名也。"又云："桐柏山，在县西九十里。"又云："平氏县，本汉旧县，属南阳郡。"《水经注·淮水》："淮水出南阳平氏县胎簪山。东北过桐柏山。"今按地图，平氏县在南阳市东南，南濒豫鄂边界，西至襄阳二百余里，西南至江陵逾五百里。以此诗所及地名言之，似亦为在襄阳时作，非江陵时作也。论者以江淹在刘休若幕时间甚短，往往忽之。然此是《自序》所言而《梁书》本传所采者也。证据凿凿而为举世所忽，故不得不辨之。

江淹永明中仕历

江淹《自序传》记其官职，止于中书侍郎，而文中称齐高帝谥号，盖在齐高帝崩，武帝初立时。《梁书》本传谓淹于永明初，迁骁骑将军。《南齐书·礼志》记永明二年议明堂事，已称骁骑将军江淹，是淹迁骁骑将军，当在永明元年至二年间。同书《乐志》："永明四年藉田，诏骁骑将军江淹造《藉田歌》。"是四年时，淹仍为骁骑将军。又《南齐书·庾杲之传》："永明中，诸王年少，不得妄与人接，敕杲之与济阳江淹五日一诣诸王，使申游好。寻又迁庐陵王中军长史。"按：庐陵王子卿，据《南齐书·武十七王·庐陵王子卿传》，以永明六年，迁中军将军。故知淹与庾杲之五日一诣诸王，当在永明五至六年。《梁书》谓淹于永明中,出为建武将军庐陵内史,视事三年。当为六至七年出任,八至十年返都。其为骁骑将军兼尚书左丞及领国子博士,则应在永明九年以后。《梁书》本传所谓"少帝初",当是隆昌元年。淹为御史中丞,至海陵王延兴时,仍为此职,故言明帝作相也。

江淹与丘灵鞠

江淹《寄丘三公》诗云"昔我学冠剑,逢君在三川",其"三川"本指中原伊洛之地,此则代指建康、京口,亦冠盖所聚之区。"三公"者,灵鞠为尚书三公郎也。此诗谓"一诀异东西",当是淹从刘景素在荆州时作,时当明帝末、后废帝初也。至于江、丘定交,则当在宋孝武帝时。丘为新安王北中郎参军,江为南徐州新安王从事也。

江淹与袁炳

江淹《自序》称"所与神游者,唯陈留袁叔明而已"。今检《江淹集》中,有《伤友人赋》、《古意报袁功曹》、《贻袁常侍》、《报袁叔明书》及《袁友人传》,皆有关袁炳者也。其中诗及书皆作于炳生前,赋与传则炳卒后淹追念之作。《古意报袁功曹》作于何年,殊难确考。诗中所叙别意,有"从军出陇北,长望阴山云"句,疑是淹初出仕时为巴陵王右常侍赴襄阳时作,此亦臆测而已。《贻袁常侍》似稍晚,盖反自襄阳后作,故有"昔我别楚水"句。《报袁叔明书》,疑是淹在建平王幕下时作,其时间当在泰始中,盖书言"故拂衣于梁齐之馆,抗手于楚赵之门,且十年矣"。且十年者,不及十年也。按,淹以大明七年

(463)授始安王五经,迄泰豫元年(472)为十年,是当作于泰始中。书又称"去岁迫名茂才",则当是始安王卒后,淹尝举南徐州秀才事,此当在泰始二三年左右。至于袁炳卒年,盖在元徽初。盖《伤友人赋》有"余结谊兮梁门,复从官兮朱藩",则当时淹已随景素至京口矣。考《宋书·后废帝纪》,景素为南徐州,在泰始元年七月以后,炳或卒于泰豫元年或元徽元年也。按:《广记》卷三二六引《冥祥记》:"宋袁炳,字叔焕,陈郡人。泰始末,为临湘令。亡后积年,友人司马逊于将晓间如梦,见炳来。……逊曰:'卿此征相示,良不可言,当以语白尚书也。'炳曰:'甚善,亦请卿敬诣尚书。'时司空王僧虔为吏部,炳、逊世为其游宾,故及之。"按:《南齐书·王僧虔传》:"元徽中,迁吏部尚书。……僧虔寻加散骑常侍,转右仆射。"足证《冥祥记》虽小说,所叙时间,则与史合。可为袁炳卒年佐证。唯《冥祥记》谓炳字"叔焕"则不然,当从《江淹集》及《南齐书·王智深传》作"叔明"也。

任昉号"五经笥"

《隋唐嘉话》卷上载:秦王府仓曹李守素,尤精谱学,人号为"肉谱"。虞秘书世南曰:"昔任彦升善谈经籍,时称为'五经笥',宜改仓曹为'人物志'。"事亦见《大唐新语·聪敏》。按,《梁书》、《南史》本传均未记"五经笥"之称,然昉长于载笔,《南史》言其博闻强记,八岁而作《月仪》;王俭为文,令其点定;王融见其文,恍然自失。《梁书》记其好聚书,坟籍无所不见。昉文用事工切,昭明《文选》录其文十七篇,为全书之最。闻见之博,记忆之强,无愧于"五经笥"之号。

任昉永明、天监间仕历

《梁书·任昉传》:"永明初,卫将军王俭领丹阳尹,复引为主簿。俭雅钦重昉,以为当时无辈。迁司徒刑狱参军事,入为尚书殿中郎,转司徒竟陵王记室参军,以父忧去职。性至孝,居丧尽礼。服阕,续遭母忧,常庐于墓侧,哭泣之地,草为不生。服除,拜太子步兵校尉、管东宫书记。"据任昉《王文宪集序》,王俭以永明二年领丹阳尹,三年解职,则任昉为主簿必在此时。当时为司徒者乃竟陵王萧子良,文惠太子萧长懋卒于永明十一年正月,其间又丁父忧、母忧共五年,上下推之,则任昉当于永明三四年间为尚书殿中郎及竟陵王属官,与萧衍、沈约等游,于十年为文惠太子属官。《梁书·宗夬传》:"永明中,与魏和亲,敕夬与尚书殿中郎任昉同接魏使,皆时选也。"《通鉴·齐纪》记,永明三年八月,"魏遣员外散骑常侍李彪来聘",五年,边衅复开,八年始复聘问,则接待魏使必在此时。

天监二年出为义兴太守。据《梁书·曹景宗传》,景宗在司州,聚敛无度。北魏侵司州,景宗望门不出。司州陷,为御史中丞任昉所奏。据《武帝纪》,魏陷司州为三年八月事,则任昉在义兴仅一年。又据《王亮传》,四年夏,御史中丞任昉奏参范缜,则在任亦当一年有余。

任昉、二到"山泽游"不当在天监二年

《梁书·任昉传》载,"天监二年,出为义兴太守。在任清洁,儿妾食麦而已。友人彭城到溉、溉弟洽,从昉共为山泽游"。按,到溉于

天监元年出为雍州刺史建安王萧伟内史,说参《到溉事迹》条。到洽于天监二年迁司徒谢朏主簿,直待诏省,均不得至义兴从昉遨游。《到洽传》载,洽于齐末除晋安王国左常侍,不就,"遂筑室岩阿,幽居者积岁。乐安任昉有知人之鉴,与洽兄沼、溉并善。尝访洽于田舍,见之叹曰:'此子日下无双。'遂申拜亲之礼"。疑昉与二到之游当在此时而非天监二年,时昉为司徒右长史,所游亦不当在义兴。

任昉书《萧融墓志》

此志未见。据《书法丛刊》第二十六辑(文物出版社,一九九一年)陆九皋先生《〈瘗鹤铭〉综述》记,南京出土萧梁天监元年《萧融墓志》,"是梁代著名书法家任昉所写","笔力遒劲,体势奔放",于真书中"时而流露隶书遗意"。萧融,萧衍异母弟,永元中与萧懿并为东昏所杀。萧衍即位,追封融桂阳郡王。出土有墓志,当属迁葬,且即在衍登极之年也。任昉一代文宗。《梁书》、《南史》皆未言能书,桂阳志文自非此公莫属,抑不知其书丹而并之也。异日有缘,当求一观。陆文又记《桂阳王妃王慕韶墓志》,天监十三年王暕书,书法典雅清劲。暕为慕韶从兄。

"龙门之游"与"兰台聚"

《南史·陆倕传》载,天监中,任昉为中丞,"簪裾辐凑,预其宴者,殷芸、到溉、刘苞、刘孺、刘显、刘孝绰及倕而已。号曰'龙门之游',虽贵公子孙不得预也"。刘峻《广绝交论》云任昉"坐客恒满",

"入其隩隅,谓登龙门之坂",更绘形绘声。《到溉传》载,天监初,任昉出守义兴,"还为御史中丞,后进皆宗之。时有彭城刘孝绰、刘苞、刘孺、吴郡陆倕、张率,陈郡殷芸,沛国刘显及溉、洽,车轨日至,号曰兰台聚"。两传盖指一事,"龙门"以李膺喻任昉,言登其门之难;兰台则指御史中丞官署。预宴之人,《到溉传》较《陆倕传》增到洽、张率。观《陆倕传》引倕赠任昉诗"任君本达识,张子复清修。既有绝尘到,复见黄中刘"云云,则张率、到洽皆预也。任昉好交游奖掖,用以广声气;登堂者为数戋戋,则又高自标榜。表异实同,皆士大夫求名之术也。

丘迟《侍宴乐游苑送张徐州应诏诗》辨

《文选》卷二〇录丘迟《侍宴乐游苑送张徐州应诏诗》,善注引刘璠《梁典》曰:"张谡,字公乔,齐明帝时为北徐州刺史。谡,霜六切。"《四部丛刊》影宋六臣注本于题中"张"字下注云:"五臣无'张'字。"逯钦立《先秦汉魏晋南北朝诗》以为无"张"字是。今核之《南齐书》、《梁书》、《南史》,问题错杂,试辨之如下。

一、五臣无"张"字,则《送徐州应诏诗》似颇不辞。六朝人诗题中以简化之官名代人名,其前皆有姓氏。五臣所见疑是误本。吕向注云:"希范时为中郎。武帝弟宏为徐州刺史,应诏送王。"此盖据《梁书·丘迟传》及诗曰"匪亲孰为寄"而想当然。萧宏北伐,未尝授徐州刺史,此其一。即须饯送萧宏,诗题当明言"临川王"而不得仅书"徐州",此其二。萧宏北伐在天监四年十月,与诗中"轻黄"、"细草"语皆不合,此其三。据此三条,吕向之误可以立决。

二、检《南齐书》、《梁书》、《南史》、《魏书》,无张谡而有张稷。稷,

《梁书》、《南史》有传,字公乔。是"谡"、"稷"二字形近而误,实为一人。善音"霜六切",其所见为"谡"字无疑。五臣以此"徐州"为萧宏,注中未见张谡。然《文选》卷二六范云《赠张徐州谡》,五臣音"所六切",然尤刻李善本又作《赠张徐州稷》,胡克家《考异》不出校,则胡氏所见袁本、茶陵本亦作"稷",诚淆乱之甚矣。以李善、五臣皆为"谡"字注音,又"谡"有峻挺之意,《世说·赏誉》"世目李元礼谡谡如劲松下风",亦与"公乔"义合,故疑作"谡"者是。朱珔《文选集释》亦以之为"谡"。

三、丘迟诗云:"实惟北门重,匪亲孰为寄?"善注引《史记》齐威王曰:"吾吏有黔夫者,使守徐州,则燕人祭北门。"裴骃曰:"齐之北门也。"又引《史记》田肯谓上曰:"非亲子弟,莫可使王齐。"按,二事分别见《田敬仲完世家》、《高祖本纪》。善既明以张徐州为张谡,则其注"匪亲",盖为语源出处而非实指帝室。齐、梁于边塞要隘,例以武人居守,自齐武帝永明至梁武帝天监初,为北徐州刺史者无一人为懿亲宗室。(《南齐书·和帝纪》载,中兴元年三月,以建安王宝夤为徐州刺史。据《明七王传》,宝夤为南徐州刺史。《本纪》当夺"南"字。)则诗中所谓"亲",当是帝之所亲而非皇室懿亲之意,其用事亦如张载《剑阁铭》"形胜之地,非亲勿居",李白《蜀道难》"所守或匪亲,化为狼与豺"。谡为东昏所亲重,史有明文。出为北徐州,转兖州,梁武起兵,又调入建康拱卫,军权在握,见《南齐书·东昏侯纪》、《梁书·王珍国传》。"匪亲孰为寄"云云,与张谡身分恰合。

四、善注引《梁典》云张谡于齐明帝时为北徐州刺史,误。明帝建武间徐州刺史为萧惠休、裴叔业、徐玄庆,其后东昏侯永元元年为沈陵、王鸿。六岁而五易其人,盖其时南北战事频仍,走马换将,亦属常事。张谡以永元二年七月继王鸿,十一月调职。边陲告警,大将出征,人主亲饯而示殊宠。丘迟恭逢其盛,诗中所记时令,亦可与七月相合。

五、沈约有《侍宴乐游苑饯徐州刺史应诏诗》残句,当为同作。范云《赠张徐州谡》,有"田家樵采去,薄暮方来归。还闻稚子说,有客款柴扉"之语,盖枉访不值。时范云罢官家居,或竟为避而不见也。

丘迟仕历

《梁书·丘迟传》:"及长,州辟从事,举秀才,除太学博士。迁大司马行参军,遭父忧去职。服阕,除西中郎参军,累迁殿中郎,以母忧去职。服除,复为殿中郎,迁车骑录事参军。"其叙迟在南齐仕历,盖止于此。然《文选》丘希范《侍宴乐游苑送张徐州应诏诗》善注引《梁史》云"丘迟字希范,吴兴人,八岁能属文。及长,辟徐州从事",与《梁书》异。检《隋志》有《梁史》五十三卷,陈领军大著作许亨撰。李善所引,或即此书。注疏引书,常有删节,所谓"及长,辟徐州从事",未必是丘迟释褐时官职,或因诗是送徐州刺史之作,故略去其他官职,仅言"徐州从事"耳。然《梁书》本传所载迟仕历颇详,独不及"徐州从事",或有疏漏。揆以情理,其为"徐州从事"时间,尚可考知。据《梁书》本传,迟于宋孝武帝大明八年(464)生,其释褐之年,如逾弱冠,则为齐武帝永明二年(484)左右。州辟从事,举秀才,当历一二年。太学置于永明三年,迟为博士当在此年。其为大司马行参军,则必在永明五年正月以后,盖《南齐书·武帝纪》明言永明五年正月以太尉豫章王嶷为大司马也。其丁父忧,当在永明八年。说参《丘灵鞠生卒年试测》条。其服阕当为永明十年,至十一年而齐武帝崩,郁林王、海陵王相继立。据《南齐书·文二王传》,巴陵王昭秀、桂阳王昭粲于隆昌、延兴间相继为西中郎将;同书《宗室传》,萧遥欣以明帝建武元年为西中郎将。齐世称西中郎将者殊少,而隆昌、延兴与建武元年实即一年(494),距丘迟除丧之年,不过一年余。于情理亦合。其为西中郎参军、殿中郎当亦历一二年而丁母忧,服阕复为殿中郎,当在明帝末年(永泰元年,498)。其为车骑录事参军,当在东昏侯永元元年,盖据《南齐书·江夏王宝玄传》,宝玄以永元元年为车骑将军也。然宝玄与崔慧景通谋反东昏,而慧景以永元元年四月败,下距梁武之入建康(中兴元年末,502年初),尚有岁余。疑丘迟之为徐州从事,正是此时。盖州从事位至卑,未必能预宴乐游苑,当是迟为徐州刺史属官,故得预宴。其徐州刺史,当即张谡("谡",《南齐书》、《梁书》及《南史》并作"稷",说参《丘迟〈侍宴乐游苑送张徐州应诏诗〉辨》)。诗言"小臣信多幸,投生岂酬义","小臣"当迟自指,自矢效命于谡也。

丘迟于梁武平建康后,即入其幕。本传所谓"骠骑主簿"即梁武属官,盖梁武于建康初定即为大司马录尚书事骠骑大将军。此后仕历,似皆可考。"高祖践阼,拜散骑侍郎,俄迁中书侍郎,领吴兴邑中正"。此皆天监元年至二年事。三年为永嘉太守,四年随临川王宏北伐,任谘议参军兼记室,后为中书郎,迁司徒从事中郎。"司徒"即临川王萧宏。《梁书·临川王宏传》:"(天监)六年夏,迁骠骑将军开府仪同三司,侍中如故。其年,迁司徒,领太子太傅。"足证丘迟入梁,尝在临川王宏幕,则何逊《答丘长史诗》,当作于天监四年以后。何逊又有《学古赠丘永嘉征还诗》,自是丘迟从萧宏北征初归时作。《答丘长史》则当稍后,疑天监五至七年间作。时迟尝为萧宏长史,或《梁书》失记。

《文选集注》于《与山巨源绝交书》"有好尽之累"句下引陆善经注云:"丘迟曰:好尽,谓好尽直言。"岂迟亦尝注嵇康书乎!录以备考。

沈约《宋书》撰成时间

《宋书·自叙》云:"(永明)五年春,又被敕撰《宋书》,六年二月毕功,表上之。"表云:"本纪列传,缮写已毕,合七帙七十卷,臣今谨奏呈。所撰诸志,须成续上。"柴德赓《史籍举要》云:"志三十卷后成,时间已无可考。"按,《梁书·裴子野传》:"及齐永明末,沈约所撰《宋书》既行,子野更删撰为《宋略》二十卷。"《南史·裴松之传附子野传》:"及齐永明末,沈约所撰《宋书》称'松之以后无闻焉'。子野更撰为《宋略》二十卷,其叙事评论多善,而云'戮淮南太守沈璞,以其不从义师故也'。约惧,徒跣谢之,请两释焉。"皆明言为永明末事。《文苑英华》卷七五四录《宋略·总论》:"齐兴后数十年,宋之新史既行于世也,子野生乎泰始之季,长于永明之年,家有旧书,闻见又接,是以不用浮浅,因宋之新史,为《宋略》二十卷。""宋之新史"即沈约书,《自序》云"臣今谨更创立,制成新史"可证。是则《宋书》全书当成于永明十年左右。

又,《南史》所记"两释"一事,殊不可靠。《南齐书·王智深传》载:"世祖(武帝)使太子家令沈约撰《宋书》,拟立《袁粲传》,以审世祖。世祖曰:'袁粲自是宋家忠臣。'约又多载孝武、明帝诸鄙渎事,上遣左右谓约曰:'孝武事迹不容顿尔,我昔经事宋明帝,卿可思讳恶之义。'于是多所省除。"以此可见"进呈"者绝非虚应故事。既经明帝审定,传抄行世,焉能复行徇私修改?裴子野撰《宋略》,盖亦以宋史为曾祖未竟之业,不欲令沈约专美耳。

《梁书·沈约传》误字

《梁书·沈约传》载,约始为郢州刺史蔡兴宗记室,"兴宗卒,始为安西晋安王法曹参军,转外兵,并兼记室,入为尚书度支郎"。铃木虎雄《沈约年谱》以"晋安"为"晋熙"之误,说是。按,刘宋受封晋安王者仅刘子勋一人,孝武帝子。泰始二年(466)称帝于寻阳,被讨平,为沈攸之所杀,年仅十一。事见《宋书·孝武十四王传》。蔡兴宗卒于泰豫元年(472),见本传。故知《沈约传》之"晋安王"必误。

《梁书》、《南史》之《范云传》载,云父抗,为郢府参军,"时吴兴沈约,新野庾杲之与抗同府",下即叙沈攸之起兵围郢城事。按,此郢府指齐武帝萧赜,时以郢州长史代行府事,刺史则为晋熙王刘燮。据《宋书·后废帝纪》,元徽元年(473)二月,以晋熙王燮为郢州刺史,其为继蔡兴宗甚明。沈约转入晋熙府为参军,始得与范抗同列,而与范云为忘年交。则本传之"晋安王"乃"晋熙王"之误。

《全梁文》沈约文下误注

严可均《全梁文》卷二七"沈约三"收录《到著作省表》,注出处为"《初学记》十二"。又有按语云:"《南齐书·沈驎士传》有永明六年吏部郎沈渊、中书郎沈约《荐沈驎士义行表》,当编入全齐沈渊文,故不录。"表明言"臣约言",全文与《初学记》十二同,此按语盖当在下篇《荐沈驎士义行表》之后。然荐表后又有按语云:"此表当编入全齐沈渊文,张溥本有此,当删。"前云"不录",后则照录而又云"当删",《全齐文》卷十四"沈渊"下又全录此文,舛讹甚明。严氏以独力成此巨帙,疏失难免,但如上述按语,相隔五行而矛盾若此,则不多见。计当时编辑,乃以张溥《沈隐侯集》为底本,而于荐表前批注"不录",即前一按语。光绪间刊刻者不察,竟将此数语刻入上一篇即谢表,而又于荐表下注"当删"云云。严氏手稿现存上海图书馆,上述推测,不知符合否。然严氏"不录",亦未必是。《南史·沈骥士传》载:"昇明末,太守王奂,永明中,中书郎沈约并表荐之,征皆不就。乃与约书曰:'名者实之宾,本所不庶。中央无心,空勤南北。为惠反凶,将在于斯。'"则主表荐者乃沈约,沈渊附名而已,张溥编入,当不误。

又,严氏收入《愍衰草赋》。按此赋为《八咏》之一,《玉台新咏》徐陵原编收录《望秋月》、《会春风》二首,其余六首盖后人补入。《八咏》体在诗、赋之间,徐陵既加收录,可见当时以之为诗,《类聚》卷八一误题作赋,严氏不察,因之致误。

沈约受知蔡兴宗及入为尚书度支郎

沈约为蔡兴宗所赏,得入仕途。《宋书·自叙》云:"常以晋氏一代,竟无全书,年二十许,便有撰述之意。泰始初,征西将军蔡兴宗为启明帝,有敕赐许。"按《蔡兴宗传》载兴宗仕历,为吏部尚书在大明后期而不详年月。其时颜师伯为尚书仆射,检《颜师伯传》、《谢庄传》、《通鉴》,则知兴宗授吏部在大明七年,盖取代谢庄。前废帝即位,戴法兴等用事,出兴宗为吴郡、南徐州,均辞不赴。明帝立,泰始三年(467)春,出为安西将军、郢州刺史;明帝卒(472),兴宗改授征西将军、荆州刺史,寻卒。《自序》所云"泰始初,征西将军蔡兴宗",乃兴宗最终官阶。《梁书·沈约传》载"起家奉朝请,济阳蔡兴宗闻其才而善之",则为史传书法。

沈约为蔡兴宗所赏,当在大明六七年蔡兴宗自郢州征还以后。《梁书·范岫传》载:"岫早孤,事母以孝闻,与吴兴沈约俱为蔡兴宗所礼。泰始中,起家奉朝请。"《自序》言"年二十许"有撰述之意,当亦在大明六七年间,时年二十二三岁。《沈约评传》(见《中国历代著名文学家评传》第一卷)言"他本来打算写晋书,宋明帝刘彧泰始元年,他二十五岁,尚书右仆射蔡兴宗知道后,便为他启请,宋明帝允许他正式去撰写。他同文士范岫同被蔡兴宗赏识,起家奉朝请"。所记时间、官职似失含混,盖受知赏在前而起家在后,且兴宗为右(《明帝纪》作"左")仆射亦在泰始二年而非元年。

沈约为晋熙王法曹、外兵参军,兼记室,本传云"入为尚书度支郎",未记年月。晋熙王刘燮于后废帝元徽元年(473)为郢州,顺帝昇明元年(477)徙扬州刺史,沈约入都为尚书度支郎亦当在此时。

沈约为东阳太守

《梁书·沈约传》载:"隆昌元年,除吏部郎,出为宁朔将军、东阳太守。明帝即位,进号辅国将军,征为五兵尚书,迁国子祭酒。"语焉不详,一若建武初即被召入京。铃木虎雄《沈约年谱》即系于建武元年。《沈约评传》(见《中国历代著名文学家评传》)谓"建武二年,沈约五十五岁,征入为五兵尚书",恐亦据本传而拟测。按,《南齐书·五行志》记建武三年,大鸟集东阳郡,太守沈约表奏云云,是三年尚在东阳。《谢宣城诗集》有《在郡卧病呈沈尚书》。朓于建武二年出为宣城,据本传,四年迁晋安王镇北谘议、南东海太守,朓诗以"坐啸徒可积,为邦岁已暮。弦歌终莫取,抚机令自嗤"作结,是作于建武三年无疑。以此,沈约自东阳入都为五兵尚书亦必在此时。

《梁书》本传录约与徐勉书云:"永明末,出守东阳,意在止足,而建武肇运,人世胶加,一去不反,行之未易。"按,齐武帝卒于永明十一年七月,太孙萧昭业于八月继位,次年改元隆昌,至七月而废。《梁书》本传记约出守东阳在隆昌元年,与其自纪年月不合。颇疑约之出守当在昭业继位后尚未改元之时。《类聚》卷一四录其《齐武帝谥议》,如于八日前出守,则不得与议;如在次年改元后,则自记不得言"永明末"。《憨塗赋》云"日掩长浦,风扫联葭,叠云凝愤,广水腾华",亦是秋冬景象。

沈约曾官太子右卫率

沈约在齐曾官太子右卫率,《梁书》、《南史》本传皆失载。按右率一官,谢朓诗中凡三见:《同沈右率诸公赋鼓吹曲名二首》、《奉和竟陵王同沈右率过刘先生墓》、《和别沈右率诸君诗》。刘先生即刘瓛,《南齐书》有传,称其儒学冠于当时,永明七年(489)卒。是沈约已为太子右卫率。永明九年,随王萧子隆至荆州,谢朓随往,西邸文士饯行赋诗,沈约亦在其中。《南齐书·豫章文献王传》记乐蔼与右率沈约书。《南史·高逸·杜产传》记永明十年,"太子右率沈约、司徒右长史张融表荐京产",则是永明七年至十年,沈约均官太子右卫率。《文选》卷四〇《奏弹王源》题下善注引吴均《齐春秋》:"永明八年,沈约为中丞。"则当是兼领。《南齐书·沈驎士传》载永明六年,中书郎沈约表荐驎士,则其为太子右卫率当即在七年。

《沈约传》有脱文

钱氏《考异》卷二六据《梁书·武帝纪》天监十二年"特进中军将军沈约卒",言《梁书》本传"但云为特进左光禄大夫,侍中,行太子少傅,不云除中军将军。今考《南史》本传称加特进,迁中军将军、丹阳尹,侍中、特进如故,则传有脱文矣"。说是。按,约又尝官文惠太子府右卫率,时人酬赠诗题中数见"沈右率",《梁书》、《南史》本传均失记。

沈约《登北固楼诗》

逯钦立《先秦汉魏晋南北朝诗》《梁诗六》有沈约《登北固楼诗》,云出《舆地纪胜》卷七。其诗盖五律也,当是后人拟托。按:《广记》卷三四三《陆乔》(云出《宣室志》)载唐进士陆乔,以唐元和初,家于丹阳,一夕遇沈约、范云鬼魂,与之谈诗。约又召其子青箱来,命之作诗,青箱所作"六代旧江川"云云,即逯氏所谓《登北固楼诗》也。唯《广记》引诗,文字略异。"六代旧山川","山"作"江";"春风柳色天","柳"误作"卵";"伤时为怀古","为"作"与"。《舆地纪胜》作者,盖即录自《广记》或《宣室志》,又未详文意,误以约子青箱(按:《梁书》、《南史》皆不载其名,疑小说家依托)作为沈约作。又《广记》所载陆乔问沈约云:"某常览昭明所集之《选》,见其编录诗句,皆不拘音律,谓之齐梁体。自唐朝沈佺期、宋之问方好为律诗,青箱之诗,乃效今体,何哉?"约问:"今日为之,而为今体,亦何讶乎?"然则此诗可入《全唐诗补遗》"鬼神"类,题"沈青箱",断不可以为梁诗而入约诗中也。

又,"青箱"之名,盖取《南史·王准之传》所载,准之曾祖彪之,世传晋世以来掌故仪注,人称王氏青箱之学。据此则小说作者实深知南朝典故者也。

范缜生卒年

《梁书·范缜传》不记其卒年、年岁,仅记范云为其从弟。云生于宋文帝元嘉二十八年(451),则缜之生自不得晚于此年。本传云:"年未弱冠,闻沛国刘瓛聚众讲说,始往从之,卓越不群而勤学。……在瓛门下积年,去来归家,恒芒屩布衣,徒行于路。瓛门多车马贵游,缜在其门,聊无耻愧。'据《南齐书·刘瓛传》,瓛于宋大明四年(460)举秀才,时年二十七。瓛传又记其聚徒教授,常有数十人,丹阳尹袁粲称其清德。粲于泰始五年至七年为丹阳尹,二人交往当在此时。《南史·隐逸·吴苞传》记苞于泰始中过江,聚徒教学,与刘瓛俱于褚渊宅讲学。瓛为当时儒宗,刘孝标《辩命论》至比之为关西夫子。然二十七岁举秀才,聚徒讲授,至与达官贵人通声气,致大名,"门多车马贵游",自须时日,至早亦在泰始中矣。时缜尚未加冠,瓛以其勤学而亲为之冠,设时在泰始五年(469)左右,则缜当生于元嘉二十七年(450)前后,与从弟范云年岁相去不远。近年哲学史著作叙范缜约生于450年左右,与此相合。

本传未记范缜卒年,仅言天监四年(505),坐王亮事徙广州,"在南累年,追还京。既至,以为中书郎、国子博士,卒官"。既云"累年",则缜之还都至早亦在天监六年。《梁书·裴子野传》记:"时中书范缜与子野未遇,闻其行业而善焉。会迁国子博士,乃上表让之。……有司以资历非次,弗为通。"表有裴子野"年四十"之语,据裴子野年岁,推知时在天监七年。则范缜以是年迁国子博士,数年后卒官,或在天监十年左右(如居官数月或一年,例云"寻卒官"或"次年卒官")。以此计之,当得年六十左右。

范缜《神灭论》作年

《梁书·范缜传》载,缜在齐世,尝侍竟陵王子良。子良精信释教,而缜盛称无佛,论辩,子良不能屈。"缜退论其理,著《神灭论》"云云。今传《神灭论》,即据缜传所录。"此论出,朝野喧哗,子良集僧难之而不能屈"。《南史》且记太原王琰著论讥缜;又子良使王融谓之曰:"神灭既自非理,而卿坚执之,恐伤名教。以卿之大美,何患不至中书郎,而故乖剌为此,可便毁弃之。"缜大笑曰:"使范缜卖论取官,已至令仆矣,何但中书郎邪?"《通鉴》系此于永明二年,盖并上子良好佛法连类书之,非必作于是年,然此论作于永明世,已无可疑。近人刘汝霖《东晋南北朝学术编年》则系于梁武帝天监七年,先录《范缜传》语"子良不能屈,深怪之",以下即叙"至是(天监七年),缜退论其理,著《神灭论》"云云,"此论出,朝野喧哗,子良集僧难之",复考证云:"按《弘明集》卷十五录曹思文等答释法云审《神灭论》之书,俱称缜为中书,则是文宣布当在其作中书之时。又按《梁书·裴子野传》,缜由中书迁国子博士乃上表荐子野,时子野年四十。考子野卒于中大通二年,年六十二,则其四十岁,正当天监八年。是年缜迁国子博士,其为中书当在前,故志之于此。"按,刘氏盖混齐、梁二世事为一。齐永明中,范论出,"朝野喧哗,子良集僧难之",乃口辩也。

梁天监中释法云复起波澜，欲借武帝佞佛而辟范论，一时遂成围攻之势，与之者有王志、王揖、王泰、曹思文等，缜有答曹忌文书，今具见《弘明集》，此笔战也。《续高僧传》卷五《法云传》载，天监"七年，制注大品。……中书郎顺阳范轸（缜），著《神灭论》，群僚未详其理，先以奏闻。有敕令云答之，以宣示臣下。云乃遍与朝士书论之"。是梁世辩范论正在此年，刘著不误，所误者范论之作年。刘氏于《范缜传》文改"缜退论其理"为"至是"，改"朝野喧哗"下之"子良"为"梁主"，可谓强彼就我。又，王融则于永明末被杀，安得于天监世劝说范缜？而以缜传所记确凿，乃又强言范论于天监七年"宣布"。又，刘氏考裴子野四十岁正当天监八年，亦误，应为七年。

日人铃木虎雄《沈约年谱》以约《神不灭论》、《难范缜神灭论》为永明五年作，混齐、梁二世事为一，误同。

周舍著述

周舍为梁初重臣，而《梁书》、《南史》本传殊简略。二书均言"礼仪损益，多自舍出"。据《梁书·徐勉传》所录，普通六年修五礼表，天监中以勉总知礼仪，沈约、张充、周舍、庾於陵参知其事。《伏暅传》载暅与徐勉、周舍总知五礼事。今所见周舍遗文，除《鼎铭》外，全属议礼之文。晚年且有著作，《孔休源传》载"太子詹事周舍撰《礼疑义》，自汉魏至于齐梁，并皆搜采"，《隋志》录《礼疑义》五十二卷，题梁护军周舍撰，又录有《书仪疏》一卷，入史部"仪注"。《南史·周舍传》记天监中议国史，疑文帝纪传之名，舍以为"帝纪之笼百事"云云，一若仅议而未撰。然《梁书·刘杳传》记杳佐周舍撰国史，《南史·隐逸·邓郁传》记郁卒后武帝令周舍立传，皆可证确曾从事撰述。《隋书·百官志》:"著作郎一人,佐郎八人,掌国史,集注起居。著作郎谓之大著作,梁初周舍、裴子野,皆以他官领之。"是舍未有著作郎之名而有其实也。《经籍志》又录《正览》六卷,题梁太子詹事周舍撰,入"儒家"类。

《乐府诗集》卷五四《舞曲歌辞》录周舍《鞞舞歌》三首,《铎舞曲》一首,《先秦汉魏晋南北朝诗》录前者而遗后者,当系编纂中脱漏。

陆杲仕历

《梁书·陆杲传》:"久之,以为司徒竟陵王外兵参军,迁征虏宜都王功曹史,骠骑晋安王谘议参军,司徒从事中郎。"按齐有二晋安王。一为萧子懋,齐武帝第七子,延兴元年(494)萧鸾诛高、武子孙,子懋为部下所杀。二为萧宝义,齐明帝萧鸾长子,建武元年(494)封晋安郡王,东昏侯永元元年(499)为骠骑大将军,三年进位司徒。《陆杲传》之晋陵王当为宝义,杲之为谘议参军,从事中郎,亦当在此时间。

日本清水凯夫先生《梁代中期文坛考》(见《六朝文学论文集》,重庆出版社)以《梁书》、《南史》两《陆杲传》不载杲任职晋安王府,因疑《梁书·庾肩吾传》所记"太宗在藩,雅好文章士,时肩吾与东海徐摛、吴郡陆杲、彭城刘遵、刘孝仪、仪弟孝威同被赏接","陆杲"或为"陆罩"之误。说有理。《梁书·陆杲传》记杲仕历甚详:"普通二年,出为仁威将军、临川内史。五年,入为金紫光禄大夫,又领扬州大中正。中大通元年,加特进,中正如故。四年,卒,时年七十四。"《庾肩吾传》所谓"初,太宗在藩"云云,显指在雍州而言,所记诸人除陆杲外,均在雍州为属官。萧纲普通四年在雍州起,中大通二年终,按之陆杲仕历,不容再至雍州。且庾、徐、诸刘当时均在中年,陆杲皤然一老,厕身其间,亦似不伦。杲有《河门传》三十卷,奉佛通经典,而不见于《法宝联璧》编者中,亦为不在雍州又非萧纲集团成员之旁证。清水先生说在疑似之间,因为补充如上。

《法宝联璧》与陆罩

《南史·陆杲传附罩传》:"初,简文在雍州,撰《法宝联璧》,罩与群贤并抄掇区分者数岁。中大通六年而书成,命湘东王为序。其作者有侍中国子祭酒南兰陵萧子显等三十人,以比王象、刘劭之《皇览》焉。"《法宝联璧》《隋志》已不载,当佚,萧绎序尚存,见《广弘明集》卷二〇。据萧绎序,此书实为佛典类书。序云"以今岁次摄提,星在监德,百法明门,于兹总备,千金不刊,独高斯典,合二百二十卷(《梁书·简文帝纪》作三百卷),号曰《法宝联璧》",则成书在寅年正月,正中大通六年(534)甲寅也。《南史》谓其作者三十人,据序,不计萧绎,尚有三十七人,具列年岁,今考核当时文士生年,端赖取资。《续高僧传·宝唱传》载,"简文之在春坊,尤耽内教,撰《法宝联璧》二百余卷,别令宝唱缀比区别其类《遍略》之流",则宝唱盖为此书之纂定者矣。此书于简文在雍州即普通四年至中大通二年(523~530)间始命抄撰,成书时间达五年以上。与事诸文士,多有不在雍州,则为简父返建康、入东宫后所增派。

《法宝联璧序》记陆罩年四十八,《全梁文》误夺"四"字。罩父杲卒于中大通四年,年七十四,据此可推得年十九生陆罩,若从《全梁文》,则杲得子之年无乃过迟?又,《南史·陆罩传》云"简文居藩,

（罩）为记室参军，撰帝集序"。"居藩"、"记室参军"，皆是证简文结集时在雍州，若从十八岁之说，则作序时不足十四岁，其误不言自明。以普通六年（525）四十八岁逆推，陆罩生于宋顺帝昇明二年（478），卒年不详。

陆倕《以诗代书别后寄赠》诗考

《先秦汉魏晋南北朝诗》录陆倕《以诗代书别后寄赠》长诗一首，其中已颇多五言排律句法。《文苑英华》、《诗纪》同此题，《类聚》卷二一，《御览》卷四一〇引并作《赠京邑僚友》。玩诗意，当是自建康从某宗室溯江西上。诗云："江派资贤牧，宗英出建旄。"江流九派，指浔阳，其为宗室出镇江州可知。《梁书·陆倕传》载："天监初，为右军安成王外兵参军，转主簿。倕与乐安任昉友善，为《感知己赋》以赠昉……迁骠骑临川王东曹掾。是时礼乐制度，多所创革，高祖雅爱倕才，乃敕撰《新刻漏铭》，其文甚美。"《新刻漏铭》作于天监六年，是倕为萧秀、萧宏僚属，当在天监元年至六年间。据《太祖五王传》、《武帝纪》，安成王萧秀于天监元年至六年为南徐州刺史，六年迁江州刺史；临川王萧宏于天监元年后均为扬州刺史。是陆倕于南徐州幕转而入扬州幕，天监六年前不得赴江州。本传又载："出为云麾晋安王长史、寻阳太守、行江州府州事。"据《简文帝纪》，晋安王萧纲于天监八年为云麾将军，领石头戍军事。九年为南兖州，十二年入为丹阳尹，十三年出为荆州，十四年徙江州。陆倕于天监十四年为黄门侍郎（参看《刘孝绰年表》条），赴江州当在十五年稍后。观诗中所记送别情况，盖非随行而为径自溯江而上。临行，昭明太子曾为饯别。萧子显有《侍宴饯陆倕应令》诗。按《梁书·萧子显传》引其《自序》云：

"余为邵陵王友,忝还京师。……天监十六年,始预九日朝宴。"邵陵王纶于天监十三年受封,出为琅玡、彭城二郡太守,迁会稽太守。十八年征还建康。是萧子显当在十四、十五年间先返。其诗云:"偈俛从王事,缅舟出淮泗。朋故远追寻,暝宿清江阴。明旦一分手,翻飞各异林。""淮泗"不可解。陆倕一生踪迹,未见至淮泗一带,又安得从此处登舟解维?"清江"云云,明指大江,发自淮泗,亲友相送又安得及此?《类聚》、《御览》题作"赠京邑僚友",诗中历数"刘兄"、"殷弟"、"刘侯"、"伏子"、"率更"、"吏曹"等,虽未可一一尽考,要皆京邑僚友。今检《文苑英华》卷二四七,"淮泗"作"淮滨",则文理尽通。"淮"指秦淮,齐、梁诗中多见。逯钦立《先秦汉魏晋南北朝诗》当从《诗纪》而误。

刘勰卒年

刘勰生卒年,《梁书》、《南史》本传俱无明文。范文澜《文心雕龙注》推测为梁武帝普通元年至二年间。虽颇为学者所采用,然实无确证。且《梁书·文学传》,列勰于谢几卿之后。几卿卒年虽难确考,要当在普通之后无疑也。近年治《文心雕龙》者,如李庆甲《刘勰卒年考》(《文学评论丛刊》一辑)始立新说。李先生之功,在于求刘勰事迹于释藏之中,其所征引凡五书:宋释祖琇《隆兴佛教编年通论》、志磐《佛祖统纪》、本觉《释氏通鉴》、元释念常《佛祖历代通载》、觉岸《释氏稽古略》。其中祖琇《隆兴佛教编年通论》卷八以为昭明太子萧统以"三年四月"薨,李先生以"三年四月"为中大通三年四月,与《梁书》、《南史》合。然《隆兴佛教编年通论》盖系比于大同元年慧约法师卒之后。故杨明照《梁书刘勰传笺注》(见《文心雕龙校注拾遗》

第三八五至四一三页)亦引祖琇说而以为是大同三年四月也。今按：志磐《佛祖统纪》卷三八(李氏、杨氏皆以为卷三七)亦以为萧统卒年为大同三年，而以刘勰出家为大同四年，似所据即祖琇说。本觉《释氏通鉴》卷五则以为萧统卒年为中大通三年辛亥，刘勰出家为大同二年丙辰。元释念常《佛祖历代通载》卷九，以萧统卒年为中大通三年四月，而谓刘勰出家即在是年。又觉岸《释氏稽古略》卷二则全同本觉。李先生列举五书之说，而以念常说为是，并谓祖琇所谓"三年四月"，必是中大通三年四月。今考祖琇于"三年四月"以前，已有大同元年事，以文义论，当为大同三年，故志磐及杨先生皆作此观。李先生谓祖琇书于时代次序"并不十分严格"，其所举例证为卷七天监十八年《法师慧皎》与《魏明帝令僧道论教》事之间，插入普通元年梁武帝令慧约法师授戒事。然检史籍及本觉《释氏通鉴》卷五，可知祖琇之误，不在事实先后，而在系年不确。盖梁武帝受戒事，本在天监十八年四月，本觉记此事，并言"大赦天下"，检《梁书·武帝纪》，天监十八年四月实有"大赦天下"事；至于魏孝明帝加元服，本觉谓普通元年事，今查《北史·魏本纪》谓正光元年事，即梁普通元年也(《通鉴》卷一四九同)。据此则本觉书虽在祖琇之后，然其书多以史籍为据，转较祖琇为可信。李先生信祖琇而轻本觉，实恐未允。

李先生不信本觉之说，盖谓本觉《释氏通鉴》卷首《历代编年释氏通鉴采摭经传录》所据书目，于刘勰出家年限，仅据《隆兴佛教编年通论》，此说似失之武断。今按：《历代编年释氏通鉴采摭经传录》所列书目，凡佛书五十九种，儒书四十四种，道书三种，合一百有六种。必谓《释氏通鉴》记刘勰事，除祖琇书外，必无其他根据，实未必然。盖此一百有六种书，唯儒书部分，较为常读。至于佛书五十九种，则除祖琇《通论》外，未可谓必无记载刘勰事也。况乎本觉所见书，实不限于百有六种。即以"儒书"而论，《经传录》有《旧唐书》而无《新唐书》,然《释氏通鉴》卷五引"宋景文新史",明是《新唐书》无疑。又卷七,载正(贞)观十八年唐太宗施行《遗教经》敕,云见《文馆词林》,而此书亦《经传录》所不载。卷四记王琰奉观音金像事,自注谓见琰《冥祥记》,亦在百有六种之外。又此事多引方志,如卷三记魏太祖造十五级塔事,卷四记齐高帝崩事,皆引方志。可见本觉所用书,于《经传录》所载外,为数不少。未可断言其记刘勰事,仅据祖琇,其他尽出臆说。

今读本觉书,所记年代,与祖琇实不同。若谓仅据祖琇,何以抵牾?本觉书可据处实多,以天监十八年事例之,恐不可谓出于臆改。

杨先生于佛书资料,似未出李先生范围,然其谓"寻《梁书·文学传》中名次,舍人列于谢几卿之后,王籍之前,先后盖以卒年为叙",亦有见地。唯谓刘勰出家之事,当据志磐《佛祖统纪》说,恐亦不妥。盖志磐谓昭明卒于大同三年,已不合史实,据此言刘勰于四年出家,恐证据不足。盖谢几卿卒年,实无可考。《梁书·文学·谢几卿传》:

> 普通六年,诏遣领军将军西昌侯萧深藻督众军北伐,几卿启求行,擢为军师长史,加威戎将军,军至涡阳,退败,几卿坐免官,居宅在白杨石井,朝中交好者载酒从之,宾客满坐。时左丞庾仲容亦免归,二人意志相得,并肆情诞纵,或乘露车,历游郊野。既醉,则执铎挽歌,不屑物议。湘东王在荆镇,与书慰勉之。……几卿未及序用,病卒。

此传明言谢几卿免官在普通六年。而传文又谓"时左丞庾仲容亦免归",则仲容免官,当亦在普通六年左右。杨氏乃谓仲容免归"其时疑在大同四年"。其说盖据《庾仲容传》"迁安西武陵王谘议参军,除尚书左丞,坐推纠不直免"诸语。然《梁书·文学·庾仲容传》此语,实有可疑。盖据《庾仲容传》：仲容尝为太子舍人，为昭明太子所接。"除安成王中记室，当出随府。皇太子以旧恩特降饯宴，赐诗曰：'孙生陟阳道，吴子朝歌县；未若樊林举，置酒临华殿。'时辈荣之"。以下即"迁安西武陵王谘议参军"诸事。然安成王即梁武帝弟安成王萧秀。据《安成王秀传》，秀以天监十一年征为侍中巾卫将军，领宗正卿，石头戍事，十三年，复出为使持节散骑常侍，都督郢司霍三州诸军事，安西将军，郢州刺史。十六年迁雍州刺史，十七年春至官，道卒。《庾仲容传》所谓"当出随府"，当是天监十三年安成王为郢州刺史时事。天监十三年（514），下距大同三年（537）武陵王萧纪为安西将军，凡二十四年。且萧秀以天监十七年卒，不当秀卒后二十余年尚为其"中记室"。此可疑者一。《庾仲容传》又言仲容免官后，"唯与王籍、谢几卿情好相得，二人时亦不调，遂相追随，诞纵酣饮，不复持检操"。然据《王籍传》，"湘东王为荆州，引为安西府谘议参军，带作塘令"。据《梁书》《武帝纪》、《元帝纪》，湘东王即元帝，其为荆州刺史，号安西将军，乃大同元年至三年间事。及武陵王号安西，元帝已进号镇西。可知王籍为安西谘议参军，必在武陵王号安西之前。若仲容于大同三年为尚书左丞免官，则王籍已去荆州，不得复相聚纵诞矣。盖仲容为尚书左丞，免官当亦在普通或中大通时，其言"安西武陵王"者误也。疑仲容为武陵王属官在武陵王为东扬州或江州时。其免官之时，王籍适为大司马从事中郎、迁中散大夫，本传谓其"尤不得志，遂徒行市道，不择交游"。此皆大同以前事，未可据以谓谢几卿卒年在大同四年冬也。谢几卿卒年既不可确考，而王籍卒年，则可考定在大同二年谢徵卒之后，大约为大同三至四年。本传言为作塘令，"少时卒"。以此推之，本觉谓刘勰以大同二年出家，而本传谓未期卒，当亦在三年左右，与王籍卒年略同。于《梁书·文学传》之按年代排列亦合。故佛书五种所记刘勰出家年代，似当以《释氏通鉴》为最可信。

杨先生笃信《梁书·文学传》次第，似以为在前者卒年必早于在后者。此盖大致如是，未可一概论也。综观《梁书·文学传》，上卷皆卒于天监，唯吴均以普通元年卒；下卷则皆普通以后卒。然若谢几卿、刘勰、王籍，史不言其卒年，姚氏不过据大致时间列于普通以后，太清之乱以前。若如杨先生所论，则姚氏父子于谢、刘、王诸人卒年，似皆知之甚悉，又何以不一一注明。且杨先生谓庾仲容之任武陵王谘议参军，未行，于史无证，似出臆测，以求合其假设。恐难取信。

诸葛颖籍贯

《隋书·诸葛颖传》谓"诸葛颖字汉，丹阳建康人也"。然《颜氏家训·文学》则称之曰"琅邪诸葛汉"。盖《隋书》记其父祖所居，而颜之推用其祖籍耳。按东晋南渡之初，有琅玡诸葛恢，其门第高华，殆可与王氏颉顽，后世寝微，颖非其裔孙，亦其族人耳。此犹褚遂良为褚玠之孙，《陈书》谓玠是河南阳翟，而《唐书》乃谓遂良是杭州钱塘。此有史籍可考。《隋书·袁充传》最详明，言充"本陈郡阳夏人也，其后寓居丹阳"。然隋唐人所言籍贯亦有不甚可信者，如欧阳颁本长沙临湘人，《旧唐书·欧阳询传》从之，乃询及子通所书碑皆自称勃海，疑谬附于晋欧阳建，恐非事实也。

范岫事迹

《梁书·范岫传》载岫在齐官御史中丞，未记年月。据《南史·谢朓传》，江祏欲废东昏侯，遣人致意于谢朓，朓不肯答。祏乃使御史中丞奏收朓。此永元元年(499)事。又,岫于天监三年尝官都官尚书,见《梁书·陆襄传》,本传亦失载。本传记其著作有《字训》,《文学·刘杳传》作《字书音训》,似较明。

何点"作《齐书》已竟"志疑

何点兄弟,《梁书》入《处士传》,实则高自标榜,察其真情,盖不在山林。《梁书》记何点时号"通隐",《南史》则谓之"游侠处士",皆意在言外矣。何点、何胤与谢瀹、陆慧晓、孔稚珪等并当世"名流"(见《南史·张宝积传》),点又隐然执牛耳。传不载其能文,然言其"清言赋咏,优游自得";梁武伐齐,下诏征辟,点以巾褐入华林园,与梁武赋诗饮酒;及其卒,梁武与何胤敕出自称"文会酒德"。《梁书》本传亦记其嘲张融诗二句,《先秦汉魏晋南北朝诗》失收。

《南齐书·高逸·何点传》载:"建元中,褚渊、王俭为宰相,点谓人曰:'我作《齐书》已竟,赞云:"渊既世族,俭亦国华。不赖舅氏,遑恤外家。"'俭欲候之,知不可见,乃止。"褚、王并尚宋世公主,入齐又为高官,故何点诮之。然萧齐甫代宋有国,而作《齐书》"已竟",此不当者一;齐初而欲作齐史,例当称国史而不能称《齐书》,此不当者二;褚、王尚在人世,焉得为之立传而"赞",此不当者三。何点于齐初已负盛名,虽不足与梁初山中宰相比肩,亦妆点山林之大架子也。倚其声望,不畏齐高之忌讳,作谑语以诮当道者,容或有之,然其语不符于常识,则不可索解。《梁书》为之弥缝,删去"建元中"及"已竟"五字,仍无法圆通;《南史》不抄《梁书》而抄《南齐书》。萧、姚、李诸人作史,罅漏固多,然以史家而录此语,则尤不可索解也。颇疑《齐书》当作《宋书》,臆想无证,志之以供方家正谬云尔。

《梁书·何点传》、《梁书·何胤传》记年错乱

何胤,《梁书》入《处士传》,《南史》附《何尚之传》。兄求,《南齐书》有传;点,亦在《梁书·处士传》。《梁书》记胤以中大通三年(531)卒,年八十六,《南史》同。逆推知其生年为宋文帝元嘉二十三年(446)。

传云胤"年八岁,居忧,哀毁若成人"。《何点传》及《南齐书·何求传》,均言其母为其父何铄所害,铄坐法死。以胤年八岁推之,则事在元嘉三十年(453)。然《何点传》记点卒于梁武帝天监三年(504,《南史》作"天监二年"),年六十八,丁忧时年十一。逆推何点生年为宋文帝元嘉十四年或十三年(437或436),丁忧在元嘉二十四年(447)。《梁书》何点、何胤兄弟两传前后相接,同丁父母之忧而相去六年。若以《何胤传》为是,则点时年已十七八,下文不当有"及长,感家祸,欲绝婚宦"之语。若以《何点传》为是,则何胤时仅二岁,"哀毁若成人"之语殆成笑柄。要之,二传记年四处,仅何胤年岁无误。盖传记梁武践祚,胤言"吾年已五十七",下推至中大通三年正为八十六岁。其余三处必有一误。李延寿振笔直抄,不加复检,遂致以讹传讹。

伏曼容《贪泉铭》

《南史·伏曼容传》载曼容出为南海太守,至石门,作《贪泉铭》。《世说·德行》注引《晋安帝纪》谓吴隐之为广州刺史,去州二十里有

贪泉。隐之酌而饮之，赋诗曰："石门有贪泉，一酌重千金。试使夷齐饮，终当不易心。"曼容铭文今不存，然此等题目，除清洁自高外，恐难翻出新意。可注意者，曼容与袁粲深相交好，粲尝语人以狂泉故事，一贪一狂，若相呼应，或非巧合。

《华林遍略》

《南史·文学·何思澄传》："天监十五年，敕太子詹事徐勉举学士入华林撰《遍略》，勉举思澄、顾协、刘杳、王子云、钟屿等五人以应选。八年乃书成，合七百卷。思澄重交结，分书与诸宾朋校定，而终日造谒。"《梁书·文学·刘杳传》："詹事徐勉举杳及顾协等五人入华林撰《遍略》，书成，以本官兼廷尉正。"顾协，《梁书》、《南史》并有传。王子云，见《南史·文学传》。钟屿，钟嵘弟，附见嵘传。然检《隋志》三，于"杂家类"录《华林遍略》六百二十卷，题"梁绥安令徐僧权等撰"，卷数及撰人均不同。徐僧权其人，《梁书》不载，见《陈书》、《南史》。《陈书·文学·徐伯阳传》："（伯阳）父僧权，梁东宫通事舍人，领秘书，以善书知名。"《南史·王锡传》载普通初，北使刘善明聘梁，敕王锡、张缵、朱异与之饮宴酬对，"敕使左右徐僧权于座后，言则书之"。是僧权以掌中秘书而领衔撰集。又，《隋志》列此书于《皇览》、《帝王集要》、《类苑》之后，其为类书无疑。《北齐书·祖珽传》谓珽"又盗官《遍略》一部"，则此书于梁末已传入北朝。

何佟之仕历

何佟之精研"三礼",《梁书》、《南史》有传。今据《南齐书·礼志》所载,可补其仕历如下:永明三年为国子助教,永明十一年兼尚书祠部郎,隆昌元年至建武二年仍任祠部郎,永元元年为步兵校尉。又,《隋书·音乐志》载,天监元年,北中郎司马何佟之上言,或即本传所记"转司马",时在齐末,而入梁后仍为司马,稍后乃迁尚书左丞。

《南史》本传载:"佟之自东昏即位,以其凶虐,乃谢病,终身不涉其流(《通志》作"其廷")。"而《南齐书·礼志》载,永元元年步兵校尉何佟之议祭祀天地日月,《梁书》本传载其"历步兵校尉、国子博士,寻迁骠骑谘议参军,转司马","不涉其流(廷)"固属无据,"终身"似更不辞。又,《梁书》载所著文章,"礼义百许篇",《南史》"礼义"作"礼议",今存佟之著述均为"议"而非"义",《南史》是。

又,《南史》载佟之为诸生讲《丧服》,"结草为绖,启手巾为冠",亦今之所谓"直观教学"也。

何攸之、何佟之

中华书局本《梁书·何敬容传》:"祖攸之,宋太常卿。"校语引钱大昕《廿二史考异》云:"按《南史·何昌寓传》,敬容之祖佟之,位侍中,与此异。《南齐书》亦作'佟之',疑此误也。"《南史·何昌寓传》校语则引张森楷《南史校勘记》云:"《南齐书》作'父佟之,太常'。按'佟'当作'攸',《梁书·何敬容传》作'攸之',《宋书·江湛传》有

'侍中何攸之',即其人也。《何尚之传》又作'悠之位太常、侍中'。何佟之别一人,见《梁书·儒林传》。"按,张校是,钱考非。何佟之见《梁书·儒林传》,天监二年卒,年五十五,焉得为昌寓之父,敬容之祖?钱氏淹博贯通,偶而误记。惟《梁书》、《南史》同为中华书局出版,自相矛盾,殊可怪已。二十四史校点虽出众手,南朝五史理当参校互核,而不应抵牾若此。

丘仲孚卒年、仕历

丘仲孚,《梁书》入《良吏传》,《南史》入《文学传》。《梁书·良吏传》序记梁武甄选廉洁贤能之士,"又著令:小县有能,迁为大县;大县有能,迁为二千石。于是山阴令丘仲孚治有异绩,以为长沙内史;武康令何远清公,以为宣城太守"。《南史·循吏传》序直抄此数句,然传中不列丘仲孚而以之入《文学传》,且传文中不记其迁长沙内史事,殊乖书法。《廿二史札记》卷一○有《南史过求简净之失》条,未及此事,或可补为例证。

《梁书》记仲孚"超迁车骑长史、长沙内史,视事未期,征为尚书右丞"。按,仲孚梁初为山阴令,号称神明。其政绩昭彰,闻于梁武,自需时日,当在天监三年前后。据《夏侯详传》,详于天监三年迁车骑将军、湘州刺史,则仲孚不次之迁即在此时。视事未期,或于天监四年(505)即返都中。其后历尚书右丞、左丞,出为安西长史、南郡太守,迁云麾长史、江夏太守,行郢州州府事。据《武帝纪》、《豫章王琮传》,天监十年以琮为云麾将军、郢州刺史,时琮仅十一岁,故以仲孚行州府事。由此上推,天监七年五月以安成王秀为平西将军、荆州刺史,仲孚为安西长史、南郡太守当在此时。核以前此仕历,时间亦可相合。

　　传不记仲孚卒年，仅于"行郢州府事后"记"遭母忧，起摄职。坐事除名，复起为司空参军。俄迁豫章内史，在郡更励清节，顷之卒，时年四十八"。约略计之，其卒年当在天监十五年（516）左右，逆推其生年在宋泰始五年（469）左右。传言其永明初（483）选为国子生，时年十五六岁，亦可相合。

柳惔、柳恽兄弟四人为侍中刺史

　　柳世隆有子十五人，《南史·柳忱传》言："忱兄弟十五人，多少亡，惟第二兄惔、第三兄恽、第四兄憕及忱。三两年间四人迭为侍中，复居方伯，当世罕比。"按，柳琰为齐和帝侍中；柳恽于天监元年除长兼侍中；柳忱为侍中《梁书》本传不载，《南史》则载以忱为宁朔将军，累迁侍中，据上下文知其时在永元、中兴间；柳憕，《梁书》附《柳惔传》，仅言"历侍中、镇西长史"，《南史》有传而未记其官侍中，疑当在天监初，以迎候梁武有功而为侍中，则其为侍中之年庶可与"三两年间"相合。又，兄弟四人中，惔、恽、忱并为刺史，皆方伯之尊，憕则追赠豫州刺史，虽有凑数之嫌，然古人恒喜求全尚备，固毋庸苛责耳。

柳惔官右仆射及其卒年

　　《南史·柳惔传》载惔于天监二年后"寻迁尚书左仆射，年六十，卒于湘州刺史"。中华本改"左"为"右"，改"六十"为"四十六"，校云："'左'《梁书》武帝天监四年纪及本传作'右'，是。'年四十六'，各本作'年六十'。按《梁书》传云:'惔年十七,齐武帝为中军,命为参军。'又云:'六年十月,卒于州。'据《南齐书·武帝纪》,齐武帝为中军大将军在昇明三年(479),至天监六年(507),惔卒,适四十六岁,今改正。"按,所校是也。《梁书·柳惔传》于"卒于州"下亦明记"年四十六"。姚振宗《隋书经籍志考证》云:"《南史》于卒年多从省,此云年六十者,盖以六年十月之敚误也。"又《宋书·顺帝纪》,昇明三年正月,"齐王世子加尚书仆射,进号中军大将军,开府仪同三司",是柳惔之为中军参军乃此年正月事。另据《梁书·武帝纪》,天监二年以沈约为尚书左仆射,范云为尚书右仆射。是年范云卒,代以王莹,沈约又丁母忧,乃于三年正月以王莹为左仆射,"太子詹事柳惔为尚书右仆射"。校记似当引此为依据,无烦据四年北伐"尚书右仆射柳惔为副"之语。

又,《梁书》载:"建武末,为西戎校尉,梁、南秦二州刺史。及高祖举兵,惔举汉中应义。和帝即位,以为侍中,领前军将军。"按《南齐书·东昏侯纪》,永元元年四月,"以宁朔将军柳惔为梁、南秦二州刺史",《梁书》本传误永元初为建武末,相去一年,《南史》亦从之而误。《南齐书·和帝纪》载,中兴元年三月,"以征虏将军柳惔为益宁二州刺史",与《梁书》所记不同,疑《梁书》失记。

柳憕仕历、年岁

《梁书》附柳憕事迹于《柳惔传》,所记仅三十余字。《南史》有传,稍详,言入梁后"历位给事黄门侍郎,与琅邪王峻齐名,俱为中庶子,时人号为方王。后为镇北始兴王长史"。按,《柳忱传》记忱兄弟四人三两年间迭为侍中,事在齐末梁初。考《隋书·百官志》,齐及梁初官制,给事黄门侍郎四人,高功者在职一年,诏加侍中祭酒。是柳憕为侍中当在天监二年,由给事黄门侍郎迁转。王峻为中庶子约在天监五六年间,柳憕转中庶子当在同时。侍中、中庶子,官阶相当。昭明于天监五年六月出宫,武帝为之精选僚属,王、柳皆高门入选。据《徐勉传》,昭明讲《孝经》,柳憕尝为侍讲,《昭明太子传》记此事于天监八年九月。《南史·柳憕传》记憕后为镇北始兴王长史。王移镇益州,随府为镇西长史、蜀郡太守。据《梁书·武帝纪》,萧憺为镇北将军、南兖州刺史在八年十月,九年正月迁益州,或竟未之南兖州而径赴蜀地。憕随府,与侍昭明讲经正前后相接。十二年,卒于蜀。

又,《南齐书·明七王传》载,南徐州刺史江夏王宝玄,与崔慧景合谋攻杀东昏,令谘议柳憕率军随慧景至建康,慧景旋兵败被杀。据此知憕在齐末已入仕,兵败幸免,次年乃于京郊迎梁武。

《梁书》记憕卒年,未记年岁。憕于昆弟中行三,兄恽生于宋明帝泰始元年(465),弟忱生于泰始七年(471),取其中,憕或生于泰始三四年,得年四十五岁左右。

刘昭集注《后汉书》卷数

《梁书·刘昭传》载昭集注《后汉书》一百八十卷,《南史》同。中华书局本《梁书》校记据今本《后汉书》一百三十卷,谓"八"或系"三"之讹,《南史》则改"八"为"三",校记说同。按,范书卷帙,隋、唐、宋志所记已有歧异:《隋志》作九十七卷,两唐志作范晔撰九十二卷又李贤注一百卷,宋志作李贤注九十卷。古人钞录书籍,卷帙分合,恒无定数,《四库提要》云:"考《隋志》载范书九十七卷,新旧《唐书》则作九十二卷,互有不同。惟《宋志》作九十卷,与今本合。然此书历代相传,无所亡佚。考《旧唐志》又载章怀太子注《后汉书》一百卷,今本九十,中分子卷者凡十。是章怀作注之时,始并为九十卷,以就成数,唐志析其子卷数之,故云一百,宋志合其子卷数之,故仍九十,其实一也。"馆臣之说,大体近情。范书未及杀青而传世,传抄转录,卷帙不定,故隋、唐志有"九十七"与"九十二"之异,至章怀作注始定于一,即"九十"或"一百"是也。

《隋志》又记:"《后汉书》一百二十五卷,范晔本,梁剡令刘昭注。"章宗源《隋书经籍志考证》曰:"唐志有刘熙注蔚宗书一百二十二卷,熙乃昭字之讹。以唐志卷数计之,纪传九十二卷,合续志三十卷,恰符百二十二卷之数。"然两唐志又有"《后汉书》五十八卷。刘昭补注",姚振宗《隋书经籍志考证》曰:"两唐志所载五十八卷者,似即所注司马八志;百二十二卷者,为所注范氏纪传。两书合计,正合本传一百八十卷之数。其卷数分合,不可知已。"余嘉锡《四库提要辩证》同其说。以是知《梁书》"一百八十卷"之说不误,其所谓"范晔书"者,盖至姚氏作史之时,范书与续志合并已久,故混言之耳。复以常理核之,李延寿非不学之辈,《后汉书》乃习见之书,如《梁书》有误,岂复能直抄而不加改正?

中华本据王鸣盛说而出校、改字,似未尽妥帖。

何逊联句中之刘绮

《何水部集》所录何逊与诸文士联句,数量之多,为齐梁文人之冠。联句诸人固多大名士如范云、刘孝绰辈,然若王江乘、桓季珪则一无可考。至刘绮则不见《南齐书》、《梁书》,惟《颜氏家训·勉学》云:"梁世彭城刘绮,交州刺史勃之孙,早孤家贫,灯烛难办,常买荻尺寸折之,然明夜读。孝元初出会稽,精选寮采,绮以才华,为国常侍兼记室,殊蒙礼遇,终于金紫光禄。"按,刘勃见《宋书·明帝纪》,泰始四年八月戊子,以南康相刘勃为交州刺史。中华书局本校记引张森楷云:"《刘勔传》,有弟敩,泰始中,为宁朔将军、交州刺史,于道遇病卒。勃、敩形近,当即一人。"今证以《颜氏家训》,则张说未必然也。刘绮事所知者仅此,其联句诗存五题二十句,风韵颇似何逊小诗。《先秦汉魏晋南北朝诗》收录联句,仅见于一家主名之下。故梁代诗人中不见刘绮其人,体例或有未允。

何逊为水部郎

《梁书·何逊传》:"天监中,起家奉朝请,迁中卫建安王水曹行参军,兼记室。王爱文学之士,日与游宴,及迁江州,逊犹掌书记。还为安西安成王参军事,兼尚书水部郎,母忧去职。服阕,除仁威庐陵王记室,复随府江州,未几卒。"所记仅此,殊嫌简略,诸家均据庐陵王萧续于天监十六年(517)六月出为江州,推定逊卒于天监十七年后。是。以此上推,丁母忧至晚当在十四年春。据《太祖五王传》、《武帝纪》,安成王萧秀于天监十一年领石头戍事,十三年正月出为郢州,则逊为参军兼水部郎当在十一年至十四年春。

然何逊《南还道中送赠刘谘议别》云:"一官从府役,五稔去京华。"刘谘议即刘孝绰。按之何逊生平,仕宦离京而达三载,除江州而外别无其他。《寄江州褚谘议》云"五载同衣裘,一朝异暌索",亦可以为证。《武帝纪》载天监九年六月以建安王萧伟为江州刺史,《太祖五王传》载十一年萧伟以疾陈解。十二年征为抚军将军。《武帝纪》载十二年九月,以江州刺史建安王伟为抚军将军,以王茂为江州刺史,是萧伟于十一年并未解职,而于十二年始离江州。逊于天监九年随镇江州,至十二年,即包年头岁尾言之,亦仅四岁,故其时尚在江州,十三年复由江州而迁鄞州为安成王萧秀参军,时刘孝绰正为萧秀谘议。传文云"还为",指还建康,不仅与何逊诗不合,与萧秀仕历亦不合,"还"字误,"兼尚书水部郎"之"兼"字亦无着落,亦当为误记。萧秀于十三年正月出为鄞州,颇疑"兼"字衍,"还为"二字错简,当在"尚书水部郎"上。逊于天监九年至十三年在江州而转鄞州,历三王,本传失记临川王。据诗中"遽逐春流返"、"村梅落早花",离鄞州返京当在十四年早春,诗中情绪无丁忧之意,或调还为水部,甫抵京即丁母忧。由此可推知何逊为水部郎时间极为短暂。

《南史》本传载:"梁天监中,兼尚书水部郎,南平王引为宾客,掌记室事,后荐之武帝,与吴均俱进幸。"建安王萧伟于天监十七年改为尚平王。"引为宾客"云云,是天监十二年前事,不得书于尚书水部郎之后,失次甚明。《何逊评传》(见《中国历代著名文学家评传》)据《南史》而作铺叙,亦失考。

何逊《咏早梅》辨

何逊《咏早梅》,《诗纪》卷八三收录,题下注云:"一云《扬州法曹梅花盛开》。"杜甫《和裴迪登蜀州东亭送客逢早梅相忆见寄》起句云:"东阁官梅动诗兴,还如何逊在扬州。"朱鹤龄注误以扬州为广陵,且言逊时为广陵王记室,首云兔园,则以梁孝王园比之云云。按萧梁无广陵王之封,朱说随意无据,不辨自明。钱谦益注引《梁书·何逊传》,天监中为建安王水曹行参军,言建安王伟以天监六七年为扬州刺史,故杜云"何逊在扬州"也。说是。惟钱又引伪苏轼注"何逊为扬州法曹,咏廨舍梅花之说",并驳之云:"本传无为法曹事,但有《早梅》诗,见《艺文类聚》及《初学记》。今本《何记室集》作《扬州法曹梅花盛开》诗,乃后人未辨苏注之伪,遂取为题耳。"按,伪苏注者,苏轼伪而注出宋人手则不伪,其言何逊在洛固属谬说,然言此诗作于扬州亦未必尽误。本传不记何逊为扬州法曹,然法曹亦为刺史所属有司,安知何逊非由水曹迁转法曹,本传以其琐琐而不记?又安知非水曹何逊于法曹廨舍观早梅而咏之?如诗题仅作"咏早梅",又岂必在扬州?诗人杜甫本非只家,纵其苦学阴何,亦未必细考此诗作于江州或扬州;而落笔便云"还如何逊在扬州",或其所见何诗竟是标作"扬州法曹梅花盛开"也。

何逊《赠江长史别》诗考

此诗为何逊送别江革返建康之作。诗云:"二纪厉兹辰,投分敦游处。况事兼年德,宴交无尔汝。中岁多乖违,由来难具叙。及君相藩牧,伊予客梁楚。出国乃参差,会归同处所。以兹笃惠好,可用忘羁旅。重得申平生,何年更睽阻?"江革当长于何逊,故云"兼年德"。据"二纪"、"中岁"之语,时何逊当已过四十。"及君"四句,言革离京为王府长史,而逊则至梁楚而不相见。出京时间非一,而今乃会合一地。据《梁书·江革传》,革历官八府长史,四王行事。此诗所谓"相藩牧",指在江州。传云:"入为中书舍人,尚书左丞,司农卿。复出为云麾晋安王长史、寻阳太守、行江州府事。徙仁威庐陵王长史,太守、行事如故。俄迁左光禄大夫、南平王长史。"据《梁书》《武帝纪》、《简文帝纪》、《高祖三王传》,晋安王萧纲于天监十三年(514)出为荆州,十四年迁江州,十六年六月,庐陵王萧续代纲为江州,普通元年(520)

七月入建康领石头戍年事。是则江革此一时期亦在荆州、江州。据《何逊传》,逊于十六年随萧续二次至江州,何、江又得相见,此即所谓"出国乃参差,会归同处所"也。何逊至江州,未几而卒,若此诗为普通元年送江革随萧续返建康而作,似为时过晚。诗中"长飙落江树"、"秋月照沙溆"乃秋天景色,萧续六月授命,七八月抵江州,革为其长史,如以是秋即入京,虽云"俄迁",未免过早。又《太祖五王传》载建安王萧伟于天监十七年三月改封南平王,颇疑江革正直有声,即于是年秋征入为南平王长史,何逊相送而作此诗。(《何逊生卒年问题试探》定此诗为十六年作,不妥,当以本文为准。)若是,则逊之卒年,当在是年(518)冬或次年。二人相聚江州,历时一年,不意又相送江滨,即诗所谓"何年更睽阻"。按,"年"字不可通,当是"念"字,音近致误。结句"安得生羽毛,从君入宛许",如系实指南阳、许昌,则不可解。盖当时许昌属魏,宛许当代指建康,本当言宛洛,以押韵而改"洛"为"许"。又,起句云"游处"、"二纪",则二人相识当在齐明帝建武间。

何逊诗题"赠某某别"、"送某某别",某某为送行抑被送,甚不一致。《送韦司马别》为何逊送韦黯,《赠韦记室黯别》为韦黯送何逊,《南还道中送赠刘谘议别》为刘孝绰送何逊,此诗则又是何逊送江革。诗中"远送子应归","子"为"远送"宾语而非"应归"主语。

《何逊传》"州举秀才"补释

何逊有《与建安王谢秀才笺》,称"州民泥涂,何逊死罪,即日被板,以民充年秀才",前于《何逊生卒年问题试探》以齐建安王子真、宝夤皆未任南徐州刺史,故疑"建安王"为"晋安王"传写之误,然未敢必是。今复举一说备正。

何逊又有《为孔导辞建安王笺》,称"昔逢际会,忝申名质。悠悠汉水,独骛轻舟",此叙孔导入建安王幕事,则此建安王时在郢州或雍州为刺史。据《南齐书·武帝纪》、《武十七王传》,建安王萧子真正于永明七年至八年为郢州刺史,继任者即随王萧子隆。设何逊于永明八年(490)于郢州举秀才,时年十九或二十岁,则与本传"弱冠"合。

笺称"州民",是为问题症结。逊原籍东海郯人,郯即今山东郯城,晋室南渡,即入前秦版图。何逊家族迁居江南,定居所在,已难确考。逊父询,祖翼,均无事迹可寻,惟曾祖承天为刘宋名臣。据《宋书·何承天传》,承天幼孤,叔父肸为益阳令,随肸至益阳。晋隆安四年(400),承天为桓伟参军,值桓玄之乱,解职还益阳。入宋,官浏阳令,其后累经迁转,又为谢晦荆州刺史府参军。晦兵败,又曾任衡阳内史。综其一生,泰半转徙郢、荆、江、湘四州。尤可注意者,厥为隆安四年解职归益阳,时承天年逾三十,或已举家定居于此。益阳地当郢、湘两州交界,何逊自称"州民",当无不可。

以上推测如无悖谬,则何逊当在永明九年随萧子真返京(萧子隆于九年赴任),其见赏于范云亦在此时。何逊有《酬范记室云》,范云有《贻何秀才》,"秀才"之称,亦无扞格矣。

何逊《答丘长史》诗臆测

今本《何逊集》有《答丘长史》诗,又附丘迟《赠何郎》诗,据此"丘长史"即丘迟,二诗乃互为赠答之作。然历考丘迟仕历,未尝为长史。且诗言"伊我念幽关,夫君思赞务;短翮方息飞,长辔日先驱;曝鳃

□□走,逸翮康时务",皆以长史为显达,而言己已沉沦。此亦不似丘迟生平事。且丘迟《赠何郎》有"忧至犹如绕"语,恐当时亦非得意之际。疑丘长史者,乃丘仲孚而非迟。《梁书·良吏·丘仲孚传》谓丘灵鞠是仲孚从祖,则丘迟族子也,唯其年似与迟相若。《丘仲孚传》谓仲孚于梁武即位之初,为山阴令,治为天下第一,迁车骑长史长沙内史。据《梁书·武帝纪》,天监三年(504)七月"以光禄大夫夏侯详为车骑将军湘州刺史"。知仲孚为车骑长史长沙内史,即夏侯详属官。仲孚任详属官,当在七月之后。《丘仲孚传》又言,"视事未期,征为尚书右丞",当在天监四年秋。设何逊于天监三年尝游湘州,得晤仲孚,则次年当仲孚东返时以诗答仲孚,则与诗中情景会合。盖诗言"千里溯波潮,一朝披云雾",言往岁得见仲孚也。"奔景骤西倾,还途忽东骛"言岁时倏忽,而仲孚见征也。"黄花"二句写离别时景色,在秋季,盖夏侯详以七月为湘州,仲孚若以九月或十月为其长史,而次年八月征还,其景色即与诗全合。尚书右丞虽非极品,以为"长辔先驱","康时务"亦不为过。第以仲孚尚未就迁,故仍以"长史"称之耳。唯丘仲孚不闻能诗,然本传言其颇有著述,且齐、梁人大抵能作诗。或丘诗今佚,仅存何逊答诗。至于《赠何郎》,当是丘迟诗,与《答丘长史》无涉。今本《何逊集》已非王僧孺所编本来面目。此书至宋时已非全本,后人搜辑,遂以丘迟赠诗附《答丘长史》之后。此虽臆测,亦不无可能。盖何逊在天监初事迹,史传不载,其为中卫建安王水曹参军,当是天监六年五月事,盖建安王为以是月进号"中权将军","卫"疑"权"之误也。自四年秋至六年五月尚一年余,《何逊传》唯称"天监中起家奉朝请",在此时亦无不合。姑志之。

何逊生卒年考补遗

何逊生卒年、举秀才及其与范云之关系,已有考,参《何逊三题》(《中华文史论丛》一九八三年四辑)、《何逊生卒年问题试探》(《文史》第二十四辑),今复补遗如后。

何逊有《酬范记室云》,自是范云为司徒记室参军时作。范云任萧子良记室参军,当在永明五年(487)至十年(492)。(参《范云仕历》条)以何逊诗中语气味之,已属成年,而与范云为忘年之交。中华书局点校本《何逊集》之《出版说明》中拟测何逊约生于齐建元二年(480),则与范云酬答时至多仅十三岁,恐与情理不合。

何逊又有《赠江长史别》,言江革"况事兼年德,宴交无尔汝",则江革长于何逊。江革生于宋泰始五年(469)左右,设何逊生于宋泰豫、元徽(472、473)之间,则与酬范云、赠江革二诗均可相合。据此,则何逊享年约四十七八岁。

逊《赠族人秣陵兄弟诗》,秣陵指何思澄。据《梁书·何思澄传》,思澄以天监十五年奉敕修《华林遍略》,迁治书侍御史。逊有《咏春雪寄族人治书思澄诗》。思澄传又言"久之,迁秣陵令"。设以十五年迁治书,"久之",至晚亦在十七、十八年间。逊诗有"顾余晚脱略,怀抱日湮沦。涯宦疲年事,来往厌江滨。十载犹先职,一官乃任真"诸语。逊于天监六年前后入建安王萧伟幕,兼记室,在江州复为庐陵王萧续记室,诗云"十载犹先职",官职未迁,忽忽已历十载。十载,举成数而言。

《梁书·侯景传》记伏挺使魏为谢挺使魏之误

《南史·侯景传》记景败于涡阳,贞阳侯萧渊明遣使还梁,述魏人请追前好。梁武亦欲息兵,乃与魏和通。侯景惧,"又闻遣伏挺、徐陵使魏,不知所为"。景本凶狡,又不自安,使魏一事,不啻催化之剂,景旋即反于寿阳。按《梁书·伏挺传》记挺于太清中"客游吴兴、吴郡,侯景乱中卒"。徐陵入北被拘,伏挺何以得遨游江左,殊不可解。

按《陈书·徐陵传》,陵入北被拘,致书于仆射杨遵彦,文情并茂,隶事工而论事畅。钱锺书先生《管锥编》页一四七三论此文为"陵集中压卷,使陵无他文,亦堪追踪李陵报苏武、杨恽答孙会宗,皆以一书传矣"。书言"谢常侍今年五十有一,吾今年四十有四,介已知命,宾又杖乡,计彼侯生,肩随而已",词气壮烈,而同使魏者明为谢常侍。据《梁书·朱异传》,"(太清二年)六月,遣建康令谢挺,通直郎徐陵使北通好",乃知"伏挺"为"谢挺"之误。《通鉴》记此事作五月,"上遣建康令谢挺、散骑常侍徐陵等聘于东魏",胡注云:"按梁官制,建康令秩千石,散骑常侍秩二千石。谢挺不当在徐陵之上,盖陵将命而使,挺特辅行耳。"按,当时南北使节往来,例有加衔,多加散骑常侍、散骑侍郎。魏李彪于永明中屡使于南齐,《魏书·李彪传》:"后假员外散骑常侍、建威将军、卫国子,使于萧赜。"而其原官则为中书教学博士,秘书丞。永明九年,裴昭明北使,《通鉴》记作"散骑常侍裴昭明",而其原官则为射声校尉。《通鉴》又记,"永明十年十二月,司徒参军萧琛、范云聘于魏",而《梁书·萧琛传》记作使魏还,"为散骑通直侍郎",盖以虚衔而真除实授,《范云传》则记作"子良为司徒,又补记室参军事,寻授通直散骑侍郎",例与萧琛同。特史书于加衔或记或不记耳。即以谢挺论,《通鉴》记作建康令,胡氏三省复加考证,然徐陵"书"固明言为其"常侍"。即徐陵本人,《陈书》本传亦云"寻迁镇西湘东王中记室参军。太清二年,兼通直散骑常侍,使魏"。萧绎于太清元年为镇西将军、荆州刺史,时隔一年,陵即"兼通直散骑常侍",明系出使加衔。胡氏不可谓非疏失也。

吴均《齐春秋》

吴均私撰《齐春秋》,《梁书》本传纪:"均表求撰《齐春秋》,书成奏之。高祖以其书不实,使中书舍人刘之遴诘问数条,竟支离无对,敕付省焚之,坐免职。"然传又接叙"著《齐春秋》三十卷",《隋志》亦录"《齐春秋》三十卷,梁奉朝请吴均撰",是所焚者乃进呈正本,其自定稿竟行于世。《南史·吴均传》所记稍详,云:"均浮著史以自名,欲撰《齐书》,求借齐起居注及群臣行状,武帝不许,遂私撰《齐春秋》奏之。书称帝为齐明帝佐命,帝恶其实录,以其书不实,使中书舍人刘之遴诘问数十条,竟支离无对,敕付省焚之,坐免职。"二史所记"数条"、"数十条"之异,姑置不论,要害则在"为齐明帝佐命"。齐明帝萧鸾辅政,废杀郁林王昭业、恭王昭文,自立为帝,尽诛高武子孙,猜忌凶残,较宋明帝而过之。《南史·梁本纪》载萧衍为齐明腹心,"欲助齐明,倾齐武之嗣,以雪心耻。齐明亦知之,每与帝谋"。选美女以娱王敬则,防其生变,即衍之密计也。此事在梁,自不容说破,即姚察撰《梁书》犹不着一字,而吴均乃冒不韪,批逆鳞,梁武赫然震怒,无怪其然。顾帝以仁君自律自命,吴均始得仅以免职了事,旋又起用,脱在明、清,族矣。

刘知几《史通》,多论及吴均《齐纪》,撮录如后。《六家》"《左传》家"列有张璠、孙盛、干宝、裴子野、吴均诸人,云:"其所著诸书,或谓之春秋,或谓之记,或谓之略,或谓之志,虽名各异,大抵皆依《左传》以为准的焉。"《编次》云:"《春秋》嗣子谅暗,未逾年而废者,既不成君,故不别加篇目。是以鲁公十二,恶、视不预其流。及秦之子婴,汉之昌邑,咸亦因胡亥而得记,附孝昭而获闻,而吴均《齐春秋》乃以郁林为纪,事不师古,何滋章之甚与!"以此知《齐春秋》为编年体。刘氏卓识而泥古,又务质而鄙文,郁林立纪,萧子显《南齐书》已然,何独责于吴均?《模拟》讥《齐春秋》每书灾变,亦曰"何以书?记异也",以此而拟《公羊》,亦貌同心异,可塞论者之口,然《杂说下》谓"左丘明、司马迁,君子之史也;吴均、魏收,小人之史也",则近苛矣。萧子显书既为前代讳,又为当时讳,而吴均直书梁武隐私,有古南史之风,"小人"云云,不知何所据也。《古今正史》记《齐春秋》撰著事,又详于《南史》,云:"梁天监中,太尉录事萧子显启撰齐史,书成,表奏之。诏付秘阁。……时奉朝请吴均亦表请撰齐史,乞给起居注并群臣行状,有诏:'齐氏故事,布在流俗,闻见既多,可自搜访也。'均遂撰《齐春秋》三十篇,其书称梁帝为齐明佐命,帝恶其实,诏燔之,然其私本竟能与萧氏所撰并传于后。"按,以萧子显仕历、年岁推之,《南齐书》约当成于天监十年至十三年间,吴均请撰齐史,或与萧子显同时。不然,迟至《南齐书》勒成后始奏请撰著,于理未安;再,天监十二三年奏请,不许,又执意为之,搜访典籍旧闻,三十卷之成,恐亦须三四年之久,据刘之遴仕历,其为中书通事舍人约在天监十四年,则是书之成、奏,当在十四五年。梁武此诏,《全梁文》失收。诏中意向灼然可见。萧为先齐皇族而善谄,吴则人第寒微而直鲠,帝之左右袒,无须揣摹而可自得。

刘霁生卒年

《梁书·孝行·刘霁传》未记霁生卒年，仅言卒年五十二，十四居父忧。按其父闻慰，以与齐武帝舅氏同名，敕改怀慰。《南齐书·刘怀慰传》记怀慰卒于永明九年（491），年四十五。以比上推，得刘霁生年为宋顺帝昇明二年（478），下推得卒年为梁武帝大通三年（529）。传记其"天监中，起家奉朝请。稍迁宣惠晋安王府参军，兼限内记室，出补西昌相"，萧纲天监十二年为宣惠将军，十四为云麾将军，出为江州，至十七年。西昌属江州，刘霁为参军、西昌相盖在十二三年至十七年间。其后历仕主客郎中、海盐令、建康正，至普通八年（527）丁母忧，其时间亦约略相当。

王僧孺免官原由

《梁书·王僧孺传》载，僧孺"出为仁威南康王长史，行府州国事。王典签汤道愍昵于王，用事府内，僧孺每裁抑之，道愍遂谤讼僧孺，逮诣南司"，坐免官，久之不调，乃与王府记室何炯书云云。按《高祖三王传》，萧绩于天监十年为南徐州刺史，进号仁威将军，"绩时年七岁，主者有受货，长史王僧孺弗之觉"。《南史·王僧孺传》载武帝问僧孺妾媵之数，对以"臣室无倾视"，及在南徐州，友人以妾寓之，行还，妾遂怀孕。为典签汤道愍所纠，坐免官。按《南史》以僧孺为伪君子，事之有无，可置不问，然以此免官，则盖近之。僧孺辞府笺云"不能避溺山隅，而正冠李下，既贻疵辱，方致徽绳"，其为中媾之耻明矣。

按，刘宋以后，典签权重，州府上佐如长史，多出自世族，而典签多起自寒门。萧绩尚为孩童，王、范不能相容，盖为权力之争，余皆末节，资以为口实耳。

僧孺罢官，致书于何炯，《梁书》全录之，文情并茂，差堪与江淹《诣建平王上书》比美。传载"久之，起为安西安成王参军，累迁镇右始兴王中记室，北中郎南康王谘议参军"，考《太祖五王传》、《高祖三王传》，大体可推定为天监十四年（515）至普通元年（520）事。

又，传载"尚书仆射王晏深相赏好。晏为丹阳尹，召补郡功曹"。据《南齐书·王晏传》，晏为丹阳尹在永明六年至七年，十一年始迁右仆射，旋迁左仆射，其年又转尚书令。《梁书》所记不确。

王僧孺年岁

《梁书·王僧孺传》载僧孺以普通三年（522）卒，年五十八。《南史》作普通二年。逆推之，当生于宋前废帝永光元年（465）。然传又言"建武初，有诏举士，扬州刺史始安王遥光表荐秘书丞王暕及僧孺曰：'前侯官令东海王僧孺，年三十五。……'"按，此表盖出任昉手，见《文选》卷三八，题作《为萧扬州荐士表》，表中并及王暕年岁，云"秘书丞琅邪臣王暕，年二十一，字思晦"。

《梁书》所记，自相矛盾。建武初者，建武元年或二年也。据《南齐书·明帝纪》，遥光以建武元年十一月为扬州，则荐士之事当在其后。《明帝纪》又载建武二年正月，诏"京师系囚殊死，可降为五岁刑，三署见徒五岁以下，悉原散。王公以下，各举所知。随王公卿士，内外群僚，各举朕违，肆心极谏"。此诏距即位仅三月，萧鸾废二帝，自立，即位后大赦、求贤、求直谏，亦照例文章，《梁书》记"建武初"本此。设其为建武二年(495),则其时王僧孺仅三十一岁,王暕仅十九岁,于两传均不能合。

王暕出自名门,为王俭次子,《梁书》本传记其卒年为普通四年冬,《武帝纪》记作十一月,是必无误。暕卒年四十七,其兄骞普通三年卒,年四十九。弟兄相差二岁,亦合情理,是年岁亦当无误。若以此为准逆推,则二十一岁为建武四年(497)。《梁书·王僧孺传》记遥光之荐在"建武初",《南史》更明言"建武初举士,为始安王遥光所荐";《梁书·王暕传》记为"明帝诏求异士",《南史》同。夫"异士"非必待诏求而后荐举,又非必诏求而即有荐举,意者史臣所记,或因明帝建武二年之诏而然,实则在建武四年。建武共五年,"初"字不当。《梁书》记事多有此失,如《刘峻传》记"宋泰始初,青州陷魏",实则为泰始五年事也。

若以王暕年岁及任昉表为基准,建武四年王僧孺三十五岁,则当生于宋孝武帝大明七年(463),卒于普通三年,得年六一;卒于普通二年,则得年五十九。疑二年近是。

高爽生卒年拟测

高爽生平事迹,《梁书》、《南史》所记均极简略。《梁书·文学传》言其于"齐永明中赠卫军王俭诗,为俭所赏,及领丹阳尹,举爽郡孝廉"。王俭领丹阳尹,在永明元年(483)至三年,其时高爽或在二十岁左右。《何逊集》有《答高博士》诗,附高爽《寓居公廨怀何秀才》,则高爽尝为国子博士。诗题称何秀才,则当在齐末何逊举秀才至梁初入仕前。《梁书》未言高爽为博士,故疑为齐代事也。《梁书·良吏·孙谦传》记谦从子廉,"天监初,沈约、范云当朝用事,廉倾意奉之",遂得为列卿,御史中丞,晋陵、吴兴太守,时高爽客于廉,乃为展谜之讥云云。玩文意,时高爽于梁初尚未得官,而为孙廉食客。(参下文)《梁书·文学·高爽传》又言爽天监初,历官中军临川王参军,出为晋陵令,坐事系冶,作《镬鱼赋》以自况,其文甚工。后遇赦获免,顷之,卒。据《高僧传》卷九《宝亮传》,记亮以天监八年十月卒,"陈郡周兴嗣,广陵高爽"并为制墓碑。《高祖五王传》载临川王萧宏进号中军将军在天监三年(504),则爽于天监八九年间或在建康,出为晋陵令自在此后。《南史·文学·高爽传》载"刘葡为晋陵县,爽经途诣之,了不相接,爽甚衔之。俄而爽代葡为县"云云,其时爽已居官位,刘葡理应接交而置之不理,故而恨之。史称爽有险薄才,观其作诗讥嘲孙廉父子可知。为晋陵令时免官被系,未必与笔端轻薄无关也。《南史·文学·高爽传》于其为晋陵县后载"孙抱为延陵县,爽又诣之,抱了无故人之怀"。孙抱为孙谦之子,故曰"故人之怀"。父子皆官县令,其时间不能过近,故疑高爽诣孙抱在罢官遇赦后,冀得抽丰一二。"了无故人之怀"者,所求不遂也,故又题诗于县阁下鼓上而去。由此约略推算,高爽之卒当已在天监后期,享年五十余。《梁书·文学传》于《吴均传》后言"先是,有广陵高爽、济阳江洪、会稽虞骞,并工属文",语气似此三人皆卒于吴均前不远。《玉台新咏》卷六亦录有高爽,列柳恽后,其卒或在天监末乎?《先秦汉魏晋南北朝诗》所收作家以卒年为序而列高爽于范云前,显属不妥。又《梁书》以三人合叙,而逯氏列江洪于梁元帝后,二人相隔五十余年,亦可商。

又,《先秦汉魏晋南北朝诗》录高爽《题延陵县孙抱鼓诗》:"徒有八尺围,腹无一寸肠。面皮如许厚,受打未讵央。"盖讥孙抱体形肥壮也。然《孙谦传》所记屐谜则失收。名虽为谜,实则为五言诗:"刺鼻不知嚏,蹋面不知嗔。啮齿作步数,持此得胜人。"同为俳谐之诗,遗此录彼,何邪?

江洪、虞骞

江洪诗今存十八首,诗风轻艳,然《梁书》、《南史》记其生平仅寥寥三数句。《梁书》以其与高爽、虞骞并附《吴均传》后;《南史》附《吴均传》后,又于《王僧孺传》后记其于竟陵王子良府打铜钵立韵赋诗事,亦似有乖史传体例。

《先秦汉魏晋南北朝诗》列江洪于梁元帝后(参《高爽生卒年拟测》条)似以之为卒于梁陈之际。然据《南史·王僧孺传》所记,洪于齐武帝永明间已在西府为学士,则至梁末年已九十左右,不得如《梁书·吴均传》所记"为建阳令,坐事死"条。

推其致误之由,或在江洪有《和巴陵王四咏》诗。《梁书·敬辛纪》载,太平元年(556)十二月,以行参军萧统为巴陵王,盖以江洪和作为和萧统之作也。然齐、梁二代,受封巴陵王者除萧统外尚有六人:

一、萧子伦,齐武帝十三子,延兴元年(494)被杀,年十六。(《南齐书·武十七王传》)

二、萧昭秀,文惠太子第三子,建武二年(495)封爵,永泰元年(498)被杀,年十六。(《南齐书·明七王传》)

三、萧昭胄,竟陵王子良子,永元元年(499)封爵,寻被杀。(《南齐书·武十七王传》)

四、萧宝融,即齐和帝,梁武即位,封巴陵王,次日而被害,年十五。(《南齐书·和帝纪》)

五、萧宝义,齐明帝长子,萧衍代齐,封巴陵郡王,天监八年卒。(《南齐书·明七王传》、《梁书·武帝纪》)

六、萧屏,不详,仅知其卒于普通三年。(《梁书·武帝纪》)

据上述巴陵王七人生平行事,江洪和诗之巴陵王,当以萧宝义之可能为大,即或是萧屏,亦无由决江洪卒于梁陈之际。洪诗中尚有和新浦侯诗二首,新浦侯即萧子云,入梁降爵为子,此二诗亦必作于齐代。又有为《傅建康咏红笺》诗,按齐、梁傅姓为建康令者,有傅翙、傅岐父子。翙为建康令在天监中,岐约在普通中。见《梁书·傅岐传》、《循吏传》。

《玉台新咏》卷六列江洪于柳恽后。此书卷七前作者以卒年为序,则洪似当卒于天监十六年后。然《诗品》卷下又收入江洪。《诗品》约作于天监十三四年,例不录生人。是二书必有一误,然江洪之卒当在天监中后期,可无疑。

江从简年岁、官位

《梁书·江革传》记革次子从简,年十七,作《采荷词》以刺何敬容,位司徒从事中郎。《南史·江革传》略同,惟次子作三子,是。江革长子行敏,次子德藻,三子从简,《梁书》失记德藻。何敬容为仆射,一在中大通五年(533)至大同二年(536),一在大同五年(539)至十年(544)。据江革生于宋泰始五年(469)左右及江从简卒于梁太清二年(548)左右已有子代乞父命推之,《采荷词》当作于敬容初为仆射时,即中大通末,上推其生年当在普通初(520),得年近三十。

又,传载从简历官从事中郎,《乐府诗集》卷七五录此《采荷词》解题引《乐府广题》曰:"梁太尉从事中郎江从简,年十七,有才思,为《采荷词》以刺何敬容。敬容览之,不觉嗟赏,爱其巧丽。"按,萧梁一代,萧宏以天监十七年授司徒,普通元年转太尉,嗣后未见司徒之命。

元法僧于中大通四年(532)进太尉,为郢州刺史,大同二年(536),征为侍中、太尉,寻卒。江从简官职,疑以《乐府广题》所记为是。

何敬容为时所讥,除江从简《采荷词》外,复有萧巡卦名、杂合诗,盖敬容勤于庶务,为甲族高门所不屑,性复贪鄙,遂见嗤耳。

裴子野佚文

《南史·隐逸·阮孝绪传》载,孝绪不乐与人交,惟与比部郎裴子野善。子野荐孝绪于尚书令徐勉,言其"年十余岁随父为湘州行事,不书官纸,以成亲之清白。论其志行粗类管幼安,比以采章如似皇甫谧"。严可均《全梁文》失收。按《梁书·裴子野传》,范缜表荐子野为国子博士,言其年四十,时天监七年。传言"寻徐尚书比部郎,仁威记室参军。出为诸暨令","至是,吏部尚书徐勉言之于高祖,以为著作郎"。徐勉于天监六年为吏部尚书,合上观之,子野荐阮孝绪当在七八年。后又出为诸暨令,其入建康当在天监十年后。

裴子野《宋略》非全据沈约书

《梁书·裴子野传》载:"子野曾祖松之,宋元嘉中受诏续修何承天《宋史》,未成而卒。子野常欲继成先业。及齐永明末,沈约所撰《宋书》既行,子野更删撰为《宋略》二十卷。其叙事评论多善。约见而叹曰:'吾弗逮也。'"《史通·杂说中》云:"裴几原删略宋史,定为二十篇。芟烦撮要,实有其力,而所录文章,颇伤芜秽。如文帝《除徐傅官诏》、颜延年《元后哀册文》、颜峻(按,当作"竣")《讨二凶檄》、孝武《拟李夫人赋》、裴松之《上注国志表》、孔熙先《罪许曜（按，当作"耀"）词》，凡此诸文，是尤不宜载者。"按：《宋书·后妃传》记颜延之造文帝袁皇后哀册文，文甚丽而未录；《范晔传》记孔熙先谋逆，许耀为之内应。熙先被收，于狱中上书，而无罪耀之词。以是知《宋略》所据，非尽为沈约书，当有裴松之《宋史》遗文及所续补材料。

《史通·六家》以《宋略》归入"《左传》家"，可见书为编年体。惟其议论较多，且有《选举论》、《乐志叙》诸目，均见《全梁文》。则又似于编年中掺有纪传体之"志"。其书久阙，已无由论定。

《南史·张缵传》误抄《梁书》

《南史·张缵传》："（缵）大通中，为吴兴太守。居郡省烦苛，务清静，人吏便之。大同二年，征为吏部尚书。"此抄《梁书》而误也。《梁书·张缵传》："（大通）二年，仍迁华容公北中郎长史、南兰陵太守，加贞威将军，行府州事。三年，入为度支尚书，母忧去职。服阕，出为吴兴太守。"按，华容公萧欢，昭明长子，据《梁书·武帝纪》，于昭明卒前为东中郎将南徐州刺史，《武帝纪》同。《张缵传》"北"字疑误。而据《梁书》，缵以大通三年丁母忧，而大通三年即中大通元年，则其服阕为吴兴太守，当在中大通三年（531）或四年，在任四载或五载，而在大同二年（536）征为吏部尚书。《南史》抄而略之，省略丁母忧一段，径书大通中为吴兴太守，则在吴兴凡八年，意在简省而致疏漏。

刘峻仕历

李善注引刘峻《自序》曰:"齐永明四年二月,逃还京师。后为崔豫州刑狱参军。"《梁书·刘峻传》不载,而记"至明帝时,萧遥欣为豫州,为府刑狱,礼遇甚厚。遥欣寻卒,久之不调"。按,崔豫州指崔慧景,慧祖从兄。刘峻与慧祖交好,且受慧景知赏,建武中表举峻为硕学,当以是而入慧景幕。《南齐书·武帝纪》载,永明十一年(493)正月,"右卫将军崔慧景为豫州刺史",刘峻为刑狱参军当在此时。又《海陵王纪》载,延兴元年(494)十月,"以宁朔将军萧遥欣为豫州刺史",然据《宗室传》、《明帝纪》,遥欣未之任,而于建武元年即同年十一月出为荆州刺史,与豫州之命相隔仅一月。遥欣本传又记永泰元年(498),领雍州,移镇襄阳,永元元年(499)卒。以《刘峻传》"礼遇甚厚"观之,则峻盖随府之江陵、襄阳。

李善注又记:"梁天监中,诏峻东掌石渠阁,以疾乞骸骨。后隐东阳金华山。"《梁书》仅言萧秀使撰《类苑》,"未及成,复以疾去,因游东阳紫岩山,筑室居焉"。按,《文选·辨命论》李善注谓孝标至江左,"逡巡十稔而荣惭一命,因兹著论"。《辨命论》序云:"主上尝与诸名贤言及管辂,叹其奇才而位不达。时有在赤墀之下,豫闻斯义,归以告余。"是峻当时仍在建康。萧秀于天监十一年自郢州调入建康,时峻亦随入,或梁武又怜才而令其东掌石渠阁,因得闻有关管辂之议,乃作《辨命论》,"十稔"者,举大数而言。此论既出,建康乃不可复居,因即告归东阳(今浙江金华)。如不然,《自序》"乞骸骨"亦无着落。峻长于北东阳,终于南东阳,可云巧合。

又,严可均《全上古三代秦汉三国六朝文》录峻《东阳金华山栖志》,明言"所居东阳郡金华山",则"紫岩山"或为别名。

刘峻生年辨

《文选》录刘峻《重答刘秣陵沼书》,李善于题下注:"刘峻《自序》曰:峻,字孝标。平原人也。生于秣陵县,期月归故乡。八岁,遇桑梓颠复,身充仆圉。齐永明四年二月,逃还京师。后为崔豫州刑狱参军。梁天监中,诏峻东掌石渠阁,以病乞骸骨,后隐东阳金华山。"察其文字,虽属李善改写节录,然严可均《全上古三代秦汉三国六朝文》未收,吞舟漏网,殊疏。

《自序》为考证刘峻生平重要材料,为《梁书》、《南史》所据。《梁书·刘峻传》载:"宋泰始初,青州陷魏,峻年八岁,为人所掠至中山。"又载峻"普通二年卒,时年六十"。《南史》"二年"作"三年",年岁同。中华书局版《梁书》于峻卒年下出校,云:"'二年'《南史》作'三年'。按:上文云'宋泰始初,青州陷魏,峻年八岁,为人所掠至中山',则峻生于宋大明二年。自宋大明二年至梁普通二年,则首尾六十四年;至普通三年,首尾六十五年。'时年六十'下当脱一'四'字或'五'字。"

按,校记之说不当。据《南史》,峻父名珽之(《魏书》、《北史》作"旋之",《梁书》作"珽",疑作"珽之"是)。《魏书·刘休宾传》:"休宾叔父旋之,其妻许氏,二子法凤、法武(《册府元龟》卷九四〇作"法虎",《北史》盖避唐讳改),而旋之早亡,东阳平,许氏携二子入国。"休宾为刘宋幽州刺史,镇梁邹。东阳距梁邹不远,当是珽之卒后,刘峻母子依休宾,居东阳。据《魏书·显祖纪》、《通鉴》,皇兴二年(宋明帝泰始四年,468)一月,刘休宾降魏,三月,魏慕容白曜围东阳;三年(469)正月,东阳陷,五月,徙青、徐民于平城,孝标入北在此时无疑。是年八岁,则当生于宋孝武帝大明六年(462),至普通二年(521)正为六十岁。校语仅据"宋泰始初"而未检《魏书》,遂误以孝标于泰始元年(465)入魏,而推算时又误加一年。《梁书》所记实不误,《南史》"三年"当作"二年",《梁书》所误者在泰始仅七年而以"六年"为"初",以致混淆。

(注)此条写成后,得见陈垣先生《云冈石窟寺之译经与刘孝标》(见《陈垣学术论文集》),推算孝标生年,与上考同。陈先生又据《开元释教录》考得魏孝文帝延兴二年(472),云冈石窟寺沙门吉迦夜译《大方广十地》等经五部,刘孝标笔受。时孝标年方十一,正出家为僧时。钩沉表微,非博大精深无以及此,附志之以表仰止。

徐勉年岁志疑

《梁书》之《武帝纪》、《徐勉传》记勉以大同元年(535)十一月卒,年七十。逆推其生年在宋明帝泰始二年(466)。《南史·徐勉传》记勉"年十八,召为国子生",深得祭酒王俭知赏。此或本王僧孺《詹事徐府君集序》"年十八,见召为国子生"。王僧孺卒于普通二年(521),此序当为徐勉生前所编《前集》而作,所记不应有误。以此推之,徐勉在齐入太学在齐武帝永明元年(483)。然据《南齐书·高帝纪》及《礼志》,建元四年(482),诏立国学,置学生百五十人,"太祖崩,乃止"。齐高帝卒于是年三月,是诏下仅二月即亡故而未及施行。

齐武帝永明三年(485)，又诏立学，置学生二百人，"其年秋中悉集"，任昉《王文宪集序》所记同。设徐勉以建元四年召入，其年十七，永明三年召入，则年二十，与"年十八"皆不能合符。徐勉国之大老重臣，《梁书》所记年七十于理不当有误，姑从之，俟续考。

《南史》、《隋书》记徐勉事有误

《南史·徐勉传》载，徐勉"迁临海王西中郎田曹行参军，俄徙署都曹。时琅玡王融一时才俊，特相慕悦，尝请交焉"，《梁书》不记迁临海王属官事。按，《南齐书·文二王传》载萧昭秀为文惠太子第三子，"郁林即位，封临海郡王，二千户。隆昌元年，为使持节、都督荆雍益宁梁南北秦七州军事、西中郎将、荆州刺史"。王融于永明十一年赐死，时萧昭秀尚未封王，授西中郎将，《南史》之误显而易见。《梁书》不记，不知李延寿何所据而云然。

《隋书·礼仪志》于天监八年记"吏部郎徐勉"议释奠。按，勉于六年已官吏部尚书，八年为中庶子，侍昭明讲《孝经》，所记"吏部郎"，误。

徐勉为尚书仆射

《梁书·武帝纪》载："大通元年春正月乙丑，以尚书左仆射徐勉为尚书仆射。"《南史·梁本纪中》作"以尚书右仆射徐勉为尚书仆射"。中华本《梁书》校云："本书《徐勉传》，勉以尚书右仆射为尚书仆射。按：自普通四年尚书左仆射王暕死后，左仆射久缺，徐勉不曾为左仆射。"据此而以为"左"当作"右"。《南史》据张林楷校记径删"左"字。按，二书所校皆是。《梁书·武帝纪》载，中大通三年六月，"尚书仆射徐勉加特进、右光禄大夫"，七月，"以吏部尚书何敬容为尚书右仆射"；《梁书·何敬容传》载，中大通三年，敬容"迁尚书右仆射，参掌选事，侍中如故。时仆射徐勉参掌机密，以疾陈解，因举敬容自代，故有此授焉"，均可证。《南史》于"纪"书"左仆射"，于《徐勉传》则作"又除尚书仆射"，亦前后不一。

《隋书·百官志》载，梁初，尚书省置令、左、右仆射各一人。"令总统之。仆射副令，又与尚书分领诸曹。令阙，则左仆射为主。其祠部尚书多不置，以右仆射主之。若左、右仆射并缺，则置尚书仆射，以掌左事，置祠部尚书，以掌右事。然则尚书仆射、祠部尚书不恒置矣"。按，梁武在位四十八年间，为尚书仆射者有沈约、徐勉、张缵、谢举、王克，共十六年。阙左仆射而以右仆射主省事者，徐勉前已有袁昂。徐勉在省十三年，深得宠信，普通四年王暕卒后，即以右仆射副尚书令袁昂主省事，凡三年。大通元年，以左仆射久阙，即以徐勉为仆射。于其告病前，未再分置左、右，史称其"竭诚事主"，"物无异议"，观此信然。

徐摛生年及年岁

《梁书·徐摛传》："简文被闭，摛不获朝谒，因感气疾而卒，年七十八。"《南史》同。简文于大宝二年(551)八月为侯景所囚，十月被害。摛时年老，当是愤懑而致暴卒。以是年七十八推之，当生于宋后废帝元徽二年(474)。然梁元帝《法宝联璧序》记"新安太守前家令东海太守徐摛，年六十四，字士绩"。序作于中大通六年(534)，以此核之,摛当生于宋明帝泰始七年(471),卒年八十一。当从。说参拙著《魏晋南北朝文学史札记》,见《中古文学史论文集》。

《梁书·王规传》脱讹

《梁书·王规传》:"中大通二年,出为贞威将军骠骑晋安王长史。其年,王立为太子,仍为吴郡太守。"按,昭明太子卒于中大通三年三月,其年七月,萧纲立。传所记"二年"、"其年",必有一误,度之情理,当是"三"误为"二"。又,王规前此未任吴郡太守,何以言"仍为"。校《南史·王规传》作"王立为太子,仍为散骑常侍、太子中庶子,侍东宫。太子赐以所服貂蝉,并降令书,悦是举也。寻为吴郡太守",盖《梁书》脱去二十余字。

徐悱、刘令娴

徐勉次子悱,娶刘孝绰三妹刘令娴。刘工诗能文,《梁书·刘孝绰传》云悱"为晋安郡,卒,丧还京师,妻为祭文,辞甚凄怆。勉本欲为哀文,既睹此文,于是阁笔"。据《徐勉传》录勉《答客喻》,知悱卒于普通五年(524)二月,又有"今吾所悲,亦以悱始逾立岁,孝悌之至"之语,则卒年当为三十或稍长,其生年约在齐永明、建武间(494左右)。若夫年稍长于妻,则刘令娴或生于建武间,与其兄孝绰相差约十五六岁。《玉台新咏》卷六列刘令娴于末,其卒在中大通间乎? 若是,则其年岁亦不足四十。夫妇才人,惜皆不寿。

《文镜秘府论》记刘孝绰等撰集《文选》

刘孝绰参预主持《文选》编定,拙作《有关〈文选〉编纂中几个问题的拟测》(载《昭明文选研究论文集》)尝详论之。所据文献资料为《文镜秘府论·南卷·集论》:"或曰:晚代诠文者多矣。至如梁昭明太子萧统与刘孝绰等撰集《文选》,自谓异乎天地,悬诸日月。然于取舍,非无舛谬。"此"或曰"下即元兢《古今诗人秀句序》语,说本日人铃木虎雄,王利器氏《文镜秘府论校注》详为考证,其说云:"铃木虎雄以此为《古今秀句序》,其说可从,惜尚未达一间也。余以为此即《日本国见在书目·总集家》所著录之《古今诗人秀句》二卷之序,亦即《新唐书·艺文志》著录元兢《古今诗人秀句》二卷之序也。《新唐志》又出元思敬《古今诗人秀句》二卷,说者以为元思敬即元兢,盖《说文》云:'兢,敬也。'名字义正相应;而《新唐志·总集类》既著录康明员《辞苑丽则》二十卷,又出康显《辞苑丽则》三十卷,显、明亦相应,是亦一书重出之证也。元氏,《新唐书》无传,《旧唐书》卷一九〇上《文苑传》上云:'元思敬者,总章中为协律郎,预修《芳林要览》,又撰《诗人秀句》两卷传于世。'然则《古今诗人秀句》又名《诗人秀句》也。"以下列四事,证遍照金刚所引大段文字即为《古今诗人秀句》序文,文繁不具引。按,元兢为唐高宗间人,其时正曹宪、李善、公孙罗辈大倡选学,如火如荼,元氏上去昭明仅百余年,所记虽不言出处,要之非无据也。

《梁书·刘孝绰传》志疑

《梁书·刘孝绰传》:"孝绰幼聪敏,七岁能属文。舅齐中书郎王融深赏异之,常与同载适亲友,号曰'神童'。融每言曰:'天下文章若无我当归阿士。''阿士',孝绰小字也。"按:孝绰以梁武帝大同五年(539)卒,年五十九,则当生于齐高帝建元三年(481)。其七岁当即永明五年(487),时融年方二十一,乃出仕之初,尚不为时人所重;其见称于世,乃永明八九年后。自诩如此,似不近情。本传又言:"绘齐世掌诏诰,孝绰年未志学,绘常使代草之。父党沈约、任昉、范云等闻其名,并命驾先造焉。昉尤相赏好。范云年长绘十余岁,其子季才与孝绰年并十四五,及云遇孝绰,便申伯季,乃命季才拜之。"按:范云子当是孝才,《梁书》及《南史》《范云传》,又《南史·刘孝绰传》并作"孝才",当从之。其谓范云长于绘十余岁,误。《梁书·范云传》,云以天监二年(503)卒,年五十三,则当生于宋文帝元嘉二十八年(451)。《梁书·刘绘传》载绘以齐和帝中兴二年(502)卒,年四十五,则当生于宋孝武帝大明二年(458)。玄长于绘七岁,此云十余岁,误也。本传叙绘掌诏诰,及孝绰与范云、任昉、沈约相交事,亦可疑。《梁书》本传谓孝绰"年未志学",下文又谓年十四五。《南史》据此作年十四。按孝绰年十四,即隆昌元年(494)也。是年沈约已赴东阳,范云已去零陵,唯任昉在建康耳。《梁书》盖出传闻,不足信。

刘孝绰年表

《选》楼学士,刘孝绰为重要人物之一。其生平行事,《梁书》本传记载亦甚详尽,惜多不系年,间有疑问。爰就所考,列为简表如后:

齐高帝建元三年(481)

刘孝绰生。父绘,齐永明间文士,掌诏诰。

齐明帝建武元年(494)

十四岁。常代父绘草诏诰,沈约等异而折节先造。本传:"绘,齐世掌诏诰。孝绰年未志学,绘常使代草之。父党沈约、任昉、范云等闻其名,并命驾先造焉。昉尤相赏好。范云年长绘十余岁,其子孝才与孝绰年并十四五,及云遇孝绰,便申仼季,乃命孝才拜之。"按,范云于建武元年或二年出为零陵内史,说参本书《范云仕历》条。沈约于隆昌元年(494)出为东阳太守,明帝即位,征还。是沈、范与孝绰订忘年交,当在此年。

齐和帝中兴二年(502)

二十二岁。丁父忧。

梁武帝天监三年(504)

二十四岁。入仕为著作佐郎。有《归沐诗》赠任昉,昉有答诗。见本传。按,本传云"天监初,起家著作佐郎",天监元、二年孝绰尚在服中,任昉亦在义兴太守任,任昉于天监三年返建康,说参《任昉永明、天监间仕历》条。时孝绰服阕,故有入仕、赠诗事。本传云"天监初",稍嫌含混。是年,与陆倕、张率、到洽等出入任昉门下,号"兰台聚"、"龙门之游"。见《南史·到溉传》、《陆倕传》。

天监四年（505）

　　二十五岁。求预北伐。《类聚》卷五九有刘孝绰《求预北伐启》，略云："桓冲称谢安无将略，文靖公遂破苻坚；山涛谓羊祜不强，建成侯卒平孙皓。微臣之譬两贤，诚无等级；小虏之方二寇，势逾枯朽。"《梁书·武帝纪》天监四年"冬十月丙午北伐，以中军将军、扬州刺史临川王宏都督北讨诸军事，尚书右仆射柳惔为副"。惟孝绰似未从征，说详下。

天监五年（506）

　　二十六岁。是年前后，迁太子舍人，俄以本官兼尚书水部郎，时预宴幸，与沈约、任昉等赋诗应制。见本传。按，任昉于天监六年出为新安太守，时北伐尚未罢兵，而孝绰与任昉预宴赋诗，可知其不在北伐军中。又，天监元年十一月，立萧统为太子，置东宫官属。天监五年萧统出居东宫，次年徐勉等敕知宫事，此为东宫有实职僚属之始。孝绰授宫职，当在此时。

天监六年（507）

　　二十七岁。知青、北徐、南徐三州事，出为平南安成王萧秀记室，随府之江州。见本传。按《武帝纪》天监六年四月，"中书令安成王秀为平南将军、江州刺史"。《太祖五王传》同。孝绰在江州游庐山，与名僧畅谈佛理。其《酬陆长史佳》追忆当时情状，有"曰余滥官守，因之溯庐久"，"命驾独寻幽，淹留宿庐阜"，"谈谑有名僧，慧义似传灯"诸语。

天监七年（508）

　　二十八岁。五月后，随萧秀之荆州。《武帝纪》天监七年五月，"以平南将军、江州刺史安成王秀为平西将军、荆州刺史"。《太祖五王传》同。孝绰《登阳云楼诗》当作于是年，诗云："吾登阳台上，非梦高唐客。回首望长安，千里怀三益。顾惟渐入楚，降私等申白。"可知其随府迁转,本传略而未记。

天监八年(509)

二十九岁。返建康。本传:"寻补太子洗马,迁尚书金部郎。复为太子洗马,掌东宫管记。出为上虞令,还除秘书丞。高祖谓舍人周舍曰:'第一官当用第一人。'故以孝绰居此职。公事免,寻复除秘书丞。"按,萧秀于天监十一年召还,十三年复出为郢州。设孝绰随同入出,则两年间迁转不能频繁若此。又据本传"寻补"语,知孝绰入建康当在此年前后,下及天监十三年凡五六年,庶与迁转之繁不悖。又传云"舍人周舍",考周舍仕历,为中书通事舍人当在天监初,稍后即迁太子洗马、散骑常侍、中书侍郎。然官职升迁,实未离武帝左右。《朱异传》记异迁左卫将军、中领军,"舍人如故",度周舍或亦如此,传文漏记此四字耳。《司马筠传》记天监七年陈太妃薨,"舍人周舍议曰"云云,可以为证。

天监十三年(514)

三十四岁。在郢州。本传于"寻复除秘书丞"下即接叙"出为镇南安成王谘议,入以事免"。按何逊于是年由江州转郢州,为萧秀参军,与孝绰共事郢府。说参《何逊为水部郎》条。

天监十四年(515)

三十五岁。春,离郢州返建康。早春,何逊返建康,有《南还道中送赠刘谘议别》。何逊离郢不久,孝绰亦顺流东下,有《太子洑落日望水》、《栎口守风》诗。前诗云"临泛自多美,况乃还故乡","欲待春江曙,争途向洛阳",后诗云"奉心已立豫,归路复当欢",皆春日返京情状。何逊有《春夕早泊和刘谘议落日望水》、《和刘谘守风》,当是在建康所作。孝绰是年尚有《发建兴渚示到陆二黄门》,按《到洽传》明记洽于天监十四年为黄门给事郎兼国子博士,十六年迁太子中庶子,而陆倕又于次年出为晋安三长史,故知诗当作于本年。唯诗中所言似有远行,而自本年至普通七年,孝绰均在建康,岂其为公务行役乎?疑莫能明。

天监十五年(516)

三十六岁。在建康,以事免官。见本传。有《酬陆长史倕》。按,陆倕于是年之江州为萧纲长史,有《以诗代书别后寄赠》,孝绰此诗盖酬陆诗。陆诗云:"夕次浏洲岸,明登慈姥岑。水流多迴复,余归良未寻。"刘诗云:"薄暮阍人进,果得承芳信。殷勤览妙书,留连披雅韵。浏洲财赋总,慈山行旅镇。"陆诗云:"吏曹勉玉润,讽议勖金相。"刘诗云:"来喻勖雕金,比质非所任。"陆倕殷殷以在京友人体弱为念,嘱善自珍摄,玉质金相,盖用《大雅·棫朴》"追琢其章,金玉其相"语,故刘诗有"勖雕金"语。二诗符契之合从可知也。刘诗又有"虚薄无时用,徘徊守故林。屏居青门外,结宇霸城阴",亦为罢官家居语。

天监十六年(517)

三十七岁。本传:"起为安西记室,累迁安西骠骑谘议参军。敕权知司徒右长史事。"按,据《太祖五王传》,萧秀于天监十三年出为安西将军、郢州刺史,《武帝纪》载天监十六年七月,以秀为镇北将军、雍州刺史。玩本传无"出"字,孝绰起为安西记室当在上年或本年,或竟滞留建康。又据《武帝纪》,扬州刺史临川王萧宏于天监十五年进号骠骑大将军,《太祖五王传》记宏于十七年为司徒,然均无安西之号,孝绰盖于本年转入萧宏府为属官,传文"安西"二字疑涉上文而衍。

天监十七年(518)

三十八岁。在建康。萧秀卒,孝绰与王僧孺、陆倕、裴子野等各制墓碑。见《太祖五王传》。孝绰所作碑文今存,见《类聚》卷四七。

天监十八年(519)

　　三十九岁。在建康。是年前后，昭明于钟山讲解，有诗，刘孝绰、刘孝仪、陆倕、萧子显等有和作。按，梁武佞佛，意图会同三教。昭明步武继踵，于十七年开讲玄圃园，萧子显《玄圃园讲赋》首句云"曰天监之十七"，故知在是年。其后屡游钟山，并作开示。据《续高僧传》卷六《智藏传》，藏立头陀之舍六所，昭明闻而游览，各赋诗而返，其卒章云："非曰乐逸游，意欲识箕颖。"是即此诗。智藏卒于普通三年，僧舍之成自当在前。其时东宫学士云集，孝绰自此亦为昭明所宠赏，因有"浮丘"、"洪崖"之比，孝绰以是而愈忤于物。

普通元年(520)

　　四十岁，在建康。本传："迁太府卿，太子仆，复掌东宫管记。"按，据《太祖五王传》，萧宏于普通元年迁太尉，孝绰迁太府卿或在本年。《昭明太子传》载普通三年始兴王憺卒，昭明命"仆刘孝绰议其事"，证以张率、陆倕仕历，三人对掌东宫管记当在普通元、二年至四、五年间。

普通三年(522)

　　四十二岁。在建康。编昭明文集成。《诗苑》编成亦当在此前。《昭明太子传》："太子文章繁富，群才咸欲撰录，太子独使孝绰集而序之。"今传刘孝绰《昭明太子集序》云"粤我大梁之二十一载"，可知编次作序，当在本年。昭明《答湘东王求文集及〈诗苑英华〉书》云："又往年因暇，搜采英华，上下数十年间，未易详悉，犹有遗恨。而其书已传，虽未为精核，亦粗足讽览。"《颜氏家训·文章》记孝绰"又撰《诗苑》，止取何两篇，时人讥其不广"。颇疑《诗苑》即《诗苑英华》。若是，则其成书当在编集前，而据"不录生存"惯例，则又当成于天监十八年何逊卒后。文献不足，而马迹蛛丝宛然可见,姑为拟测云尔。

普通六年(525)

四十五岁。在建康。是年或稍前,迁员外散骑侍郎,廷尉卿。萧纲在雍州有书与孝绰,略云"既官寺务烦,簿领殷凑,等张释之条理,同于公之明察",以张释之、于定国作比,时孝绰正为廷尉卿可知。是年,以携妾入官府,为到洽所劾,坐免官。参《刘孝绰与到氏兄弟交恶》条。拙著《有关〈文选〉编纂中几个问题的几点拟测》(载《昭明文选研究论文集》,吉林文史出版社),定此事于普通七年。细按萧绎在荆州与孝绰书云:"君屏居多暇,差得肆意典坟,吟咏性情。"书中无一语慰其失官事。孝绰答书云:"爰自退居素里,却扫穷闾。……故韬翰吮墨,多历寒暑。"设萧纲此书作于普通八年,孝绰以六年罢官,二易寒暑,与答书"多历寒暑"庶可印证。故其被劾罢官似仍为本年事。

普通八年,大通元年(527)

四十七岁。在荆州。起为湘东王萧绎谘议。本传:"孝绰免职后,高祖数使仆射徐勉宣旨慰抚之,每朝宴常引与焉。及高祖为《籍田诗》,又使勉先示孝绰。时奉诏作者数十人,高祖以孝绰尤工,即日有敕,起为西中郎湘东王谘议。"按,前此梁武籍田,事在普通四年二月,见《武帝纪》。其诗今存集中,和诗中刘作已佚,萧纲之作尚存。萧纲于普通四年出为雍州,可知梁武《籍田诗》及其和作即在四年。岂本年又有籍田而本纪失载欤?抑孝绰复官与和诗无关而叙次颠倒欤?姑从阙疑。

大通二年(528)

四十八岁。在建康。为太子仆,协理萧统编定《文选》。按,孝绰为选纂《文选》主事者之一,海内外学者意见渐趋一致。全书杀青当在本年至孝绰丁母忧前二三年间。说参拙著《有关〈文选〉

编纂中几个问题的几点拟测》。

大通三年,中大通元年(529)

四十九岁。在建康。丁母忧。按,《刘潜传》记:"晋安王纲出镇襄阳,引为安北功曹史,以母忧去职。王立为皇太子,孝仪服阕,仍补洗马,迁中舍人。"《刘孝威传》略同。刘氏兄弟嫡母为琅玡王氏,母舅即王融,当为刘绘正室无疑。萧纲于中大通二年正月调扬州刺史,以是知刘氏兄弟丁忧在本年。

中大通三年(531)

五十一岁。本年或次年,在荆州。本传:"服阕,除安西湘东王谘议参军。"按,《刘杳传》:"昭明太子薨,新宫建,旧人例无住者。"萧纲于七月立为太子,稍后,刘氏兄弟服阕。刘潜、孝威得入东宫,孝绰则复之荆州萧绎府。按《武帝纪》、《元帝纪》所载,萧绎于普通七年封西中郎将,中大通四年九月为平西将军,大同元年十二月进安西将军,则本传言孝绰除安西湘东王谘议参军,当在大同元年后。然史文书"平西"、"安西"等时不经意,混淆颇多,若孝绰在大同元年后始复起授职,则本年后行事阙如,竟达四年,似不可解。颇疑"安西"为"平西"之误,姑系之如此。

大同五年(539)

五十九岁。在建康。自中大通四年至本年,历任湘东王谘议,迁黄门侍郎、尚书吏部郎,受贿免官,复起为临贺王正德长史,迁秘书监,卒官。见本传,并参《刘孝绰受贿被劾》条。萧绎为作墓志铭。

子谅,亦能文,时号"皮里《晋书》"。历官著作佐郎、太子舍人、宣城王记室参军。"宣城王",《梁书》误作"中城王",中华书局标点本《南史·刘孝绰传》则作"中书宣城王",按,宣城王大器,中大通五年封中军将军。原文当作"中军宣城王",《梁书》夺去

"军宣",而《南史》又误"军"为"书"。

刘孝绰《元广州景仲座见故姬》诗

刘孝绰《元广州景仲座见故姬》,曩据《元法僧传》以为即作于大同中。今按,《梁书·武帝纪》普通六年载元法僧降,三月,以其二子景隆为衡州刺史,景仲为广州刺史。《元法僧传》载,"景隆封沌阳县公,邑千户,出为持节、都督广越交桂等十三州诸军事、平南将军、平越中郎将、广州刺史,中大通三年,征侍中、安右将军。四年,为征北将军、徐州刺史,封彭城王,不行"。《武帝纪》:中大通三年二月,以广州刺史元景隆为安右将军。是景隆当于大通中继景仲为广州刺史,而以中大通三年征入。《南史·梁本纪》载中大通四年二月,"以侍中元景隆为徐州刺史,封彭城郡王,通直常侍元景宗为青州刺史,封平昌郡王,随法僧北侵"。中华书局本校云:"张森楷《南史校勘记》:'《元法僧传》有元景仲,是法僧第二子,元景宗其人。疑宗字是仲字之误。'"《梁书·元法僧传》又载景仲于"大通三年,增封,并前为二千户,仍赐女乐一部。出为持节、都督广越等十三州军事、宣惠将军、平越中郎将、广州刺史"。中华书局本校语云:"'大通'上疑脱'中'字。自普通中至中大通三年,为平越中郎将、广州刺史者乃景隆。至中大通三年,景隆自广州刺史征还为侍中、安右将军,景仲乃出为广州刺史。"按,二书校语抵牾,《梁书》校语是。"大通"上增一"中"字而前后皆贯。《通鉴》卷一五五载,中大通三年十月,"乐山侯正则,先有罪徙郁林,招诱亡命,欲攻番禺,广州刺史元仲景(胡注:'仲景'当作'景仲')讨斩之"。《梁书·武帝纪》载讨平年月同,唯未记元法僧。《南史·萧正则传》记"刺史元景仲命长史元孝深讨之",是中大通三年十月尚在广州刺史任,次年二月必不能随父还北。《梁书·武帝纪》、《通鉴》所记随行者有景隆而无景仲,《南史》所载元景宗当别是一人,非必"元景仲"之误。景仲于大同中又征还为侍中,嗣后为广州刺史者有新渝侯萧映(暎)。据《通鉴》卷一五八,大同八年广州刺史萧映平卢子雄余众;《建康实录》卷一七,则系于大同十年;又据《南史·兰钦传》,萧映卒,兰钦继之,甫之任即为萧恬所害。是映之卒当在平卢子略后一二年间。兰钦被害,继任者又为元景隆。《元法僧传》载:太清初景隆又为广州刺史,遇疫道卒。又载:景仲"兄景隆后为广州刺史。侯景作乱,以景仲元氏之族,遣信诱之,许奉为主"云云。按"景隆"句上疑夺"继"字,或句下有脱文。然则元景仲盖三下广州矣。刘孝绰诗题"元广州",作于大同间,抑在其前,已不能遽断。

刘孝绰与到氏兄弟交恶

《南史·刘孝绰传》载孝绰与到氏弟兄交恶,肇始当在齐末。传云:"初,孝绰与到溉兄弟甚狎。溉少孤,宅近僧寺。孝绰往溉许,适见黄卧具,孝绰谓僧物色也,抚手笑。溉知其旨,奋拳击之,伤口而去。"以此为交恶滥觞。到溉于梁天监初入仕,孝绰往访,居甚湫隘,当是未仕时情状。然细按之,则犹有疑焉。孝绰轻薄无行,谑而致虐,到溉挥以老拳,皆由少年气盛,未必耿耿于怀,终生不忘。此其一。孝绰集中有《发建兴渚示到陆二黄门》,此到指到洽。洽与陆倕在东宫,寻迁给事黄门侍郎,据洽传,事在天监十四年,此诗当作于是年。是刘、到交谊尚密,设以佛寺一事见憾,必不然矣。此其二。《文选》卷五五录刘孝标《广绝交论》,此论盖憾于二到不恤任昉身后而发,善注言之凿凿,毋庸置疑。刘孝绰为《文选》实际主事者,《论》固一时名作,其入选既出公心,复偿私怨,可谓两得其便。然《文选》卷二二又录徐悱《古意酬到长史溉登琅玡城》。悱为孝绰妹夫,早卒,《文选》独取此篇,以刘、到交恶论之,又不可解,此其三。

按刘孝绰与到氏兄弟交恶,实在到洽而不在到溉。僧寺一案,少不更事,当不致结成宿怨。《颜氏家训·风操》记:"到洽为御史中丞,初欲弹刘孝绰。其兄溉先与刘善,苦谏不得,乃诣刘涕泣告别而去。"子推父协,与孝绰于普通、大同间在荆州萧绎幕,《家训》所记必无虚妄,是孝绰与溉未尝交恶也。《梁书·刘孝绰传》载:"初,孝绰与到洽友善,同游东宫。孝绰自以才优于洽,每于宴坐嗤鄙其文,洽衔之。及孝绰为廷尉,携妾入官府,其母犹停私宅。洽寻为御史中丞,遣令史案其事,遂劾奏之,云:'携少妹于华省,弃老母于下宅。'高祖为隐其恶,改'妹'为'姝'。坐免官。"所谓每于宴坐"嗤鄙其文",厥为交恶之真实缘由。文人以文为业,孝绰嗤鄙之,不啻动摇邦基国本,且刘传又言其"仗气负才,多所陵忽,有不合意,极言诋訾",神态傲慢,言语尖刻,虽千载下犹可想见,宜乎到洽与之不共戴天矣。证诸《发建兴渚示到陆二黄门》诗,交恶当在天监后。甚或到虽慊慊于刘,而刘则蒙然不晓。观其起为湘东王谘议谢启曰"兼逢匿怨之友,遂居司隶之官,交构是非,用成萋斐",似可为证。普通七年孝绰被劾,固属细行不护,然亦为交恶题中应有之义。

到洽弹文中"携少妹"两句,中华书局标点本《梁书》于此出校,云:"孝绰劾奏之辞当为少妹,高祖为隐其恶,亦当是改姝为妹。昔人谓此妹姝二字互倒。"按,此说可商。以"妹"改"姝",加一笔即可,其情不显;以"姝"改"妹",则必施以雌黄,痕迹显然,反易转巧为拙,欲盖弥彰。"妹"可解作姐妹之妹,亦可解作少女(《易·归妹》注,《后汉书·皇后记》注)。此以"少妹"与"老母"相对,其毒刻骨,盖暗指孝绰为齐襄公。设令所携非其女弟,亦可据经典以自辩,洽诚刀笔吏哉!《南史》本传"论曰"及《张缅传》均谓孝绰"中冓为尤",《到洽传》记洽"下车便以名教隐秽"而弹孝绰,设原奏为'少妹',与"中冓"、"隐秽"便无干系。《刘孝绰传》记事与"论"圆凿方枘,疑记事据梁武修改后之奏章,而又于"论"中故示闪烁,以启真相也。其事过丑,宜梁武无以昭告朝野而为之隐。

刘孝绰受贿被劾

《梁书·刘孝绰传》记:"迁黄门侍郎,尚书吏部郎,坐受人绢一束,为饷者所讼,左迁信威临贺王长史。"按,孝绰使气负才,又行为不检,《南史》至讥为"人而无仪"。受绢仅一束而为饷者所讼,一若预设机关待其入彀。《南史·刘孝绰传》所记同。然《梁书》、《南史》《刘览传》并记:"(览)从兄吏部郎孝绰,在职颇通赃货,览劾奏,免官。孝绰怨之,尝谓人曰:'犬啮行路,览噬家人。'"计当是饷者讼于览而为览所劾,惟所得处分,彼言左迁,此言免官,虽可能为免原官而左迁,终乖史家之严谨也。又,《南史·刘孝绰传》言其"前后五免"而语焉不详,据《梁书》,免秘书丞,免安成谘议参军,免廷尉卿,仅三次,并此而为四。其第五次或为由洗马出为上虞令,孝绰《上虞乡亭观涛津渚学潘安仁河阳县诗》云"谁谓服事浅,契阔变炎凉。一朝谬为吏,结绶去承光",怨怼之情宛然可见。自东官僚属迁出为县令,其中原由已不可考。梁制:县令为七班,太子洗马为六班,然清浊之分如天壤焉。故出为县令谓为"免官",似亦可通。

刘孝仪出使东魏

《梁书·刘潜传》:"大同三年,迁中书郎,以公事左迁安西谘议参军,兼散骑常侍。使魏还,复除中书郎。"按:大同三年(537)即东魏孝静帝天平四年。《魏书·文苑·邢昕传》,"天平初,与侍中从叔子才、魏季景、魏收同征赴都。寻还乡里。既而复征。时萧衍使兼散骑常侍刘孝仪等来朝贡,诏昕兼正员郎迎于境上"。本传又谓昕于兴和中尝副李象使梁。据《孝静纪》,李象使梁在兴和二年(540),迎刘孝仪当在其前。检《魏书·孝静纪》,天平四年十二月书"萧衍遣使朝贡",元象元年(538)十月"萧衍遣使朝贡"。兴和元年六月又书"萧衍遣使朝贡"。据此刘孝仪(潜)出使东魏时间,当在大同三年至五年间也。

刘孝胜、刘孝先

刘孝绰兄弟七人,二弟孝能(《南史》作"孝熊")早卒,三弟孝仪,四弟失名,五弟孝胜,六弟孝威,七弟孝先。孝胜、孝先均从武陵王纪,兵败复为梁元帝所用。《梁书》、《南史》均不记其卒,盖西魏陷江陵,杀元帝,朝臣自尚书左仆射王褒以下,并为俘以入长安(见《南史·梁本纪》),孝胜、孝先兄弟自亦被掳以俱去。孝威生于齐建武三年(496),孝胜、孝先生年自在此前后数年。其父刘绘卒于中兴二年(502),孝先生年不得晚于此。

《南史·周弘让传》记弘让隐居茅山,后仕侯景,又云"始彭城刘孝先亦辞辟命，随兄孝胜在蜀。武陵建号，仕为世子府谘议参军。二隐并获讥于代"。《梁书·刘潜传》记孝先入仕在萧纪迁益州前，出处与周弘让情事相异，未知孰是。

刘孝胜《升天行》

刘孝胜事迹，《梁书》有传，但言其在元帝时为司徒右长史。然其人江陵陷后尚在，曾仕后梁。故《周书·萧詧传》谓后梁文章之士有刘孝胜。然又谓"其在梁、陈、隋已有传"，故不载其事迹。丁福保、逯钦立录刘孝胜诗，亦不言其仕后梁。今读其《升天行》，颇疑是入后梁所作。其言"少翁俱仕汉，韩终苦入秦"，言梁人而见周师入郢也。"惊祠伐楚树"，疑指周师平江陵；"赵简犹闻乐"用《国语》及《史记·赵世家》典，指周灭梁也。"秦皇多忌害"以下四句，疑指梁元帝之忌刻。

刘孝威卒年

刘孝威，《梁书》附《刘潜传》，所书行事殊简略。记孝威之卒，云："及侯景寇乱，孝威于匡城得出，随司州刺史柳仲礼西上，至安陆，遇疾卒。"按，柳仲礼于太清二年十二月与韦粲起兵援建康，大败。三年，与王僧辩俱降于景。景遣仲礼西上，入安陆。次年正月，西魏略安陆，柳仲礼被执。是孝威之"得出"，盖亦附侯景而为之驱遣也。其卒当在太清三年无疑。本传不记年岁，《法宝联璧序》记中大通六年(534)，孝威三十九岁，逆推知其生于齐明帝建武三年(496)，终年五十四岁。

刘孝威生年、年岁

《梁书·刘孝威传》不记孝威年岁,《法宝联璧序》载中大通六年(534),刘孝威年三十九,逆推当生于齐明帝建武三年(496)。卒于太清三年(549),终年五十四岁。其父绘卒于中兴二年(502),则其弟孝先当生于建武、永元间。

刘孺仕历

《梁书·刘孺传》,于孺早年仕历多不著年月,今稍加推定。一、"镇军沈约闻其名,引为主簿"。据《武帝纪》,约以天监三年正月为镇军将军,孺为主簿自在此后。二、"侍宴寿光殿,诏群臣赋诗,时孺与张率并醉,未及成"。据《张率传》,率于天监七年、八年、十二年在建康,此事当在此三年。三、"出为宣惠晋安王长史,领丹阳尹丞,迁太子中庶子,尚书吏部郎。出为轻车湘东王长史,领会稽郡丞,公事免"。据《简文帝纪》,萧纲两为丹阳尹,一在天监十二至十三年,一在天监十七至十八年。又据《元帝纪》,萧绎于天监七年生,十三年封湘东王,"初为宁远将军、会稽太守、入为侍中、宣威将军、丹阳尹",普通七年出为荆州,语焉不详,《武帝纪》亦不载其为会稽太守、丹阳尹年月。按,普通二年至三年丹阳尹为萧机,三年至四年为袁昂,具见二人本传。是则萧绎为丹阳尹当在四年,此前为会稽太守。若此,则可推定刘孺于天监十二年为萧纲丹阳尹丞,十三年萧纲出为荆州,孺未随府而转太子中庶子,迁尚书吏部郎,约于普通初出为会稽郡丞。

刘孺字孝稚

《梁书》载孺字孝稚,《南史》作"季幼"。中华书局本于《南史·刘孺传》出校云:"'季幼'《梁书》作'孝稚',避唐讳,改'稚',作'幼'。'季'、'孝'形似,未知孰是。"按,孺兄弟、从兄弟并字"孝□",孺不得独异,且孺于兄弟中居长,更不得字"季",可决为"孝稚"。《法宝联璧序》亦作"孝稚"。

刘孺年岁当从《梁书》

《梁书·刘孺传》:"年十四,居父丧,毁瘠骨立,宗党咸异之。服阕,叔父瑱为义兴郡,携以之官,常置坐侧,谓宾客曰:'此儿,吾家之明珠也。'既长,美风采,性通和,虽家人不见其喜愠。"按,刘孺父悛,为齐明帝顾命重臣之一,《南齐书》有传,卒于东昏永元元年(499),则刘孺当生于齐武帝永明四年(486)。传又记孺于梁武帝大同七年(541)入为侍中,"其年复为吏部尚书,以母忧去职。居丧未期,以毁卒。时年五十九"。以永明四年下推五十八年,为大同十年(544),亦与居丧未期而卒可以相符。然《法宝联璧序》记中大通六年(534),刘孺年五十五,逆推生年当在齐高帝建元二年(480),居父丧时年已二十,如以大同十年为卒年,则年岁为六十五。

《法宝联璧序》为重要原始材料,然不能必其无误字也。刘孺生年,序、传歧异,度以常情,当从序说。盖《梁书》错讹百出,未可据信。然设从序以孺生于建元二年,丁忧时年二十,则前引传文将无一是处。"居父丧,毁瘠骨立,宗党咸异之",服阕,叔父瑱"携以之官,常置坐侧",岂能用之于成年人?以下又有"既长"之语,更不可通。再,传载刘孺"少与从兄苞、孝绰齐名",《刘苞传》载刘苞及"从兄孝绰、从弟孺"等并见知梁武,而据《刘孝绰传》、《刘苞传》,孝绰生于齐建元三年(481),苞生于建元四年(482),孺自不得生于建元二年。故颇疑序所记"五十五岁"下"五"字衍。若此,则刘孺生于永明三年(485),与传所记相去一年,丁忧时年十五,传中所记始无扞格。如序所记年岁无误,则此传殆成史家笑柄。

《南史》记罗研事混乱

罗研,《梁书》无传,《南史》附《邓元起传》,云:"蜀土以文达者,惟研与同郡李膺。"又记鄱阳王萧恢在蜀,闻其名,请为别驾;西昌侯萧渊藻重为刺史,州人惧,研举止自若;江阳人齐苟儿反,临汝侯萧渊猷嘲蜀人乐祸贪乱,研对以蜀民穷困已久,若令甑中有数升麦饭,"将不能使一夫为盗",辞义严正,时所罕见。按,萧恢自天监十三年至十七年为益州刺史,萧渊藻自天监四年至九年为益州刺史,《南史》记事失次。萧渊猷为渊藻弟,《南史》有传,《梁书·武帝纪》载中大通三年"以前太子詹事萧渊猷为中护军",五年卒。《南史》本传记其为益州刺史而不记年月,或当在天监九年至十三年间。《南史·马仙琕传》记仙琕副将齐苟儿,为魏人所执,当别是一人,非反于蜀中者。据上引知罗研居官未出益州,其时在天监初至天监末。

《邓元起传》又记:"大通二年,(研)为散骑侍郎。嗣王范将西,忠烈王恢谓曰:'吾昔在蜀,每事委罗研,汝遵而勿失。'范至,复以为别驾,升堂拜母,蜀人荣之。数年卒官。"《梁书》、《南史》范传均记范为益州刺史,而《南史》为详:"出为益州刺史,行至荆州而忠烈王薨,因停自解。武帝不许,诏权监荆州。及湘东王至,范依旧述职,遣弟湘潭侯退随丧而下。大同元年,以开通剑道,克复华阳增封。"如据《邓元起传》,一似萧范出为益州在大通二年后,而萧恢卒于普通七年,文义遂不可通。据《萧范传》,盖范于普通七年出为益州,未至而遭父丧,及湘东王绎抵荆州,范乃复溯流西上。是则罗研之为萧范别驾当在普通八年。大通二年,进散骑侍郎。数年卒官,或在中大通初。

阮孝绪著作

阮孝绪著作,《梁书》本传记作"所著《七录》等书二百五十卷",《南史》本传记作"所著《七录》、《削繁》等一百八十一卷,并行于世"。《隋志》录为:

《文字集略》六卷。

《正史削繁》九十四卷。

《高隐传》十卷。

《七录》十二卷。

盖为唐初尚存者,李延寿所见仅止于此,其所谓"一百八十一卷"者,与《广弘明集》卷三收《七录目录》后所附阮氏自记其著作目录同。阮氏记云:

《文字集略》一帙,三卷,序录一卷。

《正史削繁》十四帙,一百三十五卷,序录一卷。

《高隐传》一帙,十卷,序例一卷。

《古今世代录》一帙,七卷。

《序录》二帙,一十一卷。

《杂文》一帙,十卷。

《声纬》一帙,一卷。

右七种,二十一帙,一百八十一卷。

阮孝绪撰,不足编诸前录而载于此。

此七种见于《隋志》者三种,除《高隐传》外,卷数亦异。《文字集略》三卷增为六卷,当是后人抄录一分为二;《正史删(削)繁》则至唐初已残缺不全。阮氏自记著作总数为一百八十一卷,与《南史》合而与《梁书》异。《梁书》所记溢出六十九卷,不知所据。惟以上述各书卷数总计之,得一百八十卷,与阮氏自记相差一卷。颇疑《古今世代录》七卷下尚有"序录"一卷,而其下《序录》二字当属上而夺去"一卷"二字及下一书名;或《序录》竟是《七录》之误,"一十一卷",下"一"字当作"二"字,盖《七录》十二卷,"二"字稍稍漫漶磨损,即易误作"一"字。

又,阮氏自记《七录》所录群书为四四五二六卷,而以每录总数计之,得四四五二一卷。严可均谓"皆《弘明集》("弘"上夺"广"字)传写之误也。今无以知其为孰是",所言自合情理。千载而下,已无可校证,且亦琐屑,无碍大体。《史通·因袭》记:"阮氏《七录》,以田、范、裴、段诸记,刘、石、苻、姚等书,别创一名,题为'伪史'。及隋氏受命,海内为家,国靡爱憎,人无彼我,而世有撰《隋书》之《经籍志》者,其流别群书,还同阮录。"刘氏于前代及本朝史书,挑剔近苛。阮孝绪撰《七录》正"索虏"、"岛夷"对峙之时,行人使者可彼此交往,而著之于史籍,必按"《春秋》大义",严正名之例。至《隋志》则列作"霸史"而非"伪史",刘氏之说近诬。

僧旻卒年志疑

《高僧传·僧旻传》记旻卒于大通八年。大通仅三年,且据传文,此"大通"当为"普通"之误。陈垣先生《释氏疑年录》卷二有考:"《续僧传》五(按,当作"六")作大通八年二月卒。大通无八年,普通八年三月改元大通。此大通八年,当为普通八年之误,即大通之元年也。《释氏通鉴》正作大通元年,与《续僧传》'永明十年,年二十六'之说合。"说有据。然《隋书·礼仪志》载,梁大同七年(541),"皇太子表其子宁国、临城公入学,时议者以与太子有齿胄之义,疑之。侍中、尚书令臣敬容、尚书仆射臣缵、尚书臣僧旻、臣之遴、臣筠等以为'参、点并事宣尼,回、路同谘泗水'"云云。按,所记宁国公为萧大临,临城公为萧大连,均萧纲子。《太宗十一王传》记大临、大连于大同七年俱入国学,与《隋书》所记同。据《隋书》行文,与议者称"臣某",且何敬容、张缵官职亦合,自是直抄档案原文,于理不容有误。可怪者,竟赫然有"尚书臣僧旻"。其时旻圆寂已达十五年,岂梁世有二"僧旻"欤?疑莫能解,愿求解于方家。

刘潜仕历

《梁书·刘潜传》载刘孝绰言诸弟"三笔六诗",三即刘潜孝仪。传载其天监五年举秀才。《类聚》卷五九录其《为临川王奉诏班师表》,萧宏北伐,以五年奉诏班师,孝仪代笔作表,时仅二十一岁,计当时已文名籍甚,诚早慧也。传又载受敕制《雍州平等寺金像碑》,文甚宏丽。文见《类聚》卷七六，"日轮照曜，月面从容，毫散珠辉，唇开异色。似含微笑，俱注目于瞻仰；如出软言，咸倾耳于谛听"，读之如睹敦煌壁画，天水塑像，"三笔"之誉，良不谬也。卷七七又有《平等寺刹下铭》，当是同时之作。传文于"文甚宏丽"下接叙"晋安王纲出镇襄阳，引为安北功曹史"。按，"碑"、"铭"二作，描摹精细，必是目见写实，非虚室悬想所能得之，故敕令制碑与萧纲引为功曹史二事次第当互易。

又，传载："大同三年，迁中书郎，以公事左迁安西谘议参军，兼散骑常侍。使魏还，复除中书郎。"据《通鉴》，大同二年，梁与东魏媾和，自三年至十三年，两国行人来往，几无年无之。唯北使入南多于南使入北。四年九月，"散骑常侍刘孝仪聘于东魏"，《梁书》不书年月，一若即三年本年事，似含混。

刘潜名字及年岁

《梁书·刘潜传》载："刘潜，字孝仪，秘书监孝绰弟也。幼孤，与兄弟相励勤学，并工属文。"按，刘氏一门，于齐、梁间能文者达七十人，妇人如刘令娴亦有集三卷。据《南史·刘缅传》，缅四子为悛、恒、绘、瑱。悛子：孺字孝稚、览字孝智，遵字孝陵；恒子：苞字孝尝；唯绘有七子：孝绰、孝能、潜字孝仪、□□、孝胜、孝威、孝先。孝绰兄弟均行"孝"为双名，唯潜为单名，字孝仪，颇不可解。《法宝联璧序》记作"洗马权兼太府卿彭城刘孝仪，年四十九岁，字孝仪"，不书"潜"。《法宝联璧序》流传至今，鲁鱼之讹，容或以免，然名、字之间，不应错谬。可见刘潜之"官名"亦为孝仪。意孝绰一支原名皆有单名，后则皆以字行。

《法宝联璧序》又记孝仪年岁为四十九,逆推当生于齐武帝永明四年(486)。《梁书》本传则言"大宝元年(550),病卒,时年六十七",逆推当生于齐武帝永明二年(484)。然本传又记其"幼孤"。孝仪父绘,《南齐书》有传,卒于齐末中兴元年(501)。据《梁书》,丁忧时已十九岁,不得谓之"幼";据《法宝联璧序》,丁忧时年十七,尚勉强可通。二说相较,似宜从序。若是,则孝仪终年六十五岁。

刘苞卒年

《梁书·刘苞传》载,"天监初,以临川王妃舅故,自征虏主簿仍迁王中军功曹,累迁尚书库部侍郎,丹阳尹丞,太子太傅丞","天监十年卒,时年三十"。《南史》于传主多不明记卒年,惟《刘苞传》书"天监十年卒"。《先秦汉魏晋南北朝诗》刘苞小传全抄本传,卒年作"天监十三年";又临川王萧宏未尝尹丹阳,刘苞为丹阳尹丞,当在天监五年,时丹阳尹为南平王萧伟,盖苞为任昉"兰台聚"诸人之一,时在天监五年。萧宏于天监四年北伐,苞以裙带之亲而不赴前线,亦常情耳。宏北伐还都,天监六年领太子太傅,刘苞乃复转入宏府为丞。

又,传言"四岁"而孤,《南史》作"三岁",以其父刘恒卒年不可考,未知孰是。

《梁书·刘杳传》夺字及刘杳撰著志疑

《梁书·刘杳传》记杳以母忧去职:"服阕,复为王府记室,兼东宫通事舍人。大通元年,迁步兵校尉,兼舍人如故。昭明太子谓杳曰：'酒非卿所好而为酒厨之职，政为不愧古人耳。'俄有敕代裴子野知著作郎事。昭明太子薨，新宫建，旧人例无停者，敕特留杳焉。"据《刘霁传》，杳兄霁十四居父忧，五十居母忧，以其父怀慰卒于齐永明九年(491)推之，其母卒于梁普通八年即大通元年(527)。故知"大通"上必夺去"中"字。中大通元年(529)迁步兵校尉，昭明云云，用阮籍事。又据《裴子野传》，子野卒于中大通二年，梁武诏称"鸿胪卿、领步兵校尉、知著作郎、兼中书通事舍人裴子野"，子野卒而以刘杳代其职。下即接叙中大通三年昭明薨，年代先后，次序井然。又，"服阕，复为王府记室，兼东宫通事舍人"，复为者，复为湘东王记室，时萧绎在荆州，似不得既为其记室，又兼东宫通事舍人，《南史》略去此三句，或亦疑其有误。

本传记杳撰《古今四部书目》五卷行世，然《隋志》未记。阮孝绪《七录序》云："通人平原刘杳从余游，因说其事(按，指著为《七录》)。杳有志积久，未获操笔，闻余已先著鞭，欣然会意，凡所抄集，尽以相与。"既已尽与孝绪，又何从而重行著书。疑《古今四部书目》即刘杳所抄集之未定稿而举以赠孝绪者，实则并未行世也。又，传载"杳及顾协等五人入华林撰《遍略》，书成，以本官兼廷尉正，又以足疾解。因著《林庭赋》，王僧孺见之叹曰：'《郊居》以后，无复此作。'普通元年，复除建康正"。按，撰《华林遍略》事在天监十五年，八年而书成(见《南史·何思澄传》，参《华林遍略》条)，已至普通四年，是当为"书未成"即兼廷尉正，本传记事有误。若至书成，免官作赋，王僧孺卒于普通三年，已不及见矣。

《隋志》三录《寿光书苑》二百卷，题"梁尚书左丞刘杳撰"。《梁书》、《南史》均不载此事，且未见《寿光书苑》之名。姚振宗《隋书经籍志考证》据《梁书·张率传》记天监七年，有敕直寿光省，治丙丁部书抄，以为"是书分甲、乙、丙、丁四部，似犹在《华林遍略》之前"。

按,敕抄丙、丁部分,当是于丙、丁部书中抄录材料,至其集成类书,则必按类排比以便索检,不当再分甲、乙、丙、丁四部。姚说可商。

《梁书·刘杳传》记年岁有误

刘杳兄弟三人,《梁书》并有传:兄霁在《孝行传》,弟歊在《处士传》,杳则在《文学传》。《刘杳传》记杳于大同二年(536)卒官,年五十,逆推其生年当在齐武帝永明五年(487)。传言杳"十三,丁父忧,每哭,哀感行路",据《南齐书·刘怀慰传》,杳父怀慰(闻慰)卒于永明九年(491),时刘杳年仅五岁。前后凿枘,盖丁忧年不误而享年有误。

《刘杳传》记:"天监初,为太学博士、宣惠豫章王行参军。"如杳以永明五年生,梁天监初仅十六七岁,焉得为太学博士?《南史》改"天监初"为"天监中"以图弥缝,然于下文仍不能相合。下文言"杳少好学,博综群书,沈约、任昉以下,每有遗忘,皆方问焉",并例举其熟诵王充《论衡》,朱建安《扶南以南记》,葛洪《字苑》,杨元凤《置郡事》,桓谭《新论》、《汉书》注诸事。任昉天监六年(507)出为新安太守,次年卒官,与刘杳论学当在此前。以弱冠之年而博闻强记如此,于事为难能;设为三十左右,则无抵牾。

《南史·阮孝绪传》载:"大同二年正月,孝绪自筮卦:'吾寿与刘著作同年。'及刘杳卒,孝绪曰:'刘侯逝矣,吾其几何!'其年十月卒,年五十八。"中华书局本于此出校,云:"按《刘杳传》杳以大同二年卒,年五十。此'吾寿与刘著作同年',谓与刘杳同年死。"按,寿向指年寿,校语别生解释,盖以调和二传,终嫌牵强。此必刘杳略长于阮孝绪,故有"吾其几何"之叹。若不然,刘杳五十而卒,孝绪年已五十八,又焉能倒流八岁而与之同一年寿邪?

由上可知,《梁书》所记年"五十"下必夺去"八"字。大同二年为五十八,永明九年丁忧正为十三岁,其生年当为宋顺帝昇明三年(479)。

刘遵年岁、仕历

刘孺二弟览、遵,并附见《梁书·刘遵传》。览卒年、年岁均不记,遵于大同元年(535)卒官,不记年岁。然《法宝联璧序》亦记遵年为四十七,是当生于齐武帝永明六年(488),年四十八。传言遵起家著作郎,太子舍人,累迁晋安王宣惠、云麾二府记室。据《简文帝纪》,萧纲于天监八年(509)为云麾将军,十二年入为宣惠将军,十四年为云麾将军,十七年复为宣惠将军、丹阳尹,普通元年(520)改云麾将军、南徐州刺史。以刘遵年岁、仕历计之,或当在天监十二年后入萧纲府,时年二十六,终其身均在萧纲府中。

刘遵生年

《梁书·刘遵传》记遵于大同元年(535)卒官,不书年岁。据《法宝联璧序》,遵于中大通六年(534)为四十七岁,逆推得其生年为齐武帝永明六年(488),终年四十八岁。又,据本传,遵自为晋安王记室以迄卒官,半生均在萧纲府中。时彭城刘氏弟兄均以能文名,孝绰见赏于昭明,遵、孝仪、孝威则受宠于简文。遵卒,简文与孝仪书,称遵"未尝造请公卿,缔交荣利","怡然清静,不以少多为念",可见其在幕中一心无二,此所以"偏蒙宠遇,同时莫及"也。据《王规传》,遵卒之次年,王规又卒,简文与萧绎书,又重提"去岁冬中,已伤刘子",悼惜情深,非作肤泛语也。

又,传载"中大通二年,王立为皇太子,仍除中庶子"。"二"为"三"之误,中华书局本失校。

刘显仕历

刘显于梁天监间均在建康。《梁书》本传载,九年,除临川王外兵参军,迁尚书仪曹郎。"出为临川王记室参军,建康平,复入为尚书仪曹侍郎,兼中书通事舍人。出为秣陵令,又除骠骑鄱阳王记室,兼中书舍人。累迁步兵校尉、中书侍郎,舍人如故"。按临川王萧宏自天监六年北伐返京后,于八年任扬州刺史至普通七年,前后达十七年之久。扬州州治在建康,秣陵在建康城南,传所谓"出"、"入"者,中央与地方官之别也。中华书局本于"临川王记室参军"下标句号。建康于侯景之乱前并无战乱,何以得"平"?据《隋书·百官志》:"建康旧置狱丞一人。天监元年,诏依廷尉之官,置正、平、监,皆选士流,务使任职。"建康平为职官名,于其前绝句,文义遂不可解,疑是排校之误。又"兼中书舍人"下标逗号,当作句号。《太祖五王传》记普通七年鄱阳王恢卒,"遣中书舍人刘显护丧事",则"累迁"盖在普通七年萧恢卒后。

《法宝联璧序》记有"前尚书左丞沛国刘显",则刘显为尚书左丞在中大通六年前,其时已解职,而为国子博士当在大同初。

《南史·刘显传》采野史无稽

《南史·刘显传》载:"时有沙门讼田,帝大署曰'贞'。有司未辩,遍问莫知。显曰:'贞字文为与上人。'帝因忌其能,出之。后为云麾邵陵王长史、寻阳太守。"此明以魏武、杨修故事为蓝本。《世说·捷悟》记门中题"活",酥盖书"合",前人已颇致疑,然"阔"与"人一口",所射尚能切合。"贞"字从"卜"、"贝",裂为"上人",则不成字形。刘显深通文字之学,必不作此不学之解,即梁武亦不当为此不学之隐。况既设廋词,欲觅解人,解人既得而复忌之,梁武纵忌才自负,不至于是。此事当出街谈巷语,不宜视为信史。

《梁书·刘显传》记事错乱

《梁书·刘显传》载显"迁云麾邵陵王长史,寻阳太守。大同九年,王迁镇郢州,除平西谘议参军,加戎昭将军。其年卒。时年六十三"。《南史》记作:"王迁镇郢州,除平西府谘议参军,久在府不得志。大同九年终于夏口,时年六十三。"

按,《南史》不误而《梁书》之谬甚明。邵陵王纶"三入刑科",然梁武舐犊情深,大同三年(537),复以之为江州刺史,见《武帝纪》,《高祖五王传》失载。而可异者,更在纶迁郢州之年。《武帝纪》载大同六年二月,"以江州刺史邵陵王纶为平西将军、郢州刺史",《高祖五王传》记作七年出为"平西将军、郢州刺史",而此处又记作九年,宁非咄咄怪事?

萧纶迁镇郢州，按常例当从本纪定为大同六年。如以《刘显传》"九年"为"六年"之误，则"其年卒"亦当在六年，与《南史》所记又异。据《南史·刘显传》，刘瓛卒，无嗣，"齐武帝诏显为后，时年八岁"。刘瓛卒于永明七年（489），时刘显八岁，六十三岁恰为大同九年（543）。姚氏父子记事错乱，而显之卒年及年岁则可符合。然《法宝联璧序》记"前尚书左丞沛国刘显，年五十三，字嗣芳"。以中大通六年（534）上推，显当生于齐高帝建元四年（482），与传所记相差一岁，疑当从"序"。《南史》所记刘显八岁嗣于刘瓛，或是据大同九年六十三岁逆推至永明七年所得。

钟嵘生卒年及《诗品》成书时间试测

《梁书·钟嵘传》未记嵘卒年、年岁，仅言："选西中郎晋安王记室。嵘尝品古今五言诗，论其优劣，名为《诗评》。其序曰：……顷之，卒官。"据《武帝纪》，天监十六年（517），萧续迁江州，代萧纲；《简文帝纪》，萧纲以天监十七年（518）为西中郎将，领石头戍军事，普通二年（521）正月为南徐州刺史。则嵘之卒，当在天监十八年（519）左右。《梁书·文学传》诸传主，大体以卒年为序，嵘传列何逊后，周兴嗣、吴均前，是亦可证其卒年约在此时。传又载嵘于齐永明中为国子生，"卫军王俭领祭酒，颇赏接之"。《诗品》称俭为"王师文宪"，亦可略见知遇之感。据任昉《王文宪集序》，《南齐书·王俭传》，俭入太学，监试诸生，事在永明三、四年（485、486）间。以常例推之，嵘当不足二十岁。则其生年或在宋明帝泰始三年（467）左右，终年五十余岁。

据《梁书》叙事次序，钟嵘先入萧纲府，作《诗品》（《诗评》），"顷

之,卒官",则《诗品》当作于天监十七八年。按,《诗品序》明言"不录存者",其所录梁代诗人顺次为:

梁太常任昉(天监七年卒)

梁左光禄沈约(天监十二年卒)

梁中书令范缜(约天监十三年卒。按,"中书令"当作"中书郎")

梁秀才陆厥(按,"梁"当作"齐",东昏侯永元元年卒)

梁常侍虞羲(卒年不可确考。李善注引《虞羲某序》:"天监中卒。")

梁建阳令江洪(卒年不可考)

梁步兵鲍行卿(卒年不可考)

梁晋陵令孙察(《梁书》不记其名)

江洪、鲍行卿卒年虽不可考,或不晚于沈约。钟嵘始撰《诗品》不当早于天监十三年。复有一事堪注意者,即《诗品》未及柳恽、何逊、吴均。吴均卒于普通二年(521),自不必论。何逊卒于天监十八年(519)前后,钟嵘纵在人间,《诗品》亦已杀青。惟柳恽卒于天监十六年(517),以恽出身望族而著诗名,远过江洪、孙察,如《诗品》成于天监十六年后,固无不录之理。若是,则书之成于天监十四、五年间,庶近事实。

钟嵘以天监三年至十三年随萧元简在会稽(参《〈南史〉记萧元简事错乱》条),十三年返建康至十七年选晋安王记室间事迹,本传略而未记,或竟为无事家居而潜心著述也。

本条草成,获见逯钦立先生《钟嵘〈诗品〉丛考》(见一九八四年中华书局版《汉魏六朝文学论集》),其考定成书年代。鄙见竟与不谋而合,心窃喜之。以论据材料稍有不同,故仍存之而不废焉。

逯先生文中记:"《文房小说》及《群书考索》两本,皆署梁征远记室参军撰。征远记室,不见本传。此署使隋唐时日本亦有之,则钟嵘或且非卒于西中郎晋安王记室时,惟此征远将军系何人,并在何时,顷以未能得之,以与《诗品》成书无关大体,存疑可耳。"按,明抄本《陈学士吟窗杂录》中《诗品》,亦署"梁征远记室参军钟嵘",此明抄吟窗本当源自宋本,又与考索本系统不同,可证此"征远记室参军"已见宋、元旧本。据《隋书·百官志》,梁初十八班,轻车、征远、镇朔、武旅、贞毅为十四班。注云:"代旧辅国。凡将军加'大'者,唯至贞毅而已,通进一阶。优者方得比加位从公。凡督府,置长史、司马、谘议诸曹,有录事、记室等十八曹。"又云,"梁武受命之初,官班多同宋、齐之旧","诸公及位从公开府者,置官属"。是则除皇族封王者外,征远将军并非皆能开府置官属。萧元简封宁朔将军,无见征远之号。然皇族中桂阳嗣王渊象封征远将军,官郢州刺史,似不必远求异国也。渊象受封,时约在天监前期,具体年月颇难确考。据《梁书·钟嵘传》,天监十三至十七年未载仕历,或即入渊象府为征远记室乎?以无从确证,亦无从排除,姑录之以俟大雅。

陶弘景年岁

《梁书·陶弘景传》载弘景于大同二年(536)卒,时年八十五,中华书局本《南史》作"大同二年卒,时年八十一",校云:"'八十一'各本作'八十五'。"据《全梁文》载《艺文类聚》三七梁简文帝《华阳陶先生墓志铭》及《文苑英华》八七三邵陵王纶《隐居贞白先生陶君碑》改。按传云"宋孝建三年生",至梁大同二年,正八十一岁。所校是,故径改"五"为"一",然《梁书》不改,则又密于此而疏于彼也。

按,萧纲《华阳陶先生墓志铭》云:"维大同二年,龙集景辰,克明三月壬寅朔十二日癸丑巳时,华阳洞陶先生蝉蜕于茅山朱阳馆。先生讳弘景,字通明,春秋八十有一。"萧纶《隐居贞白先生陶君碑》云:"以大同三年岁次景辰三月壬寅朔日癸丑告别年(羽?)化,春秋八十有一。"《文苑英华》影明本"三年"当作"二年",盖大同二年正属丙辰(唐人避"丙",改"景"),上推至宋孝建三年,正为八十一岁。严氏可均照录《文苑英华》,未加校改,中华本《南史》校记亦未校此字。复可异者,铭碑详记卒年月日时尚属通例,《南史》本传记其"以宋孝建三年景申岁夏至日生",详尽如本纪,规格越"山中宰相",而跻于"仙人"矣。

余锡嘉先生《疑年录稽疑》说同,惟未引萧纲所作墓志铭。又,余氏又引吴承仕《经籍旧音序录》,举碑文中记三十六岁除奉朝请而次年解职,与《梁书》、《南史》所记永明十年上表辞禄正符。

陶弘景归隐

《梁书·陶弘景传》载:"未弱冠,齐高帝作相,引为诸王侍读,除奉朝请。虽在朱门,闭影不交外物,唯以披阅为务。朝仪故事,多取决焉。永明十年,上表辞禄,诏许之,赐以束帛。"按,"齐高帝作相",时限不明。据《南齐书·高帝纪》,萧道成以宋后废帝元徽四年(476)为尚书左仆射,顺帝昇明三年(479)又进相国,旋印代宋即皇帝位。"作相"当指为左仆射。然弘景时已二十一岁,言"未弱冠",记事殊粗疏也。又据《南史·齐高帝诸子传》,宜都王铿,"出阁时,年七岁,陶弘景为侍读,八九年中,甚相接遇",《南齐书》记铿于延兴元年(494)被杀,年十八,则七岁时为永明六年,弘景于永明十年辞官,"八九年间",大体相符。

弘景于南齐仕途不利,淹于奉朝请凡十余年。其《与从兄书》云:

"仕宦期四十左右作尚书郎。即投簪高迈,今三十六,方作奉朝请,头颅可知,不如早去。"《南史》本传于其辞官前记曰:"家贫,求宰县不遂。"于此可见弘景非无意于功名,特萧齐高、武不加赏识,固顺水推舟而作清高之态耳。及其归隐茅山,声名转盛,乃知仕宦之外别有一途,循此而往,遂至"山中宰相"。南朝士人希企隐逸之风,王瑶先生已详论之。《南史》有朝隐、通隐之称,若陶隐居者,又高出一头地矣。

弘景永明十年辞官离建康,有《解官表》。《全上古三代秦汉三国六朝文》据《道藏》本《陶隐居集》录梁武帝《答陶弘景解官诏》,云:"卿遣累却粒……若有所须,便可以闻。"诏中无一字及解官,且弘景入梁以来未尝为官,可谓题不对文也。又,诏云"月给上茯苓五斤,白蜜二斗,以供服饵",《南史》记为永明十年齐武诏敕"所在月给伏苓五斤,白蜜二升,以供服饵",疑是抄梁武诏而误为齐武,"斗"、"升"行草形近,未知孰是。又,严氏复据《景定建康志》录陈宣懋《陶隐居井栏记》云:"先生丹阳陶,仕齐奉朝请,壬申岁来山,栖身高静。"壬申正为永明十年。

陶弘景《题所居壁》诗辨

《南史·陶弘景传》载:"弘景妙解术数,逆知梁祚覆没,预制诗云:'夷甫任散诞,平叔坐论空。岂悟昭阳殿,遂作单于宫。'诗秘在箧里,化后,门人方稍出之。大同末,人士竞谈玄理,不习武事,后侯景篡,果在昭阳殿。"《隋书·五行志》上载:"天监中,茅山隐士陶弘景为五言诗曰:'夷甫任散诞,平叔坐谈空。不意昭阳殿,忽作单于宫。'及大同之季,公卿唯以谈玄为务。夷甫、平叔,朝贤也。侯景作乱,遂居昭阳殿。"《通鉴》卷一五七所记略同。《先秦汉魏晋南北朝诗》据

《陶隐居集》题作《题所居壁》。

本事之无稽自不待言,惟近代史学家间亦引用,以为讽谏梁武帝。弘景隐居茅山,究心飞举,较之王衍诸人清谈误国又复何如？且梁武天监间国势鼎盛,与西晋末大异,时清谈之风亦已稍衰,比拟亦大不伦。而况梁武与弘景书问不绝,以"山中宰相"之聪明,岂得以西晋覆亡之训以批逆鳞？要之,此诗实传统咏史之体,所言为刘曜入洛阳、长安事,如此而已。然就诗论诗,自非恶札。

陶弘景《华阳颂》为五言诗

陶弘景《华阳颂》,凡六十句,分述"枢城"、"质象"、"形位"及"游集"、"才英"等十五事,四句一事一韵。冯氏《诗纪》录以为十五章。严氏《全上古三代秦汉三国六朝文》亦加收录,或以其名"颂"而视作昭明、刘勰所列文体之一欤？然此实五言诗。《先秦汉魏晋南北朝诗》多据《诗纪》,独遗此不收,似离准的。

江革生年、年岁

《梁书·江革传》载革卒于大同元年(535),不记年岁。前于《何逊生卒年问题试探》(见《文史》第二十四辑)已约略考之,今复具论。

《江革传》载革行事及其年岁者凡五见:一、"六岁便解属文。"二、"九岁丁父艰。"三、"十六丧母,以孝闻。服阕,与(弟)观俱诣太学,补国子生,举高第。齐中书郎王融、吏部郎谢朓雅相钦重。"四、"司徒竟陵王闻其名,引为西邸学士。弱冠举南徐州秀才。时豫章胡谐之行州事，王融与谐之书，令荐革"。五、普通六年（525），为魏人所执，自言"江革行年六十"。《洛阳伽蓝记》卷四《追光寺》条载此事于魏孝明帝孝昌元年（525），与《梁书》同。

六岁属文，自无可考。九岁丁艰，其父柔之，见《南史·孝义传上》，仅言"字叔远，孝悌通亮，亦至台郎"，卒年无可考。补国子生当在十九岁左右。为"中书郎王融，吏部郎谢朓"所钦重、所书融、朓二人官职均不足资考据，盖朓为吏部郎时，融久已被杀。然此事可大致定于永明五六年左右，其证有三：一、谢朓于永明三年（485）为太子舍人，在建康，四年随王萧子隆出为会稽，朓随行，约于五年返建康。九年又赴荆州。设为永明三年得识江革，时王融仅十八岁，与胡谐之书令其荐革，年似过少。如为永明五六年，则王融已历官数年，颇有声名。二、补国子生后，本传接书司徒竟陵王引为西邸学士。据《南齐书·武十七王传》，子良以五年正位司徒，移居鸡笼山邸（西邸），大集文士。《通鉴》卷一三六记子良开西邸在永明二年。《通鉴》于此详记西邸文士之名，中有"南徐州秀才济阳江革"。按，开西邸，招文士，《通鉴》于此总书之，非仅此年一年中事。江革之入西邸当在稍后。《通鉴》所记有"扬州秀才陆倕"，而倕举秀才在永明四年，是其证。三、胡谐之卒于永明十一年，举秀才必十一年前事。若此，则可假设江革于永明四年（486）补国子生，年十八；是年或次年入西邸；五年（487）举秀才，年十九。至普通六年被执，年五十八，故云"行年六十"。如上述推定去事实不远，则江革当生于宋明帝泰始四年（468）左右。

又，《梁书·江革传》中华书局标点本："俄迁左光禄大夫、南平王长史、御史中丞。"按，《武帝纪》、《太祖五王传》并记天监十七年以南平王伟为左光禄大夫、开府仪同三司，《隋书·百官志》载左右光禄大夫开府仪同三司在十七班，位仅次三公，光禄大夫则在十三班，御史中丞在十一班。江革晚年始官光禄大夫，天监十七年后为南平王长史,迁御史中丞。传中"左光禄大夫"显为萧伟,不当加逗号。

江蒨为司徒东阁祭酒仅十日

《梁书·江蒨传》:"起家秘书郎,累迁司徒东阁祭酒、庐陵王主簿。居父忧,以孝闻。"据《南齐书·海陵王纪》,延兴元年(494)八月,以鄱阳王萧锵为司徒,九月,诛之,以庐陵王萧子卿为司徒。《南史·齐武帝诸子传》:"鄱阳王锵见害,以子卿代为司徒。所居屋梁柱际血出溜于地,旬日而见杀。"蒨父敩卒于齐明帝建武二年(495),蒨时年二十,其为司徒东阁祭酒、庐陵王主簿必为上年事。张敞号五日京兆,江蒨则十日祭酒矣。时萧鸾尽杀高、武子孙,政局混乱有如此者。

又,本传言"迁太尉临川王长史,转尚书吏部郎"。据《太祖五王传》,临川王萧宏以普通元年为太尉,四年卒,则为长史当在此时。传又记:"初,王泰出阁,高祖谓(徐)勉云:'江蒨资历,应居选部。'"王泰为吏部尚书约在普通三年(参《王泰生卒年》条),时蒨以望族居吏部郎,迁尚书,资历相称,故梁武帝云云。徐勉于天监十八年为仆射,以婚事被拒而阻尼江蒨,时间前后亦相衔接。

张缵为萧、梁双重外戚

张缵于梁后期为重臣,负才使气,轻忽河东王誉,遂致被执被害。按,缵为弘策第三子,出继从伯弘籍。据《太祖张皇后传》,弘籍为张后弟,于萧衍为亲舅父,弘策为弘籍从弟,幼与萧衍相狎。张缵以此而为萧衍所宠,年十一,又尚萧衍第四女。萧衍提倡儒学,熟精三《礼》,以中表弟为女婿,此即周一良先生《婚姻不计行辈》之一证(文见《魏晋南北朝史札记》,又可参田余庆先生《东晋门阀政治》页二七一)。《梁书·张缵传》:"(大同)五年(539),高祖手诏曰:'缵外氏英华,朝中领袖,司空以后,名冠范阳,可尚书仆射。'"《南史》"手诏"作"诏",并记"缵本寒门,以外戚显重,高自拟伦,而诏有'司空'、'范阳'之言,深用为狭。以朱异草诏,与异不平"。按范阳张氏非高门,而张缵起家为甲族独占之秘书郎,亦可证萧梁时门第界限已不能如晋、宋时严格。而武帝以张华作比,缵犹以为不足,亦忘乎所以矣。梁武帝诏书,当出朱异手。异历掌机要典诰,《南史》所记,当非无据。严可均以此诏编入朱异而不入梁武,去取允当。

庾仲容生平简表

《梁书·庾仲容传》未记仲容卒年,惟言"及太清乱,客游会稽,遇疾卒。时年七十四"。据《法宝联璧序》载:"北记室参军庾仲容,年五十七。""序"作于中大通六年(534),上推知其生于宋顺帝昇明二年(478),又下推知其卒于大宝二年(551)。《先秦汉魏晋南北朝诗》小传作"太清二年,避乱游会稽卒",似无据。

仲容仕历,自天监至中大通三十年间,大体可考,试列如下:

一、天监六年,为安西法曹参军。

> 据《梁书·武帝纪》,天监前期授安西将军者,四年为河、凉二州刺史、宕昌王梁弥博,六年为荆州刺史、始兴王萧憺。仲容当为萧憺属官。

二、天监七年,为太子舍人。

本传载,吏部尚书徐勉拟庾泳子晏婴为官僚,泳为仲容叔父,固荐仲容,"勉许焉,因转仲容为太子舍人"。徐勉为吏部尚书在天监六年十月,而七年后仲容又迁安成萧秀主簿,故知必在此时。

三、天监七年后至十一年,为安成王萧秀主簿,在荆州。

本传载:"迁安成王主簿。时平原刘孝标亦为府佐,并以强学为王所礼接。"据《刘峻传》,安成王秀迁荆州,引峻为户曹参军。萧秀出为荆州在天监七年至十一年末,见《武帝纪》。

四、天监十二年,迁晋安功曹史,在建康。

《韦粲传》:"(粲)初为云麾晋安王行参军,俄署法曹,迁外兵参军、兼中兵。时颍川庾仲容、吴郡张率,前辈知名,与粲同府,并忘年交好。"粲于太清三年(549)为侯景所害,年五十四。天监十二年仅十八岁,与庾、张相交不能早于此。是年萧纲自南兖州入为丹阳令。次年出为荆州,故三人相交当在是年。

五、天监十三年至十六年,为永康令、钱塘令、武康令。

见本传。此三县皆在今浙江,四年而历三县,非常例,当与本传所云"治县并无异绩,多被劾"有关。

六、天监十六年七月后,之雍州。十七年至普通二年,在萧恪府。

本传:"久之,除安成王中记室,当出随府。皇太子以旧恩,特降饯宴。"据《武帝纪》、《高祖五王传》,安成王萧秀以天监十六年七月自郢州迁雍州,十七年春卒于赴雍道中。仲容随府在此时。萧秀实未至雍州,仲容则自建康赴雍州。萧秀道卒,遂在继任刺史南平王萧恪府为宾客,事见《南史·梁宗室下·萧恪传》:"(南平王伟)世子恪,字敬则,弘雅有风则,姿容端丽。位雍州刺史。年少未闲庶务,委之群下,百姓每通一辞,数处输钱,方得闻彻。宾客有江仲举、蔡蘧、王台卿、庾仲容四人,俱被接遇,并有蓄积。故人间歌曰:'江千万、蔡五百、王新车、庾大宅。'遂达武帝。"据此，可知萧秀卒后，即以萧恢代之，惟史无明文，然在天监十七年至普通二年间，则无疑问，盖据《武帝纪》，普通三年元月以萧续代萧恢，而仲容等人苞苴所得颇巨，积累需时，故知此数年间均在雍州。

七、普通三年至六年，为武陵王萧纪谘议参军，尚书左丞，免官。在建康。

本传。又，《谢几卿传》载几卿于普通六年免官，"时左丞庾仲容亦免归，二人意志相得，并肆情诞纵"。与二人情好者尚有王籍。(参《〈梁书〉记谢几卿仕历有阙》条)

仲容此后行事，已不得详考，传载"久之，复为谘议参军，出为黟县令"，《法宝联璧序》记"北中记室参军颍川庾仲容"，可证中大通六年(534)官记室参军，尝预修《法宝联璧》。时距普通六年(525)罢官已十年，即其起复在此前数年，《梁书》所记"久之"亦非泛泛语也。

《殷芸小说》与殷芸事迹

《殷芸小说》，自鲁迅、唐兰、余嘉锡三氏辑本出，始为世人注目。余氏《殷芸小说辑证》(见《余嘉锡论学杂著》)卷首有序，要言不烦，具录如下：

《隋书·经籍志》云："小说十卷，梁武帝敕安右长史殷芸撰。"案：殷芸字灌蔬，陈郡长平人。《梁书》、《南史》并有传(《南史》附《殷钧传》后)。但皆不载其著述。《史通·杂说篇》云："刘敬叔《异苑》称：晋武库失火，汉高祖斩蛇，剑穿屋而飞，其言不经,故梁武帝令殷芸编诸小说。"(曹、沈按:"蛇"下不当逗,疑排印之误。)姚振宗曰:"案此殆是梁武作《通史》时事,凡此不经之说为《通史》所不取者,皆令殷芸别集为《小说》,是此《小说》因《通史》而作,犹《通史》之外乘。"(见《隋书经籍志考证》卷三十二)其说是矣。《北户录》注(卷三)引介子推事,题为《梁武小说》,正因其为奉敕所撰,犹之唐修《晋书》,号为太宗御撰云尔。

余氏又录《梁书·殷芸传》,于"领丹阳尹丞"句下注云:

《隋志》称芸为安右长史,本传不书。考《豫章王综传》云:天监十三年迁安右将军,十五年迁西中郎将、护军将军,又迁安前将军、丹阳尹。由此推之,芸盖先为豫章王安右长史,后始随府主转官。至综迁安前将军,芸亦必转为安前长史,故得领丹阳尹丞。本传于安右、安前皆不书者,略之也。芸以安右长史奉敕撰小说,则其书当作于天监十三四年间矣。

所考亦确。今据《梁书》、《南史》,续得数事:一、传云:"永明中,为宜都王行参军。"据《南齐书·高帝十二王传》,萧铿于永明十年以游击将军迁左民尚书,十一年都督南豫、司二州军事,南豫州刺史。次年即延兴元年被杀。殷芸为行参军必在永明十一年,为时一年。是"永明中"当作"永明末"。二、传云"天监初,为西中郎主簿,后军临川王记室。七年,迁通直散骑侍郎,兼中书通事舍人"。据《太祖五王传》,萧宏于天监元年(502)为西中郎将,四年北征。则芸入梁即为王府幕僚,且曾随萧宏北伐。三、芸与任昉交善。《南史·到溉传》记天监中,昉为御史中丞,刘孝绰兄弟、殷芸等车轨日至,号"兰台聚"(《陆倕传》记作"龙门之游")。《梁书·任昉传》载天监七年,任昉卒，殷芸与到溉书有"哲人云亡，仪表长谢。元龟何寄，指南谁托"之语。四、芸博学，与裴子野等友善。《梁书·裴子野传》载，子野与刘显、刘之遴、殷芸、阮孝绪等"皆博极群书，深相赏好"。刘显、刘之遴精于经史、古文字，阮孝绪为目录学家，裴子野为史学家，方以类聚，殷芸为学人可知。《小说》记录古事，内容诚多不经，于当时则史家职分，故梁武属之于芸。姚振宗氏谓与《通史》为内外乘，梁武自视《通史》极高，令芸撰述外乘，可谓倚重。

刘峻《广绝交论》、《重答刘秣陵沼书》

天监七年，任昉卒，诸子无以自存，人亦罕加瞻恤，刘峻乃作《广绝交论》以讥之。《南史·任昉传》载："到溉见其论，抵几于地，终身恨之。"李善注引刘璠《梁典》略同。任昉生前，汲引文士极多，"论"中所谓"把臂之英，金兰之友"，数以十记，即预"龙门之游"者，除刘氏兄弟、到氏兄弟外尚有陆倕、张率、殷芸诸人（参《"龙门之游"与"兰台聚"》条），何以独见恶于到溉？试测其故有二：

一、任昉接交之文士，率皆高门华胄，惟到氏为寒门，溉在齐且未尝入仕。《梁书·任昉传》载到洽旋为王国常侍，岂自任昉荐拔，亦从可知。梁武谓昉"诸到可谓才子"，昉又对以"宋得其武（指到彦之），梁得其文"，事见《到洽传》。昉卒时到溉为建安内史，诸到受任昉厚恩而不恤其孤，宜遭物议。

二、此"论"貌似泛指势利之交，实则笔锋所向，厥在到氏。善注明言"此谓到氏兄弟也"，并举"刘孝标《与诸弟书》"为证："任既假以吹嘘，各登清贯。任云亡未几，子侄漂流沟渠，洽等视之悠然，不相存赡。平原刘峻疾其苟且，乃广朱公叔《绝交论》焉。"胡克家《文选考异》曰:"按,'标'当作'绰'。本传云'孝绰诸弟时随藩皆在荆雍,乃与书论共洧不平者十事,其辞皆鄙到氏'云云。此所引即其一事也。孝绰,彭城人,故下称孝标云'平原刘峻'。不知者妄改,绝无可通。今特订正。"胡考是。又按刘峻兄弟二人自北入南,似无"诸弟"之可言。而刘孝绰作此书,时已在普通中(参《刘孝绰与到氏兄弟交恶》条),事隔十余年而复资为口实,可见,此论之于诸到盖有锥心之痛。

《重答刘秣陵沼书》,文题为《文选》疵病之一,驴唇马嘴,自来选学家多论及之。何义门以为"此似重答刘书之序",梁章钜以为伪托。按之《梁书·刘峻传》"论成,中山刘沼致书以难之,凡再反,峻并为申析以答之。会沼卒,不见峻后报者,峻乃为书以序之曰"云云。何义门之说盖本此。据传所记,二刘沼致书辩难凡二次,第二次刘沼已致书刘峻,峻未答而沼卒,峻乃作为此书并作序。实则据"序"文"绪言余论,蕴而莫传,或有自其家得而示余者……故存其梗概,更酬其旨"观之,刘沼第二次辩难之书尚未完成,或虽已完成而未付刘峻,遽而谢世,或人持此以示刘峻,刘峻复作答书以续申己说。答书中且先叙沼书梗概,一如当时问难答辩之通例也。

《史通·核才》极称峻"持论析理,诚为绝伦",而诋其《自序》、《山栖志》。《补注》复言"孝标善于攻缪,博而且精,固以察及泉鱼,辨穷河豕",而又谓其"留情于委巷小说,锐思于流俗短书,可谓劳而无功,费而无当者矣"。刘氏于史学为名家,于文学则多挟偏见,斯亦不可与言者已。

《梁书·褚翔传》志疑

《梁书·褚翔传》载翔父向"大通四年,出为宁远将军北中郎庐陵王长史。三年，卒官"。中华本校语云："大通无四年，下又有'三年，卒官'，四、三颠倒，当有脱讹。"按，传文之误极明，所校自是。然尚有可疑者。据《高祖三王传》，庐陵王萧续，于普通三年（522）出为西中郎将、雍州刺史。七年，加宣毅将军。中大通二年（530），又为雍州刺史。疑此传亦有脱文。据《武帝纪》，普通五年正月，"雍州刺史晋安王纲进号安北将军"，六年二月，"南徐州刺史庐陵王续还朝，禀承戎略"。萧纲于镇雍州前为扬州刺史，四年迁雍州，见《简文帝纪》。是则普通四年乃以扬、雍二州刺史互易，萧续于此时调为扬州，故六年乃有"扬州刺史"还朝禀承戎略之事。时值北伐，戎略云云，当与战事有关。萧续在扬州至中大通二年又与萧纲互易，前后计近九年，扬州刺史为首席方镇，传焉能略而不书？观传文云"又为"可知原有徙扬州之记，后传写夺去耳。然《武帝纪》亦无明文，殊可怪。

又疑《褚翔传》记褚向"大通四年"当作"普通四年"，盖其前载向为"镇右豫章王长史，顷之，入为长兼侍中"，而据《豫章王综传》，普通二年，萧综入为镇右将军，置佐吏，故为长史当在此时。据前文所考，纪、传既未见普通四年萧续由雍州徙扬州之记，"宁远将军"、"北中郎将"官衔或亦并脱去也。

传载褚向于大通三年卒官，当不误。下文记翔"丁父忧，服阕，除秘书郎，累迁太子舍人，宣城王主簿"，盖大通三年十月改元中大通，褚翔于中大通三年服阕，除秘书郎。时昭明已卒，萧纲入东宫，嫡长子大器于中大通四年封宣城郡王。褚翔迁太子舍人乃萧纲属官，寻又令其佐大器。大器为帝嫡孙，故下文言宣城王友、文学加它王二等。

萧子云仕历与生卒年

《梁书·萧子云传》载:"子云性沈静,不乐仕进。年三十,方起家为秘书郎。迁太子舍人,撰《东宫新记》奏之,敕赐束帛。累迁北中郎外兵参军,晋安王文学,司徒主簿,丹阳尹丞。时湘东王为京尹,深相赏好,如布衣之交。迁北中郎庐陵王谘议参军,兼尚书左丞。"晋安王萧纲为丹阳尹凡二次,一在天监十二年,一在天监十七年(518)。子云出仕在天监十五年,故知此必为十七年事。普通元年(520),萧纲为南徐州刺史,治所在京口,萧子云当仍在幕中。四年,萧纲徙雍州刺史,子云即不再随行。因湘东王萧绎于五年自荆州入建康领石头戍军事,六年复出为江州刺史,"深相赏好"云云,必在此时,而萧纲则尚在雍州。

庐陵王萧续,据《梁书·高祖三王传》:"(普通)三年,为使持节,都督雍梁秦沙四州诸军事,西中郎将,雍州刺史。七年,加宣毅将军。中大通二年,又为使持节、都督雍梁秦沙四州诸军事、平北将军、宁蛮校尉、雍州刺史,给鼓吹一部。"三年为雍州,诸本并讹"南徐州",中华书局本据《册府元龟》及《梁书·武帝纪》校改,是。据《简文纪》所记,时南徐州刺史为萧纲,四年徙雍州,可为旁证。萧纲徙雍州,萧续去向本传不载,继任南徐州刺史人选亦不见于《武帝纪》,疑此年纲、续兄弟对调,《梁书》失载,《武帝纪》普通六年二月,"南徐州刺史庐陵王续还朝,禀承戎略",可相印证。上文三年为南徐州刺史,当涉此处而误。中大通二年,萧纲征为都督南徐扬二州诸军事、扬州刺史,又以萧续接替雍州,故萧子云始得以庐陵王谘议参军而兼尚书左丞。《梁书·到洽传》记天监六年,到洽降职,兄溉为左民尚书,左丞萧子云议许入该省云云,与本传所载正合,则子云为尚书左丞亦是天监六年间事。

萧子云卒年,本传载"(太清)三年三月,宫城失守,东奔晋陵(今江苏常州),馁卒于显灵寺僧房。年六十三"。《通鉴》太清三年:"高祖之末,建康士民服食器用,争尚豪华,粮无半年之储,常资四方委输。自景作乱,道路断绝,数月之间,人至相食,犹不免饿死,存者百无一二。"所记虽建康情状,晋陵距建康不远,兵荒马乱,饿死者当不鲜见。至五月,简文即位,战争烽火集于建康、江陵之间,南徐州一带稍形安定,萧子云饿死僧房,自以太清三年(549)三四月间最为可能。从此逆推,子云生于永明五年(487),与子显同年,为异母兄弟。

本传又载:"年十二,齐建武四年(497),封新浦县侯,自制拜章,便有文采。"以此逆推,则当生于永明四年(486),弟长于兄,宁非奇事?且以永明四年为生年,六十三岁为太清二年(548)。一传之中,而前后不相照应,甚可怪也。

又,《颜氏家训·杂艺》记萧子云每自叹曰:"吾著《齐书》,勒成一典,文章宏义,自谓可观。惟以笔迹得名,亦异事也。""齐"当作"晋",或涉萧子显而误记。

萧子范生卒年

《梁书·萧子范传》载:"太宗即位,召为光禄大夫,加金章紫绶,以逼贼不拜。其年葬简皇后,使与张缵俱制哀策文。……寻遇疾卒,时年六十四。"中华书局本于此出校云:"按本书《简文皇后王氏传》,后卒于太清三年三月,据本书《张缵传》,缵卒于太清二年,则缵岂能与萧子范俱制哀策文?疑有误。"按校记是。《南史·齐高帝诸子传》、《梁书·太宗王皇后传》记哀册文事均未及张缵。《梁书》本传所谓"其年",显指简文即位之年,即太清三年(549)。卒年六十四,逆推得其生年为齐永明四年(486)。《法宝联璧序》记普通六年(525)子范四十九岁,正与此合。然《王皇后传》载,后卒于太清三年三月,次年即大宝元年下葬,《萧子范传》所记有误。是则哀册文之制,当在后卒而非下葬之年。

萧子范仕历

《梁书·萧子范传》载,子范于齐永明十年授太子洗马,入梁,"除后军记室参军,复为太子洗马,俄迁司徒主簿,丁所生母忧去职。子范有孝性,居丧以毁闻。服阕,又为司徒主簿,累迁丹阳尹丞,太子中舍人"。按,萧子范《直坊赋序》云:"余以天监六年为洗马,十七年复直中舍之坊。"则本传所谓"俄迁司徒主簿",当在七年或八年。据《武帝纪》,天监六年九月,以临川王宏为司徒,八年四月,进司空,以始兴王憺为司徒。憺于是年秋出为南兖州,次年迁益州,《萧子范传》未见其有随府出镇之迹,是当为萧宏府主簿,未离扬州。"服阕,又为司徒主簿",则仍在萧宏府,惟其时萧宏已为司空,姚氏承上误记耳。

本传又记:"出为建安太守,还除大司马南平王户曹属,从事中郎。"《太祖五王传》载萧伟以天监十七年(518)改封南平王,中大通四年(532)为大司马,五年卒。子范出为建安太守当在普通初,今《类聚》卷六尚存其《建安城门峡赋》。任满入南平王府或在普通四、五年(523、524)左右,其时萧伟仍居建康,然未进大司马,本传记事又失谨严。

萧伟卒,子范"迁宣惠谘议参军,护军临贺王正德长史。正德为丹阳尹,复为正德信威长史,领尹丞"。按下文云"寻复为宣惠武陵王司马,不就",可知萧伟卒后,子范先在萧纪府。《武帝纪》载中大通四年二月,"以江州刺史武陵王纪为扬州刺史";五年九月,"以轻车将军、临贺王正德为中护军";大同三年五月,"以前扬州刺史武陵王纪复为扬州刺史"(《萧介传》作"大同二年",字误);子范于中大通五年入萧纪府,旋即转萧正德府。萧绎中大通六年所作《法宝联璧序》记萧子范官名作"轻车长史",则其时已入正德府可知。时正德进中护军,《萧子范传》夺"中"字。正德为丹阳尹,《梁书》仅此一见,本传、本纪均失记,疑在大同初,盖大同三四年间,丹阳尹为何敬容已。若此,则子范以普通中入南平王府,至大同初出临贺王府,除中散大夫,其间约十二三年,与本传所记,"历官十余年,不出藩府"合。

萧子晖生卒年

萧子晖为子云弟,《梁书》本传不载生卒年及年岁。按,子云生于齐武帝永明五年(487)。其父豫章王嶷卒于永明十年,则子晖之生,或在永明七八年间。传载其"迁安西武陵王谘议,带新繁令,随府转仪同从事,骠骑长史,卒",据《武帝纪》,武陵王萧纪于大同三年为安西将军、益州刺史,《武陵王纪传》载大同十一年(545),开府仪同三司。子晖为仪同从事、长史,当在十一年。《南史·齐高帝诸子传上》云子晖"卒于骠骑长史",则卒在此后数年间至太清三年(549)萧纪僭号天正前,年近六十。

萧子显《南齐书》撰成于天监中期

《梁书·萧子显传》载："尝著《鸿序赋》，尚书令沈约见而称曰：'可谓得明道之高致，盖《幽通》之流也。'又采众家《后汉》，考证同异，为一家之书。又启撰齐史，书成，表奏之，诏付秘阁。累迁太子中舍人，建康令，邵陵王友，丹阳尹丞，中书郎，守宗正卿。"传又引其《自序》云："余为邵陵王友，忝还京师。……天监十六年，始预九日朝宴。"按，《邵陵王纶传》记其以天监十三年受封。"出为宁远将军，琅玡、彭城二郡太守，迁轻车将军、会稽太守。十八年，征为信威将军"。据《武帝纪》、《庐陵王续传》，天监十三年至十六年间，会稽太守为庐陵王续，是纶迁会稽当在十六年六月。萧子显为邵陵王友当在天监十三年或稍后，而十六年萧纶迁会稽，子显未随任而入京，故《自序》所言如此。还京后即屡上颂歌，以此愈见赏于梁武。

子显撰《后汉》、《齐书》，据本传叙事次序，自当在天监十三年（514）前。其时年仅二十余，纵有所依傍，亦属早熟才子，本传言"幼聪慧，文献王异之，爱过诸子"，殆非虚美。沈约比其《鸿序》于《幽通》，似非仅言其文章，倘亦兼以其人比班固欤？

《梁书·萧子显传》卒年有误

萧子显为著名史家。《梁书》本传载："大同三年（537），出为仁威将军、吴兴太守。至郡未几，卒。时年四十九。"设令"未几"即为大同三年，逆推当生于齐武帝永明七年（489）。然《法宝联璧序》载中大通六年（534）萧子显年四十八，字景畅（《梁书》作"阳"），则当生于永明五年（487）；如终年四十九不误，则卒年为大同元年（535）；如卒年为大同三年不误，则终年为五十一。二者必居其一。《类聚》四八节录张缵《中书令萧子显墓志》，卒年、年岁虽被节去不录，然志云："帝尝顾问君曰：'我撰通史若成，众史可废。'乃答诏曰：'仲尼赞《易》道，黜《八索》，述职方，除《九丘》，圣制等同，复在兹日。'"君臣对答，全为《梁书》所录，几至不易一字。是姚察乃据张缵墓志，而墓志又必记卒年、年岁。以常理度之，"五十一"不易误作"四十九"，而"元"则易误为"三"。核以其弟萧子云年岁（参《萧子云仕历与生卒年》条），子云生于永明五年，则子范不当晚于此年。故知《梁书》所记卒年"三年"为"元年"之误。

庾黔娄、庾於陵生卒年

庾肩吾兄二人，黔娄、於陵，《梁书》均记年岁而未记卒年。《文学·庾於陵传》云："出为宣毅晋安王长史、广陵太守，行府州事，以公事免，复起为通直郎，寻除鸿胪卿，复领荆州大中正，卒官，时年四十八。"按，庾氏弟兄三人皆先后领荆州大中正，於陵则二领其职。《庾於陵传》于於陵与周舍并擢东宫洗马下接叙"累迁中书黄门侍郎，舍人、中正并如故"。晋安王萧纲以天监九年出领南兖州，於陵解荆州大中正当在此时。

《孝行·庾黔娄传》记，东宫建，黔娄与明山宾等递日为太子讲五经义。迁散骑侍郎、荆州大中正，卒。时年四十六。据《昭明太子传》，昭明于天监五年六月出居东宫，时年六岁。则黔娄继於陵领荆州大中正在九年，情事颇为吻合。於陵为广陵太守，以公事免，玩文义,当在十二年萧纲入为丹阳尹前。设一二年后复起,又在十二三年继其兄领荆州大中正,亦与传文不悖。若此,则姑定黔娄卒于天监十二年(513)左右,逆推其生年为宋明帝泰始四年(468)左右;於陵卒于天监十六年(517)左右,逆推其生年为宋明帝泰始六年(470)左右。《庾於陵传》记於陵在齐入仕为随王子隆荆州主簿,萧子隆以永明八年(490)出领荆州,时於陵二十一岁,亦符常情。《庾肩吾传》云肩吾"八岁能赋诗,特为兄於陵所友爱",语气为长兄幼弟,或於陵竟亲为授读,一似贾元春之于宝玉也。庾肩吾生于齐武帝永明五年(487),与於陵相去近二十岁,当非一母所出。

庾肩吾劫后行踪及生卒年

《梁书》、《南史》之《庾肩吾传》未记肩吾生卒年,仅记侯景破建康以后经历,而以《南史》为详:"景矫诏遣肩吾使江州喻当阳公大心。大心乃降贼,肩吾因逃入东。后贼宋子仙破会稽,购得肩吾欲杀之,先谓曰:'吾闻汝能作诗,今可即作。若能,将贷汝命。'肩吾操笔便成,辞采甚美,子仙乃释以为建昌令。仍间道奔江陵,历江州刺史,领义阳太守,封武康县侯,卒。"《梁书》记作:"景矫诏遣肩吾使江州喻当阳公大心。大心寻举州降贼,肩吾因逃入建昌界,久之,方得赴江陵。未几,卒。"

按,《南史》所记,疑点颇多。据《梁书·太宗十一王传》,寻阳王大心与鄱阳王范起衅攻杀,侯景部将任约略地至江州,大心降。《梁书·简文帝纪》、《通鉴》均系此事于大宝元年(550)七月。而宋子仙破会稽,《通鉴》系于太清三年(549)十二月。此年月之颠倒也。建昌在寻阳南一百余里,肩吾奉伪诏使江州,欲奔江陵,何以西辕东辙而之会稽。此方向之相反也。且宋子仙未尝至江州,安得有释以为建昌令事?然肩吾确曾东奔会稽,集中有《乱后经夏禹庙》诗,言"申胥犹有志,苟息本怀忠",《乱后行经吴邮亭》诗,言"泣血悲东走,横戈念北奔。方凭七庙略,誓雪五陵冤",悲愤沉郁,置诸杜集,亦迷离难辨。据《通鉴》,大宝元年四月,侯景召宋子仙丞京口(《梁书·侯景传》记为正月事),七月,任约进军江州,肩吾奉伪诏喻降大心,疑在此时。大心降,乃以之为建昌令,复奔江陵。《梁书》所记虽略而无扞格,似近事实。

肩吾奔江陵,历江州刺史,领义阳太守,受封武宸县侯,《梁书》未明记卒年。检《周书·庾信传》:"台城陷后,信奔于江陵。梁元帝承制,除御史中丞。及即位,转右卫将军,封武康县侯,加散骑常侍,来聘于我。"据《通鉴》,元帝即位在承圣二年(553)十月,三年四月,"上使散骑常侍庾信等聘于魏",信遂被留于长安。是则信为武康县侯当在承圣二三年之交,其时肩吾已卒,庾信受封,盖子袭父爵。《先秦汉魏晋南北朝诗》定为大宝元年卒,似有未安。肩吾以大宝元年至江陵,历江州刺史,领义阳太守,其间当需时日。庾信使魏,又当已丁忧服阕。上下相推,肩吾之卒当在大宝二年(551)。倪璠《庾子山年谱》以为《哀江南赋》有"信生世等于龙门,辞亲同于河洛",乃以司马谈不及参与汉武帝封禅一事喻肩吾之未及见元帝即位,亦可证成上说。

《法宝联璧序》载:"平西中录事参军典书通事舍人南郡庾肩吾,年四十八,字子慎。"中大通六年(534)为四十八岁,逆推知其生于齐武帝永明五年(487)。如以承圣二年卒,终年六十五岁。《颜氏家训·养生》载,"庾肩吾常服槐实,年七十余,目看细字,须发犹黑",当出传闻。之推久在江陵,然据《北齐书》本传及《梁书·元帝纪》,大宝元年九月至三年随世子方诸在郢州,则是未能亲接肩吾,故误记年岁。

庾肩吾仕历

《梁书·庾肩吾传》:"肩吾,字子慎。"《南史》"子慎"作"慎之",中华书局本校记云:"按肩吾兄於陵字子介,似作'字子慎'为是。"按,肩吾长兄黔娄字子贞,《法宝联璧序》记肩吾字亦作"子慎",所校是。

《梁书》本传载:"初为晋安王国常侍,仍迁王宣惠府行参军。"按《简文帝纪》,萧纲于天监八年(509)为云麾将军,领石头戍军事,量置佐吏,是年肩吾二十三岁,当为其入仕之年。其后随府迁转。《梁书》又载:"中大通三年,(晋安)王为皇太子,兼东宫通事舍人,除安西湘东王录事参军,俄以本官领荆州大中正。"萧纲继立为太子后,有《答湘东王》二书,其二作于秋日,云"徐摛肩吾,羌恒日夕"。徐摛以是年冬出为新安太守,肩吾或以同时出宫。萧绎以普通七年出为荆州刺史,中大通四年进号平西将军。大同元年进号安西。肩吾离萧纲而就萧绎,之荆州。《法宝联璧序》书肩吾官衔为"平西中录事参军典书通事舍人",则本传"安西"当作"平西"。《陈书·殷不害传》:"大同五年,(不害)迁镇西府记室参军,寻以本官兼东宫通事舍人。是时朝廷政事多委东宫,不害与舍人庾肩吾直日奏事。"萧绎于大同三年进号镇西;五年,入为安右将军,领石头戍军事;六年,出为江州。是殷不害以镇西参军兼东宫通事舍人必在大同五年。据此,中大通六年(534)作《法宝联璧序》,肩吾尚在荆州,或以大同五年随萧绎同返建康,仍兼东宫通事舍人。肩吾周旋于萧纲兄弟之间,皆蒙青睐,本传所记,可窥消息。萧绎残忍忌刻,然肩吾于乱中奔江陵,竟以之为江州刺史,卒后追赠中书令,且亲制墓志,称"瑚琏之器"、"杞梓之材",不可谓非殊宠也。

周兴嗣年岁试测

《梁书·周兴嗣传》记其卒年而未有年岁,惟言"年十三,游学京师,积十余载,遂博通记传,善属文"。又记在逆旅中有人谓其"初当见识贵臣,卒被知英三",此贵臣即下文谢朏。朏于隆昌元年(494)出为吴兴太守,《周兴嗣传》记朏与之谈论文史,"及罢郡还,因大相称荐。本州举秀才,除桂阳郡丞,太守王崤素相赏好,礼之甚厚"。按朏传,朏出为吴兴后,多事聚敛,建武四年(497)征为中书令,不应,诸般作态,至梁天监二年,始应召入都。其称荐兴嗣,自当在入京述职而非"罢郡"还京时也。若此,则兴嗣举秀才当在建武初(495左右),其时或二十五六岁(十三岁加十余载),上推生年当在宋明帝泰始六年(470)前后,年五十余,约与吴均生年、年岁相当。又,桂阳太守"王崤",中华书局本校记谓当作"王峻",是。据《王峻传》,峻于齐末为桂阳内史(时桂阳王为萧宝贞,中兴二年即天监元年被杀),则兴嗣出为桂阳郡丞,当在东昏侯永元间。"素相赏好"云云,则是在建康时事。

《庾肩吾集》为庾信编定

《广弘明集》卷三〇、《诗纪》卷八〇录《八关斋夜赋四城门更作四首》联句,每一城门分赋四首:"病"、"老"、"死"、"沙门",衍说空无,故见录于释道宣。同赋者六人:殿下、徐防、孔焘、诸葛岿、王台卿、中庶府君。题下注："殿下即简文，时为皇太子。中庶府君谓肩吾，为太子中庶子。"则诗当作于中大通三年后。道宣编定《广弘明集》，《庾肩吾集》尚未亡佚。诗中所标作者，称肩吾为"中庶府君"，其出自庾信，当无可疑。则是肩吾集十卷，编定之责自不能属另一人。

庾曼倩年岁拟测

庾诜、曼倩父子均梁代学者。曼倩事迹略见《庾诜传》，传不记卒年、年岁，仅言萧绎在荆州，"辟为主簿，迁中录事"，每出，绎常目送之，谓刘之遴曰"荆南信多君子"，后转谘议参军。按，萧绎西镇荆州，此为普通七年（526）至中大通五年（533）间事，时刘之遴为其长史。绎尝召庾诜为记室，不应，或以其子代庖。又按曼倩子季才，《隋书》有传，言："父曼倩，光禄卿。季才幼颖悟，八岁诵《尚书》，十二通《周易》，好占玄象。居丧以孝闻。梁庐陵王绩（按，"绩"当作"续"，中华本失校）辟荆州主簿。"萧续为荆州在大同五年（539），则曼倩之卒必在此前。又曼倩为光禄卿，《梁书》略而不载，据《隋书·百官志》，光禄卿为十一班，皇弟皇子府谘议为九班，则是曼倩入京后迁职，其卒或在大同初。时季才年未及冠，服阕后于大同五年出仕，时间大体相当。庾诜生于刘宋孝建二年（455），设于二十至三十岁间得子，则曼倩得年或在五十至六十间。

萧秀年岁

《梁书·太祖五王传》载安成王萧秀于天监十七年卒,年四十四。逆推其生年当在宋元徽三年(475)。秀卒后,王僧孺、陆倕、刘孝绰、裴子野各制碑文。《类聚》卷四五录裴子野《司空安成康王行状》,卷七七录刘孝绰《司空安成康王碑铭》。裴状记卒年四十四,与本传合,刘碑则记作四十五。按,本传记萧秀"年十二,所生母吴太妃亡,秀母弟始兴王憺时年九岁,并以孝闻",萧憺生于宋昇明二年(478),若萧秀年四十四,二人相差三岁,与本传正合。《类聚》录刘孝绰碑文"五"当作"四"。

萧统《春日宴晋熙王》诗

此诗见《类聚》卷二九。丁福保引《诗纪》说,以为梁时无晋熙王,疑误。逯钦立曰:"诗言国难云云,当作于侯景乱梁以后,是时昭明已死,不得有诗。考梁元帝称制江陵,封简文帝子大圜为晋熙王,事见《周书·大圜传》,则此乃元帝之作,是时正值国难,诸王争位,故诗云云。"此诗当为侯景乱后事,非萧统作甚明。然未可定为元帝作也。然元帝有集,则其诗不当误为昭明太子之作。颇疑此诗乃元帝愍怀太子方矩作。《梁书·愍怀太子传》:"承圣元年十一月丙子,立为皇太子,及西魏师陷荆城,太子与世祖同为魏人所害。"盖当时皆题"皇太子",故误为昭明太子。实则简文帝为太子时诗,亦时有题作昭明者。《类聚》盖由此致误耶?

昭明太子东宫文士

梁武帝诸子雅好文学,接交文士,尤以统、纲、绎三人为最。当时文坛知名之士,几无不出萧统兄弟门下,不归杨则归墨。昭明在东宫,属官多文人学者,《梁书》本传称其"引纳才学之士,赏爱无倦"。今据《梁书》、《南史》及本集稍加钩稽,列名于下,不诠次第,或亦可觇当时风气焉:

沈约、徐勉、到溉、到洽、到沆、明山宾(经学)、殷钧(书法)、陆襄、刘孝绰、刘孝稚、刘孝陵、王筠、张缅(史学)、谢举、王规、王锡、王训、刘勰、何思澄、周舍、陆倕、张率、刘怀珍、殷芸、王承(经学)、萧子范、萧子显、萧子云、刘苞、庾於陵、庾仲容、何胤(经学)、陆杲、王泰、萧孝俨。

昭明十学士

《南史·王锡传》载锡"十二为国子生,十四举清茂,除秘书郎,再迁太子洗马。时昭明太子尚幼,武帝敕锡与秘书郎张缵使入宫,不限日数。与太子游狎,情兼师友。又敕陆倕、张率、谢举、王规、王筠、刘孝绰、到洽、张缅为学士,十人尽一时之选"。屈守元先生《"昭明太子十学士"说》(文载《昭明文选研究论文集》)据此及《姓解》以别于"高斋十学士",说甚是。惟昭明十学士之设,屈先生据上引《王锡传》以为"王锡十四岁为天监十一年(512),这时萧统十二岁。'十学士'的设置,这一年的可能性最大",则似有可商。

其证一:《南史·王锡传》盖据《梁书·王锡传》而有节删。《梁书》云:"十二为国子生,十四举清茂,除秘书郎,与范阳张伯绪(缵)齐名,俱为太子舍人。丁父忧,居丧尽礼。服阕,除太子洗马。时昭明尚幼,未与臣僚相接。高祖敕:'太子洗马王锡、秘书郎张缵,亲表英华,朝中髦俊,可以师友事之。'"锡父琳,卒年不详,设早至天监十一年王锡十四岁时,则其服阕当在天监十三四年。又按《梁书·张缵传》,缵起家秘书郎,年十七。缵、锡同庚,时为天监十四年。天监十一年,二人以懿亲俊彦,与昭明游处,实属嬉戏、伴读一类,未足言"学士"也。及天监十四年,锡、缵始正式受命为昭明僚属。然是年正月朔,昭明于太极殿行冠礼,此后即佐理庶务,"内外百司奏事填塞于前"(《昭明太子传》),是又不得谓"未与臣僚相接"。《梁书》记事,多有含混、扞格如是者,《南史》又从而节删,宜贻简而不明之诮矣。

其证二:除王锡、张缵外,其他八学士中,张率天监十一年在南兖州为萧纲中记室,十七年返建康,除太子仆;到洽天监十一年在国子博士任,十四年始为太子家令;刘孝绰天监十一年或在荆州。是屈文所谓十一年置十学士,征之诸人仕历,似均不合。

结论:《南史》所谓学士十人,其入东宫当非一时,要之皆在天监十四年之后。史文概而书之,易滋疑惑耳。又,屈文言王锡"父琳,尚武帝女义兴公主。锡算是萧统的外侄"。亦偶疏。按《梁书·太祖张皇后传》,萧顺之妻张氏生萧懿、萧敷、萧衍、萧畅、义兴昭长公主令嫕,是义兴公主为武帝幼妹,《南史·王份传》更明书作"琳齐代取梁武帝妹义兴长公主"。

《昭明太子集》曾两次编定

《昭明太子集》,《隋志》录作二十卷,《唐书·艺文志》同。《宋史·艺文志》已作五卷,今本系明人自类书中辑出。集中少量艳诗,凡见于《玉台新咏》及唐人类书而署作皇太子、简文帝者,必非萧统所作。按《梁书·刘孝绰传》,"太子文章繁富,群才咸欲撰录,太子独使孝绰集而序之"。今传《昭明太子集》,前有孝绰序文,略云"粤我大梁之二十一载……谨为一帙十卷,第目如左"。可知编定于普通三年,十卷。时昭明二十二岁。萧纲有《上昭明太子集别传等表》、《昭明太子集序》,中有"玉折何追,星颓靡续"等语,显是中大通三年后事。其时重编者或为萧子范。《类聚》卷一六录有其《求撰昭明太子集表》,云"冒乞铨次遗藻,勒成卷轴"。以常理衡之,其请不允,其文当亦不传。重编本即为二十卷本。

萧综卒年、年岁及卒因

梁武帝次子豫章王萧综实东昏骨血,《魏书》、《北史》固明言之,《梁书》、《南史》,行文微婉而不讳。四传所记其生平,以《南史》为详,盖总其入北后事言之。《南史》、《北史》出于一手而有详略之异,或萧综本齐、梁皇子,入北数年而卒,故于《南史》详言之。

《梁书》本传载:"大通二年(魏武泰元年、建义元年,528)萧宝夤在魏据长安反,综自洛阳北遁,将赴之,为津吏所执,魏人杀之。时年四十九。"《魏书》本传则于被执后复叙孝庄帝征还,尚帝姊寿阳长公主,出为齐州刺史。"尔朱兆入洛,为城民赵洛周所逐。公主被录还京,尔朱世隆欲相陵逼,公主守操被害。赞(综)既弃州为沙门,潜诣长白山。未几,趣白鹿山,至阳平,遇病而卒。时年三十一"。两传相较,自以《魏书》为可信。盖缘南北隔绝,梁人传闻如此,《梁书》据此而书,因失其真。萧宝夤据长安反,事在魏孝明帝孝昌三年(527)十月,在梁为大通元年,见《魏书·肃宗纪》,《梁书》记作二年,误。梁武以齐东昏永元三年(501)十二月入建康,纳东昏淑媛吴氏,七月而生综,时在天监元年(502),至大通二年,综年仅二十七岁,而传言四十九,又误。疑梁人所据传闻为萧综卒于中大通二年(530),时综二十九岁,《梁书》误夺"中"字,又误"二"为"四"耳,尔朱兆入洛在魏孝庄帝永安三年(梁中大通二年)十二月,赵洛周逐走萧综正在此时,由此而致传闻萧综被杀也。实则综变服为沙门,潜逃至长白山,又辗转而至阳平,历时一年余,至梁中大通四年(532)而卒,正为三十一岁。至其卒因,《梁书》谓被杀,《魏书》谓病卒,为诬为讳,无由决断。《北史》据《魏书》记为"病卒",《南史》记为"终于魏",则属含糊言之,要之,李延寿亦不以其为被杀也。《通鉴》记作"逃入长白山,流转,卒于阳平",同于《南史》。

《先秦汉魏晋南北朝诗》萧综小传云"魏建义二年卒"。建义为孝庄帝即位年号,是年九月,改元永安,是建义无二年也。以综卒于永安二年(梁大通三年,529),或是据《梁书》所记而想其当然。

萧综《听钟鸣》、《悲落叶》

《梁书·豫章王综传》言:"初,综既不得志,尝作《听钟鸣》、《悲落叶》辞,以申其志。大略曰……"姚氏全录二诗,各三章,首尾俱备,似系全璧。"大略"者,未见原稿而据辗转传录也。然《类聚》卷三〇、《文苑英华》卷三三四录此两诗,文字与《梁书》所录小同而大异。《诗纪》据《类聚》、《英华》录入,《先秦汉魏晋南北朝诗》同,于《听钟鸣》题下引《洛阳伽蓝记》曰:"洛阳城东建阳里有台,高三丈,上作二精舍。有钟,撞之,闻五十里。太后移在宫内,置凝闲堂。初,梁豫章王萧综闻此钟声,遂造《听钟歌》三首行于世。"按,文见《洛阳伽蓝记》卷二《龙华寺》,逯氏引文有节删。

梁传所录,有"二十有余年,淹留在京域"之语,似为在梁时所作。全诗凄恻动人,自比孤雁、别鹤,然不能据以决为入魏后作。盖综既知其父为东昏,家亡国破,一身孑然,孤雁、别鹤之喻,非必入魏而后然也。《类聚》所录,则有"惊客思,动客情"之语,宛然游子情思。颇疑《听钟鸣》、《悲落叶》二诗皆作于梁,入魏后改作重订,故文字相异若此。《先秦汉魏晋南北朝诗》不录《梁书》二首,亦不作校语,当属偶疏。

萧纶逸句与《梁书》记事脱误

《南史·梁武帝诸子传》载邵陵王萧纶骄纵暴虐,中大通四年(532)以擅杀职官免为庶人,被禁闭。"顷之复封爵。后预钱衡州刺史元庆和,于座赋诗十二韵,末云:'方同广川国,寂寞久无声。'大为武帝赏,曰:'汝人才如此,何虑无声。'旬日间,拜郢州刺史"。此二句《先秦汉魏晋南北朝诗》失收。元庆和,魏将,大通元年降,见《武帝纪》。又据《武帝纪》,大同六年(540)二月,"以江州刺史邵陵王纶为平西将军、郢州刺史,云麾将军豫章王欢为江州刺史"。然《高祖三王传》载纶"大同元年,为侍中、云麾将军。七年,出为使持节都督郢定霍司四州诸军事、平西将军、郢州刺史"。同一《梁书》而相差一年，《南史》《通鉴》则均不记此事。《梁书·武帝纪》记大同三年正月，"以中书令邵陵王纶为江州刺史"，《南史·梁武帝诸子传》记昭明太子长子萧欢封豫章王，位云麾将军、江州刺史，均足证《梁书》、《南史》纶传"七年"、"出为"、"旬日间拜郢州刺史"之误。又，纶于郢州前已在江州，似不得有建康钱元庆和后旬日而封郢州事。而《隋书·五行志上》记大同三年大雪，时邵陵王纶、湘东王绎、武陵王纪并权侔人主，颇为骄恣云云。则纶诗自比汉景帝子广州王刘彭祖亦似不伦。

《梁书》本传载纶于大宝二年（551）为西魏所杀，年三十三。钱大昕《廿二史考异》卷二六："按纶被害在大宝二年辛未，距天监十三年甲子始封之岁已三十八年矣，史称年三十三必误也。且梁武诸子，纶次居六，元帝次居七。元帝生于天监七年，计其卒时，最少亦当四十四五岁也。"按钱说是。惟此传混乱讹误尚不止此。传载梁武第四子南康王绩卒于大通三年（529），年二十五。则绩生于天监四年（505）。第五子庐陵王续卒于中大同二年（547），年四十四。则续生于天监三年（504）。弟在兄前，其误不言可知。核之《武帝本纪》，卒年皆不误，则所误者当为年岁。以武帝诸子年岁大致核算，萧纶当生于天监四年至七年间。

又，《梁书》本传未及萧纶于侯景乱后联北齐拒西魏事。《北史·柳虬传附柳带韦传》载，侯景于江南作乱，宇文泰令带韦与梁邵陵王纶、南平王恪通好，邵陵遣使随带韦报命。是纶先欲借西魏之力以平侯景，及至钟山战败，奔郢州，萧恪推之为都督中外诸军事，承制置百官。萧绎与纶同室操戈，附西魏，纶乃转附北齐。《北齐书·文宣纪》载，天保元年（梁大宝元年）九月，"诏梁侍中、使持节、假黄钺、都督中外诸军事、大将军、承制、邵陵王萧纶为梁王"。高洋之意在乘萧氏兄弟阋墙,坐收大利。《通鉴》卷一六三载萧绎遣王僧辩攻武昌,纶兵败,遣使请和于齐,齐以纶为梁王。"邵陵王纶引齐兵未至,移营马栅,距西阳八十里。任约闻之,遣仪同叱罗子通等将铁骑二百袭之。纶不为备,策马亡走。时湘东王绎亦与齐连和,故齐人观望,不助纶"。纶于次年为西魏杨忠所擒,被杀。

萧纲、侯景同年生

萧纲生年,《梁书·简文帝纪》、《南史·梁本纪下》并记作天监二年十月丁未,无可疑。张鷟《朝野佥载》卷六记:"梁简文之生,志公(释宝志)谓武帝曰:'此子与冤家同年生。'其年,侯景生于雁门,乱梁,诛萧氏略尽。"据此而知简文、侯景同岁。《梁书·侯景传》、《南史·贼臣传》皆不记侯景年岁,以此推之,景于大宝三年(552)被杀,年五十。然《广记》卷一二〇《梁武帝》条又引《朝野佥载》云"东昏死之日,侯景生焉","时人谓景是东昏侯之后身也"。东昏于永元三年(501)十二月被杀,若以此为据,则侯景被杀时年五十三,长于萧纲三岁。今本《朝野佥载》据《广记》抄出,所记侯景生、宝志语,皆属不经,复有抵牾,张鷟杂取之而未辨耳。要之,借此可知侯景生于齐末梁初。

萧纲字世瓒

《梁书·简文帝纪》载,萧纲为侯景幽絷,题壁自序云:"有梁正士兰陵萧世瓒,立身行道,终始如一。风雨如晦,鸡鸣不已。弗欺暗室,岂况三光。数至于此,命也如何!"按"有梁正士"、"立身行道,终始如一",盖袭司马孚遗令语。

《梁书·简文帝纪》载纲字世缵,其自序亦作"世讚"。然《南史》作"世赞"。按,《南史》是。梁武诸子,名皆从"系",除萧统字德施外,余皆字"世×",而"×"又皆从"言",无例外。是纲字世讚,当从《南史》。《建康实录》亦作"世讚"。

宫体诗形成于萧纲入东宫前

"宫体"一名,见《梁书·简文帝纪》:"雅好题诗,其序云:'余七岁有诗癖,长而不倦。'然伤于轻艳,当时号曰'宫体'。"又见《梁书·徐摛传》:萧纲入为皇太子,摛转家令,兼掌管记,"摛文体既别,春坊尽学之,'宫体'之号,自斯而起。高祖闻之怒,召摛加让。及见,应对明敏,辞义可观,高祖意释。……中大通三年,遂出为新安太守"。《南史》同。

按,《梁书》所记含混。据《武帝纪》,中大通三年四月,萧统卒;七月,萧纲继立为太子。而徐摛以是年出守,即在岁尾,亦仅有四五月。诗体于数月间风行一时,且形成专名,于情理不合。况徐摛当时年近六十,似亦非致力写作轻艳诗体年岁。徐摛自天监八年(509)即为萧纲侍读,时年三十八岁,萧纲七岁,此后随侍萧纲,与庾肩吾同为萧纲文学侍从而兼师傅。萧纲所谓七岁有诗癖,正徐摛为侍读之年,受徐摛影响而有诗癖,不言可明。徐、庾诗风既影响于萧纲,自必影响于幕中文士。所谓"春坊尽学之",当是萧纲在藩时期已然。"春坊"则是泛指幕中属官文士,不必泥为太子属官。又所谓"文体既别",盖别于永明诗体。《梁书·庾肩吾传》:"初,太宗在藩,雅好文章士。时肩吾与东海徐摛、吴郡陆杲、彭城刘遵、刘孝仪、仪弟孝威，同被赏接。及居东宫，又开文德省，置学士，肩吾子信、摛子陵、吴郡张长公、北地傅弘、东海鲍至等充其选。齐永明中，文士王融、谢朓、沈约文章始用四声，以为新变，至是转拘声韵，弥尚丽靡，复逾于往时。"是为有关"宫体"诗形式之阐述。

由上述可知：一、宫体诗风，徐、庾作俑，萧纲在其影响下乐此不疲，乃扩大而波及幕中文士。二、宫体诗风之形成当在萧纲在藩时。其正式得名，则在萧纲立为太子后不久。三、宫体之名确立后，庾信、徐陵又踵事增华，推波助澜，影响乃普及于上层社会。

《南史·梁武帝诸子传》记萧纪仕历夺字

《南史·梁武帝诸子·萧纪传》载纪于天监十三年封武陵王，"寻授扬州刺史。中书诏成，武帝加四句曰：'贞白俭素，是其清也；临财能让，是其廉也；知法不犯，是其慎也；庶事无留，是其勤也。'纪特为帝爱，故先作牧扬州"。然自天监八年（509）至普通七年（526）十七年间，扬州刺史为临川王萧宏，至中大通四年（532），始以"江州刺史武陵王纪"为扬州刺史（见《武帝纪》），上距武陵王之封已十八年，安得言"寻"？萧纪与萧绎同岁，均生于天监七年（508），如以幼童而为扬州，亦不足当"清廉慎勤"之考语。

《梁书·武陵王纪传》疏略错讹，于萧纪早年仕历均不书年月，仅记："历位宁远将军、琅琊、彭城二郡太守、轻车将军、丹阳尹。出为会稽太守，寻以其郡为东扬州，仍为刺史，加使持节、东中郎将。征为侍中，领石头戍军事。出为宣惠将军，江州刺史。"琅琊、彭城，自属侨郡。据《武帝纪》，普通五年六月"以会稽太守武陵王纪为东扬州刺史";又据《南史·沈僧昭传》,萧纪为会稽太守,宴坐池亭,蛙鸣聒耳,曰"殊废丝竹之听"。沈僧昭生于宋季,传言其"中年为山阴令",至普通初已四十余岁,且纪宴赏僚属,似已非幼童,故其为会稽或在普通五年前不久,前此即萧绎(参《刘孝绰与到氏兄弟交恶》条)。又据此而知《南史》"扬州刺史"上必夺"东"字,时萧纪年十七,以年岁论,庶与"清廉慎勤"云云差能相配。

又,梁武诏书,《全上古三代秦汉三国六朝文》失收。

《梁书·武陵王纪传》错讹颠倒

《梁书·武陵王纪传》载:"高祖崩后,纪乃僭号于蜀,改年曰天正。……太清五年夏四月,纪帅军东下至巴郡,以讨侯景为名,将图荆陕。闻西魏侵蜀,遣其将南梁州刺史谯淹回军赴援。五月日,西魏将尉迟迥帅众逼涪水,潼州刺史杨乾运以城降之。迥分军据守,即趋成都。"按,萧纪据蜀称帝为梁末大事,传于年月略而不书,或以其为僭位故尔。

据《元帝纪》、《通鉴》,萧纪称帝在梁简文帝大宝三年(太清六年,552)四月。《元帝纪》又载,其前一月,即是年三月(《通鉴》系于四月),王僧辩破侯景,斩之。故萧纪传所记太清五年四月以下各事,实皆在太清六年四月后。按之校书通例,或可据此而以"五年"为"六年"传抄之误,或可以为"五年"下有脱文。然细核之,其误盖出姚氏而不得诿之书手。《南史·梁武帝诸子传》记:"大宝二年(太清五年,551)四月乙丑,纪乃僭号于蜀,改年曰天正。"而其《梁本纪》则系于承圣元年(太清六年,552)四月乙巳,又与《梁书·元帝纪》、《通鉴》同。是李延寿直抄《梁书》纪、传甚明,且又误乙巳为乙丑。此其一。设梁传"太清五年四月"确为"六年四月"传抄之误,是时萧纪方加冕登极,大封诸子,安得复帅兵东下?《梁书》、《南史》《元帝纪》及《通鉴》均记是年八月,纪率巴蜀大军由外水东下,是。四月、八月,姚氏于此又自相抵牾,《南史》又从梁传而误。此其二。

梁传接叙西魏侵蜀,此又属承圣二年(553)事。《周书·文帝纪》载,魏废帝二年(梁承圣二年)三月,"太祖(宇文泰)遣大将军、魏安公尉迟迥率众伐梁武陵王萧纪于蜀","五月,萧纪潼州刺史杨运乾以州降",是又混两年之事于一年。其后又叙元帝与萧纪两书,友于之情,溢于行间字里,然旋即遣王僧辩攻杀之于硖口,则又是此年七月间事。传文以太清五年一贯而下,记事混乱有如是者。

萧绎焚书

西魏军围江陵,城破前,梁元帝尽焚所聚古今图书,此诚文化之大厄也。《通鉴》卷一六五记,或问帝何意焚书,答曰:"读书万卷,犹有今日,故焚之。"胡注评云"帝之亡国固不由读书",一针见血。至所焚之书为数几何,诸说不一。《通鉴》卷一六五记,元帝"入东阁竹殿,命舍人高善宝焚古今图书十四万卷"。《考异》曰:"隋《经籍志》云焚七万卷,《南史》云十余万卷。按周(章校:'周'当作'王')僧辩所送建康书已八万卷,并江陵旧书,岂止七万卷乎?今从《典略》。"按,《南史·梁本纪下》作"乃聚图书十余万卷尽烧之";《隋志》原文为"元帝克平侯景,收文德之书及公私经籍,归于江陵,大凡七万余卷。周师入郢,咸自焚之",所记本为自建康所得书,即王僧辩送至江陵者,盖承上所记历代内府藏书言之,非谓元帝所焚之总数。《考异》似欠辨核。元帝《金楼子·聚书篇》自云四十年聚书达八万卷,是并建康之书当达十五六万,亦超《典略》所记"十四万"而过之。建康图籍中当有本朝史册档案,并付一炬,姚氏父子撰《梁书》,讹误甚多,自与此有关。

萧绎绘事

　　《历代名画记》卷七记梁元帝萧绎,天生善书画。"初封湘东王,后乃即位,年四十七。追号元帝,庙号世祖。尝画《圣僧》,武帝亲为赞之。任荆州刺史日,画《蕃客入朝图》,帝极称善(原注:《梁书》具载)。又画《职贡图》并序,善画外国来献之事(原注:序具本集)。"姚最云:"湘东天挺生知,学穷性表,心师造化,象人特尽神妙,心敏手运,不加点理。听讼之暇,众艺之余,时遇挥毫,造化惊绝,足使荀、卫阁笔,袁、陆韬翰。"(原注:《游春苑》白麻纸图、《鹿图》、《师利像》、《鹣鹤陂泽图》、《芙蓉醮鼎图》,并有题印,传于后。)按,《梁书·武帝纪》、《元帝纪》未载画《蕃客入朝图》事,仅《南史·梁本纪下》记元帝"工书善画,自图宣尼像,为之赞而书之,时人谓之三绝",亦未及《蕃客入朝图》,未知张彦远所据何自。《职贡图序》见《类聚》卷五五:"梁元帝《职贡图序》曰:'臣以不佞,推毂上游,夷歌成章,胡人遥集。款开蹶角,沿溯荆门,瞻其容貌,诉其风俗。如有来朝京辇,不涉汉南,别加访采,以广闻见,名为《贡职图》云尔。'"题作"职贡",录文则作"贡职",《全梁文》径改本文为"职贡"。《梁书·元帝纪》、《南史·梁本纪下》亦皆记作《贡职图》一卷。按,《周礼·夏官·大司马》"施贡分职",郑注:"职,谓赋税也。"是职犹贡也,作"职贡"、"贡职"义皆可通。惟《左传》僖二十九年记晋叔侯之言曰:"鲁之于晋也,职贡不乏,玩好时至。""职贡"语或本此,《类聚》卷二四又录元帝

《职贡图赞》,则《梁书》所录"贡职"或当乙转,《南史》又承《梁书》而误。唐初阎立本亦作《职贡图》,今存,影印本习见。

又,俗传有《山水松石格》一文,盖画师口诀而托名元帝。依附攀援,必资凭借,帝之艺事,于此可窥一斑。

萧绎、萧纪为太守、京尹

《梁书·元帝纪》:"高祖第七子也。天监七年八月丁巳生。十三年,封湘东郡王,邑二千户。初为宁远将军、会稽太守,入为侍中、宣威将军、丹阳尹。"普通七年,出为荆州刺史。《武陵王纪传》:"高祖第八子也。……天监十三年,封为武陵郡王,邑二千户。历位宁远将军、琅玡彭城二郡太守、轻车将军、丹阳尹。出为会稽太守。寻以其郡为东扬州,仍为刺史。"

绎、纪为太守、京尹,史不记年。按,《先秦汉魏晋南北朝诗》录萧绎《去丹阳尹荆州诗》。"荆州"上有脱文甚明,疑是"之"字。此可证萧绎自京尹迁荆州,二事相联。《元帝纪》明记之荆州为普通七年,《武帝纪》载此事于是年十月,盖鄱阳王恢卒于九月而以绎继之。前此在会稽太守任,《颜氏家训·勉学》:"梁元帝尝为吾说:'昔在会稽,年始十二,便已好学。'"则其守会稽必在普通元年前。而据《高祖三王传》,会稽太守,十三至十六年为庐陵王续,其后为邵陵王纶。纶以十八年征入,代之者乃为萧绎,其时正十二岁。又据《武帝纪》普通五年三月,置东扬州,六月,"以会稽太守武陵王纪为东扬州刺史",是萧纪当在普通五年初继萧绎为会稽太守,而萧绎则于此时继萧纪为京尹,弟兄互易职官,或亦梁武借以练历诸子之一道。

萧纪为京尹,下限在普通五年初。其前为京尹者为安成郡王萧机,时在普通二至三年,见《太祖五王传》;再前则为萧纲,任期为天监十七年至普通元年,见《简文帝纪》。是则萧纪任京尹仍在普通三年、四年间。梁代京尹,天监十一年前用沈约及琅琊王氏,其后多用皇子、皇侄,与用扬州刺史人选同其例。

袁昂事迹掇拾

《梁书·袁昂传》载,昂父颛泰始初举兵奉晋安王子勋,事败诛死,"昂时年五岁"。按,《宋书·袁颛传》载颛于宋泰始二年(466)被诛。昂卒于梁大同六年(540),年八十,则当生于宋孝武帝大明五年(461),盖是六岁而孤,《梁书》误。

传又载:"齐初,起家冠军安成王行参军,迁征虏主簿,太子舍人,王俭镇军府功曹史。俭时为京尹。"据《南齐书·高帝十二王传》、《王俭传》,萧暠于永明元年进号征虏将军,王俭于永明二年至三年为丹阳尹,可以相证。《袁昂传》又载,"丁内忧,服未除而从兄彖卒","服阕,除右军邵陵王长史,俄迁御史中丞"。据《南齐书·袁彖传》,彖卒于隆昌元年(494),《梁书·处士·何胤传》载齐明帝使御史中丞袁昂奏收胤,则为御史中丞是建武中事。

本传又载,齐永元末,萧衍起兵至建康,昂拒不受命,"高祖手书喻曰"云云。按《梁书·江革传》:"中兴元年,高祖入石头。时吴兴太守袁昂据郡拒义师,乃使革制书于昂,于坐立成,辞义典雅。"两传所记为一事,而一云"手书",一云"革制",自相抵牾。严可均《全梁文》以之入江革,是。

《南史·梁宗室下·萧暎传》载,天监十七年,梁武谓祭酒袁昂云云。按《袁昂传》,昂为国子祭酒凡二次,一在天监七年,八年解职,一在普通三年。《萧暎传》所记，不知所据，疑有误。

《御览》卷七四八录袁昂《古今书评》，《淳化阁帖》卷五有袁昂《评书》，二文大同小异，历论汉末至梁书家三十四人，均出以比喻。于此可见袁昂善书，然《梁书》、《南史》于此均不著一字。

《梁书·顾协传》误字

《梁书·顾协传》："会西丰侯正德为吴郡，除中军参军，领郡五官。迁轻车湘东王参军事，兼记室。普通六年，正德受诏北讨，引为府录事参军，掌书记。军还，会有诏举士，湘东王表荐。"萧正德为吴郡太守，《梁书·临贺王正德传》记作中大通四年，《南史·梁宗室传》记作"天监初，封西丰县侯，累迁吴郡太守。……中大通四年，特封临贺郡王，后为丹阳尹"。当从《南史》。如据《梁书》，则顾协仕历颠倒失次甚明。《梁书·萧子范传》亦记正德为丹阳尹，颇疑《临贺王正德传》所记中大通四年为吴郡太守乃"丹阳尹"之误。《临贺王正德传》全文简略疏脱，不如《南史》详明，殆姚氏父子以正德为国之蟊贼而故略之欤？

又，"军还，会有诏举士"，萧绎表奏云云，二事相承接。按普通六年正德北伐，逃于魏，北伐军于七年（526）南返。而萧绎表中称"臣府兼记室参军吴郡顾协，""年方六十"，则已是大通三年（529）事，前后相距二十年，且顾协于湘东府任记室而二十年不迁不调，事亦殊于常情。《南史》于此作"普通中，有诏举士，湘东王表荐之"，亦可互证为普通间事。如表中"六十"为"四十"之误，则其年正为天监七年，传文上下始无扞格。传言表上即诏授中书通事舍人，而《昭明太子传》载普通七年，生母丁贵嫔卒，萧统哀痛逾常，武帝遣中书舍人顾协宣旨，令其节哀，亦若合符契矣。

又，《隋志》三录《琐语》一卷，题"梁金紫光禄大夫顾协撰"，金紫未见本传。

伏挺行事

《梁书·伏挺传》记："高祖义师至，挺迎谒于新林。高祖见之甚悦，谓曰颜子，引为征东行参军，时年十八。"此齐和帝中兴元年（501）事，逆推知挺生于齐武帝永明二年（484）。传又记挺"太清中，客游吴兴、吴郡，侯景乱中卒"，则或在太清三年（549）秋吴郡、吴兴遭兵燹时。

传载伏挺于天监初，"除中军参军事。……迁建康正，俄以劾免。久之，入为尚书仪曹郎，迁西中郎记室参军，累为晋陵、武康令"。按《太祖五王传》，临川王萧宏以天监三年进号中军将军，则伏挺为参军当在此后。西中郎将，据《南齐书·百官志》："四中郎将，晋世荀羡、王胡之并居此官。宋、齐以来，唯处诸王，素族无为者。"齐和帝萧宝融，永元元年曾加西中郎将。梁代尤为严格，所授皆梁武最亲信之皇弟、皇子，即萧宏、萧纲、萧绎、萧续等人，授官时分别为中兴二年易代前夕、天监十七年、普通七年、中大通四年。伏挺迁西中郎记室参军当在天监十七、八年（518、519）。普通元年（520），其父暅卒，《梁书》未记其丁忧，盖略而未书。其后历晋陵、武康令，至罢县时当在普通末。筑室东郊，不甘寂寞，致书徐勉，时勉以疾家居，据《徐勉传》勉以疾给假亦在普通末。故《伏挺传》记其"后遂出仕"，纳贿，惧劾出家，"久之藏匿，后遇赦乃出天心寺"，邵陵王萧纶为江州，携之赴任，则约为中大通初至大同三年（537），其间历时近十年。邵陵王纶以骄纵凶暴,免官夺爵而复起者三。据《武帝纪》,纶于普通元年(520)镇江州,五年夺爵;大同三年又出为江州,伏挺随府,自在此时。大同六年(540),复随迁郢州。其后萧纶入为丹阳尹年月,史无明文,《武帝纪》仅书中大同元年(546)八月,"丹阳尹邵陵王纶为镇东将军、南徐州刺史"。如萧纶在郢州三数年,入为京尹,则已至大同十年(544)左右,"留夏首,久之还京师",恐已至中大同年间(546～547)。

伏挺重利欲,出家为僧,致刘之遴有"传闻伏不斗,化为支道林"之诮,事见《南史·刘之遴传》。不斗,或其小字。又,史称其为五言诗善效谢康乐体,今存诗仅一首,末句"空水共澄鲜",全抄谢诗,一字不易。仅此一斑,谓为"善效",恐属过当。

伏曼容仕历

《梁书·伏曼容传》载曼容于齐永明初为太子率更令。《徐勉传》录勉普通六年上修五礼表云:"伏寻所定五礼,起齐永明三年太子步兵校尉伏曼容表求制一代礼乐。"中华书局本于此出校,云:"'三年',当依《南史》作'二年'。《南齐书·礼志》云'永明二年,太子步兵校尉伏曼容表定礼乐'。"按,所校是,《南齐书·乐志》亦作"二年"。《梁书》本传言曼容于永明初为太子率更令,而不记太子步兵校尉,亦误。据《宋书·百官志》,太子家令、率更令、仆,为太子三卿,秩千石,位仅次于詹事,而太子兵步校尉则列左、右卫率下。《隋书·百官志》云:"二傅及詹事,各置丞、功曹、主簿、五官。家令、率更令、仆各一人。"(中华书局本误标作:"二傅及詹事,各置丞、功曹、主簿。五官、家令、率更令、仆各一人。")步兵校尉则为左、右卫率属官。据此,则曼容于永明初当为太子步兵校尉,稍迁率更令。永明七年王俭卒后又迁中书侍郎、大司马谘议参军，出为武昌太守。《文选》录谢朓《和伏武昌登孙权故城》，善注引徐勉所撰《伏曼容墓志序》："曼容为大司马谘议参军，出为武昌太守。"盖即此时。

又，《伏暅传》载暅为东阳郡丞，秩满为鄞令，"时曼容已致仕，故频以外职处暅，令其得养焉。齐末，始为尚书都官郎，仍为卫军记室参军"。《伏曼容传》不记致仕事，仅言明帝不重儒术，曼容乃于宅中为生徒讲说。时曼容年已七十余，致仕当在此时。

传又载："梁台建，以曼容旧儒，召拜司马，出为临海太守。"《隋志》录"梁临海令伏曼容注《周易》八卷"，中华书局本于此复出校语云："姚振宗《隋书经籍志考证》说，《梁书》本传作'临海太守'。按本书《地理志》下，隋代以前，临海为郡，作'太守'，是。"按，此说可商。《隋书·地理志》下"永嘉郡"下"临海"注云："旧曰章安，置临海郡。平陈，郡废，县改名焉。"然据《南齐书·州郡志》上，扬州临海郡下属五县："章安、临海、宁海、始丰、乐安。"《中国历史地图集》南齐部分于临海郡亦明标章安、临海，章安盖为临海郡治。是伏曼容官临海守，抑临海令，亦未能遽定也。姚氏按而未断，不失谨严。然曼容时年八十二，齐明残忍忌刻，不好儒术，尚能虑及令其子终养；梁武好儒术，标榜仁孝，竟出之于临海，是亦异事也已。

臧严仕历与《梁书》记事之误

《梁书·臧严传》载："初为安成王侍郎，转常侍。从叔未甄为江夏郡，携严之官。于涂作《屯游赋》，任昉见而称之。"按，臧未甄事迹见其子《臧盾传》。未甄于天监初为南徐州别驾，入拜黄门郎；迁右军安成王长史，出为新安太守，有能名。还京，丁母忧，服阕，除廷尉卿，又出为安成王长史,江夏太守,卒官。虽未明记年月,然据《太祖五王传》,安成王萧秀以天监三年进号右将军,六年出为江州刺史。臧未甄出为新安太守,当在天监四五年间。以其"有能名",或任期未满即内调。任昉以六年春出为新安,当是瓜代。天监十三年,萧秀复出为郢州刺史,未甄为江夏太守必在此时。臧严为安成王侍郎,亦当在天监三年至六年臧未甄为长史时。据传文,未甄为江夏太守,携严之官,途中作《屯游赋》,事在天监十三年后,任昉焉及见之?"江夏"必是"新安"之误。严于途中作赋,一二年后任昉来新安任职,见而称之,庶近事情。臧严随至新安,或为仕途不利,不见赏于萧秀,观赋名"屯游"可知。又,《臧严传》载严随萧绎迁荆州,又迁江州,卒官。萧绎迁江州在大同六年(540),太清元年(547)又迁荆州,臧严之卒当在此数年中。设以其二十岁入仕,旋又随未甄赴新安,约略计之,得年约六十左右。

何思澄卒年、仕历

《梁书·何思澄传》不记思澄卒年,仅言"昭明太子薨,出为黟县令。迁除宣惠武陵王中录事参军,卒官。时年五十四"。昭明卒于中大通三年(531)四月,萧纲七月继立,官僚几全体易人。思澄于是年出为县令,又迁武陵王萧纪中录事参军,其卒年当在中大通末(534左右)。《玉台新咏》卷六列何思澄为已故者之末,亦可证。《先秦汉魏晋南北朝诗》何思澄小传言"中大通四年,除宣惠武陵王参军",不知所据,疑误。

传又载思澄"起家为南康王侍郎,累迁安成王左常侍,兼太学博士,平南安成王行参军,兼记室,随府江州"。据《太祖五王传》,安成王萧秀于天监元年受封,六年出为平南将军、江州刺史,传言"安成王",又别言"平南安成王",具见史笔。然可怪者,《武帝纪》明言萧绩于天监七年九月癸巳封南康郡王,思澄起家南康王侍郎,自不能早于此时。若是,则其一身焉能于天监七年后起家入仕,复于天监六年前迁安成王左常侍,又于六年随府江州?或疑此处错乱,入安成王府在前而入南康王府在后。然据《隋书·百官志》,天监七年,定百官为十八班,班多者为贵,皇弟、皇子国侍郎在一班,皇弟、皇子国常侍在二班,皇弟、皇子府行参军在三班,思澄官阶迁转,井然无误。是则传所记"南康王"者必为别一王,惜史料不足,无可查核。

安成王萧秀由江州迁荆州,天监十一年入建康,领石头戍事。设思澄随其返京,沈约此时尚在,郊居第宅峻工亦在一二年,命工书人书思澄《游庐山诗》于壁,颇近事实。

传载天监十五年,思澄等五人撰《华林遍略》(参《华林遍略》条),"迁治书侍御史","久之,迁秣陵令,入兼东宫通事舍人"。何逊有《赠族人秣陵兄弟》,题下注"何思澄为秣陵令",诗有"自尔典名郡,所在号清淳","顾余晚脱略,怀抱日湮沦。游宦疲年事,来往厌江滨"之语,时何逊在江州,而思澄为秣陵令亦似已有时日。何逊约卒于天监十八年,则何思澄为秣陵令不当晚于十七年。《华林遍略》修撰八年而书成,既作县令,兼事修书,亦繁剧矣。传又言"除安西湘东王录事参军,兼舍人如故",明其未离建康,据《元帝纪》,知必在普通七年前。

王瞻事迹

《梁书·王瞻传》谓"瞻年数岁,尝从师受业,时有伎经其门,同学皆出观,瞻独不视,习诵如初。从父尚书仆射僧达闻而异之,谓瞻父曰:'吾宗不衰,寄之此子。'"《南史》所记略同,然无"尚书仆射"四字,各本"僧达"作"僧远",中华标点本从《梁书》改。然僧达以大明二年(458)被杀,下距梁武帝天监元年(502)凡四十五年。据《梁书》,瞻卒年四十九。设王瞻卒于天监元年,当生于宋孝武帝孝建元年(454),王僧达卒时,瞻方五岁,入学未免太早。姑从之。然纵使如此,瞻年四十九,其为吏部尚书,当在天监之前。然据本传,其为吏部尚书在梁台既建之后,即齐和帝中兴中(501~502),当时吏部尚书据《梁书·武帝纪》为沈约,次年为范云。吏部尚书据《隋书·百官志》云一人。宋孝武时,尝改为二人,寻复旧。齐、梁间似不当有二人同时任职事。颇疑瞻任吏部尚书在范云卒(天监二年,503,五月)以后,天监五年(506)袁昂为吏部尚书之前。本传记载有误,或者享年不止四十九,或者"僧达"本是"僧远","吏部尚书"四字衍。必有一误,难以考定。

释法云与《三洲歌》

释法云以天监七年与范缜论神灭,遍与朝士书,动员围攻,口诛笔伐,以此见录于《梁书》。《续高僧传》卷六有传。其讲论经律,主有词有义且有威仪,故登坛说法,机辩应变,若疾风行雨焉。云通梵语,工文辞,传载天监之末,扶南国献经三部,敕云译之,详决梁梵,皆理明意显。又,同书卷一《僧养传》记敕令译经一一部四十八卷,又敕宝唱、法云等相对疏出,华质有序。天监十七年竣事。《乐府诗集》集四八引《古今乐录》谓《三洲歌》旧辞云"啼将别共来",天监十一年,梁武问法云:"闻法师善解音律,此歌何如?"云答:"天乐绝妙,非肤浅所闻。愚谓古辞过质,未审可改以不?"梁武云:"如法师语音。"云答:"应欢会而有别离,'啼将别'可改'欢将乐',故歌。"《古今乐录》记歌和云:"三洲断江口,水从窈窕河旁流,欢将乐共来,长相思。"按,《三洲歌》本商客数游巴陵三江口往来,乃共作此歌。西曲本辞歌别离,辞义俱佳,法云改辞,易悲为喜,与原辞大相径庭,盖亦善体意旨而作升平之音。《先秦汉魏晋南北朝诗》于释法云下录《三洲歌》二首,其二即《古今乐录》所载,其一仅易"欢将乐共来"为"啼将别共来",其余三句全同,盖出逯氏臆补。即令所补不误,收入以为法云所作,亦误,当入"清商曲辞",为古辞。

萧方等著作

萧方等,梁元帝长子,徐妃所生。《梁书·世祖二子传》载:"方等注范晔《后汉书》,未就。所撰《三十国春秋》及《静生子》行于世。"按后汉史传,自《东观汉纪》以迄萧子显《后汉书》,除范晔书外,凡十三种,见于《隋志》者十二种。范书至梁而有注,《梁书·刘昭传》载"昭又集《后汉》同异以注范晔书,世称博悉","集注《后汉》一百八十卷",今存《后汉书》章怀注中三十卷志即用刘昭注。惟所记一百八十卷,则与今本一百三十卷不合。中华书局本于此出校,云:"'八'或系'三'之讹。"范书原定一百卷,十志未就而被杀,《隋志》记"《后汉书》九十七卷,宋太子詹事范晔撰",或当时所见范书原本,纪、传之外,复有志七卷。《经籍志》又记"《后汉书》一百二十五卷,范晔本,梁剡令刘昭注"。昭以司马彪书续足范书并为作注。"一百二十五"与"一百三十"之异,当是刘昭与章怀分合不同,惟《梁书》所谓"一百八十卷",则其误甚明。说参姚振宗《隋书经籍志考证》。

刘昭卒年不得详考，约略记之，当在萧方等成年以前。方等之注范书，或因刘昭注尚未显于世，或因萧绎有《汉书注》而欲父子蝉联，自高声誉。以王子之尊，门下文人学士，捉刀庖代，固无烦亲为搦管。惜方等年二十二而卒，未能杀青行世。

《静住子》，《南史》作《笃静子》。《隋志》三"杂家类"录《静住子》二十卷，题"齐竟陵王萧子良撰"，其前后均为释氏典籍。《南齐书·武十七王传》记子良好释氏，任昉《齐竟陵文宣王行状》则明言子良撰《四部要略》、《静住子》，《文选》李善注引《净住序》云："长养增进菩提善根，如是修习，成佛无差，则能绍续三世佛种，是佛之子，故云静住子。"《萧方等传》未记其奉佛，不当以"静住"为集名。其集当名《笃静子》，姚思廉因混萧子良《净住子》而误书，李延寿核校史料而加改正也。

又，《三十国春秋》，《隋志》记作"三十一卷"。两《唐书》志均作"三十卷"，而作者署作"萧方"。据《史通·称谓篇》、《玉海·艺文类》，此书盖以晋为主，附刘渊以下二十九国事。《史通·称谓》记"萧方等始存诸国名谥，僭帝者皆称之以王"，显指本书体例。《通鉴》卷一一三于刘裕憾刁逵而德王谧下引萧方等曰："夫蛟龙潜伏，鱼虾亵之。是以汉高赦雍齿，魏武免梁鹄，安可以布衣之嫌而成万乘之隙也？今王谧为公，刁逵亡族，酬恩报怨，何其狭哉？"当即《三十国春秋》之论赞，《全梁文》失收。中华书局本于"萧方"二字旁加人名线，其误与两《唐书》正同。

又，萧方等能诗文，工写真。《颜氏家训·文章》记："武烈太子（按，原谥"忠壮"，元帝即位，改谥"武烈"），亦是数千卷学士，尝作诗云：'银锁三公脚，刀撞仆射头。'为俗所误。"《先秦汉魏晋南北朝诗》失收。《杂艺》记："武烈太子偏能写真，坐上宾客，随意点染，即成数人。以问童孺，皆知姓名矣。"

《梁书·萧琛传》载"《汉书》真本"

《梁书·萧琛传》载,琛以天监元年迁庶子,出为宣城太守,"九年,出为宁远将军、平西长史、江夏太守。始琛在宣城,有北僧南度,惟赍一葫芦,中有《汉书·序传》。僧曰:'三辅旧老相传,以为班固真本。'琛固求得之。其书多有异今者,而纸墨亦古,文字多如龙举之例,非隶非篆,琛甚秘之。及是行也,以书饷鄱阳王范,范乃献于东宫"。按,今所见东汉简书碑刻均隶书,"非隶非篆",不知是何字体。如真为当日进呈之本而字体怪异如此,恐和帝亦将为之攒眉努目。六朝作伪之风渐起,是则此亦赝品乎?《萧琛传》叙事之怪亦与"非隶非篆"同。天监九年,萧范仅十三岁,且其父萧恢尚在,安得称王?又安得从而进呈萧统?同书《刘之遴传》载,之遴好古爱奇,在荆州聚古器数十百种。"时鄱阳嗣王范得班固所上《汉书》真本,献之东宫,皇太子令之遴与张缵、到溉、陆襄等参校异同"。刘汝霖《东晋南北朝学术编年》系此事于普通七年,考云:"按本传既称鄱阳嗣王范,则当在范初嗣位之时。范之嗣位在此年,其进《汉书》真本亦当在此年。且张缵此时为太子中舍人,陆襄此时为太子家令,俱居太子门下,故太子命其校对,情形甚合。至明年则缵出为宁远华容公长史,无缘参与是事,故志其事于此。"说差近之。

按,据《武帝纪》,鄱阳王恢于天监七年(本传作"八年")八月进号平西,时为郢州刺史,进督霍州。十年,征为侍中、护军将军、石头戍军事。十一年,出为荆州刺史。十三年,迁益州刺史。萧琛于天监九年为萧恢长史、江夏太守,是在郢州。《太祖五王传》载恢在荆州,"谓长史萧琛曰"云云,是琛在十一年后又在恢荆州幕。《萧琛传》所云"寻迁安西长史、南郡太守",安西为安成王秀,天监七年至十一年镇荆州。是萧琛于萧恢被征入京后即至荆州为萧秀长史,及十一年以恢代秀,乃复入恢幕,其进《汉书》于萧范自当在平西府为长史时。范虽无学术而"爱奇玩古",琛适以投其所好也。萧范得书,献于萧统,事又在普通七年后。刘氏定萧范献书东宫于普通七年,差近之而可商。萧恢以普通七年九月卒,萧范嗣位,然其时正在服中,父丧未及四月即献书东宫,似悖情理。刘氏以张缵于次年(大通元年)出为华容公长史不得与其事,故定于七年;然是年十月刘之遴在荆州为萧绎长史,又安得远赴建康参校异同。核之参校诸人仕历,或以在大通三年为宜。说参有关刘、张、到三人仕历条及《梁书·陆襄传》。又,刘氏考谓天监七年张缵为太子家令,亦疏失,时缵已迁尚书吏部郎。

萧琛生卒年与使魏

《梁书·萧琛传》:"中大通元年,为云麾将军、晋陵太守,秩中二千石,以疾自解,改授侍中、特进、金紫光禄大夫。卒,年五十二。"《南史》不记卒年、年岁。据《武帝纪》,中大通三年(531)二月,"乙卯,特进萧琛卒",由此推知琛当生于齐高帝建元二年(480)。然本传记琛"起家齐太学博士。时王俭当朝,琛年少,未为俭所识",琛乃直造俭坐,俭与语,大悦。俭为丹阳尹,辟为主簿。据《南齐书·王俭传》,俭于永明二年(484)领国子祭酒、丹阳尹。三年,解丹阳尹。七年,卒。是岂有五岁孩童辟为主簿之理?琛又为竟陵八友之一,以《梁书》卒年推之,时仅七八岁,永明末,琛与范云出使北魏,亦不过十三四岁,于情理皆为背谬。本传记年五十二,必误。按本传又记:"琛年数岁。从伯惠开抚其背曰:'必兴吾宗。'"据《宋书·萧惠开传》,惠开卒于泰始七年（471），约略推之，琛生年当不得晚于泰始元年（465），如以此为准，永明二年为二十岁左右，官太学博士，为人师表，亦与"年少"合。是琛终年当六十七岁左右。姑记之以俟续考。

萧琛使北，前后两次。本传载："永明九年，魏始通好。琛再衔命至桑乾，还为通直散骑侍郎。"《南史》同。"再"，系贯下而非连上。《南齐书·魏虏传》记永明十年，"上遣司徒参军萧琛、范云北使"，仅记十年而未记九年事。《魏书·萧赜传》记，魏孝文帝太和十五年（齐永明九年）二月，赜"遣员外散骑常侍裴昭明、员外散骑侍郎谢竣朝贡。九月，又遣司徒参军萧琛、范缜朝贡。十六年，复遣琛与司徒参军范云朝贡"。《梁书·范缜传》记永明中与魏岁通聘好，"缜及从弟云、萧琛、琅邪颜幼明、河东裴昭明相继将命，皆著名邻国"。是琛之北使，一在永明九年九月，一在永明十年，《通鉴》失记九年事而记十年事于十二月。又，《魏书·李顺传附李宪传》记宪"接对萧衍使萧琛、范云"，"衍"当作"赜"，各本失校。同书《裴骏传附裴宣传》作"赜"，不误。

《北史·李谐传》尝记南北通好，行人来往情状，事虽在梁武大同中，然以此例彼，亦可见萧琛才地之美，录之如后："（东魏孝静帝）天平末（梁大同三年），魏欲与梁和好，朝议将以崔㥄为使主。㥄曰：'文采与识，㥄不推李谐；口颊顾顾，谐乃大胜。'于是以谐兼常侍、卢元明兼吏部郎、李业兴兼通直常侍聘焉。梁武使朱异觇客，异言谐、元明之美。谐等见，及出，梁武目送之，谓左右曰：'朕今日遇劲敌。卿辈常言北间都无人物，此等何处来？'谓异曰：'过卿所谈。'是时邺下言风流者，以谐及陇西李神儁、范阳卢元明、北海王元景、弘农杨遵彦、清河崔瞻为首。初通梁国，妙简行人，神儁位已高，故谐等五人继踵，而遵彦遇疾道还，竟不行。既南北通好，务以俊乂相矜，衔命接客，务尽一时之选，无才地者不得与焉。梁使每入，邺下为之倾动，贵胜子弟盛饰聚观,礼赠优渥,馆门成市。宴日,齐文襄(高澄)使左右觇之,宾司一言制胜,文襄为之抃掌。魏使至梁,亦如梁使至魏,梁武亲与谈说,甚相爱重。"其间舌剑唇枪而被以锦绣,亦当如宋元嘉末张畅、李孝伯之答对,惜史阙不详耳。

萧渊藻入蜀年月

《梁书·萧渊藻传》载:"出为持节、都督益、宁二州诸军事、冠军将军、益州刺史。"未书年月,下即接叙州民焦僧护聚众起事,藻讨平之。据《梁书·邓元起传》,邓元起于天监元年为益州刺史,在州二年,以母老乞归,以萧渊藻代之。"是时,梁州长史夏侯道迁以南郑叛,引魏人",梁武诏邓元起救汉中,渊藻将至,元起尽取粮储器械,渊藻以是恨之而收付州狱。据《魏书·世宗纪》,正始元年闰十二月,"萧衍行梁州事夏侯道迁据汉中来降",正始元年闰十二月即梁天监四年元月,夏侯道迁降魏,驰报至京,梁武敕元起往救汉中,其间颇需时日,故《通鉴》系萧渊藻收元起事于是年四月,传言"藻年未弱冠",盖以渊藻入蜀为天监元年事,《南史》则直书为天监元年,所记皆误,而其时渊藻年已二十三。

萧纪扬州刺史任期

《梁书·武陵王纪传》载纪出为江州刺史,"征为持节史,宣惠将军、都督扬、南徐二州诸军事、扬州刺史。寻改授持节、都督益、梁等十三州诸军事、安西将军、益州刺史,加鼓吹一部",不记年月。据《武帝纪》，中大通元年二月，"以丹阳尹武陵王纪为江州刺史"；四年二月，"以江州刺史武陵王纪为扬州刺史"；大同三年五月，"以前扬州刺史武陵王纪复为扬州刺史"，闰九月，"扬州刺史武陵王纪为安西将军"。按三年五月所书，则萧纪曾一度罢扬州刺史。然《萧介传》载："大同二年，武陵王为扬州刺史，以介为府长史。"是上年尚在扬州任。又，万斯同《梁将相大臣年表》于扬州刺史下，自中大通四年至大同三年皆记作"萧纪"。是《武帝纪》三年所书"前"、"复"为不可解，本传"寻改授"亦似未安，岂有任职五年改官而书"寻"者乎？颇疑大同二年至三年间萧纪曾一度罢官或调任而《梁书》失载。然扬州刺史为南朝首席刺史，终萧梁之世，除普通七年萧宏卒后以孔休源监管州任达四年外，他皆以皇弟、皇子领之。设大同二三年间萧纪确曾离职，《梁书》失载亦殊乖史例。

张充与王俭书及其出为吴郡

张充与王俭书，讥王俭抑阻贤才，实则反映北来甲族与南中大姓之矛盾。据书中"三十六年，差得以栖贫自澹"，知此为齐武帝永明二年事。《南齐书·张绪传》："（充）永明元年为武陵王友，坐书与尚书令王俭，辞旨激扬，为御史中丞到㧑所奏，免官禁锢。'《南史·张充传》略同，云："俭以为脱略，弗之重，仍以书示绪，绪杖之一百。又为御史中丞到㧑所奏，免官禁锢。"《梁书·张充传》则云："俭言之武帝，免充官，废处久之。"当以《南齐书》、《南史》为是。充书固桀傲不逊，语多嘲讽，然王俭以宰辅之重，父执之尊，以此上奏，必为时议所非，以之示张融，则正合身份。又沈约见其书，叹曰："充始为之败，终为之成。"盖谓虽以此贾祸而必传于世。今《梁书》与《南史》所录皆全文,辞句颇多异同,《南史》又缺去二十余句,可证已广为流布,姚察、李延寿盖据不同传本录入。

又,《梁书·张充传》记充"入为尚书仆射,顷之,除云麾将军、吴郡太守"。据《武帝纪》,为左仆射在天监十年五月。据《高僧传·僧旻传》,旻天监十一年感风疾,"后吴郡太守张充、吴兴太守谢览各遣僚佐至都,表上延请"。《谢览传》记览为吴兴在十二年春,《武帝纪》载十一年十一月以吴郡太守袁昂兼右仆射,则充之出为吴郡自当在十一年年末。传言"顷之",似未确。

王暕丁忧夺情

《梁书·王暕传》记:"复迁左仆射,以母忧去官。起为云麾将军、吴郡太守。还为侍中、尚书左仆射,领国子祭酒。"据《武帝纪》,暕迁左仆射在天监十八年,丁母忧在普通元年正月,三年正月,吴郡太守王暕为尚书左仆射。计丁忧至起复,其间至多仅一年余,是暕盖服未阕即起,即所谓"夺情"也。考《南史·循吏·郭祖深传》,祖深上书言事,有"左仆射王暕在丧,被起为吴郡,曾无辞让"之语,正可为证。南朝尚孝,然父母之丧夺情者非一,暕特一例耳。

又,暕征为吏尚在天监十年,俄领国子祭酒,迁尚书右仆射在十七年。而据《谢览传》,览于天监十二年春以吏尚出为吴兴,万斯同《梁将相大臣年表》以暕为十一年去职,谢览代,虽无确证,大体近之。暕罢吏尚后居何职,传文不详,或即为国子祭酒。

王泰生卒年

《梁书·王泰传》记泰官南兰陵太守，"行南康王府、州、国事。王迁职，复为北中郎长史，行豫章王府、州、国事，太守如故"。据《高祖三王传》，南康王萧绩于天监十年（511）七岁时为南徐州刺史，十六年领石头戍事。十七年，出为南兖州刺史。王泰以南兰陵太守行南康王府、州、国事，当在十六年前。又，萧绩在南兖州，进号北中郎将。然据《武帝纪》、《豫章王综传》，萧综于天监十六年以北中郎将为南徐州刺史。萧绩十六年离南徐州，继之者即萧综，则王泰十六年尚在南兰陵，此北中郎长史当是萧综属官。萧综于普通二年入为侍中，四年出为南兖州。《王泰传》于此下云："入为都官尚书。……顷之，为吏部尚书，衣冠属望，未及选举，仍疾，改除散骑常侍、左骁骑将军。未拜，卒。时年四十五。"设王泰于普通二年（521）入为都官尚书，入都，则在南兰陵已有六七年，为连任，故本传特书"太守如故"。入为都官尚书，顷之为吏部，改官，旋卒，前后以二年计，则推其生年在齐建元元年（479）前后。《南史》本传记其妹夫江夏王萧锋为齐明帝所害，"外生萧子友并孤弱，泰资给抚训，逾于子侄"。据《南齐书·海陵王纪》、《高帝十二王传》，萧锋被杀在延兴元年（494），时王泰年十六。如泰卒于普通末，则当时尚为孩童，"资给抚训、逾于子侄"，云云，似悖于情理矣。泰在齐历官秘书郎、前将军法曹行参军、司徒东阁祭酒、车骑主簿，前后迁转，计亦需五六年。如十八岁（496）出仕，至齐末为六年。以上推断虽无确据，或不至大误。

万斯同《梁将相大臣年表》于大通元年下"吏部尚书"列"王泰，未任卒。何敬容"。按，"未任卒"，与《王泰传》"未及选举"不合，且定于是年,亦无乃过晚。录以备考。

江伯瑶

《玉台新咏》卷十录江伯瑶《和定襄侯八绝楚越衫一首》,其前为刘孝威《和定襄侯八绝初笋一首》。据《梁书·宗室传》定襄侯祇为南平王萧伟子,侯景乱中奔东魏。此二诗为典型宫体之作,故《玉台》收入以为新体诗。伯瑶事迹不详,惟《南史·庾肩吾传》载萧纲在雍州,命肩吾、刘孝威、江伯摇等十人抄撰众籍,号"高斋学士"。瑶、摇音同形近,当是一人,何者为是,以无他证,不能遽定。以常例论,或作瑶为近。江、刘二诗皆和定襄侯,而萧祇未见至雍州,当是从萧纲入京后所作。逯钦立先生《先秦汉魏晋南北朝诗》于江伯瑶未著小传。

宗夬仕历

《梁书·宗夬传》记夬"弱冠,举郢州秀才,历临川王常侍、骠骑行参军。齐司徒竟陵王集学士于西邸,并见图画,夬亦预焉"。夬生于宋孝武帝孝建三年(456),弱冠举秀才,宋后废帝元徽三年(475)左右为临川王常侍,骠骑行参军则为齐永明间事,与宋世诸临川王了不相涉。据《南齐书·高帝十二王传》,临川王映以永明元年(483)自荆州入为侍中、骠骑将军,正与宗夬仕历合。《梁书》于此下言"齐司徒"云云,一若宗夬始仕于宋,此记事不明之一例也。

传又叙夬永明中与任昉同接魏使,时当在永明三年。(参《任昉永明、天监间仕历》条)此后数年间行踪,传略而未书。按《梁书·庾於陵传》载,齐随王子隆为荆州刺史,尝使宗夬与谢朓、庾於陵抄撰群籍,今存谢朓诗有《和宋记室省中诗》,然谢朓同时文士未见宋姓者,颇疑即"宗"之形讹。《宗夬传》载萧昭业居西州,以夬管书记,据《南齐书·郁林王纪》,事当在永明七年,可与谢诗相符。嗣后即于九年至十一年初随萧子隆至荆州,还京后复在萧昭业府。昭业即位为帝,明萧鸾已爪牙坚利,虎视眈眈,夬乃自疏,观其于齐末以竟陵旧友之谊迎武帝,陈方略,一举而跻佐命之列,固见机者流,本传言其"有局幹",洵足当之。

何佟之卒年

《梁书·何佟之传》载佟之"天监二年卒官,年五十五"。《南史》同。然《隋书·礼仪志一》载,天监三年,尚书左丞何佟之议郊祭,四年又议"天檽题宜曰皇天座"云云;《礼仪志二》载,天监三年,尚书左丞何佟之议禘祫,四年又议祭礼;《礼仪志三》载,天监三年,何佟之议祭服,四年又议祭服。所记确凿如此,当无疑义,是佟之必卒于天监四年后。《梁书》"二年"或是"六年",盖行草书形近致误。

何胤为侍中当在永明七年

《梁书·何胤传》载胤师事刘瓛,受《易》、《礼记》、《毛诗》,又习学内典,时人未知,惟刘瓛与周颙深相器重。据《南齐书·刘瓛传》,瓛为宋、齐间儒学宗师,门徒极众,而其始设绛帐则在宋明帝泰始间。

胤从之受学当在此时,时年逾弱冠,正从学之时,而其时周颙亦在建康,故得而称之。

入齐,起家秘书郎,传载其历太子舍人、建安太守、司徒主簿等凡十余官后,"尚书令王俭受诏撰新礼,未就而卒,又使特进张绪续成之。绪又卒,属在司徒竟陵王子良,子良以让胤,乃置学士二十人,佐胤撰录。永明十年,迁侍中,领步兵校尉,转为国子祭酒"。按,王俭卒于永明七年五月,张绪卒年,《南齐书》仅言,永明七年,以绪再领国子祭酒,下即叙绪口不言利,有财辄散之,卒时年六十八。味文义,似卒于再领国子祭酒后不久。据《南齐书·百官志》:"(永明)八年,国子博士何胤单为祭酒,疑所服,陆澄等皆不能据,遂以玄服临试。"是八年何胤以博士迁祭酒。祭酒例仅一人,自是张绪卒后而以何胤代之。又,《江斅传》载,永明七年,斅徙侍中,领骁骑将军,寻转都官尚书,领骁骑将军。王晏以为过当,齐武帝曰:"斅常启吾,为其鼻中恶。今既以何胤、王莹还门下,故有此回换耳。"侍中为近侍之臣,鼻中恶,当是鼻疾流泗,不宜在帝前,故寻转都官尚书。门下,即侍中之别称,亦见《南齐书·百官志》。何胤代江斅为侍中,据"寻"字,似为当年事。故《梁书·何胤传》所记"永明十年"当为"永明七年",形近致误也。"转为国子祭酒"则在八年。

又,传载胤于建武初已筑室郊外,闻谢朓罢吴兴郡不还,亦拜表辞职。按《谢朓传》,事在建武四年(497)。

何子朗生卒年

《梁书·何思澄传》附《何子朗传》,言卒年二十四。《何思澄传》记思澄与宗人逊及子朗俱擅文名,时号"东海三何",则其年岁应大致相近。何逊生于宋明帝泰豫元年(472)前后,何思澄生于齐武帝永明元年(483)前后。《玉台新咏》卷七以前所录均属已故作家,何子朗次于柳恽后、何逊前,是其卒约当在天监十七年(518)左右。逆推其生年当在齐明帝建武二年(495)前后。是"三何"中以子朗为最少,晚于何逊约二纪。《何胤传》记,胤固辞征召,梁武乃敕云"卿居儒宗,加以德素,当敕后进有意向者,就卿受业",于是遣何子朗、孔寿等六人于东山受学。据传文上下文义,似此敕即在天监初。若以天监三年(504)计,其时子朗仅十岁,何以见知于人君而遣之,且年岁亦无乃过幼?颇疑姚察叙事不明,或所记子朗年岁有误。录之备考。

到溉事迹

《梁书·到溉传》谓溉卒年七十二,不著何年卒。《南史》则谓卒于太清二年(548)。据二书之说,则溉当生于宋顺帝昇明元年(477)。然据《梁书·到洽传》,洽卒于大通元年(527),年五十一。又《到沆传》称溉、洽为沆"从父兄",而沆卒于天监五年(506),年三十。是知洽、沆皆生于昇明元年,兄弟三人同岁。沆于溉、洽为从兄弟,同岁当属可能。溉与洽同父异母(详下),当亦不无可能。然三人皆同年生,是否可信,亦可存疑。

到溉仕历,《梁书》本传不记其为吏部尚书事,而《南史》载之,似当以《南史》为准。史籍谓溉任吏部尚书者,凡四见。《梁书·武帝纪》、《南史》本传:"历御史中丞,都官、左户二尚书,掌吏部尚书。时何敬容以令参选,事有不允,溉辄相执。敬容谓人曰:'到溉尚有余臭,遂学作贵人。'敬容日方贵宠,人皆下之,溉忤之如初。溉祖彦之初以担粪自给,故世以为讥云。"《南史·纪少瑜传》:"大同七年,始引为东宫学士。邵陵王在郢,启求学士,武帝以少瑜充行。少瑜美容貌,工草书。吏部尚书到溉尝曰:'此人有大才而无贵仕。'将拔之,会溉去职。"又《司马申传》云:"尝随父候吏部尚书到溉,时梁州刺史阴子春,领军朱异在焉,呼与棋。"《陈书·司马中传》作"吏部尚书到仲举"。仲举乃洽子,梁时尚幼,不得为吏部尚书。此"仲举"乃"溉"之误,是姚思廉亦当知溉尝为吏部尚书也。

《南史》载到溉仕历,不记年代。据《梁书·到溉传》:"起家王国左常侍,转后军法曹行参军,历殿中郎,出为建安内史,迁中书郎兼吏部,太子中庶子。湘东王绎为会稽太守,以溉为轻车长史。"据《武帝纪》,萧伟以天监元年四月封建安王,时镇雍州,又进督荆、宁二州。《通鉴》卷一四五载,是年武帝"擢尚书殿中郎到溉为建安内史",是溉于是年当之雍州,及天监四年萧伟徙南徐州,到溉当同时返都。《任昉传》载,天监七年,昉卒,"殷芸与建安太守到溉书"云云,疑其时溉尚为建安内史,"太守"、"内史"一也。迁中书郎自在其后。绎为会稽太守在普通前,说参《萧绎、萧纪为太守、京尹》条。溉为轻车长史至何时去职,史无明文。《梁书》但言"遭母忧,居丧尽礼,朝廷嘉之,服阕犹蔬食布衣者累载,除通直散骑常侍",遭母忧盖在普通年间。考之《到洽传》,此所谓母忧,疑非羊氏而是溉母魏氏。《梁书·到洽传》:"普通元年,以本官领博士,顷之,入为尚书吏部郎,请托一无所行。俄迁员外散骑常侍,复领博士。母忧去职。五年,复为太子中庶子,领步兵校尉。"此言洽丁忧,与溉丁忧之年相合。考《南史·到溉传》:"所生母魏本寒家,悉越中之资,为二儿推奉(任)昉。"又《到洽传》:"父坦以洽无外家,乃求娶于羊玄保以为外氏。"羊氏盖中原世族,当是坦正妻,然疑早卒,而洽亦赖魏氏字抚,溉、洽又早孤,故洽虽名为羊氏子,亦以慈母礼丧之。《梁书》谓溉"服阕犹蔬食布衣累载"者,正指生母。可知溉、洽丁忧,在普通二年或三年,五年服阕复仕。

《梁书·到洽传》云："(普通)六年，迁御史中丞，弹纠无所顾望，号为劲直，当时肃清。以公事左降，犹居职。旧制中丞不得入尚书下舍。洽兄溉为左民尚书，洽引服亲不应有碍，刺省详决。左丞萧子云议许入溉省，亦以其兄弟素笃，不能相别也。七年，出为贞威将军、云麾长史、寻阳太守。"此谓溉为左民尚书，在普通五年服阕之后，疑是"都官尚书"之误。盖溉服阕后，除通直散骑常侍，御史中丞，太府卿，都官尚书，历郢州长史、江夏太守，加招远将军，入为左民尚书，似不当在二年间尽历诸职。又《南史》所记仕历，溉任左民尚书后，即"掌吏部尚书"，而其为吏尚，据史籍当在大同五六年之后，去普通六年，尚有十四五年，亦不应以溉之见宠梁武，而居官十四五年不调。然普通六年，溉在尚书省则无可疑。盖洽为御史中丞，溉在尚书省为都官尚书。据《梁书·刘孝绰传》，洽为御史中丞，弹孝绰免官，孝绰由此与诸弟共与洽不平，时萧绎出为荆州，至镇与孝绰书云云。考《元帝纪》，萧绎首次为荆州刺史，为普通七年，与《到洽传》、《孝绰传》所言洽弹孝绰事正合。据此，溉在普通至大同间，历都官尚书、江夏太守、左民尚书诸职。

溉为吏尚之时，以在大同五年九月，见《梁书·武帝纪》。《南史》本传谓溉在吏尚时，"省门鸱尾被震，溉左迁光禄大夫"。考《梁书·武帝纪》载京师地震事在大同七年二月。《纪少瑜传》叙少瑜以大同七年为东宫学士，又入邵陵王幕。核以《梁书·邵陵王传》，邵陵王为郢州刺史，亦大同七年事。是溉去吏尚事在大同七年。又《陈书·袁宪传》"大同八年，(梁)武帝撰《孔子正言章句》，诏下国学，宣制旨义。宪时年十四，被召为国子正言生，谒祭酒到溉"。此与《梁书·到溉传》"坐事左迁金紫光禄大夫，俄授散骑常侍、侍中、国子祭酒"合，与《南史》亦无抵牾。

《梁书·到洽传》、《梁书·张率传》文字有异

《梁书·到洽传》录昭明与晋安王纲令,感伤陆倕、明山宾、到洽、张率诸人相继物故。其末云:"近张新安又致故,其人文笔弘雅,亦足嗟惜。随弟府朝,东西日久,尤当伤怀也。比人物零落,特可伤惋,属有今信,乃复及之。"《张率传》亦录此数句,"文笔"作"才笔","伤惋"作"潸慨"。同异甚微,无伤文义,然一史两传录同一文而文字有异,粗率恐难自解。

《梁书·裴子野传》、《南史·裴子野传》记事之误

《梁书·裴子野传》:"普通七年,王师北伐,敕子野为《喻魏文》,受诏立成。高祖以其事体大,召尚书仆射徐勉、太子詹事周舍、鸿胪卿刘子遴、中书侍郎朱异,集寿光殿以观之,时并叹服。"《南史》同。按,出师北伐,时在普通五年六月,见《梁书·武帝纪》;至七年,争战已历两载,尚安用檄文?周舍卒于天监五年,安能于七年复观此文?是知"七年"必"五年"之误。

《梁书·裴子野传》叙事含混

《梁书·裴子野传》:"天监初,尚书仆射范云嘉其行,将表奏之。会云卒,不果。乐安任昉有盛名,为后进所慕,游其门者,昉必相荐

达。子野于昉为从中表,独不至,昉亦恨焉。久之,除右军安成王参军,俄迁兼廷尉正。(以事从坐)……自此免黜久之,终无恨意。二年,吴平侯萧景为南兖州刺史,引为冠军录事,府迁职解。"范云卒于天监二年五月,以病卒不果表奏子野,"久之"而子野又为安成王参军兼廷尉正,又"免黜久之"而于是年为萧景属官,其叙事混乱甚明。

《南史·裴子野传》于"昉亦恨焉"下即接叙"久之兼廷尉正",不言为萧景属官事,或亦以情理不可解而删却。然天监七年范缜荐表中有"前冠军府录事参军河东裴子野"之语,则《梁书》所记仕历又不误。据《萧景传》,景于天监初为南兖州,二年当是景授冠军将军、真除南兖州之时,而授子野录事参军则在三年或四年。姚察行文疏忽,遂致含混。

袁峻二事

《梁书·文学传》于袁峻事迹所记简略,亦不载其卒年、年岁。据《阮孝绪传》载,天监十二年,阮孝绪与范元琰被征不应,袁峻谓孝绪"世路已清",劝其入仕,知峻卒于是年之后。又,传载峻尝奉诏与陆倕各制《新阙铭》。据《陆倕传》:"高祖雅爱倕才,乃敕撰《新漏刻铭》,其文甚美。迁太子中舍人,掌东宫书记。又诏为《石阙铭记》,奏之。"二铭具载《文选》。《新漏刻铭》云:"天监六年,太岁丁亥,十月丁亥朔,十六日壬寅,漏成进御。……乃诏小臣,光其铭曰。"《石阙铭》云:"皇帝御天下之七载也,构兹盛则,兴此崇丽。……爰命下臣,式铭盘石。"是二铭分别作于天监六年、七年。袁峻《新阙铭》即《石阙铭》,亦为天监七年之作。

萧恺生卒年

《梁书·萧子显传附恺传》记恺"太清二年(548),迁御史中丞,顷之,侯景寇乱,恺于城内迁侍中,寻卒官,时年四十四"。同书《韦粲传》记韦粲抗击侯景,战死,简文帝闻粲战死,流泪,谓御史中丞萧恺云云。据《通鉴》,时在太清三年(549)。《法宝联璧序》记中大通六年(534)萧恺年二十九岁,则当生于天监五年(506),卒于太清三年,正可符合。然则其迁侍中,卒官,均此一年中事也。又,传载中庶子谢嘏出守建安,萧绎设宴饯行,恺赋诗。据《梁书·谢举传附嘏传》记,"嘏太清中历太子中庶子,出为建安太守"。《南史·谢弘微传附嘏传》、《陈书·谢嘏传》未系出守年月,然接叙侯景之乱,嘏至广州,则饯别赋诗事当在太清元年或次年上半年。

萧介卒年志疑

《梁书·萧介传》云"太清中,侯景于涡阳败走入寿阳,高祖敕防主韦默纳之。介闻而上表谏曰"云云。据此则萧介在太清元年二月时尚在。此传未及侯景反,围京城事,唯言卒年七十三,则介当卒于围城之前。自元年二月至台城之陷(三年三月),不过二年又一月耳。设使萧介在二月上表后不久而卒,则城破时其子允、引尚在丧服之中。然《陈书·萧允传》言:"侯景攻陷台城,百僚奔散,允独整衣冠坐于宫坊,景军人敬而弗之逼也。"此似非居丧者之状。又同书《萧引传》:"侯景之乱,梁元帝为荆州刺史,朝士多往归之。引曰:'诸王力争,祸患方始,今日逃难,未是择君之秋。吾家再世为始兴郡,遗爱在民,正可南行以存家门耳。'于是与弟彤及宗亲等百余人奔岭表。"亦非居丧者之状。疑此时萧介尚在,引因丧乱而南奔,不能顾父在不远游之义矣。介则因老迈而未能同行。且引卒于陈宣帝崩之明年,即至德元年(583),年五十八,当生于梁武帝普通七年(526)。据《梁书》,萧介卒年七十三,设卒于太清元年(547),则引出生时,介年已五十二,而引又有弟彤,年当更幼。古人虽有妾媵,亦未必如此之晚,姑记以志疑。

萧晔卒年

萧晔,萧暎之弟,《梁书》不记其名,《南史》有传。传言简文入居东宫,与晔等特相友爱,迁给事黄门侍郎,出为晋陵太守,在政六年,卒于郡。《周书·刘璠传》载,璠"年十七,为上黄侯萧晔所器重","后随晔在淮南",母死丁忧,"服阕后一年,犹杖而后起"。及晔终于毗陵,璠乃奉丧还都。其后宜丰侯萧循出为北徐州刺史,璠为其主簿。循为梁州,又除记室参军:按,萧循,《南史·宗室传下》作"萧脩",有传,言其"自卫尉出镇钟离,徙为梁、秦二州刺史。在汉中七年,移风改俗,人号慈父",侯景乱后,以承圣元年降于文泰。以此逆推,循(脩)为梁、秦二州刺史当在大同末,为北徐州(钟离)或在大同九年前后。又按,《周书·刘璠传》记萧晔在淮南,《南史》失载。刘璠生于天监十六年,中大通五年十七岁尚在建康,萧晔出守,当在其后。据《南史》顺推,晔迁给事黄门侍郎,出为淮南太守,设令在任三年而迁晋陵,其时至早已在大同三年前后。在晋陵六年而卒,当是大同九年前后。以刘璠仕历上下相凑,亦正符合。

《南史》记萧元简事错乱

　　衡阳王萧元简,《梁书》、《南史》均有传。《梁书·衡阳嗣王元简传》云:"衡阳嗣王元简,字熙远,高祖第四弟畅之子。畅仕齐至太常,封江陵县侯,卒。天监元年,追赠侍中、骠骑大将军、开府仪同三司,封衡阳郡王。谥曰宣。元简三年袭封,除中书郎,迁会稽太守。十三年,入为给事黄门侍郎。出为持节、都督广交越三州诸军事、平越中郎将、广州刺史。还为太子中庶子。迁使持节、都督郢司霍三州诸军事、信武将军、郢州刺史。十八年正月,卒于州。谥曰孝。子俊嗣。"《南史·梁宗室上》云:"衡阳宣王畅……天监元年,追赠开府仪同三司,封衡阳郡王。谥曰宣。三年,子元简位郢州刺史,卒于官。"

　　二传歧异若此,殊不可解。按,《梁书·钟嵘传》载,"衡阳王元简出守会稽,引为宁朔记室,专掌文翰",又命嵘为何胤作《瑞室颂》。《南史·钟嵘传》所记全同。是已自相凿枘。何胤《南齐书》、《梁书》、《南史》均有传,齐明帝时栖遁会稽,梁武即位,召不起,有"吾年已五十七"之语。以胤卒年推之,时为天监二年(503)。梁武诏许隐居讲学,传接叙"太守衡阳王元简深加礼敬,月中常命驾式闾,谈论终日",又命记室参军作《瑞室颂》云云,《梁书》、《南史》并同,足证《梁书》所记元简于天监三年后出为会稽之说可信。又据《陈书·虞荔传》,荔九岁诣何胤,时太守衡阳王亦造胤,"还郡,即辟为主簿,荔又辞以年小不就"。以荔卒年推之,时为天监十一年(512)。此又可证是时元简仍在会稽,与《梁书》合,而《南史》为错乱也。颇疑李延寿抄撮《梁书》时不察而致脱误。

　　又,传载元简出守前,嵘曾为中军临川王行参军。据《武帝纪》,

天监三年正月，萧宏进号中军将军，则嵘入萧宏、萧元简幕为同一年事。

萧几生卒年及文集

《梁书·萧几传》不记几卒年、年岁。传载杨公则卒，几为之诔，时年十五。据《梁书·杨公则传》，公则卒于天监四年（505），逆推知其生年为齐武帝永明九年（491）。据《南齐书·宗室传》，几父遥欣卒于永元元年（499），几年九岁，即传所谓"早孤"。《沄宝联璧序》记"中书侍郎南兰陵萧几，年四十四"，序作于中大通六年（534），逆推其生年，亦与传合。其卒年则不详，据传载其仕历"迁庶子，中书侍郎，尚书左丞。末年，专尚释教。为新安太守……卒于官"，或当在中大通六年后之数年间，即大同中，年约五十左右。

《隋志》录"梁萧机集二卷"，中华书局本改"机"为"几"，校语云："据《梁书》本传改。"按，所改是。梁有萧机，安成王萧秀子，普通元年袭爵，谥炀。亦能文，所著诗赋数千言，元帝萧绎集而序之。见《太祖五王传》。《隋志》于"梁萧综集七卷"下注"梁又有安成炀王集五卷，亡"，是此"萧机"为"萧几"。必矣。

《梁书》本传言"子为，字元专"，《南史》作"子清"无"字元专"三字。姑从《梁书》。

萧渊藻仕历本传与《武帝纪》歧异三处

《梁书·武帝纪》中大通元年十一月，"中权将军萧渊藻为中护军将军",中华本引张森楷《梁书校勘记》云:"中护军不称将军,护军将军不加中字,必有一误。"所校是。按,当作"护军将军"。据《武帝纪》,大通元年三月,以萧渊藻为中护军,中大通元年三月,"以中护军萧渊藻为中权将军",若此,安得于十一月又复为中护军?是年闰六月,护军将军南康王萧绩卒,故于十一月以萧渊藻为护军将军。《梁书·萧渊藻传》即作"中大通元年,迁护军将军,中权如故",不误。

《萧渊藻传》载:中大通三年(531,原作"二年",参中华本校记),"为中军将军、太子詹事,出为丹阳尹"。《南史》同。《武帝纪》所记与传两歧:中大通三年九月,"以太子詹事萧渊藻为征北将军、南兖州刺史"。《南史》不记。《武帝纪》又载,大同元年(535)十月,"以前南兖州刺史萧渊藻为护军将军",又据《高祖三王传》、《武帝纪》,邵陵王纶于中大通元年为丹阳尹,四年为扬州刺史,是中大通三年为丹阳尹者乃萧纶,而萧渊藻则为南兖州刺史。然《张缅传》载"丹阳尹西昌侯萧渊藻以久疾未拜,敕(张)缅权知尹事,迁中军宣城王长史"。宣城王萧大器,中大通四年授中军将军,则张缅权知丹阳尹乃中大通三年事矣。综上所考,萧渊藻于中大通三年授丹阳尹,以疾未拜,寻又有兖州之授,本传本纪均失记,遂致歧异。

本传又载"入为安左将军、尚书左仆射,加侍中",《武帝纪》系于大同三年,"安左"作"安右";五年又记以"安右将军、尚书左仆射萧渊藻为中卫将军,开府仪同三司",《南史》同。准三占从二之例,似当作"安右",然渊藻入京,乃江左之地,作"安左"于理亦通。俟续考。

褚澐生年

褚澐,《南史》附《褚炫传》,不记生卒年。《法宝联璧序》记"前御史中丞河南褚澐,年六十,字士洋",序作于中大通六年(534),知澐生于宋元徽三年(475)。传载澐为"御史中丞,湘东王府谘议参军,卒",则其为谘议当在大同中,得年六十余。又,澐曾为太尉属,太尉当是萧宏,普通元年授,七年卒。

褚澐,《文苑英华》卷三三〇作"褚雲"。按,《说文》:"江水大波谓之澐。"朱骏声以为司"沄",水广大貌。澐字士洋,正可对应。作"雲"者非。

陆云公行事

陆云公入仕为宣惠武陵王、平西湘东王行参军。据《武帝纪》、《武陵王纪传》,萧纪于中大通元年(529)二月加宣惠将军,出为江州刺史,四年二月迁扬州;据《元帝纪》,荆州刺史萧绎于中大通四年九月进号平西将军,大同元年(535)进号安西将军。云公当于中大通四年前在江州萧纪府,四年萧纪入都,云公或即转赴荆州。若是,则其入仕之年为十八九岁。传记张缵罢吴兴入京为吏部尚书,途中读其《太伯庙碑》,事在大同二年十二月,则云公以张缵之荐入京在大同三年,自兹张、陆情好相得。云公卒后,缵在湘州寄书陆襄以悼之,有"怀抱相得,忘其年义"之语,盖缵长于云公十五岁。然书又云"朝游夕宴,一载于斯,玩古披文,终晨讫暮",云公以大同三年入京,张缵于大同九年出为湘州刺史，其间相接者凡七年；且叙相知之深"一载于斯"云云，亦似不足算，颇疑"一"字有误，以无他证，未敢遽断。云公善弈，《陈书·陆琼传》记大同末，云公受诏校定《棋品》，到溉、朱异以下并集，琼时年八岁。以陆琼生年推之，其时乃大同十年。

又，传载云公夜侍梁武弈棋，冠触火，梁武笑谓"烛烧卿貂"，盖将用为侍中，故以此言戏之。然其身后梁武手诏称"给事黄门侍郎，掌著作陆云公"，未及侍中，或因其早逝而不及授之。

朱异《田饮引》

严可均《全上古三代秦汉三国六朝文》卷六三，据《类聚》卷七二录朱异《田饮引》，逯钦立《先秦汉魏晋南北朝诗》亦录之，所据出处除《类聚》外复有《诗纪》、黄生《千家注杜·补遗》。为文为诗，各执一端。按，诗文之辨，间有不能判若泾渭者，如曹丕《寡妇赋》、《寡妇诗》，分见严、逯二书，然颇疑此原有一篇而经类书析之为二。"引"之一体，或为乐典，如《乐府诗集·琴曲歌辞》所录鲁处女《贞女引》、石崇《思归引》、卢照邻《明月引》；或如徐师曾《文体明辨》云"唐以后始有此体，大略如序而稍为短简，盖序之滥觞也"。唯《田饮引》本文"于是有不速、朋自、远方。临清池而涤器，辟山牖而飞觞。促膝兮道故，久要兮不忘。间谈希夷之理，或赋连翩之章"，文句似赋，文意似序，不当以之为诗。王勃《腾王阁序》"敢竭鄙诚，恭疏短引"，则是初唐人以引为序之例，可见当时约定俗成，无烦解释。若是，则百余年前《田饮引》之"引"意为序引，亦合情理。徐氏师曾之说可商。

朱异籍贯

《梁书·朱异传》谓异吴郡钱塘人，《南史》同，《南齐书·孝义·朱谦之传》亦云钱塘人。谦之，朱异叔，其兄选之即为朱异之父。中华书局本于此出校，云："'选之'《梁书·朱异传》、《南史·孝义传》并作'巽之'。"按，《梁书·朱异传》作"巽"，《南史·孝义传》无"巽之"，盖见《南史·朱异传》。

《南齐书》载朱谦之为父复仇，孔稚珪等与刺史豫章王萧嶷笺，有"张绪陆澄，是其乡旧"之语，绪、澄为吴人；《南史·恩幸·陆俭徐驎传》言俭、驎并吴郡人，"朱异，其邑子也"。是则异本钱塘人，至晚其父选之已移居于吴。

朱异讲《中庸义》达四年

《梁书·朱异传》："（大同）四年，迁右卫将军。六年，异启于仪贤堂奉述高祖《老子义》，敕许之。及就讲，朝士及道俗听者千余人，为一时之盛。时城西又开士林馆以延学士，异与左丞贺琛递日述高祖《礼记中庸义》。"《张绾传》载大同十年，绾复为御史中丞，"是时城西开士林馆聚学者，绾与右卫朱异、太府卿贺琛递述《制旨礼记中庸义》"。据《武帝纪》，开士林馆为大同七年十二月事。朱异与贺琛递相讲解，当在八年。后复加入张绾，则在大同十年，贺琛以尚书左丞迁散骑常侍，以谏梁武四事而被斥责，梁武斥责辞令，洋洋洒洒，具载《贺琛传》，可见其晚年昏庸之状。然则琛为左丞当在八年，至十年或十一年始迁太府卿也。朱异以太清元年迁左卫将军。故知此为大同十、十一年间事。《中庸义》正名《中庸讲疏》，据《隋志》，凡一卷。一卷之书而开讲可达四年，可见梁武"朱异实异"语之不谬。梁武以博学自命，兼通三教，欲兼君师为一，王侯朝臣，上表质疑，朱异之徒，请求讲述，皆得奉迎之三昧，取媚邀宠，于斯为烈焉。

诸葛璩年岁拟测

《梁书·诸葛璩传》称："璩幼事征士关康之，博涉经史。复师征士臧荣绪。荣绪著《晋书》，称璩'有发摘之功，方之壶遂'。"据《南齐书·臧荣绪传》，齐高帝建元中，褚渊表进荣绪《晋史》十帙，则璩入荣绪门下，至迟亦在宋末；而有发摘之功，则又非童子所能办，计其时当逾二十。又《梁书·臧盾传》记盾幼从璩受五经，璩学徒常有数百人。据臧盾年岁推之，其时约为永明末，时璩已享盛名，当年近四十。下推至梁天监七年（508）卒，得年约五十余。

谢徵入仕之早

《梁书·谢徵传》记徵"初为安西安成王法曹，迁尚书金部三公二曹郎，豫章王记室，兼中书舍人"。据《太祖五王传》，安成王萧秀于天监十三年（514）出为安西将军、郢州刺史；十六年迁镇北将军、雍州刺史。谢徵为其法曹，当在十六年前。传言徵卒于大同二年（536），年三十七，则其仕为安成王法曹时仅十六七岁，且远赴江陵，虽甲族子弟例皆年少入仕，若谢徵者似亦罕见。徵与裴子野、刘显同官友善，徵为《感友赋》以酬子野。徵少于刘显二十岁，少于裴子野三十一岁，"感友"云云，又可异也。尝疑《梁书》记年岁有误，而传载其父谢璟于徵幼时谓亲从"此儿非常器，所忧者寿"，盖明其早卒也。

又，"谢徵"《南史》作"谢微"，钱大昕《廿二史考异》云："'徵'当为'微'之讹。"未言所据，当是以徵字玄度而臆断，微有深隐玄妙之意，故王微字景玄。然据《尔雅·释诂》："徵，虚也。"邢昺疏："谓空虚也。"魏徵字玄成，或即据此。故谢徵、谢微，尚难遽断。

谢徵今存诗一首，题《济黄河应教》，以何时、何事济黄河，应何人教，均不得而知。

许懋早孤及行年

《梁书·许懋传》载，懋卒于梁武帝中大通四年（532），年六十九，则当生于宋孝武帝大明八年（464）。本传又言，"懋父勇惠，齐太子家令，冗从仆射。懋少孤，性至孝，居父忧，执丧过礼。笃志好学，为州党所称，十四入太学"云云。按，懋父勇惠为齐太子家令，当是南齐武帝为太子时。然齐高帝立武帝为太子，已在建元元年（479）。此时懋年十六。纵使勇惠卒于是年，亦不得谓为少孤。至于"十四入太学"，必当在勇惠卒之前，不得在其后。唯勇惠为齐太子家令，亦见《陈书·许亨传》（"惠"作"慧"），疑《梁书》本传所记年岁有误。又考《陈书·许亨传》，亨卒于太建二年（570），年五十四，当生于梁武帝天监十六年（517），计懋年已四十四，亦似过晚，可为懋年六十九之说增一疑点。又，"懋"字《北史·许善心传》作"茂"，并言《南史》有传。"懋"、"茂"固通，然人名例不通假，《南史》、《北史》均出李延寿手，尤不当。

谢举生年与《梁书》叙事之疏

《梁书·谢举传》记举太清二年(548)卒,不书年岁。《南史·谢举传》云举"弱冠丁父忧",举父瀹,谢庄子,《南齐书》有传,卒于永泰元年(498)。以此推之,则谢举当生于宋顺帝昇明三年(479),少于兄谢览二岁,卒年七十。

《谢举传》记举官"太子庶子,家令,掌东宫管记,深为昭明太子赏接。秘书监任昉出为新安郡,别举诗云:'讵念耋嗟人,方深老夫托。'"任昉出为新安太守,事在天监六年,此时昭明尚为幼童,安能赏接?传载举普通五年起为太子中庶子,"赏接"句当缀于此。又,任昉别谢举诗断句,《先秦汉魏晋南北朝诗》失收。

谢举三为吏尚在中大通二年

吏部尚书为中枢要职,南朝多以望族居之。寻《梁书》所记竟多阙失。自天监十二年谢览出为吴兴,至十七年六月蔡撙,其间五年未见所授。大通二年授此官者又有二人,《谢举传》载:"大通二年,入为侍中、五兵尚书,未拜,迁掌吏部,侍中如故。举祖庄,宋世再典选,至举又三为此职,前代未有也。……四年,加侍中。五年,迁尚书右仆射。"《何敬容传》:"大通二年,征为中书令,未拜,复为吏部尚书,领右军将军,俄加侍中。中大通元年,改太子中庶子。"吏尚例止一人,谢、何不能同居此官。中华书局标点本《谢举传》校记云:"大通只二年,大通三年十月改元中大通。据本书《武帝纪》,吏部尚书谢举为尚书右仆射在中大通五年。则'四年'上当有'中大通'三字,否则上文之'大通二年'乃'中大通二年'之讹。按,普通六年,谢举徙吏尚,出为晋陵太守当在七年。本传记其"在郡清静,百姓化其德",罢郡还,吏民请立碑,治绩如此,当非一二年间能办。梁代外任以三年为小满,谢举在晋陵当为连任,至中大通二年征入,代何敬容为吏尚,情事恰合。不然,姚氏父子纵多疏漏,谢、何二传前后相接,必不至抵牾若此。传中"大通"上当脱"中"字。

《颜氏家训·风操》记:"梁世谢举,甚有声誉,闻讳必哭,为世所讥。"六朝重家讳,人所共知。谢举父瀹,因为僻字;祖庄,则为常用字。闻讳必哭,如桓玄之闻"温酒"然,是当日日以泪洗面。此过矫情,且意在炫耀门第,宜为当世所讥。

王训生年、仕历

王训,暕子。《梁书·王训传》载训"年十三,暕亡忧毁",《南史》同。《梁书·王暕传》载暕于普通四年(523)冬,暴疾卒,《武帝纪》同。以此推之,王训当生于天监十年(511)。然《法宝联璧序》录有"宣城王文学南琅玡王训,年二十五,字怀范",序作于中大通六年(534),逆推王训生年当为天监九年(510)。传载训年二十六卒,则是在大同元年(535),即作《法宝联璧序》之次年也。颇疑《梁书》"十三"为误记,《南史》又因之而误。《先秦汉魏晋南北朝诗》王训小传谓天监十七年卒,不知所据。

本传又云:"补国子生,射策高第,除秘书郎,迁太子舍人、秘书丞。转宣城王文学、友,太子中庶子,掌管记。俄迁侍中。"中大通四年(532),萧大器封宣城王。以此知王训为太子舍人当为萧统属官,中大通三年,统卒,乃转入其子宣城王府,至中大通六年,为太子中庶子则是萧纲属官,寻迁侍中,卒,此皆一年间事。

张缵卒年与《王皇后哀册文》

《梁书·武帝纪》载,太清二年四月,"以护军将军河东王誉为湘州刺史",以之代张缵;五月,以"前湘州刺史张缵为领军将军"。缵罢湘州后去向,《武帝纪》及本传均未明记。《周书·萧詧传》:"太清二年,梁武帝以詧兄河东王誉为湘州刺史,徙湘州刺史张缵为雍州以代詧。"萧詧闻侯景陷京师,因拒不受代,又留而不遣。《梁书·张缵传》于萧詧寻又逼缵剃发为道人(《周书·萧詧传》记作"缵惧不免,因请为沙门")下即云"其年,詧举兵袭江陵,常载缵随后",军败,杀之,时年五十一。按,缵见信于元帝,萧詧载之随军以为人质,兵败杀之以泄愤。《梁书》所记"其年",颇含混,此实太清三年(549)事,其被杀在是年九月,见《通鉴》。

《梁书·萧子范传》载:"太宗即位,召为光禄大夫,加金章紫绶,以逼贼不拜。其年葬简皇后,使与张缵俱制哀策文。"中华书局标点本校记云:"按本书《简文皇后王氏传》,后卒于太清三年三月;据本书《张缵传》,缵卒于太清二年,则缵岂能与萧子范俱制哀策文?疑有误。"按,所言然而不尽然。张缵卒于太清三年九月,自大同九年(543)出为湘州刺史,"在政四年","太清二年(548),征为领军",俄改都督雍梁等诸军事,萧詧代缵为湘州,至州,"托疾不见缵"。大同九年至太清二年共六年,"在政四年"云云,或系其在湘州实际年月,姑置不论。然缵远在湘、雍,自不得为王皇后作哀策文也;缵曾制《丁贵嫔哀策文》,见《高祖丁贵嫔传》,萧传或涉是而误。

张绾生卒年、仕历

张绾卒年,《梁书》本传不记,仅言承圣三年,"江陵陷,朝士皆俘入关,绾以疾免。后卒于江陵,时年六十三"。按,绾长兄缅生于齐永明八年(490),三兄缵生于齐永元元年(499),绾行四。其父弘策卒于天监元年(502),则绾之生年自亦在此前后。下推其卒已在梁代亡国、江陵归于北周后,即北周武帝保定年间。

本传载绾"出为北中郎长史、兰陵太守,还除员外散骑常侍。时丹阳尹西昌侯萧渊藻以久疾未拜,敕绾权知尹事,迁中军宣城王长史,俄迁御史中丞"。汉知丹阳尹事在中大通三年(531)(参《萧渊藻仕历本传与〈武帝纪〉歧异三处》条),则为北中郎长史、兰陵太守当在大通中。据《张缵传》,缵于大通二年迁华容公萧欢北中郎长史、南兰陵太守,三年,入为度支尚书,丁母忧。是绾乃继缵而为长史无疑。绾兄弟为萧梁外戚,并以少年入仕,居高位,为长史,未几即丁母忧,亦于中大通三年服阕除员外散骑常侍,权丹阳尹事。宣城王大器为中军将军在中大通五年,绾为其长史当在此时,迁御史中丞则在此后不久。

王籍生卒年、仕历

王籍以"蝉噪林逾静,鸟鸣山更幽"二句名世,《梁书》、《南史》《文学传》均未记其卒年、年岁。《法宝联璧序》录有王籍,云:"中散大夫琅玡王籍,年五十五,字文海。"序作于中大通六年(534),逆推知其生于齐高帝建元二年(480),稍少于谢几卿、庾仲容。

《梁书》载籍"除轻车湘东王谘议参军,随府会稽。……还为大司马从事中郎,迁中散大夫,尤不得志,遂徒行市道,不择交游"。按,萧绎出为会稽在普通初,《元帝纪》于普通七年前记绎行事极为简略,入为丹阳尹之年不可考。殊可怪已。约略计之,当在普通中期。《庾仲容传》载仲容罢尚书左丞,唯与王籍、谢几卿情好相得。据《谢几卿传》,事当在普通六七年间(参《〈梁书〉记谢几卿仕历有阙》、《庾仲容生平简表》条)。自此时至中大通六年,淹滞一官,其不为当权者所喜可知。

《梁书》载:"湘东王为荆州,引为安西府谘议参军,带作塘(当作"唐")令,不理县事,日饮酒。人有讼者,鞭而遣之。少时卒。"萧绎出镇荆州凡二次,一在普通七年(526),一在太清元年(547),据传文,此自是指第一次。王籍于中大通中预修《法宝联璧》,大同二年谢徵卒后为之辑集(见《谢徵传》)。《梁书》言"少时卒"而未言"卒官",或卒于作唐任满以后,故颇疑其卒于大同五年萧绎返建康前,年近六十。

"作唐令",《南史》记为"作唐侯相",中华书局本于此出校,未加按断。又,《梁书》记籍"齐末为冠军行参军,累迁外兵、记室。天监初,除安成王主簿,尚书三公郎,廷尉正,历余姚、钱塘令",《南史》记作"仕齐为余杭令","又为钱唐县"。王籍入梁时年二十三,以《梁书》所记在齐仕历,设再二任县令,又增丁忧守制二年余(其父僧祐卒年不得详考,约卒于齐明帝建武中),前后恐须十年,于理为不顺,《南史》删节《梁书》时不察,遂致误。

张缅著作

《梁书·张缅传》记缅卒于中大通三年,昭明亲往临哭。昭明亦于是年三月染疾,是张缅于年初迁侍中,以疾不拜,卒于正、二月间。时后汉史籍十余种,两晋史籍二十余种,缅手自抄撰,必能考核异同,惜均已不存。《梁书》、《南史》记书名为《后汉纪》四十卷、《晋抄》三十卷,《隋志》作《后汉略》二十五卷、《晋书抄》三十卷,《隋志》是。盖名"纪"者已有《东观汉纪》一百四十三卷、袁宏《后汉纪》三十卷、张璠《后汉纪》三十卷,再以"纪"名,易于混淆。两唐志作《后汉书略》。《晋抄》疑误,"晋"下当有"书"字。两唐志均作《晋书抄》是其证,又,《北齐书·宋显传》载,"魏时,张缅《晋书》未入国",宋显弟绘依准裴松之注《三国志》体注王隐《晋书》及何法盛《晋中兴书》。于此可见缅书于北齐时已传入北方。

王筠《和新渝侯巡城口号》

王筠《和新渝侯巡城口号》,《诗纪》注云:"简文帝、庾肩吾同赋。"简文、肩吾二诗俱存,简文诗题作《仰和卫尉新渝侯巡城口号》。自是即位前所作。新渝侯即萧暎,武帝弟始兴王萧憺子,与弟晔等并与萧纲亲厚,号"东宫四友"。《南史·梁宗室传》记暎中大通三年(531)前后为吴兴太守,后为北徐州刺史,后历给事黄门侍郎、卫尉卿、广州刺史,年月皆不详。《南史·梁本纪》载大同十年(544),"广州人卢子略反,刺史新渝侯映(暎)讨平之";《杜僧明传》载交州豪士李贲反,广州刺史新渝侯萧暎遣卢子雄讨之,《通鉴》系此事于大同七年。为卫尉在此前,或在大同四五年间。王筠诗有"伊余方病免,丘园保恬素"之句,则时曾病免家居,《梁书》、《南史》皆失记,仅记中大同元年(546),出为永嘉太守,以疾固辞,然其时萧暎已卒于广州,诗断非此时所作。又,《南史·梁宗室传》载萧暎卒官,谥曰宽侯。中华本引张森楷《南史校勘记》曰:"《隋书·经籍志》有新渝惠侯萧映赋集五十卷,当即其人,而'宽'、'惠'各异。"按《隋志》四"总集",于谢灵运《赋集》九十二卷下注:"梁又有赋集五十卷,宋新渝惠侯撰。"明言为刘宋新渝侯,张氏漏读"宋"字,复为之增"萧映"二字,疏误甚明。据《宋书·宗室传》,刘义宗封新渝男,好文籍,卒谥惠侯,盖即其人。

王筠诗九首笺释

《寓直中庶坊赠萧洗马》。萧洗马即萧子范,为洗马在天监六年,时王筠在东宫,故有寓直之事。筠又有《和萧子范入元襄王第》,子范诗现存。据诗题及诗意,必作于中大通五年萧伟卒后。萧伟邸宅穷极富丽,为梁世之冠,萧子范尝为之记。

《和吴主簿》六首。今所知梁代诗人,除吴均外无吴姓者。王筠和诗六首均作离人思妇之辞,颇与吴均《和萧洗马子显古意》六首相近。疑吴主簿即吴均,天监初为柳恽主簿,此诗与吴诗或是同时倡和之作。

《代牵牛答织女》。沈约有《织女赠牵牛》,二诗均十四句。王筠见赏于沈约,誉为独步,此二诗当为酬和之作。

《早出巡行瞩望山海》、《观海》。按王筠仕历,仅于中大通三年后出为临海太守,滨海。此二诗当作于临海。

《和孔中丞雪里梅花》。孔中丞即孔休源,约天监十年前后迁长兼御史中丞。

《答元金紫饷朱李》。元金紫即元法僧,中大通四年正月进太尉,领金紫光禄大夫,十二月出为郢州刺史。诗必作于是年。

《咏轻利舟应临汝侯教》。筠伯父王志于齐末亦尝授临汝侯,固让未受。此临汝侯乃萧渊猷。

《东阳还经严陵濑赠萧大夫》。萧大夫为萧子范,大同初除中散大夫(参《萧子范仕历》条)。王筠,昭明卒后出为临海太守,"在郡被讼,不调累年"。昭明卒于中大通三年四月,王筠之出,恐在此年秋冬,至中大通六年秋冬任满。不调累年,传云大同初起为豫章王萧欢长史,当在大同二三年。萧子范除中散大夫亦当在三年前后,此时王筠自临海奉调入都,水行西上,经东阳,诗题作"东阳还"或曾少事勾留欤?

《以服散铪赠殷钧别》。《诗纪》卷八二作吴均,盖《类聚》卷三七由王筠而误吴筠,冯氏复臆改耳。《御览》卷七五七作王筠,是。王筠与殷钧同侍东宫,《南史·王筠传》谓二人以方雅见礼于昭明。捏吴均仕历,似未与殷钧有所交往。钧卒于中大通四年,此诗似即上年出为临海所作。铪,即铛。

刘之遴仕历及其卒因

《梁书·刘之遴传》记:"迁平南行参军,尚书起部郎、延陵令,荆州治中。太宗临荆州,仍迁宣惠记室。……还除通直散骑侍郎,兼中书通事舍人。"据《武帝纪》。荆州刺史天监七年五月至十一年十二月为安成王萧秀,继之者为鄱阳王萧恢,十三年正月又以晋安王萧纲继任。又据《刘苞传》,苞于天监十年卒于建康,临终托之遴以后事,则当时之遴不能在荆州。如在延陵,距建康不远,庶与情理不悖。以是推知之遴为延陵令在天监八九年间,而于十年或稍后之荆州,十四年,萧纲迁江州,之遴或于此时返京。萧恢于天监十二年、十八年两任荆州,再任时以之遴为长史、南郡太守。在荆州与刘显相知。普通七年,湘东王萧绎继为荆州刺史,之遴留任。是前后在荆州凡十五年以上。

之遴丁母忧后,以不愿出为郢州行事,为梁武所不悦,免官。传载"久之,为太府卿,都官尚书,太常卿",不详年月。惟大同九年刘显卒后,之遴乞皇太子萧纲为其志铭;又《陈书·江总传》载江总年少俊才,见赏于"都官尚书"刘之遴。以江总年岁推之,亦当在大同九年前。

传又记侯景之乱,之遴避难还南郡,未至而卒。《南史·刘之遴传》则记作"湘东王绎闻其西上至夏口,乃密送药杀之。不欲使人知,乃自制志铭,厚其赗赠",《元帝纪》亦载"忌刘之遴学,使人鸩之"。姚氏父子作《元帝纪》,于萧绎之猜忌矫饰多所忌避,不记刘之遴被鸩,或亦为尊者讳。然萧绎忌刘之遴博学,何以不在为其府长史时加害,而必欲在二十年后,相隔千里而遣使鸩之?时之遴年逾古稀,马乱兵荒,流离颠沛,病卒于道,亦在意中。《南史》所记,与萧绎性格相近而与事理相远,录以志疑。

《梁书·刘之遴传》有误

《梁书·刘之遴传》云:"吏部尚书王瞻尝候任昉,值之遴在坐。

昉谓瞻曰:'此南阳刘之遴,学优未仕。水镜所宜甄擢。'瞻即辟为太学博士。时张稷(按,当作"谡")新除尚书仆射,托昉为让表。昉令之遴代作,操笔立成。昉曰:'荆南秀气,果有异才,后仕必当过仆。'"按:此事盖出传闻,未足信。《本传》前云"起家宁朔主簿",则在任昉处遇王瞻时,之遴已有官职,昉何得言"学优未仕"? 其可疑一也。据《梁书·王瞻传》:"梁台建,为侍中,迁左民尚书,俄转吏部尚书。……寻加左军将军,以疾不拜,仍为侍中领骁骑将军,未拜卒,时年四十九。"夫言"梁台建",当是齐和帝时事。瞻为吏部尚书,实不得迟于梁武帝天监二年(503)。盖本传言:"瞻年数岁,尝从师受业,时有伎经其门。同学皆出观。瞻独不视,习诵如初。从父尚书仆射僧达闻而异之,谓瞻父曰:'吾宗不衰,寄之此子。'"据《宋书·王僧达传》,僧达以宋孝武帝大明二年(458)被杀。以是年下推至天监元年(502),凡四十四年。设瞻卒于天监元年,大明二年瞻五岁,则僧达之赞瞻尚有可能,卒于二年,已属可疑,盖四岁从师受业,疑似过早。且《任昉传》载昉于天监二年出为义兴太守,设王瞻是年尚在,其候昉亦不得迟于此年。至张稷为尚书仆射,《梁书·武帝纪》谓是天监七年十月。《张稷传》云"迁领军将军,中正、侯如故,时魏寇青州,诏假节、行州事,会魏军退,仍出为散骑常侍、将军、吴兴太守,秩中二千石。下车存问遗老,引其子孙,置之右职,政称宽恕。进号云麾将军,征尚书左仆射"。考之《武帝纪》,稷以天监四年为领军将军。五年"辅国将军刘思效破魏青州刺史元系于胶水",即《张稷传》所言"魏寇青州","魏军退"也。《武帝纪》明言"以吴兴太守张稷为尚书左仆射",与《张稷传》全合。故知此为天监七年事,与王瞻举刘之遴断非一时事。此其可疑二也。《刘之遴传》谓稷托任昉为让表,尤大谬。《武帝纪》明言稷为尚书左仆射乃天监七年十月事。据《任昉传》,昉以天监六年春,出为宁朔将军,新安太守。"视事期岁,卒于官舍",据此，则张稷为尚书仆射，任昉已卒几半年，安得托昉为让表，昉又安得使之邀代作而又称叹之？张稷与王珍国共主谋杀东昏，迎纳梁武。梁台建，为散骑常侍、中书令。武帝即位，封江户县侯，又为侍中、国子祭酒。设张稷有托任昉作让表事，亦在此时，所让亦非仆射也。

《在淮阳赋诗》作者即侯景臣王伟

王伟为侯景谋主、文士，有传附《侯景传》，以《南史》所记较详。行事亦散见《侯景传》。《先秦汉魏晋南北朝诗》据《诗纪》引《梁书》曰："王伟，洛阳人也。学《周易》，尝在淮阳赋诗曰：'平明听战鼓，薄暮叙存亡。楚汉方龙斗，秦关阵未央。'"逯钦立按谓"此王伟当别是一人"。

按，逯氏所谓别是一人，未知所据。《诗纪》引《梁书》不见于姚氏《梁书》，或是别家《梁书》为类书撮钞，冯氏转录也。据《南史·侯景传附王伟传》，记王伟其先为略阳人（《梁书》作"陈留人"），"略"、"洛"形近而误。在魏为行台郎，附侯景，时淮阳为梁、魏边界，属侯景所辖。《诗纪》所载籍贯、通《周易》及此诗辞意，均可与《南史》所记相合，故逯氏以为"别是一人"，似乏的据。

陈寅恪先生《书魏书萧衍传后》（文见《金明馆丛稿初编》）据"侯景宣言曰'城中非无菜，但无酱耳'"，秦陇去声为入，以证"菜"音同"卒"，此语盖出王伟造作，用其乡土之音。说至精。王伟为略阳人，无疑义。

纪少瑜生卒年拟测

纪少瑜,《梁书》无传,生平见《南史·文学传》,然不记卒年、年岁。传载其尝梦陆倕以一束青镂管笔授之,云:"我以此笔犹可用,卿自择其善者。"其文因此遒进。其事与江淹五色笔出于一辙,然于此可窥其时陆倕方卒不久而少瑜又尚在少年。陆倕卒于普通七年(526),则少瑜或生于天监中期。设生于天监八年(509)前后,十九岁入太学,时在大通二年;为晋安国中尉则在萧纲为扬州刺史至立为皇太子前,即中大通二年(530),时年二十二。传记其美容貌,工草书,吏部尚书到溉将拔之,会去职未果,则是大同七年(541)事(参《到溉事迹》条)。时少瑜年三十三,尚与"美容貌"之誉不悖。传又记邵陵王纶在郢州,以少瑜为其属官,则在大同九年左右。后除武陵王记室参军,远赴益州,卒。时当在太清中,得年约四十左右。《先秦汉魏晋南北朝诗》以之列张率、昭明前,失次。

虞䎒

《隋志》载"梁尚书祠部郎《虞䎒集》十卷"。严可均《全梁文》卷六三有小传云:"䎒,天监中为治书侍御史,迁尚书祠部郎。有集十卷。"按,虞䎒之名,仅一见于《梁书·良吏·伏暅传》。暅以迁擢不能如意,假迎妹丧,留会稽筑宅,"治书侍御史虞䎒奏曰"云云。暅以普通元年卒,伏暅奏劾在天监十五年左右。严氏所据,仅此及《隋志》所标官名而已。然据《隋书·百官志》,尚书郎中为五班,治书侍御史为六班,是严氏所谓"迁"者,适成颠倒。又,姚振宗《隋书经籍志考证》于《虞��集》下引《金楼子·聚书篇》"郡五官虞��,大有古迹,可五百许卷,并留之",姚氏按曰:"江左虞氏,大抵皆吴虞翻仲翔氏之后,会稽余姚人。梁元帝称郡五官,似即会稽郡五官掾,其初为是官也。"姚说有据,录以备考。又按,萧绎能辨法书优劣,自非孩提时所能,其已在普通三四年间乎?说参《萧绎、萧纪为太守、京尹》条。

颜协诗文

《梁书·颜协传》未记其有集,《南史》记"其文集二十卷,遇火湮灭",盖本《颜氏家训·文学》:"吾家世文章,甚为典正,不以流俗。梁孝元在蕃邸时,撰《西府新文》,讫无一篇见录者,亦以不偶于世,无郑、卫之音故也。有诗、赋、铭、诔、书、表、启、疏二十卷,吾兄弟始在草土,并未得编次,便遭火荡尽,竟不传于世。衔酷茹恨,彻于心髓。操行见于梁史《文士传》及孝元《怀旧志》。"按,《北周书·颜之仪传》:"父协,以见远(协父)蹈义忤时,遂不仕进。梁元帝为湘东王引协为其府记室参军,协不得已,乃应命。梁元帝后著《怀旧志》及诗,并称赞其美。"《怀旧志》一卷,见《金楼子·著书》,《梁书·元帝纪》、《南史》记作《怀旧传》二卷,《隋志》、唐志又记作九卷,何以相差如许,已不得悉。《西府新文》既署其名,其为萧绎荆州僚属可知。梁中期以后,诗文风气愈趋丽靡,颜协当是守旧体不阿流俗者。

《梁书》记谢几卿仕历有阙

谢几卿生平仕历，《南史·文学传》所记较《梁书》稍详。曾祖灵运、父超宗，皆以狂傲致祸，几卿复蹈前辙，亦颇耐寻味也。齐武帝永明元年（483），超宗以亲家张敬儿被诛，出怨言，比为汉高杀韩信、彭越，诏徙越州，旋赐死。《南史·文学·谢超宗传》记"几卿年八岁，别父于新亭"，上推其生年当为宋后废帝元徽四年（476）。传又言其"年十二，召补国子生，齐文惠太子自临策试"，据《南齐书·文惠太子传》，文惠临太学试诸生正在永明五年，两相符合。《梁书·文学传》记几卿起家豫章王国常侍。据《南齐书》，豫章文献王嶷卒于永明十年，孙元琳嗣，此豫章王不知是谁。传又记其累迁太尉晋安王主簿。此晋安王为萧宝义，萧衍入建康，宝义为太尉，时已在易代之际。普通六年（525），随萧渊藻北征，兵败，坐免官，与庾仲容并肆情放纵，不屑物议，萧绎在荆州寄书慰勉，则是七年以后事矣。《梁书·文学传》于此下云"几卿未及序用，病卒"；《南史》则记其又为太子率更令，迁左丞，转光禄长史，自非向壁虚构，当从。至其卒年，二书均不载，然据《梁书》合传中传主先后大体以卒年为序，其在大同初乎？

王暕字思晦

《梁书·王暕传》："王暕，字思晦。"《文选》卷三八任昉《为萧扬州荐士表》："窃见秘书丞琅玡王暕，年二十一，字思晦。"善注引何之元《梁典》曰："侍中领右骁骑王骞，字思晦，太尉文宪公长子也。左仆射王暕,字思寂,文宪公次子也。"又引王筠碑云:"骞字思晦。"李善以为据任表及《梁书》、《梁典》及碑误。按,《南史·王俭传》:"及生子,字曰玄成,取仍世作相之义。"《王骞传》:"骞字思寂,本字玄成,与齐高帝偏讳同,故改焉。"是王骞、王暕之字,时人已多混淆。《南史》特书"玄成"一事,或亦寓辨正之意,任表王碑皆第一手资料而必有一误,甚矣考史之难如此。

王斌

《南史·陆厥传》所叙重在声律,附王斌事迹,云:"王斌者,不知何许人。著《四声论》行于时。斌初为道人,博涉经籍,雅有才辩,善属文,能唱导而不修容仪。尝弊衣于瓦官寺听云法师讲《成实论》,无复坐处,唯僧正慧超尚空席,斌直坐其侧。慧超不能平,乃骂曰:'那得此道人!禄簌似队父唐突人。'因命驱之。斌笑曰:'既有叙勋僧正,何为无队父道人?'不为动。而抚机问难,辞理清举,四座皆属目。后还俗,以诗乐自乐,人莫能名之。"按,队父当是武夫之俗称,故与"叙勋"对举也。《文镜秘府论·四声论》记:"洛阳(抄本作'略阳')王斌撰《五格四声论》,文辞郑重,体例繁多,剖析推研,忽不能别矣。"是《四声论》全名《五格四声论》,惜其书已佚,无从知其"五格"何指。王利器先生《文镜秘府论校注》据《续高僧传》中《法云传》、《慧超传》证王斌听讲《成实论》在天监七年,可从。

谢绰《宋拾遗》

《隋志》录"梁又有《谢绰集》十一卷,亡",又录《宋拾遗》十卷,题"梁少府卿谢绰撰"。按,《梁书》不记谢绰。《南史·后妃传》记宋明帝王皇后不乐明帝荒淫,兄王景文以语从舅陈郡谢绰云云。《宋书·谢述传》记述三子:综、约、纬。纬尚文帝第五女长城公主,孝建、泰始中尚在,《礼志二》亦记"纬,谢综弟也"。纬即谢朓之父,王景文从舅,此谢绰自非梁时人。张森楷《南史校勘记》云:"据《谢述传》是'纬'字,疑此作'绰'为误。"说是。严可均《全梁文》据《弘明集》录谢绰《答释法云书难范缜〈神灭论〉》,则此谢绰于梁天监七八年间尚在。《全梁文》小传云:"绰,陈郡阳夏人。天监初廷尉卿,终少府卿。有《宋拾遗》十卷,集十一卷。"东晋以来谢姓,籍贯多标陈郡阳夏,固无足怪。"终少府卿",盖据《隋志》。惟"廷尉卿"则未知所据。《宋拾遗》,《隋志》入"杂史类",姚振宗《隋书经籍志考证》据《史通》断为谢绰拾沈约之遗,盖为记逸事之书。《初学记》引此书又作《宋拾遗记》、《宋拾遗录》,以卷七引张永开玄武湖得铜斗,卷一二引宋文帝目王华等一时之秀,同管喉唇;卷二五引戴明宝大儿骄淫,为五色珠帘,等等,刘知几、姚振宗之说皆合事实。

《梁书》记著作书名疏略歧异

《梁书》列传于传主著作每多疏略歧异。《司马褧传》载褧"撰《嘉礼仪注》一百一十二卷",《徐勉传》所录普通六年《上修五礼表》

作"《嘉礼仪注》以天监六年五月七日上尚书,合十有二秩,一百一十六卷",《南史·司马褧传》即据作"一百一十六卷",疑"二"、"六"行书形近致误。《许懋传》载懋"撰《风雅比兴义》十五卷,盛行于世",《南史》同,而《陈书·许亨传》则作"《毛诗风雅比兴义类》"。《朱异传》载异"撰《礼》、《易》讲疏及仪注、文集百余篇",《南史》同,而《孔子祛传》则言子祛"续朱异《集注周易》一百卷"。《隋志》,录有"侍中朱异《集注周易》一百卷",同孔传。其他不列举。

王琰生卒年试测

《冥祥记》作者王琰,《法苑珠林·传记篇》谓南朝齐人,而《隋志》又有《宋春秋》二〇卷,题"梁吴兴令王琰撰"。据此则琰已入梁。然《全齐文》卷八载王僧虔《为王琰乞郡启》,称"太子舍人王琰",又谓"牒在职三载"。僧虔此启有月日而无年代,不知何时作,似当僧虔为吏部尚书时事,则宋后废帝元徽时也。今观《冥祥记》佚文,琰与僧虔相识,似有旁证。《广记》卷三二六引《冥祥记》,谓"司空王僧虔",尝为吏部尚书,其言与《南齐书·王僧虔传》合,且以"尚书"称僧虔,疑琰实与僧虔相知识。称"司空"者,盖僧虔卒后之辞,盖僧虔卒后,追赠司空也。僧虔以永明三年(485)卒,求郡之启,疑作于宋末齐初,下距梁武代齐,凡二十五六年,则《隋志》称琰为"梁吴兴令",似沉沦太甚矣。然据《高僧传序》称琰为太原人,太原王氏虽贵盛于东晋,入宋已式微。寒门子仕途坎坷,亦不足怪。或中经变故,乃屈居县令,亦不可知。今据王琰《冥祥记》序,琰稚年在交阯,后归建康,宋孝武帝大明七年(463),序称于时幼小,盖至少已龆龀之年矣。序言明帝泰始末,琰移居乌衣,又暂游江都,是已成年。序文又言宋顺帝昇明、齐高帝建元年号。是此序作于齐代无疑。与王僧虔为之求郡之王琰，显是一人。度此人应生于宋文帝元嘉末至孝武帝孝建初。迄梁武代齐（502），亦不过五十年左右，其为县令，亦非不可能。此书所记故事，多言刘宋中后期事，就其记慧进事，有"前齐永明中"语（此条亦见《广记》卷一〇九，云出《祥异记》），则此书之成，当在梁时。故《隋志》所言亦近情理。至于《高僧传序》，定稿于梁天监十八年（519）以后，斯时王琰，尚可在世，就以序文观之，疑已卒矣。

《南齐书·王融传》记谢惠宣官职

《南齐书·王融传》："母临川太守谢惠宣女。"《南史》同。按：《宋书·谢方明传》谓惠宣官临川内史，而《南史》则作"太守"。南朝"内史"、"太守"位虽相等，而有诸王封国，例作内史。据《宋书·临川武烈王传》，临川国至顺帝昇明时始除，惠宣任职当在宋孝武帝时，临川国尚在，当是内史，非太守。《南齐书》误，而《南史》从之。

王融早孤

《南齐书·王融传》："母临川太守谢惠宣女，惇敏妇人也。教融书学。"按：融父道琰，据《宋书·王僧达传》，以后废帝元徽中卒。元徽凡四年，其四年则公元四七六年。王融以齐武帝永明十一年（493）被杀，年二十七，当生于宋明帝泰始三年（467）。道琰之卒，在融十岁以前，故其母教之书学也。

《梁书》记王曼颖事误

《梁书·太祖五王·南平元襄王伟传》:"太原王曼颖卒,家贫无以殡敛,友人江革往哭之,其妻儿对革号诉。革曰:'建安王当知,必为营理。'言未讫而伟使至,给其丧事,得周济焉。"此事亦见《南史》,"太原"作"平原"。按:当从《梁书》作"太原"。按《高僧传》终于梁天监十八年,其书盖成书于是年之后。今《高僧传》附王曼颖《致慧皎书》,称"弟子孤子王曼颖",则曼颖当尚在,非卒于此时甚明。今据《梁书》、《南史》,称南平王为"建安王",当是天监十七年改封之前。疑王曼颖即王琰之子,王琰为太原人。《梁书》盖误以父琰卒为曼颖卒。以此推之,曼颖以"孤子"自称,当在服阕以前。或琰以十七年卒,而《高僧传》成书于普通元年,尚未除服,故曼颖称孤子也。拙作《王琰和他的〈冥祥记〉》(《文学遗产》一九九二年第一期),尝据《高僧传》,以为王曼颖为琰子,以此推之,似可成立。

王曼颖不应卒于天监十七年前

《隋志》录"《补续冥祥记》一卷,王曼颖撰"。曼颖之名,《梁书》仅一见,载《太祖五王传》:"(伟)性多恩惠,尤愍穷乏。常遣腹心左右,历访间里人士,其有贫困吉凶不举者,即遣赡恤之。太原王曼颖卒,家贫无以殡敛,友人江革往哭之,其妻儿对革号诉。革曰:'建安王当知,必为营理。'言未讫而伟使至,给其丧事,得周济焉。"《南史》同,惟"太原'作"平原"。姚振宗《隋书经籍志考证》引《梁书》并慧皎《与王曼颖书》，云："慧皎与曼颖往还书，见《高僧传》末。知其与皎法师相契，为参订其《高僧传》。其卒时江革犹称'建安'则在天监十七年改封南平之前。盖梁初积学之士，遁世无闷者欤？"

按，姚说可商。《梁书》所记官爵，往往混乱，且单文孤证，不足据以定案。王曼颖与慧皎往复二书，王书谓"信门徒竟无一言可豫、市肆空设千金之赏"；皎以王吹嘘拂拭，故"以所著赞论十科，重以相简"。据书意，全稿业已完成，当无疑义。而《高僧传》慧皎自序，言全书"始于汉永平十年，终至梁天监十八年"，则杀青之日，当在普通中矣。王曼颖卒，江革往哭，事必在建康。江革于天监初随萧伟至雍州，五年（506）又随返建康。天监十三年出为萧纲长史，在荆州、江州，十六年又在江州为庐陵王萧续长史。传言"假迁左光禄大夫南平王长史、御史中丞，弹奏豪权，一无所避。除少府卿，出为贞威将军，北中郎南康王长史、广陵太守"，其返建康必在天监十七年十一月萧伟改南平王之后，普通三四年南康王萧绩进号北中郎将之前。若此，王曼颖之卒，或在普通初乎？

《梁书》、《陈书》记年代多疏误

《陈书·周弘正传》："大通二年，梁昭明太子薨，其嗣华容公不得立，乃以晋安王为皇太子。"《南史》作"大通三年"，中华书局标点本据《梁书·昭明太子传》补"中"字，是也。盖《南史》少"中"字，或缮写所夺。至于《陈书》，恐非传写失误。同书《徐陵传》："大通二年，王立为皇太子。"不容二传皆误夺"中"字，又以"三"为"二"。姚思廉续成父书，疑甚仓促。盖察卒于隋炀帝大业初，其书未成，思廉续作，不久即逢丧乱，至唐之统一，思廉已近七十。故疏误实多也。

沈炯集卷数

《陈书·沈炯传》谓炯有集二十卷。然据《隋志》有《前集》七卷，《后集》十三卷，是《陈书》所言卷数，盖合前后集而言。据《类聚》卷五五刘师知《侍中沈府君集序》云："今乃撰西还所著文章，名为后集。"可知《前集》乃江陵陷前作，《后集》则自周南返后作。以刘序观之，似《后集》即炯卒后刘师知所编。

沈炯为飞书所谤

沈炯为飞书所谤事，《陈书》、《南史》本传失载，仅见《陈书》及《南史》之《孔奂传》。按：《孔奂传》云："时左民郎沈炯为飞书所谤，将陷重辟，事连台阁，人怀忧惧。奂廷议理之，竟得明白。丹阳尹何敬容以奂刚正，请补功曹史。"按：《沈炯传》不特不载此事，言炯为左民尚书，亦不记年代。考《孔奂传》，奂"除镇西湘东王外兵参军，入为尚书仓部郎中，迁仪曹侍郎"。湘东王即元帝萧绎。《梁书·元帝纪》载，绎以大同三年（537）进号镇西将军，"五年入为安右将军、护军将军，领石头戍事"。是奂为镇西湘东王参军，在大同三年后。其为何敬容功曹史，当亦在大同间，盖据《梁书·何敬容传》，敬容以大同三年为丹阳尹。五年入为尚书令。（《梁书·武帝纪》同）据此，则沈炯为左民侍郎，乃大同中事。其被诬及孔奂为尚书仓部郎中及仪曹侍郎即大同三年至五年间事。

《王僧辩答贞阳侯书》作者

严可均《全陈文》卷一四,沈炯《为周弘正让太常表》下云:"按:《文苑英华》卷六七七有徐陵《为王太尉答贞阳侯书》二首,又《为陈司空答贞阳侯书》一首。是时徐陵在贞阳侯军中,何得为王、陈作答书乎? 其误无疑。张溥取《英华》之书二首及《梁书·王僧辩传》之启二首编入《沈炯集》,而割弃《为陈司空答书》一首,尤无据也。今以《英华》之书三首编入梁阙名文,以《梁书》之启二首编入王僧辩文。"严氏之论,不失审慎。然犹未足使张溥心服。盖炯于入北之前,尝掌王僧辩文书。据《陈书》本传,沈以承圣三年陷于北周,绍泰二年(即太平元年,556)返江南。至于萧渊明求立,乃绍泰改元前事。《通鉴》卷一六六载其事为承圣四年即绍泰元年二月北齐送渊明返梁。三月至东吴。五月立渊明为帝,改元天成,八月陈霸先杀王僧辩,十月重立敬帝,改元绍泰。《梁书·敬帝纪》则以为七月立渊明,九月陈霸先杀王僧辩重立敬帝。此时沈炯尚未返江南,恶得以为沈炯文乎?

沈炯卒年

《陈书·沈炯传》云:"文帝又重其才用,欲宠贵之。会王琳入寇大雷,留异拥据东境,帝欲使炯因是立功,乃解中丞,加明威将军,遣还乡里,收合徒众。以疾卒于吴中,时年五十九。"按:《文帝纪》:永定三年(559)"冬十一月乙卯,王琳寇大雷"。炯解中丞,加明威将军当在其后。使此时已病,文帝未必遣炯。盖炯至吴中后得病卒,是当在永定三年十二月以后,或天嘉元年(560)矣。且永定三年之十二月,以公历计之,已属五六〇年初。故径作公元五六〇年。

沈炯《归魂赋》

沈炯《归魂赋》见《类聚》卷七九。其序谓"余自长安反,乃作《归魂赋》",是此赋作于梁敬帝绍泰、太平间(556~557)也。赋中有"余技(?)逆而效从"语,讳"顺"为"从",乃避梁武帝父萧顺之之讳,明为陈武代梁前作也。赋中又言"嗟五十之逾年,忽流离于凶忒",指陷于侯景将宋子仙手,逼为书记事。下文"免伏质以解衣,遂窘身而就勒",与《陈书》本传所述合。然考炯陷于宋子仙时,约为太清末、大宝初(549~550),年四十二三,离五十尚远,盖诗赋行文,未必用确数,未可据以疑史传也。

阴铿为镇南府司马时间

《隋志》有"陈镇南府司马阴铿集一卷"。"镇南府司马"官名,不见《陈书·阮卓传附阴铿传》及《南史·阴铿传》。又考陈始兴王伯茂及司空侯安都诸人亦无镇南之号,不知"镇南府司马"系何时官职。考阴铿终于晋陵太守,似不应降为府司马。唯《隋志》所言,恐非无据。今读阴铿诗,铿尝南入湘州,又有《游始兴道馆》诸作,似实至湘南。《陈书》、《南史》叙阴铿事,不及梁末陈初。颇疑侯景乱后,铿尝南逃,依欧阳颁。欧阳在陈武帝时,尝号镇南将军,阴铿曾任其司马,至文帝天嘉时返建康。故阴诗中不乏湘中景物。至于入陈伯茂幕后,似未入湘。记以备考。

阴铿祖先定居南平

《梁书·阴子春传》:"晋义熙末,曾祖袭随宋高祖南迁,至南平,因家焉。"子春即诗人阴铿父,袭则铿高祖也。南平为晋至南朝郡名。甘肃人民出版社本《甘肃古代作家》页六十六谓今属湖南。考《宋书·州郡志》:"南平内史,吴南郡治江南,领江陵、华容诸县。晋武帝太康元年,分南郡江南为南平郡,治作唐,后治江安,领县四。"宋、齐二书《州郡志》,南平郡领孱陵、作唐、江安、安南四县。考《读史方舆纪要》卷七七,作唐在今湖南安乡东北;卷七八又谓孱陵在今湖北公安西。核以《中国历史地图集》,南平实在今湖北、湖南交界处,大部分地区当在湖北。

阴智伯与梁武帝为邻

《梁书·阴子春传》:"父智伯,与高祖(梁武帝)邻居,少相友善。尝入高祖卧内,见有异光,成五色。因握高祖手曰:'公后必大贵,非人臣也。天下方乱,安苍生者其在君乎!'高祖曰:'幸勿多言。'于是情好转密,高祖每有求索,如外府焉。"智伯为阴铿之祖,此于阴铿生地当有关系。然智伯与梁武为邻居,究在何地,实难确考。甘肃人民出版社本《甘肃古代作家》第六十六页谓在江苏,引梁武帝是南兰陵人为证。然梁武帝生地实在秣陵。《梁书·武帝纪》:"以宋孝武大明八年甲辰岁生于秣陵县同夏里三桥宅。"又《后妃传》载梁武帝母张氏"宋泰始七年殂于秣陵县同夏里舍"。据此则梁武帝八岁前当居秣陵（今南京市境）。张氏死后，梁武帝是否在建康，颇难考知。盖其父萧顺之当时常游宦于外，是否携之赴任，抑由家人抚养，留居秣陵，史无明文。《宋书·顺帝纪》：昇明三年，以萧顺之为郢州刺史。郢州治夏口，即今汉口市。则梁武早年或在秣陵，或在夏口，要之不在南兰陵。又《梁书·阴子春传》载智伯语，恐是宋末事。考齐高帝建元元年，梁武年十六岁。智伯预言其为帝，当出附会。然南齐高、武二帝时尚称太平，断无预言"天下方乱"之可能，智伯此言当在建元之前。阴氏与梁武为邻，当是居秣陵或夏口时也。然阴子春自天监初为西阳太守，后为南梁州刺史，梁、秦二州刺史，则阴铿生地，似未必在建康也。

阴铿生平事迹

阴铿事迹附见《陈书·文学传》，然所叙甚略，于梁末陈初行踪尤略。今以现存作品考之，阴铿生年可以略推。其《和登百花亭怀荆楚诗》，当作于梁时，以元帝有《登江州百花亭怀荆楚诗》也。《陈书》本传："释褐梁湘东王法曹参军。"检《梁书·元帝纪》，元帝为江州刺史在大同六年（540），作是诗亦当在是年左右。阴铿时已随从，必年逾二十。其《奉送始兴王》一首作于陈时。然陈有三始兴王：其一为文帝子伯茂，其出为都督南琅琊、彭城二郡诸军事、彭城太守在文帝初，时阴铿尚未经徐陵推荐。又一为宣帝子叔重，以后主至德二年（584）为江州刺史，据《陈书》本传，铿预文帝宴后，累迁招远将军、晋陵太守、员外散骑常侍，顷之卒，恐未必能至至德时犹存。此始兴王疑即叔陵，以光大二年（568）为江州刺史，翌年封始兴王，疑追题。以此考之，阴作是诗已年近五十，卒时当五十余岁。

阴铿有《和傅郎岁暮还湘州》诗，"傅郎"当即傅縡。《陈书·傅縡传》"梁太清末，携母南奔避难……后依湘州刺史萧循，循颇好士……王琳闻其名，引为府记室。琳败，随琳将孙玚还都"。按：阴铿当时疑亦在湘州，以铿自先世以来由武威定居南平，侯景之乱，当南奔避难。今观阴诗有《渡青草湖》诸诗，必在今湖南境，又有《游始兴道馆》，始兴在湖南与广东交界处。铿又有《开善寺》诗，有"王城野望通"句。"王城"即定王城，今长沙也。以《和傅郎岁暮还湘州》诗推之，傅縡在湘州时，阴亦在焉，可推知梁末时阴盖避乱在湘。又《陈书·文帝纪》，陈使侯瑱伐湘州，王琳遁，在天嘉初。而阴经徐陵荐，作《新成安乐宫诗》，据《陈书》在"天嘉中"。此亦可为阴铿于梁末陈初之际居湘州作一旁证。

阴铿在梁事迹考

阴铿生平，《陈书》附见《阮卓传》、《南史》附《阴子春传》下，皆甚简略。阴铿为阴子春子。考《梁书·阴子春传》，子春"天监初，起家宣惠将军，西阳太守"。按：阴氏在南朝，非望族，二十释褐，已为甚早。阴子春为西阳太守，考《宋书·百官志》，乃五品官，似非初仕者所能任。或前此已有官职，而史籍失载。以此计其年龄，当逾二十，或在三十以上。古人二十生子，已不为晚，则阴铿在天监初，或已出生。《陈书·阮卓传》谓阴铿尝为湘东王法曹参军。湘东王即梁元帝萧绎。萧绎有《登江州百花亭怀荆楚诗》，阴铿亦有《和登百花亭怀荆楚诗》。考梁元帝尝二次为荆州刺史。首次为普通七年任荆州刺史,大同五年入为安右将军护军将军领石头戍事。再次则太清元年再任荆州刺史,后称帝及为西魏所杀,始终未离荆州。至于《登江州百花亭怀荆楚诗》,则大同六年至太清元年间为江州刺史时作也。据此知萧绎为江州刺史时,阴铿在其幕下。然阴铿入萧绎幕时间,尚难确定。观其《晚泊五洲诗》:

客行逢日暮,结缆晚洲中。戍楼因嵁险,村路入江穷。水随云度黑,山带日归红。遥怜一柱观,欲轻千里风。

五洲在郢州西阳,当今鄂东,为自建康赴江陵必经之路。诗中"一柱观"亦见《和登百花亭怀荆楚诗》,当是江陵名胜。可知此诗作于赴江陵途中。萧绎二次赴荆州,阴铿未随行。萧绎有《自江州还入石头诗》,知太清元年,萧绎再赴荆州,曾先返建康,阴铿或在此时留建康未从,故及于侯景之乱。故《陈书》、《南史》谓"及侯景之乱,铿尝为贼所擒"也。据此,阴铿之入萧绎幕,当在萧绎首次在荆州时。虽未能断言普通七年阴铿已随萧西上,而至迟在大同五年前,阴已入萧幕。以年代考之。普通七年,上距阴子春为西阳太守时已二十四五年;大同五年则三十七八年。设阴铿生年与阴子春释褐时间相去不远,则普通七年随行,已属弱冠之年,未始无此可能;至大同时,已逾三十,为法曹参军已不为早。故阴铿当为"梁陈诗人",似较一般所言"陈代诗人"更确切。

《同庾信答林法师诗》作者

《同庾信答林法师诗》,《类聚》卷二九作周弘正。一作江总,非也。考弘正于陈文帝天嘉元年(560)使北周，三年(562)南返。时庾信尚在，可唱和也。诗云"客行七十岁"，时弘正年已七十余矣。又云"君看日远近，为忖长安城"，明是在北周时作。江总在陈亡前，未至长安。至陈亡入隋，庾信已卒多年，无由唱和。任陈亡之后，江总年正七十，或由此附会为江诗也。

周弘让陈初事迹

《陈书》记周弘让事，唯言"天嘉初，以白衣领太常卿光禄大夫"。姑不论隐其仕侯景之事，即白衣而领太常卿，已属怪事。《南史》虽言及梁时官职及仕侯景事，然不言陈初官职。清严可均《全陈文》卷五，谓弘让"陈受禅，为太常卿。天嘉初，坐事以白衣领太常"。按严氏说盖本《陈书·刘师知传》记陈武帝之丧，詹事、太常、中丞、中庶诸官议丧礼，有弘让，而《周弘正传》言武帝受禅，弘正由太常迁太子詹事，故以为太常卿即弘让耳。虽无确据，亦近情理，姑从之。

周弘让生卒年

周弘让生平，附见《陈书·周弘正传》，然极简略，不具生卒年，亦未言其仕侯景事，疑姚察与之有旧，故思廉为之讳也。《南史》稍详，亦不具生卒年。考弘让乃弘正弟、弘直兄。弘正卒于太建六年(574)，年七十九。弘直卒于太建七年(575)，年七十六。弘让盖生于齐明帝末或东昏侯初。其卒年虽不可确考，然高年当亦至七十左右。观其与王褒书言"家兄至自镐京"，知文帝天嘉三年，弘正还自北周，尚有书至王褒。又其《与徐陵书荐方圆》乃言"弟以搜扬佐世，水镜求贤"，明是徐陵为吏部尚书时。考《陈书·徐陵传》，陵为吏部尚书，乃文帝天康元年。其年文帝崩，废帝立。则弘让至少在光大时尚在。

《陈书·周弘正传》附弟弘直传而不详载弘让事，唯言陈天嘉中白衣领太常卿、光禄大夫事。《南史》虽有附传，亦颇简略。据《陈书》、《南史》，弘正以太建六年卒，年七十九，弘直以七年卒，年七十六。弘让卒年似较其兄弟稍早。《庾信集》有《和王少保遥伤周处士》，王少保，即王褒。《周书·王褒传》："东宫既建，授太子少保，迁小司空。""东宫建"，即立宣帝赟为太子，据《周书·武帝纪》，在建德元年。余曩时考王褒卒年为建德三四年间，今按：《陈书·殷不害传》，殷以太建七年还朝，太建四年，即周武帝建德四年也。《周书·武帝纪》载，建德四年七月，陈遣使来聘。《王褒庾信传》载，陈求庾、王南返，周不许。唯许殷等，此即建德四年，是褒在四年初尚在，当卒于是年，弘让之卒在其前，当是太建三至六年间事。

徐陵《在北齐与杨仆射书》及徐摛卒年

徐摛卒于大宝二年八月简文被囚之后。故徐陵与杨愔书称："吾奉违温清，仍属乱罹，寇虏猖狂，公私播越。萧轩靡御，王舫谁持。瞻望乡关，何心天地。自非生凭廪竹，身出言桑，行路含情，犹其相愍。"可见陵作书时摛犹健在。此书又称"不谓邵陵王纶通和此国。鄴中上客，云聚魏都，鄴下公卿，风驰江浦"。按：邵陵王纶于大宝二年二月为侯景所害。故知此书作于大宝二年二月前。至徐陵太清六年（即承圣元年）六月，《与王僧辩书》，称"孤子徐陵"，知摛卒于大宝二年八月后。以《法宝联璧序》计之,年八十一无疑。《梁书》本传谓七十八,误。

徐陵诗多作于梁时

徐陵诗今存者不多,其可以确考为陈时作者唯《同江詹事登宫城南楼》及《别毛永嘉》二首。《玉台新咏》所录《走笔戏书应令》、《奉和咏舞》、《和王舍人送客未还闻中有望》及《为羊兖州家人答饷镜》四首,均为寒山赵氏本固有,当是梁时所作。其未见于《玉台新咏》而可确证为梁时作者如《和简文帝赛汉高帝庙》、《奉和山池》、《奉和简文帝山斋》。此外如《山池应令》、《新亭送别应令》应亦梁时作,盖入陈后,陵官非官职也。今以《侍宴》结句"承恩豫下席,应阮独何人"考之,当亦侍简文而作,犹有喜于承恩意,与陵入陈后身份有别。

徐陵聘周时间

《庾子山集》有《徐报使来止得一相见》诗:"一面还千里,相思那得论。更寻终不见,无异桃花源。"清倪璠注以"徐报使"为徐陵。按:庾信友人姓徐而又有深交者,当数陵,倪说当是。然《陈书·徐陵传》不载使周事,其时间疑不能明。然南北朝通使,每以通直散骑常侍充之。据《陈书》本传,陵于陈武受禅,加散骑常侍。文帝天嘉初,除太府卿。四年,迁五兵尚书,领大著作。文帝之天嘉三四年,即周武帝之保定二三年也。《周书·武帝纪》上,于保定二年、三年,皆云"陈遣使来聘"。疑陵至长安,即在此二年间,过此则陵已为御史中丞，官阶已高，恐无出使之理。《北史·邢峦附邢劭传》："于时与梁和，妙简聘使，劭与魏收及从子子明被征入朝。当时文人，皆劭之下，但以不持威仪，名高难副，朝廷不令出境。南人曾问宾司：'邢子才故应是北间第一才士，何为不作聘使？'答云：'子才文辞实无所愧，但官位已高，恐非复行限。'南人曰：'郑伯猷，护军犹得将命，国子祭酒何为不可？'"是知南北通使当有官阶为限，故疑当在保定间也。

徐孝克诗

徐孝克诗今存二首：《仰同令君摄山栖霞寺山房夜坐六韵》、《仰和令君》是也。"令君"之"令"字，丁福保《全汉三国晋南北朝诗》误作"今"，误也。逯钦立《先秦汉魏晋南北朝诗》作"令"，是也。此"令君"指江总，盖日后追题，前一首作于太建七年以前，时徐陵尚为尚书仆射，论齿论爵，均尊于江总。此盖总任"尚书令"后追改。又江总原诗本赠徐陵、周弘正，疑徐、周有答诗而已佚。不然孝克之职不当列于周弘正前也。后首称"上宰明四空"，则当时后主即位，江总为尚书仆射或尚书令之后，徐陵已不在人世。陵生前为尚书仆射，未为尚书令，且"上宰"之称，亦非弟称兄之辞。

释灵裕集志疑

《隋志》有"陈沙门《释灵裕集》四卷"。按：《续高僧传》卷一一有《灵裕传》，裕生北齐，历周入隋，平生未尝至江南，似与《续高僧传》灵裕非一人。岂同时有二灵裕耶？按：《旧唐志》无此书，《新唐志》著录《灵裕集》二卷,在《昙瑗集》后,《亡名集》前。按,昙瑗陈人,亡名隋人,亦不知灵裕究属何时也。然《续高僧传》言之凿凿,疑《隋志》有误,或真有二灵裕。

徐孝克对策时间

《陈书》、《南史》之《徐孝克传》俱不载孝克对策,然其对策时间,可考知也。按:《陈书·袁宪传》载,袁宪以梁武帝大同八年被召为国子正言生,次年对策。时国子祭酒为到溉,博士为周弘正。对策后,到溉谓宪父袁君正曰:"昨策生萧敏孙徐孝克,非不解义,至于风神器局,去贤子远矣!"据《陈书·周弘正传》,弘正迁国子博士,"时于城西立士林馆"。考《梁书·武帝纪》,立士林馆为大同七年。又据《到溉传》及《武帝纪》考之,溉为国子祭酒,亦正在此时。故知孝克对策为大同九年,时年十七。

谢贞诗逸句

《陈书·谢贞传》:"八岁,尝为《春日闲居》五言诗,从舅尚书王筠奇其有佳致,谓所亲曰:'此儿方可大成。至如"风定花犹落",乃追步惠连矣。'由是名辈知之。"此句自《诗纪》、《全汉三国晋南北朝诗》皆不载,盖以冯惟讷、丁福保咸不收佚句。至于逯钦立《先秦汉魏晋南北朝诗》,片言只语,佥加搜辑,而遗漏之者,恐倡有疏忽耳。

谢贞南返始末

《陈书·谢贞传》:"初,贞在周尝侍赵王读,王即周武帝之爱弟也,厚相礼遇,王尝闻左右说,贞每独处,必昼夜涕泣。因私使访问,知贞母年老,远在江南。乃谓贞曰:'寡人若出居藩,当遣侍读还家供养。'后数年,王果出,因辞见面奏曰:'谢贞至孝而母老,臣愿放还。'帝奇王仁爱而遣之。因随聘使杜子晖还国。"按:本传谓贞以太建五年(573)还朝。据《北史·杜杲传》,"建德初,授司城中大夫,仍使于陈"。子晖,即杜杲字。周武帝建德元年当陈宣帝太建四年。杲盖以元年离长安,次年至建康。时间与《陈书·谢贞传》合。然其时赵王宇文招当未封王,仅号"赵公"。据《北史·周本纪》,建德元年"以大司空,赵公招为大司马"。非出藩。《周室诸王传》谓赵王招出就国乃在周静帝大象元年(579),时贞已南返多年。《北史·杜杲传》记杲于建德初使陈,尝与陈宣帝言及王褒、庾信事,陈帝欲以所俘元定将士易庾、王、杲,不许。或随杲南返者尚有他人,故陈宣帝念及此。姚察南人,又与贞友善,述贞南归事,当得之贞本人。然言宇文招官爵及事迹有误,恐作史时距贞卒已久,有所遗忘耳。又严可均《全后周文》不载赵公招奏语,盖以为是面奏,非笔之于书者。

庾持与陈文帝有旧交

《陈书·庾持传》:"天监初,世祖与持有旧,及世祖为吴兴太守,以持为郡丞,兼掌书翰。"张森楷以为"天监初"有误,当是"太清初"。

按：张说以"天监初"为误，是也；以为是"太清初"则似臆说。考《建康实录》卷十九，陈文帝"年四十即位，在位八年"。其于陈武帝永定三年（559）即位，则当生于梁武帝普通元年（520）。庾持卒于太建元年（569），年六十二，当生于天监七年（508）。足证"天监初"之说有误。考陈文帝在梁武帝时，始终居家乡吴兴。庾持则尝为吴兴安吉令，其有旧当在是时。考《庾持传》，持尝为"轻车河东王府行参军兼尚书郎"。河东王，即萧誉。《梁书·武帝纪》载，大同七年，"以轻车将军河东王誉为领军将军"，则持在河东王参军在大同七年以前。此后则"出为安吉令，迁镇东邵陵王府限外记室兼建康令"。《梁书·武帝纪》载，邵陵王纶以中大同元年为镇东将军南徐州刺史，《邵陵王纶传》同。是知庾持为安吉令，在大同七年（541）后，中大同元年（546）前。疑持与陈文帝在此时有旧交。于时陈文帝年二十余，庾持年三十余，可以为交。

庾持在梁仕历

《陈书·庾持传》："解褐梁南平王国左常侍、轻车河东王府行参军，兼尚书郎，寻而为真。出为安吉令，迁镇东邵陵王府限外记室、兼建康令。"《南史》则谓："仕梁为尚书左户郎，后兼建康监。"叙仕历者详略，本不为抵牾。"尚书左户郎"当即"尚书郎"，《南史》似较具体。唯"建康监"似有误。县有令，不闻有"监"，疑"监"为"令"之误。

许懋、许亨世系

《梁书·许懋传》："许懋字昭哲,高阳新城人,魏镇北将军允九世孙。祖珪,宋给事中,著作郎,桂阳太守。父勇慧,齐太子家令,冗从仆射。"又《陈书·许亨传》："许亨字亨道,高阳新城人。晋征士询之六世孙也。曾祖珪,历给事中,委桂阳太守,高尚其志,居永兴之究山,即询之所隐也。祖勇慧,齐太子家令、冗从仆射。父懋,梁始平、天门二郡守,太子中庶子,散骑常侍,以学艺闻。"《南史·许懋传》以懋为询五世孙。考《世说·言语注》引《续晋阳秋》:许询为"魏中领军允玄孙"。然则询者,允子奇或猛之曾孙。询子则允五世孙。以此推之,懋当为询六世孙,允九世孙。亨则询七世孙,允十世孙也。试以《陈书·江总传》叙江氏世系例之,知其叙许氏世系有误:

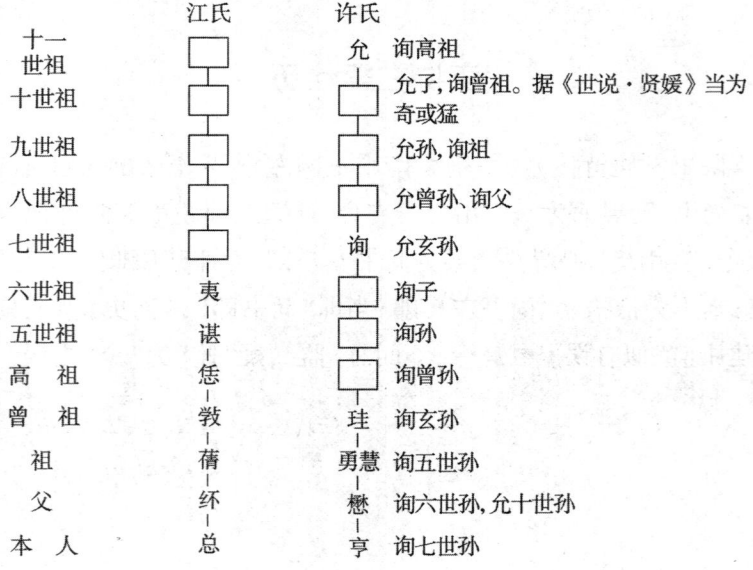

又按：江总少于许亨十二岁，总六世祖夷，《宋书》谓及见宋少帝之死。当卒于元嘉时，设卒元嘉初，据《宋书·江夷传》年四十八推之，夷生年当不得早于太元二年(377)也。考太元二年去许询在世之永和初年，尚距二十余年(永和六年为350年)，江夷年辈当与许询子相若。以此而论，许询为亨六世祖，恐有误。

许亨为"安东王行参军"

《陈书·许亨传》："解褐梁安东王行参军，兼太学博士。"《南史》无此语。中华书局标点本校记引张森楷说，以为梁无"安东王"，疑"东"下有缺字。然考之《梁书》，诸王亦未见"安东将军"之号。此兼"太学博士"，则未离建康。以年代推之，亨出仕当在大同初。盖亨父懋卒于中大通四年(532)，亨在中大通末，尚居丧，不得出仕。然安成王秀、湘东王绎，此时皆不在建康。《南史》无此语，恐亦以疑不能明之故。

许亨卒年

许亨卒年，《陈书》本传谓太建二年(570)，《南史》不载卒年，《建康实录》卷二〇则谓太建四年十二月。《北史·许善心传》则谓善心年九岁而孤，考善心卒于隋恭帝义宁二年(618)，《隋书》本传谓年六十一。以此推之，许亨卒年又当为陈文帝天嘉元年(566)。考《建康实录》乃许嵩撰，嵩是高阳许氏后，唐人重谱谍，当不误。且《建康实录》独记"十二月"，当非因袭正史，当从之。唯《建康实录》谓亨年六十四,当误。盖亨妻范氏与子善心同年卒,年九十二,则当生于梁武帝大通元年(527),至太建二年年五十四,四年则五十六。与亨年相若,若亨年六十四,则大于妻十岁或八岁,古人婚配年龄,似不当若是其远。恐以《陈书》亨年五十四为近。

刘师知生年推测

刘师知卒于陈废帝光大元年(567),而《陈书》、《南史》皆不载生年及享年之数。然据刘所撰《侍中沈府君集序》,则其年岁尚可约略推测。"沈府君"者,沈炯也。炯卒于陈文帝初立、王琳犯大雷时(559～560)。文即沈氏后集之序,作于炯初卒时。序云:"畴昔一面,暍来二纪。自总角而接清尘,蒙长者之嘉醼。屯险骤更,欢娱中阻。班超既反,盛宪犹存。春秋美景,朝游夕宴,酒酣得意,赋诗联章。顾余不肖,齿义景绝,降德亡(忘)年,交情弥至。"此言"屯险",言"班超既反",盖指沈炯陷北周及南归事。自天嘉元年逆推二十四年(二纪),当为梁武帝大同二年(536)左右。师知自言其为"总角"三年,则不过十余岁。与沈炯相差约二十岁,故称炯"长者",又谓"齿义景绝"。《陈书》本传言"梁世历王府参军",则侯景乱前,至少已逾二十。计其生年,当在梁武帝普通、大通间,死时约四十余。

杜之伟为陈霸先记室

《陈书·杜之伟传》:"及高祖为丞相,素闻其名,召补记室参军。迁中书侍郎领大著作。"《南史》仍之,改"高祖"为"陈武帝"而已。

按：《陈书》行文有疏忽。考陈武帝为丞相，据《陈书·武帝纪》，在梁敬帝太平元年（556）九月改元时。然之伟于武帝受禅后启求解著作云："臣以绍泰元年，忝中书侍郎，掌国史，于今四载。"按：武帝受禅为永定元年，即太平二年（557）。绍泰元年则公元五五五年，疑之伟启作于永定二年，故云四年。至于之伟为霸先记室，当更在其前，时霸先未为丞相。《陈书》、《南史》并误。

何之元行年

《陈书·何之元传》："之元幼好学，有才思，居丧过礼，为梁司空袁昂所重。天监末，昂表荐之，因得召见，解褐梁太尉临川王扬州议曹从事史。寻转主簿。及昂为丹阳尹，辟为丹阳五官掾，总户曹事。"按：袁昂为司空，乃大通五年事，此出史官追记。昂荐之元时，当为天监末。考《梁书·临川王宏传》，宏于天监元年为扬州刺史，至普通七年方解扬州。是知之元释褐盖在天监末。本传言"及昂为丹阳尹"，考《梁书·袁昂传》，昂以普通三年为丹阳尹。去天监末凡三年，知本传所记皆近事实。设之元以天监十八年释褐，则当公元五一九年。庐江何氏在南朝，亦望族，然出仕年龄，要在二十左右。本传言之元卒于隋文帝开皇十三年（593）。据此则之元享年逾九十，其生年当在南齐末。纵使早慧，出仕时未及二十，则卒年亦近九十矣。

《陈书·阮卓传》有误

《陈书·阮卓传》云"其父随岳阳王出镇江州，遇疾而卒，卓时年十五,自都奔赴,水浆不入口者累日,属侯景之乱,道路阻绝"云云。考本传,卓以祯明三年入隋,"行至江州,追感其父所终,因遘疾而卒,时年五十九"。祯明三年当公元五八九年,卓当生于梁武帝中大通三年(531)。考《梁书·武帝纪》,中大同元年(546),以前东扬州刺史岳阳王詧为雍州刺史,不言为江州。又卓年当为十六,非十五。且侯景之反,在太清二年(548)八月,自建康至江州奔丧,不得一年余。"岳阳"当为"浔阳"之误。《梁书·浔阳王大心传》"太清元年,出为云麾将军江州刺史"。与《武帝纪》、《元帝纪》言元帝萧绎于太清元年由江州徙镇荆州事正合,唯卓时年十六。非十五也。

阮卓父卒于江州

《陈书·文学·阮卓传》记卓父问道卒事云:"其父随岳阳王出镇江州,遇疾而卒,卓时年十五,自都奔赴,水浆不入口者累日。属侯景之乱,道路阻绝,卓冒履险艰,载丧柩还都。"按:《梁书·武帝纪》及《周书·萧詧传》,梁岳阳王萧詧未尝为江州刺史。云"出镇江州",恐为"出镇雍州"之误。《梁书·武帝纪》下载,中大同元年(546)冬十月"以前东扬州刺史岳阳王詧为雍州刺史"。盖记梁武帝任命之日,詧之西上,又当稍需时日,由东扬州赴雍州,当经江州,则问道盖卒于途中也。其时间当为中大同元年末至太清元年(547)初。其讯至建康而卓奔赴江州,当在太清元年,下距侯景济江(太清二年十月)尚有一年余,疑卓之迎丧,或因资斧不足或他事耽误,否则自江州顺流至建康,不得如此之迟也。然卓卒于陈亡之年(589),年五十九,则当生于中大通三年(531),至问道之卒,当为十六或十七(盖阴历与阳历有别),作十五,恐是史家误记。

《陈书·沈不害传》志疑

《陈书·儒林·沈不害传》谓不害卒于陈宣帝太建十二年（580），年六十三。以此上推，不害当生于梁武帝天监十七年（518）。然以本传所载不害在梁事迹考之，则抵牾殊甚。本传谓"不害幼孤而修立好学。十四，召补国子生，举明经，累迁梁太学博士，转庐陵王府刑狱参军，长沙王府谘议带汝南令"。此言"庐陵王"当是梁武帝子萧续，"长沙王"则梁武兄萧懿子长沙嗣王萧业也。然萧业据《梁书》本传，卒于普通七年（526），时不害方九岁，不得为其属官。萧业子孝俨，孙贲虽嗣爵，官位不达，不得有"谘议"。且萧业虽尝为南兖州、湘州刺史，其谘议无带汝南令之理。考《南齐书·州郡志》，汝南县，虽司州汝南郡与郢州江夏郡下有汝南县名，非萧业属官所可兼摄。至于孝俨，官至秘书郎、太子舍人，与刺史地位殊远，贲无官职可记。以此知不害不得为长沙王谘议也。

今查《梁书》，司州虽有其名，其地实非梁有，刺史之职，时设时罢。此所谓"汝南令"，当属郢州。以《梁书·武帝纪》及诸传考之，自普通七年至大同元年，郢州刺史为元树、元法僧，皆无误为萧业之理。大同六年（本传作七年）后为邵陵王萧纶，则不害父懿尝为纶参军，（姚思廉）似亦不致误记为萧业。唯大同初至六年为寻阳王大心，又中大通二年元树征为侍中镇右将军，至四年十二月元法僧为郢州刺史，中间二年余无郢州刺史，而《梁书·桂阳嗣王传》谓桂阳嗣王萧象尝为郢州刺史，惜不记年月。萧象卒于大同二年。桂阳、长沙，皆称"嗣王"，最易误记。颇疑不害于中大通时为萧象谘议，时象为郢州，故不害得带汝南令也。其次则为萧大心谘议，当亦可能。总之，"长沙王"三字有误。

孔奂为太子中庶子

《陈书·孔奂传》,"高祖受禅,迁太子中庶子"。《南史》同。又《周弘正传》云:"高祖受禅,授太子詹事。"《南史》亦有此语。按:《陈书·武帝纪》未及立太子事,奂何得为太子中庶子?弘正焉得为太子詹事?疑史有缺漏。盖霸先第六子昌,封衡阳王,梁时尝为长城国世子。江陵陷,入西魏。霸先称帝,疑尝立为太子,如宣帝遥封始兴王也。然时昌不在建康,或虚设太子属官。故史隐其遥立太子事。此实一疑案,文献不足,姑存疑。

毛喜出仕时间

《陈书·毛喜传》:"起家梁中卫西昌侯行参军,寻迁记室参军。"按:《梁书·长沙嗣王业附萧渊藻传》,渊藻以大同五年为中卫将军,太清元年出为南徐州刺史(出为南徐州事见《武帝纪》)。毛喜卒于陈后主祯明元年(587),年七十二,当生于梁武帝天监十五年(516),至大同后期,已三十左右,则出仕当在大同间。及渊藻为南徐州,喜当随行。侯景之乱,渊藻卒后,疑存留于此,故陈武帝镇京口而使之随宣帝赴江陵也。

毛喜入关迎陈宣帝家属

《陈书·毛喜传》:"世祖即位,喜自周还,进和好之策。朝廷乃遣弘正等通聘。及高宗反国,喜于郢州奉迎。又遣喜入关,以家属为请。周冢宰宇文护执喜手曰:'能结二国之好者,卿也。'仍迎柳皇后及后主还。天嘉三年至京师。高宗时为骠骑将军,仍以喜为府谘议参军,领中记室。"按:《陈书·世祖纪》"(天嘉三年)三月景子,安成王顼至自周,诏授侍中、中书监、中卫将军"。又云:"六月景辰,以侍中中卫将军安成王顼为骠骑将军、扬州刺史。"据《北史·周本纪》,周武帝保定二年(即天嘉三年)正月"丁未,以陈主弟顼为柱国,送还江南"。又九月"陈人来聘",当即毛喜迎宣帝家属事。以宣帝行程计之,返建康当是是年十一月左右,宣帝已为骠骑将军。与《陈书·毛喜传》合。

傅𬘡生卒年

《陈书·傅𬘡传》叙傅𬘡直谏陈后主,被赐死狱中事,但言"时年五十五",不记年代。《南史》则不记享年之数。然傅𬘡卒年仍可考知,盖《通鉴》卷一七六以为是陈后主至德三年(585)事。据《陈书》,施文庆谮𬘡,谓受高丽使者金。又《后主纪》,是年十二月,"高丽国遣使献方物"。《通鉴》叙此事不记月日,而列于岁末,疑亦有鉴于高丽使者以十二月至。今姑从《通鉴》。然亦未始不可谓赐傅𬘡死事在四年。且旧历十二月,公历已是明年一月,故傅𬘡卒年似可作公元五八六年。

张讥为陆德明师

《陈书·张讥传》谓张讥授《周易》、《老》、《庄》,受其业者有吴郡陆元朗。按:元朗即德明,以字行,且籍贯吴郡,当即德明无疑。以年岁考之,讥卒于陈亡之年(589),年七十六,逆推生年,当是梁武帝天监十三年(514)。依钱大昕、吴承仕考证德明生卒年,则讥长德明二十岁左右,其为德明师亦宜。然今本《经典释文》,备引陈人周弘正、顾野王、戚衮诸家,独不及张讥。《陈书》谓讥所著书,有《周易义》三十卷、《尚书义》十五卷、《毛诗义》二十卷、《孝经义》八卷、《论语义》二十卷、《老子义》十一卷、《庄子内篇义》十二卷、《外篇义》二十卷、《杂篇义》十卷、《玄部通义》十二卷,又撰《游玄桂林》二十四卷。检《隋志》,至唐修《隋书》时,其《周易义》及《游玄桂林》尚存,《庄子义》仅存二卷。《隋志》误"讥"为"机",姚振宗《隋书经籍志考证》已辨之。况依钱大昕、吴承仕说,《经典释文》当作于陈后主至德元年(583),时张讥尚在,其著作当多已成书,故本传谓"后主尝敕人就其家写入秘阁"。疑陆氏《释文》不取生人之说也。

马枢事迹

《陈书·马枢传》述枢生平,似是高士,虽鄱阳王之尊,亦不为之屈,且似晚年未尝离京口者。然据《侯安都传》,则陈文帝天嘉初,安都为南徐州刺史,枢与褚玠、阴铿、张正见辈,时会于安都宅,吟诗作赋。安都第其高下而赏赐之。是枢亦未必高尚其志也。又《文学·

徐伯阳传》,宣帝太建初,枢与"中记室李爽"、"记室张正见"、"左民郎贺彻"、"学士阮卓"、"黄门郎萧诠"、"三公郎王玚礼"、"记室祖孙登"、"比部贺循"、"长史刘删"等"为文会之友"。其"左民郎"、"黄门郎"、"三公郎"、"比部"诸职,当皆在建康,则枢于太建中似曾至建康。《陈书》本传殊疏略,《南史》仍《陈书》。盖延寿北人,无史料参证,亦未与侯安都、徐伯阳二传参核,故失与《陈书》同。

王励在梁事迹

《陈书·王励传》叙励在梁时事,年代颇可确考,足补《梁书·河东王誉传》之缺。《王励传》云:"梁世为国子《周易》生,射策举高第,除秘书郎、太子舍人、宣惠武陵王主簿,轻车河东王功曹史。王出镇京口,励将随之藩。范阳张缵时典选举,励造缵言别。缵嘉其风采,乃曰:'王生才地,岂可游外府乎?'奏为太子洗马。迁中舍人,司徒左西属。出为南徐州别驾从事史。大同末,梁武帝谒园陵,道出朱方,励随例迎候。敕励令从辇侧。所经山川,莫不顾问。励随事应对,咸有故实。又从登北顾楼赋诗,辞义清典。帝甚嘉之。时河东王为广州刺史,乃以励为冠军河东王长史、南海太守。王至岭南,多所侵掠,因惧罪称疾,委州还朝。励行广州府事。越中饶沃,前后守宰,例多贪纵。励独以清白著闻。入为给事黄门侍郎。侯景之乱,西奔江陵。……"按:《梁书·武帝纪》,《武陵王纪传》,中大通四年(532)征宣惠将军江州刺史武陵王纪为使持节都督扬、南徐二州诸军事,扬州刺史。又《武帝纪》,大同二年(当是537年初)十二月,"以吴兴太守、驸马都尉、利亭侯张缵为吏部尚书"。大同三年四月,"以南琅玡、彭城二郡太守河东王誉为南徐州刺史";九月,"扬州刺史武陵王纪为安西将军益州刺史"。是知王励为武陵王主簿，在中大通四年之后，为河东王功曹史，则在大同三年之前。据《武帝纪》，是年五月，"以前扬州刺史武陵王纪复为扬州刺史"。疑武陵王去职时，励转入河东王幕也。唯《武帝纪》称誉以南琅玡城二郡太守为南徐州刺史，疑非。查《河东王誉传》，誉为二郡太守后，"还除侍中轻车将军，置佐史"。疑《武帝纪》失载。至于河东王誉为南徐州刺史，《武帝纪》以为大同三年四月事，时缵正为吏部尚书，故《陈书·王励传》言"典选举"也。（按：《梁书·武帝纪》，张缵以大同二年十二月为吏部尚书，至五年正月为尚书仆射。）

王励出为南徐州别驾从事史，未知确为何时？以本传所载，必在大同十年前。然赴任时南徐州刺史为河东王誉抑临川王正义，未可确考。盖《梁书·武帝纪》，河东、临川交接时间似不甚确切。河东王誉以大同九年十二月为中领军，但言轻车将军，不言南徐州刺史；临川王正义以十年三月进号安东将军，明言"仁威将军南徐州刺史"，似誉去职与正义就任，尚在此前，则励似未必与誉在南徐州相值。大同十年梁武登北顾楼，励侍从，则誉已去任，正义为刺史时也。疑河东王为广州刺史在大同十年末或十一年，故励随行，为其长吏兼南海太守。此事《梁书·武帝纪》、《河东王誉传》皆不载，《陈书·王励传》可补其缺。河东王誉返建康时间不可确考，要在太清二年四月为湘州刺史以前。至于王励在广州，似亦至太清初返建康，盖《梁书·元法僧传》载太清初，复以元景隆为广州刺史，未至，道卒，遂用景隆弟景仲。此事必在太清二年侯景反前，盖侯景之乱，建康之陷，励得西奔江陵。至于河东王之返都，更在励前。

萧允事迹

《梁书·萧介传》:"第三子允,初以兼散骑常侍聘魏,还为太子中庶子,后至光禄大夫。"按:此全系陈时事,载于《梁书》而不言乃入陈后事,又以聘周为"聘魏",尤误。据《陈书·萧允传》,允为太子庶子实在使周以前。为太子庶子在天嘉三年,使周则五年也。又《陈书》谓允"兼侍中聘于周",非"散骑常侍"。考《宋书·百官志》,侍中、散骑常侍皆第三品,太子庶子则第五品。故《陈书》所记为近。然出使时所兼,例加高于原职,还朝所授,亦往往稍卑。故使还之后,允又为中书侍郎、黄门侍郎(皆五品),然实权自远大于太子庶子。《陈书》记允出使时间为天嘉五年(564),《北史·周本纪》周武帝保定四年(即天嘉五年)九月,有"陈人来聘"语,亦可为《陈书》一证。

《陈书·颜晃传》有误

《陈书·颜晃传》:"解褐梁郡陵王兼记室参军。时东宫学士庾信尝使于府中,王使晃接对,信轻其尚少,曰:'此府兼记室几人?'晃答曰:'犹当少于宫中学士。'当时以为善对。"《南史》本传亦有记载,文字略有出入。按:晃以陈武帝永定三年(559)卒,年五十三,当生于梁武帝天监六年(507)。庾信则卒于隋文帝开皇元年(581),年六十九,当生于天监十二年(513)。晃长于信六岁,信何得讥其年少?此殆当时传闻,未可信从。

颜晃与杜龛

《陈书·颜晃传》:"承圣初,除中书侍郎,时,杜龛为吴兴太守,专好勇力,其所部多轻险少年,元帝患之,乃使晃管其书翰,仍敕龛曰:'卿年时尚少,习读未晚,颜晃文学之士,使相毗佐,造次之间,必宜谘禀。'"按:杜龛于承圣时,尚未为吴兴太守。《梁书·杜龛传》载,龛随其岳父王僧辩平侯景,授平东将军东扬州刺史。承圣二年又随王僧辩讨陆纳于长沙,又征武陵王纪于西陵。及江陵陷后,北齐遣贞阳侯萧渊明主梁,以龛为震州刺史、吴兴太守。后又除南豫州刺史(似未及赴任)。会陈霸先杀僧辩,龛遂以吴兴起兵距霸先,以敬帝太平元年末败降,次年诛。《南史·杜龛传》同。盖颜晃以承圣中掌龛书翰,时龛尚未为吴兴太守。《陈书》盖因晃之归陈文帝时在吴兴,遂谓掌龛书翰时龛已为吴兴太守,此自是行文疏漏。至于元帝之敕杜龛,当是事实,未可轻疑也。

谢嘏为建安太守时间

《陈书·谢嘏传》谓嘏"起家梁秘书郎,稍迁太子中庶子,掌东宫管记。出为建安太守"。不记时间,仅叙于侯景之乱前。按:《梁书·谢举传》:"二子:禧、嘏,并少知名。嘏太清中历太子中庶子,出为建安太守。"又《萧子显附萧恺传》:"太宗在东宫,早引接之。时中庶子谢嘏出守建安,于宣猷堂宴饯,并召时才赋诗,同用十五剧韵,恺诗先就,其辞又美。……迁中庶子,未拜,徙为吏部郎。太清二年,迁御史中丞。"盖宴饯谢贶后,恺又为吏部郎,太清二年方迁御史中丞,则饮饯必在元年。是知贶为太子中庶子及建安太守皆太清元年(547)事。

司马暠享年

司马暠生卒年,《陈书》、《南史》皆无记载。然二书皆谓暠父子产,乃梁武帝外兄。梁武帝生于宋孝武帝大明八年(464),则子产生年,当在其前。暠母丧,暠年十二,时梁武或已称帝。史称"服阕,以姻戚子弟入问讯,梁武帝见其羸疾,叹息久之"。按:梁武帝代齐,年已三十九,其外兄当亦年四十左右。纵使暠遇母丧在齐末,服阕见帝,为天监初,则其生时,亦当为永明年间,子产年已二十七八,不为晚年。若子产晚年得子,则子产之卒,亦不当迟于天监中叶。暠自周还陈,在太建八年(576)。《陈书》称还陈后"除宣都王谘议参军事,徙安德宫长秋卿,通直散骑常侍,太中大夫,司州大中正"诸职,设服官一年而卒,则为太建九年(577)。使生天监中,亦年将七十,若生齐代,则已八十余岁,可谓高寿矣。

张种梁末事迹

《陈书·张种传》叙种在梁末事,似不甚清楚。本传云:"仕梁王府法曹,迁外兵参军,以父忧去职。服阕,为中军宣城王府主簿。种时年四十余,家贫,求为始丰令,入除中卫西昌侯府西曹掾。时,武陵王为益州刺史,重选府僚,以种为征西东曹掾。种辞以母老,抗表陈请，为有司所奏，坐黜免。侯景之乱，种奉其母东奔，久之得达乡里，俄而母卒。种时年五十，而毁瘠过甚。又迫以凶荒，未获时葬。服制虽毕，而居处饮食恒若在丧。及景平，司徒王僧辩以状奉奏闻，四起为贞威将军，治中从事史，并为具葬礼。葬讫，种方即吉。"按：种卒于陈宣帝太建五年（573），年七十，则当生于梁武帝天监四年（505）。以此计之，梁武帝大同十年时，种年四十。而传言四十余为中军宣城王主簿，求为始丰令，当在十一年以后。其为中卫西昌侯府西曹掾，当在中大同时，盖西昌侯萧渊藻自大同五年为中卫将军，至太清时方出为南徐州刺史。至于以种为征西武陵王东曹掾，恐亦为是年，盖《梁书·武陵王纪传》谓纪以十一年授散骑常侍，征西大将军，开府仪同三司也。唯抗表不行而黜免之后，种留建康，至太清时侯景之乱，尚有三年，未知何所事事？传又言种五十遭母丧，尤不可解。盖种年五十，为元帝承圣二年（553）。时侯景之乱已平久矣。传又言"服制虽毕"云云，似乎侯景时，早已服阕。此则服阕当在承圣元年之前。此传纪种年岁，尚可据，唯此语殊费解。

萧引依欧阳𬱟地点

《陈书·萧引传》记引于侯景乱时，南依欧阳𬱟，其叙事甚略，且疑有疏误。《南史》一承《陈书》，然《陈书》此传实多误。其言"时始兴人欧阳𬱟为衡州刺史，引往依焉"。据同书《欧阳𬱟传》，𬱟乃长沙临湘人，非始兴也。又据同传，𬱟为衡州刺史，在侯景既平之后，元帝初命𬱟为武州刺史，寻改郢州，皆因萧勃留之未果，乃命为衡州刺史，计其时盖已承圣中事。引之南奔，不应在四五年后方达𬱟所。此可疑一也。《萧引传》云："引曰：'诸王力争，祸患方始。今日逃难，未是择君之秋。吾家再世为始兴郡,遗爱在民。正可南行以存家门耳。'于是与弟彤及宗亲百余人奔岭"据《梁书·萧介传》,介尝为始兴太守。至于介父惠蒨,史失其传。然官至太府卿,左民尚书(见《陈书·萧允传》),则亦有典此郡之可能。故引之南奔,其意本在始兴。此意引已自道之。再则衡州即衡阳郡,未逾五岭。《萧引传》明言"奔岭表",当即指始兴。《欧阳𬱖传》:"梁元帝承制,以始兴郡为东衡州,以𬱖为持节通直散骑常侍、都督东衡州诸军事,云麾将军,东衡州刺史。"元帝"承制"为大宝二年事,距建康被围不过二年,时逢兵乱,加以岭表道路崎岖,二年而达始兴,亦近理。《萧引传》以欧阳为始兴人,疑因陈代封𬱖为始兴县侯,而当引投𬱖时,𬱖正在始兴耳。再则𬱖为东衡州刺史后,中间颇有波折,方为衡州刺史。《萧引传》未言及引此时情况,盖以引在始兴,本有先人遗爱,𬱖虽去职,仍有故旧可依托,非如少陵之依严武,武去即不能留成都。故𬱖虽中间去官,引自安居始兴也。

顾野王《上呈〈玉篇〉启》

顾野王《上呈〈玉篇〉启》云:"殿下天纵岳峙,睿哲渊凝。三善自然,匪须勤学;六行前哲,宁以劳喻。是以声覃八表,誉决九垓。规范百司,陶钧万品。犹复留心图籍,俯情篆素。纠先民之积谬,振往古之重疑。简册所传,真令比盛。"清严可均《全陈文》卷一三云:"按:《玉篇》上呈于大同九年三月,此启所称'殿下'者,临贺王正德也。"此说恐非。严氏所据,殆为《陈书·顾野王传》言:"大同四年除太学博士,迁中领军临贺三府记室参军。"然《陈书》下文言:"宣成(城)王(即哀太子大器)为扬州刺史,野王及琅邪王褒并为宾客。"盖野王当时，未尝与简文帝无交往。考《梁书·萧子显附萧恺传》云："先是时太学博士顾野王奉令撰《玉篇》，太宗嫌其书详略未当，以恺博学，于文字尤善，使更与学士删改。"《南史》略同。是《玉篇》奉简文令所作，当呈简文，非临贺也。且顾文言："规范百司，陶钧万品。"亦非临贺所宜称。据《陈书·殷不害传》：谓梁大同间"是时朝廷政事，多委东宫"，可见必是简文。严氏失之。

《陈书·顾野王传》叙官职

《陈书》记人官职，往往用其人后来官名，实则所叙史事发生时，其人尚非此官。此例时时有之。如《顾野王传》："九岁能属文，尝制《日赋》，领军朱异见而奇之。"考朱异任中领军，乃梁武帝太清二年，而顾野王九岁时，异尚非领军也，此尚易知。又云："高祖（陈霸先）作宰，为金威将军，安东临川王府记室参军。"按霸先为丞相，乃梁敬帝时，梁安有"安东临川王"乎？此明是陈文帝蒨，蒨以霸先受禅后"立为临川郡王，邑二千户，拜侍中安东将军"（见《世祖纪》）。叙梁时事，乃用陈代官爵，行文无乃太疏。

顾越天嘉中仕历

《陈书》与《南史》记顾越事详略颇不同。《陈书》谓："世祖（陈文帝）即位，除始兴王谘议参军，侍东宫读。世祖以越笃老，厚遇之，除给事黄门侍郎，又领国子博士，侍读如故。"《南史》谓陈天嘉中，"除东中郎鄱阳王府谘议参军，甚见优礼。寻领羽林监，迁给事黄门侍郎,国子博士,侍读如故"。二书虽详略互异,然出入不大。唯始兴王谘议与鄱阳王谘议有别。然一为文帝初立时,一为天嘉中,疑先为始兴王属官,后入鄱阳王幕。盖鄱阳初封,即为吴郡太守,后为南徐州刺史。伯茂于天嘉三年出为东扬州刺史。越在天嘉中,尝一度离建康,故《陈书》言"又领国子博士"。伯茂盖欲去宣帝者,且尝为东扬州刺史,故谮越者得以此逞志,而宣帝乃免越官。

顾越事迹

《南史·顾越传》:"大同八年,转安西武陵王府内中录事参军,寻迁府谘议。及侯景之乱,越与同志沈文阿等逃难东归。"按:武陵王萧纪以大同三年闰九月为安西将军、益州刺史,见《梁书·武帝纪》。此后萧纪未离益州。若越于侯景乱时东归,则当自益州返乡,不得与沈文阿俱。据《梁书·沈文阿传》,文阿乃自建康返乡。且侯景之乱,未及益州,而吴郡离建康甚近,自益东返,建康为必经之路。侯景乱时,越在益州,则无由东归矣。盖越于侯景乱前,已离武陵王幕,而在建康,史籍失载。

又:《南史》谓越于承圣二年,诏授宣惠晋安王府谘议参军。《陈书》不载。按:晋安王即敬帝方智,《梁书·敬帝纪》谓方智于承圣元年为平南将军江州刺史,无"宣惠"之号,未知《南史》何据?或《陈书》失记,或《南史》有误。当存疑。

《南史·顾越传》志疑

《南史·顾越传》叙越梁时事,远较《陈书》为详。然亦有可疑者。据《南史》本传言,卒年七十七,《陈书》本传则谓七十八,相差一岁,俱云太建元年(569)卒。据此则越当生于齐高帝建元四年(482)或武帝永明元年(483)。然《陈书》谓越"少孤",而《南史》则云:"父仲成,梁护军司马,豫章王府谘议参军。"据《梁书·豫章王综传》,综以天监三年(504)封。若仲成得为豫章王属官,则当卒于是年以后,而以越年龄推之,天监三年,越已二十余矣,安得谓"少孤"乎?《南史》或别有所据,故不言"少孤"。总之,必有一误。

顾越与沈炯等为文会

《南史·顾越传》:"承圣二年,诏授宣惠晋安王府谘议参军,领国子博士。越以世路未平,无心仕进,因归乡,柄隐于武丘山,与吴兴沈炯、同郡张种、会稽孔奂等,每为文会。"按:《陈书·沈炯传》,炯为侯景将宋子仙所逼,为子仙掌书记,及子仙为王僧辩所败,即入王僧辩幕。侯景平后,初为王僧辩司徒从事中郎,元帝征为给事黄门侍郎领尚书左丞,不在吴郡。又《陈书·张种传》,种于侯景平后,王僧辩举为贞威将军治中从事史,亦在建康,不在吴。又《陈书·孔奂传》,孔奂于侯景平后,王僧辩先下辟书,引为左西曹掾,又除丹阳丞,亦从王僧辩在建康。三人皆难与越在吴为文会,疑有误。

陆琰举秀才时间

陆琰举秀才时间，《陈书》本传谓"州举秀才，解褐宣惠始兴王行参军"。考《始兴王伯茂传》，伯茂以天嘉三年进号宣惠将军，三年除镇东将军。此言宣惠，则天嘉二年事也。

《陈书·蔡景历传》有误

《陈书·蔡景历传》记太建五年，吴明彻北伐，败周将梁士彦于吕梁，欲进图彭城，蔡景历谏以师老将骄。宣帝怒其"沮众"，御史中丞宗元饶遂劾奏之，因是免官。按：吴明彻于太建五年败北齐，取寿阳，杀王琳，有功而还。其与周梁士彦战，初胜后败乃太建九年至十年事。明彻被俘，即日追还，为御史中丞，复封爵，守度支尚书，即以是岁卒。此明明为十年事，《陈书》作"五年"，误。此绝非出后人缮写致误，而为姚思廉原文如此。盖《南史》一仍《陈书》。延寿与思廉相去不远，所见或是原本。惟以北人作《南史》，失于稽考，故一仍其误耳。

陆山才归陈及刊吴昌门诗写作时间

《南史·张彪传》叙沈泰引陈文帝入会稽，杀张彪于若邪山中事，引陆山才刊吴昌门诗，谓山才为张彪"友人"。然同书《陆山才传》，未言陆与张彪为友事。《陈书》无《张彪传》。亦不载陆诗,然于《陆山才传》叙山才早年事迹,远较《南史》为详。其言云:"承圣元年,王僧辩授山才仪同府西曹掾。高祖诛僧辩,山才奔会稽依张彪,彪败,乃归高祖。"是山才依张彪,在陈霸先杀王僧辩后,即敬帝绍泰元年(亦即承圣四年,555)九月左右。张彪之败,据《梁书·敬帝纪》、《陈书·高祖纪》、《世祖纪》及《通鉴》卷一六六,并为太平元年(即绍泰二年,556)一月。时间甚短,疑陆在奔彪前,与彪早有交谊。

山才归陈霸先,既在太平元年(556)二月左右。考《陈书》本传,山才降陈,即以为南豫州刺史周文育长史。考《陈书·周文育传》、《侯瑱传》并以为文育为南豫州,乃以防侯瑱,瑱时初附,"未有入朝意",故有此举。《侯瑱传》且明言"绍泰二年",则是十月改元太平之前。陆《刊吴昌门诗》当作于赴长史任之前,归陈霸先之后,其时间必为是年上半年。

《陈书·文学·陆瑜传》有误

《陈书·文学·陆琰传》谓琰卒于陈宣帝太建五年(573),年三十四。本传又谓琰尝"副琅邪王厚聘齐,及至邺下而厚病卒,琰自为使主,时年二十余,风神韶亮,占对闲敏,齐士大夫甚倾心焉"。检《陈书·世祖纪》未载使琰于齐年代。《北齐书·武成纪》载,北齐武成帝河清元年至三年,皆有"陈人来聘"语。按河清元年至三年,即陈文帝天嘉三至五年(562~564),以本传所言卒年上推,琰当生于梁武帝大同六年(540),当时盖年二十三至五也。足证本传记琰享年数不误。然本传附弟《陆瑜传》谓陈后主为太子时,"欲博览群书,以子集繁多,命瑜钞撰,未就而卒,时年四十四"。按:陈宣帝以太建十四年

(582)正月死，后主即位。《陆瑜传》既称后主为"太子"，是瑜卒时必在此以前。设瑜之卒在宣帝死以前，即太建十三年十二月，以阳历计之，已可为五八二年一月。即使如此，瑜当生于梁武帝大同五年(539)，长琰一岁，安得为弟？《陆瑜传》又谓阵玠是瑜"从父兄"。按：本传玠以陈宣帝太建八年卒，年三十七，亦生于大同六年(540)，此其不合为弟，与不合为琰弟同。

又《陆瑜传》又谓瑜"解褐骠骑安成王行参军，转军师晋安王外兵参军，东宫学士。兄琰时为管记，并以才学娱侍左右，时人比之二应"。据此则瑜为"军师晋安王外兵参军"与任"东宫学士"同时，时兄琰为东宫管记。按：《陆琰传》，琰掌东宫管记在"太建初"，未几而"丁母忧去官"。据《陆瑜传》，瑜丁母忧在太建二年之后。《陆琰传》言琰"丁母忧去官"后，即言"太建五年卒"。疑琰卒在服阕以前。琰、瑜之母当以太建二至三年卒。琰掌东宫管记，不得迟于太建三年甚明。然《陆瑜传》谓瑜斯时又为"军师晋安王外兵参军"，亦殊不近理。据《陈书·世祖九王·晋安王伯恭传》，伯恭进号军师将军在陈宣帝太建十一年(579)，上距陆琰之卒，已六年矣，何得有方之二应之事。据《世祖九王传》，伯恭以太建元年，入为安前将军，中护军，迁中领军。寻为中卫将军、扬州刺史，以公事免。疑太建初，瑜尝为伯恭属官，姚氏父子误以伯恭后来官名记当时事，故抵牾而不可解矣。

陆从典生卒年考

陆从典生卒年，史无明文。本传但言卒年五十七。又按：本传谓从典年十三，作《柳赋》，时父琼为东宫管记。考《陈书·陆琼传》，琼以天康元年(566)初为东宫管记，时年三十。从典是其第三子，不当年已十三。太建元年(569)，琼重掌东宫管记，除太子庶子，转中书侍郎，太子家令。宣帝拟以琼为长沙王长史行江州府事。琼以母老未行，太子(后主)亦因留之。考《长沙王叔坚传》，叔坚为江州刺史乃太建四年事。自太建元年至此凡四年，中间官职变更不少。要是太建元年以后、四年以前，作四年计，则琼时年三十六，第三子年十三尚可近理。至隋大业十年(614)卒时，战乱已起。与本传所载合。若稍迟至太建三四年，亦可。若太建元年前，则似与本传不符。

《陈书·江德藻传》志疑

《陈书·江德藻传》："天嘉四年，兼散骑常侍，与中书郎刘师知使齐，著《北征道里记》三卷。还，拜太子中庶子领步兵校尉。顷之，迁御史中丞，坐公事免。寻拜振远将军，通直散骑常侍。自求宰县，出补新喻令。政尚恩惠，颇有异绩。六年，卒于官。"按：同书《谢嘏传》："及(陈)宝应平，嘏方诣阙，为御史中丞江德藻所举劾，世祖不加罪责。"据《世祖纪》，天嘉五年十一月，"章昭达破陈宝应于建安，擒宝应、留异，送京师，晋安郡平"。计建安至金陵道里，嘏至京当在是年十二月，时江德藻尚为御史中丞。坐事免，寻起复，复自求宰县，其间似不得少于半年。德藻以是年卒，宰县不及一年，而云"颇有异绩"，疑有溢美，或"六年"有误。

江德藻为云麾临海王长史考

《陈书·江德藻传》："及高祖为司空、征北将军，引德藻为府谘议,转中书侍郎,迁云麾临海王长史。"考陈霸先为司空,乃梁元帝承圣三年(554)事。后言"陈台建",则敬帝太平二年(557)事。此时无临海王,疑是陈废帝伯宗,被黜后封临海王。伯宗卒于太建二年(570),当生于承圣元年(552),年尚幼,以其为陈文帝子,授云麾将军号也。

江德藻早年仕历考

《陈书·江德藻传》:"起家梁南中郎武陵王行参军。大司马南平王萧伟闻其才,召为东阁祭酒。迁安西湘东王府外兵参军,寻除尚书比部郎,以父忧去职。服阕之后,容貌毁瘠,如居丧时。除安西武陵王记室,不就。久之,授庐陵王记室参军,除廷尉正,寻出为南兖州治中。"考《梁书·武帝纪》,中大通元年(529)以武陵王为江州刺史。同书《江革传》:"武陵王出镇江州,乃曰:'我得江革,文华清丽,岂能一日忘之,当与其同饱。'乃表革同行。又除明威将军、南中郎长史、寻阳太守。"又《南史·江革传》:"武陵王出镇江州,乃曰:'我得江革文,得革清贫,岂能一日忘之,当与其同饱。'乃表革同行。除南中郎长史、寻阳太守。"知武陵王萧纪为南中郎将,乃梁武帝中大通元年。江革是德藻父,则德藻解褐,当即在中大通初,随父至江州就任。其为东阁祭酒,则在中大通初以后,中大通五年(533)前。盖据《梁书·武帝纪》《南平王伟传》,伟卒于是年也。至于德藻为安西湘东王府外兵参军,疑出史官追记有误。盖《梁书·武帝纪》,湘东王萧绎进号安西将军,在大同元年(535)十二月。而德藻父江革即卒于是年。(见《梁书·江革传》)江革死后,德藻丁忧,不得复入萧绎幕,疑是萧绎进号前,德藻已入其幕。德藻寻又任尚书比部郎,方丁父忧。

江革卒年当无误。盖德藻以大同元年丁忧,至大同三年(537)服阕也。

赵知礼祖籍

《陈书·赵知礼传》谓知礼为天水陇西人,《南史》同。此说殊不可解。盖自汉武分陇西置天水,至后汉改天水曰汉阳,晋复为天水,与陇西并为郡名。天水郡无陇西县。按王仲荦先生《北周地理志》天水郡上邽本属陇西。疑是天水属县之旧属陇西者,姚氏父子生长江南于雍凉地理不熟。因天水陇西难分,初书天水,后改陇西,后人传抄误增。

虞荔见梁衡阳王元简事

《陈书·虞荔传》:"又尝诣征士何胤,时太守衡阳王亦造焉。胤言之于王,王欲见荔。荔辞曰:'未有板刺,无容拜谒。'王以荔有高尚之志,雅相钦重,还郡即辟为主簿,荔又辞以年小,不就。"此上承九岁见陆倕事,似亦在九岁。《南史》所载同。考《陈书》本传,荔卒于天嘉二年(561),年五十九,当生于天监二年。又按:《梁书·衡阳嗣王传》,元简以天监"三年袭封,除中书郎,迁会稽太守,十三年入为给事黄门侍郎"。据此则纵使虞荔之遇元简,在元简征还之年,亦不过十二岁,元简何以知其有"高尚之志",且断无以十二岁童子为主簿理。疑好事者以元简、虞荔俱与何胤有故,臆为之说。盖胤卒于中大通三年(531),虞荔已近"而立"之年,与胤过从,在元简还都之后。若元简与胤过从，则荔尚童稚。未可视为同时事。

又《南史·梁宗宝传》记元简事，恐有脱文。盖谓："三年，子元简位郢州刺史，卒于官，谥曰孝。"核以《梁书》，"三年"当即天监三年袭封事，元简父以元年追封。元简以天监十八年正月卒于郢州，中间历任中书郎、会稽太守、广州刺史、太子中庶子诸职。《南史》皆不载，疑"元简"下脱"袭封"二字。中华书局标点本失校。

虞寄入闽

《陈书·虞寄传》："及张彪往临川，强寄俱行，寄与彪将郑玮同舟而载，玮尝忤彪意，乃劫寄奔于晋安。"《南史》同。考《梁书》无张彪传，《南史》有，但不载往临川事。以《陈书》、《南史》考之，彪为侯将赵伯超所败，逃往剡，无西至临川事。《通鉴》卷一六四《考异》引《典略》，谓彪与赵伯超战于临平。疑"临川"是"临平"之误。临平即今余杭，彪拟取钱塘，故战于此。

陈昭事迹

陈昭诗今存二首，《陈书》无传，而《梁书》唯见《陈庆之传》，言庆之卒，昭嗣爵。入陈后事迹不见记载。衡按：《北史·尉瑾传》："初，瑾为聘梁使，梁人陈昭善相，谓瑾曰：'二十年后当为宰相。'瑾出，私谓人曰：'此公宰相后，不过三年，当死。'昭后为陈使主，兼散骑常侍，至齐。瑾时兼右仆射，鸣驺铙吹。昭复谓人曰：'二年当死。'果如言焉。"又《北史·齐本纪》下：（天统二年正月）"丙申，以吏部尚书尉瑾为尚书右仆射。"天统二年,即陈文帝天康元年(566)。是年,《北史·齐本纪》下有"陈人来聘"语,当即指陈昭使北齐。昭诗有《聘齐经孟尝君墓诗》,当作于此时。又据《北史·尉瑾传》"二十年"语,则瑾之聘梁,当在东魏武定三年(545)左右,即梁武帝大同末、中大同初。时陈庆之死后,昭已服阕,其见魏使,当属可能。

陈昭生平

陈昭,《陈书》及《南史》皆不列传。唯《梁书·陈庆之传》言"长子昭嗣",知为陈庆之长子。庆之以大同五年(539)卒,年五十六。逆推知当生于南齐武帝永明二年(484)。据此推测,昭之生年,最早不得过天监初。《陈庆之传》又载,庆之第五子昕,年十二随父入洛,则当生于天监十七年(518);后文言昕于太清二年(548)被侯景所害,年三十三,则当生于梁武帝天监十五年(516)。二者虽自相抵牾,要之昭为长兄,其生年当不得迟于天监十六年。其卒年不可考,何胥有《哭陈昭诗》,其卒于陈代,当无可疑。唯胥之生卒亦不详,唯知后主时为太乐令,太建三年章昭达卒,有诗哭之。设昭与章昭达同年卒,则不下于五十五。臆测卒时当年五十六,或者可至七十。

何胥生平

何胥生平事迹不见《陈书》,唯《南史·陈暄传》记陈暄嗜酒,其侄陈秀致书何胥,求胥劝谏,暄致秀书,称胥为"孝典",盖何胥字也。逯钦立《先秦汉魏晋南北朝诗》辑有胥诗四首。逯氏谓:"胥,后主时为太常令,采宫中艳诗被之管弦,以为新曲。"按:逯说本于《旧唐书·音乐志》二,唯"太常令",《旧唐书》作"太乐令"。又逯氏所录何诗四首中,三首见《文苑英华》,皆列梁人后,此朝人前,当即陈时人。何胥有《哭陈昭诗》、《伤章公大将军诗》。昭即梁将陈庆之长子,庆之死后嗣爵,见《梁书·陈庆之传》。昭生卒无可考,其年当长于陈暄。盖暄为庆之幼子,其生时父庆之已五十余。以此推之,昭死时或已在陈宣帝太建时。至章昭达卒年为宣帝太建三年,则胥于太建初已能诗。胥又有《被使出关诗》,未知作于何时。其言:"出关登陇坂,回首望秦川;绛水通西晋,机桥指北燕。"疑以"秦川"喻建康,故下二句言燕、晋皆在长安以东,与"登陇坂"之两句不合。胥或者尝使于齐、周,然已无可考。

陈暄生卒年及事迹

　　陈暄以俳优自居,故《陈书》不为立传。《南史》虽有传,亦不详其生卒年及仕历。然以《南史》所载事迹考之,暄以后主戏弄,发悸而死。《南史》言:"后主稍不能容,后遂搏艾为帽,加其首,火以爇之,然及于发,垂泣求哀,声闻于外而弗之释。会卫尉卿柳庄在坐,遽起拨之,拜谢曰:'陈暄无罪,臣恐陛下有玩人之失,辄矫赦之。造次之愆,伏待刑宪。'后主素重庄,意稍解,敕引暄出,命生就坐。经数日,暄发悸而死。"按:柳庄事迹,见《陈书·高宗柳皇后传》:"后主即位,稍迁至散骑常侍卫尉卿。祯明元年,转右卫将军兼中书舍人,领雍州大中正。"此称卫尉卿,盖祯明元年以前,当是至德中事。《南史》载暄与兄子秀书,自称好酒五十余年,虽不知此书作于何年,要之暄年逾五十,卒时或可六十左右。其官职《南史》唯称通直散骑常侍,而《类聚》卷四九,有江总所撰陈暄墓志铭,称"司农陈暄",则卒时官至司农矣。又墓志铭言"两宫宠官,四主恩荣",虽近谀墓,亦可说明至迟在文帝世,暄已游官,则卒时年几六十,似无可疑。

陈后主叔宝诗写作时间

陈后主叔宝诗,丁福保《全汉三国晋南北朝诗》凡收乐府六十七首,诗三十二首(其中有出于小说所载《隋渠诗》、《寄碧玉诗》),凡九十九首。逯钦立《先秦汉魏晋南北朝诗》收乐府六十九首(多《歌》二首,即"玉树后庭花,花开不复久"及"璧月夜夜满,琼树朝朝新"是也),诗二十九首,共九十八首。乐府诗除《歌》二首及《玉树后庭花》("丽宇芳林对高阁")外,大抵难考创作时间。今按:即位前诗多于即位后诗。如:

《同平南弟元日思归》一首,按《陈书·高宗二十九王传》:建安王叔卿,太建"九年,进号平南将军,湘州刺史。后主即位,进号安南将军"。今诗云:"尔言想伊洛,我思属潇湘。"正合。当作于太建时也。

《立春日泛舟玄圃各赋一字六韵成篇》一首,注云有顾野王、陆瑜等在座。按:顾以太建十三年卒,陆卒时,后主尚为太子,知亦卒于太建中。是又为即位前作也。

《献岁立春光风具美泛舟玄圃各赋六韵》一首,注谓座有顾野王,则作于即位前也。

《上巳玄圃宣猷嘉辰禊酌各赋六韵以次成篇》一首,注云座有顾野王,则作于即位前也。

《七夕宴宣猷堂各赋一韵咏五物,自足为十并牛女一首五韵物次第用得帐、屏风、案、唾壶、履》五首,注云座有陆瑜,是作于即位前也。

《七夕宴重咏牛女各为五韵》一首,注云座有顾野王、陆瑜,是作于即位前也。

《同管记陆琛七夕五韵》一首,称管记是为太子时,及后主即位,琛为给事黄门侍郎,是又即位前所作诗也。

《七夕宴乐修殿各赋六韵》一首,注云座有陆瑜;《七夕宴玄圃各赋五韵》一首,注云座有顾野王。二首并即位前作。

《五言同管记陆瑜九日观马射》一首,即位前作也。

《同管记陆瑜七夕四韵》一首亦然。

《初伏七夕已觉微凉即引应徐且命燕赵清风朔月,以望七襄之驾置酒陈乐各赋四韵之篇》一首,注云座有顾野王、陆瑜。按顾卒于太建中,已如前述,陆瑜卒于太建八年,是太建八年前诗也。

《宴詹事陆缮省》一首,案称詹事,本指太子詹事。又缮卒于太建十二年,此亦必十二年前作也。

《上巳玄圃宣猷堂禊饮同皆八韵》一首,有"乐是西园日"句。按:刘桢《公宴》诗"清夜游西园",用曹丕邺下典荃时为太子,故以丕自比也。是二十九首中,可确知为即位前作者凡十七首,其难于确定者亦不少,可考为入隋后作一首。可考为在位作者,唯《同江仆射游摄山栖霞寺》及《幸玄武湖饯吴兴太守任惠》二首而已。

沈后为皇太子妃时间

沈后为皇太子妃(陈后主),《陈书》、《南史》《宣帝纪》以为太建元年;《陈书·后妃传》涵芬楼景宋本,《南史·后妃传》作二年。中华书局标点校记云:"元年,各本作'二年'。按《陈书》及本书《宣帝纪》并作'元年',今据改。"以情理度之,诸史本纪详载年月,似可信从。然此处"二年"字似不宜改。盖《陈书·沈君理传》亦作"二年",而《陈书·后妃传》作"三年","三"为"二"之误,于理为近;为"元"之误则似不甚可能。疑史籍记载,本有歧异。时间可从本纪,文字则不宜更动。

沈婺华行年

陈后主沈后名婺华,《陈书》本传不载生卒年,唯言:"后主薨,后自为哀辞,文甚酸切。隋炀帝每所巡幸,恒令从驾。及炀帝为宇文化及所害,后自广陵过江还乡里,不知所终。"《南史》本传则谓:"及炀帝被杀,后自广陵过江,于毗陵天静寺为尼,名观音。贞观初卒。"《南史》当另有所据。以《陈书》、《南史》考之,沈后生年,不得早于后主。据《陈书·沈君理传》:"高祖(陈武帝)镇南徐州,巡(君理父)遣君理自东阳谒于高祖,高祖器之,命尚会稽长公主。"按:君理即后父,会稽长公主即后母也。《陈书·武帝纪》,陈武帝镇南徐州,为梁武帝承圣元年至敬帝绍泰元年(552~555)。梁元帝以承圣三年十二月为西魏所杀,陈武帝遭国丧,似无嫁娶之理。设君理之尚公主,为梁承圣元年,则后之生,至早为承圣二年,与陈后主同岁。又《宣帝纪》、《沈后传》、《南史·宣帝纪》并谓沈后以陈宣帝太建元年(569)为太子妃(《南史·沈后传》、《梁书·沈君理传》作二年)。使后生于承圣三年则婚时年十五六;生于绍泰元年则年十四五。古人婚嫁虽早,亦不能幼于十四五年。且君理之婚,似不当为绍泰元年,盖当时陈武帝尚为梁臣,其地位亦与王僧辩相埒,不当在元帝初丧时嫁女,以授人口实。是知沈后生年,最早不过承圣二年,最迟亦不得晚于绍泰元年。至贞观初卒,约年七十余。

江总生年

《陈书·江总传》谓江总"七岁而孤"。《南史》同。然《陈书》、《南史》皆载总卒于隋文帝开皇十四年（594），年七十六。考《梁书·江蒨传》，蒨卒于梁武帝大通元年（527）。又《江紑传》："及父卒，庐于墓侧，终日号恸不绝声，月余卒。"蒨者，总之祖；紑者，总之父也。据此，总父卒年亦当为大通元年。以《陈书》、《南史》所载江总卒年上推，则江总当生于梁武帝天监十八年（519）。江紑卒时，总当是九岁而非七岁。疑"七"为"九"之误。按：《陈书》所载江总解褐之年，亦可证"七岁而孤"有误。《陈书》谓总"年十八，解褐宣惠武陵王府法曹参军。中权将军丹阳尹何敬容开府置佐史，并以贵胄充之，仍除敬容府主簿"。考《梁书·武陵王纪传》，武陵王纪"为宣惠将军江州刺史，征为使持节宣惠将军都督扬南徐二州诸军事，扬州刺史，寻改授持节都督益梁等十三州诸军事，安西将军益州刺史"。核以《武帝纪》，其任江州刺史为中大通元年（529），为扬州刺史乃中大通四年（532），为安西将军益州刺史则是大同三年（537）。又"开府仪同三司中权将军丹阳尹何敬容以本号为尚书令"乃大同五年（539）正月。以《陈书》、《南史》所言卒年推算，江总年十八，即大同二年（536），时武陵王尚未进号"安西"，仍是宣惠将军，与本传所叙仕历合。至任何敬容主簿，则年二十一矣。若以"七岁而孤"推算，则江总年十八时，乃大同四年（538），武陵王纪已进号安西将军，且已赴益州矣。

江总《梁故度支尚书陆君诔》

江总《梁故度支尚书陆君诔》,见《文苑英华》卷八四二。此文颇可补《陈书》、《南史》《江总传》之缺。其一则总于侯景之乱时,尝经吴至会稽,途中匮乏,曾得陆襄之助,且曾寓吴,疑总于陆黯败后,方适会稽,故《修心赋》言"太清四年"也。其二则总于隋文帝开皇九年(589)已辞官而尚未南返。盖《诔》有"隋开皇九年,于长安致仕,悬车已泪,就木何几。但东海成田,南冠永絷,龟山更促,空想吹笛之哀;马角徒生,绝望通波之山"语也。《陈书》、《南史》便言总以十四年(594)卒于江都,未及南返时间。然观此文,南返之意已决,而今存江诗,颇有总南返后凭吊陈时旧迹之作,则其留寓长安时间甚短,恐不过一岁左右。

然此文所记陆襄事迹及行年,亦与史籍颇有抵牾。如谓:"太清二年三月,京师倾覆,君窜迹还乡。吴民陆黯起义。民攻郡,扰攘之际,忧愤而终,春秋七十有二。"按:侯景以太清二年八月举兵反,至三年初而建康陷。此言二年三月误也。至于陆黯起兵,实在三年台城陷落之后,襄卒当亦在是年。《诔》言年"七十有二",《梁书·陆襄传》则言年七十。若依江《诔》,襄年七十二,当生于宋顺帝昇明二年(478);若依《梁书》则襄当生于齐高帝建元二年(480)。然据梁元帝《法宝联璧序》则谓"中散大夫金华宫家令吴郡陆襄,年五十四,字师卿"。考《法宝联璧序》作于梁武帝中大通六年(534),所叙与会者年岁,皆可信从。若据此序,襄盖生于建元三年(481)。三说不同。然江《诔》似难信从,盖诔言齐东昏侯永元元年萧遥光反,襄父陆闲被杀,襄年十四。然依《梁书》所记年岁,则是岁襄年十九,依《法宝联璧序》则年十八,至于依江《诔》,则襄已二十一矣。可见江总作此文时,年已七十左右,记忆多误,未足据。《梁书》本传又谓襄年五十而丁母忧,时昭明太子尚在,颇致存恤。依《梁书》、《法宝联璧序》及江《诔》所载行年计之,皆在中大通三年(531)以前,三说似皆可通。然三说中论年代确切者,莫如《法宝联璧序》,因梁元帝作此文时,陆襄本人在旁,当不致有误。

江总《修心赋》

江总《修心赋》曰:"太清四年秋七月,避地于会稽龙华寺。此伽蓝者,余六世祖宋尚书右仆射州陵侯元嘉二十四年之所构也。侯之王父晋护军将军彪,旨莅此邦,卜居山阴都阳里。"按:《陈书》本传谓江总是"晋散骑常侍统之十世孙、五世祖湛,宋左光禄大夫,开府仪同三司,忠简公"。据此则总之六世祖乃湛父江夷。考《宋书》、《南史》之《江夷传》,夷父乃江敳,祖乃江彪(《南史》、《通典》作"彩",误。)此所言总六世祖官职、爵位皆与《宋书》、《南史》之《江夷传》合,明是江夷。然江夷卒年四十八,其子湛,以元嘉三十年为"元凶劭"所害,年四十六(见《宋书·江湛传》)。据此,元嘉二十四年,湛已年四十,江夷卒已久矣。此必江总误记,非建寺时间有误,则寺为湛所建,非夷也。

江总世系

《陈书·江总传》:"五世祖湛,宋左光禄大夫,开府仪同三司,忠简公。祖蒨,梁光禄大夫,有名当代。父纾,本州迎主簿,少居父忧,以毁卒,在《梁书·孝行传》。"本传又载总所作《修心赋》谓会稽龙华寺"余六世祖宋尚书右仆射州陵侯元嘉二十四年之所构也"。按江氏世系,的然可考。江夷,《宋书》有传,以"豫讨桓玄功,封南郡州陵县五等侯";"营阳王于吴县见害,夷临哭尽礼,又以兄疾去官。复为丹阳尹,吏部尚书,加散骑常侍,迁右仆射"。此所称官爵,与《修心赋》合,知"六世祖"必为江夷无疑。然江夷在元嘉二十四年(447),当不复健在,何能筑龙华寺。据《宋书·江夷传》,"桓玄篡位,以为豫章王文学"。桓玄篡晋,在元兴二年(403)冬,其命夷为豫章王文学,当在明年(元兴三年,404),时夷年至少当在弱冠,其生年应在晋孝武帝太元十二年(387)左右。至元嘉二十四年,当年六十左右,而《宋书》本传谓夷卒年四十八,可疑者一。又《宋书·江湛传》谓"湛居丧以孝闻","元嘉二十五年征为侍中",自是尊宠任职,至三十年为元凶劭所杀,年四十六。设江夷以二十四年卒,则父子相差才八岁耳,断不近理。以《江夷传》推之,夷卒至迟在元嘉十一年(434)左右。《江湛传》云:"司空檀道济为子求湛妹婚,不许。"按:檀道济被杀在元嘉十三年,其为司空在元嘉八年(431),若此时夷尚在,求婚事当问夷而不得问湛也。又婚事当在免丧之后,疑夷于元嘉八年前卒,三年之丧毕,求婚应在其后,当是八年后事。故《修心赋》所言"六世祖"必是江夷。然龙华寺构筑年代,必是江总误记,或者在江夷生前;或者是江湛所构,而总误以为夷也。

江总《别袁昌州》二首

《隋书·地理志》:"舂陵郡,后魏置南荆州,西魏改曰昌州。"按:

隋炀帝改州为郡，在隋文帝时本有昌州。昌州辖地在今湖北枣阳一带，其地自南朝全盛之日已为魏境，陈时雍州已入隋，遑论春陵？此袁昌州当是隋时官职无疑。《陈书·袁宪传》："京城陷，入于隋，隋授使持节、昌州诸军事、开府仪同三司、昌州刺史。开皇十四年，诏授晋王府长史。"是"袁昌州"即袁宪，此诗是入隋后作。

江总《摄山栖霞寺山房夜坐简徐祭酒周尚书并同游群彦》诗

此诗题目殆出后来追记。据《陈书·徐陵传》，陵领国子祭酒为陈宣帝太建七年（575），而据《周弘正传》，弘正卒于六年。此言"周尚书"必是弘正无疑。诗题以陵居弘正前，盖徐陵官职视周弘正为高。陵为尚书仆射，固辞以让弘正。后弘正亦为仆射，则先徐陵者尚官爵也。此诗疑作于太建五年以前，盖以后来官职称徐陵。否则国子祭酒之职，当在尚书仆射之下。又《徐陵附孝克传》谓徐孝克以太建六年为国子博士，寻为祭酒。然孝克名位当不应居周弘正前。此祭酒仍当以徐陵为是。

江总《赠洗马袁朗别》诗

江总《赠洗马袁朗别》诗首称"贾谊登朝日，终军对奏年"是袁朗当时年未三十也。江总此诗又以"高谈无与慰，迟尔报华篇"作结，以"尔"称之，则袁年较之江为幼。今检《隋书·礼仪志》七："及大业元年，炀帝始诏吏部尚书牛弘、工部尚书宇文恺、兼内史侍郎虞世基、给事郎许善心、仪曹郎袁朗等,宪章古制,创造衣冠,自天子逮于胥吏,章服皆有等差。"据此,袁朗入隋犹存,疑此时已近五十。盖称"洗马"者,官太子洗马,江总在陈宣帝时,久任东宫之职,当作于后主即位之前也。

江总《借刘太常〈说文〉》诗

江总《借刘太常〈说文〉》诗,见《初学记》卷二一。明张溥《汉魏六朝百三名家集》作"陆太常"。丁福保《全汉三国晋南北朝诗》存此异文而逯钦立《先秦汉魏晋南北朝诗》不著张本异文,盖知其臆改也。按:此诗有"幽居服药饵,山宇生虚白。留连嗣芳杜,旷荡依泉石"诸语,当是江总未为高官时作,当是梁时诗,非陈时也。检《梁书》,梁时太常卿既有陆姓,又有刘姓。《梁书·陆杲传》:"(天监)十六年,入为左民尚书,迁太常卿。普通二年,出为仁威将军,临川内史。"又《陆倕传》:"又为中庶子,加给事中,扬州大中正。复除国子博士,中庶子,中正并如故。守太常卿、中正如故,普通七年卒。"按:江总以隋文帝开皇十四年(594)卒,年七十六。当生于梁武帝天监九年(510)。至普通七年(526),年方十六,似不当与陆倕为友。至陆杲为太常卿时间,则更在其前。唯刘之遴为太常时间较近事实。《梁书·刘之遴传》:"出为征西鄱阳王长史、南郡太守……后转为西中郎湘东王长史,太守如故。……丁母忧,服阕,征秘书监,领步兵校尉。出为郢州行事,之遴意不愿出,固辞……遂为有司所奏免。久之,为太府卿,都官尚书,太常卿。"按:《梁书·鄱阳王恢传》,恢以天监十八年为征西将军,郢州刺史,普通七年卒。又《元帝纪》,普通七年为西中郎将荆州刺史。之遴历任鄱阳王萧恢、元帝萧绎长史,其丁母忧在普通七年之后,守丧凡二年余,至迟当在中大通元年以后方征为秘书监,领步兵校尉。至于出为郢州行事不行,免官,久之又历太府卿、都官尚书,至任太常卿时,当在中大通末及大同间。此时江总已年二三十岁,故得借之遴《说文》而作诗。然则《初学记》作"刘太常"不误,张溥妄逞胸臆,改"刘"为"陆",徒滋纷乱。然则此诗盖作于梁武帝时,时间或与《答王筠早朝守建阳门开》相若,较之《摄官梁小庙》似更早。

江总《赠贺左丞萧舍人》诗

江总《赠贺左丞萧舍人》诗云:

> 辖轩通八表,旄节骛三秦。听歌酬敏对,继好伫行人。贺生思沈郁,肖弟学纷纶。共有笔端誉,皆为席上珍。离群徒悄悄,征旅日駪駪。黄河分太史,一曲悲千里。海内平生亲,中朝流寓士。痛哉悯梁祚,于焉三十祀。钟仪挚不归,盛宪悲何已。陇头心断绝,尔为参辰死。回首望长安,犹如蜀道难。函关分地轴,华岳接天坛。行潦方境逝,去掉橶江干。芦花霜外白,枫叶水前丹。翔鸥方怯冻,落雁不胜弹。辉辉盛王道,时务婴瘦老。九流倦耳目,十年变怀抱。何以敦歧路,凄然缀辞藻。江南有桂枝,塞北无萱草。斗酒未为别,垂堂深自保。

按:此贺左丞、萧舍人,盖陈人使于周者,故曰"旄节骛三秦也"。《周书·武帝纪》:保定五年十一月,"丁未,陈遣使来聘"。是年当陈文帝天嘉六年,《陈书》无遣使事,疑史失载。然《陈书·文帝纪》载,是年四月,"周遣使来聘"。《南史·陈本纪》作六月,《建康实录》同,则陈人遣使盖报聘也。盖周陈通使继好,自天嘉三年二月,安成王顼陈宣帝归自周。《周书·武帝纪》谓是年(保定二年)九月,陈又遣使来聘。故此言"继好伫行人"也。"海内平生亲"以下四句,盖追叙江总流落岭表经历。自太清三年台城陷于侯景,迄是年凡二十五六年,言"悯梁祚"、"三十祀",举其成数而言也。"芦花"四句言节令当为秋时,发自建康而至长安,当二月左右,《周书》谓十一月,则初发时为九月,与诗正合。《陈书·江总传》:"天嘉四年,以中书侍郎征还朝,直侍中省。累迁司徒右长史,掌东宫管记,给事黄门侍郎、领南徐州大中正。""辉辉"句颂陈也,"时务"句,自指也。惜贺、萧名不可考,然此诗是送天嘉六年使周者所作,当无可疑。

江总《遇长安使寄裴尚书》

江总《遇长安使寄裴尚书》诗云:

> 传闻合浦叶,远向洛阳飞。北风尚嘶马,南冠独不归。去云目徒送,离琴手自挥。秋蓬失处所,春草屡芳菲。太息关山月,风尘客子衣。

按:"裴尚书"当即裴忌。忌以太建五年转都官尚书。《陈书·裴忌传》:"吴明彻督众军北伐,诏忌以本官监明彻军。淮南平,授军师将军、豫州刺史。忌善于绥抚,甚得民和。改授使持节,都督谯州诸军事,谯州刺史。未及之官,会明彻受诏进讨彭、汴,以忌为都督,与明彻犄角俱进。吕梁军败,陷于周。周授上开府。隋开皇十四年卒于长安,时年七十三。"其享年与江总相若。《陈书》本传称"侯景之乱,忌招集勇力，随高祖（陈武帝）征讨，累功为宁远将军"。陈武帝起自广州，而裴从之，起于南方，故诗称"合浦叶"；忌与吴明彻攻彭（门，今徐州）、汴（今开封），败于吕梁，故云"远向洛阳飞"。此诗盖在吴明彻败后多年，故有"春草屡芳菲"之叹。"尚书"盖用忌在陈任都官尚书之职称之。疑江总作此诗时，隋师尚未平陈。

《秋日游昆明池》诗及江总南归

江总有《秋日游昆明池》诗，与元行恭、薛道衡同作。按：隋文帝平陈在开皇九年（589）正月，凯旋在四月，则总入长安当在此时。使总与元、薛九年秋游昆明池，盖亦可能，以薛尝使江南，当与总相识也。十一年而有汪文进、高智慧之乱，总当不能以此时南归。据《隋书·高祖纪》下，开皇十二年七月，苏威坐事除名。《薛道衡传》谓薛以坐苏威党流岭表，虽不著年日，当与苏威得罪事相去不久。是昆明池之游，应在九年至十一年也。《隋书·高祖纪》下，开皇十年二月"幸并州"。今存江总诗，有《并州羊肠坂》一首，疑随入所作。《炀帝纪》上载，"俄而江南高智慧等相聚作乱，徙上为扬州总管，镇江都"。高智慧起兵在开皇十一年冬，炀帝镇江都当在十二年，江总之南返，疑在十二年炀帝镇江都后。观总《南还寻草市宅》诗，则江总旧宅已毁，虽曾到建康，疑未定居，而依炀帝于江都。故《陈书》本传言十四年卒于江都也。以此推之，江总南归时间，或在开皇十二年炀帝镇江都之后。

姚察早年仕历

《陈书·姚察传》叙察在梁末陈初仕历,颇有可疑处。然察即思廉之父,梁、陈二书经始察手,而思廉续成之。不论自叙身世或子述父事,当少纰漏。以事理言之,似未可轻疑,然亦未必尽可信从。其叙察在梁简文帝大宝间,"起家南海王国左常侍兼司文侍郎,除南郡王行参军兼尚书驾部郎。值梁室丧乱,于金陵随二亲还乡里"。考南海王即简文子大临,南郡王即简文子大连。大临被害于吴郡,大连初在会稽,似不当为二王幕僚,又在建康兼朝廷官职。《梁书·简文纪》载,大临以大宝元年(550)七月为扬州刺史,是月以吴郡为吴州,次年二月,复改为吴郡。《太宗十一王传》谓大临为吴郡太守,盖在二年二月之后。大连为东扬州刺史,乃梁武帝太清元年(547),侯景乱,尝率兵援建康,台城陷,乃还东扬州,治会稽。及侯景来攻,大连将留异应景,大连走信安,为所获,景以为轻车将军。行扬州事。考《简文纪》大临被害在大宝二年六月。故察得历任二王幕僚,未离建康,记载实不误。然记察在陈初事,则疑有误。《陈书》谓:"永定初,拜始兴王府功曹参军。"按《陈书·武帝纪》、《宣帝纪》、《始兴王伯茂传》,武帝永定时遥封宣帝顼为始兴王,其实宣帝尚留滞长安,焉得开府而置佐史。此盖文帝天嘉间事。盖下文云:"寻补嘉德殿学士,转中卫、仪同始兴王府记室参军。吏部尚书徐陵时领著作,复引为史佐。"考《徐陵传》,陵为吏部尚书乃文帝天康元年(566)事。此言"寻补",则前此不久,察为始兴王府功曹参军。据《始兴王伯茂传》,伯茂封始兴王,在文帝即位之后,天嘉改元之前。知始兴王乃伯茂,非顼,其事亦当在文帝即位之后。至于中卫将军之号,乃废帝光大元年(567)所进,开府仪同三司乃天嘉三年(562)所加。核以《徐陵传》,察入伯茂幕当在天嘉中,至"中卫"二字,乃伯茂日后官职,姚氏追记时误入也。

萧贲生平

萧贲《长安道》诗,《文苑英华》卷一九二列庾肩吾后,徐陵前。逯钦立《先秦汉魏晋南北朝诗》以为陈诗,云:"贲,字文奂,齐竟陵王子良之孙,起家梁湘东王法曹参军。仕陈,官职不明。"按:萧贲,梁、陈二书俱无传。检《南史》则梁有二萧贲,一字世文为临川王宏之孙,正立子,侯景之乱附景,景以其反复杀之。一字文奂,为元帝法曹参军,以议元帝无救台城意被害。二萧贲俱卒于梁,不及仕陈。唯世文不闻能文,文奂则尝著《西京杂记》(见《南史》),又议元帝所为檄文。据此而知作《长安道》者,当是文奂。逯钦立说是也。然逯氏既据《南史》,则当知文奂在侯景未平时已卒,何得谓"仕陈"乎?此殆误从《乐府诗集》。盖《乐府诗集》卷二三,误以贲列陈后主、顾野王、阮卓之后,《诗纪》诸书仍之,逯氏遂误以为"仕陈"。不知《南史》言之凿凿,明言梁元帝作《怀旧传》以谤文奂。《怀旧传》当即《怀旧志》,见《隋志》,知此书至唐初尚存,李延寿不容不见,岂得有误。《文苑英华》次第本不误,贲殆少于庾肩吾而长于徐陵。此应为梁诗无疑。

萧贲时代

萧贲生平,《南史》附见《齐武帝诸子·竟陵王子良传》。盖贲乃子良孙也。《南史》云:"贲字文奂,形不满六尺,神识耿介。幼好学,有文才，能书善画，于扇上图山水，咫尺之内，便觉万里为遥。矜慎不传，自娱而已。好著述，尝著《西京杂记》六十卷。起家湘东王法曹参军，得一府欢心。及乱，王为檄，贲读至'偃师南望，无复储胥露寒，河阳北临，或有穹庐毡帐'，乃曰：'圣制此句，非为过似，如体目朝廷，非关序赋。'王闻之大怒，收付狱，遂以饿终。又追戮贲尸，乃著《怀旧传》以谤之，极言诬毁。"据此贲死于元帝即位之前。而逯钦立《先秦汉魏晋南北朝诗》乃谓："仕陈，官职不明。"此明系误据《诗纪》。盖此诗原见《文苑英华》卷一九二，在梁元帝及庾肩吾后，徐陵前，本可以梁人目之。《乐府诗集》卷二三误置于阮卓之后，遂有仕陈之附会，实不然也。郭茂倩生南宋初，岂可据以疑《南史》乎？此盖逯氏好仍《诗纪》，而明人空疏，此弊常有耳。

贺力牧时代之推测

贺力牧诗，逯钦立《先秦汉魏晋南北朝诗》辑二首：《关山月》，始见《文苑英华》卷一九八；《乱后别苏州人诗》，见同书卷二八六。历来以为是陈代诗人。按：《文苑英华》载《关山月》，置贺作于张正见、徐陵之后，阮卓之前，当是陈人无疑。然《乱后别苏州人诗》，题目殊不类六朝人作。盖"苏州"地名，肇自隋代，至炀帝大业中，又复改"吴郡"，唐初复改"苏州"。贺力牧陈人，焉得用隋唐后地名？又《文苑英华》载此诗时次序殊乱，乃居庾抱之后，孙万寿前。二人皆隋人，且庾抱卒于唐高祖武德时，孙万寿卒于隋炀帝大业初。以庾先孙，已属不伦；中间插入贺力牧一诗，不知何故。疑《文苑英华》编者疏忽。至于此诗题目，断非贺氏原文，或本无题目，后人据全诗多用吴地典，且有"怅望极姑苏"句，遂臆加为《乱后别苏州人》，不悟力牧当时，并无"苏州"之名。此云"乱后"或是指侯景之乱,然则贺盖自梁入陈者也。

伏知道籍贯及生平

伏知道生平,《陈书》不载,然《类聚》、《乐府诗集》皆以为陈人,盖无可疑。至于知道籍贯,逯钦立《先秦汉魏晋南北朝诗》谓"昌平人",恐为排印误例。今按:《梁书·文学·伏挺传》,"父暅,为豫章内史,在《良吏传》"。又《伏暅传》:"曼容之子也。"《儒林·伏曼容传》:"伏曼容,字公仪,平昌安丘(今山东安丘西)人。"又伏挺子曰伏知命,附见《伏挺传》,知道或是知命之兄弟若从兄弟。知命以附侯景瘐死,知道未附侯景,故得入陈,以其时考之,亦近理。伏知道或即曼容曾孙或从曾孙也。至于逯钦立谓知道为陈镇北长史,未详,待考。

卷五 北朝隋

崔宏行年考

崔宏卒于魏明元帝泰常三年（418），《魏书》本传有明文，然其生年则无记载。据《魏书》本传："苻融牧冀州，虚心礼敬，拜阳平公侍郎，领冀州从事，管征东记室。"检《通鉴》卷一〇三，晋简文帝咸安二年（372）"阳平公融在冀州，高选纲纪，以尚书郎房默、河间相申绍为治中别驾，清河崔宏为州从事，管记室"。此为崔宏初入仕途，时年当过弱冠。设是年宏年二十，至泰常三年卒，得年当六十六岁。《魏书》本传谓"（宏）父潜，仕慕容暐，为黄门侍郎，并有才学之称。玄伯（宏字）少有俊才，号曰冀州神童"。按：前燕亡于晋海西公太和五年（370），至于慕容暐之立，在晋穆帝升平四年（360）。"冀州神童"之号，当在公元三六〇年至三七〇年之间。时宏年当十余岁。《魏书》本传又谓魏太祖（道武帝）幸邺之年，宏母年七十。检《魏书·太祖纪》，道武帝幸邺，在天兴元年（398），据此，宏母当生于晋成帝咸和三四年间（328～329），下推至穆帝永和五六年间（349～350），年二十一二而生宏，亦近情理。今考宏母卒时已逾七十；宏子浩死时享年数虽不可确考，然已逾七十则无疑问。以此推之，宏享年之数，当逾六十六,或近七十。盖家世皆享高年也。

卫操种族试测

《魏书》所载卫操,于晋光熙元年(306)为拓跋猗㐌立碑事。在传世北魏文章中,此为最早。此文虽经魏收润饰,大抵尚能略见原文梗概。然《魏书》于操生平,言之甚略,仅谓"代人"。今观《魏书》所谓"代人",多指鲜卑拓跋氏部落,则操似非汉族。据近人姚薇元《北朝胡姓考》谓"长水卫氏,本匈奴族"。(第二八八页)又谓:"《宋书》卷九五《索虏传》有裨将卫拨非,《魏书》卷八〇《贺拔胜传》有沃野贼王卫可环,又同书卷九九《沮渠蒙逊传》有部将卫兴奴,皆北人而胡名,疑本匈奴卫氏。"(同上)姚氏所言,不及卫操,然操亦"代人",拓跋治下本多匈族人,如铁弗刘虎,本鲜卑与匈奴之混血种。鲜卑拓跋氏文化甚低,而匈奴族受汉化影响甚深。刘渊、刘聪皆通汉文,能属文。疑操虽代人,久受汉化。至于卫姓,姚氏未及,或因代人事卫瓘而冒其姓,亦有可能。

卫操生卒年

卫操生年不详,卒年据《魏书》本传为"穆帝三年卒"。据《魏书·序纪》,穆帝三年"是年,刘渊死子聪僭立"。据此,则卫操卒于晋怀帝永嘉四年(310)。其生年无可考;然操为卫瓘牙门将,瓘于永平元年(291)被杀,其为征北将军,当在晋武帝泰始已,据《晋书》卫瓘为征北,在泰始初(265~266)也,以年代推之,其为牙门将,当年在二十左右，其生年似在三国魏齐王芳正始（240～248）间。其享年当在六十左右。

邓渊卒年

《魏书·邓渊传》谓渊以和跋事被牵连赐死，然同书《太祖道武帝纪》及《和跋传》，皆不载道武帝杀和跋年月。今按：《和跋传》："后车驾北狩豺山，收跋，刑之路侧。"按：《魏书·太祖道武帝纪》，道武帝天兴六年（403）七月，"车驾北巡，筑离宫于豺山"。以后自天赐元年（404）迄五年（408），除天赐二年外，几每岁皆至豺山，天赐三年则春正月、夏四月及秋八月皆幸豺山宫。然则和跋之被诛，至早在天兴六年，渊之死当亦在其后，则渊之卒年宜在天赐间也。

崔逞卒年

《魏书·崔逞传》谓崔逞以魏道武帝天兴初，作书答晋郗恢失旨，遂为道武帝所赐死。据《魏书》本传，恢与常山王遵书称"贤兄虎步中原"，而逞答书乃云"贵主"。其事因"姚兴侵司马德宗襄阳戍"而起。今检《魏书·太祖道武帝纪》，天兴二年（399），"姚兴遣众围洛阳，司马德宗将辛恭靖请救"。疑姚兴取洛阳后，又进击襄阳，当在天兴二年克洛阳后不久。崔逞作答，亦在此时，则其卒年，当在天兴二三年间（399～400）。

胡叟生卒年试测

《魏书·胡叟传》谓叟年八十而卒,未言何年生,何年卒。以本传推之,其入长安观风化,见姚政之衰及见韦祖思时已年十八。设是年为姚泓初立(416),则当生于魏道武天兴二年(399)。卒时为四七八年,即太和二年,较高允迟死一年,而年幼九岁。故得与允论交。且以子产与季札相拟。胡叟本北人,由后秦入南,当为宋文帝时,又尝东至建康。在益州五六载而入北凉。疑叟之入北凉在魏太武延和间(432~434),入魏在太延元年(435)前。

《魏书·赵逸传》志疑

《魏书·赵逸传》谓逸"父昌,石勒黄门郎"。按:石勒以晋成帝咸和八年(333)死。时昌为黄门郎,盖已成人,当不下弱冠之年。其子逸,仕姚兴。按:兴之称帝在晋孝武帝太元十九年(394)。姚兴伐赫连勃勃,为所败,在魏明元泰常初(416),至魏太武灭夏,在始光四年(427)。逸入夏,在神䴥四年则四三一年也。又十余年,则太平真君二至三年(441~442)。上距石勒死,凡一百有九岁,岂逸父生逸,在六十以后乎?又逸伯父迁,为姚苌尚书左仆射。苌以东晋孝武太元十年(385)立,则弟免官后五十余年,兄当为官也,此事殊可疑。盖赵逸之卒当在太平真君初以后,其生年盖在公元三七〇年左右,时上距昌罢官几逾四十年,则昌生逸时,岂逾六十乎?

《魏书·索敞传》志疑

《魏书·索敞传》云:"凉州平,入国,以儒学见拔,为中书博士。笃勤训授,肃而有礼。京师大族贵游之子,皆敬惮威严,多所成益,前后显达,位至尚书牧守者数十人,皆受业于敞。敞遂讲授十余年。"按:《北史》无"讲授十余年"语,未知李延寿乃见其不确,抑纯为行文省净。然此语恐不可信。盖魏太武平凉州为太延五年(439),索敞入魏,当在此年或明年。据《魏书·高允传》,"时中书博士索敞与侍郎傅默,梁祚论名字贵贱,著议纷纭。允遂著《名字论》以释其惑,甚有典证"。此事在允为太常卿以后,而为太常卿前,《高允传》已记窦瑾被诛,允愍瑾妻焦氏年老,保护在家,凡六年事。按:瑾诛在文成帝兴光元年(454),积六年为太安五年(459),上距太延五年已二十年矣。十余年,疑为二十余年之误。但不知魏收记忆有误,或后人缮抄夺"二"字乎。

索敞生卒年拟测

《魏书·索敞传》不载敞生卒年。然据本传,太武帝平凉州前,敞已为刘昞助教,且谓"专心经籍,尽能传昞之业",则其年当在二十以上,或逾三十矣。姑以是年敞二十五计之,则太延五年(439)上推二十五年为魏明元帝神瑞元年(414)。入魏后讲授复十余年,则已至太武帝正平(451)至文成帝兴安(452)以后矣。本传谓敞尝为《名字论》,据《高允传》:"时中书博士索敞与侍郎傅默、梁祚论名字贵贱,著议纷纭。允遂著《名字论》以释其惑,甚有典证。"按:此事在允转太常卿及作《代都赋》后。而允为太常卿,又在窦瑾子蒙赦后。据《窦瑾传》,瑾诛在文成帝兴光元年(454),其子遵积六年始遇赦,则在文成帝太安五年(459)至和平元年(460)后也。据此,敞之讲授时间甚长,或不止十余年,其卒年当在和平元年之后,享年应为四十余或五十岁。

宗敞、宗钦为兄弟

宗敞生平见《晋书·秃发傉檀载记》:"敞父燮,吕光时自湟河太守入为尚书郎,见傉檀于广武,执其手曰:'君神爽宏发,逸气陵云,命世之杰也,必当克清廿难。恨吾年老不及见耳,以敞兄弟托君。'"据此则宗敞有弟。其弟即宗钦也。《魏书·宗钦传》:"父燮,字文友,吕光太常卿。"盖宗敞年长,又卒年较早,仅及仕姚兴与傉檀。钦则入魏,与崔浩同时死。据《晋书》,宗敞、宗钦至迟在晋安帝元兴元年即魏道武帝天兴五年(402)已不甚小。敞卒年不可考,钦以太武帝太平真君十一年(450)卒,则亦五十余或逾六十矣。

《魏书·赵逸传》志疑

《魏书·赵逸传》谓逸"父昌,石勒黄门侍郎"。又谓逸自夏入魏,北魏太武帝"神䴥三年(430)三月上巳,帝幸白虎殿,命百僚赋诗,逸制诗序,时称为善。久之,拜宁朔将军,赤城镇将,绥和荒服,十有余年,百姓安之。频表乞免,久乃见许。性好坟素,白首弥勤,年逾七十,手不释卷"。按:逸自神䴥三年以后,久之方为镇将,为镇将十余年而求免,久之乃许,是逸之卒年当在太平真君三四年(442～443),上距石勒卒年(333)凡一百一十年左右。逸年逾七十,即以卒年八十计,生年当晋哀帝兴宁元年(363)左右。黄门侍郎之位,不为卑矣。赵昌为石勒黄门侍郎之年不详,设是勒死之年,则昌亦当在免官后三十年生逸,虽古人或有晚年纳妾生子事,然究可疑。

王度诗与王度生平

唐释道宣《广弘明集》卷六有王度废佛之议,谓是后赵中书太原王度,而《晋书·佛图澄传》则以度为"石虎著作郎",清严可均合二说为一,谓是后赵中书著作郎。按:《初学记》卷三有王度《扇上铭》:"朱明赫离光,启窗来清风,服絺嗽云露,体夷神自融。"不知是否即此王度。《隋志》于晋《王述集》下谓梁有《王度集》五卷,录一卷。《扇上铭》当即此王度。又《隋志》有《二石传》二卷,晋北中郎参军王度撰;又《二石伪治时事》二卷,王度撰。疑此王度即上言废佛之王度,石虎死,后赵乱,因归晋为北中郎参军,撰史记二石事。至于此王度与作《扇上铭》王度是否一人,则不可考。

《晋书·隐逸传》叙事不清

《晋书·隐逸·宋纤传》,先后载杨宣、马岌二人所作颂及诗。先载杨颂,后录马诗,其实马作在先,杨颂在后也。按:《晋书·张轨附张骏传》载酒泉太守马岌上言西王母石室,事在晋穆帝永和元年

(345)，时前凉张骏建兴三十三年，亦即骏死前一年已。至杨宣为太守，《晋书·隐逸·宋纤传》明言"张祚时太守杨宣"，祚在位一年，即晋永和十年(354)也。《晋书》反以杨颂置前，叙事失次第。

《统万城铭》作者

《晋书·赫连勃勃载记》、《周书·王褒庾信传论》以《统万城铭》为胡义周作。《魏书·胡方回传》及《北史》以为子方回作。二说不同。据《晋书》，义周为赫连勃勃秘书监，在《魏书》则以为是姚泓之黄门侍郎，不言仕夏事。《魏书》又以方回为赫连屈丐（即勃勃）中书侍郎。按：夏为偏僻之国，得后秦旧人，委之重任，当亦可能，据《魏书·官氏志》给事黄门侍郎，官三品中，而中书监则从一品中。然义周生卒年殊不可考，其仕夏与否亦属疑问，盖其子《魏书》有传，当不致遗漏。以方回年龄考之，赫连勃勃时官至中书侍郎，据《魏书·官氏志》在四品上，职位不为卑小，计其年当亦在二三十岁。《魏书》谓方回文为太武帝所嗟赏，"召为中书博士，赐爵临泾子。迁侍郎，与太子少傅游雅等改定律制。司徒崔浩及当时朝贤并爱重之"。按：崔浩为司徒，在魏克赫连定平凉之岁，是岁，神䴥三年（430）也。上距勃勃之死（元嘉二年，425）凡五年。又据《魏书·游雅传》，雅与方回改定律制，在雅使宋以后。《魏书·世祖太武帝纪》称游雅使宋在太延二年（436），上距勃勃之死凡十一年。改定律制，当在太延至太平真君初，上距勃勃卒年约十年，距勃勃克长安、铭统万城时（晋义熙十四年，418）约二十余年。胡义周卒年更在其后，传称"以寿终"则年当在五十以上。作《统万城铭》时，年当逾二三十。以此推之，《统万城铭》作者为方回之可能性实大于其父。且《魏书》较早，又属北人记载,当较《晋书》之多据南人记述及《周书》之晚出,且非专记十六国事为可信。与其信《晋书》、《周书》,不如从《魏书》为妥也。

宗钦行年考

《魏书·宗钦传》:"宗钦,字景若,金城人也。父燮,字文友,吕光太常卿。"又《晋书·秃发傉檀载记》:"(姚)兴凉州刺史王尚遣主簿宗敞来聘。敞父燮,吕光时自湟河太守入为尚书郎,见傉檀于广武,执其手曰:'君神爽宏拔,逸气陵云,命世之杰也,必当克清世难。恨吾年老不及见耳,以敞兄弟托君。'"据此,宗敞、宗钦为兄弟,燮所谓"以敞兄弟托君",当即指敞与钦。检《晋书·吕光载记》光以太元二十一年(396)僭即天王位,以隆安三年(399)死。是吕燮觅秃发傉檀时间当在此四年之间,宗钦当已出生,疑年岁尚幼。设钦生年即为隆安三年,至魏太武帝太平真君十一年(450)坐崔浩事死,当已年逾五十。今考崔浩之死已年逾七十,而浩诛之岁,高允年五十三。宗钦与崔浩有交往,其年可幼于浩,而钦与高允有诗唱和,年当相若。钦生年虽不可确考,要当在隆安三年之前,其被诛时已逾五十,或者可至六十矣。

崔浩撰《赋集》

《隋志》著录有"《赋集》八十六卷,后魏秘书丞崔浩撰"。按:《魏书·崔浩传》不言浩尝为秘书丞,然史传载人官职,容有遗漏。检《崔浩传》"天兴中,给事秘书,转著作郎"。又谓"太宗初,拜博士祭酒,赐爵武城子，常授太宗经书"。又检《官氏志》，"秘书著作郎"在第五品上，"秘书丞"在第四品下，"国子祭酒"在第四品上。按："博士祭酒"，未知何职。《魏书·官氏志》，有"国子博士"，在从五品上；有"皇宗博士"，在第五品下，则皇宗博士当高于国子博士，崔浩以五经授魏明元帝，其地位当较高。此"博士祭酒"，疑较国子祭酒稍高。考其登陟之迹，浩为博士祭酒，宜在道武帝天兴后期至天赐间（401～408）。时北魏初起朔漠，本少文人。浩所选录，仍当以汉晋赋家之作为主，或可杂以十六国人所作，至北朝赋，恐不得入选矣。然《隋志》又有《续赋集》十九卷，残阙，在浩书之后，当亦北人所纂，必有北朝辞赋。惜其书已佚，无以究其详情矣。

崔浩、高允作史

崔浩以魏太武帝太平真君十一年（450）被杀，享年数不详。按《浩传》："弱冠为直郎。天兴中给事秘书，转著作郎。"天兴为魏道武年号，当公元三九八至四〇三年。据本传，浩弱冠之年在天兴以前，则浩被杀时，年已逾七十矣。计崔浩之年，当长于高允二十年左右，浩之诛，允年五十三。

崔浩行年推测

崔浩以魏太武太平真君十一年（450）被杀，其享年之数，《魏书》、《北史》皆不载。然《魏书》本传载其上《五寅元历》表，谓"太宗即位元年"云云，又曰"至今三十九年"。按：太宗明元帝即位元年，即晋安帝义熙五年,公元四〇九年,于魏为永兴元年也。其上表时间,当为太武太平真君九年,亦即宋文帝元嘉二十五年,公元四四八年也。斯时下距浩被害之年即太平真君十一年凡两年。浩于明元即位之前,已出仕,授明元以经书,又尝在道武帝左右,计其出仕之时,纵使当未弱冠,亦至少得十六七岁。其出生至迟亦当在魏道武帝登国中期,即晋孝武太元十五年,公年三九〇年左右。至太平真君十一年被杀,当已逾六十,或近七十矣。今按浩卒时,高允年已六十一,虽仕宦有早晚,然浩年当不幼于允。其享年之数,当已逾六十矣。

崔浩《易》注

崔浩注《周易》,《隋志》著录为十卷,则隋唐时此书当存。今虽亡佚,其宗旨可得而推也。《魏书·张湛传》载浩《易》注叙,谓浩注《易》,与张湛、宗钦、段承根等相与论议,浩"以《左氏传》卦解之"。按:《左传》记卜筮之事,多引《易》,其说每日遇某卦之某卦,盖以爻变为依据,所以卜吉凶也。其说与今存《焦氏易林》为近,盖汉儒旧说,近于术数家如京房辈也。《魏书》本传谓"太宗(明元帝)好阴阳术数,闻浩说《易》及《洪范》五行,善之,因命浩筮吉凶,参观天文,考定疑惑"。此亦汉儒术数之学,与王弼《易》注异辙。浩又不喜老庄,而重礼。此殆河朔学者笃守汉儒旧说而不染玄风。崔、卢显于北,王、谢贵于南,岂特地域不同,其世传家风亦迥异。

崔浩被杀原因

史言崔浩之死，多谓因作《魏史》得祸，谓其直书石跋氏早年事，得罪鲜卑贵族也。此说自《魏书》、《北史》已有，至韩退之论作史之祸，亦持此说。至于近人则颇有异议。吕思勉先生《崔浩论》（见《吕思勉读史札记》），以为崔浩心存汉族，其为太武帝定策，虽阳为魏计，实则心存晋宋。牟润孙先生《崔浩与其政敌》（见《注史斋丛稿》）则以为崔浩乃力主汉化者，与太武帝子晃（追谥景穆帝）为政敌，故被杀。二先生皆博雅之士，引证翔实，较旧说殊胜。然窃以为吕先生之说，似不无可商，然其立旨，盖亦可与牟先生之说并成而互补者。试论之以就正于方家。

论崔浩得罪之原因，首当论其身世本末。浩本清河东武城崔氏，乃东汉三国以来望族。与崔浩同时被夷戮者如范阳之卢、太原之郭，亦皆东汉、三国旧族。此皆浩之姻戚，故及于难。虽然，此辈与浩之政见，当亦有其相同处，故连累及之。

夫崔、卢之族，不特于魏晋为高门，降至唐代，犹为称首，史籍如《旧唐书·高士廉传》皆言之凿凿，无可疑也。当刘渊、石勒之时，崔、卢二姓与刘琨皆为姻戚，并附于琨，以与前后赵为敌而心存晋家者也。《晋书·温峤传》载峤上书晋帝，已言之甚明。其所言崔悦，即浩之祖也。《魏书·崔宏传》记浩死后，高允曾在浩家见宏所作言志之书，盖宏亦有志南奔而未果者。故自家世言之，崔浩之父祖，眷恋晋室，当属事实。故吕先生谓浩心存汉族，不可谓无据。然余窃有所疑者，盖自魏晋迄于南北朝，士大夫所谓气节，似多以不事二姓为重，而于夷夏之辨，反不若是之重也。故韩延之忠于司马休之，而不从宋武而北奔后秦,宋武亦不之罪,乃谓"事人当应如此"。即如刘越石之忠于晋室,亦不惜假拓跋猗㐌、段匹磾诸人之力,此亦鲜卑人也。何况至崔浩之时,魏统一北方之势已成,崔宏暨浩食魏禄也数十年;南方则刘裕代晋之势已成,谓浩此时当心存刘宋,恐言之过矣。况乎浩为北魏定策以灭诸国,实不过壮大魏之实力,其于刘宋实有害无益。魏太武帝用浩之计灭北凉、灭夏,此皆刘宋所欲与连和之国,而谓浩之用心,乃为宋计,恐与事实相去益远矣。

大抵崔、卢诸族,世为高门,当刘、石凭凌之前,已为"贵种",不论仕途与经济实力,皆他姓所难比拟。此辈又多为儒学世家,历世簪缨,于魏晋以来典章制度,又多谙熟。其力主汉化以变鲜卑旧俗,亦事理所必然也。初崔浩之见任于魏太武帝,乃事势使然。盖拓跋氏崛起朔漠之地,以骑射取中原,自不能以马上治之。必以汉族之制度以治汉民,方可保其久安。《南齐书·魏虏传》谓魏自"佛狸(太武帝)已来,稍僭华典"。此非由太武帝个人之爱好,而为拓跋氏维持其统治所必行。然其推行汉化,亦为鲜卑贵族中一部分人所反对,此亦无可避免。试观后孝文帝之汉化,反对者尚不乏人,况太武帝时乎?故当时北魏朝廷之中,实有二大势力,一派主汉化,以崔浩等中原高门为主,或有部分汉化鲜卑人赞成之;另一派则反对汉化,其中多为鲜卑贵族,若长孙嵩辈是也。(牟润孙先生以太子晃归此派。然据《魏书·崔浩传》,闵湛、郗标请立石刊《国书》及浩所注《五经》,晃亦赞成之。晃于高允亦多维护,则晃为人,似亦依违于两派之间,未为专与浩为敌。)太武帝于军事力量,不得不依仗鲜卑旧人;其欲统治中原,又不得不笼络崔、卢诸族。故其杀浩之后,北魏朝廷之中,仍不乏中原高门,非能尽依鲜卑贵族为政。不论太武帝宠任崔浩与诛杀崔浩,皆当时事势使然,非个人意志决定者也。

以崔浩本人言,其非一心为汉族政权谋,即如上述。然亦不可谓其与鲜卑族无矛盾。盖自鲜卑入据中原,于崔、卢旧族之利益,得无损害。故中原高门与鲜卑贵族间时有龃龉。《宋书·张畅传》记李孝伯与张畅语于军阵之间,尚谓"长史,我是中州人,久处北国,自隔华风,相去步武,不得致尽,边皆是北人听我语者,长史当深得我"。足见民族矛盾,至太武帝时,当甚尖锐。李孝伯亦中原高门,与崔浩思想当有共同处。《南齐书·王融传》载魏孝文帝求书于齐,齐廷议不许,而王融上疏谓宜许,即意即在使中原旧族与鲜卑相冲突而坐收其利。可见崔浩虽未有亡魏为宋之谋,而与鲜卑贵族之矛盾,则确无疑义。观《魏书·王慧龙传》载浩称王慧龙为"贵种"而长孙嵩怒之,则显然矣。崔浩与长孙嵩本无宿仇,其所以矛盾,即在中原高门与鲜卑贵族间,皆不能降心相从。太武帝知治中原则不可不汉化,而汉化又必为鲜卑贵族所反对。此矛盾自非帝王个人意志所可调和者也。崔浩之死,实关系当时政治、经济、文化、民族诸方面之冲突。既非浩个人之失计,亦不得据此谓太武帝之暴。此犹汉文帝用贾谊而遭绛灌之反对,岂以疏逐,此岂汉文帝之寡恩哉?事势使之然也。

高允父祖卒年

《魏书·高允传》:"祖泰,在叔父湖传。父韬,少以英朗知名,同郡封懿雅相敬慕。为慕容垂太尉从事中郎。太祖平中山,以韬为丞相参军。早卒。允少孤夙成,有奇度,清河崔玄伯见而异之,叹曰:'高子黄中内润,文明外照,必为一代伟器,但恐吾不见耳。'年十余,奉祖父丧还本郡,推财与二弟而为沙门,名法净。"按:《高湖传》:"祖庆,慕容垂司空。父泰,吏部尚书。湖少机敏,有器度,与兄韬俱知名于时,雅为乡人崔逞所敬异。少历显职,为散骑常侍。登国十年,垂遣其太子宝来伐也,湖言于垂曰:'魏、燕之与国。彼有内难,此遣赴之;此有所求,彼无违者。和好多年,行人相继。往求马不得,遂留其弟,曲在于此,非彼之失。政当敦修旧好,乂宁国家,而复令太子率众远伐。且魏主雄略,兵马精强,险阻艰难,备尝之矣。太子富于春秋,意果心锐,轻敌好胜,难可独行。兵凶战危,愿以深虑。'言颇切厉。垂怒,免湖官。既而宝果败于参合。宝立,乃起湖为征虏将军、燕郡太守。宝走和龙,兄弟交争,湖见其衰乱,遂率户三千归国。"检《太祖道武帝纪》:平中山在皇始二年(397),时高允才二岁;高湖归魏,在天兴二年(399),时高允方四岁。据《高湖传》,湖归魏时,不言道武帝予高泰以官,疑泰已卒。据《高允传》,则韬归魏在湖之先,韬卒当在皇始以后。又《高允传》谓"允少孤夙成,有奇度",为崔宏所称叹。据《崔玄伯传》,宏以魏明元帝泰常三年(418)卒,则韬卒必在宏之前。宏卒时允年二十三。此言允年十余送祖父丧还本郡,必在魏明元帝神瑞(414~416)前。或韬以此时卒,而泰已前卒,并送还本郡。

高允为中书博士

《魏书·高允传》:"神䴥三年,世祖舅阳平王杜超行征南大将军,镇邺,以允为从事中郎,年四十余矣。……四年,与卢玄等俱被征,拜中书博士。"按:神䴥三年(430),允年当为三十五(允以太和十一年即487年卒,年九十八,当生于道武帝皇始元年,396),为中书博士之年为三十六。云四十余,疑误。

高允诗文写作年代

《塞上翁诗》，本传云："（神䴥）四年（431），与卢玄等俱被征，拜中书博士。迁侍郎，与太原张伟并以本官领卫大将军、乐安王范从事中郎。范，世祖之宠弟，西镇长安，允甚有匡益，秦人称之。寻被征还。允曾作《塞上翁诗》……"按：此在乐平王西讨上邽前，当在四三一至四三五间，即神䴥四年至太延元年间。允年四十一至四十六岁此诗已佚，其序见《御览》卷一九四，尚存。

《答宗钦诗》，按：本传："凉州平，以参谋之勋，赐爵汶阳子，加建武将军。"检《魏书·世祖太武帝纪》上，平凉州在太延五年（439）。宗钦入魏，当在此后。又按，钦与崔浩同死，卒年为太平真君十一年（450），是此诗当作于四三九至四五〇间，时允年五十至六十一岁。

《咏贞女彭城刘氏诗》，按：《魏书·列女传》，刘氏在胡长命妻张氏前，张氏乃魏文成帝太安（455～459）时事。据此则此诗之作，当在太安以前，盖允六十六岁以前作也。

《谏大起宫室》，按：此当文成帝初立时，应为兴安年间（452～454），高允年六十四五岁。

《论婚娶丧葬之制》同上。

《代都赋》，据《魏书》本传窦瑾生事诛，允愍瑾妻焦氏年老，保护在家。积六年，始蒙赦。上《代都赋》在此后。按窦瑾诛在文成帝兴光元年（454），则上《代都赋》当在太安五年（459）至和平（460～465）间。高允年七十一以上。今佚。

《名字论》，当在《代都赋》同时或稍后，见本传。今佚。

《论立学表》，据本传，在献文帝即位初，当为天安（466）间作，时年七十七。

《告老诗》,据本传,在《论立学表》后,当为皇兴(467~471)间作,年七十八至八十一。其诗今佚。

《征士颂》,据本传,乃怀旧之作,当与《告老诗》同时或稍晚。

《北伐颂》,据本传及《显祖·献文帝纪》,当作于皇兴四年(470),时年八十一。

《鹿苑赋》见《宏明集》,其赋称献文曰"太上",又自称"衰年",盖孝文帝延兴元年(471)至五年(475)作,时年八十二至八十六。

《酒训》,据本传,乃孝文帝太和二年(478)作,时年八十九。此为目前所知高允诗文中最晚者。

元勰行年

元勰卒年为魏宣武帝永平元年,见《魏书·献文六王·彭城王传》,《北史》同。然其生年,史书不载,今据出土《元勰墓志》,谓勰卒年三十六(墓志记勰卒之年月与史传同)。据此上推,当生于孝文帝延兴三年(473)。盖献文帝以延兴元年(471)禅位孝文帝而自称曰"太上皇帝",勰之生,在禅位以后,越三年,即承明元年(476)而献文帝卒。准此,勰少于孝文帝六岁。勰在北魏,可谓名臣,而史传不载其享年之数。若无墓志出土。其行年殆不可考矣。

袁翻《思归赋》

北魏后期辞赋存者尚有多篇。以创作年代论,当以阳固《演赜赋》为最早,据《魏书》本传,此赋作于"世宗末"得罪王显被免官以后,当作于宣武帝延昌末(515)左右。其次为袁翻《思归赋》,据《魏书》本传,此书作于熙平初出为平阳太守之后,神龟末迁凉州刺史以前,当作于熙平二年(517)至神龟元年(518)。再次为李谐《述身赋》,据《魏书》本传,作于元颢败,除名之后,当作于孝庄帝永安末(529~530)。再次为卢元明《幽居赋》,作于孝武帝永熙末(533),其赋今佚。《初学记》所载《剧鼠赋》年代不详,要亦当在此前后。最晚为李骞《释情赋》,作于兴和三年(541)出使江南前,其作年为"单阏之岁",亦即卯年,疑即天平二年(535)。然以文风论,唯袁翻此赋,文风最近齐梁,当是有意学江、鲍之作。据《魏书》本传,翻父宣,有才华,为刘彧青州刺史沈文秀府主簿。又谓刘昶谓宣是袁淑近亲,据此则翻家世本南人。翻卒于魏孝庄帝永安元年(528),年五十三,当生于魏孝文帝承明元年(476),距青州入魏殆十年左右。翻当入北后所生。计当时为宋后废帝元徽末,江淹诸著名辞赋皆作于斯时,及翻之长,当可流传至北土。鲍照赋创作更早,但编集成书,在齐永明间,疑斯时亦已流传北方。盖作赋时翻年已四十二三,当梁天监十六七年。当时南北交通频繁,其得见江、鲍赋,实近情理。

祖莹行年考

《魏书·祖莹传》不载其生卒年及享年之数。其可知者,则莹卒于天平迁邺之后,又早年尝为高允所称叹。按:《魏书·高允传》,允卒于孝文帝太和十一年(487),而《祖莹传》,莹年十二为中书学生,其为允所称叹,当在十二岁以后。计高允卒时至天平元年(534)凡四十八年。设允卒时莹年十二,则莹享年已逾六十。又《魏书》本传:

"时人为之语曰:'京师楚楚袁与祖,洛中翩翩祖与袁。'"祖莹与袁翻并论,年当相若。检《魏书·袁翻传》,翻以永安元年(528)卒,年五十三,当生于孝文帝承明元年(476),以此计之,祖年或当稍长于袁,其享年当在六十以上。

萧综卒年及年寿

《魏书·萧宝夤附兄子赞传》:"宝夤见擒,赞拜表请宝夤命,尔朱兆入洛,为城民赵洛周所逐。公主被录还京,尔朱世隆欲相陵逼,公主守操被害。赞既弃州为沙门,潜诣长白山,未几,趣白鹿山。至阳平,遇病而卒,时年三十一。"《梁书·豫章王综传》:"大通二年(528),萧宝夤在魏据长安反,综自洛阳北遁,将赴之,为津吏所执,魏人杀之,时年四十九。"按:萧赞即综,入北后改名也。《梁书》谓综卒年四十九,其误显然。综号为梁武帝第二子,《梁书》、《魏书》俱以为梁武帝纳综母吴淑媛。按:梁武帝入建康在齐和帝中兴元年(501)十一月,纳吴氏不得早于是月,吴氏以七月而生综,至迟为天监元年(502)六至七月。昭明太子以中大通三年(531)卒,年三十一,则幼于昭明一岁耳。尔朱兆入洛在魏孝庄帝永安三年(530),即梁武帝中大通二年,十一月。据此,综为齐州刺史,被城民赵洛周所逐,当在是年十二月或次年(531)正月,暨公主被录还洛,赞为沙门,又自长白山至白鹿山,病卒,或在中大通四年(532),是年正三十一岁也。疑《魏书》所载是实。《梁书》谓年四十九,必误。盖昭明太子为综兄,中大通三年卒,年三十一,综在是年不得逾三十一岁,否则不成其为昭明之弟。窃疑《梁书》谓宝夤反,综自洛潜赴长安,为津吏所杀,乃传闻失实。按:萧宝夤反魏,在大通元年(527)。《通鉴》卷一五一云:"丹阳王萧赞闻宝夤反,惧而出走,趣白鹿山。至河桥,为人所获,魏主知其不预谋,释而慰之。"盖据《魏书》:"及宝夤反,赞惶怖,欲奔白鹿山,至河桥,为北中所执。朝议明其不相干预,仍蒙慰勉。"或江南人有传闻综被执后见杀之言,梁朝不察,史官遂误记。至于年四十九,则不可解,意者当是姚氏父子下笔有误,盖梁武诸子如简文帝、元帝、邵陵王纶、武陵王纪卒年皆四十余而致误欤?或者南人传闻综与宝夤同诛,宝夤以中大通三年初被诛,综年三十,姚察误记为二十九,而后人缮写,误"二"为"四"。然此说恐失迂曲,姑存疑。

韩显宗《燕志》

《魏书·韩麒麟附显宗传》谓显宗撰冯氏《燕志》十卷。又同传记魏孝文帝谓显宗曰:"见卿所撰《燕志》及在齐诗咏,大胜比来之文。然著述之功,我所不见,当更访之监、令。"按:此时显宗官中书侍郎,当时为初迁洛邑之时。孝文帝已见其《燕志》,则《燕志》之成,当在迁洛之前,而据《高闾传》,迁洛前,闾正为中书令。今《隋志》有《燕志》十卷,云:"记冯跋事,魏侍中高闾撰。"疑即显宗执笔,而闾为中书令,故署其名,实即一书也。

北魏李彪引阮籍诗

《魏书·李彪传》:"彪将还,赜亲谓曰:'卿前使还日,赋阮诗云"但愿长闲暇,后岁复来游",果如今日。卿此还也,复有来理否?'彪答言:'使臣请重赋阮诗曰:"宴衍清都中,一去永矣哉。"'赜悯然曰:

'清都可尔,一去何事?观卿此言,似成长阔,朕当以殊礼相送。'"按:检今本《阮籍集》,李彪前引二句,见《咏怀诗》其五十;后引二句则不见《咏怀诗》中。彪引阮诗于齐武帝前,当不致臆造。然《咏怀诗》八十二首,似即阮嗣宗诗总名。故又有四言诗,亦称《咏怀》。岂《咏怀诗》不止此数,李彪所引盖在今存诗之外。疑可作佚句也。

常爽年代推测

《魏书·儒林传》记诸儒事迹,多不载年月及享年之数。其述常爽,谓爽父坦,"乞伏世镇远将军,大夏镇将,显美侯"。按:乞伏亡于公元四三一年,即魏太武帝神䴥四年。此时爽当已出生。本传谓卒年六十三,则当在孝文帝后期或宣武帝初卒也。

常景生平

《洛阳伽蓝记》卷一记常景事,颇可补《魏书》本传之缺。本传谓"廷尉公孙良举为律博士,高祖亲得其名,既而用之"。《洛阳伽蓝记》云:"太和十九年,为高祖所器,拔为律博士。"其年代甚详。《常景传》谓"杜洛周反于燕州,仍以景兼尚书为行台,与幽州都督、平北将军元谭以御之"。及谭为杜洛周所败,"降景为后将军,解州任",既云"解州任",则尝为刺史甚明。本传又记武定六年,景以老疾去官。有诏谓景"历事三京,年弥五纪"。按:景以太和十九年为律博士,是年,魏始迁洛,其为律博士时当在平城,故谓历平城、洛阳、邺三京也。自太和十九年(495)至武定六年(548)凡五十三年,将近六十年,故云"年弥五纪"。据此设景以弱冠登仕,年亦在七十左右。

《汭颂》写作时间

《洛阳伽蓝记》卷三载:"神龟(518~519)中,常景为《汭颂》,其辞曰"云云。按:《魏书》本传,叙其事在孝昌初(525)以后。云"既而萧综降附,徐州清复,遣景兼尚书,持节驰与行台、都督观机部分。景经洛汭,乃作铭焉"。是此文当作《洛汭颂》,其作年在孝昌中而非神龟。据《魏书·肃宗孝明帝纪》,孝昌元年,"徐州刺史元法僧据城反,害行台高谅,自称宋王,号年天启,遣其子景仲归于萧衍。……衍遣其豫章王综入守彭城"。是年六月又载"诸将逼彭城,萧综夜潜出降",则常景使彭城,当在孝昌元年六月左右,其作《颂》亦不得早在神龟间也。

刘献之生卒年考

刘献之,《魏书·儒林传》在常爽后,则其生活时代当在孝文帝、宣武帝间。本传谓"高祖幸中山,诏征典内校书'。检《魏书·高祖孝文帝纪》幸中山在太和五年(481),本传又言"中山张吾贵与献之齐名"。《张吾贵传》载,吾贵尝请刘兰说《春秋左传》,刘兰为中山王英所重,则献之、吾贵当生活于孝文时,或至宣武帝时。盖中山王英显于宣武之世,而《儒林传》,献之在前,吾贵次之,刘兰又次之。恐献之差早也。

裴敬宪、邢臧时代

裴、邢为友,裴之时代,《魏书·文苑》本传言之甚略,唯言"中山王将之部,朝贤送于河梁"及"孝昌中蜀贼陈双炽"事。按:中山王熙为于忠婿,忠卒于神龟元年。熙起兵讨元又在孝昌元年(525),其至相州赴任,当在正光中。邢臧于神龟中年二十一,则当生于太和二十二或二十三年(498或499)。裴、邢为友,而裴在前,年或稍长。然臧孝庄帝永安时当存,或得至前后废帝或孝武帝时,而裴似在永安三年前已卒。盖本传"永兴三年",中华标点本校记以为是"永安"之误也。

裴伯茂生卒年

《魏书·文苑·裴伯茂传》不载伯茂生卒年,唯言"卒年三十九"。按:本传云:"司空中郎叔义第二子。"检《魏书·裴延俊传》,"延俊从祖弟仲规","无子,弟叔义以第二子伯茂为之后"。《裴延俊传》载叔义二子:景融为伯茂兄(见《文苑·裴伯茂传》)以武定四年(546)卒,年五十二;景融弟景颜,武定二年(544)卒,年四十五。据此,则叔义长子景融,当生孝文帝太和十九年(495),三子景颜当生于宣武帝景明元年(500),伯茂生年当早于太和二十三年而迟于十九年。计景融三十九岁为孝武帝永熙二年(533),景颜三十九岁为孝静帝元象元年(538)。伯茂卒年三十九,而天平二年尚在,则其卒年当在天平三、四年(536、537)间也。

《魏书·文成文明皇后冯氏传》志疑

《魏书·文成文明皇后冯氏传》："年十四，高宗践极，以选为贵人，后立为皇后。"按：本传，冯后以孝文帝承明十四年（489）卒，年四十八，当生于太武帝太平真君三年（442）。魏文成帝以兴安元年（452）即位，时冯后年十一，非十四也。疑"践极"二字，非指即位之际。盖文成帝以太武帝太平真君元年（440）生，和平六年（465）卒，年二十六。其即位之岁，年方十三。且文成帝是太武帝孙，太武帝以正平二年（452）三月为宗爱所杀，而文成帝以是年十月即位，改元兴安。文成帝者，太武帝子景穆之子也，景穆帝先太武帝卒，帝号乃迟加，则太武帝死时，文成帝为承重孙，服斩衰，不当以是年即主贵人也。《南齐书·魏虏传》谓魏自"佛狸已来，稍僭华典"，"佛狸"即太武帝也。以年龄、丧礼计，立贵人似不当在是年。疑冯氏立为贵人，乃太安元年（455）事，是年文成帝年十六，冯氏年十四。是年正文成帝服阕之年，故立冯氏为贵人也。其明年正月，又立冯氏为皇后，以情理度之，近于事实。虽然，魏文成帝立冯氏为贵人前，当已近女色。其子献文帝以太安二年（456）二月生，母李贵人者，本为魏永昌王仁得于寿春，兴安二年仁谋反诛，李氏被送平城宫，文成帝见而幸之，有身，生献文帝。其幸李贵人时，当在太安元年四月间。时文成帝虽已免丧，然冯氏之立为贵人在此之前或以后则未可知也。

李平籍贯

《魏书·李平传》:"李平,字昙定,顿丘人也,彭城王嶷之长子。"按同书《显祖献文帝纪》和平六年六月封繁阳侯李嶷为丹阳王。同书《外戚·李峻传》:"李峻,字珍之,梁国蒙县人,元皇后兄也。父方叔,刘义隆济阴太守。高宗遣间使谕之,峻与五弟诞、嶷、雅、白、永等前后归京师。拜峻镇西将军、泾州刺史、顿丘公。雅、嶷、诞等皆封公位显。后进峻爵为王。"盖云顿丘者,以长兄峻封顿丘也。嶷实梁国蒙县人。顿丘在今河南清丰,在黄河之北,而蒙在安徽,相去甚远。疑李峻兄弟以南人归魏,故改称顿丘人。《皇后列传》:"文成元皇后李氏,梁国蒙县人,顿丘王峻之妹也。"据此则李氏本梁国蒙县。非顿丘也。

甄琛行年考

《魏书·甄琛传》谓琛以孝明帝正光五年(524)卒,未言享年之数。然琛生年可考焉。《魏书》本传:"大将军高肇伐蜀,以琛为使持节、假抚军将军,领步骑四万为前驱都督。琛次梁州獠亭,会世宗崩,班师。高肇既死,以琛,肇之党也,不宜复参朝政,出为营州刺史、加安北将军。岁余,以光禄大夫李思穆代之,时年六十五矣。"按:《魏书·肃宗孝明帝纪》宣武帝以延昌四年正月崩,孝明帝即位。二月高肇至京师,赐死。同书《外戚·高肇传》不载月日,但言"肇哭梓宫讫……壮士扼而拉杀之"。据此在二月似无可疑。甄琛出为营州,当在是年二三月间,又岁余见代,当在孝明帝熙平元年(516)。是岁琛年六十五,当生于文成帝兴安元年(452);琛以正光五年卒,盖享年七十三岁。

高谅卒年

《魏书·高祐附京传》谓谅"正光中,加骁骑将军,为徐州行台。至彭城,属元法僧反叛,逼谅同之,谅不许,为法僧所害"。据《魏书·肃宗孝明帝纪》及《通鉴》梁武帝普通六年(525),法僧反魏在普通六年,即孝昌元年正月,实则魏孝明帝于六月改元孝昌,斯时尚称正光六年。故传云"正光中"非误也。

高祐籍贯

《魏书·高祐传》:"高祐字子集,小名次奴,勃海人也。"《北史》附见《高允传》,谓"祐字子集,允之从祖弟也"。高允为勃海蓨人,则祐当亦蓨人。检《魏书》本传,祐父封蓨县侯。又北齐名将高敖曹,为祐弟钦之孙,亦云蓨人。故高祐当是勃海蓨人无疑,《魏书》偶漏之耳。

《杨白花》作者

《乐府诗集》卷七三所载《杂曲歌辞》《杨白花》,《梁书·杨华传》作《杨白华歌辞》,"华",《南史》及《乐府诗集》作"花"。"华"、"花"本一字也。《梁书》云:"华少有勇力,容貌雄伟,魏胡太后逼通之,华惧及祸,及率其部曲来降。胡太后追思之不能已,为作《杨白华歌辞》,使宫人昼夜连臂蹋足歌之,辞甚凄惋焉。"此歌近来学者如刘大杰先生《中国文学发展史》皆作为胡太后辞,其说是也。逯钦立先生《先秦汉魏晋南北朝诗》以此诗为《杂歌谣辞》,仅以联句归胡太后,恐失之过慎。

元恭行年

逯钦立《先秦汉魏晋南北朝诗》录魏节闵帝元恭诗,谓元恭年二十。检《魏书》本纪,节闵帝以太昌初(532)卒,年三十五。后废帝以同年卒,年二十。逯先生殆误以后废帝享年数为前废帝(节闵帝)享年之数也。丁福保谓节闵帝享年三十五,不误。

李骞行年及《释情赋》写作时间

《魏书·李顺附李骞传》,录骞一赋一诗,皆可观。然于骞生卒年,则全无记载。今据《李顺传》,骞兄长钧。"兴和中,梁州骠骑府长史";希远弟希宗,为上党太守,兴和二年卒于郡,年四十;希宗弟希仁,"武定末,国子祭酒、兼给事黄门侍郎"。希仁亦骞兄。今按:兴和二年(540)希宗卒,年四十,则当生于宣武帝景明二年(501);长钧为希宗兄,年更长。希仁亦骞兄,其仕历在武定(543~550)间,又在兴和以后。然则骞卒年疑亦在武定中,故言骞死于晋阳。东魏赠太常、殷州刺史,齐受禅又重加追赠。至其生年,应在景明二年(501)以后,然疑在宣武帝景明末(502~503)至正始(504~508)、永平(508~512)间,盖骞与魏收为友,收生年为正始三年(506),年当相若。据此则魏孝庄帝末(530),骞已逾弱冠。其《释情赋》记魏政之衰,至迁邺而止。然本传言骞作赋后,"寻加散骑常侍、殷州大中正、镇南将军、尚书左丞。仍以本官兼散骑常侍使萧衍"。《魏书·孝静帝纪》,"兴和三年八月甲子遣兼散骑常侍李骞使于萧衍"。兴和三年为公元五四一年,岁在辛酉。《释情赋》自称作赋时为"单阏之年",当为孝静帝天平二年(535)乙卯。自使梁归,又因病免,及作诗赠卢元明、魏收,当在武定初(544),其卒年在东魏亡以前,则行年四十左右。

元晖业行年

《魏书·景穆十二王·济阴王小新成传》载小新成孙晖业事,而未言其生卒年。《北史·景穆十二王·济阴王小新成传》谓晖业以天保二年(551)为齐文宣帝高洋所杀。按:晖业父弼为小新成长子,为叔丽恃于氏亲宠夺爵,授同母兄子诞。"建义元年,子晖业诉复王爵"。按,建义元年即孝庄帝初立之际,为公元五二八,时晖业能诉复父爵,则年当近弱冠。至天保二年被杀,度其年当已四十余矣。

贾岱宗《大狗赋》

《初学记》卷二九有贾岱宗《大狗赋》,题魏贾岱宗,置西晋傅玄《走狗赋》前,故清严可均《全上古三代秦汉三国六朝文》入《全三国文》中。据《初学记》，贾岱宗殆三国魏人，然读其文，似时代有误。此赋称："余生处大魏之祚政，遭王路之未辟。"按：三国魏自曹丕至睿，政局尚称承平；齐王芳以后，权归司马氏，然亦无大乱。且司马氏执政之后，文士多颂其功德，未有敢以"王路未辟"为言者。唯后魏自孝明帝以后，文人多叹国步之艰难，如李谐、李骞之赋皆然。岂贾岱宗乃后魏人，而误为三国魏人乎？

尤可疑者，则此赋云"越彼西旅，大犬是获"，明明用《尚书·旅獒》典故。《旅獒》乃东晋伪古文，不当为三国人所引用。今于唐人所引东汉马、郑诸儒说，无以《旅獒》之"獒"为"大犬"者。《经典释文·尚书音义下》："马（融）云：作'豪'，酋豪也。"孔颖达《正义》卷一三："郑（玄）云：'獒读曰豪，西戎无君，名强大有政者为酋豪。国人遣其酋豪来献见于周。'良由不见古文，妄为此说。"据此则《大狗赋》之作，必在伪《古文尚书》流行之后，不当在三国也。或疑后魏人亦必见伪古文。盖据《北史·儒林传》："大抵南北所为章句，好尚互有不同。江左，《周易》则王辅嗣，《尚书》则孔安国，《左传》则杜元凯。河洛，《左传》则服子慎，《尚书》、《周易》则郑康成。"然《北史·儒林传》又谓"河南及青齐之间"，讲《易》者亦有主王弼，讲《左传》亦有主杜预者。至于《尚书》，据云："齐时，儒士罕传《尚书》之业，徐遵明兼通之。遵明受业于屯留王聪，传授浮阳李周仁及勃海张文敬、李铉、河间权会，并郑康成所注，非古文也。下里诸生，略不见孔氏注解。武平末，刘光伯、刘士元始得费彪《义疏》，乃留意焉。"此言北齐时伪古文、伪孔传在北方尚不甚流行。然"下里诸生"虽不见伪古文及伪孔传，朝廷中及旧属南朝之地，此书流行已久，当能见之。贾岱宗其人籍贯无考。然北魏时贾姓之知名者，如贾思伯，齐郡益都人。齐郡于宋武帝平南燕时入南朝，迄慕容白曜平齐而入北朝，历时数十年。齐郡人经学，多沿南朝之旧，故思伯授魏孝明帝以《杜氏春秋》，弟思同又以授孝静帝(见《魏书·贾思伯传》)。岱宗疑亦齐郡人,故习伪古文及伪孔传,取伪孔之说以入赋。以此推之,殆后魏人,非三国时魏人也。

太山羊氏籍贯

史籍叙太山羊氏籍贯颇抵牾。《魏书·羊深传》:"羊深,字文渊,太山平阳人,梁州刺史祉第二子也。"按:同书《酷吏·羊祉传》:"羊祉,字灵祐,太山钜平人,晋太仆卿琇之六世孙也。"《北史·羊祉传》同。《梁书·羊侃传》则谓深弟侃为"太山梁甫人"。检中华书局标点本《魏书》《校记》曰:"殿本《考证》云:'按《北史羊祉传》卷三九,祉太山钜平人。本书《地形志》卷一六〇中泰山郡有钜平,若平阳则属高平郡,又有阳平则属鲁郡,当以钜平为是。'按本书卷八八《良吏·羊敦传》、卷八九《酷吏·羊祉传》并云太山钜平人。羊氏本泰山南城人,羊祜封钜平侯,后人或称钜平,或称梁父,这里平阳当误。"又《世说·言语》注引《晋诸公赞》:"羊祜字叔子,太山平阳人也。"徐震堮曰:"《晋书》本作'泰山南城人'。南城即《晋志》之南武城,平阳即《晋志》之新泰,并汉县名。案本书《雅量门》注引《羊曼别传》曰:'曼,泰山南城人。'曼,祜兄孙,则作南城为是。"然《世说·言语》注引《羊秉叙》,亦谓秉为泰山平阳人。据此则南城、平阳、梁甫三地,皆在晋六朝时已有其说。观《魏书校记》及《世说》徐氏《校笺》,皆不信平阳说。然《晋书·羊祜传》虽谓祜是泰山南城人,然又有"祖续,仕汉南阳太守"语。检《后汉书·羊续传》:"羊续字兴祖,太山平阳人也。"梁甫说宜亦有据,盖谓羊氏为东汉羊陟后。《后汉书·羊陟传》:"羊陟字嗣祖,太山梁父人也。"故不论南城、梁父、平阳皆谓祉、深父子是羊琇后耳。既为琇后,则不得称钜平人,以钜平者,羊祜之封邑,不得用于琇也。琇与祜兄弟耳(皆晋景帝羊皇后兄弟)。疑羊氏本居平阳,后迁太山之南城,遂有太山平阳之说。羊续本籍平阳,当不误,《晋诸公赞》、《羊秉叙》及《魏书·羊深传》皆据祜祖羊续而言,不误。南城则羊祜,羊琇疑本居其地,亦不误。至于"梁甫",或羊氏有自称羊陟后者,故据《后汉书·羊陟传》而云。今宜并存平阳、南城二说。至于《校记》及《世说新语校笺》斥平阳说为误,不可从也。

高谦之卒年考

《魏书·高崇附谦之传》:"初,谦之弟道穆,正光中为御史,纠相州刺史李世哲事,大相挫辱,其家恒以为憾。至是,世哲弟神轨为灵太后深所宠任,直谦之家僮诉良,神轨左右之,入讽尚书,判禁谦之于廷尉。时将赦,神轨乃启灵太后发诏,于狱赐死,时年四十二。"不言谦之被杀时间。按:同书同篇《附高道穆传》:"后属兄谦之被害,情不自安。遂托身于庄帝。帝时为侍中,特相钦重,引居第中,深相保护。俄而,帝以兄事见出。"又同书《孝庄帝纪》:"孝昌二年八月进封丧乐王,转侍中,中军将军。三年十月,以兄彭城王劭事,转为卫将军、左光禄大夫、中书监,实见出也。"据此,谦之被杀当在孝昌二年(526)八月至三年(527)十月间。其享年数为四十二,见《魏书》本传,则生年当为魏孝文帝太和九至十年(485~486)。

元勰《问松林》与王肃《悲平城》

元勰《问松林》见《魏书》本传,据云:"后(孝文帝)幸代都,次于上党之铜鞮山。路旁有大松树十数根。时高祖进伞,遂行而赋诗,令人示勰曰:'吾始作此诗,虽不七步,亦不言远。汝可作之,比至吾所,令就之也。'时勰去帝十余步,遂且行且作,未至帝所而就。"其诗四句,首句三言,后三句五言,与王肃《悲平城》全同。王诗见《魏书·祖莹传》。唯《祖莹传》记此诗因祖作《悲彭城》而附及。时肃为尚书令。按:《魏书·王肃传》,肃以孝文帝卒后,遗诏为尚书令。是祖诗之作,在元诗之后无疑。然王诗当非此时作。《祖莹传》:"尚书令王肃曾于省中咏《悲平城诗》。"按:《王肃传》,肃以太和十七年入魏,其至平城,则在二十年以前。检《魏书·高祖孝文帝纪》,孝文帝迁洛之后,于太和二十一年至平城,元诗盖作于此二。玩王诗,似是王初入平城时见其荒凉而作。是则王诗在元诗前。余前作《试论北朝文学》,以为元诗乃仿王诗作,似此说尚不误也。然王诗"中"、"风"为韵,《广韵》并入一东;元诗"冬"、"同"为韵,"冬"为二冬,"风"为一东。岂北人用韵不如南人严密乎?

郦道元生年

《魏书·酷吏·郦道元传》不载道元享年之数,故生年殊不易考。《辞海》新版指为公元四六六年或四七二年,皆无确据。段熙仲先生《郦道元》(见《中国历代著名文学家评传》第一册)则以为公元四六九年。检《魏书·郦范传》,"范五子,道元在《酷吏传》。又云:道元第四弟道慎,字善季"。"道慎弟约,字善礼"。按:"第四弟"者,排行第四也,故字善季。道元字善长,当为长兄。今据《郦范传》,道慎以孝明帝正光五年(524)卒,年三十八;约以孝静帝武定七年(549)卒,年六十三。据此则二人皆以孝文帝太和元年(477)年生,约名与道元、道慎不同,或是庶出。若道元以皇兴三年(469)生,长于季弟八岁,亦近情理。郦范在卒前不久,方离青州刺史任。《水经注·巨洋水》:"先公以太和中,作镇海岱,余总角之年,持节东州。"据此则道元"总角之年",实在太和年间。今按:"总角"虽云童年,当不甚幼。陶潜《荣木诗序》:"总角闻道。"设道元以皇兴三年生,至太和五六年,年十余岁,可称"总角"。又《魏书》本传:"太和中,为尚书主客郎。御史中尉李彪以道元秉法清勤,引为治书侍御史。"按:李彪以太和十七年(493)孝文帝南伐为御史中尉,道元为治书侍御史当在斯时。其前已为尚书主客郎,设其出仕在太和十年稍后,年二十左右,则总角之年,为太和四五年实较近理。如无旁证,可从段先生说也。

郭祚、郦道元"石井赋诗"时间

《水经注·淄水》:"余生长东齐,极游其下,于中阔绝,乃积绵载。后因王事复出海岱,郭金紫惠同石井赋诗言意。"按:"郭金紫"当即郭祚,《魏书·郭祚传》:"及太极殿成,祚朝于京师,转镇东将军,青州刺史。……入为侍中、金紫光禄大夫、并州大中正。"检《魏书·世宗宣武帝纪》,景明三年(502),冬十月己卯,诏云"今庙社乃建,宫极斯崇"云云。又谓"壬寅,飨群臣于太极前殿"。是太极殿成,在景明三年。郭祚为青州刺史,在是月以后。故郦道元见祚于青州,应在景明、正始间(500~508)。盖郭祚为尚书右仆射后,上奏有"正始中"云云,则其为金紫光禄大夫及尚书右仆射,应在宣武帝正始、永平间(504~512)。至于郦道元仕历,《魏书》本传言之甚略:"太和中,为尚书主客郎。御史中尉李彪以道元秉法清勤。引为治书侍御史。累迁辅国将军,东荆州刺史。"按:治书侍御史官位甚微,累迁至刺史,为多历年数。段熙仲先生《郦道元》(《中国历代著名文学家评传》第一册第六〇一至六一三页)谓郦道元"景明年间(500~503)他任冀中镇东府长史,颍川太守。永平中(508~512)任鲁阳太守。然未及正始(504~508)时仕历,疑道元斯时曾任官职,因事至青州,见郭祚而共赋诗"。今按:郭祚为尚书右仆射,已入永平,则为金紫光禄大夫当在正始间。郦以"郭金紫"称之而不曰"郭仆射"者,岂《水经注》属稿在宣武帝正始间乎?

郦道元为河南尹

《魏书·酷吏·郦道元传》:"累迁辅国将军,东荆州刺史。威猛为治,蛮民诣阙讼其刻峻,坐免官。久之,行河南尹,寻即真。"其"行河南尹"及"即真"时间,本传叙述甚略,不可详考。盖前文为"太和中"云云,后文又谓"肃宗以沃野、怀朔、薄骨律、武川、抚冥、柔玄、怀荒、御夷诸镇并改为州"。自孝文帝至孝明帝中间隔一魏宣武帝计十五年。今考《周书·赵肃传》:"魏正光五年,郦元为河南尹,辟肃为主簿。"正光五年即公元五二四年也。据《魏书·肃宗孝明帝纪》,破六韩拔陵反,在孝昌五年,又据《广阳王渊(深)传》,改镇为州,在破六韩拔陵起事之后。据此,郦道元为河南尹,当在正光五年之前。《周书·赵肃传》可补《魏书》之缺。

李骞《赠亲友诗》

李骞《赠亲友诗》见《魏书》本传。"亲友者",魏收、卢元明也。据《魏书》,李骞与魏、卢俱曾南使于梁。《北齐书·魏收传》:"先是南北初和,李谐、卢元明首通使命,二人才器,并为邻国所重。至此,梁主称曰:'卢、李命世,王、魏中兴,未知后来复何如耳?'"其称"王、魏"者,王昕、魏收,收盖副昕使梁者也。此犹元明使梁,实副李谐。检《魏书·孝静帝纪》:天平四年(537)七月,"遣兼散骑常侍李谐、兼吏部郎中卢元明、兼通直散骑常侍李邺使于萧衍"。是岁,梁武帝大同三年也。兴和元年(539)八月,"兼散骑常侍王元景,兼通直散骑常侍魏收使于萧衍"。是岁,梁武帝大同五年也。兴和三年(541)八月,"遣兼散骑常侍李骞使于萧衍",是岁梁武帝大同七年也。据《魏书·李骞传》,骞南使返,"后坐事免,论者以为非罪",当在兴和三年之后。兴和凡四年,疑此诗之作,或在武定(543~550)间也。李骞以诗兼赠卢、魏者,或以卢、魏同在史官故也。《魏书·卢元明传》:"天平中,兼吏部郎中,副李谐使萧衍,南人称之。还,拜尚书右丞,转散骑常侍、监起居。积年在史馆,了不厝意。"《北齐书·魏收传》:"收本以文才,必望颖脱见知,位既不遂,求修国史。崔暹为言于文襄曰:'国史事重,公家父子霸王功业,皆须具载,非收不可。'文襄启收兼散骑常侍,修国史。武定二年(544),除正常侍,领兼中书侍郎,仍修史。"据《魏书·孝静帝纪》,齐文襄(高澄)为大将军,领侍中,其文武职事,赏罚众典,询禀之。乃武定二年三月事,收入史馆疑即在是时。以此知卢、魏于武定二年或稍后俱在史馆,李骞作诗即在此时。据《魏书·李骞传》,骞卒在北齐代魏之前,则当在武定七年(549)之前。又《魏书·卢元明传》记元明事,不言卒年,疑元明死于北齐代魏之后。《魏书·卢元明传》:"少时常从乡还洛,途遣相州刺史、中山王熙。"按:《魏书·中山王熙传》,熙以宣武帝延昌二年(513)袭封中山王,不久即为相州刺史。既称"少时",不过二十左右,下推至武定七年魏亡凡三十七年,使元明卒于北齐初年,亦不过享年六十左右耳。

温子昇见知于常景

《魏书·文苑·温子昇传》:"为广阳王渊贱客,在马坊教诸奴子书。作《侯山祠堂碑文》,常景见而善之,故诣渊谢之。景曰:'顷见温生。'渊怪问之,景曰:'温生是大才士。'渊由是稍知之。"后文云:"熙平初,中尉、东平王匡博召辞人,以充御史,同时射策者八百余人,子昇与卢仲宣、孙搴等二十四人为高弟。"熙平为魏孝明帝初立时年号,知温作《侯山祠堂碑文》及为常景所称,皆魏宣武帝时事。《常景传》谓景以"延昌初,东宫建,兼太子屯骑校尉……"其后元苌为雍州刺史,以景为长安令,及宣武帝崩,召景赴京。按:延昌初,即梁天监十一年(512),下距宣武帝崩凡四年,中间景尝为长安令,据此,景之称温子昇于广阳王渊,当在延昌二年(513)左右。据《北史·广阳王深(渊)传》,深以肃宗孝明帝初拜肆州刺史,是知常景见渊,当在赴长安前,若景归自长安,则渊又离洛阳矣。

温子昇之死

《魏书·文苑·温子昇传》："及元僅、刘思逸、荀济等作乱,文襄疑子昇知其谋。方使之作献武王碑文,既成,乃饿诸晋阳狱,食弊襦而死,弃尸路隅,没其家口。太尉长史宋游道收葬之,又为集其文笔为三十五卷。子昇外恬静,与物无竞,言有准的,不妄毁誉,而内深险。事故之际,好预其间,所以终致祸败。"按:子昇是否预元僅之谋,难以确考。然魏末政治纷争,实多参预其间。《洛阳伽蓝记》卷四载魏孝庄帝诛尔朱荣事云:"庄帝闻荣来,不觉失色,中书舍人温子昇曰:'陛下色变!'帝连索酒饮之,然后行事。"是知温子昇亦预其事。及孝武帝之与高欢争权,《北齐书·神武帝纪》言帝"使舍人温子昇草敕,子昇逡巡未敢作。帝据胡床,拔剑作色"。子昇所作敕今见《神武帝纪》,是又预其谋也。然以《神武帝纪》观之,疑亦不得已而预谋。《北齐书·酷吏·宋游道传》,载高澄(文襄)谓宋游道曰:"吾近书与京师诸贵,论及朝士,卿僻于朋党,将为一病。今卿真是重旧节义人,此情不可夺。子昇吾本不杀之,卿葬之何所惮。天下人代卿怖者,是不知吾心也。"然子昇之死,殆高澄有意杀之,所以言"吾本不杀之"者,盖未有确证也。虽然,子昇一介文人,岂有争权之心力,观其为孝武作敕事,不过能文之故,孝武帝强使之耳。魏收谓子昇"事故之际,好预其间",恐亦未必。

程骏论《老》、《易》

《魏书·程骏传》谓骏以孝文帝太和九年(485)卒,年七十二。又载其与魏献文帝论《易》、《老》事,记于皇兴中(467~471)为高密太守后,延兴末(476)前。据《魏书》云,献文帝问骏之年,答曰:"臣年六十有一。"据此则当是延兴四年(474)事,于理方合。然此时献文帝已为太上皇帝矣。然据《魏书·显祖献文帝纪》,"帝雅薄时务,常有遗世之心"。其禅位诏又曰"是以希心玄古,志存澹泊。躬览万务,则损颐神之和……"云云。或者献文帝禅位之后,尝玩《易》、《老》,此其志趣,已与魏晋玄风甚近。骏本兼通儒、玄,故为献文帝言之。然献文自比文王而以太公比骏,盖孝文斯时尚幼(仅六岁),故政事尚决于献文,故有此耳。《魏书》行文稍疏,而其时间当不误。

袁跃卒年

《魏书·文苑·袁跃传》不载跃卒年,然其卒年当可考知。按本传:"无子,兄翻以子聿脩继。"又谓:"聿脩,字叔德,七岁遭丧,居处礼若成人。"《北齐书·袁聿脩传》亦云:"七岁遭丧,居处礼度,有若成人。"又谓聿脩以隋开皇"二年,出为熊州刺史,寻卒,年七十二"。开皇二年当西纪五八二年,卒年七十二,当生于魏宣武帝永平四年(511)。其七岁当为孝明帝熙平二年(517)。此时,袁翻尚健在,所遭丧当即跃卒也。又袁翻卒于河阴之难,在孝庄帝永安元年(528),年五十三。其生年当为魏孝文帝承明元年(476)。袁跃为翻弟,其生年当在孝文帝太和元年(477)以后,其享年当不过三十余,至多为四十左右。

元顺行年

元顺为魏任城王六子,以河阴之难时为陵户鲜于康奴所害,则其卒年当是魏孝庄帝永安元年(528)。按:《魏书·任城王传》:"以父忧去职,哭泣呕血,身自负土。时年二十五,便有白发。"任城王元澄以孝明帝神龟二年(519)卒。据此上推,知元顺当生于孝文帝太和十九年(495)。据此则元顺享年三十三岁。又《任城王传》谓顺长子朗,当顺卒时,年十七,当生于宣武帝延昌元年(512),则顺不及二十已有子矣。古人早婚,理亦有之。

裴敬宪生平试测

《魏书·文苑·裴敬宪传》:"司州牧高阳王雍举秀才,射策高第,除太学博士。"按:《魏书·高阳王雍传》:"世宗初,迁使持节都督冀相瀛三州诸军事,征北大将军、开府冀州刺史,常侍如故。……入拜骠骑大将军、司州牧。……迁司空公。"《世宗宣武帝纪》载,正始元年(504)闰十二月"骠骑大将军、高阳王雍为司空"。是雍之举敬宪,当在其前。本传又谓"中山王将之部,朝贤送于河梁,赋诗言别,皆以敬宪为最"。按:《中山王熙传》,熙以世宗宣武帝延昌二年(513)袭封,其出镇邺,当在延昌间(513~515)。设敬宪被举秀才之年为二十,而本传谓卒年三十三,当卒于魏宣武帝末至孝明帝初。本传谓:"孝昌中,蜀贼陈双炽所过残暴,至敬宪宅,辄相约束,不得焚烧。"按:孝昌元年(525),上距正始元年(504)凡二一年,岂高阳王雍举敬宪为秀才时,敬宪年方十二乎?疑孝昌时,敬宪已死。陈双炽不过以其有遗泽而不扰其乡里乎?

卢元明梦王由事

《魏书·卢玄附卢元明传》云:"永熙末,居洛东猴山,乃作《幽居赋》焉。于时元明友人王由居颍川,忽梦由携酒就之言别,赋诗为赠。及明,忆其诗十字云:'自兹一去后,市朝不复游。'元明叹曰:'自性不狎俗,旅寄人间,乃今有梦,又复如此,必有他故。'经三日,果闻由为乱兵所害。寻其亡日,乃是得梦之夜。"按:王由,《魏书》附见《王世弼传》:"次子由,字茂道。好学有文才,尤善草隶。性方厚,有名士之风。又工摹画,为时人所服。历给事中、尚书郎、东莱太守。罢群后寓居颍川。天平初,元洪威构逆,大军攻讨,为乱兵所害,时年四十三,名流悼惜之。"据此,王由本文雅士,能诗,此当早为卢元明所悉。天平初之乱,朋友分隔而相思亦不怪。此事自未可为有鬼神张目。然《魏书·卢玄附卢元明传》叙事疑未详。由卒年当在天平初,其言永熙末者,接卢作《幽居赋》事而言,而永熙二年(533)之明年,即天平元年也。

邢劭之名闻于江左

《北史·邢劭传》:"于时与梁和,妙简聘使,劭与魏收及从子子明被征入朝。当时文人皆劭之下，但以不持威仪，名高难副，朝廷不令出境。南人曾问宾司：'邢子才故应是北间第一才士，何为不作聘使？'答云：'子才文辞实无所愧，但官位已高，恐非复行限。'南人曰：'郑伯猷，护军犹得将命，国子祭酒何为不可？'劭既不行，复请还故郡。"按：东魏召邢劭及邢昕、魏收等在天平初，见《魏书·文苑·邢昕传》。至于梁魏通使，据《魏书·孝静帝纪》在天平四年（537），至于郑伯猷使梁在元象元年（538）。南人问邢劭事，当在郑出使之后，至早为兴和元年（539），即梁武帝大同五年（539）。《洛阳伽蓝记》卷三谓邢劭"后迁国子祭酒"，《北齐书·邢劭传》谓是孝武帝太昌初（532）事。《洛阳伽蓝记》又谓永熙末（534）劭尝辞官。此言天平初召邢劭等，明在永熙之后。至于未能充使，又尝返乡，至天平以后，又出修麟趾格，复入邺。据此，大同中邢劭之名已闻于江左。

邢劭在青州

《北齐书·邢劭传》："属尚书令元罗出镇青州，启为府司马。遂在青土，终日酣赏，尽山泉之致。永安初，累迁中书侍郎……"按：《魏书·孝庄帝纪》载，永安元年（528）五月，"加大将军尔朱荣北道大行台。以尚书右仆射元罗为东道大使"。六月"幽州平北府主簿河间邢杲，率河北流民十余万户反于青州之北海"。《北齐书·王昕传》："昕少与邢劭俱为元罗宾友，及守东莱，劭举室就之。郡人以劭是邢杲从弟，会兵将执之，昕以身蔽伏其上，呼曰：'欲执邢子才，当先杀我。'劭乃免焉。"据此则邢劭至青州，殆随元罗而往，当邢杲起事后，当犹在青州，至早在是年秋冬方得为中书侍郎入洛也。

邢劭早年事迹

《洛阳伽蓝记》卷三叙邢劭事云:"正光末,解褐为世宗挽郎,奉朝请。"按:世宗为魏宣武帝,死于延昌四年(515),下距正光末(525)凡十年,不当言其为挽郎在正光末也。疑其释褐在正光末也。周祖谟先生《洛阳伽蓝记校释》谓"考元义之为尚书令,当肃宗孝明帝孝昌元年,是劭之为奉朝请,即在正光末也"。按:元义为尚书令,盖在已失兵权之后,而其殇绝孝明帝与胡太后事,在正光中,当时元罗正为青州刺史,邢劭在正光末以前,曾依罗于青州。《魏书·道武七王附元罗传》:"迁平东将军,青州刺史。义当朝专政,罗望倾四海,于时才名之士王元景、邢子才、李奖等咸为其宾客,从游青土。"至正光末,邢劭始入为奉朝请。

邢劭、魏收争胜

《颜氏家训·文章》云:"邢子才、魏收俱有重名,时俗准的,以为师匠。邢赏服沈约而轻任昉,魏爱慕任昉而毁沈约,每于谈宴,辞色以之。邺下纷纭,各有朋党。祖孝征尝谓吾曰:'任、沈之是非,乃邢、魏之优劣也。'"据《北齐书·魏收传》:"始收比温子昇、邢劭稍为后进。劭既被疏出,子昇以罪幽死,收遂大被任用,独步一时,议论更相訾毁,各有朋党。收每议陋邢劭文。劭又云:'江南任昉,文体本疏,魏收非直模拟,亦大偷窃。'收闻,乃曰:'伊常于《沈约集》中作贼,何意道我偷任昉。'任、沈俱有重名,邢、魏各有所好。武平中,黄门郎颜之推以二公意问仆射祖珽,珽答曰:'见邢、魏之臧否,即是任、沈之优劣。'"按:《北齐书·后主纪》武平三年"侍中祖珽为左仆射"。武平三年,即魏收之卒年;邢劭卒年虽不可确考,然长魏十岁,此时亦当已卒。知邢、魏之争胜必在其前,此是二人既死之后方有颜、祖之问答也。至于邢、魏争胜事,当在齐文宣天保间。《魏书·自叙》载,齐文襄尝谓:"在朝今有魏收,便是国之光采。雅俗文墨,通达纵横,我亦使子才,子昇时有所作,至于词气并不及之。……"云云,盖自夸之辞,此语《北齐书·魏收传》不载。今读邢劭《冬夜酬魏少傅直史馆诗》,盖天保八年所作,自天保九年三台成,魏收作赋,邢斥魏为"恶人",遂二人交恶。《北齐书·魏收传》载收称"会须作赋,始成大才士。唯以章表碑志自许,此外更同儿戏"。此盖言作赋之重要与作赋事正相合。邢、魏交争当自天保九年(558)至武平三年(572)间事。

邢劭《冬夜酬魏少傅直史馆》诗

邢劭《冬夜酬魏少傅直史馆》诗,盖作于齐文宣帝天保八年。《北齐书·魏收传》:"(天保)八年(557)夏,除太子少傅,监国史,复参议律令。三台成,文宣曰:'台成须有赋。'憘先以告收,收上《皇居新殿台赋》,其文甚壮丽。时所作者,自邢劭已下咸不逮焉。收上赋前数日乃告劭,劭后告人曰:'收甚恶人,不早言之。'"据《北齐书·文宣帝纪》载,天保九年八月,三台成。据此至天保九年八月左右,邢、魏已交恶,恐未必能如酬诗所言"忽有清风赠(用《诗经》'吉甫作诵,穆如清风'典),辞义婉如兰(用《易经》'同心之言,其臭如兰'典)"。此诗既称"魏少傅",当在天保八年夏之后;至九年八月邢颇恶魏。此诗既冬日作,当是天保八年之冬。是年魏收年五十二,邢长于魏十岁，年六十二，故有"年病纵横至"、"哀颜岁候改"诸语也。然此时距邢卒尚有数年，邢目睹杨愔之死，其卒或在武成帝时也。

邢劭《齐韦道逊晚春宴》诗

邢劭《齐韦道逊晚春宴》诗，见《文苑英华》卷二一四。《诗纪》收是诗云："观题似韦道逊所作，《文苑英华》作邢劭，姑列于此。"丁福保《全汉三国晋南北朝诗》、逯钦立《先秦汉魏晋南北朝诗》收此诗，皆录《诗纪》原文。今检《文苑英华》，原诗置于魏收之后。此可疑，邢长于魏十岁，卒年虽不详，要在魏前。读此计"日斜宾馆晚"及"谁能千里外，独寄八行书"诸句，盖客中作。韦道逊，《北齐书》卷四五有传："韦道逊，京兆杜陵人。曾祖肃，随刘义真渡江。祖崇，自宋入魏，寓居河南洛阳，官至华山太守。道逊与兄道密、道建、道儒并早以文学知名。……道逊，武平初尚书左中兵、加通直散骑侍郎，入馆，加通直常侍。"所谓"馆"者，文林馆也。据此则韦道逊北齐人，不当称齐韦道逊。然道逊馆通直散骑侍郎，此为南北使臣常加之官职。史传虽不载出使事，疑此诗是韦曾南使陈，在南所作，而《文苑英华》误为邢劭，不然何以有"宾馆"之语。且道逊仕历在北齐后主武平时，当时邢已谢世，魏收以武平三年卒，此置收后，当是道逊作。邢劭名疑后人妄加。

邢臧、王晞游处

《北齐书·王昕附王晞传》："魏末，随母兄东适海隅，与邢子良游处。"按：邢子良即邢臧。《魏书·文苑·邢臧传》："陇西李延寔，庄帝之舅。以太傅出除青州，启臧为属，领乐安内史，有惠政。"《洛阳伽蓝记》卷二："太傅李延寔者，庄帝舅也。永安年中除青州刺史……"庄帝送延寔时，言及齐地怀砖事，杨宽不解，问温子昇，子昇曰"至尊兄彭城王作青州刺史"云云，足见在永安时。当时王晞兄昕为东莱太守，疑即随昕之东莱。东莱在今掖县，乐安在今广饶北，皆山东半岛北部，相距甚近，故得从邢臧游处也。

王克南归

《周书·王褒庾信传》："时陈氏与朝廷通好，南北流寓之士，各许还其旧国。陈氏乃请王褒及信等十数人。高祖唯放王克、殷不害等，信及褒并留而不遣。"据此，王克南归时间，当在陈朝既建之后，此言"高祖唯放王克"云云，高祖为周武帝庙号，似王克南归已是周建德中事。然据《陈书》，王克、殷不害南归，并非一时之事。《沈炯传》叙沈炯作《通天台表》后，"少日，便与王克等并获东归。绍泰二年至都"。绍泰是梁敬帝年号，二年当西魏恭帝三年（556）。又《陈书·殷不害传》："太建七年，自周还朝。"陈宣帝太建七年，当周武帝建德四年（575）。上距王克、沈炯南返时凡十有九年。可知王、殷南返，断非一时之事。《周书》不过叙殷不害事，兼及过去王克南返而已。陈寅恪先生以为庾信《哀江南赋》受沈炯《归魂赋》影响。盖沈以绍泰二年南归，作此赋，及此赋传入北方，最迟亦不过武帝保定初（561）。至庾信《哀江南赋》之作，当亦在此后不久。赋中有"幕府大将军之爱客，丞相平津侯之待士"，当指晋公宇文护而言。至建德四年，护诛已三年，信以羁旅之臣，不当复述其恩遇。故《周书》行文有误，不可从。

王褒《和殷廷尉岁暮》

王褒《和殷廷尉岁暮》诗,盖作于入关以后。故诗称"岁晚悲穷律,他乡念索居"也。殷廷尉,当即殷不害。《陈书·孝行·殷不害传》:"梁元帝立,以不害为中书郎,兼廷尉卿,匡将家属西上。"不害以江陵之陷入关,陈太建七年还南。《周书·王褒庾信传》:"时陈氏与朝廷通好,南北流寓之士,各许还其旧国。陈氏乃请王褒及信等十数人。高祖唯放王克、殷不害等,信及褒并留而不遣。"此诗未及殷南归事,当作于陈周通好以前。然据《周书》,"褒等入关……拜车骑大将军,仪同三司",名位不为卑矣。诗乃云:"户空交道绝,财殚密亲疏。"今读《庾信集》亦多叹穷之句,疑当时官号未必有实俸,故诗人类多叹贫,未必故作悲哀语也。

王褒《送观宁侯葬》

观宁侯,萧永也。庾信《思旧铭》,"岁在摄提,星居监德,梁故观宁侯萧永卒"。倪璠《庾子山集注》卷一二,以为是周明帝二年岁次壬寅作,以庾文有"为羁终岁,门人谢焉"之句。按:王褒诗乃云"畴昔同羁旅,辛苦涉凉暄",亦谓终岁之意,可与庾文相印证。

王褒《别王都官》

此诗云:"连翩悯流客,凄怆惜离群。东西御沟水,南北会稽云。河桥两堤绝,横歧数路分。山川遥不见,怀袖远相闻。"玩诗意,当是与王褒同由江陵被虏入关之人,得南归而褒赠以诗。《周书·王褒庾信传》谓陈周通和,请周放庾信、王褒还南,周唯放王克、殷不害,不许庾、王南归。此"王都官"疑亦南归之人,未可定为王克。然当是王姓而在周为都官尚书者。

王褒《送刘中书葬》

王褒《送刘中书葬》,疑指刘璠。《周书·刘璠传》:"及武陵王纪称制于蜀,以璠为中书侍郎,屡遣召璠,使者八返,乃至蜀。"又云:"天和三年卒,时年五十九。"刘璠亦南人入北者,褒以梁时旧职称之,犹称萧永为观宁侯也。《周书》载璠所作《雪赋》,又谓璠"著《梁典》三十卷,有集二十卷,行于世"。是璠亦以文学著名,生前与王褒有交谊,亦近情理。"书生空托梦,久客每思乡",用温序死而思归典,借刘以自伤也。"塞近边云黑,尘昏野日黄",则以璠晚年官同和郡守,官于陇右,为羌人所怀。据此,是诗盖天和三年作。

王褒《送别裴仪同》

据《周书》，与王褒同时而官至仪同之裴姓凡三人。其一裴侠，西魏末"出为郢州刺史，加仪同三司"，孝闵帝立，"加骠骑大将军、开府仪同三司"。又一为裴果，亦西魏时"迁使持节、车骑大将军、仪同三司、散骑常侍、司农卿"。孝闵帝立"加使持节、骠骑大将军、开府仪同三司"。又一为果子孝仁，"起家舍人上士，累迁大都督、仪同三司。出为长宁镇将，捍御齐人，甚有威边之略"。按：侠、果皆北人，侠以武成元年卒，与褒未得为故人。果卒于天和二年，然常仕州郡，亦未必与褒为友。唯孝仁"涉猎经史，有誉于时"，年辈稍晚于褒，或能有友谊可言。又《庾信集》有《和裴仪同秋日》一首，倪注以为是裴政。然据《隋书》、《北史》，裴政加上仪同三司在隋开皇元年，非王褒所及知，岂王集编定于隋时，"仪同"为后人追加乎？

庾信丁母忧时间

周滕王逌《庾信集序》云："自携老入关，亟移灰琯。蒸蒸色养，勤同扇席。及丁母忧，杖而后起，病不胜哀。青鸾降宿树之祥，白雉有依栏之感。晋国公庙期受托，为世贤辅，见信孝情毁至，每自悯嗟，尝语人曰：'庾信，南人羁士，至孝天然，居丧过礼，殆将灭性，寡人一见，遂不忍看。'其至德如此，被知亦如此。"据此，庾信母之卒，在入关之后，周武帝诛宇文护之前。今按《庾子山集》中所作碑志，唯周武帝保定三年至五年间，未见有作。疑信之丁母忧即在此时，故辍笔耳。

唯保定四年,据《倪璠年谱》,谓《侍从徐国公殿下军行》一诗作于此年。然据《周书·若干惠附子凤传》:"保定四年,追录佐命之功,封凤徐国公,增邑并前五千户,建德二年,拜柱国。"知若干凤为徐国公虽在保定四年,然其率军出征,亦不必在此年。庾信服阕之后,凤仍是徐国公,亦可率兵,故此诗不必是此时作。又庾信于天保元年作《豆卢公神道碑》,其后至天和三年作《郑国公夫人郑氏墓志铭》,称"天和三年三月二十日薨",古人卒后至葬,至少须数月,自天和元年二月至三年四五月间,凡二年余,正合古人居葬期限。据此知庾信母卒当在周武帝保定三年(563)或天和元年(566)。按:信母庾肩吾妻也。庾肩吾卒于梁简文帝大宝二年(551)左右,年约六十六左右。使其妻与肩吾年相若,则卒年七十余矣。

庾信《将命至邺酬祖正员》

按:祖正员,祖珽弟孝隐也。《北齐书·祖珽传》:"珽弟孝隐,魏末为散骑常侍,迎梁使。时徐君房、庾信来聘,名誉甚高,魏朝闻而重之。接对者多取一时之秀,卢元景之徒并降阶摄职,更递司宾。"此点清倪璠注《庾集》已言之。然《北齐书》但言孝隐为散骑常侍,未及为正员郎事。按:《魏书·文苑·邢昕传》:"时萧衍使兼散骑常侍刘孝仪等来朝贡。诏昕兼正员郎迎于境上。"盖迎梁使时,常使兼正员郎之职,疑孝隐当时亦兼正员郎之官号,故庾信以祖正员称之。

庾信卒年

庾信卒年不见于《周书》本传,唯《北史》谓卒于开皇元年。然信集有《周上柱国宿国公河州都督普屯威神道碑》,谓威"以今开皇元年七月某日,反葬于河州金城郡之苑川乡",是于皇元年七月信尚在也。信集又有《和刘仪同臻》。刘臻加仪同为于皇元年事。《隋书·文学·刘臻传》:"左仆射高颎之伐陈也,以臻随军,典文翰,进爵为伯。"高颎屡统军伐隋,此则开皇元年事。《隋书·高祖纪》上,开皇元年九月,"以上柱国、薛国公长孙览,上柱国、宋安公元景山,并为行军元帅,以伐陈,仍命尚书左仆射高颎节度诸军"。庾诗曰:"南登广陵岸,回首落星城。不言临旧浦,烽火照江明。"此是伐陈明甚。当是刘臻随军南征,临行作诗而信和之。是信之卒在是年十月以后。

苏亮行年

《周书·苏亮传》谓亮卒于西魏文帝大统十七年(551),而不言其享年之数。然据本传,苏绰为亮从弟,绰以大统十二年(546)卒,年四十八。绰卒之年,下距亮卒凡五年,设二人同年生,则得年五十三。又据《苏湛传》,亮弟湛,"年二十余,举秀才,除奉朝请,领侍御史,加员外散骑侍郎。萧宝夤西讨,以湛为行台郎中,深见委任"。按:萧宝夤西讨,在魏孝明帝正光五年(524),据此,则苏湛举秀才时间,至迟当在正光中(520~523)。苏湛时年二十余,当生于孝文帝太和末至宣武帝景明初(499~501)左右。亮为湛兄,生年当在孝文帝太和中。

然本传又谓"亮少与从弟绰俱知名",似年龄相距亦不大,其生年应稍早于太和二十年(496),享年五十余,恐未必至六十也。

刘祥作《王箴》

《周书·齐王宪传》:"建德三年,进爵为王。宪友刘休征献《王箴》一首,宪美之。休征后又以此箴上高祖。高祖方剪削诸弟,甚悦其文。"按:休征即刘祥,刘璠子也。《周书·刘璠传》谓:"齐公宪以其善于词令,召为记室。府中书记,皆令掌之。"又谓:"宪进爵为王,以休征为王友。"按:刘璠以天和三年(568)卒,服阕当在天和六年(571)。其为齐王友当宪封王以后,即建德三年(574)。时周武帝于齐王宪当已甚怀猜忌。祥献《王箴》而周武帝"甚悦其文",盖祥亦颇知武帝意。及宣帝即位,即害齐王宪,疑周武帝在日有以启之也。王仲荦先生惜周武帝不以位传宪而传子(《魏晋南北朝史》第八二九页)。按:《周书·齐王宪传》,当武帝诛宇文护后,即谓裴文举云:"且太祖十儿,宁可悉为天子。"是武帝之忌齐王宪,盖在封王之前。其所以任以职事,徒惜其才耳。使武帝享年稍长,也未必不诛之于平齐之后。

宇文神举诗

《周书·宇文神举传》谓"世宗留意翰林,而神举雅好篇什"。又谓神举"博涉经史,性爱篇章"。据此则神举当能诗。今考《庾子山集》有《和宇文京兆游田》,清倪璠注以"宇文京兆"为神举,当是,盖本传："建德元年，迁京兆尹。"知庾诗是和神举之作。神举诗今佚，然当时得与庾信相唱和，当为能诗者，惜以武功掩其诗名。

李昶诗

李昶诗今存二首，一为《陪驾幸终南山》，见《初学记》卷五及《文苑英华》卷一五九，原作"宇文昶"，盖《周书》本传谓昶尝赐姓宇文氏也。又一首见《文苑英华》卷二四〇，原作"李那"，据《周书》本传，昶"小名那"也。《诗纪》不知昶赐姓宇文，亦忽其小字，故以前首入周，后首入隋。丁福保仍之。逯钦立《先秦汉魏晋南北朝诗》始纠正之。又倪璠注《庾子山集》，于《陪驾幸终南山和宇文内史》诗注，以"宇文内史"为宇文昶，然未言即李昶。今按：《周书》本传："六官建，拜内史下大夫，进爵为侯，增邑五百户，迁内史中大夫。世宗初，行御伯中大夫。"庾信又有《和宇文内史入重阳阁》一首，倪注以为伤周明帝之作，是也，然皆不知宇文内史即李昶。逯钦立先生以宇文昶、李那皆即李昶，可谓读书得间，发前人所未发。

李昶作《明堂赋》

《周书·李昶传》："幼年已解属文，有声洛下。时洛阳创置明堂，昶年十数岁，为《明堂赋》。虽优洽未足，而才制可观。见者咸曰'有家风矣'。"按：李昶卒于周武帝保定五年（565），年五十。当生于魏孝明帝熙平元年（516）。据《魏书·礼志二》："初，世宗永平、延昌中，欲建明堂。而议者或云五室，或云九室，频属年饥，遂寝。至是，复议之，诏从五室。及元义执政,遂改营九室。值世乱不成,宗配之礼,迄无所设。"此孝明帝熙平二年(517)事也。据《魏书》,则熙平之后,无议明堂事。熙平二年,昶年二岁,无作赋理,即元义执政时,当在孝昌元年(525)前,昶年亦不足十岁,亦无作赋理。传文所言似不及理,姑存疑。

《隋书·经籍志》与隋人文集

牟润孙先生《蓼园问学记》载其早年问学于柯劭忞事云:"我问柯先生:'您著《新元史》,为什么没有《艺文志》?'凤老说:'你知道不知道《汉书·艺文志》所根据的是汉中秘藏书目?我找不到元内府藏书目,何从为之撰《艺文志》?'我才恍然了解《汉书·艺文志》并非西汉一代所有的书籍目录,而是仅限于汉代中秘藏书。"(《注史斋丛稿》第五四○页)柯劭忞以为必据一代内府藏书,方可撰《艺文志》,其是非姑勿论。然古代史籍之《艺文》、《经籍》诸志,疑皆据此原则而作。以《隋书》而论,《经籍志》所载隋人集凡十七家,十八部,而陈《江总集》及《后集》与也。即以《文学传》言,如刘臻有集十卷皆不见著录。然《王胄集》十卷,见《经籍志》而本传唯言"所著词赋,多行于世"。其中刘臻得善终,其集未入内府,或当时搜集所未及。孙万寿交通杨玄感,王颁助汉王谅,内府不藏其集固宜;庾自直卒于炀帝死后,长安虽有恭帝,实为唐有,其藏书中自不得有庾集。其不可解者则《王胄集》十卷也,胄以交通杨玄感被杀,死后内府自不能采其文集。然胄生前诗为炀帝所喜,或杨玄感反前,已有文集十卷在内府,胄之徙边及被诛在大业九年后,炀帝数出幸,已不及剔除之。至于梁、陈及北朝文集有集而不见《隋志》者,疑皆为隋内府藏书所未收者而已,未必尽散佚也。

卢思道生卒年试考

卢思道生卒年,《隋书》本传不载,仅言"时年五十二",《北史》本传则并年五十二一语亦从略。然唐张说《齐黄门侍郎卢思道碑》则谓:

> 隋开皇六年,春秋五十有二,终于长安,反葬故里。

张说,唐人,作斯碑乃应卢思道玄孙卢藏用之请,撰于卢思道卒后约百三十年左右。其时间虽视《隋书》、《北史》稍晚,要为有关卢氏之重要史料。且唐人重谱牒,而说祖籍亦属范阳,于卢氏事迹,当有所据。然历来学者,多疑张氏说有误者,以其与卢氏所撰《孤鸿赋》及《劳生论》不合也。倪其心氏《关于卢思道及其诗歌》(《文学遗产》一九八一年第二期),言之亦颇成理。盖《孤鸿赋》作于隋文帝为丞相时,则周静帝大象二年(580)也。此赋序有"余五十之年,忽焉已至"。明年为隋文帝开皇元年(581),卢又有《劳生论》,又有"余年五十,羸老云至";"余年在秋方,已迫知命"诸语。似卢在大象二年或开皇元年已届五十,则终年五十二,至迟当在开皇二年或三年(582或583)也。然此说似亦有可疑者。盖《隋书》本传云:"开皇初,以母老,表请解职,优诏许之。……岁余,被征,奉诏郊劳陈使。顷之,遭母忧,未几,起为散骑侍郎,奏内史侍郎事。于时议置六卿,将除大理。思道上奏曰……是岁,卒于京师,时年五十二。"倪文以为卢思道《檄陈文》、《祭漯湖文》、《为高仆射与司马消难书》皆开皇元年九月作,而"奉诏郊劳陈使"为开皇二年正月事。又以为"卢思道在开皇元年解武阳守后，似屏退不过半年左右，约于高颎伐陈启程前，已在高幕操翰"。按：卢氏为高颎作檄，事在解职之前，抑解职后，未可知也，史传谨谓"开皇初"，未必定为元年，尤不必在九月前也。其郊劳陈使，究为开皇二年正月遣使请和事，抑为三年二月之贺彻、萧襃或十一月之周坟、袁彦（据《隋书·高祖纪》），亦可酌。倪文以为是二年正月事，然据《隋书》本传，谓解职后"岁余，被征，奉诏郊劳陈使"。按：隋文帝以开皇元年二月代周，使卢之解职即在隋文登极之日，则下距二年正月，尚不及一岁，则其"郊劳陈使"似不当在二年也。若谓卢在作《檄陈文》等作后解职，所迎陈使，或是三年十一月之贺彻、萧襃或周坟、袁彦也。使所迎为周、袁，则此后复有丁忧、起复、议职官诸事，其卒年当在开皇三年之后。设所迎陈使是周、袁，则已是十一月事，即使迎陈使不久，即丁母忧，则其起复，亦当在开皇四年初，盖当时守制，已有"七七"之说。（《魏书·外戚·胡国珍传》："又诏自始薨至七七，皆为设千僧斋。"）故思道卒年，或在开皇四年以后。又《隋书·卢昌衡传》，以思道为昌衡从弟，则思道生年当在昌衡后。今按《卢昌衡传》："大业初，征为太子左庶子，行诣洛阳，道卒，时年七十二。"今按：设昌衡以大业元年（605）卒，年七十二，当生于魏孝武帝永熙二年（533）。昌衡既生于是年，则思道生年亦不当早于此年。若昌衡、思道同岁，则思道年五十二，卒年当为开皇五年（585），若少昌衡一岁，则正为开皇六年（586），与张说所言相符。

又卢思道卒年在开皇三年之后，亦可以陆法言《切韵序》为证。按《陈寅恪魏晋南北朝史讲演录》第三三六页引故宫博物院印唐写本王仁煦刊误补缺《切韵》所载陆序：

昔开皇初，有刘仪同臻、颜外史之推、卢武阳思道、李常侍若、萧国子该、辛谘议德源、薛吏部道衡、魏著作彦渊等八人，同诣法言宿。

今宋本《广韵》所载陆法言《切韵序》,惟作"仪同刘臻等八人",然宋人《大宋重修〈广韵〉牒》所载八人同撰集,名与上文相同,知此八人诣法言宿,不误也。今考八人中唯李若、萧该史料不足,余六人事迹皆可考。然如刘臻、魏澹,据《隋书》本传,开皇时皆在长安,颜之推据《北齐书》本传亦在长安。唯辛、薛二人最可注意。《隋书·辛德源传》:"及齐灭,仕周为宣纳上士,因取急诣相州,会尉迥作乱,以为中郎。德源辞不获免,遂亡去。高祖受禅,不得调者久之,隐于林虑山,郁郁不得志,著《幽居赋》以自寄,文多不载。德源素与武阳太守卢思道友善,时相往来。魏州刺史崔彦武奏德源潜为交结,恐其有奸计。由是谪令从军讨南宁,岁余而还。秘书监牛弘以德源才学显著,奏与著作郎王劭同修国史。"按:据此,辛德源在开皇元年,未尝至长安,而文帝即位之初,卢思道亦在武阳,非居长安也。德源从军讨南宁(在今云南境),不知年月,度其岁余而还,当在开皇三年后。以此知时卢思道尚在。又陆序称卢为"武阳"而不称"散骑",知八人相聚时,卢尚未丁忧起复,距卢之卒,尚有岁余,是卢之卒当在四年后也。又《隋书·薛道衡传》:"大定中,授仪同,摄邛州刺史。高祖受禅,坐事除名。河间王弘北征突厥,召典军书,还授内史舍人。其年,兼散骑常侍,聘陈主使。"据此则开皇初,薛在邛州失官,未可与会。又据《隋书·河间王弘传》:"时突厥屡为边患,以行军元帅,率众数万,出灵州道,与虏相遇,战,大破之,斩数千级。赐物二千段,出拜宁州总管,进位上柱国。"《高祖纪》,河间王弘为宁州总管在开皇三年六月,疑薛尝从弘至宁州,其返长安,则在开皇四年,故本传谓其年为聘陈主使。又据《高祖纪》,薛以开皇四年十一月与豆卢塞使陈。以此推之,则八人共聚陆法言宅,疑为开皇三年至四年事,而其为四年事尤视三年事为近理。此亦可为卢在开皇四年犹健在之一证。据此则张说所为碑文似可据。《孤鸿赋》、《劳生论》皆举成数而言，未可据以疑张文也。

卢思道被征至长安时间

卢思道《赠李若诗》："初发清漳浦，春草正萋萋；今留素浐曲，夏木已成蹊。"按：周武帝平齐在建德六年六月，次年改元宣政。其征思道，当在是年春，故诗云"春草萋萋"也。及其至长安，或已是四五月，故云"夏木已成蹊"。周武征思道，或有用之之意，已难确知。然迨思道至长安，而武帝旋崩，宣帝本无兴治之意，其于思道，当无所留意，迄夏末而思道作《听鸣蝉篇》，兴思归之情。故知《听鸣蝉篇》，作于宣政元年秋。

卢思道《赠别司马幼之南聘》

按：司马幼之见《北齐书·司马子如传》，幼之为司马子如兄纂子。纂长子世云以从侯景被景所杀。幼之"清贞有素行，少历显位。隋开皇中，卒于眉州刺史"。又《隋书·李谔传》言幼之开皇四年为泗州刺史，以文章华艳被责。据此则幼之盖亦自齐入隋者。幼之此次南使，疑在齐时，盖司马消难自齐文宣帝末入周，隋文帝辅政，又入陈。故周末隋初自无使其族人使陈之理。且《隋书·文帝纪》载，开皇四年前，曾二次使人于陈，使者姓名皆可考。《北齐书》既谓幼之"少历显位"，则在齐时使陈，颇为可能。《北齐书·后主纪》：天统三年(567)"夏四月癸丑,太上皇帝诏兼散骑常侍司马幼之使于陈"。诗言"夏云楼阁起",言出使时也,"秋涛帷盖生"用枚乘《七发》典,言其至陈时得见浙江之潮也。

卢思道《赠刘仪同西聘》

按:刘仪同,刘逖也。《北齐书·文苑·刘逖传》:"又除假仪同三司,聘周使副。二国始通,礼仪未定,逖与周朝议论往复,斟酌古今,事多合礼,兼文辞可观,甚得名誉。使还,拜仪同三司。世祖崩,出为江州刺史。"据此,逖之使周,在齐武帝死前。《北齐书·武成帝纪》:天统三年(567)六月,"归宇文媪于周";九月,"归阎媪于周"。四年十二月,武成崩。《周书·武帝纪》天和二年(567)八月,"齐请和亲,遣使来聘"。既同属一年事,知刘逖西聘,必在此年。明年而齐武成帝卒,与《逖传》合也。卢诗云:"须君劳旋罢,春草共萋萋。"盖齐周始通,礼仪未定,故周齐密迩,而八月出使,乃期以春日返也。

宗懔在荆州仕历、逸诗

宗懔,《梁书》、《周书》均有传,《周书》为详。懔在荆州所授官职,二史所记稍有不同。《梁书》本传云:"后又为世祖荆州别驾。及世祖即位,以为尚书郎,封信安县侯,邑一千户。累迁吏部郎中,五兵尚书。"《周书》本传"尚书郎"作"尚书侍郎(《北史》同)",且录元帝手诏"尚书侍郎宗懔"云云。按《隋书·百官志》,梁昆弟皇子荆州别驾为六班,尚书郎中为五班,由别驾转尚书郎不得为擢。尚书侍郎例与尚书吏部郎同列,为十一班。侯景平后,荆州诸官多持迁都建康之说,惟懔力主不迁,事见《周书》本传、《南史·梁本纪》、《周朗传》。元帝手诏"事涉勋庸"诸语,所指当即此,故有此不次之擢。是《梁书》本传夺去"侍"字。

《南史·贼臣传》记侯景率水师西上,"元帝闻之,谓御史中丞宗怀"云云。中华书局本径改"怀"为"懔",校云:"按时有'宗懔',不闻'宗怀'其人,今改正。"按,"怀"、"懔"形近,致误容或有之,然云"不闻宗怀其人"而径改字,恐乖校例。且御史中丞为十一班,官位甚高,《梁书》、《周书》均不记懔授此职,元帝即位手诏明言"尚书侍郎宗懔"盖为明证,是懔盖未尝为御史中丞,宗怀其人,不得以"不闻"而遽断为无此人也。又《梁书·元帝纪》载承圣三年秋七月,"以都官尚书宗懔为吏部尚书",与本传又异。

《升庵诗话》卷六载宗懔《荆州泊》诗:"南楼西下时,月里闻来棹。桂水舳舻回,荆州津济闹。移帷向星汉,引带思容貌。今夜一江人,惟应妾身觉。"《先秦汉魏晋南北朝诗》失收。

孙万寿卒年

《隋书·文学·孙万寿传》,不载万寿生卒年,但言卒年五十二。然万寿在仁寿时为豫章王长史,炀帝立,暕于大业二年(606)六月改封齐王,万寿为齐王文学。本传又谓万寿以诸王官属多被夷灭,弥不自安,遂谢病免。久之,授大理司直,卒官,年五十二,则其卒年必在大业中。本传又谓"在齐,年十七,奉朝请"。《北齐书·儒林·孙灵晖传》、《北史·儒林传》皆谓万寿于齐末为阳休之开府行参军。不论其为奉朝请或为开府行参军,皆在齐末,则其卒年不得迟于大业八年(612)。盖齐末已年十七,则约在大业七八年间,又万寿之卒在豫章王暕改封齐王后"久之",则其当时至早在大业三四年(607~608)间也。

孙万寿《早发扬州还望乡邑诗》志疑

此诗初见《文苑英华》卷二八九,并列者凡四首,此居第二,在《行经旧国》之后,故《文苑英华》题"前人",当即万寿无疑。然万寿信都武强人,何得以江南为乡邑乎?诗言"乡关不再见,怅望穷此晨",此眷恋桑梓之意显然可见,非北人所宜言也。又诗称"早发扬州"而有"山烟蔽钟阜"语,明明在金陵。然金陵之称扬州,当在南朝未灭之时,自开皇九年平陈,即以金陵为蒋州,而置扬州于广陵。万寿北人,其配防江南当在平陈后,而自江南北归,更在开皇十年左右。此时金陵已无"扬州"之号,当言"蒋州"。且万寿有《和张丞奉诏于江都望京口诗》,则其北返当自江都,非金陵。此当是他人作。宋初文人失考,误以为万寿诗也。

孙万寿与唐人诗

孙万寿集,《隋志》不录,今人于孙氏姓名,亦知之者甚少。然其诗在唐代疑颇有影响。其《远戍江南寄京邑亲友》诗有"江南瘴疠地,从来多逐臣",此自是杜工部《梦李白》"江南瘴疠地,逐客无消息"所本。其《东归在路率尔成咏诗》云:"学宦两无成,归心自不平。故乡尚千里,山秋猿夜鸣。人愁惨云色,客意惯风声。羁恨虽多绪,俱是一伤情。"杨盈川《从军行》云:"烽火照西京,心中自不平。牙璋辞凤阙,铁骑绕龙城。雪暗凋旗画,风多杂鼓声。宁为百夫长,胜作一书生。"立意虽异意,格调明自孙诗出。盖唐人于孙万寿诗,亦多熟读。孙氏诗多近律体。盖北朝诗人,至齐末已颇可与江南颉颃。万寿自是北人,由齐入隋者也。

孙万寿、王胄与"周记室"

孙万寿有《和周记室游旧京诗》,《诗纪》云:"《诗苑类选》作周若水者非。"又王胄亦有《别周记室诗》。此二"周记室"是否一人,不可考。然孙、王皆与杨玄感交往,疑是一人。孙诗似哀北齐之亡,王诗则悲失路,则周记室若即此人,或尝仕齐、陈,入隋后颇失意者,其交通杨玄感或由此故。《诗苑类选》以周记室为周若水或以孙诗与周若水(一作"冰")《答江学士协诗》同见《文苑英华》卷二四〇。周若水生平无可考。然观其《答江学士协诗》有"弱龄爱丘壑,与子亟忘归。开襟对泉石,携手玩芳菲。忽闻朝市变,斯乐眇难追"。当亦曾仕齐、陈者。余疑周若水或即王胄所别"周记室",盖汝南周氏与琅琊王氏俱南方世族。江协疑亦济阳江氏。至于《诗苑类选》谓孙万寿所赠,亦即若水,恐是臆测。然孙诗用周处叹,谓齐为周灭,而周、陈又俱为隋所灭,用典殊切。又周处既南人,又切若水之姓,实不无可能。《诗纪》以为非是,恐亦出于审慎而已,非有确证也。

孙万寿《答杨世子诗》

杨世子,杨玄感也。孙万寿诗言:"丞相朝所宗,太尉国之纪。""丞相"者,素为尚书令也;"太尉"一职,素生时《隋书·杨素传》不言为太尉时间,然素卒后,言赠"太尉公",则生时似当已有其官号。此称"杨世子"者,当是素尚在,玄感未袭楚国公时也。诗又云"奇声振宛洛",疑当时玄感、万寿皆在洛阳。据《隋书·炀帝纪》,大业元年,以豫章王暕为豫州牧,大业元年为豫州,其治所则河南郡洛阳。万寿为齐王文学,当在洛阳。《炀帝纪》,东京之成,在大业二年,炀帝以是年四月,备法驾,自江都返东京。以此知百官多在洛阳,玄感此时当亦在洛阳,故诗有"不言驱驷马,于焉访一丘"也。疑玄感访万寿,在大业二年春,以诗中有"和风初应律,山莺已复新"句,素以是年七月卒,是玄感尚为世子。

此诗殊可注意者,以《隋书》本传言,万寿"有集十卷行于世"。然《隋志》无著录。今检逯钦立先生《先秦汉魏晋南北朝诗》所辑,孙万寿诗尚有九首,其《远戍江南寄京邑亲友》且见《隋书》本传,疑其集在唐初本未亡佚,徒以其集中有《答杨世子诗》,而玄感反后,隋室国家藏书弃此书而不收,故《经籍志》未加著录。盖玄感之反为大业九年,疑此时万寿已死,其集亦已成书,故未删除此诗,而万寿亦不闻有连坐之事耳。

孙万寿事迹

《隋书·文学·孙万寿传》，述万寿事甚略，唯言为李德林所赏，齐末为奉朝请，后稍叙入隋仕历，云卒年五十二而不记其生卒年。又《北齐书·孙灵晖传》，亦略记万寿事，与《隋书》本传稍有出入。《北齐书》云："子万寿，聪识机警，博涉群书，《礼》、《传》俱通大义，有辞藻，尤甚诗咏。齐末，阳休之辟为开府行参军。隋奉朝请、滕王文学、豫章长史。卒于大理司直。"《隋书》本传谓"年十七，奉朝请"。二说虽不同，然其出仕在齐末，当无抵牾。《北齐书》是李德林子百药撰，则李百药与孙万寿亦可谓世交，其为阳休之开府行参军当不误。然此职乃幕僚，非朝廷官员，或阳休之、李德林辈，举为奉朝请，亦闲职也。万寿入隋为奉朝请，或正因齐时有官之故。

《北齐书·阳休之传》谓休之加开府事在北齐后主天统间，尚非齐末。然休之至齐亡，虽屡加官职，未去开府之号，则万寿至武平末始为开府参军，似亦可能。《隋书》本传言齐末年十七而仕，计其年龄，似亦近之。盖万寿卒年五十二，其卒年盖在隋炀帝即位之后。本传云："仁寿初，征拜豫章王长史，非其好也。王转封于齐，即为齐王文学。当时诸王官属多被夷灭，由是弥不自安，因谢病免。久之，授大理司直，卒于官，时年五十二。"《隋书·齐王暕传》，暕于炀帝即位时，由豫章王进封齐王。大业二三年间，齐王暕颇骄恣，万寿之疑惧而谢病，当在此时。病免久之而授大理司直，计其时间，又当一二年，则万寿卒年，似在大业五年（609）左右，上推五十二年，则当生于北齐文宣帝天保九年左右。以此下推十七年则后主武平五六年（574～575）间也。

孙万寿尝为隋滕王文学,其时间当为文帝代周之后、平陈之前。其得罪被放江南,正当文帝平陈之际,故本传言"行军总管宇文述召典军书"。《隋书·宇文述传》,宇文述平陈后,又讨萧岩、萧瓛。此当开皇九年。本传言万寿自江南归,"十余年不得调",其至仁寿元年,即十一年。以此知其为豫章王长史,当在仁寿初也。

颜之推卒年及《颜氏家训》成书年代

颜之推生年,新版《辞源》定为公元五三一年,即梁武帝中大通三年,以《颜氏家训》考之,其说当是。《序致》云:"年始九岁,便丁荼蓼。"据《梁书·颜协传》,协以大同五年(539)卒,时之推方九岁。又《终制》云:"吾年十九,值梁家丧乱。"按:之推年十九,即太清三年(549),台城陷于侯景。足见其说不误。至其卒年,实难确考。窃以为当在隋文帝开皇十年(590)之后。《终制》云"吾已六十余",是《终制》作于开皇十年后。此篇又云:"计吾兄弟,不当仕进。"据《北史·文苑传》,之推入隋,未言官职,"隋开皇中,太子召为文学,深见礼重"。疑此书之成,在为太子文学以前。又《文苑传》谓之推弟之仪以开皇五年为集州刺史,"明年代还,遂优游不仕"。十一年卒。观《终制》文义,时之仪尚在,是此书之成,在十年、十一年间。《北史·文苑传》又谓之推为太子文学,"寻以疾终",则疑是开皇十一、十二年间为太子文学,其卒当在开皇十三年左右。盖《终制》自言"今年老疾侵",似其卒不应离书成甚久。又之推二子,思鲁、愍楚。《隋书·律历志》载,开皇十七年张胄玄历成,通事舍人颜愍楚上书云:"汉落下闳改《颛顼历》作《太初历》,云后八百岁,此历差一日。"(《北史·艺术传》愍楚官内史通事)疑此时之推已卒,愍楚当是服阕而仕,计其服丧之时,则之推卒年,当为开皇十四年左右,享年约六十四岁。

诸葛颖生卒年

诸葛颖生卒年,据《隋书》本传谓:"从征吐谷浑,加正议大夫。后从驾北巡,卒于道,年七十七。"逯钦立《先秦汉魏晋南北朝诗》谓颖"大业十一年,从驾北巡,卒于道"。按:大业十一年,即公元六一五年;以此上推七十七年,当生于梁武帝大同五年(539)。然据此则侯景之破台城,在太清三年(549),颖年十一。《隋书》本传谓颖"起家梁邵陵王参军事,转记室。侯景之乱,奔齐,待诏文林馆"。其为邵陵王记室,当在台城陷落前,时不过十岁童子,焉得为参军、记室?台城陷,亦何能只身奔齐,而齐朝乃使之待诏文林馆?窃意本传所谓"北巡"非大业十一年,乃大业七年炀帝幸涿郡耳。大业七年为公元六一一年,上推七十七年,则梁大同元年(535)。据此则台城之失,颖年十五岁,或容为参军、记室。姑志以存疑。

诸葛颖仕梁及奔齐时间

《隋书·诸葛颖传》:"从征吐谷浑,加正议大夫。后从驾北巡,卒于道,年七十七。"检《隋书·炀帝纪》,隋炀帝征吐谷浑,在大业五年(609),其"北巡"当指幸涿郡事,在七年(611)二月,是诸葛颖卒年,当为大业七年,上推七十七年,则梁武帝大同元年(535),颖当生于是年。至太清三年(549)侯景陷台城,颖年十五,尚不足出仕之年。

然本传又云："起家梁邵陵王参军事，转记室。侯景之乱，奔齐。"似颖之为邵陵王参军，在侯景乱前，则于理不合。然本传所载，似不误。盖邵陵王萧纶在侯景乱中，始终率军与侯战，且无功而卒为西魏所杀。然死前仍据安陆董城。据《梁书·简文帝纪》，纶死于大宝二年（551）二月，时颖年当为十七岁，亦差可服官。疑颖于侯景乱时，出从萧纶，及纶败而亡入北齐。盖纶自台城陷后，其据地与北齐亦有交通。徐陵《与杨遵彦书》云："又近者邵陵王通和此国，鄴中上客，云聚魏都，业下名卿，风驰江浦。"此可证纶败时颖可以入齐。且本传谓颖"侯景乱，入齐"，台城陷时，北方尚为东魏，至纶败时，则高洋（文宣帝）已代魏建齐。故颖之入齐，在大宝时也。

鲍几生卒年拟测

《先秦汉魏晋南北朝诗》录鲍几诗两首。小传云："几，一作机，字景玄，东海人。家贫，吏部尚书王亮举为舂陵令。历太常丞、尚书郎。终于湘东王谘议参军。"逯氏按语云："《梁书·鲍泉传》：'父机，湘东王谘议参军。'《南史·鲍泉传》：'父几，字景玄，终于湘东王谘议参军。'《诗纪》云：'《北史·鲍宏传》："父机，以才学知名，仕梁为侍书御史。"又《隋志》云："梁镇西府记室《鲍畿集》八卷。"《北史》、《隋志》所载盖皆别为一人。'"按，王亮为吏部尚书在齐建武末，是几之入仕当在此时。《南史·鲍泉传》又记几"后为明山宾所荐，为太常丞。以外兄傅昭为太常，依制，缌服不得相临，改为尚书郎。终于湘东王谘议参军"。据《梁书·傅昭传》，昭为太常卿在天监十四年，卒于大通二年，年七十五。逆推当生于宋孝武帝孝建元年，鲍机生年不得早于是年。机于建武末入仕，其年当不足三十，生年或在大明、泰始间。天监十四年被荐为太常丞,已五十左右。《类聚》卷五三录萧绎《荐鲍几表》:"伏见鲍几,门庭雍睦,立身贞退,博涉文史,颇闲刀笔。忠公抗直,出宰廉平,雅志弘深,安贫专静。解巾入仕,三十余年,自游臣府,一纪于兹。前宰东邑,实有二鲁之风;近处南台,欲尊两鲍之则。"以入仕三十余年计之,时当在中大通间,其入萧绎府则在天监末、普通初。表称"近处南台",则几又当于中大通间为治书侍御史,《北史》所记无误,《隋书·鲍泉传》同。按《隋书·百官志》,梁制太常丞、尚书郎同在五班,南台治书侍御史在六班,皇弟皇子府记室在六班,谘议在九班。鲍机当以萧纲之荐迁官,复入湘东府为记室。《隋志》记"梁镇西府记室《鲍畿集》"云云,此"畿"当为"几"之误字。萧绎进镇西将军在大同三年,如以几卒于湘东谘议参军,则或已至大同中期以后,卒年约七十左右。

《隋书·鲍宏传》又载"宏七岁而孤,为兄泉之所爱育"。《北史》同。鲍泉之父为鲍几,鲍宏之父自不得"别为一人"。又《隋书·鲍宏传》记宏卒年九十六,必误。如上所考,宏七岁丁父忧,九十六而卒,已及于唐贞观之世,甚或在《隋书》编定之后矣。

贺若弼未尝仕北齐

逯钦立《先秦汉魏晋南北朝诗·隋诗》叙贺若弼事,盖据《诗纪》,未尝与《隋书》覆勘。按:《隋书》本传言"(弼)父敦,以武烈知名,仕周为金州总管,宇文护忌而害之"。无仕齐事。而逯书乃谓弼尝"仕齐、周历官秦州刺史"。实则不但贺若弼,即其父敦亦未尝仕齐也。据《周书·贺若敦传》,敦年十七,为西魏大统三年,亦即东魏之天平四年(537),敦劝父降西魏,下距齐之代东魏尚有十六年。以

《隋书》所载贺若弼卒年六十四计之，其生年为西魏大统二年（536）。当其父祖自东魏降西魏时，才二岁耳。即使史家涉笔误以东魏为齐，弼亦无仕官之可能。盖《诗纪》乃明人作，明人本不肯读书，逯先生误从之耳。

李谔卒年及请正文体时间之推测

《隋书·李谔传》于谔生卒年及享年之数皆无记载，即谔所上请正文体书，亦未记岁月。然其上书请正文体，有"开皇四年，普诏天下，公私文翰，并宜实录。其年九月，泗州刺史司马幼之文表华艳，付所司治罪"诸语。称"其年九月"当非本年及明年之事，其上书至早亦必为开皇六年以后事。然本传叙事，虽不载岁月，然行事先后，当有次序。其上书论文体后，又上书戒百官好事矜伐之弊。下文言"谔在职数年"云云，其下又云："邳公苏威以临道店舍，乃求利之徒，事业污杂，非敦本之义。遂奏高祖，约遣归农，有愿依旧者，所在州县录附市籍，仍撤毁旧店，并令远道，限以时日。正值冬寒，莫敢陈诉。"下记谔因别使，见其不便，遂专决之，然后奏闻。按：苏威此议，显是赈灾时所发。然据《隋书·高祖纪》，苏威出使赈灾、巡省，凡三次。一为开皇五年八月，一为六年正月，一为八年八月。以情理而论，其欲去店舍，使之归农，当以前二次为近，盖时威正为民部（即户部）尚书也。然以《李谔传》叙事次第考之，开皇五年八月，恐为时过早，不当记在正文体尚书之后。六年正月则与"冬寒"之时令不合，恐是八年八月。盖《隋书·食货志》载五年五月工部尚书长孙平上书论积贮事，下又言："自是诸州储峙委积。其后关中连年大旱，而青、兖、汴、许、曹、亳、陈、仁、谯、豫、郑、洛、伊、颍、邳等州大水，百姓饥馑。高祖乃命苏威等,分道开仓赈给。"盖威以八月出使河北诸州,其至河北当在九月、十月之际,见店舍而欲去之,当又在其后,故其事在八年之冬,与"冬寒"合。李谔当时出使在外,返长安不久,即以年老为通州刺史。后三岁者,当在开皇十一至十二年。

李孝贞行年推测

《隋书·李孝贞传》不载其生卒年,然其行年尚约略可知。本传称:"开皇初,拜冯翊太守,为犯庙讳,于是称字。后数岁,迁蒙州刺史,吏民安之。自此不复留意于文笔,人问其故,慨然叹曰:'五十之年,倏焉而过,鬓垂素发,筋力已衰,宦意文情,一时尽矣,悲夫!'"是知孝贞入隋后数年,已逾五十。本传又谓:"征拜内史侍郎,与内史李德林参典文翰。然孝贞无干剧之用,颇称不理,上遣怒之,敕御史劾其事,由是出为金州刺史。卒官。"据《隋书·李德林传》:"初,德林称父为太尉谘议以取赠官,李元操(即孝贞)与陈茂等阴奏之曰:'德林之父终于校书,妄称谘议。'上甚衔之。"李德林黜为怀州刺史在开皇十年,孝贞之奏,当在此之前。可知孝贞为内史侍郎,当在开皇十年之前。据《隋书·卢思道附从兄昌衡传》,昌衡尝为寿州总管长史。"总管宇文述甚敬之,委以州务。岁余迁金州刺史。仁寿中,奉诏持节为河南道巡省大使"。检《宇文述传》:"时晋王广镇扬州,甚善于述,欲述近己,因奏为寿州刺史总管。"按:隋炀帝为晋王时,以开皇十年高智慧之乱镇扬州,以开皇十五年归藩。宇文述为寿州总管,当在开皇十年之后,十五年前其时昌衡为寿州总管长史,迁金州刺史。以此推之,则昌衡迁金州刺史时间,亦在开皇十五年之前。《李孝贞传》既云"卒官",则孝贞之卒,在昌衡为金州刺史之前,其卒年应为开皇十年之后不久。又《隋书·李孝贞传》谓孝贞与范阳卢询祖"为断金之契"。询祖享年之数虽不可考,然据卢思道《卢纪室诔》,询祖卒于北齐后主天统二年(566)。诔又言:询祖弱龄即"内无怙恃"。按《北齐书·卢询祖传》,询祖之祖文伟,卒于东魏兴和三年(541),询祖父名恭道,先文伟卒。其人于天平初尚在,计询祖之年当逾三十。孝贞与之友善,年亦相当,则其生年在东魏初,与本传所称开皇时年逾五十相符。

魏澹《魏书》与张大素《魏书》

《隋书·魏澹传》谓魏澹著《魏书》"为十二纪、七十八传,别为史论及例一卷,并目录,合九十二卷"。《经籍志》则云:"《后魏书》一百卷,著作郎魏彦深撰。"卷数与本传不合,疑当时传钞时分合不同所致。此书至唐时犹存,刘知几《史通》尝论及之。然《旧唐志》未见著录,然谓《魏书》除魏收所著外,有张大素著一百七卷,又一百卷,亦题大素撰。《新唐志》则谓有魏澹《后魏书》一百七卷。未知孰是。按:大素,《史通》作"太素",云是敦煌人,而《新唐书·张公瑾传》则谓大素是唐太宗功臣张公瑾长子,魏州繁水人。又谓大素"龙朔中历东台舍人,兼修国史,著书百余篇,终怀州长史"。《旧唐书·张公瑾传》则谓公瑾长子名大象,次子名大素、大安。"大素龙朔中历位东台舍人,兼修国史,卒于怀州长史。撰《后魏书》一百卷、《隋书》三十卷"。今据《旧唐志》有张大素《隋书》三十二卷。疑《旧唐书》所言《后魏书》百卷及百七卷中,必有一种为魏澹书之误。至于卷帙之数,盖传钞时有分合,故《艺文志》、《经籍志》所录,往往与本传不同耳。

魏澹《魏书》成书年代及其卒年

《隋书·魏澹传》谓:"澹所著《魏书》,甚简要,大矫(魏)收、(平)绘之失。上(隋文帝)览而善之。未几,卒,时年六十五。"然未明言其卒年。按:本传谓澹父季景为齐大司农卿,又言"澹年十五而孤"。按齐文宣代东魏,为公元五五〇年,下迄开皇末凡五十年。澹父季景既仕北齐,其卒年当在天保元年(550)之后。本传又言澹尝为齐博陵王记室,又谓"及琅邪王俨为京畿大都督,以澹为铠曹参军"。按:《北齐书·琅邪王俨传》谓俨初封东平王,尝为京畿大都督,后为领军大将军、中书令。今考《北齐书·后主纪》,俨为领军大将军、中书令为天统三年(567),则俨为京畿大都督,当在此前。俨封东平王在武成帝河清三年(564)。据此则魏澹出仕,必在此前后,度其出仕时,当逾弱冠之年。

据《史通·古今正史》,谓与澹同修《魏书》者,有颜之推、辛德源。按:颜之推卒年不详,据《颜氏家训·终制》当在隋文平陈之后。辛德源于开皇初以与卢思道往来,为崔彦武所奏,谪令从军,"岁余而还"。中弘令与王劭修国史。《隋书·辛德源传》谓德源尝为蜀王秀掾。蜀王秀以开皇二年为"上柱国、西南道行台尚书令,岁余而罢"。十二年方为内史令,寻出镇蜀。是辛德源作《魏书》,当在十二年前、二年之后。因卢思道以开皇六年卒,则德源初谪从军,当在三年至四年。据此则《魏书》之作,盖在开皇五至十年左右,魏澹成书不久即卒,则当在开皇十至十二年(590~592)左右。卒年六十五,则约生于魏孝明帝正光、孝昌间。然此说与澹父季景为齐大司农卿说不合,盖若据此说,澹在文宣代魏时,年已二十五左右,季景卒时,澹年十五,则季景不得仕北齐已。今据《北史·魏季景传》谓季景"元象初,兼给事黄门侍郎,后兼散骑常侍,使梁。还,历大司农卿、魏郡尹,卒"。按:元象为东魏孝静帝年号,元年为公元五三八年。疑季景在元象后不久卒,故澹年十五。是季景所仕乃东魏,非北齐也。

李德林举秀才

《隋书·李德林传》载德林举秀才于北齐文宣帝天保时。云:"任城王湝为定州刺史,重其才,召入州馆。朝夕同游,殆均师友,不为君民礼数。尝语德林云:'窃闻蔽贤蒙显戮。久令君沈滞,吾独得润身,朝廷纵不见尤,亦惧明灵所谴。'于是举秀才入邺,于时天保八年也。王因遗尚书令杨遵彦书云:'……'遵彦即令德林制《让尚书令表》,援笔立成,不加治点。因大相赏异,以示吏部郎中陆印。"按:《北齐书·杨愔传》,愔为尚书令在天保九年。同书《文宣帝纪》系于是年五月。疑任城王高湝之举德林,虽在八年,而德林应举,则在九年,杨愔适拜尚书令,南北朝通例,受职必为让表,因任城王之荐,杨愔重德林之才,故使代作让表耳。

李德林生卒年

《隋书·李德林传》所载德林卒年殊含混,其出为怀州刺史,乃开皇十年(590)事。本传又言:"在州逢亢旱,课民掘井溉田,空致劳扰,竟无补益,为考司所贬。岁余,卒官,时年六十一。"据此得德林之卒,当在任怀州刺史后"岁余",然未知其为开皇十一年抑十二年也。

中华书局标点本《北齐书》有《出版说明》，谓德林生于公元五三〇年，卒于五九〇年。按五九〇即开皇十年，与本传不合，疑误。

《隋书·李德林传》有误

《隋书·李德林传》云："是时中书侍郎杜台卿上《世祖武成皇帝颂》，齐主以为未尽善，令和士开以颂示德林。宣旨云：'台卿此文，未当联意。以卿有大才，须叙盛德，即宜速作，急进本也。'德林乃上颂十六章并序，文多不载。武成览颂善之，赐名马一匹。"按：此文殊误，"世祖武成皇帝"者北齐武成帝高湛之庙号及谥也。不应在未死之前，已有此号。疑"武成览颂善之"句有误，当是后主览而善之，原文本作"齐主"，而缮写者误为"武成"耳。然检《北史·李德林传》不载此事，无从比勘。《隋书·杜台卿传》亦不记作颂事。然以《李德林传》及《北齐书》《祖珽传》、《赵彦深传》、《阳休之传》核之，此事必在齐武成死后，其览颂而赐德林名马者，必后主也。《隋书·李德林传》记此事在武平初，德林丁母忧及魏收与阳休之论《齐书》起元事之后。按：武平为后主年号，武平元年为公元五七〇年，而齐武成帝死于后主天统四年十二月，当为公元五六九年初，可证作颂事确在武成死后。本传记作颂赐马事后，又载"三年，祖孝征入为侍中，尚书左仆射赵彦深出为兖州刺史"。按：此事微误，据《北齐书·祖珽传》，武成崩后，后主忆祖珽，除海州刺史，后又入为秘书监。和士开死后，珽说陆令萱，使出赵彦深。同书《赵彦深传》，"武平二年拜司空，为祖珽所间，出为西兖州刺史"。又据《北齐书·后主纪》，和士开之死，在武平二年，则《隋书·李德林传》所言"三年"，当是"二年"之误。又作颂事既为和士开宣旨，当是武平二年七月琅邪王高俨杀士开之前。又据《北齐书·阳休之传》云:"又魏收监史之日,立《高祖本纪》,取平四胡之岁为齐元。收在齐州,恐史官改夺其意,上表论之。武平中,收还朝,敕集朝贤议其事。休之立议从天保为限断。"此议即《隋书·李德林传》所载德林与收议齐民限断事也。此事当亦在武平元年至二年间,盖魏收以武平三年卒也。今考齐武成帝死于天统四年十二月,则其免丧以二年余计,当在武平二年三月。盖除丧作颂,殆亦情理之常,则此殆武平二年事。武成当是"齐主"之误。

李德林《从驾巡幸诗》

此诗逯钦立《先秦汉魏晋南北朝诗》引《诗纪》,谓"《苑诗类选》作许善心者非"。按:此诗不特非许善心作,似亦非作于隋时。此诗首四句云:"大夏尧遗俗,汾河汉豫游;今随龙驾往,还属雁飞秋。"当为从某帝幸晋地之作。今按隋文帝无游晋之举,当是北齐时作。盖北齐诸帝时游晋阳也。余疑此诗是从北齐后主于武平二年至三年间巡幸晋阳时作。据《北齐书·后主纪》,此两年秋八月,后主皆尝适晋阳也。今检《隋书·辛道衡传》载武平初,薛"待诏文林馆,与范阳卢思道、安平李德林齐名友善"。今薛有《从驾幸晋阳诗》,其中有"涧水寒逾咽,松风远更清"句,似亦秋日作。卢有《从驾经大慈照寺诗》,其序云"乃睇参墟,实唯唐旧",明在晋地。序又云"既而景躔西陆,气中南宫;商风振野,白露威寒",时令亦与卢、李诗合。又:萧悫有《和崔侍中从驾经山寺诗》,亦秋日作,故云"野禽喧曙色,山树动秋声"。崔诗中当即崔季舒。季舒死于武平四年,据《北齐书》本传,斯时正官侍中也。

又李诗有"待君草封禅"句,薛诗有"方观翠华反,簪笔上云亭",意同。

郑公超《送庾羽骑抱》诗为隋时作

逯钦立《先秦汉魏晋南北朝诗·北齐诗》有郑公超《送庾羽骑抱》一首,本见《文苑英华》二六六。按:郑公超之名,仅见《北齐书·文苑传》,谓公超北齐后主时为奉朝请,与祖珽等同撰《修文殿御览》。故自冯惟讷、丁福保皆以郑公超为北齐人。逯先生仍之,不为无据。然检《文苑英华》原书,此书盖在江总、孔德绍诸人之后,尹式、王胄之前。夫孔德绍事迹,见《隋书·文学传》。尹式、王胄亦见《隋书·文学传》。然则郑公超似终于隋代,似可以隋人目之也。又庾抱其人实已入唐。《旧唐书·文苑传》谓抱是润州江宁人,"祖众,陈御史中丞,父超,南平王记室。抱开皇中为延州参军事,后累岁调,吏部尚书牛弘知其有学术,给笔札令自序,授翰便就,弘甚奇之"。据《隋书·高祖纪》牛弘为吏部尚书,在开皇十九年,即平陈之后十年。又据《陈书·后主十一子传》,陈南平王嶷,乃后主第二子,至德元年(583)立为南平王。至陈亡才七年。庾抱父超为南平王记室,则当随嶷入关者。可见庾抱盖未尝仕北齐。此必郑公超历周入隋,与庾抱相见于关中。当隋末群雄未起之前,抱尝有事南返而郑作诗以赠之。"羽骑"亦当是抱隋时官职,惜两《唐书》均未记抱为此官事。然郑公超当入隋,而此诗为隋时作,则无可疑也。

虞绰生卒年考

《隋书·文学·虞绰传》不载虞绰生卒年,然本传谓卒年五十四,则其生卒年略可考也。据《隋书》本传,绰从征辽东,奉炀帝命,作《大鸟铭》。按《隋书·炀帝纪》,征辽东,获大鸟在大业八年三月。翌年六月而杨玄感反,八月,宇文述破斩之。十二月,车裂玄感弟积善及其党羽。炀帝问玄感妓妾以何人与玄感交通,当在此前后,穷治其事,当亦在此年末。流绰于且末,大约为九年末、十年初。绰变姓名逃于江南,历岁余而败,当在十一年或十二年,以自长安潜逃江南,当稍需时日。其在婺州被囚诗,有"桃蹊日影乱,柳径(和)秋风起"句,疑在春日,是绰之死,或在大业十二年(616)春。以此上推五十四年,则生于陈文帝天嘉四年(563)也。

王胄诗与其生平事迹

王胄诗,逯钦立《先秦汉魏晋南北朝诗》所辑凡二十首(其中有佚句,非全文),在隋代诗人中不为少矣。今检《隋书》本传,其写作时间颇有可疑。《隋书》记胄入隋后,似颇为炀帝所重,至杨玄感反,始被罪亡命,中间不闻有被贬黜事。至于其在陈事迹,仅知为"鄱阳王法曹参军,历太子舍人、东阳王文学"诸职。其早年所作如《在陈释奠金石会应令诗》,最为明白。然如《卧疾闽越述净名意诗》,则顾难断的在陈抑在隋之作。意者,胄以大业十年(614)左右被杀,年五十六,则陈亡时胄年在三十左右,"卧疾闽越"似太早,或在隋平陈后,至炀帝即位前所作。因《隋书》本传记胄"及陈灭,晋王广引为学士。仁寿末,从刘方击林邑,以功授帅都督",盖自平陈后,炀帝拜并州总管,疑胄未从行也。至于《酬陆常侍》有"相知四十年,别离万余里;君留五湖曲,余去三河涘"句,明在陈亡后作。诗言"吾归在漆园,著书试词理",疑胄于炀帝立后,或有黜免之事,心怀不满,故与杨玄感交通。本传记胄事甚略,或有失载,若谓其得罪后"潜还江南"后作,恐不合事理。盖当时胄婴重罪,纵使有作,谁敢存之乎?至于"庭草无人随意绿"句,虽是胄作,恐非如小说家言为得罪之因。

王胄《燕歌行》

王胄《燕歌行》,今仅存"庭草无人随意绿"句。此事见唐刘𫗧《隋唐嘉话》上:"(隋)炀帝为《燕歌行》,文士皆和。王胄独不下帝,帝每衔之。胄竟坐此见害,诵其警句曰:'庭草无人随意绿。'复能作此语耶?"按:《隋书》本传,胄因交通杨玄感被徙边,"潜还江左,为吏所捕,坐诛"。其时间虽难确考,大约在大业九年后,然炀帝之幸江都,在十二年,亦未至江左。胄被刑时,帝面诵"庭草"之句,恐非事实。宋吴曾《能改斋漫录》卷四"空梁落燕泥"条,谓"小说可信者少",不为无见。同书卷八"庭草无人随意绿"条,引庾信《荡子赋》:"游尘满床不用拂,细草横阶随意生"句,谓胄诗"盖取诸此",是也。然又谓:"以之丧命,岂不枉哉?"似又以此为实事,恐非。

元行恭姓名及事迹

《北史·文苑传》述北齐后主时待诏文林馆文士有"并省右户郎元行恭"。《北齐书·文苑传》则作"并省右民郎高行恭"。"民"作"户"乃避唐太宗讳改。"高"盖北齐代魏后所改,行恭本姓元也。盖元行恭有诗二首,皆见《初学记》及《文苑英华》,并作"元",不作"高"也。元氏有《秋游昆明池诗》,《诗纪》以江总、薛道衡皆有此诗,故以元行恭诗入隋。当是。然又谓"隋开皇中位尚书郎,坐事徙瓜州卒",不见《隋书》及《北史》,未知何据,姑从之。

《隋书·鲍宏传》忘疑

《隋书·鲍宏传》"江陵既平,归于周。明帝甚礼之,引为麟趾殿学士。累迁遂伯下大夫,与杜子晖聘于陈,谋伐齐也。陈遂出兵江北以侵齐。帝尝问宏取齐之策"云云。下文又记宏对"帝"以平齐之策。按:问宏以取齐之策者,当是周武帝而非明帝。明帝在位实不足三年,未尝议平齐事。又宏与杜子晖使陈,亦武帝时事。"杜子晖"即杜杲,《周书》有传。《周书·杜杲传》:"武帝建德初,为司城中大夫,使于陈。"下文又言杲与陈宣帝"合从图齐"事。据《陈书·宣帝纪》,太建四年(572)八月,"周遣使来聘"。五年三月,"分命众军北伐,以镇前将军、开府仪同三司吴明彻都督征讨诸军事"。陈太建四年当周建德元年,与《周书·杜杲传》合。足证鲍宏使陈是武帝时事,上距明帝之死已十二年矣。《隋书》记事殊疏。

鲍几、鲍泉、鲍宏生年推测

逯钦立先生《先秦汉魏晋南北朝诗》于鲍几生平作按语云:"《梁书·鲍泉传》:'父机,湘东王谘议参军。'《南史·鲍泉传》:'父几,字景玄,终于湘东王谘议参军。'《诗纪》云:'《北史·鲍宏传》:"父机,以才学知名,仕梁为侍书御史。"又《隋志》云:"梁镇西府记室《鲍畿集》八卷。"《北史》、《隋志》所载盖皆别为一人。'"(第二〇二五页)按:《诗纪》引《北史》语,盖本《隋书·鲍宏传》。《隋志》所谓"镇西府记室鲍畿"当与此鲍几为二人。盖湘东王萧绎以大同三年(537)为镇西将军。设几以是年任镇西府记室,寻卒,则据《隋书·鲍宏传》,"宏七岁而孤",鲍宏当生于中大通三年(531)。宏享年九十六,当卒于唐高祖武德末(626),未免太晚。然《北史》(实即《隋书》)《鲍宏传》谓鲍机,即此鲍几无疑,盖宏字润身,泉字润岳,明是兄弟。且《隋书》又言"为兄泉之所爱育"。《诗纪》大误,不足据。

鲍几生平,唯《南史·鲍泉传》言之最详:"父几,字景玄,家贫,以母老诣吏部尚书王亮干禄,亮一见嗟赏,举为春陵令。后为明山宾所荐,为太常丞。以外兄傅昭为太常,依制缌服不得相临,改为尚书郎,终于湘东王谘议参军。"据《梁书·王亮传》,王亮为吏部尚书在齐明帝建武末,则几为春陵令,当整齐末。至于明山宾荐为太常丞事,据《梁书·傅昭传》,傅昭为太常卿乃天监十四至十七年间事。其为湘东王谘议参军,疑在湘东王萧绎(元帝)为丹阳尹时,此普通七年(526)以前事也。若当时湘东王在建康,几以湘东王谘议参军,兼为治书侍御史,亦未始无此可能。几之卒,当在普通间,则宏之生或在天监末,设宏以天监十八年(519)生,则据《隋书》本传谓享年九十六,亦当在隋炀帝大业十年(614)矣。据此推测,则鲍几年辈当与吴均、何逊辈相若。

鲍泉、鲍宏年岁相差当较大。鲍几为舂陵令,在齐末,时年当已弱冠,则泉之生或在齐梁间或天监中。几卒时,宏年七岁,泉能爱育之,则已近十八抑二十矣。至大宝二年(551)在郢州为侯景所害,年约五十左右。其为通直侍郎,据《南史·鲍泉传》所载"逢国子祭酒王承"事,《梁书·王承传》,在中大通五年(533)后。

鲍宏为湘东王中记室,或在中大通六年湘东王赴建康以后,见《法宝联璧序》。其时间为大同初,其为镇南府咨议,在大同六年以后。此虽推测,略近情理。

隋初有两柳庄

《隋书·柳庄传》所记柳庄乃柳遐(《周书》作"霞")子,父遐仕梁为萧詧骠骑大将军、开府仪同三司,詧于江陵称帝,遐仍留襄阳。《周书》有传。柳庄据《隋书》,则仕后梁,及梁国废,遂仕隋,未尝仕于周及陈。《隋书·五行志》下云:"是时北军临江,柳庄、任蛮奴并进中款,后主惑佞臣孔范之言,而昏暗不能用,以至覆败。"此柳庄当是陈臣,陈宣帝柳皇后从祖弟,事迹附见《陈书·后妃传》,陈亡入隋,为岐州司马。此柳庄是柳悼侄孙。今存隋柳庄《刘生》一诗,历来以为遐子作,然亦未始不能为陈柳庄作也。检《文苑英华》卷一九六,此诗前后作者皆陈人,则其为陈柳庄作似更可能。

王劭生卒年

王劭生卒年,《隋书》本传无明文。然本传谓"弱冠,齐尚书仆射魏收辟参开府军事,累迁太子舍人,待诏文林馆。时祖孝征、魏收、阳休之等尝论古事,有所遗忘,讨阅不能得,因呼劭问之"云云。按:《北齐书·后主纪》,魏收为开府尚书仆射,在天统五年十二月(实为570年1月);同书《魏收传》,收卒于后主武平三年(572)。又《后主纪》,后主立子恒为太子在武平元年(570)九月,是王劭为太子舍人,入文林馆时,收尚健在,其为魏收开府参军事更在其前,当是武平元年(570)事。斯时劭为弱冠之年,则其生年当为北齐文宣帝天保元年(550)左右。("弱冠"虽指二十岁,然一般为约数。)至于卒年,本传谓:汉王谅作乱,劭上书谓"谅既自绝,请改其氏";又谓劭"迁秘书少监,数载卒官"。按:"数载"非定数,然炀巡行及伐辽东,均不闻劭有上书称颂事,则其卒年,至晚亦当在大业八年(612)伐辽东之前。计其年当不过五十余,至多亦不过稍逾六十。

《隋书》与《史通》论王劭

《隋书·王劭传》谓劭"弱冠,齐尚书仆射魏收辟参开府军事",是劭之出仕,实由魏收举拔。然据《史通》《曲笔》云:"如王劭之抗词不挠,可以方驾古人。而魏收持论激扬,称其有惭正直。夫不彰其罪,而轻肆其诛,此所谓兵起无名,难为制胜者。寻此论之作,盖由君懋书法不隐,取咎当时。或有假手史臣,以复私门之耻,不然,何恶直丑正,盗憎主人之甚乎？"合二书观之,似王劭之进,虽由魏收,然于史学,宗旨各异,故情好终乖。然据《隋书》本传,王劭为收参军,年方弱冠,越三年而收卒。当时劭年不过二十余,似尚未从事于齐史之撰述。《隋书》本传及《史通·古今正史》皆谓《齐志》是隋文帝受禅后作,时收死已久,焉得斥其"有惭正直"？至于收撰《魏书》,则在北齐文宣帝时,劭尚童稚,未预其事,故《史通·古今正史》记《魏书》之作,唯言刁柔、辛元植诸人而无王劭。不知《曲笔》所言收斥劭事何所据而云然。岂传闻者有误耶？

然《隋书》之论王劭,颇多贬抑,至谓其"好诡怪之说,尚委巷之谈,文词鄙秽,体统繁杂。直愧南、董,才无迁、固,徒烦翰墨,不足观采",似劭所著《齐志》及《隋史》皆毫无可取。《史通》之论,有异于此,其《言语》、《叙事》、《曲笔》诸篇,于劭书推崇备至。如《言语》、《叙事》,皆称其不避当时口语,能存"方言世语",可以"考时俗之不同";《言语》又谓当时论者,以"周史为工","盖赏其记言之体,多同于古故也"。此则王劭著书,文词与令狐德棻不同,当时风气,重令狐而轻王。虽行文有别,似不当诋为记事不实也。至若《隋书》所论,不特其书不足采,即其人亦佞妄可鄙。此恐未必是后人肆意诋毁,盖本传所载劭所上章奏,皆诞妄谄媚之言,岂可视为捏造。意者,劭之为人,当非耿直之士,而其书或不无可采,后人恶其为人,遂并斥其书。又《史通·古今正史》记唐修《隋书》之前,本有王劭、李德林两家隋史。李百药即德林子。唐初所修诸史,李百药颇预其事,当时史官,遂祖李而抑王。故于《王劭传》多所指斥。然刘知几论史,颇秉直道,其称劭之长,当非臆说,则其书或未可因人而废也。

徐仪生年

徐仪生平附见《陈书·徐陵传》,其卒年为隋炀帝大业四年(608)。生年不详。按:徐仪为陵第三子,其次兄徐份以太建二年(570)卒,年二十二,当生于梁武帝太清三年(549)。按:徐陵以太清二年使东魏。其出使时份盖在母腹,尚未出生。陵使东魏被留邺多年,又遭父摛之丧,则仪之生当迟于份数年。设徐仪以陵南返之年即绍泰元年(555)生,至太建中叶已年二十左右,亦可以举秘书郎矣。以情理言,陵留北时以父丧故,不得生子,免丧后又如其《与齐仆射杨遵彦书》所言,颇贫困,未必能纳妾,则其生仪似应在南返之后,迄大业四年卒,当享年五十左右。

庾自直生平

《隋书·文学·庾自直传》:"父持,陈羽林监。自直少好学,沉静寡欲。仕陈,历豫章王府外兵参军、宣惠记室。陈亡,入关,不得调。"据《陈书·文学·庾持传》,持卒于太建元年(569),年六十二。今按庾自直仕历,其解褐为豫章王府外兵参军。《陈书·豫章王叔英传》:"太建元年,改封豫章王,仍为宣惠将军,都督东扬州诸军事、东扬州刺史。五年,进号平北将军,南豫州刺史。"太建元年叔英初封时,自直方丁父忧(《陈书·宣帝纪》,封叔英在是年正月),则其出仕必为太建三年服阕之后。五年叔英进号平北,则其为"宣惠记室"恐未必是叔英也。盖陈宣帝子为宣惠将军者,除叔英外有宜都王叔明

(太建五至七年)、晋熙王叔文(太建七年至后主至德元年)。自直出仕时间在太建三年后,设是岁年二十,则庚持之生自直,年已四十四。故自直生年当在梁元帝承圣元年(552)之前。其卒年据《隋书》本传:"(宇文)化及作逆,以之北上,自载露车中,感激发病卒。"化及杀隋炀帝,在恭帝义宁二年(618),亦即大业十四年。设自直之卒即在是年,则得年六十七,设其生在承圣前,则自直年过七十矣。

明克让事迹

《隋书·明克让传》谓克让是梁明山宾子。按:《梁书·明山宾传》,山宾以梁武帝大通元年(527)卒,年八十五。今据《隋书·明克让传》,克让以隋文帝开皇十四年(594)卒,年七十,则其生年为梁武帝普通六年(525),下距山宾卒年仅二年,岂山宾年八十有三尚能生子乎?然《隋书》此传,似不可轻疑,如言克让年十四,释褐湘东王法曹参军。今据《梁书·元帝纪》,元帝以梁武帝大同五年(539)入为安右将军,护军将军领石头戍事,时克让当年十五,相差一年。又记朱异在仪贤堂讲《老子》事,按:《梁书·朱异传》:"(大同)六年,异启于仪贤堂奉述高祖(梁武帝)《老子义》,敕许之。"年代事迹皆无大出入,似可信从。如此,岂山宾体质实大异,与人不同欤?

《隋书·陆爽传》及陆法言生活时代

陆法言事迹,《隋书》附见父陆爽传,言之甚略,其生卒年亦不详。按:《陆爽传》:"爽少聪敏,年九岁就学,日诵二千余言。齐尚书仆射杨遵彦见而异之,曰:'陆氏代有人焉。'年十七,齐司州牧,清河王岳召为主簿。"按:陆爽以开皇十一年(591)卒,年五十三,当生于东魏孝静帝兴和元年(539),其九岁当为东魏孝静帝武定五年(547),时齐尚未代魏,杨遵彦亦尚未为尚书仆射,盖史籍追记,用后时官职也。据《北齐书·清河王岳传》,岳为司州牧,在天保(齐文宣帝年号)初,以爽年十七推之,当为天保六年(555)。然《北齐书·清河王岳传》记岳于天保五年冬率师与梁战,获陆法和,次年以第宅事得罪,冬病卒。年代与《隋书》或有出入。

陆爽之生法言,当在天保间。设法言生时,爽年二十,则法言当以天保九年(558)生。今本《广韵》所附陆法言《切韵序》,谓"昔开皇初,有仪同刘臻等八人同诣法言门宿,夜永酒阑,论及音韵"云云。按:八人者除刘臻外,复及"萧、颜多所决定,魏著作谓法言曰:'向来论难疑处悉尽,何不随口记之。我辈数人,定则定矣。'法言即烛下握笔,略记纲纪"。按:"萧"当即萧该,撰《文选音义》者也;颜当即颜之推,精文字音韵者也。"魏著作"疑即魏澹。数子年辈,皆长于法言,刘臻、魏澹之年皆长于陆爽。今考到刘臻为太子勇学士,魏澹尝为太子舍人、太子学士,爽亦为太子洗马。盖魏、刘皆以太子勇僚属与陆爽相集,疑论音韵之事,实与爽讨论,法言不过以后生而记其言而已。《切韵序》作于仁寿元年,当太子勇被废不久,故序未详言集会事也。《隋书·陆爽传》:"及太子废,上(文帝)追怒爽云:'我孙制名,宁不自解,陆爽乃尔多事!扇惑于勇,亦由此人。其身虽故,子孙并宜屏黜,终身不齿。'法言竟坐除名。"按:太子勇废为开皇二十年,其明年即仁寿元年,法言以是年作《切韵序》,故言"今返初服",又言"屏居山野,交游阻绝"。

杜台卿行年

杜台卿生平,《隋书》有传而甚略。又《北齐书·杜弼传》,亦附台卿事迹,与《隋书》可相补充。然《北齐书》及《隋书》并不言台卿生年。今据《北齐书·杜弼传》,弼在齐文宣受禅后,曾坐"第二子廷尉监台卿断狱稽迟,与寺官俱为郎中封静哲所讼"。以《北齐书》原文推之,此事当在齐文宣受禅后不久,即天保二三年(551~552)左右,斯时台卿已仕为廷尉监,度其年当不少于二十岁。至于其卒年为隋文帝开皇四年以后"数载",据此亦不得早于开皇十六七年(596~597)左右,其享年之数当在六十以上,或可至七十。

杜台卿遗著

《隋书》及《北史》《杜台卿传》并言杜有集十五卷。又《齐记》二十卷。二书皆不见《隋志》及两唐书《经籍》、《艺文》志。然《初学记》卷六有杜氏《淮赋》,有关台卿生平可补史传之阙。《淮赋》云:"天统初,以教府词曹出除广州长史。"按:北齐东广州长史驻广陵,今扬州市。其地本属梁,盖侯景乱后,北齐蚕食梁地,故入北朝,迨陈宣帝太建时命吴明彻北伐,其地又入陈。所谓"教府词曹"未知何职,疑是《隋书》本传所言"司徒户曹"、"著作郎",盖司徒掌教纪,而著作郎为词曹也。《隋书》言中书、黄门侍郎,疑在东广州长史之后,《北史》谓杜尝为尚书左丞,则其位亦不卑矣。

刘善经《四声指归》

《隋书·文学·刘善经传》谓善经有《四声指归》一卷,《隋志》著录于经部字书类。其后《旧唐志》、《新唐志》皆不见著录。此书佚文,今存于日释空海《文镜秘府论》中,其《天卷·四声论》,王利器校释引任学良等说,以为即《四声指归》语。其《西卷·文二十八种病》"刘曰"、"或曰",据日本所藏本,有作"《四声指归》"者。然《文镜秘府论》所引皆论诗语,于沈约四声八病说颇推崇,而不慊于钟嵘《诗品》,似与韵书无涉,不知《隋志》何以入经部?

刘斌《和许给事伤牛尚书(弘)》诗及刘氏身世

《北史·文苑·刘斌传》谓刘斌是梁刘之遴孙,而《隋书》不载。据《南史·刘虬附刘之遴传》,之遴有子名三达,年十八卒,先之遴卒,不言有孙。然古人十八有子,亦不足怪。《新唐书·宰相世系表》南阳刘氏有刘虬、刘之遴名,下空二格,有刘洎,字思道,相太宗。无洎父祖名。不知斌与洎关系如何?两《唐书》《刘洎传》皆不言洎乃刘之遴曾孙,或以刘斌附刘黑闼故。然刘斌与许善心有旧。据《隋书·许善心传》,牛弘卒时(大业六年),善心官为给事郎,与诗合。《陈书·许亨传》谓善心父亨"甚为南阳刘之遴所重,每相称述"。据此刘、许本世交,刘作诗和许善心,亦足证刘斌确为之遴之后。

萧该《文选音义》

萧该有《文选音义》,见《隋书·儒林》本传。《隋志》著录为《文选音》三卷。《旧唐志》、《新唐志》并有著录,题"《文选音》十卷,萧该撰"。不知《隋志》卷数,何以少于两《唐书》七卷,岂传写时分卷不同乎?按:《新唐志》又有曹宪《文选音义》注谓"卷亡"。据《旧唐书·儒林·曹宪传》,宪尝仕隋,为秘书学士,大业中奉炀帝命撰《桂苑珠丛》,卒于唐太宗贞观中,年一百五岁,是其人与萧该年相仿也。或唐人缮写时,误合萧、曹之作为一,故《文选音》遂成十卷。且《隋书·萧该传》作《文选音义》,而曹书亦名《音义》,岂由此致误耶?

刘炫生卒年

《隋书·儒林·刘炫传》记刘炫于隋末农民起义中,以饥寒卒,年六十八。然于其卒年无明确记载。按:同书《刘焯传》,"少与河间刘炫结盟为友",又谓二人同受《左传》于郭懋当,问《礼》于熊安生及读书于武强刘智海家事。据此则二人年龄当相去不远。焯以隋炀帝大业六年(610)卒,年六十七,"刘炫为之请谥,朝廷不许"。是焯先炫卒。且《炀帝纪》于大业六年仅记"雁门贼帅尉文通聚众三千,保于莫壁谷"事,然寻为杨伯泉所破。时炫尚在长安服官。《刘炫传》云:"纳言杨达举炫博学有文章,射策高弟,除太学博士。岁余,以品卑去任,还至长平,奉敕追指行在所。或言其无行,帝遂罢之,归于河间。"按:《隋书·观德王雄附弟达传》,达以辽东之役,卒于师。辽东之役在大业八年。放《炀帝纪》记大业八年五月，"纳言杨达卒"。达之举炫，当在此前。炫之为太学博士，当在大业六七年间。其追诣行在所，或即八年炀帝征辽东时。其归河间时，本传言"群盗蜂起"。至大业九年后农民起义遂大盛，是知炫曾入农民军，及军败，求入县城不得而冻馁以卒，当在九年以后。设在九年，则炫少于焯二岁。然河间农民军与隋军战，屡有胜负，至大业十三年（617），窦建德称长乐王，隋军始不支。设炫以十二年卒，少于刘焯亦不过五岁，"结盟为友"亦不无可能。新版《辞源》以为炫生卒年为546~613，可备一说。然其卒年似亦可能稍晚耳。

何妥为西域人之旁证

《隋书·儒林·何妥传》谓妥是"西城"人，《通志》作"西域"。陈寅恪先生从《通志》，而岑仲勉先生以为是臆改。按：《隋书·何稠传》："何稠字桂林，国子祭酒妥之兄子也。父通，善斫玉。"又云："波斯尝献金绵锦袍，组织殊丽，上命稠为之。稠锦既成，逾所献者，上甚悦。时中国久绝琉璃之作，匠人无敢厝意，稠以绿瓷为之，与真不异。"夫波斯锦与琉璃，本西域所产，而《隋书·西域传》有何国，本康居之后。其地在今中亚细亚，距和阗不远，且《新唐书·西域传》言康国所属吐火罗故地乌铩环，"出白、黳、青三种玉"，则稠父通以善治玉名，或即以其是西域人故也。

《何妥集》散佚时间

《隋书·儒林·何妥传》谓妥有"文集十卷",《经籍志》著录有"国子祭酒《何妥集》十卷"。《旧唐志》、《新唐志》皆有何妥集十卷,似《何妥集》至宋时犹存。然余颇疑之。盖妥诗若《门有车马客行》、《昭君词》二诗,《文苑英华》皆误作何逊。虽《昭君词》下注"一作妥"(见《文苑英华》卷二○四),然观二诗次第,《门有车马客行》在张正见前,《昭君词》在张正见、阴铿前。张、阴并陈人,不当在隋人之后。是《文苑英华》之误,非偶然缮写之故,编者当以为是何逊诗也。检《续资治通鉴》卷一三,宋太宗雍熙三年(986)十二月,"翰林学士宋白等上《文苑英华》一千卷,诏书褒答"。此书乃李昉等奉敕撰,不能造次成书,使《何妥集》尚存,不当有误。疑《何妥集》亡于唐时,两《唐书》不过据唐内府书目记之,非真见原书也。

何妥祖籍之争论

《隋书·儒林·何妥传》:"何妥字栖凤,西城人也。父细胡,通商入蜀。"《北史》同,唯"细胡"作"细脚胡"。中华书局标点本《北史》《校勘记》云:"《通志》卷一七四《何妥传》'城'作'域'。按,何妥先世当为西域何国人('何国'见《隋书·西域传》)。疑《通志》是。"其说似是,盖妥父名"细胡"或"细脚胡",疑非人名,却似诨名。妥父当属胡人。陈寅恪先生《隋唐制度渊源略论稿》据此谓妥家"含西域血统",岑仲勉先生《隋唐史》斥为"先挟成见,遂不惜臆改'西城'作

'西域'"（第三十页）。实则陈先生之改《隋书》、《北史》，当有《通志》为据，虽近孤证，然以"细胡"推之，似有理。且陕南人经商入蜀，而史谓之"通商入蜀"，亦恐罕见。《旧唐书·西戎传》有"康国"即康居后，与"何国"同种。（详《隋书·西域传》）"善商贾，争分铢之利，男子年二十，即远之傍国，来适中夏，利之所在，无所不到"。故陈、岑二先生说似可并存。以情理度之，陈先生说近是。

何妥生卒年及《隋书·何妥传》衍文

  《隋书》及《北史》《何妥传》俱不载妥生卒年及享年之数。然妥生年当可考定也。《隋书》本传云："十七，以技巧事湘东王，后知其聪明，召为诵书左右。时兰陵萧詧，亦有俊才，住青杨巷，妥住白杨头，时人为之语曰：'世有两俊，白杨何妥，青杨萧詧。'"按《梁书·元帝纪》，元帝（湘东王）以"（大同）五年，入为安右将军、护军将军，领石头戍军事。六年，出为使持节、都督江州诸军事、镇南将军、江州刺史"。据同书《武帝纪》，元帝入为安右将军，在五年七月；出为江州刺史，在翌年十二月。《隋书》本传谓"年十七，以技巧事湘东王"，又言与萧詧并称事，则当在建康，而元帝奉命入为安右，既在七月，而妥之事元帝，亦未必即在元帝入建康之初，其时间当在大同五六年间（539~540）。斯时妥年十七，则妥生年当为普通四五年间（523~524）。本传所言萧詧，据《梁书·长沙嗣王业传》，是梁武帝兄萧懿曾孙，长沙嗣王萧业之孙。业卒于普通七年（526），子孝俨嗣。孝俨卒年二十三，子慎（同詧）嗣。孝俨卒年《梁书》误为"普通元年"，中华书局标点本校记云："萧渊业死于普通七年，孝俨嗣爵，则孝俨不得死于普通元年。'普'字或为'大'字之讹，或为'中二'二字之讹。"

按:《校记》以"普"为误字,甚是。孝俨若卒于大通元年(527),下距大同五年为十二年;若卒于中大通元年(529),下距大同五年为十年,古人早婚,十八生子为常事,则萧谘在大同五六年间,年约十六至十八间,与何妥适相仿,故时人并称之为"两俊"。此可为《梁书·长沙嗣王业传》校记作一旁证。

至于何妥卒年,《隋书》、《北史》本传,亦俱不载具体年月。然《隋书》本传或有衍文,至叙事年月有不尽可解处。中华标点本似亦未与《北史》对勘,故未校出。如"(开皇)十二年,(苏)威定考文学,又与妥更相诃诋。威勃然曰:'无何妥,不虑无博士!'妥应声曰:'无苏威,亦何忧无执事!'由是与威有隙"(标点本第一七一二页)。《北史》本传载此事文字略同《隋书》,而云"二年",无"十"字(标点本第二七五六页)。以下文考之,显以《北史》为是。盖此后隋文帝命妥定钟律,妥遂上表云云,"书奏,别敕太常取妥节度",又记妥议乐事。《隋书》、《北史》下文并云:"俄而妥子蔚为秘书郎,有罪当刑,上哀之,减死论。是后恩礼渐薄。六年,出为龙州刺史。时有负笈游学者,妥皆为讲说教授之。为《刺史箴》,勒于州门外。在职三年,以疾请还,诏许之。复知学事。时上方使苏夔在太常,参议钟律。夔有所建议,朝士多从之,妥独不同,每言夔之短。高祖下其议,朝臣多排妥。妥复上封事,指陈得失,大抵论时政损益,并指斥当世朋党。于是苏威及吏部尚书卢恺、侍郎薛道衡等皆坐得罪。除伊州刺史,不行,寻为国子祭酒,卒官。"(此据《隋书》,《北史》文字稍有出入。)按:此段叙事,时间颇分明,所谓六年,当即开皇六年(586),其"在职三年"即开皇六至八九年间。至于其上封事及苏威诸人得罪时间,《隋书·苏威传》载,威"(开皇)九年,拜尚书右仆射,其年,以母忧去职……未几,起令视事,固辞,优诏不许。明年,上幸并州,命与高颎同总留事"。下文即叙威子夔事,足证威之被免官,在开皇十年以后。

同书《卢恺传》:"(开皇)八年,上亲考百僚,以恺为上。……岁余,拜礼部尚书,摄吏部尚书事。"下文叙何妥与苏威不平事。同书《薛道衡传》:"后坐抽擢人物,有言其党苏威,任人有意故者,除名,配防岭表。晋王广时在扬州,阴令人讽道衡,从扬州路,将奏留之。"按:《炀帝纪》,炀帝镇扬州在开皇十年高智慧叛乱后,离扬州在文帝幸太山之明年,即开皇十六年也。据此则苏威等三传,皆谓在开皇十年之后,不得谓在十二年之后。且"十二年"之后,又见"六年",于时间次序亦不合。《隋书·高祖纪》:开皇十二年,"秋七月乙巳,尚书右仆射、邳国公苏威,礼部尚书、容城县侯卢恺,并坐事除名"。足证何妥之上封事,在开皇十二年,可知《隋书》本传之"十二年"语,"十"字误衍,当从《北史》改。至于妥卒年,在此后不久,即开皇十二三年(592~593)间。其享年约七十左右。

崔赜与《区宇图志》

《隋书·隐逸·崔廓附子赜传》:"(大业)五年,受诏与诸儒撰《区宇图志》二百五十卷,奏之。帝不善之,更令虞世基、许善心愈为六百卷。"按:《全隋文》卷五载炀帝《敕责窦威·崔祖濬》云:"昔汉末三方鼎立,大吴之国,以称人物。故晋武帝云:江东之有吴会,犹江西之有汝颍。衣冠人物,千载一时。及永嘉之末,革夏衣缨,尽过江表,此乃天下之名都。自平陈之后,硕学通儒,文人才子,莫非彼至。尔等著其风俗,乃为东夷之人,度越礼义,于尔等可乎?然著述之体。又无次序,各赐杖一顿。"严可均云:"《隋大业拾遗记》:'炀帝初敕内史舍人窦威及起居舍人崔祖濬等撰《区域图志》奏之,又著《丹阳郡风俗》,以吴人为东夷。炀帝不悦,遣内史舍人柳䛒宣敕责威等,别敕虞世基等修《十郡志》。'"此云"不悦",与"不善之"意同,则祖濬被杖事当可信。至于《区宇图志》,《隋大业拾遗记》作"《区域图志》",非。据《隋志》有《隋区宇图志》一百二十九卷,不题作者姓氏。《旧唐志》有"《区宇图》一百二十八卷,虞茂撰"。《新唐志》有"《区宇图》一百二十八卷"。疑即《区宇图志》也。《隋志》言一百二十九卷,两唐志并言一百二十八卷,其一卷或为目录,此例甚多。所谓"虞茂",当即虞世基,世基字茂世,唐人讳太宗,去"世"字而作虞茂,犹韩擒虎之为"韩擒",萧渊明之为"萧明"也。然隋、唐志所言卷数,与《崔赜传》所言六百卷相去甚远。岂此书至唐初已残乎?

崔赜被责时间

《隋书·隐逸·崔廓附子赜传》:"(大业)五年,受诏与诸儒撰《区宇图志》二百五十卷,奏之,帝不善之……以父忧去职,寻起令视事。辽东之役,授鹰扬长史,置辽东郡县名,皆赜之议也。"据《隋书·炀帝纪》,"辽东之役"当指大业八年伐高丽事。炀帝以是年正月出兵,而赜从征,亦当在正月。以常礼言之,赜丁父忧当在五年秋冬,至八年初方可视事。然本传言"寻起令视事",盖未终丧而起复。赜以五年受诏撰《区宇图志》,而书凡二百五十卷,恐非短期所可成书,则书成奏之,疑在六七年间,受责之后,不久而丁父忧,又起复视事,故得八年从征也。按:崔赜是博陵豪右,窦威为贵公子,与窦荣定为从兄弟,而不免于杖,以此见隋时之杖士大夫,盖亦常有之事。

虞世基《在南接北使诗》

虞世基诗大抵入隋后作,唯《在南接北使诗》与《衡阳王斋阁奏妓诗》可定为在陈作。衡阳王即陈文帝子陈伯信,然其诗作于何年,已难考知。至于《在南接北使诗》,当作于隋文帝开皇六年,即陈后主至德四年(586)。盖诗言"林蝉疏欲尽,江雁断还飞",当是秋景。据《隋书·高祖纪》,隋使赴陈,时令皆与此不合,唯开皇六年八月"遣散骑常侍裴豪、兼通直散骑常侍刘颛聘于陈"。是年有闰八月,度裴、刘至陈,当在闰月,与此景合。

杨素、薛道衡、虞世基《出塞》诗

杨素《出塞》二首,薛道衡、虞世基皆有和诗。按:杨素《出塞》之作,似是记其破突厥之功。据《隋书·杨素传》,素为灵州道行军总管,出塞讨突厥,大破之,事在开皇十八年。是时虞世基为内史舍人,在长安。薛道衡以开皇十二年与苏威、卢恺俱为何妥所劾,配防岭表,寻有诏征还,直内史省。"后数岁,授内史侍郎,加上仪同三司",亦在长安。故三人之诗,大抵作于十八年或十九年。

虞世基行年推测

《隋书·虞世基传》,但云世基以隋炀帝大业十四年(618)被宇文化及所害,未言享年之数。按:世基乃虞荔子,据《陈书·虞荔传》,荔以陈文帝天嘉二年(561)卒,年五十九,当生于梁武帝天监二年(503)。《陈书》谓荔二子:世基、世南。据《旧唐书·虞世南传》,世南以唐太宗贞观十二年(638)卒,年八十一,当长于陈武帝永定二年(558)。世南生时,荔年已五十五。以情理言,古人早婚,世基之年,当长于世南甚多。然《旧唐书·虞世南传》谓:世南"少与兄世基受学于吴郡顾野王,经十余年,精思不倦,或累旬不盥栉,善属文,常祖述徐陵,陵亦言世南得己之意"。世基与世南俱学于顾野王,则年龄又似相去不甚远。检《陈书·顾野王传》,野王以陈宣帝太建十三年即隋文帝开皇元年(581)卒。据此则世基、世南之师事野王,当不得迟于太建初年。时世南年十二三。顾野王一代名儒,列其门墙者,当不能甚幼。故世基、世南就学时间,当亦不得早于天康、光大间。是时世基尚就学,则其年当亦不甚大。《旧唐书》谓徐陵言世南得己之意,是世南能文时,徐陵健在,亦当在陈后主至德元年陵卒之前。然《隋书·虞世基传》亦言"少傅徐陵闻其名,召之,世基不往。后因公会,陵一见而奇之。顾谓朝士曰:'当今潘、陆也。'因以弟女妻焉"。徐陵为太子少傅,在后主即位之初,即太建十四年(582),此恐是史家以徐陵后来官职书之。盖是年世南已年二十四,世基年长于世南,婚年当稍早。此云公会,则应在世基出仕之后。《隋书·虞世基传》谓世基"仕陈,释褐建安王法曹参军事"。据《陈书·高宗二十九王传》,建安王叔卿以太建四年(572),立为建安王,授东中郎将,东扬州刺史。是年世南年十四五,而世基方出仕,则其长于世南者约五六岁耳,故得同学于顾野王。当时世基年二十左右,徐陵妻以弟女,而世南年十四五,能属文而得徐陵称誉,亦近情理。《旧唐书·虞世南传》曰:"天嘉中,荔卒,世南尚幼,哀毁殆不胜丧。陈文帝知其二子博学,每遣中使至其家将护之。及服阕,召为建安王法曹参军。"按:荔卒时,世南年四岁,故曰"尚幼"。世基此时,当亦不过十岁左右,故陈文帝每遣中使将护,当近情理。然言"知其博学",恐非事实。所言"召为建安王法曹参军",当非"服阕"后即召。盖终丧之期不过二年余,服阕应在天嘉五年(564),时世南仅七岁,不得释褐甚明,即世基亦不过十三四岁,且当时无建安王,当是太建四五年间世基方释褐,其时世基之年正二十岁。以此推之,世基以隋炀帝大业十四年为宇文化及所杀时,年约六十七八岁。其生年则为梁元帝承圣元年(552)左右。

虞世基《秋日赠王中舍诗》

虞世基《秋日赠王中舍诗》见《文苑英华》卷二四八。"王中舍"当即王眘,《隋书·文学·王胄传》谓眘"仕陈,历太子洗马、中舍人"。此诗作于隋时,犹用王在陈官职,疑当时入隋未久,《隋书·虞世基传》谓世基入隋之初"贫无产业,每佣书养亲,怏怏不平。尝为五言诗以见意,情理凄切,世以为工,作者莫不吟咏"。今存赠王眘诗,或即本传所言五言诗也。诗中"百年变朝市","南风忽不竞,东海遂成田"皆哀陈之亡,篇末尤凄切,颇有失路之悲。

据《隋书·虞世基传》,"及陈灭归国,为通直郎,直内史省",则其在长安无疑。又《王胄传》,谓王胄"及陈灭,晋王广引为学士",又谓王眘"陈亡,与胄俱为学士",则胄、眘皆在炀帝幕中。《隋书·炀帝纪》谓炀帝平陈后,尝拜并州总管,"俄而江南高智慧等相聚作乱,徙上为扬州总管,镇江都"。《高祖纪》,高智慧之乱,在开皇十年冬。知开皇十年至十六年炀帝归藩前,王眘随炀帝在江都。故诗首言"秦关望吴苑,渭涘去江濆",指虞在长安,王在江都也。末言"江干不可望,徒此叹离忧",亦指己在长安而怀眷之处"江干"也。诗中有"太行临北绛"句,疑世基尝从隋文帝幸并州。据《高祖纪》,文帝以开皇十年二月幸并州,四月至自并州,时炀帝为并州总管,眷随从在北方,故得相会于洛阳,所谓"伊川忽会面,留连展言宴"也。据此推测,此诗之作,或在开皇十一年秋日。

裴矩生卒年

裴矩历北齐、周、隋、唐四朝,《隋书》及《旧唐书》、《新唐书》俱有传。唯《隋书》不载卒年,两《唐书》但言其卒于太宗贞观元年(627),而未言其享年若干。按:《隋书》本传,"齐北平王贞为司州牧,辟为兵曹从事,转高平王文学"。据此则矩之释褐,当在齐北平王高贞为司州牧时。检《北齐书·后主纪》,天统二年(566),封仁坚(贞字)为北平王,其为司州牧,当在封王后。《北齐书·武成十二王·北平王贞传》:"位司州牧,京畿大都督,兼尚书令、录尚书事。帝行幸,总留台事。积年,后主以贞长大,渐忌之。阿那肱承旨,令冯士幹劾系贞于狱,夺其留后权。"中华标点本校记,以"帝行幸"指后主,盖《后主纪》,武平四年(573)云"以尚书令、北平王仁坚为录尚书事"也。据此则高贞被黜当在武平四年之后。然高贞之举裴矩,当在任司州牧之初,矩矩年当在二十左右。设是时年二十,则其生年为东魏武定五年(547),至唐高祖武德九年(626)"玄武门之变"时,矩年正八十,"而精爽不衰,以晓习故事,甚见推重"。此言"年且八十",是斯时尚不及八十也。盖裴氏乃河东豪右,其出仕时在十六至十九岁间,亦有其例。以此推之,矩以贞观元年卒,年当在八十或稍少。

《隋书·潘徽传》记事有误

《隋书·文学·潘徽传》曰:"陈尚书令江总引致文儒之士,徽一诣总,总甚敬之。释褐新蔡王国侍郎,选为客馆令。隋遣魏澹聘于陈,陈人使徽接对之。"按:《隋书·高祖纪》:开皇三年"闰十二月乙卯,遣散骑常侍曹令则、通直散骑常侍魏澹使于陈"。开皇三年当陈至德元年,其闰十二月,当为公元五八四年初。据《陈书·后主纪》,江总以至德元年为吏部尚书,二年为尚书仆射,四年为尚书令。是江总为尚书令,在徽接对魏澹后三年。不当江总为尚书令后,徽方诣之。疑徽之诣总,在陈宣帝末或后主初,时江总为祠部尚书或吏部尚书时也。"尚书令"乃日后官职,史传追记时误用后来官名耳。设徽释褐在陈至德初,至卒时年当逾五十矣。

潘徽与《江都集礼》

《隋书·文学·潘徽传》:"晋王广复引为扬州博士,令与诸儒撰《江都集礼》一部,复令徽作序。"序文称炀帝曰"上柱国、太尉、扬州总管晋王",似作于炀帝为扬州总管镇江都时。然此序与《韵纂序》似不甚合。《韵纂序》作于开皇十八年七月,《江都集礼序》之成当在其后。然据《炀帝纪》:"俄而江南高智慧等相聚作乱,徙上为扬州总管,镇江都,每岁一朝。高祖之祠太山也,领武侯大将军。明年归藩。"按《高祖纪》,文帝祠太山在开皇十五年,明年则开皇十六年也。若据《韵纂序》开皇十八年七月,潘徽尚在秦王俊幕;若如《隋书·潘徽传》谓徽入炀帝幕在秦王卒后,则炀帝已不在江都,且不为扬州总管。且《高祖纪》明言开皇二十年四月"突厥犯塞,以晋王广为行军元帅击破之"。足见炀帝不在江都。潘徽实不能预于《江都集礼》之编撰,疑潘徽入隋已为扬州博士,且曾与儒作《江都集礼》,中间一度入秦王幕,作《韵纂序》。或《江都集礼序》在前,而《韵纂序》在后。唯秦王卒后,又入炀帝幕,作史者误以《江都集礼》为重入炀帝幕后作耳。不然,二文皆徽作不当抵牾如此。又本传及《旧唐志》皆谓徽作《江都集礼》,疑不误。

潘徽《韵纂序》著述年代

《隋书·潘徽传》载徽所撰《韵纂序》,并云:"元凡,(秦孝王)俊薨,晋王广复引为扬州博士令与诸儒撰《江都集礼》一部。"按:《隋书·秦孝王俊传》,俊以开皇二十年(600)六月薨。下距太子勇之被废凡四月(是年十月),距炀帝(晋王广)之为太子凡五月(是年十一月)。同传又谓秦孝王俊其初"颇有令问",后以奢侈,为文帝所不喜,被征还京师,免官。《隋书·文帝纪》载开皇十七年七月,"上柱国、并州总管秦王俊坐事免,以王就第"。"皇甫绩上表请复王官,不许"。本传:"岁余,以疾笃,复拜上柱国。"今潘徽所为《韵纂序》,不言俊官职,仅谓"秦王殿下",与《江都集礼序》之称炀帝为"上柱国、太尉、扬州总管晋王"不同。疑此序作于秦王俊复官之前。今序文称"于时岁次鹑火,月躔夷则"。按:《史记·天官书》《正义》曰:"柳八星、星七星、张六星为鹑火,于辰在午。"是知此序盖作于开皇十八年戊午。又《吕氏春秋·孟秋记》"律中夷则",是知时为七月,是此序下距秦王俊卒,不足二年。是知秦王俊在此时,恐尚未复官。《隋书·秦王俊传》,谓俊得罪后,刘昇、杨素屡谏,文帝皆不允。后疾甚,皇甫统复上表,仍未见许。"岁余,以疾笃,复拜上柱国","岁余"似指皇甫统上表后岁余,疑此序成后不久,秦王即疾笃复官。然潘徽在序成后不久,即离秦王而入晋王幕矣。

于仲文生卒年

《隋书·于仲文传》谓仲文以伐高丽之役为诸将所委罪,系狱,困笃方出之,卒年六十八。按:《炀帝纪》下,宇文述等败于萨水,在大业六年七月,宇文述、于仲文除名为民在十一月,据此则仲文卒当在九年(613),以此上推,仲文约生于西魏文帝大统十二年(546)。本传谓仲文九岁尝见周太祖于云阳宫。按:周太祖宇文泰以西魏恭帝三年(556)卒,则仲文之见周太祖,当在恭帝元年(554)至二年(555)间,时年九岁。

房彦谦生卒年

《隋书·房彦谦传》:"大业九年,从驾渡辽,监扶余道军。其后隋政渐乱,朝廷靡然,莫不变节。彦谦直道守常,介然孤立,颇为执政者之所嫉。出为泾阳令。未几,终于官,时年六十九。"据此知彦谦卒年必在大业九年(613)以后。然其生卒果为何年,似不可确知。然彦谦乃唐相房玄龄父。据《旧唐书·房玄龄传》:"父病,绵历十旬,玄龄尽心药膳,未尝解衣交睫。父终,酌饮不入口者五日。后补隰城尉,会义旗入关,太宗徇地渭北,玄龄杖策谒于军门。温彦博又荐焉。

太宗一见便如旧识,署渭北道行军记室参军。"又《新唐书·房玄龄传》:"补隰城尉,汉王谅反,坐累徙上郡,顾中原方乱,慨然有忧天下志。会父疾,绵十旬不解衣,及丧,勺饮不入口五日。太宗以敦煌公徇渭北,杖策上谒军门,一见如旧,署渭北道行军记室参军。"按:《新唐书》与《旧唐书》所记房玄龄事迹不同,据《旧唐书》,玄龄之补隰城尉,在彦谦死后,然彦谦终于泾阳令,时间在大业十年或十一年,而玄龄补官,必在免丧之后,当在十三年左右。使玄龄以十三年补隰城尉,其谒太宗,当在义旗初举,太宗渡河西征之时。今《新唐书》、《旧唐书》皆谓在太宗徇河北之时,则玄龄当在渭北,非晋南也。今据新旧《唐书》《太宗纪》及《隋书·炀帝纪》,唐兵以大业十三年八月破宋老生,以十一月入长安。太宗徇渭北,当在八月以后。以居丧时间为二年又七十日或九十日推算,彦谦之卒至迟不得过十一年六月。

尹式事迹

《隋书·文学·尹式传》述式事迹殊略,且所言皆仁寿间事。今据《文苑英华》卷二六六所载《送晋熙公别诗》,则所送者当即隋晋熙公张威。威之被谪,盖在开皇中。又诗中"色移三代服,尘化两京衣;道穷方识命,事去乃知非"诸句,于隋文帝似颇有不满。仁寿末,汉王谅之起,尹式从之,谅败自杀。疑式是河间人,本留恋北齐,及隋文代周,式复不甚得志,故从谅耳。式又有《别宋常侍诗》,"宋常侍",待考。诗有"游人杜陵北"之句,则式盖曾在长安,疑亦在开皇十七年(597)汉王赴并州前。

《和孔侍郎观太常奏新乐》诗作者

《文苑英华》卷二一二有卞斌《观太常奏新乐诗》,卞斌一作孙万寿。同书卷二四〇又有孙万寿《和孔侍郎观太常奏新乐》。按:孙万寿为滕王文学,以开皇九至十年被罪至江南,由江南返乡里,至仁寿始再出仕。太常新乐据《隋书·音乐志》,成于开皇十四年,是孙万寿当时不在长安,当是卞斌作。

柳䛒仕梁为元帝官属

《隋书·柳䛒传》,䛒祖惔,梁侍中,父晖,都官尚书。按:《梁书·柳惔传》,惔以天监时卒于湘州。惔乃柳世隆子,世隆于宋、齐间已迁居建康,为齐初名臣。故柳氏过江后虽居襄阳,至惔时,当已不在襄阳。䛒父晖,《梁书》无传,官都官尚书,疑即在元帝时。䛒释褐时,当在十七八,当时建康已陷于侯景,自是在江陵元帝朝。至萧詧据江陵,又为䛒吏部尚书,皆在江陵。

柳䛒生卒年

《隋书·柳䛒传》言柳䛒以"从幸扬州,遇疾卒,年六十九"。按:炀帝即位后,曾多次游扬州。若大业六年(610)时,䛒年六十九,则䛒当生于梁武帝大同八年(542),至萧詧据江陵(555)时,年方十四,未及成人,疑非释褐之年。且本传明言:"仕梁,释褐著作佐郎。后萧詧据荆州,以为侍中,领国子祭酒、吏部尚书。"据此则晉出仕尚在后梁成立之前。若炀帝大业十二年(616)游扬州,晉年六十七,则萧詧据江陵时,晉方七岁,更不合情理。然则晉之卒年,当在大业元年(605)炀帝初立游江都时。斯时晉年六十七,当生于梁武帝大同三年(537),至梁元帝承圣三年(554),已年十八。以柳氏之门第,释褐时年十七八,颇近情理。至后梁为吏部尚书,亦属可能。据此则晉当生于梁武帝大同三至四年(537~538),卒于隋炀帝大业元年至二年(605~606)。

刘臻举秀才及刘显卒年

《隋书·刘臻传》:"父显,梁寻阳太守。臻年十八,举秀才,为邵陵王东阁祭酒。"按:《隋书》本传又谓臻"开皇十八年卒,年七十二"。开皇十八年当公元五九八年。据此则刘臻生于梁武帝大通元年(527),其十八岁,即大同十年(544)也。然检《梁书·刘显传》:"出为宣远岳阳王长史,行府国事,未拜,迁云麾邵陵王长史、寻阳太守。大同九年,王迁镇郢州,除平西谘议参军,加戎昭将军。其年卒,时年六十三。"其友人刘之遴启皇太子,亦有"阖棺郢都"语,知刘显以大同九年卒于郢州。哇《梁书》与《隋书》之说,不无抵牾,盖臻年十八,适在父忧之中,不当应秀才之举。然据《梁书》,臻在大同九年、十年时当随父在郢州,故《隋书》言为邵陵王东阁祭酒,则与《梁书》合。然《梁书·邵陵王纶传》:"大同元年,为侍中、云麾将军。七年,出为使持节、都督郢定霍司四州诸军事、平西将军、郢州刺史,迁为安前将军、丹阳尹。"检《武帝纪》下,大同六年二月,"以江州刺史邵陵王纶为平西将军、郢州刺史"。又中大同元年八月,"丹阳尹邵陵王纶为镇东将军、南徐州刺史"。疑刘显卒后,邵陵王纶入为丹阳尹,刘臻举秀才,则恐在服阕后。盖中大同元年,纶为南徐州刺史,臻乃沛国相人,正可州举秀才。意者纶以臻为显子,故举之,又任以为东阁祭酒耳。《隋书》"年十八"之说误也。

弘执恭事迹考

逯钦立《先秦汉魏晋南北朝诗》录弘执恭诗四首,然不载其事迹。《隋书》亦不见其名。然此人殆由周入隋者。执恭有《和平凉公观赵郡王妓诗》,平凉公,当即元亨,亨以西魏末封平凉王,周闵帝受禅,例降为公。赵郡王当即宇文泰子赵王宇文招。庾信有《和赵王看伎诗》,或同时作,则此诗当作于周武帝在位前后。执恭又有《奉和出颍至淮应令诗》,此题诸葛颖、虞世南、蔡允恭诸人皆有作。《文苑英华》皆作"应制"。"应令"者,或炀帝即位前之称,而"应制"者,当是即位后之称。据《隋书·炀帝纪》:大业元年三月,"发河南诸郡男女百余万,开通济渠,自西苑引穀、洛水达于河,自板渚引河通于淮"。八月,"上御龙舟,幸江都"。诸葛、虞、蔡、弘诸诗,当作于是年八月。可知执恭当生活于周、隋二代,其生年或在魏末,卒年或在隋、唐间。其人尝仕于周、隋。

侯白生平及《旌异记》

侯白事迹,见姚振宗《隋书经籍志考证》引《北史·李文博传附侯白传》。按:《北史》此文,全取《隋书·陆爽附侯白传》。惟《隋书》云"爽同郡侯白",而《北史》云:"开皇中,又有魏郡侯白。"姚振宗引《法苑珠林·传记部》:"《旌异传》一部,二〇卷,隋朝相州秀才儒林郎侯君素奉文皇帝敕撰。"按:《隋志》及两唐书《经籍》、《艺文》志均谓十五卷,疑《法苑珠林》误也。又《隋书》、《北史》皆谓文帝令白修国史,未言奉敕作《旌异记》也。

又《旌异记》入唐后引证殊少。《类聚》、《初学记》皆不称引。章宗源《隋书经籍志考证》,谓《御览》及《广记》尝引之。姚振宗又谓《法苑珠林》引《旌异记》三处,一见《受斋篇》,二见《智慧篇》。

唐初诗人孔绍安等创作年代当在隋代

唐初诗人如孔绍安,陈亡(589)年十三,卒于书高祖时,有集五卷。逯钦立《先秦汉魏晋南北朝诗》不收,而清陈祚明《采菽堂古诗选》录其诗四首,盖以绍安两《唐书》有传。然其创作当在隋代。

袁朗,仕陈,为秘书郎,尝为后主召入禁中作《月赋》及《芝草》、《嘉莲》二颂,迁秘书丞。历隋入唐,贞观初卒。按朗即陈袁枢子,枢以光大元年(567)卒。枢卒年五十一,以情理推之,枢卒时朗当生多年。设枢卒时朗初生,迄贞观元年已六十一年,则朗享年之数,盖近于七十矣。入唐则不及十年,仍当入隋。故《采菽堂古诗选》录其诗一首,而逯钦立不收,疑当收。

陈子良,据《旧唐书·文苑·贺德仁传》,德仁于唐武德时为太子中舍人,转太子洗马。"时萧德言亦为洗马,陈子良为右卫率府长史,皆为东宫学士。贞观初,德仁转赵王友,无几卒,年七十余"。子良与此辈同时,当亦可为隋人。逯钦立不收,而《采菽堂古诗选》录其诗五首,疑是。

贺德仁,事迹见《旧唐书·文苑传》,本传谓有文集二十卷,其生活年代亦多在隋时。

庾抱,《旧唐书·文苑传》有集十卷。抱卒于隐太子建成未败之时,是武德时已卒,其生活时间,亦以隋为主。

至若谢偃辈,见《旧唐书·文苑传》者,皆至贞观中卒,以之为唐人,似近理。逯书不收,是也。

郑世翼与崔信明

郑世翼以闻崔信明"枫落吴江冷"之句,求观其诗,崔示以百余首,郑云:"所见不如所闻",投之于江。此事见《旧唐书·文苑·郑世翼传》,《新唐书·文苑·崔信明传》略同。按:《旧唐书·文苑·崔信明传》谓崔"自谓过于李百药"。李百药以北齐后主天统元年(565)生,唐太宗贞观二十二年(648)卒,年八十四。崔与李百药较文才,则其年或相若。入唐时,当已逾五十。崔自大业中,为尧城令,窦建德之起事,崔隐于太行山,贞观六年为兴世丞,迁秦川令卒。崔在大业中为尧城令后,似无南游之事。郑之为扬州录事参军,在唐武德中,斯时崔已离江南甚久。疑郑、崔相遇于江南,乃大业以前事。"枫落吴江冷"之句,盖作于隋时。崔本北人,居吴地而受南方文化熏陶,亦可理解。如"枫落吴江冷",已酷似中唐以后诗矣。然崔诗除此句外,尚有一首较完整,则不逮此句远甚,故郑氏有"所见不如所闻"之讥耳。

李密卒年

李密之卒,据《旧唐书》本传载,以唐高祖武德元年归唐,寻叛唐,被杀于陆浑县南七十里山谷中。《旧唐书·高祖纪》载,武德元年十二月"庚子,李密反于桃林,行军总管盛彦师追讨斩之"。《新唐书·高祖纪》亦谓武德元年十二月,"庚子,光禄卿李密反,伏诛"。按:武德元年十二月,当为公元六一九年之一月也。今《辞源》、《辞海》俱云密卒于公元六一八年,是未计农历与阳历之别,密虽卒于武德元年,而公历则为六一九年。

李密《淮阳感秋》诗异文

逯钦立《先秦汉魏晋南北朝诗》辑隋末农民军首领李密《淮阳感秋》诗,似以《诗纪》为底本,《诗纪》似又以《御览》卷一〇七引《唐书》为据。《御览》所引,当为《旧唐书》。然逯氏所引文字,与《旧唐书》亦不尽同。如《旧唐书》所载"野平葭苇合,村荒藜藿深"二句(《隋书》无),逯本作"村落藿藜深","藜"字似生涩,似不如《旧唐书》。又"樊哙市井徒"(《隋书》同),逯本"徒"作"屠",文意虽更合史实,然疑后人臆改。"一朝时运会"句,逯本"会"作"合"(《隋书》同),与上文"合"字重,然古诗于此,亦常不拘。二本似各有优劣。然逯书仅据《御览》引文,未核《旧唐书》原文,似亦一小疵。

孔德绍事迹考

孔德绍诗今存十一首,见逯钦立《先秦汉魏晋南北朝诗》,于隋代诗人中为数不少。唯其人生平,见于《隋书·文学传》者仅"会稽孔德绍,有清才,官至景城县丞。窦建德称王,署为中书令,专典书檄。及建德败,伏诛"。然其事迹见《旧唐书·窦建德传》者,谓建德始都乐寿,"有宗城人献玄珪一枚,景城丞孔德绍曰:'昔夏禹膺箓,天锡玄珪。今瑞与禹同,宜称夏国。'建德从之"。及武德二年,宇文化及称帝,"建德谓其纳言宋正本、内史侍郎孔德绍曰:'吾为隋之百姓数十年矣。隋为吾君二代矣。今化及杀之,大逆无道,此吾仇矣。请与诸公讨之,何如?'德绍曰:'今海内无主,英雄竞逐。大王以布衣而起漳浦,隋郡县官人莫不争归附者,以大王仗顺而动,义安天下也。宇文化及与国连姻,父子兄弟受恩隋代,身居不疑之地,而行弑逆之祸,篡隋自代,乃天下之贼也。此而不诛,安用盟主。'建德称善,即日引兵讨化及,连战大破之"。据此则窦建德之讨宇文化及,孔德绍实预其谋。史籍所载,唯此而已。

今据孔德绍诗,则此人大抵自隋平陈后即入隋。其《观太常奏新乐诗》,见《初学记》卷一五及《文苑英华》卷二一二。按:《隋书·音乐志》下,谓开皇"十四年三月,乐定"。开皇十四年(594),为平陈后五年。《旧唐书·文苑·孔绍安传》谓绍安年十三,陈亡,入隋居京兆鄠县。绍安与德绍俱是山阴孔氏,在南朝为大族。疑德绍之入关,时间亦与绍安相近。故德绍有《行经太华诗》(见《初学记》卷五,《文苑英华》卷一五九),疑即由关中出为景城县丞时途中所作也。又观孔德绍《送蔡君知入蜀诗》(二首)。检《陈书·文学·蔡凝传》云:"子君知颇知名。"按：蔡凝以陈亡之岁入隋,道病卒,年四十七。据此则君知当陈亡之时,或年近弱冠,至幼亦当十余岁。孔氏与君知为友,年当相若或稍幼。以此推之,孔被杀时,年当逾四十,或可至五十。又《文苑英华》卷二四八有陈政《赠窦蔡二记室入蜀诗》,陈政（《诗纪》作"正"）其人,乃陈茂子,事迹附见《隋书·陈茂传》。逯钦立《先秦汉魏晋南北朝诗》虽收其诗,而不载其事迹。按：政在隋文帝时,年十七为太子千牛备身,炀帝时为协律郎,宇文化及杀炀帝,以政为太常卿,后归唐,卒于梁州总管。《文苑英华》载其诗在孙万寿后、王绩前,此为隋人无疑。此诗所谓"窦、蔡二记室"者,窦当即窦威。《旧唐书·窦威传》载,威为内史令李德林所举,拜秘书郎,在秘书十余岁。"久之,蜀王秀辟为记室,以秀行事多不法,称疾还田里"。此诗有"马卿委官去,邹子背淮来",用司马相如、邹阳游梁典,当指窦、蔡作藩王记室,与《旧唐书·窦威传》合,则此"蔡"既亦赴蜀,或即君知。可推见蔡君知入蜀,在开皇十二三年（592~593）之后,仁寿二年（602）蜀王秀被征之前。今据《陈书·文学传》所载蔡凝卒年,则君知服阕之岁当在开皇十一年,逾数年而被蜀王秀所征,亦近情理。大约孔之出任景城县丞,在开皇后期至仁寿初。其过太华山之作,亦当与此相近。

杜正玄、杜正藏事迹

《隋书·文学·杜正玄传》："兄弟数人,俱未弱冠,并以文章才辩籍甚三河之间。开皇末,举秀才……授晋王行参军,转豫章王记室,卒官。"据《隋书·炀三子·齐王暕传》："开皇中,立为豫章王……炀帝即位,进封齐王。"知正玄卒于文帝仁寿间。又据《杜正玄附弟正藏传》:"弱冠举秀才,授纯州行参军,历下邑正。大业中,学业该通,应诏举秀才,兄弟三人俱以文章一时诣阙,论者荣之。"此言"兄弟三人"当无正玄,盖正玄已前卒。然本传谓"兄弟数人,俱未弱冠"云云,则正玄与正藏之年相去不远。正玄享年似不永。《旧唐书·杜正伦传》以正玄、正藏、正伦为弟兄。谓正伦与正玄、正藏皆以隋仁寿中举秀才。以《隋书·杜正玄传》所记举秀才,为杨素所不悦,久之,以林邑献白鹦鹉,素令正玄作赋,立成,乃成秀才。《隋书·南蛮·林邑传》谓林邑于隋平陈后尝献方物,其后朝贡遂绝。至仁寿末,隋遣刘方击林邑,败之,至是始朝贡不绝。据此正玄秀才乃仁寿末,未几即卒。正藏举秀才,疑亦非大业中,当从《旧唐书》,在仁寿中。正伦卒于唐显庆三年后,上溯至隋开皇末,几六十年,正伦卒时当已逾七十,至于正玄卒时,恐不满三十耳。

杜正玄、杜正藏兄弟名及籍贯

《隋书·文学·杜正玄传》:"兄弟数人,俱未弱冠,并以文章才辩籍甚三河之间。"按本传附《正藏传》言"兄弟三人"应诏举秀才。今可考者,正玄、正藏《隋书》有传,正伦《旧唐书》、《新唐书》俱有传。《隋书·杜正玄传》言数人者,实五人,余二人一名正仪,一名正德,见《新唐书·宰相世系表》。其正玄、正藏俱题隋官,似卒于隋时。正伦相(唐)高宗。正仪、正德不记官职,疑未仕。《隋书》先言数人,当指五人,后言三人,谓举秀才者也。又《隋书》言正玄为邺人,两《唐书》《杜正伦传》则谓正伦是相州洹水人。《旧唐书·地理志》谓相州临漳县,"后周建德六年分邺县置",又云"洹水,汉长乐县地,属魏郡国。周建德六年分临漳东北界置洹水县"。《新唐书·宰相世系表》

则谓杜氏"初居邺,葬父洹水,后亦徙居洹水"。

薛德音当入唐

逯钦立《先秦汉魏晋南北朝诗》收薛德音《悼亡诗》一首。按,此诗原见《文苑英华》卷三〇二,前后皆周、隋作者,故《诗纪》以来,皆作隋人。然德音与族弟薛收齐名,年龄当相去不远。收以贞观七年(633)卒,年三十三,当是唐人,两《唐书》有传。德音稍长,然当亦已入唐。盖河东三凤中,元敬最初,亦于武德时为秘书郎。德音年稍长,然未闻蚤卒,则似当以唐人目之。入隋恐非。

乐昌公主破镜事志疑

《御览》卷三〇载陈乐昌公主与夫徐德言破镜重圆故事,不著出处。《锦绣万花谷》引《古今诗话》所载,文字与《御览》稍异,情节则大致相同。此事虽广为流传而实不可信。盖乐昌公主为陈宣帝女,后主妹,其夫婿必为高门,则徐德言者,应为东海徐氏,与徐陵同宗。今按:陵弟孝克及子份等皆入隋,知名于时。隋之灭陈,初以"吊民伐罪"为口实,自不致纵其将帅系房公主为奴仆,且犯及名门也。又据云徐德言为陈太子舍人,然陈亡时太子舍人有孔伯鱼,见《陈书·后主十一子·太子深传》,不闻徐德言也。且陈之亡,其百官皆随后主入关,德言若官太子舍人,必在其列。据《陈书》,当时诸王幕僚如蔡凝、阮卓亦在迁徙之列,不当贵显如德言,乃至乞丐流离方得至长安也。故事又谓公主入越公杨素家。素之好色,当为事实。然平陈之时,素名位尚微。

且此役素至武昌,已与秦王俊会合。当时行军皆归晋王广(炀帝)及高颎节制,其先破建康者如贺若弼、韩擒虎,位皆在杨素上。素岂得在事平以后,乃得掠陈之公主,而高颎辈顾不之禁?且杨素当时方思立功进官,未必骄傲如日后也。且平陈时,隋文独孤后尚在,其为人最恶人纳妾。以高颎之贵,使妾生子,尚为独孤所恶,况素敢以此取咎?此故事所记情节虽殊曲折,然细察之,殊不近情。夫镜之为物,破之即成废物,宁有可市之理?且相约以元宵至市,公主顾能使苍头买破镜,岂非怪事?且以长安之大,市非一处,徐德言何至,而苍头适能遇之?此必唐以后人见杨素日后之行,曲事附会,断非信史。故陈、隋二书,南、北二《史》与唐许嵩《建康实录》皆不载,疑是中唐以后人臆造。

后 记

从一九八一年以来,我们两个人就对中古文学史中的一些课题开始合作研究,先是编纂《中国大百科全书·中国文学卷》中汉魏六朝分支条目,继之则是标点高步瀛先生的《文选李注义疏》。一九八四年冬,在老友傅璇琮、许逸民兄的鼓励下,我们又共同编撰《中国文学家大辞典》中隋代以前的部分和这本《丛考》,中间又穿插撰写《南北朝文学史》。这种合作方式,至今已历一纪,即整整十二年了。一个人的学术生涯能有几个一纪,所以提到这个数字,都不免"感慨系之"。下面一些也许并非多余的话,聊以用作对"感慨"的自我表白。

一般说来,学术工作是一种个体劳动,然而在过去把集体主义强调到不恰当甚至荒唐的年代里,社会科学领域里的大合作或者大协作却屡见不鲜。这种合作的成果大抵不很圆满,不过也有成功的例子,比如六十年代初出版的三卷本和四卷本文学史就是。其所以成功,关键在于主持者的权威性和参加者的素质、水平。三卷本文学史的实际主持者是何其芳、钱锺书、余冠英三位先生,四卷本的主编是游国恩、王季思等五位先生。举纲而目张,挈领而衣顺,乃能使全书的质量得到有效的保证。不管有人如何嗤点讥评,这两种文学史所曾起过的积极影响是无法抹杀的。

时过境迁。今天的学者大多是单兵作战,而我们两个人却偏偏保持了长期的合作,这和时代的气氛显得不很协调。之所以如此,主要是由于治学观点、方法上的相同或相近,而同中见异和近中见远的地方,对合作者双方来说又可以起到取长补短、互相配合的效果。三年以前,我们两家住得比较近,工作中遇有疑难需要讨论,或是偶有所得需要印证,可以很快得到交流,并且从中感到了切磋琢磨的真正乐趣。谈得高兴,有时还杯酒论文,诚为人生快事。

"文章千古事,得失寸心知",上句对我们不适用,下句却于心有戚戚焉。能够长期合作而没有不欢而散,我们共同的感受是,双方应该常常想到把工作尽量做得好一点,而不是斤斤计较那些浮名微利。合作中更需要相互尊重。尊重建立在对己短彼长的认识上,对我们两个人来说,还多了一条私人间的友谊纽带。多年共事,自然也难免有小小的误会和不协调,这时,理解和谅解就是必不可少的了。

我们都已年届花甲,渐就衰暮,但是看到好多位前辈学者在八十高龄还在孜孜不倦地耕耘,又不啻无形的鞭策和催促,驽马十驾之心又不禁油然而生。我们还要工作、合作,"但得夕阳无限好,何须惆怅近黄昏",谨录此以自勉。

曹道衡

沈玉成

一九九二年十二月于文学研究所